EL
DESTINO
DE LOS
HÉROES

EL
DESTINO
DE LOS
HÉROES

CHUFO
LLORÉNS

Grijalbo

Papel certificado por el Forest Stewardship Council®

Primera edición: febrero de 2020

© 2020, Chufo Lloréns Cervera
© 2020, Penguin Random House Grupo Editorial, S. A. U.
Travessera de Gràcia, 47-49. 08021 Barcelona

Printed in Spain — Impreso en España

ISBN: 978-84-253-5821-0
Depósito legal: B-319-2020

Compuesto en La Nueva Edimac, S. L.

Impreso en Liberdúplex
Sant Llorenç d'Hortons (Barcelona)

GR 5 8 2 1 0

Penguin
Random House
Grupo Editorial

A Cristina: Por su amor y su fe inquebrantable, y por llenar de luz y de esperanza el camino que me queda por recorrer...

A mi más antiguo amigo, el doctor Juan Claudio Rodríguez Ferrera.
A quien, de ser posible, hubiera escogido como hermano.

A Amalia Herrera y Erich Würsten.

A Marta Poal Cantarell.

A Federico Trías de Bes Recolons.

A mis lectores, en representación de todos los que siguen
la aventura de mis libros. Cada uno de ellos sabe el porqué:
Cristina Herranz Pérez, Jordi Torres Riu, Pía Ferre-Calbetó Basols.

Y a mis primos, el doctor Juan Antonio Vanrell y Montse Barbat.

In memoriam

A Juan Alberto Valls Jové,
a Manolo Maristany Sabater,
a Ignacio Castelló Casamitjana,
quienes me concedieron el don maravilloso de su amistad.

TRES HISTORIAS DE AMOR

1

La llegada

El tren, como de costumbre, llegó con retraso. Un Gerhard ilusionado y feliz se apeó en la Gare du Nord. El trayecto le había resultado largo y pesado; lo acuciaban las ganas de instalarse en París y emprender aquella vida que tanto lo apasionaba y que, por fin, iba a comenzar. Se dirigió a la parada de los coches de punto, tomó uno y, tras dar la dirección al cochero, se retrepó en su interior dispuesto a gozar del trayecto que mediaba entre la estación y el número 127 de la rue Lepic, no muy lejos de la place Pigalle. El trayecto le resultó breve en este caso, y mientras sus ojos devoraban el paisaje, su pensamiento transitaba por el camino que lo había conducido hasta aquel momento. Desde siempre, su destino había sido marcado como el de todos los primogénitos de la familia Mainz: estudiar leyes, especializarse en asuntos de empresa y alta economía, así como en las aleaciones de los metales y, a continuación, realizar prácticas en cualquiera de las fábricas de la familia para, finalmente, acabar dirigiendo aquel emporio de minas y de acero instalado en la cuenca del Ruhr. El año de libertad del que iba a disfrutar en París le parecía, pues, poco menos que un milagro.

Desde muy pequeño, si en algo destacó entre sus compañeros de colegio fue en las bellas artes, particularmente en la pintura. Su madre supo de esa pasión que, con el tiempo, abrasaría el corazón de Gerhard desde el primer carboncillo que una Navidad éste, a sus cuatro años, le regaló. Ella fue quien le compró el primer caballete, la primera paleta y la primera caja de pinturas, y fue también quien lo inscribió en la afamada academia del maestro ruso Yuri Angelov. Al cuarto año del aprendizaje de Gerhard, el maestro se entrevistó con su madre y le dijo muy seriamente que él ya nada podía enseñar

15

a aquel muchacho que estaba tocado por la varita mágica de los elegidos. Y ése fue el motivo de constituirse en su gran valedora cuando, después de graduarse en sus estudios de bachillerato, cumplir tres años en el ejército imperial y pasar a la reserva tras el pago de la cuota correspondiente, el joven le pidió por favor que, antes de incorporarse a la carrera designada por su padre, le concediera un año sabático para residir en París, en un pequeño estudio alquilado en Montmartre, donde pintaría todo el día y podría vivir cerca y bajo la influencia de los grandes maestros franceses, compararse con ellos y averiguar a qué nivel estaban su técnica y sus conocimientos.

Una única condición le puso su madre: aunque estaba conforme en que alquilara un estudio en aquel barrio que era el sanctasanctórum de los jóvenes pintores de París y en que se pasara el día pintando en él, sabía a la perfección que en Montmartre se concentraban todos los cabarets y antros de la Ciudad de la Luz, por lo que a la vez le exigió que no residiera en ese atelier y que buscara un espacio apropiado donde alojarse cerca de éste pero fuera del barrio de los pintores. A Gerhard le pareció justa la petición de su madre y entendió que, de esa manera, pretendía alejarlo del peligro de las noches bohemias de Montmartre que, por otra parte, no le interesaban en absoluto. Él iba a la capital de Europa con la intención de averiguar si servía para aquel maravilloso oficio y no para perder las noches en francachelas de vino y mujeres de las que consideraba, por otro lado, que estaba ya de vuelta. Tras aquella digresión, su pensamiento regresó al presente.

París era demasiada ciudad para resistirse a gozar de cada uno de sus jardines, plazas y rincones. Sus ojos devoraban cuanto veían e iban de la ventanilla del coche de punto al plano de la ciudad que tenía desdoblado en las rodillas. Los hombres y las mujeres, el alboroto callejero, aquella ansia de vivir que París transpiraba por todos sus poros y, sobre todo, la cálida luz otoñal la hacían completamente diferente a cuanto Gerhard había vivido hasta entonces: la rigidez germana, el orden absoluto en todas las cosas y cierta forma de vida reglamentada hasta extremos increíbles. Aquella algarabía y aquel desorden controlado eran un regalo para sus sentidos.

El clip-clop de los cascos del jamelgo fue ralentizándose, por lo que Gerhard dedujo que estaban llegando a su destino. En efecto, al poco tiempo el silbido del cochero detuvo al animal justo enfrente del 127 de la rue Lepic, el lugar donde había alquilado el estudio. Gerhard se encontró de pie en la calle junto a su equipaje observando el edificio. Era una estrecha casa encorsetada entre dos más importantes, de seis alturas y rematada por un tejado inclinado de pizarra que cubría el piso superior, donde se abrían cuatro ventanas pequeñas a un lado y otra mucho más grande al otro. Gerhard se colocó en bandolera la bolsa y, tomando la maleta, se dirigió al interior.

Dos poyos de piedra cautelaban los cantos de la entrada para impedir que el roce de las ruedas de los carruajes dañara la estructura del portal. De inmediato reparó en que al fondo se veía un patio interior para alojar caballerías y, a medio pasaje, una garita de madera acristalada en cuyo interior un hombre calvo con grandes bigotes escribía, lápiz en mano, en un periódico doblado.

Gerhard se dirigió hacia él. El hombre, advertido por la sombra que le tapaba la luz de la calle, levantó los ojos del periódico.

—Buenos días, señor —lo saludó Gerhard en perfecto francés—. ¿Es usted el portero?

El aludido salió de la garita respondiendo al saludo y reivindicándose.

—Buenos días. Soy el conserje —remarcó—. ¿Qué se le ofrece?

Gerhard extrajo un papelito del bolsillo y lo consultó.

—¿Vive aquí monsieur Ishmael Ponté?

—No, no vive aquí, pero es el administrador de tres de los pisos de esta casa. ¿Es usted el señor Gerhard Mainz?

—Ése soy yo.

—Monsieur Ponté me ha encargado que lo atienda y que le comunique que se excusa de no poder recibirlo debido a una gestión urgente que lo reclama en el ayuntamiento.

—No importa, ya habrá ocasión de verlo.

—¿Es usted pintor?

—Eso pretendo ser.

—Imagino que querrá ver el estudio y, si es conforme a sus deseos, monsieur Ponté me ha dicho que puede tomar posesión del mismo y que un día de éstos pasará para firmar el contrato.

—Perfecto. Pues si es usted tan amable de mostrármelo...

El hombre señaló la garita de cristal con la mano.

—Si quiere deje aquí su equipaje. Cerraré con llave y nadie se lo tocará. —Luego aclaró—: Son cinco pisos más el tramo final que lleva a la buhardilla, y los escalones son algo empinados. —Al ver que quizá había hablado demasiado, añadió—: Dado que es pintor, debo decirle que la buhardilla tiene una luz maravillosa.

—Eso espero. Cuando guste, estoy dispuesto para la escalada.

—Pues vamos allá.

El conserje, fino catador de personas, producto de su oficio, cogió la maleta de Gerhard y la puso en la garita. Señaló la bolsa que Gerhard llevaba al hombro.

—Permítame.

—No, gracias, ésta viene conmigo.

El hombre cerró la garita con llave e indicó el principio de la escalera.

—Si no le importa, iré delante. Así le advierto de los escalones en mal estado.

La pareja comenzó el ascenso. De vez en cuando, el conserje hacía comentarios.

—Bueno, qué le voy a contar, éste es un barrio de pintores; no lo hay mejor en París para este oficio.

—Por esa razón he venido.

—Puede decirse que tiene dos vidas: la del día y la de la noche. La primera, como le he dicho, es para los pintores. La luz de París, y todavía más en esta colina, es maravillosa. La noche, evidentemente, es para los que buscan oscuridad: noctámbulos, cabareteros, chulos y muchachas de vida alegre. Pero ésa es otra historia...

Iban ya por el tercer piso.

—En esa buhardilla siempre ha habido pintores.

—Y si es tan estupenda, ¿por qué se fue el último?

—No se fue, se lo llevó la Parca. Estaba completamente alcoholizado. Pintaba muy bien, aunque vendía poco. Yo fui quien lo encontró muerto una mañana y, por cierto, no fue un plato de gusto. Ha habido que cambiar el papel de las paredes porque todo olía a alcohol.

—No parece un buen comienzo.

El conserje no hizo caso y prosiguió.

—Lo enterraron en el cementerio de Montmartre, aquí al lado. Como de costumbre pagaron el funeral sus compañeros impresionistas, Degas y Pissarro, entre otros. Tienen su lugar de encuentro en los bajos del número 9 de la place Pigalle, en La Nouvelle Athènes. De ese café muchos se van al Moulin de la Galette a seguir la fiesta.

—Sí que me anima usted.

—Eso es cuestión de cada cual, ya le he dicho que este barrio tiene dos ambientes. Lo malo es confundir el día con la noche.

El fin de la charla coincidió con el final de la escalera. Ésta cambiaba y en el último tramo las losas se transformaban en listones mientras que, de la quinta planta a la buhardilla, los peldaños eran de madera.

El conserje se adelantó. Introdujo una llave en la cerradura de una puerta verde que todavía olía a pintura y, tras un par de vueltas, la abrió.

—Adelante, señor.

Gerhard se plantó en medio de la estancia y recorrió con la mirada todo el espacio. El flechazo fue inmediato. Ahí, en esa buhardilla, estaba el gran ventanal que había divisado desde la calle. Además, en el techo se abría una claraboya cuadrada de más de un metro y medio por la que entraba una luz cenital impagable para un pintor.

Dos columnas de hierro soportaban la estructura del tejado y, entre ambas, pendía una hermosa hamaca, de procedencia sudamericana, supuso, tejida con cordel de lino blanco y flecos de colores. En una de las esquinas había un perchero y en la otra un viejo sillón de cuero. Bajo la ventana, un gran sofá; en medio, justo debajo de la claraboya, una tarima; finalmente, un biombo separaba el espacio principal de la puerta de un pequeño cuarto de aseo. Ante la mirada interrogante de Gerhard al respecto del mobiliario, el conserje aclaró:

—Es lo que dejó el inquilino anterior. Monsieur Ponté me dijo que seguramente le interesaría al siguiente.

—Diga a monsieur Ponté que, desde luego, cuanto hay aquí me interesa.

—Pues no se hable más, esto es todo. Ahora, cuando bajemos, le entregaré dos llaves del estudio y otra del portal… por si viene alguna noche. —El hombre sonrió cómplice.

Gerhard pensó que era mejor marcar las distancias desde un principio.

—No sé yo el otro inquilino, pero por lo que a mí respecta no acostumbro a mezclar el trabajo con la diversión.

—Desconozco sus hábitos, entiéndame. Hay quien ama y trabaja de noche y pinta sus personajes en su ambiente… Al caso, sé de un pintor, de cuna noble, por cierto, que escoge sus modelos entre las bailarinas del Moulin Rouge e inclusive acude a los prostíbulos más decadentes con cuaderno y carboncillo y se dedica a tomar apuntes de las prostitutas que luego traslada al lienzo. Henri de

Toulouse-Lautrec es su nombre. —Y aclaró—: Bebe mucho. Se cuenta que tuvo una enfermedad de pequeño que le debilitó los huesos. Si acude alguna noche a cualquiera de los locales de espectáculos de Montmartre, sin duda se lo encontrará. Acostumbra a hacer la ronda. Y es muy amigo de Jane Avril; la ha pintado varias veces y hasta se ha hecho un cartel de anuncio con su imagen. —Tras esta explicación, añadió—: Entiéndame, le digo todo esto porque muchos pintores, cuando están embebidos en una pintura, inclusive se instalan un camastro en su estudio para dormir y ponerse a trabajar apenas amanece. ¿Quiere que bajemos ya?

—Baje usted. Me quedo un rato aquí.

—Estaré en la garita, para lo que guste mandar.

Gerhard sacó su billetero de la bolsa y extrajo una propina que entregó al hombre.

—Tenga usted, por las molestias.

—Mil gracias, aunque no era necesario —dijo el hombre mientras se la guardaba.

—Por cierto, ¿cuál es su nombre?

—Dorothée, pero me llaman Dodo.

El conserje partió cerrando la puerta tras de sí, y Gerhard quedó en medio de la estancia todavía sin asimilar del todo su nuevo estatus. ¡Lo había conseguido! Se asomó al inclinado ventanal y pudo apreciar una de las maravillas del mundo: los tejados de pizarra de las buhardillas de París.

2

Lucie

Madame Monique Lacroze era la viuda de un militar del ejército francés condecorado por hechos heroicos en el frente de batalla de la guerra franco-prusiana que a su fallecimiento la dejó con una hija pequeña, una pensión de coronel con una cruz beneficiada con una paga de trescientos francos anuales y una villa de dos plantas con buhardilla y un pequeño jardín ubicada en el número 6 de la rue de Chabrol, junto a la Gare de l'Est. Madame Lacroze se negaba a llamar «pensión» a su casa, le gustaba más «residencia», y todos los inviernos acogía a tres estudiantes, uno por habitación, con derecho a desayuno y a comida o cena, a escoger, no sin indagar anteriormente su solvencia económica y la continuidad de su estancia. La ayuda con la que contaba para regentar el negocio consistía en una cocinera, madame Villar, y una mujer para todo, Gabrielle Dupont. Esto en lo referente al interior de la casa; en cuanto al jardín, el trastero y el garaje, se ocupaba un muchacho de color que acudía tres tardes por semana y que, además, era muy apañado para los temas de lampistería y de electricidad.

Ese primero de septiembre, madame Lacroze estaba nerviosa, como siempre que iba a conocer a un nuevo huésped. Por eso se dirigió a su hija, Lucie, en un tono bastante áspero:

—Lucie, baja de la nube y espabila. Mañana será otro día, pero hoy es hoy y hay mucho que hacer en la casa. Este año tenemos tres estudiantes, y Gabrielle ha enviado mensaje a través de su hijo pequeño de que hoy no podrá venir y hay que dejar a punto la habitación del altillo y el cuarto de aseo. Las del primer piso ya están listas. Por la tarde traerán los colchones nuevos. Y cuando hayas terminado empieza a poner las mesas del comedor, de momento para un comensal cada una y la nuestra para cuatro. Vamos, espabila, te digo.

Lucie suspiró y se decidió a obedecer. También ella, siempre que empezaba el año académico, sentía curiosidad por saber quiénes serían los huéspedes de su madre. Por lo general, eran muchachos de buena familia, de una condición media acomodada que ella catalogaba de inmediato, y no solía equivocarse en cuanto a si eran muy educados, gentiles y simpáticos o más bien retraídos y empollones. Lucie Lacroze había cumplido dieciocho años y aquel patito feo que tantas burlas concitó en la escuela primaria se había transformado, al correr del tiempo, en una muchacha espléndida que aunaba en su persona las mejores cualidades de sus progenitores. De su madre, parisina de pro, había heredado una espléndida figura y esa elegancia natural que tanto la distinguiera ya de pequeña, y de su padre, alsaciano orgulloso de su origen, el cabello trigueño, el cutis pecoso y esos ojos profundamente azules siempre risueños. Trabajaba con las monjas en el reputado hospital Lariboisière, en el pabellón de los enfermos mentales, y si podía ayudaba a su madre en algunos quehaceres relativos a la residencia, sobre todo los días en que llegaban los estudiantes. Dos de ellos eran ya huéspedes veteranos. Lucie los conocía de años anteriores: uno era Edgard Martin, un joven procedente de Toulouse que estudiaba veterinaria; el otro, Jean Picot de la Champagne, era alumno de segundo curso en el Conservatorio de Música de París y su instrumento era el saxofón. Ambos eran huéspedes de la residencia desde el inicio de sus estudios. Edgard era serio, discreto y buen estudiante. En cuanto a Jean Picot, madame Monique Lacroze había estado a punto de no aceptarlo de nuevo, pues alguna noche del primer año había ocasionado problemas; había llegado a altas horas, apestando a alcohol, y había tocado el timbre, despertándolas, porque había perdido la llave. Pero la amistad de madame Lacroze con sus padres y la promesa de futura enmienda, y por qué no decirlo, su pago puntual, habían inclinado la balanza a su favor. El tercer inquilino era nuevo de aquel año y, si mal no había entendido a su madre, procedía de Alemania. Lucie habría preferido buscarse acomodo de una noche en casa de su amiga Suzette Blanchard porque en días tan señalados todas las manos eran pocas y, si bien madame Villar y Gabrielle eran sumamente competentes, su madre siempre recurría a ella para cubrir las posibles deficiencias en el servicio y el acomodo de los estudiantes. Pero su madre no había querido ni oír hablar del asunto. ¡Y para colmo, le tocaba suplir a Gabrielle! Habría preferido quedarse en el hospital donde, desde hacía ya un tiempo, desarrollaba una tarea que le resultaba de lo más gratificante. Todo había empezado por casualidad: a Lucie le gustaba cantar y solía hacerlo mientras desempeñaba sus tareas más rutinarias.

El caso fue que, en la reunión de la mañana, un día de meses atrás, la monja jefa de las enfermeras becarias, la hermana Rosignol, la retuvo unos momentos.

—Lucie, quédese. Las demás pueden retirarse y que cada una vaya a su avío.

Las muchachas fueron saliendo, y la hermana Rosignol y Lucie quedaron frente a frente.

—Lucie, esta mañana la he oído cantar.

—Sí, hermana. —Lucie enrojeció—. Espero que no le haya molestado...

—En absoluto. De hecho, me gustaría que me cantara algo.

—¿Aquí y ahora?

—Evidentemente no vamos a esperar a que nos den las ánimas.

—¿Le parece bien «Santa Lucía» de Teodoro Cottrau?

Las bellas canciones napolitanas estaban muy de moda en la capital de Francia.

—Me parece bien la que usted quiera, pero no me haga perder tiempo.

Lucie, tras un ligero carraspeo, comenzó a entonar «Santa Lucía», con la que siempre tenía mucho éxito.

Al principio, su voz comenzó vacilante, pero apenas había avanzado unos compases cuando el rostro de la monja cambio de súbito y pasó de la sorpresa a la complacencia y posteriormente al franco entusiasmo. Al final no pudo contenerse.

—Pero lo hace usted maravillosamente, Lucie. ¿Dónde aprendió a cantar?

—La verdad es que no lo sé. Siempre he cantado...

—Pues no puede imaginarse lo bien que nos va a venir.

—No entiendo, madre.

—Veamos... En el hospital hay mil actividades que redundan en beneficio de los enfermos, y no son precisamente curarlos, atenderlos, limpiarlos y suministrarles medicación. Para eso tengo muchas enfermeras. Sin embargo, no tengo ninguna para lo que usted sabe hacer.

—¿Cantar?

—Pues sí, eso precisamente, cantar.

La hermana Rosignol, viendo la cara de incomprensión de Lucie, pasó a explicarse:

—Tenemos muchos enfermos, digamos mejor enfermas, con graves problemas de autismo, con psicosis melancólicas que no entran expresamente en la categoría de desquiciadas violentas, y estoy segura de que la música produciría un efecto sedante en ellas. Por eso su voz me viene de perlas. Vamos a probar, con ello nada se pierde. Si funciona, repetiremos. En caso contrario, le asignaré otro cometido y aquí no ha pasado nada.

Y fue por esa peculiar circunstancia que Lucie se encontró por primera vez en su vida ante una singular audiencia que, al principio, le causó un profundo respeto. No obstante, al correr de los días las enfermas se encariñaron con ella y con su trabajo, y Lucie fue dándose cuenta de la influencia benéfica que su voz propiciaba en aquellas desgraciadas.

Lucie desarrollaba su artística actividad en un inmenso salón de forma rectangular situado en la planta baja del pabellón cuyas ventanas estaban aseguradas con barrotes de hierro y que era la antesala del largo pasillo donde se ubicaban los diversos dispensarios, las salas de curas y las salas de baños. Las enfermeras acompañaban a las pacientes tomando del brazo a las que podían caminar y empujando las sillas de ruedas de las impedidas. El caso era que, a las once en punto, el extraño auditorio compuesto por aquella doliente caterva de desgraciadas aguardaba, unas agitándose nerviosamente y otras haciendo visajes con los ojos o babeando con la cabeza caída a un lado, totalmente ajenas a donde estaban y a lo que habían ido a hacer. Entonces Lucie empezaba a cantar. En un primer momento no se enteraban, luego alguna que otra cabeza se enderezaba, y a la segunda o tercera canción un gran porcentaje de aquellas mujeres parecía que atendía; poco después, alguna comenzaba a acompañar el ritmo golpeando con el puño acompasadamente la superficie de una mesa. La hermana Rosignol no cabía en sí de gozo. Su intuición había sido cierta y, llevada por su entusiasmo, obligó a pasar por el salón a medio hospital.

Cuando ya no fue novedad y el ritual prosiguió, las enfermas eran colocadas en los mismos sitios cada mañana y quedaban al cuidado de dos enfermeras hasta que llegaba la hora de recogerlas. A lo largo de los días no hubo ningún incidente remarcable y la terapia se consideró, sin duda, un novedoso éxito del hospital Lariboisière.

Pero ahora no tenía tiempo para pensar en eso, se dijo Lucie mientras subía a cumplir las órdenes de su madre.

3

La primera cena

Cuando a la hora de cenar Lucie entró en el comedor de la residencia portando la gran sopera para servir a los tres huéspedes, vio en el fondo, junto al trinchante, el rostro del recién llegado.

Lo había oído llegar y le gustó su leve dejo extranjero hablando francés, pero, sin saber por qué, cuando se plantó frente a él se sintió súbitamente nerviosa, algo que no le había ocurrido nunca con otros estudiantes. De hecho, le temblaban tanto las manos que parte de la sopa fue del cucharón a los pantalones de Gerhard. Madame Lacroze, que observaba desde lejos, se acercó presta a la mesa.

—Perdónela, hoy no es su día. —Luego, dirigiéndose a su hija—: Si en el hospital tienes el mismo cuidado, Lucie, los pobres enfermos están apañados.

Gerhard se había puesto de pie y, sin dejar de sonreír, procuraba remediar el estropicio con la servilleta.

—No tiene importancia. Ha sido mi culpa, que con mi charla la he distraído.

Lucie agradeció el auxilio que le había prestado el nuevo huésped, aunque fuera mentira, y partió rauda hacia la cocina en busca del frasco que contenía los polvos de vid con los que poner remedio a su torpeza.

Cuando la chica se fue su madre intentó excusarla.

—Esta juventud de hoy día tiene la cabeza a pájaros.

—¿Su hija trabaja en un hospital?

Madame Lacroze afirmó con la cabeza.

—Entonces tiene usted una hija validísima, madame Lacroze.

—Es usted muy amable, señor Mainz.

Lucie ya llegaba con el frasco del quitamanchas, dispuesta a remediar el quebranto.

—Permítame.

Gerhard le arrebató los artilugios de la mano.

—De ninguna manera, faltaría más.

La cena transcurrió sin más incidentes y, al finalizar, Lucie le ofreció café.

—Muchas gracias, pero esta noche no lo tomaré, no vaya a ser que me desvele.

Gerhard se puso en pie y, tras despedirse del resto de los comensales, se dirigió a su dormitorio. Cuando ya alcanzaba la puerta vio a través del cristal de la ventana que Lucie había vuelto ligeramente la cabeza y lo observaba evitando la mirada de su madre.

El dormitorio que le habían asignado era el único del segundo piso y justamente al lado, en el pasillo, se hallaba el cuarto de aseo, únicamente para su uso. Desde el primer momento le encantó la habitación y el techo inclinado de la mansarda le pareció un lujo. El mobiliario no era ostentoso pero sí muy cómodo y recio. La cama era amplia, y estaba flanqueada por dos mesillas de noche con sus correspondientes lamparitas; a los pies de la misma había una banqueta alargada, y enfrente un gran armario de dos lunas, junto a la ventana; también había una butaca con aspecto de ser cómoda y una lámpara de pie al lado para facilitar la lectura, así como una mesa de despacho de grandes dimensiones con su correspondiente sillón *capitoné*.

Súbitamente, el cansancio acumulado del viaje y los acontecimientos vividos en su casa durante los últimos días se le vinieron encima, por lo que, luego de deshacer el equipaje y colocar todas sus pertenencias en el armario, se dirigió al cuarto de aseo. Se acostaría enseguida a fin de recuperar fuerzas para el día siguiente, que prometía ser apasionante.

Cuando el reloj de la residencia daba las dos, Gerhard, harto de dar vueltas y más vueltas en la cama, se puso en pie y, apartando la gruesa cortina, gozó de la visión de la noche parisina desde la ventana de su habitación. El día había sido complicado, el viaje se le había hecho muy largo y el propio cansancio le impedía conciliar el sueño.

Su razón le indicaba que la suma de aquellos acontecimientos era el motivo de su insomnio, pero su honrado criterio le decía otra cosa: si bien las dos noches pasadas, durante el viaje, todos aquellos sucesos habían quebrado su sueño, esa noche el motivo de su inquietud era otro. Lo que le impedía descansar era la visión de Lucie con el frasco del quitamanchas en la mano intentando remediar el desastre de sus pantalones.

Gerhard se levantó una hora antes y bajó al comedor sabiéndose el primero. De la mesa del recibidor cogió prensa atrasada, con la que se entretuvo media hora leyendo las noticias de París. Al cabo de un tiempo que se le hizo largo compareció una mujer a la que no conocía de la noche anterior portando una bandeja con una gran jarra de leche humeante y una cafetera. Gerhard comenzaba a pensar que no era su día de suerte. Al cabo de un poco entraron en el comedor los otros dos huéspedes, y cuando ya desesperaba comparecieron Lucie y su madre. Madame Lacroze se dirigió hacia la mesa que presidía el comedor y, para gozo de Gerhard, la muchacha se llegó hasta él en cuanto lo vio.

—Buenos días, señor Mainz. Ayer fui la más estúpida de las mujeres. En su primera cena aquí, le desgracio los pantalones derramando un cucharón de sopa. Créame que todo ello me ha impedido dormir.

—Yo tampoco he conciliado el sueño, y a fe que estaba cansado. Pero el motivo de mi desvelo ha sido otro: el recuerdo de su voz y su agradable presencia ha presidido mi duermevela.

Lucie sintió que el arrebol invadía sus mejillas y apenas se atrevió a musitar, no sin mirar de reojo hacia el lugar que ocupaba su madre, por ver si ésta había oído algo.

—No diga eso, que hace que todavía me sienta más estúpida.

—En tal caso permítame que, para poner de acuerdo nuestros puntos de vista, la invite a desayunar conmigo.

Lucie dudó.

—No debo, mi madre es muy estricta al respecto.

—Si no se lo pide usted, se lo pediré yo. Ya sabe que a un cliente no suele negársele nada.

El viaje de ida y vuelta de Lucie hasta la mesa de su madre fue breve.

—Dice que, como excepción, sea, aunque es romper con su norma, y que me autoriza para que pueda remediar el desaguisado que cometí ayer.

Gerhard se puso en pie y, con una inclinación de la cabeza, agradeció a madame Lacroze su licencia. Acto seguido invitó con un gesto de la mano a Lucie a sentarse a la mesa frente a él.

En el comedor apenas se oía un rumor de cucharillas y tazas. Los diálogos eran contenidos, y las cinco personas, más el servicio, que allí estaban se cuidaban de no molestar a los demás.

Gerhard observaba a Lucie sin disimulo.

Las preguntas para romper el hielo fueron las protocolarias: ¿cuándo había entrado en el Lariboisière? ¿Cuál era su horario? ¿Cuál era su medio de desplazamiento? ¿Y cuál su día de fiesta?

—Me encantaría acompañarla. Así iría descubriendo París.

—No sé si mi madre…

—No tiene por qué enterarse.

Lucie pareció dudar.

—Permítame que insista.

Lucie sintió que sus fuerzas flaqueaban.

—¿Tiene usted el despacho por allí?

—Lo que tengo es un estudio. Soy, mejor dicho, pretendo ser pintor. Y he de darme prisa porque sólo dispongo de un año para convencer a mis padres.

—¿Qué quieren que sea?

—Es una larga historia, se la iré contando poco a poco, durante el trayecto que caminemos juntos.

A partir de aquel día los jóvenes hicieron la ruta conjuntamente, no sin que madame Lacroze hiciera la vista gorda.

El sábado de su segunda semana de estancia Gerhard llevó a bailar a la muchacha junto con su amiga Suzette Blanchard y con Pierre, el novio de ésta, al Lapin Agile. Lucie se sintió transportada al séptimo cielo, pues Gerhard era un gran bailarín. La tarde dio para mucho y ambos, a preguntas del otro, fueron desgranando sus respectivas vidas. Sin pretenderlo, Gerhard agobió a Lucie porque a través de su explicación ella intuyó una vida que ni de lejos se asemejaba a la suya. Con todo, al terminar la velada ya se tuteaban.

Por la noche, una vez más, la joven dio mil vueltas en la cama y el sueño tardó en visitarla.

4

El Lariboisière

L o de realizar juntos el trayecto que iba desde la casa de la rue de Chabrol hasta el hospital Lariboisière se convirtió en una costumbre. Al principio Gerhard esperaba a Lucie a la vuelta de la esquina, pero al cabo de una semana consideró que tal actitud era una niñería y una noche a la hora de la cena, como de pasada y sin darle importancia, se lo comentó a madame Lacroze argumentando que si ambos hacían el mismo camino lo normal era que lo hicieran en compañía y que su hija iría mucho más segura con él que yendo sola.

Madame Lacroze, que estaba al cabo de la calle, hizo ver que comprendía la razón del muchacho que, por otra parte, era encantador. El único inconveniente que podía objetar era que fuera alemán y pintor.

Lucie, al cabo de unas semanas, no tenía otra cosa en la cabeza que esperar aquel trayecto que duraba aproximadamente media hora o tres cuartos y que cada día le resultaba más corto. Lucie intentó combinar su vuelta a casa con la de Gerhard, pero eso era ya mucho más complicado porque el joven siempre se retrasaba; era imposible coordinar el regreso para hacerlo juntos.

El camino se convirtió, al paso de los días, en una auténtica puesta a punto de sus vidas. Los muchachos se confesaron sus preferencias al respecto de sus aficiones, sus amigos, la música, el campo o la ciudad... Sin embargo, cuando él le habló de su familia la condición social de los Mainz pesó como una losa en el ánimo de la muchacha porque su intuición le dijo que entre ambos mundos mediaba algo más que el abismo que ya había sospechado el día del baile. Así pues, tras consultarlo con su amiga Suzette, Lucie decidió cortar aquella relación antes de que fuera demasiado tarde ya que, aunque él nada le había dicho, presentía que pronto le propondría algo más serio que acompañarla al trabajo y ella no estaba dispuesta a ser el pasatiempo de Gerhard en París durante el invierno.

El joven no entendía su actitud y, por más que rememoraba las palabras de Lucie, estaba seguro de que no le había dado motivo alguno para aquel cambio. A medida que iban transcurriendo los días, se daba cuenta de que en su corazón nacía un sentimiento hasta entonces desconocido y que arrancaba desde el instante que la vio en el comedor de la residencia.

Una noche, acabada la cena, Gerhard decidió hablar con ella sin tapujos ni disimulos, por lo que, tras el café, se dirigió a la mesa de madame Lacroze y saltándose el protocolo entró directamente en el asunto.

—Madame —dijo—, perdone mi atrevimiento, le pido permiso para hablar con Lucie aquí en el comedor esta noche cuando todo el mundo se haya retirado.

La mujer comprendió que algo importante pasaba porque, aunque al paso de los días había notado a su hija muy retraída, ni se le había ocurrido pensar que el hecho tuviera algo que ver con aquel muchacho.

—No hay inconveniente, pero aguardaré a que termine en la salita de costura.

—Como guste, madame Lacroze. Procuraré ser breve.

Lucie atendía al diálogo entre Gerhard y su madre por un lado acongojada pero por el otro decidida a deshacer aquel malentendido y hablar con toda claridad con él, aunque era consciente de que debía escoger muy bien sus palabras ya que nada le había insinuado al respecto de sus sentimientos hacia ella.

En el comedor únicamente quedaba Gabrielle, que estaba quitando las mesas pues Jean Picot y Edgard Martin, los otros dos huéspedes, ya se habían retirado, Edgard hacia su dormitorio para estudiar un par de horas y Picot, con el estuche de su instrumento colgado del hombro, hacia un almacén que tenía alquilado con unos amigos con los que había formado una orquestina, con el fin de ensayar. Madame Lacroze ordenó a Gabrielle:

—Déjalo como está. Ya lo recogerás después.

La mujer se retiró y, en cuanto hubo desaparecido, madame Lacroze se dirigió a su hija:

—Lucie, estaré en la salita de costura. Si quieres consultarme algo ya lo sabes. —Luego, mirando a Gerhard, añadió—: Conste que hago una excepción. Mi hija se retira después de cenar. Sin embargo, atiendo su petición porque confío en que es usted un caballero. Le digo lo mismo que a ella: si me necesita para algo ya sabe dónde estoy. Y, por favor, sea breve.

Tras estas palabras la mujer se retiró dejando solos a los dos jóvenes.

Apenas salió, Gerhard ocupó la silla que la madre de Lucie había dejado. La joven, que sabía que aquel momento tenía que llegar, intentó aparentar normalidad, aunque los nervios la comían por dentro y se apretaba una mano contra la otra fuertemente por debajo de la mesa. Gerhard fue directo al grano.

—¿Qué es lo que ocurre, Lucie? ¿En qué te he ofendido o qué he hecho mal?

La muchacha intentó defender su postura.

—¿Por qué dices eso? No has hecho nada mal ni pasa nada.

—Pues entonces ¿por qué has cambiado de actitud?

—El motivo de que escoja otra compañía para ir al hospital no es otro que, como comprenderás, tengo otros amigos a los que veo poco y ése es un tiempo que aprovecho con ellos, como había hecho en otras ocasiones.

—Lucie, a otro perro con ese hueso. Te ruego que no ofendas mi inteligencia. Hace dos semanas compartíamos el camino, cambiábamos impresiones e íbamos conociéndonos mejor, y súbitamente cambió tu talante, no quieres que te acompañe ningún día y aquí, en la casa, procuras evitarme en cada ocasión que me acerco a ti. Si dices que no te he ofendido y que no pasa nada, perdona, pero no entiendo tu actitud.

Lucie se sintió acorralada y comprendió que había llegado la ocasión de afrentar el problema. Como decía su madre, «mejor una vez roja que veinte amarilla», de modo que tomando aire se dispuso a hablar claro.

—Mira, Gerhard, aunque soy joven, desde muy niña supe enfrentarme a mis cosas, por lo que soy consciente del lugar que ocupo en el mundo y cuál es mi futuro en esta sociedad en la que vivimos. Tú sabes perfectamente quién soy porque vives en mi casa, pero yo sólo sabía de ti que eras un nuevo huésped y que eras alemán; que eras persona decente se daba por supuesto desde el momento en que mi madre te abrió nuestra casa. Lo que ignoraba era quién eras, quiénes eran los miembros de tu familia y a qué mundo pertenecías, y tú me abriste los ojos la otra mañana y al instante entendí cuál era mi lugar al respecto de tu persona. —Al llegar a este punto Lucie notó que sus mejillas se cubrían de púrpura—. Me encuentro muy a gusto en tu compañía; eres amable, atento conmigo, ocurrente y te gustan muchas de las cosas que me gustan a mí. ¿Y sabes lo que ocurre contigo? Pues que tengo todos los números para enamorarme de ti y no me interesa. Lo he meditado, y prefiero tenerte únicamente como amigo. ¡Ya está, ya te lo he dicho!

Gerhard era incapaz de creer lo que acababa de oír. Todo el malestar de los últimos días venía dado porque se había enamorado de aquella muchacha como jamás lo había estado anteriormente de ninguna, y un especial desasosiego lo había asaltado desde el instante en que fue consciente de que algo raro ocurría, algo que él no podía controlar, y comenzó a ver fantasmas donde no los había. Sospechó de Jean Picot porque en un par de ocasiones lo sorprendió hablando y riéndose con Lucie, cosa que, por otra parte, no le extrañó ya que el joven era muy ocurrente y divertido, y durante las noches que pasó en blanco empezó a repasar todos los compañeros de trabajo de los que Lucie había hablado y de cuantos podían tener contacto con ella en el hospital. Y ahora que había oído de sus labios esa velada confesión de amor una alegría contenida asaltó su corazón.

—Entonces, Lucie, ¿quieres decirme que te importo algo?

Aquel instante a Gerhard le pareció eterno y se dispuso a escuchar la sentencia de la muchacha como el condenado aguarda la del juez.

—Puedes llegar a importarme. Y creo que no me conviene.

—¿Por qué dices eso? Tienes que dejar que hable tu corazón.

—Mi corazón es un loco a quien debo controlar.

Gerhard le tomó la mano y ella no la retiró.

Lucie se sintió cual pajarillo asustado. Sin embargo, se dispuso a mantenerse firme.

—Sé sincero, ¿imaginas a tus padres entrando en esta casa para conocerme y que Gabrielle les sirviera la merienda?

—Imagino a mi madre conociéndote y al cabo de media hora amándote.

—Me hablas de tu madre, pero ¿y qué hay de tu padre?

—Tal vez al principio le cueste, es muy especial, pero luego tendrá que transigir.

—Tú lo has dicho, «transigir»… Esa palabra me horroriza.

—Si tú me aceptas, ellos tendrán que aceptarte.

—Por favor, yo no quiero eso para ti. Esa circunstancia, suponiendo que tú y yo llegáramos a algo, se interpondría para siempre como una muralla entre los dos.

—Lucie, estoy enamorado de ti. Mi familia te querrá en cuanto te conozca, y si no fuera así sé lo que tengo que hacer.

—Jamás me interpondría entre tú y los tuyos, eso sería nuestra desgracia.

—¿Tú me amas, Lucie?

La muchacha aguardó unos instantes. Luego, tras suspirar profundamente, habló:

—Desde la noche que te vi aquí sentado.

Gerhard acercó su rostro al de Lucie, que cerró los ojos, temblorosa, y depositó en sus labios entreabiertos un beso tierno y apasionado que selló el pacto de aquel amor incipiente.

—Déjame hacer a mí, Lucie. Conozco a los míos y sé cómo tratarlos. Mi madre será mi aliada, y cuando la haga mía el problema habrá terminado; ella es, en el fondo, la que manda en mi familia. Confía en mí, Lucie.

Siete meses habían transcurrido desde la conversación habida entre Gerhard y Lucie, y la primavera había estallado en el corazón de la joven al igual que en París. Los parques y los jardines eran una explosión de colores, y la muchacha había conseguido alejar de su horizonte los negros nubarrones que para ella representaba la familia de su enamorado y estaba decidida a vivir intensamente el presente; lo que la vida le deparase en el futuro lo viviría cuando éste llegara, por lo que se había aferrado a los argumentos que Gerhard le había brindado escudándose en que éste conocería a su familia mucho mejor que ella para emitir un juicio de valor. El tiempo y su voluntad habían conseguido difuminar los fuertes trazos que habían marcado la descripción que Gerhard había hecho de su familia, y empezaba a considerar posible que poco a poco la aceptaran, tal vez no su padre, pero sí su madre y su hermano, Günther; por otra parte, si así no fuera, Lucie no tendría problema ya que su corazón enamorado no esperaba otra cosa que pasar los días al lado de su amado sin importarle un ápice que fuera un rico heredero o un humilde pintor, pues estaba segura de que triunfaría con sus cuadros, y con lo que ella sabría aportar estaba convencida de que lograrían formar un hogar feliz y suplir con su amor todas las carencias que la actitud de la familia Mainz le causara.

Lucie tuvo una larga conversación con su madre. Madame Lacroze consideró en principio una locura apoyar aquel romance. No obstante, después de una larga entrevista con Gerhard fue entrando poco a poco en aquel imposible y finalmente transigió. El joven le encantaba y consideró al punto que, en una y otra circunstancia, tanto si resultaba ser un rico heredero como si únicamente era un pintor, sería un gran partido para su hija.

5

La comida en el Lhardy

Madrid, primavera de 1895

José Cervera, porte distinguido herencia de su padre, el marqués de Urbina, metro ochenta de altura, complexión delgada y sin embargo atlética, rostro anguloso, cabello castaño, ojos marrones y sonrientes, frente noble y amplia, se detuvo en la puerta del Lhardy y, refugiándose de la lluvia bajo el toldo, extrajo el reloj de oro del bolsillo de su chaleco con la mano libre que le dejaba el paraguas. Levantó la tapa que ocultaba la blanca esfera de números romanos y consultó la hora: faltaban todavía cinco minutos para la una. Su íntimo amigo Perico Torrente acostumbraba a ser muy puntual. José guardó el reloj, plegó el paraguas y, luego de sacudirlo brevemente, aguardó la llegada de su amigo.

El día antes había ocurrido algo que obligaba a su mente a recordarlo una y otra vez. En septiembre empezaría su último curso de la carrera de ingeniero agrónomo y mil proyectos se agolpaban en su cabeza que no dejaban resquicio a otras divagaciones. Uno de ellos era el que había propiciado la cita con su amigo. Sin embargo, en aquella circunstancia era distinto; el suceso de la mañana le impedía pensar en otras cosas.

La figura de Perico asomó por el principio de la Carrera de San Jerónimo. ¡Indiscutiblemente, su amigo era un dandi! Lo vio impecable con su gabardina inglesa, la bufanda a cuadros, granate y azules, y el sombrero hongo debajo del paraguas de curva empuñadura de bambú. Perico también lo divisó a él y lo saludó agitando la mano.

Los dos amigos se encontraron bajo el toldo del Lhardy.

—No te he hecho esperar, ¿verdad?

—Puntual como el reloj de la Puerta del Sol.

—¿Entramos?

—Para luego es tarde.

Ambos entraron en el local.

—¿Comemos ya o tomamos un caldo?

El caldo del samovar del Lhardy era famoso en todo Madrid.

—Vamos directamente al asunto porque el caldo me quita el hambre.

El que habló así fue Perico.

En éstas se les acercó el encargado.

—¿Van a comer, don José?

—Vamos a acabar con la despensa.

—¿La mesa de siempre?

—Y el cocido de siempre.

Perico apostilló:

—De tres vuelcos,* como siempre.

Perico tenía fama de tener buen diente. Presumía de que en cierta ocasión había hecho «un sube y baja», es decir, luego del cocido y de tomar postre y café, repetir pero a la inversa: otro café, otro postre y otra vez cocido.

El *maître* los condujo a la mesa que ocupaban de costumbre en el rincón próximo a la ventana. Después de acomodarlos y de darles la carta de vinos para que escogieran partió a encargar la comanda.

Perico comenzó la conversación.

—¿Qué tal día llevas?

—¿Por qué dices eso?

—Tengo que pedirte un favor que luego revertirá en favor tuyo, ya lo verás.

—Cuando empiezas así, te temo. Te conozco como si te hubiera parido. Venga, dispara.

—Verás, no sé cómo empezar porque yo también te conozco. Quieres pisar siempre sobre seguro, no eres amigo de lo desconocido. Pero en esta ocasión vale la pena.

—¡Uy! Cuánto circunloquio… Dime lo que quieras decirme y luego atiéndeme, que yo también quiero contarte algo.

—Ahora el que me intriga eres tú.

---

* «Tres vuelcos» era la especialidad del Lhardy: una sopa de caldo con fideo fino u arroz; patata, col, zanahoria, garbanzos y, finalmente, carne de cerdo o gallina, pelota y tuétano. El comensal lo mezclaba a su gusto y lo aliñaba con aceites de diversas clases y calidades.

Hubo una pausa entre los dos amigos, hasta que José apretó:

—Habla tú primero.

—Has de hacerme un favor.

—Explícate, que te temo. Me envuelves en tus redes de leguleyo —dijo José, en referencia a que Perico ejercía de abogado en el bufete de Sancho-Cosío, uno de los más prestigiosos de Madrid— y, sin darme cuenta, me he comprometido a cosas de las que más tarde me arrepiento.

—Tengo cuatro entradas para los toros de mañana domingo. Torean nada menos que Guerrita y Mazzantini, y los toros son de la ganadería Conde de la Corte.

José arrugó el entrecejo.

—¿Cuatro entradas para quién?

—Ahí está el favor. Sé que no eres amigo de sorpresas, pero en esta ocasión te aseguro que vale la pena. Verás, Gloria tiene una invitada en su casa que es hija de un tipo que, por lo visto, le interesa mucho a su padre, y es por ello que nos cede sus entradas. Lo que pasa es que a mí me fastidia la tarde porque yo tenía otros planes.

—¿Qué planes?

—Ir a los toros, por supuesto. Pero en cuanto finalice la corrida... o, mejor aún, durante la lidia del sexto toro, para evitar encuentros inconvenientes, irme con Gloria a algún lugar donde podamos estar tranquilos y hablar, porque excuso decirte que siempre que la dejan salir es con carabina.

—¿Y qué pinto yo en este invento?

—Está claro: vamos a los toros los cuatro, y a la salida tú le enseñas Madrid a la invitada mientras Gloria y yo pasamos un rato a solas. Luego nos reencontramos los cuatro un cuarto de hora antes de que Gloria tenga que volver a su casa.

—O sea, que hago el papel de encubridor.

—Si quieres llamarlo así...

José sonrió para sus adentros y quiso poner sus condiciones.

El cocido estaba delicioso y ya iban por el segundo vuelco.

—Hablemos del paquete que intentas colocarme, ¿qué tal está la chica?

—No voy a engañarte, aún no la he visto. Sin embargo, Gloria me ha dicho que es muy simpática.

—¡Uy qué miedo! Hay frases que me inspiran recelo... Preguntas si una chica es guapa, y si te responden que es muy simpática, ¡malo! Preguntas qué tal es fulano, y si la respuesta es que es muy bueno, el

37

pobre, ¡malísimo! Y si preguntas si tal pueblo es divertido y te responden que es muy sano, que hay muchos pinos, ¡no dudes que ese pueblo en verano es una lata!

—Pues olvida tu recelo, que Gloria me ha garantizado que la chica es preciosa. O sea, que lo de la simpatía es un adorno de su carácter. Y he empezado por explicarte eso porque me consta que a ti te importa mucho más que lo otro.

—Es posible, pero si he de estar con ella un par de horas, la verdad, Perico, preferiría que fuera bonita. Así, si me encuentro con algún amigo no me tildará de imbécil, porque lo único que se percibe de la chica que va con uno es si es guapa. Lo de la simpatía se nota en el trato, en una mera presentación no da tiempo, y no me apetece escuchar a mi paso murmullos ni comentarios a mis espaldas del orden de «Menudo esperpento iba con éste la otra tarde» o, peor, «¿De dónde sacará Cervera esos adefesios?».

—Insisto: Gloria me ha dicho que la chica es preciosa, y mi novia nunca miente.

Habían dado fin al cocido, las dos botellas de vino habían surtido su efecto y les embargaba el estado de felicidad que acompaña las buenas digestiones. El diálogo de los amigos proseguía en ese momento frente a dos copas de coñac francés.

José apuntó:

—Si he de morir, sea. Pero quiero más datos.

—Pregunta lo que gustes, que yo te informaré hasta donde sepa.

—¿Desde cuándo está en Madrid y hasta cuándo se queda?

—Llegó hace una semana y creo que estará aquí al menos un mes. No estoy seguro.

—¿Cómo se llama?

—Desconozco su nombre, pero sí sé que la llaman Nachita.

—De acuerdo, pero me deberás una. Y ahora escúchame, porque yo también tengo una historia que contarte.

Perico enarcó las cejas, expectante, en tanto daba un sorbo a su coñac.

—Ayer por la mañana llevé a Beni al veterinario.

—¿Estaba malo?

—Está mayor ya, el pobre. Vomitaba desde hacía días, y mi madre dijo que o se curaba o lo dejaba en el patio.

—Sigue.

—Tú ya me has acompañado alguna vez y conoces el lugar. Está en el número 21 de la calle del General Oraá. Pues bien, estaba yo

38

con el perro en la sala de espera, sentado en el sillón que está junto a la puerta, cuando del interior salió una muchacha de bandera que casi no podía aguantar el llanto. Iba secándose las lágrimas con un pañuelito y acompañada del veterinario, el doctor Lasaleta, que intentaba consolarla. Por lo visto, a su perrito, un yorkshire enano, le había pasado por encima la rueda de un coche de caballos y ella lo había llevado de inmediato a la consulta, pero nada pudo hacerse: aunque intentaron reanimarlo, el animalito estaba muerto. La joven estaba desolada, insisto. Te aseguro que era un espectáculo. El doctor Lasaleta intentando consolarla, al punto que no quería cobrarle nada por la visita, y ella insistiendo entre lágrimas. Finalmente, entendiendo que se había hecho lo imposible por recuperar al perrito, el doctor aceptó y la muchacha pagó la factura, y para ello la enfermera que estaba detrás del mostrador le pidió sus datos, nombre y apellido. Me quedé tan clavado al oír el nombre que no escuché el apellido.

—¿Y qué nombre era ése?

—No lo había oído nunca. Chiquinquirá.

Perico, tras una pausa, opinó:

—Debe de ser un nombre de un país sudamericano, me suena a una Virgen patrona o algo así. ¿Y dices que no te enteraste del apellido?

—Únicamente me quedé con el nombre, eso he dicho.

—Bueno, pues ya está, fin de la historia.

—Lo malo es que no está. Llevo toda la mañana pensando en esa chica.

Entre copas y charla les dieron las seis. Hablaron de política, de la eterna crisis presidencial y la alternancia de don Práxedes Mateo Sagasta y Antonio Cánovas del Castillo; también de toros, con la otra alternancia en la cúspide entre Lagartijo y Frascuelo. Finalmente, tras pagar la cuenta y recoger gabanes y paraguas salieron a la calle. El cielo se había despejado y mostraba aquella peculiar claridad que Madrid lucía los atardeceres de primavera.

—Podemos coger un coche. Te dejo en tu casa y luego sigo yo.

Perico se había independizado al acabar la carrera, y desde el número 19 de la calle del Arenal, que era la casa de sus padres, en el barrio de San Ginés, se había trasladado hasta el número 21 de la calle de Jorge Juan, donde tenía vivienda y despacho. José, por su parte, vivía aún con sus progenitores, en Diego de León.

—Está bien, me dejo invitar.

Bajaron la Carrera de San Jerónimo hasta la parada de coches de punto y se dirigieron al primero de la fila. Luego de dar al cochero la primera dirección subieron al coche y, apenas instalados en él, el caballo, azuzado por el cochero, partió con un ligero trote cansado y cochinero.

La luz de las farolas de gas recién encendidas se reflejaba en el asfalto todavía brillante por la reciente lluvia.

—¿Cómo quedamos para mañana? —preguntó José.

—Si te parece, a las cuatro y media en el chaflán de Juan Bravo, ya sabes, donde vive Gloria. Yo ya estaré allí un cuarto de hora antes.

Tras una pausa y tras pensar en el compromiso que había adquirido, José apuntó:

—Como la muchacha sea fea, te acordarás de mí.

Habían llegado al portal de Perico y éste, en tanto abría la puerta y bajaba, se volvió hacia su amigo.

—Me lo agradecerás toda la vida. Y si no, al tiempo.

—¡Vete ya, perillán! ¡Te conozco, bacalao, aunque vayas disfrazao! Como esto sea una de tus sucias maniobras, te juro que me la pagas.

Perico cerró la puerta y, a través de la ventanilla abierta, recordó lo último acordado.

—Mañana a las cuatro y media en el portal de Gloria, como me dejes tirado te retaré en duelo.

6

Los toros

El domingo amaneció un día espectacular. Ya desde primera hora lucía un sol que auguraba una tarde espléndida, y eso era garantía de que la corrida se desarrollaría en las mejores condiciones. Luego dependería de toros y toreros que «la fiesta» fuera una auténtica fiesta.

José tenía la costumbre de acudir los días de corrida por la mañana a los alrededores de la plaza de toros de Goya, donde se podía pulsar el ambiente que despertaba el festejo de la tarde. El barullo de los bares en los aledaños de la plaza, los comentarios y las discusiones de los aficionados, los puestos de barquillos, de gorros y de abanicos marcaban la importancia del evento, pero el auténtico termómetro del mismo era la abundancia de hombres dedicados a la reventa que, entre las carreras y los sustos que la presencia de los municipales provocaban, iban colocando su mercancía, un trapicheo con mucho del juego del gato y del ratón, pues si bien por la mañana aguantaban los precios, a medida que se acercaba la hora de la corrida, espoleados por el temor de quedarse «el papel», iban bajándolos, de modo que aquel que tuviera el cuajo suficiente para arriesgarse a quedarse sin poder asistir y esperara hasta el final podía hacerse con una entrada más barata incluso de lo que le habría costado adquiriéndola en taquilla.

Los mano a mano entre el Guerra y Mazzantini acostumbraban a reventar el aforo de las catorce mil quinientas personas que el coso podía alojar.

La mañana, empleada en esta actividad, le pasó a José sin casi darse cuenta. Pilló una bronca de aficionados en el bar Las Banderillas que acabó con los municipales llevándose a los protagonistas entre el jolgorio del personal. A su regreso a casa, comió con sus padres. Como de costumbre, su madre, que era muy religiosa, le preguntó si había ido a misa.

41

Su padre le echó un capote.

—Déjalo, Rita, que José ya es mayorcito para considerar sus obligaciones dominicales.

—Tú no lo protejas. Es muy difícil conservar la fe conviviendo con un par de ateos. Menos mal que rezo por los dos, porque si no difícil lo vais a tener cuando lleguéis allá arriba.

La comida del domingo transcurrió sin más incidentes y a la hora en punto, y tras despedirse de sus progenitores, José partió a su cita con Perico reconociendo que el encuentro con la amiga de Gloria había despertado en él cierta curiosidad.

Cuando llegaba al chaflán de Juan Bravo divisó a su amigo paseando por la calle y mirando su reloj de bolsillo con insistencia.

—Creí que no llegabas.

—Eres un nervioso, aún faltan cinco minutos.

—Mira, allí vienen.

La cancela de la puerta se abrió y se recortó en el vano la silueta de las dos muchachas. José ya conocía a Gloria, por lo que siempre había alabado el buen gusto de su amigo. Sin embargo, lo que no imaginaba, pese a las garantías dadas por éste, era que la amiga fuera aquel pedazo de mujer que la acompañaba. No lo podía creer, no podía ser lo que veían sus ojos. La muchacha que se acercaba era la del perrito muerto, la que había visto en la consulta del veterinario. A medida que se aproximaban pudo observarla con detalle. Era una morena impresionante. Alta, delgada y con talle de avispa. El óvalo perfecto de su rostro lo adornaba un par de ojos verdes que parecían dos faros, y tenía la nariz recta y los labios carnosos. Vestía una blusa camisera violeta cubierta por una chaquetilla torera de color granate muy apropiada para aquella tarde y una falda gris hasta los tobillos, acampanada y ceñida a la cintura con un ancho cinturón negro de piel, bajo el borde de la cual asomaba la punta de unos botines abotonados por el lateral.

José dio un codazo a Perico.

—A lo mejor hasta tengo que pagarte una cena.

—Ya te lo dije, pero tú eres como santo Tomás: «Si no lo veo no lo creo».

—No es eso.

Perico lo observó dubitativo.

—Pues ¿qué es?

—La amiga de Gloria es la chica del perrito del veterinario de la que te hablé ayer.

Perico lo miró con sorna.

—La vida es una lotería… ¡y por lo visto a ti siempre te toca el gordo!

Las chicas fueron acercándose, y José se dio cuenta al punto de que la muchacha no lo había reconocido. Dio un ligero codazo a su amigo.

—No digas nada, déjame manejar esto a mí.

Gloria hizo las presentaciones de rigor.

—Mira, José, ésta es mi amiga Nachita Antúnez. —Y luego dirigiéndose a ella—: Él es José Cervera, amigo íntimo de mi novio, a quien ya conoces.

Las dos parejas subieron al coche del padre de Perico y el cochero, que ya había sido instruido de adónde había que ir, con un ligero toque a las riendas hizo que el tiro arrancara en dirección a la plaza de Goya.

La muchacha, además de bellísima era encantadora, y su habla tenía un acento especial que al principio José no supo identificar si era peruano, venezolano o ecuatoriano. Argentino y chileno no era, y mucho menos mexicano… Pero desde luego era sudamericano.

José, que iba sentado al lado de la chica en el sentido de la marcha, se dispuso a jugar sus bazas.

—¿Es la primera vez que va a los toros?

—Óyeme, por favor, háblame de tú. En mi país únicamente somos tan solemnes con los mayores, entre jóvenes somos más informales.

El acento de la chica era delicioso.

—¿De dónde eres?

—Del país de las bellas mujeres, con excepciones como yo, y de los mil lagos. De Venezuela. Exactamente de Maracaibo.

—O sea, que tú no eres bonita.

—¿Me encuentras bonita?

—¡No seas mala! Aunque sé que a las mujeres os gusta que os regalen los oídos, debes saber que aquí tenemos un refrán que dice: «La falsa modestia es la virtud de los que no tienen otra».

—Lo digo de verdad, mi niño, yo no me encuentro bonita.

—¿Es que en Venezuela no hay espejos?

—Dejemos eso. Además, me considero ciudadana del mundo; viajé con mi papá por la vieja Europa e incluso pasé un año en París porque él tenía trabajo allí y no quiso tenerme lejos.

—Lo comprendo muy bien. Cuando se tiene una obra de arte hay que tenerla cerca.

—¡Uy, qué candongo! —Entonces la muchacha se dirigió a Perico—: Tu amigo es muy peligroso.

—Es la fachada, pero en el fondo es un trozo de pan.

En ésas estaban cuando, abriéndose paso entre la multitud, el cochero consiguió acercarlos a la puerta de la plaza correspondiente a sus entradas. Descendieron los cuatro.

—Fermín, dentro de una hora y media aguarde en Las Banderillas.

—Sí, don Pedro, allí estaré.

Llegar hasta el lugar donde estaban ubicadas sus localidades de contrabarrera fue toda una hazaña. Los pasillos estaban atiborrados de público, la gente caminaba en manada hasta llegar al vomitorio correspondiente y desde allí ascendían la escalera de piedra vertical que desembocaba a medio tendido, desde donde podía subirse hacia la andanada o descender hacia la contrabarrera y la barrera. Los cuatro, con las entradas en la mano de Perico, se dirigieron a sus localidades y, finalmente, con ciertas dificultades, consiguieron llegar a las mismas. Perico alquiló almohadillas, y José obsequió a Gloria y a Nachita con sendos ramos de claveles preciosos. Una vez acomodados, se dispusieron a charlar en tanto salían las cuadrillas.

Ése fue el instante en el que José se decidió a poner en marcha su plan.

—Nachita, ¿has visto anteriormente alguna corrida?

—Claro, mi niño. En Venezuela hay mucha afición, y mi padre tenía un palco en la plaza de Maracaibo.

—Entonces ¿te gustan los toros?

—Me apasionan.

Sonó la música y las cuadrillas se aprestaron a hacer el paseíllo. José aprovechó el momento para intrigar a Nachita.

—No entiendo a las mujeres, venís a contemplar la muerte de un animal majestuoso e importante sin derramar una lágrima y en cambio os ponéis a llorar si a vuestro perrito lo mata un coche de caballos.

Nachita lo miró desconcertada.

—Eso me pasó a mí ayer, ¿cómo lo has adivinado?

—También sé que tu nombre no es Nachita, sino Chiquinquirá, que debe de ser la Virgen patrona de Maracaibo.

Nachita estaba sorprendidísima.

—¡Uy! ¿Cómo sabes tú eso? —Luego se volvió hacia Gloria y,

dándole con el codo, le comentó—: Mira, sabe cómo me llamo y también lo de mi perrito, ¡este hombre es brujo!

—Harás bien en no fiarte de José, Nachita. Aquí en Madrid hay muchos como él, pero más que brujos son embaucadores.

De nuevo Nachita se dirigió a José, y en un tono mimoso y totalmente distinto al que emplearía una chica española, apoyándose en su hombro le dijo:

—Sé bueno y dime cómo sabes tú eso.

José se hizo el misterioso.

—La mujer es como una plaza fuerte, hay que asediarla por todos los frentes. Además, en la guerra y en el amor valen todas las artes, y la curiosidad es una de las debilidades de la mujer.

—¡Va! No seas malote, mi niño… Y, óyeme, esto no es la guerra.

—Pero puede ser el principio de un gran amor.

—¡Venga, dime!

—No quiero hacerte sufrir. Ayer estaba en el veterinario cuando murió tu perrito y la verdad es que me impresionaste de tal manera con tu llanto que únicamente pude retener tu nombre. Se lo comenté a Perico a la hora de comer, y cuando te he visto venir con Gloria he pensado que Dios te ha puesto en mi camino.

—¡Tonto!

La corrida salió muy buena. Los toros de la ganadería del Conde de la Corte fueron excelentes, sobre todo el segundo; y los matadores, en su pugna por coronar el escalafón, se emplearon a fondo en sus respectivas faenas. Nachita se interesaba por el pelaje de los astados, y quiso saber qué era un toro «zaino», un «bragado» o un «berrendo», nombres distintos a los que se usaban en su Venezuela natal. José fue informándola a la vez que crecía su entusiasmo por la actitud de la muchacha, mucho más libre en sus expresiones que las mujeres a las que estaba acostumbrado; la chica, ante una situación arriesgada, se refugiaba en su hombro sin querer ver lo que pasaba en el ruedo, y su miedo llegó al paroxismo cuando el cuarto toro, de nombre Tirador, mató un caballo.

La plaza era un clamor: en el cuarto Guerrita había obtenido un triunfo notable, dos orejas y vuelta al ruedo, y los partidarios del otro torero clamaban y animaban queriendo llevar a su lidiador al triunfo.

El corneta anunció al quinto, que correspondía a Mazzantini. Entre la expectación general, el monosabio mostró la pizarra al público girando sobre sí mismo. El nombre: Basurero; el peso: quinientos cuarenta kilos. La puerta del chiquero se abrió, pero el animal se demoró un instante. El encargado de la puerta comenzó a golpear las tablas con la mano abierta para provocar al animal, y finalmente Basurero salió. El matador lo recibió a porta gayola, y un clamor unánime surgió de las gargantas de la multitud. Era un toro cárdeno abrochado de cuernos, muy bien armado, que galopó circunvalando el ruedo como tomando las distancias del lugar donde iba a celebrar su última batalla. Llegando al cinco, ante la provocación de un capote que asomaba por el burladero, arremetió en tablas y rompió dos de ellas. La lidia del quinto toro había comenzado.

Los peones trastearon al animal, que fue de uno a otro encelado por el engaño, y cuando tras cuatro o cinco embestidas se detuvo, Mazzantini, abriendo el capote cual las alas de una mariposa, comenzó a templarlo estudiándolo para ver por dónde iba el bicho, cuál era su querencia y por dónde lo torearía. La faena con el capote fue de las que se recuerdan, un alarde de verónicas, chicuelinas, delantales y faroles. Basurero entró cinco veces a los caballos empujando con los cuartos traseros clavados en la arena, hasta que el maestro dio la orden de retirarlo. Los pares de banderillas de los rehileteros fueron un muestrario: al sesgo, al cambio, de poder a poder... Pero el disloque fue cuando Mazzantini colocó un pañuelo en los medios del albero. Tomando los garapullos, puso el par al quiebro sin mover los pies del trapo. Tras brindar la muerte del toro al público, dejó su montera en el centro de la plaza y comenzó la faena de muleta.

Nachita, con la cara escondida en la solapa de José, miraba la faena del maestro con un solo ojo, y los ¡uy! y los ¡ay! que murmuraba eran continuos, al igual que los comentarios referidos a la espléndida faena.

—Pero ese hombre quiere suicidarse... No se puede permitir. Por favor, que mate ya al toro, que va a pillarlo. Ese torero es un loco.

Finalmente, el matador se dispuso a realizar la suerte suprema. Cambió el estoque de madera por el de acero y se dirigió al morlaco, que se había refugiado en tablas. Entonces, tras cuatro o cinco pases, le humilló la cerviz con la muleta, y cuando lo tuvo cuadrado sacó el estoque por encima de su cabeza y entró a matar. En el embroque, y al salir por el lado izquierdo, Basurero, con el acero clavado hasta la cruz, con un derrote imprevisto prendió al torero por la ingle y lo lanzó por los aires. Los peones y el Guerra se arrojaron al ruedo en tanto el toro quedaba quieto unos instantes y luego se acostaba. Mazzantini, ayudado por sus hombres, se puso en pie con la pierna derecha chorreando sangre. Pretendieron llevarlo a la enfermería, pero se negó. Pidió un pañuelo a su mozo de estoques y se lo atornilló por encima de la rodilla a medio muslo, y de esta guisa, y en tanto un subalterno clavaba la puntilla a Basurero y éste se rendía, saludó al respetable brazo en alto.

El público rugía pidiendo las dos orejas y el rabo para Mazzantini. El presidente concedió inmediatamente la primera, obediente al aplauso general, y en tanto sonaba la música en el arrastre del toro, mostró el pañuelo protocolario que autorizaba la segunda, y finalmente concedió el rabo. En ese momento la plaza estalló.

Mazzantini, desoyendo el consejo de su apoderado y cojeando visiblemente, intentó dar la vuelta al ruedo, pero se quedó en eso, un intento. Nachita se volvió hacia José.

—Los valientes me enamoran. Ese hombre se ha jugado la vida esta tarde. No sé lo que haría, mi niño, si alguien así me pidiera que me casara con él.

José respondió, un punto celoso:

—Al fin y al cabo, es el oficio que ha escogido.

Mazzantini había llegado frente a ellos y se había detenido. Gloria y Nachita estaban fuera de sí. La venezolana, sin pensarlo, tomó el ramo de claveles que José le había regalado y lo lanzó al ruedo. Cuando el matador se agachó penosamente, lo recogió y lo besó mirándola a la cara, Perico recordó a José en voz baja el pacto establecido:

—Gloria y yo nos marchamos. ¿Vosotros os quedaréis hasta el final?

José, que aún se sentía un poco celoso del matador, le preguntó a Nachita, y ésta, tras pensarlo un momento, respondió:

—Estoy encantada aquí, pero también me apetecería mucho conocer la chocolatería San Ginés.

—Pues hecho —dijo José—. Perico, nos encontraremos allí.

—Perfecto. Si queremos irnos, es mejor que salgamos ahora. Hasta que alcancemos el vomitorio podemos tener problemas con la falda de Nachita, y cuando el bicho esté en la arena la gente puede molestarse. Nosotros os seguimos hasta la puerta y os recogeremos en la chocolatería. A las nueve podrán estar de regreso en casa.

—Lo que tú digas.

—Perdona que no haya atinado al citar a Fermín en Las Banderillas, no contaba con que vosotros saldríais antes.

—No te preocupes, cogeremos un coche de punto y asunto resuelto.

Nachita se había puesto en pie dispuesta a salir. Gloria ya le había comunicado el canto y argumento de la obra, pero no contaba con que su apuesto acompañante la llevaría a la chocolatería que tanto había ansiado conocer. La venezolana dio un beso a su amiga.

—Sed buenos cuando os dejemos solos. La corrida ha sido fantástica y estaba pasándolo, como dicen en mi país, «¡de caramelo!».

Nachita y José comenzaron el lento y complicado ascenso hasta el vomitorio correspondiente, que obligó a levantarse al público del tendido que les dificultaba el paso. José, a la vez que avanzaba y en tanto sujetaba a Nachita por el codo, iba excusándose aprovechando la coyuntura de la dureza del último toro.

—Perdón, es que la señora se ha mareado un poco.

El personal en tales circunstancias era comprensivo, y quitando de en medio almohadillas, bolsos y algún que otro paquete de tabaco, iba levantándose para dejar la grada despejada.

Finalmente, ambas parejas coronaron la subida y con el campo libre comenzaron a descender hacia la puerta de salida correspondiente a su localidad. Allí se separaron sonrientes.

José pensó que aquella tarde la coyuntura de los astros le era propicia. El favor hecho a su amigo revertía en su beneficio ya que jamás, ni en el más elucubrado de sus sueños, habría podido pensar que Nachita fuera Chiquinquirá ni que le apeteciera tanto estar con ella a solas.

—La chocolatería San Ginés es la que da el mejor chocolate con churros.

—¡Uy! Me va a encantar. Me han contado que las mujeres no pueden ir solas, y Gloria no ha tenido tiempo de llevarme aún.

—Pues ya tienes acompañante… De hecho, si quieres tienes hombre para toda la vida, no únicamente para esta tarde sino para todas las tardes que gustes hasta el día de tu marcha.

—Eres incorregible.

Habían llegado a la calle. José, que había aprovechado la bajada de la pendiente escalera para seguir sujetando a la muchacha del brazo, todavía no la había soltado.

—Pero, mi niño, ¿es que tú no tienes trabajo?

—Mi trabajo, señora, en tanto usted esté en España será ser su fiel caballero servidor.

—¡Qué gentil!

Llegaron a la parada de coches y tomaron el primer simón que estaba a la cabeza de la fila. Se sentaron en la banqueta, cuyo ajado terciopelo mostraba los embates del uso y las vicisitudes del tiempo.

José se dirigió al cochero.

—¿Conoce dónde está la chocolatería San Ginés?

—Claro, señor. De no ser así, no podría desempeñar este oficio, ¡todo el mundo la conoce!

—Pues vamos para allá.

Y tras esta aclaración al buen hombre se dispusieron a gozar del trayecto.

Nachita estaba eufórica.

—Quiero aprovechar mi tiempo en Madrid y empaparme de esta ciudad que me parece apasionante. Por favor, háblame de las calles y los monumentos que vayamos viendo durante el trayecto.

José estuvo encantado de desempeñar el papel de cicerone y se esforzó por dar cumplida explicación a la muchacha de cuanto veían, además de intentar colmar su curiosidad al respecto de cosas para él sin importancia pero que despertaban la curiosidad femenina, cual eran comercios de ropa, de bolsos o de sombreros.

Llegando a la calle del Arenal el cochero, forzado por la multitud paseante, obligó al rocín a recortar el paso. Finalmente, desbordaron el edificio del teatro Eslava y llegaron al pasaje de San Ginés.

José, tras pagar la cuenta y dar al cochero una generosa propina, condujo a Nachita al interior de la chocolatería. El barullo era notable, al punto que parecía que allí regalaban la mercancía. Evidentemente, el tráfico general era de churros y chocolate. Por fin, después de una batalla a brazo partido, consiguieron una de las mesas redondas de mármol que había junto a la pared y allí se instalaron.

—¡Camarero!

José pidió chocolate con nata y churros para Nachita, y para él una copa de ron.

El tiempo se le fue volando, y la hora y media le pareció un minuto. Sin que se diera cuenta, Perico y Gloria aparecieron en el marco de la puerta. La tarde había pasado en un soplo.

7

El regalo

Gloria y Nachita estaban en la tribuna del piso de la primera, que daba a la calle de Juan Bravo, comentando todo lo sucedido la tarde anterior.

—Realmente lo hice por ti, por acompañarte para que pudieras salir con Perico, pero he de reconocer que su amigo es un encanto. Pasé una tarde estupenda, y debes saber que si he de hacerte otro favor te lo haré encantada.

—Ya te lo dije. José es el mejor amigo de Perico, y la verdad es que me río mucho con él, pero ten cuidado… No te vayas a enamorar, no quisiera esa responsabilidad.

—¡Ah, mira qué bien! De un lado me lo traes para que los dos hagamos de carabina, y del otro, me aconsejas que tenga cuidado. ¡No está mal!

—No me entiendes, mujer. José es estupendo como amigo, pero en Madrid tiene fama de mujeriego y no quisiera que por mi culpa tuvieras un desencanto.

—No te preocupes, que en Venezuela hay mucho lagarto y ya estoy acostumbrada. Sé valerme sola. Así que, si volvemos a salir, tráemelo; no me lo cambies por otro.

—Tú misma, Nachita, pero no es negocio que te enamores de él.

—Insisto: no te preocupes, que he ido mucho por el mundo. Me quedan tres semanas de estancia en Madrid y quiero divertirme sin enamorarme. Por favor, repíteme el galán. Que supiera cómo me llamo y quién soy me llegó al alma.

En ese instante sonó el timbre de la puerta principal, a lo lejos. Gloria miró su pequeño reloj de pulsera.

—Qué raro, no son horas… Los proveedores vienen antes y entran por la puerta de servicio. Y las once no es horario de visitas.

Unos pasos amortiguados se acercaban por el pasillo y al punto apareció en el marco de la puerta la figura de la primera camarera portando en sus brazos una caja cuadrada envuelta en papel de colores y adornada con un gran lazo violeta.

—Señorita Gloria, acaban de traer este paquete para la señorita Nachita.

—¿Para mí? Qué extraño, será una equivocación.

Gloria ordenó:

—A ver, trae para acá.

La camarera se adelantó y dejó la caja sobre la mesa camilla y, tras pedir permiso, se retiró. Sujeto entre el lazo y la tapa había un sobre. Nachita lo cogió y se entretuvo mirando la letra del desconocido.

—Pero ¡ábrelo, mujer, no seas boba!

Nachita rasgó la solapa y extrajo del interior un pliego que desdobló con parsimonia.

La letra era grande y clara. Gloria pegó el rostro al de su amiga para leer a la vez.

El texto decía así:

> Ayer pasé una de las tardes más maravillosas de mi vida. Su voz, su recuerdo y su perfume han presidido mis sueños. Como no puedo pretender presidir los suyos, espero que este humilde obsequio le recuerde a mi persona. Esté donde esté, no he de decirle que desde este instante voy a tener muchos celos de «ella».
>
> Su fiel admirador,
>
> JOSÉ
>
> P. D.: Perdona, pero escribiendo no me sale el tuteo.

Las dos muchachas se miraban extrañadas cuando en aquel instante un sonido breve y apenas audible salió del paquete.

Gloria se precipitó hasta el costurero de su madre y, tomando las tijeras, cortó el lazo. Nachita retiró rápidamente el papel del envoltorio y se fijó en que la caja tenía dos agujeros por lado; retiró la tapa y ante sus asombrados ojos apareció, rebozada en briznas de paja, una perrita yorkshire del tamaño de un peluche, negra y plateada, que la miraba curiosa con sus ojillos como dos cuentas de cristal, redondos y asombrados.

Tras tomarla en sus brazos, la levantó en el aire.

—¡Es niña! ¡Madre mía, qué cosa más bonita! Ha sido todo un detalle... ¡Qué regalo tan maravilloso!

—Y qué oportuno —apostilló Gloria.

Nachita depositó el perrito sobre la mesa. Abultaba menos que la pequeña figura de porcelana que adornaba el centro.

—¡Mira cómo es! Nada podría hacerme más ilusión. Voy a enviar a José una nota ahora mismo. ¿Sabes dónde vive?

—Lo tengo apuntado en la agenda, ahora te lo digo.

Cuando Gloria salía al pasillo la voz de Nachita la interrumpió:

—Trae papel de carta y un sobre.

Gloria regresó en un periquete con todo el pedido. Tanto el sobre como la cuartilla eran de color violeta, y un suave olor se desprendía de los mismos.

—Mejor escribirás en el despacho de mi padre, donde encontrarás de todo: tinta, pluma, papel secante... Y además estarás más cómoda.

Nachita no se podía separar del perrillo, y con él en brazos se dirigió a la gran mesa que estaba al fondo del otro salón.

—La llamaré Pizca. Es tan menuda... Toma, Gloria, aguántala.

En tanto Nachita se sentaba en el despacho y se disponía a escribir, Gloria dejó en el suelo el cachorro, y éste, tras un par de vueltas y olisquear todo, agachó las patas traseras e hizo su primer pipí.

Apreciado amigo:

Nada podía hacerme más ilusión que el regalo que ha tenido la gentileza de enviarme. Sé que no debería aceptarlo, pero me es imposible no hacerlo. También sé que un amor no sustituye a otro, pero he de reconocer que el hueco que dejó en mi corazón la muerte de Priscila va a llenarlo este copo de nieve que me ha obsequiado. Espero tener la oportunidad de darle personalmente mis más efusivas gracias.

Reitero de nuevo mi gratitud,

NACHITA

Terminó y, antes de doblar la cuartilla y meterla en el sobre, pasó la nota a Gloria. Ésta la leyó atentamente.

—Pero estás pidiéndole una cita...

—Pues claro. ¿Qué otra cosa puedo hacer para agradecerle un detalle tan hermoso y que me ha hecho tan feliz?

—Pero una señorita no debe...

—¡Ah, ya! Lo que sí debe una señorita es pedir a su amiga que la deje a solas con su novio, ¿no? Eso no es medir las situaciones con el mismo rasero, mi niña.

—Yo únicamente te digo que aquí, en España, esas cosas se miran mucho.

—Ya… En Venezuela se miran menos. Además, he de decirte que los españoles sois muy especiales.

—Pues adelante, hija. Si a ti te parece bien, yo feliz.

Nachita recogió un poco las velas.

—No lo he citado directamente. Tan sólo le he dado una pista. Ahora le toca mover ficha a él. Y no le he indicado ni lugar ni fecha. Si quiere verme ya pondrá los medios.

En tanto que con su letra picuda y elegante escribía la dirección de José Cervera en el sobre y con la esponjilla húmeda cerraba la solapa, preguntaba a Gloria:

—¿Podrá llevarlo tu cochero?

—Si mi padre no lo tiene con él en el despacho, «ahoritita mismo», como dices tú.

8

La cita

José, que aguardaba nervioso la llegada de la muchacha como el niño que la noche del 5 de enero espera a los Reyes Magos, extrajo del bolsillo de su gabán el mensaje de Nachita y lo leyó por vigésima vez. Se confesaba a sí mismo que no había esperado tan inmediata respuesta, pero en esos instantes era sin duda el hombre más feliz de Madrid. Los días transcurridos habían adornado el recuerdo de Nachita al punto que dudaba que su cabeza no le hubiera jugado una mala pasada. La había citado en el discreto quiosco que había junto a la fuente de la Alcachofa, ubicada al lado del estanque del parque del Retiro, y allí se había instalado media hora antes para asegurarse de que circunstancia alguna le obstaculizara el encuentro con la muchacha. José se observó en el espacio oscuro de un brillante cristal en el que se anunciaba el anís del Mono. Aquel día había puesto mucho cuidado en su vestimenta. Debajo del abierto gabán gris marengo vestía una chaqueta azul marino de solapa estrecha sobre un chaleco del mismo color, si bien un tono algo más claro, camisa blanca con cuello de celuloide y plastrón gris oscuro adornado con una aguja de perla, pantalones grises con una pequeña raya negra y lustrados botines, y cubría su cabeza un clic-clac de achatada copa.

Por fin, justo cuando las campanas del reloj de una iglesia cercana daban las once de la mañana, la divisó. Nachita descendía del coche de caballos de la familia de Gloria. Antes de que ella reparara en él, José se regodeó observándola con atención. La presencia de la joven mejoraba notablemente su recuerdo. Vestía un abrigo largo y abierto de color granate sobre un vestido a la última moda, de un gris muy claro y con mangas abullonadas y apretada cintura; el cuello de la blusa cubría el suyo, y en la cabeza lucía un bonete adornado con una pluma. Cuando ya se volvió hacia él le pareció que se resguardaba las manos en un manguito gris plateado. El corazón comenzó a latirle precipitadamente. Nachita avanzaba hacia él con un donaire que sin duda provenía de una tierra más cadenciosa que permitía que la mujer caminara con el pequeño balanceo de un barquito de vela. En ese instante la muchacha lo divisó y, alzando el brazo alegremente, lo saludó desinhibida, ignorando sin duda todas las reglas de urbanidad que dictaban las buenas costumbres en la capital. Entonces José se dio cuenta de que el manguito no era tal, sino el pequeño cachorro de yorkshire que había propiciado ese encuentro.

Nachita llegó junto a él y mientras sujetaba la perrita con la mano izquierda alargó la derecha, cubierta con el guante. José la alzó a la altura de sus labios y, retirando apenas el borde del guante, le besó el trocito de la muñeca que le quedaba descubierto. Nachita hizo como si no se hubiera dado cuenta. Al principio, un torpe silencio se estableció entre ambos. Luego ella rompió el fuego y, mostrándole el cachorro, exclamó:

—¡¿No es divina?!

José la tomó en sus brazos.

—Es el ser que voy a envidiar más en toda mi vida.

—¡Zalamero!

—Gracias por haber venido.

—Era obligado. No podía hacer quedar a los venezolanos como indios o, lo que es peor, como gente mal educada e ingrata.

—¿Nos sentamos?

—Ya mismo.

José, tras entregarle a Pizca, la tomó levemente por el codo y la condujo a las mesas de mármol del coqueto cenador instalado dentro de una jardinera acristalada.

La pareja se sentó al fondo, en un rincón recogido donde la copa de un inmenso castaño de Indias proyectaba su sombra y propiciaba un clima íntimo y acogedor. El camarero, acostumbrado a las parejas que frecuentaban el merendero, aguardó unos instantes antes de acercarse, gentil y servicial.

—¿Qué va a ser?

José miró a Nachita interrogándola con la mirada.

—Una zarzaparrilla, por favor.

—¿Y el caballero?

—Tráigame un vermut.

El hombre tomó la comanda y se retiró, y José esperó su regreso hablando de naderías, pues no quería que el camarero interrumpiera después su discurso. Cuando los dos jóvenes estuvieron servidos y el mesero se hubo retirado definitivamente, ambos se sintieron solos, aunque ciertamente casi lo estaban, considerando que la única presencia era otra pareja que se encontraba en el recinto y estaba en el otro extremo, y el otro parroquiano, un caballero de mediana edad que leía *El Globo* en tanto un jovenzuelo le limpiaba los zapatos, tampoco estaba cerca de ellos. El ambiente propiciaba aquel primer encuentro íntimo y seductor. Fuera, el viento movía las ramas de los árboles, y su murmullo llegaba hasta el interior del acristalado invernadero.

Nachita había dejado a Pizca en el suelo sujetando el extremo de la correa en el brazo de su sillón, y la perrita husmeaba a su alrededor todo el espacio que le permitía su atadura. La muchacha daba pequeños sorbos a su bebida, expectante y observadora. Desde luego, aquel joven tenía un encanto especial, y comenzó a sentir algo que jamás había sentido en su breve vida. Visto a contraluz, le pareció el ejemplar de hombre más hermoso del mundo. Su instinto de hembra lo había detectado desde el primer momento, y con aquella impronta que había heredado de su padre, don Ignacio Antúnez —quien había llegado en un barco a Venezuela con una muda en la maleta y un par de zapatos y que al cabo de cincuenta años se había convertido en el hombre más rico de Maracaibo—, decidió que su vida había llegado a puerto y que se casaría con José. Él aún no lo sabía, evidentemente. Todo a su debido tiempo.

José recordó el tercer grado al que sometió a su amigo Perico el día que comieron en el Lhardy y bendijo el momento en el que decidió acompañarlo a los toros. Esa muchacha poseía una belleza exótica impresionante. A pesar de que no podía negar la hermosura de sus ojos verdes sombreados por aquellas larguísimas pestañas que lo observaban detenidamente ni su oscurísima melena negra, lo que más lo había impresionado era su carácter desenvuelto, infinitamente más espontáneo que el de las mujeres que hasta aquel día había conocido en fiestas, saraos, kermeses y otros acontecimientos públicos y que, desde luego, eran mucho más contenidas y postizas. Nachita le había encantado desde el primer momento, y decidió jugar sus cartas y lanzarse al agua, él, que tenía fama de ser uno de los solteros más recalcitrantes de Madrid.

José, que ignoraba cuáles eran los planes de Nachita y el tiempo que iba a permanecer en Madrid, fue consciente de que los minutos eran oro. Quería saber cuantas cosas pudiera de la vida de la muchacha, sus planes al respecto de su permanencia en España y cuál era su futuro en caso de partir porque, si todo era como sospechaba, no dudaría en seguir sus pasos a donde fuera con tal de conseguir sus sueños. Jamás en tan breve espacio de tiempo había sentido por una mujer lo que en ese momento sentía su corazón al respecto de la hermosa venezolana, y consecuente con ese sentimiento decidió abreviar en lo posible los prólogos de toda relación.

—Cuéntame tu vida.

—¡Uy, así de pronto...!

—Sí, así de pronto. —Y aclaró—: Si fueras una chica fácil de ver y residente en Madrid, podría permitirme el lujo de esperar, preguntar a tus amigos, indagar entre tus allegados y parientes. Pero no es el caso. El tiempo me urge, y no puedo permitirme el lujo de la espera.

Nachita contuvo su alegría interior y empleó sus armas de mujer.

—Ya te conté mi vida en la chocolatería, ¿qué más quieres saber?

—Quiero saber todo de ti: tu familia, tu niñez, tus planes de futuro y, sobre todo, cuánto tiempo estarás en Madrid.

Lo que no le dijo Nachita era que esa misma mañana había cambiado sus planes. Había escrito a su padre una larga carta en la que le aseguraba que se encontraba muy a gusto en Madrid y le pedía permiso para quedarse en casa de su amiga Gloria al menos hasta después del verano. Nachita conocía por adelantado cuál sería la reacción de su padre. Para don Ignacio Antúnez y Varela, de entre todas sus posesiones la más querida era aquella hija a la que, desde la muerte de su esposa, había mimado y cuidado como una flor de estufa, y a la que conocía profundamente. En cuanto recibiera la carta, tal vez sospechara algo, pero sin duda no pondría ninguna objeción a sus planes. Nunca lo había hecho porque para él lo más importante del mundo era que su única hija fuera siempre feliz.

A instancias de José, Nachita le relató su vida, su dorada niñez que se truncó con la muerte de su madre, cómo su padre buscó los mejores educadores de Venezuela, cómo con quince años la llevó consigo en sus viajes, conoció mundo y gentes ilustres, y a través del relato y sin darle importancia le explicó quién era su padre y lo que representaba en Maracaibo y, por tanto, en Venezuela.

—Me lo pones muy difícil.

—No te entiendo. ¿Por qué dices que te lo pongo muy difícil?

—Sencillo: quiero casarme contigo y no me das tiempo para que me conozcas.

Nachita, temblando por dentro, se contuvo.

—¡Qué cosas dices! Gloria ya me advirtió que no eres serio, y añadió que tuviera cuidado contigo.

—Jamás he hablado más seriamente en toda mi vida.

Nachita deseaba volver a oír lo último que José había dicho, pero para quitar tensión al momento intentó desviar la conversación jugando a que se había tomado a broma la última frase.

—Ya nos casaremos más tarde… Ahora cuéntame tu vida, y no me digas que ya me la contaste el otro día. Yo también quiero saberlo todo de ti.

Entonces fue el turno de José. Le explicó quiénes eran sus padres y que, como ella, no tenía hermanos. Le habló del marquesado de Urbina, de su carrera de agrónomo, que finalizaría al año siguiente, de su vida en Madrid, de sus amigos y sus aficiones, y de sus veraneos en Aranjuez, donde su familia tenía un importante chalet.

—Ya ves que no soy millonario, que los títulos nobiliarios no dan dinero en este país porque todo el mundo tiene una baronía, un condado o un marquesado, pero sin fortuna. Yo, desde luego, viviré de mi trabajo y mi mujer habrá de conformarse con lo que yo gane. Por eso he dicho que me lo has puesto muy difícil.

Nachita meditó unos instantes lo que deseaba decir y decidió rendir sus armas de mujer y ser honesta.

—Creo que me quedaré en Madrid todo el verano. Quiero verte más porque me siento muy bien en tu compañía y, aunque te relevo de tu compromiso de casarte conmigo, espero tener siempre un gran amigo en Madrid… que podrías ser tú.

José sintió que se le abría el mundo. La confianza en sí mismo siempre había sido una de sus cualidades.

—Únicamente te pido una oportunidad. Quiero verte todos los días, quiero empaparme de tu presencia y espero no defraudar la confianza que has puesto en mí. Conóceme y deja que conozca hasta el más recóndito de tus gestos, y cuando te parezca oportuno te lo diré otra vez.

—¿Qué es lo que me dirás otra vez?

—Quiero casarme contigo, quiero pasar el resto de mis días a tu lado y quiero cuidar de ti hasta el fin de los días… Si tú me dejas.

—Aquello tuvo consecuencias que atañeron a otras personas.

A lo largo de aquel verano la ilusión de Gloria ante la felicidad de su amiga fue creciendo, lo mismo que su consciente responsabilidad como madrina de aquel acontecimiento. José y Nachita habían sido inseparables desde que se conocieron, y ella sabía que la joven venezolana tardaría poco en escribir a su padre de nuevo, esa vez para confesarle que había conocido al hombre de su vida.

9

Difícil decisión

París, verano de 1895

Hacía ya casi un año que Gerhard Mainz había salido de Berlín. Su trabajo en el estudio lo absorbía y sus ansias de aprender eran infinitas; sin embargo, cuando pensaba en volver, sabía que no era la pintura lo que iba a echar de menos, sino a Lucie. Su familia lo esperaba en septiembre y él no soportaba la idea de separarse de la muchacha. Evidentemente, había cambiado correspondencia con su madre y con su hermano, Günther, aunque sólo con él había sido sincero.

Por otra parte, dejando a un lado sus sentimientos y supuesto que no hubiera conocido a Lucie, el descubrimiento de Montmartre, sus ambientes tan diversos y el mundo de los impresionistas, había calado tan profundamente en su corazón que ahora estaba seguro de lo que quería hacer con su vida. Aquellos pintores considerados malditos que hasta aquel momento habían constituido su referencia lo habían recibido en su círculo con una sencillez y naturalidad fuera de lo común. Lo trataban con el afecto paternal que se dispensa a un joven compañero de profesión y le habían recalcado, luego de mostrarles su obra, que lo consideraban uno más del grupo que se reunía en La Nouvelle Athènes, lugar de encuentro, desde 1871, de los artistas más veteranos del movimiento impresionista, tales como Degas, quien había pintado allí el cuadro que tituló *Dans un café*, si bien todos lo llamaban *La absenta*.

Era sábado y, como cosa extraordinaria, había obtenido el permiso de madame Lacroze para asistir con Lucie, eso sí, acompañados por Suzette Blanchard y Pierre, el novio de ésta, al concierto que Erik Satie, el pianista de moda en las noches bohemias de Montmartre, iba a dar aquella noche en Le Chat Noir. Era éste un local peculiar en pleno Montmartre, una mezcla de cabaret literario, exposición de pinturas y teatro de sombras, si bien una de sus principales actividades era la de presentar nuevos *chansonniers* como Aristide Bruant, el último y con notable éxito, y cuyo presentador, Pere Romeu, hacía las delicias del respetable metiéndose con unos y con otros, desde periodistas hasta políticos, ministros incluso, y hasta con el presidente de la República, con una gracia ácida y singular. Lucie y Suzette estaban entusiasmadas, más por conocer a la gente que frecuentaba el lugar que por el mero hecho de asistir al espectáculo. Gerhard les había dicho que seguramente entre los invitados podrían ver a algún famoso, quizá a Claude Debussy, compositor adorado por la alta sociedad francesa, o tal vez, si no estaba de gira, a la mismísima Yvette Gilbert, que triunfaba en el Moulin Rouge, pues a menudo visitaban ambos, entre otros muchos, Le Chat Noir hasta altas horas de la madrugada.

El cuarteto partió de la casa de la rue de Chabrol a media tarde. El cielo estaba gris y habían decidido ir caminando hasta el local. Su intención era llegar pronto, pues Gerhard los había avisado que los días de concierto o de algún acontecimiento extraordinario Le Chat Noir, que era más bien pequeño, se llenaba inmediatamente; los últimos se situaban al final de la sala pero ya de pie, y cuando esta última posibilidad se agotaba, entonces, sin otra ceremonia, se cerraba la puerta.

Suzette y Lucie iban delante. Gerhard y Pierre caminaban unos pasos por detrás comentando el trabajo del primero.

—En verdad te tengo envidia.

—¿Por qué?

Pierre argumentaba:

—Lo que más odio es la monotonía; llegar a la tienda todas las mañanas, ponerme el guardapolvo, instalarme detrás del mostrador y perder tres horas de mi vida atendiendo a viejas maniáticas que quieren el tono exacto de una tela que habían adquirido dos años antes. Tú, en cambio, eres el amo de tu tiempo; nadie te manda, y si un día no quieres pintar, no pintas.

—No creas que es tan sencillo. Aunque sea arte, requiere disciplina y, precisamente porque no te manda nadie, debes exigirte más. Si te dejas ganar por la molicie y por el ambiente de Montmartre, que no puedo negarte que es fantástico, entonces estás perdido.

—¿Qué estás pintando ahora?

—Me he atrevido con un desnudo.

Pierre se quedó clavado en la calle mirando a Gerhard.

—¡No te digo! ¿Lo sabe Lucie?

—No he tenido ocasión de comentárselo, pero no tiene importancia, va con el oficio.

Pierre arrancó de nuevo a caminar.

—No tendrá importancia para ti ni para Lucie... si la modelo tiene cuarenta o cincuenta años.

—La chica tendrá unos veinte, y evidentemente es muy bonita y tiene un cuerpo precioso para pintar, pero para mí sólo es trabajo.

—No me dirás que te da igual pintar una chica desnuda que un ramo de flores.

—Aunque no lo entiendas, en según qué circunstancias prefiero pintar una naturaleza muerta.

—Muerto estoy yo de envidia. ¿Dónde la encontraste?

—Me la recomendó un amigo. Pero en el barrio sólo con que pongas unos cuantos carteles en las farolas y en los árboles ofreciendo un trabajo de modelo al cabo de una hora han aparecido tres o cuatro. Hay mucha hambre. El trabajo no requiere esfuerzo, aunque hay que saber estarse muy quieto; a veces hay que parar porque tienen calambres. Y, evidentemente, la gente acude por allí porque sabe que es un barrio de pintores.

—Me gustaría mucho que me dejaras asistir a una de tus sesiones.

Gerhard sonrió.

—Te prometo que el día que pinte un bodegón te avisaré para que me veas trabajar.

Unos metros por delante las muchachas iban a lo suyo, pero casualmente el tema era el mismo. La que hablaba era Suzette.

—¿Dices que tiene el estudio en la rue Lepic?

—En el número 127, en la última planta, que es la que tiene más luz... Antes ocupaba ese atelier otro pintor.

—¿Has subido alguna vez?

—No, prefiero no entrar en el mundo de su trabajo.

—¿Por qué?

—Chica, es muy personal. Yo no veo en el hospital que las esposas de los médicos entren en la consulta.

—No es lo mismo. Yo sentiría curiosidad, porque allí deben de entrar mujeres.

En esa ocasión fue Lucie la que miró con curiosidad a su amiga. El último comentario de ésta se alojó en su interior silencioso y sutil como un ladrón.

No hubo tiempo de más parloteo, pues el grupo había llegado a la entrada de Le Chat Noir. El gentío congregado a las puertas invadía la calzada, al punto que los reniegos de algún cochero que veía impedido el paso de su vehículo se mezclaban con los exabruptos que profería alguien a quien, por poco, no había atropellado el caballo de un coche. Los que tenían entrada pugnaban con los que intentaban acceder al lugar sin haber pasado todavía por la taquilla. Pierre y Gerhard abrieron paso a las muchachas y, no sin esfuerzo, consiguieron acceder al interior. Finalmente lograron ocupar una pequeña mesa de un palco desde el que se dominaba el escenario donde iba a actuar Erik Satie.

Suzette y Lucie estaban entusiasmadas. En aquel local y en circunstancias especiales se aunaban los parisinos con los personajes de la bohemia. La mezcla era subyugante; al lado de elegantes damas vestidas a la última había tipos propios del barrio, con chaquetas ajustadas, pañuelo al cuello y alguno sin ni siquiera quitarse la gorra.

Gerhard se volvió hacia las chicas.

—¡Mirad! ¿No queríais ver rostros conocidos?

—¿Quién?

—¿Dónde?

Las muchachas hablaron a la vez.

—Allí. —Gerhard señaló con el índice—. Émile Zola, el periodista, con los famosos pintores Camille Pissarro y Paul Cézanne. Este último es amigo mío.

Lucie estaba entusiasmada.

—Cuando lo cuente en el hospital, no me van a creer.

En aquel instante se apagaron las luces, se iluminó el escenario y, entre el aplauso del respetable, apareció Erik Satie, que comenzó a tocar.

El concierto fue un éxito. Tras la ejecución de su repertorio el músico se dedicó a complacer peticiones, lo cual alargó la sesión, y finalmente, despidiendo el acto, actuó Pere Romeu. Las chicas no estaban acostumbradas a escuchar tanto disparate, que en ocasiones rozaba el esperpento. La cumbre del despropósito llegó cuando el cómico imitó a Charles Dupuy, primer ministro de la República hasta hacía unos meses, metiéndose en una bañera, que habían sacado al escenario dos tramoyas, cubierto únicamente por unos largos calzoncillos blancos. La bronca que se formó entre el respetable fue de tal calibre que al día siguiente no habría reunión política, salón de lectura ni club donde no se hablara del hecho; los partidarios y los detractores de Dupuy se enzarzaron en una pelea en la que incluso voló por el aire alguna silla y alguna que otra botella.

Los cuatro amigos se refugiaron en el fondo del palco y aguardaron a que amainara el temporal. Finalmente entraron los gendarmes y restablecieron el orden. Hubo algún contusionado y alguno que otro fue conducido al exterior esposado y subido al furgón municipal.

El público fue abandonando el local mientras comentaba los hechos acaecidos, que fueron interpretados de una u otra forma según si quien hablaba era afín o contrario a las ideas del exprimer ministro.

Las muchachas particularmente salieron enajenadas. Jamás habrían imaginado que las noches bohemias del verano de Montmartre fueran tan intensas.

La torre campanario del Sacré Coeur dio las nueve de la noche. Suzette acercó su cabeza a la de Lucie aprovechando que los hombres iban detrás.

—Si hablas con mi madre, me has dejado en casa sola. No sé lo que vas a hacer tú, pero yo sí sé lo que voy a hacer. Si quieres seguir siendo una niña buena, es tu problema. —Luego se volvió hacia Pierre—. ¡Vamos, querido, que se nos hace tarde!

El muchacho comentó a Gerhard:

—Ella manda y yo obedezco. Hemos de salir tú y yo un día, solos. Te buscaré.

Cuando Pierre se adelantó, Suzette, con el brazo levantado, ya estaba parando un coche.

Lucie y Gerhard quedaron solos. A ella le rondaba la cabeza la conversación mantenida con su amiga. Observó el perfil de aquel muchacho que se había colado de rondón en su monótona vida y decidió que Suzette tenía razón: había llegado el momento tantas veces soñado.

—Estamos cerca de tu estudio, ¿no es así?

—Caminando ligero, apenas a un cuarto de hora.

—¿Por qué no me llevas a que lo conozca?

Gerhard captó el mensaje, y en su conciencia se planteó un dilema: de una parte quería respetar a Lucie hasta el día que fuera su mujer y de la otra su joven corazón saltaba de gozo únicamente imaginándolo.

—Tal vez llegaremos tarde a casa.

—No importa. Mi madre duerme como un tronco y no tiene idea de a qué hora ha terminado el concierto.

Las defensas de Gerhard se resquebrajaban y argumentó débilmente:

—La luz es mucho mejor de día.

—Pero París es mucho más bonito de noche.

La pareja se encontró subiendo la escalera hasta el ático de la rue Lepic.

Gerhard introdujo la llave en la cerradura y abrió la puerta.

—Cierra los ojos hasta que yo te diga.

Lucie, con el corazón saltándole en la jaula de su pecho, asintió.

Gerhard se adelantó y prendió la luz. Una claridad azulada invadió la estancia. Luego regresó hasta donde estaba ella y, tomándola de la mano, le pidió:

—Abre los ojos.

Lucie alzó los párpados lentamente y al instante tomó conciencia de aquel espacio tantas veces imaginado. Todo coincidía con lo que Gerhard le había explicado. Avanzó tres pasos y el parquet crujió bajo sus pies, se acercó a la pared y observó con detenimiento las pinturas allí colgadas, después separó alguna de las telas arrumbadas en el suelo y, finalmente, se volvió hacia Gerhard.

—Eres un gran pintor.

—No sé si llegaré a serlo, pero sí sé que pintar es lo que quiero hacer en la vida.

Lucie se acercó al caballete donde reposaba un gran lienzo cubierto con una manta y, despacio, tomándola de un extremo, la apartó. Ante sus ojos apareció una hermosa muchacha desnuda sentada en el suelo sobre un almohadón; se la veía de medio lado, con el codo del brazo derecho apoyado en la rodilla de una pierna, doblada de manera que le cubría el seno. La imagen era muy bella y la composición rezumaba buen gusto.

Gerhard se excusó.

—Es mi trabajo. Un pintor debe buscar su inspiración en su modelo.

—Lo comprendo. Pero la enamorada de un pintor debe tomar sus precauciones.

—No entiendo lo que quieres decir.

—Ahora lo verás.

Lucie se dirigió hacia el interruptor y, girando la ruedecilla, dejó la habitación en la penumbra. Después se encaminó hacia el perchero y, ante los asombrados ojos de Gerhard, fue despojándose de la ropa, dejándola allí colgada. Luego avanzó hacia la *chaise longue* y, temblando, se colocó en la misma postura que la muchacha del cuadro.

Gerhard se rindió. Se desvistió rápidamente y se llegó hasta la muchacha, obligándola a recostarse en el sofá. La luz de París que entraba por los ventanucos de la buhardilla iluminó la escena. Los labios del muchacho buscaron ansiosos aquella boca amada y sus manos exploraron dubitativas el perfil de sus senos de terciopelo. Luego se amaron como dos náufragos hambrientos el uno del otro y tan sólo se oyó el susurro de sus respiraciones, que fueron acelerándose hasta que él se abrió camino delicadamente carne adentro por vez primera en el cuerpo de ella. Finalmente, cuando la luna apareció en la ventana quedaron exhaustos uno junto al otro, unidos por un pacto de amor que debía perdurar toda la vida.

—¿Me amarás siempre como hoy?

—Siempre me sabe a poco, Lucie. Lo último que saldrá de mis labios cuando parta de este mundo será tu nombre.

Las gotas de lluvia comenzaron a caer sobre el tejado de zinc, y ambos, como si se hubieran puesto de acuerdo, empezaron a vestirse. De pronto, Lucie se acercó al cuadro y volvió a mirarlo con detenimiento.

—¿Qué ocurre, Lucie?

—Yo conozco esa cara.

—¿Qué me dices?

—Ahora hace tiempo que ya no, pero esa chica solía acompañar a un tipo alcohólico perdido y muy violento que acudía al Lariboisière a que le suministraran alguna droga que lo ayudara cuando le daba el ataque, aunque resultaba inútil.

—¿Estás segura?

—Como que estoy aquí. Se llama Clémentine, la recuerdo perfectamente. Y, por cierto, acudía al Lariboisière muy asustada.

Gerhard quedó desconcertado un instante.

—Clémentine es su nombre, sí, pero el tipo ese nunca ha venido por aquí.

—Pues ten cuidado. En cierta ocasión hubo que echarlo del hospital. Si no recuerdo mal, se llamaba Armand y de apellido algo así como Levêque… y tiene una cicatriz en la mejilla izquierda que le llega desde la oreja hasta la comisura de los labios.

La lluvia iba arreciando, y Gerhard consultó su reloj.

—Es tardísimo, cogeremos un coche.

Apagaron la luz, que habían vuelto a prender, y tras cerrar la puerta y echar una última mirada a aquel nido que había acogido el acto de su primer amor salieron a la escalera.

Se besaron en cada rellano y ganaron la calle. No pasaba ningún coche.

—Empecemos a caminar, a ver si tenemos suerte.

Gerhard puso su chaqueta sobre los hombros de Lucie y apretaron el paso. Llegando a la rue de Chabrol estaba completamente empapado. Con un cuidado extremo abrieron la cancela y se refugiaron bajo el pequeño templete de la entrada. Lucie abrió la puerta de la casa y, poniéndose el índice sobre los labios, le pidió silencio. Nada se oía. Volvieron a besarse, ella le devolvió la chaqueta y se dirigió a su habitación mientras Gerhard, montado en una nube, iba hacia la escalera. Fue al llegar a su cuarto cuando se dio cuenta del frío que lo embargaba. Se desnudó a toda prisa y, tras frotarse enérgicamente con una toalla, se envolvió en una manta y se acostó tiritando, sabiendo que esa noche no pegaría ojo.

Al cabo de unos minutos la puerta se abrió poco a poco y Gerhard se incorporó en la cama. Sus ojos se negaban a creer lo que estaban viendo. Bajo el dintel, cubierta con una sábana, apareció Lucie. La joven cerró tras de sí la puerta y, despojándose de la tela, quedó de nuevo ante él del todo desnuda. La matizada luz que entraba por la ventana cubría su cuerpo de claros y sombras. Lucie se acercó a la cama y se acostó a su lado.

—¿Qué haces, mi amor?

—Quiero volver a sentir lo que he sentido en tu estudio.

—Pero pueden oírnos.

—Ya nada me importa.

Y sin más retiró la manta que cubría el cuerpo de Gerhard.

Lucie se incorporó.

—¡Estás ardiendo, amor mío!

10
El desheredado

Una piafante locomotora tiraba de los nueve vagones de pasajeros y los tres de carga que cerraban el convoy. Tras las diecinueve horas de viaje que mediaban entre París y Berlín, con el pertinente cambio de vagón en Colonia, Gerhard Mainz veía pasar desde su compartimento los últimos kilómetros del hermoso paisaje. Sin embargo, los verdes prados que tanta paz inspiraban y que tan gratos resultaban a los poetas no conseguían calmar la tormenta que se desataba en el pecho del muchacho.

Dos motivos suscitaban su regreso a casa. El primero era ver de nuevo a su madre y a su hermano. Adoraba a su madre, y hacía más de un año que no la veía; en cuanto a Günther, su hermano, se había propuesto convencerlo de que debía apoyarlo en su oculto empeño. Con ambos se había carteado con frecuencia, si bien no les había confesado la verdadera razón de su larga ausencia. El segundo motivo era mantener aquella conversación con su padre, que intuía áspera, cuando no violenta. Una pulmonía había retenido en cama a Gerhard durante más de un mes, pero en cuanto estuvo restablecido decidió que no podía posponer aquel viaje. Por eso había abandonado París a principios de octubre, con la intención de hablar con sus padres y su hermano, y regresar cuanto antes.

El tren había entrado ya en los suburbios de Berlín, habitados principalmente por familias de obreros de las fábricas de acero y mineros venidos de Silesia que trabajaban en los yacimientos de la región.

Gerhard se puso en pie y bajó su maleta y su bolsa de viaje de la redecilla portaequipaje. Antes de abandonar el lujoso compartimento de primera clase, se despidió de quienes habían sido sus compañeros: un pastor protestante que, sentado frente a él, seguía inmerso en la lectura de su Biblia, y una elegante dama que, acompañada de su hijo pequeño y la institutriz de éste, ocupaba el asiento contiguo. Acto seguido salió al pasillo y se dirigió a la parte posterior del vagón. El tren aminoraba ya la marcha. Dejó en el suelo la maleta y la bolsa de viaje, y se agarró a la barra dorada para evitar que la inercia lo obligara a dar un precipitado paso adelante y embestir al caballero que lo precedía.

La máquina del tren, expulsando bigotes de humo blanco de la caldera de vapor entre un ruido de aceros heridos y de entrechocar de topes, detuvo su marcha bajo la marquesina de hierro y cristal. A Gerhard le recordó el costillar del esqueleto de un gigantesco dinosaurio atrapado en el tiempo.

Los andenes de la estación estaban atestados; una multitud heterogénea y vocinglera iba y venía por los pasillos de cemento que mediaban entre las vías ocupadas por diversos trenes, y cada quien lo hacía a su avío, ya fuera por despedir a alguien que se iba, ya para recibir a un familiar que llegaba. Se veían paisanos vestidos con levita y bombín, y también militares de diversos uniformes según el regimiento al que pertenecían —húsares, ulanos negros, dragones—; había damas con amplias pamelas que enmarcaban bellos rostros seguidas por jóvenes mucamas vestidas de negro las más, y damas con largos guardapolvos, las que se disponían a viajar. Sumado a todo el conjunto, pululaban asimismo por la estación los trabajadores del ferrocarril, tanto jefes de tren, revisores, mecánicos y maquinistas, como personal de tierra, controladores de billetes y mozos de carga, estos últimos con el cinturón de cuero en bandolera y la carretilla de dos ruedas en ristre, ofreciendo sus servicios a los viajeros que llegaban o partían.

Gerhard descendió del tren y, tras rechazar amablemente el servicio que un mozo de carga le ofrecía, con la bolsa colgada en el hombro y la maleta bien sujeta en la mano se colocó en la fila de la derecha, que era la que salía de la estación, y acoplando su paso al lento transitar de la gente se dirigió a la puerta de andenes.

Finalmente, luego de atravesarla, se halló en el vestíbulo central de la estación. Salió a la calle, y al punto fue consciente de la gran transformación que Berlín había experimentado durante su ausencia.

Las sombras iban ganando la batalla al día. Pero la electricidad había cambiado Alemania, y la iluminación de las calles era impresionante. A Gerhard le sorprendió el colorido de los muchos anuncios; los había de elixires que proclamaban la solución para toda clase de males, desde reuma hasta alopecia; incluso de dentífricos y de bombillas. Gerhard se dirigió a la parada de los coches de alquiler, pero no vio a ningún cochero en las inmediaciones. Miró a su alrededor, y se percató de que, bajo un farol, un grupo hablaba y gesticulaba animadamente. Emitió un breve silbido y alzó un brazo. Al instante, uno de los cocheros apagó en la suela de su bota un cigarro, puso la colilla en una pequeña caja de metal que se guardó a su vez en el bolsillo de la levita y se acercó a Gerhard con el sombrero de media copa en la mano.

—Excúseme, señor. El día se hace muy largo y a veces rompo la monotonía charlando un poco con los compañeros.

—No se preocupe. Me hago cargo.

El hombre abrió la portezuela del coche, y Gerhard entró y acomodó a sus pies su escaso equipaje.

—¿Adónde, señor?

—Unter den Linden con Bismarck Strasse.

Sin más preguntas, el cochero cerró la portezuela, se encaramó de un brinco en el pescante y tomó las riendas. A un simple chasquido de su lengua, el ruano se puso en marcha.

Tras un trayecto de treinta minutos el olfato advirtió a Gerhard que entraban en Unter den Linden, la avenida de los Tilos. El alegre trote del caballo se hizo más lento y, al poco, la voz del cochero le indicó que había llegado a su destino.

Después de trece meses de ausencia, Gerhard Mainz había regresado a su casa. Pagó cuatro pfennigs por el recorrido incluyendo una generosa propina y se dirigió con su equipaje hacia la verja del caminal que desembocaba en la cancela de la mansión. Ascendió la cuesta y, dejando la maleta en el suelo, pulsó el timbre.

El edificio lo había construido su bisabuelo paterno, Hermann, cuando trabajaba en los tribunales de Aquisgrán; más tarde el hijo de éste, Günther, su abuelo, la había ampliado comprando nueve hectáreas a su vecino Ernst von Puttkamer, quien sería el suegro del canciller Otto von Bismarck. En esa casa se había desarrollado toda su infancia. Su mente galopó en un instante atravesando una miríada de remembranzas.

El tiempo de espera, si bien fue breve, le resultó eterno. Por fin, a través de la gruesa madera, oyó los pasos del viejo mayordomo, Matthias Faber, a quien Gerhard relacionaba con su niñez con la misma intensidad que el vetusto roble que presidía la entrada del parque.

La hoja de la izquierda de la puerta se abrió y, por un momento, Gerhard temió que el anciano mayordomo sufriera un síncope, del que se habría sentido responsable. Por la expresión de su rostro, intuyó que se negaba a reconocerlo. Sin embargo, luego en voz muy queda, más que afirmar, preguntó:

—¿Señorito Gerhard?

—El mismo. ¿Es que en mi casa no se me reconoce?

Una lágrima peregrina asomó a los ojos del anciano y descendió dudosa entre las arrugas de sus mejillas.

—Ha cambiado usted mucho. La barba y el bigote han conseguido confundirme.

Gerhard se adelantó y lo estrechó entre sus brazos.

—¿Qué ocurre, Matthias, no te alegras de verme?

—Señorito Gerhard, me emociono porque hemos estado muy preocupados por usted. Ya sabe…, por su pulmonía.

—Lo sé, Matthias, aunque de haberse tratado de algo muy grave, mi madre y mi hermano habrían ido a verme… Ya hablaremos. Por cierto, ¿están todos?

—Únicamente se encuentra en casa la señora. Su padre llegará mañana de Essen y su hermano, el señorito Günther, está en Prusia, asistiendo a una cacería organizada por el barón Meyer.

Gerhard se agachó para recoger el equipaje, pero el mayordomo se le adelantó.

—Si permito esto, empezarán a pensar que estoy ya a las últimas.

—Sigues siendo terco como una mula. ¿Dónde está exactamente mi madre?

—En la galería del jardín… Es su lugar preferido en esta época del año.

—Sube esto a mi habitación, si es que aún puedo decir que es mía, y déjame sorprenderla.

—No sé si lo conseguirá, señorito Gerhard. La otra noche la oí decir a su padre durante la cena que tenía un pálpito intuyendo su llegada.

Gerhard se volvió hacia Matthias.

—¿Y qué dijo mi padre?

El mayordomo pareció dudar.

Gerhard insistió.

—Venga, Matthias… ¿Qué dijo mi padre?

—Algo al respecto de «esa maldita afición que lo está apartando de su primer deber».

Gerhard supo al instante a qué se refería. Su padre siempre había considerado que su vocación era un desvarío de juventud, y le permitía tal licencia, pero entendía que su destino estaba escrito y no era otro que llevar el peso de las inmensas fábricas de la familia Mainz en Essen y en Maguncia.

Gerhard no hizo ningún comentario y se alejó, dispuesto a sorprender a su madre.

Atravesó los pasillos de la suntuosa residencia reconociendo muebles y olores antiguos y, como subrayando las palabras del viejo Matthias, se fijó en los cuadros de aquellos antepasados suyos que jalonaban las paredes de la escalera que conducía al primer piso y que, desde sus historiados marcos, clavaban sus ojos en aquel joven que se atrevía a desafiar su destino.

Finalmente coronó su ascenso. Al fondo, la luz encendida de la galería que daba al parque de la parte posterior de la casa denunció la presencia de su madre. Gerhard intentó no hacer ruido; quería gozar del momento. Angela, de espaldas a él, continuaba siendo la maravillosa joven que había engalanado con su espléndida figura todas las fiestas del Berlín décadas atrás. Aquella estancia era una muestra perfecta del buen gusto de su madre. Decoraban las esquinas dos grandes maceteros con plantas de hoja perenne; a la derecha una librería con las pequeñas joyas literarias de su juventud y a la izquierda un gran costurero, pegado al sillón favorito de Angela, y una lámpara de pie con la pantalla de pergamino; el fondo lo presidía la curvada cristalera que daba al jardín; las paredes estaban tapizadas con damasco de color marfil y el suelo era de parquet, la madera de sus anchos listones barnizada de negro, y frente al sillón que ocupaba su madre pendía un cuadro con dos ciervos pintado por Gerhard antes de su partida.

Sin que él hiciera el menor ruido, como si un presentimiento la obligara a ello, la mujer volvió la cabeza de súbito y lo vio. Angela no pudo reprimir un grito; la labor cayó de su regazo, y se precipitó a los brazos abiertos de aquel hijo tan querido y tan añorado.

Al principio todo fueron besos y abrazos. Luego se sentaron sin soltarse las manos y Gerhard, urgido por su madre, comenzó a explicarle los detalles de su vida en París, aunque procurando no repetir lo que ya le había contado en sus cartas: cómo eran su estudio y la casa donde vivía, dónde estaban ubicados, sus alrededores... También le habló de los lugares favoritos que frecuentaban los impresionistas como Monet, Pissarro, Degas o Manet, el grupo de pintores que se habían atrevido a oponerse al academicismo imperante y que abogaban por un arte nuevo, una pintura fundamentada en los contrastes de luz y de color. Cuando finalizó su explicación, supo que su madre buscaba otro relato. Angela, que había escuchado con suma atención a su hijo, suspiró profundamente.

—Hasta el momento todo han sido prólogos, Gerhard. Pero no olvides que soy tu madre. Ahora ve a deshacer tu equipaje y refréscate un poco. A la hora de la cena ya me contarás la otra historia.

Entre madre e hijo se extendió un silencio contenido.

—Tu padre llegará mañana y, dado que no sabe que estás aquí, irá directo al despacho de la fábrica, como de costumbre. Lo verás a la hora de comer, pero te ruego que en la mesa no toques el tema. En fin, ve a tu habitación ya. Matthias te preparará un baño. Cuando estés listo, cenaremos tú y yo en amor y compañía.

—Nada puede complacerme más.

—¿Hasta cuándo vas a quedarte?

—Eso dependerá de la entrevista con padre.

—De cualquier manera, permanecerás aquí un tiempo, ¿verdad?

—Eso no depende de mí, madre. Pero no dude que eso es lo que más desea mi corazón.

—Pues anda, ve. A las siete y media te espero en el comedor.

—Iré volando. Quiero aprovechar hasta el último minuto de su compañía.

Tras estas palabras y luego de besar a su madre en la frente con emoción contenida, Gerhard se dirigió a su dormitorio.

Matthias, que ya había colocado el equipaje de Gerhard sobre el banco de la derecha, se dirigió al balcón para abrir las contraventanas, y la luz del atardecer tiñó el ambiente. Luego se dirigió al interruptor y prendió la luz eléctrica. Gerhard se recreó en el recuerdo, y no únicamente ante la visión de la que fuera su habitación durante tantos años. Un olor especial invadió su pituitaria, hurgando en su memoria. En un rincón vio su viejo caballete y, junto a éste, la paleta, compañera de tantas tardes en el campo, todavía manchada de colores. En las paredes estaban aún sus primeros dibujos al carboncillo que daban fe de sus inicios como pintor; también sus primeros óleos, sin duda ordenados por su madre, en los que había tanteado el género pictórico que más le interesaba, mezclando paisajes con bodegones y algún que otro perfil de la cabeza de su hermano, Günther. También vio, más allá, sus queridos esquís, su mochila y su piolet, compañeros inseparables de sus escaladas por los Alpes, así como las copas ganadas en las carreras de esquí, sus jerséis con su número, el nueve... En fin, todo en general lo transportó a otro tiempo que no cuadraba con el real y que le parecía mucho más lejano de lo que era en realidad.

El mayordomo permanecía de pie y en silencio, esperando órdenes.

—Puedes irte, Matthias. Me quedaré un rato aquí, y yo mismo desharé mi equipaje. He de reencontrarme conmigo mismo... Ahora me siento como un extraño que hubiera invadido mi intimidad.

—Le he preparado un baño, señorito Gerhard, para que se refresque. Lo avisaré para cenar.

—No hace falta que subas, Matthias. Me sentiría culpable. Tus viejas piernas acusan tantos escalones... No seré yo quien acelere tu jubilación.

El mayordomo se retiró, y Gerhard quedó solo con sus recuerdos. Se echó en la endoselada cama y dejó volar su pensamiento, que se dirigió cual paloma mensajera hacia la casa ubicada en la rue de Chabrol. Sin querer, apareció en su embelesamiento el precioso rostro de Lucie tal que si estuviera delante de él, fresca, sonriente y encantadora. La muchacha era, sin duda, la luz que iluminaba su vida.

En el inmenso comedor de la mansión de los Mainz parecía haberse detenido el tiempo. Todo en él formaba un espléndido marco: la gran chimenea encendida; el extraordinario tapiz con una representación de *La boda campesina* de Brueghel el Viejo; el gran trinchero con todo el servicio de plata y de porcelana de Meissen con los característicos sables cruzados, y la mesa en la que podían comer hasta catorce comensales, esa noche únicamente preparada para dos, su madre en un extremo y Gerhard a su derecha. El viejo Matthias de librea, una camarera vestida totalmente de negro excepto la blanca cofia y un pinche servían la cena moviéndose alrededor de ambos como sombras, sin hacer el menor ruido al cambiar los platos o servir agua y vino en las copas. La cena fue frugal: pastel de verduras, merluza al hinojo y requesón con miel.

Al finalizar Angela ordenó:

—Podéis retiraros, Matthias. Hoy no tomaré té.

El servicio obedeció silencioso, y en cuanto madre e hijo quedaron a solas iniciaron una conversación que tal vez, en opinión de Angela, deberían haber mantenido mucho antes.

—Háblame, hijo, y te ruego que no me ocultes nada. Una madre no tiene otra finalidad en la vida que la de ver a sus hijos felices. Pero tu cambio de planes sin nada consultar y, por qué no decirlo, sin tener en cuenta el grave problema que representaba para mí la prolongación de tu ausencia me han supuesto una decepción. Creo que has abusado de la licencia que tu padre te dio. Bien está que te aclares sobre lo que quieres hacer con tu vida, pero no fueron éstas las condiciones el día de tu partida. Te ibas a cumplir un año sabático como premio a tus notas en la finalización de la primera etapa de tus estudios… y has estado trece meses. De no ser por mi mediación, no sé lo que habría hecho tu padre. Sabes cuánto me esforcé para que pudieras volar y hacer realidad tu sueño. Valoro el arte, sea pintura, escultura o música, y estaba segura de que vales para artista. Si no hubieras valido, jamás te habría ayudado. Supe de tu facilidad para la pintura desde que eras un niño, yo te proporcioné tus primeros maestros y comprendí más tarde que quisieras irte a París y relacionarte con los grandes. Soy tu madre, y las madres tenemos un sexto sentido. En tus cartas me has hablado del ambiente de Montmartre, de tus contactos con los maestros, de la venta de tu primer cuadro y de la posibilidad de hacer una exposición en una pequeña galería de arte que al final se frustró, pero sé que hay algo más, a pesar de que en tus cartas no lo hayas mencionado. Llevas en París más de un año… Tú, que estás en la flor de la vida, un joven con encanto y presencia no me hablas de otra cosa que de pinceles y pinturas. Tienes en poca estima la intuición de tu madre, Gerhard… Dime, ¿cómo se llama la muchacha?

Gerhard se encontró atrapado. Era consciente de que se había equivocado y, de haber concurrido otras circunstancias, de seguro habría hablado con su madre. Sin embargo, había optado por callar, dada la singularidad de lo ocurrido, sumado a que los primeros meses en París le pasaron volando y después ya no supo cómo afrentar las cosas, máxime conociendo la opinión de su padre al respecto de sus proyectos. No quiso añadir a todo ello otra dificultad que, sin duda, causaría una gran zozobra a su madre.

La charla se extendió durante dos horas. Gerhard habló a Angela de su circunstancia, explicó con pelos y señales todo lo ocurrido, incluyendo la pulmonía que lo mantuvo en cama más de un mes. También le dijo que estaba convencido de que para su padre todo iban a ser inconvenientes.

—¿Te haces cargo de lo que esto representa? Yo puedo entenderlo y como mujer, si es como me lo cuentas, incluso puedo aprobarlo, pero siendo quien eres y sabiendo las esperanzas que tu padre ha depositado en ti, intuyo un cataclismo.

—Nada me complacería más que satisfacer a padre, pero se trata de mi vida, madre.

—Gerhard, te reitero lo que te he dicho hace unas horas: mañana no toques el tema con tu padre durante la comida. Lo mejor es que yo hable con él antes. Hasta que yo te lo diga, no le menciones nada.

—Y si me convoca en su despacho, ¿qué hago, madre?

El despacho de su padre siempre le había inspirado un respeto reverencial. Ya fuera porque desde niño le estaba absolutamente prohibido entrar en él, porque siempre que su progenitor lo había convocado había sido por alguna tropelía de los hermanos que excedía a la consabida regañina de su madre o por la solemnidad de la estancia, el caso era que esa habitación lo remitía al peor escenario de su niñez. Los libros atestaban los negros anaqueles acristalados de las librerías, y los pocos espacios de las paredes que no se encontraban cubiertos por ellos estaban tapizados de terciopelo granate; la mesa escritorio era de roja caoba con cantoneras de bronce y el trío de sillones de la misma madera pero sin aplicaciones de metal, y la pared que había detrás del sillón principal la ocupaban los enmarcados cuadros de su abuelo y su bisabuelo, fundadores de la dinastía de la que Gerhard y su hermano eran los últimos vástagos.

Reparó en que su padre había envejecido durante aquellos trece meses de ausencia. Sin embargo, conservaba el mismo empaque de siempre y esa mirada que tanto lo había aterrorizado de pequeño. La expresión severa de su rostro no había cambiado: ahí estaban los finos labios en los que se adivinaba cierta crueldad, herencia de su abuelo; ahí estaban, bajo las hirsutas cejas, los acerados ojos grises que se oscurecían visiblemente cuando algo lo incomodaba. Sobre su poderosa nariz cabalgaban los quevedos, que llevaba sujetos a la solapa de la levita por una leontina rematada en su extremo por un topacio. Cubría su poderoso abdomen una camisa blanca cuyas adornadas gorgueras asomaban sobre el redondo escote del abotonado chaleco.

Tras la exposición de Gerhard, que duró más de media hora, en la estancia únicamente se oía la lenta cadencia del péndulo del carrillón del fondo. Tras una pausa que se le hizo eterna, la voz de su padre sonó monocorde y con una cadencia lenta que parecía subrayar cada una de las palabras. Y que auguraba tormenta.

—¿Eres consciente de lo que tu decisión supone?

—Soy consciente, padre mío. Y, con todo el respeto, no quiero pasar el resto de mis días con una mujer que no ha elegido mi corazón y trabajando en algo que nada aporta a la humanidad.

—¿Entiendo, entonces, que estás juzgando a tus padres?

—No alcanzo a comprender.

—Yo no escogí a tu madre ni ella a mí; nos hemos respetado y hemos aprendido a amarnos. Tampoco elegí mi trabajo, pero me lo impuse como una obligación y el resultado está a la vista aunque lo menosprecies, porque si bien no aporta nada a la humanidad, como tú dices, da trabajo a tres mil obreros que llevan a su casa el pan de sus hijos.

—Tal vez me he expresado mal, padre. Me refiero a una profesión, el arte, que me apasiona y que, al fin y a la postre, enriquece el acervo cultural de la humanidad. La pintura, la escultura, la música... son lo que queda para la posteridad de la vida de los hombres. Nadie habla de logros industriales y de otras cosas perecederas o sustituidas por otras que vienen detrás.

Hubo una larga pausa, Heinrich Mainz jugueteó con el abrecartas y procuró contenerse.

—Yo sé, Gerhard, que la juventud se mueve a impulsos. Lo sé bien porque, aunque no lo creas, también he sido joven. Pero mi obligación es velar por ti e impedir que una profesión de bohemios, algunos medio alcoholizados, y un amorío de juventud quemen tu porvenir. Insisto, miro por ti, hijo, no por el futuro de las empresas Mainz.

—Lo siento, padre, mi decisión es inamovible.

El tono de su padre varió notablemente.

—Sabes bien lo que es Essen.

—No entiendo lo que quiere decirme.

—En Essen los Mainz hablan con los Krupp, y los Krupp con Dios. Y tú, que estabas destinado a contraer matrimonio con Maria Emilia Krupp, me dices que te has enamorado de una francesita de medio pelo cuya madre regenta la pensión donde en mala hora te alojaste y que, además, es hija de un militar que murió luchando contra Prusia, ¡la patria de nuestros antepasados! En la guerra franco-prusiana, de infausta memoria para nuestra familia, murió tu tío

Edgard... Y, por si fuera poco, me dices también que quieres invertir tus mejores años en pintar garabatos cuyo destino está influido por las modas del momento y por la suerte de tener un buen marchante que crea en ti. Todo me parece un solemne disparate.

Gerhard se contuvo. Su padre prosiguió:

—Di lo que quieras. Ni ella podía aspirar a más ni tú a menos. Tendrás hijos descastados que no sabrán cuál es su patria.

—Todo se lo consiento, padre, menos que la insulte. Esa «francesita de medio pelo» a la que tan alegremente juzga sin conocerla es un amor de muchacha que no se separó ni un instante de la cabecera de mi cama durante los cuarenta días de mi pulmonía.

—¡Yo no te saqué de esta casa! Te fuiste por propia voluntad... contra la mía. Y en mala hora lo autoricé, pensando que en un año te desengañarías de esta locura de emborronar telas propias de locos y alcoholizados, es decir, ¡lo peor de la humanidad!, en vez de heredar la dirección de las empresas Mainz, orgullo de Alemania y admiración del mundo conocido. Además, nada dijiste de tu enfermedad hasta que estuviste curado. Imagino que querías evitar que tu madre o yo acudiéramos a París y viéramos dónde y con quién vivías y dónde pintabas.

—Siento en el alma contrariarlo, padre, pero seré pintor y me casaré con Lucie.

Heinrich Mainz se puso en pie, apeó los binoculares de su nariz, respiró profundamente y emitió su sentencia.

—Ser un hombre no consiste únicamente en dejarse barba y bigote, es una cuestión de saber cumplir con su obligación en cualquier momento y ocasión, y tú pareces no haberlo entendido. Que quede clara una cosa: si tal haces, te desheredaré.

Hubo una tensa pausa.

—Mal me conoce, padre... Si jamás me importó el dinero, menos aún ahora.

—No volverás a entrar en esta casa mientras yo viva. Y ese dinero que aún conservas, el de la herencia de tu abuela, no te durará mucho más.

Gerhard sabía que su padre tenía razón, pero tampoco era algo que le preocupara en ese momento. Así que se puso en pie y se ajustó la levita.

—Usted manda, padre. La distancia de París a Berlín es la misma que de Berlín a París. Ya industriaré los medios oportunos para ver a mi hermano y a mi madre, si ellos quieren, claro es. En cuanto a usted, sepa que donde yo viva tendrá siempre las puertas abiertas.

Luego de estas palabras, con el alma encogida, salió del despacho ajustando la puerta suavemente.

Cuatro días fue el tiempo que Gerhard permaneció en su casa. Su padre, a través de su madre, le comunicó que partía hacia Essen de nuevo y que cuando regresara, al cabo de una semana, confiaba en que ya se habría ido, pues su presencia no le era grata. Por este cúmulo de circunstancias su partida fue triste, no tanto por la escena habida con su padre como por la despedida de su madre y el hecho de no haber podido entrevistarse con su hermano, Günther, quien, ignorando su llegada, no había evitado aquella cacería que lo mantuvo alejado de casa los días que él estuvo allí. Aprovechó el tiempo de su estancia hasta el último minuto, recorrió cada rincón del parque y visitó particularmente los escondrijos que de pequeños Günther y él habían habilitado. La despedida del personal de servicio también fue dura, sobre todo la de Matthias, que lo acompañó hasta el coche con el pañuelo en la mano enjugando sin rubor los gruesos lagrimones que manaban de sus arrugados ojos en la certeza de que, seguramente, ya no volvería a ver a su muchacho favorito.

11

El regreso

En esta ocasión el viaje de regreso a París fue un tormento para Gerhard. A la ida, cuando iba al encuentro de sus padres, abrigaba la esperanza de que sus razones fueran atendidas. Pensaba que la postura inicial de su padre sería radical, pero confiaba en que, al menos, le daría la oportunidad de que su madre acudiera a París para conocer a Lucie. Tal vez en parte había sido culpa suya que las cosas no hubieran ido de ese modo, se dijo; quizá no había sabido exponer con suficiente tacto sus anhelos a su padre. Sin embargo, la actitud de Heinrich Mainz no había dejado lugar a la ambigüedad; su oposición había sido frontal y tajante, y Gerhard sospechaba que no tendría otra oportunidad de traer el agua a su molino. Otra duda atormentaba su espíritu: ¿debía ser honesto con Lucie y explicarle punto por punto las conversaciones habidas con los suyos y el resultado de las mismas? Quizá si, por el contrario, atenuaba las cosas y decía una media verdad, conseguiría que la muchacha no se asustara al calibrar el muro al que debía enfrentarse. En aquellos trece meses creía conocerla a fondo, sabía del amor que había despertado en ella y no dudaba que estuviera decidida a llegar hasta el final si lograba convencerla de que la total oposición de su padre era pasajera.

Considerando todas esas circunstancias, no avisó a Lucie del día y la hora que iba a regresar a París. Se veía incapaz de avanzar hacia ella por el andén de la estación sin que su rostro reflejara la cantidad de sentimientos encontrados y vericuetos divergentes por los que caminaba su espíritu. Prefería llegar a la residencia de la rue de Chabrol a una hora que la sabía ocupada en el hospital Lariboisière; de esta manera, tendría tiempo de descansar un rato y prepararse para el encuentro.

Mientras pagaba al cochero el precio de su trayecto pudo observar que Gabrielle, desde la ventana en la que estaba limpiando los cristales, se volvía hacia el fondo y hablaba con alguien. Gerhard supuso al instante que se trataba de madame Lacroze. Su sospecha se confirmó cuando, apenas atravesada la cancela del jardincillo, la puerta de la casa se abrió y bajo el dintel apareció la imagen sonriente de la madre de Lucie.

—¿Qué tal el viaje, Gerhard?

—Me siento fatigado, pero contento de estar de nuevo en París.

—Pues sea usted bienvenido. —Luego añadió—: Lucie todavía no ha llegado.

—Lo suponía. Voy a descansar un poco. Por favor, en cuanto Lucie llegue, diga que me avisen.

Gerhard percibió en el semblante de madame Lacroze un ligero cambio. La mujer preguntó:

—¿Ha ido todo bien?

—Berlín queda muy lejos, y muchas cosas resultan muy complicadas en la distancia.

A la vez que cerraba la puerta suavemente madame Lacroze añadió:

—Vaya a descansar, Gerhard. Y descuide, que en cuanto llegue la niña, Gabrielle lo avisará.

Gerhard sintió algo extraño en su interior al embocar la escalera de la casa que conducía a la buhardilla donde estaba su habitación: tuvo una sensación de hogar más grande de la que había tenido cuando llegó a Berlín. Los escalones hacían el habitual ruido que tan bien conocía y hasta el tacto del pulido pasamanos le pareció familiar; abrió la puerta y, asimismo, el olor a madera y espliego invadió su pituitaria. Dejó sobre el sillón la maleta y se tumbó sobre la cama con la intención de relajarse y descansar un rato. Sin embargo, con un montón de recuerdos hechos de fragmentos de frases de rostros crispados y alguno lloroso, como el de Matthias, sin darse cuenta se quedó dormido.

Lucie llegó del hospital a las seis en punto. Desde que Gerhard había partido hacia Berlín el trayecto se le hacía mucho más largo. Esa tarde, sin embargo, lo hizo casi corriendo, pues tenía el pálpito de que una carta o algo parecido la aguardaba en casa. Había tenido tiempo de cavilar durante todos y cada uno de los días que su amado había estado ausente y, fuera de su influencia, pudo poner orden en su mente. Y, por cierto, la compañía y el consejo de Suzette, en sus peculiares circunstancias, le fueron de gran ayuda.

Lucie entró en tromba en la casa. En tanto lanzaba su boina hacia el perchero y dejaba su maletín en la mesa del recibidor vio acercarse por el pasillo a Gabrielle y le preguntó alzando la voz:

—¿He tenido carta?

Su madre apareció en la puerta de la salita de costura.

—No, no has tenido carta... Pero lo tienes a él en persona.

—¡Madre mía!

La muchacha ya se dirigía hacia la escalera.

—Está descansando. Imagino que no querrás subir a su cuarto y despertarlo.

Lucie era consciente de que su madre había hecho la vista gorda durante la larga convalecencia de Gerhard por causa de la pulmonía, pero ahora volvían a regir las estrictas reglas que madame Lacroze había impuesto.

—Pues entonces, madre, envíe a Gabrielle a avisarlo de que ya he llegado.

—Está bien. Pero hablaréis en el saloncito... E imagino que irá para largo.

Lucie se escamó al ver el rostro de su madre.

—Claro, llevamos una eternidad separados. Ha ido a ver a sus padres y tendrá mucho que contarme. No quiero estar hablando con él entre plato y plato durante la cena, sabiendo, además, que los aburridos oídos de todos estarán al tanto de cuanto decimos.

—Descuida, ahora subirá Gabrielle a avisarlo y podréis hablar tranquilos en el saloncito de costura. —Luego, mirando el reloj, comentó—: Disponéis de dos horas y media para que te ponga al corriente de lo que quiera contarte. Intuyo que no todo será agradable...

Lucie se molestó.

—¿Por qué dice usted eso?

—Las madres tenemos un sexto sentido, y la primera impresión siempre es la buena.

—¿Y eso qué significa?

—Hija, lo he visto llegar, y su cara, más que cansancio, denotaba preocupación.

Lucie se encrespó.

—¡Qué negativa es usted, madre!

La mujer se dirigió a Gabrielle:

—Vaya a despertar al señor Mainz. —Luego se volvió hacia su hija—: Lo que soy es vieja.

Lucie, con la sombra de un oscuro presagio rondándole la cabeza, se encerró en la salita de costura a la espera de que Gerhard se reuniera con ella.

Apenas los nudillos de Gabrielle golpeaban la puerta del dormitorio de Gerhard para avisarlo de que Lucie había llegado cuando ya él la interrumpía respondiendo con un «¡Bajo al instante!». Gerhard se levantó de la cama, extrajo de la maleta un frasco de 4711, su agua de Colonia favorita, y mojándose las sienes se alisó el pelo. Sobre la camisa se puso un jersey abierto con el escudo de su antiguo colegio bordado en el pecho y, tras mirarse en el espejo, salió al rellano, desde donde se precipitó hasta la planta baja bajando los escalones de cuatro en cuatro.

—Lucie lo aguarda en la salita de costura. —La voz de madame Lacroze se hizo oír algo más fuerte al añadir—: Por favor, señor Mainz, deje la puerta abierta.

Gerhard no contestó. En dos zancadas se plantó en el saloncito, y el rostro de Lucie le pareció lo más hermoso que habían visto jamás sus ojos. Todas sus dudas, sus temores y sus miedos pasaron a segundo término; la imagen de aquella muchacha resumía y fundamentaba los más bellos sueños de su vida.

Lucie se puso en pie, Gerhard avanzó dos pasos y, sin tener en cuenta que la puerta estaba abierta, abrazó a la muchacha y besó sus labios. Luego la apartó para observar detenidamente aquel rostro que en la distancia se le había desenfocado. Todo volvía a ser igual que antes de su marcha de París. Los jóvenes, con las manos unidas, fueron a sentarse en el sofá de debajo de la ventana, y durante unos instantes un silencio denso y profundo flotó entre ambos.

—¡Qué ganas tenía de verte y qué larga se me ha hecho esta ausencia!

—Has estado poco más de una semana fuera y te he echado de menos cada minuto.

—También yo... No podía resistir más esta separación. ¡Por eso he vuelto cuanto antes!

Pero algo en el tono del joven preocupó a la muchacha.

—¿Estás seguro de que eso es todo? —Lucie soltó la mano de Gerhard y ante la pausa de silencio del muchacho, que duró tres segundos más de lo previsto, insistió—: ¿Has vuelto sólo porque me echabas de menos?

—Lo importante es que estoy aquí y que te quiero, lo demás da igual.

Lucie se puso tensa.

—A mí no me da igual, Gerhard. ¿Has hablado de lo nuestro con tus padres? ¿Les has dicho quién soy, quién es mi madre, a qué me dedico, cómo nos conocimos y cuál es el medio de vida de mi familia?

Gerhard se removió inquieto.

—Mi madre me ha entendido y estoy seguro de que, con el tiempo, te querrá mucho. En cuanto a mi hermano, Günther, no estaba en casa.

—Gerhard, me gustan los juegos de palabras y las adivinanzas, pero hoy no es el día; hoy es hoy, y si dices que tu madre me querrá mucho «con el tiempo» significa que hoy por hoy no me acepta... Y ésa es la parte buena, intuyo, ya que todavía no me has explicado qué opina tu padre... porque imagino que a él sí le has hablado de mí.

Gerhard intentó tomar de nuevo la mano de la muchacha, pero ésta lo rehuyó.

—Lucie, te lo dije antes de partir y te lo repito ahora: mi decisión está tomada, y lo que opine mi padre no es importante.

En este instante Lucie se retiró.

—Para mí sí lo es, y conste que no pienso en mí sino en ti. Por favor, Gerhard, cuéntame lo que ha dicho tu padre al respecto de nuestros planes.

—¡No importa, amor mío! Siempre he respetado a mi padre, pero se trata de mi vida y sé muy bien lo que quiero hacer con ella.

Lucie se puso en pie.

—Gerhard, insisto: explícame punto por punto lo que has dicho a tu padre y lo que él te ha dicho. Quiero saberlo todo, aunque imagino, por las vueltas que le das a la burra, que será totalmente negativo. Por lo que a mí respecta, te juro que me da lo mismo, pero no por ti, porque yo sí te quiero mucho y el amor se mide por lo que uno está dispuesto a sacrificar.

—Siéntate, por favor, Lucie, y dame la oportunidad de que me explique.

La muchacha se sentó en el extremo del sofá.

—Te escucho, pero te ruego que no me ocultes nada.

Gerhard suspiró profundamente. Debía tener mucho cuidado con las palabras que usaría. En aquel momento iniciaba la segunda parte de su problema.

—Verás, Lucie, cuando llegué a Berlín mi padre estaba en Essen y eso me dio la oportunidad de hablar con mi madre. Mi gestión no era fácil. Nunca te lo comenté, pero desde siempre estaba destinado a casarme con Maria Emilia Krupp. En mi familia son los padres quienes acuerdan las bodas de sus hijos, y lo hacen pensando en agrandar negocios y ampliar fortunas, sin tener en cuenta los sentimientos de los que van a contraer matrimonio. Por tanto, mi gestión consistía en dar la vuelta a esa costumbre que va unida a la de seguir en el negocio familiar. Así pues, mi tarea era doble, pues me niego a estar al frente de los negocios de los Mainz y a unirme en matrimonio con quien mi padre desea. Voy a ser pintor y a casarme con la mujer que quiero; comprende que eso me obligaba a salvar dos obstáculos. Mi madre me entendió, aunque, como me has pedido sinceridad, debo decirte que no le resultó fácil, no por ella, sino porque sabía que mi padre no transigiría. —Lucie escuchaba a Gerhard sin pestañear—. Al fin y a la postre, a ella le debo este año de licencia en París. Mi madre ama el arte y entiende mi pasión... Como también ha entendido que me he enamorado de una maravillosa muchacha francesa. Aun así, me auguró, y no te lo oculto, que la gestión frente a mi padre sería muy complicada, como así fue. Pero te repito que la última decisión es mía, y tú sabes cuál es. ¿Qué te parece?

Lucie tenía la frente fruncida y su expresión era de máxima concentración. Su mente iba seleccionando las frases que oía y ponía en un aparte las que creía que debía filtrar con más detenimiento.

—Cuéntame de principio a fin el diálogo con tu padre.

Gerhard, antes de comenzar, volvió a reafirmarse.

—Ya te he dicho que no me importa su opinión.

—Yo también te he dicho que a mí sí me importa.

—Está bien, Lucie, seré muy sincero contigo: mi padre se opone frontalmente a que me case contigo y a que sea pintor, y me ha dicho que si no dejo eso que él ha llamado «una locura», y se refiere a mi vocación, y no me reincorporo de inmediato a mis estudios a fin de prepararme para gestionar el día de mañana el conglomerado de empresas de los Mainz, me desheredará. Pero eso, y no es por ti, es desde siempre, me importa muy poco. En esta vida de lo que se trata es de ser feliz. Yo he encontrado en París la felicidad, que es nuestro amor y mi carrera. Y, aunque me encantaría que mi padre lo entendiera, me da igual si no lo hace.

Lucie hizo una pausa mental y analizó rápidamente las palabras de Gerhard.

—¿Les has dicho quiénes somos mi madre y yo y de qué vivimos?

—Le he explicado todo de pe a pa. Pero mi padre es muy duro de pelar, y mis argumentos no le valen. Que si en Essen los Mainz sólo hablan con los Krupp y los Krupp con Dios... Que si lo del amor es una bagatela y que ese sentimiento nace después entre los cónyuges... Que él tampoco estaba enamorado de mi madre... Que si yo estaba destinado a otros logros mucho más importantes... Y, por más desgracia, un hermano suyo murió en la guerra franco-prusiana. En fin, no quiero engañarte, ya ves que no me lo ha puesto fácil.

Lucie quedó callada, y su silencio le pareció a Gerhard un mal augurio.

—Dime algo... ¡por el amor de Dios!

A la palabra la precedió un suspiro.

La muchacha habló lenta y serenamente.

—En esa guerra murió mi padre, pero yo no lo conocí y no fue mi guerra. Gerhard, te quiero demasiado para hacerte tanto daño. La primera es la que vale, y en la charla que tuvimos la noche que te declaré mi amor, porque fui yo quien dio el paso, tenía el pálpito de que esto ocurriría, pero lo que siento por ti y la esperanza en las palabras que me decías hicieron que cayera en el error. Tú y yo pertenecemos a mundos distintos. Al principio el amor todo lo vence, pero luego vendrían las reconvenciones y, sin querer, me harías daño sacando a relucir todo lo que habrías sacrificado por casarte conmigo. Para mí tu dinero es más un inconveniente que un beneficio. Yo sólo deseaba ser la mujer de un pintor. A mí las empresas de los Mainz me suenan tan lejanas como la luna... Pero no deseo ser la causa de tu desgracia, y como me siento incapaz de verte todos los días y no volver a caer, voy a pedirte, en nombre del amor que dices que sientes por mí, que el lunes, a más tardar, te hayas buscado otro sitio donde vivir y salgas de esta residencia y de mi vida, en la que no debí permitir que entraras nunca. Puedo jurarte, Gerhard, que lo último que verán estos ojos antes de irse de este mundo será tu rostro, pero, por favor, déjame recoger los restos de este naufragio y vete.

Tras estas palabras Lucie se puso en pie y, enjugándose una lágrima con el dorso de la mano derecha, salió del saloncito.

12

La mala vida

El impacto que causó en Gerhard la decisión de Lucie fue demoledor. Sin probar la cena se retiró a su habitación, en la esperanza de que, al día siguiente y bajo otra luz, la muchacha reconsiderara su juicio. Tras pasar la noche en vela y dar mil vueltas en el lecho, a las ocho de la mañana se puso en pie. Se acicaló y se vistió, y bajó al comedor con la intención de hablar con Lucie de nuevo antes de que partiera hacia el hospital. Esa mañana únicamente estaba desayunando Jean Picot, quien lo saludó cordial, como siempre, y le preguntó cómo le habían ido sus vacaciones, ya que ése había sido el motivo que Gerhard argumentó para despedirse de sus compañeros de residencia. Gerhard habló con él sin perder de vista la puerta que daba a la cocina por si aparecía Lucie, pero la que lo hizo fue madame Lacroze, que le dio los «buenos días» en un tono que él notó diferente.

—Buenos días, madame. ¿Lucie ha bajado a desayunar?

En tanto arreglaba una de las mesas la mujer respondió:

—Lo ha hecho muy temprano y se ha ido. Según me ha dicho, tenía que ver a su amiga Suzette.

En presencia de Jean Picot, Gerhard evitó preguntar nada más, se sentó en el lugar de siempre y se limitó a tomar un café doble, muy fuerte, apenas manchado de leche. Cuando ya iba a abandonar el comedor, madame Lacroze lo abordó.

—Creo que hoy deja usted la residencia.

Gerhard, en vez de responder, repreguntó:

—¿Ha hablado usted con su hija?

—Evidentemente.

—¿Y qué piensa de su decisión?

—Lo que yo pueda pensar no tiene importancia, lo evidente es que ha ocurrido lo que imaginaba.

—No entiendo lo que quiere decirme.

—Muy sencillo: la niña se ha asustado. Y la comprendo, pues nada tiene que ver su mundo con el nuestro, y a fe que la avisé. Pero la gente joven no hace caso de la experiencia de sus mayores. Las clases sociales han existido, existen y existirán siempre; lo que somos está a la vista: una viuda con una hija y una residencia que es nuestro *modus vivendi* a la que llega un muchacho hijo de una poderosa familia alemana con industrias del acero y que vive en una mansión, rodeado de criados y de un lujo que aquí ni podemos imaginar, y Lucie, demostrando una madurez impropia de sus años y renunciando al amor que siente por usted, ha reaccionado a tiempo por no causar su desgracia.

—En eso, perdóneme, madame, no estoy de acuerdo.

—Usted también es joven, pero déjeme decirle algo: toda mujer que aparta a un hombre de sus raíces y de los suyos acaba fracasando. En el amor al principio todo es hermoso, pero después las cosas se tuercen, y cuando las parejas discuten acostumbran a aflorar aquellos rencores que se escondieron en la buhardilla del alma y suelen salir, como la lava de un volcán, vistiendo palabras abruptas que nunca se olvidan, y ése es el principio del fracaso. Créame, Gerhard, siempre lo he tenido por un caballero y desde luego por una buena persona, y tal vez Lucie no vuelva a encontrar a nadie como usted, pero el proyecto de vida de mi hija era la crónica de un fracaso y, francamente, la prefiero feliz aunque pobre.

Hubo una pausa tensa entre madame Lacroze y Gerhard.

—¿Puede decirme cuándo tendré ocasión de verla?

—Puedo decirle que prefiere no verlo, por el momento. Déjela en barbecho, Gerhard. Yo no quiero influir en su decisión, y lo que tenga que ser será, pero dele tiempo al tiempo. Me ha dicho que no la busque y que dejará de ir al hospital, si lo hace.

—Creo que está cometiéndose conmigo una gran injusticia. Voy a Berlín, me enfrento a mi padre e hipoteco mi futuro en aras de su amor, y ahora me aparta de su lado como quien lanza un papel arrugado al fuego de una chimenea.

—Aunque usted no lo entienda en este momento, tenga por seguro que Lucie lo hace porque lo ama demasiado.

Otra pausa, y esta vez la voz de Gerhard sonó con un trasfondo de rencor.

—Está bien, dígale que no la buscaré y que, si quiere algo, que pida por mí. —Luego, en un tono de voz helado, añadió—: Ahora mismo subo a recoger todas mis cosas, dígame lo que le debo y disponga de la habitación.

—Nada me debe. Antes de su partida me pagó la estancia y, como comprenderá, no voy a cobrarle una noche, menos aún en estas circunstancias. Además, créame que siento profundamente este final.

—No quiero deberle ni esta noche. Cuando baje con las maletas pagaré mi estancia de un día con desayuno incluido. Quede usted con Dios, madame Lacroze.

Gerhard subió a recoger su maleta y su bolsa y partió de la residencia, roto por dentro pero sin volver la vista atrás.

Vagabundeó por París sin rumbo fijo y, sin darse cuenta, se encontró tomando un vaso de vino en el Café de la Paix, junto a la place de l'Opéra, donde tuvo tiempo de meditar. Había ido a esa ciudad motivado por su afán de ser pintor... Jamás habría imaginado que su gran sueño pasara a segundo plano, y en el fondo de su corazón se rebelaba contra aquel destino cruel y a todas luces injusto. Le parecía imposible que aquella muchacha que había velado sus sueños durante las largas semanas que duró su pulmonía fuera la misma que tan duramente había tomado la decisión de cortar la maravillosa relación que se había constituido en el centro de su existencia. Su alma se rebelaba contra todo y, recogiendo todos los fragmentos del desastre, se dispuso a seguir hacia delante. Ni quería ni podía presentarse en Berlín como un fracasado. Sería pintor, y si de su esfuerzo dependía, un gran pintor; quería ver su nombre en la prensa y que Lucie lo viera. Y en caso de volver a su casa, lo haría como un triunfador; otra cosa no le permitía su orgullo.

Súbitamente una voz conocida le habló a la espalda:

—¿Cuándo has llegado, Gerhard?

Se volvió, y detrás de la barandilla dorada que limitaba su asiento estaba Pierre, el novio de Suzette, que lo observaba curioso con aquellos ojillos que parecían sonreír siempre.

Gerhard se puso en pie y lo invitó a sentarse con él.

Luego de acomodarse y de pedir un café, Pierre le preguntó de nuevo cuándo había llegado, cómo le había ido por Berlín y cuándo pensaba permitirle asistir a una sesión de pintura con modelo desnuda.

Gerhard lo puso al día de sus desventuras porque pensó que, al fin y a la postre, antes o después Lucie le explicaría todo a Suzette y ésta pondría al corriente de los sucesos a su novio, y prefería que lo supiera de su boca y de primera mano antes que dar pábulo a malentendidos.

Pierre dudó un instante, pero después, haciendo gala de aquel talante despreocupado y festivo, emitió su dictamen.

—¡O sea, que te has largado de la residencia!

—Me han echado, que no es lo mismo.

—¿Y dónde vivirás ahora?

—Por el momento, en el estudio de la rue Lepic.

Tras una pausa y como quien enunciara una sentencia filosófica, Pierre expuso su opinión.

—Pues la verdad es que te envidio. A mí Suzette me tiene mártir y no habla de otra cosa que de matrimonio... ¿Y sabes qué es lo peor? Que no lo hace por mí, lo hace por salir de los dominios de su madre, que es un veneno.

—¿Y tú no quieres casarte?

—Perdona, Gerhard, pero hay tiempo para todo y a mí el cuerpo todavía me pide fiesta. Yo no tengo la suerte de disponer de una mocita desnuda que se queda quietecita mientras juego con el pincel... ¡Con otro pincel jugaría yo si tuviera ocasión!

Gerhard observó a su amigo en silencio.

—¿Sabes lo que te digo?

—¿Qué me dices? Te escucho.

—Ve a tus cosas, que yo iré a dejar mi equipaje. Y esta noche ven a recogerme al estudio. Te invitaré a cenar y luego saldremos por ahí.

—¡Así me gustan los hombres! Conclusión: todas las mujeres son unas zorras menos la santa madre de cada uno. Y como decía un amigo mío cuando le preguntaban por su condición: «Yo soltero como mi padre».

A pesar de su estado de ánimo, una sombra de sonrisa amaneció en los labios de Gerhard. Pierre siempre le había hecho reír, y en esas circunstancias le convenía distraerse.

Tras pagar sus consumiciones ambos se pusieron en pie, salieron a la calle por la puerta del café y cada uno fue a su avío.

Gerhard fue caminando hasta el estudio de la rue Lepic y atravesó el portal. La cabina de Dodo estaba vacía, por lo que supuso que, dada la hora que era, el hombre habría salido a alguna diligencia. Sin demora, subió la escalera. El ejercicio no le vino bien;

Gerhard no acostumbraba a tomar alcohol tan temprano, y el esfuerzo de subir los seis pisos con la maleta y la bolsa le acrecentó el dolor de cabeza que había empezado a sentir. Dejó el equipaje en el suelo y extrajo del bolsillo la llave del atelier, dispuesto a abrir la puerta. En cuanto entró en el estudio notó que su cuerpo estaba al límite; estaba prácticamente en ayunas ya que sólo había tomado el café de la mañana. Empujó la maleta con el pie y soltó en el suelo la bolsa que llevaba al hombro. Sentía el latido de su corazón en las sienes. Necesitaba descansar. Se dirigió a la pequeña alacena que había instalado en la pared, junto a la ventana, sobre el mármol donde había ubicado un fogón de petróleo, y cogió un vaso que llenó con agua del grifo de la fregadera. Se lo bebió de un trago, y acto seguido se despojó de la chaqueta y se tumbó en el sofá.

En el duermevela, su mente fue repasando la conversación que había mantenido con Lucie esa mañana, y decidió no dejarse abatir al punto de abandonar aquella afición que tanto amaba y emprender una vida que de ninguna manera lo satisfaría. A partir de ese momento apartaría de su pensamiento cualquier intento de buscar la compañía de una mujer si no era para pintarla o para divertirse con ella. Su amigo Pierre tenía razón: menos la santa madre de cada uno, las demás eran unas zorras.

La reiteración de unos golpes en la puerta lo despertó del atormentado sueño en el que finalmente había caído. Al principio pensó que éste proseguía, pero al darse cuenta de que estaba despierto se sentó en el sofá, aguardando que la habitación dejara de girar. Al cabo se puso en pie y, coincidiendo con la voz de Pierre, que desde el rellano lo llamaba, abrió la puerta. En el quicio apareció la figura de su amigo, dispuesto para la ocasión. Ni siquiera la noche de Le Chat Noir lo había visto vestido con aquel cuidado.

—¿Aún estás así?

Gerhard se justificó:

—He tenido un día terrible, y el colofón ha sido el dolor de cabeza que tengo desde que he llegado aquí. Será mejor que te vayas, dejemos nuestra salida para otra ocasión. Me temo que esta noche sería una mala compañía.

Pierre se rebeló.

—De eso nada. He cambiado mis planes, he tenido que inventar excusas… y ahora me vienes con ésas. Además, y precisamente en días así, cuando entra la mala, hay que darle con todo. Te mojas la cara y te adecentas un poco, y a la segunda absenta verás qué contento te pones.

Gerhard no se vio con ánimo de enfrentarse a su amigo.

—En fin, tal vez tengas razón. Pasa.

Pierre entró en el estudio y, en tanto Gerhard se refrescaba, curioseó los óleos colgados de las paredes. Luego se dirigió al caballete y apartó la manta. La desnudez de Clémentine apareció ante sus ojos.

—¡Hay que joderse con el oficio de pintor! ¡Y yo vendiendo trapos a viejas en un almacén! Esta chica está como un pastelito de nata de Fauchon. Recuerda que me debes una sesión.

Gerhard ya estaba listo.

—Venga, deja eso y vámonos.

Pierre obedeció. Colocó de nuevo la manta sobre el lienzo y siguió a Gerhard, que ya estaba en la puerta. Juntos descendieron rápidamente los seis pisos y salieron a la calle.

—Teniendo en cuenta el esfuerzo que has hecho acompañándome, te garantizo que esta noche olvidarás todos tus males y te darás cuenta de lo que vale un amigo en ciertas circunstancias. Y no te preocupes si bebes. Yo aguanto lo que me echen. Te aseguro que mañana por la mañana te despertarás en tu cama... Lo que no sé, porque ignoro cómo se te da el vino, es si te harán falta dos o tres gotas de fenacetina.

La noche comenzó en el número 84 del boulevard de Rochechouart, en el cabaret Bruant, que hasta hacía poco había sido Le Mirliton de Aristide Bruant. Si bien él ya no actuaba allí, el local seguía gozando de popularidad, y desde su escenario un tal André imitaba no sólo la vestimenta típica de Bruant, su eterno sombrero, sus botas y su peculiar pañuelo rojo al cuello, sino que también cantaba sus canciones y, cómo no, se metía duramente con el público... para diversión de todos. El cabaret estaba lleno a rebosar, y los dos amigos se dirigieron al mostrador del fondo y pidieron dos absentas. Gerhard se alegró de haber salido esa noche. El ambiente, el bullicio y el espectáculo lo distrajeron de sus pensamientos, y agradeció a Pierre su insistencia. Después visitaron otro local de moda, L'Enfer. La entrada ya era impactante, pues parecía talmente el portal del averno. Los camareros iban disfrazados de demonios y de las paredes salía un ligero humo que pretendía imitar el azufre. Todo el montaje buscaba horrorizar al público. Finalmente, ya de madrugada, pararon en el Moulin Rouge. Allí el espectáculo era de primerísima calidad y todo estaba encaminado al lucimiento de su nueva *vedette*, Jane Avril, y al número final de cancán que causaba furor en París. Desde el lugar donde estaban, Pierre observó a un hombrecillo que ocupaba una mesa junto a la pista y que con carboncillos parecía dibujar algo.

—Gerhard, ¡mira quién está ahí!

Gerhard dirigió la mirada hacia donde le indicaba su amigo y sintió como si algo mágico hubiera ocurrido. Las brumas de su cerebro se disiparon en un momento, la absenta dejó de surtirle efecto y se sintió flotando y completamente despejado. Su admiración hacia Henri de Toulouse-Lautrec se había cristalizado en un instante y lo tenía allí, al alcance de la mano. Sin pensarlo dos veces, se dirigió hacia él apartando a uno y otro lado los obstáculos que aparecían en su camino, ya fueran parroquianos, camareros o jóvenes prostitutas que se movían entre las mesas a la caza de clientes.

Gerhard llegó a su altura, pero el hombrecillo, absorto como estaba en su trabajo, ni siquiera reparó en él.

—¿Me permite, maestro? —dijo señalando la silla libre que tenía al lado.

Toulouse-Lautrec detuvo su carboncillo y, volviendo el rostro hacia el advenedizo, lo observó detenidamente a través de sus quevedos.

—¿No ve que estoy trabajando?

—Soy consciente de ello, pero si pudiera entrever la admiración que le proceso, maestro, estoy seguro de que me permitiría estar junto a usted mientras trabaja.

Henri de Toulouse-Lautrec era muy especial. De niño, la fractura de los dos fémures había impedido su crecimiento, pero, excepto por ese inconveniente, por lo demás era un hombre completamente normal. La osadía de aquel joven le cayó bien.

—De acuerdo, siéntese si le place. ¿Le gusta la pintura?

—Me enloquece: he renunciado a mi porvenir por ella. Pretendo ser pintor.

—Yo llegué a ella porque mi padre renunció a mí, no quería tener un lisiado en casa. Después de que él y mi madre se separaran, mi madre, con el apoyo de mi tío, me pagó las clases con Léon Bonnat y… En fin, ¿qué pinta usted, joven?

—He tanteado varios géneros y estilos. Admiro a los impresionistas, pero pintar en el exterior no va conmigo. La verdad es que no soy amante de la naturaleza. Me gusta el estudio y el cuerpo femenino me apasiona.

92

El maestro lo observó con curiosidad.

—Eso está muy bien, pero ¿le gusta estático o lo prefiere lleno de vida?

—Perdone, pero no lo entiendo.

—Me refiero a si lo pinta en el estudio o lo busca cuando está desarrollando una actividad.

—Siempre lo he hecho en el estudio, no he tenido ocasión de hacerlo de otra manera, por más que considero que lo que más me costaría sería captar el movimiento. Es por eso que lo admiro a usted tanto.

—Lo inmóvil no tiene vida. Yo busco la calle, situaciones que me llamen la atención, como lo que cada noche ocurre aquí. Soy una especie de reportero gráfico. La elaboración de carteles publicitarios me obliga a captar escenas que guarden relación con lo que pretendo vender. ¿Cómo se llama usted, mi joven amigo?

—Gerhard es mi nombre.

Mientras Henri hablaba, su carboncillo trabajaba febrilmente sobre el papel de barba de su gran libreta. En un momento dado lo dejó sobre la mesa de mármol y quiso dar un sorbo de la bebida que tenía delante, pero el vaso estaba vacío.

—¿Me permite invitarlo? —dijo Gerhard.

—Si ése es su gusto…

En tanto alzando la mano y haciendo un chasquido con los dedos llamaba al camarero, preguntó:

—¿Qué quiere tomar?

—Dígale que es para mí, él ya sabe. Siempre tomo absenta.

El camarero acudió a la llamada, y apenas transcurrido un minuto regresaba ya con el pedido y con una botella de agua de Vittel para Gerhard, que había decidido no beber más aquella noche para no perderse ni una palabra que saliera de los labios de Henri de Toulouse-Lautrec.

El pintor dejó el carboncillo a un lado y, luego de paladear un sorbo de absenta, observó a Gerhard con sus ojillos miopes a través de los gruesos cristales de sus quevedos mientras comentaba:

—Mi madre me inculcó la fe en Dios, pero esto —señaló el vaso— es lo que me mantiene firme en ella. —Después añadió—: Voy a corresponder a su gentileza, joven. Si quiere acompañarme, le mostraré un lugar donde las escenas de vida que muestran la otra parte de la triste condición humana transcurren incesantemente ante nuestros ojos. Es uno de los lugares donde con más frecuencia acude a mí la musa de la inspiración.

Gerhard no creía lo que estaba oyendo. Era lo más importante que le había ocurrido a lo largo de su vida como pintor. Que Henri de Toulouse-Lautrec lo invitara a compartir un tiempo y un territorio con él era algo inaudito que no podía despreciar, y en aquel instante su oficio de pintor le pareció lo único relevante. La imagen de Lucie fue difuminándose lentamente, y su empeño de casarse con ella se le antojó un tema de poco nivel, digno de un pequeño burgués, figura que odiaba.

—Desde luego, maestro. Lo acompañaré a donde me diga. Y le agradezco infinito la atención que tiene conmigo. —Acto seguido agregó—: Si me lo permite, he de decir al amigo que me acompañaba que me voy con usted y que no me espere.

—Haga lo que tenga que hacer en tanto recojo mis trebejos de pintar. Lo aguardaré junto al ropero.

Ambos se pusieron en pie, y Gerhard reparó en que el maestro casi tenía la misma altura que cuando estaba sentado. Su torso era el de un hombre normal, lo cortísimo eran las piernas. En tanto que este último se cubría con el sombrero hongo y recogía su carpeta Gerhard fue al encuentro de Pierre a darle la gran noticia.

Apenas llegado junto a su amigo, que continuaba en la barra del local apurando su bebida, Gerhard le espetó:

—Lo siento, Pierre, pero se me ha presentado una ocasión única en la vida y te tengo que dejar. Ya te lo explicaré.

—Pero ¡dime algo!

—Toulouse-Lautrec me ha invitado a compartir una experiencia con él y, como comprenderás, no puedo negarme.

—Pero ¿adónde vas?

—Adónde no sé, lo que sí sé es que voy. Mañana te contaré.

Y sin otra palabra, Gerhard partió hacia el ropero al encuentro del maestro.

Tras ponerse los gabanes, salieron a la calle. La madrugada era fría, y en algún campanario sonaban las tres.

Apoyado en su bastón y con los pequeños pasos que le permitían sus cortas piernas Toulouse-Lautrec se dirigió al primer coche de punto que aguardaba en la parada.

Gerhard lo ayudó a subir y, una vez instalados, el maestro ordenó al cochero:

—Al número 12 de la rue Chabanais, ¿lo conoce usted?

—¡Y quién no, señor! Allí hay una de las *maisons closes* más famosas de París. Llegaremos en un periquete.

Y con un silbido y el ligero estímulo del roce del látigo sobre la grupa del ruano partió éste con un ligero trote.

El número 12 de la rue Chabanais correspondía a la entrada de un discreto edificio que nada tenía que ver con el lujo que lucía en su interior. Aquel prostíbulo era lo más distinguido de París y allí acudía la *crème de la crème* de la sociedad; desde reyes y ministros hasta embajadores y marajás, todos habían pasado por sus sofisticadas habitaciones, cuya decoración respondía a los más extravagantes gustos: la cámara de Nefertiti, el cuarto de los Senadores de Roma, el Capricho Oriental, la cámara Nupcial de Napoleón... Todo en Le Chabanais estaba a disposición del bolsillo que pudiera pagarlo.

La original pareja entró en el inmenso salón circular donde aguardaban las muchachas que no estaban ocupadas. El saludo cariñoso de las pupilas y de la madame que regentaba el lujoso burdel denunció la frecuencia con que el maestro lo visitaba. Uno de los sofás circulares tapizados de rojo estaba ocupado por dos militares de alta graduación, uno de los cuales tenía sobre las rodillas a una jovencita de color mientras el otro, monóculo en ristre, observaba curioso el busto generoso de su pareja. En otro rincón, entre dos columnas, un caballero barrigudo que había colocado un billete de cien francos en el escote de una rubia despampanante, cual si fuera una hucha, intentaba cobrarse el rédito buscando debajo de su falda.

Gerhard seguía los pasos de su anfitrión entre asombrado y curioso ante lo que veían sus ojos. Aquello era un manantial inagotable de imágenes y sensaciones. Súbitamente le llamó la atención una muchacha que, en vez de aproximarse a ellos, parecía querer ocultarse detrás de una cortina que le tapaba medio rostro. Vestía un traje dorado de un solo tirante que le dejaba al descubierto el seno izquierdo; al igual que todas, mostraba algo que incitara al personal a elegirla. Gerhard, dejando a un lado el alboroto que se había armado a la llegada del maestro, se acercó rápidamente a la muchacha, y la actitud de ella le indicó que era él de quien quería ocultarse. Con un gesto ligero pero firme retiró la cortina, y la sorpresa lo paralizó durante un instante. Era Clémentine, su modelo, que, con un ojo morado que pretendía cubrir el maquillaje, lo miraba con una expresión entre asombrada y huidiza.

Aprovechando que madame Kelly había conducido al maestro al sillón elevado junto a la barra desde el que acostumbraba a pintar sus escenas del burdel, seguido por dos de las pupilas que, al instante le instalaron al lado una mesita con su vaso de absenta, Gerhard tomó a Clémentine de la mano y la arrastró hasta uno de los pequeños sofás de dos plazas que había junto a una de las ventanas.

—Pero ¿qué haces aquí, Clémentine? —Luego con el dedo índice apartó el bucle de pelo que le tapaba el rostro y observó detenidamente el moretón mal disimulado—. ¿Y qué te ha ocurrido?

La muchacha comenzó a sollozar en silencio. Gerhard respetó su llanto, pero en cuanto se calmó volvió a insistir.

—Cuéntamelo todo, Clémentine.

La joven miró hacia donde estaba la madame.

—Es largo de explicar... Además, únicamente hace una semana que estoy aquí y estoy a prueba. Las veteranas pueden hablar el rato que quieran con los clientes, pero yo he de ocuparme enseguida; si no rindo lo estipulado cada noche, me pondrán de patitas en la calle.

—Pues te esperaré a la salida.

Clémentine dio un respingo que le cortó el aliento.

—¡No, por Dios, no puedo volver a verte nunca más!

Gerhard meditó un instante.

—Está bien, no te muevas de aquí.

Y poniéndose en pie se dirigió al grupo donde Toulouse-Lautrec, rodeado de tres jovencitas y de madame Kelly, estaba contando algo que provocaba la risa de todas ellas.

—Perdone, maestro, pero voy a ocuparme. —Y como excusándose, añadió—: Es una vieja amiga mía.

Toulouse-Lautrec la observó de lejos con sus ojos miopes.

—Lo comprendo. Y alabo su buen gusto; la muchacha es realmente preciosa.

La madame intervino:

—Clémentine está a prueba desde hace una semana y tiene un solo defecto para este oficio: es demasiado tímida. Y los caballeros quieren gatitas mimosas en la cama, pero en el salón prefieren profesionales que sepan escucharlos y comprendan sus problemas. Por eso vienen a mi casa, donde no hay prostitutas, hay cortesanas.

El maestro se dirigió a Gerhard y apuntó:

—Siendo el propiciador de este encuentro, me siento en la obligación de invitarlo. Madame, el servicio del joven corre de mi cuenta.

Gerhard negó con la cabeza.

—De ninguna manera, maestro, no puedo permitirlo.

Henri de Toulouse-Lautrec, haciendo gala del humor y la ironía que lo caracterizaba, habló en el tono de voz de un hombre ofendido.

—De no aceptar mi invitación, joven, me veré obligado a retarlo en duelo.

—¡Que no llegue la sangre al río, caballeros! —exclamó madame Kelly—. Hoy invita la casa. —Y dirigiéndose al maestro añadió—: Voy a ocuparme de que le den la habitación Nupcial. ¡Un día así hay que conmemorarlo! Y a ver si espabila a esa jovencita... Tal vez siendo usted un viejo amigo suyo, se atreva a soltarse un poco. *Quid pro quo*: yo lo invito y usted le quita el pelo de la dehesa.

Viendo que Gerhard dudaba, el maestro lo animó:

—¡Vaya, vaya! No pierda el tiempo, que la juventud pasa sin sentir y luego se arrepentirá. Pásese por el Moulin Rouge una noche de éstas y cuénteme su aventura.

Gerhard, tras una inclinación de la cabeza y acompañado por madame Kelly, se dirigió hacia donde estaba Clémentine. Ésta aguardaba como un pajarillo asustado el resultado de aquel diálogo que no llegaba a captar.

—Clémentine, sube con el señor y ocupa la cámara Nupcial. Es un viejo amigo tuyo, ¿no? ¡A ver si espabilas un poco! —Y dicho esto, la madame se retiró.

La muchacha tomó de la mano a Gerhard y lo condujo, subiendo la amplia escalera de caracol tapizada de rojo con el pasamanos dorado, hasta el primer piso. Después fueron pasillo adelante hasta una puerta blanca de doble hoja rotulada con el número VI. Clémentine abatió el tirador y empujó la puerta. La cámara era regia, y Gerhard, en tanto ella cerraba el pestillo, se paseó por la estancia asombrándose de la lujuria que despertaban todos los detalles. En sus aventuras en Berlín con su hermano, Günther, jamás había visto cosa igual. La bañera y la grifería del cuarto de aseo eran asimismo doradas, y el techo de la cámara era una reproducción exacta de la expulsión de Adán y Eva del Paraíso. Por algo Francia tenía fama de ser la patria del amor.

Luego de examinarlo todo regresó junto a Clémentine, quien, de espaldas, empezaba a desnudarse.

La había visto otras veces quieta frente a él mientras la pintaba, pero en esa ocasión no la tenía ante él para eso. La imagen de Lucie se le apareció fugazmente, y un ramalazo de rencor lo asaltó al recordar lo injusta que había sido con él. Eso lo llevó a pensar en el cúmulo de acontecimientos ocurridos aquel día que lo habían ayudado a no acordarse de ella hasta ese momento.

—¿Qué haces, Clémentine?

Ella lo miró sin responder.

—Hemos venido aquí a que me expliques qué te ha ocurrido, no a otra cosa, así que ponte la blusa.

La muchacha se vistió y ambos se sentaron en el borde de la gran cama.

—Cuéntamelo todo. ¿Qué te ha pasado en la cara? ¿Por qué no puedes verme? ¿Y qué haces aquí? Aunque ya me lo supongo.

Clémentine comenzó a sollozar otra vez. Gerhard extrajo del bolsillo superior de su levita un pañuelo y se lo puso en la mano.

—Así no arreglaremos nada. Si no me lo cuentas, no podré ayudarte.

La joven se calmó y comenzó a hablar:

—Es Armand… Hace dos semanas creí que iba a matarme. Esto no es nada comparado con lo de otras veces —dijo señalándose el ojo—. Me lo hizo la otra noche, cuando le anuncié que estoy embarazada.

Gerhard la observó con sorpresa y le acarició la cabeza.

—¿De cuánto estás?

—He tenido la segunda falta.

—¿Quién es el padre?

—No lo sé, pero Armand cree que el niño es tuyo. Está loco y te tiene un odio mortal. Me ha prohibido que te haga de modelo. No quiere que esté mucho rato con ningún hombre, pero, como le hace falta el dinero, se empeñó en que hiciera la calle. Una amiga mía me trajo aquí y, aunque es muy difícil entrar, la madame me aceptó y estoy a prueba. Por lo menos aquí estoy segura y nadie me pega. Cuando tenía quince años ya hice la calle… y es muy dura.

Hubo una pausa.

—Quería que abortara, pero me negué. Una hermanita mía murió desangrada.

—¿Y qué harás con la criatura?

—La dejaré en el torno de las monjas, ellas se ocupan de los incluseros.

—De cualquier manera, cuando avance tu embarazo tendrás que dejar esto. —Gerhard señaló a su alrededor.

—Me sinceré con madame, y me ha dicho que, en tanto me encuentre bien, siempre habrá clientes para una chica joven preñada.

Gerhard le acarició el rostro en silencio.

—Eres una muchacha hermosa, y cuando hayas dado a luz estoy seguro de que podrás hacer de modelo de muchos pintores porque tienes un cuerpo precioso. Entretanto te ayudaré todos los meses como si posaras para mí. Y no permitiré que un cabrón te amargue la vida.

Clémentine lo miró con ternura y, tomándole una mano, le habló:

—Eres un buen hombre, Gerhard, pero no sabes quién es Armand Levêque… Pregunta por los tugurios de Montmartre. No quiero que te hagan daño. Deja que te agradezca lo que intentas hacer pagándote con lo único que tengo, que es mi cuerpo.

—Ni lo pienses. Ésa no es mi manera de tratar a las mujeres. Estaremos aquí un rato y luego bajaremos. Lo otro no sería normal. Y en cuanto a ese chulo de baja estofa, yo me ocuparé de él. ¡Ya verás cómo se ablanda tras pasar una temporada entre rejas! El apellido de mi familia es conocido en media Europa, y sirve lo mismo para proporcionar buenos ingresos a Francia que para que el prefecto de la gendarmería de esta ciudad haga caso de la denuncia de un Mainz.

13

Los Urbina

Madrid, otoño de 1895

A don Eloy Cervera le encantaba leer *La Ilustración Española y Americana* y *El Imparcial* los días festivos al tiempo que desayunaba sus huevos pasados por agua con picatostes, su café y su zumo de naranja frente a su esposa, doña Rita, que tomaba un té apenas manchado de leche y cuatro tostadas de pan inglés cortadas en triángulo untadas de mantequilla y mermelada de arándanos.

—No sé por qué desayunamos juntos si ni siquiera atiendes a lo que te digo o, si lo haces, me contestas con monosílabos.

Don Eloy miró a su mujer por encima de los lentes e intentó justificarse.

—Mujer, ya quisieran tus amigas tener un marido como yo. Te soy fiel, cosa muy rara hoy en día, créeme, sé de lo que hablo. Considero que soy atento contigo y, pese a que tenemos todo dicho, escucho con atención tus cuitas… siempre que no sean domésticas. Lo de que la cocinera gasta mucho en la plaza y que la segunda camarera te ha pedido otro día libre me supera. Por eso te contesto con monosílabos. ¿Qué otra cosa quieres que haga?

—Yo hablo de lo que me incumbe. Mi mundo son las cosas de casa, y cuando tú me hablas de política, que me aburre soberanamente, o me explicas que uno de los aparceros de la finca no te paga lo estipulado, te escucho con atención, aunque ni puedo hacer nada ni me interesa. Es que cuando una pareja pierde las formas ya no queda nada.

Don Eloy cerró *El Imparcial* y se dispuso a complacer a su esposa pues, si no inmediatamente, la experiencia le decía que *a posteriori* su actitud le reportaría réditos.

Rita prosiguió como si ese preámbulo no hubiera existido.

—Estoy preocupada por nuestro hijo.

—¿Qué le ocurre a José?

—En casa ha cambiado de actitud.

—Qué cosas dices.

—Lo conozco bien. Siempre tuvo un carácter alegre y comunicativo, y ahora está en las Batuecas. ¡Y a veces le pregunto y ni me contesta!

—Cosas de la gente joven.

—Los hombres no entendéis de estas cosas. Tu hijo se ha enamorado.

—¿José enamorado? Me extraña. En todo caso, estará enamorado como siempre: una semana y a otra cosa.

—Esta vez no.

—¿Qué quieres decirme?

—Las madres tenemos un sexto sentido.

—Déjate de circunloquios, que para jeroglíficos ya tengo los del periódico. ¿De quién está enamorado?

Rita prosiguió su discurso a su manera sin tener en cuenta la premura que solicitaba su esposo.

—¿Te acuerdas del día de los toros?

—Más o menos. ¿Qué ocurrió el día de los toros?

Rita hizo una elipsis y, saltándose aquel día en concreto, reinició el relato desde el punto que consideró oportuno.

—Gloria, la novia de Perico, tiene en su casa una invitada, que es justamente el motivo del cambio de actitud de tu hijo. ¡No ha sido el mismo en todo el verano!

—¿Y eso te preocupa? Tu hijo está acabando la carrera, conocerá a mil chicas. Si tienes que seguir la pista de sus conquistas, ya puedes contratar a un detective.

Doña Rita continuó a lo suyo:

—Los hombres no entendéis nada. ¿Me he preocupado anteriormente de esas cosas? Sé muy bien cuándo debo preocuparme.

Eloy, que conocía muy bien a su mujer, decidió seguirle la corriente.

—¿Y cómo se llama esa muchacha?

—Nachita es su nombre.

—¿Qué nombre es ése?

—No lo sé, pero lo que sí sé es que su apellido es Antúnez, como también sé que es venezolana, que es hija única y que su padre se llama Ignacio Antúnez y Varela. Y lo que te toca ahora es, a través de tus contactos del ateneo, enterarte bien de quién es, porque no querría que mi hijo cayera en manos de una lagarta, una cazadora de oportunidades, que mi hijo lo es, tan alto y guapo él, casi un ingeniero y el futuro marqués de Urbina, ¡ya me dirás!, y, como todos los hombres cuando se enamoran, bastante bobo, por cierto.

—¿Y tú de dónde has sacado todo esto?

Rita mordió la punta de su tostada demorando su respuesta.

—Como tú comprenderás, tratándose de la felicidad de José he movido y moveré todos mis hilos sin que por ello vaya a quedar como una chafardera preguntando demasiado o a quien no deba.

—No has respondido a mi pregunta.

—Me topé por casualidad con la madre de Gloria, la novia de Perico. Estaba tomando un té en El Café de la Suiza y aproveché la ocasión para hacerme la encontradiza. La muchacha está invitada en su casa, su padre es viudo y ella es hija única y, por cierto, y eso es lo que me ha escamado, ha prorrogado su estancia en Madrid. Y no pregunté más porque no pensara la madre de Gloria que doy importancia al asunto. Ahora te toca a ti. Ya te he dado los datos suficientes para que, a través de tus contactos, pidas informes, sepamos quién es la señorita y de qué familia viene.

—Mujer, te alarmas en demasía. Tu hijo ya es mayorcito. Deja que salga y entre, que ésa es la edad a la que corresponde hacer esas cosas, y no le des más importancia.

Doña Rita observó a su marido con insistencia, con una mirada que venía a decirle «Pero ¡qué bobos sois los hombres!», con la taza de té suspendida a un palmo de sus labios.

—Me harás el favor de hacer lo que te indico. Te pido pocas cosas... Pero la felicidad de mi hijo es innegociable.

Eloy meditó unos instantes su respuesta.

—Voy a hacer lo que me dices. Aun así, hay algo que veo más práctico.

—¿Y qué es?

—Podrías invitar a Gloria y a Perico a comer el domingo, y con la excusa de que te encontraste con su madre y te contó que tiene una invitada en su casa, decirle, por cortesía, que también venga. Durante la comida y el café tendremos tiempo para sonsacarle cosas. Y suponiendo que fuera la clase de persona que sospechas, con que me dé unos datos más precisos de su padre pondré los medios para enterarme bien de quién es. Así podremos juzgar con mejor criterio la situación que se plantearía en el supuesto de que José estuviera realmente interesado por ella.

Rita puso cara de quedar gratamente sorprendida.

—Jamás imaginé que mi marido fuera tan ingenioso… Créeme, Eloy, que pienso que has tenido una buena idea. Debería habérseme ocurrido a mí.

Todo transcurrió como don Eloy había planeado. Sin embargo, la providencia se adelantó a sus planes. Don Eloy llegó eufórico a su casa aquel mediodía y lo primero que indagó cuando Evaristo, el criado, le abrió la puerta fue si doña Rita se encontraba en casa.

—Sí, señor. Acabo de verla en la tribuna.

Don Eloy, con paso acelerado, allá se dirigió.

Su mujer, instalada en un balancín, miraba los figurines de *La mujer y la moda*, y al levantar la cabeza y ver la expresión del rostro de su marido cerró rápidamente la revista y en tono inquisidor preguntó:

—¿Qué ha ocurrido?

Eloy se sentó al borde del sofá y repreguntó sonriente:

—¿Por qué dices eso?

—Porque te conozco y porque nunca entras en casa sin dejar el sombrero en el recibidor.

—He de reconocer que las mujeres sois mucho más observadoras que los hombres.

—Entonces ¿me cuentas el motivo de tu alegría contenida?

Don Eloy volvió a preguntar:

—¿Has organizado ya la comida con Perico, Gloria y esa muchacha?

—El domingo tú y yo iremos a misa, como siempre; tengo mucho que pedir a santa Rita en esta ocasión. Luego quiero comprar profiteroles de nata en La Mallorquina de Jacometrezo y sobre las dos vendremos a comer a casa. Y espero que durante la comida o en la sobremesa seas lo bastante hábil para enterarte de todos los detalles posibles.

Eloy sonrió abiertamente.

—Pues verás si soy hábil que dudo que el domingo me entere de más detalles de los que me he enterado hoy.

En ese instante Rita dejó la revista sobre su regazo y se dispuso a escuchar con atención.

—Explícate.

—Pues ¡mira lo que son las cosas! Resulta que esta mañana, al salir de la Bolsa, he ido al ateneo, y nada más entrar he visto en el salón de lectura a Melquíades Calviño, al que hace un mes nombraron director del banco García-Calamarte. Ni que decir tiene, me he hecho el encontradizo. Y sin faltar a las reglas de urbanidad, como es lógico, le he pedido permiso para sentarme con él, y hablando de una cosa y de otra he conseguido llevar el agua a mi molino y, con la excusa de mi inquietud como padre, he deslizado el nombre de don Ignacio Antúnez y Varela. Inmediatamente he notado que el nombre le despertaba un súbito interés y ha intentado sonsacarme información. Le he dicho que era por cautelar el porvenir de nuestro hijo, porque nuestro José tenía una oferta de trabajo en los negocios de dicho señor y yo estaba inquieto ya que el chico no nos cuenta nada. «Ya sabe lo que son los jóvenes a cierta edad, pretenden saberlo todo y la experiencia de los padres no les vale para nada. Ése es el motivo de mi interés y de mi inquietud», eso le he dicho.

—¿Entonces?

Rita no podía disimular su curiosidad.

—Tus suspicacias eran infundadas. ¿Sabes quién es ese hombre?

—Dímelo. Ahora eres tú el que habla por entregas, ¡pareces el faldón de la *Gaceta de Madrid*!

—Pues bien, don Melquíades ha sonreído abiertamente y, tras una breve pausa, me imagino que, para mantenerme intrigado, me ha respondido: «No debiera decirlo porque las cosas del banco son sagradas y la discreción es el primer mandamiento de un banquero, pero, siendo usted mi amigo, voy a hacerle un esbozo del personaje: don Ignacio Antúnez tal vez sea nuestro primer cliente del continente americano. Puedo afirmar que es el dueño de Maracaibo, y no exagero. Sus posesiones están diversificadas... Digamos, así a bote pronto, que tiene minas de cobre y lignito, pozos de petróleo, infinidad de terrenos diseminados por toda Venezuela, el setenta por ciento de la compañía de electricidad porque las represas de los ríos son casi todas suyas, la línea férrea entre Valencia y Caracas y... en fin, un largo etcétera».

»Como comprenderás, Rita, me quedé de una pieza. A tal punto que don Melquíades se dio cuenta y añadió jocoso: "Si a su hijo no le interesa la oferta de trabajo del señor Antúnez transmítamela a mí, que tal vez me convenga dejar el banco y aceptarla". Y ésa es toda la historia que puedo contarte. Y ahora ponte en marcha para hacer lo que dijimos: organiza la comida del domingo y conozcamos a esa chica. Guapa lo será seguro, estoy convencido, que mi hijo tiene muy buen gusto al respecto de las hembras. Y por las referencias que don Melquíades me ha dado y que acabo de transmitirte, no creo que haya ningún problema en cuanto a que la muchacha resulte una cazadora de dotes.

Doña Rita cedió posiciones, no sin antes reconvenir a su marido: que lo de «hembras» no le había gustado.

—Aunque sea en tono coloquial, te ruego que respetes conmigo las formas. Esa expresión, «hembras», no te cuadra ni es tu estilo, José. En cuanto a lo otro, y al menos por lo que a mí respecta, en la vida el dinero no es lo único que importa. Vamos a ver cómo es la muchacha, que viéndola comer yo sabré cuál ha sido su educación. Tampoco querría que mi hijo se casara con una zafia por el vil dinero.

—Dinero que hace falta para vivir, amén de que nuestro hijo se ganará la vida.

—Motivo de más para saber qué clase de muchacha es, porque si lo de nuestro hijo con ella llegara a buen fin deberíamos cautelar el porvenir del título de marquesa de Urbina.

Eloy quiso situar las cosas en su exacta medida.

—No adelantemos acontecimientos ya que seguramente será otro de los galanteos de tu hijo. En cualquier caso, me alegro de saber que la muchacha no es una cazadora de dotes.

Rita se levantó a continuación y se dirigió a las cocinas para poner en marcha su proyecto.

14

Don Ignacio Antúnez

Don Ignacio Antúnez y Varela, el Viejo León de Maracaibo, un metro y noventa y seis centímetros de altura, ciento doce kilos de peso, torso poderoso y melena leonina completamente blanca, se había instalado en el porche de su hacienda de Caracas, El Paraíso, con un vaso de tequila mexicano José Cuervo, que era su bebida predilecta, sobre la mesa. Había tomado un sobre del paquete de correos que Batiste, su anciano mayordomo, había dejado junto a la botella y se disponía a rasgar la solapa del mismo con su navaja albaceteña, compañera inseparable de su agitada y aventurera vida desde que desembarcara en el puerto de Maiquetía y se alojara en aquella humilde pensión de Canaima donde un negro bembón tuvo la mala idea de entrar por la noche en su covachuela pretendiendo hurgar en su humilde equipaje, situación que obligó a Ignacio Antúnez a echar mano de su filosa y obligar al negro a salir por pies, eso sí, con una oreja de menos. Su intención era deleitarse con la lectura de las noticias que su hija, Nachita, le enviara desde Madrid. Aquella muchacha se había constituido en el centro de su vida desde la pérdida de Clara, su mujer; ni los pozos de petróleo, ni las minas de cobre y lignito, ni su compañía eléctrica ni las presas de los ríos eran para él nada comparado con el amor que sentía por aquella niña hecha a su imagen y semejanza y que tanto le recordaba a su fallecida esposa.

Don Ignacio, calándose las antiparras, extrajo del sobre dos cuartillas dobladas de fino y perfumado papel y se dispuso a leer las prietas líneas llenas con la inconfundible caligrafía de su hija:

Queridísimo padre:

Espero que al recibo de la presente se encuentre tan bien de salud como siempre. Yo aquí, en Madrid, como usted sabe, gozando sin duda de los días más maravillosos de mi vida.

Al leer este preámbulo don Ignacio frunció el entrecejo. Estaba decidido a prestar mucha más atención a lo que vendría a continuación; su hija le había enviado cartas en infinidad de ocasiones explicando lo que hacía, los lugares que visitaba y la gente que iba conociendo, pero en ninguna ocasión se había referido a «los días más maravillosos de mi vida».

Don Ignacio siguió leyendo:

Llegué de Londres va ya para seis meses, tal como le conté en una de mis anteriores cartas, invitada por mi amiga Gloria Santasusana, a la que usted conoció en París y cuyos padres me ofrecieron galanamente su casa en correspondencia a las atenciones que con ella tuvo usted en esa capital. El descubrimiento de Madrid ha sido para mí impactante. Jamás ciudad alguna me había mostrado esa alegría de vivir que respiran sus barrios, sus plazas y, sobre todo, sus gentes, que pasan el día en la calle, y cuando no hay una verbena hay una kermes y si no una fiesta de barrio o una corrida de toros; aquí todo es motivo de jolgorio y de fiesta.

Los Santasusana me han incluido en el grupo de sus amistades y he conocido personas maravillosas. Lo he dejado a buena altura cuando me han llevado al club de hípica de Madrid, pues les he demostrado que los venezolanos somos buenos jinetes. También he ido a los toros, si bien en esto he de decir que nos ganan, pues la plaza de Goya puede alojar a catorce mil personas, y he tenido ocasión de ver a los grandes maestros el Guerra y Mazzantini, aunque lo que más me impresionó fue el ambiente que se respiraba, que eso sí es único en el mundo. Por lo demás, los Santasusana me han cuidado y obsequiado durante todo el verano, al punto que no sé qué hacer para corresponder a sus atenciones. Y ahora viene el principal motivo de mi carta, que espero comprenda de manera que me dé su permiso para prolongar mi estancia en Madrid un tiempo indeterminado, pues creo que he tomado una de las decisiones más importantes de mi vida. Hasta este momento siempre que he conocido a algún muchacho, sin yo quererlo, he cometido el despropósito de compararlo con usted, craso error ya que, hasta el día de hoy, ningún hombre había resistido la comparación ni dado la talla. Pero aquí, en Madrid, ha pasado algo que por primera vez ha trastocado los planes de mi vida. Nadie me conoce tanto como usted; además de su hija he sido su amiga y su compañera de fatigas, y usted, además de mi padre, ha sido mi amigo, mi guía y mi confidente... Por eso confío en que me comprenda.

¡Me he enamorado, padre! Y me he enamorado de un hombre que a su lado da la talla, lo que para mí era y es muy importante. Jamás le he hablado así de otra persona, y es por ello que no quiero dejar pasar por mi lado a alguien que puede ser el compañero de mi vida y el hijo que usted habría deseado que yo fuera. Cuando lo conozca entenderá mejor mis palabras. No voy a hablarle de la opinión de mujer que tengo sobre él ni le diré que es apuesto y simpático; sé que eso a usted no le interesa. Lo único que le diré es que, de haberlo conocido usted en su juventud y tener su edad, estoy segura de que habría sido su amigo. Padre, lo conozco bien y sé que José Cervera y Muruzábal, que así se llama, es de la cuerda y de la pasta que a usted le gusta en los hombres. Le falta un año para acabar ingeniería, y es un caballero de la cabeza a los pies. Es por ello que pido su permiso para prorrogar mi estancia en Madrid y, asimismo, para invitar a José a Venezuela para que usted tenga ocasión de conocerlo. Cómo conocí yo a José es otra historia que ocupará mi siguiente carta. Ni que decir tiene que esperaré con ansia la de usted y no tomaré decisión alguna hasta que reciba noticias suyas.

Reciba desde la distancia todo el amor de su hija, que lo ama y lo respeta con todo su corazón. Todos mis besos van para usted en esta carta,

NACHITA

Queridísima hija:

Apenas recibida tu carta me dispongo a contestarte a vuelta de correo debido al impacto que me ha causado su lectura.

Ni que decir tiene lo mucho que me alegra que estés tan bien en la casa de esos buenos amigos que tan grata impresión me causaron en París y, asimismo, de lo que intuyo estás disfrutando en el conocimiento de esa extraordinaria ciudad que es Madrid. Pero el motivo principal de mi inmediata respuesta es tu frase «los días más maravillosos de mi vida», cuya explicación viene más abajo. Yo también te conozco bien, muy bien, hija mía, y ese estado inexplicable, casi místico y único, lo ha causado el descubrimiento del primer amor, que llega en el momento más impensado y tiñe de rosa nuestro horizonte haciendo que una persona se constituya en el centro de nuestra vida y todo lo demás se difumine hasta casi desaparecer y lleguemos a creer firmemente que hasta ese día todo lo vivido ha carecido de importancia. Querida hija, por ese trance hemos pasado todos. Y debo decirte que es un porcentaje mínimo el de las personas que bajo esas circunstancias aciertan en su elección. Me explicas unas cosas al respecto de ese muchacho en las que siento que me conoces bien, pues me das los datos que sabes que a mí han de agradarme sobremanera. Sé que hasta el día de hoy he sido tu referencia, sé cuánto me quieres y por dónde van los tiros cuando afirmas que ese hombre da la talla, y tu frase al respecto de que habríamos sido amigos de haber coincidido en el tiempo y en edad es definitiva para mí. Conozco a ese joven a través de los datos que me envía una chica enamorada. No puedo estar a favor ni en contra. Debes permitirme la licencia de que, en esas condiciones, me asalte la duda.

Eres lo más preciado que tengo. Ni las minas, ni las tierras, ni la compañía eléctrica ni las represas me importan nada en comparación con el amor que te tengo. Soy consciente de que eres mi único bien y de que yo soy, hasta hoy, la columna central de tu vida. Soy consciente, asimismo, de mi edad, y no ignoro que un día u otro, ojalá sea muy lejano, te dejaré sola en este mundo y dueña de un imperio. Mi única esperanza es que la persona que calce mis zapatos sea digna de ti, de manera que pueda cerrar los ojos tranquilo habiendo cumplido con mis deberes al respecto de mi hija.

Consecuente con mi obligación, ya estoy preparando el viaje para acudir a Madrid. Saldré de aquí en el *Reina Mercedes* una vez resueltos algunos problemas que me impiden partir antes, como desearía. El barco zarpará el 17 de noviembre. Desembarcaré en Santander al cabo de quince o veinte días, según esté la mar. No es seguro, pero creo que durante la travesía tocaremos antes otro puerto. En cuanto llegue a Santander, me desplazaré a Madrid con el deseo infinito de que todo cuanto me cuentas sea como tú crees. No quiero engañarte: la tela de araña de mis empresas llega a todos lados, y pondré todo mi interés en informarme. Si los datos que reciba coinciden con tus informes, sabré hacerme a un lado y seré el más feliz de los padres. De no ser así, me opondré con todas mis fuerzas a que esta situación se prolongue. Como comprenderás, no estoy dispuesto a que se malogre esta obra maravillosa de diecinueve años que tanto esfuerzo nos ha costado a Dios y a mí.

Recibe el abrazo más grande y apretado del mundo de tu padre, que te quiere hasta el infinito,

IGNACIO

15

La comida

Al amanecer, Nachita volvía a mirar al reloj por enésima vez. Por más vueltas que dio en la cama, esa noche no pudo conciliar el sueño. El domingo había llegado por fin y ella, en día tan señalado, tendría unas ojeras que le ocuparían media cara. Por expreso deseo de José, iba a conocer a sus padres. Nachita era una muchacha de mundo y, junto a don Ignacio, había conocido a gentes muy importantes, pero a nadie a quien tanto deseara agradar como en esa ocasión. Intentando hacer el menor ruido encendió la luz de su mesilla de noche y, tomando de nuevo la carta de su padre, volvió a leerla un vez más; casi se sabía el texto de memoria. Se detuvo en los pasajes que reflejaban las dudas de su progenitor y, conociéndolo como lo conocía y sabiendo cómo era José, estaba segura de que en cuanto se lo presentara todos sus recelos se diluirían como un azucarillo en agua. Nachita repasó mentalmente todo lo acontecido en los últimos meses y sintió, como toda mujer en su estado, que nada hasta ese momento en su vida había tenido sentido. ¡Qué hermoso era estar enamorada! Estaba tan nerviosa que, olvidando lo temprano que era, saltó de la cama y se metió en la habitación contigua, donde dormía su amiga Gloria.

—Pero ¿qué haces, loca? —exclamó ésta al despertar y verla allí.

—Todavía no he pegado ojo.

—Pues mira qué bien. Tus futuros suegros te encontrarán preciosa. Vas a parecer un búho. Anda, apaga la luz, vuelve a tu cuarto e intenta dormir un par de horas al menos.

Y sin más Gloria se dio la vuelta y volvió a quedarse dormida.

Nachita obedeció, consciente de que continuaría despierta repasando toda su historia de amor desde el día del veterinario hasta el momento de aquella tarde gloriosa cuando dio el sí a José, dispuesta a cuidarlo y a amarlo hasta el fin de sus días.

Finalmente cayó rendida. No fue un sueño profundo; más bien

fue un duermevela que duró tan sólo un par de horas. Cuando a las nueve la camarera, tras unos ligeros golpes en la puerta, entró la bandeja del desayuno, Gloria se había reunido con ella en su habitación.

—¿Has descansado?

—He dormido... Un poco.

Las dos se sentaron a la mesa.

—Ya puedes cargarte de café, que si no caerás dormida antes del postre.

—No me pongas más nerviosa de lo que ya estoy.

—Todo marchará sobre ruedas, ya lo verás. Los padres de José son un encanto. Bueno, la madre menos, pero es una señora.

—Me siento como una mariposa atravesada por un alfiler al que un entomólogo va a observar de arriba abajo.

—No debe extrañarte. José es hijo único, y los padres sólo saben ver lo bueno. Te confieso que al principio yo le tenía un poco de manía porque pensaba que me llevaba a Perico por malos derroteros, pero era cuestión de ambos; los hombres son así.

Luego comentaron de nuevo la carta de don Ignacio, y Gloria volvió a opinar que sus prevenciones eran normales.

—Todos los padres son iguales, y la relación que has tenido con el tuyo es más de esposa, salvando las distancias, que de hija. Comprendo perfectamente que haya cogido el primer barco para conocer a José; yo habría hecho lo mismo.

En ésas estaban cuando cambiaron de tercio y comenzaron a decidir cuál era el traje que Nachita debía ponerse y qué aderezos le añadiría, así como también cuál sería el peinado que la peluquera de la madre de Gloria, que iba acudir a casa de los Santasusana pese a que era domingo, le haría.

La mañana pasó en un instante, y cuando sonó la hora en el reloj del comedor y Juanita anunció que el señorito Perico estaba en el recibidor, Nachita sintió que se abría un capítulo importante en su vida.

Las dos muchachas, tras mil dudas y vacilaciones al respecto del vestido de Nachita, el peinado y los adornos, estuvieron dispuestas. Finalmente escogieron un modelo de la última temporada de París, cuya moda estaba mucho más avanzada que la de Madrid. Era un conjunto bicolor, bronce y marrón, con mangas mucho más ajustadas que las que estaban al uso en la capital de España, ceñido hasta el cuello y con un adorno en uve que partía de los hombros y le cubría el pecho hasta el vértice de la cintura, haciendo juego con el tono de la falda; cubría el conjunto un abrigo tres cuartos de terciopelo negro. El peinado fue otro problema, si bien al final se decidieron por un recogido de tirabuzones en un lado de la cabeza y el pelo liso y tirante en el otro sujeto por una peineta de concha de tortuga.

—Venga, Nachita, no dudes más, que estás fantástica. Y si no te fías de mí, fíjate en la expresión de los ojos de Perico, que no sabe disimular. En cuanto te vea, si considera que algo desentona, no hará falta que te lo diga.

Las dos muchachas salieron al recibidor. Y la profecía de Gloria se cumplió: en cuanto Perico vio a Nachita, no pudo disimular su entusiasmo.

—¡Caramba, Nachita! Te has puesto de tiros largos. ¡Cómo se nota que hoy te importa el impacto de tu presencia! Cuando salimos por Madrid no vas así.

—Es que por Madrid salgo con un par de vainas. En cambio hoy para mí es un día chévere.

Gloria se volvió hacia su amiga.

—¿No te lo he dicho? —Luego se dirigió a su novio—: Y a mí, perillán, ¿no me dices nada?

—A ti te lo tengo todo dicho… ¿Qué más quieres que te diga, si hasta te he pedido que te cases conmigo? —Y tras una mirada a su reloj, añadió—: Venga, que tengo a Fermín en la esquina con el coche y vamos a llegar tarde.

Partió el trío hacia la calle acompañados por la sonrisa de la camarera, que cerraba la puerta. Juanita, que encontraba todas las gracias al novio de su señorita desde que lo vio por primera vez, se dirigió hacia las cocinas arreglándose la cofia mientras pensaba lo injusta que era la vida, que repartía caprichos y bienes dando tanto a unas y tan poco a otras.

El landó de Perico aguardaba junto a la acera. Nada más divisar al trío, Fermín saltó del pescante a la calle para abrir la portezuela. Las dos muchachas subieron al coche en tanto Perico ordenaba al cochero:

—Vamos a Diego de León, a casa de los señores Cervera.

—Lo que usted mande, señorito.

Perico subió al coche, el auriga se encaramó al pescante y, con un ligero toque de riendas, el hermoso tiro se puso en marcha.

A Nachita se la comían los nervios. Gloria la había visto así desde la mañana, pero el estado de la muchacha sorprendió a Perico.

—Pero, chica, ¿qué te ocurre? Más parece que en vez de asistir a un acontecimiento maravilloso vayamos a un funeral. ¡Vas a conocer a tus futuros suegros! Son gente estupenda y sé que te encantarán.

Gloria intervino:

—Vengo diciéndoselo desde la mañana, pero es inútil. Piensa, Perico, que se ha plantado en mi cuarto a horas intempestivas y desde ese momento que se lo estoy repitiendo.

—Comprendo que ellos estén nerviosos, van a conocer a la futura mujer de su único hijo. Y seguro que querrán causarte la mejor de las impresiones; te mostrarán su casa, desearán agasajarte, procurarán que todo sea perfecto... Y tu futura suegra es una perfeccionista.

—No me pongáis más nerviosa de lo que estoy. Vine a pasar un mes en Madrid y me encuentro con que voy a casarme... Entiendo la prevención de los padres de José; su hijo tenía que contraer matrimonio con la hija de alguno de sus amigos, y viene una muchacha extranjera, que no saben quién es ni de dónde ha salido, y pretende llevarse a su niño. ¡Me mirarán hasta el último cabello de la cabeza! Los comprendo; yo que ellos haría lo mismo. Además, soy venezolana y mis costumbres son otras... Hasta me preocupa mi modo de hablar.

Perico se dispuso a tranquilizarla.

—Eres una mujer estupenda. Insisto: en cuanto te conozcan te querrán. Y los modismos que expresas al hablar son peculiares y divertidos. Te aseguro que esta noche te darás cuenta de lo infundado de tus miedos.

—Te agradezco tu buen hacer, Perico, pero voy a encomendarme a mi patrona de Chiquinquirá. Si salgo viva de ésta iré a verla descalza. —Luego cambió de tema—. Gloria me ha dicho que la madre de José no es una mujer fácil.

En ésas andaba el trío cuando Fermín detuvo el carruaje frente a la casa de Diego de León. A Nachita el corazón le latía tan aprisa que creía que los demás lo iban a percibir. Al dar la mano a Perico para descender del coche, éste se dio cuenta de la circunstancia y preguntó a Gloria si llevaba un frasquito con sales.

—Déjate de historias y entremos. Ya verás que en cuanto los haya conocido se le pasarán todos los males. —Y luego, dirigiéndose a su amiga—: No te irás a desmayar ahora, ¿verdad?

—Eso espero. Pero entiende que es el lance más importante de mi vida y no me gustaría quedar como una reverendísima imbécil o, lo que sería peor, como una delicada damisela.

Perico intervino:

—No hay cuidado. En cualquier caso, ¡vamos a ello! Porque si nos ven desde una ventana debemos dar una sensación penosa.

Luego de que Perico diera órdenes a Fermín al respecto de la espera del coche, el trío se dirigió a la cancela de la entrada. Un muro de piedra que soportaba una reja de hierro de historiadas formas circunvalaba el jardín; el centro del mismo lo ocupaba un sólido edificio de tres pisos de estilo renacentista, y bajo el balcón de la primera planta, y protegiendo de la posible lluvia a los visitantes, se levantaba un templete soportado por dos columnas de inspiración dórica que enmarcaba la puerta de la casa.

Perico se adelantó a las dos muchachas y tiró de un cordón de cuero que había junto a la puerta. A lo lejos se oyó el sonido cantarín de una campanilla. No había pasado ni medio minuto cuando reconocieron la voz de José, que, desde el interior, se dirigía a alguien:

—¡Ya voy yo, Evaristo!

La puerta se abrió y en el marco apareció un José eufórico. Nada más verlo, todas las dudas de Nachita se disiparon y le ocurrió algo que la retrotrajo a su infancia cuando de la mano de su padre visitaba las minas: estuvo segura de que al lado de aquel hombre jamás podría ocurrirle nada malo.

—Creí que este momento no llegaría nunca.

—Pues ya ves que estamos aquí —respondió Perico a su amigo.

Unas voces se aproximaban por el pasillo que desembocaba en el recibidor. Era éste una pieza sobria aderezada para cumplir su función: sendos paragüeros a un lado y otro de la puerta de entrada, uno con bastones y otro con paraguas; en la pared de la derecha, un gran mueble de columnas torneadas con varios percheros y un espejo central; frente a él, sendos sillones de tijera, de torneadas patas también, cubiertos con almohadones de color granate oscuro para aliviar la espera de los visitantes. Evaristo había comunicado a los señores que los invitados habían llegado, y Rita y Eloy, dado lo importante de la visita, se dirigían a recibir a la novia de su hijo en lugar de aguardar en el salón.

José dejó que sus padres llegaran a su altura. La sonrisa de don Eloy era amplia y abierta; la de su mujer, más contenida y circunspecta.

—Padres míos, ésta es Nachita, de la que tanto les he hablado. A Gloria y a Perico ya los conocen.

Nachita se adelantó dos pasos y cuando iba a dar la mano a doña Rita ésta avanzó y, tomándola por los hombros, le dio dos besos en las mejillas. José respiró aliviado y entonces don Eloy, sin poder renunciar a su condición de hombre entendido en mujeres, tomó las dos manos de la muchacha y pronunció su sentencia:

—José, te has quedado corto en la descripción, pero estoy contento porque honras el buen gusto que siempre tuvimos los Urbina. —Luego, dirigiéndose a Nachita—: Querida joven, es usted bellísima. Y mi hijo tiene la suerte de que yo no tenga veinte años porque, de ser así, lo habría tenido mucho más difícil.

Nachita, con una voz apenas audible, respondió:

—Me abruma usted, don Eloy.

Perico y Gloria se acercaron para saludar a los padres de su amigo y, tras las cortesías y el besamanos de rigor, los recién llegados dejaron los abrigos en el perchero. El grupo se dirigió hacia el salón; nada más entrar, Nachita pudo ver el gran ramo de flores que había enviado a doña Rita colocado encima de un soberbio mueble de corte napoleónico. Doña Rita observó su mirada.

—Es una preciosidad. No tenías por qué.

—¡Por favor! Es lo menos que podía hacer para agradecer su amable invitación.

—Bueno, dejaos de solemnidades, que tenemos muchas y agradables cosas que comentar, y para cuando nos sentemos a comer quiero dedicarme a ello.

—Te ruego, Eloy, que no me organices la vida. Hoy es un día muy importante para mí, y creo que para todos, así que no nos metas prisa, las cosas avanzarán a su propio paso.

Doña Rita había marcado el tempo.

El grupo se ubicó en el salón; don Eloy en su orejero de siempre, doña Rita frente a él, Perico y José en los isabelinos y las muchachas en el sofá central.

—Bueno, bueno, bueno… Comencemos por el principio. Quiero conocer todos los detalles de esa hermosa historia. ¡Un hombre no todos los días tiene la fortuna de conocer a la futura madre de sus nietos!

Nachita asió fuertemente su pequeño bolso y notó que empezaba a ponerse roja como la grana.

Rita, pese a que conocía las impertinencias que a menudo cometía su marido, saltó en defensa de la muchacha.

—¡Eres incorregible, Eloy! Hay frases que hieren la sensibilidad de una dama y tú pareces no entenderlo.

—Pero ¿qué he dicho?

Doña Rita se volvió hacia Nachita.

—No le hagas caso; tiene la virtud de meter la pata. ¡Qué se le va a hacer! Ya te acostumbrarás.

En aquel instante Evaristo entró en el salón seguido de dos camareras que portaban bandejas con bebidas y pequeñas fuentes colmadas de un selecto aperitivo.

Al cabo de unos minutos la tensión había desaparecido. La historia del encuentro de José y de Nachita se había revelado con detalle, pues los jóvenes se atropellaban queriendo explicar cualquier pormenor que consideraban que no había sido bien descrito. Cuando pasaron al comedor, doña Rita tomó a Nachita del brazo.

La alargada mesa lucía soberbia. La mano de Rita se notaba en todos los detalles: mantel de hilo de una blancura impecable, bajoplatos y cubertería de plata, vajilla de Limoges, copas de cristal de Bohemia y un centro de mesa de porcelana de Sèvres con la imagen de un cestillo de frutas y hortalizas tal que si fuera un bodegón. La comida estuvo a la altura de la puesta en escena; sopa de pescado con pequeñas albóndigas de rape y langosta, huevos poché sobre tostada de foie y volován de perdices, y de postre un María Teresa con caramelo hilado encima.

—He de decir que la repostera es mi mujer. A cada cual lo suyo —proclamó orgulloso don Eloy—, y yo, para que quede claro, soy un goloso impenitente a pesar de mi médico, que quiere privarme de todo lo que me gusta, tabaco y café incluidos. De no cumplir, anuncia mi muerte inmediata. Pero pienso que, para vivir sin estos pequeños placeres, que son los únicos que me quedan a mi edad, no me importaría morirme de pronto.

—Padre... —lo reconvino José.

El café se sirvió de nuevo en el salón y allí fue, esa vez con mucha mano izquierda, donde Eloy fue dando las pautas para que Nachita explicara su vida. Era hija única, perdió a su madre a los tres años y creció como una flor de estufa cuidada por su padre, don Ignacio Antúnez, en la finca que él tenía a la salida de Maracaibo. También refirió los confusos recuerdos de su niñez cuando quedó en manos de una institutriz inglesa y del ama de llaves que había sido para ella como una abuela y que había cuidado a su madre desde su nacimiento. Les habló de cuando su progenitor comenzó a llevarla con él en sus viajes, y de cómo, poco a poco, fue enterándose de quién era don Ignacio Antúnez y lo que representaba en Venezuela: sus pozos de petróleo, el ferrocarril, los saltos de agua. Relató sus viajes, primeramente por Sudamérica, luego a Nueva York, San Francisco, Los Ángeles, Filadelfia... y después el salto a Europa, sus visitas a diversas capitales europeas, y finalmente París y su encuentro con Gloria, quien, con el paso del tiempo, se había constituido en su mejor amiga.

Sobre las siete y media de la tarde, José entendió que era el momento de ir un rato al centro de Madrid con su novia y sus amigos. La despedida fue solemne.

Doña Rita, tras besar en la frente a Nachita, le dijo:

—Que sepas que a partir de hoy te consideramos una hija. Estamos felices de que entres en nuestra casa y estaremos encantados de conocer a tu padre en cuanto llegue a Madrid.

Ahora fue Eloy quien quiso subrayar su condición de futuro suegro.

—No sé qué has visto en éste... Estaba angustiado, pensando en quién me traería para que fuera la futura marquesa de Urbina, pero ya podré dormir tranquilo.

Tras estas palabras, los jóvenes se fueron a tomar una copa y a comentar los avatares de aquel día que había de cambiar sus vidas.

Ya de noche, don Eloy, con camisa de dormir, gorro y bigotera, comentaba con su mujer:

—¿Te das cuenta, Rita? ¡Una extensión petrolífera de cien mil hectáreas con más de mil pozos! Nuestra finca de Alpedrete de setenta parece en comparación una maceta de geranios.

—A mí me importan otras muchas cosas. Me parece una buenísima muchacha y perfectamente educada. He de reconocer que es bellísima y que puede hacer muy feliz a nuestro hijo.

—Además, tiene un cuerpo magnífico.

Rita miró a su esposo con gesto áspero, como reconviniéndole la impertinencia.

—Me refería a su estructura ósea. Tendrán hijos muy sanos —se apresuró a aclarar él.

16

Confesiones

Suzette Blanchard vivía en una casa de tres pisos en la rue Mazarine, junto a la iglesia de Saint Germain des Prés, en la que su madre ejercía de portera del edificio. El piso destinado al conserje ocupaba los bajos del mismo, y gozaba en la parte posterior de un patio. La mujer había habilitado en él un sombrajo con cuatro palitroques y un cañizo que, en verano, cuando el sol caía a plomo, le proporcionaba una agradable sombra. Ésta, junto con las macetas de plantas que había colocado por todo el perímetro, hacía que el ambiente, sobre todo a partir de la puesta del sol, se mantuviera fresco y agradable. Para su disfrute, había colocado en la esquina, junto al gancho de la pared en el que enrollaba la manguera, un banco de listones de madera y tres silloncitos de mimbre.

Cuando Lucie llamó a la pequeña puerta acristalada de la garita de la portería preguntando por Suzette, su madre, Rachel, se percató enseguida de que a la muchacha algo grave le ocurría. El rostro desencajado, los ojos llorosos y en el puño apretado un pañuelo húmedo que ya no servía para nada reflejaban la angustia que atormentaba a Lucie en aquel momento.

—Buenos días, madame. ¿Está Suzette?

—Pasa, está en el patio regando las plantas. Ya conoces el camino.

Lucie atravesó el pequeño apartamento hasta llegar al fondo, donde estaba el patio. Suzette se hallaba en plena tarea, regadera en mano. Dejó el artilugio en el suelo en cuanto vio a su amiga y reparó en su rostro alarmado. Fue a su encuentro a la vez que se despojaba de los guantes de lona que le protegían las manos.

—¿Qué ocurre, Lucie? —dijo al tiempo que la cogía del brazo y la llevaba hacia el banco.

Apenas se sentó, un llanto contenido y sincopado asaltó a Lucie, que se vio impotente para articular palabra alguna. Suzette se sentó a su lado y, echándole un brazo por los hombros, dejó que su amiga fuera calmándose poco a poco. Cuando vio que ésta ya podía hablar la separó lentamente de su regazo y la miró a los ojos.

—Cuéntame qué te pasa ahora, Lucie.

Los motivos de la ruptura con Gerhard ya los habían comentado las dos amigas más de cien veces, y aunque la opinión de Suzette no coincidía con la visión de Lucie, respetó sus motivos y se abstuvo de darle consejos. Si ella lo veía de aquella manera, no quería intervenir en favor ni en contra para no hacerse responsable de lo que finalmente pudiera ocurrir.

Lucie clavó los ojos en Suzette, ésta intuyó que esa mirada guardaba un secreto.

—¿Qué otra cosa hay? Porque hay algo más.

—Estoy embarazada.

Suzette se quedó de piedra.

—¿De cuánto?

—Ya he tenido la tercera falta.

—¿Estás segura? —dijo observándola lentamente—. No se te nota nada.

—Tan segura como que estoy aquí.

—Pues entonces con más motivo deberías ir a ver a Gerhard y explicárselo todo.

—No puedo hacer eso, sería un chantaje moral.

Suzette insistió:

—Pero estas cosas no ocurren si dos no quieren.

—Suzette, ¿insinúas que debo aprovechar esta circunstancia para obligarlo a casarse conmigo? Entonces sí que iba a tener razón su familia… Y yo no deseo eso.

—¿Y qué vas a hacer?

—¿Cómo que qué voy a hacer?

—¿Vas a tenerlo?

—Pues claro.

—Podrías quitártelo. Conozco a alguien que…

—¡Eso de ninguna manera! Quiero tener a ese hijo por encima de todo. Es lo único que tendré de Gerhard.

Suzette la miró con ternura.

—Eres muy buena persona, Lucie, y tengo mucha suerte de que seas mi amiga. Pero ¿te das cuenta de lo que representa criar a un hijo siendo soltera?

—El trabajo no me asusta.

Hubo otra pausa.

—¿Lo sabe tu madre?

—Todavía no.

—¿Y qué va a decir?

—Que diga lo que quiera. Sé que de casa no me echará.

—Pero puede obligarte a hablar con Gerhard.

—No lo hará, me conoce bien.

Suzette emitió un largo suspiro y, acercando su rostro al de Lucie, la besó.

—Eres una gran chica, de verdad. Esa familia de imbéciles, los Mainz, no saben lo que se pierden. Ninguna de mis amigas obraría de esta manera. Ni que decir tiene que puedes contar conmigo para todo, decidas lo que decidas.

17

La denuncia

El comisario del Distrito de Montmartre monsieur Robert Guizot, pelo canoso cortado a cepillo, ojos pequeños pero vivarachos, bajito, barrigudo y con un genio irascible que conocían bien sus subordinados, estaba instalado en su despacho de la comisaría del Distrito XIX con la mesa atestada de legajos, como de costumbre. Y, como de costumbre, tenía frente a él uno abierto del que había extraído una carpeta. Estaba estudiándola cuando unos leves golpes sonaron en la puerta.

—Pase, Dupont.

En el quicio asomó el rostro pecoso con el pelo de color panocha de su ayudante.

—Permiso, señor comisario.

—¿Qué ocurre ahora? Creo haber dicho que no me molestaran.

En tanto el subalterno avanzaba hacia el comisario con un telegrama en la mano, iba explicándose:

—Verá, señor, el cabo de guardia me ha llamado al despacho de la entrada pues ha entendido que el caballero que demandaba ser recibido era alguien de calidad, así que he salido a la puerta y lo he atendido. Antes de molestarlo a usted, he escuchado su petición y he comprobado sus datos. He hecho averiguaciones en el consulado alemán y he hablado con la prefectura, señor. Mire.

Y, acompañando a la palabra con el gesto, Dupont tendió a su superior el papel que traía. El comisario Guizot lo cogió y se dispuso a leerlo.

De la prefectura al comisario del Distrito XIX Robert Guizot

A la consulta por usted trasladada a esta prefectura y tras la correspondiente inspección se le informa:

El ciudadano Gerhard Mainz pertenece a una importante familia de Berlín poseedora de industrias acereras en el Ruhr y tiene una relación directa con nuestro Ministerio de Industria y Comercio, por lo que recomendamos que sea particularmente atendido en sus peticiones.

Firmado: El Primer Subintendente General

E iba sellado y correspondientemente firmado por el Prefecto General de París.

Cuando el comisario alzó la vista del escrito, el subalterno indagó intranquilo:

—¿He hecho bien, señor comisario?

—Sí, Dupont. Haga pasar a ese caballero.

Guizot ya aguardaba en pie a Gerhard cuando entró en el despacho acompañado de Dupont.

—¿Manda algo más, señor?

—Puede usted retirarse.

Tras las presentaciones de rigor, el comisario invitó a Gerhard a sentarse frente a él y le ofreció una copa, que rechazó.

Guizot, siguiendo su costumbre, se frotó las manos en tanto indagaba:

—¿En qué podemos servirlo, señor Mainz?

—Verá, señor, vengo a molestarle por algo que es muy incómodo para mí y que puede llegar a ser grave.

—Soy todo oídos.

—Soy pintor, y he venido a París para aprender de todas aquellas personas que puedan ayudarme en mi afán, a definir mi estilo y a conocer a maestros a los que admiro. Tengo el estudio en la rue Lepic y por el momento allí resido.

La actitud del comisario, que era de máxima atención, lo invitaba a proseguir.

—El caso es que para mis trabajos empleo a modelos que, lógicamente, acuden a mi estudio a posar. Pues bien, una de ellas, Clémentine Comte, vino el otro día a mi atelier atemorizada, diciéndome que no podría acudir más. Estando su cuadro a medio terminar, tal decisión me causaba un gran perjuicio, pero cuando se apartó el pañuelo del rostro y me contó su caso comprendí sus temores y a la vez su medida. Señor comisario, tenía la cara hecha un eccehomo, y los hombros y los brazos llenos de moretones. Por lo visto, hay un individuo que ejerce de proxeneta con ella y quiere que haga la calle para él, y en mi opinión, en la patria de la libertad, la igualdad y la fraternidad, no puede permitirse que un individuo esclavice a una mujer amenazándola con matarla si no ejerce la prostitución y, encima, le quita el dinero.

El comisario lo miró con indulgencia.

—Señor Mainz, en este país, eso es el pan nuestro de cada día… No obstante, atendiendo a quién es usted y al perjuicio que, según explica, le causa tal situación, intentaremos hacer lo que procede. ¿Conoce el nombre de ese individuo?

—El nombre y el mote.

—Dígamelo, si es tan amable.

—Armand Levêque es el nombre. Y el mote: el Cicatrices.

El comisario lo observó incómodo.

—Vaya por Dios, ¡menuda pieza!

—¿Lo conocen?

Guizot buscó una carpeta entre las muchas que tenía sobre la mesa. La tarea no fue fácil. Finalmente, apareció en sus manos un cartapacio muy manoseado cerrado por una goma elástica.

El comisario lo abrió y extrajo de él un documento que amarilleaba de puro viejo y lo tendió a Gerhard.

Armand Levêque Berline, conocido como el Cicatrices, nacido en Pontoise el 7 de septiembre de1870. Abandonado por su madre a los nueve años en el orfanato de la ciudad. Se negó a aprender oficio alguno y a los trece años fue trasladado al correccional de Aviñón, del que se evadió. Recaló en París, donde empezó su actividad delictiva. Visitante habitual de las cárceles, comanda una banda de malhechores que al principio trabajaba en los márgenes de los muelles del Sena atracando a los viandantes. Todos los antecedentes caben en su historial: cumplió en la Bastilla tres años por varios atracos a mano armada, robo con escalo, proxenetismo y violación. El señor juez le concedió la condicional, a la que ya ha faltado, por lo que está en busca y captura.

Conclusión: extremadamente peligroso, en paradero desconocido en la actualidad.

El comisario estaba mirando a Gerhard cuando el joven alzó la vista del escrito.

—Éste es el angelito que lo trae a mal traer, señor Mainz. Y éste es el pan nuestro de cada día, como le he dicho. Principalmente en mi distrito, personajes de su ralea entran en los calabozos y salen de ellos como las abejas vienen y van a su panal, y si tuviera que seguirlos uno a uno no dispondría de personal suficiente ni sumando cuatro o cinco comisarías. A pesar de todo, siendo el suyo un caso especial, voy a dedicarle atención.

—Únicamente soy un extranjero que reside en París y pretende saberse protegido por sus leyes.

—Seamos sinceros, señor Mainz: no todos los días llega alguien a esta comisaría avalado por un escrito de la prefectura, casi ordenando que lo atendamos… Sí, hemos recabado información del consulado alemán. Es nuestra obligación. De no ser así, el comisario jefe, es decir, yo, no acostumbra a recibir a nadie sin cita previa. Y debo ser honesto con usted, que es un hombre de mundo: lo de la igualdad entre los ciudadanos queda muy bien en los papeles oficiales y en los escudos, pero, como dice el refrán, señor Mainz, «el que tiene padrino se bautiza». Usted y su familia son un interés de Francia como pueden serlo la *maison de champagne* Veuve Clicquot o la *vedette* Mistinguett, en modo alguno particular. Y Francia está por encima de todo. Sepa, señor Mainz, que esta comisaría hará todo lo que esté en su mano para enjaular a ese individuo. Y le diré más: a pesar de que, como bien sabe, el tiempo que puede retenerse a alguien es limitado, si le echamos el guante procuraré, aunque siguiendo la ley y el reglamento, que la estancia de ese tipo entre nosotros sea lo más larga y desagradable posible antes de que se persone ante el juez. Tenga por cierto que el tal Cicatrices tendrá ocasión de lamentar haber nacido.

18

Armand Levêque

A rmand Levêque, el Cicatrices, había tenido que cambiar de distrito y olvidarse del negocio durante un tiempo. Él, al igual que un perro callejero, se olía cuándo era conveniente «abrirse» y buscar un nuevo territorio que no tuviera dueño donde desarrollar sus capacidades. El empeño no era fácil, pues las mejores zonas de París estaban asignadas, y cada quien defendía fieramente su zona y la organizaba según su criterio; en unas, lo mejor era hurtar al descuido cualquier género que cayera a mano, tales como mercados o ferias ambulantes; en otras, lo ventajoso era acercarse por tríos a los viandantes, «el cebo» los distraía, «el manitas» hurgaba bajo sus capas y «la liebre» se daba a la fuga rápidamente en cuanto su compañero le hubiera pasado la mercancía aprehendida. Lugares muy solicitados eran también las puertas de los hoteles de lujo, la escalinata de la ópera en las noches de función, ya que las damas y los caballeros acostumbraban a estar distraídos mirándose y alabándose unos a otros, y finalmente las puertas de las iglesias, donde los oradores sagrados, desde los tiempos de Bossuet y Fénelon, iban a dar sus sermones, sobre todo durante la Semana Santa y en las fiestas de guardar, pues en ellas las multitudes se apelotonaban y era fácil cazar a un bobo.

Armand Levêque sabía que era pieza codiciada por los gendarmes. El juez le había concedido la condicional, tras pasar dos años entre rejas, con la obligación de presentarse en la prefectura del distrito cada quince días. Ya a la primera cita faltó porque estuvo borracho como una cuba todo el día y ni se acordó; después, porque sus zapatos lo llevaron tras un robo lejos de la prefectura y, estando en el reparto del botín obtenido, consideró que esto último era mucho más importante; luego, sabiendo que si se presentaba ya no saldría, decidió hacerse humo y cambiar de zona pues, conocedor del hampa parisina como era, pensó que así los gendarme lo olvidarían durante un tiempo; los bajos fondos de París les daban demasiado trabajo para dedicarse a perseguirlo a él, un delincuente cualquiera.

Sin embargo, había algo que lo obsesionaba: podía desarrollar todas sus actividades en cualquier lugar excepto el cuidado de «sus chicas». Tres eran las que trabajaban para él. Dos eran ya veteranas que conocían el oficio y, aunque Levêque se demorara en verlas, le guardarían su parte por la cuenta que les traía. Pero la tercera era Clémentine, a la que estaba costándole dominarla. A aquella corza no le gustaba la calle, que era donde se encontraba el buen dinero, pues a lo largo de la noche, si él estaba al tanto, una chica podía hacerse cuatro o cinco clientes. En el camino de Clémentine se había cruzado un pintorcillo que la había empleado de modelo, y a Levêque estaba cagándole el estofado. El tipo debía de haber prometido a Clémentine que la sacaría del oficio, y como a los dieciocho años todas las muchachas llevan dentro la fantasía de la Cenicienta, la estúpida se lo había creído. Pero él sabía que en aquel París despiadado el barro de la calle se pegaba a la orilla de las faldas impidiendo que nadie saliera de él, y las dos únicas vías de escape para una chica como Clémentine, caso de que existiera alguna, era la prostitución callejera o el retiro que le proporcionara un gordo seboso que la instalara en un apartamento para su uso exclusivo, con la consiguiente obligación de aguantar sus babas y sus sudores todas las semanas, y el día que el juguete ya no divirtiera al seboso la muy tonta podía considerarse en la calle… con más años y menos recursos. El porvenir de las huérfanas y de las incluseras era así de claro, aunque alguna tonta como Clémentine no quisiera verlo. La última vez, antes de cambiar de distrito, cuando le soltó que estaba preñada la había breado a palos. La imbécil le dijo que no sabía de quién, pero él supuso que había sido el pintor y, aunque algún golpe se le había escapado, había procurado no estropear mucho la cara a Clémentine, pues era el mejor anuncio para su venta ya que ese rostro reflejaba tal inocencia que algún pardillo la habría pagado como virgen. Aun así, dudaba que el correctivo hubiera sido suficiente. Decidió que, en cuanto pudiera, regresaría a su zona y solventaría aquel inconveniente de una manera definitiva. Llegado el momento, ya decidiría si lo hacía él mismo o delegaba en algún compadre que le debiera algún favor; según qué cosas, convenía encargarlas fuera del distrito y procurarse para sí ese día una buena coartada, ya que no quería cargar con más débitos su cuenta con la prefectura.

Armand Levêque tenía sus efectos personales en un hangar abandonado de un descampado que había alojado la reparación de ejes y ruedas de los vagones de tren. El lugar era discreto, y por el momento y en espera de un mejor alojamiento, estaba bien allí. Él y sus hombres habían ahuyentado con convincentes razones a la tropa de gitanos que lo ocupaban anteriormente y, puesto que se encontraba en el extrarradio, supuso que los gendarmes ya tenían demasiado trabajo para llegarse hasta allí. O eso creía.

Aquel sábado comenzaba el mercado navideño del barrio de Saint Germain des Prés que se extendía desde la bifurcación del boulevard Raspail hasta más allá de la iglesia. Se habían montado tenderetes, tiovivos, tablados en los que los artistas hacían volantines, puestos de golosinas y de manzanas caramelizadas, y hasta un pequeño circo donde actuaba la mujer barbuda y unos gitanos hacían bailar a un oso. El Cicatrices decidió que era el lugar apropiado para desplegar su tropa, y así lo hizo. La consigna fue que, caso de caer alguno, mantuviera éste por activa y por pasiva que trabajaba solo; los compañeros ya se ocuparían después de hacerle llegar ayuda a la cárcel donde lo destinara el juez.

Armand Levêque se vistió lentamente, en la caña de su bota alojó una daga y, ocultando con el bajo de los pantalones su empuñadura, partió al encuentro de aquel ramillete de escogidos que eran la flor y nata del lumpen de París.

Llegó a la feria en menos de una hora, pues tuvo la suerte de poder subirse a un carro que entraba en la ciudad por la puerta de Orléans cargado con sacos llenos de láminas de corcho para hacer tapones de vino y de champán. Saltó en marcha del carromato y, tras agradecer el favor al carretero con un gesto de la mano, se dirigió a su centro de operaciones.

La feria estaba en todo su apogeo. Las campanillas de los charlatanes convocando a su público frente a los tablados se mezclaban con el sonido de los pitos, el estrépito de algún que otro petardo y la algarabía que arma cualquier multitud festiva y gozosa. Levêque entendió que aquélla podía ser una gran tarde. Tenía a su gente distribuida y los especialistas estaban en los lugares apropiados; a él le correspondía tan sólo ir dando vueltas para asegurarse de que el engranaje de su máquina funcionara debidamente.

De repente su instinto de lobo solitario lo alertó de que algo no marchaba. Ni tiempo tuvo de darse cuenta, que se sintió agarrado con fuerza por ambos brazos. El aspecto de los dos tipos que lo prendían le indicó que lo peor que podía hacer era resistirse.

El angelito de la derecha, que debía de pesar sus buenos noventa kilos, le habló al oído como evitando llamar la atención.

—Cuánto tiempo sin verte, Armand Levêque… —Y aunque el tono quería ser interrogante, sonó afirmativo—. Porque eres tú, sin duda. No lo niegues, que tengo muy presente tu cara de bastardo, sobre todo esa cicatriz en la mejilla… Fue una pena que no te la hicieran en el cuello.

—Sí, soy yo. ¿Es que no puedo pasar un día en la feria como cualquier persona?

El de la derecha apostilló:

—Como cualquier persona sí, pero no como el hijo de puta que no se presenta en la prefectura el día que le corresponde por la condicional y nos hace trabajar un festivo porque ha cometido la insensatez de meterse con alguien importante que lo ha denunciado. Así que ahora mismo vas a venirte con nosotros, y no intentes nada porque nos pondrías de muy mal humor y tú ya has comprobado lo que es eso. Conque nos acompañas, y procura no llamar la atención y no crearnos problemas, ¿me has entendido? Si no lo has captado, te lo explicará la Traductora. —Y al decir esto el agente mostró disimuladamente una porra corta de goma cuyo negro extremo asomó amenazante por debajo de su manga.

Armand Levêque consideró que, después de todo, aquél no sería su día. Y sospechaba que el culpable era el pintor de marras. Tiempo habría para ajustarle la cuenta. Había perdido esa batalla, pero no la guerra.

19

Günther Mainz

Günther Mainz llegó a París con dos horas de retraso en el tren que debería haber entrado en la Gare du Nord a las nueve, cogió un coche de punto y se dirigió al hotel Ritz, en la place Vendôme, se alojó en una habitación de la primera planta, dejó allí la maleta y partió hacia la rue Lepic pues, no queriendo buscar a su hermano en la dirección donde vivía, había decidido esperarlo en el estudio cuya localización le había facilitado su madre.

Günther estaba dispuesto a hacer el último esfuerzo para intentar que Gerhard meditara bien el disparate que iba a cometer y que tan caro estaba pagando su familia. Le explicaría que su padre había sufrido un derrame cerebral, del que Gerhard nada sabía. Sin embargo, no pensaba decirle que, aunque muy lentamente, parecía recuperarse. También le hablaría del disgusto de su madre y le revelaría que sus padres no se cruzaban una sola palabra; y le contaría que los padres de Maria Emilia Krupp habían exigido una explicación pero que, antes de armar un escándalo, pensaban darle la oportunidad de arreglar aquel desastre y volver al redil.

Tras preguntar en la conserjería del hotel por la situación de la rue Lepic y situarla en el plano de la ciudad, Günther consideró que caía un poco lejos y volvió a tomar un coche de punto para dirigirse al lugar indicado. Durante el trayecto, llegó a la conclusión de que sería preferible que hablara con su hermano fuera del estudio; pensaba que podría argumentar mejor si no se sentía protegido por lienzos y pinceles.

El cochero detuvo el vehículo frente al número 127, y Günther, tras pagar el precio del viaje, puso el pie en el suelo y observó lentamente el entorno del edificio donde su hermano trabajaba. ¡Qué distintos eran! Él no habría durado allí ni diez minutos. Ni el barrio, ni los olores, ni el bullicio de la calle eran lo suyo. Ese desorden lo agobiaba. Los rótulos de los locales, las terrazas de los bares y los malos olores de la basura sin recoger todavía indicaban provisionalidad. Y Günther Mainz se consideraba un berlinés chapado a la antigua. El campo, la pulcritud, el orden establecido eran, sin duda, lo suyo. Todo cuanto veía lo apremiaba a convencer a su hermano de que abandonara esa locura y regresara a la seguridad y el orden de su querida Alemania.

Günther se introdujo en la portería. Al fondo, vio una pequeña garita de madera acristalada y, sentado dentro, un hombre que, lápiz en mano, estaba inclinado sobre un periódico. Con paso decidido, se dirigió hacia él.

—Disculpe, ¿Gerhard Mainz tiene su estudio aquí?

El hombre se puso en pie, dejando el crucigrama sobre una mesilla.

—Sí, señor, en el ático, más arriba del sexto piso.

—¿Sabe si está allí ahora?

—Ha salido, pero me ha dicho que regresará antes de media hora. ¿Es usted el marchante que espera?

—No, soy un amigo suyo. Volveré después.

—¿De parte de quién le digo?

—No le diga nada, ni siquiera que he venido. Quiero darle una sorpresa.

Y subrayando las últimas palabras, Günther extrajo un billete de su cartera y se lo dio a Dodo, quien, en tanto se lo guardaba en un bolsillo, apostilló:

—Tenga por cierto que no le diré ni una palabra. A mí también me encantan las sorpresas.

Günther, dando una elegante media vuelta con paso medido y manejando aristocráticamente el bastón, se dirigió a la salida.

Dodo pensó que aquel par de personas nada tenían que ver y que la amistad puede reunir a tipos muy diferentes entre sí.

En cuanto Günther pisó la calle de nuevo volvió a otear el barrio. Le convenía un observatorio desde el que pudiera controlar la portería para sorprender a su hermano antes de que entrara en ella. Un poco más a la izquierda, en la acera de enfrente, divisó la terraza de un bar limitada por cuatro jardineras que acogían unos mustios y ajados esquejes de palmera. Bajo un viejo toldo desteñido, que en su origen había sido verde y en cuya cenefa podía leerse «Le Bistro de Jean Jacques», había seis mesas de mármol con sus correspondientes sillas. Tan sólo había ocupada una de ellas. Desde cualquiera de las otras libres podría controlar perfectamente las entradas y las salidas del número 127.

Cruzó la calle y se sentó a la mesa que le ofrecía mejor visión. Al poco salió un tipo rollizo con grandes mostachos retorcidos hacia arriba que llevaba un mandil atado a la cintura. A la vez que fregoteaba la mesa con un trapo de dudosa limpieza, preguntó a Günther qué le servía.

Günther consultó la hora de su reloj; era poco más de mediodía y no quería tomar alcohol. Pretendía tener la mente clara y el verbo brillante, por lo que pidió un café fuerte y un vaso de agua mineral. El hombre se retiró, para comparecer de nuevo al poco llevando en una redonda bandeja metálica la consumición. Günther pagó, pues no deseaba tener interrupciones si es que conseguía sentar allí a su hermano y hablar con él.

Transcurrió un buen rato, durante el cual Günther observó el apresurado ir y venir de las gentes que iban a su avío como si fuera a acabarse el mundo. Los gritos y los denuestos eran frecuentes, y por motivos diversos: un carro descargando donde no debía; una mujer que insultaba a un portero porque acababa de dar un escobazo a su perro después de que el chucho levantara la pata junto a su portería; el frutero de la esquina quejándose al gendarme que estaba poniéndole una multa por ocupar la calle con sus cajas sin la licencia correspondiente, por lo visto...

El tiempo iba pasando cuando, súbitamente, Günther vio caminando por la acera de enfrente a un hombre que le recordaba a Gerhard. Pero no... El hermano que ocupaba sus recuerdos no vestía de aquella manera ni podía tener aquel aspecto desaliñado que tan bien encajaba en ese entorno: flaco; el pelo enmarañado; el rostro pálido y demacrado; cubierto el cuerpo por una chalina de la que sobresalía el cuello de la camisa, cerrado éste con una mustia cinta de terciopelo que le caía desmayada sobre el pecho; estrechos pantalones negros, y botines. El tipo desapareció de su vista un instante tapado por el carro de la basura, y al aparecer por el otro lado lo distinguió bien. ¡Aquel esperpento era Gerhard! Günther se puso rápidamente en pie y, saliendo de la penumbra del toldo, lo llamó:

—¡Gerhard, Gerhard!

El hombre volvió la vista hacia él desde el otro lado de la calle. Al principio en sus ojos amaneció una brizna de incredulidad, luego una duda y, finalmente, la sonrisa luminosa que tan bien conocía Günther.

A la vez que cruzaba la calle precipitadamente Gerhard lo llamó a voces, como si el hecho de pronunciar su nombre ratificara que su presencia era real.

Los dos hermanos se fundieron en un apretado abrazo, después se separaron y se observaron sin dar crédito a lo que veían sus ojos.

—¿Qué haces aquí? ¿Cuándo has llegado? ¿Por qué no me has avisado? —las preguntas de Gerhard se sucedían una tras otra.

Günther condujo a su hermano hacia el interior del bistro y se sentaron en una mesa.

—¿Tú qué crees?

Hubo una larga pausa.

—Imagino a lo que has venido, pero quiero oírlo de tus labios.

Günther desoyó la respuesta.

El mesero compareció de nuevo para tomar la comanda al nuevo cliente, y Günther se alarmó cuando oyó que su hermano pedía a aquellas horas un doble de absenta.

El hombre se ausentó, para reaparecer enseguida con la botella de licor y un vaso, que colocó frente a Gerhard. A continuación escanció en él una generosa medida, y cuando ya iba a retirar la botella Gerhard exclamó:

—Hasta arriba, ¡llénela hasta arriba!

—Hermano, ¿te encuentras bien? —Günther estaba preocupado—. No tienes buen aspecto.

Gerhard era consciente de que el disgusto de su ruptura sentimental se reflejaba en su rostro, pero de eso se negaba a hablar. El recuerdo de la conversación mantenida con su padre y el desprecio con el que éste se había referido a Lucie sin conocerla todavía atormentaban su espíritu.

Gerhard se acercó el vaso a la boca y dio un trago largo.

—Estoy bien, Günther. Aunque he de reconocer que la cocina francesa no es la de casa y mi oficio me absorbe al punto que no puedo negar que algún día me olvido de cosa tan prosaica como es comer.

Günther alargó la mano y la puso sobre el antebrazo de Gerhard.

—¿Eres consciente del cataclismo que has desencadenado?

—No sé a qué cataclismo te refieres... A no ser que querer vivir la vida que uno quiere pueda considerarse tal.

—Cuando una decisión es capaz de desencadenar graves consecuencias, hay que meditarla mucho antes de tomarla.

—¿Qué «graves consecuencias» son ésas? Vine a París a probar si mi vocación era un capricho pasajero o una pasión, y ha resultado que es esto último. Lo siento, Günther, pero el mundo del acero y de las minas no me interesa. Quiero ser pintor.

—O sea, que en vez de ser un hombre importante en el mundo de los negocios prefieres pertenecer a esa caterva de desgraciados de la que sólo triunfa uno de cada cien mientras los demás acaban mal, unos alejados de la sociedad por fracasados, otros por incomprendidos... y todos alcoholizados. ¿Eso quieres ser? De ser así, comprendo que desees casarte con una muchacha que no te cuadra ni de lejos y que te llenará de hijos a los que no podrás mantener... porque pintando monigotes se gana poco. Eso si no te abandona, sin llegar al altar, en cuanto se entere de que no heredarás las industrias Mainz porque tu propósito es pintar cuadros.

Gerhard se encrespó.

—Pues fíjate bien, lo que no quiere es casarse conmigo por ser quien soy. Se niega a que renuncie a mi futuro en Alemania y a la fortuna familiar por ella. Si puedo convencerla de que únicamente quiero vivir de la pintura, tal vez entonces acceda a ser mi mujer.

Günther pilló al vuelo el comentario.

—¿Significa que lo has dejado correr?

—Lo ha dejado correr ella. Dice que su mundo es otro y que no desea frustrar mi futuro.

—¡Mira por dónde va a resultar que esa muchacha tiene más luces que tú! ¿Quieres que te cuente lo que ha pasado en casa?

—A eso has venido, imagino.

Entonces Günther se explayó. Le habló del derrame cerebral que había sufrido su padre y que le había afectado la parte izquierda del cuerpo; también le explicó que sus padres habían dejado de hablarse porque él culpaba a su madre del fracaso de la vida de Gerhard. Y concluyó afirmando que la única manera que él veía de remediar aquel desastre era que dejara aquellas veleidades pictóricas y regresara a casa.

—Mira, Günther, vine a París a probarme a mí mismo. De acuerdo que estoy enamorado como un colegial y creo que aún tengo esperanzas, pero lo importante es que si vine aquí en pos de un sueño fue por ver si la pintura era mi destino, no vine para jugar. Y cuando lo tengo claro y vuelvo a casa se insulta injustificadamente a una muchacha que es todo bondad, se ofende mi vocación y se me ordena regresar al hogar paterno como si fuera un niño... No, Günther, en París he encontrado mi vida, y sólo o acompañado, eso no te incumbe, pienso seguir viviéndola aquí. Te ruego que me tengas al corriente de la salud de nuestro padre, aunque creo que jamás podré perdonarle lo que me dijo. Y di a mamá que la quiero con toda mi alma, que le debo mi felicidad y que iré a donde me diga para poder verla. En cuanto a ti, hermano, espero que me entiendas y que sigas siendo para mí lo que fuiste siempre, mi mejor amigo. Sé feliz y deja que yo lo sea.

Hubo una tensa pausa entre los dos. Después, tras carraspear un poco para aclararse la garganta, Günther habló en un tono solemne, hasta aquel momento desconocido para Gerhard.

—¿Es ésta tu última decisión?

—Es definitiva, ya te lo he dicho.

—Entonces, hermano, las cosas no son tan sencillas, y entenderás que las consecuencias quizá sean graves. Siempre tendrás mi fraternal afecto; sin embargo, comprende que yo no quiera jugarme mi futuro.

—¿A qué te refieres?

Otra pausa, esta vez más larga y más tensa.

—Las órdenes de nuestro padre son tajantes: si te empecinas en tu decisión, se niega a considerarte un miembro de la familia y no podrás regresar jamás, y aquel que tenga relación contigo correrá la misma suerte.

—¿Y qué dice madre de todo esto?

—Asumo, y no me duelen prendas porque jamás sentí celos de ti, que siempre fuiste el predilecto de nuestra madre. Pero, a pesar de ello, no te perdona que seas el causante de la hemiplejia de nuestro padre... Si tomas la decisión de no volver, dice que no quiere verte más.

—¿Y tú qué dices?

Günther tamborileó con los dedos sobre la mesa.

—Te pondré un ejemplo... Voy por un camino estrecho y me encuentro, a la vuelta de un recodo, con un desprendimiento de rocas. Retrocedo y me dispongo a avisar del peligro al que venga detrás; tú llegas galopando a caballo, y braceando en medio del camino te detengo y te aviso del desprendimiento, pero, en vez de detenerte y dar media vuelta, me invitas a subir a tu montura y a seguir adelante al trote... La verdad, Gerhard, si quieres suicidarte es tu problema, pero te ruego que no me invites a participar.

—¿Significa eso que me abandonas?

—Lo que pretendo hacerte entender es que el suicidio es un acto individual, no puede compartirse. Si no quieres entrar en razón, allá tú, pero no invites a nadie a acompañarte en tu camino. Y sobre todo no culpes a nadie después, cúlpate a ti mismo. El dinero que te legó la abuela se terminará algún día...

Y tras oír esas últimas palabras de su hermano, Gerhard se puso en pie, se alisó la chalina, se inclinó sobre Günther, le dio un beso y cruzó la calle hacia su estudio. Lo que Günther no vio es que una lágrima peregrina resbalaba perezosa por la mejilla de su hermano, se detenía un instante en la comisura de sus labios y seguía su descenso, cargada de pena y angustia.

20

El abismo

Tras la visita de Günther, Gerhard se dio a la mala vida. Muchas fueron las circunstancias que lo acercaron al abismo, y la sensación de que se había jugado su futuro a un solo naipe fue tomando carta de naturaleza en su ánimo. Todos los días recordaba a Lucie; el envite al apostar por su porvenir con ella había sido muy grande y la decepción padecida resultó proporcional a la sima a la que se precipitaba. El remate fue la visita de su hermano. Imaginaba el calvario por el que estaría pasando su madre, a la que adoraba, y el hecho de sentirse culpable del ataque sufrido por su padre, aunque seguía sin perdonarle las palabras dirigidas a Lucie, atormentaba también su espíritu.

Sin quererlo y casi sin darse cuenta, había caído en el lado malo de la vida. Todo lo que se negó a sí mismo el día de su llegada cuando Dodo le habló de la vida nocturna de Montmartre, en la que habían acabado hundiéndose muchos pintores, se transformó en el alimento de su espíritu. La negra noche, sobre todo tras el conocimiento de Henri de Toulouse-Lautrec, se había convertido para él no únicamente en un acogedor seno materno, sino también en su principal fuente de inspiración. Trabajaba con el vaso de absenta siempre a mano, más de noche que de día; hacía bocetos y los sometía al criterio exigente del maestro, y su juicio favorable lo animaba a seguir. Pintaba poco en el estudio, se acostaba cuando la alborada teñía de rosa el cielo de París y se levantaba de la cama, con la boca pastosa y un sabor deplorable, no antes de las cinco de la tarde, y luego de lavarse someramente y acicalarse lo justo, él, que siempre había sido tan cuidadoso con su higiene, se ponía a pintar o, mejor dicho, a embadurnar lienzos que, en la mayoría de las ocasiones, acababan rasgados y en la basura.

Clémentine no sabía cómo agradecer a Gerhard las molestias

que le había causado la noche que la halló en el burdel y la acompañó al hospital para que le curaran el estropicio de la cara, así como la gestión que él había llevado a cabo al día siguiente en la prefectura y el hecho, aunque fuera temporal, de vivir tranquila. Para compensarlo siquiera un poco, acudía a su casa no únicamente para ejercer de modelo. No tenía reparo en coger escoba, bayeta y desinfectante para adecentarle el estudio. Al finalizar se despojaba de la ropa y se colocaba, según su propia intuición, en la postura que sabía que podía incentivar a las musas de Gerhard. Éste, por lo general, tomaba los pinceles y comenzaba a pintar enfebrecido su aniñado cuerpo y aquella expresión dulce de sus ojos de gacela que tanto le agradaba. Luego, cuando ya el sol volvía a entregar el báculo de la noche a la luna, Clémentine se vestía de nuevo y con cualquier cosa que encontrara en la fresquera de la ventana hacía una sopa en el hornillo, ponía en la mesa plegable platos, vasos y cucharas y repartía el humilde condumio entre los dos. Era el único modo de que Gerhard comiera algo. Al finalizar, si él lo permitía, lo acompañaba en sus incursiones nocturnas por el barrio siguiendo el invariable recorrido que comenzaba por el local de Bruant y, tras visitar Le Ciel, desembocaba en el Moulin Rouge, donde sabía que encontraría a su mentor, Henri de Toulouse-Lautrec. Clémentine procuraba que durante el recorrido Gerhard no bebiera en exceso ni se metiera en alguna bronca. Aun así, cuando el alcohol lo vencía lo acompañaba hasta la casa, lo ayudaba a subir los empinados escalones hasta el estudio y, cual si fuera su madre, lo acostaba en la cama; después apagaba la luz y, si hacía mucho frío, dormía acurrucada en un jergón a sus pies, arrebujada en un par de mantas, y si la noche era buena y para no molestar, se iba a su refugio hasta el día siguiente.

Aquella mañana, Dodo, que conocía la relación de la modelo con su inquilino, le entregó además de la llave una carta urgente que llevaba el membrete de la prefectura.

Clémentine tomó la carta y subió al estudio. Al acercarse a la puerta oyó ruido: Gerhard se había levantado. Cuando ya iba a introducir la llave en la cerradura lo pensó mejor y tocó con los nudillos. Los pies descalzos de Gerhard sonaron arrastrándose sobre el suelo y la puerta se abrió. Pese a que Clémentine había visto su rostro demacrado muchas otras veces, en esa ocasión se asustó. Más que nunca, era evidente que el alcohol estaba haciendo estragos en su naturaleza. Unas ojeras moradas circunvalaban sus ojos y el color cetrino de su piel denunciaba sus ordalías nocturnas de tabaco y absenta y su carencia de sol.

Gerhard se hizo a un lado y la muchacha entró en el estudio.

—Dodo me ha dado esto para ti.

Gerhard, a la vez que cerraba la puerta, alargó la mano, tomó el sobre y, viendo el membrete de la prefectura, se aprestó a coger un cuchillo y rasgar la solapa. Leyó en alta voz:

Prefectura del Distrito XVIII,
París

Estimado señor Mainz:

Es un placer para mí dirigirme a usted para darle la buena noticia de que ayer por la tarde dos inspectores de esta comisaría detuvieron al individuo por usted denunciado, Armand Levêque, quien ingresó en los calabozos de esta prefectura de inmediato. Aquí permanecerá hasta que, cumplidos los plazos que marca la ley para presentar proforma el informe para el magistrado, lo traslademos al juzgado a fin de que sea señalado su ingreso en prisión, donde cumplirá la sentencia que le imponga Su Señoría.

Espero que esa circunstancia reafirme su fe en la justicia francesa, que, aunque lenta, es segura, y vea hasta qué punto esta prefectura se ocupa de los asuntos que competen a los habitantes del distrito.

Sin otro particular, reciba los saludos de su seguro servidor,

Comisario ROBERT GUIZOT

Al acabar la lectura Clémentine no pudo contenerse, echó los brazos al cuello de Gerhard y le estampó un beso en los labios. Después, arrastrándolo suavemente, lo condujo hasta el jergón y, tras desnudarlo, lo obligó a recostarse. Gerhard se dejó hacer. En un instante, Clémentine se despojó de sus ropas, se arrodilló a su lado y comenzó a recorrer su cuerpo con el lametón húmedo que un cachorrillo revoltoso da a su amo agradeciendo un cuenco de leche. Finalmente, enterró la cabeza entre sus piernas y culminó su entrega.

21

La deshonra

Los pasos de Monique Lacroze sonaban sobre el parquet de la salita de costura midiéndola de arriba abajo. Acurrucada en el sofá, Lucie, con un pañuelito empapado apretado en el puño, se enjugaba los ojos llorosos. Finalmente había decidido hablar con su madre.

La voz de madame Lacroze sonó seca y desabrida.

—¿De cuánto estás?

—He cumplido cuatro faltas hace una semana.

Entre frase y frase mediaba un silencio ominoso cargado de reproches. De vez en cuando la mujer murmuraba para sí: «Si lo estaba viendo venir», «Eso me pasa a mí por confiada» o «Todos los hombres son iguales». Luego, alzando la voz, se dirigió a su hija:

—Me has avergonzado delante de todos mis amigos y conocidos. ¡Señor, Señor...! Pero ¿qué habré hecho yo para merecer esto?

Hubo otra pausa.

—¿Lo sabe Gerhard?

—No se lo he dicho.

—¿Y a qué esperas?

—No voy a decírselo.

La mujer detuvo sus pasos y se enfrentó a su hija.

—Estás loca. Ya ves que nada te dije cuando, arguyendo la distancia social que os separa, me comunicaste que querías cortar tu relación con él, pero en estas circunstancias es primordial que se lo cuentes y lo obligues a cumplir con su deber.

—Suzette me dijo lo mismo.

—¿Entonces?

—Entonces nada. En primer lugar, fui yo quien rompió con él, usted lo sabe bien, no él conmigo. Y en segundo lugar, sigo pensando lo mismo: al paso de los años, todo esto —y con el gesto señaló en derredor— le vendría pequeño, pensaría en su familia y que el niño y yo lo habíamos apartado de ella, y acabaría derrotado y hundido... y yo no quiero eso. Además, tengo otras razones que guardo para mí.

Madame Lacroze se puso en jarras frente a su hija.

—O te ha entrado un ataque de locura o no te comprendo. Ser madre soltera es un estigma, y eso que este país nuestro presume de adelantado. De todos modos, eso no es lo más importante. ¿Sabes lo que representa para una mujer sola criar un hijo? Porque yo sí lo sé, me he deslomado toda la vida por mantener esta casa para criarte como una señorita, y ahora resulta que tendré que soportar los comentarios y las miradas cargadas de intención de las vecinas porque mi hija se ha abierto de piernas antes de tiempo.

Lucie se encrespó.

—No soy la primera de la familia a quien le ocurre algo así, porque, si no me equivoco, yo fui cincomesina.

—¡No es lo mismo, las circunstancias eran otras! Había una guerra y tu padre se iba al frente. Y además yo me casé con tu padre después.

—Las circunstancias son las que cada uno tiene.

Monique Lacroze se sentó junto a su hija y, templando gaitas, le colocó la mano sobre la rodilla y en un tono más calmado argumentó:

—No nos pongamos nerviosas y busquemos soluciones. ¿Te has planteado interrumpir el embarazo? Aún no es muy tarde...

Lucie, con un brusco movimiento, retiró la mano de su madre y, poniéndose en pie, anunció:

—¡Voy a tener este hijo pese a quien pese y pase lo que pase!

Madame Lacroze también se puso en pie.

—¡Es muy fácil marcarse baladronadas contando con un techo y con que madame Villar y Gabrielle cuidarán de la criatura! Ya verás como la vida te baja los humos.

—Si no me quiere en esta casa, madre, me buscaré acomodo en otra. Tengo un empleo, dos brazos y dos piernas, y el trabajo nunca me ha asustado.

Se produjo un largo silencio y una pausa entre las dos mujeres que pareció que no iba a acabar nunca, y luego la voz de madame Lacroze sonó muy baja y templada:

—Como tú comprenderás, no he llegado hasta aquí para dejarte sola con tu problema. Lo afrentaremos las dos, como hemos hecho siempre, y lo que hoy ha sido un disgusto grande a lo mejor el día de mañana es nuestra alegría. Además, estoy convencida de que, con lo bonita y dispuesta que eres, encontrarás un hombre que te merezca para que sea el padre de tu hijo.

—En estos momentos lo que menos me importa son los hombres.

Y dando media vuelta, Lucie salió de la habitación.

En la precipitada salida a punto estuvo de sorprender a la persona que, desde detrás del cortinaje del comedor, había escuchado toda la conversación.

22

Lisboa-Madrid

Madrid, diciembre de 1895

El mando del *Reina Mercedes* estaba confiado al capitán don Ginés Galarraga Muguruza, experimentado marino natural de Lekeitio que había ido ascendiendo en el escalafón de la compañía hasta llegar al gobierno de uno de sus mejores barcos. Tenía cincuenta y cinco años; lucía barba entrecana unida al bigote y una mirada inteligente. Su tripulación lo adoraba, puesto que era legendaria en la compañía su actuación en el hundimiento del *Monte Igueldo*, de cuyo puente descendió sólo después de que toda la marinería y el pasaje estuvieran a salvo en las lanchas de salvamento.

Esa noche el capitán Galarraga había invitado a su mesa, como de costumbre, al pasajero que ocupaba la gran suite de lujo, lo cual se consideraba una auténtica distinción.

Don Ignacio se vistió con sus mejores galas y, a las nueve y media en punto, entró en el comedor, donde lo esperaba un subalterno que lo acompañó hasta la mesa del capitán.

El comedor de primera clase del barco era impactante. Bajo una cúpula de cristal soportada por seis columnas de hierro recubiertas de rica madera, se hallaba el gran salón de veinte metros de largo por quince de ancho; al final del mismo hacia la popa se abrían dos puertas para la circunvalación de los camareros, cuya finalidad era evitar los posibles encontronazos los días que la mar estaba movida; entre ambas había un mostrador con calentadores que conservaban la temperatura de los platos y frente a éste una barandilla que obligaba a los comensales a entrar por un lado y salir por el otro luego de escoger las delicadezas que les apeteciera comer; eso referido a los primeros platos, ya que los segundos los servían directamente los camareros en las veinticinco mesas que ocupaban todo el espacio; en cuanto a los postres, el mostrador volvía a estar dispuesto para ofrecer a los comensales una exquisita variedad de tartas preparadas por el repostero del buque. La mesa del capitán estaba en el extremo de proa sobre una tarima, presidiendo el noble espacio, y en el rincón opuesto, junto a una de las puertas batientes y sobre otra tarima de igual tamaño, había un Steinway de cuarto de cola que tocaba un excelente pianista para amenizar la cena.

El capitán Galarraga esperaba de pie a su convidado. En cuanto don Ignacio Antúnez llegó, lo invitó a ocupar su asiento, tras el saludo de rigor.

El pianista comenzó a interpretar piezas clásicas en tanto los comensales desfilaban delante del mostrador del fondo para escoger las viandas que degustarían como primer plato. El capitán Galarraga y don Ignacio Antúnez empezaron a departir amablemente tocando al principio temas intrascendentes de política, lo que los llevó a tratar la delicada situación de Cuba, luego la conversación derivó hacia la mar y los barcos. El indiano, a quien toda novedad interesaba, escuchaba admirado la descripción de los adelantos de los que gozaba el vapor *Alfonso XIII*, que junto con su gemelo, el *Reina María Cristina*, eran los buques insignias de la Compañía Trasatlántica Española, naviera fundada por don Antonio López y López, primer marqués de Comillas, y llevada a la cumbre por don Claudio López Bru, segundo marqués de Comillas.

—Alcanza una velocidad punta de diecisiete nudos, ¡imagínese, don Ignacio! El viaje desde las colonias americanas hasta la Madre Patria se acorta.

—Evidentemente, en este siglo que pronto acabará la humanidad ha avanzado una barbaridad, pero en el siglo que entra dará un salto de gigante como jamás se habrá visto otro, estoy seguro.

—Y no sólo, don Ignacio, en tecnología, porque en arte y literatura también corren nuevos tiempos y cambian las tendencias; vea, si no, la renovación que está trayendo el modernismo.

—Cierto, cierto…Yo siempre he dicho que entre todas las cabezas pensantes del mundo y a lo largo de los siglos no habrá reto que no se consiga.

Después, cuando ya iban por el segundo plato, el indiano, a instancias del capitán, habló de sus negocios y de los motivos que lo llevaban a España, obviando evidentemente el principal, que era conocer al hombre al que su hija pretendía unirse.

Don Ginés Galarraga, a quien los hombres como el indiano caían divinamente, y sabiendo que le urgía llegar a Madrid porque así se lo había dicho, entendió que era obligación suya darle cuenta del incidente que en su momento pondría en conocimiento de todo el pasaje.

—Voy a anunciarle algo, don Ignacio. Es una prerrogativa que tenemos los capitanes con según qué pasajeros.

El indiano lo miró con curiosidad.

—Lo escucho, capitán.

—Dice usted que le urge llegar a Madrid.

—Así es, sí.

—Pues entonces mejor será que sepa que el *Reina Mercedes*, debido a un problema con la refrigeración del motor de estribor, tocará puerto en Lisboa y allí esperaré a que llegue una pieza que ya están enviándome desde Londres, cosa que me retendrá en ese puerto de tres a cinco días, hasta que la compañía dé la orden de proseguir viaje ya que, escarmentada por anteriores sucesos acaecidos, no está dispuesta a jugarse el barco.

—¿Tan grave es el problema?

—Con la mar en calma con un solo motor y ayuda de vela llegaríamos a Santander, aunque desde luego con retraso, pero si encontráramos una galerna en el Cantábrico podríamos tener grandes complicaciones.

—Me ha hecho el favor de mi vida, capitán, y mi gratitud todavía será mayor si me permite enviar a tierra un telegrama para avisar a mi hija que demoro mi llegada a Madrid e industriar los medios oportunos para preparar mi viaje desde Lisboa, dado que lo tenía todo dispuesto desde Santander.

El tren de Lisboa entraba en la estación de Delicias a las nueve de la mañana. El convoy, compuesto por una máquina Nasmyth & Wilson, un vagón de pasajeros de lujo y trece vagones de carga, había salido de la capital de Portugal a las cinco de la tarde del día anterior y, tras una parada en Cáceres en plena noche, arribaba a Madrid sin incidentes.

El factor puesto a sus órdenes había despertado a don Ignacio Antúnez una hora antes. Luego de acicalarse en el pequeño cuarto de aseo que ocupaba un tercio del vagón, se vistió y, ya compuesto, se sentó en uno de los cómodos sillones situados al fondo del coche junto a la ventana y en el sentido de la marcha.

Don Ignacio había tenido tiempo de planificar su llegada a Madrid. Las ganas de ver a su hija eran infinitas, pero antes debía llevar a cabo una gestión para él muy importante: iba a entrevistarse con don Melquíades Calviño, hombre de su confianza en Madrid y director del banco García-Calamarte. Era preciso que cuando se encontrara con Nachita conociera a fondo ya todos los entresijos de la familia Urbina, pues era demasiado lo que estaba en juego: lo principal, la felicidad de su hija, desde luego, pero también le importaba la calidad del hombre que, al ser el elegido de Nachita, acabaría gobernando los inmensos recursos que proporcionaban sus empresas. Don Ignacio no estaba dispuesto a que todo lo que había conseguido con tanto esfuerzo fuera a parar a las manos de algún inútil pisaverde que hubiera tenido la habilidad de ganarse el joven corazón de su hija.

Tan absorto estaba en sus pensamientos que casi no se dio cuenta de que el tren ralentizaba poco a poco su marcha hasta detenerse. Don Ignacio se puso en pie a la vez que el factor entraba en el vagón para bajar su equipaje al andén. Le dio una buena propina, que hizo que el hombre al inclinarse rozara el suelo con la gorra y se apresurara, con un braceo exagerado, a llamar a dos mozos de estación para que llevaran el equipaje del indiano hasta uno de los coches que aguardaban a la puerta. Don Ignacio se encontró en medio del andén de llegadas y admiró la bella construcción del edificio levantado en el solar El Jardincillo, junto al antiguo palacio de las Delicias del Río, en el barrio del Perchel. La nave central, que cobijaba cinco vías, era un espacio completamente diáfano, con la peculiaridad de situar el andén de llegada a un lado y el de salida enfrente. En el edificio principal, de grandes dimensiones, podían entrar a la vez cinco trenes de veinte coches. Los pabellones laterales estaban decorados con ladrillos de dos colores, rojo y negro, y tenía reminiscencias mudéjares. Don Ignacio tuvo que reconocer que una estación como ésa no la tenían en Caracas.

Tras el trasiego del equipaje, se encontró sentado en un simón de alquiler. Dio al cochero la dirección del Grand Hôtel de Paris, en el número 2 de la calle Alcalá, se arrellanó y se dispuso a gozar del trayecto.

23

La banca García-Calamarte

El banco García-Calamarte estaba ubicado en el chaflán que formaba la calle de Alcalá con la del Marqués de Cubas. Don Ignacio Antúnez descendió del coche de punto que había tomado a las puertas del hotel y, tras pagar la carrera, se dispuso a entrar en el edificio, un antiguo palacete que había pertenecido al duque de Alburquerque y que se había acondicionado para dar respuestas a las necesidades de su nueva función. La entrada pretendía ofrecer sensación de seguridad para aquel que quisiera dejar su dinero. Cautelaba el acceso una verja impresionante de hierro forjado con ornamentos dorados que, en ese momento, estaba abierta, y coronaba el edificio un inmenso escudo de piedra, sobre el que destacaba un enorme reloj. La gestión que iba a hacer don Ignacio Antúnez era para él tan importante que la había antepuesto al encuentro con su amada hija, a la que vería por la tarde en el hotel. Ya le había enviado un mensaje a casa de los Santasusana mediante un botones.

Nada más traspasar la puerta giratoria acristalada, uno de los conserjes, que estaba charlando junto al mostrador de la recepción con un portero uniformado, se acercó hasta él solícito y amable.

—¿Puedo ayudarlo en algo?

—Vengo a ver a don Melquíades Calviño.

—¿Tiene cita con él?

—No, no la tengo para hoy. Pero dígale que lo aguarda don Ignacio Antúnez y Varela, y añada que he atravesado el charco expresamente para entrevistarme con él.

El conserje, aunque sabía que sin cita previa el señor Calviño no recibía a nadie, ante la peculiar circunstancia del visitante decidió transmitir el mensaje, no fuera que por seguir el protocolo le cayera una bronca.

—Tenga la bondad de esperar aquí, no tardo ni un minuto.

Don Ignacio se sentó en uno de los bancos de la entrada en tanto el conserje partía raudo hacia el interior.

No habían pasado ni tres minutos cuando acompañando al hombre venía hacia él un caballero de escaso cabello, con bigote y barba canosos, y gesto amanerado y atildado, como correspondía a un director de banco. El hombre, que vestía levita oscura, pantalones de color gris claro, chaleco cruzado de seis botones, camisa blanca y plastrón, se acercó a don Ignacio con los brazos extendidos y la expresión sonriente de quien recibe a un querido amigo. Antúnez se puso en pie.

El hombre estrechó su mano y la retuvo un segundo.

—Es un honor conocerlo por fin y recibirlo en esta humilde casa.

—También lo es para mí. Créame que tenía preparado hace ya mucho tiempo este viaje, pero Venezuela no está a la vuelta de la esquina y no se habían dado las circunstancias propicias todavía.

—Si le parece, don Ignacio, pasaremos a mi despacho, donde podré ofrecerle una copa de vino para celebrar nuestro encuentro y, a la vez, podremos hablar en privado de cuanto usted quiera informarse.

Antúnez recogió la cartera de documentos que había dejado sobre el banco y se dispuso a seguir al director. Éste lo condujo a través de varios pasillos hasta una hermosa puerta de noble madera que en su centro lucía una placa de metal dorado en relieve con la palabra APODERADO. El despacho exhibía un lujo contenido: por una parte, pretendía mostrar la solidez y la categoría del banco; por la otra, no obstante, procuraba traslucir sobriedad y buen gusto. La pieza era circular, lo que obligaba al mobiliario adosado a las paredes a tener formas peculiares que únicamente encajaban en aquella estancia. Para dar sensación de familiaridad, Melquíades Calviño invitó al indiano a ocupar uno de los sillones del tresillo que estaba frente al escritorio, cuyo sofá redondeado seguía asimismo la curvatura de la pared.

—¿Le apetece tomar algo?

—Se lo agradezco, pero he desayunado en el hotel a mi llegada de Lisboa.

—Entendí que su barco arribaba a Santander...

—Así debía ser, pero los imponderables desempeñan un papel

147

importante en el destino de las personas. El buque tuvo que hacer escala en Lisboa para esperar una pieza de recambio que llegaba desde Londres, y yo necesitaba estar en Madrid cuanto antes mejor.

—Bien, el caso es que ya está usted aquí y que por fin tengo el gusto de conocerlo. Ya sabe lo que son estas cosas, uno se hace la imagen de una persona a través de sus cartas y luego ésta raramente coincide con la realidad.

—¿Me imaginaba así?

La respuesta del director fue untuosa cual correspondía a un hombre que esperaba de otro grandes beneficios.

—La verdad es que no imaginaba que tuviera una presencia tan impactante.

—Le agradezco la gentileza. En fin, vayamos al tema que me ha traído aquí… Y, además, claro está, quiero revisar mis participaciones en el banco y aumentarlas.

—Me tiene usted a sus órdenes.

El indiano recostó su imponente figura en el respaldo del sillón en tanto que Calviño, por el contrario, se inclinaba hacia delante como si quisiera oír mejor.

—Don Melquíades, necesito información de una familia de Madrid que ignoro si es o no cliente del banco, si bien no dudo que, dados los contactos que usted tiene, podrá orientarme.

Melquíades Calviño era consciente de que su cargo lo obligaba a ser muy discreto, pero en esa ocasión estaba dispuesto a saltarse la norma para complacer a aquel hombre que, de querer, podía comprar el banco.

—Tenga por seguro que pondré todo mi empeño en hacer cuanto esté en mi mano. Me enorgullece informarle de que casi todo aquel que es alguien en la Villa y Corte es cliente de este banco. Y si ése no fuera el caso, haré uso de todos mis contactos para poder complacerlo.

—Me hago cargo del deber de confidencialidad que conlleva su posición, pero para su tranquilidad le diré que mi interés responde a razones morales, nada tiene que ver con negocios ni con cuestiones económicas.

—Eso lo daba por sentado, don Ignacio, entre caballeros huelgan estas aclaraciones.

—Bien, pues tras este preámbulo aclaratorio, vamos a la cuestión.

Calviño se sentó al borde del sillón.

—El caso es, don Melquíades, que necesito saber quién es, qué lugar ocupa en la sociedad madrileña y con quién se relaciona don José Cervera y Muruzábal.

Don Melquíades Calviño ató cabos y recordó la conversación habida en el casino con don Eloy Cervera, y pensó que si jugaba bien sus cartas quizá sacara partido a dos bandas. Tenía una memoria prodigiosa. Podía decirse que el archivo de clientes de su banco tenía cabida en su cabeza, y al oír la pregunta de su interlocutor respiró aliviado, pues tendría ocasión de lucirse de inmediato sin comprometerse. Sin embargo, como buen hombre de negocios, concluyó enseguida que un poco de puesta en escena no vendría mal.

—Déjeme pensar un momento, pues no querría errar en asunto tan comprometido.

Don Melquíades ajustó los párpados como si se concentrara, y, tras quitarse los quevedos, se masajeó las sienes con el pulgar y el índice de la diestra.

—Don Eloy Cervera y doña Rita Muruzábal, buenos clientes de esta casa, son los padres de ese joven que usted menciona. Lo conozco por referencias, y sé que estudia para ingeniero, creo que agrónomo, entiendo que eso es lo que convendría a su familia, aunque no puedo asegurarlo. Tal vez curse ingeniería de minas… En fin, su padre es título antiguo, de los que pueden entrar en palacio, marqués de Urbina. Y el joven es o el mayor de los hermanos o hijo único, eso no puedo asegurárselo.

—¿Marqués de Urbina, ha dicho que es el padre?

—Sí, de la vieja nobleza. Soy muy aficionado a la heráldica y, si no recuerdo mal, el título lo otorgó Felipe IV al conde-duque de Olivares; don Eloy debió de heredarlo.

—¿Por qué ha afirmado que a ese joven le convendría ser ingeniero agrónomo?

—Los Urbina, porque así los conoce la gente, son terratenientes, por lo que, dedicándose al campo, si el hijo tiene una especialidad concomitante tanto mejor. —Ante la mirada inquisitiva de Antúnez, don Melquíades se explayó—. Muchas familias de Madrid tienen fincas en Salamanca o en Badajoz y viven de ellas.

—¿Es buen negocio el campo?

—Puede vivirse de él, ya le digo. No es como antes, porque en los tiempos que corren los negocios bien llevados son mucho más rentables, aunque no tan distinguidos. Esas familias presumen de abolengo, el campo les rinde lo suficiente y todavía prevalece en ellos más la honra que otra cosa.

—¿Esas fincas son importantes? Me refiero a su extensión.

—Permítame consultar.

Don Melquíades se llegó hasta un archivo, extrajo de él una carpeta y, sentándose en el brazo del sillón, leyó.

—Por lo que veo, la dedicada a la cría del toro de lidia puede alcanzar quinientas hectáreas y la tienen arrendada a un ganadero en Salamanca.

—Allá en mi tierra diríamos que eso es un jardín.

—Sin embargo, la otra finca, ubicada en Aranjuez, tiene cuarenta hectáreas de regadío y está dedicada al cultivo del espárrago. Eso es harina de otro costal. Y tiene otra en Alpedrete.

—De todas formas, las distancias y las superficies varían mucho del viejo al nuevo continente.

—En eso tiene usted razón. España es un viejo país muy mal repartido: entre pocos tienen mucho y hay muchos que no tienen nada.

—¿Por qué cree usted que yo emigré a los doce años a América?

Un breve silencio se estableció entre ambos. Luego el indiano se puso en pie y volvió a hablar.

—Me ha hecho usted un gran favor al que sabré corresponder.

Don Melquíades también se levantó del sillón.

—Aquí me tiene usted para lo que guste mandar.

Don Ignacio tomó su cartera y su gabán, dispuesto a marcharse.

—Hasta pronto, don Melquíades.

—Quedo a sus órdenes.

Y sin más, Ignacio Antúnez y Varela partió satisfecho hacia la puerta del banco, habiendo archivado mentalmente todos los datos que el director le había proporcionado.

24

Padre e hija

Don Ignacio Antúnez paseaba arriba y abajo por el vestíbulo de su hotel. Las agujas del reloj ubicado sobre el mostrador del conserje marcaban las cuatro de la tarde. Siete meses hacía ya que su hija había partido para Europa en un viaje de recreo largamente planificado, y en compañía de su amiga Gloria Santasusana la estancia en Madrid se había diseñado como un simple colofón del mismo. Sin embargo, Nachita había conocido precisamente en esas circunstancias al hombre que, por lo que le había escrito, había elegido como compañero de vida. Y tal hecho sorprendía a don Ignacio, dadas las tremendas exigencias de su hija al respecto de los muchachos que iba conociendo.

Don Ignacio repasaba mentalmente la conversación habida con don Melquíades Calviño. Por lo visto, el joven era vástago de una noble familia castellana y tenía o estaba a punto de culminar una carrera de ingeniero agrónomo, apropiada para alguien que tuviera tierras o debiera heredarlas. Para sus baremos de riqueza, aquello era dinero pequeño; hidalgos terratenientes abundaban en aquella España, no en las capitales pero sí en los pueblos, donde todavía olía a ajo y eran comunes las procesiones y los tricornios. El beneficio de los terratenientes dependía de las cosechas, de la climatología y de los accidentes de la naturaleza. Sin embargo, aquel muchacho, como contrapartida, sería poseedor de un título no menor de nobleza cual era el marquesado de Urbina. Don Ignacio era, por su peripecia vital, un fino catador de hombres, y no acostumbraba a equivocarse en cuanto echaba la vista encima a cualquier persona. Nachita era su obra cumbre y no estaba dispuesto a que, tras tantos trabajos y esfuerzos, algún desaprensivo «le chafara el chancarro», como decían en Maracaibo. Adoraba a su hija y era consciente de que la veía aún como a una niña, como todo padre, si bien era ya una mujer, una espléndida mujer, por cierto. No ignoraba que aquel día llegaría, y entonces habría de desaparecer por el foro y resignarse a su nuevo papel, sabiendo que desde ese momento ya no sería el centro de la vida de su hija. Con todo, antes de que eso sucediera, pondría bajo una potente lupa al aspirante a ocupar el corazón de Nachita e, indagada y observada cada una de sus aficiones, costumbres y maneras hasta el mismísimo fondo, el examen sería exhaustivo.

A través de la puerta giratoria vio descender de un coche de punto una bella dama. Vestía un traje de chaqueta marrón ribeteado de pasamanería negra; las gorgueras de una blusa de encaje beige asomaban entre las solapas del cuello abierto; un breve sombrerito redondo adornado con una pluma de guacamayo de color verde cubría su cabeza, y en la mano llevaba un pequeño bolso y un paraguas. Cuando don Ignacio Antúnez tuvo conciencia de que aquella belleza era su hija, un sentimiento confuso entreverado de orgullo y de pena invadió su alma. En ese instante supo que aquella torcaza estaba en sazón para volar.

La hermosa dama atravesó la puerta giratoria y una vez dentro del hotel paseó la mirada a su alrededor buscando a alguien. Cuando sus bellos ojos verdes divisaron a su padre al costado de una columna, todo aquel empaque de mujer se vino abajo y, sujetándose el sombrerito con una mano, corrió a su encuentro sin tener en cuenta el lugar ni la gente que la observaba con curiosidad al igual que lo hacía cuando era niña y veía llegar por el caminal de la finca de Maracaibo la yegua torda de su padre.

El abrazo fue infinito. Nachita desapareció entre los poderosos brazos de su progenitor y se detuvo el tiempo. El cuadro era tan peculiar que el volumen de las conversaciones disminuyó y quienes estaban leyendo abatieron las páginas de los periódicos para observar la escena.

Ignacio y su hija, cogidos de la cintura, se dirigieron a uno de los tresillos del fondo del vestíbulo del hotel. Una vez acomodados en el sofá, volvieron a mirarse en silencio, como queriéndose asegurar de que aquel encuentro era real.

—¿Cómo estás, querida?

—Ahora más feliz que nunca; estoy en Madrid y ha llegado usted. Todo lo que amo está a mi alcance.

Luego de ponerse al corriente de sus vidas, don Ignacio explicando las peripecias de su viaje y Nachita intentando resumir lo que había supuesto para ella aquel Madrid tan soñado, entraron en el tema que los había reunido.

—Y bien, hija… Tú dirás.

Nachita, ya fuera por el tiempo que no había hablado con su padre, ya por el tema a tratar, notó que un tibio rubor le cubría las mejillas a la vez que un pequeño ahogo oprimía su pecho.

—Padre, ahora que lo he visto estoy más segura que nunca del paso que quiero dar. Sabe que siempre ha sido el faro y el norte de mi vida y que, ni en sueños, había encontrado a alguien que a mis ojos pudiera compararse con usted. Pues bien, he de decirle que José cumple todas mis expectativas, que lo amo profundamente y que deseo ser su mujer… y me gustaría mucho que fuera con su consentimiento y aquiescencia.

No podía negarlo, su hija estaba hecha de la misma pasta que él. En la última frase le decía entre líneas que si lo aprobaba sería maravilloso, pero que si no lo hacía, ella seguiría adelante con sus proyectos.

La explicación sobre las cualidades de José Cervera fue mucho más exhaustiva. Nachita destacó todas las virtudes del joven que sabía que complacerían a su padre, y al finalizar aguardó la sentencia tranquila y cierta de que, aunque muy importante, por vez primera no la tomaría como definitiva.

—Bien, hija mía, como te dije en mi carta, el primer amor es un incendio imparable que consume el corazón de quienes lo disfrutan y padecen. No me cabe duda de que ves en ese muchacho todo lo que me estás explicando, pero voy a dejarlo todo en barbecho, pues quiero conocerlo personalmente para comprobar de primera mano todas esas cualidades suyas que ensalzas y vendes. Como comprenderás, ya he hecho averiguaciones al respecto de la situación de ese muchacho, también acerca de su familia y, por qué ocultarlo, del estado de sus finanzas.

El rostro de Nachita cambió.

—¿Eso ha hecho, padre?

—Eso he hecho, hija. Y si fuera necesario, por ti, incluso a pesar tuyo, bajaría al infierno. Quiero que sepas que no tengo ninguna prevención contra ese joven, pero eres mi gran tesoro y he atravesado el océano para conocer al ladronzuelo que pretende robármelo.

—Pues, siguiendo sus instrucciones, lo he citado a las siete. He pensado que cuanto antes lo conozca antes lo aceptará.

—Está bien. Pero deseo hablar con él a solas, de modo que, en cuanto me lo presentes, te retirarás.

—Es exactamente lo que él me ha rogado esta mañana; también quiere hablar con usted a solas.

Pidieron un té, hablaron de mil cosas y, apenas las campanadas del pequeño carillón sonaban suaves y aterciopeladas dando las siete, en la giratoria de la entrada aparecía la silueta de José Cervera, que perfectamente acicalado y con el sombrero de media copa en la mano buscaba con la mirada a su novia.

En cuanto vio a padre e hija, José se acercó hasta el tresillo sonriente y atento. Don Ignacio se puso en pie a la vez que Nachita.

—Mire, padre, éste es José. José, él es mi padre, don Ignacio Antúnez.

Tras los saludos de rigor y luego de que don Ignacio despidiera a su hija con un beso en la frente y ésta se retirara, los dos hombres quedaron frente a frente. José, con la naturalidad que da la buena cuna y la seguridad de la buena crianza, sugirió:

—¿Nos sentamos, don Ignacio?

El indiano, sin responder palabra, se acomodó y, apoyado en el puño de su bastón, observó detenidamente a aquel muchacho que pretendía hurtarle el tesoro tan arduamente conseguido, y directamente, tal como era su carácter, entró de frente y por derecho.

—O sea, que pretende usted casarse con mi hija.

—Ése es mi máximo deseo y mi honesta intención.

—¿Es consciente de que yo soy la persona que debe aprobar ese enlace?

El tono de la respuesta engalló a José, que tenía un carácter pronto y directo.

—Creo que la primera persona que debe aceptarme es su hija, y ya lo ha hecho. Yo quiero casarme con ella, no con usted.

Al indiano le sorprendió y le agradó la respuesta del muchacho. Por su condición de hombre poderoso, estaba mucho más acostumbrado a reverencias y a plácemes que a réplicas que tuvieran un tono insolente e inconforme, y decidió probarlo.

—Nachita es mi única hija y heredera, está acostumbrada a un nivel de vida difícilmente asumible, ¿será usted capaz de mantener dicho nivel?

—Con todo el respeto, don Ignacio, ella tendrá que acostumbrarse al mío. Pretendo ser yo quien pague los gastos de nuestra casa. Y por lo que respecta a su dinero, si quiere puede donarlo a caridad. Yo pretendo vivir con lo mío, como siempre han hecho los Urbina.

A don Ignacio le encantó la respuesta, y a partir de ese momento el diálogo fue distendido. Hablaron de mil cosas, de la carrera de José, de que a don Ignacio le gustaría que fuera a Venezuela para conocer su imperio y, finalmente, de qué planes tenían José y Nachita en cuanto a la fecha de la boda. Quedaron en que el domingo siguiente don Ignacio iría a cenar a la casa de los Urbina para conocer a los padres de José.

Si doña Rita se esforzó con ocasión de la comida que los Urbina ofrecieron a Nachita, más lo hizo en el auténtico evento que significaba el conocimiento de don Ignacio Antúnez y Varela. Para doña Rita suponía un genuino reto, y las discusiones con su marido se sucedieron durante los días precedentes en la sobremesa del mediodía y también a la hora de cenar, pues los criterios de ambos diferían en varios puntos. En primer lugar, doña Rita argumentaba que su cocina no estaba a la altura de la circunstancia y don Eloy, en cambio, sostenía que en pocos hogares de Madrid se podía comer con el condimento, la preparación y la calidad de los manjares que se servían en aquella mesa todos los días en los que doña Rita se metía en la cocina.

—Eres tremendamente tozuda y negativa, Rita. En esta casa siempre se ha comido divinamente. Entiendo que en día tan singular tengas que presentar algún plato extraordinario, pero de eso a que no te creas capaz de hacerlo media un abismo. No olvides los elogios que han recibido tu pato a la naranja y tu volován de centollo cada vez que los has preparado. En mi opinión, son otras cosas las que pueden causar la admiración de nuestro futuro consuegro.

—No entiendo por dónde quieres ir.

—Muy sencillo, ese hombre habrá comido en los mejores comedores del mundo, pero dudo que en Maracaibo haya una vajilla de Sèvres como la tuya ni una cubertería semejante, me refiero a la de la coronita de oro de dieciocho quilates que heredamos de mis padres y que estoy convencido de que ni en palacio hay otra de mejor gusto. Si quieres un consejo, sorpréndelo con detalles que reflejen la alcurnia de nuestra historia, que es de lo que podemos presumir y de lo único que él carece y no se compra con dinero.

Rita reflexionó.

—Tal vez tengas razón, pero considero que en el punto medio está la justa medida.

—Ahora soy yo el que no te entiende.

—Muy sencillo, en este momento ando un poco corta de servicio. Las dos camareras están bien, aunque Valentina ya no está para muchos trotes, y en cuanto a Evaristo, y soy consciente del afecto que le tienes, has de reconocer que no en vano ya sirvió a tus padres y que el tiempo pasa para todos.

—Entonces ¿qué sugieres?

—Muy fácil: un refuerzo en el servicio, que puedo obtenerlo pidiendo a mi hermana que me preste a Dionisia, pues otras veces yo le he prestado a Valeria, y tal vez que el plato de respeto nos lo traigan del Lhardy.

Eloy saltó:

—¡Eso de ninguna manera! Entiendo que pidas una camarera a tu hermana, pero que te hagas traer un plato del Lhardy y que te arriesgues a que cualquier día don Ignacio, como todo el mundo de calidad que visita Madrid, pare allí y exista la posibilidad de que coma lo mismo, a eso me niego. Créeme, Rita, es infravalorar tu cocina, de la que siempre presumí. Tengo muchos amigos casados con mujeres nobles e importantes, pero ninguno de ellos tiene la cocinera que tengo yo en casa... Y conste que digo lo de «cocinera» en el sentido laudatorio de la palabra.

Rita dudaba.

—Pero ¿cómo puedes ser tan insegura al respecto de los de fuera de casa?

—Soy consciente de que no depende de una cena, pero he de hacer lo imposible por lograr que todo lo que se refiera a mi hijo tenga la calificación de excelente.

El matrimonio se permitió una pausa.

—He pensado algo que, de ser de otra manera la historia, ni te lo propondría. Pero es tan excepcional lo que nos ha ocurrido que quiero estar a la altura de las circunstancias.

—¿Y qué es ello, Eloy?

—Sé que no existe en el mundo cosa alguna que ese hombre no pueda comprar. Estoy refiriéndome, por descontado, a cosas materiales. Y sé, de igual manera, que tal vez lo único que epate a un personaje de tal calibre sea algo cuyo valor se mida en años y en historia.

—Eloy, no divagues y ve al grano. Estás poniéndome nerviosa.

—Fíjate bien en lo que voy a decirte... Evidentemente, el día que pidamos la mano de esa muchacha deberemos regalarle una joya, y estoy seguro de que, sea cual sea, no logrará deslumbrar a su padre. Pero he pensado algo... Y, Rita, ¡por Dios!, que no salga de estas cuatro paredes lo que voy a contarte. Estoy tratando este asunto como quien está a punto de cerrar un gran negocio y, perdona la claridad, pero entre nosotros hemos de ser sinceros. Si a la hora del café, relajados y bien cenados, me levanto y voy a buscar el estuche de la diadema de esmeraldas y brillantes que fue de mi madre y que ahora es tuya, esa joya que tiene más de doscientos años sí que va a epatar a ese hombre, porque esa filigrana y esa antigüedad no se vende en cualquier joyería. Además, a nuestra edad ya no hay ocasión de lucir una joya así.

Rita meditó unos instantes. La diadema era una maravilla y, desde luego, era su mejor joya. No obstante, también era verdad que las ocasiones para lucirla eran muy escasas, y todavía iban a serlo más en el futuro, y si aquello reforzaba la posición de su hijo todo sacrificio le parecía poco.

—Entonces ¿pretendes pedir la mano de Nachita esa noche?

—Aunque sin expresarlo, puede ser como un pacto de arras, es decir, la certeza de que el matrimonio va a realizarse. Luego, si consideramos que debemos reforzar nuestra posición con una sortija, ya lo haremos. Pero de momento la diadema será como la rúbrica de un acuerdo, y el matrimonio estará comprometido.

—Está bien. Si crees que es lo oportuno, que así sea. Jamás daré por mejor empleado el uso que quieres hacer de la diadema de tu madre.

La casa de Diego de León lucía como tal vez no lo había hecho nunca. Doña Rita dio un último vistazo a las ocho y media, y desde los uniformes de la servidumbre hasta el más ínfimo detalle del salón todo fue escudriñado por su ojo crítico; ni una mota de polvo pasó desapercibida ni objeto alguno estuvo un milímetro fuera de su lugar. El comedor fue la última expresión de su cuidado. La mesa lucía en todo su esplendor, con el mantel de blonda, la vajilla de Sèvres, la cubertería de oro y los dos candelabros de ocho brazos soportando aquellas velas, traídas expresamente del convento de las Adoratrices de Salamanca, que tenían la virtud de arder sin producir humo. Lo último fue repasar el aspecto de su marido y de su hijo, y en ese punto, al igual que de lo anterior, se sintió orgullosa. Eloy parecía un gentilhombre de cámara trasladado al siglo XIX; la insignia fedataria correspondiente a tal distinción, otorgada a un antepasado suyo en tiempos del cuarto Felipe, lucía en la solapa de su levita. En cuanto a su hijo, si siempre provocó la admiración de todas las damas cuando hizo acto de presencia en cualquier evento, en esa ocasión a Rita le pareció que había superado hasta la más elucubrante de sus expectativas cuando lo vio aparecer en el descansillo de la escalera enfundado en el esmoquin que estrenaba y anunciando que iba a buscar a su novia y a su suegro al hotel y que en una hora, más o menos, estaría de regreso con ellos.

25

La petición de mano

Nachita había subido a la habitación de su padre absolutamente feliz, consciente de que el anhelado día había llegado por fin. Había esperado conseguir la aprobación de su padre mediado un tiempo, luego de que éste, tras varias entrevistas y encuentros, hubiera comprobado que la calidad humana de José era la que ella había preconizado en sus cartas y que ahora, estando ya su padre en Madrid, lo hubiera comprobado en persona; lo que jamás imaginó es que el primer encuentro fuera tan positivo y que su novio hubiera sabido ganarse tan pronto la voluntad de su progenitor.

Nachita aguardaba en el dormitorio de don Ignacio a que acabara de arreglarse mientras éste trajinaba por el vestidor, hablando en voz baja y renegando del criado que le habían asignado como ayuda de cámara, tildándolo de incompetente.

—Padre, es muy difícil que un muchacho conozca en tres días sus gustos y sus manías al punto de adivinar sus deseos antes de pronunciarse. Debería haber traído con usted a Batiste, que anticipa hasta sus estornudos... ¿Qué le pasa ahora?

—Que no encuentro ni mis gemelos ni mi aguja de corbata.

—¿Puedo pasar?

—Puedes, ya estoy listo.

Entró la muchacha en el vestidor y encontró a su padre en mangas de camisa, con los tirantes colgando por la espalda, el chaleco y la levita colocados aún en el galán de noche y abriendo los cajones del armario buscando el estuche de las joyas.

—Pero ¿dónde está buscando, padre?

—Por todos lados, hija mía.

Nachita se dirigió a la maleta cerrada con candado y ubicada sobre un banco al lado del balcón.

—Le dije que las cosas de valor las entregara en conserjería para que se las guardaran en la caja fuerte del hotel, y usted me dijo que no, que su maleta tenía candado y que nadie habría de tocar nada. Su joyero debe de estar aquí. —Nachita señaló con el dedo.

Don Ignacio tomó aquella actitud que tanta gracia hacía a su hija como la del niño al que han sorprendido metiendo la mano en la caja de las galletas.

—Esta cabeza mía ya no es lo que era. A lo mejor ese yerno que me has encontrado en Madrid tendrá que empujar mi silla de ruedas.

—No diga sandeces, padre. Y deme la llave del candado.

El indiano entregó a su hija el manojo de llaves y Nachita, luego de escoger la más pequeña, abrió el cierre y la cubierta de la maleta.

—Aquí lo tiene, padre. ¿Se da cuenta de que las prisas son malas consejeras? De no estar yo aquí, ya le habría cargado el mochuelo al muchacho que le han asignado.

Don Ignacio, sin decir palabra, tomó el joyero que le entregaba su hija, lo puso sobre la mesilla y abrió la tapa.

—Encuentro que ha venido usted muy preparado...

—Preparado, evidentemente, para ir con mi hija al teatro Real por la noche o a cualquier lugar donde se requiera etiqueta. Un hombre de mundo debe estarlo siempre.

—Me encantaría conocer ese teatro.

—Ya me he ocupado de ello, quiero devolver la gentileza que han tenido conmigo los señores de Urbina y, a través de mi amigo Melquíades Calviño, he conseguido uno de los palcos de proscenio para *L'elisir d'amore*, que cantará Angelo Masini.

Nachita se puso en pie y abrazó a su padre.

—¡Es usted el mejor hombre del mundo!

Ignacio Antúnez observó socarrón a su hija.

—Más bien el segundo.

—¡No diga eso! Nada tiene que ver el amor a un padre con el amor a un hombre, son amores distintos. No puede imaginar lo feliz que me hace al saber que cuento con su aprobación. De no ser así, no sé lo que habría hecho.

Don Ignacio se puso serio.

—Debo decirte que mi instinto no me engaña y podré marcharme tranquilo de este mundo porque te dejo en buenas manos.

—¡Venga ya! Para eso faltan muchos años. Padre, es usted un

hueso muy duro de roer... Pero acabe ya de arreglarse, que José estará a punto de llegar.

Don Ignacio escogió del joyero un juego de gemelos y aguja de corbata. Nachita lo reconoció y, tomando en sus manos el alfiler, comentó:

—¡Qué buen gusto tenía mi madre y qué pieza tan bonita!

—Es mayor para mí su valor sentimental que su auténtico precio, a pesar de que es muy elevado.

La aguja estaba coronada por una pepita de oro pulida de un tamaño considerable y los gemelos hacían juego con dos de menor calibre. Cuando la muchacha estaba ayudando a su padre a ajustarse la levita, sonaron unos golpecitos en la puerta.

—¿Quién es?

La voz joven de un muchacho sonó al otro lado.

—Don José Cervera les espera en recepción.

—Dígale que bajamos inmediatamente.

Nachita miró de hito en hito a su padre. El aspecto del indiano era impresionante. Embutido en aquella levita de corte impecable ajustada a su poderoso tórax y con la pepita de oro luciendo en la chalina que ceñía su cuello.

Padre e hija descendieron la escalera que desembocaba en la recepción del hotel y la pareja despertó la curiosidad de todos cuantos ocupaban aquel espacio. José fue a su encuentro y, refiriéndose a Nachita, comentó:

—A partir de ahora querré verte todas las noches, estás impresionante. —Luego, dirigiéndose a su suegro, añadió—: Espero que pase usted una de las veladas más agradables de su vida, mis padres lo esperan con verdadera ilusión.

El grupo se dirigió a la puerta giratoria y desde allí al coche. Junto a él, con la puerta abierta y el estribo bajado, aguardaba el cochero de los Urbina, que aquella noche estrenaba librea.

La velada resultó un éxito. Tras las presentaciones de rigor y luego de agradecer doña Rita el obsequio recibido por la tarde del taller de Carlos Pizzala, joyero y diamantista de la casa real, consistente en el corte de una piedra de mineral cristalizado soportada en un pie de plata y que ya lucía preciosa sobre la chimenea, pasaron a la biblioteca para degustar un pequeño aperitivo, a continuación del cual el grupo se dirigió al comedor. Los Urbina alabaron sin reservas el precioso traje de Nachita, en aquella ocasión de seda salvaje, con la falda de color verde que iba degradándose de más oscuro a más claro, el cuerpo ceñido, el escote cuadrado y las mangas ajustadas. Conjugaba maravillosamente con el color de los ojos de la muchacha. La cena fue perfecta. Ni un fallo en el servicio hubo ni tampoco en la elección de los platos; el volován de centollo concitó el aplauso general de todos los comensales, lo que hizo que don Eloy cruzara una mirada inteligente con su mujer, como queriendo expresarle: «Ya te lo decía yo». Después del postre, cuando ya pasaron al salón para tomar el café y los licores, Rita comentó la espléndida belleza de la aguja de corbata del indiano.

—Fue el último regalo de mi mujer, que en paz descanse, y me lo hizo montar en Londres con tres pepitas sacadas de una de las minas que tengo en el estado de Bolívar, en la región del Manteco. Las otras dos —al esto decir mostró los gemelos de los puños— son del drenaje del río Cuyuní, donde también tengo una explotación.

En un momento de la velada, don Eloy, tras excusarse, desapareció para regresar al poco con un estuche en la mano. Y entonces, reclamando silencio, se quedó en pie y se dispuso a soltar el pequeño discurso que había preparado.

—Querida hija… —Y dirigiéndose a don Ignacio añadió—: Si me permite llamarla así. Has colmado de alegría esta casa enamorando a nuestro hijo, quien, hasta el momento, era reacio a adquirir compromiso serio alguno. Es por eso que mi esposa y yo te estamos muy agradecidos. Nuestra familia no pretende competir con tu padre en modo alguno, pero sí podemos ofrecerte humildemente algo que ha estado en esta casa durante generaciones y que representa para nosotros la obligación que adquirimos de cara a vuestra futura boda. En Madrid todavía se mantiene la costumbre de las arras, que significan el compromiso de contraer un matrimonio en un futuro próximo. Éste es nuestro regalo de hoy que, puesto en ti, sin duda aumentará su belleza.

Y tras estas palabras don Eloy entregó el estuche a Nachita. Ella lo tomó en sus manos delicadamente y miró a su padre, que observaba gozoso la escena, como pidiendo permiso.

—Pero ¡ábrelo, hija!

Nachita soltó el cierre y abrió la tapa. Al impacto de la luz del salón, una miríada de pequeños reflejos comenzó a brotar de los diamantes y las esmeraldas que conformaban la diadema.

Don Ignacio puso una cara de circunstancias y se incorporó de su sillón para mirar la joya más de cerca.

Doña Rita aclaró:

—Fue el regalo de mis suegros cuando pidieron mi mano. Es una joya con mucha historia, su origen se remonta al Siglo de Oro.

Nachita estaba desbordada, mientras que don Ignacio apreciaba, más que el valor de la joya, la historia de la misma, que para él suponía el auténtico valor.

José, que ignoraba los planes de sus padres, estaba eufórico.

—Pero ¡póntela! Quiero vértela.

—Ven, hija mía —apuntó doña Rita—. Para colocártela bien ha de hacerse frente a un espejo.

Nachita retiró de su regazo el estuche y lo dejó sobre la mesa para seguir a su futura suegra. Rita condujo a la muchacha hasta el espejo del recibidor y allí, colocada detrás de Nachita, le puso la diadema ajustándola sobre la cabeza.

—Debo decirte que a mí jamás me ha quedado así. El reflejo de las esmeraldas, a juego con tus ojos, es impresionante. Vamos a que te vean.

La entrada en el salón fue triunfal. Los tres hombres se pusieron en pie para observar el efecto de la joya. El que tomó la palabra fue don Ignacio.

—Todo esto me supera. Había venido a cenar a casa de unos amigos, no a comprometer a mi hija en una boda que, debo decir, me colma de felicidad. Hoy he tenido un nuevo hijo y espero que esta pareja me llene de nietos, que serán el broche final de mi vida. Señores de Urbina, les doy las gracias por el presente y espero compartir con ustedes nuestras futuras y comunes alegrías. Desde este día, repito, considero a José como mi hijo.

Luego, ya todos más serenos, tomaron de nuevo asiento y comenzaron a platicar alegres y dichosos, y brindaron, con el Moët & Chandon que sirvió Evaristo, por mil futuros aconteceres.

En aquel momento José golpeó suavemente con la cucharilla la copa de champán.

—Me gustaría decir unas palabras.

—Adelante, hijo.

José se puso en pie y miró a los ojos a Nachita.

—Querida, éste ha sido el regalo de mis padres y yo no pretendo competir con ello. Sin embargo, ve en mi modesto presente un obsequio muy pensado y muy trabajado que espero que te guste.

Y diciendo estas palabras entregó a Nachita, cuyo rostro irradiaba la mayor de las felicidades ahora, un estuche alargado que ella tomó con delicadeza.

Ante la calma de la chica, la voz de doña Rita sonó impaciente:

—Pero ¡ábrelo, hija mía, no nos tengas en ascuas!

La muchacha soltó el lazo, retiró el papel de seda y apareció ante sus ojos un estuche alargado de un blanco nacarado.

Nachita procedió a abrir el estuche; sus dedos acariciaron un precioso abanico que, evidentemente, aparecía cerrado.

—¡Es precioso!

—¡Ábrelo!

Nachita abrió el abanico. Era de seda blanca, con un encaje tan ligero como el ala de una mariposa.

—¡Es maravilloso!

—¡Mira el mensaje!

La joven reparó en que en el varillaje había una leyenda.

—Léelo en voz alta, por favor. Así nos enteramos todos —dijo doña Rita.

La muchacha leyó:

Madrid, 1895

Nachita, en este día se hace posible lo imposible. Fuera en un día cual hoy tan señalado, a tus pies todo el mundo yo pusiera. Más que tal placer me está vedado, recibe con cariño mi alma entera,

José

Transida de emoción y con una lágrima asomando en el balcón de sus bellos ojos, la muchacha murmuró:

—Me has hecho hoy la más feliz de las mujeres. Y, sin que se lo tomen a mal tus padres, debo decirte que tu abanico es para mí más importante que cualquier cosa.

Todos comentaron que el objeto era precioso y de un gusto exquisito.

Ignacio, rompiendo el momento, fue a lo práctico, y dirigiéndose a José le indicó:

—Si entra en tus planes y puedes, convendría que hicieras una especialidad de minería en tu último curso. A mí me convendría mucho… En Londres hay una escuela privada, y esos meses que os quedan hasta la boda, pues antes hay que preparar muchas cosas, podrías emplearlos en ello. También me gustaría, de ser posible, que saltaras a Venezuela. Tienes tanto que ver y aprender allí…

—Si a usted le conviene, por lo que a mí respecta, cuente con que pondré todo de mi parte.

—Cuando vayas a Maracaibo comprenderás mejor lo que digo. —Luego cambió de tema—: Otra cosa quiero añadir... Tengo un buen amigo, don Mariano Rampolla del Tindaro, al que conocí cuando era nuncio de Su Santidad en Venezuela y con el que colaboré con una ayuda para el Colegio Mayor de los Dominicos en Caracas, que actualmente es cardenal y secretario de Estado de la Santa Sede. Pues bien, explico todo esto porque me haría mucha ilusión que os casarais en Roma y que el papa León XIII bendijera el enlace.

Eloy y Rita intercambiaron una mirada asombrada.

—Pero ¿es eso posible? —interpeló don Eloy.

—Puedo intentarlo... ¡Siempre he sostenido que no hay peor gestión que la que no se hace!

—Eso es evidente, Ignacio, pero pretender que el Santo Padre, que a tantos frentes debe atender, case a nuestros hijos... Me parece algo inimaginable.

—Tenemos un año por delante, que entre los preparativos se nos irá sin sentir. Únicamente se trata de que el Vaticano escoja la fecha que convenga y que nosotros nos acoplemos a ella. —Y ante la cara de duda del matrimonio Cervera, el indiano apostilló—: Déjenme hacer a mí, les tendré puntualmente informados de mis gestiones. Y vayamos a otro asunto: tengo entradas para *L'elisir d'amore* que el tenor Angelo Masini representa en el teatro Real y me haría una tremenda ilusión que me acompañaran.

—Será un placer, sólo tiene que decirnos el día.

—El próximo sábado.

—Rita es una gran aficionada a la ópera. —Y dirigiéndose a su mujer—: Imagino que te encantará oír cantar a Masini.

—Me ha hecho feliz, don Ignacio.

Antes de finalizar la velada se concretaron muchas cosas. En primer lugar, Nachita regresaría a Venezuela con su padre para preparar la boda, pues entre otras tareas debían comunicar el acontecimiento a sus amigos en Caracas y hacer la lista de invitados. Entretanto, José marcharía a Londres, donde, por mediación de su futuro suegro, ingresaría en la Real Escuela de Minas. Pensaba don Ignacio, sin decirlo, que unos meses de separación convendrían a la pareja. Sostenía el viejo indiano que el amor es como una llama a la que el viento de la distancia hace crecer si es firme o apaga si desfallece, de tal modo que esa ausencia sería buena para probar el amor de los muchachos. Luego José iría a Venezuela y, tras una estancia de un mes, regresarían los tres juntos a Madrid, y eso sería según la fecha que les diera el Vaticano. El día de la boda, pues, quedaba en el aire, pero don Ignacio estaba seguro de que podrían celebrarla entre septiembre y octubre del año siguiente.

Una hora después Nachita y su padre, acompañados por José, se despedían de los Urbina desde la puerta del coche.

Algo más tarde, el matrimonio estaba en el dormitorio, Eloy ya en la cama y provisto de su gorro de dormir y sus bigoteras, y Rita sentada en el tocador colocándose los bigudíes en el pelo.

—¿Tú te das cuenta de con quién va a casarse nuestro hijo?

Rita miró a su marido a través del espejo.

—Todavía no he asimilado cuanto ha dicho.

—¡Una mina de oro y un río aurífero! ¿Tú sabes lo que es eso…? ¿Recuerdas cuando te dije que José podría vivir una vida que ni nos imaginábamos? Pues eso ha llegado.

—A mí me impresiona más que pretenda que a nuestro hijo lo case Su Santidad León XIII… Como sea así, voy a darles en la torre a tantas personas que ni te imaginas.

—Anda, mujer, acaba de una vez con tus preparativos y ven a acostarte. La noche ha sido un acontecimiento y va a costarme conciliar el sueño.

La noche del Real fue un éxito total, el palco proscenio era el mejor luego del de los reyes, Angelo Masini estuvo sublime y cuando finalizó el aria de *L'elisir d'amore* el teatro se vino abajo.

Al cabo de dos semanas don Ignacio y Nachita partían en tren hacia Cádiz para embarcarse en el *Reina María Cristina*.

26

La larga espera

Tras la partida de Nachita, José quedó en Madrid como un hombre sin sombra. Las conversaciones con su amigo Perico versaban siempre sobre lo mismo: que si aquellos meses iban a hacérsele larguísimos, que si el corazón de la mujer es muy volátil, que si en Venezuela habría sin duda mucho moscardón, y un largo etcétera.

Perico le replicaba:

—Eres un plomo y, de no ser porque me siento culpable de esta situación, te enviaría a donde yo me sé. ¿Qué quieres decir? ¿Acaso en Caracas no debió de conocer a todos los muchachos de su edad? ¿O quizá crees que, en el tiempo que ha estado en Madrid, ha llegado a aquellos pagos un príncipe desconocido de la mejor tradición europea y con un apellido rimbombante? Eres un auténtico imbécil. Dedícate a lo que debes hacer. Según me has explicado, has hecho planes con tu suegro. Así pues, ponte en marcha, que el tiempo te pasará más deprisa.

Y así fue como los dos amigos se presentaron en la embajada de Inglaterra con una carta de don Ignacio Antúnez para mister Arthur Lewis, el agregado cultural de aquel país en Madrid, pidiéndole el favor de que pusiera en marcha sus contactos e influencias para que don José Cervera y Muruzábal ingresara como alumno visitante en la Real Escuela de Minas de Londres aunque el curso hubiera comenzado ya. El inglés, conociendo muy bien quién era el demandante del favor, se puso a ello de inmediato y, al cabo de dos semanas, José tenía en sus manos el documento que certificaba su ingreso y la fecha del mismo.

Sus padres, si cabía, estaban más entusiasmados con el futuro enlace que él mismo, y los comentarios a la hora del café eran diversos según los iniciara su padre o su madre.

—Hijo —apuntaba doña Rita—, has adquirido un gran compromiso y tienes que comprender que te debes a él. Tu amigo Perico me cae muy bien, pero mucho ojo adónde acudís y en compañía de quién, que en este país las malas lenguas son muchas y la envidia infinita, y créeme que las malas noticias atraviesan el mar.

—Madre, no se preocupe; conozco mis obligaciones. Pierda usted cuidado, que nadie va a venirle con ningún chisme.

Don Eloy intervenía:

—Mujer, déjalo en paz que ya es mayorcito. Además, mi hijo, como todos los Urbina, es un caballero y sabe cuál es su límite. Por cierto, José, quería decirte algo.

—¿Qué es ello, padre?

—Verás, el otro día en el casino don Melquíades Calviño me presentó a un teniente de artillería, por cierto amabilísimo y, cosa rara en el estamento, con unas inquietudes y un afán de trabajo realmente notables. Su nombre es don Emilio de la Cuadra Albiol, y me habló de un proyecto suyo para el que busca capital. Don Melquíades lo considera algo aventurado y la banca García-Calamarte va a llevarlo al consejo de riesgo, pero no lo descarta.

—¿De qué se trata, padre?

—El futuro ya está aquí y el mundo de los coches de caballos está periclitando. En Estados Unidos ya está en marcha y en Alemania también: se trata de sustituir el tiro por un motor eléctrico que haría las veces de los caballos. Imagínatelo: ni cuadras, ni mozos, ni alfalfa ni nada, ¡un generador y a correr!

—Ya he oído hablar de ello, pero el asunto todavía está en mantillas.

—Desde luego, hijo, pero teniendo en cuenta que vas a Londres y que sin duda algún rato libre tendrás, sería bueno que te informaras bien del asunto, porque a la vuelta de un tiempo a buen seguro tendrás potencia económica y crédito en los bancos para iniciar por tu cuenta cualquier negocio y no depender, como yo durante toda mi vida, de si truena o si nieva, de si se pierde la cosecha o si el mercado de cereales baja.

José se sintió incómodo.

—No me gusta, padre, que empiece a considerar el dinero que pueda tener mi futura esposa.

Don Eloy rectificó enseguida.

—Precisamente por eso lo digo, para que inicies cosas por tu cuenta que nada tengan que ver con los negocios de tu futuro suegro. Te hablo de Europa, no de Venezuela. Y aunque no lo pienses, te darás cuenta de cómo son los bancos y del prestigio que te aporta haberte casado con Nachita. Creo que eso no es usar su dinero, y está fuera de cualquier especulación. Eres muy joven y todavía no sabes cómo funciona esto, pero los bancos sí.

Un mes después de esta charla, José Cervera cogía en Bilbao un vapor de la Compañía Trasatlántica Española y, tras un agitado paso del canal de la Mancha, entraba en el Támesis arrastrado por dos remolcadores que, lanzando las correspondientes estachas a proa y a popa, gobernaban la maniobra hasta dejarlo atracado en el muelle del Príncipe Alberto. Su aventura inglesa había comenzado.

Llegado a Londres, lo primero que José hizo, por consejo de su padre, fue buscar un alojamiento que estuviera a la altura de su exigencia; ya que debía vivir allí un año, deseaba tener sensación de hogar en su nueva casa. La madre de su amigo Perico Torrente había cursado estudios en su juventud con una joven madrileña, María, que años después contrajo matrimonio con un coronel destinado en la India colonial. Las dos antiguas amigas nunca habían dejado de cartearse, por eso la madre de Perico sabía que, a la muerte de su marido, la mujer había heredado una preciosa casa en el barrio de Mayfair, en Grosvenor Square, de la que ahora alquilaba una habitación. Advertido por Perico y su madre, José se dirigió al número 21 de dicha plaza. El efecto de la carta de presentación que traía de Madrid y la anteriormente enviada por la señora Torrente fue definitivo: María Hardy lo recibió encantada y, sin dudar, le alquiló la habitación, que incluía la manutención los días que almorzara y cenara allí.

La casa, alineada con todas las del barrio, era una preciosidad típicamente inglesa: una pequeña reja blanca de madera cerraba el jardincillo de la entrada, que daba a la plaza; en medio de la misma había una portezuela baja; en el centro de la fachada estaba la cancela y a ambos lados contaba con sendas ventanas de cuchilla de color verde y pequeños cristales; en el primer piso había otras cuatro iguales; el tejado, a dos aguas, era de teja roja, con dos chimeneas. En la planta baja había un pequeño recibidor que se abría a un pasillo al que daban cuatro puertas: a mano izquierda, la salita con la chimenea y el comedor, que comunicaba por el fondo con la cocina y el *office*, estancias a las que se accedía también por las puertas del pasillo de la parte derecha. Al fondo había una escalera que conducía al primer piso, y a la derecha un dormitorio con suite completa y al otro lado otros dos con un baño en medio. La parte trasera de la casa también daba a un jardincillo, donde la propietaria cultivaba gladiolos y tulipanes en un pequeño invernadero. Y al fondo del jardín había un pequeño pabellón junto a la cuadra de la yegua torda donde se guardaba el tílburi que había pertenecido al coronel Hardy, marido de María. Allí dormía Sij Mohinder, el cochero, criado y cocinero indio de mistress Hardy. Había sido corneta del Regimiento de Lanceros Bengalíes y posteriormente, con dieciocho años, asistente del coronel cuando la Carga de la Caballería Ligera en la batalla de Balaclava; con gran riesgo de su vida, había salvado la del coronel, por eso éste lo llevó consigo a Londres cuando dejó la India. Desde hacía años, era para su dueña más que un perro fiel.

Al cabo de una semana José Cervera ya había tenido ocasión de comprobar que María Hardy era una señora de mediana edad encantadora y coqueta. Llevaba el pelo recogido en un moño inmaculadamente blanco; sus trajes casi siempre eran de color azul marino, y solía conjuntarlos con una rebeca gris; en medio del pecho acostumbraba a lucir un gran camafeo, y disimulaba las arrugas de su cuello con una cinta de terciopelo. Siempre sonriente y dispuesta a hacer la vida fácil a sus vecinas y sobre todo a su huésped, su gran afición era recoger los diversos frutos de cada temporada y elaborar con ellos mermeladas, que envasaba en tarros de cristal que adornaba con cintas de colores, principalmente azul pálido, y luego enviaba a sus amigos con cualquier motivo, desde santos, cumpleaños y nacimientos hasta entierros.

27

Tres meses después

París, marzo de 1896

Suzette siempre había representado un puntal para Lucie, y su sincera y desinteresada opinión había pesado en su ánimo a tal punto que le había influido en todas cuantas decisiones había tomado a lo largo de su vida.

Ella había sido la que había roto con Gerhard. Cuando él llegó de Berlín y las circunstancias hicieron que le explicara quiénes eran y cómo vivían los miembros de su familia, a Lucie el mundo se le vino encima y quiso intuir que aquella relación por fuerza estaba abocada al fracaso. Por eso había apartado a Gerhard de su vida, para que el reproche, que es la carcoma que corroe el matrimonio, no tuviera ocasión de anidar en el suyo. Suzette, pese a lo alocada que era para ciertas cosas, en verdad representaba para ella un muro de contención. Lucie acostumbraba a precipitarse en sus decisiones, y las palabras mágicas empleadas por su amiga eran siempre las mismas: «Sosiégate, no hace falta romper la baraja». Realmente, cuando decidió romper con Gerhard no tuvo en cuenta las consecuencias que ello tendría para su futuro hijo, y ahora reconocía que no tenía derecho a privar a la criatura de su padre porque ella no se sintiera digna de su nivel social. Al fin y a la postre, a la residencia de su madre había ido un aspirante a pintor y ella se había enamorado de él contando con su oficio, no con que fuera el heredero de una millonaria familia alemana. Ese argumento era el que en ese momento consideraba, y de su amor y futuro cuidado dependía que aquella llama que había prendido en el corazón de los jóvenes ardiera siempre.

Tomada la decisión de recuperarlo, Lucie se puso en marcha, y al mediodía, al acabar su turno en el hospital Lariboisière, se dirigió a la rue Lepic. Había estado en el estudio de Gerhard en una sola ocasión y de noche, por lo que al ver a un hombre en la garita de la portería a él se dirigió. Le preguntó si Gerhard estaba en casa, y el hombre, muy amablemente, le indicó que el señor Mainz había acudido a la prefectura del distrito pero que no tardaría en llegar, pues a la una y media estaba citado con el administrador. A Lucie le dio la impresión de que Dodo, como buen conserje y estando aburrido, tenía ganas de hablar, y como no quería que Gerhard la encontrara allí salió a la calle, dispuesta a esperarlo fuera.

Las doce sonaban en el campanario de la torre del Sacré Coeur. Lucie cruzó la calle y se instaló en la pequeña terraza de Le Bistro de Jean Jacques, como había hecho unos meses atrás Günther. Con el corazón a punto de escapársele del pecho, se instaló en la mesa del rincón más alejado para poder ver sin ser vista. Una angustia mortal atenazaba su garganta impidiéndole casi respirar.

Al cabo de unos minutos que se le antojaron largos, compareció por el extremo de la calle un Gerhard extraño y demacrado. Cogida a su brazo, y rozándole la cara con la otra mano y haciéndole carantoñas, iba una jovencísima y bella muchacha que daba pasitos cortos y saltarines a su lado tal que un gorrión al costado de un ave zancuda y que respiraba una alegría incontenida de mujer enamorada. Fijando su atención, Lucie la reconoció al instante: la chica que acariciaba el rostro a Gerhard no era otra que Clémentine, la modelo del cuadro que él estaba pintando cuando subió por primera vez al estudio la noche aquella que marcó su vida, la misma que ella ya tenía vista porque iba a buscar al Lariboisière a aquel peligroso alcohólico. A pesar de la distancia, pudo distinguir claramente la curva de su vientre que denunciaba su embarazo.

Lucie aguardó a que la pareja desapareciera en la portería y, tras pagar lo que había pedido al camarero, paró el primer coche de alquiler que pasaba. Dio al cochero la dirección de su casa y se encogió en su interior con el corazón roto y sin poder contener el llanto torrencial que la asaltaba.

28

Jean Picot

Jean Picot era un tipo singular. Por un lado era egoísta y calculador; por el otro, extremadamente simpático y con un don especial que atraía al sexo femenino. Era, por así decirlo, un conquistador nato: sabía ser sentimental y atento cuando convenía y mostrarse desvalido y necesitado de afecto cuando lo requería la circunstancia.

Cuando, en situaciones tensas, su mal pronto o su mal vino le hacían equivocar el momento y, en alguna ocasión, hasta lo llevaban a pasar la noche en el calabozo de una comisaría, en la memoria de Jean se hacía presente la frase que su madre solía decirle de pequeño: «Ten cuidado, porque al fin y a la postre tu destino lo marcará tu carácter».

Nunca supo de dónde le vino su afición a la música; nadie en su familia era músico y, de haber seguido la tradición de los suyos, habría acabado siendo bodeguero como todos los hombres de su casa desde hacía cuatro o cinco generaciones. Pero no, a él le dio por la música y más concretamente por un instrumento, el saxofón. Lo que sí influyó en él y de un modo negativo fue el cultivo de la vid, que lo llevó desde muy joven a sentir una afición desmesurada por el vino. Tenía nueve años cuando un día fue con el carro de su padre a vender dos bocoyes del mejor mosto a la fiesta mayor de Charleville y por la tarde aprovechó para ir a la place Ducale, en cuyo quiosco tocaba una banda procedente de Reims. El flechazo se produjo al instante: en cuanto vio al músico que tocaba el saxofón se instaló a pocos metros del quiosco y no dejó de observar cómo pulsaba las teclas que, mediante unas almohadillas, abrían o cerraban los agujeros del cuerpo del instrumento y hacían que sonara. Enseguida supo que su vida estaría encadenada a aquel artilugio. La lucha fue épica, pues su progenitor estaba decidido a que continuara la tradición familiar y se dedicara al cultivo de la uva pinot noir, la que cultivaba la familia. Los recursos que empleó el hombre para enderezarlo fueron varios: Jean estuvo castigado todos los domingos sin salir, durante la vendimia hubo de dedicarse a las tareas más pesadas y no le permitieron intervenir en la pisada de la uva, que era lo que más lo divertía. Aun así, se mantuvo firme. Aquello duró tres años, pero finalmente, con el apoyo de su madre, quien siempre apostó por él, y la aquiescencia de sus hermanos y hermanas, que veían en él a un competidor de cara a la herencia, consiguió ir a estudiar a Reims y luego trasladarse al Conservatorio de París, donde, tras una audición, había conseguido una plaza.

Aquel primer año se alojó en la residencia de madame Lacroze. La única dificultad con la que se tropezó fue que no podía ensayar allí, pues había otros huéspedes y la práctica de escalas con su instrumento era demasiado sonora para permitirles dormir o estudiar. Así las cosas, en compañía de un pianista, un contrabajo y un batería alquiló un espacio en una fábrica abandonada y, tras tapizarlo con cartones y trapos, habilitaron el lugar para sus ensayos. Lo malo era que finalizaban muy tarde las sesiones, y la noche de París era demasiado luminosa y tentadora. Comenzaron a acudir a locales nocturnos, con la excusa de escuchar música, pero acababan bebiendo vino en exceso muy a menudo. En alguna ocasión, incluso se vio metido en una bronca y terminó en una comisaría, eso cuando no volvía a casa en condiciones deplorables.

Madame Lacroze se lo consentía porque Picot ocupaba la habitación del primer piso, que era la más cara de la residencia, pagaba puntualmente y a menudo pedía extras para comer o cenar. La asignación de su padre era generosa y sus excesos invariablemente eran en fin de semana.

El panorama se puso crudo para Jean cuando suspendió el tercer año en el conservatorio y su padre dejó de enviarle la asignación con la que había vivido hasta entonces. A pesar de ello no se arredró; al fin y a la postre, estaba harto de hacer escalas y de ensayar un tipo de música que no lo complacía, por lo que con sus tres camaradas se acercó al Lapin Agile y, tras realizar una audición, el grupo fue contratado para cubrir las suplencias del sábado por la noche y posteriormente hacer dos días a la semana. Entonces Jean entendió que una cosa era tocar el saxofón por afición y otra obligarse al cada día, al horario laboral y al repertorio que le gustara a quien le pagaba. Aquello como plan definitivo de vida no era para él.

En el ínterin, su abuela murió y, siguiendo la costumbre, heredó las tierras el hermano mayor de su padre. La inquina que profesaba a su tío Barthélemy desde siempre era mutua, y el camino de la vida se le puso cuesta arriba. Reims al lado de París era un pueblo, y él no estaba dispuesto a regresar a la casa familiar con las orejas gachas y a someterse a la autoridad de su tío, quien sin duda lo destinaría a las tareas más duras de la cosecha y de la vendimia de la uva. Su mente despierta se puso a funcionar. Desde muy pequeño su innata curiosidad lo llevó a escuchar siempre las conversaciones de los mayores, en su presencia cuando se lo consentían o escondido en un rincón cuando entendían que el tema no era propio de niños; esa condición le había permitido a veces sacar ventaja, como cuando, a los doce años, oculto detrás de la prensa de la bodega, sorprendió a su primo mayor, André, sin pantalones montado sobre una de las muchachas que acudían a la vendimia, ella con la falda arremangada y los calzones en los tobillos y él agitándose violentamente como si tuviera el baile de San Vito. Recordaba aquel día y aquel instante con una claridad meridiana, y de ello sacó un rédito continuado, pues, siendo su primo el que destinaba las tareas a cada uno, obtuvo él a partir de entonces la menos gravosa a cambio de su silencio.

La conversación que, escondido detrás de la cortina, había escuchado entre Lucie y su madre le abrió la mente a una posibilidad. Lucie iba a tener un hijo de aquel alemán presuntuoso que se había alojado en la residencia después de él y, puesto que la muchacha era hija única, sin duda heredaría aquella casa un día u otro. Él sabría aguardar su momento y oportunamente desempeñaría sus habilidades; tal vez fuera plato de segunda mesa, pero tendría asegurado su condumio. Del crío se ocuparía su madre, él dedicaría sus horas al saxofón cuando y como quisiera, sin obligarse, y la noche de París se abriría ante él como una flor en primavera.

29

Una proposición inesperada

L o que menos apetecía a Lucie en sus circunstancias era escuchar reconvenciones de su madre, por lo que se alegró infinito de no haberle contado lo visto en su excursión a la rue Lepic. Sí se lo explicó, en cambio, a su amiga Suzette Blanchard, que la visitaba frecuentemente, pues ya hacía tiempo que Lucie había dejado de ir al Lariboisière. En cuanto el embarazo fue visible, la hermana Rosignol le sugirió que abandonara su trabajo para evitar habladurías. Su circunstancia disgustó mucho a la monja, pero queriéndola como la quería, se puso de su parte y maldijo a los hombres, a los que consideraba causantes de todos los males que acontecían a las mujeres. Trajinó los papeles oportunos e incluso habló con una partera de su confianza, madame Corday, para que siguiera puntualmente el avance del embarazo.

Estos avatares se los explicaba a Suzette la tarde del sábado que había ido a verla.

—¿Cómo estás?

—No puedo salir de este círculo vicioso. Me parece mentira que Gerhard sea la misma persona a la que he querido tanto.

—¿Y eso por qué?

—Siguiendo tus consejos y las órdenes de mi madre, que no ha parado de repetírmelo, el viernes fui a verlo. Estaba dispuesta a decirle todo lo que está pasándome y a seguir con él.

—¿Y?

—Me instalé en la terraza de la bodega de enfrente y al poco compareció por la esquina de la calle con esa modelo jovencita de la que te hablé cogida de su brazo, haciéndole carantoñas.

Suzette argumentó:

—Tú me contaste que intentó verte durante un par de meses todos los días a la salida del hospital y que volviste a decirle que se fuera. Un hombre despechado reacciona de la manera más incoherente, y no es que lo defienda, pero se lo jugó todo por ti y a la hora de la verdad, y quiero entender tus razones, lo dejaste tirado, y eso un hombre no lo perdona. Estoy segura de que sigue enamorado de ti, pero ¿acaso pretendes que a los veinticuatro años se meta a cartujo?

—No, únicamente pretendo, si tanto me amó, que no deje embarazada a la primera mujer que pase por su lado y menos aún si es menor de edad, porque estoy convencida de que lo es.

Suzette quedó un momento desconcertada.

—A lo mejor no es suyo.

—No me tomes por estúpida, Suzette. Va feliz cogida de su brazo y haciéndole cucamonas por la calle.

Suzette todavía intentó una tibia defensa.

—Le habrá convenido a ella: a esa pequeña furcia debía de interesarle quedarse preñada.

—Déjalo, él ha puesto lo suyo de su parte, porque jamás he oído hablar de ninguna mujer que haya quedado fecundada por el aire que respira.

—Tú sabes que casi todos los pintores se lían con sus modelos. Él no iba a ser una excepción. A eso añade el barrio donde tiene el estudio; en Montmartre la tentación habita en cada esquina.

—Por mucho que insistas, sigo sin creer que sea la misma persona.

Suzette porfiaba.

—Pero ¡si tú me dijiste que su aspecto exterior era un desastre! Y si tanto ha cambiado por fuera, imagínate que por dentro será lo mismo. Más te diré: su aspecto exterior corresponde a la tormenta que se ha desencadenado en su interior. Lo siento mucho, Lucie, pero yo no lo encuentro tan culpable.

Las dos muchachas quedaron un instante en silencio. Luego Suzette se arrancó de nuevo:

—Imagino que, pese a que no comparto tu opinión al respecto de Gerhard, sigo siendo la madrina de tu futuro hijo. Y, dadas las circunstancias, soy consciente de la responsabilidad que adquiero, ya que el niño nacerá sin padre.

El rostro de Lucie cambió imperceptiblemente de expresión.

—Pues fíjate que la vida le trae a una sorpresas impensables.

—Algo muy singular tienes que decirme, te conozco bien.

—Todo lo que Gerhard me ha decepcionado me lo ha compensado Jean Picot.

Suzette enarcó las cejas interrogándola con la mirada.

—Me ha pedido que me case con él.

—¿Qué me estás diciendo?

Sin responder directamente, Lucie apostilló:

—Y si lo rechazo, se ha ofrecido a dar sus apellidos al niño para que tenga padre.

—Me dejas de piedra, Lucie… Yo lo tenía por un tipo simpático y muy divertido para ir a bailar un sábado por la tarde pero con poco cuajo para afrentar una situación como ésta.

—Ya ves que no. Incluso me ha dicho que siempre estuvo enamorado de mí, aunque nunca se atrevió a decírmelo.

—¿Se lo has contado a tu madre?

—La otra noche.

—¿Y qué opina?

—Ya la conoces… Que si su familia es del campo y sin pretensiones de nobleza pero tiene grandes posibles en el mundo del vino, que se dedican al cultivo de la uva para hacer champán, que si ella siempre ha tenido con él una atención particular perdonándole cosas que no habría perdonado a otro huésped… Y luego lo ha excusado diciendo que son cosas de juventud pero que tiene buen fondo. Aunque ha añadido que «en mis circunstancias» tampoco puedo escoger demasiado…

—¿Qué piensas hacer?

—No creo que existan muchas opciones. La vida es como un río que a veces te trae y a veces te lleva. Jean me ha sorprendido tanto como Gerhard me ha decepcionado, ya te digo.

En el reloj del canterano daban las seis de la tarde.

Suzette comprobó la hora consultando su pequeño reloj de pulsera y suspiró profundamente.

—¿Tú qué harías?

—Dame tiempo para asimilar tanta cosa, Lucie. Ahora he de irme.

—Antes deja que te diga el nombre que he elegido para el bebé. Ya sabes que si es niña llevará tu nombre…

Suzette sonrió.

—¿Y si es un chico?

—Félix. Así será siempre un niño feliz.

30

El parto

En mayo, cuando Lucie salió de cuentas, Suzette, con el permiso de su madre, se instaló en la casa de la rue de Chabrol a fin de estar con su amiga cuando rompiera aguas. Pierre la acompañó el día que se trasladaba, y durante el trayecto le expresó sus dudas:

—¿Tú no crees que cuando nazca la criatura debo decírselo a Gerhard?

—¡Cómo os gusta a los hombres liar las cosas!

Pierre insistió.

—Creo que el padre pinta algo en esto, ¿o no?

Suzette se paró en la calle y miró a su novio con una expresión que amenazaba tormenta y, retorciendo toda la argumentación que había expuesto a su amiga tiempo atrás, respondió:

—¡Pinta el padre que cumple con su obligación y está junto a su mujer en trance tan transcendental, pero el que se dedica durante el embarazo a preñar a otras, ése no tiene ningún derecho!

Pierre defendió a su amigo.

—No ha tenido oportunidad. Es un hombre decente, ha querido casarse incluso enfrentándose a toda su familia, y lo han enviado a plantar melones; ¿qué quieres ahora, que haga voto de castidad y no vuelva a mirar a una mujer?

—¡Quiero un respeto y que no vaya por ahí preñando jovenzuelas! Además, poco interés ha mostrado durante este tiempo, porque si un hombre ama a una mujer no se rinde tan fácilmente.

—Durante dos meses intentó ver a Lucie a la salida del hospital y ella le dijo que si seguía en aquel empeño dejaría de acudir a trabajar. De hecho, ella desapareció del hospital tiempo después y Gerhard ya no tuvo donde buscarla. Comprenderás que no podía volver a la pensión de su madre...

Siguieron caminando.

—Y en cuanto a lo que dices de preñar «jovenzuelas», Suzette, tú sabes que, en muchas ocasiones, eso ocurre sin que el hombre quiera… Más aún en el estado en que Gerhard llega a su casa infinidad de veces. Y además ignora que Lucie espera un hijo suyo.

—Mucho sabes tú de las noches de Gerhard.

—Oye, ahora no la tomes conmigo. Siempre que he salido con él te lo he contado. Y además fuiste tú quien me sugirió que me ocupara de él, que te daba mucha pena.

—Dejémoslo ahí, Pierre, no vayamos a liarla. Deberá ser Lucie la que decida tal cosa. Ni tú ni yo no somos quién para tomar una decisión de este calibre, así que hazme el favor de no entrometerte.

—¿Sabes qué te digo? Las mujeres sois una duda con piernas: ahora quiero, ahora no quiero, ahora ven, ahora lárgate… Hace días me explicaste la conversación que tuviste con Lucie y ahora sostienes todo lo contrario. El caso es que contigo nunca consigo saber cuál es la opción buena.

—Lo que ocurre es que tenemos un sexto sentido que nos indica cuándo hay que actuar y cuándo no hacerlo o cuándo debemos hablar y cuándo callar.

La cosa quedó así, aunque Pierre no quedó muy convencido.

Las dos amigas, a petición de Lucie, dormían juntas. La noche del sábado sintió Suzette que la agarraban del brazo y tiraban de ella. Al instante estuvo incorporada en la cama prendiendo la luz de la mesilla de noche.

—¿Qué ocurre, Lucie?

Su amiga había retirado las frazadas de la cama, y la camisa y el colchón aparecían completamente empapados.

—¡Ya viene! Avisa a mi madre que voy a parir.

Suzette saltó de la cama y, mientras se ponía la bata a toda prisa, tranquilizó a su amiga:

—Respira despacio y estate sosegada, que eso no ocurre en un momento y menos en una primeriza.

—¡Tú corre!

Suzette salió espiritada hasta el dormitorio de madame Lacroze y a la vez que golpeaba la puerta con el puño hablaba a través de ella.

—¡Madame Lacroze, Lucie ha roto aguas!

Un revuelo de ropa y unos pasos precipitados hacia la puerta.

—Suzette, por favor, ocúpate de avisar a Gabrielle y de decirle que haga venir a la comadrona.

Partió Suzette acelerada bajando los peldaños de la escalera de dos en dos. En cinco minutos toda la residencia estaba en marcha, y Jean Picot, que en aquel momento llegaba de su trabajo, al tener noticia de lo que estaba ocurriendo se dispuso a ofrecer sus servicios a madame Lacroze para lo que hiciera falta.

Todas las luces de la casa estaban encendidas cuando Lucie bajó la escalera sujetándose el vientre entre madame Villar y su madre, que había decidido instalar a su hija en el dormitorio grande de la planta baja, junto a las cocinas, para que todo el proceso fuera más fácil. Gabrielle abría las puertas facilitando el paso del cortejo. Acostaron a Lucie en la gran cama y la colocaron medio incorporada con dos grandes cuadrantes sobre la almohada.

Junto a la cancela del jardincillo había un coche de punto con la portezuela abierta y el estribo bajado tal como le habían ordenado al cochero, listo para ir a buscar a la comadrona.

Jean Picot se acercó a madame Lacroze.

—Si me permite, iré yo en el coche, no sea que surja algún problema.

—Gracias por su amabilidad, Jean, aunque no es necesario.

Jean Picot partió en el coche y el cochero urgió al tronco obligando a los caballos a un trote acelerado y sostenido.

Gabrielle, siguiendo las órdenes de madame Lacroze, llevó a la habitación donde estaba Lucie un gran balde de agua muy caliente y lo colocó a un lado de la cama, luego sacó del armario de la ropa blanca lienzos de hilo de lino enormes y cuatro toallas de ruso.

Un dolor extraño y desconocido atacó las entrañas de Lucie, que con un rictus de dolor se sujetó el vientre y emitió un pequeño gemido.

Suzette, que estaba sentada junto a ella, le cogió las manos.

—Ten calma, Lucie, ya verás como todo irá bien, y después te parecerá un momento.

—Me temo que ese momento va a ser muy largo.

Gabrielle quiso ser positiva animando a Lucie y soltó el tópico con el que se intenta consolar a toda parturienta:

—Cuando tenga en brazos ese trocito de carne tan querido, se le pasarán todos los males.

Suzette la fulminó con la mirada.

El silbido del cochero y la ralentización del paso del tronco marcaron el final del trayecto. El coche se detuvo delante de la casa de madame Corday, la comadrona.

Jean Picot llamó a la puerta y el tintineo agudo de la campanilla rasgó el silencio de la noche. Comenzaba a lloviznar. La luz del interior se prendió, y a través de los biselados cristales tanto él como el cochero vieron que alguien se acercaba. La puerta se abrió y apareció bajo el dintel madame Corday, completamente vestida, que los saludó con una frase que denotaba su profunda experiencia.

—Lucie ha roto aguas, ¿no es así?

Jean Picot respondió:

—Así es, hará una media hora. He venido a buscarla.

—Pues permítame coger mi maletín y ya ve que estoy presta.

La mujer regresó al instante con un chaquetón sobre los hombros y sus instrumentos en una pequeña maleta. Acto seguido se dirigió hacia el coche con Jean Picot. Éste indagó curioso:

—Perdone, señora, pero ¿ha tenido usted otro parto esta noche?

—No, ¿por qué lo dice?

—No es común estar completamente vestido a estas horas.

—Cuando se tiene mi oficio y treinta años de experiencia, una puede decir casi con exactitud la noche que alguna de sus pacientes estará de parto.

En cuanto la partera entró en casa de madame Lacroze, Gabrielle la acompañó hasta la habitación donde estaba Lucie. La mujer, tras saludar a madame Lacroze, se acercó a la cama y, tomando con afecto la mano de la parturienta, le habló lenta y quedamente.

—Bueno, ya ve, ha llegado el momento, Lucie. Todo va a ir muy bien porque usted es muy valiente.

Lucie abrió los ojos. La presencia de la mujer alivió su angustia e hizo que la expresión de su rostro se relajara.

—Tengo mucho miedo.

—Pues no lo tenga, querida. Desde el principio de los tiempos todos venimos al mundo de igual manera. Usted es sana y joven, y dentro de dos días ya no se acordará de nada.

Y a partir de aquel momento comenzó, a la vez que se quitaba el chaquetón y se ponía una bata blanca, a dar órdenes.

—¡Traigan una lámpara de pie... o mejor dos, si tienen! Quiero a mi lado siempre un balde con agua hervida. —Luego observó los lienzos y las toallas y comentó—: Eso está muy bien.

Acto seguido fue colocando en una mesilla, sobre una de las toallas, todo el instrumental que llevaba en el maletín y pidió dos jofainas vacías. Hizo bajar a Lucie hasta los pies de la cama y le puso debajo de cada pierna una almohada. Luego, tras colocar un taburete frente a la joven, echó un chorro de desinfectante en una palangana y se lavó las manos y los brazos, hasta los codos. Finalmente, sentada ya en el taburete, se puso un guante de goma, arremangó el camisón a Lucie y le examinó el sexo. Las contracciones habían comenzado.

—Aún no has dilatado. Ya no nos queda otra que esperar a que este personaje quiera venir.

Madame Lacroze preguntó:

—¿Cree que el parto será largo?

—Estas cosas llevan su tiempo, y eso porque el bebé no sabe lo que es este perro mundo, que de saberlo dudo que nadie quisiera venir.

Al cabo de una hora las contracciones estaban en su apogeo. Suzette, al lado de su amiga, mitigaba sus dolores refrescándole la frente con un pañuelo humedecido en agua de Colonia. Lucie procuraba contener sus gemidos clavando las uñas en los bordes de la sábana que le cubría la cintura. Gabrielle, cuando la comadrona lo ordenaba, cambiaba los baldes de agua hervida.

Pasadas las siete de la mañana un grito desgarrador anunció el nacimiento de Félix, que llegó al mundo pesando tres kilos novecientos gramos. Madame Corday, tras cortar con una navaja el cordón umbilical y cubrir con una gasa la herida, hizo envolver el cuerpo grasoso del niño en una sabanita de hilo y lo colocó entre los brazos de la madre.

Gabrielle observaba la escena con ternura. Incluso la madre de Lucie parecía haber olvidado la «vergüenza» y el «oprobio» que caían sobre su familia con ese nacimiento. Suzette fue la única que se dio cuenta de la expresión del rostro de su amiga; Lucie miraba al niño con una expresión entreverada de pena y de rencor.

Al mediodía del día siguiente un botones en cuya gorra lucía el nombre de la floristería de lujo Le Lys Blanc entregaba en la puerta de la casa de la rue de Chabrol un inmenso ramo de rosas rojas con una tarjeta dirigida a Lucie Lacroze. Gabrielle lo tomó y, luego de dar una propina al chico, se lo llevó a madame Lacroze, quien ordenó colocarlo en un gran jarrón de cristal en tanto abría el sobre y leía el tarjetón:

> ¡Mil felicidades por tu hijo! Soy muy paciente y espero tener la oportunidad de que me permitas ayudarte para que Félix llegue a ser un hombre de bien.
>
> JEAN PICOT

31

La fuga de la Conciergerie

L a vida nunca fue fácil para Armand Levêque, pero una cosa era competir con el mundo exterior, donde el número de los pánfilos era más numeroso que las arenas del desierto, y otra muy diferente era hacerlo dentro de la Conciergerie, donde el más tonto hacía relojes y donde se tenía que ser muy consciente del lugar que se ocupaba en el escalafón de los internos. Allí las jerarquías estaban muy definidas. Los capos eran los capos; por debajo de éstos estaban los lugartenientes, que acostumbraban a ser bujarrones que debían su rango a los favores sexuales que prestaban, y finalmente estaba la tropa, los de a pie, que eran mayoría y cuyo mayor logro era pasar desapercibidos.

Tras seis meses de encierro, había crecido en su interior, como un chopo a la vera de un río, el odio hacia aquel pintor que, tras quitarle a una de sus mujeres, había sido el causante de su internamiento. Armand Levêque vivía para una sola cosa: salir de aquel encierro y cobrarse la deuda. El precio que pagara por ello le era indiferente.

La idea fue fraguando en su mente poco a poco, y le vino dada cuando supo, a través de un interno al que llamaban el Comadreja por su semejanza con ese animalito, que el preso que paseaba solo sin hablar con nadie los pocos días que salía al patio era un químico acusado de haber envenenado a su mujer y al que un picapleitos de los considerados punteros le había salvado el pellejo por el módico precio de veinte años, que esperaba reducir trabajando en el laboratorio de la cárcel, los ratos que no tuviera quehaceres comunes, como cualquier preso, y acogiéndose a los sucesivos indultos por nombramientos de presidentes y muertes de papas. El tipo se llamaba René Pascal, y era un consumidor compulsivo de rapé. Al ser el Comadreja el proveedor oficial de tabaco del segundo patio, había conseguido trabar con el Químico cierta intimidad.

La Conciergerie, desde donde salió María Antonieta hacia la

guillotina, situada en el muelle del Reloj en la isla de la Cité, era considerada un penal seguro; pretender escapar de allí era tarea imposible. Sin embargo, Armand Levêque pensó que, si conseguía ir a algún lado en el carro de los guardias, durante el trayecto podría lograrlo, si contaba con ayuda en el exterior.

La idea le vino a la cabeza una mañana que vio que bajaban de la enfermería a un tipo moribundo, lo metían en el carro y lo sacaban de allí por la rue de París, no sabía si para llevarlo al hospital o al cementerio.

Levêque puso en marcha todas sus capacidades. En primer lugar, tendría que ingeniárselas para enviar un recado al exterior a fin de que dos de sus compinches más capacitados estuvieran en el lugar exacto a la hora del día que él les indicara. Eso podría conseguirlo a través del Comadreja, quien mantenía buenos contactos fuera de la Conciergerie. Para la segunda parte de su plan necesitaba trabar conocimiento con el Químico.

—¿Puedo contar contigo, Comadreja?

—Según lo que puedas pagar y para qué.

—Lo primero: he de conocer al Químico, y tú tratas con él; lo segundo: ayúdame a escribir una nota y sacarla de aquí.

—¿Y yo qué gano? Porque eso tiene riesgo.

—Los hombres a los que tu correo entregue la nota pagarán cien francos. Lo que tú recibas de esa cantidad no es asunto mío.

El Comadreja lo pensó unos instantes.

—Está bien… Eso es por escribir una nota y hacer que alguien del exterior la reciba. Lo de presentarte al Químico no te lo voy a cobrar. Pero no depende de mí, ya que el tipo es muy raro y muy desconfiado, ya ves que siempre anda solo. Tal vez si le regalara una dosis de ese tabaco que se mete por la nariz…

—Cuenta con ello.

Respecto del asunto del Químico, la gestión del Comadreja fue brillante. Tras proveer al hombre de cincuenta gramos de rapé, éste aceptó conocer a Armand Levêque, si bien no se comprometió a llegar a un acuerdo con él. El lugar de encuentro fue los lavaderos, donde los presos designados a aquella tarea se repartían el trabajo, unos lavando las deterioradas ropas que allí llegaban y los otros recogiendo y transportando en carretillas las prendas ya desinfectadas. El Comadreja maniobró hábilmente y consiguió que el vigilante de turno, al que había sobornado en otras ocasiones, asignara al Químico y a Armand Levêque dos mesas contiguas.

—Algo tengo que decirte antes de que lo conozcas.

—¿Qué es?

—Si quieres caerle bien, trátalo con respeto y, desde luego, de «usted». Ya te dije que es un tipo muy raro.

—No te preocupes, cada cual tiene sus manías. El tipo ese está encerrado aquí como todos los demás y, sin embargo, aún está pendiente de esas menudencias.

—Qué quieres que te diga... Para esa gente las normas sociales son muy importantes.

El soborno del Comadreja funcionó a la perfección, y a los pocos minutos el Químico y Armand Levêque estaban ubicados uno junto al otro. El primero actuaba como si la cosa no fuera con él, al punto que el segundo pensó que tal vez se había equivocado y que el otro no sabía nada.

En tanto se agachaba para colocar una brazada de prendas en la carretilla, Levêque abrió el diálogo.

—Creo que usted y yo estamos aquí para algo, ¿o no?

—Eso me han dicho. Pero no soy yo el que lo necesita.

—Por ahí vamos mejor. —Y prosiguió—: Me hace falta algo y me han contado que usted puede conseguírmelo, ¿es así?

—Depende... Y en cualquier caso, todo tiene un precio. Dígame de qué se trata y yo le diré cuánto vale y si me interesa.

—Verá usted, el clima de este sitio me agobia y echo de menos el aire puro de París, para lo cual preciso salir de este infierno, y para ello necesito en primer lugar informarme y luego saber si puede proporcionarme los medios.

El Químico lo observó con una mirada indulgente cargada de ironía.

—Y a lo mejor por la noche quiere usted acudir a la ópera con el primer ministro de la República.

Armand no hizo caso del sarcasmo y prosiguió con lo suyo.

—Quiero saber cuál es la enfermedad que puedo simular para que me lleven al hospital.

—De aquí no se sale para ir al hospital. Como usted bien sabe, hay enfermería.

—Pues habré de tener algo tan contagioso que no haya aquí medios para curarlo.

—Pierde el tiempo. De aquí únicamente se sale para ir a la fosa común del cementerio, a no ser que...

—¿A no ser que qué?

—Que tuviera una enfermedad infecciosa tan temida como desconocida para que lo sacaran de aquí a rastras y con pinzas para no tocarle.

—¿Y se le ocurre cuál puede ser esa enfermedad?

El Químico meditó unos instantes. Luego, con los ojos entornados, respondió:

—La gente siempre ha tenido un temor reverencial a la fiebre amarilla, cuyo síntoma es el vómito negro. Si alguien de aquí dentro mostrara tal síntoma, estoy seguro de que ni siquiera llegaría a la enfermería. En cuanto el capitán de la guardia tuviera noticia de ello lo sacaría de aquí para que no contagiara a toda la población penal.

—¿Y eso cómo puede conseguirse?

El Químico lo miró con desconfianza.

—La fabricación del producto vale trescientos francos, y le hago buen precio. En cuanto a los componentes, algunos están en el laboratorio y yo podría obtenerlos, pero otros tienen que proporcionármelos el día que yo diga y, desde luego, pagando por adelantado.

—Como bien sabe, sin su colaboración nada de ese invento será posible. Pero dado que seré yo el que se juegue el pellejo, me gustaría que me dijera cuál es su hallazgo y si es seguro el resultado.

—Mi producto no falla. El éxito dependerá de cómo lo emplee usted. Lo he utilizado dos veces y en ambas ocasiones el éxito fue fulminante.

—Explíquese, por favor.

—Se trata de mezclar en las debidas proporciones levadura de cerveza, agua oxigenada al treinta por ciento, una pizca de jabón de sosa y tinta de calamar, todo ello colocado dentro de una bolita hecha con tripa limpia de cerdo sellada por los extremos. Usted deberá metérsela en la boca y, en el momento oportuno, reventarla con los dientes. Los tres primeros ingredientes harán la espuma y la tinta de calamar la teñirá de negro. Le aseguro que el efecto es impactante. Pero, como usted comprenderá, la tripa de cerdo y el calamar no se encuentran en el laboratorio.

A los cinco días y por los conductos habituales que entraban y salían de la prisión todos los días, Armand Levêque había podido pagar tanto al Químico como la nota informativa que el Comadreja había escrito y hecho llegar al destinatario oportuno.

Al sábado siguiente, justamente antes de la hora del rancho, un interno cayó en el patio preso de temblores y sacando una espuma negra por la boca que hizo que todo el mundo a su alrededor se apartara. Alguien gritó: «¡Vómito negro, vómito negro!», y rápidamente tres de los guardias, con pañuelos tapándoles la boca, recogieron a Armand Levêque en unas parihuelas y, obedeciendo la orden del capitán, lo metieron en el carro y salió éste conducido por un cochero y custodiado por un único guardia aterrorizado. El carro enfiló la rue de París, y justo al doblar la esquina tres hombres ocuparon la calzada. El primero sujetó el tiro de caballos deteniendo el carro; el segundo amenazó con una pistola al cochero y al guardia, quienes alzaron los brazos al instante, y el tercero abrió con una palanqueta la portezuela posterior, por la que descendió al instante Armand Levêque. Entonces, ante el asombro de los pocos transeúntes que a aquella hora estaban en la calle, el cuarteto se dirigió hacia la tapa de hierro de la primera cloaca. El de la palanca la abrió sin problemas y, en menos que canta un gallo, los cuatro desaparecieron por el agujero que conducía al París de las ratas y de las aguas corrompidas, cuyas galerías iban a parar a los muelles del Sena.

32

Correspondencia

Queridísima Nachita:

Lo primero que hago tras mi llegada a Londres, instalarme y tomar el pulso a mi situación es escribirte. Llegué el martes en el vapor de la Compañía Trasatlántica Española. Habíamos partido de Bilbao con buena mar y ventolina, pero al atravesar el canal de la Mancha la cosa se puso seria, a tal punto que a la hora de la cena en el comedor principal únicamente estaban ocupadas cinco de las veinte mesas y a los postres tan sólo quedaban dos. Atracamos en el Támesis, en la dársena del Príncipe Alberto, y lo primero que hice, además de pensar en lo hermoso que sería que estuvieras conmigo, fue dirigirme al hotel Victoria para pasar la noche, pues todavía no tenía alojamiento definitivo. Ahora ya lo tengo, por lo que ya dispones de una dirección a la que dirigir tu correspondencia: 21 Grosvenor Square, Mayfair, London. Es la casa de una dama encantadora que había ido al colegio con la madre de mi amigo Perico Torrente, viuda de un coronel que estuvo destinado en la India y de donde se trajo a su asistente indio y lo convirtió en criado, cochero y cocinero, todo en una pieza.

A los dos días de mi llegada me dirigí a la Real Escuela de Minas, institución muy prestigiosa en la que, de no ser por la recomendación de tu padre, cuya influencia intuyo que llega a todos lados, jamás me habrían admitido estando el curso ya empezado. Las clases son por la mañana, así que por las tardes tengo tiempo para estudiar y hacer las gestiones por la ciudad que tenga a bien realizar.

Yo no conocía Londres, aunque sé que tú sí. Tengo que decirte que la ciudad me ha impactado. En Madrid nos creemos el centro del mundo, pero hay muchos lugares y cosas que ver y te das cuenta enseguida de que la cultura y el conocimiento vienen viajando.

Por recomendación e interés de mi padre y a través de su banco de Madrid, he contactado con un personaje sumamente interesante. Es escocés y su nombre es Stuart McClellan. Está muy implicado en el tema que te detallo a continuación, y me ha ofrecido avalarme para entrar como socio en su club, que es muy exclusivo y donde, por cierto, no admiten mujeres. Ya sabrás por tu padre que el mundo de los coches de caballos está a punto de periclitar; vienen otros tiempos y otros modos de transporte, y las energías que arrastrarán todos ellos, las que ya existen y las por perfeccionar, serán la electricidad, el gas o... qué sé yo, pero lo que sí sé seguro es que la tracción animal llega a su fin.

Recuerdo, bien mío, que tu padre dijo una frase que me llegó al alma. Cito textualmente: «El amor es como una llama a la que el viento de la distancia hace crecer si es firme o apaga si desfallece». Mi amor por ti es tan grande que ya es una hoguera y me consumiré en ella si tardo en volver a verte. La primera noche no pude dormir. Mistress Hardy me señaló que, siendo colchón nuevo, debía acostumbrarme, pero sé que el motivo no era ése. La realidad era que mi corazón estaba en Maracaibo, y sin corazón se descansa muy mal. Te recordé al despertarme a la una, a las dos, a las tres y a las siempre. Estos seis meses se me harán una eternidad. Te quiero, vida mía, y mi máxima aspiración es cuidarte el resto de nuestros días. Pretendo estar a la altura de tu padre, aunque sé que eso es muy difícil.

Tengo que irme ya a clase. Esperaré tu respuesta con ansia. Piensa que sin noticias tuyas esto es un sinvivir. Con tu nombre en mi pensamiento, en mi corazón y en mis labios cierro devotamente esta carta.

Te ama,

JOSÉ

Maracaibo, 15 de febrero de 1896

Queridísimo José:

¡Por fin llegó su carta tan ansiada! (En Madrid nos tuteábamos, pero aquí, en Venezuela, y escribiendo, me sale el usted, ya me sabrá perdonar.) Desde mi llegada, la espera de sus noticias se ha convertido en el eje de mi vida. Tras tanto tiempo ausente, el mundo de mi niñez me resulta extraño y nuevo. Mis viejas amigas, en cuanto supieron de mi llegada, fueron acudiendo en tropel a platicar conmigo y a que les contase todas mis aventuras por Europa, y cuando les comuniqué que en la Madre España había encontrado al hombre de mi vida pusieron el grito en el cielo y me llamaron «afortunada» y de rebote se consideraron asimismo venturosas, pues su máxima

190

ilusión es viajar a Europa y la ocasión de nuestra boda se lo permitirá. He estado muchos meses fuera de casa y es mucho lo que hay que explicar.

¡Me hago cruces de lo cambiante que es la vida! Nada fundamental ocurre en años y súbitamente un acontecimiento liviano como es el acudir a una corrida de toros cambia tu existencia. Conocí en Madrid a un gentil muchacho cuando ya estaba a punto de regresar a mi casa ¡y ahora él va a ser el padre de mis hijos! Lo que anteriormente encontraba chévere ahora lo encuentro latoso y desangelado, y lo que antes me divertía, que era acompañar a mi padre en sus múltiples visitas, ahora lo hago por obligación. Y el culpable de estos cambios se llama José Cervera, y es su recuerdo lo que ocupa mi pensamiento día y noche y lo único que me hace vibrar es la espera de sus noticias.

¡Voy a ser su mujer! Quiero levantarme a su lado todos los días y quiero recorrer el mundo de su mano. ¡Qué hermosura! ¿No le parece?

Bueno, voy a dejar de darle jabón, pues al final usted se lo creerá. Por tanto, paso a explicarle a grandes rasgos en qué consiste mi vida por estos pagos. Me levanto prontito, a eso de las nueve, y Alejandra, mi ama, me trae el desayuno a la cama. Después doy una mirada a lo que me interesa de la prensa: las noticias de Europa, las notas de sociedad de Maracaibo y de Caracas, y los acontecimientos del mes. Por cierto, la semana que viene torea aquí Rafael Guerra «Guerrita», y mi padre ya tiene los boletos al lado del palco de la presidencia, así que lo veré torear otra vez. Ya le contaré.

Para que vea que soy una niña buena, he ido a la iglesia a dar las gracias a mi patrona, Nuestra Señora de Chiquinquirá, por el hecho de haber guiado mis pasos por tan extraños senderos como que fue que usted prestara oído a mi nombre en la clínica del doctor Lasaleta. Ah, sepa que Pizca, la perrita que usted me regaló, está preciosa y, quizá por su raza, se pasa el día en las cuadras y se ha hecho muy amiga de mi yegua; las dos saben que me pertenecen y eso las une.

Su amigo Stuart McClellan me cae muy bien. ¡Eso de que le haga a usted socio de un club al que sólo pueden pertenecer hombres me parece muy oportuno! Cuando sea su esposa y vayamos a Londres, ya le daré de baja.

Mi padre le envía sus recuerdos y dice que está encima del tema de nuestra boda en el Vaticano. ¿Sabe que ya está preparando la lista de invitados? Y dado que conoce a mucha gente y le deben favores muchas personas, va a ser muy extensa. Únicamente le diré que piensa fletar un barco para que se desplacen a Europa todos ellos.

Bueno, mi niño, escríbame pronto, que el correo tarda mucho y sus cartas son el alimento de mi alma. Mi corazón se abrasa de envidia por el sobre que voy a escribir, pues querría cobijarme dentro de él e ir a su encuentro.

Lo adora,

NACHITA

Londres, 21 de marzo de 1896

Queridísima Nachita:

Tu carta me llenó de alegría. En cuando abrí el sobre, tu perfume tan recordado asaltó mi olfato, y mi mente se puso a elucubrar de inmediato e hizo que por unos instantes creyera que estaba a tu lado. Pero enseguida me tocó conformarme.

Me emociona todo lo que me dices al respecto de mi persona, aunque no lo merezco. Soy el hombre más afortunado del mundo, y me consta que, aunque me esfuerce en todo aquello que me indicó tu padre, jamás conseguiré estar a tu nivel. Eres mi princesa, y espero poder demostrártelo toda la vida.

Los días pasan deprisa porque están llenos de multitud de circunstancias que hacen que durante la jornada no pueda pensar, y eso es lo mejor para mí. Para que veas cuán ocupado estoy y me entiendas, trataré de explicarte una serie de cosas que jalonan mis horas. Stuart me llevó a su club, que está situado junto a la entrada principal de Regent's Park. Su nombre traducido al castellano es el de Club de los Coraceros. Reina en él un silencio opresivo, y los socios se dedican a leer la prensa, beber pintas de cerveza y hablar de las carreras de caballos, principalmente las de Ascot, eso sí, en el salón donde está permitido hablar. Stuart McClellan es encantador; sólo tiene un defecto: como buen escocés, es reacio a sacar la cartera. Y lo digo porque ya es la segunda vez que me toca pagar a mí. Aunque no me importa, pues, en el intercambio entre sus consejos y el precio de la comida, salgo claramente ganador.

Cuando vuelva a Madrid me desplazaré a Barcelona. Fíjate que Stuart estaba más sobre el asunto estando en Londres que yo estando en Madrid. En la Ciudad Condal el tema de la automoción está mucho más desarrollado y ya hay quien intenta hacer motores con pilas eléctricas para hacer funcionar un tipo de carricoches, desde luego muy ligeros, que no necesiten caballos. El problema es, al parecer, el peso de las pilas y lo breve de su duración. Pero ¡qué imbécil soy! Imagino que esas cosas a una mujer poco deben de importarle.

Cuando recibas esta carta ya habrás ido a los toros. Supongo que la corrida te habrá traído hermosos recuerdos. Por mi parte, tengo aquel domingo clavado en la memoria con letras de fuego porque allí nació todo... ¡Y pensar que le puse pegas a Perico para ir! Menos mal que tengo un ángel de la guarda que debe de ser amigo de Nuestra Señora de Chiquinquirá. Seguro que ellos dos acordaron nuestro encuentro.

Me hablas en tu carta de tus amigas, pero nada me dices de tus amigos... ¡Algún moscón rondará tu patio! Es incomprensible que en una ciudad como ésa no haya una decena de hombres enamorados de ti. En tu próxima carta háblame de ello; tengo que saber a lo que me enfrento en la distancia.

Espero que lo que voy a contarte, que es mi día a día, te entretenga y te divierta. En mi última carta ya te hablé un poco de Mohinder, el criado para todo de mistress Hardy, y he de confesarte que es un tipo tan especial que hasta a mí me sorprende, empezando por las comidas, pues carga los alimentos de especias orientales al punto de que la primera vez creí que sacaría fuego por la boca. Para que me entiendas, te diré que se me saltaron las lágrimas. Pues bien, ¡mistress Hardy comió lo mismo que yo tal que si fuera un pastelito de nata! A partir de aquel día pregunto con qué está especiado lo que me pongo en la boca y, según qué sea, me hago hacer una tortilla. No quiero llegar a nuestra boda con el estómago hecho cisco. De Mohinder también me sorprenden las cosas que me cuenta. Un día me habló de un tipo de lucha bengalí propia de aquellas tierras suyas que exige una habilidad especial para el manejo de un bastón; lo inventó en el siglo pasado un pastor a quien con frecuencia atacaban malhechores para robarle alguna oveja y tan sólo contaba con su cayado para defenderse. El bastón sirve tanto para inmovilizar al atacante como para dejarlo sin conocimiento golpeándolo con la curva. Por lo visto, en aquellas tierras desde la llegada de los ingleses se popularizó el uso del bastón y se utiliza tanto de apoyo como de defensa. Y no te puedes imaginar la sorpresa que me llevé el primer día que puesto frente a Mohinder en el jardín me ordenó que lo atacara, cosa que hice de inmediato. Posiblemente le llevo treinta kilos de ventaja; pues bien, en menos de quince segundos me vi en el suelo con él a horcajadas sobre mi espalda, mis brazos forzados hacia atrás y el bastón sujetándome por el interior de los codos. El tema me interesó. En España se usa mucho el bastón y los asaltos menudean, sobre todo de noche. Pienso que si sé defenderme, tanto mejor. El saber no ocupa lugar, y a menudo no tienes otra arma que el bastón. Además, a partir de nuestra boda voy a llevar un pañuelo tuyo anudado en mi brazo como hacían los antiguos caballeros con sus damas, y todo lo que sea aprender para defenderte me parece poco... aunque sea a cuenta de las costaladas que me propina Mohinder.

Voy a despedirme, amor mío, con un soneto de Lope de Vega que expresa mejor que nadie lo que es el amor. Imagina que te lo digo al oído.

> *Desmayarse, atreverse, estar furioso,*
> *áspero, tierno, liberal, esquivo,*
> *alentado, mortal, difunto, vivo,*
> *leal, traidor, cobarde y animoso;*
> *no hallar fuera del bien centro y reposo,*
> *mostrarse alegre, triste, humilde, altivo,*
> *enojado, valiente, fugitivo,*
> *satisfecho, ofendido, receloso;*
> *huir el rostro al claro desengaño,*
> *beber veneno por licor suave,*
> *olvidar el provecho, amar el daño;*
> *creer que un cielo en un infierno cabe,*
> *dar la vida y el alma a un desengaño;*
> *esto es amor, quien lo probó lo sabe.*

Adiós, mi amor. Te quiero hasta dolerme el alma,

JOSÉ

Maracaibo, 29 de mayo de 1896

Querido José:

Le escribo algo preocupada, pues estoy sin noticias suyas desde hace más de un mes y, aunque en otras ocasiones ha habido retrasos, imagino que por el mar o por otras circunstancias, el caso es que me falta el alimento espiritual de cada mes que son sus noticias. El único motivo que me reconforta es que las cartas que mi padre acostumbra a recibir desde Londres tampoco han llegado. Por lo tanto, no me queda más que tener paciencia y esperar.

Ahora voy a comunicarle la gran noticia: ¡mi padre ha recibido carta del secretario del Santo Padre, monseñor Rampolla del Tindaro! ¡El 10 de octubre de este año voy a ser su mujer, José! Nos casaremos en la cripta que hay bajo el altar mayor de la basílica de San Pedro, en Roma. ¿Qué le parece? Los acontecimientos se han precipitado. Ahora hemos de confirmar la fecha a todos nuestros invitados y usted deberá hacer lo mismo con los suyos.

Estos meses los pasaré en Caracas, donde me harán dos maniquíes, uno irá para Madrid y otro para Nueva York, pues además del

194

traje de novia he de renovar mi vestuario. Las revistas que ponen al día a las mujeres al respecto de la moda indican que ésta cambia tan frecuentemente que, si no te das cuenta, encargas algo y al día siguiente ya está antiguo. A mi llegada a Madrid visitaré a las modistas que me hacen la ropa y emplearé el tiempo en los últimos retoques, teniendo en cuenta que las novias acostumbran a adelgazar la semana antes de la boda, y yo quiero estar guapísima para usted.

Todo esto trastoca los planes que había trazado mi padre para su visita a Venezuela, ya que el tiempo es muy justo. Yo se lo adelanto, pero él le escribirá explicándoselo. Mi padre piensa que es mejor que yo regrese a Madrid para acabar mi vestuario y preparar todo lo necesario al respecto de sus invitados y del traslado de los mismos a Roma; luego, según él, cuando ya seamos marido y mujer y regresemos de viaje de novios (que también ha preparado mi padre y que va a entusiasmarle), usted y yo vendremos a Venezuela y permaneceremos aquí el tiempo necesario para que usted se haga cargo de todo aquello que mi padre quiere que entienda. En mi próxima carta acabaré de contarle todas las variantes al respecto de lo que habíamos planificado en un principio. Ahora paso a otra cosa.

La corrida de toros de Guerrita fue un éxito. Al finalizar, el maestro subió a nuestro palco, mi padre le regaló una pitillera de plata y él estuvo muy amable conmigo, aunque debo decir que para mí fue mucho menos emocionante su faena que la que vi con usted en Madrid. Además, al salir no hubo chocolate.

Mi padre está entusiasmado con el maravilloso regalo que los padres de usted me hicieron. En cada ocasión que recibe invitados en nuestra casa les muestra la preciosa diadema. Lo que más lo priva es la antigüedad de la joya. Debo decirle que alguna mañana, luego de vestirme y de que mi ama me arregle el pelo de manera apropiada, me la coloco y me miro en el espejo. ¡Ni me atrevo a imaginar el impacto que causará entre mis conocidos y amigos el día que la luzca en alguna gala en Caracas! Así ha sido cuando la he mostrado a los parientes que tengo aquí por parte de madre.

Por cierto, a Madrid acudiremos acompañados de mi tía Noelia (la hermana de mi difunta madre) y su familia: su marido, tío Roque, y sus hijos, mis primos Micaela, Raúl y Leonel, que más que primos han sido para mí hermanos. Por parte de mi padre, como bien sabe, no tengo familia, pues su hermano mayor y su mujer, que quedaron en España, ya murieron. Ya ve que, si no llego a encontrarlo a usted, la estirpe de los Antúnez y Valera se habría extinguido. Espero que me ayude a proseguirla... (Qué atrevidas somos las caraqueñas, ¿no le parece?)

Hoy salgo a caballo con mi padre y vamos a visitar un poblado minero. En tanto él se sienta en el barracón principal con el administrador yo me ocupo de las mujeres y los niños y los atiendo en todo cuanto está en mi mano. He conseguido que mi padre contrate a un maestro. Todo esto por aquí está muy atrasado, y esa gente no saldrá de su mísero estado si no es a través de la enseñanza, aunque únicamente aprendan las cuatro reglas y a escribir.

En sus cartas no me habla nunca de las mujeres de Londres, e imagino que alguna habrá conocido... aunque no en el club de Stuart McClellan.

Me reclaman abajo, en las cuadras, así que tengo que dejarlo. A mi regreso le escribiré largo y tendido. Lo quiere con toda el alma,

Su NACHITA

Valga esta posdata: En esta ocasión, mi carta va a salir tal como la tenía escrita, pues la suya ha llegado, según la fecha, con mucho retraso.

Londres, 14 de junio de 1896

Queridísima Nachita:

Maldigo el tiempo que me ha privado de tus noticias casi un mes. Menos mal que las últimas son esplendorosas. Me cuesta mucho asimilar tanta maravillosa novedad y solamente pensar que podré besarte y tenerte entre mis brazos de nuevo me nubla la vista. Voy a poner orden en todas aquellas cosas que he de cerrar en Londres para poder partir con el trabajo hecho y con la ilusión de cumplir las expectativas que tu padre tiene puestas en mí. Ya estoy redactando la lista de mis parientes e invitados y, siguiendo el consejo de mi madre, he pensado, si a ti te parece bien, limitar el número de las personas que acudan a Roma, pues de querer hacerlo bien tendría que invitar a un número demasiado considerable. Como comprenderás, al ser mi familia muy conocida en Madrid y teniendo amigos en todos los estamentos, desde el gobierno y la banca hasta la nobleza, y siendo yo hijo único, muchos son los compromisos a los que debo atender y de seguro iba a quedar mal con alguien, por lo que el consejo de mi madre me ha parecido acertadísimo. Al regresar de Roma y antes de salir para nuestro viaje de novios, organizaremos una fiesta de gran nivel a la que podremos invitar a todos nuestros compromisos con la doble excusa de nuestro enlace y de presentar a tu familia y tus amigos a los nuestros. Mis padres quieren tirar la casa por la ventana para corresponder así de alguna manera al despliegue de afecto que tu padre ha mostrado, y todo lo que no gastemos en viajes y hoteles en Roma lo destinaremos al boato y el esplendor de nuestra fiesta.

Y hablando de fiestas, me dices en tu carta que no te cuento nada de mujeres. ¡Pues ahí va! A través de mi amigo Steve McClellan, fui invitado a la Fiesta de las Debutantes de Primavera, que se llevó a cabo en el edificio de la Bolsa de Londres. Acudió el príncipe de Gales, Alberto Eduardo, acompañado de la actriz de teatro Lillie Langtry, una de las muchas amantes que Su Alteza mantiene; al parecer, se rumorea que la princesa Alejandra se excusó diciendo que estaba indispuesta. El caso es que Steve me presentó a una muchacha encantadora llamada Alice Vanderbilt, hija del embajador estadounidense, que vestía sus galas de mujer por primera vez en aquella ocasión, y he de confesarte que el José Cervera de otras épocas habría bailado toda la noche con ella, pero ahora mi pensamiento está en Maracaibo y soy un pésimo acompañante para cualquier dama, así que no lo hice. ¡Me temo que he dejado por los suelos la famosa hidalguía de los caballeros españoles!

Al día siguiente, mistress Hardy me hizo explicarle la fiesta punto por punto y por lo visto conocía a muchísimas de las personas que habían acudido. Le pregunté que cómo era posible y me respondió que cuando su marido era ayudante del virrey de la India muchas personas emparentadas con los asistentes a esa fiesta a la que fui con Stuart habían acudido a las que daba el virrey.

Mañana empezaré a ocuparme del billete de mi retorno a Madrid. Tu próxima carta envíamela allí porque en tres o cuatro semanas, que es lo que tarda el correo, ya me habré marchado de aquí, eso seguro. Explícame con detalle cuándo y cómo iréis a Madrid, cuánta gente te acompañará y cuánta, más o menos, acudirá a Roma directamente. Creo que por parte de mi familia seremos menos, ya que, según me cuentas, los compromisos de tu padre en Venezuela son infinitos.

Bueno, amor mío, confío en darte personalmente en Madrid dentro de un mes el millón de besos que te envío en esta carta.

Tu rendido enamorado que te ama y espera en un sinvivir el momento de abrazarte,

Tu José

P. D. Transmite a tu padre todo mi afecto, y dile que creo que he cumplido puntual y brillantemente todas sus indicaciones.

33

El mal consejo

Félix había cumplido cuatro meses. Lucie lo observaba detenidamente buscando, sin querer, los rasgos de Gerhard. El niño era precioso, pero sus facciones, según decía su madre, guardaban un parecido extraordinario con las de su abuelo paterno. Lucie, sentada en el balancín de la tribuna de su pequeño apartamento sito en el número 12 de la rue Nicolet, repasaba las circunstancias que la habían conducido hasta aquel momento; el nacimiento de Félix, los consejos de unos y otros y, por qué no decirlo, el despecho que sintió al ver con cuánta rapidez Gerhard la había sustituido en su corazón la inclinaron a hacer lo que pensó que era lo mejor para el niño, si bien tal vez se precipitó y cometió la mayor equivocación de su vida.

Lucie se autoexcusaba y buscaba en su memoria las circunstancias y las frases que la habían empujado a cometer aquel desatino. Sin embargo, y queriendo ser justa, procuraba ajustar los tiempos al momento correspondiente. Cuando sus ojos fueron testigos de la evidente verdad que representaba el vientre de la modelo, se le velaron de lágrimas y el corazón se le llenó de amargura, pero se negó a considerar que gran parte de la culpa de aquel hecho recaía sobre ella misma. Cuando fue a ver a Gerhard para decirle que si aún la amaba ella estaba dispuesta, que llevaba en sus entrañas un hijo suyo y que su única pretensión era ser la mujer de un pintor, era ya demasiado tarde, pues su corazón no atendió a razones cuando creyó que otra mujer estaba embarazada de la misma simiente que ella llevaba en su seno. Entonces se disparó su orgullo y, sin darse cuenta, quiso demostrarse que, aun en su circunstancia, era capaz de encontrar a un hombre tan rápidamente como Gerhard había encontrado una sustituta, y eso a pesar de sus proclamas de amor eterno y sin considerar el que ella le había demostrado cuidándolo sin descanso ni pausa durante su pulmonía y regalándole el más precioso don que podía entregar una muchacha, su virginidad.

Durante los desesperanzados meses de su embarazo, debía reconocer que Jean Picot supo acompañar sus horas con su carácter abierto, sus bromas y su inagotable optimismo, haciéndola sonreír. Así que cuando una tarde de domingo, tan gris y desangelada como su espíritu, por cierto, Jean le propuso matrimonio y le aseguró que sería un buen padre para su futuro hijo, Lucie comenzó a considerar tal posibilidad. Luego los consejos, aunque fundamentados en motivos diferentes, de la hermana Rosignol y de su amiga Suzette Blanchard también influyeron sobremanera en ella, sobre todo teniendo en cuenta que en aquellos momentos se sentía amargada, sola y desvalida y que su capacidad de discernimiento estaba en cuarto menguante. Recordaba como si hubiera sido el día antes la visita que realizó al hospital Lariboisière para ver a la hermana Rosignol; la monja la trató con el mismo afecto de siempre, entendió su circunstancia y su consejo fue claro: «Si ese muchacho es una buena persona y puede proporcionarte una vida decente, en estos momentos lo que menos importa son tus sentimientos, como comprenderás. Debes pensar en tu pequeño, y si él le da sus apellidos y el niño deja de ser hijo de madre soltera, habrá valido la pena tu sacrificio». El consejo de Suzette, aunque con el mismo fin, caminaba por otros derroteros: «Chica, qué quieres que te diga... Un clavo saca otro clavo, ¿no? Yo quiero a Pierre, pero no estoy enamorada de él. Lo estuve al principio, pero ese estado gaseoso de estupidez dura de seis a ocho meses, luego quedan los buenos ratos en un buen catre, e intuyo, porque yo eso sé verlo desde lejos, que Jean Picot debe de tener la cama alegre y un despertar juguetón, así que puede resultarte un buen compañero en los fríos inviernos de París. Lucie, te hace reír, es ave nocturna, no es un muermo como Edgard Martin, el otro estudiante que se aloja en vuestra casa... No sé si me entiendes. Siempre te he dicho que la vida pasa muy deprisa y, por lo menos en lo que a mí respecta, pienso que antes de llegar a ser una viejecita con moño es fundamental gozar de la juventud. Y a todo esto añade que el hecho de que el niño tenga padre es importante».

Y el colofón lo puso su madre: «Su familia tiene posibles, Lucie. Ya sabes que transigí en su caso con algún pecadillo de juventud que a otro no le habría permitido. Y, sobre todo, no tiene pretensiones. Su familia es de provincias y tú eres parisina, en eso llevas ventaja.

Además, durante tu embarazo te ha hecho compañía, y sabe tu historia y sus consecuencias. Y, lo que es más importante, asume todo el lote. Yo en tu condición aceptaría. Ten en cuenta que si se te acerca otro y tienes que contarle tu pasado lo más probable es que te diga "¡Hasta mañana, bonita!", pues a ningún hombre le gusta cargar con el hijo de otro».

Esos argumentos, que partían de puntos tan distantes pero en lo principal venían a coincidir, inclinaron el ánimo de Lucie, y cuando Félix cumplió dos meses la muchacha, en la capilla del hospital Lariboisière, dio el «sí quiero» a Jean Picot.

Un hecho estuvo a punto de torcer el destino. Dos días antes de la boda y teniendo al día siguiente que ir a recibir a la estación a su futura suegra y a una de sus cuñadas, que llegaban en el tren que venía de Reims, Jean le sugirió:

—Mejor será que hoy no le hables a mi madre de Félix.

Lucie se incorporó en el asiento del coche.

—Pero ¿es que no le has explicado mi situación?

Jean Picot se excusó.

—Como no he tenido ocasión de ir a casa y esas cosas por carta se ven de un modo distinto...

—¿Estás diciéndome que tu madre nada sabe de la existencia de mi hijo?

—Pensé que sería mejor explicárselo personalmente.

—Pues ya lo estás haciendo. O no hay boda.

Picot meditó unos instantes.

—De acuerdo, pero como oficialmente tu hijo llevará mis apellidos, vamos a decirle que es mío.

El coche había llegado a la estación y ya no había tiempo para maniobrar, por lo que Lucie aceptó el trato.

A la madre de Jean, que a lo largo de su vida había visto y padecido muchas situaciones, aquélla no le pareció extraña; más bien, presumió de haberla intuido.

—Tanta afición a París y tanta renuncia a volver a casa y tanto saxofón... ¡Ya se me daba a mí que había gato encerrado!

La excusa que adujo madame Picot para justificar la ausencia de su marido y el resto de sus hijos fue que siendo el tiempo de la vendimia era imposible prescindir de brazos, por lo que ella y su hija Antoinette venían en representación de los demás. Tampoco se sorprendió ante la noticia de que tenía un nuevo nieto, que venía a ser el decimocuarto tras los que ya le habían dado sus otros dos hijos y sus tres hijas, y no era el primero que había llegado antes de tiempo, por cierto. Madame Picot lo encontró robusto y bien criado, y halló que guardaba un parecido increíble con un hermano de su madre ya fallecido y del que, por lo visto, había un daguerrotipo colgado en una de las paredes del comedor de la casona familiar.

Después de la ceremonia se fueron todos a comer al bufet de La Grande Cascade del Bois de Boulogne, junto al hipódromo. El número de comensales sentados a la mesa fue muy reducido: los novios; las respectivas madres; Antoinette, la hermana de Jean; Suzette Blanchard y Pierre; Edgard Martin, el otro estudiante de la residencia; y la hermana Rosignol.

Al finalizar, madame Picot entregó un abultado sobre a su hijo.

—Toma —le dijo—. Para el viaje de novios. Y conste que te lo doy del dinerito que tenía ahorrado. Desde que desaprovechaste los estudios en el conservatorio, tu padre no quiere saber nada.

Jean lo introdujo rápidamente en el bolsillo interior de su chaqueta.

—Gracias, madre, pero por el momento no iremos de viaje. —Y se justificó—: No podemos dejar solo a Félix. Lucie está criándolo.

Luego del postre y de brindar con champán, Jean Picot habló al oído a su madre:

—Diga a mi padre y al resto de mis hermanos que siento que no hayan venido.

—¿Sabes lo que ha comentado tu padre al respecto de tu boda?

—¿Qué es lo que ha dicho?

—Que se niega a tener un hijo músico de cabaret, que fuiste tú el que te apartaste del mundo de la vid, que está seguro de que ésta es otra de tus maniobras y que él no participa en bufonadas. Es por ello que te pido que no me decepciones.

El carácter colérico y violento de Jean Picot surgió de repente.

—¿Pues sabe lo que le digo yo? ¡Que me niego a ser un fracasado como él, toda la vida a la sombra de su hermano y sin ser capaz de hacer nada por sí mismo! ¡Prefiero ser cabeza de ratón que cola de león!

La madre justificó a su esposo:

—Ya sabes cómo es. Yo me rendí con él hace mucho tiempo. De no ser así, ya me habría muerto. Por otra parte, no lo critiques, hijo, porque sois iguales. Apenas se os contradice, estalláis.

Evidentemente ese diálogo no lo oyó ninguno de los presentes. Al día siguiente madame Picot y Antoinette partían muy temprano para Reims, y Jean se ofreció para acompañarlas a la estación.

—No, hijo, que mañana te levantarás tarde.

Antoinette, haciendo un aparte, le comentó:

—Vas a tener una noche agitada, Jean. No creo yo que mañana a las ocho estés tú en muy buenas condiciones.

Todos se retiraron. Por el momento, Jean Picot y Lucie vivirían en la casa de madame Lacroze, quien, en la antesala de la habitación grande, que era la que iba a ocupar la pareja, había preparado una cena íntima para dos con todo lujo de detalles, incluyendo dos pequeños candelabros con sendas velas que proporcionaban un romántico ambiente. Entonces Jean entró y vio el cuadro.

—¡Está agradable esto! Hoy no voy a salir.

Lucie se había propuesto que aquello no fuera un fracaso, por lo que estaba dispuesta a poner de su parte todo lo necesario. Sin embargo, por recomendación de madame Corday, no debía hacer uso matrimonial, pues aún tenía pequeñas pérdidas.

—Jean —le dijo—, deberás tener paciencia. Estoy criando a Félix y aún sangro un poco.

El carácter de él surgió de repente.

—¡Mucho cuidado con ese cabrón de Gerhard no tuviste! Conque a mí no me vengas con excusas. Eres mi mujer y tengo mis derechos. Hemos de consumar el matrimonio. Y no te preocupes, que soy un experto. La mujer tiene muchos rincones para gozar.

34

El hijo de Clémentine

Pierre era muy consciente del deterioro de Gerhard. Había hablado de ello con Suzette en numerosas ocasiones y, pese a que ella le había prohibido explicarle nada al respecto, su sentido de lealtad hacia el amigo lo impelía a hacerlo, pues consideraba que todo hombre tiene derecho a conocer a su hijo. La verdad era que Gerhard no lo buscaba, pero Pierre, sabiendo de su condición y conociendo el estado en que se encontraba la mayoría de los días, visitaba el barrio a la hora que su amigo dejaba de pintar y bajaba a la calle a beber, entonces se hacía el encontradizo y, caso de comprobar que estaba con las luces de la conciencia encendidas y se hallaba solo, pegaba la hebra con él y lo acompañaba en su habitual trasiego por el turbio camino de la absenta hasta que se le nublaba la conciencia y en tal caso lo acompañaba a casa escuchando su monólogo de borracho y su llanto intermitente cuando la agarraba llorona; después le buscaba en el bolsillo de los pantalones la llave, lo arrastraba como podía escalera arriba hasta la buhardilla sujetándolo por la cintura y pasando el brazo de Gerhard por su hombro, y lo dejaba en su estudio a altas horas de la madrugada, y debía reconocer que Gerhard jamás evitó su compañía o le soltó una impertinencia.

En alguna ocasión pensó que esa actitud de Gerhard era una huida hacia delante, que habiendo sabido del embarazo de Lucie de alguna manera quería ignorarlo. Sin embargo, Suzette disipó aquella duda cuando le explicó que durante la gestación de su amiga, Gerhard intentó hablar con ella, y Lucie, para evitar que se enterara de lo que al poco tiempo sería evidente, le argumentó que si no la dejaba en paz podía perder su trabajo en el Lariboisière.

Aquella situación desazonaba a Pierre. Cada día que pasaba entendía menos a las mujeres. La finalidad de todas ellas, al fin y a la postre, era el matrimonio. Él mismo había dejado de acudir a recoger a Suzette a su casa para no enfrentarse a su madre, que un día sí y otro también le lanzaba indirectas muy directas al respecto de cuándo pensaba casarse con su hija. La cuestión económica y lo precario de su empleo le servían de excusa, pero la mujer no cejaba, al punto de sugerir que podían vivir por el momento allí con ella y que ella correría con los gastos del día a día. La única aliada de Pierre para evitar el cataclismo era la propia Suzette, quien, llevada por su carácter independiente y liberal, parecía no tener prisa para cambiar su estatus de soltera, del que, por otra parte, sabía gozar sin límite, por lo que, cada vez que la vieja Blanchard metía baza después de comer, Pierre no tenía necesidad de argumentar porque Suzette se ocupaba de hacerlo.

—Madre, es usted muy pesada. Déjeme gozar de la juventud. Me quedan muchos años para estar casada, y el tiempo de merecer es el noviazgo, que es cuando te miman y te cuidan. Usted misma me dijo que el cambio que dio mi padre cuando se casó fue total y que usted, de haberlo sabido, tal vez se lo habría pensado dos veces.

—Pero, hija, el matrimonio es el único camino para una mujer decente.

—Eso era antes. Hoy día todo ha cambiado, fíjese usted en la moda, sin ir más lejos. Antes andaba la mujer llena de refajos y perifollos; primero fue el miriñaque y luego el polisón, y ahora las faldas bajan rectas sin artificio alguno. La mujer actual quiere patinar e ir en bicicleta, madre. Pierda cuidado, que la primera en conocer la fecha de mi boda será usted.

Con este discurso la posición de Pierre estaba salvada en lo referido a su boda. Sin embargo, su conciencia no le dejaba vivir, y si le había costado Dios y ayuda no hablar a Gerhard del embarazo de Lucie, luego de asistir a la boda de ésta con Jean Picot le resultaba impensable no reunirse con su amigo y aliviar su pena contándole que lo suyo no tenía remedio, pues Lucie había levantado una barrera insalvable entre los dos.

Pierre tomó una decisión: iría a ver a Gerhard y le explicaría todo el asunto, esperando que su acción no llegara a oídos de Suzette. Cabía que Gerhard le echara en cara haber tardado tanto. De ser así, le pondría por excusa que no había tenido ocasión, pues las veces que había hecho acopio de valor para hablarle del tema, a pesar de que Suzette se lo había prohibido, el estado etílico de Gerhard se lo había impedido.

Aquel martes a las seis de la tarde y a pretexto de que tenía que ir al médico, abandonó la tienda de telas donde ejercía de dependiente y, con el permiso de monsieur Junot, se dirigió a la rue Lepic, donde Gerhard tenía el estudio. Calculó el tiempo y decidió ir a pie; un paseo de tres cuartos de hora le vendría bien para poner en orden sus pensamientos. Lo primero era encontrar a su amigo antes de su primera absenta, pues de lo contrario sería difícil entrar en el tema ya que las dos últimas veces había observado que a Gerhard le hacía falta muy poco alcohol para entrar en aquel estado de lengua estropajosa y conciencia vacilante.

En esas divagaciones estaba cuando, sin darse cuenta, se encontró delante de la cancela de la casa, donde Dodo, el conserje, con un montón de utensilios cortantes en las manos, conversaba con un afilador que ejercía su oficio anunciando su presencia con un silbato a fin de que el vecindario bajara sus cuchillos y demás objetos cortantes.

Al verlo, Dodo se adelantó.

—Señor Mainz está arriba, no creo que tarde mucho. ¿Va usted a subir?

—Si me dice que está a punto de bajar, lo esperaré en Le Bistro de Jean Jacques. La verdad es que cinco pisos más la propina de la buhardilla me dan un poco de pereza.

—Descuide usted, que en cuanto nuestro pintor baje le daré su recado.

A Pierre le vino bien el plazo de demora, ya que, a pesar de llevar preparadísimo su discurso, el hecho de enfrentarse a aquella embarazosa situación le había quitado el sueño muchas noches.

Cruzó la calle y se dirigió a la bodega. Dos de las mesas del pequeño emparrado estaban ocupadas; la primera, por una jovencísima pareja que no estaba para otra cosa que no fueran sus arrumacos; y la segunda, por tres hombres, dos de ellos provistos del guardapolvo propio de los porteros de la zona y el tercero de seguro era un mozo de cuerda, pues su carretilla descansaba apoyada en la barandilla de la calle.

Pierre se sentó a la mesa de la esquina, desde donde podía observar el portal del edificio de su amigo. Tras pedir al camarero una copa de vino, repasó una vez más el discurso que traía preparado.

Al cabo de poco más de un cuarto de hora apareció Gerhard, y su aspecto, pese a que Pierre calculó que no debían de haber pasado más de dos semanas desde la última vez que lo había visto, lo impactó. Gerhard, que había siempre sido tan cuidadoso en el vestir, tenía un aspecto de lo más desaliñado, con la levita desgastada, los pantalones arrugados y la camisa abierta sobre un chaleco que parecía pertenecer a un hombre más corpulento. Pero no fue la ropa lo que más impresionó a Pierre. Gerhard había adelgazado no menos de cinco o siete kilos, los ojos se le habían hundido en el rostro y la barba, descuidada y larga, lo envejecía sobremanera. Desde la distancia, Pierre vio que Dodo dejaba a un lado sus parloteos con el afilador y se dirigía a Gerhard y, por sus gestos, intuyó que indicaba a Gerhard que estaba esperándolo en la bodega del otro lado de la calle.

Gerhard cruzó la calzada distraídamente, sin atender los improperios que le lanzó un cochero desde el pescante de su carro al verse obligado a contener el caballo con un brusco e improvisado tirón de las riendas, y cuando ya llegaba a la acera lo saludó con un desmayado ademán de la mano, como dando a entender que ya lo había visto.

Pierre lo esperó en pie. Cuando estuvo a su altura le tendió la mano, pero Gerhard, tras una vacilación, le dio un apretado abrazo que fue más largo de lo normal y que Pierre no supo cómo interpretar.

—Me parece que no has venido a verme en mucho tiempo. Pero no me hagas caso, no estoy muy seguro. A veces me olvido de las cosas.

Los dos se sentaron y al punto compareció el camarero con un vaso doble de absenta que dejó ante Gerhard sin que éste hubiera pedido nada.

—¿Cómo estás?

—Pues ya ves, soy el modelo a seguir del barrio de Montmartre: pintor fracasado, amante despechado, y más solo y desclasado que un esquimal en el desierto... Y para más inri me han negado la pequeña sala donde iba a exponer mi primera colección. Alegan que no es buen momento porque la llegada a París del zar Nicolás II lo absorbe todo y la gente no está para exposiciones. A la postre, en cualquier caso, me alegro infinito... porque mi pintura es una auténtica mierda.

Pierre, ante aquella exposición de pesimismo y pensando cuán ardua era la tarea que lo había conducido hasta allí, consideró si debía proseguir con su cometido o más bien trastear la situación y aguardar mejor coyuntura. Enseguida concluyó para sí que si no se arrancaba aquel día, no tendría valor para hacerlo en el futuro.

La voz de Gerhard sonó lejana.

—¿Y a ti cómo te va con Suzette?

—La veo poco. Está siempre con Lucie. Como sabes, en según qué situaciones lo mejor es la compañía… Son muy amigas.

El camarero había dejado ante Gerhard otro vaso de absenta. Pierre se asustó.

—¿No bebes demasiado?

—Es lo único que me ayuda a vivir.

Súbitamente, con esa claridad que da el alcohol y que únicamente tienen los borrachos, Gerhard le espetó:

—¿Qué pasa? ¿Cuál es la situación que requiere compañía?

Pierre se armó de valor.

—Lucie ha tenido un hijo y tú eres el padre.

El silencio se estableció entre los dos hombres. Después la frase de Pierre entró a rastras en la cabeza de Gerhard taladrándole el cerebro.

Las brumas de su mente se disiparon como llevadas por la fuerza de un tornado.

—¿Qué has dicho?

Esta vez fue la voz de Pierre la que sonó lejana.

—Lucie ha tenido un hijo tuyo.

Gerhard tardó en reaccionar.

—¿Estás diciendo que ha tenido tiempo para contármelo durante nueve meses y me lo ha ocultado?

—Ella vino a verte, se instaló aquí mismo, donde estoy yo ahora, y tú llegaste con tu modelo.

—¿Y bien?

—La vio… embarazada. Entonces se fue.

La niebla que velaba la razón de Gerhard se disipó como por ensalmo. Su voz sonó fuerte y firme.

—Yo no era el padre del hijo de Clémentine. Además, por si no lo sabías, ella tuvo un aborto espontáneo.

—Pues así fueron las cosas. Lucie creyó que era tuyo y se le vino el mundo abajo.

Gerhard meditó unos instantes y se acarició la barba.

—Iré a verla y se lo aclararé todo.

El silencio de Pierre hizo que Gerhard lo interrogara con un gesto hosco.

—Llegas tarde. Lucie se ha casado con Jean Picot.

Esa noticia fue un mazazo definitivo para Gerhard.

—¿Y eso cuándo fue?

—Hace dos meses.

Otro silencio se estableció entre ambos, y los nudillos casi blancos del puño derecho de Gerhard golpearon la mesa.

—¿Y tú, que dices ser mi amigo, has venido a verme varias veces durante todo ese tiempo y no me has contado nada hasta hoy?

—Suzette me lo prohibió.

Gerhard se puso en pie.

—Eres un hijo de la gran puta. Espero que la vida te pague con la misma moneda.

Y dando media vuelta, un Gerhard extrañamente lúcido y sereno atravesó la calzada y dirigió sus pasos hacia el Moulin Rouge.

35
La semilla del odio

Armand Levêque mantenía un odio al rojo vivo hacia el pintor que le había robado a la más joven de sus potras y, por ende, una de sus más prometedoras fuentes de ingresos. Todas las mañanas procuraba recordar la ofensa recibida, y el tiempo pasado en la Conciergerie, donde cada día valía por tres, y ese ejercicio lo hacía sentirse vivo y lo ayudaba a cocer su rencor a fuego lento. Desde muy joven tuvo la virtud de memorizar el nombre de sus enemigos; en los submundos de París donde habitaba, aquella cualidad le había servido para subsistir. Al Cicatrices no le importaba tener enemigos, pero los quería tener delante. Desde muy joven había aprendido un aforismo: «El único enemigo carente de peligro es el enemigo muerto», y algunos de los que lo habían sido suyos y habían obviado las precauciones yacían en cualquier lugar con una mata de jaramagos sobre el vientre.

Otra circunstancia colmaba el vaso de su rencor. El soplo de uno de los suyos lo puso sobre aviso y no cejó hasta constatar el hecho: aquel malnacido había preñado a Clémentine y ese escenario era el que más lo perjudicaba, pues las ocasiones en las que alguna de sus pupilas se preñaba constituían para él durante meses un lucro cesante.

Armand Levêque, al igual que los gendarmes, tenía sus confidentes. Unos lo eran porque el oficio proporcionaba pingües beneficios, otros por temor, y los terceros, con la aquiescencia de Armand, ejercían la doble función, y como soplones de la gendarmería transmitían a ésta los golpes que otras bandas de maleantes preparaban y, de esta manera y sin comprometerse, se las quitaba de en medio sin hacer el trabajo sucio y sin crearse nuevos enemigos.

A su salida de la cárcel le confirmaron quién había sido el culpable de su encierro, y desde que pisó la calle no tuvo mejor cosa que hacer que planificar su venganza. No tenía prisa y no iba a fallar. Le interesaba que el hecho recorriera los vericuetos de los suburbios de París como aviso para navegantes y pregón para posibles imprudentes de que Armand Levêque tenía larga memoria para cualquier situación en la que se sintiera perjudicado.

El Cicatrices había madurado su venganza; como el puntilloso artesano que prepara su obra, así había planificado él la manera, el día y la hora de cobrar sus réditos. Aquel hijo de puta iba a enterarse de quién reía el último. Y, por un prurito de vanidad, como hacían los pintores, él también dejaría un mensaje subliminal para que entre aquella fauna de bujarrones mercachifles del arte se corriera la voz para que todos tuvieran muy claro que provocar a Armand Levêque era perjudicial para la salud.

Lo primero que hizo fue enterarse a través de sus gentes de las costumbres que regían la vida de aquel tipo. Tres de sus hombres se ocuparon de montar la guardia y, al cabo de pocos días, conocía sus hábitos de punta a cabo. Sabía a qué hora salía y entraba, en qué estado lo hacía y también que la única visita que recibía, además de Clémentine, era un tal Pierre, que le hacía de perro lazarillo las noches de borrachera en las que era incapaz de encajar la llave en la cerradura de su casa. De la misma forma conoció las costumbres de Dodo, el conserje de aquel edificio que alojaba una comunidad de clase media baja en todos los pisos de la escalera excepto en la buhardilla, donde, además del pintor, y frente a él, vivía un violinista húngaro que trabajaba en un local del barrio componiendo un terceto con piano y violonchelo que, aparte de animar el ambiente, acompañaba a cualquier aspirante de artista que subiera al escenario a ganarse el aplauso del respetable.

Enseguida supo que Clémentine pasaba allí algunas noches, no todas, ya que también se había colocado en la *maison close* de madame Kelly. Así las cosas, muchos días posaba para él hasta que, al ponerse el sol, el pintor salía solo o con aquel amigo que lo visitaba a veces. Por sus contactos, supo también que los sábados por la noche acostumbraba a coger una cogorza tan monumental que no amanecía hasta el lunes por la tarde, de lo cual se infería que las pocas personas que podían contar con él no lo echarían en falta, por lo menos hasta un par de días después.

Por seguridad, colocó su revólver Nagant modelo 1878 en la parte posterior de la cintura y se vistió totalmente de negro con unos viejos pantalones de caña, una camisa que había conocido mejores tiempos, un chaleco abotonado y una ceñida chaqueta corta. De un cajón extrajo un reloj con su cadena correspondiente, que se guardó en un bolsillo. Para aquella solemne ocasión, alojó también en la caña de cada una de sus botas sendas armas blancas: una navaja que, mediante un resorte, se abría rápidamente y un corto puñal que iba albergado en su funda de cuero. Se caló hasta las cejas su gorra de capitán de una *péniche* del Sena y, con una indisimulada satisfacción en el rostro, salió de su refugio ubicado en las entrañas de París, cerca del puente de Saint Cloud, y partió a cumplir su tantas veces acariciada venganza.

Levêque indicó al cochero que se detuviera en la esquina de la rue Lepic con Durantin, pues allí tenía estudiado un observatorio desde el que se divisaba perfectamente la buhardilla de Gerhard. Se trataba de una vulgar bodega de cuyas botas se extraía un vino fuerte y peleón que se vendía a granel, lo que hacía que las gentes del barrio, de muy bajo nivel, fueran a buscarlo, conscientes de que con él tenían asegurada a un precio ínfimo la borrachera del sábado. Cuatro toneles cortados por la mitad y colocados del revés servían de mesa para los parroquianos que quisieran consumir allí, casi todo hombres, por cierto.

El Cicatrices pagó su consumición en la barra y, tomando su vaso de grueso vidrio, se hizo sitio a golpe de hombro en uno de los toneles desde el que no perder de vista la buhardilla de Gerhard. El individuo al que había empujado lo miró de escorzo a punto de reivindicar sus derechos, pero el aspecto del intruso lo disuadió: entre el hampa de Montmartre se olfateaba enseguida quién era quién, y el hecho de equivocarse equivalía a salir del lance con bien o con un palmo de acero metido en el vientre.

A aquellas horas de la noche de un sábado la animación callejera era considerable. Las tiendas del barrio ya habían cerrado excepto, claro está, las que vendían su producto a los noctámbulos, tales que cafés, restaurantes y teatros. Los cabarets aún no habían abierto sus puertas. Y los coches de punto iban llegando y ocupando la calzada para descargar su mercancía de «gente bien» que tenía a gala mezclarse en Montmartre, y únicamente en Montmartre, con chulos, meretrices, macarras y modistillas, compartiendo el espacio pero sabiendo cada quien cuál era el suyo.

Levêque daba pequeños sorbos a su áspero brebaje sin apartar la mirada, ni por un momento, de la ventana iluminada de la buhardilla de Gerhard. Súbitamente la luz del estudio se apagó y en ese instante, tirando de la cadenilla, extrajo el reloj del bolsillo del chaleco y consultó la hora. Faltaban cinco minutos para las nueve. Dio el último sorbo a su brebaje y, dejando el vaso sobre el tonel, caminó lentamente por la estrecha acera de la rue Lepic hasta llegar a la altura de una de las gruesas columnas que el ayuntamiento colocaba para el pegado de carteles anunciantes y que estaba a unos quince metros del portal de la casa del pintor. Levêque se ocultó tras ella.

Al cabo de un cuarto de hora se abrió la puerta del zaguán y salió por ella el pintor con su chica del brazo. Un ramalazo de rabia mezclado con el recuerdo de la Conciergerie y con el espeso sabor de los celos le vino a la boca, y salió de ella despedido en la forma de un salivazo que alcanzó la tapa de hierro de una cloaca con un ruido sordo y metálico. El Cicatrices se contuvo; no iba a cometer la insensatez de cobrarse la venganza en plena calle como un malandrín cualquiera sin dejar su sello y sin ver en el rostro del pintor esa expresión de pánico que iba a satisfacer su ego y que tantas noches había acariciado en sus sueños. La pareja partió, mezclándose entre la muchedumbre vocinglera de la calle. Armand salió de su escondrijo y en un momento cubrió la distancia que lo separaba del portal, miró a un lado y a otro y, tras convencerse de que nadie reparaba en él, extrajo del bolsillo de los pantalones un pequeño manojo de ganzúas. Escogió una y la introdujo en la cerradura, y tanteó con cuidado a un lado y a otro hasta que un pequeño clic le anunció que el muelle había saltado. Acto seguido empujó suavemente la puerta y, tras volver a comprobar que nadie lo miraba, se introdujo en el zaguán. Armand sabía por experiencia que los pisos de París ofrecían más dificultades ante el asalto de ladrones que los vulgares cerrojos de las conserjerías, y su plan ya había considerado esa circunstancia. La luz del pequeño farol de la garita de Dodo lucía débilmente en un rincón. Se dirigió hacia ella y del tablero de las llaves descolgó la que correspondía a la buhardilla derecha, se la guardó en el bolsillo de la chaqueta y comenzó a subir la escalera.

Levêque comprobó que en cada rellano había tres puertas. Convenía observar cada detalle porque en caso de huida cualquiera de ellos podía ser importante. También se fijó en que un farol semejante al de la conserjería lucía en la pared a medio descansillo. Finalmente coronó su ascenso y, tal como esperaba, confirmó que en el último piso únicamente había dos buhardillas. Tomó aire y conteniendo la respiración escuchó atentamente por si algún ruido denunciaba la presencia de alguien en la otra buhardilla. Silencio absoluto.

Por el momento, la suerte estaba de su lado. Extrajo entonces de su bolsillo la llave hurtada de la garita de Dodo, con pulso firme la introdujo en la pequeña cerradura del tabuco del pintor y, dando medio giro, descorrió el cerrojo. Aquel instante tantas veces soñado se conjugó en presente. Empujó la puerta y, una vez dentro de la estancia, la cerró tras de sí. Una luz débil y mortecina entraba por la ventana que se abría sobre el inclinado tejado de pizarra y por la claraboya del techo. Cuando ya sus ojos se acostumbraron a la penumbra, se dirigió, mechero en mano, al interruptor de la pared y, pulsándolo, prendió la luz.

El lugar, aun siendo distinto de como lo imaginaba, completaba de alguna manera el cuadro mental que se había hecho de él. Los ojillos crueles e inyectados en sangre del Cicatrices recorrieron lentamente el espacio. Las telas que pendían a lo largo y ancho de las paredes reflejaban en su conjunto la obra del pintor: bodegones, flores, varios ángulos de aquella misma estancia a la luz del día y con luz eléctrica... Pero lo más destacado era sin duda el autorretrato del pintor, paleta en ristre y pincel en la mano, con un espejo al fondo en el que, de una forma más difuminada, se lo veía de espaldas. En el campanario de la torre del Sacré Coeur dieron las diez. Según sus cálculos, tenía tiempo sobrado para realizar su plan. Ya con más calma, estudió a fondo el espacio del atelier. Bajo la ventana había un largo sobre de mármol con dos cajones. Los abrió: cubertería y enseres de cocina. Sobre la encimera y a la derecha vio un hornillo de petróleo, al otro lado una nevera de hielo, y en el exterior, debajo de la ventana, una fresquera. Levêque atravesó el espacio y abrió la puerta que allí se veía. Era un pequeño cuarto de aseo: había un espejo y, debajo de éste, sobre un trípode de hierro, una jofaina como lavamanos; también había un armario con una pastilla de jabón, un frasco de perborato, dos cepillos de dientes, uno para el pelo, un peine y un frasco de agua de Colonia; por último, al otro lado vio una bañera de cinc sustentada por cuatro garras de dragón. Levêque cerró la puerta y continuó su inspección. En el rincón opuesto y tras un biombo había una ancha cama arrumbada a la pared; el centro de la estancia, debajo de la claraboya, lo ocupaba una tarima cerrada por la parte posterior con un bastidor de madera que soportaba un lienzo negro que hacía de fondo; sobre la tarima había una *chaise longue* y enfrente de ésta, ya en el suelo, estaba el caballete del pintor con una banqueta alta delante y al lado una mesita de madera de dos niveles, el inferior con un vaso lleno de pinceles, un cubo con aguarrás y varios trapos, y el superior con una paleta con restos de óleos, un corto puntero afilado de madera de roble, para apoyar la muñeca, y una caja numerada con tubos de pintura.

Levêque se dirigió al caballete. Sobre él y oculto bajo una sábana se percibía el perfil de un gran cuadro. Tiró del extremo de la sábana y la visión de la imagen lo golpeó con fuerza aumentando, si eso fuera posible, el odio al rojo vivo que alimentaba su corazón. Ante sus ojos, aniñado y perfecto tal como él lo recordaba, aparecía de frente y con una rosa en la mano el cuerpo de odalisca de Clémentine, que tan bien conocía. No quiso precipitarse. La espera en la que había cocido su odio había sido demasiado larga para, llegado el momento, no aprovechar al máximo la circunstancia de poder recrearse en los detalles, que es donde se percibe la mano del artista. Su venganza tantas veces perfilada tenía una finalidad primordial, que no era otra que ir dejando rastros suficientes para que la pareja se diera cuenta de que no estaban solos y de que quien allí los esperaba iba a hacerles daño. El cómo y el porqué de su plan no lo había definido, porque para ello necesitaba conocer a fondo la buhardilla. En aquel instante en el que ya se había hecho la composición del lugar fue poniendo en claro sus ideas y puliendo los últimos detalles. Extrajo de la caña de su bota izquierda el corto puñal y se aproximó al lienzo en el que se veía el rostro de Gerhard. Con cuidado extremo rasgó la tela a la altura de los ojos, dejando las cuencas vacías. Después cortó la mano que sujetaba el pincel. El mensaje quedaba claro: «No volverás a ver y no podrás pintar». Luego se dirigió al gran lienzo donde estaba el bastidor del cuadro de Clémentine, y cuando el odio acumulado lo incitaba a atacarlo, se contuvo y con la mano libre se acarició la barbilla mal rasurada. Se guardó el puñal en la funda, buscó un tubo de pintura, lo destapó y dejó caer un churretón en la paleta. Se agachó, cogió uno de los pinceles del vaso y empapó el pelo hasta la virola. Acto seguido se fue hacia el cuadro y pintó el pubis de la muchacha de rojo, haciendo que la pintura goteara por el interior de los muslos. Luego se retiró un par de pasos y observó su obra con ojos de experto. Quedó satisfecho. Cubrió, pues, el cuadro con la sábana de nuevo y miró su reloj. Ya eran las once. Sólo quedaba un último detalle antes de esconderse y esperar. Esa vez el tubo de pintura que escogió fue el negro. Aclaró el pincel en el cubo de aguarrás y, después de empaparlo bien, pintó dos rayas en el suelo desde la puerta hasta los dos cuadros. Era imposible que cualquier recién llegado no atinara a seguir la indicación de la flecha. Finalmente, tras abrir la ventana de enfrente, apagó la luz y se dirigió al cuarto de aseo, donde ajustó la puerta de modo que, a la luz difusa de la claraboya, viera con nitidez la entrada de los tórtolos.

La espera duró una hora y media. Un ruido de voces en el rellano lo espabiló; por lo visto, en esa ocasión el pintor no llegaba borracho. Los cinco sentidos del Cicatrices se pusieron alerta. El sonido de la llave en la cerradura confirmó su sospecha. Primero entró Clémentine, que, con la soltura de quien conoce bien el terreno, se dirigió al interruptor en tanto Gerhard cerraba la puerta y daba dos vueltas con la llave. La estancia se iluminó y casi al mismo tiempo se hizo el silencio. Armand Levêque comenzó a gozar su venganza. La pareja aún no sabía lo que había pasado, pero intuía que sobre sus cabezas flotaba un peligro indeterminado. Clémentine se acercó a la pintura de Gerhard y llevándose la mano a la boca no pudo reprimir un grito contenido.

—¡Mira lo que han hecho con tu retrato!

Gerhard se aproximó y luego de ver el estropicio miró en derredor.

—Alguien que quiere hacernos daño ha estado aquí.

Clémentine siguió el rastro de la otra flecha, que conducía al cuadro de la tarima. En cuanto retiró la sábana intuyó la amenaza subliminal que representaba la mancha de pintura roja en su pubis. Esa vez el grito no fue contenido y, dando tres pasos, se refugió en los brazos de Gerhard, quien la acogió protector.

—El que ha hecho esto ha huido por aquí. —Señaló la ventana abierta.

—Ha sido Armand Levêque, estoy segura. Siempre que cometía una fechoría dejaba su firma.

La puerta del aseo se abrió, y apareció el Cicatrices con el Nagant en la mano, amenazador, y una sonrisa torcida en sus labios que anunciaba muerte.

—¿Qué creías, alma de cántaro, que se puede encerrar a Armand Levêque en el trullo y salir de balde?

Gerhard mantuvo la compostura.

—Haz lo que quieras conmigo, pero déjala a ella.

Levêque iba acercándose.

—No estás en condiciones de dar órdenes. Aquí el que manda soy yo… Suéltala y siéntate en el sofá de la tarima, donde el cuadro que has tenido la indecencia de pintar.

Gerhard dudaba.

Clémentine se desasió de sus brazos.

—Por favor, haz lo que te dice.

Gerhard la apartó suavemente y se dispuso a obedecer.

—Y tú, perra, empieza a desnudarte, Ahora vamos a hacer el cuadro tú y yo, como hacíamos antes que éste se metiera en tu vida. Y él —señaló a Gerhard con un gesto de la barbilla— juzgará qué tal nos queda.

Gerhard iba a levantarse, pero la mirada de Clémentine lo detuvo.

Levêque observó el gesto y encañonándole comentó:

—No puedes hacerte una idea de las ganas que tengo de meterte una bala entre las cejas... Sé buen chico y no me provoques, que aún me quedan cosas por hacer. —Luego se dirigió a Clémentine—: ¡Y tú, zorra, obedece, que al fin y al cabo has andado por aquí más veces en cueros que vestida!

La muchacha comenzó a desnudarse.

—No, las medias negras no te las quites... ¿O es que ya no te acuerdas de cómo me gusta que lo hagas?

Una palidez cerúlea cubría el rostro de Gerhard, que asistía impotente al desarrollo de aquella pesadilla.

—Ahora ven, ponte de espaldas y apóyate aquí. —Levêque señaló la banqueta del pintor y dirigiéndose a Gerhard añadió—: No te quejes, que estás en primera fila. Vas a ver el espectáculo de puta madre para arriba. ¡Qué pena que no puedas pintarlo! —Y a la vez que decía lo último con la mano libre comenzó a desabrocharse los pantalones.

Entonces todo sucedió en un instante.

Levêque no había previsto que sus pantalones bajados a media pierna le impedirían el movimiento. Pero Gerhard, intuyendo una posibilidad, tomó impulso desde la tarima y se abalanzó sobre aquella bestia. El estampido del disparo ahogó el grito de Clémentine. La bala del Nagant se alojó en el pecho de Gerhard, que cayó al suelo como un muñeco roto. La expresión del rostro del Cicatrices cambió en un instante. En un primer momento una máscara de desencanto se reflejó en él. El ataque del pintor lo había pillado por sorpresa. Le habría gustado que su muerte fuera mucho más lenta. Luego su expresión cambió a un desconcierto entreverado de asombro cuando notó a su espalda el peso de Clémentine, que se aferraba a su cintura con las piernas y rodeaba su cuello con el brazo izquierdo. Después apareció ante sus ojos la mano derecha de la muchacha empuñando el puntero de roble con el que el pintor afianzaba su pulso. La mano se alzó, y en tanto Levêque pretendía desembarazarse de la chica con un violento arreón, vio, aterrorizado, que la punta afilada de la madera penetraba en su cuello alcanzándole la yugular. La sangre comenzó a manar como el agua de una fuente, desparramándose a borbotones por el entarimado, y Levêque se desplomó sobre el costado izquierdo. Clémentine, desnuda como estaba, se precipitó sobre el cuerpo de Gerhard, cuyo corazón latía leve e irregular.

—¡Por favor, no te me mueras ahora! ¡Por favor!

Gerhard la miró fijamente.

Su voz se oyó débil y entrecortada:

—Vive, Clémentine, vive...

En ese instante unos fuertes golpes sonaron en la puerta. Era el violinista húngaro. Al llegar a su casa había oído el ruido del disparo, y su mente elucubró. Conocía la melancolía que había asaltado a su vecino y lo primero que le vino a la cabeza fue un acto de suicidio.

—¡¿Qué ocurre?! ¡Abran o llamo a los gendarmes!

Clémentine se precipitó hacia la puerta. Sonó otra detonación, y el cuerpo de la muchacha fue cayendo lentamente al suelo en tanto una sonrisa lobuna amanecía por última vez en los labios de Armand Levêque.

36

El incidente

Lucie salió de su piso en la rue Nicolet antes de las nueve. Esa noche el pequeño Félix había dormido en casa de su madre y Jean había llegado, como de costumbre, de madrugada. Como cada miércoles, Lucie iba a verse con Suzette, que volvía a tener problemas con Pierre. Habían quedado en un café, pero antes de encontrarse con su amiga debía comprar leche en la vaquería, y bollos de pan recién hechos, mantequilla y café molido en el colmado. También debía encontrar a un vendedor ambulante de prensa, pues quería comprar *Le Petit Journal*, que, con sus noticias sobre sucesos cruentos a toda portada, era la comidilla de todo París. A Lucie le gustaba especialmente el suplemento ilustrado semanal de ese diario, que incluía páginas de moda y novelas por entregas que la joven seguía con interés.

En cuanto hubo realizado todas sus compras, cargada con la cesta, la lechera y el diario, y tras saludar a un par de vecinas con las que se cruzó, se dirigió a su casa para dejar todo aquello antes de reunirse con Suzette.

Llegada al rellano abrió la puerta del piso con sumo cuidado de no despertar a Jean. Su intención era guardar la compra y dejar en la cocina el desayuno preparado para su marido, junto con una nota para informarlo de adónde iba y con quién. Olvidar esas cuestiones en alguna ocasión le había proporcionado ya varios disgustos, dependiendo del humor con que Jean se despertara, sobre todo si echaba en falta algo, quizá una cajetilla de cigarrillos Hongroises, el vino que más le gustaba y el diario que acostumbraba a leer. Cuando todo estaba dispuesto y para no tener algún incidente a su regreso, Lucie desdobló el periódico con la intención de dejarlo dispuesto al lado derecho del servicio de desayuno. La ilustración de la portada de *Le Petit Journal* llamó su atención y el color huyó de sus mejillas. Lucie se sentó al borde de la silla y leyó.

Ayer el conocido proxeneta Armand Levêque, llamado el Cicatrices y huido de la prisión de la Conciergerie, asaltó el estudio del pintor Gerhard Mainz situado en el número 127 de la rue Lepic, acabando con la vida de éste y la de su modelo, que a la vez era su amante, que perdió asimismo su vida.

Monsieur Szeguedy, su vecino violinista húngaro, oyó unos ruidos extraños cuando regresaba del trabajo y llamó a la puerta, que abrió Clémentine, la modelo del pintor, que cayó muerta al instante. El hombre acudió a la gendarmería, y un detective y tres agentes acudieron prestamente. La escena (reproducida en esta portada) era desoladora: los tres cadáveres en el suelo, un lago de sangre invadiéndolo todo y los cuadros rasgados con un objeto metálico, alguno en lugares que sin duda enviaban un mensaje, como por ejemplo los ojos del autorretrato del pintor vaciados en sus cuencas y un desnudo de la modelo con sus partes íntimas manchadas en rojo.

Los pintores de Montmartre sufragarán el entierro, que se celebrará tan pronto como el forense firme el acta del motivo de la defunción, así como también la lápida conmemorativa y la tumba en el cementerio de Montmartre, pues el difunto era alemán y no tenía familia conocida en Francia. La modelo de nombre Clémentine (el apellido se ignora) será inhumada en la fosa común.

Un llanto convulso, frenético e incontenible asaltó a Lucie. La muchacha se cubrió la boca con la mano a fin de no hacer ruido. Vano intento. Al poco la puerta del dormitorio se abrió y los pasos de Jean sonaron en el pasillo. Entró en la cocina, barbudo y despeinado, vestido tan sólo con los pantalones del pijama. El cuadro lo sorprendió y, viendo el estado de su mujer, se acercó para averiguar la causa de tanto alboroto. Rápidamente reparó en la portada del diario y tomándolo en las manos lo leyó con detenimiento. Después lo arrugó y lo lanzó al suelo con violencia.

—¡Será posible que llores de esta manera por el hijo de puta que te desvirgó! ¡Para de llorar y ven a la cama! Me he levantado tenso por tu culpa y vas a destensarme.

Lucie se rebeló, cosa que jamás habría hecho de estar Félix en casa, y poniéndose en pie le espetó:

—¡Bestia, que eres una bestia! ¡Te va a destensar tu madre!

Un bofetón brutal cruzó la cara de Lucie, que cayó sin sentido al suelo. Fue el primero. Pero no sería el último: a lo largo de los años siguientes, su marido la abofetearía en muchas ocasiones, tantas que ella habría deseado que una acabara con su vida de no ser porque en ésta también había alguien más: Félix, su hijo. El hijo de Gerhard.

37

Preparativos de la boda

Madrid, septiembre de 1896

El revuelo que se armó en casa de los Urbina con motivo del anuncio de la llegada de Nachita y de su padre a Madrid fue inenarrable. Doña Rita volvió la casa del revés. Todo le parecía sucio y fuera de lugar. Contó para el cometido con la totalidad del servicio de la casa, esto es, Evaristo, Valeria y Valentina, así como con el refuerzo de Dionisia, la camarera de su hermana, Pompeya. No pararon de limpiar y cambiar muebles de sitio una y otra vez, hasta que finalmente, a instancias de don Eloy, que se hartó de cambiar de sillón para leer en paz la prensa, se detuvo el trasiego y todo quedó a gusto de la señora.

Hacía ya más de un mes que José había llegado de Londres con la gran noticia, que cogió a sus padres con el pie algo cambiado pues no habían imaginado que la boda fuera tan inminente. A pesar de que les había escrito frecuentemente dándoles noticias de sus progresos, su madre insistió en pormenorizar los detalles, por lo que José se vio obligado a volver sobre el tema en varias ocasiones. Finalmente, luego de ponerlos al día de sus últimas andanzas por Londres, de sus estudios, de sus conocidos y de cuantas peripecias le habían acaecido durante el año, se dedicaron a comentar el fausto acontecimiento que se avecinaba.

La conversación se desarrollaba en la salita de estar durante el café de la sobremesa.

El que hablaba era Eloy. Rita escuchaba atentamente mientras trabajaba con largas agujas en la confección de un chal que pensaba regalar a su futura nuera. No se perdía nada de cuanto su marido decía, pero estaba dispuesta a meter baza si alguna propuesta no era de su completo agrado.

Don Eloy pontificaba:

—Como entenderás, hijo, es muy complicado intentar estar a la altura del padre de tu novia. Su fortuna es incalculable, y pretender competir con él es tarea vana. Sin embargo, mi intención es quedar dignamente con nuestros amigos e invitados. Que no se diga que el marqués de Urbina se ha mostrado en ocasión tan importante de un modo cicatero. Aun así, reconoce que habremos de hacer algunos ajustes.

—Ya hemos hablado de esto, padre, y es por ello que la idea de dar una fiesta en casa para presentar a Nachita a todos nuestros amigos que no hayan asistido a la boda se aceptó de inmediato, por lo que el precio de los billetes del traslado de los que vayamos a Roma se ha reducido considerablemente.

—Sea como sea, José, los números se disparan. A veces pienso que si el Santo Padre nos hubiera negado la posibilidad de tal beneficio, mejor nos habría ido a todos.

Doña Rita intervino:

—Tal concesión es algo único, y parece mentira que no te des cuenta. ¿Tú sabes lo que representa para el prestigio de esta casa que Su Santidad León XIII case a mi hijo?

—Lo entiendo muy bien, pero el Vaticano no paga la boda.

Doña Rita soltó a un lado la labor que tenía entre las manos.

—¡Mira, Eloy, no me saques de quicio! ¡Toda la vida haciéndote el pobre...! Si hay que vender parte de la finca de Aranjuez, se vende. Pero a mi hijo lo casa el Papa de Roma, como yo me llamo Rita Muruzábal, aunque después tenga que hacer de señorita de compañía. ¡Y no se hable más!

Don Eloy era consciente de que cuando su señora esposa se expresaba en aquella tesitura mejor era dar por finiquitada la cuestión.

El gran día había llegado. El tren procedente de Santander tenía anunciada su llegada a Madrid a las ocho de la noche, pero, a instancias de José, la familia ya estaba instalada en el restaurante de la estación desde poco después de las cinco.

Don Eloy se quejaba:

—Pero ¿qué hacemos aquí tres horas antes, hijo? O puede que más, porque sin duda el tren llegará con retraso, como de costumbre, ya que la línea de la Compañía de los Caminos de Hierro del Norte de España tiene fama de impuntual. Si te parece, podríamos haber traído los colchones.

José se excusaba.

—Padre, ya les dije en casa que yo me adelantaba. Si ustedes han venido es porque han querido.

—Bien me parece que de tu estancia en Londres te hayas traído la puntualidad de los ingleses, pero ¡si te descuidas llegamos el día antes!

Doña Rita intervino:

—Déjalo ya, Eloy, que parece mentira que no entiendas a la juventud. Hace casi un año que José no ve a Nachita y, como tú comprenderás, si a estas alturas un hombre no está ansioso por ver a su futura esposa es mejor que lo deje correr. ¿Acaso no te acuerdas de cuando venías al Escorial a verme a caballo los sábados y regresabas a Madrid cerrada la noche en alguna ocasión?

—Esas cosas nunca se olvidan.

—Pues entonces no seas cascarrabias y entiende a tu hijo.

El tiempo fue pasando y José sugirió que era ya hora de ir a los andenes. En el trayecto don Eloy seguía en sus trece.

—Está bien, pero dime, si finalmente hemos quedado en que la mayor parte de los invitados irán directamente a Roma en el barco que ha fletado tu futuro suegro, ¿quién viene a Madrid ahora?

Doña Rita volvió a intervenir:

—¡Eloy, estás para el furgón! Tu hijo te lo ha dicho por lo menos diez veces y se lo has vuelto a preguntar diez más.

—Lo siento, Rita, para ti todo es muy fácil, pero yo tengo un sinfín de cosas en la cabeza.

José se lo explicó de nuevo:

—Verá, con Nachita y su padre vienen los tíos maternos de ella, los únicos que tiene, con sus tres hijos, y también viene el alcalde de Caracas con su mujer, el presidente del Consorcio Minero de Maracaibo con la suya y finalmente el secretario de don Ignacio. En total, de no haber sorpresas, no creo que sean más de una docena de personas.

El rostro de don Eloy reflejó la preocupación que lo embargaba.

—¡Por Dios, qué hombre! —se quejó otra vez doña Rita—. Si la estancia no vas a pagarla tú.

—Pero imagino que saldremos a cenar o iremos a algún sitio… ¡Y quince personas en Lhardy cuestan un dineral!

El pitido de la piafante máquina embocando la entrada de la estación del Norte hizo que el final de la conversación se perdiera en el aire.

La gente se arremolinaba en el andén, y los ojos de José taladraban la distancia intentando buscar a través del humo y el vapor, enmarcado en una de las ventanillas, el rostro amado de la que para él era la mujer más hermosa del mundo.

El encuentro superó en mucho lo que ambos novios habían previsto. En cuanto el tren se detuvo, Nachita descendió del vagón que su padre había alquilado, el quinto del convoy, y se precipitó al encuentro de su amado. La pareja se encontró a medio camino, y sin tener en cuenta el lugar ni la gente se abrazaron y se besaron como si el mundo fuera a acabarse. La educación que Nachita había recibido nada tenía que ver con las gazmoñas y mojigatas costumbres que imperaban en el Madrid de final de siglo, por lo que la muchacha gozó de aquel momento tal que si hubieran estado los dos solos en una isla.

Los saludos, las presentaciones y los besamanos, cuando ya todos los viajeros estuvieron en tierra, fueron efusivos. Luego el grupo comenzó a caminar rodeado de mozos con carretillas que transportaban todo el equipaje. Desde el fondo del andén venían corriendo a mata caballo Perico y Gloria, que se habían confundido de hora. De nuevo plácemes y despedidas, tras los cuales los Urbina se retiraron cortésmente para que los recién llegados pudieran dirigirse al Grand Hôtel de Paris a descansar del fatigoso viaje, quedando para comer al día siguiente. Perico y Gloria permanecieron en el gran salón haciendo compañía a los novios, pues no era correcto que una pareja joven y enamorada estuviera sola a aquellas horas en el *hall* de un hotel.

38

El viaje

Aquel mes en Madrid fue de una actividad febril. Los preparativos de la boda no se acababan nunca, pues a las complicaciones normales se sumaba sin duda el hecho de que el evento tendría lugar en Roma, donde todo debía estar previsto ya que, de fallar alguna cosa, ya nada tendría arreglo.

Nachita, acompañada por su amiga Gloria, su tía Noelia, su prima Micaela y su futura suegra, iba de modista en modista y de *boutique* en *boutique*. En aquellos días los consejos y opiniones de Blanca Valmont y de Juan de Madrid publicados en la revista *La Nueva Moda* marcaban la tendencia del vestir según la cátedra que desde París había impartido Charles Frederick Worth, sumo pontífice del estilo femenino, y quien no seguía sus dictados no pertenecía a la *crème de la crème*. El período recargado de ostentación había quedado atrás y la sencillez era motivo de elegancia. Las faldas en forma de campana, los cuerpos cortos y las chaquetas muy ajustadas eran lo último de lo último, al igual que las limosneras con cierre metálico que habían sustituido a los grandes bolsos de cuero. En cuanto a los colores predilectos para muchachas jóvenes, destacaban el rosa palo y el verde almendro, si bien las combinaciones de tonos eran atrevidísimas; así, en meses de entretiempo se apostaba por el azul y el violeta, a pesar de que nunca habían casado bien, pero igualmente por el amarillo y el rosa, el encarnado y el azul o el gris y el beige. El vestuario de las damas debía ser extenso, de manera que existían prendas para cada ocasión. Había vestidos para estar y recibir en casa, de calle, de mañana, de paseo, para ir a un concierto, de primavera, de invierno... Así pues, Nachita desde Caracas, aconsejada por su tía, había encargado todo su ajuar a las dos mejores modistas de Madrid. Una era madame Honorine, proveedora de Casilda Alonso-Martínez y Martín, mujer del don Álvaro Figueroa y Torres, conde de Romanones y hasta hacía poco alcalde de Madrid. La otra era Celestina Petibon, avalada por el sello de ser modista de la casa real. En cuanto a guantes y aderezos, la tienda elegida por Nachita fue Santacana, en la calle Carretas. El maniquí enviado desde Caracas fue esencial para que casi todo estuviera tan perfecto que únicamente faltó que a Nachita se lo ajustaran al cuerpo con pequeñísimos retoques.

Otra cuestión preocupaba a don Eloy, y era que, además del gasto que representaba para él la boda en sí con el consiguiente traslado de sus invitados a Roma y la fiesta posterior, tenía que hacer de anfitrión de los visitantes durante aquel mes. Al conciliábulo que se montó en casa de los Urbina antes de la llegada de los huéspedes asistieron Perico y Gloria, convocados por José a pesar de la reticencia de su padre, quien sostenía que asunto tan delicado debía acometerse en familia dado que las objeciones económicas que él podía aducir no interesaba airearlas a alguien ajeno al núcleo familiar, por muy cercana y amistosa que fuera la relación con los invitados. Finalmente, la presión de doña Rita hizo que su marido diera el brazo a torcer al respecto de que los íntimos amigos de su hijo asistieran como consejeros de los planes a realizar, aduciendo que la gente joven estaba más al día del programa de eventos que acontecería en Madrid durante la estancia de los ilustres invitados y de los gustos de los mismos.

El diálogo previo a la decisión se desarrolló a la hora de comer la semana anterior de la llegada de la familia de Nachita.

—¡Por Dios, Eloy! Me cuesta reconocerte... Jamás te he visto más preocupado por el dinero que ahora. ¡Vas a casar a tu único hijo! No se trata de tirar la casa por la ventana, pero sí de quedar a la altura de las circunstancias, ¡sobre todo con el consuegro que vas a tener!

—¡Hete aquí el problema! Yo tengo dos fincas agrícolas que nos aportan un buen vivir, pero no tengo minas de cobre y lignito, ni presas de río ni compañía eléctrica, y tampoco fleto un barco para traer a doscientas personas a Europa. En modo alguno quiero competir, pero mi familia nunca ha hecho el ridículo.

—¡Pues por eso mismo! Se trata únicamente de agasajar a los invitados el tiempo que quede libre de algunos días, que serán azarosos porque es mucho trabajo terminar el ajuar de una novia en el mes que queda para la boda. Saldremos algunas noches a cenar, a algún teatro y a alguna corrida de toros, y eso para corresponder a todo el gasto que supone el montaje para don Ignacio Antúnez. Creo yo que casar a tu hijo con una mujer de ese nivel económico bien merece un esfuerzo.

—¡Parece mentira, Rita, que no me entiendas! Mi consuegro será archimillonario, pero el que pagará los festejos durante la estancia en Madrid seré yo, y cuando tu hijo se case y salga de esta casa hemos de seguir viviendo.

Ahí intervino José:

—Con todo el respeto, padre, es por hacer bien las cosas y por gastar menos dinero por lo que quiero que Perico y Gloria estén presentes. No se trata de epatar a nadie en lo económico, eso es imposible, pero sí de desplegar ingenio y mostrar a nuestros huéspedes ese Madrid insólito que sólo se conoce si se vive aquí y se es joven. Organizaremos un par de noches de salida por la calle Cava Baja e iremos a cenar a sitios típicos, porque comprenderá que cualquier lujo no va a deslumbrarlos ni se trata de eso. Acudiremos a colmados flamencos, un día podemos ir a los toros y, en fin, hacer cosas que salen de lo común por divertidas y ocurrentes, ¿me ha entendido?

Antes de que respondiera don Eloy, Rita metió baza.

—Y un día también podemos ir a la ópera... ¿O eso tampoco?

Finalmente, don Eloy aceptó la propuesta del frente común que su esposa y su hijo habían formado y aceptó que Perico Torrente y Gloria Santasusana estuvieran presentes en el conciliábulo familiar que se había erigido en «comisión de festejos».

Después de un par de reuniones, en las que fue perfilándose tanto el número como el qué de las salidas, y luego de contemplar planes conjuntos y otros separando a los mayores de los jóvenes, a Perico se le ocurrió una idea que a don Eloy le pareció genial, pues aunaba la economía de la misma al hecho de pasar un par de días juntos.

—Atienda, don Eloy, a ver qué le parece... ¿Por qué no cogemos el tren de Aranjuez y pasamos dos días en la finca de ustedes? Los jóvenes seremos unos diez. Si no he entendido mal —ahora se dirigía a José—, vienen tres primos de Nachita y con los tres tuyos ya son seis, que junto con Nachita, Gloria, tú y yo hacen la decena. La diversión está garantizada. De momento, el tren del marqués de Salamanca ya es un espectáculo de por sí. Una vez allí podemos montar el cróquet y jugar todos. En la cuadra, si no recuerdo mal, hay seis o siete caballos, de modo que los que quieran pueden montar. Y usted, don Eloy, podrá mostrar su bodega y todo lo referido al cultivo de los espárragos, que no deja de ser una curiosidad para quienes no conocen tal actividad, y me parece que en Venezuela no cultivan ese producto. Las comidas podemos hacerlas allí mismo... o ir a aquel gango en el embarcadero del Jarama adonde me llevaste una vez, José, La Pascuala se llamaba, ¿no?, y hacían y deben de seguir haciendo un faisán con espárragos y otro con fresas a la vista de los comensales que era una gloria de ver y de paladear. ¿Qué le parece, don Eloy?

El aludido vio el cielo abierto. Aquel tren de vagones de madera era una curiosidad, el viaje breve y cómodo, y podría presumir de su finca, no por tamaño pero sí por calidad ya que la casa tenía una antigüedad de tres siglos... y eso no se compraba en Venezuela. Así pues, no puso reparos. Dio una afectuosa palmada en la rodilla a Perico y, dirigiéndose a su hijo, comentó:

—Cuando montes tu empresa de motores, José, debes asociar como abogado a tu amigo. Hoy me ha demostrado que tiene iniciativa e ingenio, y eso escasea.

Por la noche doña Rita observaba desde el espejo del tocador a su esposo, que ya se había acostado, y comentaba con sorna imitando su voz:

—¡No, no, las cosas de dinero no conviene comentarlas frente a un extraño, tienen que quedar en familia! —Y luego ya con su voz habitual—: Si no fueras tan cerril y tozudo, a veces las cosas te irían mejor.

39

Aranjuez

Faltaban solamente seis días para que ambas familias se desplazaran a Roma, pues de común acuerdo habían decidido llegar a la Ciudad Eterna una semana antes de la boda. José estaba eufórico, se sentía el hombre más feliz del mundo. Miraba a Nachita y le parecía mentira que aquella belleza fuera a ser su mujer. Perico comentaba: «A ver si bajas a la tierra y estás para lo que has de estar. Si no te lo recuerdo, te dejas los billetes y perdemos el tren. Cuando lleguemos a Roma tendré que estar muy atento, ¡que eres capaz de dejarte los anillos el día de tu boda!».

La idea de pasar un par de días en Aranjuez pareció a todos un plan estupendo, particularmente a don Eloy, que podría presumir ante su consuegro de casa con abolengo, de la villa de Aranjuez con el palacio de verano de la familia real, con el jardín del Príncipe, las mil y una fuentes, la falúa real en el embarcadero… ¡Tanta cosa única en el mundo! También los jóvenes estaban contentos de poder pasar dos días al aire libre en el campo y hacer ejercicio físico, sobre todo los venezolanos, que estaban acostumbrados a los espacios libres y amplios y llevaban casi un mes en la ciudad. En el caso de los jóvenes, su plan era montar a caballo, salir al río Tajo y tomar la falúa para hacer una excursión, y después de comer jugar al cróquet en la explanada de detrás de la casa.

El día amaneció muy pronto y antes de las ocho de la mañana estaban todos reunidos en la estación de Delicias, vestidos con atuendos campestres y con pequeñas maletas o bolsas de viaje, dispuestos a tomar el tren de Aranjuez, que tenía anunciada su salida a las ocho y media. El grupo de los mayores se instaló en el segundo vagón. Estaba compuesto por los Urbina; sus cuñados, Emilio y Pompeya; don Ignacio Antúnez; el alcalde de Caracas, Teófilo Monzón, y su esposa, doña Leocadia; el presidente del Consorcio Minero de Maracaibo con la suya, doña Matilde Luengo; y don Jesús Labandeira, secretario y hombre de confianza de Antúnez. El grupo de los jóvenes, quienes se instalaron en el último vagón, estaba formado por José y Nachita; los primos de ésta, Micaela, Raúl y Leonel; Perico y Gloria; y Margarita, Clara y Carlos, los primos de José.

En cuanto el jefe de estación, bandera en mano, tocó el pito y el maquinista le respondió con el silbato de la locomotora, el tren se puso en marcha y el jolgorio y las ganas de vivir se instalaron entre los jóvenes. Nachita llevaba consigo en un bolso a Pizca, que se movía inquieta sacando la cabeza entre las dos asas.

—A ver si el revisor te obliga a bajar a tu perrita del tren. En la estación he leído un cartel que decía: PROHIBIDO LLEVAR PERROS.

—¿No lo dirás en serio, Perico?

Nachita miró inquieta a José, y éste tranquilizó a su novia:

—¡No hagas caso a Perico, que es un liante! ¡Pero si lo he visto hacer broma hasta en el tribunal!

Micaela, con su acento también venezolano, apuntó:

—¡Uy… qué guasones! Ya me habían dicho que los españoles saben gozar de la vida… Nosotros también. —Y dirigiéndose a su hermano Raúl agregó—: ¡Venga, vamos a cantar!

Perico, entusiasmado con la idea, indagó:

—Pero ¿sabéis cantar?

Nachita presumió de familia.

—Mis primos cantan que es una gloria.

—Lo mismo que usted, Nachita —apuntó Micaela.

Gloria presumió de amiga ante su novio.

—Nachita canta como los ángeles. ¡Pues qué te crees!

Perico quiso saber más.

—Pero ¿así… a capela?

Raúl extrajo de su bolsa un instrumento semejante a una guitarra pequeña y muy estrecha y explicó:

—Ésta es la orquesta: mi charango.

Perico tomó el instrumento entre las manos y lo observó con curiosidad. Ante su mirada interrogante, Raúl aclaró:

—Es una especie de timple canario, aunque la diferencia principal entre ambos es que la caja del charango está hecha con el caparazón de un armadillo. Éste era de mi padre.

El revisor asomó por la puerta del extremo del vagón, y Nachita empujó rápidamente la cabeza de Pizca y la obligó a meterse en el bolso. El hombre taladró los billetes que Perico le entregó y, tras llevarse dos dedos a la gorra y desearles buen viaje, siguió su trayecto.

Perico pasó el pulgar por el cordaje del pequeño instrumento y le arrancó un sonido mucho más agudo que el de una guitarra.

—Traiga para acá, está desafinado.

Raúl tomó el charango entre las manos y, repitiendo una y otra vez la frase típica «Mi perro tiene pulgas», que se usaba para ese menester, a la vez que pulsaba una cuerda con cada palabra, afinó el instrumento e hizo un acorde armónico que sonó perfecto.

Súbitamente los viajeros fueron bajando la voz, pues creían que aquella música era el preludio de un entretenimiento que la Compañía de los Ferrocarriles de Madrid a Zaragoza y Alicante, la MZA, proporcionaba a sus pasajeros para hacerles más grato el viaje.

Ante aquella explosión de silencio, Nachita se agobió.

—Ruly —dijo a su primo, pues lo llamaba así desde pequeños—, ahora no tiene más remedio que cantar.

—Está bien, pero los cuatro.

—¡No, yo no!

—Usted también, Nachita, o no cantamos.

Finalmente se pusieron de acuerdo. Nachita y Micaela harían la tercera voz, Lionel la segunda por abajo y Raúl la primera. Apenas este último rasgó el charango se hizo en el vagón un silencio expectante. Un ritmo alegre y desconocido comenzó a salir del pequeño instrumento, y cuatro voces afinadas y bellas atacaron los primeros compases de un antiguo joropo del folclore venezolano. Al terminar se produjo un segundo de silencio, y enseguida el vagón, puesto en pie, comenzó a aplaudir. Los españoles estaban entusiasmados.

—Esta noche después de la cena tenéis que cantar —apuntó Perico.

José estaba atónito.

—Pero ¡qué maravilla! Estoy asombrado... Cada día descubro algo nuevo en mi futura esposa. ¡Mi vida va a ser una continua sorpresa!

—Ya ves, y todo por hacerme caso e ir un día a los toros. Vas a deberme tu felicidad, ¡a ver cuándo me pagas!

Entre bromas y alegrías fueron pasando estaciones.

A la hora en punto el tren se detenía en la estación de Aranjuez. Todos fueron bajando de los vagones. La alegría de los jóvenes contrastaba con la conversación tranquila y reflexiva de los mayores.

Don Eloy iba explicando las maravillas de Aranjuez a su futuro consuegro y éste, ante la oferta, iba escogiendo de entre tantas las que más curiosidad e interés le despertaban, ya que era imposible en dos días visitar tanta excelencia.

Tres tartanas aguardaban en la puerta de la estación. Los viajeros se acomodaron en ellas y, atendiendo las indicaciones de don Eloy, partieron siguiendo la ruta escogida para que durante el trayecto fueran viendo lo más remarcable de la villa hasta llegar a la entrada del viejo caserón de los Urbina.

Las tartanas se detuvieron y la gente fue descendiendo de ellas. Don Eloy no pudo evitar que un ramalazo de orgullo invadiera su espíritu al observar las sorprendidas miradas de su consuegro y de los demás venezolanos.

El viejo caserón que se divisaba a lo lejos encaramado en un pequeño montículo, junto al meandro que formaba a su paso el río Jarama, era una admirable construcción que sumaba a la belleza arquitectónica de sus líneas un halo de más de doscientos años de abolengo y antigüedad.

El grupo de los jóvenes, conducidos por José y Perico, se adelantó. Los seguían los mozos con los equipajes. El grupo de los mayores fue avanzando, en tanto Eloy, ejerciendo de guía turístico, iba explicando los pormenores de la finca a la vez que por el camino principal avanzaban hacia la casa.

—Es lo que se llamaba en la época una casa solariega fortificada. Según consta en la escritura, su primer propietario fue don Sebastián de Contreras, gobernador de Aranjuez allá por el año 1634, si no recuerdo mal. En sus orígenes, se habla de cuatro casamatas que cautelaban los ángulos, desde donde podía divisarse cualquier enemigo que se acercara, aun de lejos, particularmente desde el río. De las casamatas, como pueden ver, únicamente queda una. La casona pertenece a los Urbina desde hace unos ciento cincuenta años. La compró mi bisabuelo y hemos ido arreglándola generación tras generación… y me atrevo a aventurar —dijo Eloy mirando confianzudo a su consuegro— que nuestros nietos continuarán arreglándola, pues el trabajo no se acaba nunca.

Ignacio Antúnez, a quien lo antiguo privaba, parado en medio del camino observaba la construcción con la diestra colocada sobre los ojos para protegerse del sol y mejor ver.

—Eloy, pero ¡esto es una maravilla! No hay dinero para pagarlo.

—Desde luego, para mí no lo hay por lo que representa, los recuerdos y el cariño que le tengo, pero en esta España nuestra debo decir que piedras antiguas para vender quizá es lo único que sobra. Aquí hay mucho abolengo apolillado pero poco futuro.

Los mozos habían dejado los equipajes en la entrada, y el personal de la casa lo había distribuido por las habitaciones y aguardaba en el recibidor para presentar los respetos a los invitados de los señores. Junto a Bernabé Zamora, el administrador, estaban los dos guardeses con sus respectivas mujeres, Jerónima, el ama de llaves, y Úrsula, la cocinera, así como dos camareras, María y Felicia, hijas de los primeros.

Doña Rita, luego de corresponder al saludo de los criados, se dirigió a Pompeya:

—Hermana, ayúdame a hacer los honores. —Enseguida añadió, dirigiéndose a los demás—: Y si les parece, les enseñamos sus habitaciones. Descansen, y nos reunimos en el salón dentro de una hora.

Todos estuvieron de acuerdo, y tras mostrarles la planta baja, acompañados por Rita y por Pompeya, subieron al primer piso para conocer sus dormitorios. Eloy preguntó a su administrador por los jóvenes, que se habían adelantado.

—Han dejado sus cosas y se han dirigido a Aranjuez en dos tartanas, señor. El señorito José me ha dicho que a la hora de comer estarían aquí.

Una hora más tarde estaban todos, jóvenes y mayores, sentados alrededor de la gran mesa de alas extensibles celebrando la comida en común de las dos familias y de sus amigos como preámbulo de aquella boda que tanta ilusión había despertado en todos ellos. Úrsula, la cocinera de los Urbina, urgida por doña Rita, se había esmerado. La mujer era una especialista en guisos de caza, por lo que tras unos entremeses típicos, entre los que no faltaron espárragos con mayonesa y a la vinagreta, aparecieron las dos camareras, María y Felicia, portando sendas bandejas con faisanes al vino tinto acompañados de verduritas del tiempo que provocaron el aplauso de los presentes. Finalmente, en el postre se sirvieron los inevitables fresones y fresas, los primeros con nata y las segundas con naranja.

La sobremesa fue larga y entretenida, y con los licores apareció a petición de José el charango de Raúl, quien, acompañado de sus hermanos y de su prima, comenzó a desgranar un repertorio de bellas canciones venezolanas que hizo las delicias de todos.

Pasadas las cuatro, don Eloy preguntó a su hijo qué planes tenían para la tarde.

—Voy a llevarlos a los gangos del Manco y del Rebollo. Luego iremos al embarcadero a coger una falúa para hacer un paseo fluvial.

—Me parece todo muy típico, pero poco ilustrativo.

—Padre, ya habrá tiempo para monumentos. No olvide que dentro de poco estaremos en Roma.

—Cosas de la maravillosa juventud —apuntó don Ignacio—. A mí, en cambio, me apasionan las piedras.

Rita intervino:

—Entonces, si te parece, Eloy, podemos ir a palacio y ver el interior o las fuentes, que todo vale la pena.

—Si me dispensáis —dijo Emilio—, yo me quedaré a descansar. Y le aconsejo, querido Ignacio, que haga lo mismo. La siesta es uno de los inventos españoles que, junto con un retraso de siglos, nos ha traído uno de los mejores placeres de los que puede gozar un español, eso sí, sin pecar.

—¡Emilio, por Dios!

—Déjalo, hermana —pidió Rita—. Si no lo conseguiste cuando eras joven, ¿cómo vas a evitar ahora que ese ganapán carpetovetónico que tienes por marido cambie ahora de costumbres?

—Si te hace muy feliz, esposa mía, iré a ver monumentos... Pero a mí lo que me gusta es hacer la siesta.

Don Ignacio metió baza, conciliador.

—No se me alboroten. Voy a darles el secreto de la felicidad. —Se dirigió a Emilio—: En mi tierra hay un dicho que es una pócima para la buena convivencia: «Mientras no perjudique al vecino, haga siempre lo que se le raje». O sea, Emilio, que si tiene sueño, vaya a descansar. Y nos vemos al regreso.

Antes de que se levantara la sesión, José interpeló a su padre.

—¿Hay ropa de montar de mujer en casa?

—Si no recuerdo mal, hay dos trajes de amazona de tu madre de cuando era joven. Y pantalones y botas mías hay varios pares. ¿Por qué?

—Mañana nos gustaría hacer una excursión a caballo. Bernabé me ha dicho que hay siete animales en las cuadras y una yegua, pero ésta no puede montarse porque está a punto de parir.

—Me parece bien. Pero que vaya con cuidado el que monte a Corredor. Es un caballo que tiene la boca muy dura y debe de hacer días que nadie lo trabaja a fondo.

—No se preocupe, padre. Yo lo montaré.

Los grupos se separaron y cada uno de ellos gozó de una hermosa tarde en Aranjuez.

El sábado amaneció esplendoroso. La mesa del comedor estaba provista esa mañana de todas cuantas cosas pudieran apetecer a la hora del desayuno. A medida que los huéspedes fueron bajando se sentaron alrededor y cada uno se sirvió a su gusto. Lo único que las camareras hacían era ofrecer café o té la una mientras la otra llenaba las tazas con una gran jarra de leche.

Nachita y Micaela bajaron con los trajes de amazona que había vestido Rita en su juventud. A la primera le venía tal que si hubiera sido hecho para ella. A su prima el suyo le venía un poco grande. En cuanto a los hombres, bajaron preparados para montar Raúl y Carlos, el primo de José. Los demás irían vistiéndose conforme regresaran de dar la vuelta los del primer turno.

El grupo se dirigió a las cuadras. Cuatro de los caballos estaban preparados, dos para la monta femenina y los otros dos para los muchachos. Pizca iba feliz y, llegando a la cuadra, comenzó a correr saltando y brincando. Súbitamente se subió sobre un saco de alfalfa, se quedó quieta como una estatua y, mirando hacia un rincón, enderezó las orejas. Uno de los mozos de cuadra apuntó:

—Señorita, sujétela bien porque la perrilla ha visto una rata que seguramente será más grande que ella. Tenga cuidado.

Leonel subrayó:

—Pizca es de raza terrier, y estos perros se usaban en origen para entrarles a los zorros en las madrigueras.

Nachita la cogió rápidamente y notó que el cuerpecito del animal se ponía tenso como una cuerda de guitarra. De pronto Pizca se puso como loca y comenzó a agitarse como si hubiera visto al demonio, a tal punto que Nachita la apretó contra su pecho. Sin embargo, la perrita no cejaba en su intento de atacar a aquel enemigo oculto entre la paja.

El mozo intervino de nuevo tomando de la pared una horca de tres pinchos para subir la paja.

—Que no se le escape, señorita. Ésa —señaló el rincón— es tan gorda que cuando nos ve da media vuelta y se va despacio.

José se acercó a su novia.

—Dámela, yo la sujeto.

En tanto Nachita trataba de entregarle a Pizca, ésta, en un último intento por escapar, se empinó hacia el hombro de su ama y, en el esfuerzo, con las uñas de la pata derecha, le arañó el labio superior, que comenzó a sangrar. Nachita aflojó sin querer la presión. La perra saltó de un brinco y se dirigió como un rayo hacia el rincón de la paja donde su instinto le indicaba que estaba su enemigo. La paja se movió y salió de ella una rata enorme, del tamaño de un conejo. Pizca se enfrentó a ella ladrando como una furia. La rata se enderezó sobre sus patas traseras, y mientras ésta plantaba cara al enemigo que estaba enfrente, el mozo de un certero golpe la atravesó con el tridente de recoger la paja. Un suspiro de alivio recorrió el grupo.

Pizca saltaba y brincaba alrededor del bicho ensartado en el tridente, ladrando enloquecida para celebrar su triunfo. Clara la sujetó.

José, con el pañuelo en la mano, limpiaba la sangre del labio de su novia.

—Hoy no hay salida a caballo. —José miraba la herida y volvía a taparla—. Te ha hecho un arañazo bastante largo y profundo. Hay que curártelo.

—No es nada. Además, no quiero que os fastidiéis por mí. Déjame el pañuelo y a la vuelta me pongo algo.

—Ni hablar. Que monten ellos. Tú y yo volvemos a casa. En el botiquín siempre hay agua oxigenada, tintura de yodo, gasas y vendas. Hay que desinfectarte eso; los perros tienen las uñas sucias, y Pizca se ha paseado por la cuadra antes de que la cogieras en brazos.

El suceso hizo cambiar los planes. Hubo salida a caballo de los primos de la pareja, y los venezolanos, por cierto, demostraron ser unos buenos jinetes. José y Nachita regresaron a la casa. Doña Rita, que pagó sus nervios con Bernabé, el administrador, porque el botiquín no estaba provisto como debería estarlo, procedió, en presencia de don Ignacio y de Pompeya, a limpiar la herida con agua oxigenada y tintura de yodo, a colocarle un pequeño apósito, aunque el lugar era incómodo de cubrir, y finalmente a fijárselo con una tira de paño de hilo muy fino y pegado con cera de abejas. Cuando todo estuvo terminado se dio la explicación a los mayores.

—Era una rata inmensa. ¡Si vierais cómo se enfrentó a ella la perra...! Lo valiente que es, aun siendo tan pequeña. Por cierto, ¿dónde está? —inquirió Nachita.

—Castigada en la leñera. La tienes muy mimada y no hace caso a nadie.

—Pero, ¡amor, ella no tiene la culpa! Ha obrado por instinto; sus ancestros hicieron lo mismo, se los adiestró para eso. ¿Por qué no me la traes?

José dudaba.

—¡Por favor...! Anda, sé bueno.

—Mejor será que la dejes encerrada. Iremos a Aranjuez y vosotros dos podéis sumaros al plan de los mayores. —Dijo don Eloy, que luego se dirigió a su hijo—: Creo que a Nachita le encantará la excursión. Y a la hora de comer nos reunimos todos en El Castillo de 1806. Díselo a los jinetes antes de que partan. —Acto seguido se volvió hacia don Ignacio y añadió—: Le gustará mucho. Es un sitio de comidas muy antiguo, por no decir el más antiguo de Aranjuez.

—A donde me lleve me gustará, estoy seguro. Espero poder corresponderles en Caracas el día en que ustedes nos visiten allí.

—¡Uy, eso está muy lejos!

—Querida Rita, hay la misma distancia entre España y Venezuela que entre Venezuela y España... Además, le prometo que le compensaré el largo viaje con la estancia que voy a prepararles.

40

El último viaje

En cuanto regresaron de Aranjuez lo primero que don Eloy hizo fue llamar a su médico y amigo el doctor don Mariano Monleón para que acompañara a José al Grand Hôtel de Paris a fin de que echara una mirada al profundo arañazo de Nachita. El doctor, tras examinarle el labio, aprobó todo lo hecho hasta aquel momento, recomendó colocar sobre el mismo apósitos calientes de manzanilla y aconsejó también que antes de dormir la joven se tomara una infusión de la misma planta, cuyas virtudes curativas como desinfectante y tranquilizante estaban probadas. Añadió que, si le venía la fiebre, tomara un sobre de salicilato diluido en agua. Poco más podía hacerse, apostilló. Cuando supo que debían partir hacia Roma recomendó, eso sí, que a la llegada buscaran a un doctor de probada competencia para que confirmara la buena evolución de la herida. Don Ignacio Antúnez explicó al doctor Monleón el motivo del viaje y la complicación inmensa que representaba un aplazamiento, pero añadió que, si él lo recomendaba, suspendía todo hasta que su hija estuviera completamente bien.

—Si he de tener fiebre la tendré igual aquí que en Roma, padre, y mi boda, con lo difícil que es conseguir lo que usted ha conseguido, los invitados y toda la parafernalia que se ha organizado, desde luego va a celebrarse. Olvídense todos de mi labio. Y si voy a ser una novia fea con el morrito hinchado, ¡alabado sea Dios!

El barco fletado por don Ignacio Antúnez para transportar hasta el puerto más próximo a Roma a los invitados de Venezuela había llegado el día antes. El grupo de Madrid, compuesto por unas sesenta personas, salió de Valencia en el *María Isabel* de la compañía Pinillos tres días antes de la boda contando con que el viaje duraría, con buena mar, unas treinta horas.

A las seis horas de navegación la fiebre de Nachita había alcanzado a treinta y ocho grados y medio. José no se apartaba de su lado, y el nerviosismo y la angustia tanto de su padre como de los Urbina eran inmensos. Ya de madrugada, los temblores y el frío la atenazaban; la fiebre rozaba los cuarenta. Todo el barco, como si compartiera un mal presentimiento, estaba en silencio. Evidentemente, la fiesta preparada para aquella noche se había anulado.

Se llamó al médico de a bordo, el doctor Cardona, y éste acudió con el capitán, don Higinio Espinosa.

El doctor Cardona dio su diagnóstico:

—Creo que esta muchacha ha contraído septicemia.

—Entonces ¿qué ha de hacerse, doctor?

—Yo poco puedo hacer. En cuanto lleguemos a Civitavecchia habrá que ingresarla en el hospital. —Luego, volviéndose al capitán, apuntó—: Convendría telegrafiar al puerto para que preparen un transporte.

Don Higinio, a la vez que partía, respondió:

—Ahora mismo. ¿Puedo hacer algo más?

—Sí, capitán. Pida que traigan un cubo con hielo y trapos de toalla. Intentaré bajarle la fiebre. Voy a por un calmante, puesto que los dolores serán intensos, y regreso.

El marino y el médico salieron juntos a cubierta.

—¿Está muy mal, doctor?

—Tan mal que creo que es momento de llamar al páter.

—¡Por Dios, no me diga eso!

—Como comprenderá, tampoco para mí es plato de gusto, pero es lo que hay que hacer.

—En treinta años de singladuras por todos los mares jamás me había ocurrido algo así.

—Si le parece, envíe a alguien a por el hielo y reunámonos otra vez en el camarote de la joven. Aunque poco podamos hacer, creo que nuestra compañía será de ayuda en momento tan dramático.

—En nada estoy allí.

Un silencio tenso y espeso preñado de lúgubres auspicios se había instalado entre los presentes. Doña Rita y Pompeya, su hermana, así como también Micaela, Clara y Margarita pasaban en voz baja las cuentas de un rosario. Raúl, Leonel, Carlos y don Emilio se habían instalado en el salón de fumadores y allí aguardaban noticias. Junto al lecho de Nachita, uno a cada lado, estaban José, sentado en una banqueta y tomándole la mano, y don Ignacio. Don Eloy permanecía en pie junto al ojo de buey del camarote.

Unos nudillos golpearon la puerta, y don Eloy fue a abrir. En el vano apareció la negra figura de mosén Escrivá, el cura de a bordo.

—Me ha avisado el capitán, creo que puedo ayudar en algo.

La palidez invadió el rostro de José, y las lágrimas que resbalaban por las mejillas de aquel hombretón que era Ignacio Antúnez impresionaban.

La voz de Nachita sonó muy lejana, dirigiéndose a su padre:

—Diga que sí, padre. —Y apretando levemente la mano de José, añadió—: Casémonos ahora, amor mío.

Haciendo de tripas corazón y queriendo quitar hierro a la situación, don Ignacio habló:

—No, hija, te casarás pasado mañana en la cripta de San Pedro.

La voz de Nachita sonó más firme ahora, aunque tenue y entrecortada:

—No se engañe, padre. Yo únicamente tengo ahora, ya no tengo mañana.

Don Ignacio interrogó con la mirada a José y éste, con los ojos brillantes, asintió. Después trasladó la pregunta al páter.

—Si el capitán lo autoriza, y en un caso así, puede hacerse.

—Entonces, padre, vaya a buscarlo.

No hacía falta, en aquel momento el capitán entraba en el camarote acompañado por un camarero que llevaba dos cubos con hielo troceado. El cura, haciendo un aparte, le trasladó la pregunta.

El capitán le respondió en su susurro:

—En caso de extrema gravedad como el de hoy, estoy autorizado para declarar a una pareja marido y mujer, y si son ambos contrayentes católicos, como es el caso, según creo, usted puede presidir la ceremonia.

A las cinco de la mañana José Cervera y María Chiquinquirá Antúnez fueron declarados marido y mujer. Los anillos los portó Perico Torrente, quien ejerció de testigo junto con Carlos, Micaela, Clara y Raúl. A las seis y media, confortada con la extremaunción, Nachita entregaba su alma a Dios.

Un bramido de león herido rasgó la madrugada. Ignacio Antúnez se puso en pie y, ante el pasmo del cura, levantó su puño al cielo mientras gritaba:

—¡Me la has robado y te juro que un día u otro te pediré cuentas!

José, aguantándose las lágrimas y transido de dolor, sujetó a su suegro por los hombros. Don Ignacio Antúnez se vino abajo y comenzó a sollozar como un niño en tanto sus hombros se agitaban en un llanto convulso como el temblor que anuncia un terremoto.

A aquella hora todos los invitados a la boda por parte de los Urbina que formaban parte del pasaje del *María Isabel* estaban en pie acongojados y silenciosos ante el tristísimo drama que se había desencadenado aquella noche. Que una muchacha en la flor de la edad hubiera fallecido cuarenta y ocho horas antes de su boda víctima de un estúpido percance era desconsolador.

Desde el barco y mediante el telégrafo, el capitán puso en marcha todo el dispositivo oficial avisando al puerto de Civitavecchia de la particular circunstancia.

Costó Dios y ayuda apartar a don Ignacio del costado de su hija. Finalmente, José consiguió arrancarlo de allí y arrastrarlo hasta el bar del salón de lectura, ayudado por su padre, Perico Torrente y el doctor Cardona, y allí pidió whiskies y cafés al camarero.

Doña Rita, su hermana, Margarita y Clara se quedaron velando a la muchacha en el primer turno. Posteriormente irían relevándose hasta llegar a puerto, para lo que todavía faltaban nueve o diez horas, según estuviera la mar.

El doctor Cardona intentó suministrar un calmante a don Ignacio. Vana pretensión. El Viejo León de Maracaibo tomó directamente por el gollete la botella de whisky de la bandeja del camarero, se la llevó a los labios y vació de un trago un tercio.

—¡Déjemela aquí y vaya a por otra para los demás! Ésta es la mía… ¡Y que no me falte hasta que lleguemos a puerto! —Luego se dirigió al doctor Cardona—: Administre su jarabe a otras personas. A mí lo único que me impide pegarme un tiro es esto —dijo señalando la botella.

Durante aquellas horas José tomó el mando de las operaciones, y habló con los invitados y dispuso las cosas para recomponer aquel desastre. Su amigo Perico fue su gran ayuda. Lo primero fue establecer unos turnos de vela para que Nachita no estuviera ni un momento sola. Después José se dedicó a atender a su suegro, que estaba sentado en el mismo sillón con una botella siempre frente a él, con los ojos vidriosos y, de vez en cuando, hablando solo. Don Ignacio tan sólo se levantaba ocasionalmente para ir al camarote donde estaba el cuerpo de su hija. En un momento dado, buscó a José con la mirada y con un gesto lo reclamó a su lado.

—Quiero embalsamar a Nachita. Me la han quitado, pero no quiero que envejezca.

Y José, que hasta entonces había mantenido una entereza fuera de lo común, se hundió al oír esas palabras: había soñado envejecer junto a Nachita, pasar con ella el resto de sus días, y ahora, de repente, se sentía solo, abandonado cruelmente como un barco a la deriva en un inmenso océano de dolor.

41

Madrid

La tormenta que desencadenó la muerte de Nachita tuvo efectos inconmensurables. A la llegada a Roma y mediante los buenos oficios del cardenal Rampolla del Tindaro, el cadáver, trasladado al anatómico forense, fue embalsamado, proceso que duró dos semanas y que fue realizado por el afamado doctor Busanca. El propio cardenal ofició una misa *corpore insepulto* en la capilla de la cripta de la basílica de San Pedro a la que asistieron todos los invitados a la boda, quienes al día siguiente, tras la consiguiente y dolorosa despedida, fueron disgregándose. Unos regresaron a Venezuela y otros, aprovechando que estaban en Europa, se dirigieron a París, a Berlín o a otras ciudades. El grupo de Madrid, menos numeroso, regresó prácticamente en su totalidad a la capital de España, y sólo quedaron en Roma, haciendo compañía a los deudos de Nachita, los tíos de José, Emilio y Pompeya, con sus hijos, Margarita, Clara y Carlos; los íntimos amigos de la pareja, Perico y Gloria; y por parte de los Antúnez, Noelia y Roque, cuñados de don Ignacio, y sus hijos, Micaela, Raúl y Leonel. El grupo se alojó en el Grand Hotel Plaza, en Roma, en el palazzo Lozzano en la via del Corso.

En tanto el luctuoso proceso iba avanzando, día a día José intentaba convencer a su suegro de que lo mejor sería enterrar a Nachita en el panteón de los Urbina en el cementerio de la Almudena, ya que el traslado por mar hasta Caracas del cuerpo embalsamado durante quince o veinte días podría representar un gran problema. José entendía que su suegro quería tener cerca de él el cuerpo de su hija, pero, con mucho tacto y buenas maneras, intentaba que el Viejo León de Maracaibo comprendiera que también él deseaba a su mujer a su lado.

—Lo comprendo, don Ignacio, pero compréndame usted a mí. Tantos días en el mar pueden perjudicar el cuerpo embalsamado de

Nachita y, además, como usted, deseo tener cerca de mí a mi esposa. Permítame recordarle que usted la ha tenido veinte años y yo solamente unos meses.

—Pero a mí me queda mucho menos tiempo de estar con ella.

—Por eso mismo, don Ignacio. El día que usted falte se quedará sola, y en cambio yo haré que Mariano Benlliure esculpa sobre su túmulo su estatua yaciente, que presidirá el panteón de los Urbina, y cada vez que usted venga a Madrid podrá verla como si estuviera dormida.

Finalmente, don Ignacio Antúnez cedió y puso en marcha el traslado del cuerpo de su hija, para lo que contó con la inapreciable ayuda del cardenal Mariano Rampolla del Tindaro, quien, como secretario de Estado del papa León XIII, empleó todas sus influencias para que la Iglesia no sólo nada objetara a aquel viaje sino que lo favoreciera limando cualquier inconveniente. El drama de aquel padre y de aquella familia así como la generosísima contribución del indiano tanto a las arcas vaticanas como a las de la Iglesia en Venezuela hicieron que el cardenal se tomara el asunto con un empeño personal que cristalizó venciendo un obstáculo con el que nadie había contado, que no fue otro que la supersticiosa y atávica actitud de las gentes del mar al respecto de estivar a bordo los restos de un difunto, más aún, como sucedía en aquella ocasión, tan bien embalsamada que parecía dormida.

Al no poder embarcar los restos de Nachita en un barco de línea, don Ignacio contrató los servicios de una goleta de dos palos y motor apta para el servicio mixto de carga y pasaje de una naviera menor que hacía los trayectos del Mediterráneo, solventando con un sobreprecio el inconveniente de subir a bordo de un mercante tan excepcional mercancía.

Cuando la naviera puso sobre la mesa el inconveniente nadie supo cómo aquella circunstancia había llegado al conocimiento de la marinería. El caso fue que el contramaestre, en nombre de la tripulación, se presentó en el despacho del armador aduciendo que los hombres se negaban a subir a bordo en aquellas condiciones. Ni el plus económico que ofreció don Ignacio ni las amenazas de despido hicieron mella en la gente de la mar. Fue entonces cuando la sutil mano de la Iglesia mostró su *finezza* y poder. El cardenal Rampolla del Tindaro subió a bordo, hizo convocar a la tripulación y, tomando el hisopo del cubilete que le ofrecía su secretario, aspergió con agua bendita a todos los presentes comprometiendo su palabra de que el barco estaba protegido por la Virgen del Carmen, por lo que nada podía ocurrir. Esa circunstancia, unida al buen dinero que don Ignacio Antúnez hizo repartir entre la tripulación, disipó los escrúpulos y los supersticiosos temores de las gentes de la mar y no hubo inconveniente en subir a bordo el féretro con los despojos de Nachita.

La travesía marítima transcurrió sin novedad remarcable. El posterior trayecto ferroviario de Valencia a Madrid se había previsto desde Roma, por lo que el traslado del féretro se realizó sin contratiempos. Todo lo que a la ida había sido jolgorio y algarabía fue al regreso luto y silencio. Finalmente, llegados a la capital, el coche fúnebre trasladó los restos de Nachita al cementerio de la Almudena y en el panteón de los Urbina se habilitó un catafalco provisional para que don Mariano Benlliure pudiera trabajar libremente en el emplazamiento definitivo donde colocar su obra.

El taller del ilustre escultor estaba ubicado en la calle José Abascal, y al día siguiente suegro y yerno a él se dirigieron. El insigne artista los recibió en el despacho que tenía habilitado junto al espacio donde trabajaba y al punto se hizo cargo del peculiar trabajo; su agenda estaba abarrotada de compromisos, los encargos de la casa real eran varios, tenía pendiente una exposición de temas taurinos y debía finalizar dos bustos de los patriarcas de dos ilustres familias de Madrid, pero el factor humano de aquel encargo y el profundo dolor que transmitía la imagen de aquel padre y de aquel joven inclinó la balanza. Don Mariano Benlliure se comprometió a poner alma y corazón en aquella obra que contribuiría a mitigar el dolor de aquella familia y a perpetuar el recuerdo de aquella joven muerta en la flor de la vida y en circunstancia tan dramática.

Al partir todos los parientes de don Ignacio hacia Venezuela y quedar éste solo en Madrid, doña Rita se empeñó en que su consuegro se alojara en su casa.

—Tal vez no encuentre usted las comodidades de su hotel, pero aquí gozará de la compañía y el cariño de esta familia que para siempre será la suya.

Ignacio Antúnez agradeció la invitación. Desde la muerte de Nachita la soledad se cernía sobre él como pájaro de mal agüero, por lo que aceptó enseguida la propuesta y se instaló en casa de los Urbina, agradeciendo en el alma la gentileza.

Sus cuñados y sus sobrinos partieron hacia Venezuela vía Santander. La despedida, como no podía ser de otra manera, fue triste.

La terrible circunstancia había unido las familias de los dos jóvenes para siempre de un modo especial, de manera que Noelia se despidió de Rita y de Pompeya como de unas hermanas, y Roque, Eloy y Emilio prometieron cartearse con frecuencia. Por su parte, Micaela, Raúl y Leonel, los primos de Nachita, juraron volver a verse con José y sus primos, Carlos, Margarita y Clara, así como también con Perico y Gloria, en cuanto volvieran por Madrid o aquéllos tuvieran ocasión de visitar Caracas.

Al cabo de una semana, tras una frugal cena don Ignacio pidió a José y a don Eloy que se quedaran con él para tratar de un asunto relevante.

Los tres hombres se instalaron en el salón de la chimenea y, luego de que Evaristo sirviera los licores y por orden expresa de don Eloy cerrara las puertas, don Ignacio, tras encender calmosamente el habano que su yerno le ofreció, se dispuso a hablar.

—José, don Eloy, he de comunicaros algo importante ya que tristemente las circunstancias me obligan. Como bien sabéis, Nachita lo era todo para mí, así que cuando recibí su carta hablándome de ti —se dirigía a José— preparé mi viaje a Madrid de inmediato porque mi intuición me decía que el muchacho que había conocido era especial para ella; jamás, en ninguna ocasión, me había hablado de un hombre en aquellos términos y comprendí enseguida que debía venir a conocerte. Cuando Nachita tenía tres años perdí a mi mujer y mi niña se constituyó en el centro de mi vida. Ella era para mí mucho más que una hija; sin querer darme cuenta, la hice mayor antes de hora. Viajó conmigo, entendió rápidamente el porqué de muchos de mis negocios y mostró una intuición y un olfato que o se nace con ellos o no se adquiere nunca. Cuando te conocí, José, supe que la había perdido, no como padre, pero sí como cómplice. Entre sus amistades tenía mil moscones zumbando a su alrededor, pero nunca me preocupé porque ninguno daba la talla. En tu caso fue diferente, pues desde el primer día fui consciente de que en ti tenía un rival de entidad considerable.

José fue a interrumpirlo, pero el gesto de la mano de don Ignacio lo detuvo.

—Nachita era un sueño de muchacha. No tuviste tiempo de mesurar su calidad, porque ésta se muestra en circunstancias adversas y vosotros dos todavía no os habíais encontrado en medio de uno de los temporales que plantea la vida. He meditado mucho durante estos días y, pese a que me embargaba el dolor, he alcanzado a valorar las cualidades del hombre que es su hijo —ahora se dirigía a don Eloy—. Tú, José, regalaste a mi Nachita las primeras y únicas emociones de mujer que tuvo en su vida, y desde ese momento te instalé en mi corazón como si fueras mi hijo.

—Don Ignacio, usted me abruma.

—No me interrumpas, déjame terminar. —Tras dar una larga calada al puro, el indiano prosiguió—: Soy un hombre inmensamente rico, inmensamente solo e inmensamente desgraciado, y todo lo que pueda hacer de hoy en adelante estará circunscrito a tu persona, que es la depositaria del amor de mi hija, por lo que mi decisión está tomada. Dentro de dos semanas me acompañarás a Venezuela, conocerás todo aquello y te darás cuenta de lo que es aquel país, una tierra nueva llena de posibilidades y de riquezas que se ofrece al paso del que quiera ver que existe, siempre y cuando los políticos lo permitan. Yo lo hice hace más de cuarenta años. Tú, José Cervera, vas a ser mi principal heredero. Desde luego, me ocuparé de mi familia venezolana, que quedará perfectamente cubierta, así como también de las gentes que me han sido fieles y han trabajado conmigo, pero el grueso de mi fortuna será para el hombre que Nachita escogió como compañero de vida.

Tras estas palabras un grave silencio se instaló entre los tres. Luego José tomó la palabra.

—Haré lo que usted quiera que haga y seré lo que usted quiera que sea, por descontado. Sin embargo, he de decirle que siempre me sentiré culpable del drama que hemos vivido. Repaso cada noche lo acaecido y mi conciencia no me deja dormir. Yo le regalé el perro a Nachita, yo lo dejé entrar en la cuadra y, quizá, no fui lo bastante firme para aplazar la boda y estar con ella en un hospital hasta que tal vez se hubiera curado.

Don Ignacio colocó su mano derecha sobre la rodilla de José.

—Fue el destino, hijo, tú no tuviste culpa de nada. Eres joven y tienes que vivir. Yo ya he cumplido mi ciclo, y mi único deseo es volver a ver a Nachita, al punto que soy capaz de ponerme a bien con Dios si ése es el precio para reunirme con ella.

Ahora el que intervino fue don Eloy.

—José, deja que Nachita descanse en paz. —Luego se dirigió a su consuegro—: Yo sí creo en Dios, y sé que su hija está viéndonos y presumo que no debe de agradarle lo que está oyendo. —Ahora miró a José—. Nadie es culpable de lo que nos sucede, son cosas del destino. No quiero que te culpes más por ello.

—Tiene razón tu padre. Hablemos del futuro, que es lo que desearía Nachita.

Tras este tácito acuerdo don Ignacio Antúnez explicó su proyecto:

—Lo primero que quiero hacer es regresar al taller de Mariano Benlliure para ver la mascarilla mortuoria que habrá sacado del rostro de mi hija. Le encargué encarecidamente que tuviera a bien disimular la hinchazón del último momento y que la esculpiera tranquila y dormida. Después, José, me acompañarás a mi banco, pues tengo que ver a don Melquíades Calviño para dejar bien atadas las cosas de aquí. El miércoles partiremos hacia Venezuela y lo haremos desde Cádiz en el *Buenos Aires*. El viaje, que no hace escalas intermedias, puede durar veinte días, según esté la mar. Ya en mi país, haremos parada en Maracaibo, Puerto Cabello y Maiquetía porque en los tres sitios tengo gentes que debes conocer. Me consta que no se habla de otra cosa en todo Caracas... inclusive el presidente, buen amigo mío. Me ha citado en la Casa Amarilla, sede del gobierno, y quiero que acudas conmigo. En mi país cambia la presidencia frecuentemente y es bueno estar a bien con los políticos. Por otra parte, me dice Labandeira que la cosa está mal: la deuda exterior nos abruma, Alemania, Inglaterra e Italia no tardarán en exigir la devolución de sus préstamos, estoy seguro, y cuando eso ocurra soplarán malos vientos para los empresarios.

Los días siguientes fueron de una actividad febril. Finalmente, José había conseguido, por expreso deseo de don Ignacio, que su amigo Perico los acompañara, y no sólo como amigo sino también como abogado. Opinaba el viejo indiano que su decisión al respecto de su herencia comportaría muchas singularidades, por lo que convendría aportar un experto en derecho que conociera bien las leyes españolas, y quién mejor que Perico Torrente, el íntimo amigo de José y que tan de cerca había vivido aquella dramática circunstancia.

Se reunieron el lunes por la mañana en el Café de Pombo, en el número 4 de la calle Carretas. Perico era otro hombre desde el regreso de Roma. Su carácter alegre y bromista se había transformado en serio y circunspecto; era como si él también se sintiera culpable del origen de aquella historia que en tan triste final había desembocado.

—Dime a qué hora parte el tren para Cádiz, porque Gloria quiere ir a la estación a despedirnos.

—¿Cómo está?

—¡Qué te voy a decir…! Parece que hubiera caído un meteorito sobre todos los que partimos tan alegremente hacia Roma a celebrar tu boda. Nadie habla de lo de antes, bien lo sabes, como si no hubiera existido. Tampoco nadie hace bromas ni comenta estrenos de teatro o corridas de toros… En boca de todos sólo hay una palabra: «Nachita». En cuanto a Gloria en concreto, siempre acabamos en lo mismo, a pesar de que intento distraerla, y como todos los que de alguna manera participamos, también ella se siente culpable.

—Dile que tiene todo mi afecto y que, aunque el final haya sido el que ha sido, siempre le deberé los días más felices de mi vida. Y prométele que después de vuestra boda la invitaré a Venezuela, con nosotros, en el primer viaje. Ah, y dile que le agradezco que cuide a Pizca. Yo no la quiero en casa, pero el animalito no tuvo la culpa de nada.

Los amigos hablaron después del clima de Venezuela, de cuál era la ropa que debían vestir, y Perico preguntó a José cuánto tiempo creía que estarían allí, si quince días o quizá un mes, porque debía dejar atados los temas de su despacho y don Rafael Aguilar, su jefe en el bufete donde trabajaba, le había preguntado con mucho tacto si debía buscarle un sustituto y qué podía hacer con los asuntos que tenía pendientes sobre su mesa.

—No sé decirte, Pedro… —comenzó José, quien desde la muerte de Nachita se dirigía de esa otra manera a su amigo cuando tocaban un tema serio—. Todo esto me sobrepasa, y cada vez que toco la cuestión con mi suegro se me agranda el horizonte. Ignoro lo que voy a encontrarme allí, aunque me lo imagino, y el asunto me supera por todos lados.

—Pero tú querrás vivir en España, ¿no?

—Evidentemente. Pero qué sé yo si tendré que ir a Venezuela con frecuencia e instalarme allí un par de meses al año. Mi suegro habla y habla, y cada vez que lo hace me desborda. No descartes, Pedro, que el que tenga que ir allí por lo menos una vez al año seas tú. Además, me preocupa su salud.

—¿Por qué lo dices?

—La primera vez que ocurrió fue hace tres noches. Oí su voz y pensé que me llamaba. Salí al pasillo en pijama y me acerqué a su puerta… Estaba hablando con Nachita.

—¡Qué me dices!

—En ocasiones tengo la sensación de que no está del todo aquí, en especial después de enterrar a Nachita en el panteón de mis padres. Pero ¿sabes una cosa? También yo a veces despierto creyendo que está viva: la veo mientras duermo, tan hermosa, y oigo su voz cantarina, su risa… No hay nada más cruel que constatar, un día tras otro, que el amanecer únicamente me trae el dolor de saber que ya sólo podré volver a verla en sueños.

42

Venezuela

José, Perico Torrente y don Eloy acompañaron a don Ignacio Antúnez por expreso deseo de este último a la visita que se concertó con don Melquíades Calviño en su despacho de la banca García-Calamarte. Muchas eran las cosas que el viejo indiano quería dejar atadas y muchos los cambios que haría en su testamento tras la muerte de Nachita, por lo que aquella noche la orden fue concreta.

—Hijo —dijo a José, porque entonces a menudo lo llamaba así—, avisa a tu amigo Pedro e infórmale de que tenemos una cita mañana a las once, que esté a menos cuarto en la puerta del banco. Quiero dejar zanjadas muchas cuestiones y, dado que Pedro, además de tu amigo, es tu abogado, también para mí ha de serlo en España. —Luego se dirigió a don Eloy y añadió—: Si no tienes mejor cosa que hacer, querido consuegro, dado que tal vez tardemos mucho tiempo en volver a vernos, me gustaría que también tú estuvieras presente.

—Si éste es tu gusto, Ignacio, os acompañaré de mil amores. Aunque no sé cuál es el sentido de mi asistencia.

—Los jóvenes son jóvenes, Eloy. Y no estando yo aquí, un punto de experiencia y de templanza sin duda hará que las cosas transcurran por mejor camino. Habrá que tomar decisiones, y tu opinión y tu criterio serán muy necesarios.

Al día siguiente a las once en punto entraban los cuatro en el despacho de don Melquíades Calviño, quien los recibió meloso y servicial como nunca.

Tras los saludos de rigor y luego de que el director comunicara su más sentido pésame a aquel cliente tan importante, a su yerno y a Eloy, se sentaron los cinco en el tresillo del fondo y, apenas un camarero terminó de servir los cafés, don Ignacio comenzó a exponer sus ideas.

—Amigo Melquíades, la desgracia acaecida me ha matado en vida.

—¡No diga eso, don Ignacio! Usted no puede rendirse...

El indiano lo interrumpió:

—Dejémoslo así... Soy como un viejo gallo al que le ha caído encima la pared del gallinero. Tantos proyectos y tantos planes, tanta ilusión por sentarme en mi viejo balancín en el porche de mi casa allá en Venezuela e imaginar a mis nietecitos viniendo en pijama a dar las buenas noches al abuelo, se han diluido como un azucarillo en agua caliente.

Eloy intervino:

—Don Melquíades tiene razón, ha sido un mazazo terrible. Pero hemos de subsistir, y tú el primero, Ignacio. Nachita está viéndote desde allí arriba, y estoy seguro de que no le gustará lo que ve; nunca en vida vio rendirse a su padre y no es eso lo que quiere ahora.

Ahora fue José el que apuntó:

—Usted, don Ignacio, tiene mil recuerdos de veinte años compartidos con Nachita; yo sólo tengo un año; usted la ha vivido en mil momentos y yo en muy pocos, y alguno terrible, por cierto, y creo que, como homenaje a Nachita, todos aquellos a los que amó tenemos una obligación, que es vivir, y hacerlo por nosotros y por ella. Estoy seguro de que es lo que desearía.

Un ángel flotó por la habitación durante unos instantes.

—Está bien, dejémoslo ahí... He entendido el mensaje, de modo que procedamos.

Entonces Ignacio Antúnez detalló cuantas cosas quería cambiar, las transmisiones que en aquel momento hacía a su yerno de acciones de sociedades radicadas en Berlín y en París, títulos de propiedad de sus minas en el Rif y de las de cinabrio en Almadén, así como una cantidad de dinero estratosférica depositada en el Crédit Suisse de Ginebra. Y tras hacer que don Melquíades llamara al notario que estaba de guardia en la banca, otorgó poderes universales a José Cervera y Muruzábal y nombró abogado para todos los asuntos que estuvieran radicados en Europa a don Pedro Torrente Santaella. Finalmente pidió que le llevaran el cartón donde figuraban las firmas que podían abrir su caja fuerte y puso de su puño y letra el nombre de su yerno.

—¿Y eso por qué, don Ignacio?

—Ahí está, junto a otras cosas, la diadema de tu familia. Carece de sentido que la tenga yo.

—¡Era de Nachita!

—Tristemente, tú lo has dicho, era de Nachita. Pero mi hija ya no puede lucirla.

—¡Da igual! Siempre seguirá siendo suya.

Don Ignacio miró a José con conmiseración.

—Eres muy joven, José, y la vida es muy larga...

Luego de despedirse de don Melquíades, quien los acompañó hasta la puerta giratoria, el grupo se dirigió al taller que don Mariano Benlliure tenía en la calle de José Abascal. Allí el ilustre escultor mostró el primer esbozo en metal de la mascarilla de cera que había tomado del rostro de Nachita para realizar la escultura yacente que debía colocarse sobre la losa que cubría el sepulcro. Don Ignacio Antúnez tuvo que sentarse en un sillón de mimbre que le acercaron rápidamente, tal era el realismo de aquel rostro, que aparecía bellísimo y dormido. José, sin saber bien lo que hacía, conteniendo con un gesto brusco una lágrima que se escapaba de sus ojos, se inclinó y besó aquella frente tan amada con la devoción que lo haría un cofrade que tuviera ocasión de encaramarse al paso de la Macarena durante la procesión de la Semana Santa.

El *Buenos Aires* era un nuevo vapor de la Compañía Trasatlántica de 410 pies de eslora y 48 de manga, con un desplazamiento de 9.510 toneladas y maquinaria Brock, y con capacidad para más de cien pasajeros, sin contar con los de los sollados, y más de veinte oficiales, además de la correspondiente marinería, y para todos ellos y en caso de peligro, amarraba en cubierta ocho botes salvavidas de remo y uno de vapor.

El barco tenía anunciada su salida del puerto de Cádiz a las ocho de la mañana del miércoles 2 de diciembre, pero don Ignacio, José y Perico embarcaron la noche anterior. El vapor estaba amarrado con las calderas encendidas y el motor a mínimos alimentando todas las luces y sistemas de a bordo. El capitán, don Pedro Benjumea, natural de Bermeo y marino de larga trayectoria, aguardaba al pie de la escalerilla la subida de tan ilustre pasajero. Tras los saludos de rigor, se brindó para cualquier cosa que se les ofreciera y asignó a su servicio un joven oficial natural de Vigo, Ramón do Marco, que iba a realizar en aquella ocasión su segunda travesía transoceánica.

Don Ignacio, alegando el cansancio del viaje hasta Cádiz, pidió que le sirvieran en su camarote un pequeño refrigerio y quedó con los jóvenes para desayunar a las nueve de la mañana del día siguiente en el comedor de primera clase. José y Perico, luego de ocupar su cámara en el primer entrepuente, salieron a cubierta y, tras visitar el barco conducidos por el segundo oficial, se dirigieron al comedor principal para cenar algo y charlar de los mil acontecimientos acaecidos aquellos días.

El buque *Buenos Aires*, como todos los construidos en los astilleros de Dumbarton por la firma William Denny, no únicamente gozaba de los novísimos adelantos para la navegación sino que también se había cuidado hasta el último detalle en él todo lo relativo al lujo y la comodidad del pasaje. El comedor era una pieza cuadrada, ubicada bajo el puente de mando, apta para cuarenta comensales, con ocho columnas de hierro trabajadas que sostenían un techo artesonado de madera tallado y un friso corrido con hojas de acanto; en el extremo hacia la popa estaban las puertas que daban a las cocinas; al otro lado, junto a la amura de babor, se encontraba la alargada mesa del capitán. La puerta de entrada que daba a la escalera que venía del piso inferior era de cristal esmerilado, y en ella estaban grabadas las letras con la función de la estancia y el nombre del barco: COMEDOR-BUENOS AIRES.

José y Perico se instalaron en la mesa que les indicó el *maître*. En el comedor únicamente había dos ocupadas ya que la hora correspondía al segundo turno. Los amigos, tras consultar la carta, pidieron un filete *mignon* y un lenguado *meunière*, que regaron con un espumoso portugués, y concluyeron con sendos cafés y dos copas de coñac.

A la hora de la sobremesa y tras haber dado buena cuenta de sus respectivos manjares, prosiguieron el diálogo.

—¿Te das cuenta, José, de lo que es la vida?

—¿Que si me doy cuenta, Pedro? Me han pasado más cosas en un año y medio que en todo el tiempo de mi vida anterior.

Perico colocó su mano confianzudamente sobre el antebrazo de su amigo.

—Ya sé que volverás a decirme que fueron las circunstancias... Pero sigo sintiéndome culpable de todo lo que ha ocurrido.

—Eso es una ridiculez. Nadie tiene la culpa de nada; las cosas son como son y no hay nada que hacer.

—Pero si no te insisto para ir a los toros...

—Si no me insistes para ir a los toros y yo no hubiera conocido a Nachita en el veterinario... Y si no hubiera sido amiga de Gloria...

254

¡Hay tantos «si no fuera por...», Pedro, que al final acabaría culpando a Dios! Por cierto, ¿cómo está Gloria?

—Encerrada en casa todo el día y llorando.

—¿Habéis aplazado la boda?

—Lo que ha ocurrido ha cambiado la vida de todos. Antes era ella la que me apretaba para casarnos; ahora soy yo quien insiste y es ella quien dice que ya habrá tiempo, que quiere llevar luto todo el año y que después ya hablaremos.

—Lo comprendo. Y te diré algo: con todo lo que se te viene encima, es mejor que te des un tiempo.

—De eso quería hablarte, pues desde el día del banco García-Calamarte no hemos tenido ocasión de conversar, y créeme que estoy muy preocupado.

—¿Por...?

—No sé si voy a estar a la altura, José.

—Seguro que sí. Y por lo que a mí respecta, de no ser porque todo el tiempo he estado pensando en ella y no he tenido tiempo de pensar en otra cosa, no creas que no me asusta tanta responsabilidad.

Hubo una pausa silente.

—¡Qué tipo tan extraordinario es tu suegro!

—Para hacer todo lo que ha hecho en su vida, tiene que serlo.

—Es el individuo más importante que he conocido, y ya sé que no te importa, pero ¿te das cuenta del cambio brutal que va a dar tu vida?

—Soy consciente de ello y mi intención es meterme en el trabajo hasta las corvas, porque he llegado a la conclusión de que es la única manera de no pensar.

—Sabia decisión.

—Y para ello cuento contigo. He hablado con mi padre y le he dado algunas vueltas a la cosa. Desde luego que iré a Venezuela las veces que haga falta, pero quiero vivir en Europa, viajar, ver mundo y, sobre todo, no pensar... porque si no, voy a volverme loco.

—¿Tienes algún proyecto en mente?

—El de siempre, ya sabes, el mundo que viene, el de los motores. Nuestro mundo está a punto de hacer periclitar lo de los coches de caballos. De aquí a tres días será una antigualla, y el que antes lo entienda será el que se lleve el gato al agua. Y yo quiero estar entre los que meneen las cerezas.

—Ese mercado está en París.

—En París, en Norteamérica y en Londres. A nuestro regreso tenemos que ir a hablar con una persona que conoció a mi padre.

—¿Quién es?

—Un teniente de artillería, Emilio de la Cuadra Albiol. Tiene fama de visionario, pero si no fuera por personas así la humanidad no avanzaría. Yo soy de los que creen que el progreso es infinito y que el conjunto de todas las cabezas pensantes del mundo a lo largo del tiempo lo conseguirá todo, y ese tipo es uno de esos hombres. Cuando regresemos a Madrid tenemos que hablar con él.

La travesía duró dieciocho días y excepto el martes de la segunda semana, que atravesaron un temporal con mar dura, el resto del tiempo transcurrió sin novedad. Don Ignacio Antúnez salía por la mañana a dar unas vueltas por cubierta con José y Perico, y después de comer ya se recluía en su camarote para no abandonarlo hasta el día siguiente.

Gran parte del pasaje era venezolano y todos sabían quién era Ignacio Antúnez. Algunos fueron a saludarlo, sobre todo damas impresionadas por la triste historia de Nachita, que corrió entre ellas como reguero de pólvora. El capitán Benjumea hizo de filtro para evitar al indiano el agobio de las visitas, alegando el estado de salud de tan ilustre viajero.

Perico comentaba:

—El estado de tu suegro me preocupa. El golpe recibido ha sido terrible, pero yo pensaba que durante el viaje iría superándolo poco a poco. Empiezo a creer ahora que es él quien no quiere salir de esa depresión.

—Si para mí ha sido un golpe brutal, imagino lo que habrá sido para él. Ha trabajado toda la vida con el único fin de cuidar a Nachita, y comprendo que ahora que la ha perdido, y de un modo tan horrible, no levante cabeza. Pero una vez allí y entre los suyos quizá vuelva a ser el hombre que fue.

La llegada al puerto de Maiquetía fue al atardecer del decimoctavo día. José y Perico, acodados en la barandilla del primer entrepuente, se asombraron al ver la cantidad de carteles sostenidos por deudos y amigos de don Ignacio, en los que se leían mil frases de bienvenida, que habían acudido a recibirlo.

En cuanto pusieron la pasarela, y con el permiso del capitán, subieron a bordo los cuñados de don Ignacio, Roque y Noelia, con Micaela, Raúl y Leonel, sus tres hijos. También subió Jesús Labandeira, el secretario y hombre de confianza de Ignacio Antúnez en Venezuela. Al estar ocupadas todas las dependencias del barco con los pasajeros que, con sus equipajes, aguardaban turno para descender, el capitán tuvo la gentileza de ofrecerles la sala de oficiales. El encuentro reavivó todo lo pasado. Noelia se abrazó a su cuñado y comenzó a llorar desesperadamente, y su marido la apartó con delicadeza. Luego fueron él y sus hijos los que saludaron a Ignacio; después fue Jesús Labandeira, el fiel secretario que había tenido a Nachita sobre sus rodillas cuando era pequeña, el que se desmoronó. Finalmente unos y otros hicieron lo posible por recomponer el cuadro y, tras despedirse y agradecer a don Jesús Benjumea y sus oficiales el trato recibido a bordo, el secretario se ocupó de que los criados llevaran todos los equipajes a los coches que aguardaban en tierra. Cuando el indiano desembarcó, y como si se hubieran puesto de acuerdo, todos los presentes bajaron el volumen de las conversaciones, y fueron abriéndose a su paso con el sombrero en la mano sus deudos y sus mujeres enjugándose una lágrima con el borde de sus mantones.

Iba delante don Ignacio con sus cuñados, su secretario y José; los seguían Perico y Micaela, y algo más atrás, Raúl y Leonel. Tres eran los coches que aguardaban, y treinta los kilómetros que separaban Maiquetía de Caracas. Al llegar a los carruajes Noelia se acomodó en el segundo con sus tres hijos y con Perico, e Ignacio, queriendo aprovechar el tiempo, dispuso que en el primero lo acompañaran su cuñado Roque, José y Labandeira, quien durante el trayecto los pondría al corriente de los últimos sucesos acaecidos en Venezuela. En el tercero cargaron todos los equipajes. Los tres vehículos eran carruajes de viaje con doble ballesta y rueda grande, para soportar mejor los baches del camino, arrastrados por tiros de cuatro caballos. La caravana se puso en marcha y, después de volver sobre el tema de Nachita y de la inmensa desgracia acaecida, Labandeira, a requerimiento de don Ignacio, que explicó a su secretario que José ocupaba en su corazón el lugar que había dejado su hija, se dispuso a relatar los últimos acontecimientos y novedades que atañían a los asuntos del indiano.

—Esto ha sido, patrón, como una explosión de grisú en una mina, y el eco de la desgracia ha llegado desde Caracas hasta Maracaibo pasando por Puerto Cabello. Ha tenido más repercusión en la prensa la muerte de nuestra niña que la que tuvo la inauguración de la línea ferroviaria de Caracas a Valencia. En su despacho, patrón, no caben las cartas de pésame y los recados de la gente que ha venido a pie a presentar sus respetos y a expresarle su condolencia.

—Como buenamente podamos, quiero que todas y cada una de esas cartas sean contestadas.

—Luego, patrón, están las notas de demanda de visita de las personalidades que desean acudir personalmente a presentar sus respetos y acompañarlo en su dolor.

—Todo se hará, Jesús. Tú que conoces a cada quien pon un orden para que pueda ir despachando los asuntos y presentar a mi yerno a quien convenga.

—Así se hará, don Ignacio. Pero hay algo excepcional que requerirá en primer lugar su atención.

—¿Qué es?

—El Liberalismo Amarillo de Joaquín Crespo tiene los días contados. Su amigo Ignacio Andrade, que ha enviado dos recados para verlo en cuanto llegue, será sin duda su sucesor. Pero lo que comienza a vislumbrarse en el horizonte es la revolución que, al parecer, Cipriano Castro está organizando desde su exilio en Colombia; ése es el futuro, y si tal sucede, mejor será tomar precauciones.

—Entonces, Jesús, industria los medios para que mañana sin falta pueda ver a Andrade, él me pondrá al día de cuanto acontece.

—Así se hará, don Ignacio.

La mansión del indiano, de nombre El Paraíso, estaba ubicada en Caracas a tres manzanas de la plaza Bolívar, en una de cuyas esquinas, junto a la catedral, se hallaba la Casa Amarilla, residencia del presidente del gobierno.

Los tres coches atravesaron el zaguán y se detuvieron en el jardín central de la residencia; era ésta una propiedad de tres cuerpos, de dos pisos cada uno y en forma de U cerrados por la parte delantera por una construcción de una sola planta que albergaba portería, cuadras y habitaciones del servicio. En la planta baja estaban los comedores, los salones de recepción, el de música, la biblioteca y la sala de billar, y en el primer piso se hallaban los dormitorios y cuartos de baño, que daban todos a un porche cubierto que los comunicaba y por el que transitaba una cantidad ingente de servidores domésticos.

Lo que más impactó a los dos amigos, que no estaban acostumbrados a aquella espesura de arbustos y de flores, fue el denso y casi agobiante olor que subía del jardín, donde cenarían aquella primera noche.

Jesús Labandeira los puso al corriente:

—Es la época de floración del araguaney, nuestro árbol más típico, que coincide con las de las orquídeas flor de mayo y los lirios de la vida. Para quien no está acostumbrado el perfume es embriagador, ¡y ya verán cuando vengan en marzo o abril!

Efectivamente, la cena en el jardín constituyó para José y Perico la más clara explicación de lo que era Venezuela. Más que mil palabras, los olores y sabores de aquella noche habrían de marcarlos para siempre. Don Ignacio no bajó a cenar; cansado como estaba del viaje, prefirió irse a dormir para estar preparado de cara al día siguiente, que sin duda iba a ser una dura prueba. La mesa de la cena se instaló bajo la copa de un inmenso araguaney, y un enjambre de servidores se ocupó de ir y venir trayendo viandas, bebidas y productos típicos de la tierra. José y Perico supieron lo que eran las arepas de carne de venado, el pabellón criollo de arroz y frijoles con huevo y plátano, la torta bejarana y, finalmente, el postre de negro en camisa, un bizcocho de chocolate cubierto de crema.

Al finalizar el refrigerio y con un Labandeira mucho más distendido, pues José era para él el hijo del amo, por efecto de la confianza y del ron servido con el café, la conversación se hizo mucho más fluida. Luego de volver sobre el tema de Nachita, de lo que ésta había representado para don Ignacio tras la muerte de su esposa y de la calidad humana que había mostrado desde niña al respecto del cuidado de los sirvientes y, sobre todo, de los negros que trabajaban en las minas y en la construcción del ferrocarril, pasaron a hablar del futuro y de lo que don Ignacio Antúnez representaba en Venezuela.

—Piensen que, de haber querido, habría llegado a lo más alto del país. Está donde está por méritos propios. Por su esfuerzo y por su trabajo, y porque en su ascenso hasta la cumbre no se olvidó nunca de quienes lo ayudaron a triunfar, hoy en día es sin duda uno de los hombres más influyentes de este país.

Ya de madrugada, agotado por los acontecimientos y por el eterno recuerdo de Nachita, José estaba desvelado. Se levantó de la cama, se echó sobre los hombros un batín, se puso las zapatillas y se dirigió al dormitorio de su amigo. Abrió la puerta con mucho sigilo y cuando ya iba a pronunciar un sutil «¿Duermes?», la voz de Perico sonó en la oscuridad:

—Pasa... Yo tampoco puedo dormir —dijo encendiendo la luz de la mesilla de noche.

José ocupó uno de los sillones, y Perico se acomodó un cojín detrás de la espalda y se incorporó en el lecho.

Al principio los dos amigos se miraron sin pronunciar palabra, luego habló Perico:

—¿Te das cuenta de quién eres a partir de hoy?

—Pretendo ser el mismo.

—Pero no lo eres... Eres el principal heredero de uno de los hombres más ricos de este continente.

—Pues espero saber asimilarlo. Pero si un día ves que me cambia el carácter y me creo lo que no soy, dame con un palo en la cabeza.

—Quieras o no quieras, la vida va a cambiarte. Tendrás que viajar continuamente, y a lo mejor habrás de estar más tiempo aquí que en España.

—Eso lo veré sobre la marcha. Atenderé a Ignacio todo lo que pueda y en todo lo que me pida, vendré todos los años si hace falta y me pasaré aquí el tiempo que convenga. El tiempo de vino y rosas para mí ha terminado; la muerte de Nachita ha representado un antes y un después, Pedro, amigo mío, la vida nos viene en serio a los dos, y en estos tiempos tu amistad y tu competencia como abogado representan mucho para mí. Todo esto —con un movimiento de la mano señaló a su alrededor— me viene muy grande y te pido de corazón que me ayudes en este trance.

Una pausa significativa se estableció entre los dos amigos. Después sonó la voz emocionada de Perico:

—No sé en qué ni cuánto puedo ayudarte, pero quiero que sepas que, después de Gloria, es tu amistad lo más importante del mundo para mí.

El día salió esplendoroso tal que si Caracas, cual muchacha en tiempo de merecer, quisiera mostrar sus mejores galas a los nuevos visitantes.

Jesús Labandeira demostró ser un filtro inflexible de cara a la multitud de gentes de toda condición que deseaban presentar sus respetos al indiano. A las doce del mediodía llegó la visita que tanto interés había mostrado en entrevistarse con Antúnez. Don Ignacio Andrade, uno de los políticos más importantes del país, anunciaba su presencia.

El indiano, intuyendo que la reunión con su viejo amigo no era una mera cuestión de cortesía, ordenó que lo condujeran a la biblioteca, lugar más apropiado y discreto que el jardín donde hasta ese momento había recibido a sus deudos y conocidos.

Don Ignacio Andrade era un patricio y su aspecto era el que correspondía a tal apelativo: mediana estatura, noble cabeza de frente despejada, mirada inteligente, barba recortada castaña y bigotes con las guías hacia arriba. Al entrar, Antúnez se puso en pie en el centro de la soberbia biblioteca. José, por su parte, se quedó al costado de la puerta aguardando a que su suegro lo llamara para presentarle a aquel caballero.

Los dos hombres se saludaron afectuosamente cogiéndose por los antebrazos, luego el afecto se impuso al protocolo y ambos se abrazaron como únicamente lo hacen los hombres a los veinte años. Acto seguido, Antúnez llamó a su yerno y lo presentó como iba haciéndolo tras la muerte de su hija, y los tres se sentaron en el tresillo de cuero. Después de un prólogo en el que hablaron del tristísimo suceso que encabezaba todas las conversaciones, Ignacio Andrade entró en el tema, auténtico motivo de su visita.

—Querido Nacho —llamó a Antúnez, pues los dos se conocían desde hacía muchísimo tiempo y el político apelaba así al indiano—, te he echado mucho de menos. Lo que jamás pensé es que el motivo del retraso de tu regreso fuera tan tristísimo suceso... Pero, aparte de echarte de menos por cuestiones de afecto, que los humanos siempre somos egoístas al respecto del mismo, también lo he hecho por pura necesidad. Durante el tiempo que has estado fuera han pasado muchas cosas.

—Estoy al día de cuanto acontece gracias a Labandeira.

—Estás al corriente de lo que conoce la gente común, pero lo que está pasando, mejor aún, lo que va a pasar únicamente lo conocemos los que estamos entre bambalinas y en medio de la pomada.

—Te escucho.

—Es muy fácil: el presidente Joaquín Crespo, que considera que su tiempo está cumplido, me hizo llamar y me habló de un proyecto que no ha partido de él, sino de Guzmán. Antonio Guzmán Blanco, que, como sabes, fue protector de Crespo y a quien éste ha servido fielmente, cree que yo soy la persona indicada para presidir este país representando al Partido Liberal. Guzmán, después de Curazao, se fue a París y desde allí se ven las cosas de un modo muy diferente... Sea como sea, he de responder a la propuesta del presidente Crespo antes de final de mes, y eso depende de ti.

Antúnez lo miró extrañado.

261

—¿De mí? No te entiendo.

—Si tú te avienes a ser mi ministro plenipotenciario, aceptaré el cargo. En caso contrario me retiraré... y que sea de este país lo que Dios quiera.

José no acababa de creer lo que estaba oyendo. Si su suegro admitía esa propuesta, adiós a sus proyectos para Europa ya que debería ocuparse de todos los asuntos de Antúnez y se vería obligado a fijar su residencia en Venezuela.

La respuesta de Antúnez demostró que el asunto lo había cogido tan por sorpresa como a él mismo.

—Pero ¡qué me dices! Yo he sido siempre un hombre de negocios y jamás quise meterme en política. Sirvo para mandar, pero no soy bueno pactando y, al fin y a la postre, en la política todo son pactos.

—La propuesta no parte de mí únicamente, Nacho. Somos muchos los del Partido Liberal que pensamos que eres la persona indicada.

—Ni soy la persona adecuada ni es el momento para meterme en ese pozo de reptiles que es la política.

—Te ruego que lo medites. El asunto no es baladí ni tampoco un capricho pasajero. Tú y yo pensamos lo mismo y opino que haríamos un buen equipo.

El indiano se puso en pie y comenzó a pasearse por la biblioteca con las manos enlazadas a la espalda. Después volvió a tomar la palabra como si estuviera solo y pensara para sí.

—De no ser por lo de Nachita, tal vez me lo pensaría, pero en estos momentos me siento incapaz de concentrarme en nada ni diez minutos. —Señaló a José—. Me ha acompañado en este viaje mi yerno porque no me siento capaz de llevar mis negocios, mi cabeza se va una y otra vez a lo mismo... ¿Cómo quieres que me concentre en los problemas del país si no sé arreglar mi casa?

El otro insistió.

—No únicamente podrías, sino que te vendría muy bien para fijar tu cabeza en otras cosas. La política es tan absorbente que no ha lugar para nada más. Por favor, no me des la respuesta hoy. Piénsalo bien, duérmelo y el lunes hablamos.

El indiano se paró frente a su amigo.

—No quiero darte falsas esperanzas ni hacerte perder el tiempo, Ignacio. Lo siento en el alma, pero en estas circunstancias no soy tu hombre.

Ahora el que se retrancó en la respuesta fue Andrade.

—No te he explicado todo el canto y argumento de la obra porque no te sintieras chantajeado, pero llegado a este punto debo ser muy claro. Mi oponente en los comicios es el general José Manuel Hernández, y el clima es ya de crispación. El futuro, si no lo impedimos, quizá vuelva a traernos una revolución. Y ¡quién sabe qué pueda ocurrir después! Lo que es seguro es que no correrían buenos tiempos para los negocios, Nacho. Para los tuyos tampoco. Eres el mayor terrateniente de Venezuela.

El indiano volvió a sentarse.

—No quiero que tomes mi negativa como algo personal, pero es que me siento incapaz de regresarme; el Ignacio Antúnez que tú conociste ha muerto y está enterrado en Madrid. Tanto me ha cambiado el punto de vista de las cosas que soy un hombre sin ambiciones que aspira únicamente a subsistir. Fíjate que hasta encuentro injusto que mi fortuna sea mayor que la suma de un tercio de mis compatriotas. Hasta me parecería justo que me expropiaran mis posesiones y negocios, llegado ese hipotético futuro que pintas tan negro... Y desde luego con lo que me quedara aún podría vivir diez vidas.

Andrade se puso en pie.

—Insisto, Nacho, medita mi propuesta. Volveré el lunes. Confío en que el tiempo y el descanso obren el milagro. —Luego se volvió hacia José—. Espero que mi país lo acoja como merece. Aconseje bien a su suegro y hágale ver que el único camino viable es el que yo le ofrezco, si quiere que las cosas sigan como hasta ahora y no empeoren. Que tengan ustedes un buen día.

Ignacio Andrade, con la prestancia de un patricio romano, se caló el panamá y, tomando su bastón, salió de la estancia.

La visita de aquel hombre constituyó a lo largo de los días el principal motivo de conversación de José y Perico todas las noches. Tras un nuevo día tremendamente atareado, como todos desde su llegada a Venezuela, saboreaban el café con ron que cada noche después de la cena les servían debajo del gran árbol cuando ya don Ignacio se había retirado a descansar. En esa ocasión Jesús Labandeira los acompañaba.

El que en aquel momento tenía la palabra era José.

—Todo esto me desborda. Jamás imaginé que mi suegro fuera en Venezuela el personaje que luego me he dado cuenta que es.

Jesús Labandeira puntualizó:

—Don José, piense que prácticamente no hemos salido de Caracas. Cuando visitemos Valencia, Puerto Cabello, Maracay y otras ciudades, entonces tal vez tenga una medida aproximada del personaje que es don Ignacio.

Ahora el que intervino fue Perico:

—¿Y cómo vería usted que, a estas alturas de su vida, se metiera en política?

El fiel secretario, excusándose en un sorbo de su café con ron, hizo una larga pausa.

—Voy a serles muy sincero, si don Ignacio fuera el que salió para España hace unos meses, no duden de sus capacidades para ocupar el cargo de ministro plenipotenciario. En este momento, sin embargo, las facultades del hombre que ha regresado, no por sí mismas sino por su desinterés por las cosas, son otras, y no creo que pueda regir como antes lo hacía todos sus negocios. Opino, don José, que recae sobre sus hombros una ardua tarea. Esto, ya acabará de verlo, es como un pequeño imperio... y, por cierto, podría estar en peligro.

—¿Usted cree que las cosas pintan tan mal como anuncia el señor Andrade?

—Mire, don José, las leyes del mercado son las que mejor regulan la vida de los países; cuando los gobernantes, en muchas ocasiones incompetentes, quieren incidir en ellas con leyes y reglamentos es cuando las cosas comienzan a ir mal. En estos momentos la deuda exterior de un país tan rico como el nuestro es apabullante, y el buen gobierno consiste en fomentar la riqueza para, entre otras cosas, poder ir pagándola. Pero en manos de según quiénes el gobierno, cuando no el desgobierno que conlleva una insurrección, obran todo lo contrario. Y la riqueza se pierde... También la de aquellos que, como don Ignacio Antúnez, han contribuido tanto a mejorar el país. Sobre todo si se les expropian bienes...

Perico, desde un punto legal, indagó.

—¿Y la constitución de este país permite actuaciones como esas expropiaciones que usted anticipa?

—Esto no es Europa, don Pedro. En mi humilde opinión, España tuvo ocasión de hacer que todos los países que dominó fueran en la actualidad provincias suyas, como hizo Inglaterra, y en vez de eso creó un encono y un viento de libertad que han avivado el fuego de la independencia que ha ido saltando de un país a otro, de tal manera que hoy día únicamente le queda Cuba, que más pronto que tarde o se emancipará o pasará a ser territorio americano, y si no, al tiempo.

José preguntó:

—Entonces ¿cuál es su consejo?

—Mire, don José, tal vez me tome usted por un mal patriota, pero no me fío de la gente que pueda venir y mi única patria se llama Ignacio Antúnez, por eso voy a serle sincero: cuando un barco se hunde los pasajeros cogen el dinero, las joyas y la documentación y saltan a los botes dejando las maletas y los baúles en los camarotes; bien, pues yo haría lo mismo en esta situación... y dejaría en tierra todo cuanto no puede moverse. Sabido es que ni el petróleo, ni la compañía eléctrica ni las minas de don Ignacio pueden cambiarse de sitio, pero antes de que lleguen los malos tiempos que muchos vaticinan, sin prisa pero sin pausa, para no llamar la atención, yo iría trasladando a Europa todos aquellos bienes que sean fungibles, acciones de compañías, cuentas bancarias, lingotes de oro y todo cuanto pueda salvarse, y en el futuro, cuando ya se vea claro lo que pueda ocurrir, entonces, si procede, lo regresaría. Eso es lo que yo haría.

La conversación continuó unos minutos más y, al cabo, el secretario del indiano se retiró. Como todas las noches, José y Perico permanecieron charlando un rato más a solas, comentando y analizando todas las noticias que habían ido asimilando durante el día.

—Pedro, estoy desbordado por los acontecimientos. Hasta ahora cada día pasado me traía una nueva faceta de mi suegro, pero lo de hoy ha sido demasiado.

—Pues espera, porque intuyo que todo esto aún no ha acabado. Mañana partimos hacia Valencia, donde estaremos una semana; luego saldremos con su cuñado para visitar los ríos auríferos y las minas, y finalmente me ha dicho que quiere que lo acompañemos a su notario. José, yo pensaba que ibas a heredar una fortuna, pero por lo visto esto es casi un virreinato. Me parece que tendrás que venir todos los años y pasarte aquí por lo menos un trimestre.

—Y tú conmigo, Perico.

—Que así sea, si crees que puedo ayudarte.

Tras estas palabras José quedó en silencio. Su amigo sabía lo que ello significaba.

—No le des más vueltas, José. Lo que Nachita querría, sin duda, es que asistieras a su padre. E intuyo que esa ayuda cada vez habrá de ser más amplia y frecuente.

José, en un tono que era más bien una afirmación que una pregunta, volvió a hablar mirando fijamente a su amigo.

—Lo ves mal...

—Nada hay peor que desinteresarse por las cosas y no desear vivir. Fíjate, yo pensaba que esa propuesta de entrar en política podía aliviar su tedio, pero por lo visto ni eso lo estimula.

—Lo entiendo muy bien. A su edad, habiendo trabajado como lo ha hecho y perdido el incentivo de su vida que para él era Nachita, sin ningún horizonte por conquistar y sin ninguna cima a la que subir... el mundo de los negocios ha dejado de interesarle. ¿Sabes lo que me dijo cuando se fue Andrade?

Perico lo interrogó con la mirada.

—«Hijo, tengo un cansancio antiguo como el universo y únicamente me apetece cerrar los ojos y descansar, acostado mejor que sentado, dormido mejor que recostado... y muerto mejor que dormido.»

—¿Eso te ha dicho, José?

—Sí, justo eso.

—Mal veo entonces que se avenga a entrar en el gobierno con Andrade.

—Evidentemente. Eso es cierto que no lo hará. Con ocuparse de su imperio en el estado que está ya es suficiente.

—¿Y tú piensas ayudarlo?

—Habla en plural, Pedro. No vamos a tener más remedio que pasarnos en Venezuela tres meses al año, por lo menos. Y además intuyo que hemos visto una parte muy pequeña de todo lo que controla y posee.

—Ya te he dicho que cuentes conmigo. Y todavía más si quieres seguir adelante con tu idea del mundo de los carruajes con motor, porque tendremos que repartirnos entre Europa y Venezuela.

—¿Qué dirá Gloria?

—Ya te conté que la boda se ha pospuesto. De momento el mundo se me ha abierto como una fruta madura y, si he de ayudarte en tantos frentes, necesitaré un poco de libertad de movimientos. Ella lo entenderá.

A los tres meses partía Perico y José se quedaba en Venezuela acompañando a su suegro, a quien no deseaba dejar solo aún. A pesar del dolor, para José empezaba una nueva vida, con nuevos proyectos que tal vez le permitirían, poco a poco, apaciguar el golpe de la trágica pérdida de Nachita.

43

La mala vida

París, 1899

Después de tres años de matrimonio, Lucie era consciente de que había cometido el mayor error de su vida. En primer lugar, aun teniendo en cuenta que en el París de 1896 la vida de una mujer soltera con un hijo presentaba grandes dificultades tanto a nivel de relación social como a nivel laboral, consideraba, sumando todas las desventajas, que jamás debería haber aceptado una boda de conveniencia para dar a su hijo los apellidos de un padre. Cuando se avino a aquel arreglo con Jean Picot lo hizo sin amor pero creyendo que resultaría un compañero amable y positivo para compartir la vida, y sobre todo un buen padre para Félix. ¡Crasa equivocación! Jean no era tipo para estar casado. Lucie había llegado a la conclusión de que tenía dos personalidades: las pocas veces que salían con amigos o estaba en presencia de otras personas resultaba ser el tipo más encantador del mundo el que había conocido en casa de su madre, pero cuando se cerraba la puerta y, por decirlo de alguna manera, el artista ya no tenía público su carácter se tornaba imposible, arisco y desagradable a tal punto que Lucie era pasablemente feliz las noches que él se iba a trabajar y ella quedaba sola con su hijo leyendo un libro o rememorando viejos tiempos. Cualquier cosa desencadenaba el mal humor de Jean, ya fuera un retraso en la comida, una mancha desapercibida en la solapa de una levita o el llanto de Félix si alguna madrugada llegaba armando ruido sin consideración y lo despertaba. Pero sobre todo lo que lo sacaba de madre era el anuncio de la visita incómoda de un empleado del banco Crédit Lyonnais reclamando el pago de una factura antigua o enviando un volante de aviso porque su cuenta estaba en números rojos.

Los apuros económicos de Lucie eran continuos. Evidentemente el dinero que Jean Picot ingresaba en casa era a todas luces insuficiente, en especial porque llegaba mermado pues en los locales donde trabajaba le descontaban las consumiciones que se bebía y que, aun siendo a un precio especial, se le llevaban la mitad del sueldo, pero también porque sostenía que el aspecto de un artista debía ser impecable y, en consecuencia, su armario mostraba un conjunto de camisas, chaquetas, pantalones y chalecos mucho más numeroso que los trajes que pendían de las perchas en el armario de Lucie.

En más de una ocasión Lucie tuvo que recurrir a su madre y a Suzette, pero debía obrar con cuidado ya que si Jean se olía que tenía dinero volvía la casa del revés aprovechando cualquier ausencia de ella, y cuando Lucie se lo echaba en cara, argumentaba que el matrimonio era una sociedad de gananciales y que cuanto se ingresaba pertenecía a los dos socios.

Lucie pasaba por todo porque se consideraba responsable de aquella situación y estaba dispuesta a aguantarla... en tanto no afectara a su pequeño, cosa que irremediablemente había sucedido una tarde de lunes, pocos meses atrás, cuando Jean Picot, no teniendo que ir a trabajar hasta el día siguiente, se quedó en casa y al caer la tarde se puso a ensayar en el comedor.

Al cabo de una hora sonó el timbre y Lucie se dirigió al vestíbulo. Era monsieur Lagos, vecino del tercero que, harto de oír las escalas de Jean con saxofón, había subido a quejarse. Lucie lo calmó como pudo, y se excusó diciendo que lo sentía mucho y que lo tendría en cuenta; el otro amenazó afirmando que, en caso contrario, no le quedaría más remedio que acudir a la gendarmería. Cuando el vecino se marchó, Lucie entró en el comedor a insinuar a Jean que tocara en un volumen más bajo, ya que podrían tener problemas. El carácter irascible de Picot salió a flote de inmediato, con la mala suerte de que al hacer un violento gesto con el brazo izquierdo tiró el atril al suelo y todas las partituras cayeron desordenadas. Entonces empezaron los gritos, y el llanto de Félix, que estaba durmiendo en su cuna, sonó asustado, y aquello fue la excusa perfecta para que Jean cargara sobre el niño indefenso el rigor de su desdicha.

—¡¿Quieres decirme dónde leches he de ensayar?! ¡Soy un artista condenado a la mediocridad! ¡Haz callar a ese pequeño hijo de puta o, si no, lo haré callar yo! —Y tras gritar esto Jean Picot se dirigió hacia el pasillo, a la habitación donde se hallaba Félix.

La muchacha saltó como una leona, lo agarró por el borde del chaleco y, con la cara desencajada, le espetó:

—¡Toca a mi hijo y te mato!

En un primer momento, la sorpresa impidió actuar a Jean; sin embargo, enseguida dio media vuelta y cruzó la cara a Lucie con un bofetón que casi la derribó. Y cuando iba a repetir su acción, ella le cogió la mano y le clavó los dientes en la palma, obligándolo a soltarla. La sangre comenzó a manar, y un grito mezcla de ira y dolor rasgó la tarde. Jean pretendió sujetar a Lucie, y cuando creyó que ya la tenía reparó en que en la mano derecha de Lucie aparecía una tijera. La había tomado del costurero y le colocó la punta en el cuello.

—¡Ni se te ocurra tocar a mi hijo! ¡Yo iré a la cárcel, pero tú al cementerio!

44

Muerte de Antúnez

Caracas, 10 de septiembre de 1899

Respetado don José:

Tal como le anuncié en el telegrama, don Ignacio entregó su alma al Creador la noche del viernes al sábado súbitamente y sin previa enfermedad. Ahora, con más tiempo, paso a explicarle el acaecimiento de su deceso con más detalle.

Vaya por delante mi consejo en respuesta al telegrama que usted me envió ante su deseo de acudir aquí sin demora. No haga eso de ninguna manera. Por causa de la pérdida de Cuba hace un año, la flota estadounidense controla las costas de América Central al punto que todo trasatlántico proveniente de España es intervenido y sus pasajeros considerados prisioneros de guerra. Yo lo tendré al corriente de las circunstancias, y además recibirá carta e instrucciones al respecto del notario don Laureano Mendiluce y Artola, que usted conoció en su último viaje.

La noche del viernes don Ignacio y yo cenamos en el porche de la hacienda El Paraíso, y lo hicimos en compañía de don Nuño Avilés, su vecino y amigo, y de don Justo Noguera, el anciano párroco de la iglesia de San Martín, ya jubilado, que fue quien asistió a doña Clara en sus últimos momentos y bautizó a Nachita. Don Ignacio apenas probó bocado, y ni siquiera en la sobremesa tomó el café con ron que no perdonaba nunca. Durante la cena casi no articuló palabra y, cosa rara, fue quien dio por finalizada la velada indicándome que acompañara a nuestros huéspedes hasta los coches, que él se arreglaría con Batiste, su viejo mayordomo que, aunque apenas puede asistirlo, como usted comprobó, se niega a jubilarse. A eso de las nueve de la mañana a Batiste le extrañó, según me explicó, que Pizarro, el labrador que no se apartaba del lado de don Ignacio, fuese y viniese de la cocina al dormitorio inquieto y emitiendo un gruñido lastimero, como

270

queriendo decirle algo. Sumado a la extrañeza de ese hecho, a Batiste le preocupó no haber oído aún la campanilla con la que don Ignacio acostumbraba a pedirle el desayuno, de modo que se dirigió al dormitorio de éste y llamó a la puerta. Al no recibir respuesta entró y, a la vez que el perro se subía a la cama y comenzaba a gemir lastimeramente intentando apartar la sábana, Batiste abrió los postigos y en cuanto se dio la vuelta supo que su señor había muerto aquella noche.

Don José, voy a intentar resumirle todo lo acontecido a partir de ese momento. Lo primero que hice fue llamar al médico de don Ignacio, el doctor Pérez Lastra, quien no pudo hacer otra cosa que certificar su defunción. Don Ignacio había muerto de un ataque al corazón mientras dormía. A continuación envié recado a don Laureano Mendiluce, el notario, para que cumpliera sus últimas disposiciones. Después fui personalmente a informar al presidente Andrade, a la Casa Amarilla, del fallecimiento de su amigo, y luego envié recado a sus cuñados, don Roque y doña Noelia, quienes acudieron de inmediato como representantes de la única familia que tenía don Ignacio.

El entierro se llevó a cabo el lunes por la mañana en el cementerio General del Sur, ubicado en la parroquia de Santa Rosalía, en el panteón que don Ignacio hizo construir y donde está enterrada doña Clara, que se encuentra en el centro del camposanto, muy cerca de la tumba del escritor Juan Antonio Pérez Bonalde. El acto, ni que decir tiene, fue un clamor ciudadano, y el presidente envió en su representación a varias personalidades del gobierno. Tras el coche estufa, tirado por seis caballos enjaezados con plumeros y gualdrapas de lujo bordadas a mano y recamadas con hilo de oro, conducido por dos cocheros, seis lacayos uniformados a la federica y tres postillones, iban cinco coches más, cargados de coronas de flores, y tras ellos el arzobispo de Caracas, don Críspulo Uzcátegui, seguido de varios representantes del cabildo, del gobierno y de todas las instituciones benéficas de la ciudad a quien don Ignacio tanto había asistido. La despedida del duelo duró más de nueve horas. Cuando cerraba la noche aún había gente en la cola, pero un aguacero imprevisto de los que tan comúnmente se precipitan aquí en esta época del año ayudó a despedir el cortejo. Descanse en la paz, que tan merecida tiene, don Ignacio Antúnez y Varela. Los que aquí quedamos cuidaremos de que su legado se cumpla puntualmente, y usted, don José, es parte importantísima para que ello sea como él deseó.

Ratificándose en la idea que ya le he adelantado de que, por el momento, no es conveniente que usted acuda ahora, don Laureano Mendiluce y Artola contactará con su notario de Madrid y con don Melquíades Calviño, director de la banca García-Calamarte, para poner en marcha todas las disposiciones hereditarias del finado, de manera que sin haber de venir a Caracas por ahora pueda usted disponer libremente de la herencia de don Ignacio. Yo lo tendré puntualmente informado al respecto de cómo van quedando las cosas por aquí, que intuyo van a dar un vuelco fruto de la situación si alcanzan el poder Cipriano Castro y su lugarteniente, Juan Vicente Gómez. Y digo esto a tenor del resultado de los últimos acontecimientos y de los que nos deparará el futuro.

Las fuerzas, unos dos mil hombres de los rebeldes o restauradores, como ellos se designan, a las órdenes de los generales Luciano Mendoza, Samuel Acosta y Luis Lima Loreto están concentrándose en la llanura de Tocuyito, donde los esperan cuatro mil soldados gubernamentales comandados por el ministro de la Guerra, el general Diego Bautista Ferrer. De ese enfrentamiento dependerá el resultado de la guerra y el futuro de este país.

Imagino que tras esta explicación se dará perfecta cuenta del momento crucial por el que transcurre la historia de Venezuela y del tremendo despropósito que cometería usted viniendo ahora. Y ello por un doble motivo: el primero es que hasta que no se aclaren las cosas no vamos a saber quién manda aquí; y el segundo, y no menos importante, es que en estos momentos España es el enemigo declarado de Estados Unidos que, además de ser país mucho más poderoso, tiene su centro de operaciones, y por tanto de suministros y repostajes, mucho más cercano que España. La flota de guerra estadounidense está compuesta de barcos de hierro y la española de madera; con esto creo que todo está dicho.

Lo tendré informado de cuanto ocurra aquí para que cualquier decisión que tome esté apoyada en la información más veraz.

Reciba el respeto de su seguro servidor,

JESÚS LABANDEIRA

P. D. Sus primos don Raúl y don Leonel Betancourt Portocarrero han ocupado plaza en el ejército gubernamental, el primero como capitán de lanceros y el segundo como teniente de infantería. Don Roque y doña Noelia le envían sus recuerdos más afectuosos a usted y a sus señores padres, y le ruegan que tengan presentes a sus hijos en sus oraciones para que salgan con bien de este difícil trance.

En la casa del número 12 de Diego de León, junto a la chimenea del salón de las porcelanas, don Eloy y doña Rita estaban reunidos con su hijo, José, y los amigos de éste, Perico y Gloria. En esos momentos José doblaba el papel de la carta recién leída de Jesús Labandeira y alzaba la vista como recabando la opinión de los presentes.

Don Eloy tomó la palabra.

—Si os digo la verdad, reconozco que esta situación me supera. Por mucho que imaginaba, todo es infinitamente más importante de lo que suponía, por lo visto.

—Don Eloy, la noche de nuestra llegada a Caracas le dije a su hijo: «Tu suegro es aquí algo parecido al duque de Alba en España». Yo imaginé que era inmensamente rico, pero jamás pensé que su influencia y su prestigio llegaran al punto de que Andrade le ofreciera el cargo de ministro plenipotenciario si llegaba a alcanzar el poder, como así fue finalmente.

Ahora la que opinó fue doña Rita:

—Pero ¡si el entierro de Cánovas ni de lejos tuvo ese empaque y eso que su asesinato en Santa Águeda, por lo trágico y por lo impensado, hizo derramar más tinta que la muerte de Alfonso XII!

Don Eloy, respondiendo a Perico como si el comentario de su mujer no se hubiera producido, apuntó:

—Ayer estuve con mi cuñado, Emilio Moreno, en el casino. Emilio es hombre muy bien informado y siempre le han interesado los temas que atañen a los países de Sudamérica que España fundó, apartándolos de sus bárbaras costumbres, convirtiéndolos a la verdadera religión y dándoles su idioma, pero que no supo mantener por la eterna desidia y el mal gobierno de este país nuestro. Eso, acrecentado estos últimos años por el Desastre de Cuba, y dado que a Emilio le interesa al máximo todo lo referido a José —señaló a su hijo—, hace que mi cuñado ponga una especial atención a todo lo concerniente a Venezuela. Él, aun sin tener noticia alguna de esta carta que acabas de leer, hijo, opina también que en estos momentos Venezuela es un polvorín, que los días de Andrade están contados y que la llegada al poder de Cipriano Castro y de José Vicente Gómez es inevitable. Considero, José, que sería un auténtico disparate que en tales circunstancias te fueras para allá. Si tu suegro estuviera vivo y muy grave, lo entendería, pero está enterrado y nada puedes hacer salvo ver a sus cuñados y aguardar noticias. Espera, pues, instrucciones de don Laureano Mendiluce y haz caso de aquellas personas fieles a don Ignacio hasta el final y que están sobre el terreno. Y además acepta otro consejo, hijo: no luches por cosas y circunstancias que escapan a tus capacidades. Como comprenderás, si Castro instaura un nuevo gobierno y nacionaliza minas, petróleo y ferrocarril, poco podrás hacer. Ponte en manos del mejor abogado de Caracas y que obre dentro de la ley, como él crea conveniente. Los bienes inmuebles allí están, y el tiempo dirá si son recuperables. En cuanto a los bienes muebles, ya industriaste los medios pertinentes, según criterio de don Jesús Labandeira, para traerlos a Europa. Ocúpate de ellos, que trabajo tienes. Lo demás es pretender poner puertas al campo.

Pedro miró a su amigo.

—Tu padre tiene razón, José. Eres inmensamente rico, y más aún en este país nuestro empobrecido y arruinado por la guerra de Cuba, circunstancia que hace que quien tenga ahora capacidad económica para comprar, crear e invertir pueda ser el amo de Europa.

Doña Rita volvió a intervenir:

—Haz caso, hijo mío... Y, ¡por Dios!, en estos momentos no vayas para allá.

45

La nueva vida

El caballero vestido con un impecable terno gris oscuro de chaqueta, chaleco y pantalones de fina raya negra, con gabán y bombín a juego, que caminaba por la Castellana hacia Cibeles poco tenía que ver con el joven que cuatro años antes quemaba las noches de Madrid en compañía de su amigo Perico Torrente. Los sucesos vividos, la muerte de la mujer amada, su viaje a Venezuela, la posterior defunción de su suegro y la responsabilidad adquirida habían hecho de José Cervera otro hombre. Cuando le faltaban cincuenta metros para llegar al chaflán que formaba la calle de Alcalá con Marqués de Cubas, divisó en la puerta, justo debajo del rótulo de la banca García-Calamarte, a su amigo y abogado Pedro Torrente, quien lo aguardaba puntual, como siempre.

Tras el apretón de manos de rigor, ambos se dispusieron a entrar en el edificio.

—¿Cómo está Gloria?

Hacía seis meses que la pareja había contraído matrimonio y tres que la muchacha estaba embarazada.

—Lo está pasando mal, sobre todo por las mañanas.

—Yo, tristemente, poco puedo opinar. Soy lego en estas cuestiones… Pero dicen que las primeras semanas son las peores.

—Eso afirma mi suegra. Pero Gloria me da mucha pena, y me siento medio culpable y, sobre todo, impotente. En cuanto se levanta de la cama, la pobre empieza a ir del dormitorio al aseo y, apenas regresa, ¡vuelta a empezar! Es frustrante.

—¡Que todos los males sean como ése!

—Tú vete preparando para ser padrino.

—No creas que no me preocupa la responsabilidad.

Habían traspasado las puertas del banco cuando el conserje, que ya sabía quién era el personaje, acudió solícito a su encuentro.

275

—Don Melquíades los aguarda. Si hacen el favor de seguirme...

Los amigos fueron tras el hombre, que los introdujo en la antesala del despacho del director.

—Aguarden un instante, que sale enseguida.

El hombre se retiró.

—Siento una inmensa curiosidad por conocer a ese individuo, y de no ser por el aval del banco creería que estamos ante un iluminado. Quizá sea mi formación como abogado lo que me hace desconfiar.

—Pues yo, por el contrario, creo que su idea es el futuro. Lo que no tengo claro es si la energía que ha de mover esos carromatos, llamémoslos así por el momento, ha de ser electricidad, vapor o gasolina... Pero lo que sí es seguro es que el que críe caballos de tiro puede ir haciendo las maletas. Además, don Desconfiado, Emilio de la Cuadra Albiol tiene un currículum importante. Mira si no.

José extrajo un papel del bolsillo de la chaqueta.

Don Emilio de la Cuadra Albiol:

Nace en 1859. En septiembre de 1877 ingresa en la Academia de Artillería de Segovia, donde se gradúa como teniente en 1881. Interesado por la electricidad, lleva adelante el proyecto de construcción de una central eléctrica en Lérida. Se traslada a Barcelona, donde funda en septiembre de 1898, en la calle Diputación esquina con el paseo de San Juan, la Compañía General Española de Coches Automóviles E. de la Cuadra, Sociedad en Comandita. En 1889 participa de la Exposición Universal de París; la automoción allí presente es el motivo de su asistencia.

Tras la lectura del informe, José dobló el papel y volvió a guardarlo en el bolsillo interior de su chaqueta.

—¿De dónde has sacado tú toda esa información?

—Un amigo mío me dijo una vez: «El dinero lo consigue todo». ¿Lo recuerdas?

—Me asombra tu sagacidad y rapidez.

—El viaje a Venezuela me enseñó muchas cosas, y saber cómo mi suegro, que en paz descanse, fabricó el emporio de su fortuna, todavía más. «Lo más importante del mundo de los negocios es la información, que te permitirá adelantarte a todos tus competidores. El mejor informado es el que se lleva el gato al agua, toma buena nota de esto», me dijo mi suegro en cierta ocasión.

En aquel momento se abrió la puerta del despacho y apareció bajo el quicio la oronda figura de don Melquíades Calviño, quien, sonriente y amable, los invitaba a entrar.

—Sean bienvenidos. Don Emilio ya está esperándolos.

Sentado frente a la mesa se hallaba un hombre que, al verlos, se puso en pie. Era de talla mediana e iba vestido con una chalina de color azul marino sobre un chaleco gris perla y pantalones del mismo color en un tono más oscuro. Destacaban en su rostro de nobles rasgos patricios sus ojos profundos, como también su escaso pelo blanco cortado a cepillo, al uso militar, y su bigote y su perilla entreverados de canas. Al acercarse a él don Melquíades hizo las presentaciones:

—Don Emilio de la Cuadra... Don José Cervera y don Pedro Torrente.

Los hombres se dieron la mano. Don Melquíades acercó otro sillón y los tres se sentaron. El director, en tanto, rodeó la mesa, se sentó en su sillón y comenzó su discurso desempeñando a la perfección su oficio de mediador:

—Cuando se tiene la suerte de ejercer una profesión difícil como la mía, ya que el «no» es la palabra que desgraciadamente más se usa, ser director de un banco y facilitar negocios es un placer, más que un trabajo. Sobre todo cuando se desempeña entre amigos, resulta muy satisfactorio.

—Hablar con usted en cualquier situación es un grato deleite.

—Don José, usted siempre tan amable.

El militar asintió con la cabeza. El director prosiguió:

—Al igual que un cura tiene la misión de encontrar un hombre de bien para una buena muchacha de su parroquia, la mía es escuchar a mis clientes y concitar voluntades de manera que la necesidad de uno coincida con el interés de otro por hacer un buen negocio e intuir que los caracteres de ambos serán proclives a entenderse. Y tras esta divagación, permítanme que vaya al asunto.

—A eso hemos venido —apuntó Perico.

—Pues vamos allá. El teniente don Emilio de la Cuadra es un profesional del ejército, evidentemente, pero su vocación es la de inventor. De hecho, es un experto en ese maravilloso invento que es la electricidad. En estos momentos maneja un proyecto muy interesante y atrevido que no es otro que la fuerza motriz de nuestros coches. Él sostiene que los caballos están destinados a ser sustituidos como fuerza motriz de los carruajes por otros de vapor o eléctricos.

Y ahora, don Emilio, creo que debe usted tomar la palabra ya que sin duda se expresará mejor que yo.

El militar dejó de apoyar la espalda en el respaldo y comenzó a explicarse sin levantar la voz, pero en un tono y en una tesitura que delataban la fe del converso subrayando cada frase con sus manos.

—Mi profesión es la carrera militar, soy comandante de artillería por vocación, pero mi curiosidad me ha llevado a estudiar ingeniería y a dedicarme plenamente a «ese maravilloso invento que es la electricidad», como lo ha llamado don Melquíades, que es el futuro, y he de decir que en la actualidad mucho más rentable ya. Hace dos años impulsé la construcción de la central eléctrica de Lérida y su venta me reportó unos beneficios que me permitieron fundar la Compañía General Española de Coches Automóviles E. de la Cuadra, Sociedad en Comandita, que, como su nombre indica, está destinada a la fabricación de coches sin caballos o, mejor dicho, con caballos eléctricos, de vapor o producidos por la explosión de gases de gasolina.

A medida que hablaba, los ojos del militar emitían un destello de iluminado. El hombre prosiguió su apasionado discurso:

—En 1889 participé de la Exposición Universal de París, y me fascinó la muestra de automoción que vi allí. Luego, en 1895, me impresionó la carrera de mil doscientos kilómetros París-Burdeos-París, que ganó, aunque fue descalificado, Émile Levassor a un promedio de veinticinco kilómetros por hora y que despejó muchas dudas al respecto de los motores de explosión. Pero yo seguí con mi idea del coche eléctrico. En primer lugar, porque es el campo que conozco a fondo; en segundo lugar, porque, por el momento, desde 1889 tiene la patente del motor de explosión un tal Francisco Bonet, que ya creó un primer modelo de tres ruedas; y en tercer y último lugar, porque un automóvil eléctrico Jeantaud pilotado por Gaston de Chasseloup-Laubat el año pasado completó un recorrido de un kilómetro en menos de un minuto, y sigue superándose.

Tras este discurso don Emilio de la Cuadra se apoyó en el respaldo de su sillón como queriendo coger fuerzas para el próximo envite.

Ahora el que intervino fue Perico:

—Yo estoy aquí como abogado del señor Cervera, permítame hacerle algunas preguntas. Dado el preámbulo de don Melquíades, imagino que usted está aquí en busca de capital, y el dinero, como sabe, es reacio a aventuras novedosas si no ve un fondo de seguridad y de beneficio; por tanto, mi primera pregunta es: ¿de qué cifra estamos hablando y qué cantidad de acciones de su compañía estamos comprando con ella? También querría saber si es usted el único propietario o su empresa tiene más socios. Y una última cuestión: ¿qué proyectos inmediatos tiene?

Don Emilio se retrepó en su sillón.

—Voy a ir respondiéndole por partes. Le diré que el ochenta por ciento de la compañía me pertenece, un quince por ciento pertenece al ingeniero de origen suizo Carlos Vellino, que posee una fábrica de acumuladores eléctricos en Barcelona y es hombre ducho en la materia, y el cinco por ciento restante se le ha dado como incentivo a un joven genio de veintiún años al que acabo de contratar, Marc Birkigt, que es un hombre que domina como nadie el tema de los motores de toda índole. Estoy convencido de que cuando conozcan a Birkigt, si se da tal circunstancia, los impresionará. En cuanto al precio de las acciones, podemos calcularlo en unas ochocientas pesetas por acción, y en cuanto al número de ellas que querría vender es el veinticinco por ciento, ésa es mi intención.

Perico cambió una breve mirada con su amigo:

—Nosotros, caso de llegar a un acuerdo, compraríamos el cincuenta y cinco por ciento de la totalidad. Mi cliente, don José Cervera, aquí presente, únicamente entra en sociedades si controla la mayoría del accionariado. Ésa es condición *sine qua non*, el cómo se reparta el resto no incumbe al señor Cervera, le es indiferente que usted se quede el veinticinco por ciento o que llegue a un acuerdo con sus socios y éstos le cedan acciones quedando ellos en franca minoría.

El militar meditó unos momentos.

—En esas condiciones pierdo el control de mi compañía.

—Evidentemente, pero mi representado ni entiende ni quiere entender de motores, por lo que esa cuestión estará en sus manos y en las de sus socios, como comprenderá. Justo es que, en compensación, controle las finanzas. Si es un buen negocio, como usted dice, mejor para todos, pero en caso contrario tenemos que poder mandar en los bancos, en las hipotecas que quizá hayan de solicitarse y en los créditos. Por otra parte, usted se llevará un buen pellizco, que no es poca compensación.

De la Cuadra reflexionó y, como dando a entender que iba a aceptar el trato, prosiguió:

—En cuanto a los proyectos en los que estoy inmerso, están en marcha tres: un camión, un ómnibus para el hotel Oriente y un coche. Es por ello que me veo obligado a buscar nuevos socios, porque el coste de los mismos es importante.

José abrió la boca por vez primera.

—Si acepta usted las condiciones que mi abogado le ha propuesto, tiene socio para toda la vida. Es más, seré un socio que le permitirá meterse en nuevas aventuras sin que se vea obligado a buscar más capital. Eso sí, me apasiona tanto ese tipo de vehículos que me gustaría ir a París a ver las industrias que allí se desarrollan, y a Barcelona también, desde luego, para conocer la fábrica de la que voy a ser socio.

El militar se puso en pie y los demás hicieron lo mismo.

—Comunicaré mi decisión, por pura cortesía, a mis socios, y suponiendo que no se avinieran a vender acciones yo maniobraría con las mías. De manera que considero cerrado este trato. —Luego se dirigió a don Melquíades—: Mañana regresaré para darle cuenta de cómo ha quedado el accionariado, pero puede ir preparando ya los documentos necesarios.

Ahora el que intervino fue Perico:

—Dígame la hora y aquí estaré para cerrar el trato.

José tendió la mano a Emilio de la Cuadra.

—Desde este momento el trato está cerrado. Voy a cumplir uno de los sueños de mi vida, que siempre ha sido fabricar coches, y usted tiene el socio que buscaba. Cuando todo esté finiquitado lo celebraremos cenando en el Lhardy.

Don Emilio dio un taconazo al estilo militar y apretó la mano que le tendían.

—Estoy seguro de que no se arrepentirá.

Don Melquíades exclamó:

—¡Cuando el primer coche se pasee por Madrid tendré la ilusión de haber apadrinado a la criatura!

Y tras despedirse, la reunión se deshizo y los dos amigos salieron del despacho de Melquíades Calviño.

46

Negocios

En el número 6 de la plaza de las Cuatro Calles chaflán con la calle del Príncipe había abierto José el despacho en el que iba a centralizar todos cuantos negocios iniciara en España. Había comprado el principal y el primer piso de aquel edificio. Al principal se accedía por una lujosa escalera que únicamente daba servicio al inquilino de aquella planta, y para no tener que bajar a la portería cuando hubiera de acceder al primero, José encargó al arquitecto don Clemente Barrera el diseño de una escalera interior que desembocaba en el recibidor del piso superior, donde se establecieron la asesoría jurídica a cargo de Perico Torrente y los despachos de los gestores que debían controlar el día a día en la bolsa del importante paquete de acciones que, a través del buen consejo de don Melquíades Calviño, había adquirido de la Compañía General de Minas y de la Compañía General de Coches de Madrid. La primera la adquirió como homenaje a su suegro, que fue quien lo obligó a ir a Londres para estudiar dicha carrera, y puso al frente de ella a Julián Espinal, recomendado asimismo por Calviño. La segunda la adquirió debido a su gran pasión por el futuro automóvil, y al frente de la misma situó a Gabriel Cano, un joven ingeniero que había trabajado con don Emilio de la Cuadra Albiol desde los principios de los motores eléctricos y que conocía muy bien el mercado catalán.

La reunión se celebraba aquel día en la sala de juntas del principal, junto al despacho de José, espacio alargado de nobles dimensiones que contaba con dos grandes ventanales abiertos a la plaza de las Cuatro Calles que proporcionaban una luz diurna notable y que al caer el día se reforzaba con la que aportaba la inmensa lámpara de bronce de dieciocho bujías que pendía del techo. Bajo ésta había una mesa oblonga de caoba apta para alojar a catorce personas con los correspondientes sillones, frente a los cuales estaban dispuestas las oportunas carpetas de cuero verde con las órdenes del día y un cenicero a la derecha de cada una. En un extremo de la sala, junto a la puerta, había una mesa de servicio con copas y botellas de licor, y en su base una pequeña nevera que todos los días las limpiadoras llenaban de hielo. En el otro extremo de la sala se encontraba la mesa de las secretarias, que tomarían en taquigrafía las correspondientes notas que reflejaran los temas tratados en la reunión del consejo.

Aquel día lo formaban José y Perico, don Emilio de la Cuadra y Gabriel Cano, y estaban invitados don Melquíades Calviño, en su calidad de banquero, y don Eloy Cervera, quien, apasionado con cualquier empresa que iniciara su hijo, le había rogado que le dejara intervenir vendiéndole el cinco por ciento del accionariado, cosa que hizo José cobrándole, para que la operación fuera legal, el precio simbólico de un real. Tomaba notas en calidad de secretaria taquígrafa y asistente de cualquier cosa que precisaran los convocados la señorita Teresa Dorado, que anteriormente había prestado servicio en la banca García-Calamarte.

José abrió la reunión poniendo sobre el tapete los planes generados con Perico al respecto de la Compañía General de Coches de Madrid y su intención de ir a París para visitar la fábrica Panhard et Levassor, en el número 16 de la porte d'Ivry, para lo que, por medio del telégrafo, había contactado con Arthur Krebs, su director gerente. Antes, expuso, visitaría Barcelona para tratar de comprar las acciones de don Carlos Vellino y también su fábrica de acumuladores eléctricos, así como para conocer, aprovechando la ocasión, a aquel joven genio llamado Marc Birkigt que, por lo visto, era el futuro en lo referente a motores de explosión. Cumplida esta tarea, concluyó José, saldría en tren hacia París vía Portbou-Cerbère y en veinticuatro horas se plantaría en París.

A las objeciones de Melquíades Calviño acerca de que consideraba demasiado rápida la ampliación de la compañía tras el desembolso realizado para comprar la General de Coches de Madrid, José argumentó que en aquellos momentos era muy importante que la capital de España no perdiera el tren del progreso con respecto a Barcelona, pues era indiscutible que los catalanes iban a la cabeza en todos los ramos de la industria, no sólo la de la automoción, sino también la textil y la del hierro y manufacturas de toda índole, disputándole únicamente Asturias el negocio del carbón.

Ya cuando se disponían a salir, José tomó al banquero por el brazo e hizo un aparte.

—Don Melquíades, quiero que usted encargue a su sucursal en San Sebastián que empiecen a buscarme una villa bien situada en esa ciudad.

El hombre lo miró extrañado.

—¿A qué se debe ese nuevo interés?

—Es muy difícil acercarse a la corte en Madrid. Sin embargo, durante el largo veraneo tendré mejor ocasión. Además, no olvide que dentro de pocos años el rey será mayor de edad, y ya sabe usted que quien a buen árbol se arrima buena sombra lo cobija.

—Es usted muy previsor, don José.

—Ahí está el quid de los negocios.

—Se hará como ordena. Pero creo que está usted abriendo a la vez demasiados frentes.

—¿Acaso andamos mal de dinero, don Melquíades?

—¡No, por Dios! Es la prudencia natural del buen banquero. Por otra parte, soy devoto de Ignacio de Loyola.

—¿Y con eso qué quiere decirme?

—En los *Ejercicios espirituales* que escribió en Manresa, dice: «En tiempos de tribulación no hacer mudanza».

—Pues yo le responderé con la frase bíblica de Jesús a Judas: «Lo que tengas que hacer hazlo pronto». Entienda, don Melquíades, que creo que es el momento oportuno para tener una villa cerca de la corte. Desde lo ocurrido en Venezuela, considero que es bueno estar cerca de los poderosos. El nuestro es un país de locos. Ayer, como quien dice, asesinaron a Cánovas en el balneario de Santa Águeda cuando aún no había cumplido cuatro años de mandato, y anteayer, diríase, mataron en el atentado de la calle del Turco al general Prim, quien nos trajo el breve reinado de don Amadeo de Saboya y no le dio tiempo ni a conocerlo. Así pues, mañana... ¡qué sé yo lo que puede pasar mañana!

—Se hará como usted dice, don José, el dinero es suyo.

—Y el negocio del banco, si no lo tengo mal entendido, es moverlo.

47

El cementerio

París, octubre de 1899

Era jueves y, tras haber aguardado a Lucie durante más de dos horas en el café donde habían quedado, Suzette, acostumbrada como estaba no sólo a aquellos retrasos sino también a que en alguna ocasión su amiga ni se había presentado, y conocedora de la situación por la que pasaba su desgraciado matrimonio, decidió personarse en su casa a la hora que sabía que Jean Picot entraba a trabajar, en la confianza de no encontrarse con él. Fue caminando hasta la rue Nicolet y, tras preguntar a la portera si madame Picot estaba sola en casa, subió la escalera y con un breve timbrazo llamó a la puerta del apartamento de su amiga. Al poco sus conocidos pasos anunciaron que ya llegaba, y la pausa que medió y el ruido del roce de metales le hizo suponer que, antes de abrir, Lucie estaba poniendo la cadena de seguridad. Efectivamente, la puerta se abrió un palmo y, al poco de volver a cerrarse, se abrió del todo. Entre el deslumbre de la calle, la luz mortecina del pequeño recibidor y que en el momento que Suzette entraba Lucie le hurtó el rostro colocándose de medio lado, la recién llegada no pudo verle bien la parte derecha de la cara. Fue cuando Suzette fue a darle un beso cuando vio el estropicio: su amiga del alma tenía en la mejilla derecha las huellas violáceas de unos dedos marcados, sin duda consecuencia de una terrible bofetada.

—Pero ¡¿qué te ha hecho ese hijo de puta?! —preguntó en tanto tomaba la barbilla de Lucie y la obligaba a volver la cara hacia la luz.

Lucie se desasió y sentándose frente a ella con los ojos llorosos comenzó a explicarle punto por punto todo lo acaecido el día anterior.

—Siempre que se acerca el aniversario de la muerte de Gerhard no puedo evitar sentirme triste. Jean lo notó... y éste es el resultado.

Suzette suspiró, pensando que cuando el motivo no era ése era otro. Jean se había vuelto cada vez más violento y la pobre Lucie pagaba a menudo las consecuencias de sus ataques de cólera.

—Ojalá nunca me hubiera casado con Jean. Cada día que pasa me arrepiento más de no haber perdonado a Gerhard. Quizá así él seguiría vivo...

—Lucie, cielo, han pasado ya tres años, y desde el principio te he dicho lo mismo: el Gerhard que tú conociste había muerto hacía mucho tiempo. Y aunque en Montmartre suceden la mitad de los hechos luctuosos de París, jamás imaginé que él protagonizara uno de ellos.

—Pues ya ves. Si yo no hubiera sido una estúpida, todo habría sido diferente para los dos.

—No te atormentes. Cada uno es responsable de sus obras, y la vida que Gerhard llevó desde que os separasteis fue de su sola incumbencia. Y además el destino de cada uno de nosotros está escrito.

—Pues ¡qué triste el suyo! Vino a París a ser pintor y mira qué final. ¡No consigo quitármelo de la cabeza!

—En quien tendrías que pensar es en ti misma, Lucie. Debí oponerme frontalmente a tu matrimonio... ¡Ni conveniencias sociales ni gaitas! Ese tipo es una mala persona, pero jamás imaginé que llegara a ponerte la mano encima. Cuando vivía en la residencia de tu madre era divertido y hasta atento contigo.

—Me engañó como a una tonta y, con la presión que hicieron sobre mí varias personas de que era conveniente dar un apellido a Félix, caí en la trampa.

—¿Y qué piensas hacer? ¿Por qué no te divorcias?

—Ya lo he pensado muchas veces, pero como Jean ha dado su apellido a Félix temo que tenga derechos sobre él.

Las muchachas hicieron una pausa. Lucie trajo un servicio de té y ante dos tazas humeantes prosiguieron su diálogo.

—¿Puedo hacer algo por ti?

—Pienso ir al cementerio, por mucho que Jean se oponga. Al menos le debo eso a Gerhard: una visita a su tumba, aunque sea una vez al año.

—Te equivocas, creo que es mejor que te olvides ya de él e intentes reconducir tu vida.

—No te he pedido consejo, Suzette. Ya me he equivocado muchas veces por culpa de los demás. En esta ocasión voy a equivocarme sola. Mi corazón me pide visitar su tumba.

La respuesta de Suzette implicaba su compromiso:

—¿Cuándo quieres ir?

—El domingo por la mañana. Los sábados por la noche el cabaret donde toca Jean cierra más tarde porque al finalizar el baile hacen una sesión de esa música de negros que se ha puesto de moda en Estados Unidos, ragtime lo llaman, y al día siguiente se levanta a las cuatro de la tarde.

—Dime hora y sitio, y allí estaré.

—En la chocolatería Le Matin de la place de Clichy. Quedemos a las nueve. Así podré estar de regreso en casa a la hora de comer.

—¿De verdad no quieres que me quede hoy?

—Es mejor que te vayas. Jean sabe que eres mi paño de lágrimas, Suzette, y si te encuentra aquí puede ser peor.

Suzette se puso en pie alisándose la falda.

—Entonces hasta el domingo... Pero júrame que me llamarás si vuelve a tocarte.

—Ve tranquila.

Suzette subió por Galincourt y Lucie fue caminando desde la rue Nicolet hasta Le Matin. La chocolatería, que había sido lugar de encuentro de ambas en otras ocasiones, quedaba a medio camino. Las dos muchachas vestían ropas oscuras propias de la circunstancia y del lugar que iban a visitar; Suzette, chaqueta entallada beige, blusa rosa palo y falda marrón hasta los tobillos, y adornaba su cabeza un breve casquete con una aplicación de una pequeña flor; Lucie, chaqueta y falda de dos tonos de azul, camisa gris, abrigo con tres grandes botones y un gorrito ladeado con un velo negro de celosía que ocultaba el feo moratón de su mejilla.

Luego de que Lucie se alzara el velo para besar a su amiga, ésta preguntó:

—¿Sin novedad en casa?

—Ya te dije que los sábados llegaba muy tarde y el domingo se levantaba a las cuatro.

—¿Has desayunado?

—No he querido hacer ruido.

—¿Tomamos un chocolate con un cruasán?

—Buena idea, he de tomar fuerzas para lo que se me viene encima.

Las dos se acercaron a la barra del fondo, donde una mujer corpulenta movía con un cucharón de madera el espeso chocolate que humeaba sobre el fogón de gas. Pidieron dos tazas con sendos cruasanes y, tras pagar el pedido, se sentaron a una mesa redonda de mármol de tres patas para dar buena cuenta de su desayuno.

Poco después traspasaban la solemne reja negra del cementerio de Montmartre. Las dos muchachas se dirigieron a la caseta de información, donde, en una taquilla acristalada que había a la derecha, se veía a tres hombres en sendas mesas trabajando, dos de ellos en los libros de cuentas y otro manejando un gran archivo. Este último reparó en ellas y se acercó para atenderlas, abriendo la pequeña ventanilla.

Al rato, Lucie y Suzette caminaban juntas hasta el lugar donde reposaban los restos de Gerhard. Antes, no obstante, se detuvieron en un coqueto barracón donde vendían flores. Al abrir la puerta, sonó una aguda campanilla. El ambiente estaba perfumado por un denso olor floral. Del fondo salió una mujer menuda y entrada en carnes que vestía una bata negra. Lucie se fijó en el detalle, en el borde del bolsillo superior, lucía bordado el nombre del establecimiento: El Adiós. La mujer se acercó a ellas obsequiosa y amable.

—¿En qué puedo servirlas?

Lucie respondió:

—Quiero que me haga un gran ramo de crisantemos, petunias moradas y siemprevivas.

—Ahora mismo, señora. Tengo flores que han llegado del vivero esta misma mañana, voy a hacerle un ramo precioso.

La mujer partió hacia el interior del establecimiento y se demoró unos diez minutos, al cabo de los cuales volvió a salir con una obra de arte entre los brazos.

—Como puede ver, ha quedado exquisito.

—Muy bonito —concluyó Suzette.

—Dígame cuánto le debo.

—Serán catorce francos, señora.

Lucie sacó del monedero la cantidad señalada y se la entregó a la mujer, quien le dio el ramo. Luego la florista se dirigió a la caja registradora y, tras apretar varios botones y darle a la manivela, se abrió el cajón e introdujo el dinero. Cuando ya estaba concluida la operación, la mujer apuntó:

—Aquí tiene la factura, señora.

Lucie, cargada como estaba con las flores y el bolso, tendió la mano distraídamente y se metió el papelito en el bolsillo del abrigo.

Tras despedirse de la amable empleada, las dos amigas salieron y se dirigieron al poste que mediante flechas marcaba las direcciones.

Partieron por un caminal bordeado de cipreses sin intercambiar palabra alguna. Un viento suave, huésped permanente de aquel lugar, soplaba moviendo los jaramagos que silueteaban los panteones. Al llegar al callejón 19 rompieron a la izquierda, pues allí comenzaba el grueso paredón donde estaban alojados los nichos, y siguiendo la fila de en medio llegaron hasta el 217. Lucie se detuvo frente a él en tanto que Suzette, respetando el momento, se quedó un paso por detrás.

Las lápidas de todos los nichos estaban retiradas hacia el fondo unos veinte centímetros para dejar un espacio donde colocar flores u otros recuerdos. La de Gerhard era de granito negro con letras blancas en hueco grabado, y rezaba así:

GERHARD MAINZ
2 DE MARZO DE 1872
1 DE OCTUBRE DE 1896
PINTOR
DESCANSE EN PAZ

En ese instante, Lucie se derrumbó. Un llanto convulso y sincopado que quiso contener la asaltó de súbito. La pechera de su blusa subía y bajaba como olas que batieran la orilla de una playa, y el ramo de flores casi se le cayó de las manos.

Suzette, compungida por el dolor de su amiga, le puso una mano sobre el hombro derecho.

—Imagino lo que sientes, pero ahora ya descansa. No llores más, Lucie, y recuérdalo en su mejor momento.

Entre suspiros y haciendo un gran esfuerzo, Lucie respondió:

—¡Lloro por tantas cosas...! ¡Lloro por el amor perdido! ¡Porque se fue sin conocer a su hijo! ¡Porque lo separé de su familia! Y porque cometí el mayor error que puede cometerse.

Suzette le cogió de las manos el ramo de flores y lo colocó en la base del nicho. Luego asió por los hombros a Lucie apretándola con fuerza.

—Con el tiempo, las cosas se ven diáfanas. Piensa que viviste un gran amor y que muchas personas no lo viven nunca. Tienes un hijo suyo que hará que lo recuerdes siempre... Y ten por cierto que la vida te debe una.

—No me debe nada. Tengo la mejor amiga del mundo, y eso no es cosa que pueda decir toda la gente.

Lucie se desprendió de los brazos de su amiga y, tras depositar un beso en el frío mármol, se apartó dos pasos del nicho y musitó:

—Adiós, Gerhard, mi gran amor. Espérame.

48

El encuentro

José, habiendo cambiado ya de tren en la estación de Cerbère dado que el ancho de vía español no coincidía con el francés, se encontraba cómodamente instalado en el vagón de fumadores de primera clase ante una copa de brandy y un Double Coronas de Hoyo de Monterrey en la mano. Iba poniendo en orden sus ideas plasmándolas en su agenda, recordando puntualmente las gestiones hechas en Barcelona y tomando notas con su pluma Waterman, para recordarlas mejor al finalizar su viaje, mientras las volutas de humo dibujaban en el aire un cúmulo de quimeras blancas. Tenía por delante unas veinte horas de viaje, pero no le pesaba, ya que el entretenimiento en el tren estaba garantizado; el convoy iba provisto de un lujoso vagón restaurante y su cabina del coche cama era un auténtico muestrario de maderas valiosas y de los últimos ingenios para hacer grata la estancia del viajero en el tren.

Tres años habían pasado ya desde la muerte de Nachita y era tal el cúmulo de situaciones vividas desde aquel día que a veces dudaba que la historia que recordaba fuera la auténtica. Al principio acudió al cementerio de la Almudena todos los meses, si bien luego las responsabilidades profesionales y los viajes lo obligaron a hacer más esporádicas sus visitas, pero sin duda era para él un consuelo pasar un rato delante del maravilloso trabajo realizado por Benlliure, la imagen yacente de una Nachita dormida como no había tenido la suerte de verla jamás en vida, con las manos cruzadas sobre el pecho sujetando una pequeña cruz hecha con nueve capullos de rosas, de una belleza inigualable, y con los pliegues de la túnica cayendo desmayadamente por el costado del túmulo. La mente de José divagaba entonces pajareando sobre el tiempo, y los acontecimientos se precipitaban como caballos desbocados amontonando sucesos, de manera que en ocasiones no acertaba a precisar si algo había sucedido antes o después: el viaje a Venezuela, los acontecimientos políticos acaecidos en aquel país, la muerte de su suegro y aquella inmerecida herencia que había cambiado la vida de tantas personas. José Cervera había sido siempre un hombre de éxito, pero el halo de su romántica historia y, por qué no decirlo, la leyenda que sobre su fortuna había ido forjándose habían hecho que el acoso de las mujeres en Madrid llegara a resultarle agobiante, a tal punto que en alguna ocasión en el ropero del teatro Real le habían dejado billetes en la copa de su sombrero, ante la indignación de su madre, que se sentía la fiel depositaria del recuerdo de Nachita y que consideraba a las mujeres que tal cosa hacían auténticas meretrices de la calle de Ceres o de la Ballesta.

El nombramiento de Perico como jefe jurídico de sus empresas se había revelado como un gran acierto, pues el muchacho juerguista y dicharachero amigo de noches de vino y francachelas se había convertido, con el paso del tiempo y de las circunstancias, en un abogado de fuste que alguna que otra empresa importante pretendía, en vano, ofreciéndole el oro y el moro. Todas ellas a buen seguro ignoraban la sólida amistad que unía a José y a Perico, reforzada todavía más tras los últimos acontecimientos vividos y por la designación de José como padrino de la boda de Perico y Gloria, así como, al cabo de unos meses, también del bebé que esperaban. Pedro Torrente era el amigo elevado a la enésima potencia, el fiel escudero de las empresas de José Cervera y el contrapunto de su carácter, y en aquella ocasión no había seguido viaje a París desde Barcelona con él porque su presencia en Madrid era imprescindible. El tiempo pasado en la Ciudad Condal les había resultado muy provechoso. José conoció la instalación de la fábrica de Emilio de la Cuadra en la calle Diputación esquina con el paseo de San Juan, se hizo con las acciones de Carlos Vellino y quedó gratamente impresionado con el joven ingeniero Marc Birkigt, cuyos conocimientos y entusiasmo hicieron que su fe en aquel proyecto se duplicara.

Las vacas, los molinos y los campos de trigo y amapolas aparecían y desaparecían de su vista a la luz del atardecer como sombras fantasmagóricas que pretendieran engañar sus sentidos. A las siete y media pasó el mozo del vagón restaurante con el cartoncillo de la carta para que cada cual eligiera su menú. A las ocho José estaba cenando, y a las nueve y media se encerraba en su compartimento, pensando, ¡oh maravilla del ingenio del hombre!, que al cabo de doce horas llegaría a París. El traqueteo de las ruedas del tren sobre las junturas de los raíles fue el mejor de los somníferos, y una hora después, con el libro sobre el pecho y la lucecita del cabezal encendida, José Cervera dormía profundamente.

Con media hora de adelanto, el convoy entraba en la Gare de Lyon de la Ciudad de la Luz a las nueve de la mañana del día siguiente.

49

Tras la huella

Jean Picot se despertó con un dolor de cabeza y un ardor de estómago insoportables; la temible resaca lo acosaba de nuevo. Todos los días se juraba que no abusaría del alcohol, y todas las noches caía en lo mismo. Su carácter errático y quebradizo y su falta de voluntad hacían que se olvidara de su promesa e, intentando adormecer sus frustraciones, le diera a la botella antes del primer turno, en el descanso y al finalizar la sesión. Tal era su dependencia del alcohol que temía no estar a la altura de sus compañeros en las sesiones de ragtime, género que habían puesto de moda los negros de Estados Unidos y que hacía furor en las noches del París canalla. El problema se agrandaba el sábado por la noche cuando, al firmar la liquidación que el contable le presentaba, Jean se daba cuenta de que en el sobre había muy poco dinero y muchos vales de whisky en los que apenas reconocía su propia firma.

Se incorporó en la cama, pero tuvo que recostarse de nuevo. La habitación daba vueltas como un molinillo y un pitido intermitente zumbaba dentro de su cabeza.

Recordaba… La noche anterior, al finalizar la sesión, el pianista del trío, para celebrar su cumpleaños, había sacado una botella de coñac y los había invitado. Jean se había tomado ya dos whiskies antes de tocar, y luego, en el intermedio y para despejarse, dos cafés en los que escanció dos chorritos de anís de una petaca metálica que solía llevar en el bolsillo posterior de los pantalones. Al añadir el coñac la mezcla fue fatal, al punto que ni recordaba cómo había regresado a su casa.

Lentamente volvió a incorporarse en la cama. Las agujas del reloj de la mesilla de noche marcaban las diez y veinticinco de la mañana. Jean hizo un esfuerzo supremo y, tras buscar a tientas las zapatillas, se puso en pie. Todo a su alrededor dio vueltas de nuevo durante un instante, hasta que finalmente los cuadros de la pared se detuvieron. Fue al cuarto de aseo y, apoyándose en el lavabo con la mano izquierda, intentó orinar. Últimamente le costaba mucho. Apuntó mal y la mitad se le fue al suelo, además de mojarse un poco los pantalones de pijama. Con voz destemplada llamó a Lucie. Silencio absoluto... Al finalizar se miró en el espejo y el azogado cristal le devolvió la imagen de un tipo sumamente delgado, de rostro cetrino y barbudo, con el pelo crespo y revuelto y con ese bucle que le caía sobre la frente y que él se dejaba largo, a la moda de los grandes músicos.

Se dirigió hacia la cocina en busca del frasco de bicarbonato Solvay que Lucie guardaba en un armario, y cuando ya iba a abrirlo sonó el timbre de la puerta. Caminó por el pasillo y antes de abrir observó por la mirilla, pues más de la mitad de sus visitantes eran cobradores de gente a la que debía dinero. Por una vez, sin embargo, el día comenzaba bien. El visitante era el funcionario de la oficina de giros postales que en alguna ocasión le llevaba el aviso de cobro de un dinero que le mandaba su madre.

—Buenos días, monsieur Jean Picot.

—Buenos días.

—Le envían un giro postal desde Charleville.

Su madre siempre le giraba desde esa población, ya que en su pueblo no había oficina de correos.

Al desgaire, Jean miró la cifra que estaba destacada en negrita. ¡Su madre le enviaba quinientos francos! Jean se sintió generoso.

—Aguarde usted un instante.

Se dirigió a su habitación en busca de su cartera, donde únicamente encontró un billete de diez francos. Necesitaba monedas. Hizo memoria y recordó... Lucie siempre dejaba monedas en los bolsillos de su abrigo o de su impermeable, y más de una vez le habían resuelto un problema. Se dirigió al armario de su mujer, donde, en la percha del rincón, halló su abrigo con los tres grandes botones. Rebuscó en los bolsillos, y del izquierdo extrajo cuatro monedas de un franco y un papel arrugado. Dejó el papel y dos francos sobre la mesilla de noche y se dirigió de nuevo hacia la puerta.

—Tenga usted.

El hombre tomó la propina y, llevándose la mano a la gorra, le dio las gracias.

—Le deseo un buen día, monsieur Picot.

Jean cerró la puerta con el ánimo cambiado. Hasta parecía que su dolor de cabeza remitía, aunque no el ardor de estómago. Regresó a la cocina en busca del bicarbonato y se sirvió directamente del frasco una buena cantidad en un vaso, le añadió agua y disolvió el polvo blanco con una cucharilla. Después de bebérselo de un trago, reparó en la nota que Lucie le había dejado sobre la mesa de la cocina.

Jean:

> Esta mañana he salido a hacer varios recados: he de ir al mercado de Saint-Quentin para comprar frutas y hortalizas, que están mucho mejor de precio allí. Después he de recoger tus camisas en la lavandería. A las tres estaré de regreso. Félix está en casa de mi madre, que esta tarde lo llevará al médico.
>
> LUCIE

Jean Picot sonrió por dentro. La tenía bien enseñada. Siempre le había gustado tenerla bajo control y saber por dónde andaba. Eso sí, metérselo en la cabeza le costó algún tiempo y alguna que otra bofetada, pero finalmente lo consiguió.

Dejó el vaso en la fregadera y se dirigió a su dormitorio. La vida tenía aquellos contrastes: se había levantado con el pie izquierdo, el dolor de cabeza había sido insoportable y el ardor de estómago descomunal, y sin embargo la afortunada visita de un empleado de correos le había arreglado el día, el dolor de cabeza había desaparecido y el bicarbonato comenzaba a neutralizar los ácidos de su estómago. Aquellos quinientos francos iban a venirle al pelo. Pagaría a los acreedores más contumaces, iría a desempeñar su sello del dedo anular y a comprar lengüetas para su saxofón, y tras todos esos dispendios todavía le quedarían unos buenos doscientos francos. Con ellos podría darse el lujo de un vermut en Chez Antoine. Antes de ir al cuarto de aseo para arreglarse, dejó en la mesilla de noche el volante firmado del giro postal. Entonces reparó en el papel arrugado que había encontrado en el bolsillo del abrigo de Lucie, junto con las dos monedas de franco sobrantes. Procedió a alisar el papel, y arrimándose a la ventana, se dispuso a leer. Era una factura de la floristería El Adiós, en el cementerio de Montmartre, de un importe de catorce francos por un ramo de crisantemos, petunias moradas y siemprevivas. Jean notó que la sangre se le iba del rostro y comenzó a atar cabos: su mujer había ido al cementerio a depositar flores en la tumba de alguien. El padre de Lucie estaba enterrado en el Père Lachaise, y esa floristería estaba ubicada en Montmartre... ¡donde habían enterrado a aquel hijo de puta de Gerhard! El día tomó de nuevo un tinte hosco para Jean y su mente comenzó a tomar un rumbo peligroso.

50

Cruce de caminos

José, que se había hecho avisar por el factor del coche cama a las siete de la mañana y había desayunado ya en el vagón restaurante, descendió del tren en la Gare de Lyon rasurado y vestido impecablemente. Tras dejar su equipaje en el hotel Masséna, ubicado en el paseo del mismo nombre, tomó su bastón y partió caminando hacia el despacho de monsieur Arthur Krebs. Durante el trayecto, no pudo dejar de admirar la belleza de los bulevares y los parques de París, cuidados a tal extremo que parecían talmente jardines particulares. Siempre le había gustado recorrer a pie las ciudades que visitaba, y París, al igual que Londres, no fue una excepción.

Llegó puntualmente a su cita, concertada a las nueve y media de la mañana, con el director de la fábrica Panhard et Levassor, situada en la avenue d'Ivry, y al instante se dio cuenta de que aquél era otro mundo y que, si deseaba ponerse a la altura, debía copiar muchas cosas de los franceses.

Monsieur Krebs resultó ser un tipo encantador, entusiasta de los motores de explosión y convencido de que aquél era el futuro. Le mostró la fábrica y el proceso de montaje de un coche y se ofreció a establecer una colaboración en el futuro. Cuando José le habló del motor eléctrico, el francés lo desengañó argumentando que el gran problema no era el motor en sí sino el peso y la caducidad de las baterías, y añadió que ellos ya habían recorrido aquel camino. José alegó que, por el momento, el récord de velocidad lo detentaba un coche eléctrico, pero Krebs no cejó sosteniendo que las dificultades eran mayores que las ventajas. Finalmente lo acompañó hasta el museo de la fábrica para mostrarle el vehículo que en 1884 había ganado la París-Burdeos-París. José se extasió ante aquella maravilla de la modernidad, y enseguida tuvo claro que el futuro de los automóviles era el motor de explosión. Krebs lo acompañó hasta la puerta de la fábrica y quedaron en verse a las cuarenta y ocho horas, pues en un espacio de pruebas habilitado en el parque de Achères, a unos kilómetros al norte de París, iba a hacerse un ensayo con un nuevo coche de siete caballos de potencia conducido por el conde de Chasseloup-Laubat. José le agradeció la gentileza y, pese a que su regreso estaba planificado para partir el día de la prueba, se dispuso a demorarlo sin dudar un instante, pues ver un coche lanzado a más de noventa y cinco kilómetros por hora tenía que ser un espectáculo.

Tras enviar a Perico un telegrama en el que le daba cuenta de sus gestiones y del motivo de la demora de su viaje se dispuso a recorrer el boulevard Masséna por hacer tiempo antes de la comida. Un cartel anunciador que pregonaba las excelencias del mercado de flores, frutas y hortalizas de Saint-Quentin captó su atención. Sentía debilidad por aquel tipo de establecimientos desde su infancia, cuando acompañaba a su madre a la Feria de la Fresa en Aranjuez. Así pues, con la curiosidad de ver lo que era un mercado en aquel grandioso París, dirigió sus pasos al de Saint-Quentin.

En cuanto José entró en el mercado, se quedó asombrado. No por el tamaño, que era parecido al de la Cebada de Madrid aunque quizá el doble de grande que el de San Ildefonso, al que su madre acudía en ocasiones acompañada por Valentina, sino por el orden y la pulcritud de los puestos y porque en Saint-Quentin únicamente se vendía fruta, hortalizas y tal vez más de trescientas clases de quesos. Avanzó por el pasillo central hacia el interior y, parándose en alguno de los establecimientos, observó que los clientes pagaban el importe de lo adquirido sin intentar regatear, cosa inusitada en Madrid, donde más que una costumbre era una norma, al extremo de que el vendedor se habría extrañado de que el parroquiano no tratara de rebajar el precio de la mercancía, pues aquello era el meollo y el encanto de la cuestión. A la par que se internaba en el mercado, el olor mezclado de las flores, las frutas y las hortalizas asaltó su pituitaria haciéndole estornudar y lo obligó a colgarse el bastón del antebrazo y a usar su pañuelo, por lo que pensó que si iba por uno de los pasillos laterales con suerte el fuerte olor disminuiría. Cambió de sentido, pues, y buscó el pasillo que desembocaba en la Gare de l'Est.

Delante de él iba caminando una mujer joven de cintura mínima que llamó su atención. Vestía una chaquetilla corta de color verde oscuro rematada en el borde, las solapas y los puños con pasamanería negra trenzada; la falda, que le llegaba hasta los tobillos de color fucsia, dejaba ver al caminar la punta de sus escarpines. Se fijó asimismo en que se cubría la cabeza con una graciosa boina ladeada.

José ralentizó el paso, pues la muchacha se había detenido a saludar a una vendedora. Sin saber por qué, lo intrigó ver el perfil de su rostro. La sonrisa de la joven era cautivadora. Le calculó no más de veinticinco años, y estaba en aquel hermoso momento de la mujer que todavía tiene rasgos de niña pero ya es una hembra hecha y derecha.

José se sorprendió, pues desde la muerte de Nachita ningún rostro femenino había captado su atención. Al darse cuenta de que se encaminaba al fondo del pasillo, donde éste terminaba, decidió entretenerse curioseando la mercancía en uno de los puestos.

Jean Picot, que había llegado al mercado hacía unos minutos, buscaba con la mirada a Lucie mientras notaba que la ira crecía en su interior como la lava de un volcán. Por fin la vio llegar. Lucie había entrado en el tramo final del pasillo, donde únicamente había un puesto de fruta y una quesería; se detuvo en el primero y, cogiendo una bolsa de papel, comenzó a escoger algunas piezas.

Jean Picot decidió que había llegado su momento y se plantó a la espalda de Lucie. La muchacha intuyó una presencia y se volvió de perfil. Al instante, la sorpresa y el espanto se reflejaron en su rostro al ver los ojos de su marido inyectados en sangre y la mano alzada, presta a golpearla. Rápidamente soltó la bolsa y se protegió la cara con las manos. La primera bofetada fue de tal violencia que la boina de Lucie saltó por los aires y se le desparramó por los hombros el pelo, que fue por donde la sujetó Jean, obligándola a levantar la cabeza.

—¡Ven aquí, puta, que voy a enseñarte quién manda aquí!

De nuevo alzó la mano, que esa vez descendió como una guillotina partiéndole el labio.

Por la boca de Lucie comenzó a manar sangre.

Las dependientas de los puestos de frutas y de la quesería estaban como hipnotizadas.

—Conque florecitas a tu amante, ¿eh? ¡Yo trabajando como un perro y tú poniéndome los cuernos con el muerto!

Entonces le puso delante de los ojos la factura de la floristería mientras con el puño cerrado de la otra mano ya se aprestaba a golpearla otra vez. Justo en ese momento, sin embargo, notó que un gancho le sujetaba el brazo, impidiéndole llevar a cabo su propósito.

José, desde su posición, había visto la escena. La muchacha, aterrorizada, intentaba hurtarse a la ira de aquel energúmeno, y su sangre hispánica lo impelió a la acción. Se abalanzó hacia ellos y, con la parte curva del bastón, sujetó el brazo que iba a golpear por tercera vez a la joven.

El individuo se volvió, sorprendido ante aquel improvisado ataque.

—¡Déjala en paz, bestia! —soltó José en español.

El otro por el tono intuyó la amenaza.

—¡Maldito comeajos...! ¡Es mi mujer y hago con ella lo que me sale de la entrepierna! —Y dando la vuelta se inclinó sobre el mostrador de la quesería y se adueñó de un largo cuchillo.

Las dos dependientas chillaron. Lucie, sentada en el suelo ahora, intentaba taponarse la hemorragia de la nariz y la boca con la boina. Jean Picot se abalanzó sobre aquel español impertinente... En ese instante José bendijo en la lejanía a Sij Mohinder, y con los reflejos de un movimiento practicado muchas veces y arrumbado en un rincón de su cerebro, con el gancho del bastón volvió a sujetar el antebrazo cuyo puño asía el cuchillo y, dando un violento tirón, obligó a Jean a volverse de espaldas para, acto seguido, inmovilizarlo pasándole el palo por la parte cóncava de los brazos doblados.

Los gritos de Lucie resonando en la superficie metálica de la marquesina atrajeron la atención de clientes y vendedores, que poco a poco fueron asomándose para curiosear mientras comenzaban a sonar a lo lejos los pitidos de los gendarmes. Las dependientas de los dos puestos salieron de detrás de los respectivos mostradores para ayudar a Lucie a ponerse en pie. Ella lo intentó, pero le fallaron las fuerzas y se quedó de nuevo sentada en el suelo.

Aparecieron dos gendarmes a los que, atropelladamente, la chica de la quesería informó de lo ocurrido en tanto que la otra asentía con la cabeza. Al punto, el más joven de los dos agentes ordenaba a José que soltara a Picot, al que inmediatamente colocó unas esposas. Muchas personas se arremolinaban ya a su alrededor, y cada cual explicaba lo ocurrido al que llegaba como si hubiera presenciado el ataque desde el principio. El personal iba encrespándose y comenzaron a oírse gritos al respecto de dar una lección a aquel individuo que había maltratado a una mujer.

José se precipitó a socorrer a la muchacha. La ayudó a ponerse en pie sujetándola por la cintura mientras, del interior de la masa humana que rodeaba al grupo, una mano lanzó sobre Picot una bolsa de harina que le reventó en la cara, tiznándolo de blanco cual si fuera un payaso de circo. La gente se animó y comenzaron a caer sobre el grupo piezas de fruta y de hortalizas. El gendarme de más edad, al ver el cariz que tomaba la situación, se llevó el silbato a la boca y lanzó dos pitidos largos y tres cortos. Apenas habían pasado unos segundos cuando empezaron a aparecer guardias por todos lados que enseguida obligaron a dispersarse al personal, quedando allí únicamente los protagonistas del suceso.

El agente que llevaba la voz cantante, un sargento, ordenó que condujeran a la gendarmería a Jean Picot, y éste, sintiéndose impotente y ridículo, tuvo la mala ocurrencia de amenazar a Lucie delante de la autoridad.

—¡Ya te cogeré, mala pécora! ¡Vas a enterarte de lo que vale un peine!

La desgraciada e inoportuna bravata acabó de colmar el vaso de la paciencia del gendarme.

—¡Llévense a este individuo y enciérrenlo hasta que yo informe al comisario!

Cumplida la orden, luego de preguntar a Lucie si se encontraba bien, le pidió sus datos y filiación e indagó si quería denunciar el hecho. Sin embargo, ante la extrañeza de José y del propio sargento, la muchacha renunció a hacerlo a pesar de que este último le anunció que recibiría un comunicado citándola en la gendarmería para ratificarse en los hechos. Luego, tras la explicación correspondiente de José, el sargento se dirigió a las dos dependientas que habían presenciado el incidente, a quienes conocía de antiguo, y por no obligarlas a cerrar el puesto de venta, perjudicándolas así, las instó a presentarse a la mañana siguiente en la comisaría del Distrito XII para levantar el atestado. José tuvo que mostrar su documentación así como facilitar su dirección del hotel y, como referencia en París, el nombre de Arthur Krebs, director gerente de Panhard et Levassor. El sargento, después de tomar buena nota, le anunció que debería presentarse asimismo en calidad de testigo. Finalmente ordenó a un subalterno que acompañara a la señora al dispensario oficial del mercado a fin de que la atendieran y le hicieran un parte de lesiones para el juez de guardia con copia para ella, por si cambiaba de opinión pasado un tiempo y se decidía a denunciar los hechos.

Tras la correspondiente cura de Lucie, la pareja quedó frente a frente. José, que tenía entre las manos su ensangrentada boina, se fijó en que una incipiente hinchazón afeaba el hermoso rostro de la muchacha. Un torpe silencio se estableció entre ambos, que ella se ocupó en romper.

—Le debo una explicación...

—A mí no me debe nada —respondió José en correcto francés.

—Me ha defendido sin conocerme... Y después se habrá extrañado de que no denunciara a mi agresor. —Lucie hablaba con dificultad—. Me presentaré, mi nombre es Lucie Picot...

—No hace falta, he tomado buena nota cuando ha dado usted su filiación al sargento.

—Entonces me gustaría conocer el nombre de mi protector. Yo no he atinado a retenerlo.

José no acertaba a responder. Aquella muchacha de pelo trigueño tenía un rostro pecoso encantador, pese a la hinchazón, en el que destacaban unos ojos profundamente azules que lo observaban agradecidos.

—Mi nombre es José Cervera y soy español. No he podido consentir una acción de tal bajeza por parte de ese tipo, menos aún que empleara la fuerza física contra usted.

—Como buen español, es usted muy caballeroso.

—Si usted, en vez de ser una hermosa joven, hubiera sido una ancianita decrépita, habría hecho exactamente lo mismo... Pero no es bueno que esté en la calle, ¿quiere que la acompañe a su casa?

—Gracias por lo de «hermosa», pero no creo que mi estado actual merezca tal calificativo. Mi casa... es la del hombre que me ha atacado. Por eso no he querido denunciarlo.

José quedó unos instantes confundido.

—Pero ¡no puede regresar a su casa! No sé si hoy o mañana, pero lo soltarán. A nadie encarcelan por lo ocurrido, tal vez lo retengan unas horas... o tal vez le impongan una multa, pero si no lo denuncia, ¡reincidirá!

—Mi hijo lleva su apellido.

—Ya lo supongo, todos los hijos llevan el apellido de su padre.

Lucie, sin saber por qué, se explicó. Aquel extraño le inspiraba confianza, más todavía tras la defensa de su persona que había llevado a cabo.

—No es su padre.

José fue asimilando la respuesta.

—En tal caso todavía lo entiendo menos.

—Es mi marido...

Ante el rostro interrogante de él y como si le debiera una explicación, la muchacha aclaró:

—Es una larga historia.

José intuyó un resquicio de esperanza. En aquel instante se dio cuenta de que necesitaba volver a ver a aquella mujer.

—Si la desahoga contármela...

—Tal vez en otra ocasión... El golpe me va saliendo y me duele mucho la cabeza.

—Entonces ¿puedo esperar verla otra vez?

Lucie pareció dudar.

—No sé lo que va a ser de mí, tengo un hijo al que debo atender... Creo que, por el momento, y siguiendo su consejo, no volveré a casa y me instalaré en la de mi madre.

—Me parece una prudente medida. La acompañaré. —Y tras decir esto, José detuvo un coche—. Usted dirá adónde vamos.

La muchacha se dirigió al cochero:

—Al número 6 de la rue de Chabrol, si es tan amable.

La pareja subió al coche y éste se puso en marcha.

En la intimidad de aquel pequeño espacio, José sintió la necesidad de mirar a Lucie otra vez. La luz entraba por el redondo ventanuco colocado en el ángulo que formaba la capota de lona con la carrocería del coche, y el perfil bueno de la muchacha se dibujaba al contraluz. A José le recordó la estampa que tenía su madre de la Virgen de Murillo.

El coche se detuvo en la cancela del pequeño jardín de madame Lacroze, él descendió y ofreció la mano a Lucie para ayudarla a bajar.

—Aguarde aquí —ordenó al cochero.

Ahora estaban frente a frente.

—Perdone que insista... ¿Puedo esperar verla de nuevo?

Lucie vaciló unos instantes.

—Si usted quiere... Creo que se lo debo, pero no estoy en situación de responderle ahora. ¿Dónde puedo buscarlo?

—Me alojo en el hotel Masséna.

—Estará de paso en París, supongo... ¿Cuánto se queda?

—Todo el mes —mintió José.

—Entonces le prometo que tendrá noticias mías.

Tras tenderle la mano, que él besó, Lucie subió los escasos escalones y entró en la casa de su madre. José dio media vuelta y se dirigió al coche.

—¿Cuánto le debo?

El cochero lo miró extrañado.

—¿No sigue?

—Mejor vuelvo paseando.

—Entonces un franco y medio.

José entregó dos francos y el hombre, después de darle las gracias, acució al caballo con el chasquido del látigo y el animal se puso en marcha.

José comenzó a caminar y, sin darse cuenta, metió la mano izquierda en el bolsillo de su gabán. Notó un tacto extraño y, recordando ya qué era, sacó la boina de Lucie. La observó un instante y, doblándola con cuidado, volvió a guardársela. Ya tenía la excusa perfecta para contactar con la joven de nuevo en caso de que ella no lo hiciera. En aquel instante le pareció que el sol brillaba más y que las flores del parque Monceau, a su izquierda, tenían un colorido especial.

51

Almas gemelas

José llegó al hotel Masséna notando en su interior una emoción que no sentía desde la muerte de Nachita. Los últimos tres años habían representado para él una dura prueba. Los negocios y el trabajo habían sido su único aliado, y durante ese tiempo ni un esparcimiento, distracción alguna ni nuevo conocimiento de alguien habían conseguido distraer su espíritu. Los esfuerzos de Perico y de Gloria para sacarlo de la monotonía de su vida habían sido estériles. Para José los festivos eran un tormento y su único desahogo era cuando, ya llegado el lunes, se ponía al frente de sus quehaceres profesionales.

Sus contactos con Labandeira eran continuos. Desde la lejanía seguía los sucesos venezolanos y, de alguna manera, había conseguido rescatar algún negocio y, sobre todo y asimismo, preservar los derechos de lo expropiado para hacer valer su razón cuando las circunstancias cambiaran.

Lo sucedido aquella mañana le había cambiado los esquemas. En otras ocasiones ya había combatido una injusticia y ayudado al más débil. Eso no era novedad. Lo que sí lo era es que, como consecuencia de ello y por vez primera, aunque fuera por telegrama, había mentido a su amigo y abogado Perico Torrente.

PASADO MAÑANA INVITADO PRESENCIAR PRUEBA AUTOMOVILÍSTICA PARQUE ACHÈRES –STOP– PILOTO CHASSELOUP-LAUBAT –STOP– ARTHUR KREBS INTERESADO NUESTRO NEGOCIO –STOP– APROVECHO ESTANCIA PARÍS PARA CERRAR TRATOS –STOP– OBLIGADO DEMORAR REGRESO MADRID UNA SEMANA AL MENOS –STOP– TE TENDRÉ AL CORRIENTE –STOP– JOSÉ

Eso fue lo primero que hizo al llegar al hotel. Lo segundo fue ir a la floristería y encargar un inmenso ramo de rosas blancas para que esa misma tarde se entregara en el número 6 de la rue de Chabrol a nombre de Lucie Lacroze con una nota que decía así:

Esta mañana me he asomado a los fondos de la miseria humana, pues nada hay más sórdido que pegar a una mujer indefensa. Sin embargo, el incidente ha hecho que la conociera a usted. Sin darme cuenta me he llevado su boina, espero devolvérsela personalmente. No quiero parecer impertinente, pero le recuerdo que me debe un encuentro.
Suyo siempre afectísimo,

JOSÉ CERVERA

Realizada esa operación, acudió a la conserjería del hotel para avisar que todavía se alojaría allí varios días. Tras dar una buena propina al conserje, le ordenó que cualquier nota o recado que llegara para él le fuera comunicado de inmediato, incluso si era de noche. Después bajó a la peluquería y se hizo perfilar la barba y el bigote.

Lucie, cuyo rostro no dejaba lugar a dudas, se hallaba reunida con madame Lacroze y con Suzette en la salita de la residencia. Cuando supo lo ocurrido, su madre dictó su sentencia:

—Por el momento, te instalarás aquí con Félix. Luego acudiremos a donde haya que acudir, que, por lo que dices, será a la gendarmería del distrito para poner la denuncia. Y nos acompañará monsieur Durand, mi abogado. Por fortuna en este país existe el divorcio.

—A la gendarmería iré yo sola, madre. Después, cuando haya que hacer los trámites en el juzgado, si usted quiere, iré acompañada por su abogado.

Madame Lacroze torció el gesto.

—Sea como quieras, ya no eres una niña. —La mujer se puso en pie alisándose la falda—. Lo que más rabia me da es pensar el modo en que ese sinvergüenza de Picot me vendió el borrico. ¡Cualquier cosa podía pensar de él menos que fuera un maltratador!

Lucie había ocultado a su madre todos los desprecios y maltratos recibidos.

Suzette, que hasta aquel instante había permanecido callada, intervino por vez primera:

—No se extrañe. Jean Picot fuera de casa era la simpatía en persona; a mí, de no ser por Lucie, también me habría engañado. Pero estamos aquí y ahora, y lo pasado pasado está; no se saca nada volviendo atrás. Que era un embaucador y un lechuguino lo sospechamos todas, pero jamás pensé que fuera mala gente, porque un hombre que pega a una mujer, y más en público, es un malvado... Lo que no me explico es cómo supo que habíamos ido al cementerio, Lucie.

—No sé cómo, pero encontró la factura de la floristería y eso desencadenó la violencia de su carácter.

—Si no es por ese caballero que te defendió, te mata.

—Hija, debiste hacerlo entrar en casa aunque sólo fuera por cortesía. Me habría gustado conocerlo y agradecerle lo que había hecho por ti.

—En aquellos momentos, madre, no atiné.

Unos golpecitos en la puerta anunciaron la llegada de alguien.

—¡Pase!

La puerta de la salita se abrió y en la cancela apareció Gabrielle, que llevaba entre los brazos un inmenso ramo de rosas blancas que casi le tapaba el rostro.

—Han traído esto, para madame Picot —dijo a la vez que alargaba un tarjetón de color marfil—. El mensajero aguarda respuesta.

—¿Y eso qué es?

—Eso es que tras la tempestad siempre sale el sol. Un ramo como éste alegra el día a cualquier mujer —opinó Suzette.

Lucie había abierto ya el sobre y estaba leyendo el tarjetón. La madre y la amiga permanecían expectantes. Lucie alzó los ojos del mensaje.

—Me envía flores José Cervera, el español que me ha socorrido esta mañana. Por lo visto recogió mi boina y quiere devolvérmela personalmente.

—¿Y qué vas a decirle, hija?

Lucie se dirigió a Gabrielle:

—Diga al mensajero que espere. —Luego, dirigiéndose a su madre, añadió—: Voy a verlo. Creo que se lo debo.

—Me parece muy bien. Aunque, en tus circunstancias, mejor sería que te acompañara Suzette.

—¡Mamá, por Dios!

—¡Es por el qué dirán, Lucie! La gente es muy mala, y a los ojos de todos estás casada... Y si quieres solicitar el divorcio, mejor será que guardes las formas.

52

La respuesta

Al día siguiente, por la mañana, José recibió dos notas. La primera era de la gendarmería citándolo a declarar sobre el incidente habido en el mercado de Saint-Quentin. La segunda era del muchacho de la floristería y acababa de entregársela el conserje. Decía así:

> Apreciado amigo:
>
> Mi gratitud es doble ya que ha añadido usted a su quijotesca acción la preciosidad de este árbol de rosas que me ha enviado. Voy a demostrarle que soy una mujer de palabra; estoy citada a declarar pasado mañana viernes a las diez en la gendarmería que está en el número 30 de la rue Auguste Comte. Ignoro el tiempo que me tendrán allí, pero a la salida acudiré al Oxford, un salón de té que hay muy próximo, en el número 116 de la avenida de Luxemburgo. Es un lugar discreto y respetable, alejado, sin embargo, de mi domicilio y de la casa de mi madre, por lo que espero que podamos hablar tranquilamente y sin interrupciones.
> Suya siempre agradecida,
>
> Lucie

Tras recibir el mensaje, José hizo algo que, al analizarlo posteriormente, le dio la medida de lo que aquella mujer le había interesado: se puso en una de las escribanías del hotel Masséna, que permitía con un cristal esmerilado en su mitad que dos amanuenses compartieran aquel espacio, y escribió una carta a monsieur Arthur Krebs excusándose por no poder asistir a la prueba automovilística que iba a realizar en Achères el conde de Chasseloup-Laubat. Tras enviar la misiva por medio de uno de los botones del hotel, tomó una decisión: tenía la cita en la gendarmería a las cuatro de la tarde del viernes, pero la adelantaría a las diez de la mañana a fin de coincidir con Lucie y ayudarla, si era necesario; además, así no tendría que esperarla a hora incierta en el salón de té.

El Oxford era un lugar discreto y elegante, decorado como un club inglés, cuyos materiales principales eran la madera y el cuero. Su clientela, a aquellas horas del mediodía, la conformaban gentes de clase media alta, hombres de negocios y vecinos de un barrio de nivel cual era la avenida de Luxemburgo. Sonaban las doce en el reloj de un campanario próximo cuando entraba en el local una pareja de buen ver, él impecable con su sombrero hongo en una mano y su fino bastón de bambú en la otra, embutido en su terno gris marengo con chaleco azul marino, a cuyo último botón estaba unida una cadena de oro que sujetaba sin duda un reloj, del mismo metal, oculto en su faltriquera; ella con un conjunto de larga falda y chaqueta entallada en dos tonos de verde, por cuyo escote asomaban las gorgueras de una blusa beige, ajustada al cuello con un hermoso camafeo, y en la cabeza un gorrito ladeado de negro terciopelo cuyo enjaretado velo de malla fina le cubría media cara.

Lucie y José se sentaron a una de las mesas del fondo, entre una columna y la estatua de una cabeza de caballo que impedía una vecindad inoportuna por próxima e invitaba a las confidencias. Luego de pedir y esperar que una camarera sirviera sus consumiciones, ambos sintieron el peso de una intimidad compartida en la que nada había tenido que ver el trayecto en carruaje desde el mercado de Saint-Quentin a la casa de madame Lacroze en la rue de Chabrol. Lucie se quitó el sombrerito, y en aquella semipenumbra José pudo observar su pecoso rostro todavía inflamado y sus hermosos ojos azules.

—Ya ve, Lucie, como todo tiene arreglo y como las cosas van poniéndose en su lugar.

—Gracias a personas como usted, que además de socorrerme ha acudido hoy a la gendarmería para asistirme y darme ánimo.

—Luego de conocer a la amiga que la acompañaba, creo que no le hacía falta nadie más.

—Suzette siempre ha sido mi gran amiga, nos conocemos desde niñas.

—Los amigos son la familia que escogemos. Yo también soy afortunado en este terreno.

Una pausa se instaló entre los dos. Al cabo, José, que quería reconducir la historia por derroteros más cercanos a él, comentó:

—Aun contando con que fue un desagradable incidente, tuvo usted suerte. Ese personaje, me resisto a llamarlo su marido, cometió la insensatez de atacarla en un lugar público y amenazarla estando presente la autoridad.

—Tiene usted razón. Su carácter visceral lo traicionó... Pero si llega a aguardar mi regreso a casa y me ataca estando solos, no sé cómo habría acabado.

—Pues ya ve usted, el juez de distrito lo ha encerrado quince días por agresión, escándalo público y desacato a la autoridad. Esas dos semanas, Lucie, son el tiempo que tiene para tomar decisiones, y la más sensata, creo yo, es separarse de ese animal. Que el juez, tal como se lo ha brindado, ordene, siguiendo la letra de la ley, el depósito de mujer casada en casa de su madre junto a su hijo que es menor de edad, durante el tiempo que dure la instrucción y entonces, estando tranquila, ya tendrá tiempo de plantear su divorcio.

Lucie meditó unos instantes. Por una parte, algo en su interior le impelía a explicar su historia a aquel extraño, pues era consciente de que no merecía la pena perder el tiempo con alguien que sin duda desaparecería de su vida en pocos días; por otra parte, sin embargo, se sentía obligada a hacerlo.

—Ya le dije que Jean no es el padre de mi hijo, pero cuando me casé lo reconoció y Félix lleva su apellido.

—No creo yo que tal cosa sea impedimento. Un tipo así tiene un precio, todo consiste en saber cuál es. Lo que no alcanzo a comprender es cómo una muchacha como usted se casó con un hombre como ése.

—Es una larga historia, ya se lo dije.

—Todos tenemos una. Y la mía es la más triste que darse cabe. Si quiere se la cuento... a cambio de que usted me cuente la suya.

Lucie lo miró con curiosidad.

—¿Quién empieza?

Pasadas las dos de la tarde todavía estaban en el Oxford luego de haber pedido algo de comer. A instancias de José, empezaron a tutearse y prosiguieron con sus respectivas historias. Lucie le explicó todo lo vivido con Gerhard, cómo su juventud e inexperiencia la hicieron renunciar a su primer amor por la diferencia social de las dos familias, cómo por circunstancias ajenas a ella lo perdió después y el tristísimo final de la vida de aquel hombre que tanto había significado para ella.

José tomó buena nota de lo relatado por la muchacha y, llegado su turno, le explicó su historia con Nachita, obviando la inmensa fortuna heredada, que no creía que viniera al caso mencionar. Esa reserva la hizo por pura intuición, sin saber por qué y sin calibrar el efecto que su conocimiento pudiera provocar en Lucie, ya que empezaba a sospechar que esa mujer podía representar algo muy importante en su vida.

Al finalizar, los azules ojos de Lucie eran un mar de lágrimas. José extrajo del bolsillo superior de su levita el pañuelo y se lo entregó.

—Es la historia más triste que he escuchado jamás, tenías razón. Si me dicen que es la última obra que escribió Victor Hugo estrenada en el teatro de la Porte Saint-Martin, me lo creo.

—Pues tristemente así fue la historia.

Lucie le devolvió el pañuelo empapado en lágrimas.

—¿Y cómo se sobrevive a algo así?

—La vida nos obliga... Tras su muerte recuerdo que al pisar la calle me sorprendió que las tiendas estuvieran abiertas y que las gentes fueran a su avío sin tener en cuenta que a mí se me había parado el reloj de la vida. Todo seguía igual.

—¿Qué hora es?

José tiró de la leontina y consultó su reloj.

—Las seis y media.

Lucie se puso en pie sobresaltada.

—No es posible... Llevamos aquí seis horas y me parece que no ha pasado ni una.

José, a su vez, se levantó.

—Si se te ha hecho corto, puedo tener la esperanza de que hayas pasado un rato agradable.

—Más que eso, José. Tu historia me ha sobrecogido.

—Créeme que la conocen quienes la vivieron conmigo, y desde luego la historia corrió por Madrid ya que eso es inevitable, pero yo no se la había contado a nadie todavía.

—Entonces todavía agradezco más tu confianza.

Un instante de silencio hizo más audibles las suaves campanadas del pequeño carillón que adornaba una de las paredes del local.

Lucie se alarmó visiblemente.

—En casa deben de estar muy preocupados. Debo irme.

—Ahora mismo cogemos un coche y te acompaño.

—No, prefiero ir sola... Muchas gracias por todo, José. Si alguna vez vuelves a París y quieres, búscame en casa de mi madre.

Lucie recogió el paquete de la boina y le tendió la mano.

José le besó el dorso, junto a la muñeca, sin dejar de mirarla a los ojos, y sin soltársela dijo:

—Volveré el mes que viene, sin duda.

—¿Tienes trabajo aquí?

—Un trabajo apasionante: volver a verte.

La muchacha partió confusa y emocionada, y en el aire quedó un suave perfume de limón y verbena.

53

El regreso a Madrid

La luz especial del otoño madrileño entraba por los amplios ventanales del casino de Madrid. En una de las esquinas del salón de fumadores, acomodados en sendos sillones orejeros, José y Perico proseguían la charla comenzada en el Lhardy a la hora de comer. Todo el asunto referido a sus gestiones hechas en Barcelona y proseguidas en París cerca de Arthur Krebs en la casa Panhard et Levassor ya había sido tratado, y José había esperado que se encontraran en aquel lugar tan especial para confiar a su amigo el auténtico motivo de su demora en París. Presumió, no obstante, que era mejor dar un rodeo para entrar de lleno en el asunto.

—¿Y cómo lleva Gloria el embarazo ahora que ya ha entrado en el cuarto mes?

—Mucho mejor, ya no tiene vómitos. —Perico no se atrevió a explicarle que su gran distracción era Pizca, la perrita causante de la desgracia que José no quiso tener en su casa.

—Los hijos son el gran nudo que une a la pareja. Te tengo envidia.

Perico tanteó el tema con prudencia, pues en otras ocasiones había sido motivo de discusión.

—Creo que deberías ponerte a la tarea. Hace ya mucho que Nachita murió... Y seguro que a ella no le gustaría verte así.

Perico aguardó un exabrupto, que era como había acabado el tema en otras ocasiones, y se dispuso a soportarlo.

—Tal vez tengas razón —apostilló José en tono misterioso.

Perico lo observó de una manera especial.

—Jugar a Sherlock Holmes y adivinar quién mató a sir Charles en *El perro de Baskerville* después de comer no me apetece, José. Cuéntame eso que quieres contarme desde que has llegado.

Salieron del casino sobre las ocho de la tarde. José expuso a Perico el cómo, el cuándo y el porqué. Y le habló de Lucie como no había hablado de ninguna mujer en tres años.

—Nachita era maravillosa, pero ya no está. La quise con toda mi alma, pero reconozco que vivió una vida de ensueño... Lucie es diferente, es una mujer que ha sufrido mucho y ese sufrimiento la ha hecho madurar. Cuando la conozcas comprenderás a qué me refiero.

—¿Me autorizas a contárselo a Gloria?

—Desde luego. Su opinión me interesa mucho. Gloria adoraba a Nachita... Que a ella le parezca bien será para mí muy importante.

—Pero Gloria también te adora a ti, José, y en más de una ocasión me ha comentado que tienes que rehacer tu vida. Lo que la asusta es que caigas en manos de una de esas lagartas que no te quitaban ojo de encima cuando íbamos a algún estreno al Real.

—No es el caso de Lucie, en absoluto. Insisto: cuando la conozcas te encantará.

José y don Eloy hablaban en la galería.

—Quería ser yo quien se lo dijera en su momento.

—Ya sabes cómo es tu madre... Intuyo que la otra noche nos oyó hablar y luego, en el dormitorio, no cejó hasta conseguir que le contara, aunque fuera por encima, nuestra charla.

—No era el momento, padre. Por ahora no es nada más que el inicio de algo que puede llegar a ser. Y digo esto porque desde la muerte de Nachita ninguna mujer había despertado mi interés, menos aún en tan poco tiempo. Hablé con usted de hombre a hombre porque siempre me ha entendido y siempre he valorado su consejo. Pero conozco a mi madre y sé que de entrada mirará con lupa a cualquier mujer que yo pretenda entrar en esta casa, más aún en las condiciones de Lucie... Y todo eso suponiendo que ella llegue a interesarse por mí, que en sus circunstancias es muy difícil que quiera complicarse la vida, pues ya de por sí la tiene muy compleja.

—Te conozco bien, José, soy viejo pero soy hombre y sé cómo funcionan estas cosas. El amor ni tiene lógica ni admite espera, llega cuando llega y no tiene en cuenta si es oportuno o no lo es. Pero cuando alguien como tú, que has pasado por lo que has pasado y que has sufrido lo que has sufrido y que ya va para cuatro años no te has parado a mirar a ninguna mujer, tras una semana en París habla de alguien en los términos que tú hablas de ella, me tomo muy en serio la historia... Sobre todo si, como dices, no le mencionaste cuál es tu situación económica y, por tanto, ignora quién eres en este momento.

—Lo hice a posta, padre, no quise que mi condición social influyera en su decisión.

La calada de un puro y un sorbo de coñac sirvieron de excusa a don Eloy para tocar el tema que tanto lo preocupaba.

—¿Eres consciente del problema que representa en este país que una muchacha tenga un hijo de otro hombre y vaya a ser una divorciada?

—¿Tengo yo la culpa de que este país esté todavía por desasnar, que inventara la Inquisición y que Europa acabe en los Pirineos?

—No tienes la culpa, pero has de vivir en él y esta sociedad de Madrid es muy cerrada y muy celosa de sus privilegios, y cuando quiere marginar a alguien lo margina.

—En primer lugar, padre, se puede vivir en muchos sitios. Francia es un gran país y París una capital maravillosa donde esa circunstancia no importa a nadie. En segundo lugar, mientras mis informes bancarios sean los que son y yo maneje el capital que manejo, mucha gente comerá de mi mano. Y aunque tal vez algún noble de apolillado título se haga el estrecho y me retire saludo, le juro que esa situación no me quitará el sueño.

—Entonces ¿estás decidido?

—Yo sí. Lo que me temo es que ella no.

Don Eloy dejó escapar un hondo suspiro.

—Hagas lo que hagas y decidas lo que decidas, sabes que puedes contar conmigo... Ahora bien, tu madre es mucha madre... y además de la ultracatólica Pamplona, cuna del carlismo. ¡Su apellido es Muruzábal y cada domingo oye misa en San Fermín de los Navarros!

54

La iglesia

El coche de los Urbina se detuvo en el paseo del Cisne frente a la iglesia de San Fermín de los Navarros. Paco, el cochero, tras atar las riendas del tronco de caballos en el candelero del látigo, descendió rápidamente del pescante para abrirle la portezuela a doña Rita.

—Aguárdeme aquí.

Paco ni se atrevió a preguntar por el tiempo de la demora, pues era consciente del genio que gastaba la señora según qué días.

Entre un frufrú de refajos almidonados y faldas sobrepuestas de color antracita, doña Rita Muruzábal traspasó la puerta del edificio adjunto a la iglesia, que era la residencia de la congregación, y se dirigió a la cabina del hermano portero.

—Buenas tardes, soy doña Rita Muruzábal de Cervera, marquesa de Urbina. Vengo a ver a mi padre espiritual, fray Gerundio Azpiroz.

—¿La espera él?

—No lo he avisado, pero me dijo que siempre recibe a un alma angustiada.

—Sin duda, señora. Ahora mismo lo aviso. Si quiere sentarse... —dijo señalando dos grandes sillones que estaban junto a la puerta.

—Muchas gracias.

Partió el hombre arremangándose la sotana para subir mejor los escalones que conducían al primer piso. Al cabo de poco, doña Rita percibió que por la misma escalera bajaban dos personas intercambiando entre ellas unas palabras. Al aparecer bajo el quicio de la puerta del recibidor y al lado de la inmensa figura de fray Gerundio, la imagen del portero le pareció pequeña y desmedrada.

Rita se puso en pie en tanto el fraile se acercaba a ella tendiéndole la cruz del cíngulo de rústica cuerda blanca que llevaba ciñendo la cintura de su parda sotana. Rita la besó con devoción.

—¿Qué de bueno le trae por aquí, señora Muruzábal?

—¡De bueno nada, paternidad!, más bien de malo.

El fraile intuyó la angustia de su feligresa y la observó con atención.

—Mejor hablaremos en la sala de visitas.

Precediéndola, la condujo hasta el salón donde la comunidad recibía a los visitantes. El clérigo ocupó un sillón frailuno de madera de haya y viejo cuero cordobés y Rita se ubicó en el sofá de tres plazas que estaba junto a él.

—Intuyo que hoy la trae aquí algo que afecta a su familia y tal vez particularmente a su hijo.

La mujer lo miró extrañada.

—Desde luego, padre, pero ¿cómo lo ha sabido?

—Son ya muchos años de ejercer este menester. La angustia que refleja su rostro sólo puede provocarla un amor filial.

—Pues sí, de eso se trata.

—Cuénteme, doña Rita. Descargue su angustia en mí... Pero recuerde a santa Teresa: «Nada te turbe, nada te espante, todo se pasa, Dios no se muda, la paciencia todo lo alcanza; quien a Dios tiene nada le falta: sólo Dios basta».

Doña Rita se removió nerviosa en su asiento.

—No es cuestión de paciencia, padre, es cuestión de agarrar el toro por los cuernos y hacer algo. Mi familia ya ha vivido una tragedia, y si puedo evitar la segunda ¡por mí no quedará!

—Me intriga usted, doña Rita. Tenga a bien explicarse, por favor.

La mujer carraspeó aclarándose la garganta.

—Verá, padre, usted sabe el drama que vivió mi hijo.

—Lo recuerdo como si fuera hoy. Y lo tengo presente en mis oraciones todos los días.

—Bien, desde ese infausto momento y durante tres años ha guardado un luto espiritual cuasi de viudo, pero en un viaje a París ha conocido a una mujer que puede ser su perdición.

El clérigo intentó destensar la cuerda.

—Perdone, doña Rita, pero es lógico que tras este tiempo un hombre, por demás apuesto y en plena juventud, intente olvidar el pasado y quiera rehacer su vida. Y también es lógico, mi experiencia así me lo dice, que casi ninguna suegra encuentra a una nuera digna del amor de su hijo.

—No es el caso, padre. No conozco a esa mujer y, por tanto, no puedo juzgarla. Únicamente sé lo que he conocido de ella a través de mi esposo, quien sí ha hablado con mi hijo.

Barruntando un inconveniente religioso, el fraile indagó:

—¿Es católica apostólica romana?

—Lo ignoro, pero de no serlo supondría un inconveniente menor.

—Entonces, doña Rita, ¿qué sucede? No acierto a comprender.

—Está casada.

Fray Gerundio tomó el abanico de doña Rita que descansaba sobre la mesa y comenzó a abanicarse.

—Realmente aquí se acaba la historia. A no ser que hubiera motivo de nulidad.

—Mi hijo no ha hablado de eso, únicamente ha hablado de divorcio.

—La Iglesia no lo admite.

En ese instante asomó el genio de doña Rita.

—¡Pues ¿por qué cree que he venido, padre?! ¡¿A pasar el rosario?!

El fraile retomó el hilo de sus preguntas.

—¿Cuánto tiempo hace que mantienen esa relación?

—Que yo sepa, ha comenzado durante el último viaje de mi hijo a París… Unos quince días.

El fraile plegó el abanico y suspiró aliviado.

—Creo que se alarma usted demasiado pronto. El hombre se ilusiona con lo prohibido, la Biblia está llena de esos ejemplos, ya sabe usted: Adán y la manzana de Eva, David y Betsabé… Deje que su hijo vaya a París dos o tres veces y que se conozcan más a fondo, usted ya me entiende.

Doña Rita se colocó los anteojos y observó al fraile como el entomólogo que observa una mariposa.

—¡¿Insinúa usted, fray Gerundio, que tengan relaciones carnales?! ¡El adulterio es un pecado mortal, le recuerdo!

—Mucho menos grave y cotidiano que un matrimonio fuera de la Iglesia. Al fin y al cabo, se arregla pasando por el confesionario. Lo otro, en cambio, no tiene componenda.

—Dios es muy bueno, y además fue hombre, yo no lo perdonaría.

—Voy a decirle una cosa, doña Rita, y mi experiencia en el sacramento de la confesión avala mi aserto: si la mujer no perdonara el adulterio, medio Madrid estaría separado.

—Pues yo le diré otra, fray Gerundio: si mi marido me engañara, mejor sería que no me enterara… Porque de enterarme, ¡que Dios lo ampare! Soy de Pamplona, padre, no lo olvide.

55

Conciliábulos

S uzette y Lucie se encontraron aquella mañana a las diez y media en Les Deux Magots, el café ubicado en el número 6 de la place Saint Germain des Prés para desayunar. Había pasado ya una semana desde que la primera había ayudado a Lucie a recoger sus pertenencias más urgentes de la rue Nicolet para trasladarlas a la casa de su madre en la rue de Chabrol. Las dos amigas no acostumbraban a dejar pasar tanto tiempo sin verse, pero las circunstancias hicieron que el encuentro se demorara en esa ocasión. Suzette había llegado en primer lugar y había ocupado una mesa justo debajo de uno de los sabios chinos que daban nombre al café; pidió su consumición y, conociendo a su amiga, pidió asimismo lo que Lucie acostumbraba a tomar. La llegada de ésta coincidió con la de la camarera que, bandeja en ristre, venía con el pedido esquivando clientes con la habilidad adquirida con la práctica y lo depositaba sobre la mesa. La mujer dejó la nota en un platillo junto al cesto de los cruasanes y se retiró.

—Perdona el retraso, Suzette, pero me he entretenido con la hermana Rosignol en el hospital Lariboisière. —Lucie, tras quitarse la gabardina, se sentó junto a su amiga—. Pensaba que la visita sería breve, pero ha empezado a hacerme preguntas y no he tenido más remedio que explicarle la historia.

Suzette mordisqueaba un cruasán y daba pequeños sorbos a su café con leche.

—Pero ¿te encuentras bien?

—Preocupada, pero bien.

—Entonces ¿a qué has ido al hospital?

—He ido a buscar trabajo. He preguntado a la hermana Rosignol si puedo volver al hospital. No quiero ser una carga para mi madre, ¡bastante hace con tenerme en la residencia ocupando una de las habitaciones donde podría alojar a un estudiante! Pero los gastos

319

de Félix y los míos quiero pagarlos yo, y deseo dejarlo claro desde el principio porque tengo la impresión de que la cosa va para largo.

Suzette miró a su amiga con preocupación.

—¿Sabes algo de tu marido?

—Sé que está en la calle. Me encontré al pianista de su grupo y me lo dijo.

—¿Te ha llegado la sentencia provisional?

—El viernes me llegó. Jean no puede acercarse a mí, pero tiene derecho a ver a Félix dos veces cada mes en el juzgado o en casa de mi madre.

—¿Y no te preocupa?

—Claro, pero por poco tiempo.

—No te entiendo.

—Lo conozco bien. No quiere al niño y se cansará. Pero voy a decirte algo: a partir de ahora voy a preocuparme de las cosas cuando me sucedan, no antes.

—Me parece una sabia medida... ¿Y a qué se debe ese cambio de actitud?

—A nada en particular, Suzette, pero creo que a mi edad ya he consumido el cupo de amarguras que me corresponde. He soltado el lastre de mi errado matrimonio y quiero vivir.

Suzette dejó rápidamente la taza de café con leche en el plato.

—¡Tú me ocultas algo!

Lucie, en plan misterioso, extrajo del bolso un papelito doblado de color azul y se lo entregó a su amiga. Ésta, sin dejar de mirarla a los ojos, lo desdobló y lo leyó.

PARA LUCIE LACROZE–RUE DE CHABROL NÚMERO 6–DISTRITO XII–PARÍS
LLEGARÉ MIÉRCOLES MAÑANA –STOP– ME ALOJARÉ HOTEL MASSÉNA HASTA DOMINGO –STOP– DESEO VERTE TODOS LOS DÍAS SI ES POSIBLE –STOP– JOSÉ CERVERA

Al finalizar la lectura del telegrama, Suzette lo dobló lentamente y se lo devolvió a su amiga.

—¡Lucie, por Dios, no te precipites! Lo conociste hace quince días... Cierto que es un caballero encantador de los que no abundan; ha pasado un drama terrible, por lo que me contaste, y tú estás obnubilada por lo que hizo aquel día por ti, pero ya te has equivocado dos veces en la vida, ¡que no sea ésta la tercera!

—Pero ¡¿qué dices?! Me hace ilusión que alguien quiera verme… ¿Cómo explicarlo…? Me sube la moral, eso es. Sin embargo, tengo el lastre de un hijo, de momento estoy casada y no puedo pensar en otra cosa… A pesar de todo, sí, me hace ilusión volver a verlo, y eso es todo.

La reunión era en la recoleta sala de lectura de la condesa de Urbina en el primer piso de la casa de Diego de León, lejos de oídos indiscretos que, queriendo o sin querer, pudieran tener noticia de lo que allí se debatía.

Don Eloy asistía cual convidado de piedra a aquella más que agria discusión entre su esposa y su hijo, y lo hacía de tal guisa porque, en el fondo, se sentía, si no culpable, sí responsable de aquella situación.

—Entonces, deduzco que todo este sacramental se debe a que, tras tres años de rigurosa viudedad trabajando como un negro y sin haber salido de casa de no ser acompañado por un par de amigos o de Perico y Gloria, le dije a mi padre ¡en mal momento, por Dios! que he conocido a alguien en París que me ha hecho sentir de nuevo un ser humano porque ha despertado en mí sentimientos que creía dormidos.

Eloy, consciente de haberse equivocado al haber hablado a destiempo con su mujer, no abría la boca.

—¡En primer lugar, madre, ni he tocado el tema con ella; en segundo, ni sé si me aceptaría; y en tercero, le recuerdo que fue usted la que me insinuó que haría muy buena pareja con Inés Cantalapiedra, que tiene dos hijas! Y ahora recibo el anatema de la Iglesia y soy poco menos que un proscrito social…

—¡No mezcles churras con merinas, José! Nada ni nadie te impide salir con todas las muchachas que se te antoje, ni siquiera te ha exigido nadie que sean de una clase social determinada, hasta me resignaría a que fueran humildes, pero que pretendas entablar relaciones con una mujer casada, por demás con la carga de un hijo que tuvo de soltera y no es de su marido, y que encima se divorcie por tu culpa… ¡Por ahí no paso! —Doña Rita cambió de tema abruptamente—: Y el caso de Inés Cantalapiedra, entérate, es muy diferente. Es viuda y, por tanto, libre… y además, de tu mismo nivel.

—Es marquesa viuda —puntualizó José—, y eso le gusta, madre. Reconózcalo.

—¡Exactamente, y como tal puede contraer matrimonio con quien quiera sin cometer pecado mortal!

—Lucie también podrá contraer matrimonio en cuanto se divorcie.

—¡Te recuerdo, hijo, que en España no hay divorcio! «Lo que unió Dios que no lo separen los hombres», dice la Santa Madre Iglesia.

—Lo dirá en España, madre. En Francia lo acepta.

—Porque no tendrá más remedio.

—Porque en Francia la religión es una cosa y el Estado otra.

—Porque, tal como dice el padre Gerundio Azpiroz, Francia es un país de masones y de libertarios que cortaron la cabeza a sus reyes, y así les va.

José se encrespó.

—¡Ni sé por qué respondo a todo esto! Le repito que nada he propuesto a Lucie y ni siquiera sé si me aceptará.

—¡Madre del amor hermoso…! Además de incauto, bobo. Siempre he pensado que el hombre es un punto inferior a la mujer en cuanto a visión de las cosas; va por la vida con un lirio en la mano y en ocasiones se cae de un guindo… ¿Pretendes decirme que una mujer en sus condiciones no hará palmas con las orejas ante la propuesta de un hombre joven, con título de nobleza y, por si fuera poco, multimillonario?

—Aunque usted no lo crea, madre, hay personas a las que todo eso nada importa. Lucie descartó a alguien precisamente por eso.

—¡O sea, que hubo alguien anteriormente!

—Madre, ¡por Dios!

Doña Rita se volvió hacia su marido airada.

—¿Estás oyendo todo esto, Eloy? ¡Di algo!

Don Eloy, al verse entre dos fuegos, intentó mediar:

—De entrada, Rita, digo que te hablé de todo esto en el dormitorio en plan confidencial y me prometiste que guardarías el secreto. Y para continuar, Rita, digo que tienes la virtud de preocuparte por lo que no ha ocurrido.

—¡Madre del amor hermoso, qué hombres! Me preocupo precisamente para que no ocurra.

José se puso en pie.

—Con todo respeto, madre, este asunto se ha terminado. Usted ha convertido esta reunión en un juicio. Pero tengo veintiocho años y me casaré con quien quiera y cuando quiera.

—¡Di más bien que te rejuntarás! Y con todo respeto, hijo, yo no pondré mi alma en peligro aprobando implícitamente con mi presencia un acto pecaminoso. Si tu padre, que es un hombre sin criterio que únicamente va a la iglesia por compromiso, quiere hacerlo, ¡allá él! Pero conmigo no cuentes.

Y doña Rita, dando un portazo, salió de la habitación.

56

El divorcio

En dos meses y medio José había ido a París cinco veces, y en cada viaje se reafirmaba en su convencimiento del paso que se proponía dar. Todas las esperanzas concebidas tras conocer a Lucie se iban confirmando: aquella muchacha era lo más noble y desinteresado que había conocido jamás. El salón de fumadores del coche Pullman fue testigo mudo de sus cavilaciones y de la certeza de sus sentimientos. José reflexionaba y no podía por menos de comparar. Su amor por Nachita fue un vendaval que arrasó todo a su paso y que no tuvo tiempo de erosionarse, porque, además, la distancia adornó su memoria con la aureola del sueño no consumado y todavía hizo más hermoso su recuerdo.

José remembraba que antes de su anterior viaje a París había ido a la Almudena y, después de hacerse abrir la pequeña capilla, estuvo frente al túmulo con la estatua yacente de Nachita que Benlliure había esculpido. Lo asaltó entonces la sensación de que se hallaba ante una presencia incorpórea que jamás pudo ser humana, algo así como un ángel de los que revoloteaban por la capilla Sixtina. Colocó su mano sobre la del frío mármol, y rezó una oración como pidiendo permiso y perdón por haberse enamorado de nuevo. Después se caló el sombrero, abrió el paraguas y se dirigió al exterior, donde la fina lluvia de la primavera madrileña revitalizaba las flores formando pequeños charcos en el camino de salida del camposanto. Al pisar la calle José experimentó la misma sensación que había tenido de niño tras confesarse el día de su primera comunión: se sentía liberado de aquel profundo compromiso interior.

Decir que el diálogo habido con su madre no le había afectado era mentirse a sí mismo, pero a sus veintiocho años no estaba dispuesto a que el padre espiritual de su madre, don Gerundio Azpiroz, gobernara su destino. Sus asuntos de Barcelona iban viento en popa, y pronto se asociaría con Damián Mateu Bisa, un industrial catalán apasionado, como él, del automóvil al que había conocido a través de Marc Birkigt. José iba a participar con Mateu Bisa en el accionariado de la nueva compañía que, fusionándose con la suya, vería la luz en Barcelona en próximas fechas y cuyo nombre iba a ser Hispano-Suiza.

A partir de su primer viaje a París, entre él y Lucie se estableció, casi sin acordarlo, una misma rutina: el tren llegaba a última hora de la tarde a la Gare de Lyon, y José, tras alojarse en el hotel Masséna, hacía llegar mediante un botones un mensaje a Lucie comunicándole su llegada y diciéndole que a las once de la mañana siguiente la esperaría en el Oxford y que en caso de que no pudiera asistir se lo comunicara a través del mismo mensajero. Lucie nunca había puesto impedimento alguno, por lo que José, tras despertarse, acicalarse y desayunar, se iba caminando hasta la cafetería, nervioso siempre como un colegial en su primer día de clase y poniendo en orden sus pensamientos.

En esa ocasión José siguió el mismo proceder en cuanto se instaló en el hotel, y a la mañana siguiente de llegar, contando con que Lucie estaría en el Oxford, se dirigió a su encuentro. A aquellas horas el local estaba prácticamente vacío, pues los parroquianos de primera hora de la mañana se habían ido a trabajar y los del aperitivo no llegarían hasta pasado el mediodía.

José se instaló en la mesa de su primera cita con Lucie, al lado de la estatua del caballo, y tras decir al mesero que esperaba a alguien tomó de la pared la estrecha varilla con mango de madera que sujetaba *Le Petit Journal* y se puso a leer las noticias que circulaban aquellos días por París. La rehabilitación del caso Dreyfus ocupaba las páginas centrales y, a pesar del tiempo transcurrido desde su origen, los partidarios y los enemigos del capitán injustamente acusado de espionaje todavía debatían la cuestión con un ardor inusitado. Los seguidores y los detractores de Émile Zola, el periodista que con sus artículos había sido su primer defensor, andaban a la greña.

Súbitamente, al oír el sonido de la campanilla de la puerta, José alzó la mirada. La visión de Lucie lo impresionó: su precioso pelo recogido debajo de un casquete de piel adornado con un pájaro diminuto; la mirada algo triste de sus bellos ojos azules… Vestía un largo gabán gris y negro suelto, a la última moda, y se cubría las manos con un manguito a juego. José se puso en pie y, a la vez que le besaba la mano y la atraía hacia sí, sin intercambiar ni una palabra, la invitó a sentarse junto a él en el sofá del fondo.

Se sucedieron entonces las primeras preguntas interesándose el uno por el otro, y Lucie quiso saber hasta cuándo iba a quedarse. Después de que el camarero les sirviera las consumiciones, José entró en materia:

—He pensado en ti todos los días. ¿Tú te has acordado de mí?

Lucie, asintió con la cabeza.

Súbitamente José intuyó que había llegado el momento.

—Lo he meditado durante muchas noches y tengo la certeza de que es la decisión más importante de mi vida... Lucie, ¿quieres ser mi mujer?

La joven notó que el rubor invadía sus mejillas y bajó la mirada sin atreverse a creer lo que estaba oyendo.

—No puede ser, José.

—¿Por qué no puede ser? Somos dos personas adultas que no dependemos de nadie.

—Tú no, yo sí.

José le tomó la mano y ella no la retiró.

—Dime, ¿cuál es el inconveniente?

—El inconveniente es la distancia... Me he informado y el divorcio presupone un acuerdo entre ambas partes. He enviado a Suzette a hablar con Jean, pues, como ya sabes, el juez dictaminó que él no puede acercarse a mí.

—¿Y qué dice ese imbécil?

—Se niega en redondo y, lo que es peor, aduce que Félix lleva su apellido y no está dispuesto a renunciar al niño.

—Déjame este asunto a mí, yo lo arreglaré.

Lucie le acarició la cerrada barba con la mano.

—Sigues siendo mi Quijote.

—Y tú mi Dulcinea. Si he de derribar molinos, los derribaré.

—Tu familia no me aceptará... En la ultracatólica España no hay divorcio, y una muchacha francesa con un hijo y divorciada no es una elección afortunada para un hombre de tu posición.

José se dispuso a jugar una baza arriesgada.

—Las conveniencias sociales ya hicieron que te equivocaras una vez, no cometas el mismo error.

—Eso ha sido cruel, José, entonces era una cría de dieciocho años y ahora soy una mujer, que además ya ha sufrido mucho... Planteo todas estas reservas mentales porque te quiero. De no ser así, me faltaría tiempo para aceptarte.

—Mira, Lucie, mi familia, mi país y mi circunstancia son asunto mío. Lo único que importa son tus sentimientos... ¿Tú me quieres?

—Con todo mi corazón, José... Pero he de acostumbrarme a vivir sin ti, aunque no sé si podré.

José la tomó por los hombros y la besó, el gorrito cayó hacia atrás, Lucie le echó los brazos al cuello y se quedó gozando aquel momento como el náufrago que se aferra a un tablón en medio del temporal.

Se separaron y se miraron.

—La vida ya me robó una vez a la mujer que amaba. No permitiré ahora que circunstancia alguna me aparte de tu lado, Lucie. Viviré donde sea, en Madrid o en París, pero contigo. Y nadie va a quitarte a tu hijo, tienes mi palabra.

Lucie todavía se refugió en sus últimas defensas.

—Tus padres no me aceptarán.

—Mi padre sí, seguro.

—Eso quiere decir que tu madre no.

—Ya se acostumbrará. —José sonrió—. Cuando ella se casó con mi padre, ni me pidió permiso ni me invitó a su boda.

La Rotonde era uno de los locales de moda de la temporada en Montmartre. A las doce de la noche José Cervera hacía su entrada en él y, tras dejar su sombrero de copa baja, su gabán y su bastón en el ropero, se dirigía, por petición propia, acompañado del encargado a una mesita algo retirada del escenario desde la que se veía todo el local sin llamar por ello la atención. En el escenario, un mago, acompañado de una damisela ligera de ropa que le hacía de ayudante llevando y trayendo aparatos, ejecutaba un juego de cartas contando con la colaboración del público.

—¿A qué hora actúan los músicos? —demandó José al *maître* tras pedirle una botella de champán.

—A la una. Abren la segunda parte.

—Creo que toca un saxofonista muy bueno.

—Sí, señor. Jean Picot es su nombre.

—Al acabar la sesión me gustaría verlo.

—Los músicos no acostumbran a salir a la sala.

—Pero usted sin duda obviará ese inconveniente —dijo José en tanto deslizaba en la mano del hombre una moneda de dos francos.

—Delo por hecho, señor. ¿Jean lo conoce a usted?

—Nos vimos una vez, pero estoy seguro de que se acordará de mí... Dele esta tarjeta.

—Ahora mismo le traen el champán.

El *maître* tomó el cartoncillo y se retiró.

José observó el local: sillas y mesas colocadas en semicírculo alrededor de un pequeño escenario desde el que, de vez en cuando, asomaba un mimo con el cartel que anunciaba la siguiente actuación. El espectáculo estaba bien, era un *variété* en el que se mezclaban los números de humor con la aparición de una cantante que entonaba canciones picantes y hacía intervenir al público de las primeras filas. Se cerró la primera parte y, tras un descanso de quince minutos, el mimo anunció la segunda, que inauguró el grupo de ragtime con uno de los músicos pintado de negro para crear el ambiente apropiado y que tuvo un éxito considerable. José se fijó en Jean Picot y tuvo que reconocer que era un saxofonista notable. Le parecía imposible que fuera el mismo hombre del mercado de Saint-Quentin que maltrató a Lucie. De cualquier manera y pese al maquillaje, bajo la luz de los focos su aspecto denotaba la mala vida, con el rostro macilento y de mejillas enjutas, y la punta de los dedos manchados de nicotina.

Acabada la sesión, los músicos se retiraron. Al cabo de unos minutos, no obstante, por la puerta lateral del escenario salió Jean Picot sin la chaqueta roja que lucía durante la actuación. Llevaba en una mano la tarjeta que José había entregado al *maître* y se dirigía hacia su mesa.

Al llegar junto a él lo observó despectivo e interrogante.

—Desde luego, español, tienes muchos huevos. No quiero armar aquí un cuaresmal porque es mi lugar de trabajo y me juego el empleo... Tal vez es por eso por lo que te has atrevido.

José no se inmutó y, más que decir, ordenó:

—Siéntate.

Jean Picot lo miró sorprendido.

—Eso será si quiero.

—Vas a querer, porque te conviene.

El hombre se sentó.

—Olvidemos el pasado y hablemos de negocios.

—Yo no quiero negocios con tipos que se meten en la vida de otros.

—No estés tan seguro. Lo que hoy es blanco mañana puede ser negro.

Jean Picot tomó aire y suspiró profundamente.

—Suelta lo que tengas que decir y acabemos pronto esa comedia.

—Está bien, a mí tampoco me gusta perder el tiempo. Vas a divorciarte de Lucie.

El otro lo miró divertido y amaneció en su rostro una sonrisa torcida algo lobuna. Hubo una pausa tensa.

—Vas en globo, españolito. Esa zorra es mi mujer y seguirá siéndolo, mal que le pese. El que ríe el último ríe mejor.

—¡¿Cuánto?!

—Tú no atinas… Vienes aquí dando órdenes y pidiendo estupideces. ¿Quién coño te has creído que eres?

—Soy el que puede arreglarte la vida.

La mente de Jean Picot comenzó a funcionar como una máquina registradora.

—¿Quieres que deje a mi mujer y que además pierda a mi hijo? Estás loco.

—El que hará una locura serás tú si no llegamos a un acuerdo, porque te aseguro que te arrepentirás toda la vida. ¡¿Cuánto?!

Las defensas de Jean Picot se agrietaban.

—He formado una familia y tú pretendes que renuncie a ella. Tuve un mal momento con Lucie, eso es todo, pero son cosas normales en un matrimonio.

—¿Cosa normal en un matrimonio es romperle la cara en público a tu mujer? ¿Eso es para ti formar una familia?

—¡Eso no es cosa tuya!

—¡Más de lo que imaginas! Vamos a abreviar esto… ¡Toma! —Y acompañando la palabra con el gesto, entregó a Jean Picot una tarjeta.

Jean la leyó.

Aristide Mayal Lebruyant
Notario
rue Malherbe, 123, 3.º 2.ª

—A partir de mañana por la tarde y contra tu firma aceptando el divorcio de Lucie, tendrás a tu disposición durante quince días un talón de diez mil francos en el despacho de ese notario. Tú mismo, lo tomas o lo dejas.

Tras estas palabras José se puso en pie para dirigirse al ropero, dejando a Jean Picot con la tarjeta en la mano calculando cuánto tiempo podría vivir sin trabajar si cobraba aquel regalo caído del cielo.

57

Explicaciones

El bullicio en el piso del número 21 de la calle Jorge Juan era notable. Allí se habían reunido los íntimos de Perico y Gloria tras cristianar a la pequeña Gloria Rosario Ángela, que, como era costumbre, recibió tan complicado nombre en honor de su madre y de sus dos abuelas. La habían bautizado en la iglesia de San Ginés de Arlés, una de las más antiguas de Madrid, situada junto al convento de la Orden de las Terciarias Franciscanas que en 1587 comenzaron a recoger mujeres de mala vida en el hospital de Peregrinos cuya cédula otorgó Felipe II rey de las Españas. José Cervera fue su padrino, y su madrina fue Lourdes Medina y Santasusana, prima hermana de Gloria. El piso, tras trasladar Perico el despacho a la esquina de las Cuatro Calles con la del Príncipe, había quedado sobrado de espacio, por lo que la pareja vivía desahogada con tres personas de servicio, reforzadas en aquella circunstancia con un camarero y un sumiller del Gran Hotel Inglés, donde se había celebrado el convite.

El ajetreo procedía del comedor, donde el grueso de los doce invitados se había instalado y el servicio se ocupaba de que ninguna copa estuviera vacía. El moisés de la pequeña estaba en el dormitorio de la pareja al cuidado de un ama de cría venida de un pueblecito de la Galicia profunda y con la puerta ajustada para que Gloria, que se había revelado como una madraza ultracuidadosa, entrara y saliera cada vez que el ¡clinc! de las copas al brindar destacaba sobre el común ruido de las conversaciones.

En esa ocasión José fue con ella. La niña dormía como un cachorro satisfecho vigilada por su ama que, sentada junto al moisés, no le quitaba ojo. Una carcajada del grupo por algo que había dicho Pepín Calatrava, el gracioso de los amigos, hizo que Gloria mirara inquieta hacia la puerta, aunque la niña seguía durmiendo con ese sueño que únicamente tienen los bebés ahítos de comida.

—Ha salido a su padrino: serena e imperturbable ante cualquier circunstancia.

—Desde luego, José, no tienes abuela. Si sólo fueras la mitad de lo que presumes, a tu lado el obispo primado de Toledo sería un monaguillo.

—¿Qué le voy a hacer si Dios me hizo así? ¿Sabes cómo rezo por la noche?

Gloria lo miró divertida e inquisitiva.

—No sé, tú me dirás. ¿Tal vez lo de «cuatro angelitos tiene mi cama»?

—No, eso es para niños. Yo me pongo de rodillas, junto las manos mirando al cielo y digo, eso sí, con mucha devoción: «Señor, todo lo hiciste bien, pero conmigo te excediste».

Gloria sonrió.

—No cambiarás nunca, ¡naciste guasón y morirás guasón! Menos mal que te conozco y te quiero, pero no llego a entender cómo es que te toman en serio cuando hablas de negocios.

—Yo te lo diré: porque el padrino de tu hija es un tipo nivelado que sabe el terreno que pisa y distingue muy bien con quién está y dónde, lo serio y la broma, por eso me escogiste.

—Te escogí porque te conozco bien, pero a alguien que te conozca de nuevas puedes darle el pego como la falsa moneda. —En ese instante Gloria se puso seria—. Por cierto, hablemos de ese alguien, o mejor, de esa alguien que ha entrado en tu vida.

También José se puso serio.

—Mejor hablamos en la salita de al lado. —Gloria dio una última mirada a su hija y le dijo al ama—: Estoy en el saloncito del piano. Si llora y no la oigo, me avisa.

Salieron los dos. El rumor de las risas disminuía en aquel ambiente tapizado. Gloria y José se instalaron en las pequeñas butacas junto a la ventana.

—¿Quieres que te traiga una copa?

—No, estoy bien. Esta tarde, entre la merienda en el Gran Hotel Inglés y ahora, he bebido mucho.

—Mejor, los hombres cuando lleváis dos copas mentís peor.

José hizo una pausa.

—Somos amigos desde hace una eternidad...

—¿Eso, entonces, me da algún derecho?

José captó el mensaje.

—Voy a contarte la historia, y sé que me entenderás porque si alguien sabe lo que yo quise a Nachita ésa eres tú. ¿Te ha explicado algo Perico?

—¡Desde luego! Eso era inevitable. Lo conozco mejor que su madre y sé cuándo le pasa algo. Hace un par de meses llegaba a casa todas las noches con una cara que pagaba el convite y, como puedes suponer, acabó contándomelo todo. Aun así, quiero oírlo de tus labios.

La conversación se extendió al punto que al cabo de media hora Perico asomó la cabeza intuyendo que pasaba algo.

—Imagino que José te está contando toda la historia, ¿no? La gente quiere veros...

Gloria intervino.

—Di a todos que José se ha ido y que yo me he retirado a descansar. Me interesa mucho más esta historia que lo que puedan contarme ahí fuera.

Perico se retiró ajustando la puerta.

Al finalizar, Gloria colocó su mano sobre la de José.

—Esa mujer debe de valer mucho, José. Francesa, con un hijo y divorciada no es nudo que pueda desliarse fácilmente, y si tú vas a complicarte la vida hasta ese punto será sin duda por algo muy importante. Me duele y te comprendo a la vez... Lo primero porque Nachita fue para mí más que una amiga, y que alguien la sustituya en tu corazón me lastima; sin embargo, también te comprendo, pues has guardado un luto más que de viudo y es hora de que rehagas tu vida... A pesar de todo, me sorprende que busques una mujer en París, y encima con tantas complicaciones, habiendo aquí en Madrid tanta muchacha hermosa y digna de ti, como mi prima Lourdes Medina, por ejemplo...

—Eso no se puede escoger, Gloria. Las cosas del amor son así. Llega cuando llega y no tiene en cuenta si conviene o no conviene.

—¿La quieres más que a Nachita?

—Me pones en una encrucijada. No es comparable. Aquello fue una quimera, una llama que no se consumió... Nachita vivirá dentro de mí toda la vida como una presencia intangible. Pero Lucie es Lucie, está aquí y ahora, es una mujer de una pieza y mi amor por ella es un sentimiento mucho más maduro que el que sentí por Nachita... Cuando la conozcas lo entenderás.

—Me dices que tu madre no la admite.

—Ni este país de cabreros tampoco.

—¿Entonces?

331

—He comprado una casona en Neuilly, al lado del Bois de Boulogne, junto al hipódromo. Me casaré con Lucie en París por lo civil. Y cuando a mi madre se le pase la gripe, ya vendrá a verme.

—¿Y tu padre?

—Mi padre vendrá a mi boda aunque le cueste el divorcio, y a veces pienso que no sería precio demasiado elevado para obtenerlo, porque mi madre es muy buena pero también muy cazurra, católica, apostólica y romana, y cuando algo no le entra... Ya sabes lo que dijo don Quijote: «Con la Iglesia hemos dado, Sancho».

La pausa coincidió con la nueva entrada de Perico en la habitación.

—Se lo habrás contado todo... —afirmó más que preguntó.

—Sí, me lo ha contado todo. —Gloria se volvió a José, que aguardaba la respuesta como si fuera una sentencia—. Si tú quieres tanto a esa mujer, yo intentaré quererla... Pero dame tiempo.

58

La mansión

El coche se detuvo en el número 31 de la rue de Longchamp en el barrio de Neuilly sur Seine, junto al hipódromo construido por encargo de Napoleón III por Antoine-Nicolas Bailly en 1857. Del carruaje descendieron tres mujeres que, tras pagar al cochero, quedaron frente a una soberbia mansión de estilo imperio. La cercaba una reja enclavada en un muro de piedra, a través de cuyos barrotes se veía un prado verde partido en dos por un caminal de robles que desembocaba frente a la casa.

Monique Lacroze se dirigió a su hija.

—Pero ¿qué es esto, Lucie? Tienes que haberte equivocado...

Lucie y Suzette miraban alternativamente el edificio y el telegrama abierto que llevaba Lucie en la mano.

—Mamá, aquí lo dice muy claramente. Toma.

La mujer tomó el papelito azul en sus manos y leyó.

IMPOSIBLE ACUDIR PARÍS ESTA SEMANA –STOP– DÍA 1 ESTARÉ AHÍ –STOP– TARABAJO INAPLAZABLE ME RETIENE BARCELONA –STOP– NUESTRA FUTURA CASA ESTÁ NÚMERO 31 RUE LONGCHAMP DE NEUILLY SUR SEINE –STOP– VE POR SI ALGO NO FUERA DE TU AGRADO –STOP– SERVICIO YA CONTRATADO –STOP– CAMBIA LO QUE NO TE GUSTE –STOP– CUANTO HAGAS ME PARECERÁ BIEN –STOP– MUERO POR VERTE –STOP– JOSÉ

—Desde luego está muy claro, hija... Pero me siento desconcertada.

Suzette, decidida como siempre, apuntó:

—Entremos. Ya nos dirá alguien si nos hemos equivocado.

Y ni corta ni perezosa se dirigió a la puerta lateral, parcialmente oculta por las hojas de un sicomoro que crecía a su lado, y tiró del llamador con fuerza.

Una campanilla sonó a lo lejos, y al final de un caminito apareció un hombre que, por su vestimenta, debía de ser el jardinero. Al verlas, se quitó el gorro de paja de inmediato.

Lucie se adelantó.

—Buenas tardes. Tal vez usted pueda orientarnos... Buscamos la casa de don José Cervera, que acaba de trasladarse a este barrio.

El hombre se dispuso a abrir la puerta farfullando, con grandes muestras de embarazo, unas palabras en un francés rústico al respecto del mayordomo y del ama de llaves.

Las tres mujeres atravesaron la cancela en tanto el jardinero se dirigía a una caseta lateral que desde la calle no se veía. Poco después, a la vez que él regresaba se acercaba con grandes pasos por el caminal un hombre de librea que había salido de la casa mientras que tras él, y a la puerta de la misma, formaban nueve personas como aguardando a alguien.

El hombre se llegó hasta ellas secándose la brillante calva con un pañuelo. Luego de dudar un momento entre Suzette y Lucie, se dirigió a esta última.

—Sepa perdonar, señora. El administrador me dijo que vendría mañana por la mañana. En cualquier caso, todo está preparado... creo que a su gusto. Pero usted dispondrá. Síganme, por favor. —El hombre partió delante de ellas añadiendo excusas a lo dicho anteriormente—. De haberlo sabido habría tenido abierta la reja para que el coche hubiera entrado hasta el final del camino. Y si el administrador me hubiera avisado, también les habría enviado un coche de la casa.

Las tres mujeres se miraban entre sí anonadadas.

Lucie, tras dar un codazo a su madre que intentaba decirle algo, habló:

—¿Cuál es su nombre?

El hombre caminaba de medio lado intentando no darles la espalda.

—Étienne, señora, para lo que guste mandar. Soy el mayordomo.

—Está bien, Étienne, no se preocupe, no es su culpa. Realmente pensábamos venir mañana, pero a mi madre —señaló a Monique— no le venía bien, por eso nos hemos adelantado.

—Monsieur Adam, el administrador, se llevará un disgusto... Lo había dispuesto todo para estar presente.

El grupo llegó hasta el templete de la entrada, donde todo el servicio se había alineado.

El mayordomo se instaló en la cabecera de la fila, y una mujer de unos cincuenta y cinco o sesenta años que vestía un traje de chaqueta negro se adelantó y se presentó.

—Éste es el personal de la casa, señora. Tengo orden de que usted puede hacer los cambios que crea convenientes.

Lucie, a pesar de que estaba conmocionada al intuir lo que se le venía encima, tuvo la suficiente presencia de ánimo para dirigirse a todo el servicio.

—Iremos conociéndonos poco a poco y confío en que nos entenderemos a la perfección. Durante esta semana iré viniendo y organizando la casa... sobre la marcha. Denme un poco de tiempo para aprenderme sus nombres, que, como comprenderán, no es tarea fácil. Vayan ahora a sus cosas y usted, Sibylle, tenga la amabilidad de mostrarme la casa.

El ama de llaves dio dos palmadas disolviendo la reunión tras ordenar:

—¡Aurore, Bérénice, Valentin y Armand! Abran las habitaciones y asegúrense de que todo está en orden. —Luego se dirigió a Lucie—: Si le parece, le mostraré la planta baja en tanto se prepara el primer piso.

—Como crea conveniente, Sibylle.

La visita guiada duró alrededor de una hora y media. Al cabo de ese tiempo, las tres mujeres estaban sentadas en un pequeño salón de la planta baja ante un servicio de té al que no faltaba detalle. Lucie dio orden de que las dejaran solas para poder hablar de todo aquello en la intimidad, pero Étienne, antes de retirarse, preguntó a su señora a qué hora quería que el coche estuviera dispuesto. Las ocho fue la hora designada por Lucie.

—Hija, casi me da un pasmo —dijo Monique en cuanto el mayordomo se retiró—, creí que me habías contado todo al respecto de José... Cuando lo conocí lo hice con recelo, aunque luego comprendí que es el hombre capaz de hacer feliz a cualquier mujer, pero esto... ¡tendrías que habérmelo advertido!

—Pero si yo no sabía nada, madre. Y creo que ha sido lo mejor, pues, de haberlo intuido siquiera, me habría asustado. No me gusta tanta riqueza... Yo me enamoré del hombre que me defendió aquel día en el mercado de Saint-Quentin, pero todo esto —señaló muebles, cuadros y paredes— me sobra.

Suzette intervino:

—Mujer, lo que se dice sobrar... ¡A nadie amarga un dulce!

—Pero mucho empalaga. No sé si me acostumbraré a tanto lujo y tanto criado.

—Mira, Lucie, acostumbrarse a subir cuesta muy poco... Lo malo es bajar.

Madame Lacroze interrogó a su hija mirándola fijamente.

—¿Tú ignorabas que fuera tan rico?

Lucie casi se molestó.

—Madre, que era un hombre importante lo adiviné desde el primer día. El hotel Masséna, las flores, los restaurantes adonde me llevaba... No soy tonta, pero lo que jamás sospeché es todo esto.

—¿Y ahora qué vas a hacer?

—¿Cómo que qué va a hacer? ¡Casarse con un hombre maravilloso, que es lo que merece! Porque, Monique, su hija es una chica maravillosa a la que la vida le debe algo.

Lucie miró a su amiga y le cogió la mano.

—Estoy muy asustada, Suzette.

—Pues yo estoy loca por explicar a Pierre todo lo que estás viviendo.

Unos golpes discretos sonaron en la puerta y, acto seguido, entró Étienne.

—Señora, el coche está dispuesto.

Aquello fue el remate de la tarde. Junto al templete de la entrada había una berlina de vidrios oscuros amarrada a un tiro de cuatro alazanes de brillantes arreos. El cochero, en el pescante, y el lacayo, en tierra junto a la abierta portezuela, aguardaban la llegada de las señoras.

59

La ceremonia

Pero ¿cómo me has hecho esto?

La que así hablaba era Lucie. Se hallaba en la pequeña biblioteca de la casa de su madre, en la rue de Chabrol, en presencia de José, así como de madame Lacroze, que asistía complacida al encuentro.

José se defendía sonriente.

—¿Y qué es eso tan grave que te he hecho?

—No te hagas de nuevas... En tu último viaje me dijiste que ibas a ocuparte de buscar una vivienda en París, y yo imaginé que estabas ya harto de vivir en un hotel y querías alquilar algo, ya que no me hablaste de comprar. Imaginé que sería un piso, una casa pequeña... ¡qué sé yo! Pero nunca se me ocurrió ni imaginar que fuera así de grande, y menos que podía ser nuestra futura casa cuando nos casemos. Luego me hablas de la fecha de nuestra boda, y acordamos que cuando regresaras de Madrid, donde hablarías antes con tus padres, ya la concretaríamos... Después lo das todo por hecho y recibo un telegrama en el que me anuncias que el trabajo te retiene en Barcelona y me pides que vaya a ver la casa que has comprado... ¡Y me encuentro con todo ese lujo! Empezando por el barrio, Neuilly, ¡el más caro de París! Luego el inmueble resulta ser un palacete de tres plantas y mansardas con nueve dormitorios, más las habitaciones del servicio, que, por cierto, ya has contratado y lo forman nueve personas, nada menos... ¿Cómo quieres que no me encuentre perdida? ¡Si el primer día que fui a la casa no sabía ni por dónde empezar!

José sonreía divertido.

—A lo mejor no me expliqué bien... Desde luego que estaba buscando nuestra casa definitiva, no un rincón donde alojarme cuando viniera a París, pero no entiendo lo que he hecho mal.

—¡José, por Dios! A toda mujer le gusta opinar sobre el lugar donde va a vivir.

—Y a todo hombre le gusta sorprender a la mujer que ama…
Por lo menos a mí, y créeme que no fue fácil. Cuando estoy en París
procuro verte todos los ratos que tengo libres, que son pocos. Entre
las dos últimas veces no sé yo si vi cinco o seis casas, hasta que finalmente di con esta que me entusiasmó.

—¡Pero ¿adónde vamos a ir a parar con esas dimensiones y ese
servicio?!

—Yo fui hijo único y te aseguro que es muy aburrido… Quiero
tener una gran familia.

Lucie sintió que se sonrojaba hasta el nacimiento del pelo.

Madame Monique se puso en pie sonriendo obsequiosa.

—Os dejo hablando de vuestras cosas… Si te parece, hija, comemos a la una y media.

La pareja quedó sola.

—Ahora en serio, José, creo que te has vuelto loco.

—Me has vuelto loco, que no es lo mismo.

Lucie intentaba defenderse como bien podía.

—Es que a mí no me hace falta todo esto…

—Pero a mí sí. Por el momento vamos a vivir en París. Viajaré a
Madrid y a Barcelona, donde cada vez tengo más trabajo, pero mi
centro de operaciones estará aquí.

—Pero ese caserón, José… Me desborda.

José se puso serio.

—Lucie, el mundo de los negocios es relación… Muchas veces
tendremos invitados a cenar. Quiero dar fiestas, y la gente te juzga
por lo que ve. Voy a fabricar coches y a introducir una marca en el
mercado… Déjame hacer a mí, ¿de acuerdo? Y escúchame, que aún
tengo que darte más novedades.

—Me asustas, José.

—La semana que viene cierro el trato para comprar una casa en
San Sebastián. A partir del próximo verano, pasaremos allí por lo
menos un mes.

Lucie lo miró abrumada.

—¿Puedo saber por qué?

—La reina regente y el futuro Alfonso XIII veranean allí.

—¡José, que me va a dar algo…! Soy una simple muchacha de
París y todo esto me sobrepasa.

—Vas a ser la mujer que me ayudará a alcanzar la meta que me
he propuesto en la vida.

—¿Y cuál es esa meta, si puede saberse?

—Quiero que se me relacione, por lo menos en mi país, con uno de los grandes avances que la humanidad verá este siglo en el que entramos, me refiero a formar parte de la historia del automóvil.

Lucie quedó pensativa unos momentos, después, como quien cae en algo olvidado, preguntó:

—¿Has hablado con tus padres?

—He hablado con mis padres.

—¿Y...?

—Ya te dije lo que ocurriría.

—Tu madre no me acepta.

José intentó defenderla.

—No acepta el divorcio... Para ella, si no es por la Iglesia, no hay boda.

Lucie quedó pensativa unos instantes, y José intentó romper la tensión.

—Pero para mi padre no representa ningún problema.

Nueva pausa.

—Está bien, ya ves que he asumido lo de la casa, José. Pero has de concederme algo.

José, que se sentía incómodo, pactó al instante.

—Lo que quieras.

—Nos casaremos por lo civil una mañana cualquiera únicamente con los testigos, sin familia ni ceremonia. Te quiero demasiado para perderte, pero no quiero que tu familia piense que me caso contigo para pescarte. Lo creas o no, lo que me gustaría es que fueras un hombre corriente con una profesión liberal como tienen miles de hombres, que fueras médico, abogado o qué sé yo... Tu dinero me abruma.

La voz de Monique interrumpió el discurso de su hija.

—¡Lucie, la sopa va a enfriarse!

El 20 de mayo de 1900, en el ayuntamiento de Neuilly sur Seine y en presencia de su alcalde, el farmacéutico de la localidad monsieur Christian Peletier, investido con la banda tricolor de la bandera francesa, y siendo testigos de la ceremonia por parte del novio don Pedro Torrente y doña Gloria Santasusana y por parte de la novia la señorita Suzette Blanchard y don Pierre Montfort, y llevando los anillos de compromiso el pequeño Félix, hijo de la novia, contrajeron matrimonio don José Cervera y Muruzábal y doña Lucie Lacroze.

Al cabo de once meses, Lucie daba a luz en el hospital Lariboisière a dos mellizos prácticamente idénticos que en la pila del bautismo recibieron los nombres de Nicolás y Pablo. Su padre, don José Cervera, creyó morir de orgullo y felicidad.

SEGUNDA PARTE

EUROPA EN GUERRA

60

San Sebastián, 1913

El *Giralda*, el yate real con una arboladura de tres palos y ciento veintidós tripulantes, que había sido adquirido por la armada española como buque de aviso a los astilleros Fairfield Shipbuilding y reformado posteriormente para el servicio del rey, hacía su entrada en la bahía de la Concha en San Sebastián escoltado por el crucero *Princesa de Asturias* y el destructor *Pelayo*.

Una multitud entusiasta se había echado a las calles para agradecer al rey que, un verano más, hubiera escogido el palacio de Miramar para huir de Madrid en los sofocantes días de la canícula, con el consiguiente prestigio que eso aportaba a la Bella Easo. El monarca había zarpado desde Málaga, de manera que la reina Victoria Eugenia de Battenberg, a la que sus íntimos llamaban Ena, acompañada por dos de sus damas de honor de servicio, la duquesa de Lécera y la de Zaragoza, había preferido desplazarse desde la capital en tren, tres días más tarde.

La gente del pueblo llano se agolpaba contra las barandillas blancas que silueteaban la playa de la Concha y muchos veraneantes salían al encuentro del yate real en balandras, faluchos y jabeques, en tanto que los pescadores del puerto viejo lo hacían en gabarras y traineras, todos ellos haciendo sonar las sirenas y agitando banderolas.

Desde la terraza de su casona en la falda del monte Igueldo, José Cervera, impecable en su terno marinero de socio del Real Club Náutico, pantalones blancos, blazer cruzado azul marino con el escudo en el bolsillo superior, camisa impecable, pañuelo al cuello y zapatos de lona, oteaba el horizonte con sus prismáticos intentando adivinar quién iba a la caña del timón.

Los Cervera veraneaban en Donostia desde hacía ya doce años. José, por mediación de Melquíades Calviño y la sucursal del banco en San Sebastián, había comprado una preciosa mansión de tres plantas con el diseño arquitectónico típicamente rústico del País Vasco, esto es, estructura cuadrada blanca, balcones y ventanas de madera, cubierta de tejas a dos aguas con vigas vistas, semejante a todas las que poblaban el barrio de Ondarreta. Esa ubicación tenía la ventaja para los Cervera de que les permitía estar cerca del núcleo urbano pero lo bastante alejados del bullicio. Sus únicos vecinos eran dos familias que habitaban sendas casonas parejas, con las que compartían un hermoso bosque y un frontenis que habían edificado en comandita. La villa de la derecha la habitaba una familia catalana del gremio del vino radicada en Sant Sadurní d'Anoia, los Segura, compuesta del matrimonio y dos hijos, Herminia, de doce años, y Carlitos, de nueve. En la de la izquierda veraneaban los Fresneda, matrimonio y un hijo, Paquito, de la misma edad que Herminia y los gemelos de José y Lucie; eran oriundos de Figueres, y tenían grandes alcornocales en Sant Feliu de Guíxols y se dedicaban a la industria del corcho. Los Segura, relacionados con los Fresneda por el tema de los tapones de champán necesarios para embotellar sus caldos, eran los responsables de que estos últimos hubieran elegido San Sebastián como lugar de veraneo.

La simbiosis que se había formado entre los tres matrimonios y sus hijos, así como sus respectivos invitados, era perfecta y todos formaban un grupo único. Higinio Segura y su esposa, María Antonia, malagueña ella, eran encantadores. En cuanto a Francisco Fresneda y Eulàlia Monturiol, sobrina de Narciso Monturiol, quien se disputaba con Isaac Peral el invento del buque submarino, eran de otra manera pero igual de valiosos; él era culto, inquieto y gran conversador, y ella sumamente responsable, a tal punto que era quien ejercía con mano firme la autoridad absoluta sobre la pandilla que formaban los hijos de todos ellos, que en ocasiones era temible. Realmente, las tres parejas completaban un sexteto perfecto.

Félix, cumplidos ya los diecisiete años, hacía un par de veranos que había abandonado su papel de capitán de la tropa que formaban Nico, Pablo, Paco, Herminia y el pequeño Carlitos, quien, para que los mayores aceptaran su compañía, debía hacer todos los recados que le mandaran. Para desesperación de Lucie, el joven Félix sólo tenía un sueño en la cabeza: pilotar uno de esos «aparatos diabólicos», como ella los llamaba, y surcar los cielos. Volar...

La casa de los Cervera era la más grande de las tres, y todos los años tenían invitados escogidos con sumo cuidado y por quincenas;

José sostenía que el éxito del veraneo radicaba en que los visitantes fueran afines, procurando no mezclar los que sabía de cierto que no iban a congeniar.

Doña Rita recogió velas cuando nacieron los gemelos, y poco después en un viaje a París le dijo a su marido que quería ver a sus nietos y que se los llevara al hotel. Lucie transigió en el acto y sin ningún rencor, pero exigió a José que también fuera su otro hijo, de manera que a partir de aquel día a donde iban los gemelos iba Félix, quien, por otra parte, jamás representó problema alguno pues era un niño cariñoso, despierto y encantador.

—¡Qué paz se respira en esta casa cuando los niños se van a jugar a la de los Segura!

—No te quejes, Lucie, que son muy buenos... Revoltosos, eso sí, ¡cosas de su edad! Pero maldades no hacen, hacen travesuras.

La que se había erigido en defensora de los críos era Suzette, que, como cada año, pasaba la segunda quincena de julio con su amiga en San Sebastián. Pierre, con quien se había casado hacía ya seis años y que cerraba en agosto la tienda de ropa que había abierto en la rue de Rivoli con la ayuda económica de José, iría a buscarla a final de mes.

—No, Suzette, travesuras son otra cosa. Y no tengo queja ni de Félix ni de Nico, pero de Pablo... A ése hay que darle de comer aparte.

—¡Mujer, creo que exageras!

—¿Exagero? Pregúntale a Anne, la cocinera.

Lucie se había llevado de París a parte del servicio, incluido Hippolyte, para todos ya Hipólito, el cochero reconvertido en chófer pues José había traído consigo desde Barcelona un espectacular Hispano-Suiza que había causado sensación en San Sebastián. El resto del servicio que cuidaba del jardín y del huerto y mantenía limpio el frontenis lo constituía Jalufi, un argelino; Naima, su esposa, de origen bereber, de profundos ojos negros y cabellos rojizos como muchas mujeres de su raza; y su prole de tres hijos: una chica, Agar, y dos chicos, Jared y Omar; todos tenían la piel oscura, y mientras que Agar se parecía a su padre, Jared y Omar se parecían más a su madre y habían heredado de ella los ojos negros y el cabello ensortijado. Dado que los dos muchachos tenían la edad de los gemelos, muchas veces entraban en sus juegos con la aquiescencia de Lucie, quien creía firmemente en la igualdad de los seres humanos. Jalufi y su familia habían sido una recomendación de madame Lacroze, que los conocía bien, y se habían adaptado perfectamente a la vida en San Sebastián.

—Cuéntamelo tú, Lucie.

—Pues mira, sólo te diré que el hecho de que José insistiera en que Julián Naval-Potro, exseminarista de último curso de los jesuitas y preceptor de los chicos, nos acompañara este verano se debió a la fechoría del último día.

—Pero ¿qué pasó?

—La semana antes de venirte, un día, después de comer, José notó que el café tenía un gusto raro, se hizo traer otro y ¡más de lo mismo...! Así que se fue a la cocina, para hacérselo él mismo, ¡ya sabes cómo es! Pero el sabor seguía siendo repugnante. Entonces fuimos tirando del hilo. Nico no se hablaba con su hermano y Félix ponía cara de circunstancias... Resumiendo, Pablo se había llevado el molinillo de la cocina y, para fastidiar a Herminia, imagino que, por celos de su hermano, había metido la ranita de la niña en el artilugio y dándole a la manivela la había molido. Cuando la cocinera abrió el cajoncillo del aparato y vio la horrible pasta que contenía, amenazó con contármelo, pero como adora a Pablo, ya lo sabes, lo limpió lo mejor que pudo y no dijo nada.

Suzette intentó defender al niño.

—Realmente es una travesura pasada de límite...

—¡Es una crueldad, por Dios! Y no es la primera vez que Pablo hace cosas así... ¿o no te acuerdas cuando en París colocó varios higos chumbos repletos de pinchos entre la piel y la sudadera de Sultán, el caballo de su hermano, y cuando Nico montó y los pinchos se le clavaron al animal en la piel cogió una caña y tiró al niño, que se rompió el brazo?

—Claro que me acuerdo, pero los chicos son chicos y esas cosas pasan.

—Suzette, no lo excuses más. Es celoso e iracundo, cuando se lo contradice en algo empieza a romper las cosas que tiene a mano. José lo ha castigado mil veces, pero en vano. Herminia, la niña de los Segura, siempre busca a Nico para jugar, y eso Pablo no lo perdona.

Suzette admitió:

—Son muy diferentes, reconozco que Nico tiene una empatía especial.

En el carillón de la pared, situado junto al inmenso tapiz que representaba a dos labriegos vascos en un carro de bueyes, sonaron las cinco.

Lucie se alarmó.

—A las siete tienes que estar de punta en blanco y guapísima, Lucie. Vas a encontrarte con el rey. ¡Ve a arreglarte!

—¡Si vieras lo que me apetece! Yo no he nacido para esos fastos.

—Voy a decirte algo que jamás te dije.

—Creí que entre tú y yo no había secretos, Suzette…

—No es un secreto, sino meramente una opinión.

—Venga, suéltala.

—¿Recuerdas el día que fuimos a ver por primera vez la casa que compró tu marido y nos encontramos con aquel palacete?

—Cómo no voy a acordarme.

—A la vuelta le comenté a Pierre: «Lucie se ha metido en un fregado demasiado grande y no sé si va a poder con ello». A ti no te lo dije porque ya había metido la pata contigo una vez, aunque, en el fondo, sí pensaba que no serías capaz. Sin embargo, reconozco que me has sorprendido, eres un diez de mujer y por ahora ninguna de las que he conocido ni en París ni aquí, en San Sebastián, te llega a los tobillos. Tu marido puede estar muy orgulloso de ti, Lucie. Anda, ve a arreglarte. Quiero que seas la más guapa de la fiesta.

—¡Qué pereza, por Dios! Esos saraos tan españoles que empiezan a las siete de la tarde y acaban a la una de la madrugada me ponen muy nerviosa porque no sé cómo vestirme.

—Da igual, vas a ser la más guapa de la fiesta. Yo también estoy orgullosa de ti. He leído la invitación diez veces. —Suzette se volvió hacia la mesilla que estaba a su lado y de un sobre de papel de hilo de color crema con el escudo del rey en la solapa extrajo un cartoncillo, que leyó.

Su Majestad el rey don Alfonso XIII
tiene el honor de invitar a los señores de Cervera-Lacroze
a la recepción que tendrá lugar
en el Real Club Náutico de San Sebastián
el 29 de julio de 1909 a las 19.00 h

Señoras – traje de noche
Caballeros – esmoquin, chaqué o uniforme de socio

Suzette miró a Lucie con ternura.

—¡Y pensar que mi amiga quería trabajar en el hospital Lariboisière! ¡Si la hermana Rosignol te viera ahora!

61

La balsa

En el límite superior de Lucía Enea, la casona de los Cervera, en el linde de la propiedad de los Fresneda, se hallaba la balsa, una superficie líquida de considerable tamaño apta para el regadío que, con un ingenioso sistema de acequias y compuertas, manejadas hábilmente por Jalufi, servía para el riego de campos y jardines y que no necesitaba bomba alguna para subir el agua puesto que estaba en alto. El inmenso estanque no era apto para el baño, pues el fondo de algas y lodo constituía un peligro. En sus verdosas aguas nadaban un sinfín de peces de colores y en su superficie las hojas de nenúfar servían de sustento a un tropel de ranas que, a última hora de la tarde, llenaban con su incesante croar la hora bruja del crepúsculo, en tanto que, durante el día, las libélulas celebraban sus rituales amorosos con una quietud fascinante.

El grupo de los muchachos había aumentado, pues a los tres Cervera, Paquito Fresneda, Carlitos y Herminia Segura se había unido una amiga de ésta, Lourdes Picaza, hija única de un renombrado médico cirujano de Madrid.

Siempre en compañía de don Julián Naval-Potro, tenían permiso para jugar en los alrededores de la balsa, y en muchas ocasiones se les unían los dos hijos varones del jardinero, Omar y Jared, quienes, con la excusa de ayudar a su padre, compartían juegos y aventuras con los hijos de los patronos. Las posibilidades que brindaba la balsa eran infinitas. La primera era la pesca de peces de colores; con la condición inexcusable que puso Lucie de volver a echar al estanque los que se cogieran, los chicos hacían concursos a ver quién conseguía pescar alguno sin poner cebo en el anzuelo, cosa relativamente fácil pues los pececillos eran torpes y voraces. Luego estaba el tema de las ranas, si bien eso era ya harina de otro costal porque las malditas eran listas y rápidas y a la menor sospecha de peligro se lanzaban al agua para después volver a asomarse, curiosas y burlonas, en otro lugar, quizá para sorprender a aquellos intrusos que perturbaban su descanso. Otro de los juegos era fabricar barcos de papel, que los amigos lanzaban al agua desde lo alto de la acequia y los seguían al trote hasta que embarrancaban o chocaban contra alguna de las compuertas que Jalufi abría y cerraba. Finalmente estaba el concurso de tirachinas, consistente en hacer blanco en unas latas de conserva colocadas a cierta distancia con las piedrecillas que cada uno lanzaba con su tirador.

Los hijos del jardinero eran muy diferentes de carácter. Omar era abierto y se sentía igual a los hijos de los señores, en tanto que Jared participaba menos en los juegos, se mantenía más distante, observaba más de lejos todas las actividades y mantenía una actitud reservada.

En cuanto a las niñas, siempre seguidas por Carlitos, acudían provistas de cazamariposas, y cuando se cansaban de los juegos de los niños partían rivalizando para ver quién de ellas era la que cazaba el ejemplar más hermoso y raro. Por cierto que en aquella zona la variedad era impresionante, las había de todos los colores, pero la más difícil de cazar, por escasa, era una negra muy grande y con dos rayas doradas en las alas, ésa era el premio mayor. Al finalizar la tarde, entregaban los ejemplares a don Julián, quien se ocupaba de clasificarlas y clavarlas en el fondo de unas cajas con la tapa transparente; esas cajitas, acabado el verano, se ordenaban en las paredes de la biblioteca constituyendo un elemento ornamental de primer nivel.

En el reloj del torreón de la iglesia de las Mercedarias habían sonado las siete y media, el sol vespertino se reflejaba en las iridiscentes aguas de la balsa formando unos reflejos verdes de gran belleza y los niños habían agotado ya los juegos. Don Julián, para dar más mordiente a las tardes, había organizado una especie de olimpiada con premio final incluido para el ganador. En aquella ocasión era un barco de madera hecho por el propio tutor, que manejaba con gran habilidad la navaja, y lo obtendría aquel que hubiera acumulado más puntos en las diversas pruebas, que ese día había sido Paquito.

Ya estaban a punto de partir cuando quisieron probar cómo navegaba, lo pusieron en el estanque y éste vino a embarrancar en un nenúfar inmenso que había en el centro de la balsa.

—¡Pablo! Ya te he dicho que no lo empujaras!

—Ha sido sin querer, Paco... —Pablo le apeaba el diminutivo

cuando discutían—. De no topar con el nenúfar, habría llegado al otro lado.

—¿Y ahora qué hacemos?

Los chicos se habían acercado al borde de la balsa. Nico dio con la solución.

—Trae el cazamariposas de Herminia —indicó a su amigo.

Don Julián estaba mostrando una de esas flores que se deshace con un soplido a Carlitos y a Lourdes. Paquito tomó el artilugio, que descansaba apoyado en un árbol, y se llegó corriendo hasta la balsa.

—Trae, dame.

Paco le entregó el cazamariposas y Nico, estirándose cuanto podía, intentó recuperar el barquito con el aro metálico de la red.

—¿No ves, Nico, que tú no llegas?

El barco de madera se había zafado del primer obstáculo y, empujado por el viento, se había detenido en otro nenúfar todavía más alejado del borde.

—De ahí no lo desenganchas.

—Déjame a mí, Nico, yo soy más alto. —La voz de Omar fue la que sugirió la idea.

Pablo interrumpió:

—Déjaselo a él, listo... ¿No ves que eres un retaco?

Nico, sin discutir, entregó al moro el ingenio.

Omar se colocó en el húmedo borde de la balsa, y estirándose cuan largo era sobre al agua, intentó cazar el barco... Por muy poco, pero vano intento.

—¡Si alguien me da la mano, llego!

Nico se colocó en su lugar y, tomando la mano de Omar, le indicó:

—¡Prueba ahora, que se escapa!

El muchacho se tendió cuanto pudo y cuando ya alcanzaba el barquito, sus pies descalzos resbalaron en el musgo del borde de la balsa y la mano húmeda de Nico no logró sostenerlo. Omar desapareció bajo el agua a la vez que un ronco grito de angustia salía de la garganta de Jared.

—¡No sabe nadar, mi hermano no sabe nadar!

Don Julián y las niñas, sospechando que algo pasaba, habían acudido al estanque.

Omar no sabía nadar... Nico no lo pensó dos veces, con un rápido movimiento se deshizo de las sandalias y antes de que don Julián pudiera tomar medida alguna, llenándose los pulmones de aire, se lanzó al agua. Miró a su alrededor, pero todo estaba turbio, era imposible ver nada. Braceó más y tocó fondo. Notó que una telaraña de cieno, limo y hierbajos lo aprisionaba... Entonces rozó con las manos la red del cazamariposas y su instinto le indicó por dónde debía buscar... ¡Allí estaba Omar! Había caído verticalmente y sus pies habían quedado atrapados en aquel infierno verde. Los pulmones de Nico estaban a punto de estallar. Aun así, siguió el mango del cazamariposas y llegó a alcanzar con la mano derecha el rizado cabello del Omar. Tiró de él con todas sus fuerzas, y cuando ya estaba a punto de desistir se percató de que el chico se movía. Su instinto y sus ganas de vivir hicieron el resto: al cabo de unos segundos Nico, arrastrando a su amigo, salía a la superficie con los ojos inyectados en sangre buscando una bocanada de aire puro que llenara sus pulmones.

En el borde de la balsa lo esperaban las caras de angustia de todos, pero la que más le impresionó fue la de Jalufi, el jardinero, que con ojos llorosos llenos de gratitud le lanzaba el cabo de una gruesa cuerda para que se agarrara y pudiera arrastrarlo hasta el contrafuerte de piedra del rústico estanque.

—¡Que alguien vaya a buscar al doctor Picaza! —ordenó don Julián en tanto maniobraba sobre el cuerpo de Omar, tendido sobre el borde de la balsa.

Paquito y Lourdes volaron en busca del ilustre médico padre de la niña.

Cuando ya los tres venían por el camino, el tutor había conseguido que Omar, entre toses y arcadas, expulsara el agua de los pulmones. El doctor Picaza se hizo cargo de la situación de inmediato y dio las indicaciones pertinentes para que Omar recuperara completamente el control de sus sentidos. Después regresaron todos a la casa de los Cervera comentando durante el trayecto el susto y el peligro que habían corrido tanto Omar como Nico, al intentar salvarlo. Pablo, interrumpiendo las alabanzas de todos e incapaz de soportar por más tiempo las loas, comentó:

—De no ser por tu torpeza, Omar no se habría caído. Pero como siempre vas de fuerte y has de hacer el numerito, luego pasa lo que pasa.

Herminia, tomando la mano de Nico, saltó:

—Si la envidia fuera tiña, cuántos tiñosos habría.

Cuando el doctor comentó con los Cervera y con Suzette el peligro que los muchachos habían corrido, las excursiones a la balsa se terminaron.

—Tenéis un frontenis y tres jardines muy grandes para jugar, aparte del bosque. Y además podéis bajar a la Concha todos los días. —Luego se dirigió a Nico—: Te has portado como un hombre, estoy orgulloso de ti.

La única que se dio cuenta de la mirada torva de Pablo fue Suzette, que colocó su mano sobre el hombro derecho del chico, al que invariablemente protegía.

Al sábado siguiente, Naima, la mujer de Jalufi, en homenaje a Nico y para agradecerle a su manera el comportamiento que había tenido con su hijo Omar, había hecho una hermosa tarta con harina, miel y almendras que, debidamente horneada y espolvoreada con azúcar, había servido su hija Agar en una mesa improvisada con dos caballetes y una vieja puerta a cuyo alrededor se sentaron todos los niños. Cuando, luego de merendar, quedaron los chicos solos, Omar hizo un aparte con Nico.

—He de hablar contigo. Es muy importante, me lo ha dicho mi padre. Vamos un momento detrás de la cuadra.

Nico, extrañado, siguió al hijo del jardinero.

Cuando hubieron llegado Omar se detuvo y, volviéndose hacia Nico, habló:

—Lo que voy a decirte me lo ha explicado mi padre.

Nico, en un gesto muy suyo, enarcó las cejas con curiosidad.

—Dime.

—El jueves me salvaste la vida... A partir de este momento, según una tradición bereber, eres responsable del resto de mis días porque sin ti no existirían y eres mi hermano de sangre, por lo que estaré obligado por siempre a velar por ti, por encima de cualquier condición. Lo he consultado con Jared y únicamente nos queda un requisito: él y Paquito, o quien tú quieras, serán los testigos del ritual.

La rara ceremonia se celebró en la parte posterior del humilde patio de la casa de los guardeses en presencia de Jared y de Paquito Fresneda.

Por la noche del mismo día se reunieron los cuatro, ya que después de cenar tenían permiso para quedarse por el jardín hasta las once de la noche, hora a la que tenían que estar recogidos todos en sus respectivos dormitorios. Los cuatro sabían a lo que iban y acudieron como conspiradores dando a la ceremonia un tanto de sigilo y de misterio. Paquito se había encargado de la vela y de las cerillas; Nico, del frasco de alcohol, del algodón y de la aguja que había encontrado en la caja de costura de su madre; y Omar y Jared habían acudido a la cita con antelación llevando cuatro almohadones. El marco era el indicado.

—¿Y ahora qué tenemos que hacer? —preguntó Paquito.

Jared, sin contestarle directamente, colocó los cuatro almohadones en el suelo y la vela encendida en el centro. Acto seguido cogió una cerilla de las que Paquito había llevado, la prendió e indicó a los otros tres que se sentaran en derredor.

—Ahora, Nico, debes pinchar con la aguja la yema del dedo corazón de mi hermano, y luego él deberá hacer lo mismo contigo. Entonces os saldrá una gota de sangre, y nosotros dos —señaló a Paquito— os tomaremos de las muñecas y mezclaremos vuestras sangres. De esa manera mi hermano será el tuyo y quedará obligado a defender y a cuidar de tu vida durante el transcurso de la suya en cualquier situación y peligro. Sólo así podrá saldar su deuda, que se llama «deuda de sangre».

Con las cabezas juntas como conspiradores y conscientes de la seriedad que para ellos tenía el acto, procedieron. Paquito entregó a Nico la aguja, luego de frotarla con un algodón empapado en alcohol, y, mirándolo a los ojos, pinchó limpiamente la yema del dedo corazón a Omar, quien ya tenía la mano tendida, sujeta por la muñeca por Jared. Después procedieron a la inversa: Paquito sujetó a Nico y Omar le pinchó. Entonces los dos padrinos de la ceremonia les juntaron los dedos y las sangres se mezclaron. Por último, los cuatro se pusieron en pie y, sin haberlo dispuesto anteriormente, se abrazaron.

62

La fiesta del Real Club Náutico

A las siete de la tarde un sinnúmero de coches de caballos comenzó a llegar al Real Club Náutico de San Sebastián y a detenerse delante, dejando su carga de distinguidas damas y atildados caballeros de engominados bigotes y largas patillas, todos de punta en blanco, ellas con historiados trajes largos, cubiertas con capas o mantones para protegerse del relente vespertino y ellos con traje de etiqueta, los más con esmoquin o chaqué y los socios con pantalones y camisa blancos, corbata de lazo y blazer con el correspondiente escudo del club en el bolsillo.

El coche de los Cervera aguardaba paciente su turno en la cola que se había formado que arrancaba y se detenía a cada paso a fin de que los invitados que iban llegando fueran descendiendo de los carruajes.

José, impecable en su terno de socio, observaba admirado a su mujer. Aquella muchachita parisina que lo había enamorado había adquirido en nueve años un empaque y una presencia de gran dama que empequeñecía todos aquellos apellidos ilustres que conformaban la corte veraniega de la monarquía española. Esa noche en especial Lucie estaba preciosa, con su cabello trigueño recogido atrás y dos bucles cayéndole a sendos lados del rostro, enmarcando su cutis pecoso y esos ojos profundamente azules que siempre sonreían; vestía un traje de satén blanco con falda plisada hasta los tobillos y terminado en la espalda por un recuadro orlado de azul como el del uniforme de un marinero, y por todo aderezo lucía en la cabeza un pequeño pompón rojo sujeto por una peineta.

—¿Estás nerviosa?

—Ya sabes, José, que estas cosas me agobian.

El coche estaba detenido.

—En todos los saraos te pasa lo mismo, te abrumas al principio… Pero cuando nos vamos todo el mundo me dice que has sido la más guapa de la fiesta y que eres encantadora.

—Porque como todavía no hablo del todo bien español, prefiero que hable mi interlocutor y le pregunto por sus cosas… A cada uno le apasiona contar sus batallas y escucharlos halaga su ego. Eso a los españoles os gusta mucho. El hombre es un animal que puede estar una semana sin beber o un mes sin comer, pero sólo un minuto sin ser alabado.

José miró asombrado a su mujer.

—Pero ¡qué lista es mi chica!

El coche arrancaba, los caballos daban cuatro pasos y se detenían otra vez. José se asomó por la ventanilla.

—Nos quedan tres coches para llegar. Ha sido un acierto venir con la berlina. Tenías razón, si llegamos a venir con el Hispano, con el ruido que hace habría espantado a todos los caballos y se habría armado la de padre y muy señor mío.

—¿Cuándo le entregas el coche al rey?

—Mañana, en principio. Llegó en el tren ayer por la tarde después de mil trabajos, pues hubo que hacerle una plataforma especial y lo guardamos en un tinglado que tenemos en Amara a la espera de la llegada del *Giralda*. No era seguro que arribara hoy, ya que el rey debía detenerse en Lisboa. Don Alfonso está ilusionado con su nuevo coche como un niño con zapatos nuevos.

—Es un niño mimado y, por muy dura que la reina madre, María Cristina de Habsburgo, fuera con él de crío, al ser hijo póstumo debió de concederle sin duda todos los caprichos… Y los caprichos de un rey son barcos, caballos, escopetas de caza y ahora coches.

—Y siempre mujeres —añadió José.

—Eso ya lo sabemos

—La verdad es que Su Majestad es muy campechano y en las distancias cortas carece de rival, pues tiene la virtud de hacer creer a su interlocutor que es la persona más importante del mundo. Además, en cuanto puede se apea del protocolo y tutea a la gente, y eso crea un clima de confianza a su alrededor que hace que todo el mundo se sienta cómodo.

El coche arrancó de nuevo y esa vez se detuvo frente a la puerta principal del club, el portero abrió la portezuela de la berlina y José y Lucie descendieron subiendo la amplia escalinata entre las filas de curiosos que se apelotonaban en los laterales para ver la llegada de los invitados del rey.

La gente se había distribuido entre la biblioteca, el bar del primer piso y el salón de fiestas de la planta baja, y también había parejas que habían salido a la terraza. José y Lucie se dirigieron al mostrador del bar, instalado junto al ventanal.

Muchos de los presentes buscaban el saludo de José, pues su historia y el eco de su fortuna habían recorrido de arriba abajo toda la escala social de aquel Madrid que veraneaba en San Sebastián, compuesto de mucho noble rico en abolengo y propietario de tierras devaluadas, pero con dificultades crematísticas para seguir el ritmo que la corte demandaba y mucho más preocupado por aparentar que por ser. La novedad del mundo del automóvil y el misterio de aquella bellísima esposa francesa con la que José había aparecido en Madrid, junto con tres hijos, hacían que las lenguas se tornaran huéspedes y todos pretendían saber mejor que nadie la historia; los que habían conocido su casa en París hablaban, y no paraban, del palacete de Neuilly, y los clientes de Melquíades Calviño, de la banca García-Calamarte, presumían de conocer a aquel poderosísimo inversor al que en los círculos más íntimos llamaban el Venezolano.

A las ocho y media en punto las conversaciones fueron bajando de tono, y las voces de «Ya llega, está entrando» recorrieron las diversas estancias del Real Club Náutico. Su Majestad Alfonso XIII, vistiendo uniforme de gala de la marina, hacía su solemne entrada, inaugurando la temporada veraniega. Lo acompañaba su camarilla de edecanes, secretarios y ayudantes palaciegos, entre los que se encontraban José de Saavedra, marqués de Viana; Enrique González de Careaga; José María Quiñones de León, y Agustín Hernández Francés, vizconde de Altamira.

Tal como exigía el protocolo, el rey ocupó la tarima destinada a efecto de ir presentándole a los invitados. A su derecha se colocó Pepe de Saavedra con la lista en la mano para ir nombrando a los que iban pasando, y el rey, en una demostración de campechanía y memoria, saludaba a uno tras otro y les preguntaba por sus hijos, por situaciones concretas en las que él hubiera intervenido y por sus aficiones. Los invitados calibraban la importancia de cada cual según fuera el tiempo que don Alfonso destinara a su saludo, pero todos quedaban entusiasmados pensando que esa exhibición pública de su intimidad demostraba que don Alfonso más que su rey era su amigo.

José y su esposa iban avanzando lentamente y ya sólo faltaban cuatro parejas para llegar frente al rey. Lucie apretó ligeramente el brazo de su marido, agobiada por el momento que viviría al ver que

Alfonso XIII alzaba la vista para mirarlos mientras aún hablaba con el invitado que los precedía. La cola avanzó muy deprisa, y cuando al llegar a su altura el marqués de Viana iba a pronunciar sus nombres, el rey, con un gesto desmayado de la mano, lo interrumpió.

—Pepe, sé perfectamente quién es este señor. Es una de las pocas personas que cada vez que lo veo me da una alegría. —Y tomando por el antebrazo a José a la vez que le daba la mano, añadió—: ¿Cómo estás, Cervera? Tu esposa está cada año más bella.

Lucie iba a hacer la genuflexión que marcaba el protocolo cuando el rey le tendió la mano.

—¡Por favor, señora, ya sabe que una beldad como usted no debe inclinarse ni ante el rey! —Acto seguido se dirigió a José—: Siempre me he preguntado de dónde has sacado a esta belleza.

—De París, señor.

—Alabo tu buen gusto. París es la Ciudad de la Luz, del champán y de las bellas mujeres.

Hubo una ligera pausa con sonrisa de todos los presentes.

—Hablemos de otra cosa… ¿Ha llegado mi nuevo coche?

—Llegó ayer precisamente, tal como usted lo encargó, señor: descapotable, blanco, dos puertas, cuatro cilindros y veinte caballos de vapor, y alcanza fácilmente los cien kilómetros por hora. Lo tengo listo para entregárselo donde vuestra majestad disponga.

Un par de años atrás el rey ya había conducido el primer modelo de esa serie, que la compañía había bautizado en su honor. El que José le regalaba ahora era un modelo nuevo y mejorado del mismo vehículo.

—Tráemelo mañana a las cinco aquí, junto al embarcadero. Por la mañana me es imposible pues, a mi pesar, tengo que acudir a la bendición del obispo en la catedral del Buen Pastor. No me libro de ésa, porque, como sabes, la inauguré yo con mi madre en 1897. Luego tengo la comida en la alcaldía, pero por la tarde me gustará salir a probarlo.

—Pues cuente, majestad, que allí estaré sin falta.

José y Lucie siguieron adelante. Tras el saludo real los invitados iban repartiéndose por las diversas estancias, unos iban al salón, otros a las salas de juego y los más al comedor, donde se habían instalado las mesas con el servicio de cocinas. Lucie rogó a su marido que la llevara a la terraza, donde la luna llena, colgada en un cielo cuajado de estrellas, rielaba sobre las aguas del puerto.

Lucie respiró hondo tomando aire.

—¿Estás bien?

—Ahora ya sí, pero siempre me pone muy nerviosa.

José sabía a qué se refería su mujer.

—No hagas caso, él es así.

—Siempre no... Delante de nosotros han pasado cinco señoras a las que ha despachado en un decir Jesús.

—Dos muy feas y tres muy viejas —apostilló José sonriente.

Lucie, tras una pausa, se volvió hacia su marido.

—Tiene una mirada francamente molesta.

—Todos los Borbones han tenido siempre fama de mujeriegos; además, el oficio de rey supongo que tiene un encanto especial para las damas. Se dice que don Alfonso tiene un hijo natural con la aristócrata francesa Mélanie de Gaufridy de Dortan, su nombre es Roger Marie, y de todos es sabido que en la corte hay bofetadas entre las féminas para ver cuál de ellas se mete en su cama.

—¡Pero si es feísimo!

—Pero el poder y el dinero de un hombre son para la mujer como la miel para las moscas.

Lucie se volvió mimosa hacia su marido.

—Y si además es guapo como tú, entonces debe de ser la caraba... ¡Que no me entere yo de que alguna de esas lagartas de la corte te busca, porque la mato!

—Anda, no digas más tonterías y vamos un rato abajo a jugar a la ruleta. Tengo el presentimiento de que hoy es mi noche de suerte.

José había salido a las cuatro en punto para entregar el Hispano-Suiza al rey y los niños se habían ido a jugar al bosque vigilados por Julián Naval-Potro, el tutor. Suzette y Lucie, por su parte, se hallaban en la galería que daba al jardín sentadas en un balancín frente a sendas tazas de té. Charlaban animadamente; la primera acosaba a la segunda queriendo saber hasta el último detalle de todo lo referido a la fiesta del día anterior. Las dos mujeres, cuando estaban solas, hablaban en francés.

—Tiene las piernas como dos alambres, te lo aseguro. Tengo entendido que en Cataluña lo llaman el Cametes, que en castellano significa el Piernecillas.

—Se comenta que es muy mujeriego.

—Todos los Borbones lo son... Los nuestros también lo eran, Suzette. Eso sí, lo que no puede negarse es que es muy simpático.

—¿Iban muy requetevestidos los invitados?

—La verdad es que sí... Mucho uniforme del club, que eso siempre queda bien. Y en cuanto a la moda de las señoras, una mezcla de lo inglés y lo francés: la influencia de la reina Victoria Eugenia se nota, como también la vecindad de Biarritz y de Deauville, como es natural. También había gente de Madrid que no tiene en cuenta que San Sebastián está junto al mar y aquí va con los mismos trajes que lleva cuando va a La Granja en Segovia... Demasiadas joyas, como si quisieran enseñar todo lo que tienen; ahí la que marca la pauta es la hermana del rey, la infanta Isabel, ya sabes, esa a quien llaman la Chata, que cuando va al teatro Real parece una quincallería ambulante. La he visto allí infinidad de veces.

Lucie se incorporó en el balancín y, observando el jardín a través de la cristalera, anunció a su amiga, que estaba de espaldas:

—¡Ha pasado algo!

Suzette se volvió.

Por el fondo del camino que conducía al frontenis venía don Julián Naval-Potro llevando a Pablo en volandas.

Lucie abrió la puerta y fue a su encuentro.

—¿Qué ha pasado, don Julián?

—Este cafre ha mordido a Carlitos en la oreja. Nico y Paquito han acompañado a Herminia y al pobre crío a su casa para que lo curen. Éste, si usted me lo permite, va a pasarse la tarde castigado.

Lucie se dirigió a su hijo.

—¡Claro que se lo permito! Y tú ya verás la que te caerá cuando vuelva tu padre y se lo cuente.

Pablo se revolvió contra el tutor.

—¡Es usted un chivato asqueroso!

—¡Estoy harta de ti, Pablo! Vas a pasarte la tarde en el despacho de tu padre haciendo el trabajo que don Julián te ponga. Y ya veremos si mañana vas a la playa.

El tutor se retiró con el niño y Lucie se dirigió a su amiga:

—¡Este hijo va a volverme loca! Iré a casa de los Segura para pedir disculpas a María Antonia y ver cómo está Carlitos... Vuelvo enseguida y seguimos hablando.

63

El automóvil

Un par de mecánicos de la Hispano-Suiza provistos de trapos y de gamuzas estaban en el cobertizo de coches del Real Club Náutico dando brillo y dejando reluciente la maravillosa máquina que la dirección de la sociedad había regalado al rey. Se trataba de un cabriolé de dos puertas, cuatro cilindros y veinte caballos totalmente blanco que alcanzaba la increíble velocidad de ciento veinte kilómetros por hora. La noticia se difundió rápidamente por el club e hizo que el personal que no estaba de servicio se acercara a verlo, ya que pocos eran los coches que circulaban por la ciudad y menos aún de aquel empaque y belleza. Cuando todo estuvo terminado, José ordenó que lo cubrieran con una lona que lo protegiera de cualquier percance.

En un acto reflejo, volvió a mirar la esfera de su reloj; el rey se retrasaba casi tres cuartos de hora. Súbitamente la agitación de la calle, ese murmullo singular que se produce cuando un acontecimiento anómalo rompe la monotonía, denunció la presencia de la berlina real, que embocaba el principio de la calle. Sin dar tiempo a que el cochero tascara el freno al tiro de alazanes y mucho menos que el postillón saltara del pescante y pusiera el pie en el suelo, don Alfonso abrió la portezuela del carruaje y, seguido por el edecán de turno, que en aquella ocasión era el vizconde de Altamira, en dos zancadas ganó la puerta del cobertizo y se llegó hasta donde estaba José.

—La puntualidad es virtud de reyes, así me lo enseñó mi madre, que por demás es alemana, pero créeme, Cervera, que no ha sido culpa mía, sino de un peñazo de banquete... La comida excelente, como siempre en esta tierra, pero los discursos que he tenido que tragarme han sido de aúpa. Ya por la mañana venía caliente del Buen Pastor, donde Su Ilustrísima se ha pasado hasta Fuenterrabía...

Primero el alcalde, luego el presidente de la Sociedad de la Cría Caballar, que quiere que lo ayude a construir un hipódromo en los terrenos de Lasarte, y en los postres he tenido que entregar la bandera al patrón de la trainera de Orio, que ganó la regata el mes pasado, y yo loco, como puedes suponer, por venir aquí.

—Majestad, para mí su servicio es una prioridad.

—Apéame el tratamiento. Mis amigos me llaman señor; o sea, que ya lo sabes. ¿Dónde está mi coche?

Con un gesto de la mano José le indicó el camino, y cuando llegaban al gran bulto cubierto ordenó a los mecánicos que retiraran la lona.

La luz de las bombillas del hangar titilaba sobre la carrocería del vehículo produciendo un efecto fantástico. El rey se acercó despacio sin decir palabra y dio dos vueltas alrededor del automóvil acariciándolo con mimo.

—¡Es una auténtica maravilla! —Luego se dirigió a su edecán—: ¿Qué te parece, Agustín?

—Señor, la industria automovilística prestigiará nuestra patria en el exterior. Este coche nada tiene que envidiar a los Rolls, los Mercedes o los Panhard que se ven por Biarritz o Deauville.

Don Alfonso se había sentado en el asiento del conductor y miraba extasiado el *tablier* del automóvil, tocando el volante, la palanca de cambio y el freno.

—¿Desea probarlo, señor?

El rey dirigió la mirada al exterior a través de la puerta del cobertizo. El sirimiri, vecino eterno de Donostia a aquellas horas de la tarde, había llegado puntual a su cita.

—Me muero de ganas, pero me da pena estrenarlo con lluvia. Mejor mañana. Además, Agustín, tenemos una cena a bordo del *Giralda* y no me daría tiempo.

José preguntó:

—¿Quiere oírlo roncar, señor?

—Eso sí.

A un gesto de José, uno de los mecánicos se inclinó sobre el motor, y tras localizar el punto de engranaje de la manivela, dio un violento tirón hacia arriba y el rugido que emitían los veinte caballos encerrados allí dentro rebotó por las paredes invadiendo el espacio ante la mirada entusiasta del rey, quien, tras dos o tres acelerones, apagó el motor.

—Este aparato debe de correr como el viento, José. Suena mucho mejor que el anterior. Me has proporcionado el rato más placentero de la jornada... Un día de éstos quiero hablar contigo de muchas cosas, Cervera. El oficio de rey es muy aburrido, y me gustará ser accionista de vuestra fábrica.

José se vio comprometido.

—Será un honor, señor. Hablaré con mis socios, quienes sin duda tendrán el enorme placer de cederle un paquete de acciones. Eso dará prestigio a la firma. Inclusive podemos mejorar el modelo que lleva su nombre, majestad.

—Me encanta la idea, Cervera... El nuevo Hispano-Suiza Alfonso XIII —dijo con énfasis—. ¡Suena bien! Creo que voy a ser el primer rey industrial. —Luego se dirigió al edecán—: Agustín, por favor, que traigan mi berlina.

Partió el ayudante, y el rey, tras saludar afectuosamente a los dos mecánicos, salió a la calle, donde la lluvia había amainado.

La berlina de don Alfonso estaba ya en la puerta, y el rey se volvió hacia José.

—Tú y yo vamos a hacer grandes negocios. Como te decía, la vida en palacio es muy monótona, y me conviene el consejo de un hombre como tú, que está en el mundo. Me has arreglado el día. Mañana quiero estrenar el Hispano. Iremos a Tarbes a visitar la remonta de caballos que tiene allí el ejército francés. ¡Y a la vuelta igual podemos parar en Biarritz, cenar en el casino y acercarnos a la ruleta...! La semana que viene ya habrá llegado —aquí bajó la voz— «la inglesa», y entonces se habrán acabado mis vacaciones... —Y ya con el pie en el estribo añadió—: ¡Ah! Di a tu guapísima esposa que estaré encantado de recibirla a bordo.

José reaccionó rápidamente.

—El mar no es lo suyo, señor... Hasta se marea mirando el agua de un estanque. Nos daría la mañana.

—¡Cuánto lo siento! En otra ocasión, tal vez.

Partió la berlina real llevándose a Su Majestad Alfonso XIII tan entusiasmado con el Hispano-Suiza como el niño que se duerme la noche de Reyes aguardando ilusionado la llegada de su nuevo juguete. ¡Conducir ese nuevo automóvil era un auténtico privilegio de reyes!

El Palacio Real de Miramar estaba situado frente a la bahía de la Concha, en una extensa finca en la que antiguamente había estado

362

ubicado el monasterio de San Sebastián, el Antiguo. Su construcción fue encargada al arquitecto inglés Selden Wornum por la reina regente María Cristina de Habsburgo Lorena, más conocida como doña Virtudes, que, siguiendo la costumbre iniciada por Isabel II, había distinguido a aquella ciudad como lugar de veraneo.

Aquella tarde, la reina madre había convocado a su hijo para hablar con él. El rey, acompañado por don Álvaro Figueroa, conde de Romanones, que aquel día ejercía el cargo de «mayordomo de semana» se presentó puntual a su cita, atracado en medio de la bahía, donde había pasado la noche. Don Alfonso, cuando su madre le reclamaba con aquella urgencia, acostumbraba a acudir presto, ya que doña Cristina no era proclive a importunarle de no ser que su fina intuición y su experiencia, tras años de regencia, detectaran que el asunto era grave. La reina madre le aguardaba en el salón de música acompañada por Margot Bertrán de Lis, una de sus damas de honor, escuchando un nocturno de Chopin que en aquel momento interpretaba al piano el maestro Saco del Valle, director musical de la Orquesta Municipal de San Sebastián.

Alfonso se presentó ante su madre y don Álvaro de Figueroa se quedó en la puerta. Doña Cristina alzó la vista y, apenas entrevió la presencia de su hijo, ordenó al músico que interrumpiera el concierto.

—Maestro, por favor... Luego proseguimos. —Después, dirigiéndose a su hermana menor—: Margot, déjame sola. Tengo que hablar con mi hijo en privado. —Y, hablando a Alfonso y sin disimular la antipatía que sentía por el conde de Romanones, ya que conocía quién era el que pilotaba las salidas nocturnas de su hijo, le sugirió—: Ya me has oído, Alfonso. El tema que me ha obligado a llamarte es sumamente delicado. Procede con consecuencia.

Don Alfonso entendió al instante la sugerencia de su madre y, con una mirada de soslayo, ordenó a Figueroa que abandonara la estancia, cosa que éste hizo tras el protocolario saludo siguiendo al maestro de música y a la dama de honor.

Madre e hijo quedaron frente a frente.

—¿Cuándo llega tu mujer?

—Si todo se desarrolla según lo planeado, mañana por la noche.

—Siéntate, Alfonso.

El rey ocupó el sillón frente a su madre.

—Me han dicho que hoy has estrenado un nuevo automóvil.

El rey suspiró. Sabía que su madre desaprobaba su afición por los coches en particular y por la buena vida en general. Ya en ocasiones anteriores había dejado claro su disgusto ante los hábitos de un hijo que, según ella, perdía demasiado tiempo en asuntos baladíes, alejados de sus deberes de monarca, así que Alfonso se preparó mentalmente para escuchar otro sermón plagado de reconvenciones.

—¿Y eso le parece mal, madre? —respondió—. Debería conocer a don José Cervera, el dueño de la fábrica de automóviles. Es un hombre admirable, un ejemplo en los negocios. Nuestro país iría mejor si hubiera más como él.

—Nuestro país iría mejor si su rey dedicara sus esfuerzos a gobernar en lugar de disfrutar de yates, coches, caballos, campos de golf... Y ya sólo nos faltaba el tenis y el polo, además de otras distracciones que tu mujer ha importado de Inglaterra.

La reina madre, a la que por algo llamaban doña Virtudes, no perdía oportunidad de lanzar algún dardo envenenado contra su nuera. Alfonso se quedó en silencio unos instantes, meditando su respuesta. Sabía por experiencia que enfrentarse a María Cristina de Habsburgo, su madre, sólo empeoraría las cosas.

—Te lo advertí hace ya años —prosiguió ella, aprovechando la pausa—. Tus amistades no son las que debería tener un rey.

—¿Se refiere a...?

—Sabes muy bien que estoy hablando de ese que acaba de salir por la puerta, entre otros —dijo la reina madre en tono despectivo. Luego tomó aire y habló despacio, en voz baja—: Te conozco muy bien, hijo, y sé que ahora mismo estás buscando un argumento para aplacarme, así que te voy a ahorrar el esfuerzo. Las palabras no sirven de nada. ¡Lo que quiero ver son actos! Aléjate de Romanones y de todo ese séquito; preocúpate por tu país y por lo que está aconteciendo en Europa en lugar de invertir el tiempo en divertirte y estrenar coches nuevos. ¡De otro modo, tal vez dentro de unos años no tengas ni reino del que ocuparte ni dinero para frivolidades!

64

El consejo del tutor

José era consciente del problema que representaba la conducta de su hijo Pablo, pero viajaba mucho y le disgustaba profundamente que al llegar a casa le vinieran con problemas domésticos.

—Ayer fue demasiado —se quejaba Lucie—. Cuando llegaste ya era tarde y te conté muy por encima todo lo sucedido, pero créeme que fue muy desagradable. El rato que pasé con María Antonia no se lo deseo a nadie. Cuando llegué a casa de los Segura ya habían curado a Carlitos, pero Pablo no se le llevó media oreja de milagro… Hubo que llevar al niño al médico y le dieron seis puntos, tenía el lóbulo casi despegado.

José hubo de admitir:

—Comprendo que debió de ser muy desagradable. Luego pasaré a verlos.

—Fui al bazar de Pueyo y compré a Carlitos el camión de bomberos que tanto le gustaba… Pero te digo que Pablo algún día nos dará un disgusto grande. Has de hablar con don Julián, es hombre ecuánime y quiere a los chicos. Entiende, José, que debemos tomar una decisión.

—Llámalo.

Lucie se levantó y fue a buscar al tutor de sus hijos, dejando a José pensativo y preocupado.

Al poco regresaban los dos. Suzette había bajado a San Sebastián a la peluquería porque Pierre llegaba esa semana, don Julián había dejado a Nico en casa de los Fresneda, Pablo estaba castigado en la librería copiando cien veces «No volveré a pelearme con mis hermanos» y Félix andaba leyendo cosas de aviación en su habitación.

—Siéntese, por favor, don Julián. Creo que hoy la entrevista va para largo.

El tutor se acomodó en el sofá de la galería debajo del gran ventanal que daba al prado, en cuyo fondo se había construido el frontenis.

—Don Julián, estoy muy preocupado por Pablo. Ese niño parece tener el demonio en el cuerpo, ¡no se le ocurre ni una idea buena!

—Bueno, señor, tenga por seguro que no soy amigo de crear falsas alarmas, pues estoy acostumbrado a tratar con toda clase de niños... Pero si no corregimos a tiempo la actitud de su hijo haremos que de mayor sea un ciudadano que no respete ninguna norma, y eso le traerá graves consecuencias. Y conste que lo de ayer no fue lo más grave que ha hecho este verano.

—¿A qué se refiere?

El tutor vaciló.

José se puso serio.

—He depositado en usted toda mi confianza, don Julián. Le ruego que no me defraude.

—Si callé fue porque me creí capaz de solventar el problema yo solo.

Lucie interrumpió de nuevo.

—Don Julián, hable claro.

—Está bien... El martes pasado castigué a Pablo a hacer los deberes que Nico ya había hecho el día anterior en el despacho de usted... Pues bien, cuando entré al cabo de dos horas había abierto el armario de las escopetas, no sé dónde había encontrado la llave... El caso es que fui a quitarle de las manos el Holland & Holland y me encañonó. Estaba descargado, desde luego, pero el hecho es el hecho.

Lucie se tapó la boca con la mano y soltó un hondo suspiro, horrorizada, y a José se le marcó en la frente la profunda arruga que le salía en ocasiones excepcionalmente tensas.

—Hizo usted mal al no contárnoslo, don Julián.

—Me creí capacitado para resolver el problema yo solo, y obré así por dos motivos: el primero, porque no quiero que Pablo se autoconsidere el rigor de las desdichas, el peso de casi todos los castigos cae sobre él; y el segundo, porque creí que iba en menoscabo de mi responsabilidad, ya que si comete una fechoría y ve que la reprimenda o el castigo no vienen directamente de mí, entenderá que yo no soy la autoridad. —Y al captar la mirada de Lucie, aclaró—: A resultas del incidente de hoy con Carlitos he recurrido a usted porque he considerado que no era yo quien tenía que pedir excusas a doña María Antonia.

—Mire usted, don Julián, hay travesuras que merecen una reprimenda porque tras ellas no hay maldad; las hay también sin maldad pero con consecuencias, ahí ya hemos subido un escalón; y finalmente están esas otras acciones que ya no son travesuras, cuya mera intención anuncia un peligro futuro y son impropias de la edad de quien las comete, y la de encañonarlo a usted con un fusil es una de ellas... Si a los doce años permitimos a mi hijo que haga algo así sin que tenga consecuencias estaremos creando un delincuente. Y en cuanto a que él es siempre el que recibe las regañinas y los castigos, debo decirle que es él quien se los merece. Félix y Nico también cometen fechorías a lo largo del verano, pero es Pablo el que se lleva la palma. Creo que me he explicado suficientemente claro.

—Como la luz, don José.

—Reconozco que mi mujer es la que lleva el peso de esta casa... No soy un padre excesivamente presente. El verano está hecho para descansar, pero no para mí, por desgracia, y confieso mi desorientación al respecto de qué le pasa a Pablo... ¿Qué es lo que opina y dicta su experiencia, don Julián?

El tutor se esponjó.

—He visto este fenómeno en otras ocasiones... Cuando nace un niño en una familia y vienen los amigos y los familiares con regalos para él, el hermanito con cuatro o cinco años tiene celos, si los mayores no se andan con cuidado. No obstante, jamás hasta ahora había visto esa rabia interior, mejor dicho, ese odio que se refleja en ocasiones en los ojos de Pablo cuando su hermano Nico consigue algo, más aún si hay gente delante.

Iba a intervenir Lucie cuando el gesto de la mano de José la detuvo.

—Concrete, don Julián.

—Está bien. ¿Recuerdan el sábado, que Félix tenía partido de tenis y que, con su permiso, me llevé a los chicos y a Herminia al puerto de Pasajes a pescar en la barca de Koldo?

—Perfectamente —apuntó Lucie. Y se dirigió a su marido—: Tú te comiste por la noche la dorada que pescó Nico.

—Ése fue el drama... En primer lugar, Pablo nunca hace caso ni atiende a lo que se le dice. Koldo explicó a los chicos cómo debían poner el gusano en el anzuelo, ensartándolo por la cabeza hasta la mitad para que se menee en el agua... Así lo hicieron Nico, Herminia y Paquito, pero Pablo lo atravesó entero. Salimos a la mar, que estaba calma, y cuando al cabo de un rato su hermano extrajo el plateado pez del agua y Herminia se puso a aplaudir, tuve que sujetar a Pablo porque de la rabieta casi se cae de la barca.

—Me asusta usted, don Julián.

—Ni añado ni quito nada, madame, es tal como se lo cuento.

José se dirigió a su mujer.

—Estamos aquí para buscar soluciones, no para asustarnos. —Y dirigiéndose al tutor añadió—: ¿Qué aconseja usted, don Julián?

—Creo que tengo la solución. Pero al chico le falta un año para poder llevarla a cabo.

—Lo escucho.

—Durante mi estancia en Inglaterra trabé amistad en el seminario de lenguas con el reverendo J. W. Kearns, quien, desde hace ya algunos años, es director de Monkton Combe School. Es un internado que queda a una hora de Bristol y a tres de Londres cuyo principal logro es la disciplina. Tal es así que el lema de su escudo, que figura en el frontispicio de la puerta, es VERBUM TUUM VERITAS, «Tu palabra es la verdad». Trescientos muchachos componen su alumnado, pero se requieren para entrar catorce años cumplidos. Tal vez este invierno la conducta de Pablo mejore, pero si no es así, para el siguiente curso podrían ustedes enviarlo allí.

65

Tarbes

¿Es inaplazable tu viaje a París?

—Si lo retraso, Lucie, se me echará septiembre encima... Y quiero estar aquí la última semana de agosto.

—Entonces, si no te importa, retrasa el viaje de tus padres. Me gustaría que estuvieras aquí cuando vengan.

Como todos los veranos, madame Lacroze pasaba con ellos un par de semanas en el mes de julio y los padres de José, que ponían cuidado en no coincidir con su consuegra, aparecían por la casona de San Sebastián a mediados de agosto.

José observó a su mujer como intuyendo un problema.

—No creo que a estas alturas te agobie mi madre.

—No es eso, pero si tú estás haremos más planes. De otra manera, tu padre prefiere quedarse en casa... Se hace traer los periódicos, se instala en la terraza y no se mueve en todo el día. Y entonces la verdad es que las horas pasan muy lentas porque, quieras o no, él y tu madre adoptan la postura de estar de visita.

José meditó unos instantes. En el fondo, su mujer tenía razón. Doña Rita siempre guardaba las distancias con su esposa. El hecho de que él y Lucie no estuvieran casados por la Iglesia todavía pesaba en su ánimo, aunque jamás le había dicho el porqué. José sabía el motivo del cordón negro que ceñía la cintura de su madre: el hábito de la Virgen de los Dolores y de santa Rita, patrona de los imposibles, era fruto sin duda de una promesa. Lo que ignoraba era el tiempo que llevaría y de qué dependía que se lo quitara.

Como si le adivinara el pensamiento, Lucie comentó:

—¿Sabes lo que me dijo la última Navidad que estuvimos en Madrid?

José, que estaba ajustándose las polainas que usaba para conducir el Hispano, alzó la mirada.

—Cualquier tontería.

—Tontería o no, me dolió bastante... Aunque no te lo conté entonces por no disgustarte.

—Pues cuéntamelo ahora.

—Le expliqué lo del higo chumbo que Pablo había puesto debajo de la silla del caballo de Nico y de que el animal casi lo tira. Y le comenté lo preocupados que estamos por el comportamiento de Pablo.

José, ajustadas las polainas, se puso en pie.

—¿Y qué te dijo?

—Que lo que se hace mal desde un principio tiene consecuencias, y que Dios muestra su disgusto de muchas maneras. No vino a decirme: «Éstas son las consecuencias de vivir en pecado mortal», pero como si lo hubiera hecho.

José intentó justificar a doña Rita:

—No hagas caso, Lucie. Son beaterías muy propias de mi madre, pero en el fondo te quiere mucho.

—Será muy en el fondo. —Hubo una pausa, y como el tema disgustaba a Lucie, ésta cambió el tercio—. ¿A qué hora calculas que habréis regresado?

La tarde anterior el rey había enviado un mensaje desde el *Giralda* en el que comunicaba a José que quería probar el coche al día siguiente a las nueve y media de la mañana.

—Como comprenderás, nada puedo decirte. Sé lo mismo que tú, la hora de salida y que desea llegar hasta Tarbes para ir al Instituto de Remonta Militar y de Cría Caballar francesa. Imagino que comeremos allí, aunque tarde. No te angusties, Lucie. El rey es imprevisible y, por lo que me han contado, en muchas ocasiones ni sus íntimos conocen sus planes hasta el último momento.

—¿Vas a conducir tú?

—¡Cómo voy a conducir yo, si don Alfonso quiere probar el coche!

—No me hace ninguna gracia... Me han dicho que va como un loco por esas carreteras del norte. ¡Y encima esta vez tiene coche nuevo... y deportivo!

—Pero ya te he dicho que conduce muy bien.

—Ay, José... Hasta que llegues, no estaré tranquila.

José se inclinó hacia su mujer y le besó la frente.

—Más intranquilo estaré yo, pensando en la que puede armar hoy Pablo. —Luego añadió—: Quiero despedirme de los chicos y de Suzette.

Lucie se puso en pie.

—No podrá ser. Los chicos han ido a la playa con el señor Naval-Potro, excepto Pablo, claro está.

—¿Y dónde está?

—Ha acompañado a Suzette a recibir a Pierre a la estación.

—Es verdad, me lo contaste ayer.

Lucie acompañó a su marido hasta el recibidor y lo ayudó a ponerse el guardapolvo. José se colocó la gorra inglesa de cuadros, se ajustó los lentes tirando de la goma y, tras dar un último beso a su mujer, se dirigió hasta el coche, donde un mecánico vestido con un mono blanco lo aguardaba.

José aparcó el coche junto al Real Club Náutico, en el lugar indicado, y en el acto un enjambre de chiquillos se acercó para admirar aquella criatura blanca y magnífica. El mecánico que lo acompañaba apartó los niños impidiendo que alguno intentara tocar el automóvil. Lo que más llamaba su atención eran los dos inmensos faros Bosch de un cromado impecable que, instalados junto a los guardabarros, semejaban los ojos de un animal desconocido. A los pocos minutos llegó por tierra el coche de don Alfonso con tres de sus ayudantes y el chófer que iba a seguir al monarca durante todo el trayecto, tal como exigía el protocolo real, más aún tras los atentados sufridos anteriormente y el clima de inseguridad que había creado la triste noticia de lo acaecido en el barranco del Lobo. A la vez llegó por mar una de las nuevas motoras del *Giralda*, y un marinero instalado en proa con un bichero amortiguó el impacto de la lancha contra la escalera de piedra que subía a nivel de calle. El rey de España ascendió por ella perfectamente equipado con su uniforme de conductor, dispuesto a estrenar su último juguete.

Don Alfonso saludó a José Cervera afectuoso y sonriente y luego se dirigió a sus edecanes:

—Buenos días, señores. Vamos a ir a Tarbes. Desde Irún hay ciento ochenta kilómetros... Va a ser una buena prueba para mi nuevo coche. Comeremos en Tarbes, y estaremos aquí de regreso a la hora de cenar. Síganme y guárdenme las espaldas. —En tanto se encaramaba en el asiento del conductor del nuevo Hispano-Suiza, susurró a José—: Lo que quería decirles es que me sigan si pueden.

Alfonso XIII era un gran conductor, y la carretera, una vez pasada la frontera de Irún, mejoraba notablemente. El rey apretó a fondo el acelerador y los veinte caballos del Hispano-Suiza respondieron al instante. Cuando llegando a Pau se detuvieron y pusieron la capota, el coche de la escolta se había perdido en lontananza, algo que entusiasmaba a Su Majestad. Durante el trayecto hasta Tarbes el monarca no paró de hablar y José se dio cuenta de la importancia que tenía la intimidad del soberano.

Hablaron de coches, cómo no, y asimismo del futuro de los motores de aviación que la Hispano-Suiza estaba preparando y de la incidencia que en el futuro cobraría el dominio del aire. Don Alfonso también preguntó a José por su título de marqués de Urbina cedido en vida por su padre, y hasta le habló del carácter de la reina, doña Victoria Eugenia de Battenberg, y del problema que representaba para él que su esposa fuera inglesa y su madre, doña María Cristina de Habsburgo, alemana. Luego le comentó los proyectos que tenía para La Granja de Segovia, y refirió los nuevos deportes importados de Inglaterra, como el polo o el tenis. Finalmente, le preguntó si le gustaría formar parte de su camarilla íntima.

—Me abruma, señor. Esté más cerca o más lejos de vuestra majestad, cuente siempre con mi inquebrantable lealtad.

—Hombres como usted son los que hacen falta en este país para que este pueblo de cabreros salga de la Edad Media de una vez y entre en el siglo xx aun contando con la resistencia de la Iglesia, que prefiere tener a la gente en la inanidad para seguir manejando a su antojo conciencias y voluntades.

José pensó en su madre y en la resistencia pasiva que había ofrecido a su matrimonio civil y reconoció para sí que el monarca en eso tenía razón.

Llegaron a Tarbes en tres horas. El coronel Dulosis, al mando, les mostró las instalaciones, los campos con las yeguas preñadas y otras con sus potrillos ya nacidos... Al cabo de otra hora y pico llegó el otro coche; la cara avinagrada del jefe de la escolta de seguridad de Su Majestad lo decía todo.

—Señor, con todo el respeto, he de decirle que no debe correr como lo ha hecho. Es imposible cumplir con nuestra obligación si usted conduce como si esto fuera una carrera.

El rey dio un ligero codazo a José y sonrió ligeramente.

Al regreso hizo lo mismo, y llegando a Biarritz se justificó:

—Quiero ir al casino a jugar un rato a la ruleta, pero sin llamar la atención. ¡Ésos llegarán a San Sebastián creyendo que ya hemos pasado la frontera! De seguro que luego regresarán, al sospechar que me he parado en el casino, pero nos dará tiempo a jugar un par de horas, y la ventaja es que debajo del guardapolvo voy perfectamente vestido, y tú lo mismo, Cervera.

José llegó aquella noche a su casa a las tres y media de la madrugada. Lucie lo esperaba de pie en bata, angustiadísima.

—¿Qué ha pasado, José, por Dios?

—Yo lo he pasado peor que tú... Pero es el rey, y no está en mi mano decirle que no.

Entonces le contó punto por punto toda su aventura.

Aquella segunda quincena de agosto la casona de Ondarreta estaba llena. Finalmente, José había retrasado su viaje a París para complacer a su mujer, que quería que estuviera en San Sebastián cuando llegaran doña Rita y don Eloy. Asimismo de Madrid habían acudido Perico y Gloria con su hija, Gloria Rosario. Pierre había llegado la semana anterior para, luego de pasar siete días de vacaciones, regresar a París con Suzette. Entre los de casa, los invitados y el servicio pasaban de veinte los habitantes de Lucía Enea. El espacio en la inmensa casona no era problema, pues doce eran los dormitorios y seis los cuartos de aseo instalados entre la primera y la segunda planta, sin contar con que el servicio ocupaba dos de los dormitorios de la buhardilla y una casita habilitada al fondo del jardín, junto al garaje de los coches.

Aquella tarde de sábado los mayores, excepto doña Rita, que había preferido quedarse para escuchar el sermón del padre Gonzaga en la catedral, se habían ido de excursión a Fuenterrabía en los dos Hispano-Suiza, el de casa y el que Perico había traído desde Madrid. Por su parte, el grupo de los niños, cautelado por don Julián, jugaba en el espacio del frontenis a diversas cosas. Gloria Rosario y Herminia se habían hecho amigas y formaban un frente común contra los chicos. Nico estaba enseñando a Carlitos a bailar la peonza, Paquito y Pablo jugaban a las canicas, y Félix estaba siguiendo a Jalufi, el jardinero argelino, quien, con dos pequeñas varillas suavemente sujetadas entre el pulgar y la mano, avanzaba a paso lento por el lindero del bosque. Don Julián, sentado en el banco verde que presidía el frontenis, levantaba de vez en cuando la vista del libro que estaba leyendo para controlar a la tropa.

Félix estaba asombrado. El jardinero iba siguiendo el rumbo que le marcaban las varillas curvándose hacia el suelo hasta que, llegado a un punto, el extremo de las mismas se doblaba casi hasta romperse.

—Pero ¿esto cómo es? —preguntaba Félix.

—Tu padre quiere hacer un pozo nuevo y me ha encargado que encuentre una veta de agua... Y aquí hay agua —dijo con aquel acento especial suyo al tiempo que señalaba con el dedo hacia el suelo—, mucha agua.

—¿Y tú cómo lo sabes?

—Yo no lo sé... Ellas lo saben —dijo y apuntó con la barbilla hacia las varillas.

—¿Y podrían encontrar otra cosa?

—Ellas no. Las de avellano sólo encuentran agua. Pero sus hermanas sí. —Y al decir esto señaló con el dedo la caja que estaba abierta sobre la hierba.

Félix se acercó curioso. En largos compartimentos, repartidas por calidades, y colores y metales, había otra serie de baquetas debidamente señaladas.

—¿Qué otras cosas podrían encontrar?

—Metales distintos, vetas de minerales y hasta algún animal muerto que estuviera enterrado.

La imaginación de Félix se disparó.

—¿Y podrías descubrir un hombre muerto?

—Yo no, ellas sí. Lo que descubren las varillas son los huesos. Que sean de animal o de persona les da lo mismo.

—¿Y por qué?

—Porque los huesos están compuestos de sustancias que ellas reconocen.

—¿Por qué son diferentes? —dijo señalando la caja.

—Porque cada pareja sirve para una cosa diferente.

—¿Y yo podría...?

—No lo sé. Unas personas sirven para esto y otras no.

A todas éstas, el grupo, intuyendo que algo distinto ocurría, se acercó a Félix y a Jalufi. Don Julián los siguió, y al cabo de un rato daba una disertación sobre la capacidad de algunas personas, a las que llamó «zahoríes», para descubrir bajo tierra mediante unas varitas algunas cosas, ciencia que denominó «radiestesia».

Félix quiso probar y, para no intentar nada nuevo, tomó las que tenía el argelino. Siguiendo sus instrucciones, se colocó en la posición correspondiente, pero por más que se movió por el lugar que Jalufi le indicó, las baquetas permanecieron enhiestas.

Al instante, los chiquillos se congregaron a su alrededor, y uno a uno fueron intentando que el milagro volviera a ocurrir. Vano intento. Pablo quiso probar hasta tres veces. Finalmente le tocó el turno a Nico, quien se colocó en la posición que Jalufi le indicó y, con los extremos de las baquetas sujetos suavemente en las manos, fue recorriendo el camino. Ante el asombro de todos, las puntas primeramente se cruzaron y luego comenzaron a torcerse hacia el suelo. Las niñas se pusieron a aplaudir, don Julián razonó diciendo que aquella facultad especial se daba en muy raras personas y Paquito le palmeó la espalda, felicitándolo. También don Julián quiso probar, y fracasó.

Jalufi se agachó y cogió de la caja dos varillas diferentes, que dio a Nico.

—Prueba con éstas.

Aquella pareja era más larga y tenía las puntas de bronce. Nico obedeció. Empezó su peripatético deambular, y cuando ya iba a renunciar, las rígidas varillas comenzaron a doblarse.

El moro vaticinó:

—Aquí abajo, a unos tres metros, hay una veta de cobre. En mi pueblo ese metal se busca para hacer bandejas y abalorios.

Herminia comenzó a dar palmas, entusiasmada.

Entonces, ante el asombro de todos, Pablo, con los ojos preñados de ira, se dirigió a su hermano:

—¡Eres un tramposo repugnante!

Y dando una patada a la caja de varillas, que salieron disparadas por los aires, echó a correr hacia la casona seguido por la voz de don Julián, que lo amenazaba diciendo:

—¡Esta noche se lo contaré a tu padre!

66

Confidencias de dormitorios

Pierre y Suzette estaban en su dormitorio, ella en la cama de matrimonio con la espalda apoyada en dos almohadones y una revista de modas entre las manos y él lavándose los dientes en el cuarto de aseo contiguo.

Cuando cesó el ruido del agua, Suzette comentó:

—¿Te das cuenta de lo que estamos viviendo?

Pierre entró en la habitación, cerró la puerta del aseo y, en tanto retiraba la sábana y se metía en la cama, comentó:

—Me hago cruces. Lucie ha tenido la buena suerte de la mala suerte, y conste que me alegro infinitamente por ella, que se lo merecía... Pero la vida no siempre te compensa y en muchas ocasiones acaba mal.

Suzette dejó la revista a un lado.

—Si leyeras las circunstancias de los dos en una de las historias de *Le Petit Journal*, pensarías: «¡Hay que ver lo que inventan los periodistas!». Porque si la vida de Lucie fue un melodrama, la de José no le fue a la zaga.

—José es una persona fantástica. Otro con su posición social y su dinero miraría a todo el mundo por encima del hombro. Él, en cambio, trata al rey de España de tú a tú, y luego se interesa por mis cosas y me pregunta cómo me va el negocio en París.

Suzette se quedó un instante con los ojos cerrados, rememorando.

—A pesar de que viví su historia desde el principio, a veces me cuesta creer lo que está ante mis ojos... Me parece que era ayer cuando Lucie me preguntaba si podía venir a dormir a mi casa porque llegaban huéspedes nuevos a la residencia de su madre en la rue de Chabrol... En aquel entonces, únicamente pensaba en cantar para los enfermos del hospital Lariboisière, ¡y fíjate adónde ha llegado! Recibe en su casa de París a la *crème de la crème* y no se da de menos en invitarnos aquí a nosotros, que al lado de esas gentes no somos nada.

—Lucie siempre hizo un culto de la amistad.

Tras una pausa Pierre preguntó:

—¿Tú crees que estuvo enamorada de Gerhard?

—Apenas tenía dieciocho años… A esa edad una chica se enamora del amor. Era guapísimo, y ella cometió un desliz y se equivocó… A veces aún me duele la conciencia. No debió casarse con Picot, ni para dar un padre a Félix ni por nada.

—Por eso he dicho lo de «la buena suerte de la mala suerte». Si Picot no la hubiera maltratado en el mercado, José no la habría defendido y, posiblemente, no se habrían conocido.

—El destino de las personas está escrito en las estrellas.

—Por eso siempre digo que nada sucede la víspera, Suzette… Las cosas ocurren cuando deben ocurrir.

Otra pausa.

—Anda, Pierre, apaga y vamos a dormir.

—Antes quiero hacer otra cosa.

—Tonto, apaga.

—A mí me gusta hacerlo con la luz encendida.

La habitación de los padres de José era la mejor del primer piso y, junto con la del matrimonio, la única otra que tenía balcón en vez de ventana. Era un dormitorio inmenso con dos camas napoleónicas adoseladas que presidían la estancia; entre ambas había una mesilla de noche con dos lamparitas; a sus pies, una banqueta alargada, y frente a ésta, el tocador con todos los cepillos, peines y perfumadores de pera de goma correspondientes. Junto al balcón y enfrente de la puerta del cuarto de aseo había un silloncito con un galán de noche al costado para dejar la ropa.

Doña Rita, sentada frente al espejo del tocador con la ligera bata de verano sobre el camisón, intentaba sujetarse el pelo con unos bigudíes que la traían a mal traer.

—Debería haberme traído a Valentina, yo ya no estoy para estos menesteres… Me duelen los brazos y no llego atrás… Y tú no me sirves para nada.

Don Eloy bajó el periódico que estaba leyendo y, quitándose los antiparras, miró a su mujer circunspecto.

—Sirvo y he servido para muchos menesteres, pero me confieso incapaz de ejercer de peluquera. Y por traerte, además de a Valentina podrías haber invitado a fray Gerundio Azpiroz, ya puestos.

Doña Rita, que tomó en serio la sarcástica recomendación de su marido, alegó:

—Mal no me habría venido, no. Pero soy incapaz de mentir a la Iglesia e invitar a un hombre de Dios a vivir bajo el techo de personas que están en pecado... Que lo hagamos nosotros tiene justificación porque somos los padres, pero no tengo por qué involucrar a la Iglesia en todo esto.

Don Eloy, que rara vez se tomaba en serio las reconvenciones de su esposa al respecto, se encrespó.

—¡Parece mentira que todavía andes con escrúpulos de viejas beatas! Reconozco que no lo imaginé en un principio, pero no puedo negar ahora que tenemos una nuera estupenda que hace feliz a nuestro hijo y que nos ha dado tres nietos preciosos que es lo único que importa, y ambas cosas son lo que de verdad cuenta.

Doña Rita se irritó y, dejando de lado el último bigudí, se volvió hacia su marido.

—En primer lugar, no soy una vieja beata, soy una cristiana practicante que por eso lleva el cordón del hábito de la Virgen de los Dolores y de santa Rita, y que siempre está pidiendo el milagro a la Santa Madre de Dios que tanto sufrió y a mi patrona, que es la de los imposibles, y que en vez de irse a Fuenterrabía a divertirse se ha ido a la catedral a rezar, que buena falta le hace a esta familia de iconoclastas. En segundo lugar, tengo dos nietos... Félix no es de mi sangre.

Ahora fue Eloy el que se molestó.

—¡Pues yo sí lo considero mi nieto! Y no te ofendas si te digo que es de mucho mejor talante que Pablo, y ése sí es de nuestra sangre, mejor dicho, de la tuya... En mi familia no ha habido nadie con problemas psíquicos... y si no recuerdo mal a tu abuela Enriqueta tuvieron que encerrarla.

Eso siempre había sido una cruz para doña Rita.

—¡Todos se equivocaron! Enriqueta no estaba loca, lo suyo fue una posesión demoniaca, me lo explicó el padre Azpiroz, y en vez de llamar a un exorcista llamaron a un médico de esos que se dedican a los locos, que tuvo que justificar su elevada minuta... En cuanto a Pablo, es un chico difícil, sólo eso, y si alguna desgracia cae sobre esta familia ya sabes a qué lo atribuyo.

—¡Muy renuente te encuentro hoy! Pero cuando Lucie te regaló el sobre que su marido le había dado por su santo para que lo emplearas en tus pías obras de caridad, entonces no te pareció mal coger el dinero de una pecadora.

Doña Rita, enfurecida, se puso en pie y, después de colgar su bata en el perchero de la puerta, se metió en la cama.

—¡Los aires del Cantábrico te sientan muy mal, Eloy! Y procura no roncar, que podrías despertar hasta al servicio.

Aquella noche Paquito Fresneda había ido a dormir a casa de su amigo Nico. Su madre, tras preguntar a Lucie si le venía bien, le había dado permiso. Los dos chicos ocupaban un dormitorio que no era el habitual de Nico. Estaba en la tercera planta, debajo del tejado a dos aguas, lo que hacía que el que dormía en la cama de la pared hubiera de tener cuidado al levantarse, no fuera a darse un coscorrón con el techo que descendía hasta el nivel del suelo.

El dormitorio de Nico estaba en el segundo piso y lo compartía con su hermano Pablo, quien esa noche no había querido cambiarse al dormitorio que llamaban «del colegio», que tenía tres camas iguales, alegando que aquél era su cuarto y que él no había invitado a nadie. Por eso Nico dormía con Paquito en la buhardilla.

Hacía ya un cuarto de hora que habían apagado la luz cuando, de repente, la voz de Nico sonó con sordina, casi como un susurro.

—¿Duermes, Paquito?

—No, estaba pensando en lo de esta tarde.

—¿En qué de esta tarde?

—¿Cómo has hecho lo de encontrar agua?

—Ni idea. Las varillas han empezado a torcerse y ya está.

—Pero ¿no has sentido nada? Unas cosquillas, una especie de corriente… ¡Qué sé yo!

Nico pensó unos instantes la respuesta. Quería aprovechar la circunstancia para tocar otro tema.

—Corriente la siento cuando pienso en Herminia. ¿Tú no la encuentras muy guapa?

Paquito se sorprendió y en la oscuridad miró a su amigo.

—Es muy mona, pero a mí no me da calambre cuando la miro.

—No sé cómo explicártelo. Pienso en ella todo el día y de noche sueño que la salvo de peligros, que hay un fuego y subo a buscarla cuando ningún mayor se atreve, y que la bajo en brazos desmayada.

Hubo una pausa de silencios.

—Además corre mucho y juega a parar como un chico… Cuando hago de capitán y me toca escoger, siempre la elijo a ella.

—¿Quién es más amigo tuyo, ella o yo?

Nico se sintió atrapado.

—No tiene nada que ver, tú eres chico y ella es chica.

Paquito insistió.

—¡Eso ya lo sé! Pero ¿con quién prefieres jugar?

—A pelota contigo. —Nico se sintió traidor.

—Y si Herminia pudiera estar aquí durmiendo contigo en mi lugar… ¿la preferirías?

Nico tardó en responder.

—Prefiero dormir contigo, Paquito. Porque si ella durmiera aquí, estaría contemplándola toda la noche.

—Mañana se lo digo.

Nico se alarmó.

—¡Si se lo dices, no te hablaré en todo el verano!

Paquito se dio la vuelta.

—Tú estás un poco loco, Nico… Quiero dormir. Buenas noches.

Félix, a sus diecisiete años, dormía solo en el cuarto que llamaban «de las barcas» porque las camas gemelas parecían dos pequeñas traineras. Su madre se había enamorado de ellas en la tienda de un carpintero de Bermeo, quien las había hecho para sus hijos cuando eran pequeños y las vendía porque ya se habían casado y no vivían en su casa.

Félix estaba leyendo en la cama un artículo sobre Louis Blériot, el piloto que había atravesado en una aeronave el canal de la Mancha por vez primera, cuando oyó que alguien arañaba la puerta de la habitación. Ésta se abrió y, enmarcado bajo el oscuro quicio, apareció su hermano Pablo.

—¿Qué haces aquí?

—No puedo dormir.

—Anda, vete a tu cuarto y acuéstate. Cuenta corderitos y ya te vendrá el sueño.

Pablo remoloneaba.

—Es que en mi cuarto se oyen mucho las ranas de la charca.

Félix, que conocía el paño, lo apretó.

—¿Los demás días no hay ranas?

—Cantan menos. Como hoy hay luna llena…

—Déjate de monsergas y vete a dormir.

Pablo se negaba a explicarle el auténtico motivo.

—¿Puedo dormir contigo?

—Aquí no podrás dormir, Pablo. Quiero leer y la luz estará encendida.

—No me importa, la luz no me molesta.

Félix dejó sobre la cama la revista de aeronaves que estaba leyendo.

—Vamos a ver, Pablo… Aquí dormirás con luz y en tu cuarto te molestan las ranitas. ¿Qué narices te pasa?

El otro se vio atrapado.

—Tengo miedo.

—No entiendo, entonces, por qué no has querido dormir con Nico y con Paquito.

—No me gusta el dormitorio «del colegio». Y además, ¿por qué tengo que cambiar de cama si Paquito no es mi invitado?

—Pues porque eres una nena y luego tienes miedo… De día te muestras muy gallito y vas montando cirios a cada instante. Pero de noche… «¡Tengooo miedooo!» —Félix imitó su voz.

Pablo señaló la cama vacía con el dedo.

—¿Me dejas?

—Vale… Pero te lo repito: la luz seguirá encendida porque quiero continuar leyendo.

Pablo ya se había metido en la cama.

—No les dirás nada a Nico y a Paquito, ¿verdad?

—¡Duérmete, plomo! ¡Que eres un plomo!

—No logro entender lo que le pasa a Pablo, tiene unos prontos y unas reacciones que no son normales.

La que hablaba en esos términos era Lucie mientras tomaba una taza de tila, que la ayudaba a conciliar el sueño y que su doncella le había dejado en una mesita auxiliar junto a dos silloncitos en el sanctasanctórum que era el dormitorio principal del matrimonio y el lugar donde acostumbraban a hablar de temas íntimos.

—Debería decirte que no te preocuparas, Lucie, pero sería falso, porque a mí también me preocupa. No entiendo a ese chico… A pesar de que pongo mucho cuidado en no hacer diferencias, he llegado a la conclusión de que, aun así, una envidia insana lo corroe por dentro… Pablo ha de ser el centro de todo lo que ocurre a su alrededor, si no, no es feliz. Y, la verdad, no sé qué hacer.

—No me ayudas nada, José.

—Te engañaría si no te dijera que estoy desorientado. Si el chico tuviera un par de años más, la solución de don Julián me parecería perfecta, pero creo que todavía es muy niño para meterlo en un internado, que además está tan lejos.

—Opino lo mismo. Sin embargo, algo hemos de hacer… Lo del fusil fue muy grave… Si con doce años es capaz de una cosa así, ¿qué no hará cuando tenga dieciséis? Suzette dice que no nos damos cuenta pero que siempre encontramos todas las gracias a Nico o a Félix y no a Pablo, que con ella se ha abierto y le ha dicho que él siempre recibe todos los golpes.

—Di a Suzette que no vea visiones y que Pablo se lleva las riñas porque es él quien hace mal las cosas. A ver, ¿quién metió la ranita de Herminia en el molinillo? ¿Quién ha dado una patada a la caja de varillas de Jalufi? ¿De quién me cuentan una fechoría cada vez que llego a casa?

—Dice Suzette que a Nico porque es más empático y a Félix porque es el mayor les encontramos todas las gracias, y que Pablo se queda descolgado en medio de los dos.

Lucie se puso en pie y comenzó a desnudarse.

—Mañana, si te parece, hablaré con don Julián, que ya iba a escribir a su amigo, y le diré que este invierno se dedique plenamente a Pablo. No me perdonaría el hecho de que, sin querer, estuviéramos haciendo diferencias entre nuestros hijos.

José miró con admiración el cuerpo de su mujer.

—Han pasado trece años desde que nos casamos y has tenido dos hijos más, pero estás igual.

Lucie se puso la camisa de dormir.

—¡Anda, no seas tonto y ven a la cama!

José, tras sus abluciones nocturnas y después de ponerse la chaqueta del pijama, se acostó a su lado.

—¿Sabes lo que me ha dicho Félix?

—Lo mismo que a mí… No ha cambiado de opinión, a pesar de mis intentos. Sigue empeñado en volar en uno de esos artilugios de cañas y madera destinados a fracasar porque no está en la naturaleza del hombre ir por los aires.

—En eso te equivocas, querida. Ocurrirá lo mismo que con los coches, que al principio nadie daba un duro por ellos y son el futuro, que además ya está aquí... Blériot cruzó el canal de la Mancha hace ya cuatro años. Nosotros no lo veremos, pero el hombre irá a América en un aeroplano. En la fábrica de Barcelona, Birkigt está desarrollando un motor para aeronaves, y, si lo consigue, será una revolución.

Lucie se incorporó.

—¡Júrame que jamás te subirás en uno de esos aparatos!

José dio media vuelta y miró fijamente a su mujer.

—El hombre conseguirá todo lo que se proponga. No puedo jurarte lo que no cumpliré, Lucie. En esos aparatos, como tú los llamas, subiremos todos. Y bastante haré si consigo que nuestro hijo Félix no haga de ellos su profesión.

—¡Los hombres de esta casa vais a volverme loca!

67

Hispano-Suiza

José no sólo había demorado su viaje a París por circunstancias familiares, sino también por exigencia de Su Majestad el rey Alfonso XIII. El monarca, entusiasmado con su nuevo vehículo y muy cuidadoso al respecto de la colocación del dinero de la corona, había querido formalizar la compra de acciones de Hispano-Suiza a un precio especial a cambio de ceder su nombre a un coche cuyo prestigio se revalorizaría así. José, luego de consultar con el presidente y mayor accionista de la compañía, don Damián Mateu Bisa, quien de inmediato accedió a la petición real, y tras cerrar la operación con el conde de Romanones, apoderado de Alfonso XIII, se dispuso a viajar a París.

Félix, a sus diecisiete años, tenía muy claro su proyecto de futuro. En primer lugar, se sentía francés y quería adoptar esa nacionalidad, y en segundo lugar, deseaba volar. Sin quererlo, la semana anterior había oído una conversación que los mayores mantenían a la hora del café en el porche de la casa, y todo lo dicho le dio argumentación para hablar con su padre.

—Padre, me gustaría que conversáramos antes de que marche a París.

—¿Es urgente, hijo? Porque, como comprenderás, tengo muchas cosas de última hora que hacer.

—Para mí sí lo es... Y si no es urgente, cuando menos es muy importante.

José se alarmó. Siempre había tenido sumo cuidado en cuantas cosas atañeran a Félix, pues al no ser hijo de su sangre temía que se sintiera disminuido en sus afectos o atenciones.

—Si para ti lo es, también lo es para mí, Félix. Buscaremos un momento a la hora del café... ¿Consideras que tu madre debe estar presente?

—Mejor sería.

Y así fue como, después de comer, estaban los tres sentados en el porche que daba al mar en un ambiente de solemnidad hasta aquel día desconocido.

—Padre, ¿por qué, si he nacido en París, soy español?

Lucie, a quien el tema tocaba directamente, se vio obligada a responder:

—Hijo, como sabes, José es tu padre adoptivo. Y cuando nos casamos y tuvimos a tus hermanos creímos oportuno que los tres tuvierais la misma nacionalidad.

—Pero, madre, usted es francesa y se casó en Francia porque en España no la habrían dejado.

—¿Y a ti quién te ha explicado eso?

—Una vez oí hablar a la abuela Rita con el abuelo Eloy.

Lucie dirigió a su marido una mirada significativa y respondió algo alterada:

—Eso a ti no te atañe... Son cuestiones que no te corresponde saber por tu edad.

—La edad no tiene nada que ver y sé muy bien por qué se separó de mi padre... Tenía poco más de tres años, pero sé que en la casa donde vivíamos en París había un hombre que tocaba el saxofón, que siempre estaba enfadado y que la trataba mal.

Félix era ya casi un hombre, por lo que José se dispuso a intervenir. De común acuerdo, Lucie y él habían decidido no explicar al crío quién era su verdadero padre, que para él había sido Jean Picot.

—Decidimos por ti porque eras un niño. Eso que recuerdas fue el motivo de la separación de tu madre, pero ten por seguro que, cuando seas mayor de edad, reconsideraremos cualquier postura que quieras adoptar.

—La abuela Monique me dijo que si quería vivir en París podría hacerlo en su casa.

Lucie saltó:

—¡Tenemos una mansión preciosa en París! ¿Por qué tienes que ir a vivir a la casa de la rue de Chabrol con mi madre?

—No, yo... lo digo porque usted le comentó al tío Pierre que tal vez convendría que este invierno los mellizos fueran al colegio en Madrid...

Lucie no pudo menos que intervenir

—¡Pero bueno con este chico...! ¿De dónde sacas tú que...?

José, con un gesto de la mano, indicó a su mujer que no interviniera.

—A ver, Félix, explícame el auténtico motivo de por qué quieres ser francés.

El muchacho afirmó decidido:

—¡Porque quiero ser piloto y los grandes aviadores son franceses! Me lo prometieron.

Lucie saltó:

—¿Tú montado en uno de esos cacharros que van por los aires? ¡Ni lo sueñes! Tendrás que pasar por encima de mi cadáver. Todos los días se matan individuos en esos horribles aparatos.

El chico argumentó:

—Papá fabricará los motores que los impulsan y sólo se matan los que no saben, madre. Blériot atravesó el canal de la Mancha hace cuatro años y saben que ha fundado una escuela aeronáutica al lado de París y otra en Pau, y Latham ha establecido un nuevo récord de altitud… Yo quiero ser uno de ellos.

Lucie miró a su marido con ojos llorosos, como pidiendo auxilio, y éste le brindó una sonrisa triste.

—Te prometimos que si sacabas unas notas excelentes no nos opondríamos a que escogieras tu porvenir. Tú has cumplido, Félix… Ahora nos toca cumplir a nosotros. Es lo justo, amor —añadió dirigiéndose a su esposa.

68

El ministro

A primera hora de la mañana del viernes 6 de septiembre partía el Hispano-Suiza de José Cervera hacia París acompañado de parte del servicio y de Pierre y Suzette, quienes habían dado por finalizadas sus vacaciones. El plan era atravesar la frontera de Irún y subir hasta París por la ruta del Loira, haciendo noche en cualquiera de los hoteles-castillo que jalonaban el río. En San Sebastián quedaba Lucie al mando de la tropa, acompañada, eso sí, por el tutor de los chicos, don Julián Naval-Potro, ya que tanto Perico y Gloria con su hija como doña Rita y don Eloy habían regresado a Madrid tras la quincena vivida en San Sebastián. El resto del servicio y el otro Hispano-Suiza, conducido por Hipólito, quedaban en la Bella Easo para cuanto Lucie dispusiera.

El regreso a París era inaplazable ya que el día 9 de septiembre, martes, a las nueve de la mañana, el ministro de Economía y Finanzas francés, Charles Dumont, iba a recibirlo en su despacho oficial para hablar de la venta de motores de aviación diseñados por el ingeniero suizo Birkigt y fabricados por Hispano-Suiza en Barcelona. La cita se concretó a través de mister Krebs, quien era buen amigo del ministro y, a cambio de facilitar a José esa entrevista que tanto le interesaba, quería llegar a acuerdos con el español en el tema de los automóviles. José, tras dos jornadas de viaje, llegado a su casa de Neuilly se dedicó a poner en orden sus papeles, por lo que el día anterior a la entrevista durmió pocas horas. A las siete ya estaba de pie. El chófer lo dejó frente a la puerta del ministerio treinta minutos antes de la hora prevista.

Después de comprobar su documentación, un ujier lo acompañó hasta el salón de visitas del primer piso, una estancia cuadrada de grandes dimensiones con el techo artesonado en cuyo centro lucía una escena pastoral de Jean Jacques Watteau. Había sillones y sofás en todo el perímetro para acoger a los visitantes, y las paredes estaban tapizadas en seda de color malva. Las puertas, tanto la de entrada como la que José supuso que sería la del despacho del ministro, estaban cauteladas por sendos criados de librea y centinelas armados.

José ocupó el lugar que le designaron y aguardó, con la cartera de documentos sobre las rodillas, que un chambelán fuera a buscarlo llegado su turno.

Tal ocurrió con extraña puntualidad: apenas pasados cinco minutos de las nueve, se abría la puerta del despacho del ministro y un ujier enunciaba en voz alta su nombre.

El despacho era impactante. Había dos tresillos laterales de estilo Imperio con hojas de roble doradas adornando las patas, al igual que la inmensa mesa de despacho, salvo que la madera de ésta era de ébano; en dos de las paredes lucían sendas pinturas notables: a la derecha *La Libertad guiando al pueblo* de Delacroix y a la izquierda *Impresión, sol naciente* de Monet; detrás de la mesa del ministro colgaba otro lienzo: *Retrato del cardenal Richelieu* de Philippe de Champaigne.

A la vez que José se acercaba, el ministro Charles Dumont se puso en pie y, saliendo de detrás de la mesa, se dirigió hacia él con el gesto afectuoso. Era un hombre de entre cuarenta y cinco y cincuenta años, rechoncho, de facciones risueñas y con barba entrecana que, llegando a su altura, lo saludó tendiéndole la mano, como si se tratara de un viejo conocido.

—Bienvenido a su casa, monsieur Cervera. Mi buen amigo Arthur Krebs me ha hablado de usted en tono encomiástico. Sé que es usted un hombre de grandes prendas, pues conozco sus antecedentes, y estoy convencido de que su conocimiento puede ser provechoso para mi país... Tenga la bondad.

Y en tanto José respondía a su saludo, el ministro lo conducía hasta uno de los sillones situado frente a la mesa, detrás de la cual Dumont tomó asiento acto seguido.

El ministro parecía perfectamente informado.

—¡Qué envidia le tengo a usted, monsieur Cervera! Imagino que el verano en San Sebastián ha sido maravilloso. Los reyes no se equivocan cuando eligen una ciudad... A mí me encanta Biarritz. Allí se puede respirar también el aire del Cantábrico. Este verano en París el calor ha sido horroroso, ¿sabe usted? Mi única distracción ha sido seguir el Tour de Francia, aunque ha sido una humillación que no lo ganara un francés... pero debemos reconocer que el belga Philippe Thys sube las montañas como una cabra montesa.

La charla desenvuelta y abierta del ministro hizo que José se encontrara cómodo y pudiera entrar de un modo casi natural en el tema que le interesaba. Francia estaba en aquellos momentos a la cabeza de la aeronáutica mundial y el ministro estaba al día de adelantos, novedades y cuantas cosas atañían a la aviación.

—Estamos al corriente de ese, al parecer, maravilloso motor de aeronave que ha diseñado mister Birkigt, aunque, según me dice usted, es un proyecto de futuro, pues hasta ahora sólo han fabricado motores de coche.

—Como comprenderá, excelencia, y conociendo lo escaso de su tiempo, no me presentaría aquí con un proyecto desarrollado únicamente en un papel. El motor ya ha arrancado en el banco de pruebas y el resultado ha sido muy satisfactorio.

—Querido amigo, los tiempos de la política se miden de otra manera... Y además de dar por supuesto que su motor es satisfactorio, para que no quieran cortarme la cabeza los fabricantes franceses deberían ustedes instalar una fábrica aquí, colaborando con nosotros, claro es, contando además con que nuestro primer ministro, Louis Barthou, tiene una fe ciega en todo aquello que se mantenga en el aire y ha insistido al presidente, Raymond Poincaré, al respecto de que el futuro será del país que domine el cielo.

—Eso creo yo también, excelencia.

—Entonces, si le parece oportuno, le haré acompañar por un vicesecretario para que conozca usted unos terrenos en Levallois-Perret, muy apropiados, a mi juicio, para una instalación de tal envergadura. Dejamos para futuras reuniones, pues, las decisiones posteriores a tomar. Pero sepa, monsieur Cervera, que la idea me parece excelente... Eso sí, seré imparcial. Tendrá usted que competir con Panhard, Voisin y Renault. El Estado comprará el motor que dé mayor rendimiento en el banco de pruebas, para lo cual se harán los ensayos convenientes.

—Únicamente pido, excelencia, que la exigencia sea la misma para los tres.

—Cuente con ello, monsieur Cervera.

69

La noticia

París, finales de septiembre de 1913

Aurore, la primera camarera, golpeó discretamente con los nudillos la puerta del dormitorio del matrimonio Cervera.

Lucie, que remoloneaba en el duermevela tras comprobar que José no estaba ya a su lado, consultó la esfera del reloj de la mesilla de noche y, con voz perezosa, respondió desde el interior:

—¿Qué ocurre? Ayer dije que me despertaran a las nueve y cuarto.

—Soy Aurore, señora. Su amiga madame Suzette la llama al teléfono.

—Dile que yo la llamaré después.

—Le he explicado que usted estaba descansando todavía y ha insistido en hablar con usted. Asegura que es muy importante.

—Está bien, dile que ya voy.

En tanto se ponía las babuchas y se echaba sobre los hombros la bata de seda, Lucie pensó que era inaplazable colocar una extensión del aparato telefónico en el dormitorio. Las llamadas, y no para ella, cada vez eran más frecuentes pues de día en día había más números en París y más amigos y conocidos que se hacían instalar el nuevo invento.

Se dirigió al despacho de su marido y tomando con la mano izquierda el aparato se colocó con la derecha el auricular en el oído. Creyendo que a su amiga le había pasado algo, le habló un tanto angustiada.

—¿Qué ocurre, Suzette, para qué me llamas tan temprano?

La voz de Suzette sonó presurosa pero no inquieta.

—Ha ocurrido algo muy importante para ti, aunque no sea una noticia alegre de por sí.

Lucie se inquietó.

—Es muy temprano para andarnos con misterios… Suelta la noticia, sea la que sea.

La voz de su amiga sonó extraña.

—¿Estás sentada?

Pese al tono intrascendente y algo jocoso de Suzette, Lucie se molestó.

—Suzette, en serio, todavía no he desayunado.

—Está bien, si no quieres sentarte, no te sientes.

Lucie respondió con un silencio.

—Jean Picot murió la última semana de agosto.

Ahora sí que Lucie tuvo que sentarse.

Un montón de escenas amargas entreveradas de angustias y miedos le vinieron a la mente.

—¿Cómo lo sabes? ¿Quién te lo ha dicho? ¿Cómo ocurrió?

—Pierre se encontró a uno de los componentes de su grupo de ragtime y éste le dijo que un sábado por la noche Jean no había ido a trabajar y que el domingo por la tarde, pensando que a lo mejor tenían que buscar un músico suplente, él y un compañero fueron a su casa y llamaron y llamaron al timbre, pero nadie contestó… La portera, al ser domingo, no estaba en la portería, así que no pudieron preguntarle por Jean y se fueron pensando que ya aparecería. Pero al no comparecer en la sesión de la tarde, cuando acabaron de tocar fueron a la gendarmería y explicaron el caso al sargento de guardia… Éste, afortunadamente, les hizo caso, y acompañados de un agente se dirigieron de nuevo a la casa. Abrieron la puerta y se encontraron a Jean tirado en el comedor. El mal olor de su cuerpo en descomposición no había salido a la escalera debido a la gran cantidad de alcohol que había ingerido; junto a él en el suelo había dos botellas de whisky y una de absenta. El oficial puso en marcha el protocolo y el cadáver se llevó al depósito. La opinión del forense fue categórica: tu maltratador había muerto alcoholizado haría ya más de dos días.

Lucie tardaba en responder.

—¿Estás ahí, Lucie?

—Sí, algo confusa pero aquí estoy.

—¿No irás a decirme que lo sientes?

—Ni mucho ni poco. La verdad es que no siento nada… Me ha cogido completamente de sorpresa y no sé si me importa o me da igual. Han pasado ya catorce años.

—Demasiado ha durado. Imagino que cuando se le acabó el dinero que le pagó tu marido, comprando tal cantidad de alcohol que en él flotaría la escuadra inglesa se marchó de este mundo porque ya no tenía nada que hacer aquí. ¿Qué te parece?

—A estas alturas, me da lo mismo, de verdad, Suzette. Ni siento ni padezco. Vamos, que no me afecta. Lo único que puedo agradecerle es que me pegara en público, pues de no haberlo hecho no habría conocido a José.

Suzette saltó a través del auricular:

—Puede que a ti no, pero seguro que a tu marido va a importarle que ese mal bicho haya muerto. José ha dicho en más de una ocasión que quiere pasar temporadas en Madrid, y para eso el único obstáculo era doña Rita, tu suegra, a la que únicamente ves en San Sebastián. Ahora podrás casarte por la Iglesia... Y ella podrá presentarte a sus amistades y tú podrás ser un día la marquesa de Urbina... ¡Y yo podré presumir de amiga noble!

La reacción de José al enterarse al mediodía del asunto no fue la misma. Suzette había ido a comer con sus amigos y estaban los tres solos en la sobremesa ante un café.

—Era un pobre diablo, que Dios lo perdone. En el fondo, debo estarle agradecido... Bueno, a él y al alcohol, pues de no ser por esa circunstancia no te habría conocido, Lucie.

—Lo mismo ha dicho esta mañana tu mujer, a la que por lo visto el hecho no ha afectado. —Luego Suzette se dirigió a su amiga—: Es que me extraña que no te importe, Lucie.

—Sé que únicamente han pasado catorce años, pero veo todo aquello tan lejano como si hubieran transcurrido diez vidas.

José alargó la mano sobre la mesa y apretó la de su mujer.

—Pues a mí sí me importa... y mucho.

Suzette rubricó:

—Ya se lo he dicho esta mañana.

—Ahora, Lucie, podremos casarnos por la Iglesia.

—Yo me sentiré como hasta ahora, para mí nada cambiará.

—Pues para mí sí. Aunque has conocido mucha gente de Madrid en San Sebastián y jamás nadie te ha hecho un feo, me conviene abrir casa en Madrid. Eso ante la sociedad es como la alternativa en los toros, Lucie. No es lo mismo tener un despacho que un domicilio. Además, mi madre será feliz. Nos casará el padre Gerundio Azpiroz, y mamá podrá presumir de nuera —apostilló José, y Suzette miró a su amiga como diciendo: «¿Qué te he dicho?»—. Por otra parte, el rey me ha invitado más de una vez a La Granja en Segovia y nunca he tenido ocasión de ir, y estoy seguro de que quiere darme un cargo honorífico en su gabinete, algo así como gentilhombre de cámara, y date cuenta de que estar en su círculo íntimo es cosa por la que muchos matarían. ¿Sabes qué te digo, Lucie? —Las dos mujeres lo observaron interrogantes—. Ya quería hacerlo porque me conviene tanto política como socialmente, pero ahora podremos dar una fiesta de la que quiero que se hable en todo París. Me conviene quedar bien con mucha gente. Además, deseo que todos sepan que tengo la suerte de poder casarme contigo otra vez.

—Igualito que Pierre, al que no saco una frase amable ni con sacacorchos.

70

La escuela aeronáutica

Aquél fue un año importante para Félix, que había madurado mucho en poco tiempo. Sus padres habían aceptado su idea de ingresar en la escuela aeronáutica, en este caso en la que en Pau había inaugurado el famoso piloto Louis Blériot, pues el muchacho había cumplido las condiciones impuestas por aquéllos al respecto de que completara con buenas notas sus estudios en el último curso del liceo.

Tras el agitado verano de 1913, sus padres lo acompañaron hasta Pau, capital del departamento de los Pirineos Atlánticos, en la región de Nueva Aquitania, situada en el corazón del antiguo Estado soberano de Béarn, de la que fue la capital desde 1464 y que había acogido a los reyes de Navarra cuando Fernando el Católico se adueñó de su reino.

Cuando el Hispano-Suiza coronó la última curva de la serpenteante carretera que conducía a la cumbre y Félix divisó desde allí la escuela aeronáutica donde se formaban los pilotos franceses, el corazón le dio un vuelco. En el acto reconoció los aparatos que estaban frente a los hangares al principio de la pista.

Su voz sonó exaltada y eufórica:

—¡Mire, padre, aquél es un Blériot XI, el de más allá un Breguet y el último un SPAD! Aquel edificio alto es la torre de órdenes, desde la que se autorizan las salidas y los aterrizajes con banderas... Y aquello debe de ser el edificio de oficinas.

Cuanto mayor era el entusiasmo de Félix, mayor la pesadumbre de su madre.

—¿Y en esos cacharros de madera y tela va a volar? —La pregunta de Lucie iba dirigida a su marido.

José intentó justificar:

—Esos «cacharros», como tú los llamas, precisamente por su

ligereza se mantienen en el aire. Y ten fe, porque los motores que fabricamos no se rompen nunca.

—Como consuelo está bien, pero ¡sigo pensando que es un disparate!

La puerta del campo estaba cautelada por un centinela, que salió de la garita al instante para informarse de quiénes eran los visitantes. En cuanto reconoció que eran los esperados, abrió la barrera y les indicó por dónde debían continuar para llegar al edificio principal. José aparcó el Hispano-Suiza delante de éste, y un militar uniformado abrió la portezuela de Lucie en tanto que otro hacía lo mismo por el otro lado. Félix, que ya estaba en tierra, abrió el cofre del coche para coger su maleta.

—Los señores Cervera, ¿me equivoco?

—Los mismos. —Y presentando a Lucie y a Félix, José añadió—: Y ellos, teniente, son mi mujer y mi hijo el aspirante a piloto.

—Sean bienvenidos. Síganme, si me hacen el favor, y los conduciré al despacho de monsieur Blériot.

El soldado iba a coger la maleta de Félix que estaba en el suelo, pero el muchacho se le adelantó.

El edificio era sencillo y de una sola planta, y el mobiliario rústico y funcional. Finalmente, llegaron ante la puerta del despacho de Blériot, ubicado al final del pasillo, donde los aguardaba otro militar uniformado.

—Son los visitantes esperados —anunció el teniente que los acompañaba.

El que hacía las veces de ujier se dirigió a ellos:

—Monsieur Blériot los espera.

El rostro de Félix cuando estuvo frente a su ídolo fue un poema. Se había transfigurado, y su madre pensó en ese instante que si se le hubiera aparecido el arcángel san Gabriel en persona, no habría mostrado un semblante tan extasiado.

Blériot se puso en pie detrás de su mesa. Acto seguido se dirigió hasta ellos y, tras los saludos y las presentaciones de rigor, pidió a los subalternos que se retiraran y sugirió a los recién llegados que se sentaran en el ajado tresillo de piel que completaba el mobiliario de su despacho.

—En primer lugar, señor Cervera, quiero felicitarlo por sus motores. Todavía no he tenido ocasión de verlos de cerca, pero tengo información de primera mano del señor ministro y me consta que la fábrica de París está trabajando a todo rendimiento.

—Esperamos estar a la altura, señor.

—Llámeme Louis, por favor. Y éste es sin duda el caballero que quiere ser aviador, ¿me equivoco?

—Desde que era un niño, su sueño siempre ha sido volar. Mientras que los chicos de su edad colgaban en las paredes de sus dormitorios carteles de deportistas... o de toreros, recuerde que yo soy español, los héroes de mi hijo Félix siempre fueron pilotos.

Blériot cruzó las manos sobre su abdomen.

—¿Y qué dice la madre?

Lucie, que hasta aquel momento había permanecido en silencio, se explayó:

—Estoy aterrorizada, señor, y la culpa es de su padre... Si no hubiera estado hablando a todas horas de aviones y de que volar siempre ha sido el sueño de la humanidad, no habríamos llegado a este punto.

Blériot sonrió con una expresión arrebatadora; sus blancos dientes relucían bajo el poblado bigote.

—¿Tal vez habría usted preferido que fuera torero? Siendo un muchacho español... Cabía la posibilidad.

—Tal vez lo habría preferido, sí.

—Yo no, señora, y la explicación es muy simple: el avión lo gobierno yo y depende de mi destreza, pero en caso de un toro... Una bestia de quinientos kilos que piensa por su cuenta y que para defenderme de ella únicamente cuento con un trapito rojo, lo siento, señora, pero no es lo mío.

Tras ese comentario el ambiente se distendió.

—Reconozco, señora, que volar comporta unos riesgos, pero créame si le digo que me siento más seguro en el aire que en el suelo.

Luego la conversación fue por otros derroteros: desde el delicado momento internacional y las pretensiones del káiser Guillermo II, hasta el régimen de vida de los aspirantes a piloto en la escuela aeronáutica.

Finalmente se dirigió a Félix:

—Has escogido una hermosa carrera... Tendrás la oportunidad de ver el mundo desde otra perspectiva y aquí se te va a preparar para ello. Debo decirte que hay mucho que estudiar antes de subirte a un avión, pero cuando lo consigas —apuntó—, si es que lo consigues, te darás cuenta de que cualquier sacrificio habrá valido la pena. Y ahora, muchacho, antes de que se vayan tus padres, un alumno del segundo curso que a partir de hoy será tu mentor os mostrará toda la academia. —Luego se dirigió al matrimonio Cervera—: Les aseguro que, incluso en el caso de que su hijo no consiga las alas, no habrá perdido el tiempo. Lo que aquí aprenden los jóvenes les sirve toda la vida, porque aquí, antes que aviadores, formamos hombres.

Tras ese discurso Louis Blériot regresó a su mesa y presionó un timbre. Al instante compareció su asistente.

—Avisen al alumno de segundo Roger Rigoulot y díganle que acuda a mi despacho.

Al poco y tras el protocolario golpeteo en la puerta con los nudillos, asomó un muchacho debidamente uniformado un poco mayor que Félix. Tenía el pelo rojizo y ensortijado como el de una panocha y su rostro parecía un campo de pecas. El joven se cuadró y se presentó con un acento que denotaba su origen gascón.

—Este cadete será tu instructor, Félix. Cualquier cosa que quieras de un superior la solicitarás a través de él... Y ahora despídete de tus padres hasta Navidad.

El matrimonio Cervera se puso en pie. José dio un abrazo sobrio y contenido a su hijo, mientras que Lucie, sin poder contener las lágrimas, se abrazó a él como si se fuera a vivir a América para siempre. Acto seguido se dirigió a Rigoulot y le suplicó:

—¡Cuídemelo mucho, por favor!

—¡Lucie, por Dios...!

—No se preocupe, señor Cervera, estamos acostumbrados. Todas las madres son iguales.

71

Preparativos

Después de vivir durante tantos años en París, los contactos sociales de José eran amplios y, sobre todo, diversos. La casa de Longchamp en Neuilly, uno de los barrios más caros y distinguidos de la capital, había tenido su influencia en un principio; más tarde, las relaciones políticas que había establecido a través de los motores de aviación se habían multiplicado hasta niveles extraordinarios; por otro lado, los altos directivos de fábricas que le vendían componentes para los motores constituían otra cantera de relaciones; y finalmente había hecho el pleno gracias al regalo impensado que representó para él la empatía de aquella muchacha de la que se había enamorado y que se había convertido en una gran dama a la que acudían todos los comités de beneficencia para contar con su colaboración. José tenía que reconocer que en el ámbito de las relaciones sociales Lucie había resultado ser una ayuda excepcional para él. La inesperada muerte de Jean Picot le había abierto, sin pretenderlo, nuevos horizontes. Lo incomodaba la oposición frontal de su madre de dar carta de naturaleza a su boda civil, a pesar de que la había llevado con resignación, y le entristecía ver el cordón negro en su cintura con el hábito de santa Rita y que ella se ocupase de airear los motivos. La boda por la Iglesia, que por el momento aún no tenía fecha, haría que muchas cosas cambiaran en el ámbito familiar, como también en otros. Por ejemplo, en la corte. Doña Victoria Eugenia de Battenberg era muy exigente al respecto de las mujeres que entraban en palacio, y si de verdad José pretendía integrarse en el entorno del rey y acudir a La Granja de Segovia con asiduidad, aquel detalle era importante. La reina se enteraba de todo lo que le interesaba, y José era consciente de que en los veraneos en San Sebastián todas las veces que lo habían invitado a asistir con Lucie a una recepción, ésta había tenido lugar cuando doña Victoria todavía no se había instalado en el palacio de Miramar y Alfonso estaba solo; en cuanto la reina se integraba al veraneo, las invitaciones al *Giralda* lo eran para él solo.

La cuestión fue tomando cuerpo, y lo que en principio pretendía ser una fiesta de amigos acabó adquiriendo un nuevo y mayor alcance después de que José revisara su lista de compromisos. Llegó a la conclusión de que aquella celebración tenía que ser lo más sonado de la *rentrée* de la temporada hípica del hipódromo parisino de Longchamp, para lo cual, si pretendía que todo el mundo hablara de ella, debía organizar algo excepcional. La idea le vino leyendo el periódico del domingo. El escándalo que se había armado con el estreno de *La consagración de la primavera* de Igor Stravinsky en el teatro de los Campos Elíseos por la compañía Ballets Rusos de Serguéi Diáguilev, con la actuación estelar de Vaslav Nijinsky, Tamara Karsávina y Ana Pavlova, era la comidilla de todas las tertulias de París. A Lucie le encantaba el ballet, y sería un formidable regalo de boda conseguir que las estrellas rusas bailaran en su casa. José era consciente de que aquello era una empresa harto dificultosa, pues el mal carácter del director de los Ballets Rusos era conocido en todos los ámbitos y a buen seguro pondría muchos inconvenientes, en el supuesto de que aceptara. No obstante, la rentabilidad del proyecto, caso de llevarse a cabo, sería infinita y acrecentaría el prestigio de su nombre en la sociedad parisina. «No hay peor gestión que la que no se hace», se dijo para sus adentros. El no ya lo tenía de antemano, pero si sabía vestir el muñeco con argumentos convincentes, tal vez lograría doblegar la voluntad del famoso personaje.

Ni corto ni perezoso, José se dirigió al teatro de los Campos Elíseos, en la avenue Montaigne en el Distrito VIII, obra de Auguste Perret e inaugurado aquel mismo año, donde el director de los Ballets Rusos tenía su despacho, no sin antes asegurarse de que Diáguilev lo recibiría, gestión que hizo a través de su amigo Henri Quittard, crítico musical de gran prestigio de *Le Figaro*.

A la una del mediodía las puertas del teatro estaban cerradas. Tras los cristales se veían los carteles de los Ballets Rusos y al fondo, detrás del mostrador, un atareado conserje que clasificaba correspondencia. José tamborileó con los dedos sobre los cristales para llamar la atención del hombre, y éste, dando media vuelta, lo divisó al momento. Abandonó su tarea y le abrió la puerta.

—¿Qué desea, caballero?

—Me espera el señor Serguéi Diáguilev. Ésta es mi tarjeta.

José entregó el cartoncillo al conserje, quien, tras darle una breve mirada, se explicó:

—Hará mejor yendo por detrás y entrando por la puerta posterior, es el número 19. Entretanto, yo llevaré su tarjeta al señor Diáguilev desde aquí.

Tras una excelente propina que estimuló la diligencia del hombre, partieron a la vez.

La puerta trasera del teatro estaba abierta, y cuando José la empujó sonó un timbre.

Frente a él se abría una estrecha escalera de madera que conducía al primer piso, donde el hombre lo aguardaba con la tarjeta que acababan de entregarle en una mano y una colilla de puro medio apagada en la otra. El hombre señaló un viejo sofá que junto con dos sillones hacía de sala de espera y le dijo:

—Aguarde aquí un momento, aunque a esta hora dudo que el señor Diáguilev pueda recibirlo. No hace mucho que ha despachado a un periodista con cajas destempladas... Lo de la otra noche está trayendo cola. Esta semana está siendo terrible. Hemos tenido que suspender las funciones de la noche del miércoles y la del viernes —apuntó el hombre, como si él formara parte de la empresa del teatro.

—Usted limítese a entregar la tarjeta.

Ante la extrañeza del empleado, que salió del despacho con el signo de interrogación puesto en el rostro preguntándose quién sería aquel caballero, José se puso en pie.

—El señor Diáguilev lo recibirá en cuanto acabe de despachar con su secretario.

José, tras dar las gracias, esperó.

Todavía no habían pasado diez minutos cuando un joven se asomó a la puerta.

—El señor Diáguilev lo espera.

Tomando su sombrero y su bastón, José se dispuso a seguir al joven.

El recorrido fue breve. Un corto pasillo tapizado de damasco rojo desembocaba en una puerta de dos hojas igualmente tapizada y rematada por un tirador de metal dorado. El secretario golpeó con los nudillos y aguardó. Del interior surgió una voz rotunda hablando en francés con un extraño acento.

—¡Entre!

El secretario invitó a entrar a José.

La pieza era mediana pero de un gusto exuberante. En las paredes, también tapizadas de rojo, se veían pinturas, dibujos y litografías en marcos dorados, todos referidos al mundo de la danza y a las principales figuras del teatro Mariinski y de los Ballets Rusos. Al fondo de la estancia había un escritorio de torneadas patas repleto de carpetas con los tres sillones correspondientes, dos para los posibles visitantes, y el principal, semejante a un pequeño trono dorado, colocado sutilmente a una mayor altura que, de alguna manera, subrayaba el carácter ególatra y pretencioso de su dueño.

Diáguilev se puso en pie detrás del escritorio en tanto que su secretario le anunciaba el nombre del visitante.

José tuvo tiempo de observarlo. El ruso, vestido con levita negra y una camisa blanca de gorgueras con botonadura de pequeños zafiros, era un hombre alto y moreno con el cabello corto peinado con la raya en medio, en el que destacaba un mechón blanco en la parte derecha; tenía unos ojos de mirada profunda, la nariz recta y, bajo la misma, destacaba un recortado bigote sobre una boca de labios carnosos. En cuanto vio a José, sin más preámbulo, le espetó:

—Señor Cervera, de no ser por la mediación de Henri Quittard, me habría sido imposible recibirlo... En estos días, debido a la circunstancia de la que todo París habla, el trabajo se me ha multiplicado... Siéntese, por favor.

Y tras estrechar fuertemente la mano de José de un modo brusco e intemperante, se sentó en su trono a la vez que José lo hacía frente a él. Diáguilev cruzó las manos sobre su voluminoso abdomen y lo invitó a explicarse, volviendo a recalcar lo escaso de su tiempo.

José midió muy bien sus palabras.

—Mi nombre es José Cervera, soy español y fabrico motores de aviación para la industria aeronáutica francesa, y también coches, por cierto, uno de ellos del modelo Alfonso XIII ha sido regalado al zar Nicolás II. —Tras este preámbulo que subrayaba la categoría de sus relaciones, José comenzó a explicar el auténtico motivo de su visita—. Mi deseo es obsequiar a mi esposa con la mejor fiesta de París, y desde luego la más comentada, y desearía que el colofón de la misma fuera la actuación de los Ballets Rusos en nuestros jardines, cuya actual circunstancia motivada por el estreno de *La consagración de la primavera* todavía me favorece más.

El ruso entornó los ojos y su mente de comerciante comenzó a hacer cálculos rápidamente; el escándalo del último estreno había hecho intervenir a la Junta Censora de la Moral y las Buenas Costumbres de París, por lo que estaba en el aire que la compañía pudiera continuar con sus actuaciones. El ruso se dispuso a ganar tiempo.

—¿Es usted consciente de lo que me pide?

—Absolutamente, no acostumbro a embarcarme en negocio alguno sin antes considerar los pros y las contras.

—De no ser por el parón que se ha producido en mi programación, lo que usted me propone sería totalmente imposible.

—De lo cual debo deducir que se ha abierto una puerta a la esperanza.

Diáguilev, sin contestar directamente, alegó:

—Mis ballets requieren el marco apropiado y no creo que sea fácil reproducir el escenario de este teatro en una vivienda particular.

—Mucho más sencillo que hacer que el hombre surque los cielos montado en un ingenio de madera y metal. Dígame lo que necesita y yo se lo facilitaré, contando con su supervisión, por supuesto.

El ruso se mantuvo en su misma tesitura:

—El cuadro completo sería imposible, lo mismo que la orquesta... Habría que adecuar la actuación a la circunstancia.

—¿Eso significa que acepta?

—Eso significa que acepto... si usted está dispuesto a depositar doscientos cincuenta mil francos a mi nombre en el Banco de Francia a la firma del contrato y doscientos cincuenta mil más antes de comenzar la actuación.

»Evidentemente, yo escogeré el repertorio, que durará alrededor de una hora y media. Mi bailarín estrella, Vaslav Nijinsky, bailará un fragmento de *La siesta del fauno* con Ana Pavlova y otro de *Petrushka* con Tamara Karsávina. Desde luego, Nijinsky se retirará después de la actuación y saldrá por una puerta escusada sin que lo vea el público asistente.

—Espero que Ana Pavlova y Tamara Karsávina nos honren con su presencia después de la actuación.

—Puede contar con ellas. Y también conmigo... Esa noche haré una excepción.

72

La fiesta

El palacete de Longchamp era una olla en ebullición. De una parte, los trabajos a llevar a cabo eran diversos y los frentes a cubrir infinitos. De otra, si bien era imposible ocultar a Lucie el trasiego de operarios de toda índole, desde carpinteros y electricistas hasta tapiceros, que estaban levantando una carpa en el otro extremo del parque con capacidad para mil personas con camerinos adjuntos y servicios, había que mantener en secreto el espectáculo que se representaría en ella, y a tal efecto debía alzarse un muro de silencio alrededor de Lucie contando con la confidencialidad de las pocas personas que estaban avisadas del meollo del asunto. Suzette era una de las claves del misterio. De acuerdo con José, vendió a su amiga la historia de que tendría lugar un recital de poesía de los actores de la Comédie Française acompañados por la música de una orquesta de cámara.

Sin embargo, había muchos más frentes que atender, y la relación de invitados era uno de ellos. Por un lado, estaba la familia de Madrid y los amigos de San Sebastián; por otro, los compromisos de trabajo de José, así como sus relaciones políticas; y finalmente, había una lista especial de invitados que ayudaría, sin duda, a que todos los detalles de la fiesta aparecieran en los periódicos al día siguiente.

Por parte de su familia, José había invitado, además de a sus padres, Eloy y Rita, a sus tíos Pompeya y Emilio con sus hijos, Margarita, Clara y Carlos. También asistirían sus amigos Perico y Gloria; Melquíades Calviño, el director de la banca García-Calamarte, y su esposa; su socio en Barcelona Damián Mateu Bisa y su mujer, y el ingeniero Mark Birkigt. Finalmente, de la corte acudirían el conde de Romanones y el vizconde de Altamira.

La madre de Lucie, Monique Lacroze, excusó su asistencia alegando que no se encontraría cómoda en aquel ambiente y que ya leería lo que contaran de la fiesta los periódicos al día siguiente.

Por otro lado, habían confirmado su asistencia personajes de todos los órdenes sociales: políticos de la categoría de Georges Clemenceau; hombres de letras como Marcel Proust, que acababa de publicar la primera parte de *En busca del tiempo perdido*; músicos de la talla de Claude Debussy y Maurice Ravel; aviadores como Roland Garros, que acababa de atravesar el Mediterráneo desde Francia hasta Túnez sin hacer escalas; François Faber, el ciclista triunfador del Tour de Francia en 1909, y Max Décugis, tenista varias veces vencedor de los Campeonatos Franceses.

Esa pléyade de personajes obligaría a la prensa a hablar de aquel acontecimiento.

Finalmente llegó el tan esperado día y a las ocho y media de la tarde comenzaron a llegar los invitados. El servicio de refuerzo contratado para la ocasión se ocupó de agilizar la entrada de los coches y del estacionamiento de los mismos en una zona que se había habilitado a tal efecto detrás de la rosaleda y a la que se dirigían todos los vehículos manejados por sus conductores tras dejar frente a la entrada de la casa a los ilustres pasajeros.

José había hecho abrir en la parte trasera del jardín una puerta por la que se accedía directamente a la carpa, de manera que, si bien Serguéi Diáguilev podía hacerlo por delante, si tal era el gusto del original personaje, sus estrellas Vaslav Nijinsky, Ana Pavlova, Tamara Karsávina y el grueso de la compañía y la orquesta lo harían por detrás.

Cuando Suzette, quien junto con Pierre se había instalado aquel día en casa de su amiga para ayudarla a vestirse, vio cómo le quedaba a Lucie el traje que Coco Chanel le había diseñado siguiendo su norma «la sencillez es la clave de la verdadera elegancia», hubo de sentarse en la cama.

El traje era negro. Dos estrechos tirantes muy abiertos sobre los hombros le sujetaban el cuerpo, bordado éste de pedrería azabache hasta la cintura, que acababa en pequeñas ondas mientras que la falda, de seda salvaje, proseguía estructurada y terminaba en un volante de un palmo de ancho, en este caso de pedrería granate.

—Si no fuera porque te conozco desde hace tantos años, creería que todo esto es un milagro…

La primera camarera entró.

—Dice el señor que se apresure, que están llegando los primeros invitados.

Mientras Lucie acababa de arreglarse los padres de José harían lo propio en la suite del primer piso donde se habían instalado ya el día anterior, a su llegada desde Madrid. Aunque ya conocían la mansión de su hijo, Eloy, en tanto que se ajustaba la corbata de lazo delante del espejo, reivindicaba en ese momento la profecía que había hecho años atrás:

—¿Recuerdas, Rita, cuando te dije que nuestro hijo tendría una vida que ni en sueños podía imaginar? Pues bien, ¡me quedé corto! La herencia de Ignacio, aun siendo inmensa, no le garantizaba las relaciones humanas que después ha conseguido por su mérito, y no me refiero sólo al círculo de San Sebastián ni a nuestro rey, no... He visto la lista de invitados de esta noche, y estoy seguro de que difícilmente alguien que no sea francés puede lograr reunir en su casa a todas esas personalidades.

Doña Rita, que estaba terminando de componerse frente al espejo del tocador, apuntó ácidamente:

—Se lo he dicho a Pompeya esta tarde: José me hará mucho más feliz cuando entre de mi brazo en San Fermín de los Navarros para que el padre Azpiroz bendiga su unión con Lucie. Si te soy sincera, me duele en el alma el dineral que hoy va a gastarse aquí cuando el Santo Padre Pío X está clamando por las misiones porque hay gente que se muere de hambre.

Eloy lanzó con violencia sobre la cama uno de los gemelos que iba a colocarse.

—¡Eres imposible, Rita! Conviertes una noche gloriosa para nuestro hijo en un lamento por tus caridades cuando te consta que cada vez que has recurrido a él se ha mostrado absolutamente generoso. Una cosa no excluye la otra, mujer. Goza esta noche del triunfo de José y deja tu sermón de caridad para mejor momento.

Rita musitó:

—Ni sé por qué intento que llegues a entenderme, si ni siquiera eres de mi familia.

Fuera de la habitación de los padres de José la casa era un estallido de luz. Los invitados iban entrando lentamente y se aproximaban a la tarima donde se habían colocado los anfitriones.

A José y Lucie los acompañaban en la tarima Perico y Gloria, que habían asumido aquel papel porque José con esa deferencia quería agradecer a su amigo su fidelidad de tantos años. También, en cuanto bajaron de su habitación, se unieron a los anfitriones don Eloy y doña Rita. Suzette y Pierre, por su parte, se negaron a estar allí por entender que aquél no era su lugar.

Los dos jefes de protocolo contratados para la ocasión, ayudados por dos doncellas uniformadas, iban indicando a los invitados los diversos puntos de la casa adonde podían acudir y les mostraban la ubicación del bufet, pues, aunque se abriría a medianoche, ya se servían en él toda clase de caldos, vinos espumosos y extravagantes cócteles. Asimismo, les indicaban los tres accesos al jardín, que se hacían desde la gran galería posterior, iluminado para la ocasión con gruesos hachones hincados en el césped y multitud de farolillos de diversas formas colgados de los árboles. La gente paseaba por los caminos y satisfacía su curiosidad al respecto de aquella mansión tantas veces comentada y, sin embargo, desconocida. Las estatuas del jardín, obras de Auguste Rodin y de Camille Claudel, lucían esplendorosas iluminadas por focos colocados a ras del suelo, pero lo que más despertaba la curiosidad de la concurrencia era aquella inmensa carpa instalada al fondo del parque donde iba a tener lugar la sorpresa de la noche de la que todo el mundo hablaba pero nadie conocía.

Henri Quittard, el periodista amigo de José que había sido el enlace imprescindible para contactar con Diáguilev, se acercó al grupo que rodeaba en aquel momento al anfitrión y, tras reclamar su atención con un ligero roce en el codo, le susurró al oído:

—Los artistas ya han llegado y Diáguilev quiere hablar contigo.

José dejó su copa en la bandeja que le presentaba un camarero y se volvió hacia él.

—Henri, acompáñalo a mi despacho, por favor. Hazlo entrar por la escalera de detrás, que a ese hombre lo conoce todo París... más aún después del escándalo de *La consagración de la primavera.*

Lucie, por su parte, hacía los honores a cuantas personas se acercaban a ella para felicitarla por su fiesta, por su casa o por su vestido, que estaba siendo la sensación de la noche. El inmenso comedor montado para la ocasión se había abierto, y los invitados pasaban con el plato en la mano ante el bufet, servido por una pléyade de camareros, indicando lo que querían de las soperas y bandejas de caldos, ensaladas, pescados fríos y calientes, guisos de codornices y pichones diversos, y del cordero y el cerdito que, atravesados en un espetón, giraban lentamente en sendos artilugios sobre brasas que dos hábiles cocineros detenían apretando un resorte para, con un afilado cuchillo, cortar el trozo que el invitado deseara. El bufet de los postres, servido por Fauchon, estaba situado enfrente para que quienes hubieran cenado ya pudieran servirse.

José llegó a su despacho antes de que lo hiciera Quittard con

Diáguilev. No habían pasado ni cinco minutos cuando la pareja entró por la puerta. Luego de los saludos de rigor, José se sentó detrás de su escritorio, no sin antes indicar a sus visitantes que hicieran lo propio.

—Imagino, Serguéi —llamó José a Diáguilev, pues ya había establecido un trato de confianza con él—, que ha encontrado todo a su gusto. Se han respetado todas sus indicaciones. De hecho, me consta que los hombres que usted envió para controlar el montaje lo hallaron todo en perfecto orden.

Diáguilev, que no era amigo de alabanzas gratuitas, admitió:

—Debo reconocer que no he encontrado en muchos teatros el escenario que usted ha montado aquí. Las medidas son exactas; las salidas de las entrecajas, amplias; las luces, impecables de potencia y situación; los camerinos, mejores que los de mi teatro; el parquet del suelo, que debo decir que es lo más importante para el ballet, no tiene ningún defecto, y la colocación de la orquesta es perfecta.

—¡No sabe cuánto me alegro! Y ahora que ya estamos sobre el asunto… ¿mantiene lo acordado al respecto del repertorio?

—Por supuesto, Cervera. Como le dije cuando vino a verme al teatro de los Campos Elíseos, mi pupilo bailará dos fragmentos de dos ballets, uno de *La siesta del fauno* con Ana Pavlova y otro de *Petruhska* con Tamara Karsávina. El orden todavía no lo he decidido, pero mantengo también que la sesión durará alrededor de una hora y media.

—Perfecto, así lo establecimos en el contrato, sí… Lo mismo que el pago que ahora voy a realizar.

José extrajo de la carpeta que tenía sobre el escritorio un cheque de doscientos cincuenta mil francos conformado por el banco de Francia y lo entregó al ruso. Éste se lo metió en el bolsillo superior de la chaqueta sin mirar la cifra y remarcó:

—Me encanta tratar con caballeros… Recuerde, José, que Vaslav no tratará con el público después de la actuación. Sí lo hará Ana, como le prometí, y también Tamara. De manera que podrá presumir de compartir la velada con dos bailarinas excepcionales.

Mientras José y Diáguilev cerraban el trato, Lucie departía con los invitados en el comedor, aunque sin probar bocado. Faltaba una hora para la actuación sorpresa que su esposo le había preparado cuando súbitamente se echó a temblar al ver que se acercaba a ella, con la evidente intención de abordarla, uno de los hombres más conocidos en toda Francia: Georges Clemenceau, político, periodista y director de *L'Aurore*, que acababa de fundar un nuevo noticiario cuya cabecera era *L'Homme Libre* y desde el cual abogaba por el rearme de Francia, persuadido de que Alemania preparaba la guerra.

—Madame Cervera, debo decirle que tiene usted una mansión maravillosa que casi está a la altura de su anfitriona.

Lucie, sin saber qué contestar, se oyó decir:

—Me abruma usted, señor Clemenceau. Su presencia honra esta casa.

—La presencia de este pobre viejo ya no honra nada.

—Señor Clemenceau...

—Por favor, llámeme Georges.

—Está bien, Georges, un hombre con su historial no cumple años... Eso déjelo para el común de los mortales. Lo que usted ha vivido llenaría tres vidas: hombre político, periodista, viajero infatigable y escritor prolífico.

—No puedo negar que he aprovechado el tiempo, Lucie... ¿Me permite llamarla así?

—¡Cómo no! A partir de mañana presumiré con mis amigas de haber hablado con uno de los hombres más importantes de este país.

—Diga a sus amigas más bien que aguantó la cháchara de un anciano terco capaz de crearse enemigos donde sea por defender a su patria.

—Únicamente se tiran piedras a los árboles con frutas, Georges. Tener enemigos es ser importante, y quien los tiene también tiene admiradores. Yo misma he sido una fiel seguidora de su actividad periodística, y creo que lo más importante que se ha escrito en este país es su alegato en el caso Dreyfus... Sé que Zola fue la pluma, pero usted fue la inspiración.

—Hay que defender a muerte aquello en lo que uno cree. Yo ya no creo en los hombres, únicamente creo en Francia. ¿Y usted, Lucie, en qué cree?

Lucie dudó unos instantes.

—Creo en mi familia, en mi marido y en mis hijos. Daría la vida por ellos.

—Quien ama a su familia ama a Francia, y los encargados de defenderla son los hombres y las mujeres que la habitan. Francia es el crisol de Europa, y si parte de su integridad nos es arrebatada será como el cuerpo al que cercenan un brazo o una pierna.

Lucie quedó un momento pensativa.

—Intuyo que este alegato patriótico tiene un motivo oculto, Georges.

—Siempre sostuve que la mujer es más intuitiva que el hombre. Tiene usted razón, debo confesar que la he abordado con segundas intenciones. Sólo me gustaría saber si su amor por Francia sería algo con lo que el país podría contar en caso de necesidad...

Lucie se quedó sin palabras, y luego habló atropelladamente.

—Por supuesto, señor, pero debo decirle que no atino a imaginar adónde quiere usted ir a parar.

—Todo a su debido tiempo. No se inquiete ahora, Lucie. Disfrute de la fiesta. Pero permítame que le dé una cosa.

Y extrayendo de su cartera un cartoncillo, Clemenceau se lo entregó.

En aquel momento los encargados del protocolo paseaban entre los grupos de invitados llamando su atención con una campanilla para avisarlos de que debían acudir a la carpa del jardín porque el espectáculo iba a dar comienzo al cabo de media hora.

Las exclamaciones de admiración y los comentarios contenidos de aquellos que iban adentrándose en el jardín eran continuos, pues la carpa era inmensa. Estaba decorada en su interior a la semejanza de un teatro, y la tela blanca de sus paredes se había aprovechado pintando en todo el derredor un inmenso friso circular que representaba dos pisos de palcos con los correspondientes personajes ubicados en ellos. Había hombres y mujeres en diversas posturas conversando entre sí, ellas arreglándose el tocado o apoyándose en el antepalco para observar el escenario con los binoculares, y el artista, para grata sorpresa de los invitados, había tenido la virtud de colocar entre ellos diversos personajes públicos, mezclando personas ilustres contemporáneas con otras de siglos pasados como María Antonieta y Luis XVI, Napoleón y Josefina, el cardenal Richelieu, la Pompadour y Luis XV, y un largo etcétera.

Cuando todo el mundo estuvo ubicado en su sitio y la orquesta comenzó a tocar, el telón rojo de flecos dorados fue abriéndose lentamente ante la curiosidad del público, que ignoraba el espectáculo que iba a presenciar. Los primeros compases de *Petruhska* denunciaron el evento, y cuando la luz se acomodó y ocuparon la escena Tamara Karsávina y Vaslav Nijinsky el entusiasmo se desbordó y una ola de aplausos inundó el espacio, celebrando la presencia de aquellos irrepetibles artistas.

A la media parte los comentarios y los plácemes sobre la fiesta eran totales, y al finalizar el evento con la actuación de Ana Pavlova y Nijinsky, después de que éste realizara su prodigioso salto y se acostara sobre el pañuelo de la ninfa, se desató la locura y gentes que habían silbado el estreno de *La consagración de la primavera* se rompían las manos ahora aplaudiendo.

La velada prosiguió hasta altas horas de la madrugada. La Karsávina y la Pavlova, acompañadas por Diáguilev, se integraron en la fiesta y los invitados pudieron presumir de haberlas tocado. Al día siguiente los comentarios en París sobre el festejo de los Cervera glosaban y no paraban, y los periodistas que presumían de ser alguien entre el gremio formularon durante toda la semana sus laudatorias críticas.

Ya de madrugada y en la intimidad de su dormitorio, José y Lucie comentaban la velada. Ella sentada delante del tocador se cepillaba su hermosa melena mientras José, en pijama y metido en la cama, la observaba.

—Querida, ha sido estupendo... Pero lo mejor de la fiesta has sido tú.

Lucie miró a su marido a través del espejo con ojos de enamorada.

—No seas tonto... Me has hecho el regalo más hermoso del mundo. La gente se ha asombrado... Pensar que he tenido en mi casa a todas esas personas tan importantes me supera. Será algo que explicaré a mis nietos. Creo que has conseguido lo que querías: mañana todo París hablará de la fiesta, José.

—Ha sido un digno colofón anticipado de nuestra boda religiosa. Mi madre así lo ha interpretado y se mostraba feliz... ¿Te has fijado en que ya no llevaba el cordón de santa Rita?

—Los Pirineos separan muchas más cosas que dos territorios... La verdad, José, prefiero ser francesa.

Tras estas últimas palabras Lucie se quedó pensativa.

—Te conozco bien, querida... Algo está pasando por esa cabecita.

Lucie se puso en pie y despojándose de la bata de seda se sentó en la cama al lado de su marido.

—Debo decirte algo.

La mirada interrogativa de José equivalía a una pregunta directa.

—Antes de la actuación ha venido a hablar conmigo Georges Clemenceau.

Lucie puso al corriente a su marido de la conversación que había mantenido con el periodista.

José frunció el entrecejo, lo que indicaba, como Lucie sabía, que estaba plenamente concentrado.

—Lo tengo por un hombre digno, un personaje a tener muy en cuenta en el futuro. Él, de alguna manera, ha subrayado tu condición de francesa... Si alguna vez te llama, acude a la cita y escúchalo, intuyo que el tema será importante. Pero no te comprometas; deja en el aire cualquier decisión, y cuando sepamos el canto y argumento de la obra definiremos nuestra posición.

Lucie se metió en la cama, y tras besar a su marido lo miró fijamente a los ojos.

—Ninguna mujer se merece la fiesta que hoy me has regalado. Eres el mejor hombre del mundo y eres mío... Gracias por ser como eres.

José la observó orgulloso, luego apagó la luz y, ya en la oscuridad, comentó:

—Me casé con una muchachita de la rue de Chabrol y resulta que uno de los hombres más importantes de Francia quiere consultarle algo.

Al cabo de un instante oyó un roce de sedas.

—Voy a hacerte tu regalo, José.

Lucie le cogió la mano y José notó bajo ella la perfección de su seno desnudo.

—¡Ven!

73

Pájaros de fuego

El dormitorio era una nave de ochenta metros de largo por cincuenta de ancho que contaba con dos plantas. Arrumbadas a las paredes había literas dobles con su correspondiente estante al costado y una lamparita en la cabecera para leer o estudiar hasta que el oficial de imaginaria de noche apagaba la luz general desde su cuarto, que estaba al otro extremo de la nave. La planta inferior estaba destinada a los alumnos que accedían al título de mecánico de tierra y la superior a los futuros pilotos. A un extremo de ambas plantas se ubicaban los aseos, que no eran sino un lavamanos corrido de granito gris oscuro con una cañería a todo lo largo de la que salían grifos cada sesenta centímetros; sobre él había un largo espejo que en muchos puntos habían perdido ya el azogue, si bien aún servía para que más de uno al afeitarse el bigote con la navaja no se dejara media nariz en el empeño; más allá de esta instalación se ubicaban unos primitivos excusados constituidos por dos plataformas de cemento para colocar los pies y una superficie de porcelana cónica con un agujero central sobre el que desembocaba una cañería por la que bajaba el agua del depósito, y todos tenían su correspondiente puerta de madera, aunque no llegaba hasta el suelo, con el oportuno gancho de latón para colgar la ropa; finalmente, estaba el cuarto de duchas, con dieciocho habitáculos para la higiene completa de los aspirantes.

A las seis de la mañana tocaban diana, y en seis minutos los caballeros pilotos debían estar formados y en perfecto estado de revista para que el capitán de su agrupación, Bernard Thierry, pasara lista. Invariablemente, los dos últimos en formar quedaban encargados de los servicios comunes de los alumnos.

Félix era feliz. Había encontrado su lugar en la vida. El mundo de la aviación lo fascinaba desde todos los ángulos, y ya fuera la clase de mecánica de motores, ya la de teoría del vuelo, ya la de matemáticas, todo le resultaba nuevo y apasionante. Aquel sueño de Ícaro de surcar los cielos era tan reciente que, al ser todo empírico, era cambiante, y una teoría sustituía a otra.

A sus dieciocho años, edad de los héroes y de los donceles, Félix estrenaba muchas cosas, como los lazos de camaradería. El concepto de los estrechos vínculos que debían unir a los alumnos se fomentaba desde los mandos, y Félix abrigó en su interior un nuevo sentimiento quizá más hondo que el amor que sentía por sus padres. Por vez primera fue consciente de que en una emergencia la vida de sus compañeros era más importante que la suya.

Roger Rigoulot y Georges Guynemer se constituyeron en el centro de su existencia. Roger fue el alumno instructor de segundo curso que le asignaron para que ejerciera con él lo que se conocía como la «tutoría del novato». Era un gascón fuerte como un roble capaz de partir la quijada de una mula de un puñetazo. El «padrino», que así se llamaba en el argot de la escuela, se ocupaba de poner al día a su protegido cuidando de que las novatadas no fueran excesivamente crueles, de asegurarse de que conociera el reglamento de la escuela y, en fin, de enseñarle a vivir dentro de aquellas paredes sin que metiera la pata ni que llegara a ser lo que comúnmente se llamaba «el cestillo de las miserias».

Georges Guynemer, por su parte, físicamente era todo lo contrario. Era hijo de un oficial francés cuyos antepasados estuvieron envueltos en gestas militares desde Carlomagno hasta Napoleón, y había realizado sus estudios en el colegio Stanislas de París. En esa época, su deseo era convertirse en ingeniero, y en sus días libres recorría fábricas de motores intentando asimilar lo que allí se enseñaba. Durante su infancia y su juventud tuvo una salud frágil que no le permitió realizar deportes violentos. Precisamente por esa causa fue rechazado por el ejército francés. Y tras finalizar sus estudios intentó ingresar en tres ocasiones, con igual resultado. No obstante, Guynemer no se dio por vencido. Gracias a su tozudez, a la influencia de su padre y a la osadía del capitán Bernard Thierry, quien vio algo especial en aquel muchacho enclenque aun a riesgo de jugarse la carrera, al fin, fue admitido en la escuela de Pau como alumno mecánico.

A pesar de estar en grupos de estudio distintos y de tener, por tanto, horarios diferentes, en cuanto sus obligaciones lo permitían los tres se buscaban de inmediato para comentar las incidencias del día y ponerse al corriente de las vicisitudes ocurridas. Su lugar de encuentro predilecto era la cantina de la escuela, y ni que decir tiene que, a las horas de comer y cenar, cuando todos los alumnos estaban mezclados sin distinción de curso ni de especialidad, siempre ocupaban el mismo rincón en el comedor. Tanto era así que los demás los llamaban los Tres Mosqueteros.

Los diálogos de los jóvenes aquellos días versaban sobre el mismo tema: recuperar Alsacia y Lorena. En poder de los alemanes desde 1871, era para ellos una cuestión de honor, y el ansia de llegar a tiempo, si se presentaba la ocasión, de ayudar a Francia con su esfuerzo, era su meta.

Félix se tomaba como una religión el aprendizaje de las asignaturas correspondientes, aunque le gustaban mucho más las clases prácticas que las teóricas. La fama de su amigo Guynemer como mecánico aplicadísimo se había acrecentado aquellos días. Roger y él habían ganado la apuesta que habían hecho contra dos alumnos de último curso sobre si Georges sería capaz de montar con los ojos vendados el motor de un viejo Blériot en una semana. Su victoria corrió de boca en boca y, pese al éxito, como era su costumbre, Georges ni le dio importancia ni presumió de ello; se contentó con decir que era una tontería sin valor y apenas probó el champán que se repartió en la cantina para todos a fin de celebrar su éxito.

El trato de los profesores para con los alumnos era más bien de camaradas que de superiores, y los consejos y las amonestaciones se daban de un modo amable durante las clases, haciéndolas más amenas todavía.

Aquella mañana en el tinglado exterior donde se daba la lección práctica del plegado y manejo de los paracaídas Félix seguía con atención las explicaciones del sargento Labelle.

—Tómense muy en serio cuanto voy a decirles. Sé que esta clase tiene menos glamour que las que da el capitán Bernard Thierry frente a los mandos de un SPAD. Sin embargo, si un día tienen que saltar desde cuatro mil metros de altura se darán cuenta de la importancia que adquieren ese trozo de tela y esas cuerdas. Cuando bajen colgados de este artilugio y vean que se acercan a la tierra a una velocidad cuyo impacto contra ella es soportable, bendecirán mi nombre y el rato que emplearon en atender mis explicaciones en esta clase. Allí arriba, que yo sepa, no encontrarán un ángel del Señor que los baje a tierra después de que les hayan volado la cola de su avión, conque escuchen y aprendan.

Y llegó el gran día. Félix, casquete de cuero en la cabeza y gafas sobre la frente, se vio sentado en el agujero delantero de un Caudron con doble mando, preparado para la instrucción de los nuevos pilotos, con el teniente instructor Roland Garros a su espalda, que llevaba anudado al cuello un pañuelo amarillo porque, por lo visto, allí arriba hacía un frío de mil demonios.

Delante del avión, un mecánico sujetaba la punta de la hélice por la parte inferior para evitar el retroceso cuando, a la orden del instructor, diera un fuerte tirón a fin de poner en marcha el motor.

—Bájese esas gafas que nos vamos, muchacho. Recuerde todo lo que ha aprendido y no se ponga nervioso. Un avión es como una mujer: hay que ser cariñoso con él y no obrar con brusquedad. Yo subiré y bajaré el aparato. Le cederé los mandos cuando estemos arriba. Si quiere preguntarme algo, hágalo ahora.

A Félix el corazón le brincaba en el pecho. Con una señal de la mano, el teniente Garros indicó al mecánico que procediera. Una vez... Dos... Y al tercer intento el poderoso motor rugió como un león herido. El mecánico que había retirado los calzos de las ruedas se hizo a un lado rápidamente, el teniente aceleró y el aparato comenzó a rodar por la pista. Al cabo de unos minutos Félix veía como la tierra se alejaba y la voz del instructor le llegaba por el tubo acústico situado cerca de su oreja.

—¡Tome los mandos, muchacho!

74

Julio de 1914

Lucie y Suzette lo habían decidido la noche anterior. El tema surgió durante la cena, y cuando ya los chicos se habían ido a dormir comentaron el plan.

—Pero el coche tendrá que hacer dos viajes.

—A ver, Suzette, contemos cuántos vamos a ir: Nico, Pablo, Paquito, Herminia, no sé si Carlitos, don Julián, el chófer, tú y yo.

—Aunque haya más o menos treinta kilómetros, Lucie, es demasiado trajín. ¿Por qué no hablas con María Antonia y tal vez ella y su marido se apunten? El Panhard es muy grande y tiene estrapontines. Y con dos coches la cosa cambia.

—Cambia poco, porque en total seremos doce con ellos dos.

—Sí, pero cuatro son chicos. Y el trayecto es relativamente corto.

—Buena idea, eso haré.

—Los mayores podríamos tomar las aguas en el balneario y los chicos, entretanto, podrían hacer alguna excursión con don Julián y el chófer. Además, ¿sabes qué te digo? Pues que podríamos pasar el fin de semana.

—José llegará de Pau.

—Le dejamos el recado y que acuda.

—Y si los Fresneda llegan de Elizondo y quieren subir al día siguiente, también pueden hacerlo.

Sus amigos se habían ido al valle de Baztán el día anterior y habían dejado a Paquito a su cuidado.

Lucie meditó unos instantes. Luego, dando una palmada a la mesa, asintió.

—Vamos a decírselo ahora.

Las dos amigas atravesaron el jardín. Higinio y María Antonia estaban tomando café en el porche de su casa. La noche era espléndida; la luna iba para cuarto menguante y el faro de la isla de Santa Clara iluminaba intermitentemente el espectáculo que ofrecía el yate real *Giralda* atracado en medio de la bahía de la Concha.

Higinio se puso en pie en cuanto las vio llegar, y Lucie, en tanto se acercaba a ellos, comenzó a hablar.

—Perdonad la interrupción, pero se nos ha ocurrido un plan y es preciso que lo comentemos.

—Sois bienvenidas a esta casa a todas horas —apostilló María Antonia a la vez que apartaba dos sillas de la mesa para que sus vecinas se sentaran y les preguntaba si querían café.

—Mejor una infusión, que el café no nos deja dormir. En eso las dos somos iguales.

Higinio aprovechó para publicitar su producto.

—El Segura Robinat es uno de los mejores caldos catalanes y en esta casa siempre hay un vino espumoso en la nevera. Os aseguro que si tomáis dos copas dormiréis perfectamente.

María Antonia, en tanto tocaba la campanilla que estaba sobre la mesa, reprendió a su marido.

—¿Siempre que tenemos visitas has de hacer publicidad de tus vinos?

Al punto apareció Melchor, el criado. Lucie y Suzette le pidieron una tila y una manzanilla respectivamente, y en unos minutos estaban exponiendo el plan a sus amigos.

—Se trata de pasar el fin de semana en Cestona. Nosotros cuatro tomamos las aguas y, en tanto, don Julián se lleva a los chicos a Deva en excursión cultural. En Deva el paisaje es maravilloso y los monumentos importantes. Pueden comer en cualquier sitio, cosa que les va a encantar. Y al día siguiente puede llevarlos a pastar al monte o a pescar truchas al río Urola. ¿Qué os parece el plan?

María Antonia miró a su marido.

—A mí me parece estupendo —opinó Higinio.

—Pero Carlitos no va a ir. No se enteraría de nada. Además, después de comer duerme como un tronco.

—Creo que es lo mejor —opinó Lucie—. ¿Y a qué hora os parece que debemos salir?

—Para ganar tiempo, podríamos hacer una cosa —apuntó Higinio—. Yo podría conducir tu Hispano e Hipólito podría llevar mi coche, que tiene estrapontines, e ir con los chicos y don Julián directamente a Deva. Si no, no nos dará tiempo. Y por la tarde nos reunimos todos en Cestona para cenar.

—Buena idea. Decidnos la hora y estaremos a punto.

—A las siete, Lucie, tendríamos que estar en la carretera.

—Pues venga, ¡a dormir! Que mañana hay que madrugar.

Lucie y Suzette se pusieron en pie dispuestas a marcharse.

—Va a ser un fin de semana estupendo. Habéis ideado un gran plan. ¡Y a esta tropa de salvajes les vendrá muy bien un día dedicado a la cultura y otro a la naturaleza! —señaló María Antonia.

—Don Julián es un hombre culto y muy responsable. A José le encanta charlar con él después de cenar, ¿verdad, Suzette?

Las dos amigas se despidieron del matrimonio Segura y, cogidas del brazo, se introdujeron en la oscuridad y se encaminaron a través del frontenis hacia la casa, que permanecía encendida, acompañadas del canto de los grillos y de los puntitos de luz de las luciérnagas.

Pablo rumiaba sus desventuras. Nico y él habían cumplido los trece años y aunque eran gemelos él había nacido primero, por tanto era el mayor, pero por lo visto eso no pesaba en la consideración de sus padres. Sentado junto al alféizar de la ventana y sin que el sueño viniera a su encuentro cavilaba el rigor de sus desdichas y ni lo hermoso de la visión de la bahía de la Concha iluminada por la luna, con sus veleros anclados y el *Giralda* en primer plano junto a la isla de Santa Clara, aliviaba su pena. Su pensamiento iba mucho más allá del cuadro que se abría ante sus ojos, y el rencor acumulado de tanta injusticia no le dejaba razonar. ¿Por qué, siendo tan exactamente iguales Nico y él, a su hermano la gente le encontraba todas las gracias y él, en cambio, quedaba siempre en un difuminado segundo lugar? ¿Por qué no tenía él aquella cualidad de encontrar metales con las varillas y Nico sí? ¿Por qué el servicio de la casa no lo quería y, por el contrario, adoraba a su hermano? ¿Por qué la caja de bombones comprada con su dinero el día del santo de su madre tuvo menos comentarios laudatorios que las flores que Nico le regaló, que al fin y al cabo las había cogido del jardín, y el verso que le hizo se lo hicieron recitar en cinco ocasiones? Y lo que era más importante, ¿por qué Herminia miraba a Nico con aquella cara de boba y siempre estaba con él? Las únicas personas que parecían entenderlo eran su tía Suzette y su abuelo Eloy.

¡La imagen de Herminia le quitaba el sueño! La imaginaba en mil situaciones y sus poluciones nocturnas siempre las protagonizaba ella. Había hecho un agujero con un punzón en la puerta del aseo de la caseta del frontenis que usaban todos cuando jugaban en el prado, y en dos ocasiones había estado a punto de verla, pero una vez el imbécil de Paquito Fresneda y otra su tutor, Julián Naval-Potro, lo habían impedido.

Pablo se apartó de la ventana. Hacía calor. Se quitó la chaqueta del pijama y se dirigió al armario. Del fondo del cajón de los calcetines sacó una fotografía de Herminia. La había recortado de una de todo el grupo que una mañana les había hecho un fotomatón ambulante de la playa de la Concha, un tipo que se ganaba la vida haciendo fotos a los bañistas y vendiendo pirulís de naranja, limón, fresa y menta. Pablo dormía solo... Su hermano y Paquito lo hacían en la habitación que daba al bosque. Para aquel menester esa circunstancia lo favorecía. Pablo se metió en la cama y en tanto con la mano derecha sujetaba la foto de Herminia con la izquierda se deshizo el lazo de los pantalones del pijama.

75

La excursión

A última hora se hicieron cambios. El primero fue que se sumó a la excursión Lourdes Picaza, la amiga de Herminia, que aquel día estaba invitada comer. El segundo fue el destino de la excursión de los chicos pues, en opinión de Julián Naval-Potro, llevarlos a Deva no procedía porque se cansarían viendo el *Retablo mayor de Nuestra Señora de la Asunción* de Bernabé Cordero en la iglesia parroquial de Santa María o la casa de Aldazábal; él sugería que Hipólito los llevara desde Cestona hasta el monte Izarraitz, y añadió que, tras aparcar el coche en el pueblo, irían caminando hasta el valle de Sastarrain.

—Ese pequeño valle de algo más de kilómetro y medio de longitud termina en el viejo molino de Agitta —informó el tutor—. Pero su principal particularidad es que ha sido habitado desde la prehistoria, tal como evidencian los primitivos utensilios hallados en un yacimiento cercano hechos con sílex y hueso. En Ekain hay muchas cuevas, y se dice que en alguna de ellas se han encontrado restos de esqueletos de osos cavernarios. Creo que los muchachos se divertirán mucho más descubriendo cosas en ese bosque que yendo a ver monumentos a Deva. Además, podrán pescar truchas en el río.

—Me parece una magnífica idea —apuntó Lucie—. Y si además va usted explicándoles la historia del lugar, amén de divertido será un día aprovechado e instructivo.

—Se hará lo que se pueda, señora.

Los dos coches pusieron rumbo a Cestona siguiendo el horario previsto, con Higinio conduciendo el Hispano-Suiza e Hipólito, el chófer, al volante del Panhard de los Segura. Los mayores iban en el primero, y los chicos y don Julián, el tutor, en el segundo. El tiempo empleado en recorrer los treinta kilómetros que mediaban entre San

Sebastián y el balneario de Cestona fue de cuarenta y cinco minutos. En el balneario quedaron los mayores.

Antes de que el coche de los chicos partiera, Lucie hizo una reconvención general dirigida subliminalmente a Pablo.

—Nos encantará que os lo paséis muy bien. Y no quiero que a la vuelta don Julián tenga que contarme que os habéis peleado o que alguno no ha obedecido sus órdenes. Mañana llega vuestro padre desde Pau de ver a Félix. —Lucie se dirigía a sus hijos—. Él no es como yo... Si he de explicarle algo, ya sabéis cuáles serán las consecuencias.

Y tras esa recomendación, luego de dar dinero a don Julián para que comieran en algún caserío, entre un jolgorio de risas y de gritos y en medio de una nube de polvo, partió el Panhard.

Hipólito, el chófer, y don Julián iban delante; en los dos estrapontines, las niñas, y los tres chicos, en el asiento del fondo. Después de haber escuchado la explicación que el tutor les había dado, las preguntas se sucedían una tras otra.

—Don Julián, ¿hoy día también hay osos allí? —preguntaba Nico.

—En los valles de Asturias todavía, pero son osos pardos.

—¿Por qué se llaman «cavernarios»?

—Dormían en las cavernas durante el largo invierno, adelgazaban muchos kilos, y cuando volvía el buen tiempo salían a comer.

Ahora fue Herminia:

—¿Y qué comen los osos pardos?

—Carne de animales que cazan y también salmones que pescan en el río.

La pregunta ahora fue de Pablo:

—¿Atacan al hombre?

—En tiempos, cuando los humanos les disputaban la comida o la gruta para vivir, los osos cavernarios se extinguieron.

Lourdes Picaza, que hasta aquel momento había permanecido en silencio, quiso saber qué otra clase de habitantes tenía el bosque.

—¿Hay lobos?

—En muchos montes de España hay lobos.

—¿Y a donde vamos los hay?

—Posiblemente... Pero el lobo caza por la noche y es raro que ataque al hombre. Por lo general, lo hace en manada y, en ocasiones, si el pastor y su perro se distraen, puede matar un cordero.

—¡Qué miedo, prefiero quedarme en el caserío!

—Las chicas sois cobardes, no servís para otra cosa que para jugar a muñecas.

—Eso no ha estado bien, Pablo —apuntó Paquito, al que Lourdes caía muy bien.

—¡A ti nadie te ha dado vela en este entierro!

—¡Siempre has de meter la pata! —Nico defendió a su amigo—. ¡Lourdes es amiga de Herminia, casi no nos conoce… y tienes que meterte con ella!

Ante la reconvención pública, Pablo sacó su carácter:

—¿Por qué no te vas a la mierda?

Don Julián dio media vuelta.

—¡Haya paz, chicos, que el día no ha hecho más que empezar!

Finalmente llegaron a Sastarrain. Después de dejar el coche, se dirigieron a pie al caserío del molino de Agitta, que quedaba caminando a buen paso a unos veinte minutos. Los chicos iban delante haciendo planes al respecto de lo que harían durante el día, y don Julián e Hipólito, el chófer, iban tras ellos comentando la belleza del paisaje y el tipismo de los caseríos que iban viendo. Llegados al molino el tutor se entrevistó con Ildefonsa, la casera que regentaba el negocio en ausencia de su marido, que era pastor, para informarse de las horas de comer y de las peculiaridades del lugar a fin de poder dar a los chicos las órdenes pertinentes en cuanto hasta dónde podían llegar y la hora de regreso al mediodía. Finalmente se concretaron los planes y los límites por donde podían moverse: sólo llegarían hasta el bosque y bajarían por la otra vertiente hasta el río y por el otro lado no se saldrían del camino que iba a Lizarra; a las dos comerían y por la tarde harían nuevos planes hasta la hora del regreso.

Don Julián sacó el silbato del bolsillo y lo levantó con su mano derecha.

—Ya conocéis el sonido del pito. Si lo oís, estéis donde estéis, regresáis inmediatamente. Hipólito y yo os aguardaremos aquí.

Tras las órdenes recibidas partieron todos en dirección al río. La mañana era diáfana y el sol calentaba. Sin embargo, al atravesar el gran bosque que mediaba entre el molino y el agua, lo tupido del arbolado hizo que la luz disminuyera notablemente bajo aquel frondoso techo verde que les brindaba la naturaleza. La llegada al río fue triunfal, el sonido cantarín de las aguas y el reverbero del sol en ellas invitaba a que la mente desbocada de los muchachos planteara mil maneras de emplear el tiempo.

—¿Por qué no hacemos un puente con piedras donde el río remansa y pasamos al otro lado? —La sugerencia fue de Paquito.

—¿Y si nos caemos y nos mojamos? ¿Cómo volvemos? —El comentario fue de Lourdes.

—Podríamos bañarnos desnudos. —Fue la sugerencia de Pablo.

—Allí —señaló Nico—, cuando se vaya el sol, puede haber truchas.

—¿Cómo lo sabes?

—Las truchas, Herminia, siempre están en sitios sombríos y en aguas remansadas.

—¡El veterano pescador ha hablado!

La niña saltó defendiendo a Nico:

—Perdona, Pablo, pero la otra tarde en el puerto viejo tu hermano pescó seis panchos y tú uno.

—Tú no te metas, que Nico ya es mayorcito para defenderse solo.

Lourdes, a quien importunaban las broncas que siempre se suscitaban entre los hermanos, preguntó:

—¿Por qué discutís tanto?

—Es éste, que es un envidioso... —De nuevo Herminia.

Viendo el cariz que tomaban las cosas quedó aprobado el plan de construir un puente con piedras. Las niñas acarrearían las pequeñas, y los chicos, haciendo cadena, irían avanzando paso a paso y piedra a piedra hasta completarlo.

La mañana fue pasando poco a poco. Paquito estuvo a punto de caerse al río, y al acabar la obra de ingeniería los chicos pasaron al otro lado, triunfadores y satisfechos. En tanto recibían los parabienes y los aplausos de las niñas, en la lejanía sonó el silbato de don Julián, que los convocaba a comer.

76

La gruta

Ildefonsa, la casera del molino de Agitta, justificó el prestigio de su cocina. No sólo la calidad de los platos que sirvió fue excelente, sino que la cantidad fue excesiva, a tal punto que ni los chicos, que a esa edad eran capaces de comerse cualquier cosa, lograron acabarse el chuletón, que podía hacer ochocientos gramos, con un acompañamiento de patatas fritas y berenjenas, que desbordaba lo imaginable. El sistema de Ildefonsa para mantener caliente la carne los sorprendió: puso en medio de la mesa, sobre un pequeño trípode de hierro, una losa de piedra ardiente, y cuando el trozo de carne que iban a comer ensartado en el tenedor se enfriaba, lo colocaban sobre ella, de manera que comenzaba a humear y a coger temperatura; así cada uno escogía el grado de cocción que le gustaba. De postre les ofreció la especialidad de la casa: natillas de crema con clara de huevo montada encima. La comida, además de excelente y copiosa, fue entretenida, y los muchachos se lo pasaron en grande. Hipólito y don Julián se sirvieron, después de comer, con el café, un pacharán, en tanto que los chicos ya querían ir a jugar.

Hubo división de opiniones: Paquito y Pablo querían volver al río porque la casera les había prestado unas cañas y pretendían pescar alguna trucha; Lourdes se sumó a ellos porque por la mañana había visto cangrejos y quería coger algunos; en cuanto a Nico, prefería inspeccionar el bosque y quizá encontrar metales o corrientes de agua subterránea con sus varillas de zahorí, que siempre llevaba consigo en la mochila.

—Sea —concedió don Julián—. Por la mañana os habéis portado muy bien, así que os daré un voto de confianza. Lo único que os ordeno es que ninguno vaya solo; debéis ir acompañados siempre; si no en grupo, al menos de dos en dos... o tres y dos. Y al menor problema, regresáis de inmediato.

—Está bien. A mí no me importa... Si ellos quieren ir al río, yo iré con Nico a buscar metales.

Pablo, como de costumbre, se metió con Herminia.

—¿A que no te gusta que yo vaya con vosotros?

—Haz lo que quieras, a mí me da lo mismo.

Don Julián interrumpió la incipiente discusión.

—Haya paz... Y lo dicho: que ninguno vaya solo. El bosque es peligroso, podéis caeros o despistaros, o puede picaros un insecto.

La casera intervino:

—Si van a pasar la tarde fuera que cojan ropa de abrigo. Cuando el sol se va el río remueve el aire y hace frío.

—¡Ya habéis oído! Conque coged vuestras cosas y ya podéis salir... Y os digo lo mismo de esta mañana: Hipólito y yo estaremos aquí, en cuanto oigáis el silbato regresáis.

Ildefonsa intervino de nuevo:

—Si no van a volver, les prepararé merienda.

A los diez minutos partía la cuadrilla a vivir todas las aventuras con las que se sueña a los trece años.

—Hasta que el sol se vaya no vas a pescar ninguna trucha, Paco —apuntó Nico.

—Bueno, primero he de encontrar el sitio para tirar el anzuelo. Si no localizo un remanso, las truchas no pican. Y además aún he de buscar lombrices de tierra.

Lourdes, reflejando en el rostro el asco que le producía la noticia, intervino:

—Yo te ayudo en todo menos en eso.

—Más abajo de donde hemos hecho el puente de piedra hay una hoya a la sombra de un chopo que se asoma al río.

El camino era abrupto y las niñas se quejaban.

—Nico, ¿por qué bajamos tanto, si luego hemos de subir?

—Quiero ver dónde se quedan los demás.

—¿Qué llevas en la mochila?

—Muchas cosas, Herminia: las varillas, una linterna, un carrete de cordel para marcar el campo que quiero inspeccionar, la merienda, un jersey, una manta, una lona, un martillo para partir minerales... y más cosas que ya no recuerdo. ¡Ah! También una brújula.

Pablo, mirando a Lourdes, comentó:

—Todo eso es para hacerse el sabihondo. Cree que los demás nos chupamos el dedo.

Nico ni se dignó a contestar.

Llegados al río establecieron su campo de operaciones. Paquito y Lourdes buscaron el remanso del chopo y Pablo se fue a localizar su sitio río arriba, luego del recodo, pues sus planes eran otros... Pensaba seguir a su hermano y a Herminia sin que lo vieran; estaba seguro de que los pillaría tocándose.

77

La aventura

Bueno, aquí os dejamos buscando lombrices. ¡Que os vaya bien! Si no bajamos, nos encontraremos arriba cuando don Julián nos llame con el silbato.

Nico y Herminia partieron hacia el hayedo. Parecía mentira que la configuración del terreno cambiara tanto en tan corto espacio: un manto de musgo y helechos cubría las piedras, y las copas de las hayas se cerraban sobre sus cabezas, proporcionando un ambiente umbrío que al sol le costaba atravesar. De pronto, ante sus ojos se abrió un claro.

—Aquí es buen sitio, Herminia. Aguántame la mochila que voy a sacar las varillas.

La niña, a la vez que sujetaba la bolsa de lona, preguntó:

—¿Qué quieres hacer ahora?

—Ver si por aquí hay corrientes de agua subterránea.

—Te gustan mucho esas cosas, ¿no, Nico?

—Lo que me gusta es pensar que puedo encontrar metales, agua y minerales con unas varillas.

El chico extrajo un par de uno de los bolsillos de la mochila, se colocó en la posición que Jalufi le había enseñado y comenzó a recorrer el espacio en un sentido y en otro, concentrado en sí mismo y observando el extremo de las varillas. Súbitamente, al cuarto o quinto intento éstas empezaron a doblarse señalando el suelo.

Herminia saltó alborozada.

—¡Es como un milagro, Nico!

—Ven, prueba tú.

A la vez que se acercaba, la niña comentó:

—A mí no me sale. Ya lo intenté el otro día.

—Ven aquí, que lo haremos de otra manera.

Nico entregó las varillas a Herminia y le indicó cómo colocarse, luego se puso detrás, el pecho contra su espalda, y le sujetó los brazos por las muñecas.

—Ahora camina despacio... No presiones los palitos con demasiada fuerza.

Al cabo de un par de minutos las varillas comenzaron a inclinarse. Herminia estaba entusiasmada.

—¡Lo he conseguido, Nico, lo he conseguido! ¡Me has traspasado tus poderes!

Nico la soltó y se puso frente a ella con el entrecejo fruncido.

—¿Qué pasa?

—A ver, dame.

El chico tomó de nuevo las varillas y recorrió el terreno de un lado a otro; las varillas se inclinaban y se enderezaban una y otra vez.

—¿Qué pasa? —indagó Herminia de nuevo.

—Es extraño... La corriente subterránea debería bajar al río y creo que va al revés.

—¿Y eso qué quiere decir?

—No lo sé. Pero vamos a mirar. Coge la mochila y sígueme.

Nico comenzó a caminar con pasos lentos seguido por Herminia hasta un límite de piedras y maleza que marcaba un talud.

—Aquí la corriente es mucho más fuerte.

El muchacho entregó las varillas a Herminia y miró en derredor. En el suelo, a poca distancia, se veían restos de un árbol cortado; alguien había querido hacer leña. Nico se acercó y, tomando una rama recia y corta, se llegó hasta el repecho y comenzó a apartar piedras y maleza. Al cabo de media hora, ante los ojos asombrados de los chicos apareció un agujero de alrededor de un metro de altura que podía ser la entrada de una cueva.

Nico y Herminia se miraron. En los ojos de él se reflejaban el entusiasmo y las ansias de aventura; en los de ella, un temor ancestral e inexplicable a lo desconocido.

—¡Vamos a entrar, Herminia!

—Tengo mucho miedo... ¿Y si hay un oso de los que hablaba don Julián?

—¡Qué va a haber un oso! ¿No has visto que el agujero estaba cegado con maleza y piedras?

—¡Me da mucho miedo, te digo!

—Está bien, si no quieres entrar, entraré solo.

—¿Y si es profunda y no encontramos el camino de vuelta? ¿Qué hacemos...? ¡Yo me quedo aquí, Nico, aunque sea sola!

—Si resuelvo el problema, ¿entrarás conmigo?

—A ver, listo, que yo lo vea.

—Vale.

Nico extrajo de su mochila la navaja y, después de abrirla, afiló con ella el extremo de un palo hasta dejarlo limpio y pulido. Acto seguido lo sujetó por la parte más gruesa con un montón de piedras. Luego rebuscó en el fondo de la mochila y sacó el carrete de cordel que le servía para marcar el terreno cuando buscaba metales. Lo insertó en el extremo pulido del palo y se aseguró de que, tirando del cordel, el carrete giraba suavemente sobre sí mismo. Terminada la tarea se volvió hacia Herminia.

—Entramos y tú misma vas tirando del cordel. Veremos hasta dónde llega el agujero y, cuando tú quieras, regresamos siguiendo el torzal.

Herminia se defendía:

—Pero dentro no hay luz.

Nico volvió a meter la mano en la mochila. No recordaba dónde había puesto la linterna… En la parte central estaba la manta y la lona que había cogido para montar el puesto de pesca. Su mano rozó el pequeño martillo que usaba para partir minerales, pero no encontró la linterna. ¡Ya recordaba dónde la había puesto! ¡En uno de los bolsillos exteriores! Finalmente sus nerviosos dedos dieron con ella, y la encendió y la apagó delante de Herminia.

—Aquí está la linterna —anunció triunfante—. No tienes excusa. Si no quieres entrar, espérame aquí fuera.

—¿Y si se acaba el cordel?

—Regresaremos.

—Vale, voy contigo.

Nico le dio la mano a Herminia y entraron en la gruta agachándose. Enseguida tuvo que quitarse la mochila de la espalda porque le dificultaba el paso. Herminia se había atado el cordel a la muñeca y lo seguía espantada. Al poco la luz fue disminuyendo y Nico encendió la linterna. Lentamente las paredes iban ensanchándose y la altura de la gruta crecía. Los muchachos ya podían avanzar totalmente de pie. Nico miraba a ambos lados asombrado cuando de súbito el camino giró a la izquierda.

—¿Llevas el cordel bien sujeto?

—Me lo has atado a la muñeca.

—Si notas algún tirón, avísame.

De repente Nico tuvo la sensación de que la linterna hacía menos luz. Miró hacia arriba. Su linterna iluminaba bien; si allí había mucha más claridad era porque entraba luz desde el exterior por una oquedad.

—Esto es maravilloso, Herminia... Hemos descubierto una gruta. Aquí vivió gente seguro.

—Tengo claustrofobia.

—Hay mucha luz en esta zona. Espérame, que voy a investigar más al fondo.

—No me quedo sola ni en broma, Nico. Además, hemos de ir juntos, yo tengo el cordel.

Ahora el camino giraba hacia la derecha. Los muchachos fueron avanzando hasta llegar a una especie de sala circular donde el haz de luz de la linterna no alcanzaba la pared. El camino se bifurcaba. Nico dudó unos instantes.

—¿Hacia dónde, Nico?

—No lo sé.

—¿No tienes la brújula?

Nico rebuscó en la mochila hasta dar con ella. La consultó y haciendo ver que lo tenía muy claro, dijo:

—Hemos de ir al sudeste. Cogeremos el camino de la izquierda.

Herminia estaba muy asustada.

—¡Volvamos, Nico! Podemos regresar mañana con don Julián...

—Sigamos un poco más. Cinco minutos... Te lo prometo. Y luego regresamos.

Avanzaron por el camino de la izquierda y llegaron a otra sala de menor tamaño.

—De aquí no paso, Nico. Me lo has prometido... Además, tengo frío y la linterna alumbra menos.

—Está bien. Suéltate el cordel de la muñeca y dámelo a mí.

Herminia deshizo el lazo y entregó el extremo del bramante a Nico. El muchacho a la vez que avanzaba comenzó a tirar. La luz ya no entraba por la oquedad del techo; se había hecho de noche de repente.

Nico sintió que la angustia se agarraba a su pecho. Pese a que tiraba de la cuerda con sumo cuidado, se percató enseguida de que ésta estaba suelta. De noche y sin la guía del cordel no encontrarían la salida... El mayor problema, sin embargo, era cómo decírselo a Herminia. El silencio era absoluto, el campanillear de las gotas de agua que golpeaban la roca era el único sonido que se percibía.

—Herminia, no te asustes… Se ha soltado el cordel y no te has dado cuenta. Tendremos que dormir aquí. Mañana entrará luz y con la brújula encontraré el camino.

Herminia se sentó en el suelo y se echó a llorar. Nico se agachó a su lado y le pasó el brazo por los hombros.

—No llores. Te prometo que encontraré la salida… Estás helada.

Nico se deshizo del jersey que se había atado a la cintura cuando buscaba la linterna en la mochila y obligó a la niña que se lo pusiera.

—Lo siento mucho, Herminia. He sido un imbécil… Perdóname.

78

La semilla del odio

Entre dejar sus trebejos en la orilla y aguardar unos instantes por si alguno se asomaba a comprobar dónde se había colocado, Pablo perdió un tiempo. Cuando creyó que ya era suficiente se internó en el bosque, más arriba de donde lo habían hecho su hermano y Herminia. El lecho de pinaza y musgo amortiguaba sus pasos y, aunque no los veía, las voces de la pareja le marcaban el camino. Pablo iba de árbol en árbol ocultándoles su presencia pero sin perder la distancia. Súbitamente los divisó demasiado cerca... Detuvo sus pasos y aguardó. Nico y Herminia habían llegado a un claro, y su hermano intentaba encontrar algo con las varillas. Luego vio que se situaba a la espalda de la niña y la cogía por la cintura. Eso le confirmó que no andaba equivocado... Debía permanecer quieto si no quería ser descubierto. Cuando los vio arrancar de nuevo los siguió perimetrando el calvero, pero sin abandonar la protección de los árboles. Entre la espesura los divisó de nuevo: su hermano había cogido un grueso tronco y estaba apartando con él maleza y piedras de un talud. Ante sus asombrados ojos apareció un agujero por el que agachado podía entrar un hombre. La pareja parecía discutir... Después Nico hizo unas maniobras que Pablo, desde allí, no logró distinguir. Pasó un cuarto de hora, y al cabo vio que Nico tomaba a Herminia de la mano y penetraba en el agujero. Sus sospechas se confirmaban: lo que había soñado tantas veces iba a hacerlo el listillo de su hermano. Un sabor amargo le vino a la boca y un deseo irrefrenable de dañar la imagen de Nico asaltó su espíritu. Tenía la ocasión de destruir de una vez por todas aquel prestigio de buen chico que siempre le restregaban por la cara. Él, Pablo, iba a ser el que riera el último. Debía pensar deprisa y obrar con diligencia.

Pablo salió del escondite y se acercó a la boca de la cueva. Allí estaba el invento. El carrete de cordel que su hermano usaba para marcar los campos giraba lentamente sobre el eje de un palo afilado clavado en el suelo y asegurado con grandes piedras en tanto que el cordel iba desapareciendo en la gruta.

La decisión fue tomando cuerpo en su mente. Cortaría el cordel. Luego desharía el túmulo de piedras y sellaría el agujero, e inmediatamente partiría. Después de fijar en su memoria el recorrido para llegar hasta allí se dirigiría a su lugar de pesca. Si su hermano conseguía encontrar el camino de vuelta, su plan habría fracasado. Pero si a la hora de regresar con los mayores Nico y Herminia no estaban, de seguro empezaría la búsqueda y él, tras dejar que se agotaran las posibilidades, sería el héroe que hallaría el lugar… Y por una vez merecería los plácemes y las felicitaciones de todo el mundo.

Dicho y hecho. Pablo tiró del cordel hasta sacar tres metros y, sujetando una lazada entre el pulgar y el índice, seccionó con su navaja el torzal. Se recreó mirando cómo el extremo se introducía en la gruta poco a poco, después cogió el carrete y se lo guardó en el bolsillo. Deshizo el túmulo de piedras, cegó el agujero y lanzó el palo por detrás del talud… Antes de irse repasó su obra para no dejar un cabo suelto: el escenario estaba preparado. Por una vez el villano sería Nico; su prestigio delante de los Segura quedaría por los suelos.

Regresó al punto de pesca y comenzó a recoger sus cosas. Había oscurecido y comenzaba a llover. Se dio prisa. A la vez que el silbato de don Julián se oía en la lejanía, Pablo dobló el recodo del río y se dirigió al chopo bajo el cual pescaban Paco y Lourdes. La niña lo divisó a lo lejos y, dando palmadas, ilusionada, le gritó:

—¿Has cogido algo? —Sin darle tiempo a responder, Lourdes añadió—: ¡Paquito ha pescado dos truchas!

Al tiempo que el chico recogía sus aparejos de pesca, preguntó:

—¿Has visto a Nico y a Herminia?

—Para eso estoy, para ocuparme de mi hermano.

—Había pensado que tal vez luego de buscar metales y esas cosas que tanto le gustan, Nico volvería a bajar al río.

—Imagino que le divierte más estar en el bosque con Herminia. Y además hemos quedado que cuando sonara el silbato de don Julián todos regresaríamos. Vámonos ya… o nos mojaremos.

A paso ligero emprendieron los tres el camino de regreso al molino. Cuando iban por la mitad, empezó a tronar anunciando una tormenta de verano que quizá fuera corta pero desde luego sería intensa. De repente los cielos se abrieron y la lluvia empezó a descargar con fuerza ahora; el viento arreciaba, y los chicos trataron de cubrirse las cabezas con las bolsas vacías de la merienda y con los jerséis o las chaquetas que habían llevado consigo. Finalmente coronaron la cuesta y divisaron el molino a través de la cortina de agua... Don Julián estaba en la puerta mirando en lontananza para verlos llegar e Hipólito se paseaba de un lado a otro.

Con un último esfuerzo salvaron la distancia que mediaba entre ellos y el molino. Llegaron empapados pero compartiendo la aventura entre risas y comentarios sobre quién había llegado primero.

—¿Y Nico y Herminia?

Paco se adelantó:

—Nosotros nos hemos quedado pescando... Nico ha querido ir al bosque a buscar metales. —Al ver la expresión del rostro de don Julián, se justificó—: Nos hemos separado tal como usted ha dicho, tres y dos.

Pablo no intervino. La explicación que Paquito estaba dando le convenía.

El rostro de don Julián era un poema.

Ildefonsa, la casera, había aparecido bajo el quicio de la puerta del molino secándose las manos con un paño y mirando al cielo, totalmente cubierto. Buena conocedora de la climatología de la zona, anunció:

—Esto va para largo. Cuando las nubes cubren el pico del Ertxin puede haber agua para toda la noche.

—¡Por Dios! ¿Dónde se habrán metido esos chicos?

—Usted lo ha dicho, don Julián —apuntó Hipólito—, se habrán metido en cualquier sitio. Se habrán refugiado a la espera de que esto escampe.

—Pues tienen para rato.

El tutor se volvió hacia la mujer.

—¡No me acongoje más, que eso es lo último que me falta! —Después, descargando su angustia sobre los chicos, ordenó—: ¡Id adentro y procurad secaros junto al fuego! —Acto seguido interrogó a Ildefonsa—: ¿Hay algún refugio por la zona?

—Cabañas de pastor aquí abajo no hacen falta, pues todo el mundo sabe que hay muchas grutas.

Los chicos habían entrado ya en el molino, e Hipólito apuntó:

—Se habrán refugiado en alguna cueva de ésas. Nico no tiene un pelo de tonto.

El tutor se volvió airado hacia el chófer.

—¿No ve usted que no puedo quedarme de brazos cruzados? Si dentro de una hora no han aparecido bajaremos a Cestona a avisar a los padres... Yo no puedo hacerme responsable de este desastre.

79

La noche

En la gruta todo era oscuridad. Nico y Herminia se hallaban en un rincón al resguardo de un saliente de rocas desde el que se oía el cantarín ruido del agua que se filtraba por algunas grietas. Nico había improvisado un refugio con la lona de acampada y la manta que siempre llevaba en la mochila. Deshizo el paquete de la merienda y, pese a que al principio Herminia se negaba, la obligó a comer. Compartieron el bocadillo de tortilla, y ya iba a coger el trozo de queso del Roncal cuando pensó que les daría sed y que debían dosificar el agua de la cantimplora.

—¿Tú no bebes? —indagó Herminia.

—Luego...

—Tengo mucho miedo, Nico. ¿Y si no encuentras la salida?

—La encontraré. Y además poca o mucha luz entrará. He estado pensando... El cordel no puede haberse soltado, tal vez el palo se caería... Mañana, con mucho cuidado y sin tirar de él, iremos siguiéndolo, y cuando lleguemos al carrete estaremos mucho más cerca de la entrada de la gruta.

Herminia pareció conformarse.

—¿No tienes frío? Me ha parecido que temblabas.

—Estoy bien, Nico, no te preocupes.

Notó que la niña buscaba su mano.

—Estoy muy cansada.

—Ven, acuéstate... Compartiremos la manta.

Los dos muchachos se tendieron con la cabeza apoyada en la mochila de Nico y éste le pasó el brazo derecho por debajo de la nuca. Notaba el temblor de la niña en la oscuridad.

—Nico... Si dormimos juntos, tendrás que casarte conmigo.

—Es lo que siempre he soñado, Herminia.

Don Julián consultó su reloj. Eran las siete pasadas, y la angustia de la ausencia de los muchachos precipitó su decisión. Abandonó el puesto de observación que compartía con Hipólito y se dirigió al interior, donde la casera estaba avivando el fuego de la chimenea.

—Ildefonsa, me marcho a Cestona. Si Nico y Herminia regresaran cuando esté fuera, que no se muevan de aquí. Voy a buscar a sus padres. Soy consciente de que he cometido una torpeza no acompañándolos, pero nadie podía prever este diluvio.

—No me atrevo a aconsejarle nada… Mi hombre se habrá quedado a dormir en cualquiera de los refugios de la montaña. De estar aquí, y a pesar del tiempo, seguro que daría con ellos. Conoce este bosque como el corral de nuestra casa, y Yuma, su perra, es capaz de encontrar cualquier cosa oliendo una prenda de ropa.

—Esperemos que esto amaine y que los chicos regresen por su propio pie. —Luego señaló al trío—. Dejo a éstos a su cargo. Y vosotros no os mováis de aquí hasta que regrese, ¿está claro?

Tras estas palabras, protegidos por dos grandes paraguas negros de pastor que Ildefonsa les proporcionó, don Julián e Hipólito partieron en busca del coche para bajar hasta Cestona.

Poner en marcha el vehículo fue un proceso dificultoso. En opinión de Hipólito, se había humedecido la magneto, y don Julián, sujetando el paraguas con una mano mientras daba a la manivela con la otra, se caló hasta los huesos. Finalmente, el motor arrancó entre toses y carraspeos y pudieron irse. Pese a la urgencia, la prudencia les indicó que debían hacer el camino con mucho cuidado; el firme estaba mojado y en malas condiciones, la luz era escasa y trabajo le costaba al limpiaparabrisas impedir que el agua se acumulara en el cristal. No fue hasta al cabo de una hora que la silueta del balneario se perfiló a lo lejos.

Apenas Hipólito detuvo el vehículo cuando un Julián Naval-Potro chorreante ponía pie en tierra y se precipitaba a la escalinata del edificio.

El personal, ajeno a la angustia que acongojaba al tutor, iba y venía por las dependencias del balneario en alegres grupos comentando la excelencia de las aguas, el resultado de los partidos de tenis jugados durante el día o el acierto o desacierto en las partidas de cróquet.

Don Julián se presentó ante el mostrador del recepcionista.

—¿Podría indicarme dónde se encuentra la señora Cervera o don Higinio Segura?

—Creo que están en el salón jugando al bridge. —Luego aña-dió—: Al fondo del pasillo a la derecha.

Julián Naval-Potro, observado por todo aquel que se cruzaba en su camino puesto que iba dejando tras de sí un reguero de agua, se precipitó al fondo del pasillo. El silencio de la sala era absoluto. Cinco de las seis mesas estaban ocupadas y los jugadores concentra-dos en sus cartas.

Su presencia en la puerta la detectó de inmediato Lucie, que ha-cía pareja con Suzette frente al matrimonio Segura. El rostro del tutor y su aspecto denunciaban que algo grave había ocurrido. Lucie se puso en pie y dejó los naipes sobre la mesa al tiempo que comu-nicaba en voz queda a sus compañeros de partida lo anómalo de la situación.

—Aguarda aquí, María Antonia. Y no vayas a montar un núme-ro, que te conozco. Suzette, por favor, quédate con ella.

Suzette y María Antonia obedecieron mientras Lucie y don Hi-ginio iban al encuentro de don Julián. El tutor se propuso quitar hierro a la situación y explicar lo sucedido de un modo plausible y, de alguna manera, hasta lógico.

—¿Qué ocurre, don Julián? Su aspecto no es precisamente tran-quilizador.

—¿Podríamos hablar en un sitio menos concurrido que este pa-sillo?

Frente a la sala de juegos estaba el salón de lectura y a él se diri-gieron. Lo encontraron vacío.

Lucie estaba tensa, su instinto de madre le decía que algo grave había sucedido.

Tras sentarse en uno de los tresillos, don Higinio urgió al tutor:

—¡Explíquese!

Don Julián lo había ido pensando durante el viaje y fue comen-tando el día con naturalidad hasta llegar al momento culminante.

—… Por la mañana fue todo como la seda y después de comer procedí de igual manera. Los chicos partieron hacia el río a pescar truchas, pero Nico y Herminia prefirieron ir al bosque a buscar mi-nerales. Llegada la hora, cuando comenzaba a diluviar, toqué el sil-bato para que regresaran, y así lo hicieron Pablo, Paco y Lourdes… Ni la casera, que es del lugar, pudo prever este chaparrón. Nico y Herminia se refugiarían en algún sitio porque el aguacero es impo-nente. Pero tras dos horas de espera he considerado que era mi de-ber venir a avisarlos porque no sé qué hacer, la verdad.

Don Higinio escuchó atentamente la explicación del tutor. Era hombre ejecutivo y parco en palabras.

—¿Está usted diciendo que los chicos no han aparecido?

—Se lo repito, don Higinio, se habrán refugiado en algún lugar. Fíjese cómo me he puesto yo llevando un inmenso paraguas en el trayecto del molino hasta Sastarrain. Los muchachos tendrían que haber vuelto nadando.

—¡Debemos ir a buscarlos! —apuntó Lucie.

—Si esto no amaina, señora, lo único que conseguiremos será estar más cerca del bosque, y con la lluvia y la oscuridad dar con Nico y Herminia será tarea imposible.

—Pero algo habrá que hacer. ¡No podemos quedarnos aquí mano sobre mano!

—Pero ¿qué, Higinio?

—La Guardia Civil... Eso es, en Cestona hay un cuartel. Ellos tendrán medios. Por estos montes situaciones así deben de darse con frecuencia.

Lucie se puso en pie.

—Buena idea, Higinio. No perdamos tiempo... Hay que decir algo a Suzette y a María Antonia.

—Mejor contarles la verdad y pedirles que se queden por si, por un casual, parando un coche se presentaran aquí o telefonearan desde algún lugar.

—Me parece bien. Voy a por alguna prenda de abrigo, un gorro y un paraguas, tú haz lo mismo, Higinio. Nos reuniremos en el recibidor... Y usted, Julián, séquese, que va a coger lo que no tiene.

—Ya me voy secando, señora.

80

La Guardia Civil

El cuartel de la Guardia Civil de Cestona estaba junto a la parada de diligencias, al lado de la iglesia de la Natividad de la Virgen. Cuando Hipólito detuvo el coche la lluvia arreciaba. Lucie, protegida por el paraguas que sostenía el tutor, alcanzó la puerta del cuartel al tiempo que por el otro lado Higinio se acercaba.

El centinela los detuvo y les preguntó qué deseaban. Higinio se explicó:

—El despacho del teniente Iturriaga está al final del pasillo a la izquierda.

Y viendo que eran gentes de calidad, tras llamar a un guardia para que los acompañara, los dejó pasar sin otro impedimento.

—Aguarden un instante.

El número golpeó a la puerta y desde dentro una voz autorizó:

—¡Pase!

El hombre asomó la cabeza y tras una breve consulta se volvió hacia ellos, permitiéndoles la entrada.

El despacho era una pieza de regular tamaño presidida por el retrato del rey don Alfonso XIII y una bandera española. Había una mesa llena de papeles y frente a ella dos sillones más bien pequeños. Un teniente de la Guardia Civil de retorcidos bigotes que no debía de tener más de treinta y cinco años se puso en pie para recibirlos.

—Hagan el favor...

Y saliendo de detrás de la mesa acercó una silla para que los tres pudieran sentarse frente a él. Acto seguido volvió a ocupar su sillón.

—Ustedes dirán qué los trae por aquí en una noche tan desapacible.

Lucie e Higinio se consultaron con la mirada quién debía dar la explicación. Finalmente fue él quien habló. La disquisición fue prolija y detallada, y don Higinio aportó al término de la misma los detalles que el teniente Iturriaga demandaba.

—¿Qué edad tienen los muchachos?

—Trece años.

El teniente hizo una pausa y se acarició la barbilla lentamente con la mano.

Ahora se dirigió al tutor.

—Y dice usted que la última vez que los vio fue a primera hora de la tarde...

—Sobre las cuatro y media marcharon hacia el río los unos y al bosque los otros.

—Eso fue lo que dijeron... Los unos evidentemente cumplieron y de los otros nada se sabe.

Higinio, sentándose al borde del sillón, indagó.

—¿Qué quiere usted decir?

—No es que yo lo diga, es lo que me dice mi experiencia: a esa edad los chicos no se pierden... Se escapan.

Lucie e Higinio se miraron desconcertados.

—Eso es imposible.

—Le admito, señora, que usted crea que es improbable... Pero imposible no lo es.

Un silencio se estableció entre los presentes y fue Lucie quien lo rompió.

—Entonces ¿qué debemos hacer?

—Saldríamos a buscarlos cuanto antes, pero me temo que de noche y con esta lluvia poco puede hacerse ahora. Les aconsejo que regresen a su hotel y esperen allí. Nosotros nos pondremos en marcha cuanto antes.

Lucie finalmente reaccionó:

—Mi marido ya habrá llegado de Pau, ¿me permitiría telefonear desde aquí a San Sebastián?

—Cómo no, señora.

El teniente Iturriaga hizo sonar la campanilla que estaba sobre su mesa y, al instante, el guardia de la puerta asomó la cabeza.

—Rafael, acompañe a la señora a la centralita.

A los pocos minutos Lucie estaba hablando con su marido.

—No te angusties, Lucie, todo acabará bien... Ahora mismo voy para Cestona. Nico es un muchacho de criterio, algo habrá ocurrido. Esperadme en el balneario.

En cuanto colgó, Lucie regresó al despacho del teniente.

—Higinio, he hablado con José... Ya está en camino.

El teniente Iturriaga se puso en pie.

—Lamento mucho su angustia. Si mañana no han aparecido, háganmelo saber. Entonces pondremos en marcha el operativo. Pero ya verán que no será necesario.

—Eso espero —respondió Higinio, quien, junto con el tutor, ya se disponía a salir.

—Quedamos a su disposición para lo que precisen. Rafael, acompañe a los señores hasta la puerta.

La lluvia seguía cayendo con fuerza cuando salieron y el coche relucía como si fuera un zapato de charol. De nuevo la maniobra de la manivela correspondió al tutor, y al poco desandaban circulando el camino hasta Cestona.

María Antonia Segura y Suzette esperaban inquietas en el vestíbulo del balneario. En cuanto vieron en el camino de la entrada los faros del coche, se precipitaron hacia la escalinata. María Antonia se abalanzó sobre su marido casi sin darle tiempo a bajarse del vehículo.

—¿Qué ha ocurrido? ¿Van a ir a buscar a los niños?

—Ten calma, por favor. Vamos adentro y os lo explicaremos todo.

Hipólito se hizo cargo del coche y los demás se dirigieron al interior.

En el salón de lectura, Lucie e Higinio dieron cuenta de su gestión con la Guardia Civil; sin embargo, por más que intentaron explicar el punto de vista del teniente Iturriaga, María Antonia no atendía a razones.

—¿Estás diciendo, Higinio, que un teniente de puesto de la Benemérita conoce más a mi hija que yo misma? Tú sabes tan bien como yo que ella y Nico son incapaces de hacer una cosa así.

—Eso es lo que yo le he dicho. Pero hay que reconocer que de noche y con esta tormenta poco pueden hacer.

—Yo no me quedaré aquí cruzada de brazos.

—Calma, María Antonia. He hablado con José. Viene hacia aquí.

—¿Y qué hacemos en tanto llega?

—Por ahora, esperarlo. Ya lo he hablado con Lucie durante el camino: cuando José llegue, si le parece bien lo que hemos pensado, todos subiremos al molino con dos coches, pero don Julián regresará con Hipólito y traerán a Paquito, a Pablo y a Lourdes. Los niños dormirán aquí, en el balneario, con el tutor. Nosotros nos acomodaremos allá arriba por si se produjera un milagro y Herminia y Nico aparecieran.

—Suzette, me harías un favor inmenso si tú te quedaras aquí para esperar a los chicos... y a don Julián. Saber que Pablo, Paquito y Lourdes estarán a tu cargo esta noche, cuando regresen, me tranquiliza.

—Haré lo que quieras, Lucie, ¡faltaría más! Estaré donde pueda ser más útil.

La espera se hizo eterna. Aunque con menor intensidad, la lluvia seguía cayendo, y dado que era noche cerrada la visibilidad no era buena para circular por la carretera.

Ya fuera porque la charla con el teniente Iturriaga los había tranquilizado, ya porque se hubieran hecho cargo de la situación, el caso era que Higinio y Lucie veían el asunto de un modo más racional, amén de que ella tenía una fe inquebrantable en su hijo Nico y estaba segura de que sabría salir con bien de aquella situación. María Antonia, sin embargo, estaba inconsolable.

—No entiendo cómo podéis tomároslo con esa tranquilidad... Dos niños de trece años perdidos en el bosque en una noche como ésta y sin otro horizonte que aguardar a que amanezca. La verdad es que no os comprendo.

Suzette intervino:

—No son dos niños, María Antonia, son dos chicos. Y con la cabeza muy bien puesta... La lluvia los habrá sorprendido y se habrán refugiado en algún lugar.

María Antonia no atendía a razones.

—La lluvia habrá hecho crecer el caudal del río... ¿Y si alguno de los dos se ha caído y el otro ha intentado ayudarlo y...? Y en el bosque hay alimañas... ¡Por Dios, Suzette! No quieras aliviarme con vanos argumentos. Cuando seas madre lo entenderás.

Lucie iba a arrancarse para defender a su amiga ante aquella expresión de mal gusto, pues conocía el ansia de Suzette por ser madre, cuando ésta le rogó con un disimulado gesto de la mano que en tan delicado tema se abstuviera de hacer comentario alguno.

La llegada de José ayudó a aliviar el momento.

Tras los besos y los abrazos de rigor y ya sentados en el salón de lectura, Higinio puso al corriente a su amigo de todo lo acontecido, y don Julián Naval-Potro aportó los detalles que faltaban para completar el cuadro. Ante las preguntas de María Antonia por conocer la opinión de José al respecto de lo sucedido en el cuartel de la Guardia Civil, él aportó su experiencia de hombre de mundo.

—Si te hablo como padre te diré que dentro de nada partiré hacia el molino para comenzar a buscarlos, pero entiendo que un servidor de la ley con años de experiencia tenga otra manera de enfocarlo. Seguro que ha conocido a muchos jóvenes que, en situación de amores contrariados, han huido de sus casas.

—¡No es el caso, José! Los chicos son amigos, ni hay amor ni mucho menos contrariado.

—Querida María Antonia, lo segundo desde luego no... Pero no estés tan segura de lo primero. Y no seré yo quien se tome a broma un sentimiento tan bonito entre dos jóvenes... El primer amor no se olvida nunca.

Tras coger ropa de abrigo, comunicar al director del balneario el grave problema acontecido y los cambios habidos al respecto de quiénes dormirían aquella noche allí y ponerse éste a disposición para lo que hubiera menester, la expedición partió hacia el molino de Agitta en los tres coches, los dos Hispano-Suiza de los Cervera y el Panhard de Higinio Segura.

En esa ocasión, y pese a que continuaba lloviendo, aunque con menor intensidad, la subida se hizo más resuelta, y por decisión de José, aunque era consciente de que se jugaba la suspensión de los coches, los tres vehículos esquivando baches a trancas y barrancas llegaron hasta el molino.

En la cancela del vetusto edificio aguardaba Ildefonsa acompañada de un hombre vestido al uso de la región. Apenas descendidos, la mujer lo presentó:

—Él es mi marido, Koldo. Ha bajado del monte, ha dejado las cabras en una majada que tenemos allá arriba y se ha venido con la perra. —Luego sin demora añadió—: Los chicos están arriba, han cenado ya, pero están muy inquietos.

Don Julián correspondió diciendo quiénes eran los recién llegados y sus nombres. Cuando el tal Koldo fue estrujando manos, todos tuvieron la sensación de que habían metido la mano en una prensa.

Ildefonsa fue en busca de Pablo, Paquito y Lourdes, a los que, en la inconsciencia de sus años, aquello les resultaba una aventura apasionante. Sin embargo, volvieron las preguntas de los mayores, todas a la vez, y ante la intensidad del momento y el llanto arrebatado de María Antonia, los chicos columbraron la seriedad de la circunstancia y lo importante de sus respuestas, más aún cuando fueron requeridos seriamente para que afinaran la memoria, pues los detalles podían representar la diferencia entre encontrar a los perdidos o no verlos nunca más.

Los «cómo», «cuándo» y «hacia dónde», se sucedían sin interrupción, y ante alguna inexactitud se volvía sobre el tema y se cotejaban opiniones.

Quedó claro que Paquito y Lourdes se habían quedado pescando en una hoya a la sombra de un chopo y que Pablo había ido a buscarse otro lugar río arriba.

—¿Y de allí no os movisteis?

—Yo me quedé buscando lombrices, y cuando se fue el sol pesqué dos truchas.

—Yo no me moví de donde estaba en toda la tarde.

Lourdes se encaró con Pablo:

—Pues cuando yo subí a ver si tenías cebo, no estabas.

Pablo se enfrentó a la chica:

—¿También he de explicar cuándo voy a mear?

—¡Pablo! —José interpeló a su hijo abruptamente—: ¡Lo único que me falta esta noche son tus impertinencias!

Pablo estaba asustado. Su pretensión había sido dar un susto a su hermano y complicarle la vida, pero no había contado con la lluvia intensa, que le había impedido volver, ni con la grave consecuencia de que a aquella hora la pareja todavía no había comparecido. Con todo, la inesperada presencia de su padre y el tono de su voz le aconsejaban contener la rebeldía, callarse y obedecer.

Lucie y María Antonia pusieron en marcha la expedición y acompañaron a los chicos al coche, cubiertos todos por los paraguas del pastor.

—Don Julián, que Lourdes duerma con Suzette y Pablo y Paquito juntos. Mañana pueden jugar en el jardín del balneario sin salir a la calle. Y todo el mundo quieto hasta que tengan noticias nuestras, ¿queda claro, don Julián?

—Como al agua, señora.

—Está bien. Y usted, Hipólito, vaya despacio... ¡Sólo nos faltaría ahora un percance!

—Pierda cuidado, madame Lucie.

Partió el Panhard, y cuando las luces posteriores del coche se perdieron en la lejanía Lucie y María Antonia regresaron al molino. La lluvia no cesaba y Lucie pugnaba por no desmoronarse y aumentar la angustia de su amiga, pero la procesión le iba por dentro.

Los hombres se habían sentado junto a la lumbre y hablaban con Koldo, el marido de Ildefonsa, que parecía conocer todo lo concerniente a la climatología y el entorno de aquella zona.

—La tormenta va para largo. La lluvia irá menguando, pero seguirá cayendo toda la noche. Hasta la mañana nada podemos hacer. Pero no se preocupen, que aquí abajo, en el valle, peligro exterior no hay... y los sitios donde cobijarse abundan. Diferente es en el monte.

Higinio preguntó:

—¿Usted cree que estarán a resguardo?

—Seguro... A esta edad los chicos son como animalillos: no tienen conocimiento, pero tienen instinto.

—Mi miedo es el río —apuntó José.

—El chico ha dicho que se han ido hacia el bosque y seguro que hacia el río no han ido.

—¿Dónde pueden haberse refugiado?

—Muchos sitios hay, ya les decía. La mina abandonada, dos molinos en ruinas, una casita de guardabosques... Confíen en mí: mañana con mi perra Yuma, que sigue rastros como si tuviera ojos en el hocico, de seguro que damos con ellos.

Las dos mujeres, que estaban en pie sin intervenir, parecieron respirar aliviadas.

En aquel instante por la puerta que daba a la cocina apareció la maciza silueta de Ildefonsa.

—Digo yo que mejor se piensa con algo caliente en el cuerpo. He preparado un guiso para la cena contando que quizá se quedaban los chicos.

María Antonia se adelantó:

—Se lo agradezco en el alma, pero tengo cerrado el estómago.

El casero se puso en pie.

—Mejor coman algo y luego vayan a descansar. Los cuartos de arriba son humildes, pero están limpios y los colchones son de buena lana. Mañana Dios mediante nos pondremos en pie muy pronto.

—Mire... Muchas gracias, pero creo que yo tampoco podré comer nada. —Lucie apoyó a su amiga.

—No le harán ese desprecio a mi mujer, ¿verdad?

José e Higinio se pusieron en pie, y dirigiéndose a las mujeres, el primero apuntó:

—Algo caliente nos vendrá bien a todos. Mañana puede ser un día duro.

Tras estas palabras el grupo pasó a la cocina, donde, en una mesa larga de madera de abeto desgastada y junto a un banco arrumbado a la pared, en seis cuencos humeaba un espeso guiso cuyo olor habría resucitado a un difunto.

María Antonia comenzó a hipar de nuevo llevándose a la nariz el húmedo pañuelo.

Higinio la tomó por los hombros.

—¡Mi pobre niña!

Fuera seguía lloviendo.

La humedad reinaba en la gruta, y Nico tenía mucho frío. Había cedido su jersey a Herminia y la había arropado con casi toda la manta. Tenía el oído atento, pues no descartaba que alguna alimaña buscara refugio en la cueva. Por otra parte, el eco del sonido del agua filtrándose por las grietas aumentaba su sensación de soledad. Su mente cavilaba y analizaba una y otra vez el fallo del cordel. Estaba seguro de haber fijado el palo firmemente y de comprobar que el carrete se deslizaba con facilidad. Tal vez el viento y la lluvia... Pero no, no quería pensar en otra cosa. Finalmente el cansancio lo venció. Tenía el hombro entumecido, pero no quería retirar el brazo de debajo de Herminia. Sentía sobre su pecho el peso de su cabecita y podía oler la fragancia de sus cabellos... Eso le compensaba todas sus angustias y todos los pesares. Cuando saliera el sol, algo de luz se filtraría por algún lugar. Estaba seguro de que encontraría entonces la salida... Después, aterido de frío, pensó en sus padres y en los de Herminia, y se sintió culpable de la angustia que su torpeza estaría causándoles. Dejó a mano su cuchillo de monte y su linterna, y se rindió a una duermevela agitada e intermitente.

La búsqueda

A las seis de la mañana todos estaban en pie. La lluvia había cesado y un sol tímido luchaba por abrirse paso entre la bruma. Cuando los angustiados padres descendieron a la planta baja un aroma a café colado en manga invadía el espacio.

—Espero que hayan descansado un poco —los saludó Koldo desde el banco de la cocina.

—Descansado sí, ¡falta nos hacía!, pero dormido poco, como usted bien dice —respondió Higinio mirando a los demás.

—Aquí hay café, leche, pan y manteca. Sírvanse, que el día puede ser muy largo —ofreció Ildefonsa.

Las caras de María Antonia y de Lucie eran un poema. Los cuatro se sentaron alrededor de la mesa, y apenas se habían servido el café con leche cuando llegó hasta sus oídos el ronroneo de un motor tosiendo y esforzándose por coronar la pendiente.

Todos se precipitaron al exterior. La verde camioneta con el escudo de la Benemérita en las puertas se detuvo y de ella descendieron un cabo y un número de la Guardia Civil. El reflejo de sus acharolados tricornios fue para las mujeres como el aura del Pantocrátor.

El cabo se dirigió hacia ellos y, tras saludar a Koldo, al que conocía bien, y dar un «buenos días, señores» a los demás, se explicó:

—El teniente Iturriaga nos envía para organizar la búsqueda.

María Antonia unió las manos y en su rostro amaneció un intento de sonrisa.

—¡Bendito sea Dios, que ha escuchado mis oraciones!

El cabo habló a las señoras:

—¿Tienen alguna prenda de los chicos? Porque nos hará falta.

—Yo tengo un lazo del pelo de Herminia.

—Entréguemelo, si es tan amable.

María Antonia partió hacia el interior y al instante regresó con una cinta azul y un pañuelo que entregó al cabo. Éste lo envolvió todo en un papel que se sacó del bolsillo y lo guardó.

—Si están dispuestos, vamos a partir. Koldo, tráete a Yuma, que nos vendrá bien su olfato.

—Ya pensaba. —Tras estas palabras el casero fue en busca de la perra.

El cabo continuó dando órdenes:

—Ustedes, señoras, será mejor que se queden. Más que ayuda pueden ser un problema, pues con la que ha caído el bosque estará hecho un barrizal.

Koldo ya venía con la perra sujeta a la traílla. El animal corveteaba alegre intuyendo trabajo. Tras una breve consulta se decidió que María Antonia y Lucie permanecerían en el molino, como había sugerido el cabo. Éste se sacó de la cartera que llevaba en bandolera un pequeño plano de la zona con señales marcadas en lápiz rojo y lo extendió sobre el capó del coche.

—Felipe —señaló al número que lo acompañaba— irá con uno de ustedes, el otro vendrá conmigo. Ambos haremos el perímetro del bosque y nos encontraremos en el otro extremo. Tú, Koldo —señaló al casero—, irás por en medio con la perra sujeta y en la otra mano llevarás una prenda de los chicos que le harás oler. Si Yuma encuentra un rastro, haz sonar este pito.

Acompañando la palabra con el gesto, el cabo entregó al casero un silbato a la vez que él mostraba en su mano otro igual, además de la cinta y el pañuelo que María Antonia le había entregado.

—El compañero lleva otro. Yo llamaré con un silbido largo, Felipe con dos cortos y tú, Koldo, con uno largo y uno corto. Cuando suene uno de los tres acudimos los demás.

—¿Qué son esas señales rojas? —preguntó José.

El cabo señaló con el dedo índice en el plano.

—Un viejo molino en ruinas, una cantera abandonada y una barraca de refugio de un pastor… Todo será revisado. —Se dirigió ahora a su compañero—: Felipe, haremos lo de costumbre: comenzaremos por el perímetro exterior y luego iremos cerrando el círculo hacia dentro. A ver si hay suerte y encontramos algún rastro. —Dio la última orden—: Felipe, coge del coche el piolet y la azada pequeña.

Y tras estas palabras el grupo expedicionario se despidió de las mujeres y partió hacia el bosque.

Antes de separarse, el cabo les recordó:

—No lo olvidéis: tú, Koldo, uno largo y uno corto. Y usted, Felipe, dos cortos. —Luego añadió—: Paso corto y buena suerte.

José y el cabo comenzaron a caminar por el perímetro exterior hacia la derecha en dirección al Urola, que había desbordado su cauce a causa de la lluvia caída. El número e Higinio lo hicieron por el otro lado, y Koldo, que conocía el bosque como la palma de su mano, con la correa de Yuma en su diestra y el pañuelo y la cinta de Herminia en la izquierda, luego de refregar con ella el hocico de la perra, se introdujo en la espesura dispuesto a repasar cada rincón sin dejar que nada se le pasara por alto.

La búsqueda había comenzado. El trayecto de los que iban por el exterior era más largo; sin embargo, el recorrido que debía hacer Koldo era el más entretenido, pues la cantera abandonada y la antigua barraca de pastor caían al paso.

Llegando al río José se asustó. El caudal era violento, y por un momento pensó que un mal paso podría ser el origen de una inmensa desgracia. Aunque apartó de su pensamiento la imagen de Herminia en el agua y Nico lanzándose al río para intentar rescatarla, sin querer admitirlo preguntó al cabo:

—¿El río va directamente al mar? Es que si hubiera ocurrido una desgracia…

El cabo, curtido en mil avatares del oficio y sin negar la mayor, informó:

—Hay una represa más abajo y luego el río hace un meandro. Cuando ha habido algún ahogado el agua ha depositado allí los cuerpos.

Un escalofrío recorrió la espalda de José, y el cabo, como presintiéndolo, aclaró:

—No se preocupe usted, que eso no ha ocurrido con los chicos.

Por el perímetro de la izquierda avanzaba Higinio con Felipe, el guardia civil. A lo lejos se divisaba un caserío.

—¿Qué es aquello?

—Lizarraitz, es lo más antiguo de la zona. Pero la distancia engaña. Para llegar hasta allí hay que subir y bajar dos montañas.

Hubo una pausa de silencios.

Higinio habló de nuevo:

—Tengo un mal presentimiento.

Felipe lo miró con ojos expertos.

—No desconfíe usted, que todo saldrá bien.

—Entonces dígame… Si no les ha ocurrido nada, ¿por qué no han regresado al molino?

—Es muy temprano. Tal vez estamos buscándolos aquí y los encontramos después allí sanos y salvos.

—Dios le oiga.

El guardia civil, que mientras caminaba no perdía ojo del paisaje, apuntó:

—¿Sabe dónde los buscaría yo, si fuera el cabo?

Higinio lo miró inquisitivo.

—En la lista de pasajeros de la estación de Deva.

—Puedo asegurarle que no… Mi hija no nos daría ese disgusto.

—Los amores a los trece años son imprevisibles.

—Voy a decirle algo que no he dicho ni a mi mujer.

Ahora fue el guardia civil quien miró a Higinio con curiosidad.

—Si a día de hoy tuviera que escoger un muchacho para mi hija, ése sería Nico.

Koldo caminaba por el medio del bosque. Llevaba barro en las botas de agua hasta media caña. Yuma metía el hocico en el pañuelo que le ofrecía su amo y luego olisqueaba el aire moviendo a un lado y a otro la trufa negra de su morro, buscando rastros. Habían sobrepasado ya las viejas ruinas del molino, y la perra ni allí ni en la entrada de la abandonada cantera había señalado pista alguna. El sol entraba por la enramada anunciando un día diferente por completo del anterior.

Habían transcurrido ya tres horas y la desesperanza comenzaba a cundir en el ánimo de Higinio; el cabo extrajo de la bandolera un chusco de pan y un chorizo y, sentándose en una roca y partiéndolo con una navaja, ofreció la mitad a su compañero de búsqueda.

—No, muchas gracias. No quiero comer.

—Pues debería. Nuestro reglamento obliga… La eficiencia del servicio pasa por alimentar el cuerpo. De no hacerlo así, dentro de otras tres horas no servirá usted para nada… Hágalo por su hija.

Higinio atendió la recomendación, y tomando el condumio que le brindaba el número se dispuso a comer. Luego bebieron ambos un largo trago de la cantimplora que llevaba el guardia civil, y ya se disponían a seguir con la tarea cuando llegó hasta ellos con absoluta nitidez el pitido de un silbato que emitió debidamente espaciados, tres veces, un sonido largo y otro corto.

José se volvió hacia el cabo.

—¿Ha oído?

—Ése es Koldo. Vamos para allá. La perra habrá encontrado algún rastro.

El silbido del casero repetía la señal.

Yuma tiraba fuerte de la traílla, daba ladridos cortos y secos, y en tanto encogía la pata izquierda con el morro señalaba una dirección. Koldo y la perra estaban tras un talud cuyo margen mediría unos cuatro o cinco metros. El hombre se asomó y miró hacia abajo. La pared era demasiado vertical, de modo que decidió soltar al animal para ver lo que hacía.

Yuma avanzó en línea recta en cuanto se vio libre. Se detuvo en una pequeña angostura cuyas matas parecían crecer en sus bordes hacia dentro; allí se puso a arañar la tierra y a gimotear. Koldo, que cada tanto seguía lanzando la señal con el silbato, de pronto oyó a su espalda la voz del cabo.

—¿Has encontrado algo?

—La perra ha dado con un rastro, pero me parece que no conduce a nada.

Yuma arañaba la tierra con las patas delanteras con un ritmo furioso. Por el talud asomaba la cabeza del guardia, seguido a unos metros por un Higinio pálido como un cadáver y al que le costaba ritmar la respiración.

La sentencia del cabo fue categórica:

—La perra ha encontrado algo sin duda.

Koldo apuntó:

—Ándense con ojo... Por aquí hay muchos agujeros, a los que llamamos «chimeneas», disimulados con maleza que ha crecido en el entorno. A veces tienen uno o dos metros de profundidad, pero en otras ocasiones son como pozos que descienden bruscamente hasta cuevas ocultas que no tienen otra entrada.

—¿Qué hacemos, cabo? —preguntó el guardia civil.

—Acercarnos al borde con mucho tiento. Apartar las matas para ver qué hay debajo y, en todo caso, picar la tierra y retirarla... A ver qué es lo que oculta la maleza.

Dicho y hecho, previendo que el suelo fallara, los hombres se dieron la mano haciendo una cadena y el guardia se llegó con el piolet en la mano hasta donde estaba Yuma.

—Cabo, aquí la tierra es firme.

—Pues comienza a picar donde señala la perra.

—¿Oyes ladridos, Nico?

—Suenan hacia la derecha y arriba. ¡Nos están buscando!

Nico apartó el pequeño trozo de manta que lo cubría hasta la cintura y se puso en pie. Herminia hizo lo mismo. Una leve claridad difusa, producto de la luz que entraba por algún punto que no identificaban, se abría paso entre las sombras. Los ladridos sonaban diáfanos ahora. Herminia, en un rapto de alegría, se abrazó a Nico y le rozó la mejilla con la frente.

—¡Estás ardiendo!

—No es nada, Herminia...

—¿Qué hacemos?

—Recoger las cosas e ir hacia los ladridos sin soltar el cordel ni tirar de él. Veamos si quien sea nos oye.

Levantaron el campamento y fueron caminando hacia la derecha. Nico llevaba el cordel en la mano e iba soltándolo poco a poco por si después tenían que regresar. Finalmente, luego de un recodo por el que no habían pasado con anterioridad, oyeron los ladridos justo sobre sus cabezas, y a la vez que un sonido rítmico de golpes los acompañaba, por el techo de roca caían pequeños trozos de piedra mezclados con tierra.

—Los tenemos aquí encima, Herminia...

La niña no pudo contenerse.

—¡Aquí! ¡Socorro! ¡Estamos aquí abajo! ¡Ayúdennos, por favor!

Nico también comenzó a pedir auxilio, haciendo bocina con las manos. Súbitamente los martillazos cesaron y dejó de caer tierra. Pero los ladridos, en cambio, se hicieron más insistentes. Después volvieron a oírse los golpes, si bien a un ritmo mucho más acelerado. Desde fuera les llegaba un murmullo de voces que iban aumentando en volumen, y una alegría incontenible asaltó a los muchachos cuando de repente, al tiempo que sonaba un último martillazo, un mínimo agujero se abrió en el techo y por él asomó el pico de una herramienta.

—¡Están ahí abajo, cabo!

—¡Agranda el boquete tanto como puedas, Felipe!

—¡Los hemos encontrado, Higinio! ¡Están ahí!

Ambos hombres se acercaron a la orilla del hueco, e Higinio comenzó a gritar:

—¡Herminia, hija mía! ¿Estáis bien?

Desde el fondo llegó la voz de la muchacha:

—¡Sí, papá...! ¡Estamos bien!

El guardia civil había retirado toda la maleza que cubría la oquedad. Los bordes ya eran pura roca: el agujero, de unos treinta centímetros, ya no podía agrandarse. Desde abajo, los chicos vieron asomar el rostro de un hombre con unos bigotes inmensos e instintivamente ambos movieron los brazos. El rostro se retiró de inmediato y apareció la cara de José con un rictus de preocupación.

—¿Os habéis hecho daño, Nico?

—¡Estamos sanos y salvos!

—No os mováis de aquí ni un palmo. Vamos a sacaros. Aguardad un momento.

Ahora el que se asomó fue Higinio. En su rostro se adivinaban rastros de lágrimas.

—¡Herminia, mi niña! ¿Cómo estás?

—¡Bien, papá! ¡Ahora ya sí!

—¡Te quiero!

El rostro se retiró de la oquedad, y a través del hueco los chicos pudieron ver el cielo azul y oír que arriba se despachaban conciliábulos. Después se asomó el rostro de un hombre desconocido que comenzó a preguntar el cómo y el cuándo y el por dónde habían entrado.

Nico se esforzó en explicar todo cuanto podía decir, y cuando reveló que el agujero de la gruta por donde habían entrado estaba en la base de un talud, oyeron que fuera se llevaban a cabo más consultas.

De nuevo el rostro del desconocido se asomó por la oquedad.

—Ahora os bajaremos comida y agua. Vais a quedaros quietos aquí. Nosotros recorreremos la base del talud hasta que demos con ese maldito agujero. Cuando oigáis voces que os llaman, dad palmadas con fuerza. Si en el ínterin necesitáis algo tirad de la cuerda del cesto que bajamos ahora. Aquí arriba siempre quedará de guardia uno de nosotros.

El cesto bajó de nuevo. En su interior encontraron dos bocadillos de jamón y queso, pastillas de chocolate y una botella con agua. En aquel instante Herminia reparó en que tenía hambre. Nico, por el contrario, apenas probó bocado.

El grupo compuesto por los dos padres, el cabo y Koldo descendió del montículo. Cuando comenzaban a recorrer la base del talud, el casero comentó:

—Vamos a ir despacio uno tras otro. Yuma irá delante tras olfatear de nuevo el pañuelo de la niña. Tengan en cuenta que a lo mejor la cavidad no está en el mismo suelo... Y aunque los chicos entraron por ella, es posible que la lluvia y el viento hayan hecho que las ramas cubran de nuevo el boquete. ¿Está claro?

Todos asintieron.

El viaje comenzó por poniente. Koldo iba delante con la perra, que tiraba de la traílla a la vez que olfateaba la pared con un interés renovado. Habían avanzado ya hasta la mitad cuando el animal se detuvo frente a unas ramas que habían recobrado la postura sostenida durante mucho tiempo. El grito de Koldo sorprendió a los demás, que cubrían un espacio de unos diez metros.

—¡Aquí está!

Los hombres se reagruparon en un instante.

Koldo ya estaba apartando ramas mientras Yuma gruñía de un modo peculiar, como alardeando de que había cumplido con su obligación.

—¡Alabado sea Dios! —exclamó Higinio.

El cabo examinaba el agujero.

—¡Maldita sea! ¿Cómo se meterían por aquí esos chicos? Difícilmente podrá pasar uno de nosotros... Tal vez sin ropa y arañándose mucho.

—La perra... Yuma sin duda los encontrará —apuntó Koldo.

El cabo reaccionó rápidamente.

—Vuelvo arriba... Explicaré a los chicos por el agujero que va a ir la perra, para que no se asusten. Allí dentro, en la penumbra y con un animal de este tamaño que no conocen... Mejor será que estén avisados. Cuando llegue arriba y los haya puesto sobre aviso, haré sonar el silbato dos veces. Entonces, Koldo, metes a la perra por el agujero. Pero antes le atas al collar esta cuerda. —Y tras decir esto el cabo extrajo de su zurrón de cuero una fina cuerda de cáñamo de escalada—. Así tendrás la certeza de que la perra encuentra la salida, no vaya a ser que el olor de una alimaña o algo parecido la despiste.

—Como quiera, cabo. Aunque Yuma no se distrae cuando está trabajando.

La operación se puso en marcha en un instante. Quedaron los tres abajo y el cabo volvió a encaramarse por el talud. Transcurridos diez minutos hizo sonar el silbato. Koldo, que ya había atado la fina cuerda al collar de Yuma, la encaró hacia el agujero y, antes de hacerla pasar por él, le frotó el morro con el pañuelo de Herminia, le dio una palmada en el lomo y le dijo la frase que solía repetirle para incentivarla a acometer alguna tarea:

—¡Vamos, Yuma! Pequeña, que tú puedes.

El inmenso animal entendió la orden de su amo y al cabo de un instante, con un impulso de sus poderosas patas traseras, desaparecía en el agujero.

Nico y Herminia luego de escuchar la voz que les anunciaba la inminente presencia del animal, se miraron. Nico dejó la mochila en el suelo y rodeó a Herminia por la cintura. La chica cerró los ojos y notó que Nico le cogía los brazos y se los colocaba sobre sus hombros. Después, tras un instante eterno, sintió sobre sus labios los del muchacho, y un fuego helado, desconocido hasta aquel momento, invadió sus entrañas. Cuando finalmente se separaron Herminia abrió los ojos creyendo que todo había sido un sueño.

—Nunca olvidaré esta noche, Nico.

—Creo que este momento me acompañará toda la vida.

El ruido de algo que se acercaba interrumpió el mágico instante. Enseguida oyeron el agitado jadeo de un perro cuando sigue un rastro y al cabo de un segundo la inmensa cabezota de Yuma dobló el recodo de roca, se llegó hasta ellos y, tras olfatear a Herminia, comenzó a agitar la cola y a lanzar unos gemidos especiales que indicaban que había finalizado su tarea. Desde arriba les llegó una voz.

—¡¿Chicos, estáis bien?!

—La perra ha llegado ya.

La voz sonó precavida:

—Lleva una cuerda atada al collar. Deshaz el nudo, Nico. Tómala en la mano y síguela despacio. La perra irá por delante. De esta manera encontraréis la salida enseguida.

Un cuarto de hora después salía del agujero de la cueva Yuma y, tras ella, aparecía la carita de Herminia con los ojos entornados, deslumbrada por el sol.

Los besos y los abrazos fueron los protagonistas de los siguientes minutos. En tanto los profesionales recogían sus cosas la voz de José sonó alarmada. Había colocado su mano sobre la frente de su hijo.

—Este chico tiene fiebre.

Higinio se aseguró.

—Y bastante.

—Es que esta noche hacía frío ahí dentro y me ha dejado la manta a mí.

En un tono de blando reproche paternal, pues no quería ser duro en aquel preciso momento con su hijo, José lo reprendió:

—¡Pero cómo se te ocurre meterte por ese agujero!

La niña saltó de inmediato:

—¡No fue él! ¡Yo me empeciné!

—No, Herminia, no es verdad… Fui yo.

La niña se volvió hacia Nico.

—¡Ahora no vayas de caballero! ¡Hasta te llamé «cobarde» si no entrábamos!

El cabo observó a la pareja con sorna y aconsejó:

—Lo mejor será que bajen de inmediato a San Sebastián sin esperar a que los chicos se pongan de acuerdo. Vayan pasando, que nosotros nos quedamos aquí levantando un pequeño plano. Tenemos órdenes de hacerlo cuando encontramos una nueva gruta, aunque no sea importante.

—Jamás olvidaremos lo que han hecho por nuestros hijos —apuntó José.

—Únicamente hemos cumplido con nuestro deber.

—Transmitan nuestra gratitud al teniente Iturriaga y díganle que reconozco que la experiencia es un grado —fueron las palabras de despedida de Higinio.

Koldo se había adelantado hasta el molino para dar la buena nueva a Lucie y María Antonia, y cuando los chicos llegaron con sus padres, los abrazos, los besos y las lágrimas se agotaron. La tensión acumulada estalló, y la casera tuvo que suministrar a María Antonia, pese a que se resistía, un trago de pacharán.

—Tómese esto, que es mano de santo.

—¿Qué me da?

—Lo hago yo misma. Es licor de endrinas. Dicen que lo tomó la reina Blanca de Navarra por sus propiedades medicinales cuando enfermó en el monasterio de Santa María la Real de Nieva.

Higinio insistió.

—Tómalo, mujer, te vendrá bien.

82

Consecuencias

A las once de la noche llegaron todos a San Sebastián, incluidos Pablo, Paquito, Lourdes, Suzette y don Julián, a quienes habían pasado a recoger por el balneario de Cestona. Nico tenía mucha fiebre. Mientras Lucie lo acostaba y José se ocupaba de devolver a Lourdes a su casa y pedirle a su padre, el doctor Picaza, que lo acompañase para reconocer a Nico, los Segura acostaron a Herminia, que se rebeló porque no la habían dejado despedirse de Nico ni dar un beso a Carlitos, que había pasado el día solo. Por otra parte, Paquito Fresneda regresó a su casa, y sus padres, en cuanto se aseguraron de que estaba bien y lo acostaron, acudieron a ver a sus vecinos y a informarse mejor de todo lo ocurrido.

El doctor Picaza diagnosticó a Nico un resfriado descomunal que había que cuidar para que no degenerara en pulmonía, por lo que le recetó pastillas Morelló antipiréticas y balsámicas, pasta pectoral y dos cápsulas Cognet cada cuatro horas, además de mantas y una botella de agua caliente en la cama, y anunció a los Cervera, antes de irse, que pasaría al día siguiente.

Con los chicos ya acostados, los tres matrimonios se reunieron en el porche de la casa. Mientras los hombres comentaban la tremenda noticia portada en todos los periódicos de la invasión austrohúngara de Serbia y el comienzo de la guerra, con todas las implicaciones que ello podía suponer por las alianzas y los pactos establecidos entre los diversos países e imperios de Europa, Lucie y María Antonia explicaban a Eulàlia Monturiol los avatares de aquella excursión, con el consiguiente asombro y comentarios de esta última, que las felicitó por su presencia de ánimo y por cómo habían afrontado la compleja situación, a la vez que les daba las gracias, una vez más, por haber cuidado de su hijo, Paquito.

Los Fresneda y los Segura partieron al cabo de un rato, y José y

Lucie se acostaron. El día había sido duro. Aun así, y pese al cansancio, Lucie intuyó que el sueño tardaría en acudir.

—Con todo lo que hemos pasado, no me has contado tu viaje a Pau, José. ¿Cómo está Félix?

—Tu hijo es feliz. Ha encontrado su motivo de vida. Lo que ocurre es que tal vez no es el momento oportuno para ese oficio.

—Se me ha parado el reloj y ni me he enterado de lo que me cuentas... ¿De verdad ha estallado la guerra?

—Sí, Lucie, finalmente el tiempo ha dado la razón a Clemenceau. Desde que ese estudiante, el tal Gavrilo Princip, asesinó en Sarajevo al heredero del imperio Austrohúngaro, Francisco Fernando, y a su mujer, estaba cantado que algo pasaría, y me lo ha confirmado Louis Blériot cuando, al preguntarle yo cómo era que ya habían dado el título de piloto a Félix si aún le faltaba medio año de academia, me ha contestado que eran «órdenes de París», y ha añadido: «Es urgente poner en el aire cuantos más hombres preparados mejor, y su hijo, señor Cervera, es muy bueno, ha salido el segundo de su promoción». ¿Y sabes quién es el número uno?

—¿Rigoulot? Tal vez.

—¿Te acuerdas de aquel muchacho delgadito y con cara de poca salud que era mecánico aéreo?

—Amigo de nuestro hijo.

—Exacto. Georges Guynemer. Pues, por lo visto, es un as en el aire y pese a que rompió dos trenes de aterrizaje, su instructor de vuelo insistió y ha obtenido el número uno.

Lucie quedó pensativa un instante. José, que la conocía bien, le preguntó:

—¿Qué estás pensando?

—La manera de apartar a Félix de esa peligrosa afición.

—Lo veo casi imposible... Pero dime cuál es esa idea.

—Ahora ya ha cumplido su capricho. Explícale que su título es muy importante para que pueda ponerse al frente de la sección de pruebas de motores de aviación de la fábrica de París, que ahí tendrá un porvenir fantástico, y que precisas recurrir a su deber filial y que lo necesitas.

—Muy difícil me lo pones, los vientos de guerra han llegado a Pau. A la edad de Félix los chicos quieren ser héroes, en las clases les inculcan que peligra la patria y tu hijo se siente francés por los cuatro costados.

—¡No me asustes, José, por Dios!

Hablaron un rato más, inquietos por el futuro que aguardaba a sus hijos. Ambos decidieron que, tal como estaban las cosas, lo mejor sería que Pablo y Nico estudiaran en Aranjuez, donde lo hizo José, cerca de la casa de sus abuelos paternos. Lucie quería volver a París para ver a su madre y José tenía negocios de los que ocuparse también allí. Y había algo más, al menos en la mente de Lucie: si su hijo Félix estaba en peligro, ella también debía hacer algo, por él y por Francia. Recordó lo que había hablado con Clemenceau antes de partir de veraneo, poco después de que el asesinato del archiduque Francisco Fernando conmocionara Europa.

La cita con Clemenceau se había celebrado en el hotel Lutetia, en el número 45 del boulevard Raspail de París. Lucie, a las diez de la mañana, telefoneó a la redacción de *L'Homme Libre*. El aparato que estaba sobre el escritorio sonó y la voz de su secretaria comunicó al periodista que madame Cervera deseaba hablar con él. Clemenceau se puso al teléfono y, tras encomiar de nuevo su belleza, entró en materia y rápidamente se pusieron de acuerdo. Georges Clemenceau la invitaba a comer en el restaurante del Lutetia el miércoles siguiente a la una y media, sugiriéndole que no acordara citas para después del ágape, pues la sobremesa sería larga. Lucie, entendiendo la importancia del asunto y conociendo la opinión del periodista, reflejada a través de sus artículos, se guardó de indagar y se limitó a decirle que dejaría libre la tarde en su agenda.

A la una en punto el pequeño Dion-Bouton de dos plazas rojo y negro se detenía en la puerta del afamado hotel, punto obligado de parada de todas las personalidades que acudían a París, y Lucie, tras entregar las llaves a uno de los porteros, se introdujo en el impresionante vestíbulo *art déco* del hotel.

Deslumbrada por la luz de la calle, explayó la mirada por el gran salón situado junto al vestíbulo. Por el momento no vio a Clemenceau. Luego, más lentamente y con la visión más acostumbrada, dio un nuevo vistazo en derredor y entonces lo divisó. Estaba al fondo, leyendo junto al ventanal. Sentado en uno de los sillones de orejas y aprovechando la luz que entraba a través de los cristales, el famoso periodista-político, terror de tibios y mendaces, con las antiparras cabalgando sobre su bulbosa nariz, leía su artículo editorial de *L'Aurore*.

A la vez que Lucie caminaba hacia él, Georges Clemenceau alzó la vista del periódico y lo dejó sobre la mesa al instante. Fue a su encuentro presto y con la sonrisa franca, y mientras se quitaba las antiparras se precipitó a besar la mano que ella le tendía.

—Gracias por su confianza, Lucie. Veo que usted ha calado la importancia del asunto que debo comunicarle, e intuyo que me ha hecho caso y no ha hablado de ello a su marido.

—Debo decirle que es la primera vez que le oculto algo, y estoy arrepentida porque no se lo merece —mintió.

—Luego de que hablemos lo entenderá... Pero mejor vayamos a comer. He de confesar que después de una buena bullabesa y un buen Borgoña el verbo se me da más fácil y me hago entender mejor.

Ante una señal del viejo periodista un *maître* se adelantó y, a través de un estrecho pasillo, los condujo a un pequeño comedor con servicio preparado para dos personas.

A Lucie le batía el corazón como una máquina de vapor, y al ver el reservado se retrancó.

—Confíe en mí, Lucie, soy un caballero... Y si me he atrevido a encargar un comedor reservado es porque el tema es de capital importancia y no deseo oídos inconvenientes. Cuando me haya escuchado lo entenderá.

Lucie, tras entregar su sombrero y su capa al *maître*, se sentó frente al periodista. Éste hizo lo propio. Tras el preámbulo, y luego de consultar la carta, Georges Clemenceau pidió su bullabesa con un Borgoña y ella un lenguado *meunière* como plato único acompañado de un riesling y un *pêche* Melba de postre.

La comida, teniendo en cuenta las entradas y salidas del personal, se consumó charlando de la famosa fiesta dada por José Cervera a su esposa, de las personalidades que habían acudido y, desde luego, de la actuación de los Ballets Rusos de Diáguilev. Luego de servido el postre y el café, Lucie intuyó que el periodista iba a entrar en el tema que constituía el auténtico motivo de la reunión.

Ante la primera afirmación, que no pregunta, del periodista, Lucie entendió que el asunto era muy serio.

—Usted, Lucie, es francesa de pura cepa. Su padre, alsaciano, murió en el transcurso de la guerra franco-prusiana y dejó a su esposa, la madre de usted, con una niña y con la paga de viudedad de un coronel, una cruz beneficiada con una anualidad y una villa en el número 6 de la rue de Chabrol. ¿Estoy en lo cierto?

Lucie no salía de su asombro. Instintivamente tomó su abanico y comenzó a abanicarse.

—¿Y cómo y por qué sabe usted todo eso?

—Oficio de periodista, querida amiga. Y aún sé muchas más cosas que iré desgranándole al hilo de mis explicaciones, a medida que vayan siendo necesarias.

Lucie se engalló:

—Imagino que no es preciso que le ratifique que está en lo cierto. Pero no he venido aquí a escuchar los pormenores de mi vida, por lo que le ruego que vaya al grano.

—Con su permiso —dijo Clemenceau mostrándole un cigarro puro, en espera de su aquiescencia. Lucie asintió con la cabeza, y el periodista cogió una larga cerilla de una caja y lo encendió—. Me encantan las personas con carácter, y el suyo, Lucie, va a servir mucho a Francia, caso que acepte mi propuesta. Como bien sabemos los dos, su marido es español y empresario muy importante. Es amigo del rey Alfonso XIII, con quien departe en muchas ocasiones, sobre todo en verano y en San Sebastián.

—Insisto, señor Clemenceau... No me cuente mi vida, yo se la explico: estoy casada por lo civil; tengo tres hijos, dos de ellos de mi esposo actual, y soy una feliz ama de casa, por cierto, querida por sus amigos, que reparte su vida entre España y Francia... Y ahora dígame de una vez lo que pretende de mí.

Georges Clemenceau se puso súbitamente serio.

—Nuestra amada Francia podría estar en peligro y personas como usted y como yo podemos hacer mucho por salvarla.

Los ojos de Lucie eran dos interrogantes azules.

—Usted desvaría, querido amigo... ¿Qué puede hacer al respecto una modesta ama de casa?

—Una modesta ama de casa... que es capaz de congregar a más de mil personas, y otras mil habrían pagado por ser invitadas a su casa, puede hacer muchas cosas. Y el momento de hacerlas es ahora.

—No le entiendo, Georges.

—*Si vis pacem para bellum*, como dijo Clausewitz copiando a Julio César: «Si quieres la paz prepárate para la guerra». Francia no quiere la guerra, pero el káiser Guillermo II sí, al parecer, y cuando uno está dispuesto a atacar no hay otro remedio que prepararse para la defensa.

Lucie estaba obnubilada.

—Pero ¿por qué yo? ¿Qué puedo hacer, pobre de mí?

—Voy a darle motivos de lo primero... Porque es francesa; porque está muy bien relacionada y, para lo que yo la requiero, eso es fundamental; y porque por matrimonio es ciudadana española y, en un posible conflicto, España será neutral, si bien ésta es una opinión mía.

—¿Y en qué se funda?

—Entre otras cosas, en que la madre del rey es alemana y su esposa inglesa, y eso es un difícil equilibrio al respecto de las decisiones que tome Alfonso XIII.

—Pues si, tal como dice, España será neutral, poco importará lo que se pueda cocer allí.

—Muy al contrario, porque en Madrid se tramarán asuntos muy importantes, y no olvidemos que las guerras las gana el que está mejor informado. Es por ello que la necesito. ¿Quiere más motivos? Su padre era alsaciano y murió como un héroe, Alemania quiere arrebatarnos definitivamente Alsacia y Lorena... Las provocaciones son continuas; la última, la crisis de Zabern. Habrá leído mi artículo, ¿no?

—Me lo leyó mi marido.

—Pues ésos son los hechos: un teniente imberbe y achulado, además de matar a un pobre hombre por un motivo fútil, hizo que sus hombres encarcelaran al juez y al fiscal, franceses ambos, porque, aunque el territorio oficialmente es nuestro, está bajo mando alemán... y eso es otra aberración que hay que solventar. Otrosí, su marido tiene industrias en París y vende motores Hispano-Suiza a nuestra aviación, y además un hijo suyo está instruyéndose en la academia de Blériot en Pau.

Lucie se oyó decir:

—¿Y qué es lo que yo debería hacer?

—Lo que acabo de oír me complace en grado sumo... En el caso de que estalle la guerra, debería seguir haciendo lo mismo que hace ahora: ir a fiestas, principalmente las que se celebren en embajadas, tener los oídos abiertos a cualquier comentario o información que a su entender pueda ser interesante y transmitir semanalmente todo ello a la persona que será su enlace en Madrid.

—No sé si seré capaz.

—Recibirá clases al respecto. Se le enseñarán los fundamentos del oficio y se le proporcionarán los medios para desempeñarlo. Estoy convencido de que ejecutará brillantemente cualquier misión que se le encomiende. Es usted lista, Lucie. Habla idiomas, tiene relaciones muy importantes y una gran empatía, y además, y todo ayuda, posee una belleza subyugadora.

El tiempo se detuvo entre los dos. Lucie pidió una copa de *anisette* que, apenas servida, bebió de un trago.

—Me resulta imposible aceptar su propuesta si no hablo con mi marido... Él debe estar al cabo de la calle de todo el proyecto.

El viejo político se acarició la barba y meditó unos instantes.

—Estoy de acuerdo.

—Como comprenderá, una esposa no puede convertirse en espía de la noche a la mañana sin que su marido lo consienta.

—Su marido es un hombre afortunado, Lucie... ¡Mi mujer toma decisiones sin consultarme!

83

La navaja

A las cuarenta y ocho horas la fiebre de Nico había remitido, de modo que, luego de obtener permiso para visitarlo y cuando ya no había peligro de contagio, Paquito y Herminia subieron a su habitación.

La niña, roja como una manzana, no se atrevía a mirarlo a la cara. Su amigo preguntó:

—¿Cómo estás?

—Mucho mejor, Paquito.

—Ya me dijo Herminia que en la cueva hacía mucho frío; debisteis de pasarlas canutas.

La niña intervino:

—Me dejó su jersey y casi la manta entera.

—No exageres. Lo que pasa es que había mucha humedad y el frío nos calaba hasta los huesos.

—Sin duda se os hizo muy largo hasta que os encontraron.

—Fue muy emocionante.

—Más que eso, Herminia. Para mí, fue lo más importante que me ha pasado en la vida… Paquito, voy a decirte algo porque eres mi mejor amigo… Herminia y yo nos hemos hecho novios.

La niña, con los ojos brillantes, asintió con la cabeza.

Paquito dirigió la mirada alternativamente a uno y a otro.

—Desde siempre he sabido que ocurriría. Y me alegro por los dos porque los dos sois mis amigos.

—No se lo digas a nadie, Paco —le suplicó Herminia—. No quiero que Pablo lo sepa.

—Pero ¿por qué?

—¡Porque no, Nico! Conozco a tu hermano, y se meterá conmigo cuando haya gente delante y hará que me sonroje… No quiero.

—Está bien, guardemos el secreto para los tres.

Tras una pausa después de haber tocado tan delicado tema, Nico mostró a su amigo el regalo de sus padres.

—Mi padre me ha dicho que me he portado como un hombre, ¡y mira lo que me ha regalado! La mía se quedó en la cueva... Debió de caérseme. —Y señalando la mochila que estaba en una silla añadió—: Tráemela, por favor.

Paco se adelantó y se la entregó. Nico rebuscó sin mirar en el interior de la mochila en tanto explicaba las cualidades de su nueva navaja.

—Es suiza y tiene ocho instrumentos: navaja, tijeras, lima, punzón...

Súbitamente su rostro cambió de expresión y su mano extrajo de la mochila un carrete de cordel grueso que el chico reconoció al instante. Herminia al verlo se acercó a la cama.

—Es mi carrete, Paco... Pero ésta es la mochila de Pablo.

—Te habrás confundido.

Nico observó detenidamente la mochila y confirmó que no era la suya.

—¡No me he confundido! La N de mi inicial la puse yo mismo en el extremo del eje de madera.

La niña se llevó la mano a la boca.

—No puedo creer que Pablo cortara la cuerda.

Tras escuchar por enésima vez la explicación de Nico, ratificada siempre por Herminia, José citó a Pablo en su despacho, circunstancia que avalaba siempre la seriedad de un tema. Don Julián fue en su busca y lo encontró en la galería del jardín jugando al ajedrez con Suzette.

—Pablo, tu padre te espera en su despacho.

El chico levantó la vista del tablero.

—¿Ahora?

—Sí, ahora.

Suzette, que a pesar de que lo defendía siempre conocía el paño, indagó:

—¿Qué has hecho, Pablo?

—¡No he hecho nada! ¿Por qué cada vez que ocurre algo en esta casa el culpable he de ser yo?

—Cuando tu padre te llama al despacho es por algo serio.

Pablo, a la vez que se ponía en pie, tiró las figuras de un manotazo.

—Eso no está bien, Pablo.

—¡Qué más da! Iba ganando, tía Suzette.

—Ibas perdiendo y lo sabes.

Don Julián acompañó a Pablo al despacho de José y, en cuanto abrió la puerta, se hizo a un lado para que pasara el chico. Después se asomó él.

—Los dejo, don José. Si soy necesario, hágame llamar.

—No se vaya, don Julián, prefiero que esté presente. Pase y siéntese.

—Como mande, don José.

El matrimonio estaba sentado en el tresillo que Lucie había tapizado con alegres cretonas, ella a un lado del sofá y José en uno de los sillones. El tutor se acomodó al lado de Lucie.

—¡Siéntate, Pablo!

Cuando la voz de su padre sonaba en aquel tono era que la cosa iba en serio.

El chico ocupó el sillón de enfrente.

El ambiente era tenso y la demora en comenzar la conversación aumentó todavía más la tirantez del momento.

—Vamos a ver, Pablo, si tu explicación me satisface... Y, por favor, no olvides ningún detalle.

Pablo comenzó a intuir de qué iba aquello y se dispuso a mantener su postura hasta el final.

—Explícame todo lo que hiciste el día de la excursión, desde después de comer hasta que volviste al molino.

Pablo adoptó una postura hastiada.

—¿Otra vez?

—Sí, otra vez. Y, repito, procura no dejarte nada en el tintero.

—Está bien... Bajamos al río, Nico y Herminia se fueron al bosque a buscar no sé qué, Paquito y Lourdes se quedaron abajo en la hoya del árbol, yo me fui hacia arriba a localizar un sitio mejor para pescar. Los peces no picaban y me aburría. Me fui al bosque a hacer pipí. Luego busqué cangrejos. Después comenzó a llover, sonó el silbato de don Julián y, tras recoger las cosas, volví al molino con Lourdes y Paquito, que había pescado dos truchas.

La pausa que se estableció pesaba como una losa.

—¿Estás seguro de que no ocurrió nada más?

Pablo mantuvo el tipo.

—¡Volaron pájaros, pasó un conejo...! ¡Qué sé yo!

—Te lo preguntaré por última vez, y te ruego que no menosprecies mi inteligencia... ¿Qué más hiciste ese día después de comer?

Pablo palideció y una carcoma mortal fue royendo su espíritu, y a pesar de que se asomó al precipicio para contemplar las letrinas de la miseria de su acto, el miedo a las consecuencias impidió que se viniera abajo. Así pues, sostuvo su mentira a pie y a caballo, aunque fuera condenado a cadena perpetua en el cuarto oscuro de su conciencia.

—¡No pasó nada más, lo juro!

—¡No añadas un pecado a tu mentira! Yo te diré lo que pasó: atravesaste el bosque siguiendo a tu hermano y a Herminia, viste que Nico colocaba su carrete en un palo que clavó en el suelo y afianzó con un montón de piedras, luego viste que entraban en la gruta tirando del cordel... y lo cortaste y desmontaste el invento. No quiero imaginar con qué intención, pero supongo que para darles un buen susto, cuando menos. Ésa y no otra fue la historia. Hasta ahí, vale. Sin embargo, lo que no te admito es que al ver la que habías formado y la angustia de todos, no fueras capaz de decir la verdad. ¡¿Es así o no es así?!

Pablo estaba desencajado. Su pensamiento iba como una noria inventando coartadas y buscando escapatorias. La voz de su padre sonó de nuevo, cortante y preñada de amenazas:

—Mira, Pablo, en esta ocasión te has pasado de punto. Estoy harto de que cada vez que llego de viaje me cuenten alguna hazaña tuya, y bien sabes que te he pasado por alto muchas, como cuando cogiste uno de mis fusiles, o cuando trituraste aquella rana en el molinillo de café o cuando escondiste un anillo de tu madre en la caja de costura de la cocinera para que la echáramos por ladrona porque te había dado un golpe en la mano con el mazo de las croquetas... Tienes trece años y siempre dices que quieres que te trate como un hombre. Está bien, pero los hombres responden de sus actos. Tu madre y yo lo hemos intentado por activa y por pasiva, y por lo visto no hemos sido capaces, pero... alguien habrá que te meta en cintura. Ahora retírate.

Salió el chico del despacho convencido de que aquella vez su fechoría tendría consecuencias, y buscando un aliado se fue al encuentro de Suzette. La influencia de ésta sobre su madre era grande, y pensó que si alguien podía hablar en su favor, antes de que se dictara su sentencia, a lo mejor podía eludir o en todo caso disminuir las consecuencias de su acto.

Tras la tácita confesión de Pablo, el matrimonio quedó a solas con don Julián. José y Lucie habían comentado la posibilidad infinidad de veces, aunque no habían llegado nunca a una conclusión incontrovertible. Sin embargo, la última hazaña del chico hizo que se decidieran.

El tutor se puso en pie para retirarse, pero la voz de José sonó tajante:

—Quédese, don Julián. Quiero consultarle algo que ya he hablado con mi mujer.

Naval-Potro volvió a tomar asiento, y lo hizo como de costumbre en el borde del sofá y con las rodillas juntas.

—Nuestra decisión es irrevocable. Ya no es cuestión de educación; simplemente se trata de enderezar, si es que aún estamos a tiempo, ese natural de mi hijo Pablo que a lo largo de la vida podría acarrearle graves problemas.

El tutor, en un acto de humildad, confesó su impotencia:

—Cuente conmigo en cuanta decisión tome. Me siento incapaz de llevar a buen puerto la educación de Pablo. Hay en su carácter una malignidad patente, un rencor sin sentido y esa envidia que lo lleva a sentirse marginado si no es el centro de atención.

José prosiguió:

—Hace tiempo, por recomendación de usted, habíamos barajado la posibilidad de enviar a Pablo a ese internado inglés, la Monkton Combe School, en cuanto cumpliera los catorce años, como esa institución exige. Sin embargo, la nueva situación mundial nos ha hecho recapacitar. Puesto que Inglaterra está en guerra, como sabe, internar a Pablo allí comportaría un serio peligro para él, y además atravesar el canal de la Mancha para ir a verlo nos resultaría dificultoso… Pienso que España no está en condiciones de meterse en esa conflagración mundial, pues su ejército no está en situación de apoyar a uno u otro bando y, teniendo en cuenta el complejo equilibrio que nuestro rey ha de mantener, ya que su madre es alemana y su esposa inglesa, entiendo que permaneceremos neutrales, lo cual, al fin y a la postre, puede ser una bendición para nuestro depauperado país pues, dicho sea de paso, ello traerá oportunidades de negocio, que falta nos hace. Pero en cuanto a lo que a ahora nos incumbe, esa circunstancia nos obliga a buscar dentro de España un internado que concite las condiciones de cultura, ambiente y disciplina que convengan al carácter de Pablo. Y hemos llegado así al punto en el que necesito su consejo de nuevo: ¿cuál es el centro que, a su entender, reúne esas cualidades?

Don Julián Naval-Potro, tras su fracaso como tutor, ambicionaba reivindicarse acertando en la elección del centro educativo que debería hacerse cargo de la educación de Pablo. No era tarea fácil, y en el fondo de su corazón latía un sentimiento, si no de venganza, sí de resentimiento hacia el chico. Debía reconocer que encontrar ese instituto en el que la disciplina fuera el paradigma que lo distinguía de los demás le producía un extraño placer.

Tras una pausa significativa, don Julián anunció con una nerviosa tosecilla que iba a emitir su opinión.

—Creo que he dado con la institución que mejor puede convenir a la educación de Pablo.

—Hable sin preámbulos, don Julián.

—Tengo un buen amigo con el que compartí estudios en el seminario, que no entró en la Compañía de Jesús por cuestiones que no vienen al caso y que, finalmente, profesó en los hermanos de la Salle. Bien, pues el año pasado ampliaron en Bilbao su colegio de Santiago Apóstol adquiriendo cerca de dos mil ochocientos metros cuadrados de los parques del colegio del Pilar, que estaban en venta. Únicamente una pared medianera separaba ambos centros. El Santiago Apóstol está situado en la antigua Estrada de San Mamés, muy cerca de la plaza de Arriquibar. La ampliación se ha conseguido por la influencia y la ayuda de la poderosa familia Ybarra, que ha sufragado los gastos y ha intervenido frente al ayuntamiento para la concesión de los permisos. Desde hace poco, el hermano Severiano José dirige los destinos del colegio, y desde el día 2 de septiembre se impartirán allí clases de primera enseñanza y estudios de comercio, tanto para alumnos internos, como permanentes o externos. Los chicos subirán desde Bilbao en tranvía, acompañados por un hermano, en concreto desde las plazuelas de San Nicolás, Instituto, Santiago y Arriaga... En fin, no me extiendo más. El caso es que creo que ésa es la institución que conviene a Pablo... si consigue usted que lo admitan para este curso, pues me parece que las inscripciones, sobre todo las de los alumnos internos, ya estaban cerradas.

—Si mi amigo Fernando Ybarra es el protector de ese colegio, de seguro que será magnífico. Es un hombre de bien, un caballero y un buen cristiano. Y en caso de necesitar que nos eche una mano para que admitan a Pablo, me pondré en contacto con él. Mañana mismo llamaré al colegio. ¿Te parece bien, Lucie?

—Me parece que es lo que procede... Aunque me da mucha pena separar a los hermanos.

José se mantuvo firme.

—No va a pagar Nico los desafueros de Pablo. Además, el chico ha de ser consciente de que el castigo es para él.

Tal como dijo don Julián, el cupo de internos en el Santiago Apóstol de Bilbao estaba completo, por lo que José hubo de recurrir a don Fernando Ybarra, cuya influencia fue decisiva. Lucie, por su parte, tras ponerse en contacto con el hermano Severiano, completó el equipo que se requería para ingresar en el internado en septiembre, aunque fuera aún verano.

A mediados de agosto el Hispano-Suiza de los Cervera se detenía frente a la puerta del colegio Santiago Apóstol y de él descendía el matrimonio con don Julián Naval-Potro y un Pablo entre desconcertado y furioso, que no entendía que aquello fuera para su bien y que, por el contrario, consideró que sus padres volvían a hacer diferencias entre Nico y él.

El hermano Severiano José los recibió al instante y a los quince minutos estaban sentados todos en el salón de visitas. La llamada de don Fernando Ybarra había surtido efecto: el hermano no podía ignorar la recomendación del principal benefactor del colegio. Don Julián hizo las presentaciones, y tras la explicación del problema que representaba el carácter de Pablo, quien en ese momento desviaba su mirada distrayéndose con los artesonados del techo como si aquello no fuera con él, el hermano Severiano José tomó la palabra en un tono amable y desenfadado.

—Señor Cervera, nos honra que nos confíe la educación de su hijo. A la edad de Pablo todos son rebeldes y creen que el mundo comete con ellos una gran injusticia. No obstante, enseguida entienden la disciplina de esta casa y se dan cuenta de que tiene mucho más rédito la obediencia que la rebeldía. Pablo no va a ser diferente de los otros ciento ochenta alumnos. —Y dándole una palmada en la rodilla buscó su complicidad.

Después de que les mostraran el colegio, sus dependencias, la capilla, las aulas, los dormitorios y los patios, los Cervera se dispusieron a partir. Lucie lo hizo enjugándose con un pañuelito la lágrima que pugnaba por brotar de sus ojos. José la tomó por los hombros cuando bajaban por la escalinata para dirigirse hacia el coche.

—¡Es por su bien, mujer, no lo dudes!

Don Julián, apoyando la afirmación de José, añadió:

—Doña Lucie, esté tranquila. No podía dar con mejor sitio para dominar el rebelde carácter de Pablo.

La celda era un pequeño habitáculo de dos metros de ancho por tres y medio de largo que estaba equipado con un escaso mobiliario: una estrecha cama de color verde con un crucifijo de madera y una estampa de san Juan Bautista de la Salle sobre el cabecero; a su derecha, una mesilla de noche con un pequeño cajón y un armarito para la bacinilla; y clavado en la pared, un colgador de tres brazos para poner el albornoz. El marco de la puerta era de contrachapado de madera en su parte inferior; en la superior era de cuadrados de cristal biselados, excepto el central que, como excepción, tenía en medio un ojo oblongo transparente orlado con el nombre del instituto: Santiago Apóstol.

Cuando Pablo, ya metido en la cama, oyó que el hermano celador cerraba el pestillo de su puerta se sintió prisionero, y se juró a sí mismo que jamás olvidaría aquella ofensa.

Súbitamente la luz general se suavizó y una iluminación mortecina invadió la gran nave. Para Pablo todo aquello era nuevo... Oyó los pasos de alguien fuera. Se aproximaba, pero cada poco se detenía. Cuando se detuvieron delante de la puerta de su celda comprendió el porqué: un ojo vigilante asomó en el cristal ovalado. Su instinto advirtió a Pablo que era mejor simular que estaba dormido, y al poco los pasos iniciaron de nuevo su peripatética ronda. En ese instante tuvo conciencia de que estaba preso. Un rencor obsesivo le atenazó la entraña y cargó en la cuenta de Nico todos sus males. Se preguntó, una vez más, por qué habiendo nacido el primero y, por tanto, siendo mayor, el preferido de sus padres siempre había sido Nico... Nico, que ese curso estudiaría en un internado de Aranjuez, cerca de la casa de los abuelos. Nico, que siempre le había robado afectos, oportunidades y el amor entreverado de deseo que sentía por Herminia. Entonces un odio al rojo vivo le inspiró una venganza rastrera que le serviría para liberar su libido y a la par burlarse del ojo vigilante que había asomado hacía un instante. Abrió el cajón de su mesilla de noche, tomó su cartera y sacó de ésta la foto de Herminia que solía llevar. La apoyó en la almohada de forma que la viera si se ponía de costado, y cuando se sintió acomodado se llevó la mano a la entrepierna.

84

El regreso

Después de dejar a Pablo en el colegio Santiago Apóstol y tras despedirse de sus vecinos y amigos, que también habían acortado su veraneo por causa de la guerra europea, y luego de que José partiera para Madrid en el Hispano-Suiza, llevándose con él a Nico, y de enviar al servicio en tren, Lucie tomó con Suzette otro nocturno desde San Sebastián hasta París que disponía de coches cama. En otras ocasiones había efectuado ese trayecto en el lujoso Sud Expresso, que gestionaba la Compagnie Internationale des Wagons-Lits et des Grands Express Européens, pero debido al conflicto bélico había dejado de circular.

El convoy gozaba de vagón de fumadores y de restaurante, este último servido por un cocinero francés de acreditado prestigio, que ofrecía las cenas en dos turnos, a los que los pasajeros debían apuntarse dando su nombre y preferencias al jefe de tren. Lucie y Suzette se habían inscrito en el segundo y mientras aguardaban sentadas en su compartimento frente a frente comentaban el cúmulo de cosas sucedidas en los últimos días. Evidentemente Lucie no podía explicar a su amiga el auténtico motivo de su viaje a París.

—Tendrías que haber regresado a Madrid con José, Lucie. Considero que no es momento para ir a París hasta que esto se defina un poco más.

—¿Y qué sabemos, Suzette, de cómo se desarrollarán los acontecimientos?

—Las naciones han de detener este desaguisado. La guerra no conviene a nadie. El motivo ha sido lo de Sarajevo, pero por terrible que haya sido no es suficiente para que se declare una guerra mundial.

—Estás equivocada, Suzette. La guerra conviene a muchas naciones, la ha comenzado Austria-Hungría invadiendo Serbia, pero ha convenido a Alemania y a Rusia, y cualquier alianza es buena si sirve para el fin deseado, y si no hubiesen asesinado al archiduque Francisco Fernando y a su mujer en Sarajevo, habrían buscado otra excusa.

—Más motivo para que en vez de ir a París regresaras a Madrid a acabar los arreglos de tu nueva casa.

José había comprado el mes de mayo anterior un palacete en la calle Velázquez esquina con la de Alfonso XII, y Lucie había interrumpido sus arreglos y decoración contando con que, como cada año, se instalaría en San Sebastián durante los tres meses de verano. Pero la guerra había trastocado los planes de mucha gente, comenzando por los de la familia real.

—Me encanta cómo eres porque aconsejas una cosa y haces otra, Suzette... ¡Bien que vas tú a París!

—No tengo otra opción. Yo no puedo escoger como tú. Da la casualidad de que vivo allí.

—Sabes que puedes vivir en mi casa.

—Ya... y trasladar el negocio de Pierre para que trabaje de chamarilero en el Rastro...

—También tengo que ordenar la casa de Neuilly, ver a mi madre y... decidir un montón de cosas. Y por el momento la guerra está muy lejos.

—No sé por qué insisto, sabiendo cómo eres.

—Todo se ha complicado, Suzette; en el plano general, la guerra, y en el particular, la decisión de dejar a Pablo en el Santiago Apóstol, que no creas que ha sido fácil.

Unos discretos golpes en la puerta del compartimento anunciaron la presencia del jefe de tren, que las avisaba del segundo turno de la cena.

Las dos amigas se dirigieron al vagón restaurante agarrándose a la barra de latón que había bajo las ventanillas, pues el traqueteo del tren hacía el avance dificultoso.

El comedor era soberbio. Las mesas, servidas con vajillas y cubertería de lujo, estaban preparadas para cuatro y para dos personas; las maderas de las paredes que separaban los cristales de las ventanillas eran de caoba oscura y por su parte central se encaramaban por ellas enredaderas de flores blancas hechas de delicada marquetería de arce blanco. El vagón estaba medio lleno. Después de tomar asiento a una de las mesas, las dos amigas echaron un vistazo al menú y pidieron lo mismo: unas verduras al vapor con mantequilla y un rodaballo a compartir, y de postre Suzette unas frambuesas y Lucie un sorbete de limón.

Suzette, que no perdía ocasión de reivindicar su criterio, prosiguió con el tema que había interrumpido la presencia del jefe de tren en el compartimento.

—Ya conoces mi opinión al respecto, Lucie. Me parece que os habéis precipitado. Pablo merecía una oportunidad.

—Adoro a mis hijos y lo sabes, pero creo que esa decisión debíamos haberla tomado hace tiempo.

—En mi opinión, no está bien que hayáis separado a los hermanos.

—Siempre has tenido debilidad por Pablo, pero lo de la última vez ha rebasado los límites de la paciencia de José. Lo de la cueva desborda los términos de una mera travesura, Suzette. Don Julián opina lo mismo, siento decirlo: Pablo destila una envidia y una maldad que no sé si todavía estaremos a tiempo de corregir... Y en cuanto a lo de no separar a Nico y a Pablo, opino precisamente lo contrario: Pablo debe considerar adónde conduce la mala conducta y recapacitar; si los hermanos de la Salle no lo consiguen, el carácter de mi hijo será un problema que tendré que arrastrar toda la vida.

Suzette insistió:

—No soy tonta, Lucie. Me doy cuenta de muchas cosas, aunque no lo creas... Y me parece que, sin querer, hacéis diferencias entre los dos.

Lucie se puso seria.

—Siempre has mimado en exceso a Pablo... Pero, dime, ¿cómo no premiar al que se porta bien y reprender al que se porta mal?

Iban ya por los postres cuando la serpiente de hierro, entre silbidos de vapor y chirriar de metales, se detuvo en una estación. Lucie observó a través del cristal de una ventanilla y vio que el factor del ferrocarril bajaba al andén y charlaba con el jefe de la misma y dos gendarmes. No le dio importancia; de hecho, ni se lo comentó a Suzette. Al poco el tren arrancó de nuevo, y no habían pasado cinco minutos cuando entró en el restaurante el encargado y ordenó a los camareros que bajaran las cortinillas de las ventanillas. Luego se dirigió a los viajeros:

—Damas y caballeros, les ruego que hagan lo mismo en sus respectivos compartimentos. Por indicación de la gendarmería, el tren debe proseguir viaje con la iluminación atenuada al máximo.

85

La futura espía

A las once y media de la mañana siguiente el tren procedente de San Sebastián entraba en la Gare d'Austerlitz. Habían llegado a París con un retraso de tres horas, y ello debido a que el convoy se había detenido en la ciudad de Tours para que pasara un transporte de tropas inglesas proveniente del paso de Calais.

Lucie y Suzette, pese a lo confortable de su cabina, durmieron a intervalos irregulares ya que las circunstancias de la guerra y el momento de su regreso no eran precisamente tranquilizadores.

Las dos mujeres siguieron al mozo de estación que llevaba sus equipajes en una carretilla y salieron al boulevard de L'Hôpital, junto a la parada de taxis, casi todos Renault tipo Fiacre, con el chófer en el exterior y pintados, según el modelo, de rojo o de verde. Allí separaron sus trayectos; Suzette iba directamente a la casa de su madre y Lucie acudiría en primer lugar a Neuilly, donde se pondría en contacto telefónico con Georges Clemenceau para acordar la cita, y luego visitaría a madame Lacroze en la rue de Chabrol.

Cuando el taxi se detuvo ante la magnífica reja de su casa en Longchamp pasó por su cabeza durante un instante la peripecia de lo vivido hasta aquel momento y fue consciente, como cada vez que ello sucedía, del privilegio que representaba que un hombre como su esposo hubiera reparado en ella, una sencilla muchacha de París maltratada en un mercado, cuando su posición privilegiada, con su fortuna y su título nobiliario, le habría permitido casarse con la mujer que hubiera querido, no únicamente de Madrid sino de todo el mundo.

Pagó al conductor, y el chirriar de la verja que en aquel momento abría el jardinero y los olores del jardín le anunciaron que había llegado a su casa.

—¡Señora, de haberlo sabido le habríamos enviado un coche! Madame Sibylle se enfadará.

—Ha sido todo muy improvisado. Tanto que anteayer ni sabía que regresaría tan pronto.

El jardinero cogió las dos maletas de Lucie y, tras acabar de abrir la reja con el pie, se hizo a un lado para que la señora entrara.

Atravesaron el jardín y el hombre se adelantó para avisar a Sibylle, pero cuando Lucie alcanzó la puerta el ama de llaves ya bajaba por la escalera, agobiada y nerviosa.

—¡No hemos tenido aviso, señora! De haberlo sabido le habría enviado el coche a la estación.

—No se apure, Sibylle, ha sido todo tan precipitado que se ha decidido sobre la marcha. Como comprenderá, una guerra cambia los planes incluso del más previsor.

—¿Y el señor…? ¿Y los chicos, y el señorito Félix?

—Todo a su tiempo, Sibylle. Ya le iré explicando… Que Armand suba las maletas a mi cuarto. Ah, y diga a Anne que me prepare algo, estoy desfallecida.

—Perdone mi desatención, señora… La sorpresa de verla me ha impedido reaccionar como es debido. ¿Desea desayuno o comida? Porque a esta hora…

—Una tortilla estará bien, Sibylle. Y un té con tostadas.

—¿Lo quiere servido en su cuarto o en el comedor pequeño?

—Mejor abajo… Tengo que hacer unas llamadas telefónicas.

Partió el ama de llaves a cumplir las indicaciones y Lucie subió a su dormitorio para asearse y cambiarse de ropa, pues tenía la sensación de que la carbonilla del tren había invadido todos sus poros.

Una vez compuesta y oliendo a su colonia favorita, que tenía un toque cítrico de limón y de verbena, se dirigió al comedor pequeño, contiguo a la galería, a poner en marcha el plan que la había llevado a París. En tanto no le servían la colación, aprovechó para hacer la primera llamada. Llamó a su madre. El teléfono de la casa de Monique en la rue de Chabrol sonó varias veces, y Lucie ya iba a colgar pensando que tal vez Gabrielle estaría haciendo la limpieza y no podía atender el teléfono cuando la inconfundible voz de la mujer sonó a través del auricular:

—*Allô!* Residencia Lacroze. ¿Quién llama?

—Soy yo, Gabrielle. ¿Está mi madre?

—¡Lucie…! Quiero decir, señora Lucie… Madame Cervera… ¿Desde dónde llama? La oigo muy bien.

Desde el día que presentó a José en la residencia, la pobre Gabrielle estaba hecha un lío en cuanto a la forma de dirigirse a ella.

—Estoy en París.

—Pero ¿no estaba en San Sebastián?

—Ayer estaba allí… He llegado a París esta mañana.

—¡Dios me valga! ¡Qué tiempos estos que nos ha tocado vivir!

Lucie, que conocía muy bien a la mujer, decidió atajar el diálogo.

—¿Está mi madre, Gabrielle?

—Sí, señorita… Señora. Ahora mismo la llamo. Está arriba.

A través del auricular Lucie oyó los gritos de Gabrielle y el rápido taconear de su madre resonando en los peldaños de la escalera.

—¿Hija? ¿Cuándo has llegado? ¿Estáis todos bien? ¿Desde dónde me llamas?

—He llegado hoy. Estamos todos bien… Y he venido con Suzette.

La voz de madame Lacroze sonó inquieta.

—¿Y dónde están tu marido y los chicos?

—Mamá, por la tarde iré a verla y se lo explicaré todo.

—Pero dime por lo menos por qué has venido dos meses antes de lo planificado.

—¿No se ha enterado, madre? Francia está en guerra.

—Más motivos para quedarte en España.

Lucie suspiró profundamente.

—Tengo muchas cosas que hacer, madre… Por la tarde iré a verla.

Las dos mujeres colgaron el teléfono. De inmediato Lucie buscó en su agenda el teléfono de Georges Clemenceau, marcó el número y se pegó el auricular a la oreja en tanto acercaba los labios a la boquilla del aparato. Al cabo de un tiempo que se le antojó muy largo una voz femenina respondió en un tono metálico y estereotipado.

—*Allô!* Redacción de *L'Aurore*, dígame.

—Desearía hablar con monsieur Georges Clemenceau.

—¿Quién lo llama?

—Dígale que soy la señora Cervera, Lucie… Él aguarda mi llamada.

La última frase convenció a la telefonista.

—Espere un momento, voy a ver si está.

Un momento de angustia en el teléfono, y al cabo la voz ronca y cavernosa del político-periodista llegó hasta su oído.

—Mi querida señora, ¡no se imagina con cuánta ansia he aguardado su llamada! Debo suponer que tiene ya una respuesta para mi proposición y también que ha hablado con su marido… Pero la hacía en San Sebastián.

—He llegado apenas hace tres horas. Y el motivo principal de adelantar mi regreso a París ha sido verlo a usted. ¿Cuándo puede recibirme?

—¡De inmediato! Si lo cree conveniente, por supuesto. Y si no, cuando usted disponga.

—He de visitar a mi madre antes. Si le parece bien, a las cinco puedo estar donde me diga.

—La espero en mi despacho a esa hora. He de confesar que aguardo su respuesta como un estudiante ante su primera cita, Lucie. Créame, si antes mi propuesta era importante, ahora que ya se han cumplido mis augurios lo es mucho más... Ni se imagina hasta qué punto.

—Me abruma, Georges. Temo defraudar sus esperanzas... A las cinco estaré ahí.

—Muchas gracias por su llamada. La esperaré.

Ambos colgaron el teléfono, y Lucie tuvo la premonición de que había tomado una de las decisiones más importantes de su vida.

Conduciendo su pequeño Dion-Bouton, Lucie se plantó en la redacción de *L'Aurore* en el número 148 de la avenue de Montmartre con un cuarto de hora de antelación. Su coche llamaba la atención en París. Era un modelo único, un regalo del fabricante a su marido, y todavía no estaba al alcance del gran público. El portero del periódico, intuyendo que era una visitante notable, se llegó hasta ella y, después de abrir la portezuela a Lucie, se ofreció a aparcárselo.

—Yo me ocupo de buscarle un rincón, madame. Es tan mínimo que cabría hasta en el comedor de mi casa.

Lucie le agradeció el detalle con una generosa propina y al cabo de un instante se hallaba en el mostrador de entrada preguntando por Georges Clemenceau. La recepcionista, vestida con un uniforme de color gris marengo, un pañuelo azul al cuello y las iniciales del rotativo en la cenefa del bolsillo superior de la chaqueta, conocía de antemano que el gran jefe esperaba la visita de una dama, por lo que, sin demora y acompañada por un botones, hizo pasar a Lucie a la salita de espera.

No había tenido tiempo de escoger una revista de la mesa central cuando el Tigre Clemenceau, que así era conocido por la mayoría de sus compatriotas, entraba de costado en la salita, pues iba hablando con alguien que lo seguía de cerca. Por el contenido de las frases y el tono en que las dijo, Lucie entendió el porqué del apodo.

—¿Me expreso en un buen francés o hablo en chino? ¡Para ese imbécil no estoy ni hoy ni nunca! ¡Me molestan las ratas de cloaca que cambian de agujero cuando las acosan! Diga a ese don nadie que es muy fácil hablar de los muertos que ya no pueden defenderse, que Jean Jaurès era mi rival político, no mi enemigo, y que nadie debe ser asesinado por sus ideas. Y dígale también que si quiere ir con el cuento al presidente Poincaré, que vaya… y que no olvide nunca que Francia, como Roma, ¡no paga a los traidores!

Después de esa diatriba, Clemenceau avanzó hacia Lucie con una sonrisa en los labios como si no hubiera pasado nada, la leonina cabeza con el pelo cortado a cepillo, barba y perilla al uso, y los binoculares colgando de una cinta desde el ojal de la solapa de su chaqueta.

—Perdone mi entrada, Lucie. No es de caballeros ir al encuentro de una dama soltando los exabruptos que acabo de proferir —todo esto lo dijo a la vez que, inclinándose, le besaba la mano—, pero la situación es tan comprometida que excusa a un caballero de guardar las formas. Si es tan amable, acompáñeme a mi despacho. Allí podemos conversar más cómodos.

—No tiene por qué excusarse, Georges. Me hago cargo de que el momento no es precisamente la fiesta de San Martín. Lo sigo a donde me indique.

A los cinco minutos la extraña pareja se hallaba en el despacho del periodista, no sin antes de que éste hubiera ordenado que nadie los molestara y que no le pasaran ninguna llamada telefónica, a no ser que se tratara del presidente de la República.

Una vez sentados frente a frente, Clemenceau rompió el hielo y luego de preguntar a Lucie por su marido y por sus hijos, y de informarse de cómo había caído en España la declaración de guerra, entró en materia.

—Ya ve, Lucie, que mis presentimientos estaban fundados. Nos han atacado vilmente sin una formal declaración de guerra. Alemania invadió Bélgica y está a las puertas de París. El gobierno del presidente Poincaré saldrá en breve hacia Burdeos por orden del mariscal Foch, y el general Gallieni quedará al mando en la capital como gobernador militar. Eso es lo que está a punto de ocurrir.

Lucie había palidecido; la sangre había huido de su rostro.

—Pero ¡lo que me dice es horrible, Georges!

—No se asuste, Lucie. Francia resistirá. Será una guerra terrible, pero al final ganarán los buenos… Y usted va a colaborar para que así sea.

—Pese a mi intención de ayudar al país, ¿qué puedo hacer yo, pobre de mí?

Clemenceau, sin contestar directamente la pregunta, expuso:

—Será una larga guerra de trincheras, y el que resista triunfará… Y triunfará el que esté mejor informado, Lucie. ¡Y ni se imagina lo importante que es su persona para ese menester!

—Explíqueme.

—Lucie, usted tiene pasaporte español y es alsaciana de origen. Como bien sabe, en esa región hay gente que se siente francesa y gente que se siente alemana… Vamos a hacer creer al enemigo que usted quiere ser eso último. Su condición la autoriza a viajar libremente por Europa, Lucie. Será los oídos y los ojos de Francia, como lo serán otros tantos, y todos ustedes constituirán algo así como un cuerpo del ejército en la sombra… A partir de mañana acudirá a donde yo le diga y allí le enseñarán los rudimentos de este oficio. Cuando esté preparada comenzará a ejercerlo desde el papel natural que la vida le confirió… Será lo que es: una elegante dama española. Pero hará creer a nuestros enemigos que simpatiza con Alemania y que está dispuesta a ayudarla. Acudirá a cuantos bailes y eventos sea invitada, sobre todo en las embajadas de los países beligerantes. Se ganará la confianza de unos personajes cuyos nombres le proporcionaremos y se le adjudicará un contacto para que usted suministre cuantos datos obtenga. Multiplique esa actividad por los patriotas franceses dispuestos a desempeñar ese papel, Lucie, y pasará a formar parte de ese grupo reducido de héroes anónimos a quien Francia tanto deberá.

Lucie sacó un pañuelito de su bolso y se secó el sudor que le perlaba el labio superior. Luego, con voz muy queda, habló:

—Georges, era mi intención pedirle a cambio que hiciera lo posible por retener a mi hijo Félix en tierra… Sin embargo, estando Francia en peligro, me sentiría mal aprovechando esa circunstancia. Que sea lo que Dios quiera.

Clemenceau tardó un minuto en responder:

—Querida señora, en una situación como la que vivimos me sentiría como un bellaco si le mintiera… Si en estos momentos algunas personas son imprescindibles para la patria, son nuestros aviadores. He preguntado por su hijo Félix. Por lo que me han informado, es un gran piloto y hace más falta en el cielo que aquí abajo.

86

Piloto de guerra

Félix pasó de un día para otro de ser un alumno aventajado en la escuela de Louis Blériot a ser un piloto de combate; más que eso, un piloto de combate excelente, debido no sólo a la exigencia del momento, sino también, y especialmente, a su pasión por volar, exacerbada por su acendrado patriotismo y por su natural aventurero, al que estimulaban sus veinte años. Lo habían encuadrado en la escuadrilla las Cigüeñas y su admiración por su jefe, Georges Guynemer, había alcanzado límites insospechados. Para más felicidad, su amigo Rigoulot sería su copiloto cuando su misión, en un aeroplano Morane-Saulnier L biplaza, consistiera en observar la situación del ejército enemigo y dar parte del mismo.

El día de la despedida fue para aquellos muchachos una jornada inolvidable; formado el escuadrón en el patio central de la escuela y presididos por la bandera francesa, el coronel Blériot les dirigió, por última vez, una encendida arenga que inflamó de ardor guerrero sus jóvenes corazones.

—Caballeros pilotos —dijo—, la patria está en peligro. Nuestra amada Francia ha sido invadida y su suelo hollado por la bota alemana. Ha llegado la hora suprema de que sus hijos defiendan el honor mancillado de su madre hasta el límite, ha llegado la hora de los valientes y, si ello fuera preciso, la hora de dar su vida en tan glorioso empeño. ¡Caballeros pilotos, el honor y la gloria los espera allá arriba! Cumplan como franceses, que la patria sabrá agradecer su sacrificio. ¡Viva Francia!

Tras esta soflama aquel grupo de jóvenes tuvo la convicción de que de ellos dependía la gloria de Francia.

A partir de aquel momento se desató la locura. Todo eran carreras para preparar el traslado. El grupo de combate las Cigüeñas iba a ser reubicado en el aeródromo de Vélizy-Villacoublay y dispuesto para la defensa de París. El gobierno, por orden del general Joseph Gallieni y ante la posibilidad de quedar aislado, se había trasladado a Burdeos hasta que pasara el peligro inminente, que en aquel momento estaba a cuarenta kilómetros de la capital. En tal circunstancia, la inspiración de Gallieni, gobernador militar de París, dio con una genial solución: el ejército sería trasladado al frente de batalla en el Marne en seiscientos taxis Fiacre de la casa Renault en sucesivos viajes, consiguiendo con tal acción elevar la moral de los ciudadanos de la capital.

Louis Blériot ordenó a los alumnos que iban a partir que escribieran una carta a sus familiares en la que se despidieran, por el momento, y les anunciaran que tal vez tardarían un tiempo en recibir noticias de ellos, pero les pidió que, por supuesto, no les explicaran ni un solo detalle al respecto de adónde iban y por qué. Debían entregarle a él esas cartas, dijo Blériot, para que comprobara personalmente el redactado de las mismas y, en caso necesario, suprimiera cuanta indicación supusiera o pudiera suponer un peligro. Tras ese requisito, los alumnos pasaron a los hangares para repasar junto con los mecánicos sus respectivos aparatos.

A las seis de la mañana del día siguiente Félix Cervera, acompañado por su amigo Rigoulot y pilotando un Morane-Saulnier L, declaraba su guerra particular a Alemania.

87

El adiós

José Cervera había llegado de Madrid la noche anterior, y Lucie ya lo había puesto al corriente de su entrevista con Clemenceau. Al darse cuenta de que aquel disparatado proyecto de su mujer tenía visos de convertirse en realidad, José se había asustado.

—¡Sigue pareciéndome una locura, Lucie!

—De no haberme dado tu permiso, no me habría comprometido. Ahora ya no puedo echarme atrás. Además, quiero hacerlo. Se lo debo a mi hijo. No me parece honesto estar mano sobre mano mientras Félix está jugándose la vida.

Estaban comiendo en la galería que daba al jardín trasero del palacete de Longchamp. Étienne y Aurore salían y entraban sirviendo la mesa, por lo que la conversación del matrimonio se veía interrumpida constantemente.

Cuando el mayordomo y la camarera hubieron salido, José se sulfuró y la propia angustia le hizo ser grosero con su mujer.

—¿Y qué puedes hacer tú?

—Si puedo acortar esta maldita guerra aunque sea un solo día, habrá valido la pena.

José estaba realmente angustiado.

—Pero ¡por Dios...! ¿Qué sabrás tú de ese oficio que únicamente conoces por las tiras de los periódicos?

—Por el momento nada. Por eso mismo mañana me iré no sé adónde con ropa para un tiempo.

—¡Me parece un solemne disparate! Eso es cuestión de profesionales. Pero ¡cómo se les ocurre pedir a un ama de casa que se meta en tales berenjenales!

—Estás equivocado, José. Precisamente buscan personas que pasen desapercibidas, que se muevan en círculos diferentes, según me explicó Clemenceau. Quieren desde panaderos hasta chóferes de taxi, pasando por mujeres de vida alegre... Como comprenderás, no quieren a gente «marcada», como diplomáticos o así.

—Pero ¿eres consciente del peligro que puedes correr?

—¿Por asistir a bailes, kermeses y cenas oficiales? Es lo que he hecho durante todos estos años contigo y, aparte de algún moscardón que he tenido que quitarme de encima, no he corrido ningún riesgo.

José no cejaba.

—¿Y si te descubren?

—¿Qué van a descubrir? ¿Que hablo con mi vecino de mesa? ¿Que soy amable? ¡Por Dios, José, no hagas una montaña de algo tan natural como relacionarse y ser la mujer de un hombre importante amigo del rey!

Las defensas de José fueron resquebrajándose.

—Entonces ¿qué van a enseñarte en el sitio ese adonde tienes que ir?

—Lo ignoro, querido. Te lo diré a la vuelta.

José se enjugó el sudor del rostro con la servilleta.

—Desde luego no vas a ir a Alemania, Lucie. Únicamente nos moveremos por Madrid y por aquí.

Lucie pensó que no era momento para debatir aquel asunto y cambió el tercio.

—Dejemos eso ahora, que no viene al caso. También quiero hablarte de Pablo. Yo...

A la mañana siguiente se detenía frente a la verja de la casa de Neuilly una limusina negra con dos hombres en su interior. El conductor se quedó al volante y el otro descendió. El jardinero, que estaba advertido, se dirigió al visitante:

—¿He de avisar a la señora Lucie?

—Avísela... Dígale que han llegado los periodistas.

—Aguarden un instante.

Partió el hombre urgiendo a sus combadas piernas en tanto el conductor, bajando la ventanilla de la portezuela contraria, comentaba con el que había descendido:

—¡Hay que ver cómo viven algunos! Pensaba que mansiones así sólo las había en las novelas.

—El jefe ha dicho que son excelentes personas y patriotas de ley.

—Es justo. Tienen mucho más que defender que yo.

—La guerra no distingue entre ricos y pobres. Si París cae, lo lamentaremos todos. ¡Y cállate, que ya vienen!

Lucie y José ya se aproximaban acompañados por Pierre, el jardinero, que llevaba el maletín de la señora. El hombre de negro abrió la portezuela de la limusina y aguardó.

Al llegar junto al coche Lucie cogió el maletín y ordenó a Pierre que se retirara.

—Buenos días —saludó José al hombre de la limusina—. Sé que tiene orden de conducir a mi esposa a un lugar... ¿Puede decirme adónde?

—Aunque lo supiera no podría decírselo. Nosotros hemos de dejarla en un punto determinado, es cuanto sé.

José se volvió hacia su mujer. Su cara era un poema.

—¡Esto es de locos, Lucie! ¡Ni sé adónde te llevan, ni cuánto durará tu ausencia ni siquiera tengo un número de teléfono al que llamarte en caso de que ocurriera algo a nuestros hijos!

—Ya lo hemos hablado, querido. Si hay alguna urgencia sabes a quién llamar. No creas que todo eso es fácil para mí... No me lo pongas más difícil.

Lucie se alzó de puntillas para besar a su marido y subió a la limusina. El hombre de negro cerró la portezuela y se encaramó en el asiento del copiloto. El vehículo se puso en marcha, y Lucie, mientras con la mano diestra se despedía de José a través del cristal, con la izquierda, sin que él lo viera, se enjugaba con un pañuelito una lágrima que pugnaba por salir de sus ojos.

88

La granja de Colombier

El coche se detuvo en la intersección de la carretera del Bois de Boulogne y, con una brusca aceleración, se introdujo en el torrente circulatorio de París que, llegando al Arco del Triunfo, se convertía en manicomial. La mezcla de un sinfín de tipos de vehículos de diferentes velocidades hacía todavía más dificultoso el tráfico: los coches tocando las bocinas; los caballos asustados; los insultos cruzados entre un chófer y un cochero, el primero amarillo como si tuviera ictericia y el segundo con la nariz como el pico de un pato... *Sorte de jaune d'oeuf! Sorte de bec de canard!* Todo quedaba ahí, nadie se daba por ofendido por el coloquial torrente de palabrotas que era parte alícuota del idioma que se usaba en el tráfico de la capital. Lucie observaba todo aquello con el corazón encogido. En aquel momento, a solas consigo misma, consideraba fríamente la decisión que había tomado. De no ser por aquella maldita guerra jamás habría sido otra cosa que una feliz madre y esposa de un hombre importante. Pero las circunstancias pesan sobre las personas, y consideró la cantidad inmensa de gentes cuya vida había cambiado por causa de la guerra, hombres que en aquellos momentos serían soldados, camilleros o marinos y que al finalizar la conflagración volverían a los oficios de médicos, camareros o arquitectos, eso con suerte y si sobrevivían... Pensó en Félix, del que nada sabía y, aun así, era consciente del peligro que corría por el papel que éste había querido desempeñar... Nada menos que piloto de combate.

Los dos hombres que la acompañaban iban en absoluto silencio, y si a ella le hubieran preguntado por dónde había pasado para llegar hasta allí no habría sabido qué contestar. Se percató de que estaban en la avenue Haussmann, y se dio cuenta de que al llegar a la intersección con el boulevard des Italiens el coche aflojaba la marcha para, con un giro brusco, subirse a la acera e introducirse en un amplio portal con entrada para coches y caballerías.

El acompañante descendió del automóvil y de una puerta lateral salió a su encuentro un tipo con el cabello ensortijado que intercambió con el otro unas cuantas palabras. El hombre volvió a entrar por la puerta y salió de nuevo. Entonces ambos se acercaron al coche con algo entre las manos. El del pelo rizado abrió la portezuela y sin presentarse habló a Lucie, por lo que ésta dedujo que allí cada uno sabía lo que hacía y para lo que estaba.

—Buenos días, señora. No se ha hecho en su casa por no alarmar a su esposo, pero por su seguridad y por la nuestra es indispensable que le vendemos los ojos para acompañarla a su destino definitivo.

—Lo comprendo, señor…

—No importan los nombres. —Tras decir estas palabras el hombre subió al coche—. Si me permite…

En aquel instante Lucie vio lo que el hombre llevaba en las manos. Parecía un turbante con un antifaz de color carne en la parte delantera en el que se veían dos ojos pintados, de manera que una vez colocado nadie del exterior se percataba de que la persona que lo llevaba tenía los suyos tapados.

—¿Es necesario?

—Indispensable. Usted debe ignorar el lugar adonde va a ser conducida.

Lucie se resignó. Cuando, colocada de medio lado, percibió que el hombre le cubría la cabeza con aquel casquete y ella se quedaba totalmente a oscuras en manos de unos desconocidos, se preguntó si era prudente lo que estaba haciendo, si no sería mejor quitarse aquello de la cabeza y regresar a casa en un taxi. Pero no… Había tomado una decisión y quería mantener su palabra hasta el final.

Oyó que el hombre descendía del coche y cerraba la portezuela. Después se despidió con unas breves palabras del otro, que ocupó su lugar junto al conductor. Acto seguido, a la vez que el motor ronroneaba y se cerraba la puerta, el vehículo se puso en marcha.

Al salir a la calle giraron a la derecha, supuso Lucie que por el boulevard des Italiens, pero al cabo de unos tres minutos de vueltas y revueltas se desorientó por completo.

Al cabo de un cuarto de hora, más o menos, intuyó, por la disminución de los ruidos, que habían salido a la carretera. Allí perdió la noción del tiempo. Tras una reducción de la velocidad y un giro, por el crujir de las ballestas y los altibajos del camino dedujo que estaban en un sendero secundario. La voz del acompañante del conductor sonó cansina:

—Ya puede quitarse el turbante, señora. Hemos llegado a su nueva casa.

Lucie procedió. Se retiró con las dos manos aquella especie de capucha y al principio la luz diurna le impidió apreciar las cosas con claridad. El hombre ya había abierto la portezuela y la invitaba a descender tendiéndole la mano. Lucie cogió su maletín y bajó del coche. Sus ojos ya se habían acostumbrado a la claridad de la mañana, de modo que miró en derredor. Se hallaba frente a una granja rústica similar a tantas otras de la campiña francesa y la actividad que en ella se desarrollaba era la propia de un lugar como aquél; dos hombres con monos azules y sombreros de paja estaban unciendo un arado a una pareja de bueyes en tanto que otro provisto de los aperos correspondientes procedía a cambiar la herradura a una mula sujeta a un muro con un ronzal. Presidía todo aquello una construcción de piedra cubierta por un tejado de pizarra a dos aguas con tres ventanas en la parte superior y dos en la inferior, a derecha e izquierda de la puerta central. Adosadas a ambos lados había dos grandes instalaciones; una podía ser la cuadra y la otra un almacén para guardar paja y enseres. Los campos adyacentes parecían sembrados de maíz y de alfalfa, y al fondo se veía un gran vallado en el que pastaban vacas lecheras con sus terneros y un grupo de yeguas cuyos abultados vientres denotaban su preñez.

La voz del hombre la trajo de nuevo al presente.

—Nuestra misión ha terminado, señora. Sepa excusar las molestias ocasionadas. Aguarde un momento, que enseguida vendrán a buscarla.

Y a la vez que el hombre se subía al coche y éste arrancaba, de la puerta de la granja salía una pareja que se dirigía hacia ella. Su aspecto era el de un matrimonio francés de clase acomodada y de mediana edad; Lucie supuso que serían aficionados al campo y que aquélla quizá fuera su segunda residencia.

Al llegar a su altura, el hombre, de entre treinta y cinco y cuarenta años, la saludó jovial tendiéndole la mano. Su aspecto era saludable; tenía el cabello oscuro con algunas canas, ojos inteligentes y cara agradable, y bajo una nariz correcta lucía un pequeño bigote y una boca carnosa; vestía una camisa de cuadros grandes, granates y verdes, pantalones de montar, un pañuelo al cuello y unas botas de caña alta.

—Bienvenida, Lucie. Mi nombre es Philippe. —Y a la vez que señalaba a la mujer, la presentaba—: Ella se ocupará de todo lo relativo a su condición de mujer. Se llama Bécassine.

La tal Bécassine tenía más o menos la misma edad que Philippe, calculó Lucie; o puede que fuera algo mayor. Tenía el rostro ovalado, unos ojos grises de mirada inteligente y una boca grande que al sonreír mostraba una dentadura bien cuidada. Llevaba el cabello rubio recogido en un moño del que escapaban algunas guedejas, y vestía una blusa con pequeñas rayas marrones y rosas, una falda granate hasta el tobillo y calzado de campo.

La mujer también ofreció la mano a Lucie y, acto seguido, el trío se dispuso a entrar en la granja.

La sorpresa de Lucie fue grande, pues nada tenía que ver el aspecto exterior con lo que se encontró al traspasar el umbral, donde todo lo rústico desaparecía y se transformaba en un ambiente urbano decorado con el mejor gusto y adaptado a la función que debía desarrollarse allí dentro. El vestíbulo era circular y en él se abrían seis puertas, tres a cada lado, y en medio de ellas se hallaba la escalera que conducía al primer piso; a la derecha había un mostrador y detrás de él un hombre que manejaba una centralita telefónica en toda regla.

Philippe se volvió hacia Lucie.

—Ahora Bécassine la acompañará a su habitación. Acomódese y descanse. A la una la recogerá para comer y a las cuatro comenzará su instrucción. ¡Bienvenida a casa! ¡Ah! En el escritorio de su cuarto hallará papel y sobres. Durante su estancia puede escribir a su marido, nosotros nos ocuparemos de que la carta le llegue.

Lucie le agradeció la gentileza y, acompañada por Bécassine, subió la escalera que conducía al piso superior. En el mismo rellano había dos puertas y un arco, que separaba un gran salón interior con cinco puertas a su vez que correspondían a cuatro habitaciones y a un pasillo. La escalera continuaba hacia lo que Lucie supuso que sería una buhardilla que debía de dar a la parte posterior de la edificación, ya que desde donde el coche se había detenido no la había visto. Bécassine se adelantó y abriendo la primera puerta de la izquierda le mostró su habitación. En ella había una cama con dosel que, aun sin llegar a ser de matrimonio, era más ancha de lo usual; a su izquierda había una mesilla de noche y sobre ésta una lámpara con una pantalla de tulipa invertida de cristal biselado; enfrente había dos dobles puertas, la primera correspondía a un armario empotrado y la segunda a un pequeño aseo con una ducha. Mientras Lucie lo observaba, Bécassine aclaró:

—El escusado está al fondo del pasillo.

Lucie prosiguió su inspección. Al costado del aseo había una puerta con postigos que daba a un patio donde se veía ropa tendida y al que se accedía por una escalerilla que daba a la parte posterior de la casa; finalmente, a la derecha de la cama y arrimado a la pared había un escritorio con los correspondientes trebejos de escritura, cajones a ambos lados y el adecuado sillón giratorio de respaldo con barrotes de madera.

—Descanse y arregle sus cosas. —Bécassine observó la esfera de su reloj—. Más o menos dentro de una hora la recogeré para ir al comedor. Por la tarde comenzará su instrucción.

89

La última lección

L a actividad durante los sesenta días que Lucie permaneció en
Colombier fue febril; durante ese tiempo tuvo que ponerse al
día sobre cuestiones que a otros les llevaba aprender un semestre.
La dedicación de las personas que se ocuparon de ella fue absoluta
y, aunque coincidió en algunas actividades con varios internos,
teniendo en cuenta que su instrucción era peculiar, las horas que le
dedicaron a ella sola doblaban las que compartió con sus compañeros.

Philippe Barba y Bécassine Olivier eran dos de sus instructores,
a los que se sumó Louis Bragation y un polaco de aspecto pavoroso
original de Cracovia, llamado Tadeo Koska.

Philippe vestía siempre como el primer día y, en cuanto podía,
aprovechaba para montar a caballo. Era un médico psiquiatra que
se había especializado en los sistemas de cultivar las diferentes me-
morias que posee el ser humano. Con Philippe, que era quien dirigía
el grupo, daba Lucie su primera clase de la mañana, pues él sostenía
que la mejor hora en la que la mente podía ejercitar esa cualidad era
tras un buen descanso.

El lugar variaba. Cuando era en el interior de la casa, usaban la
biblioteca, una estancia muy espaciosa con las paredes forradas de
anaqueles repletos de libros, unos guardados en vitrinas a través
de cuyos cristales se veían los títulos en los lomos de sus muchos
volúmenes, y otros más al alcance de todo el mundo. También había
una mesa central con cabida para seis lectores con sus respectivas
lamparitas y carpetas para tomar notas, así como otras cuatro mesas
individuales en la periferia.

Tras un frugal desayuno que se suministraba a las siete de la
mañana comenzaban los ejercicios. En un principio, Lucie se vio
incapaz de poner en práctica todo lo que Philippe le indicaba.

—No se desanime. Dentro de una semana encontrará todo mucho más sencillo. Comenzaremos por las embajadas.

Philippe se dirigió a la librería y de su parte inferior extrajo una gran carpeta que abrió sobre la mesa. De ella sacó varias láminas sujetas por grupos con clips metálicos.

—Aquí tenemos todas las embajadas de los países beligerantes. La primera lámina es la foto del edificio y en su margen inferior están los datos de su ubicación y del entorno. A continuación, cada lámina corresponde a un plano de la planta de cada piso, con el nombre del uso que se da a la habitación. Si todo va según lo previsto, tendrá tres días para aprenderse cada una de ellas, Lucie.

—No seré capaz.

—No se infravalore… Y confíe en mí. Hoy empezaremos por la embajada de Alemania, acomódese aquí a mi lado y comencemos.

Lucie se sentó junto a Philippe con el plano desplegado sobre la mesa.

—La memoria, Lucie, es una potencia del alma desprestigiada, y sin embargo imprescindible. Se alaba la voluntad, se alaba la inteligencia de una persona… Pero la memoria tiene mala prensa. Es lo mismo que los defectos físicos: el bastón blanco de un ciego nos impresiona, pero el de un cojo no nos inspira nada… No sé si me explico, pero quiero que entienda que por mucho que usted estudie, si no retiene nada es como echar agua a un lavamanos sin tapón… La cultura es el acervo de cosas que retenemos de todo lo que escuchamos y leemos, pero todo requiere su tiempo y su aprendizaje.

—Temo defraudarlo.

Philippe no hizo caso de su comentario.

—Aquí tenemos la planta baja del edificio de la embajada alemana… Va usted a decirme el nombre de su mejor amiga.

Lucie lo miró extrañada.

—Suzette, es su nombre, pero no entiendo adónde quiere usted ir a parar.

Philippe volvió a obviar el comentario.

—Usted, Lucie, creará una historia imaginando que su amiga…, digo mejor, viendo cómo su amiga se pasea por todas las habitaciones de la planta baja y en cada una deja un objeto, un personaje o un recuerdo que nada tenga que ver con el uso al que esa habitación está destinada. Le pondré un ejemplo: su amiga entra en la embajada llevando un gran saco al hombro y de él extrae un gallo vivo que cacarea y lo coloca encima del paragüero; eso es algo anómalo que usted verá siempre que entre en el recibidor. Luego su amiga pasa al interior, y a la derecha —Philippe señaló con el dedo en el plano— hay una habitación que puede ser un despacho. En él su amiga instalará algo que es imposible que se encuentre allí; sobre la mesa solemne de ese despacho colocará, perdone la vulgaridad, un orinal de porcelana. Usted ya no olvidará esa habitación.

Sin darse cuenta, llegada la noche y ya en el duermevela, Lucie se paseó mentalmente por dos de los pisos de la embajada alemana en Madrid y lo hizo con la seguridad de un ciego con su bastón.

Al cabo de una semana Lucie había adquirido una confianza en sí misma como jamás imaginó.

Unos días más tarde la clase tomó otro cariz. Se trataba de que Lucie entrara en cualquier habitación de la residencia y permaneciera en ella un minuto para, a la salida, explicar a Philippe todos los objetos que había visto y los detalles más nimios. Y si la clase se daba en el exterior y transitaban por un camino, debía recordar los macizos de flores, los arbustos y los árboles que había ido observando al pasar.

Bécassine Olivier la introdujo en un tema para el que, según su criterio, Lucie estaba muy bien dotada. Se trataba de conducir las conversaciones al terreno que convenía para que el interlocutor bajara la guardia y se confiara. Le enseñó, asimismo, a expresar con la mirada el máximo interés y a ser capaz de escuchar otro diálogo al tiempo que sostenía uno con su interlocutor. Louis Bragation la introdujo en el sistema de las claves variables y la adiestró en el manejo de una serie de objetos que alguien que sería su enlace le entregaría en Madrid. Y Tadeo Koska, el Polaco, que así lo llamaban, le enseñó tres golpes, dos con la mano y uno con el pie, para, en caso de gran emergencia, quitarse de encima a un enemigo. En el primero se empleaba el perfil exterior de la mano abierta: un golpe seco en la nuez de Adán. El segundo consistía en dar dos palmadas a la vez en las orejas del enemigo, de ser posible alcanzándole hasta el mastoides.

—Si usted lo consigue, le garantizo que tendrá tiempo de salir de cualquier situación por comprometida que sea. Y finalmente y en la corta distancia, procure llevar siempre vestidos holgados, pues un rodillazo entre las piernas hace recapacitar al hombre sobre el sentido de las palabras con las que se distingue a las mujeres, «el sexo débil». Es una solemne majadería.

El aprendizaje llegó a su final, y en tanto Lucie recogía sus cosas y hacía su maleta repasó mentalmente los días de su estancia en

Colombier. ¡Jamás se habría considerado capaz de aprender lo que había aprendido, de hacer lo que había hecho y, en resumen, de servir para tantas cosas! Desde luego, sobre todo por las noches, se había acordado de los suyos, tal vez menos de los gemelos, ya que sabía que uno estaba en Aranjuez finalizando el veraneo en casa de los abuelos mientras que el otro seguía interno en Bilbao, aguardando a que empezara el curso. De Félix, en cambio, se había acordado mucho más pues su arriesgada vida la había incentivado a aceptar aquella misión. Por supuesto, también había añorado a la maravillosa persona que era su marido, un hombre capaz de aceptar y entender esa decisión suya de ayudar a Francia. Durante su estancia en la granja de Colombier había enviado tres cartas a José y había recibido tres de él. Cuando llegaron a sus manos, los sobres estaban rasgados y el texto había sido revisado. José le explicaba su quehacer de cada día y le hablaba de temas de la familia de Madrid, del comportamiento de Nico en casa de los abuelos y, asimismo, le daba noticia de los Segura en San Sebastián. Por lo visto los Fresneda aquel verano habían escogido otro lugar para pasar los días de la canícula.

El ruido de unos nudillos golpeando la puerta le hizo volver la cabeza.

—¡Sí! ¿Quién es?

La inconfundible voz de Bécassine llegó hasta sus oídos.

—Philippe la espera en la biblioteca.

—Ahora mismo bajo.

Escuchó los pasos de Bécassine alejándose, finalizó lo que estaba haciendo y, tras arreglarse el pelo delante del espejo, descendió hasta la planta baja. A través de los cristales divisó la silueta de Philippe con sus inconfundibles pantalones de montar paseando arriba y abajo. A la vez que daba unos ligeros golpes en la puerta, empujó el picaporte y se introdujo en la estancia.

—¿Quería verme?

—Sí, Lucie. Siéntese —la invitó Philippe, y él hizo lo mismo.

Una vez situados uno frente a la otra, Lucie tuvo la certeza de que aquella entrevista no era una mera despedida. Y el tiempo le dio la razón.

Philippe entró directamente en el tema sin preámbulo alguno.

—He de ser sincero... Cuando el señor Clemenceau me comunicó su idea pensé que era otra peregrina fantasía de las que tan aficionado es el viejo Tigre: supuse que me enviaría una dama parisina a

495

la que sin duda hacía ilusión jugar a ser heroína en la retaguardia y que ella, yo y todos en conjunto íbamos a perder el tiempo de un modo lamentable. Pero ha sido un craso error... Me he encontrado con una mujer dispuesta a trabajar por el bien de Francia y deseosa de servir a su patria. Francia sabrá agradecérselo, ya que en este oficio, Lucie, no suele haber ni medallas ni homenajes públicos.

—No vine aquí a por medallas, se lo aseguro, Philippe. Creo que, desde mi posición de española neutral por matrimonio, puedo servir a mi país, Francia, por el que nuestros jóvenes dan la vida en las trincheras y en los cielos.

—Sé que su hijo es piloto y también sé que este conflicto será largo, puesto que hay demasiado en juego y cada nación vela por sus intereses... Rumanía, por poner un ejemplo, ahora mantiene su neutralidad, pero hay quienes sospechan que ésta durará poco y se unirá finalmente a la Entente. Lo mismo podría decirse de Bulgaria... Ahora es neutral, pero quizá pronto se una al bloque de nuestros enemigos. Sea como sea, la cuestión es que la guerra se ha enquistado en las trincheras y va a costar mucha sangre. Cuando esta locura termine nada volverá a ser igual, y todos debemos poner de nuestra parte cuanto podamos para que acabe pronto y con la victoria final.

—Durante estas semanas he aprendido muchas cosas, aunque dudo de que sirvan para algo.

—España mantiene la neutralidad en el conflicto... Y mientras los beligerantes jueguen en él sus cartas, usted deberá estar con la caña presta a pescar en este río revuelto. Aquí hemos intentado elevar la potencia de sus capacidades, Lucie; de seguro que tendrá ocasiones de ponerlas en práctica, y de usted depende aprovecharlas. Y ahora voy a abrir la caja de Pandora... En cuanto le dé nombres, ya no podrá echarse atrás. ¿Está totalmente decidida?

—No me he encerrado aquí durante tantos días renunciando a mis hijos y a mi marido, para, llegado el momento de la verdad, salir corriendo.

—De acuerdo, Lucie, vamos a ello: ahora le facilitaremos los nombres de sus dos contactos en Madrid y recibirá instrucciones al respecto. Para finalizar, se le darán los nombres de las personas que debe procurar conocer. Recuerde que, en lo posible, no ha de tomar notas. Emplee la memoria que tanto trabajo le ha costado entrenar.

—Dispare.

—Usted conoce a unas modistas muy famosas de Madrid, son dos hermanas que también tienen casa en San Sebastián.

—Las Marinette, sí; me han hecho algunos trajes. Su taller está en la calle de Concepción Arenal... Pero ¿cómo sabe que las conozco?

—Como usted comprenderá, antes de dar el plácet para encargarle este trabajo se examinó su vida de arriba abajo, y si se le han hecho algunas preguntas ha sido para comprobar si quería usted ocultarnos alguna cosa. Cuando le encomiende su principal misión en Madrid entenderá, entre otras cosas y circunstancias, por qué fue escogida. Pero prosigamos... Usted encargará ropa en esas modistas y la atenderá una oficiala nueva, que acudirá a su domicilio cuando tenga que hacerle pruebas. Su nombre es Candelaria... Candelaria Aguado. Ella le transmitirá nuestras órdenes y la proveerá, tal como le dijo Louis Bragation, de unos juguetes que, llegado el momento, le serán muy útiles. Siga fielmente sus instrucciones; es una de nuestras mejores veteranas.

—Tomo buena nota, Philippe.

—La baronesa Mayendorff, de soltera Catherine Dorniel, es la esposa del jefe de sello de la embajada búlgara. Es francesa de origen, pero por su condición tiene entrada en todas partes. Ha sido captada por nuestro servicio secreto y puede ser desde una fuente bien informada a una útil aliada, si el momento lo requiere.

—¿Cómo me pondré en contacto con ella?

—No se preocupe, ella la buscará a usted.

Philippe respiró profundamente y el nervioso golpeteo de la punta del lápiz sobre la mesa anunció a Lucie que el verdadero motivo de toda aquella historia estaba a punto de serle revelado.

—Lo que voy a decirle a continuación, Lucie, es el nombre de la persona que debe ser el principal objetivo de su trabajo en Madrid. En este caso no es un colaborador nuestro... Es el enemigo. Es el agregado cultural de la embajada alemana en Madrid; no obstante, bajo esa tapadera se oculta el jefe del contraespionaje alemán en España y Portugal. Los generales Ludendorff e Hindenburg son sus padrinos, pero su auténtico apoyo es la influencia de su ilustre apellido. —Philippe hizo una pausa—. Lucie, ha de hacer todo lo posible por acercarse a él y conseguir que se confíe para sonsacarle cuanta información pueda.

—Dígame el nombre de tan ilustre personaje.

—Günther Mainz... Su familia, junto con la de los Krupp, forma el conglomerado del acero del Ruhr más importante de Alemania.

Un sudor frío invadió a Lucie y se aferró al borde de la mesa para no caerse.

Habló con un suspiro de voz:

—Yo conozco a esa familia.

—¿Por qué cree que, entre otras razones, la escogió Georges Clemenceau para esta tarea?

Lucie se ruborizó. De repente comprendió muchas cosas, y al hacerlo se sintió incómoda.

—Han investigado mi pasado también, por lo que parece...

Philippe se encogió de hombros.

—¿O tal vez han pensado que, dada mi relación con Gerhard Mainz, quizá podría seducir a su hermano?

Ahora fue Philippe quien se sonrojó.

—Nadie le pediría tal cosa...

Su tono no fue lo bastante convincente para Lucie, quien, ofendida, se puso en pie diciendo en voz alta y clara:

—Estoy dispuesta a hacer de espía por Francia, Philippe, pero no de prostituta ni a traicionar el amor que siento por mi marido. ¡Eso jamás!

90

Veterano

Tras más de un año de combate, el día de gloria de Félix llegó cuando le asignaron un SPAD VII con motor Hispano-Suiza que alcanzaba los ciento noventa y cuatro kilómetros por hora y podía ascender hasta los cuatro mil quinientos metros. En noviembre de 1915 abatió al primer avión enemigo y, trasladado al aeródromo de Reims, le montaron una ametralladora Vickers sincronizada con el paso de hélice, con lo que ganó frecuencia de tiro y su escuadrilla pudo competir en igualdad de condiciones con el temido Barón Rojo, auténtica bestia negra de todos los pilotos que osaban entrar en su territorio.

Manfred von Richthofen era una leyenda. La característica diferencial de su escuadrón Jasta era el color de sus aviones, el rojo, de ahí el sobrenombre por el que se lo conocía. El Jasta estaba compuesto por biplanos del tipo Albatros. Von Richthofen, cuya sola presencia en el aire hacía que los pilotos más bisoños se dieran a la fuga sin entablar combate, para distinguirse tenía un triplano pintado totalmente de rojo. Hasta que Francia no dotó a sus pilotos con los SPAD, podría decirse que los alemanes, con el Barón Rojo a la cabeza, fueron los auténticos amos de los cielos de Francia.

Aquella mañana de 1916 despegaron de Reims tres aparatos: dos SPAD VII, uno pilotado por el teniente Roland Garros, que iba al mando del ala, y otro por Félix; y un Breguet 14 pilotado por Rigoulot y llevando como cámara a Bernard Klein. La misión de los dos primeros era proteger el Breguet para que éste pudiera fotografiar el movimiento de tropas que estaba realizándose en las Ardenas, en los límites de Francia con Bélgica. La misión requería un especial cuidado ya que la autonomía de los aparatos exigía un tiempo limitado de vuelo, dada la distancia a recorrer de ciento ochenta kilómetros en línea recta y teniendo que regresar a la base.

A pesar de que el día había amanecido nublado, y por concentrado que estuviera en su misión, Félix no pudo ignorar la belleza de los campos de Francia. En una hora y veinte minutos estaban sobre el objetivo, y a un gesto del teniente Garros cada cual se concentró en su cometido.

Allí abajo se veía movimiento... El Breguet descendió, pues la luz de la mañana no era favorable y, puesto que se trataba de obtener buenas fotografías, era preciso acercarse más al objetivo. El teniente Garros y Félix vigilaban el horizonte sobrevolando en círculos. Súbitamente se abrieron las nubes y salió el sol, y Félix observó que el teniente dejaba caer su avión sobre la punta del ala derecha para acercarse al Breguet. De inmediato entendió la maniobra. Aprovechando la salida del sol y a contraluz, dos Fokker rojos del escuadrón de Von Richthofen habían salido de entre las nubes y se dirigían hacia ellos como dos moscardones enfurecidos.

Félix no lo pensó dos veces. Súbitamente todas las lecciones aprendidas aparecieron diáfanas en su mente. Su primera obligación era proteger el avión que, en aquellos momentos, cubierto por el SPAD VII del teniente Garros, había puesto rumbo sudeste. Uno de los Fokker fue tras ellos y el otro, ganando la distancia para ponerse a su cola, se dirigió hacia él protegido por el disco solar y disparando su ametralladora. Félix debía entablar combate impidiendo que se sumara a la persecución de sus compañeros. Su avión era más rápido y más preparado para maniobrar, y cuando ya sentía el aliento del alemán en el cogote tiró hacia sí de la palanca y, subiendo el alerón de cola y los flaps de una patada, obligó al aparato a hacer un *looping*. El avión alemán le pasó por debajo, de modo que al cerrar el círculo Félix debería encontrarse sobre su cola, habiendo invertido la situación. En aquel instante se dio cuenta de que el piloto alemán sabía lo que se llevaba entre manos. Cuando su avión cerraba el círculo y debía enfilar el rumbo del aparato enemigo, Félix se encontró con que éste, apenas rebasarlo, se había dejado caer sobre su ala derecha y, si bien estaba por debajo de él, no lo tenía enfilado bajo el fuego de su ametralladora Vickers. Entonces comenzó un juego de habilidades donde ambos pretendían ganar la posición. Los dibujos que ambos aparatos trazaron en el cielo duraron media hora. La mente de Félix trabajaba como una turbina a presión cuando, súbitamente, recordó una maniobra que le había enseñado el coronel Blériot; sólo la había ensayado una vez, debido al peligro que entrañaba. La había bautizado «maniobra imperial». El alemán iba tras él en el mismo plano, y Félix puso el potente Hispano-Suiza de su SPAD VII al máximo régimen. El otro entendió que abandonaba el combate porque habría sido tocado en algún punto vital en cualquiera de los tantos cruces habidos. Entonces, tras comprobar que el alemán lo seguía, Félix se jugó la última carta: con un brusco movimiento de sus pies, colocó el morro de su motor apuntando al cielo y con el rabillo del ojo vio al alemán. Félix sabía que el cárter abierto del motor de su enemigo no le permitiría aquella maniobra. Cuando ya parecía que su avión quedaba suspendido de un cable, completó el ángulo de giro y, haciendo medio tonel para recuperar la posición natural del avión, picó el morro hacia abajo y se enfiló en línea recta hacia el Fokker, que volaba en un plano inferior, y entonces, tal como le había enseñado Blériot, comenzó a disparar su Vickers en ráfaga continua por delante del morro rojo del aparato enemigo, calculando la demora del embroque de las balas con el avión del otro. Todo transcurrió en segundos, pero Félix tuvo tiempo de ver que el Fokker empezaba a arder y, entrando en barrena, se dirigía hacia el suelo como una bola de fuego. En ese momento, liberado ya de la tensión del combate, tuvo tiempo de mirar su tablero de instrumentos. El vello de la nuca se le erizó y un sudor frío le perló la frente bajo el casquete de cuero, pues la aguja del marcador de combustible estaba sobre el cero. En el largo duelo había agotado la reserva de su depósito, y el motor comenzó a ratear.

A la vez que su mente barajaba mil soluciones, en segundos pasaron por su cabeza los momentos más hermosos de su corta vida. Recordó a sus padres y a sus hermanos, y pensó que, al fin y a la postre, su existencia había valido la pena. Francia y sus amigos estarían orgullosos de él.

Félix prescindió del mapa que llevaba doblado sobre su rodilla derecha. Debía buscar el lugar más apropiado para hacer un aterrizaje de emergencia. Si sus cálculos no fallaban, había traspasado las líneas alemanas. El avión descendía en planeo y era urgente tomar una decisión; si no veía un lugar apropiado para intentar un aterrizaje tendría que saltar, y el tiempo para decidir era escaso.

Súbitamente se soltó la correa que lo amarraba al asiento y se puso en pie en el pequeño cubículo. Un pañuelo amarillo flameó al viento y le azotó el rostro. Faltaban segundos para que el avión cayera a plomo. Félix salto. Aguardó unos segundos y con el pulgar de la mano derecha tiró fuertemente de la anilla del paracaídas. Entonces recordó la frase del sargento Labelle: «Si un día tienen que saltar desde cuatro mil metros de altura se darán cuenta de la importancia que adquieren ese trozo de tela y esas cuerdas». El paracaídas se abrió como un paraguas, y Félix notó el tirón en las ingles y debajo de los brazos, así como el frenazo consiguiente.

En la lejanía se divisaba un pueblo. A partir de ese instante comenzó a descender sobre una masa arbórea a una velocidad de unos veinte kilómetros por hora, según calculó. En aquella circunstancia todo lo aprendido al respecto de la toma de contacto con el suelo no le servía para nada. Cayó sobre los árboles, sintió un crack importante en una pierna a la vez que una rama le golpeaba la nuca. El paracaídas se enredó entre el ramaje, y un dolor insoportable le subió por la ingle. No llegó a caer al suelo: se desmayó, y quedó como un polichinela roto colgando de las cuerdas del paracaídas con el guiñol de fondo de la campiña belga.

91

El despertar

Más que despertarse, Félix abrió los ojos; fue aquél un acto reflejo en el que su voluntad nada tuvo que ver. Muy lentamente su cerebro fue regresando, y en esa penumbra miró en derredor. Se apoyó sobre un codo y trató de incorporarse, pero el intenso dolor que le subió desde la rodilla izquierda hasta el muslo le avisó de que algo andaba muy mal. La cabeza comenzó a darle vueltas como un tiovivo. Cerró los ojos y volvió a recostarse. Sin tener en cuenta su mareo, el resto de sus sentidos fueron despertándose. El olor a cerrado y a humedad asaltó su olfato y el tintineo de una gota de agua que debía de salir de un caño y caer sobre un recipiente metálico alertó su oído. Félix abrió de nuevo los ojos e intentó apaciguar su entorno: en el techo se dibujaba el contorno de un cuadrado de luz y a su leve resplandor se esforzó por adivinar el perfil de las cosas. Alargó el brazo derecho y tocó la pared; al tacto, intuyó que era de roca y, asociando ese hecho a la luz cenital, supuso que estaba bajo tierra. Luego se tocó el rostro y notó que una barba rasposa y espesa adornaba su barbilla, de lo cual dedujo que hacía días que estaba allí. Al fondo a la derecha divisó el brocal de un pozo y sobre su pretil un cubo metálico sujeto por una cuerda que pasaba por la polea central. Félix se dio cuenta de que estaba recostado en un camastro cubierto con una manta. A la izquierda había una mesilla llena de cosas y junto a ella un pequeño taburete de los que se usaban para ordeñar vacas. Su mente comenzó a recordar en medio de una nebulosa… Lentamente se apartó la manta que lo cubría. Estaba desnudo. Tenía la pierna izquierda vendada y sujeta con fuerza a una tablilla, y en la derecha un gran apósito sanguinolento. Recuerdos deslavazados lo asaltaron: momentos de su combate aéreo; después otros ya hilvanados: su angustia al comprobar que no tenía combustible, el avión cayendo en barrena a quinientos metros del suelo y él comprobando que la tierra se le acercaba desde los tirantes que lo sujetaban a aquel retazo de seda cosido que le impediría estrellarse en aquella masa verde que se abría a sus pies y que lo engulliría. A partir de ahí, todo eran suposiciones. Lo único presente de continuo era el dolor agudo de sus piernas y el más discreto del bulto en la zona occipital de su cabeza.

Una cuestión era innegable: alguien lo había llevado hasta allí y había cuidado de él, de lo cual se infería que había caído en manos amigas. La conclusión lógica de aquel argumento le dio tranquilidad. No tenía otra opción que esperar.

Sabiendo que no podía hacer nada cayó en un espeso duermevela mezclando sueño y realidad hasta que un ruido nuevo y desconocido alertó sus sentidos. Oyó que alguien retiraba un pasador, se abría la trampilla del techo y, a la vez que entraba un rayo de luz, se movía el aire y una miríada de briznas de polvo doradas iniciaban un baile frenético. Luego alguien dejó caer una escalera de cuerda y vio unos pantalones de dril azul embutidos en unas botas de agua que descendían por el culebreante artilugio. La imagen que fue compareciendo a continuación era la de un muchacho con una melena corta y rubia que llevaba un jersey que le venía grande y sujetaba una especie de lechera en la mano izquierda. Al poner el pie en el suelo y darse la vuelta, el chico quedó tan sorprendido como el propio Félix.

El muchacho se fue hacia la pared, dejó la lechera sobre la mesa, descolgó un farol de mecha y la prendió con un mechero que se sacó del bolsillo. Un círculo de luz amarillenta se esparció por la estancia abriéndose paso entre las sombras. El recién llegado se acercó hasta el camastro y se sentó en el taburete para ordeñar. Félix siguió todas las operaciones con la mirada.

—¿Dónde estoy? —Su hablar era torpe y espeso.

El chico no respondió. En vez de ello, tomó un cuenco y abocando la lechera lo llenó de un caldo espeso. Luego, con un brazo, ayudó a incorporarse al herido y le acercó el tazón a los labios. Félix bebió con dificultad unos sorbos y, con ayuda del muchacho, se recostó de nuevo. Aquel pequeño esfuerzo lo había dejado exhausto.

—Hasta ayer te alimentamos con un pipero. Fue un proceso lento y azaroso, pero mi hermano Cyril y yo conseguimos que tomaras alimento. Tienes rotos la tibia y el peroné, y en esas circunstancias es asunto de mal arreglo. Un médico muy bueno, adicto a la causa y amigo nuestro te hizo una cura con pocos medios pero suficiente. Si no hay desplazamiento, dijo, podrás caminar, muy mal al principio, y si no tienes la fortuna de lograrlo es posible que te quedes cojo. Él ha venido ya a verte dos veces y volverá el martes. Y ahora respondo a tu pregunta: estás entre gente amiga en la Bélgica invadida por Alemania... Por poco tiempo, si Dios quiere. Y tú eres un piloto francés que cayó en paracaídas. Te diste un tremendo batacazo en la cabeza y has estado sin conocimiento. Mi hermano y yo te recogimos colgado de un árbol, desmayado y medio muerto, te bajamos a tierra y con dos varas y una lona hicimos unas parihuelas. Luego de enterrar el paracaídas te trajimos aquí, te escondimos y buscamos a nuestro médico. Si Cyril y yo vimos caer tu avión, los alemanes también debieron de verte; sus patrullas vigilan la zona, y sin duda estarán visitando todas las granjas de la comarca.

—Entonces ¿por qué te arriesgas?

—Porque soy una joven belga y han violado mi país.

Félix la observó con atención.

—Creí que eras un muchacho. Las botas... El mono.

—No voy vestida para las fiestas del pueblo, precisamente.

—¿Dónde estoy?

—Escondido en el semisótano de una granja cerca de Bastogne.

Félix cerró los ojos unos instantes y almacenó toda la información. Le pareció que la chica se incorporaba, y abrió los ojos de nuevo. La vio manipulando un frasco con tapón esmerilado y rasgando una torunda de algodón.

—¿Qué vas a hacer?

—Curarte la pierna derecha, como he hecho todos los días. El médico dijo que es muy importante que esa herida, por cierto muy profunda, no se infecte.

Félix fue consciente de su desnudez.

La chica apartó la manta y acercó el farol a los pies del camastro. Después, sin el menor reparo, le retiró el apósito de la pierna derecha y dedicó toda su atención a curarlo. Cuando hubo limpiado los bordes de la herida con el líquido del frasco, cubrió con la grasa de una cajita metálica toda la zona. A continuación, con gasas limpias, algodón y una venda, terminó su obra, cubrió de nuevo a Félix con la manta y comentó:

—Por lo visto lo hemos hecho bien, la herida tiene buen aspecto.

—Gracias por todo —musitó Félix—. ¿Cómo te llamas?

—Lily... Lily Rossengard. ¿Y cómo te llamas tú?

—Félix... Félix Cervera. Y quisiera saber más sobre...

—Ahora descansa. Tengo cosas que hacer, pero después te bajaré la comida y, si estás despejado, hablaremos. No hagas ruido aunque oigas arriba movimiento y voces… A veces las patrullas vienen sorpresivamente, y si te encuentran aquí escondido, nos liquidarán a todos.

Tras estas palabras y luego de poner un poco de orden en el sótano, Lily le dedicó una última mirada, se encaramó por la escalera y, poco después, la trampilla se cerró tras ella. Félix oyó que se arrastraba un mueble en la planta superior.

92

La carta

Perdón, señor, dos caballeros del Ministerio del Aire preguntan por usted. Los he hecho esperar en la salita morada.

Lucie miró a su marido con expresión inquieta. Desde que la guerra comenzó cualquier imprevisto la alteraba. Le costaba dormir, y José a veces la encontraba despierta de madrugada, fingiendo leer o simplemente sin hacer nada, absorta en sus funestos temores. La idea de que Félix estaba en peligro y de que ella había refutado colaborar con Clemenceau la atormentaba. Por eso se había negado a abandonar París, aduciendo que su madre la necesitaba. Sólo había viajado a España, acompañando a su marido, con el fin de visitar a sus otros hijos: Nico, que estudiaba en Aranjuez, y Pablo, a quien finalmente, tras un año de penitencia en el riguroso internado bilbaíno, habían mandado a estudiar con su hermano, cerca de donde residían sus abuelos paternos.

José, a la vez que dejaba la servilleta en la mesa, explicó:

—Ni en casa, en estos tiempos, puede uno desayunar en paz... Birkigt ha solucionado un problema de la refrigeración de los motores y estos días hemos trabajado hasta por la noche. —Luego se dirigió a Étienne—: Dígales que ya voy.

Ya en pie, José dio el último sorbo a su café y partió con el mayordomo.

La salita morada era una estancia de tamaño medio ubicada junto al vestíbulo que servía para que las visitas de cierto nivel aguardaran. Tras los cristales de la puerta divisó dos hombres. Uno de ellos vestía levita y pantalones negros, camisa blanca impoluta y corbata de plastrón, y estaba sentado con una cartera sobre las rodillas. El otro, un capitán de la aviación, dedujo del uniforme que llevaba, estaba observando los pequeños objetos que lucían en una vitrina. La llegada de José hizo que el primero se pusiera en pie y el segundo se volviera hacia él girando sobre los talones.

Tras los saludos de rigor y luego de presentarse, José les preguntó si gustaban de una copa, que rechazaron. Despidió a Étienne, y los tres se sentaron en el tresillo, José en el sillón principal.

—Caballeros, ustedes dirán.

Ambos hombres se miraron y el de la levita negra tomó la palabra.

—En circunstancias como ésta, somos dos los encargados de visitar a la familia. Por petición directa del señor Clemenceau, hemos venido el capitán Bernard Thierry, que fue instructor de su hijo en la escuela de Roger Blériot, como representante de su escuadrón, y yo en nombre del ministerio.

José se revolvió inquieto en su asiento temiéndose lo peor.

—¿Qué ha ocurrido?

El de negro, sin añadir palabra, extrajo de la cartera de mano que reposaba sobre sus rodillas un sobre lacrado y se lo entregó. José se llegó hasta el chifonier de palo de rosa situado debajo de la ventana, cogió un abrecartas y regresó a su sillón, en el que volvió a sentarse, más por contener el temblor de sus piernas que por otra cosa. Después de colocarse sobre el puente de la nariz unos pequeños lentes centró su atención en el sobre. En la solapa constaba el membrete del Ministerio del Aire, y en el envés, en perfecta redondilla, su nombre y dirección, y abajo a la derecha destacaba la palabra PERSONAL.

Rasgó el sello de lacre de la solapa y extrajo del sobre un pliego de papel de hilo doblado por la mitad. Nada más leer el encabezamiento, un sudor frío le bajó por la espalda y un movimiento reflejo lo obligó a aflojarse el corbatín y a desabotonarse la presilla de su cuello de celuloide.

Señor don José Cervera Muruzábal:

Este ministerio tiene la triste misión de comunicarle que su hijo Félix Cervera Lacroze cayó en combate en los cielos de Verdún el día 8 de abril de 1916, cubriendo la retirada de dos de nuestros aviones en misión especial y cumpliendo como un héroe con su deber.

La patria, agradecida, le ha concedido la medalla de la Legión de Honor, la más alta condecoración que puede recibir un caballero piloto.

Reciba con esta carta y en nombre de Francia nuestra más sentida condolencia.

Abajo una firma.

José, con la carta en la mano, tardó unos instantes en reaccionar. Después la dejó sobre sus rodillas, se retiró los impertinentes y se masajeó suavemente el puente de la nariz.

—¿Fue un derribo comprobado?

—Oficiales de una compañía de fusileros vieron cómo, tras derribar un avión enemigo, su aparato entraba en barrena y caía tras un montículo. Desde ese día se hicieron las gestiones pertinentes. Por lo visto, su aparato fue tocado en algún punto vital.

—¿Hay noticia de los que volaban con él?

—El capitán Garros con un SPAD VII y el alférez Rigoulot con un Breguet 14 pudieron escapar, gracias al heroísmo de su hijo, con una información fotográfica fundamental. Con su vida, Félix ha salvado la de mucha gente.

En aquel instante un ruido sordo, como el de un saco cayendo, se oyó tras la puerta. José, intuyendo lo que había pasado, lanzó la carta sobre el sofá y se precipitó hasta el vestíbulo. Allí, sobre la alfombra que había amortiguado el golpe, pálida como un cadáver, desmadejada como una muñeca rota y todavía con la servilleta del desayuno en la mano yacía el cuerpo de su mujer.

A José se le vino el mundo encima al comprender que Lucie, escuchando desde el otro lado de la puerta, se había enterado de la trágica muerte de su hijo Félix.

Étienne, el mayordomo, y Sibylle, el ama de llaves, ya se acercaban a la carrera por el pasillo. El hombre del ministerio y el capitán se asomaron, y en cuanto se hicieron cargo de lo ocurrido se ofrecieron para lo que hubiera menester. Entre José, el capitán y Étienne colocaron a Lucie sobre el sofá de la salita morada, y las órdenes se sucedieron como disparos. Sibylle fue a telefonear al doctor Junot, el médico de cabecera y amigo de José, al que Hipólito, el chófer, fue a recoger con el Hispano-Suiza. Después, por orden expresa de José, el ama de llaves telefoneó a Suzette y le rogó que acudiera inmediatamente. Luego fue a buscar el Agua del Carmen y el azucarero, y colocó un almohadón debajo de la cabeza de Lucie. Antes de que Sibylle le pusiera en la boca con mucho cuidado una pizca de azúcar empapada con el medicamento servida en una cucharilla de café, Étienne acompañó a los dos hombres a la biblioteca para que aguardaran allí hasta que Lucie se recobrara. Volvió en sí lentamente, pero fue como si no lo hiciera, pues, aparte de no pronunciar palabra, tenía la mirada fija en ningún lugar, como si estuviera ausente.

Los acontecimientos se precipitaron. Llegó el doctor Junot y, tras examinar a Lucie y entender la circunstancia, ordenó extremar los cuidados pues aquél no había sido un desvanecimiento común, y un impacto de tal calibre podía tener graves consecuencias en la mente de una persona. Después de pedir que llevaran a Lucie al dormitorio y de ordenar que fueran a la farmacia a comprar algunos medicamentos, hizo un aparte con José.

—Querido amigo, la noticia que ha desencadenado ese drama es la más grave que puede recibir una madre. Como médico no opino al respecto, pero sí, en cambio, me preocupa la manera impactante en que la ha recibido. Vamos a esperar cuarenta y ocho horas, pero debo decirle que cabe la posibilidad de que su cerebro haya quedado dañado.

José, doblemente afectado por todo lo ocurrido, indagó:

—Entonces ¿qué consecuencias pueden producirse, doctor?

—Un sinfín de secuelas, desde que se niegue a hablar durante días o meses porque su mente no admite el hecho, hasta preguntar un millón de veces qué ha ocurrido, pasando por que hable sin parar de su hijo como si estuviera vivo... Le diré más: incluso puede que mantenga conversaciones con él de cuando era niño...

—¡¿Qué me dice, doctor?!

—El cerebro es una caja cerrada de la que poco sabemos, y un suceso de tal calibre puede tener consecuencias imprevisibles. Mi consejo es: mucho descanso, mucho silencio a su alrededor y ninguna visita a excepción de las personas de su confianza y que velen su descanso. —Y a la vez que tomaba el sombrero y su cartera, añadió—: Volveré mañana por la mañana. Si hubiera alguna novedad, avíseme.

—Gracias por todo, doctor. El chófer lo acompañará a donde usted diga.

—Prefiero ir caminando. Ese invento del automóvil que usted fabrica ha hecho que los hombres dejen de hacer ejercicio... Las generaciones futuras lo pagarán.

Partió el doctor Junot y, luego de que José despidiera a los augures de su desgracia, Suzette llegó al palacete y se abrazó a él desconsolada. José le mostró la carta del ministerio.

—Es lo más horroroso que podía pasarnos, eso nos cambiará la vida a todos... ¿Dónde está Lucie?

—Arriba, en el dormitorio. Sibylle está con ella... El doctor Junot ha dicho que tiene que estar acompañada siempre.

Suzette se quitó el abrigo.

—Ya he venido con mi maletín porque pienso quedarme hasta que despierte. Así podrás entrar y salir y hacer lo que tengas que hacer. Pierre vendrá en cuanto cierre la tienda, y si hace falta también se quedará. ¿Has hablado con la madre de Lucie?

—Sé que debo explicarle todo lo sucedido, pero... no sé cómo hacerlo. Por favor, Suzette, habla tú con Monique.

—No te preocupes, yo me ocupo.

A partir de aquel momento toda la logística se puso en marcha. Suzette llamó a Monique Lacroze, quien al cabo de media hora ya había llegado al palacete de Neuilly, y cuál no fue su disgusto y el espanto de José cuando ambos se dieron cuenta de que la hija no reconocía a la madre. Por el contrario, alimentó las esperanzas de todos observar que los ojos de Lucie se iluminaban al ver a Suzette, que le tendía la mano y no se la soltaba.

José telefoneó a Madrid y la noticia convulsionó a sus padres, pese a que la suavizó inventando que Félix se había visto obligado a aterrizar tras las líneas enemigas, por lo que se suponía que los alemanes lo habían hecho prisionero. Don Eloy entendió entre líneas lo que su hijo pretendía comunicarle, pero Rita quiso creerse la noticia tal como se la contaba, por fortuna, pues en aquellas circunstancias era imposible desplazarse hasta Francia. Acordaron que en cuanto hubiera la menor novedad José se la comunicaría. El problema surgió cuando Rita pidió hablar con Lucie. José alegó que, por el momento, no estaba en condiciones de ponerse al teléfono y su madre lo comprendió. Con el paso de las horas, no obstante, esa excusa dejaría de ofrecer credibilidad. José preguntó a su madre después por Nico y por Pablo, quienes ya estaban internos en el colegio de Areneros de la Compañía de Jesús, y convinieron que los abuelos nada les dirían, que sus padres se ocuparían de ello en cuanto estuvieran en Madrid. De cualquier manera, don Eloy descubrió al día siguiente que su mujer llevaba ceñido a la cintura el negro cordón del hábito de santa Rita; después fue el turno de Perico Torrente y de Gloria, y a través de ellos la noticia llegaría a todas las amistades madrileñas de los Cervera.

José organizó los turnos de la casa de modo que Lucie no estuviera sola ni siquiera un minuto. La encargada de ordenarlo todo fue Suzette, y contó para ello con la ayuda inapreciable de Gabrielle, que adoraba a Lucie desde que era una niña y se había desplazado desde la residencia de la rue de Chabrol de madame Monique.

Para que durante la noche Lucie no estuviera sola, Suzette recurrió a la hermana Rosignol, quien destinó a dos de sus monjas para que cubrieran el horario desde las nueve de la noche hasta las ocho de la mañana del día siguiente; la propia hermana, en cuanto salía del despacho al mediodía, se instalaba junto a su amiga con un libro o una labor y a cada instante alzaba la vista para ver si algún detalle le revelaba que un recuerdo había regresado a la cabeza de Lucie.

A primera hora de la tarde del noveno día sonó el teléfono. Como en esas fechas todo eran urgencias, José no aguardó a que Étienne tomara el recado; cogió el auricular y se lo pegó a la oreja con la mano izquierda en tanto que con la derecha acercaba la boquilla a sus labios.

El impacto que le produjo el reconocimiento de aquella inconfundible voz lo hizo ponerse en pie como si hubiera llegado un visitante.

—Don José, al habla Georges Clemenceau. Sepa excusarme por no haber acudido todavía a hacerles compañía en tan duro trance, pero para hallar el momento necesitaría que los días tuvieran cuarenta y ocho horas... Pero, dígame, ¿cómo está Lucie? Mi enviado del ministerio me puso al corriente de lo acontecido.

José, tras excusarse y decir que se hacía cargo de todo, explicó la situación de su mujer y el abismo en el que había caído tras la terrible noticia.

—La pérdida de un hijo es lo peor que puede pasarnos, ni se imagina el dolor que siento... Cada día ruego a Dios que nos ayude a terminar esto, pues cada día mueren en las trincheras lo más granado de los hijos de Francia. Cuente conmigo para cualquier cosa que yo pueda hacer. La patria sabrá agradecer su servicio.

—Gracias por su llamada, señor. Tristemente, mi esposa no está en condiciones de recibir noticias ahora, pero cuando lo esté, que confiamos en que será pronto, sin duda su llamada la aliviará.

—Cervera, sé que está usted al corriente de todo lo que habíamos planeado con su esposa, y quiero que sepa que su aprendizaje fue brillante.

José no supo qué responder. Lucie le había contado todo lo sucedido en Colombier, y él la había adorado aún más al saber de su valentía y por conocer su decisión final, de la que no había querido darle más detalles. «He llegado a la conclusión de que eso no es para mí», le había dicho Lucie, y él no quiso indagar más.

—Lo importante ahora es que su esposa se recupere, Cervera. Insisto: manténgame informado. Buenas tardes.

La voz se apagó en el teléfono y José quedó en pie sin saber si lo sucedido había sido realidad o una mera ensoñación de su atribulada mente.

93

El gnomo

El doctor Gaston Lemonnier acudió a visitar a Félix al cabo de una semana. Cuando éste, desde su cama, lo vio descender por la escalerilla dedujo que era un hombre relativamente joven ya que sus piernas se movían con agilidad. Sin embargo, cuando ya llegó a tierra se dio cuenta de que se había equivocado: aquel hombrecillo podría tener más de sesenta años, pero era menudo y ágil como un adolescente. Lo mantenían en forma y en el pleno ejercicio de su profesión su vida en el campo y sus continuas visitas a las granjas alejadas, con su vieja tartana tirada por un caballejo en verano y, frecuentemente, con nieve en los caminos en invierno. Sin duda también contribuían a ello sus morigeradas costumbres, pues Lemonnier no fumaba ni bebía. Lily bajaba tras él.

Cuando el doctor llegó a su lado lo saludó sonriente y le tocó afectuosamente el rostro con el dorso de la mano. Luego se sentó a su lado mientras Lily se quedaba de pie. A la luz del candil, Félix observó con detenimiento el semblante del doctor Lemonnier: parecía talmente un gnomo de los cuentos de los hermanos Grimm, con su cara jovial de cutis arrugado, más por el contacto de la intemperie que por la edad; esos ojitos azules y vivarachos bajo una nariz bulbosa sobre la que jineteaba la montura metálica de unas gafas redondas; el bigote y la perilla blancos como la nieve y, en medio de la cabeza, un mechón de pelo peinado hacia un lado que tenía la vana pretensión de cubrirle la calva.

—Bueno, bueno, bueno... Según me dice Lily, por lo visto todo evoluciona bien.

—Creo que sí. Los dolores han disminuido y me siento más fuerte, pero necesito ayuda para todo, no soy capaz de valerme por mí mismo.

El médico, a la vez que le retiraba la manta, comentó:

—Aunque confirme ahora que es cierto que todo evoluciona bien, sepa, joven, que tiene usted para un tiempo todavía.

Lemonnier apartó el apósito y examinó la herida con mirada crítica, fijándose especialmente en los bordes. Luego, tras la consiguiente cura, la cubrió de nuevo y acto seguido le examinó la cabeza.

Mientras le palpaba la región occipital, comentó:

—Esto pinta bien, sí... Lo de la otra pierna, en cambio, está en manos de Dios, muchacho. Se ha hecho lo que se ha podido, dadas las circunstancias. El hematoma ha disminuido, de lo que deduzco que la rotura afectó a vasos menores, por lo que, si hemos tenido suerte y no hay desplazamiento, tiene usted para ocho semanas, más o menos, y luego habrá que recuperar la musculatura. No queda otra que tener paciencia y aguantar.

—Pero, ¡doctor, es urgente que regrese a mi país! Los pilotos de guerra somos imprescindibles.

—Los pilotos de guerra muertos no sirven para nada y no sé si es usted consciente del peligro que aquí corremos todos. —El médico se puso serio—. Tarde o temprano, alguna patrulla vendrá a registrar la granja. Si no lo han hecho antes es porque el territorio es muy grande y les falta gente para ejercer de policía. Conque tómeselo con calma. Y tenga en cuenta que Lily y su hermano están jugándose la vida por usted. Regresaré la semana que viene. Tú, Lily —dijo volviéndose hacia la chica—, sigue con lo mismo y estate atenta a la granja de los Colbert.

Tras estas palabras el doctor Lemonnier se dirigió a la escalera de cuerda, y cuando ya ponía el pie en el primer estribo preguntó a la chica:

—¿Cómo está tu pequeña?

—Tose mucho menos, y ya no tiene fiebre.

—Sobre todo que no se enfríe. —Luego, tras una duda, añadió—: ¿Sabes cuándo cayó Ferdinand?

—En los primeros días de la batalla de Verdún. Obligaron a salir de la trinchera a su compañía... Los alemanes los aguardaban tras las alambradas con ametralladoras. Fue una carnicería.

El médico, sujetando la cuerda con la mano derecha movió el rostro de un lado a otro.

—Días terribles, Lily, los que nos ha tocado vivir... ¡Cuídate mucho! Si algo os ocurriera a ti y a tu hermano, tu criatura quedaría sola en el mundo.

El pequeño doctor comenzó a ascender por la escalera, el extremo de la misma culebreaba en el suelo.

Un torrente de preguntas acudió a la mente de Félix... Lily, tan joven, era ya viuda. Esa terrible guerra iniciada a tantos kilómetros y por un motivo que nada importaba a la mayoría de los mortales había llevado la desgracia a un sinfín de familias que contarían entre los muertos a hijos, hermanos o maridos que ya nunca verían un nuevo amanecer. Su gratitud hacia aquella valiente mujer a la que le debía la vida le hizo tomar una decisión: si salía con bien de aquel lance, procuraría que nada les faltara ni a Lily ni a su hija durante toda la vida.

94

La decisión de Lucie

A las cinco semanas de la triste noticia la vida en la casa de Neuilly se había ordenado. Al principio fue complicado, pues al
correr el rumor por París, la cantidad de personas, sobre todo damas de la sociedad, que se desplazaron hasta allí fue numerosa, unas
por verdadero afecto, otras por cumplir socialmente y poder decir a
sus amistades que sabían todo «de buena tinta», y finalmente, también hicieron acto de presencia los interesados en los tratos comerciales con José Cervera. El caso fue que durante los primeros días
tuvo que hacerse todo sobre la marcha porque era imposible regular
aquel tráfico, en especial por las tardes. A pesar de todo, Suzette
había conseguido, dentro de lo anómalo de la situación, poner orden en el hogar, siempre priorizando el bienestar de Lucie y la conveniencia de José, quien, desbordado de trabajo en esos particulares
días, iba y venía a su casa en cuanto podía escaparse de la fábrica y
tenía un momento, que dedicaba a su mujer.

A mediados de 1916 el conflicto parecía haberse estancado. La
guerra de trincheras que llevaba consigo disentería, ratas, barro y
miedo esperando el ataque nocturno del enemigo había agotado el
espíritu bélico de la tropa y su malestar se acrecentaba con fusila-
mientos a los desertores, por lo que las voces en uno y otro bando
pidiendo paz eran muchas, principalmente por parte del presidente de
Estados Unidos, Woodrow Wilson, y del Santo Padre Benedicto XV.

Durante esas cinco semanas, el doctor Junot había visitado con
frecuencia a Lucie, y su diagnóstico era siempre el mismo. Aquella
mañana, luego de observarle cuidadosamente con una linterna el
fondo de los ojos, opinó:

—Su estado general es bueno. Nada podemos decir, Suzette… Su
cerebro está asimilando la terrible noticia y, si consigue hacerlo, el
día menos pensado puede despertar. Pero ignoro cuándo.

—Doctor, ¿podemos hacer algo al respecto?

El doctor Junot meditó unos instantes.

—Me aventuraría al decirlo, pero yo creo en esas cosas...

—Diga lo que sea, doctor.

—Procure tener al alcance de su vista recuerdos de su hijo: fotos, alguna prenda peculiar, un regalo del chico que le hiciera mucha ilusión... En fin, cosas que puedan estimular su cerebro. —El doctor, ayudado por Suzette, se puso el abrigo—. Consúltelo con el señor Cervera. Esas cosas daño no pueden hacer y a veces dan resultado.

—Descuide, doctor, así se hará.

A la mañana siguiente todos los marcos que encontraron en la casa con fotos de Félix o de excursiones familiares, así como una cazadora de cuero de piloto y el primer cuchillo de monte que José regaló al chico, estaban expuestos en derredor de Lucie.

Luego de que se fuera la monjita que la velaba por la noche, cubría la mañana Monique, quien se quedaba a comer, y a las cuatro Suzette se instalaba junto a su amiga hasta que a la hora de cenar regresaba José. Aquella tarde Suzette no tuvo tiempo de cambiarse: la guerra había impuesto nuevas modas de las que estaban excluidos los adornos y los floripondios. La mujer, que se había incorporado al trabajo, había sustituido el corsé por la faja y vestía ropas prácticas; en vez de historiados sombreros usaba boinas, y desde luego los escarpines de alto tacón con hebilla habían caído en desuso. Suzette ya estaba a punto de coger su gabardina cuando recordó algo que le hizo cerrar la puerta de su piso y volver a adentrarse en él. Creía saber dónde lo había puesto, pero no estaba segura... Fue al dormitorio, cogió la silla donde Pierre dejaba la ropa antes de acostarse, la colocó junto al armario y de un ágil brinco se encaramó en ella. Sobre la luna del cuerpo central había un espacio para guardar las maletas. Recordaba haberlo puesto dentro de una sombrerera... Revolvió bultos, apartó un neceser y por fin vio la caja redonda detrás de una alfombra enrollada. La arrastró hasta el borde y desde allí la lanzó a la cama. Después bajó de la silla y se dispuso a abrir la sombrerera. En un principio el oxidado cierre se le resistió, de manera que tomó una horquilla de un cenicero y hurgó con ella en el ojo de la cerradura. Un ligero clic denunció el salto del pasador. Abrió la tapa entonces, que quedó tiesa sujeta por una cinta, y apartando el papel comprobó que su memoria no le había fallado. Allí estaba el primer regalo que, como madrina, había hecho a su ahijado: un oso de peluche marrón al que le faltaba el botón negro azabache de un ojo y tenía la oreja arrugada porque Félix la había chupeteado durante años, sin el cual se negaba a dormir de niño.

Suzette, ni corta ni perezosa, se hizo con el peluche, lo metió en una bolsa, volvió a ponerse la boina y la bufanda, cogió la gabardina, tomó el paraguas y, tras cerrar la puerta con doble vuelta de llave, salió a la calle, donde una lluvia pertinaz caía sobre París. Tuvo suerte, pues en aquel preciso momento un taxi dejaba un pasajero justo enfrente de su portería. Suzette subió al vehículo y, tras dar la dirección al chófer, se dirigió al palacete de los Cervera.

Nada más llegar, Sibylle le dio la noticia:

—La señora ha comido poco. Aurore está ahora con ella.

En tanto Suzette entregaba al ama de llaves el último número de la revista *Harper's Bazaar*, su preferida, que ella ya había leído, le preguntó por las llamadas de teléfono.

—Madame de Fresance ha llamado dos veces y madeimoselle Gállenme ha anunciado que vendrá esta tarde… Ha dicho que usted ya la conoce.

—Avíseme cuando llegue, Sibylle, y bajaré a verla.

Suzette guardó la boina en el bolsillo de la gabardina y entregó ésta a Sibylle junto con la bufanda y el paraguas. Acto seguido se dirigió al salón del primer piso con la bolsa en la que llevaba el osito. El fuego crepitaba en la chimenea y gruesas gotas de lluvia golpeaban los cristales de las dos grandes ventanas, resbalando vacilantes y perezosas hacia la nada. Suzette pensó que eran como lágrimas de ángeles derramadas por los jóvenes de Europa que consumían lo mejor de sus vidas en las trincheras, entre el barro y la sarna, mandados allí por adustos políticos de frac y militares ambiciosos que jugaban a ser Dios desde sus cómodas poltronas y frente a los mapas que marcaban los límites del frente.

Cuando oyó el picaporte de la puerta, Lucie alzó la mirada, esa mirada vacía que nada parecía ver. Después, refugiada en sus ignotos pensamientos, volvió la vista hacia el fuego de la chimenea.

Suzette la besó en la frente, como de costumbre, y revisó el horario de la toma de medicinas que figuraba en una mesita auxiliar. A continuación sacó el osito de la bolsa y lo colocó delante de su amiga, sentado en un pequeño balancín. Acto seguido rebuscó en su bolso de mano hasta dar con la novela que estaba leyendo, ocupó el lugar de siempre y encendió la lamparilla de lectura.

Habían transcurrido aproximadamente unos veinte minutos cuando Suzette alzó la vista y se dispuso a poner un nuevo leño en la chimenea. La voz de Lucie, suave y temblorosa, llegó hasta ella:

—¡Mi pobre niño…! ¡Ya nunca más podrá jugar con él!

Suzette tuvo que contenerse. Todo su ser la impelía a formularle preguntas, pero enseguida recordó la recomendación del doctor Junot: «El día que comience a hablar, no le mencionen lo que le ha ocurrido ni le pregunten cómo se encuentra. Limítanse a seguirle la corriente con frases cortas para que su cerebro se despierte poco a poco y continúe hablando; de no hacerlo así, podría bloquearse otra vez». Suzette se oyó decir:

—Eso nunca se sabe, Lucie. De vez en cuando, aún visto y desvisto a mi muñeca.

Tras ese esfuerzo Suzette quedó temblorosa y muda, aguardando la respuesta de Lucie. Ésta tardó en llegar:

—A Félix sólo le gustaban los aviones… —Y después—: ¿Cómo se llamaba tu muñeca?

—Tú fuiste su madrina. Colette, le pusiste.

—Por eso te hice madrina de Félix.

Suzette seguía temblando. No sabía qué hacer, si llegarse hasta Lucie y besarla, si continuar hablando o si aguardar a que ella lo hiciera.

Un llanto convulso y repentino sacudió el cuerpo de Lucie, que miró a su amiga y le tendió los brazos. Suzette ya no dudó. Se llegó hasta Lucie y ésta se abrazó a su cintura como un náufrago a una tabla. En tanto le cubría la cabeza de besos, Suzette tiró de la borla del cordón que hacía sonar la campanilla de la cocina. Al cabo de un instante la puerta se abrió y aparecieron a la vez Sibylle y Étienne.

—¡Deprisa! Llamen al doctor Junot, que venga inmediatamente… Díganle que la señora ha despertado.

Al cabo de una semana Lucie era otra persona. Su físico se había repuesto. No así su espíritu. El doctor Junot, tras asombrarse de su rápida recuperación, recomendó que diera largos paseos por el parque, cosa que hizo siempre en compañía de Suzette, quien cambió para ello su horario de trabajo, y también le recetó compuestos de fósforo y que incluyera en sus comidas legumbres y frutos secos.

Con más fuerzas ya, Lucie telefoneó a Georges Clemenceau. Él se puso inmediatamente al aparato y, después de comunicarle sus más extraordinarias congratulaciones por su recuperación, se excusó por no poder ir a verla de inmediato y le reiteró sus disculpas por el malentendido que la había alejado de las actividades que le había propuesto meses atrás. Lucie, en cambio, manifestó con contundencia que había cambiado de opinión.

—De ninguna manera, Georges. A partir de ahora, aparte de mi familia, ése será mi principal cometido en la vida. Voy a seguir el ejemplo de mi hijo y ocuparé su lugar.

—Es usted muy valiente, Lucie. Con personas como usted, seguro que Francia saldrá de este mal paso.

El tema lo había tratado con su marido el día anterior a la hora de comer. José porfiaba.

—Éste ha sido un trago muy duro... Y tienes dos hijos en una edad difícil que te necesitan. Además, acabas de salir de algo muy serio que lo mismo que ha durado cinco semanas podría haber durado meses, años, quizá... o peor, pues el doctor Junot me dijo que hay gente que no sale nunca de eso. Tu primera obligación es recuperarte.

—Se lo debo a Félix. Desde el principio de sus días su vida fue complicad, tú fuiste su verdadero padre... Su legado me obliga a tomarle el relevo, y si únicamente una de mis acciones tiene éxito, habré derribado a un enemigo en su nombre.

La cuestión se prorrogó durante varios días hasta que finalmente José cedió.

—Querido, debemos regresar a Madrid. Mi campo de acción está allí, y si has de ir y venir hay la misma distancia de Madrid a París que de París a Madrid. Por otra parte, así estaremos más cerca de Nico y de Pablo.

Y fue así como, tras despedirse de su madre y de las gentes de la rue de Chabrol, de Suzette y de Pierre, de sus amistades parisinas y de dar un generoso donativo a la hermana Rosignol para el hospital Lariboisière, el matrimonio Cervera, acompañado por Étienne, Aurore e Hipólito, dejando a Sibylle en París al frente del resto del personal, partieron en el expreso nocturno desde la Gare d'Austerlitz hasta San Sebastián. Allí cambiarían de tren y seguirían viaje a Madrid.

Durante el trayecto, Lucie y José tuvieron tiempo de hablar de muchas cosas. Acomodados en el cálido refugio del vagón de fumadores con las conversaciones amortiguadas por el rítmico traqueteo del tren, José observaba orgulloso a su mujer.

—¿En qué estás pensando en este momento?

Lucie lo miró con ternura.

—Desde que pasó lo que pasó, siempre pienso lo mismo: en Félix. Ocupa la totalidad de mi pensamiento... Algo dentro de mí se niega a admitir que ya no volveré a verlo.

—Hemos de pasar esa dolorosa página o no podremos vivir.

Lucie miró a través de la ventanilla el campo de trigo salpicado de amapolas que en ese momento desfilaba ante sus ojos.

—Me parece injusto que el mundo siga viviendo sin él. Era tan joven y tan idealista...

José, como siempre, intentó introducir un elemento de consuelo.

—Dios se lo ha llevado en el tiempo de los donceles haciendo lo que más le gustaba, que era volar... Desde que tuvo uso de razón, no sufrió ni un momento de infelicidad, tuvo la suerte de tener una madre increíble y yo lo quise como si fuera hijo mío. Personalmente, prefiero calidad de vida que cantidad de años, Lucie. Además, consuela saber que Dios se lleva siempre a los mejores.

—Eso es un tópico, José, y lo sabes. Cuando llega la hora, ¡adiós! Pero a Félix le llegó muy pronto. La vida es dura, pero es maravillosa... y mi hijo se ha perdido muchas cosas. No conoció el amor de una mujer, no tuvo un hijo en sus brazos y quemó en aras de un ideal lo mejor de su juventud.

Hubo una pausa entre el matrimonio.

—A veces, Lucie, tienen que pasar cosas terribles para que sepamos valorar otras maravillosas que vienen después. Nunca hablo de ello, pero tú conoces la tremenda circunstancia por la que pasé. Si en aquellos instantes me dicen que después te conocería y que volvería a enamorarme como un colegial, no lo habría creído.

—¿Quieres decir que algo podrá compensarme la muerte de Félix?

—Quiero decir que nos pasarán cosas maravillosas y que juntos afrontaremos esto.

El tren se detuvo en la estación de Tours. Eran las doce de la noche y el matrimonio seguía hablando en su cabina. Lucie se había desnudado para ponerse el camisón.

—¿Sabes lo que te digo?

Lucie observó a José con expresión interrogante.

—¡Sigues teniendo el cuerpo de una muchacha de veinte años!

Lucie dejó la prenda que iba a ponerse a un lado y se abrazó a su marido. Desde la desaparición de Félix no habían vuelto a hacer el amor. Luego de aquel gesto de afecto, se separó algo de él.

—Si quieres, lo probamos... Pero no sé si voy a poder.

José la tomó en sus brazos y la acostó con delicadeza sobre la litera. Después se desnudó rápidamente, trastabillando al quitarse los pantalones, y se echó a su lado.

Hicieron el amor como dos hambrientos que mendigaran el último mendrugo de pan del último día de su vida.

Luego, cubierta únicamente con una sábana y con la cabeza apoyada en el hombro de su marido, Lucie habló:

—Gracias por esto, José. Creí que ya nunca más volvería a sentirme mujer… Espero que mi hijo, allí donde esté, me comprenda.

José la besó en la frente.

—Seguro que sí. Y no dudes que se sentirá feliz.

95

La llegada a Madrid

Llegaron a Madrid el viernes por la mañana, y en la casa de la calle Velázquez los aguardaban los padres de José junto con Perico y Gloria, quienes, avisados de su llegada mediante un telegrama, habían acudido al encuentro de sus amigos. Nico y Pablo saldrían del internado la mañana siguiente y hasta el lunes no tendrían que reintegrarse a la disciplina del colegio de Areneros. Luego de los saludos y los abrazos de rigor, si cabe en aquella ocasión más apretados que nunca, doña Rita, nada más ver a su nuera, comprendió el alcance inmenso de su desgracia y cogiéndola por la cintura la condujo hasta la sala de estar contigua al comedor cuya chimenea estaba encendida porque aquél estaba siendo un duro invierno en Madrid. Las dos mujeres se sentaron muy juntas y doña Rita, que nunca se había mostrado excesivamente cariñosa con ella, en esa ocasión se entregó. Con las manos de Lucie entre las suyas, musitaba una y otra vez:

—¡Perdóname, hija, nunca fui justa contigo! Y si no te pido perdón, mi confesor no me dará la absolución.

Lucie, a la que la muerte de Félix había movido sus estructuras y ahora encontraba banales muchas cosas a las que anteriormente había dado importancia, besó con auténtico afecto la húmeda mejilla de su suegra y, empleando un término que jamás había usado, respondió:

—Mamá, no tiene importancia… Ya casi nada tiene importancia.

Gloria, que por discreción las había dejado adelantarse, se sumó a ellas y quedaron las mujeres junto a la chimenea. En tanto José iba a las cocinas a hablar con el personal, Perico y don Eloy se dispusieron a charlar en el despacho de este último. Una vez allí instalados, Perico introdujo un tema que le rondaba la cabeza desde el momento que conoció los pormenores del derribo de Félix.

—Por lo que me explicó su hijo, deduzco que los soldados que estaban en tierra vieron desde su posición en la trinchera que el avión de Félix comenzaba a caer, pero la colina les impidió ver si saltaba en paracaídas y no tuvieron la evidencia de que se estrellaba con el aparato.

—¿Qué insinúas?

—Que nadie puede tener la certeza de que Félix haya muerto. En el fondo, todo son especulaciones.

Don Eloy vaciló.

—Háblalo con mi hijo. Lo que sé es lo mismo que sabes tú, pero tu observación no es infundada.

—Y mientras hay vida hay esperanza, ¿o no es así? El gobierno francés puede darlo por desaparecido, pero no por muerto, máxime cuando él había derribado a su rival y no había ninguna otra aeronave en el cielo.

Don Eloy se acarició lentamente la barba.

—Insisto, coméntalo con mi hijo, ya que tu observación tiene fundamento. Pero no quiero que mi nuera conciba vanas esperanzas... Ya ha pasado por este duelo una vez, y casi le cuesta la vida. No deseo que pase dos veces por este trance.

—Don Eloy, no hay peor gestión que la que no se hace... En el despacho de las Cuatro Calles estamos hasta arriba de trabajo y José deberá viajar a París casi cada semana. Él conoce al rey, más le diré: Alfonso XIII es su amigo. Tiene que ir a verlo y a introducirme a mí en palacio para que, en su ausencia, yo pueda seguir las gestiones.

—Pero ¿qué gestiones quieres seguir?

—Las que conduzcan a saber el verdadero final de Félix. No podemos quedarnos con una mera especulación.

Ante la mirada inquisitoria de don Eloy, Perico prosiguió:

—Aunque no seamos beligerantes, como súbditos del rey la Oficina Pro Cautivos es un logro que también nos pertenece un poco a todos. Y no olvide que la creación de dicha institución por parte de Su Majestad es la que ha propiciado que se especule en Madrid acerca de que don Alfonso XIII pueda ser el próximo Nobel de la Paz.

Todo comenzó de manera casual cuando el rey recibió una carta de una lavandera francesa que le pedía ayuda para conseguir localizar a su esposo, quien había desaparecido durante la batalla de Charleroi.

Ante la avalancha de correo recibido con posterioridad, Alfonso XIII había creado en 1915, en el Palacio Real, un servicio que las gestionase y que coordinase todas las acciones necesarias; así nació la Oficina Pro Cautivos. Para ello, el rey se apoyó en personas de su confianza que habrían de realizar las actividades de recepción en palacio, así como miembros de su familia y diplomáticos para efectuar la búsqueda fuera del país. Los objetivos principales fueron: auxilio informativo a las familias, servicio de canje de prisioneros y repatriación de heridos graves, y contactos con las naciones en guerra. La correspondencia se dividía por países, y se pasaba la información obtenida a la familia real, a los militares y a los diplomáticos españoles. Ventaja importante fue que Su Majestad la reina doña Victoria Eugenia de Battenberg fuera británica, en tanto que la madre del monarca, doña María Cristina de Habsburgo y Lorena, era austriaca de origen, lo que sin duda ayudó a que mucha información llegase a esos países gracias a la red de contactos familiares.

Cuando José se reintegró a la charla de los hombres, don Eloy propuso a Perico que comentara sus dudas con su hijo:

—José, hace varias noches que me ronda la cabeza algo que no me deja descansar...

La explicación fue prolija y razonada, y José se agarró a ella como a un clavo ardiendo.

—Todo lo que sea mantener viva la llama de la esperanza me parece maravilloso, pero ha de ser sin despertar grandes expectativas, pues no quiero que esa llama prenda en el interior de Lucie. Su corazón no resistiría, por segunda vez, la muerte de Félix. Mañana sábado vendrán Nico y Pablo del colegio, y he de decirles por lo menos que su hermano Félix ha caído prisionero. No será tarea fácil, tienen ya quince años y no son tontos. Saben que su madre ha estado enferma. Habrá que inventar algo... Hemos estado fuera más de cinco meses y la guerra no es suficiente motivo. Todo el fin de semana estaremos con ellos. En cuanto a hablar de este asunto con Su Majestad, el lunes me pondré en marcha para pedirle audiencia.

Al día siguiente Nico y Pablo llegaron del colegio de Areneros de la Compañía de Jesús para pasar en casa el fin de semana. El encuentro fue muy diferente a lo que Lucie había esperado. Físicamente, los vio mayores y mucho más hombres, pero en cuanto a su actitud, los halló reservados y distantes. Aun sintiéndolos como renuentes a cualquier muestra de cariño, los abrazó, y sobre todo percibió a Pablo muy reacio y respondiendo a sus preguntas con monosílabos. El tiempo transcurrido en aquella edad tan delicada hizo que los primeros momentos fueran difíciles, pero después la tensión fue relajándose y, finalmente, la gravedad que ambos chicos intuyeron cuando su padre los hizo sentar en su despacho anunciando que tenía que decirles algo muy importante obligó a que las vergüenzas y reservas de la pubertad pasaran a un segundo plano. Los dos hermanos se sentaron frente a su padre y Lucie ocupó una silla al lado de José. El día anterior por la noche el matrimonio había acordado cómo explicar a los gemelos el drama acontecido.

José, nervioso, jugó con la regla que tenía sobre la carpeta.

—Queridos hijos, hemos de confesaros que vuestra madre y yo le hemos dado muchas vueltas al momento que vais a vivir ahora, pero teniendo en cuenta que ya sois dos hombres os trataré como tales. Somos una familia unida y a partir de ahora cualquier cosa que nos ataña a todos la compartiremos juntos... Lo que os tengo que comunicar es muy duro.

La voz de Nico interrumpió grave y dudosa, y la frase, en vez de interrogante, sonó afirmativa:

—Han derribado a Félix...

Lucie y José se miraron sorprendidos y su silencio fue más estruendoso que esas palabras.

Nico se levantó y, rompiendo el muro que se había creado a la llegada del colegio, se abalanzó hacia los brazos de Lucie con los ojos arrasados en lágrimas.

—Lo sabía, madre, sabía que un día u otro eso podía ocurrir... A Félix le tiraba más el cielo que la tierra.

Pablo se puso en pie sin saber qué hacer. Después, con un raro brillo de rencor en los ojos, espetó a sus padres:

—¡Es culpa suya! ¡Si en vez de mimarlo y concederle todos los caprichos se hubieran ocupado de educarlo en un internado duro, como hicieron conmigo, eso no habría ocurrido!

Y dando media vuelta Pablo abandonó el despacho.

Nico, al ver el desconcierto de sus padres, intentó, como siempre, excusar a su hermano:

—No le hagan caso, ya saben cómo es.

Lucie apartó a Nico de su lado y miró a su marido.

—Tal vez Pablo tenga algo de razón.

—¡Mamá, no diga tonterías! Suelta lo primero que le viene a la boca y luego se arrepiente.

—Voy a por él. Quédate con tu padre, Nico, que vuelvo enseguida.

Lucie salió de la habitación, y Nico rodeó la mesa y abrazó a su padre. Luego se apartó y, mirándolo a la cara, indagó:

—Padre, dígame la verdad… ¿Félix ha muerto?

José hubo de reconocer que Nico ya casi era todo un hombre.

—No lo sabemos, hijo… No lo sabemos de cierto, pero te juro que en cuanto yo lo sepa, tú lo sabrás.

Al día siguiente por la noche, el matrimonio, ya en la cama y antes de apagar la luz, comentó, como siempre, las incidencias de la jornada: habían pasado con sus hijos el fin de semana intentando recuperar el tiempo perdido. Nico estaba obsesionado por averiguar todos los detalles del derribo de Félix. Luego de explicarle cuanto sabían y dejando abierta una puerta a la esperanza porque realmente no tenían la certeza de su muerte, ya todo fue fácil. No así con Pablo, quien se mostró hosco y poco hablador en todo momento. José, en atención a su mujer, intentaba zanjar el tema para no hacerla sufrir más, pero la admiración que Nico sintió siempre por su hermano mayor hacía que volviera una y otra vez sobre la cuestión. Aportaba tantos datos que José se extrañó de que entendiera tanto de aviones y de que estuviera al día de los últimos adelantos sobre los motores que él fabricaba.

—Si la guerra dura y tengo la edad requerida, yo también quiero ser piloto.

Lucie palideció.

José se volvió hacia su hijo.

—Una cosa será que estudies aeronáutica y que después me ayudes en la fábrica, pero de eso a volar… empieza a olvidarte. Esta familia ya ha contribuido de una forma muy dolorosa al progreso de la aviación y a cumplir con la patria.

Pablo, que había permanecido callado durante todo el diálogo, miró a su hermano.

—Siempre fuiste un romántico… ¿Sabes por qué va a terminarse la guerra antes de que tengas la edad?

—Dímelo tú, sabihondo.

—Pues voy a decírtelo, sí… Las naciones no pueden mantener la sangría que supone una guerra. En el fondo, las patrias son un pedazo de tierra y las banderas un trapo de colores, y en conjunto los conflictos bélicos son una estupidez que sirve para engañar a bobos infelices que van al frente como corderos al matadero, porque quien manda en las naciones son los mercados. La guerra ya ha cumplido su objetivo, que era destruirlo todo para tener que volver a construirlo, de manera que habrá trabajo para todos los listos que hayan sabido subsistir.

Lucie y José se miraban asombrados. Aun reconociendo que Pablo tenía razón, su padre consideró oportuno amonestarlo.

—Pablo, me parece indigno que hables así... Y no quiero pensar que lo dices en serio. Tu hermano Félix dio la vida por Francia.

—Y usted fabrica motores para que haya más aviones que puedan caer derribados...

Lucie saltó:

—¡Pablo, te prohíbo que hables así a tu padre!

Pablo miró a su madre como si fuera una niña.

—Si no lo digo como reproche, madre... Cuando llegue el momento, quiero ser de los que mandan, no de los que obedecen. Y si tenía alguna duda al respecto, la muerte de Félix me la ha despejado.

José, haciendo un esfuerzo, intentó contener la voz.

—Y a ti, ¿quién te ha metido esas ideas en la cabeza?

—Me enviaron a Bilbao para que aprendiera cosas.

—Eres muy joven, Pablo, y a tu edad deberías ser generoso y romántico, como es lo habitual. Es con los años que los hombres adquieren un punto de cinismo.

—Yo ya soy un hombre, padre.

Éste era el tema principal del matrimonio en la cama; Lucie era la que hablaba:

—Pablo me tiene desconcertada. Se expresa como un viejo amargado de la vida... Los chicos de su edad no son como él.

—A mí también me tiene confuso. Sin embargo, es obvio que es mucho más inteligente que los chicos de su edad, y sus parámetros son otros.

—¿Sabes qué te digo? Que hemos de andarnos con mucho cuidado porque esa inteligencia suya si se emplea para el bien puede ser un don de Dios, pero si se tuerce... ¡No quiero ni pensarlo!

El matrimonio quedó en silencio unos momentos.

—¿Mañana irás a ver al rey, José?

—He hablado con Romanones... Me ha buscado un hueco a las cuatro de la tarde.

—Ruego a Dios que no me quite la última esperanza.

—Mejor no esperes nada, Lucie. ¿Y tú qué planes tienes?

—Acompañaré a los chicos al colegio de Areneros y, luego de hablar con el padre rector, iré a las Marinette. Aunque te parezca raro, necesito distraerme con asuntos tan banales como los trajes de noche —mintió Lucie.

—Acompáñeme a los que [...] la [...] el fondo de
había con el [...] cada una de [...] la menta a [...] la
[...] marcara una mirada [...] en la butaca de
[...]

96

La Oficina Pro Cautivos

José llegó a la cita con más de media hora de anticipación. Hipólito detuvo el coche a las puertas del Mesón del Alabardero, ubicado frente a palacio y clásico punto de reunión de aquellos que tenían alguna misión que cumplir acerca del rey.

—Aguárdeme aquí dentro de una hora y media.

—Aquí estaré, señor.

Después el chófer, gorra en mano, se bajó rápidamente para abrir la portezuela del coche.

José, impecable en su terno gris marengo con camisa de color azul pálido, corbata de plastrón con aguja de oro, gabán azul marino, zapatos ingleses con cordones y sombrero hongo, descendió y se introdujo en aquella taberna típica en la que siempre se encontraba alguien interesante en aquel Madrid que no consideraba importante a quien no entrara en palacio y saliera en los papeles.

Al principio, deslumbrado por la luz de la calle, la penumbra que reinaba en el interior le impidió distinguir a la persona que desde el fondo de la sala lo saludaba con la mano. Recién llegada de París, hacía meses que no veía a ningún conocido, pero cuando ya sus ojos se acostumbraron reconoció a Pepín Calatrava, amigo de los viejos tiempos, a quien no había vuelto a ver desde la reunión habida en casa de Perico y Gloria con motivo del bautizo de su hija, el mismo día, recordó José, que confesó a Gloria que había vuelto a encontrar el amor en París, añadiendo que esperaba que ella le diera el visto bueno puesto que había sido la íntima amiga de Nachita.

El hombre, braceando como un náufrago, se abrió paso entre las personas que tomaban café acodadas en la barra y se acercó hasta él.

—¡Dichosos los ojos...! ¡Pero si estoy ante el hombre más importante de la época que ha contribuido a que Madrid pase de ser una aldea de cabreros a villa y corte!

José apreció que el tiempo no había pasado en vano para Pepín, y no se refería a los años. La imagen de Calatrava era la de un perdedor que batallaba incansablemente por mantener el sitio que había ocupado con anterioridad. Las solapas brillantes del traje y los gastados puños de la camisa denunciaban, empero, a uno de aquellos seres que tanto abundaban en Madrid a los que la vida dejaba en la orilla y que luchaban por mantener el tipo en la consideración de los demás.

Tras los saludos de rigor y las explicaciones correspondientes, buscaron un rincón a la esquina de la barra y pidieron sendos cafés.

Cuando ya a la media hora José se despedía después de pagar las consumiciones, Pepín se quitó la careta.

—La vida no se ha portado bien conmigo. Unos nacen con estrella y otros estrellados... Tengo una hija con la salud delicada y mi mujer me dejó. Trabajaba de jefe de contabilidad en la empresa de su padre y, como puedes suponer, tuve que irme... —Luego el hombre se aguantó un momento—. ¿Puedes prestarme doscientas pesetas?

José lo observó con pena. Extrajo de su cartera un billete de quinientas y se lo puso en la mano.

—No te las presto, te las doy. En nombre de los viejos tiempos. No quiero que me veas por Madrid y cruces la calle. Y pásate un día por mi despacho. —Extrajo de la cartera una tarjeta y se la entregó—. Veremos si Perico, que era tu amigo y es mi abogado, encuentra algo para ti.

Los ojos de Pepín se llenaron de lágrimas y, a la vez que cogía el billete, intentó besar la mano de José.

—Pero ¿qué haces, hombre?

—¡Nunca podré pagarte este gesto!

José se puso el sombrero y, después de dar una palmada en la espalda a su viejo amigo, salió a la calle y se dirigió al palacio al encuentro con Alfonso XIII, satisfecho de su gesto y recordando que su madre, doña Rita, siempre decía: «Hijo, no olvides que lo que da una mano lo recoge la otra».

Tras la consiguiente comprobación de su documentación por parte del cabo de guardia de los Monteros de Espinosa, que aquel día era el regimiento que estaba de servicio, José fue conducido por un criado ante el mayordomo, quien, después de comprobar la fecha y hora de su cita, lo hizo acompañar a la antesala del despacho de don Álvaro Figueroa y Torres, conde de Romanones.

Era ésta una estancia grandiosa, como todas las del Palacio Real, donde por encima del buen gusto privaba la magnificencia. El tapizado de las paredes era de raso de seda azul y sobre cada tresillo dorado pendían cuadros de diversas épocas con retratos de los antiguos reyes de España. Apenas pasados unos minutos, la puerta se abrió y apareció en ella la conocida silueta del conde de Romanones, quien, efusivo y campechano como siempre, se dirigió hacia José al tiempo que éste se ponía en pie. Don Álvaro Figueroa, en tanto José le tendía la mano, se adelantó y le dio un apretado abrazo.

—¡Bendito sea el Señor…! ¡José Cervera en persona! Pero ¿dónde te has metido durante todo ese tiempo? El patrón me hizo ir a San Sebastián para buscarte, pero ya te habías ido, creo que a París.

—Esta guerra lo ha desbaratado todo. Nosotros no somos beligerantes, por lo que, al no poderlos enviar desde aquí, la fábrica de París provee de motores a la aviación francesa. Como sabes, tengo casa abierta allí y el trabajo ha sido terrible.

Los dos hombres se sentaron en el sofá y el conde preguntó:

—¿Te quedarás en Madrid?

—Iré y vendré… Estamos pasando un mal trago y tengo a mi mujer descompuesta.

Romanones mostró un auténtico interés.

—¿Qué ha ocurrido?

—No sé si lo sabes, pero Félix es hijo del primer matrimonio de Lucie… Tenía tres añitos cuando lo conocí. Le di mi apellido y es como otro hijo para mí.

Ante la pausa de José, Figueroa preguntó:

—¿Y entonces?

—Quiso ser francés y, para más inri, piloto de guerra… Y no sabemos si fue derribado en Verdún o cayó prisionero.

—Y vienes a ver si puede hacerse algo a través de la Oficina Pro Cautivos.

—Exacto… Se comenta que está funcionando muy bien.

Romanones se retrepó en el sofá.

—Tristemente es mucho más lo que comenta la gente que los pequeños éxitos que hemos alcanzado.

—Explícame un poco, que únicamente sé lo que dicen los papeles.

—Ellos son los benditos culpables de lo ocurrido. El origen ya lo sabes, pues es archiconocido. La oficina está en los altos de palacio, ni que decir tiene que sus gastos los cubre el Tesoro real, a ti puedo contártelo... Empezamos con cuatro personas y tres máquinas de escribir, y ahora hay cincuenta y cuatro administrativos aquí dentro y trescientos cincuenta y seis entre diplomáticos y militares que hacen el trabajo de campo, y no pueden cubrir todo el trabajo que llega cada día. Cientos y cientos de cartas en las que se nos pide de todo: desde buscar un preso en un campo de concentración hasta dar con un herido en un hospital o un muerto en cualquier batalla; se prestan ayudas; se usa la influencia del parentesco real en los dos bandos, pues ya sabes que la esposa del rey y su madre pertenecen a dos países en guerra, Inglaterra y Austria, respectivamente; se intenta que alguien que va a ser fusilado no lo sea, pocas veces con éxito; si es preciso, el rey en persona llama por teléfono a monsieur Aristide Briand o al mismísimo Bismarck, y para tomar decisiones al respecto se reúne en una salita adjunta todo el gobierno presidido por Su Majestad y desde allí se imparten las directrices que deben seguirse todos los días. Los sueldos, como te he dicho, los paga el rey, y la mayoría de la gente que se apunta a colaborar lo hace gratuitamente, por amor al arte, vamos, y cree que su entusiasmo es magnífico.

—Me imagino que don Alfonso debe de estar desbordado, pero si me consigues una audiencia te estaré eternamente agradecido.

—¡No digas tonterías! No te hace falta nadie para ver al rey... Con que te anuncies, seguro que te recibe.

—Pero a lo mejor tarda tres días en concederme audiencia, y necesito verlo de inmediato.

—¿Dices que tu hijo es piloto?

—Eso he dicho.

—Dame detalles, por favor.

—Aprendió a volar en la escuela de Louis Blériot. Pilotaba un SPAD VII con motor Hispano-Suiza y, según me informaron, fue derribado en Verdún.

Romanones meditó unos instantes.

—¿Sabes que a lo mejor tenemos suerte?

—¡Dios te oiga! ¿Por qué dices eso?

—Los pilotos, de uno y otro bando, tienen un trato especial... No son prisioneros comunes y corrientes. Los llevan a unas residencias que se encuentran en los propios campos de aviación, los tratan como caballeros y hasta confraternizan con los pilotos del otro bando. Pueden salir y entrar y hacer la vida que hace cualquier piloto, excepto escribir cartas y contactar con el mundo exterior, claro. Pero no perdamos tiempo, ¡vamos a ver al rey!

—¿Hoy?

—Ahora mismo. Los amigos son para las ocasiones… Cervera, ¡bienvenido a casa!

Tras un ir y venir de chambelanes y un notable cruce de recados, finalmente el mayordomo de semana uniformado a la federica con medias blancas, escarpines, y calzón y casaca de seda roja con perfiles dorados, se llegó hasta ellos y comunicó a Romanones que Alfonso XIII recibiría al cabo de quince minutos a don José Cervera.

—¡Pero esto es un milagro! Sin pedir audiencia y en tiempos tan complicados, es un verdadero honor que don Alfonso tenga a bien recibirme.

—Te infravaloras, Cervera. El rey te tiene en gran consideración. Le divierte estar contigo y que le hables del mundo del automóvil. Le has hecho ganar dinero con las acciones de Hispano-Suiza, le has proporcionado uno de sus mejores juguetes, jamás lo importunas con peticiones y siempre que vienes es por algo positivo… ¿Cómo quieres que don Alfonso no te reciba?

Al decir esto último Romanones se había puesto en pie y, dirigiéndose al mayordomo, preguntó:

—¿Dónde está Su Majestad?

—En la sala de cine, señor. Creo que está visionando una película.

Romanones aguardó a que el chambelán se retirara y ante la mirada interrogativa de José aclaró:

—El cine constituye su último entretenimiento. Desde hace un tiempo le gusta montar películas de cierto contenido… sicalíptico, o que un cámara lo filme pilotando un coche o subido en un avión. Que haya dicho que acudamos allí en vez de recibirte en un despacho es una muestra de la confianza que te tiene.

José estaba realmente confuso, pero era tal su interés por ver al monarca que estaba dispuesto a pasar por cualquier situación, por rocambolesca que fuera.

El trío fue avanzando por pasillos y escaleras y atravesando salones por aquel inacabable palacio que casi hacía necesario un guía para transitar por sus departamentos hasta que, finalmente, el chambelán se detuvo delante de una discreta puertecita que se abría en la parte trasera frente una escalera que descendía hasta el sótano. Romanones indicó al criado que podía retirarse y el hombre lo hizo veloz, y cuando ya se hubo alejado, don Álvaro Figueroa abrió la puerta un palmo a la vez que anunciaba:

—Somos nosotros, señor.

Romanones se hizo a un lado para que José entrara en el salón. Era una estancia cuadrada con las paredes tapizadas de gruesa felpa cuyo mobiliario consistía en doce cómodas butacas dispuestas delante de una pantalla blanca. En la parte posterior de la sala había una máquina de cine montada en un trípode, y a su lado, en un rincón, un lujoso tresillo chéster de buen cuero cordobés. De pie junto a la máquina un cámara en mangas de camisa y chaleco, cubierta la cabeza con una visera verde, aguardaba expectante las órdenes del rey.

El rostro de don Alfonso no engañaba: en sus ojos se reflejaba la alegría que le inspiraba la llegada del visitante.

El rey se adelantó hacia José y le tendió la mano, confianzudo y campechano con aquel estilo imbatible que lucía en las distancias cortas, como si lo hubiera visto la semana anterior.

José, casi sin atreverse, estrechó la mano que el monarca le tendía a la vez que musitaba con voz cohibida:

—Es un honor, señor.

—¡No te imaginas la alegría que he tenido cuando me han dicho que eras tú el visitante! No lo creerás, pero ayer mismo pensé en ti y en hacerte llamar. No sabía si estabas aquí o en París... Quería que me hablaras del nuevo vehículo que va a lanzar la fábrica y de ese motor de aviación del que todo el mundo habla, que ha batido de largo a Citroën y a Renault y que se ha hecho el amo del cielo... —Entonces, como dándose cuenta del cuarto hombre que había en la habitación, se volvió hacia él y señalándolo con la mano se lo presentó a José—. Éste es Ricardo Baños, uno de los mejores cámaras de Europa. Fue el que filmó hace un mes el combate entre Jack Johnson y Arthur Cravan.

El hombre se adelantó y estrechó la mano que José le tendía. Después don Alfonso le ordenó:

—Vamos a dejarlo por hoy, Ricardo. Puedes retirarte. Mañana seguiremos.

Ricardo Baños saludó al rey con una ligera inclinación de cabeza y acto seguido se dirigió a la máquina y, tras cubrir las ópticas de las lentes con unas fundas de goma y saludar de nuevo al monarca y a sus dos acompañantes, se retiró discretamente.

—Me ayuda a distraer los pocos ratos de ocio que me quedan... Eso de ser una nación neutral tiene su intríngulis, y como el teléfono y el telégrafo me retienen en palacio he tenido que buscarme otra afición que no sea conducir. ¡Y hete aquí que esta nueva industria me interesa! Pero sentémonos, mejor hablaremos acomodados.

Cuando ya se ubicaron en el tresillo chéster, José aguardó, como dictaba el protocolo, que el monarca empezara la conversación.

Luego de requerir información sobre el último modelo de coche, preguntar por el Duesenberg americano, del que había oído maravillas, y por los planes de expansión de Hispano-Suiza en cuanto acabara la contienda, se interesó por el motivo de la visita de José. Éste fue explicándole puntual y ordenadamente lo ocurrido a Félix, su pasión por volar y el hecho de que estuviera involucrado en la guerra europea dada su condición de francés. El rey lo escuchó con atención y pidió datos del cuándo, del cómo y de cualquier circunstancia que ayudara a precisar con la mayor exactitud posible el lugar donde el avión de Félix había caído. A continuación, el monarca utilizó los mismos argumentos que Romanones había empleado y anunció que si no había ocurrido lo peor y Félix había caído prisionero, José podía tener la certeza de que él en persona se ocuparía del caso.

—Señor, mi más sincera gratitud... No por mí tan sólo, sino también por mi esposa, que, como madre que es, está deshecha.

—Romanones te tendrá al corriente. Y lamento que sea este triste motivo el que te ha traído a palacio. Pero quiero verte... Algún día podemos compartir el visionado de una película y hablar de los viejos tiempos. Saluda en mi nombre a Lucie y ponme a sus pies.

José, tras agradecer al rey por adelantado cuantas gestiones pudiera hacer por Félix, salió de palacio acompañado por don Álvaro Figueroa y con la esperanza de que el éxito coronara aquella difícil gestión.

97

Señales de humo

Un mes después a Félix se lo llevaban todos los demonios. Aun así, su estado general había mejorado notablemente, pues el paso del tiempo era el mejor bálsamo para sus heridas. El doctor Lemonnier acudía a verlo regularmente, pero a Félix cada vez le costaba más seguir sus consejos al respecto de la paciencia que debía tener para que su pierna se restableciera al punto de poder comenzar los ejercicios de recuperación recorriendo aquel sótano arriba y abajo, ya que era impensable asomarse al exterior, a fin de hacer acopio de fuerzas e intentar seguir la lucha aportando su granito de arena para que aquella locura finalizara con la victoria de Francia y sus aliados.

Su única distracción mientras tanto eran las conversaciones que mantenía con Lily y con su hermano Cyril sobre diversas cuestiones. Lo primero fue enterarse de cómo habían conseguido bajarlo. Fue con una cuerda pasada bajo los brazos y usando la polea del pozo.

—Y teniendo que cuidar de una hija tan pequeña tú sola, ¿cómo es que te has metido en este berenjenal, Lily?

—Yo no lo he escogido. Mis padres me inculcaron el amor a Bélgica. Han profanado mi tierra, me han matado a Ferdinand y han dejado a Lilette sin padre. Me vería indigna si no hiciera nada en la retaguardia para ayudar con todas mis fuerzas. La obligación que me he impuesto es vengar la muerte de mi hombre... y hacer todo el daño que esté en mi mano a los invasores del país que me arrebataron lo que más quería. Mi hermano y yo conocemos estos pagos como el fondo de nuestros bolsillos. Hay muchos jóvenes en las ciudades que se han escondido y que quieren pasar al lado francés. Cyril y yo conocemos muchas sendas, y podemos recorrer estos bosques de día y de noche sin pernernos guiándonos únicamente por las estrellas. Aunque he de reconocer que eres el primer piloto que vamos a pasar al otro lado… No creas que somos los únicos que colaboramos en este juego, pues detrás de todo hay una organización y cada uno de nosotros cumple con lo que se nos ha asignado. Mi hermano y yo somos el último eslabón de la cadena; en las ciudades hay gentes que esconden en su casa a jóvenes en edad militar que quieren escapar, otras se dedican a hacer documentaciones falsas y otras a vigilar las rutas de huida avisando si hay peligro inminente.

—¿Y eso cómo se hace?

—¿Recuerdas lo que me comentó el médico al respecto de la granja de los Colbert?

—Algo así como que estuvieras atenta, ¿no?

—Es una granja de gente patriota y ellos se ocupan de avisar. Cyril y yo la vigilamos siempre. Está a unos doce kilómetros de aquí y el camino es malo. Si un día por su chimenea el humo sale interrumpido con una frecuencia determinada, es que por allí ha pasado una patrulla que viene hacia aquí. En ese rato nos da tiempo a preparar las cosas.

Félix la miró con admiración

—Y ese sistema de comunicarse, primitivo pero eficaz, ¿cómo se hace?

—Cubriendo con una manta cada cinco segundos la salida de humos de la campana de la chimenea. Es fácil. Yo debo hacer lo mismo para avisar a los Valuar, que son los de la granja siguiente.

Félix era un torrente de preguntas. En primer lugar, porque le interesaba todo, y en segundo lugar, porque cuando se cerraba la trampilla del techo y se quedaba solo hasta el día siguiente los demonios de la duda y la angustia de ser cazado como una rata le quitaban el sueño.

—Y si un día las patrullas alemanas vienen de noche y no se ve el humo, ¿seré un hombre muerto?

—Ferdinand era herrero. Sobre la trampilla hay una cocina de hierro fundido muy pesada con un mecanismo para retirarla. Procuramos que siempre haya un guiso sobre ella. Ya vinieron una vez y hubo suerte. Esperemos que continúe… Tú podrás marcharte de aquí con el tiempo. Yo seguiré pasando gente al otro lado.

Lily se había sentado al borde del camastro y Félix le tomó la mano.

—¡Te juro que jamás olvidaré lo que has hecho por mí! Y si salgo de ésta te buscaré. —Luego hubo una pausa—. Dame papel y lápiz.

—¿Para qué lo quieres?

—Dámelos, por favor.

La muchacha se llegó hasta la alacena y regresó con lo pedido.

Félix se incorporó y comenzó a escribir rápidamente. Luego devolvió la libreta a la chica.

—Éstas son las direcciones en París de mi casa y de la de mi abuela. Si alguna vez acaba este infierno, y has tenido que marcharte de aquí, ¡por favor, búscame!

98

Los jesuitas

El lunes por la mañana Lucie acudió al colegio de Areneros para dejar a sus hijos luego de haber pasado en casa el fin de semana. Acto seguido se dirigió al despacho del padre prefecto de estudios, a quien había telefoneado a primera hora para pedirle una cita y, para su sorpresa, se la había dado para ese mismo día. Había dejado a Nico y a Pablo en sus respectivas aulas, y le había extrañado que, teniendo la misma edad y siguiendo el mismo curso, los hubieran separado mientras ella estaba en París. Nico iba al aula A y Pablo a la C; otra cosa que debía consultar con el padre Aguirre.

Se asomó a la garita del hermano portero y, tras presentarse, le rogó que tuviera la bondad de anunciar su presencia al padre prefecto.

El lego salió de la cabina y atravesó la entrada principal con pasos rápidos que remarcaban el vuelo de su sotana. Se detuvo frente a una puerta de cuadrantes castellanos de madera que estaba en el lado contrario de la portería, que anunciaba el nombre de su ocupante con un pequeño rótulo metálico donde se leía: P. AGUIRRE. Y debajo, en letra más pequeña: PREFECTO DE ESTUDIOS.

Lucie vio que el hermano Crisanto, que así se llamaba el ecónomo lego, llamaba a la puerta con los nudillos, abatía el picaporte y accedía al interior.

No había pasado un minuto cuando la puerta volvió a abrirse y regresó el hombre. A Lucie le vino a la memoria una vieja lámina de un libro que de pequeña leía en la residencia de su madre de la rue de Chabrol en la que figuraban Don Quijote y Sancho Panza, tal era la diferencia entre el padre prefecto y el humilde lego.

Los jesuitas, según la regla de su fundador, Ignacio de Loyola, estaban estructurados como una compañía de los tercios, y, como en ésta, era notable la diferencia entre un capitán y un soldado, siendo generalmente el primero de casa noble y el segundo recluta-do de la gañanía de cualquier pueblo. En el caso del jesuita y el lego, el aspecto del primero denotaba su noble cuna y el del segundo el del hombre que, no pudiendo pagar la dote que se exigía, había renunciado a cantar misa y se dedicaba a las labores manuales de la compañía.

La desigual pareja llegó hasta Lucie y, tras una breve inclinación de la cabeza, el hermano portero se retiró a su garita. El prefecto se plantó frente a ella sonriente y con la desenvoltura de la persona acostumbrada a tratar con los notables, y le tendió la mano con el dorso hacia arriba, esperando que Lucie la besara. Sin embargo, ella se limitó a tomarla y con una ligera inclinación que denunciaba su educación europea dio por finiquitado el tema.

—Madame Cervera, es un auténtico honor y un verdadero pla-cer conocerla ya que debido a esa terrible guerra no hubo ocasión de hacerlo antes. La dirección del colegio comprendió que los niños fueran inscritos por sus abuelos dado que usted y su esposo estaban en París. —Luego añadió—: Si prefiere que sigamos nuestra conver-sación en francés, no tengo inconveniente.

—Le agradezco la gentileza, padre, pero no es necesario. En casa hablamos castellano, aunque mi acento es bastante peculiar.

—Entonces, si me lo permite, vayamos a la sala de visitas, donde estaremos mejor.

El padre prefecto le señaló el camino a seguir. Atravesaron la portería y avanzaron por el pasillo más allá de su despacho. En pri-mer lugar, pasaron por la administración del colegio, y la segunda puerta acristalada correspondía a un espacioso salón presidido por un gran cuadro del fundador de la orden, Ignacio de Loyola, conver-sando con Diego Laínez y Francisco Javier en la casa fundacional en Roma. La pieza estaba decorada con sobriedad y buen gusto, y la distribución era la adecuada al uso de aquella sala. Había grupos de tresillos separados por biombos para dar un toque de intimidad a las visitas, de forma que pudieran hablar sin interferir en las conver-saciones de los demás. El prefecto indicó a Lucie el lugar preferente en el sofá central y él tomó asiento en uno de los sillones laterales.

Lucie comenzó el diálogo:

—Excuse a mi marido, padre, porque no ha podido venir. Llega-mos el viernes al mediodía, y hoy tenía una cita en el Palacio Real, y ya sabe usted que en esas circunstancias no se escoge horario, y después tenía que acudir a Aranjuez.

El padre Aguirre, hombre de mundo, interpretó el mensaje; sabía que los Cervera eran gente importante en el ámbito financiero. Los jesuitas tenían fama de calibrar bien esas cosas. No obstante, ignoraba que su nivel social le posibilitara entrar en palacio a las cuarenta y ocho horas de llegar a Madrid.

—Para mí, señora, es ya un honor que usted haya venido a vernos. Habrá ocasión más adelante de conocer a su marido. Nosotros estamos aquí desde hace más de cuatrocientos años y pensamos seguir, aunque bien es verdad que en una época nos echaron... —Lo último lo había dicho con sorna para aligerar la entrevista—. Pero ¡mala hierba nunca muere! Así que aquí estamos.

Lucie se alegró del tono que adquiría la entrevista.

—Trasmitiré a mi marido sus palabras, padre, y no dude que lo visitará en cuanto pueda. Pero vayamos al tema... Cuando mi suegra me sugirió su colegio para matricular a mis hijos acepté de inmediato, pues conozco la calidad de su enseñanza y también sé lo que representa la Compañía de Jesús en el mundo. Me habría gustado estar más cerca durante todo este tiempo, pero, como sabe, mi marido y yo residimos en París. Pensaba venir a verlos en primavera... Sin embargo, ese viaje se demoró por el triste suceso que nos ha abatido en los últimos meses.

El jesuita la observó interrogante.

—Si hablar de ello puede servirle de ayuda, la escucho.

—En mi situación, únicamente el tiempo puede mitigar nuestro dolor... Félix, nuestro hijo mayor, piloto de aviación y francés de nacimiento, cayó abatido en el frente de Verdún.

Lucie, que no se había acostumbrado a hablar de la desaparición de Félix ni de su circunstancia, se llevó un pañuelo de encaje de batista a los ojos y se enjugó una lágrima.

El jesuita le palmeó la otra mano visiblemente afectado.

—Ignoraba tal terrible circunstancia... Permítame que le pregunte una cosa: ¿sabían los gemelos lo que le ha ocurrido a su hermano?

—Preferimos ocultárselo hasta poder hablar con ellos en persona. No es bueno dar por teléfono una noticia tan terrible, y menos a la edad de mis hijos. Ahora ya se lo hemos contado todo. Como sabe, hemos pasado el fin de semana con ellos.

—Comprendo.

El padre Aguirre se hizo la composición de lugar y rápidamente varió el discurso que estaba dispuesto a exponer a la señora. Iba a disfrazar el comportamiento de Pablo y a suavizar el motivo por el que había separado a los hermanos poniéndolos en distintas aulas y con distintos profesores.

La voz de Lucie interrumpió sus pensamientos:

—Y dígame, padre, ¿cómo van los chicos en sus estudios y qué tal se portan?

—Nico no tiene ningún problema, sigue el curso sin dificultad, es muy buen compañero y tiene muchos amigos... Podemos decir que es muy popular.

Lucie intuía la tempestad.

—¿Y Pablo?

—Pablo nos tiene desorientados... Es un chico especial. Es muy bueno en matemáticas porque esa asignatura le interesa, pero cuando no... Ni siquiera se molesta en justificarse, se limita a no contestar y a estar en el aula como si fuera un florero. Lo siento, señora, pero debo ser sincero: hemos tenido que separarlos porque la actitud de Pablo era perjudicial para el resto de los alumnos.

—¿Y en la otra clase no da problemas?

—Nuestra experiencia en enseñanza nos hace reunir a los chicos que, por una circunstancia u otra, son algo diferentes. Y, desde luego, si no tienen remedio los expulsamos del colegio... Perdone la dureza. Con Pablo hemos hecho una excepción ya que su tutor, el padre Domènech, dice que en la asignatura que le he nombrado es un genio, por lo que le hemos preparado un temario especial que se le está aplicando. No querríamos equivocarnos, aunque ya ha sucedido otras veces... Piense que las notas de Einstein en las asignaturas de letras en el liceo eran un auténtico desastre y, yendo más atrás, Leonardo da Vinci tuvo grandes dificultades. Su hijo Pablo maneja tablas de contabilidad, reglas de cálculo y matemáticas puras que estudian muchachos tres años mayores que él, por eso se le ha dado esa oportunidad. Además, hemos considerado prudente separarlo de su hermano.

Lucie no quiso explicar antecedentes, pero preguntó:

—¿Qué quiere decirme, padre?

—Para Pablo, su hermano Nicolás es su referencia para bien y para mal. Hasta su jefe de estudios está perdido con él: no sabe decir si se comporta con su gemelo como lo hace por envidia, por celos quizá... Sea como sea, ha conseguido que su camarilla, el grupito que sigue a todo líder, se dedique durante el recreo a hacer la vida imposible a los amigos de su hermano... El claustro lo resolvió colocándolos en las aulas A y C, que tienen horarios de clases distintos y patios separados.

Lucie se quedó un momento en silencio.

—Me tiene ofuscada, padre... No sé con qué quedarme: si tengo en casa a un genio en ciernes o un futuro delincuente.

—No se alarme, señora. Confíe en nuestra experiencia, y piense que si hemos tomado esa decisión ha sido por algo y que una de nuestras virtudes es enderezar arbolitos que se tuercen.

99

El contacto

Lucie y José estaban acostados en el dormitorio de la casa de la calle Velázquez después de tomar un par de medianoches y sendos zumos de frutas en el salón del billar. Se habían acostado más temprano de lo habitual porque la jornada había sido para ambos agotadora, más por lo tenso de las entrevistas que por otra cosa.

La habitación, sin tener el empaque de la del palacete de París, era amplia y cómoda. Las paredes estaban tapizadas con una tela adamascada de color beige que hacía juegos de aguas, y dos cortinones, de un tono más oscuro, cubrían los balcones que daban a la calle. Además del gran tálamo de estilo imperio, sobre cuya cabecera destacaba un crucifijo de plata antiguo que les había regalado doña Rita, componían la pieza sendas mesitas de noche haciendo juego; frente a la cama estaba el tocador de Lucie, presidido por un gran espejo, sobre cuyo jaspeado mármol se hallaban dispuestos los cepillos, los frascos y demás elementos de uso femenino corriente; a un costado se encontraba el galán de noche en el que José dejaba su ropa antes de acostarse; a su lado estaba la puerta que daba al cuarto de aseo y frente por frente a ésta la que se abría a la antecámara.

El matrimonio tenía por costumbre exponer al otro las peripecias habidas durante el día, en el caso de que no lo hubieran compartido. A Lucie le tocaba explicar, por tanto, todo lo concerniente a su visita al colegio de Areneros de los jesuitas; José, por su parte, además de hablarle de su audiencia en palacio con el rey, le contaría el casual encuentro habido con Pepín Calatrava y su ofrecimiento de integrarlo en el despacho.

—Realmente mi día ha sido muy complicado, Lucie. Hacía varios meses que no veía a don Alfonso. El asunto era vital, pero tenía mis reservas sobre si él le daría la importancia que el tema tiene para nosotros.

—Siempre te mostró un gran afecto.

—Pero ya sabes cómo es de imprevisible... Es como un niño grande. Tienes que escoger muy bien el momento, porque si lo pillas cuando tiene ilusión por un juguete nuevo, le hablas y parece que te oye pero no te escucha.

—Sin embargo, antes me has dicho que te había ido muy bien.

—Eso creo. Pero me habría gustado más que me hubiera recibido en el despacho, en vez de en la sala de proyección. Es que ahora le ha dado por el cine, ¿sabes? Hablábamos mientras estaban montando una película, y he tenido la sensación de que en lugar de escucharme lo que quería era hablarme él a mí... Menos mal que Romanones se ha portado muy bien.

Lucie observó a su marido y le ocurrió lo que tantas otras veces. Seguía pareciéndole imposible que aquel hombre triunfador en cuantos campos se planteara batallar, de familia noble y con acceso hasta el mismísimo rey de España se hubiera fijado en una muchacha de París mal casada y con un hijo, teniendo a sus pies a todas las mujeres de París y de Madrid.

—Me tienes sobre ascuas... Hazme el favor de explicarme todo, punto por punto.

José expuso a su mujer en media hora toda la entrevista. Le explicó qué era la Oficina Pro Cautivos, cómo y por qué se había instaurado, la labor que tantas personas estaban realizando desinteresadamente, el acceso a los beligerantes a través de la influencia de las dos reinas y, finalmente, la ventaja y la desventaja de que Félix fuera piloto de guerra...

—No te entiendo.

—Por lo visto, a los pilotos se los trata y aloja como si fueran miembros de un club inglés de amigos, nada que ver con los prisioneros comunes. Sin embargo, por otra parte, los tienen totalmente incomunicados, inclusive cuando salen por el pueblo lo hacen vigilados, por lo que es muy difícil tener noticias de ellos. Ésa es la desventaja. Aun así, el rey casi me ha asegurado que si alguien sabe en Europa algo de Félix él lo encontrará.

Lucie meditó unos instantes.

—¿Piensas lo de siempre?

—Ya lo sabes, algo en mi interior me dice que mi hijo vive.

José, que sabía el precio que Lucie había pagado cuando recibió la noticia, siempre que el tema surgía procuraba conversar de otra cosa. Estaba dispuesto a remover el cielo y la tierra para buscar a Félix, pero no quería pasar otra vez por lo mismo... Los días de su mujer sin conocer a nadie, sin comer y mirándolo sin verlo habían sido demasiado duros para que una falsa esperanza volviera a desencadenar aquel infierno.

—¡No dirías a quién he visto esta mañana antes de la entrevista en palacio!

—Pueden ser tantos...

—Estaba haciendo tiempo en el Mesón del Alabardero cuando, de repente, se ha acercado a mí. Al principio no daba con su nombre. Luego sí: Pepín. ¿Lo recuerdas, Lucie? Un tipo muy simpático... Cuando llegamos a Madrid te lo presenté una tarde que fuimos a merendar con Perico y con Gloria a San Ginés.

—¡Lo recuerdo, sí! Era un tipo bajito que iba con su mujer y con su hija... Muy simpático, sí, el tal Pepín... De su apellido no me acuerdo.

—Calatrava.

—Pepín Calatrava... Eso es.

—Por lo visto, le ha ido muy mal la vida. Su mujer lo abandonó. Él no me lo ha dicho, pero imagino que se fue con otro y lo dejó solo con la niña. Está arruinado, Lucie... Me preguntó si podía prestarle un dinerito, y te aseguro que no es su costumbre pedir, se lo vi en la cara. Se lo regalé, porque cuando prestas dinero pierdes el amigo y el dinero, y lo hice pensando en Perico porque lo apreciaba mucho. Le dije que fuera al despacho, que algo encontraremos para él... Es un buen contable.

—¡Y tú el socorro de los desvalidos! Y si alguien puede certificar ese aserto, ésa soy yo... Acércate más, que quiero achucharte.

José obedeció y, acto seguido, los dos se recostaron, muy juntos, en la cama.

—Cuéntame primero cómo te ha ido en Areneros con los jesuitas.

Lucie se colocó mejor las almohadas sobre las que estaba apoyada.

—Tienes razón. La peripecia de Félix ha sido tan grave que hemos olvidado que tenemos dos hijos más.

José adivinó en el rostro de su mujer una sombra de preocupación e intuyó que el problema era Pablo.

Lucie explicó a fondo toda la conversación habida con el prefecto de los jesuitas y luego subrayó lo que creyó importante, soslayando lo superfluo por no preocupar a su marido.

—¡Qué te voy a contar! El problema siempre es Pablo, pero en esta ocasión estoy muy desorientada.

—¿Por…?

—No sé si tenemos un genio en ciernes o si deberíamos devolverlo al internado de Bilbao.

—¿Qué quieres decir?

—Por una parte, lo de siempre: que tiene envidia de su hermano, que nunca va en el mismo grupo que él, que se junta con lo peorcito de toda la clase… y que los han separado para que durante el recreo estén en patios distintos.

—Dime algo agradable, ¡por Dios!

—Déjame que me ciña a lo que el padre Aguirre, el prefecto, me ha dicho. Por lo visto, Pablo es demasiado inteligente, y como el ochenta por ciento de las asignaturas no le interesan, ni siquiera el respeto debido hacia el profesor hace que se moleste en responder a sus preguntas. A pesar de eso, su tutor dice, según el padre Aguirre, que es un genio en matemáticas, por lo que su educación ha de ir enfocada a los números. Y eso es lo que ha salvado a Pablo, ya que, de no ser así, me temo que ya nos lo habrían devuelto.

El rostro de José denunciaba una profunda preocupación.

Lucie, que siempre intentaba aliviarlo en cuanto observaba aquel amargo rictus en su cara, añadió:

—El padre ha comentado que Einstein era muy malo en las asignaturas de letras en el liceo. Y Leonardo da Vinci también.

—Flaco consuelo, Lucie… No sé cuál, pero mi hijo Pablo tiene un problema. Y si sus profesores no dan con él y con la solución… va a amargarnos la vejez. Siempre nos ha ocasionado preocupaciones… Nunca olvidaré lo de la gruta de Cestona.

Lucie lo atrajo hacia ella.

—Ahora olvídate de todo. Después de lo de Félix, lo demás me parece pequeño y poco importante. Además, ahora y desde aquí nada puedes hacer.

Cuando José a su vez terminó de relatar a su mujer los detalles de su diálogo con don Alfonso, Lucie se dio cuenta de que jamás había perdido la esperanza de volver a ver a su hijo y tomó la noticia como si no fuera tal, llegando a la conclusión de que en su fuero interno su mente, desde que despertó de aquella pesadilla, se había negado, tozuda y obstinadamente, a aceptar la muerte de Félix. Así pues, la alegría fue más una confirmación de sus certezas que otra cosa, y si antes había decidido ayudar a Francia, a partir de aquel instante resolvió que haría todo lo que estuviera en su mano para acortar aquella maldita guerra colaborando, en la medida de sus posibilidades, en la derrota de Alemania.

Luego de darse las buenas noches, José apagó la luz de su mesilla y, vencido por los acontecimientos vividos aquel día, al poco su respiración denunció que ya dormía. Lucie, apoyada aún la espalda en el cuadrante, repasó como de costumbre los sucesos de aquella jornada y se preparó para lo que tenía que vivir los siguientes días. Toda esta actividad mental le trastocó el sueño y, viéndose venir una noche en vela, abrió el cajón de la mesilla de noche y de una cajita metálica cogió una píldora de un somnífero suave que su médico le había recetado, la tragó con un sorbo de agua del vaso que tenía sobre el mármol, después apagó la luz y se dispuso a conciliar el sueño, a pesar de que lo intuía agitado porque algo en su interior le auguraba cambios muy importantes en su vida.

Cuando amaneció al día siguiente, unos rayos desvaídos del sol se filtraban a través de la rendija de los postigos. Instintivamente tanteó con la mano izquierda el hueco que había dejado el cuerpo de su marido y confirmó que ya se había marchado, sin hacer el menor ruido.

Se levantó nerviosa. Después de todo su aprendizaje en Colombier, sus dudas y recelos, esa mañana daría el primer paso profesional de su nuevo oficio.

Tras darse un baño, vestirse y acicalarse, sobria y elegante, como correspondía al papel que iba a representar, llamó por teléfono a sus suegros para darles la novedad de la visita de su marido a Alfonso XIII, y lo hizo como una posibilidad, no como una certeza, pues en su fuero interno temía hacerles albergar demasiadas esperanzas y después, si el intento salía mal, sentirse culpable de un disgusto aún mayor.

Cumplido ese trámite, cogió un coche de punto en la esquina de Velázquez y ordenó al cochero que la condujera hasta el número 30 de la calle de Concepción Arenal. No fue en su propio coche ni cogió un taxi, sino que buscó ex profeso hacer el trayecto más lento a fin de tener tiempo para pensar y repasar a fondo su papel en aquella primera actuación en la que iba a conocer a su principal contacto en Madrid.

La neutralidad de España en el conflicto europeo había supuesto un cambio radical en las gentes y en las costumbres de Madrid. El personal, según simpatizara con la reina madre o lo hiciera con doña

Victoria Eugenia, se había decantado hacia la Entente o hacia la Gran Alianza, por lo que las discusiones en los restaurantes eran frecuentes, como anteriormente lo habían sido entre los partidarios de Joselito y los de Belmonte.

Llegados a la Puerta del Sol, Lucie hizo detener el coche de punto. Prefería hacer a pie el último tramo que la separaba del atelier de la famosa modista para, de esa manera, perfilar los últimos detalles de su encuentro, ya que nada le habían dicho al respecto de presentarse ella a su enlace o de aguardar a que éste se pusiera en contacto con ella. Tras pagar el importe del viaje comenzó a caminar tomando el pulso a aquella ciudad que todavía conservaba los perfiles de un pueblo grande con su tipismo costumbrista y su ambición de ser el contrapunto de aquel París cosmopolita que miraba al resto de la humanidad por encima del hombro.

Los puestos de venta de la Puerta del Sol estaban en su apogeo. Los vendedores pregonaban su mercancía y, pese a la algarabía, la parroquia distinguía perfectamente qué era lo que anunciaba uno u otro. Las diferencias con París eran notables. Lucie, gran aficionada a recorrer los puestos de libros de la Rive Gauche del Sena, comparaba una forma y otra de vender. En París jamás un librero se había dirigido a ella de no ser que ella le hubiera preguntado por algún título antes. En Madrid, en cambio, los vendedores interrumpían el pregón de sus mercancías («¡Las mejores ollas de la ciudad, oiga! ¡Buenas, bonitas y baratas!») para dedicar requiebros a las mujeres («¡Hermosa, si me compra, cierro la barraca! ¡Diga a su marido que le doy mi parienta y mi suegra a cambio de usted, y que incluso le regalo una hija!»), como si lo de vender fuera lo menos importante.

Lucie dejó atrás la Puerta del Sol y se introdujo en la calle de Concepción Arenal. Allí el ambiente era diferente: las tiendas, los estancos, los puestos de horchata, de barquillos y de caramelos se sucedían sin interrupción, y los hombres anuncio invadían las aceras. Pero lo que mejor reflejaba la variedad de personas que en aquellos días poblaban Madrid era la clientela de los cafés: en las mesas redondas de mármol puestas en la calle se amontonaban una serie de tipos que sin duda eran foráneos, los unos sentados frente a su consumición y los otros en pie, dándole al trapo y al cepillo leyendo un periódico o apoyados en la pared con un hombrecito a sus pies limpiándole los zapatos, aguardando a que la mesa quedara libre. La neutralidad de España había atraído como moscas a la miel a cantidad de gentes que buscaban en aquel ambiente de paz la oportunidad de ganar dinero, ya fuera honradamente, ya en el mercado negro aprovechando la coyuntura de aquella circunstancia, donde los más desaprensivos o los más arriesgados podían moverse como pez en el agua.

La portería que correspondía al número 30 de Concepción Arenal era un lujo: dos puertas de madera, con sendos bajorrelieves de caballos, abiertas de par en par daban paso a un gran vestíbulo de dos niveles separados por tres escalones; a ambos lados, sendos faroles con tres globos de cristal biselado; al fondo, a la izquierda, la embocadura de la escalera; a la derecha, la garita del conserje; y en medio, un historiado ascensor de madera y cristal con una cubierta en forma de cúpula, en consonancia con el ostentoso entorno.

A la vez que Lucie coronaba el tercer escalón, un conserje uniformado de gris con botones plateados y raya negra en el perfil de los pantalones se llegaba hasta ella.

—Buenos días, señora. ¿En qué puedo servirla?

—Voy al primero segunda, a ver a las modistas Marinette.

—Perdón, ¿va usted al taller o a los salones? Madame Marinette tiene toda la planta del primer piso. En la primera puerta están los salones y en la segunda está el taller.

—Voy a los salones. Pero es que hace más de dos años que no vengo… —se justificó.

El conserje se adelantó para abrirle la puerta del ascensor.

—Aquí estamos, señora, para lo que guste mandar.

Lucie, tras agradecer al hombre su amabilidad, entró en el ascensor. En cuanto se detuvo en la primera planta descendió de la cabina y, después de cerrar la cancela de reja metálica, se dirigió, con un ligero aumento de los latidos de su corazón, hacia la primera puerta y pulsó el timbre.

La demora en abrirle la puerta fue de apenas unos segundos. Apareció ante Lucie un muchacho de unos quince años uniformado de azul, con una chaquetilla de doble botonadura y pantalones largos, cubierta la cabeza con un casquete gris sujeto mediante un barboquejo. El chico la invitó a entrar y le preguntó a quién anunciaba. Cuando Lucie le dio su nombre, se excusó por no conocerla y alegó que únicamente hacía un año que trabajaba para la modista.

—La acompañaré al salón de espera.

Lucie lo siguió atravesando el largo pasillo que conducía al salón de pruebas, llamado también de los Espejos, y enseguida se percató de los cambios que habían hecho allí, pues el chico la llevó a una estancia que quedaba a su derecha, que si anteriormente era el almacén donde las modistas guardaban las telas, ahora era una salita amueblada con un tresillo rojo y dorado y una sillería acorde que seguía toda la pared.

—Madame Marinette acudirá enseguida.

Tras una breve espera, Caroline Marinette, la mayor de las dos hermanas, acudió al encuentro.

—Querida señora Cervera, ¡cuánto placer verla de nuevo por nuestro atelier! Nos ha tenido muy olvidadas. Más de una vez he comentado con mi hermana si algo habríamos hecho mal... Hasta que la señora de Torrente nos aclaró que vivía usted en París. Y como esta maldita guerra ha obligado a todo el mundo a hacer cambios, imaginamos que tal vez a usted el hecho de ser francesa la había condicionado a permanecer en la Ciudad de la Luz.

—Algo parecido, querida Caroline. Además, mi marido tiene una fábrica allí y trabaja para la industria de guerra francesa, muy a su disgusto, pero no tiene otro remedio. —A Lucie no le pareció conveniente tocar el tema de Félix, por lo que siguió su discurso por otros derroteros—. Pero ya estamos en Madrid y he encontrado mi ropero muy desfasado en el tiempo, lo cual me ha motivado a visitarlas.

—Gracias a Dios, la guerra ha obligado a cambiar la moda y no damos abasto. Por demás, el cambio ha sido tan absoluto que lo que antaño eran arreglos ahora son todo nuevas prendas. ¡Ni siquiera los trajes de noche son aprovechables! Coco Chanel dicta la moda y lo ha vuelto todo del revés.

—Imagino que eso les vendrá muy bien. Ya he observado que han agrandado el negocio.

—No hemos tenido otra... Quedó vacío el piso de enfrente y mi hermana me animó. Pero me he embarcado en una aventura de la que no sé cómo saldré.

—Siempre tuvo usted, Caroline, la mejor clientela de Madrid. Y, por lo que me ha explicado, seguro que en un año habrá amortizado el desembolso.

—¡Que Dios la oiga! Pero he pasado unos días muy asustada. —La modista se sentó frente a ella—. En fin... ¡Dígame qué la ha traído por aquí!

—Verá, Caroline, necesito dos trajes de tarde, uno de chaqueta y el otro de cóctel, y dos de noche, uno para asistir al teatro y el otro para cenas más solemne, lo malo es que tendrá usted que darse prisa en hacerme estos últimos porque tengo invitaciones para ir al Real, y también para la *rentrée* de otoño en el palacete de los Bauer y para la fiesta que el embajador de Alemania dará el mes que viene… Y si usted no puede atenderme tendré que buscar otra modista, porque las fechas, como usted comprenderá, son las que son.

—Si he de dejar algún encargo, lo dejaré, señora Cervera. No puedo desatender a una clienta como usted.

La modista se puso en pie y llegándose a un rincón del salón tiró de una borla que remataba una ancha cinta de damasco. En la lejanía sonó una campanilla y, al poco, unos delicados pasos sobre la acolchada alfombra denunciaron que alguien se aproximaba.

100

Candelaria Aguado

L a mujer tendría unos treinta y cinco o cuarenta años, los ojos vivarachos, la nariz recta, la frente ancha y la boca perfilada. Llevaba el pelo recogido en un moño y vestía una bata gris, abotonada de arriba abajo, con cuello y puños negros, y ceñía su cintura con un ancho cinturón de cuero negro.

—Madame Cervera, ésta es mi nueva ayudante, Candelaria Aguado. Me ayudará a tomarle las medidas y, sin duda, le ofrecerá su consejo. Observará que a la hora de escoger modelos tiene un gusto exquisito. —Y después, volviéndose hacia la mujer—: Candelaria, te presento a la señora Cervera, una antigua clienta que ha regresado a Madrid y que nos hace el honor, viniendo de París, de volver a escoger esta humilde casa para poner al día su vestuario.

Candelaria, guardando las distancias, saludó con una sonrisa franca y una ligera inclinación de cabeza.

Lucie ganó el espacio que mediaba entre las dos y, tendiéndole la mano, la saludó de un modo más cercano.

—Mucho gusto, Candelaria. —Y de una forma críptica, añadió—: Quedo totalmente en sus manos.

Aquí intervino Caroline Marinette:

—Esté usted segura de que la dejo en buenas manos, va en ello el prestigio de mi firma. —Luego, dirigiéndose a su ayudante, agregó—: Candelaria, trae los figurines de París de este año, los de tarde y los de noche, que la señora Cervera necesita con urgencia varios trajes. Ella te explicará.

Partió la mujer en tanto que la modista se excusaba con Lucie:

—Sabrá perdonarme, pero tengo una prueba con la marquesa de Huétor de Santillán.

—No se preocupe, Caroline, me hago cargo. He aparecido de

improviso y sé desde siempre que sus horas están dadas con mucha antelación.

—Tenga por cierto que el próximo día estaré para usted durante toda la sesión. Pero, insisto, sé que el quehacer de Candelaria la satisfará.

La modista dejó a Lucie aguardando a la mujer que iba a ser su enlace en Madrid, Candelaria Aguado. Su aspecto le había agradado desde el primer instante, y la primera impresión era para Lucie muy importante. Su natural curiosidad y el hecho de conocer a la persona con quien trabajaría la impelía a hacerle preguntas en cuanto regresara, pero resonó en su cabeza el consejo que Philippe Barba le había dado en Colombier el día de su partida: «En este oficio no conviene hacer amigos, ni dar ni coger afectos; son debilidades que no debemos permitirnos porque nos hacen más vulnerables».

El rumor de unos pasos que se acercaban anunció el regreso de Candelaria, que llegaba con una libreta en la mano y con un montón de revistas de moda apretado contra el pecho.

—Perdone la espera, pero parece que estemos haciendo liquidaciones.

Lucie dudó unos instantes.

—Creo que cuando estemos solas debemos apear los protocolos de urbanidad… ¿No te parece, Candelaria?

—Mejor que no. Y perdone, pero la costumbre nos hace bajar la guardia y corremos el riesgo de equivocarnos cuando haya alguien delante. Si estamos tuteándonos y entra súbitamente una de las hermanas, es posible que no nos demos cuenta y a ellas les extrañaría que yo tuteara a una clienta.

«Primera lección —pensó para sí Lucie—. No me voy a olvidar.»

—Tiene razón, Candelaria. Usted está mucho más puesta que yo en este oficio, qué duda cabe.

—Son meras precauciones, pero es mejor cuidar los detalles.

Sonaban murmullos en el pasillo y, a la vez que cerraba la puerta, Candelaria alzó la voz:

—¡Le traigo lo último de París, señora Cervera! Seguro que en estos figurines encontramos todo lo que le convenga. Será mejor que se siente porque hay mucho que ver.

Las dos mujeres se sentaron en el sofá, dejando Candelaria las revistas de moda sobre la mesa. En aquel instante Lucie recibió la segunda lección del día: cuando hablaba de trajes y de estilo, Candelaria Aguado alzaba la voz para que cualquiera que pasara por el pasillo entendiera que allí se trataban asuntos de moda, y, entre frase y frase, con una voz queda y susurrante, iba dando instrucciones a Lucie de cómo y cuándo serían sus encuentros.

A los tres días Candelaria Aguado llamaba a la puerta de la casa de Velázquez cargada con dos paquetes envueltos en el papel característico de las modistas Marinette.

Estaba Lucie en la salita de música tocando el piano y entonando una doliente canción napolitana que hablaba de añoranzas y que siempre había sido una de las preferidas de Félix, afición que no había olvidado y que desde la ausencia de su hijo practicaba en contadas ocasiones, cuando la camarera apareció en la salita. La muchacha aguardó a que la señora, que no se había dado cuenta de su presencia, acabara la canción para darle el recado.

Lucie, con el acorde final, reparó en la sirvienta.

—¿Qué haces aquí pasmada?

—Es que me gusta tanto oírla cantar... Y casi nunca lo hace, señora.

—Dime, ¿qué hay?

—Está en el recibidor doña Candelaria Aguado, de las modistas Marinette.

Lucie se puso en pie a la vez que cerraba la tapa del piano.

—¡Mujer de Dios! Y tú aquí escuchándome cantar... Acompáñala a la galería y dile que estoy con ella en cinco minutos.

Partió la camarera, y Lucie, luego de pasar por su habitación para arreglarse un poco y ponerse una gota de perfume, acudió al encuentro de su enlace.

Cuando entró en la galería encontró a Candelaria mirando el jardín a través de los ventanales. La mujer se volvió hacia ella al oír el ruido del picaporte y de la puerta que se cerraba.

Tras los saludos de rigor y los comentarios sobre la belleza del jardín, las dos mujeres se sentaron frente a frente. Candelaria abrió uno de los paquetes y comenzó a mostrar a Lucie las telas para los diferentes trajes que había encargado. Luego de preguntar y recibir confirmación de que el lugar era seguro, se dispuso a tratar el negocio que las había unido en Madrid.

Retirado el papel del segundo paquete, apareció una caja de regular tamaño que Candelaria dejó sobre la mesa.

—Vamos a ir por partes... Debe asegurarse de que entiende todo lo que digo, no pase pena por preguntarme las veces que haga falta. Cada una de las cosas que hoy le traigo tiene una importante utilidad y se dará cuenta de ello el día que las necesite.

Tras estas palabras, Candelaria retiró la tapa de la caja y la dejó a un lado. Lucie alcanzó a ver que dentro había otras cuatro cajas de diferentes tamaños. La mujer tomó una de las más pequeñas, forrada de terciopelo granate oscuro que tenía el formato de un estuche de joyería cuadrado y con la cubierta cóncava.

—Éste es su primer juguete.

Candelaria presionó el pequeño botón, un muelle se soltó y se abrió la tapa. En un lecho de terciopelo negro Lucie vio un precioso anillo de oro y esmalte en forma de sello nobiliario que enmarcaba un escudo de cuatro cuarteles; en el exterior, una cadena blanca sobre fondo verde; después, un cuadrado azul rodeado de aspas amarillas; en el centro, un árbol frondoso con dos lobos erguidos a sus pies; y presidiéndolo todo, sobresaliendo por el exterior del anillo, la cimera de un casco de guerrero empenachado con la celada cerrada mirando hacia la izquierda.

Lucie extrajo del estuche el anillo y lo examinó detenidamente a la luz de la galería.

—¡Pero si es el escudo de los Urbina!

—«La casa», doña Lucie, como puede ver, se preocupa de los detalles. No ha de dejarse nada al albur. Los alemanes son muy meticulosos.

La mujer, tras estas palabras, tomó el anillo de la mano de Lucie y se explicó:

—Observe que la cimera del guerrero sobresale del escudo.

—Es que el broquel de mi suegro es así, la celada del guerrero mira a la izquierda porque la rama de los Urbina era bastarda. El anillo es precioso, pero... no le veo utilidad.

—Preste atención.

Candelaria presionó con delicadeza la celada del guerrero y el sello se abrió. El interior era hueco.

—Ahí dentro habrá una diminuta pastilla que, al dejarla caer en la copa de alguien, hará que esa persona entre de inmediato en un sueño profundo que a usted le permitirá durante más de una hora hacer lo que le convenga, ya sea copiar un plano o registrar una habitación.

Lucie tomó de nuevo el anillo de las manos de Candelaria y lo miró con el respeto que inspira un objeto que además de ser bello es útil.

—Aunque me dieran un día entero, soy incapaz de copiar un plano.

—Eso se da por supuesto. Para ese menester dispondrá de este otro invento.

Candelaria tomó en esa ocasión una cajita cuadrada de unos diez centímetros de lado. Abrió la tapa y extrajo de ella una especie de papel rugoso que desplegó ante Lucie.

—Por favor, traiga un libro que tenga dibujos o láminas.

Lucie se dirigió a la librería y regresó con un tratado sobre floricultura, que dejó sobre la mesa.

—Ábralo en cualquier página donde haya una lámina complicada.

Lucie obedeció y abrió al azar el volumen por una página en la que se veía la representación de un crisantemo en todo su esplendor.

Candelaria se puso en pie y, con sumo cuidado, colocó el papel que había sacado de la cajita encima de la flor, lo alisó primorosamente, aguardó unos instantes y después, con el mismo tiento, fue separándolo poco a poco por los bordes. Una vez que lo tuvo entre sus manos lo colocó extendido sobre la mesa.

Lucie observaba sin ver nada. Alzó la vista y dirigió una mirada interrogante a Candelaria.

—Aguarde un instante. Deje que el producto haga su efecto y fíjese bien entonces.

Candelaria extrajo de su bolso una caja de cerillas, encendió un fósforo y pasó la llama suavemente bajo el papel. Al principio difuminado, pero después mucho más consistente, fue apareciendo ante los asombrados ojos de Lucie la silueta del crisantemo tal cual estaba dibujado en la lámina del tratado.

—¿Entiende ahora por qué no es necesario que sepa usted copiar planos? El ácido cítrico obra milagros.

—Estoy asombrada… Jamás imaginé algo así.

Candelaria no hizo caso del comentario y prosiguió su rutina como la profesora que ilustra a una alumna.

—Hasta ahora le he mostrado instrumentos de trabajo. Vamos a pasar a los defensivos, y lo haremos gradualmente de menos a más. Imagine usted que se encuentra en una situación apurada y debe salir de un sitio cerrado donde hay más de dos personas… En tal caso recurrirá al tercer juguete. —De otra cajita muy pequeña extrajo una canica de cristal de un centímetro de diámetro—. He de decirle algo muy importante: si se ve urgida a emplear este recurso, no olvide que antes deberá llenarse de aire los pulmones y contener la respiración hasta hallarse fuera de la habitación. Bien, dicho esto, el asunto es como sigue: usted lanza esta bolita al suelo, cuidando de que no caiga sobre una alfombra, y como es de cristal se partirá en mil pedazos; inmediatamente de ella saldrá un gas irrespirable que paralizará durante varios minutos a todo aquel que lo respire.

Lucie tomó entre sus dedos la canica y la observó con detenimiento.

—No tema, ésta no está cargada con ese gas. Le han puesto otro inofensivo pero visible para que vea cómo se esparce al instante ocupando la totalidad del espacio. Observe.

Candelaria recuperó la esferita de la mano de Lucie y la lanzó contra el suelo. Una intensa luz azul se expandió por la galería y enseguida se apagó.

Lucie no reaccionó.

—Parece cosa de brujas… ¿Queda algo más, Candelaria?

—Lo más profesional. En Madrid únicamente hay otra persona que tenga algo similar… «La casa» ha considerado que sólo debe poseer esta herramienta quien tenga los conocimientos adecuados de defensa personal y el temple necesario para usarla.

—¡Me asusta usted!

—Si los responsables no la consideraran cualificada, madame Cervera, no le entregarían este artilugio. Yo soy una simple mensajera.

Candelaria cogió la última caja, un estuche alargado y estrecho. La abrió con sumo cuidado y extrajo de ella una especie de lápiz, que sujetó cuidadosamente en la mano.

—Observe.

Y tomando el papel de envoltorio, que por el envés era completamente blanco, se inclinó sobre la mesa y escribió en él con el lápiz, tal que si fuera uno común.

Lucie la interrogó con la mirada; sobre el papel no se veía ni trazo ni marca alguna.

Candelaria procedió a sacar un mechero de su bolso y con su llama calentó el papel por el otro lado. Al poco fueron apareciendo las letras que hacía un instante eran invisibles.

—Todo esto me desborda.

Candelaria hizo una pausa.

—Al principio todo nos parece asombroso. Pero estas cosas en el futuro serán comunes. Pronto se acostumbrará, ya lo verá. Lo que hoy la deja estupefacta mañana no le extrañará.

—¿Hay algo más?

En aquel instante el rostro de Candelaria cambió imperceptiblemente.

—Ya lo último… Y no se asuste otra vez.

La mujer tomó el lápiz con la mano derecha y con el pulgar presionó la goma de borrar que había en el extremo. Al punto por el otro lado apareció una aguja hipodérmica un poco más corta y más recia que las habituales.

El rostro de Lucie reflejaba el mayor de los asombros.

Candelaria, imperturbable, como si estuviera explicando el manejo de un sacacorchos, detalló:

—Si se lo clava en el cuello a cualquier persona, inclusive a través de la ropa, en quince segundos habrá muerto.

Lucie estaba aterrorizada.

—Seré incapaz de una cosa así.

—Siempre que no esté en juego su vida… Yo también lo creía.

Lucie miró a los ojos a Candelaria y, entre el asombro y la angustia, le preguntó:

—¿Usted ha matado a alguien?

La otra tardó en contestar.

—Tuve que tomar esa terrible decisión.

—Entonces ¿por qué no le encargan a usted esa misión?

—Porque yo no tengo acceso a los lugares adonde sí los tiene la condesa de Urbina ni mi marido es una de las personas más importantes de Madrid… Y además «la casa» sabe lo que hace y por qué.

Lucie tuvo que sentarse. Candelaria hizo lo propio.

—Cuando haya asimilado todo lo que le he dicho, terminaré mi cometido.

Una Lucie cuyo rostro había cambiado notablemente asintió.

—Estoy lista… Prosiga cuando quiera.

—Bien, siempre que acuda a un evento la baronesa Mayendorff, de la que ya le hablaron en «la casa», estará presente. Si hay alguna novedad, ella se la comunicará. En el caso de que usted no encuentre a la baronesa, alguien contactará con usted. No pretenda descubrir antes de hora quién es su enlace porque no lo conseguirá, y no lo busque precisamente entre los invitados, ya que puede ser un camarero, un músico, la encargada del ropero o el botones que recoge los abrigos. Una última recomendación, y ya sólo quedará ajustar con usted el día de la primera prueba. —Candelaria puso mucho énfasis al recomendar esto último—. Sé que su marido está al corriente de su misión, pero, si me admite un consejo, explíquele al respecto de la reunión de hoy tan sólo la utilidad de los juguetes que no son defensivos. Desde luego, no le hable del lápiz, porque usted no podría trabajar a gusto y su esposo, que no ha sido entrenado, se denunciaría vigilándola y podría poner en peligro cualquier misión que le confíen.

—Ésa era mi intención.

—Me alegro. Finalmente, yo seré la persona que le comunicará las fiestas o las reuniones donde es posible que pueda coincidir con personas interesantes… Nadie se extrañará de que una modista telefonee a una clienta.

—Todo el servicio de mi casa es de confianza.

—Doña Lucie, se asombraría usted de la cantidad de recursos que tiene el enemigo y lo fácil que es sobornar a alguien.

—Tendré cuidado.

—Bien… Su primera actuación será en la fiesta de los señores Bauer el último día del mes. Su vestido estará listo tres días antes.

101

El espantapájaros

Tras diez semanas de férrea disciplina, Félix pudo por fin caminar solo, si bien con una evidente cojera que el doctor Lemonnier se vio incapaz de diagnosticar si sería perpetua o si, con el tiempo, quizá mejorara. Había contado con la impagable ayuda de Lily y de Cyril, quien a sus quince años era ya todo un hombre. Los dos le hicieron de muletas recorriendo cientos de veces aquel sótano arriba y abajo hasta que ya no los necesitó. Félix ansiaba respirar aire libre y, luego de mucho insistir, consiguió que Lily accediera a bajar una escalera de mano que le permitiera salir. Cyril, que se subía al tejado como un gato, vigilaría que no hubiera enemigos en las cercanías, y entonces Félix podría pasear alrededor de la casa y aspiraría con fruición el aire al punto de olvidar que, a pocos kilómetros de allí, había una guerra.

El primer día que pudo ascender a la planta, el mecanismo que servía para mover a un lado y a otro la cocina le pareció ingeniosísimo.

—Tu marido debió de ser un herrero formidable.

—Manejaba el hierro como si fuera papel. Tenía la forja detrás de la cuadra y surtía de cualquier apero de labranza a toda la comunidad. Era un gran hombre.

Mientras Lily se ocupaba de las cosas de la casa y hacía la comida, Cyril vigilaba desde el tejado. Félix, apoyado en una muleta que el muchacho le había hecho, caminaba hasta el lavadero y regresaba con la pequeña Lilette, que le había tomado un gran cariño, montada sobre sus hombros. Así transcurrieron los días que Félix habría de recordar durante muchos años; su maltrecha pierna iba recomponiéndose y su juventud hizo el resto. Puede que hubiera necesitado algunos días más para acabar de restablecerse, pero los acontecimientos de cierto día precipitaron su marcha. Era más o menos la hora de comer cuando el grito de Cyril sonó como un estampido.

—¡Humo...! ¡Señales de humo en la granja de los Colbert!

Félix dejó a la niña en el suelo y se dirigió hacia la puerta de la casa tan rápido como fue capaz. Lily ya estaba manejando el mecanismo que apartaba la cocina disimulado en un cesto con otros hierros.

—¡Maldita sea, esto se ha atrancado!

—¡Déjame a mí!

Félix se acercó a la palanca y tiró de ella con todas sus fuerzas.

—¡Roza con la escalera de mano que te he puesto para que salieras, se habrá caído!

La voz de Cyril sonó desde el tejado de nuevo:

—¡Ya han entrado en el bosque! ¡Dentro de veinte minutos estarán aquí!

Lily meditó unos instantes. Se fue al armario y tomó varias prendas.

—Toma, ponte todo esto.

La muchacha entregó a Félix una casaca larga con las mangas muy anchas de un verde desvaído, unos pantalones con un cinturón de cuerda, un pañuelo amarillo para el cuello, un sombrero de paja deshilachado y unas botas de agua. Después cogió de un rincón dos horcas con el mango de madera de un metro y medio de largo y terminadas en su extremo por dos púas, de las que se usaban para mover la paja.

—¡Deprisa, ponte todo esto y sígueme!

Lily cogió en brazos a su hija y salió.

Félix obedeció. Rápidamente se colocó sobre la ropa que llevaba los calzones y la casaca, se puso las botas, se anudó al cuello el pañuelo y se caló el sombrero hasta las cejas. Cogió las dos horcas, que le sirvieron de bastones, y fue a reunirse con Lily y su hija.

La muchacha lo condujo hasta el campo de girasoles, que estaba a trescientos o cuatrocientos metros de la casa.

—¡Colócate de espaldas a la granja! —Lily clavó las horcas con las púas hacia arriba, una a cada lado de Félix—. Apoya los brazos en ellas. No sé cuánto rato tendrás que estar así, pero si te mueves antes de que yo venga a buscarte, moriremos todos.

Félix obedeció.

—Recuerda que ahora eres un espantapájaros.

Seis soldados formaban la patrulla alemana, a cuyo mando estaba un sargento veterano de grandes mostachos que ya en otra ocasión había estado en la granja.

Cuando llegaron, Cyril, que ya había bajado del tejado, estaba recogiendo la ropa del tendedero y su hermana removía un guiso de ciervo en los fogones de la cocina.

En tanto la tropa se repartía para inspeccionar las construcciones adyacentes, el sargento se sentó en un escalón del porche y se dirigió a Cyril:

—¿Dónde está la chica?

—Mi hermana está haciendo la comida.

—Dile que salga.

Cyril desapareció en el interior de la casa y al cabo de unos segundos regresó con Lily, que se limpiaba las manos con un trapo.

—¿Qué hay, sargento, otra vez por aquí?

El hombre ni se dignó contestar. Se puso en pie, se dirigió hacia un bulto que sus hombres habían dejado al lado del cobertizo y, dando un tirón, lo dejó al descubierto.

—¿Sabes lo que es eso?

Lily contuvo el aliento. Ante sus ojos, rasgado y con restos de tierra, estaba el paracaídas de Félix. Se acercó para verlo de cerca, como si no supiera qué era aquello y quisiera averiguarlo. Tras palparlo, respondió:

—Es un amasijo de trapos y cuerdas… para empaquetar algo muy grande.

—¡Es un paracaídas, estúpida!

Haciendo de tripas corazón como si se rebelara ante el insulto, Lily se encaró con el hombre.

—¿Y cómo quiere usted que lo sepa si es la primera vez que veo uno en mi vida?

En aquel instante regresaron dos de los soldados.

—Nada, mi sargento, ni en los almacenes, ni en el pajar ni en las cuadras. No hay rastro del tipo.

—Id adentro y registrad la casa.

Los dos soldados desaparecieron en el interior.

Lily se dirigió a su hermano:

—Entra con ellos y aparta el guiso del fuego.

Cyril siguió a los dos soldados.

—Hace cuatro meses un piloto francés cayó por aquí, el hallazgo de su paracaídas nos confirma el hecho, y alguien tuvo que ayudarlo, porque en caso contrario esto —señaló el paracaídas— no habría estado enterrado. Está costándonos dar con él, pero lo encontraremos, te lo aseguro, muchacha. Y no olvides que quien ayude a un enemigo en tiempos de guerra será fusilado. Conque ya lo sabes.

El hombre se puso en pie y, sacando un silbato de la pequeña cartera de piel que llevaba sujeta al correaje, lo hizo sonar.

Los cuatro soldados que aún registraban el exterior comparecieron y dieron la novedad al sargento. Luego hicieron lo mismo los que habían entrado en la casa, que salieron acompañados de Cyril.

El sargento se volvió hacia Lily.

—Ten por cierto que encontraré al dueño de ese paracaídas. Y no olvides lo que te he dicho. —Después, como una amenaza subliminal, señaló a Cyril—. ¡Qué pena de chico!

El grupo se puso en marcha

—Vuelva cuando quiera, sargento. Aquí estaremos.

Lily aguardó tres horas y cuando tuvo la certeza de que estaban solos se dirigió con Cyril al campo de girasoles. Félix, aterido de frío, se mantenía en pie únicamente gracias a las dos horquillas. Cuando lo descolgaron casi no podía bajar los brazos. Tenía los labios violáceos y casi ni sentía la pierna mala. Los dos hermanos lo sujetaron por la cintura y lo llevaron a rastras hasta el interior de la casa. Una vez allí calentaron agua en una olla, le dieron friegas con ella por todo el cuerpo y lo hicieron reaccionar.

—Creí que me moría… Si tardáis un minuto más, me caigo al suelo. ¿Cómo ha ido?

—Han encontrado el paracaídas y están buscándote… Tienes que irte ya.

Félix lanzó una mirada interrogadora a la chica.

—Se le ha ocurrido a mi hermano y, dado el estado de tu pierna, creo que es la única solución… A cuatro kilómetros de aquí hay un repecho por donde el tren del carbón sube muy despacio.

—¿Qué tren es ése?

—Es un viejo trenecillo de vía estrecha que recoge el carbón de encina que hacen los leñadores de esta zona, es muy apreciado en Luxemburgo porque hace muy poco humo y muy buena brasa. Es allí adonde debes ir.

—¿Por qué?

—Porque por allí tenemos una de nuestras vías de escape más seguras, sobre todo teniendo la pierna como la tienes, que te impide atravesar directamente por el monte caminando más de catorce horas.

—¿Y cómo es eso?

—La vía estrecha obliga al tren a detenerse en una estación secundaria. A unos cinco kilómetros de allí está la pequeña iglesia de Saint Michel, cuyo párroco, el padre Damien, es primo del doctor Lemonnier. Te daré una carta para él. Ya hemos hecho esto otras veces. Él tiene sus contactos y sabrá cómo pasarte al otro lado.

—¿Y cómo cogeré el tren con esta pierna?

—Nosotros te ayudaremos, y si estamos a la hora en el lugar oportuno podrás encaramarte en él. Después ya será cuestión de suerte que, desde Luxemburgo, puedas llegar a Francia... Aun así, creo que ha llegado el momento de que te marches de aquí.

Félix, en tanto Lily acostaba a su hija, se equipó con las mejores prendas de la casa, un mono azul de tirantes, una camisa de franela y un chaquetón de cuero que había pertenecido a Ferdinand, el marido de Lily. Se puso también unas botas de media caña, un pasamontañas y una gorra con orejeras. Cubrir la distancia que mediaba entre la granja y el principio de la cuesta les llevó dos horas. Elegido el sitio, que era en plena subida y a media curva, aguardaron en silencio. Finalmente, a las dos de la madrugada apareció en lontananza la pequeña máquina tirando de los nueve vagones, resoplando y gimiendo como un fuelle agujereado. Lily dio las órdenes:

—Cyril lanzará el macuto y la muleta al cuarto vagón, que es descubierto. Tú y yo aguardaremos aquí, y cuando pase te ayudaré a encaramarte a él.

Félix, en un silencio contenido, abrazó fuertemente al muchacho, que se dirigió al lugar designado. Lily y él quedaron solos, frente a frente.

El trenecillo, chirriando los hierros y tosiendo como un fumador asmático, fue pasando; primero la máquina y después los pequeños vagones. Félix tomó a Lily por los hombros, la luna se ocultó discreta tras una nube y, llevado por un impulso irresistible, besó aquellos labios que se le ofrecían entreabiertos.

—¡Nunca te olvidaré, Lily! Y si estoy vivo cuando acabe este infierno, te buscaré...

De los ojos de la chica escapaba una lágrima.

—¡Sube ya!

Haciendo un esfuerzo y arrastrando su pierna coja, Félix se encaramó al vagón descubierto.

La luna había vuelto a salir y, contra su rielar reflejado en la brillante vía del ferrocarril, la imagen de Lily con el brazo levantado diciéndole adiós iba haciéndose más y más pequeña en la lejanía.

102

Misión comprometida

El día de la gran prueba había llegado y podría decirse que en tal circunstancia José estaba mucho más nervioso que su mujer. Era sábado y estaban ambos en su dormitorio terminando de arreglarse. José hablaba desde su vestidor y Lucie lo hacía sentada frente al espejo del tocador mientras se ponía el segundo pendiente de rubíes, a juego con un collar que descansaba frente a ella sobre el negro terciopelo de su estuche, regalo de su marido en el decimoquinto aniversario de su boda civil. La boda religiosa había ido posponiéndose desde la fiesta, primero porque ninguno de los dos tenía prisa y más tarde por los acontecimientos que devastaban Europa.

El traje, de Caroline Marinette copiado de una de las famosas ilustraciones de moda de George Barbier, era de seda salvaje, blanco por completo, con la falda recogida en el centro y un escote de shantung drapeado de hombro a hombro que resaltaría el espléndido collar. Lucie llevaría en su mano derecha un magnífico rubí en forma de lágrima rodeado de pequeños brillantes, y en la izquierda el anillo del blasón de los Urbina cuya procedencia, sin dejar ver su secreto, había revelado a su marido justificándolo como un regalo de Georges Clemenceau como consuelo por la desgracia habida y queriendo acompañarla en el duelo.

Por su cabeza pasaban mil pensamientos... ¿Sabría desempeñar la comprometida tarea que le habían asignado? En caso necesario ¿sería capaz de usar las herramientas que le habían entregado? ¿Hasta dónde sería capaz de llegar para cumplir su cometido? La fuerza motriz que la empujaba a hacer todo aquello no era otra que su hijo Félix. Si a través de la gestión de la Oficina Pro Cautivos llegara la terrible noticia que su corazón se negaba a admitir, todo lo aprendido y el andamiaje de su misión al completo se vendría abajo como un castillo de naipes.

—Querido, ¿puedes ayudarme con el cierre del collar? Siempre temo dejarlo abierto.

José se puso en pie y, con los tirantes colgando a ambos lados de los pantalones, se llegó hasta su mujer.

—Me pides cosas y luego me retraso... No encuentro mis gemelos ni sé dónde tengo la aguja del plastrón.

—Ayúdame y luego te ayudo yo. No vayamos a llegar tarde, que yendo los reyes el protocolo es muy rígido. —Luego hizo una pausa—. ¿Crees que podrás hablar esta noche con don Alfonso?

—Lo veo complicado. En una fiesta y rodeado de gente será difícil hacer un aparte con él.

Los Bauer, familia de banqueros judíos representantes en Europa de los Rothschild, habían construido su palacio en la calle San Bernardo y en Madrid no se era nadie si no se asistía a su fiesta de otoño.

José se situó detrás de su mujer y, tomando el collar, bloqueó el cierre asegurándolo con la cadenita.

Lucie se miró en el espejo.

—Es otra de tus locuras, José, pero he de confesar que es precioso.

José ya regresaba con los gemelos, el plastrón y la aguja de la corbata.

—Ahora te toca a ti.

Lucie se puso en pie y mientras le ajustaba la hermosa perla en medio del corbatín comentaba los pormenores de la fiesta:

—Creo que también viene la infanta Isabel, que pese a sus años no se pierde una.

—Andará ya por los sesenta y cinco.

—Madrid adora a su Chata.

—Y don Alfonso a los Bauer —afirmó José.

Lucie observó a su marido como indagando sobre su última aseveración.

—El banco tiene tres patas: la primera, los créditos de la banca Rothschild a la casa real; la segunda, que han colaborado a poner de moda La Granja, y la tercera, los contactos internacionales que les han proporcionado.

—Y otros contactos que yo me sé. Tú ya me entiendes... Al rey no le gusta salir solo de noche.

—Como cualquier mal casado de Madrid. Esto no es París, querida, aquí la gente tiene mucho menos mundo, y las mujeres españolas no tienen más remedio que mirar para otro lado.

Lucie lo observó con una expresión entre socarrona y celosa.

—Pues no olvides que yo soy parisina.

—No te preocupes, que estoy muy bien casado. ¡Y quien tiene solomillo en casa no busca fuera carne magra! Aunque en alguna ocasión, si he de decirte la verdad, me gustaría darte un poco de celos.

—¡Dios te guarde!

La pareja acabó de vestirse y poco después estaban dentro del Hispano-Suiza conducido por Hipólito en dirección al número 62 de la calle San Bernardo esquina con la del Pez, al palacete de los Bauer.

Era ésta una construcción de tres plantas a dos fachadas, en las que destacaban los balcones, con antepechos de forja. Sin embargo, lo que más fama había otorgado al palacete eran el jardín romántico, el invernadero y el salón de música, así como la decoración de los techos de los salones de la planta noble y el exquisito gusto del mobiliario.

Hipólito hizo avanzar el Hispano poco a poco hasta detenerlo delante de la puerta.

Los invitados, vestidos de rigurosa etiqueta, iban descendiendo de los vehículos formando dos filas paralelas que entraban lentamente en el recibidor del palacete, donde don Ignacio Bauer Landauer y su esposa, Olga Dreyffus, iban recibiéndolos.

El matrimonio Cervera se colocó en la fila de la derecha.

—Esta noche está aquí todo Madrid.

—Evidentemente, aquí cada cual cuida su huerto. Los Bauer son banqueros y judíos, y representan a los Rothschild. Como comprenderás, todo el mundo quiere entrar en ese círculo —añadió José mientras las colas avanzaban poco a poco— y, además, la neutralidad de España es un caramelo que invita a que las embajadas de los países beligerantes quieran estar presentes.

—Lo entiendo, ése es también mi motivo principal.

José miró a su mujer con una expresión entreverada de orgullo y temor.

—No me acostumbraré nunca. Vivir a tu lado es cada día una aventura. No olvides, sin embargo, que las circunstancias me forzaron a darte permiso para este juego tan peligroso... Pero te ruego que no me lo recuerdes, porque si lo haces, a partir de ahora cada fiesta será un infierno para mí.

—Perdona, José. No volveré a mencionártelo. Pero tú no olvides que he de moverme sobre todo entre diplomáticos de los países que están en guerra. —Luego observó a su marido con ternura—. Sabes que lo hago por Félix.

Las filas avanzaban a la par. Ocho o nueve posiciones más atrás de José y Lucie en la de la izquierda se hallaba el personal de la embajada de Alemania, compuesto por el embajador, Eberhard von Stohrer; el secretario, Anton Glück; y el agregado cultural, Günther Mainz. Conformaban un trío muy original por lo diferente; el embajador embutía su oronda figura en un frac impecable, cruzaba su pecho una banda azul y en la solapa llevaba una ristra de pequeñas medallas; el secretario más parecía húngaro que alemán, pues era moreno con aspecto de cíngaro, tenía la nariz prominente y, cubriendo su labio superior, lucía un inmenso bigote de guías que empalmaba con sus patillas; finalmente, el agregado cultural era un auténtico ejemplar de la raza aria de unos cuarenta años, constitución atlética, con los ojos de un azul acuoso muy claro y el cabello rubio, casi blanco, la barbilla cuadrada, los labios finos y la nariz recta, y llevaba su frac con un donaire especial, era el clásico ejemplar de hombre a cuyo paso las mujeres se volvían infaliblemente. De súbito el primero se dirigió al último:

—Señor Mainz.

—Sí, embajador.

Von Stohrer señaló discretamente a José, que avanzaba por la otra fila unos cuantos pasos por delante de ellos, y bajando la voz, de manera que nadie alrededor pudiera oírlo, musitó al oído de su agregado cultural:

—Es el fabricante del mejor motor de avión de caza de cuantos surcan el cielo. Nuestro as, Von Richthofen, quiere montarlos en su escuadrón Jasta, y ya sabe usted que cualquier cosa que pida el Barón Rojo al general Ludendorff adquiere rango de primera necesidad, pues ese piloto ha derribado más de ochenta y seis aparatos enemigos y el buen pueblo alemán lo ha colocado en el altar de la patria, ¿está claro?

—Como la luz, herr embajador.

—Pues ya sabe su cometido.

Lucie sentía una gran curiosidad por ver el aspecto de un hombre que, aunque de manera indirecta, había formado parte de su pasado. Como no quería que su interés despertara sospechas, siguió a José, y ambos, tras saludar al matrimonio Bauer, entraron en los salones y fueron avanzando hacia el interior al tiempo que intercambiaban inclinaciones de la cabeza con invitados a quienes conocían e inclusive con otros que buscaban su saludo. En el primer piso iba a servirse la cena, a cargo del Lhardy; en el salón de abajo se había preparado un espacio con diferentes compartimentos, cada uno con sus correspondientes tresillos, presididos por una inmensa barra circular desde donde una troupe de camareros servía cafés, infusiones y licores para aquellos que, huyendo del ruido y de la algazara de la juventud, pretendían una atmósfera más tranquila donde entablar conversaciones de política, de moda o de toros; el baile se había montado en el jardín, en una pista cuadrada dispuesta al pie de una tarima cerrada al fondo por gruesos cortinajes, donde unos músicos, alguno de color, habrían de amenizar la velada luego de servir los licores, con los foxtrots, quicksteps y boleros que tan en boga estaban, pero sobre todo tangos, el gran acontecimiento recién llegado de Buenos Aires y que había causado furor en Europa. Con todo, la gran novedad era la atmósfera creada mediante la luz de centenares de bombillas de colores que refulgían en el cristal de Bohemia de las copas y también en lo alto de los árboles del jardín romántico de los Bauer, iluminando los diferentes senderos que conducían al maravilloso invernadero de rosas, orgullo de la anfitriona, doña Olga Dreyffus.

Lucie y José subieron al primer piso, y en tanto él guardaba una mesa junto al ventanal desde donde se divisaba el invernadero, ella se puso en la cola junto al largo bufet esperando su turno para que los cocineros que estaban al servicio la surtieran de las viandas que iba a escoger para ella y para su marido.

En ello estaba cuando una voz femenina con un acento muy peculiar interrumpió su espera.

—Yo tomaré únicamente un poco de pescado. Parece que nadie tenga en cuenta lo que acostumbra a tomar una dama para cenar. La verdad, Lucie, es que en mi casa ceno tan sólo una pieza de fruta o un vaso de leche.

Lucie, extrañada al oír su nombre en labios de la desconocida, replicó:

—¿Nos conocemos?

—Yo a usted sí, y muy bien. He de confesarle que lo sé todo de su vida. —Lucie la observó ahora con auténtico interés—. Y usted a mí, de momento de oídas, pero en cuanto le diga mi nombre sabrá quién soy y cuál es mi papel en la obra. —Luego, tras una pausa muy estudiada, dándose unos golpecitos en la mano con el abanico

572

que tenía sujeto a la muñeca, anunció—: Catherine Dorniel, baronesa Mayendorff. Próximamente, querida, vamos a vernos en muchas ocasiones.

Lucie ató cabos y súbitamente tomó conciencia del importante papel que iba a desempeñar en aquella guerra, que todo lo pasado hasta llegar a aquel momento tenía una finalidad y que ella era un mero engranaje o, mejor, un eslabón de la cadena que representaba el servicio de espionaje francés en Madrid.

De repente un murmullo *in crescendo* se elevó desde la planta inferior. Alguien anunció: «¡Llega el rey, llega el rey!», y el eco fue encaramándose por la escalera como la hiedra por el viejo tronco del árbol. La gente se precipitó a la entrada para aclamar a don Alfonso, que, acompañado por su esposa, doña Victoria Eugenia de Battenberg, ascendía la escalinata seguido por los dueños del palacete, repartiendo sonrisas y apretones de mano, con aquel estilo coloquial y próximo que lo hacía irresistible. Los invitados se disputaban el honor de su saludo, y es que el hecho de que el monarca se detuviera ante alguien en particular e intercambiara con él unas palabras tenía la equivalencia de la frase que Felipe IV usaba en el siglo XVII cuando en público decía a algún noble: «Cúbrase, don fulano», y autorizarlo a estar cubierto en su presencia significaba que desde aquel instante era por derecho un Grande de España.

El rey divisó al matrimonio Cervera en la segunda fila y con un gesto de la mano detuvo a su séquito. Los murmullos fueron bajando de intensidad y la primera fila se abrió ante el monarca como la mantequilla ante un cuchillo caliente.

—¿Cómo estás, Cervera?

—Su única presencia, señor, hace que todo sea más grato.

Alfonso captó el mensaje y, dirigiéndose a Lucie, que permanecía muda un paso por detrás de su marido, añadió:

—No nos escatimes a tu mujer. Las cosas hermosas tienen que estar a la vista del público, igual que los cuadros en los museos. —Luego, hablando directamente con Lucie y en un tono afectuoso, agregó—: La casa real está haciendo y hará todo lo posible por dar con el paradero de su hijo. En cuanto tenga noticias se las haré llegar.

Lucie sintió que todas las miradas convergían sobre ella.

—Por favor, majestad... Sean buenas o malas, esto es un sinvivir.

El rey se inclinó para besarle la mano y después, acompañado de aquella nube de corifeos, fue entrando en el salón.

573

Eberhard von Stohrer, el embajador alemán, se volvió hacia su agregado cultural.

—Observe, Mainz, hasta el mismísimo monarca se ha detenido a hablar con él. Como dicen aquí, en Madrid, hay que «adorar al santo por la peana», y el señor Cervera siente una debilidad absoluta por su esposa. Despliegue sus mejores armas y demuéstreme que su fama de donjuán que tantos inconvenientes ha reportado a la embajada, pues los maridos españoles son muy celosos, en esta ocasión sirve para un buen fin.

Luego de la cena la gente se repartió por todo el palacete según sus particulares inclinaciones o urgencias; unos, pendientes de lo que hacía y de adónde iba don Alfonso, lo seguían buscando un lugar en el sol que podía ser la mención de su nombre o una mera palmada en la espalda, otros, persiguiendo el ambiente menos ruidoso y consumiendo los inmensos vegueros que se habían repartido después del festín, ocupaban los cómodos sillones del salón de fumadores o de la biblioteca para poder hablar de los temas de actualidad, principalmente de las secuelas de negocios que originaba la guerra; y los más moviéndose en el entorno de la pista de baile montada en el jardín, ya fuera para bailar o para sentarse a una de las mesas del perímetro y comentar lo bien que lo hacían algunos, lo mal que lo hacían otros y, sobre todo, opinar libremente sobre los trajes de las damas, que al día siguiente serían la comidilla de Madrid.

La baronesa Mayendorff, después de que Lucie la presentara a José como Catherine Dorniel, se sentó con ellos y al cabo de un rato Melquíades Calviño, el director de la banca García-Calamarte, compareció con su esposa, doña Úrsula Martí, quienes, tras saludarlos y preguntar si esperaban a alguien, ocuparon los dos sillones que quedaban libres.

La noche llegaba a su cénit, y cada cual se dirigió al lugar que más le complacía. Las parejas jóvenes acudían en tropel a la pista de baile; las mujeres bellas querían lucir esa noche sus mejores galas; otros escogieron recorrer los jardines visitando el invernadero, el parque de las estatuas o la rosaleda de la señora Bauer.

Catherine Dorniel, después de asegurarse de que José escuchaba con sumo interés lo que le explicaba el director de su banco, acercó sus labios al rostro de Lucie y murmuró:

—No tardará en acercarse el embajador alemán con su séquito. Si no me equivoco, después de presentarse, intercambiará unas palabras con su marido y a usted le dedicará una gentileza. Luego se retirará con todo su cortejo, que ignoro en esta ocasión cuántos son, aunque evidentemente quedará aquí una persona, que es el jefe del espionaje alemán en Madrid. Su cargo está... disfrazado, como no podía ser de otra manera. Para todos, es el agregado cultural y su nombre es Günther Mainz.

Dichas estas palabras, como si fueran una premonición, en tanto sonaba de fondo tocado por la orquesta el tango de «La cumparsita», de entre el torrente de gente que se acercaba a la pista de baile se separó un trío y fue hacia donde se hallaban los Cervera, los Calviño y la baronesa Mayendorff.

El grupo de los cinco estaba situado alrededor de una mesa, los dos hombres a un lado y las tres mujeres al otro. Los recién llegados se detuvieron a la distancia conveniente que exigía el protocolo, y su aparición hizo que las conversaciones se detuvieran aguardando que los visitantes justificaran su presencia.

El primero, un caballero de aspecto imponente, tomó la palabra dirigiéndose a la baronesa Mayendorff después de inclinarse para besarle la mano.

—Querida Catherine, si usted fuera tan amable, podría honrar el cargo de introductora de embajadores... Y nunca con más propiedad.

Catherine Dorniel, con un coqueto gesto que justificaba el halago, correspondió a la invitación señalando a José y a Lucie.

—Ellos son mis amigos los señores Cervera, don José y su esposa Lucie. —Luego se volvió hacia el recién llegado y señaló—: Eberhard von Stohrer, embajador de Alemania en Madrid. —Los caballeros se habían puesto en pie. La baronesa agregó—: Me parece más apropiado que el señor Cervera le presente a sus amigos y usted a sus acompañantes.

José, tras apretar la mano que el alemán le ofrecía, correspondió a la sugerencia de la baronesa.

—Don Melquíades Calviño, presidente y director del banco García-Calamarte, y su esposa, doña Úrsula.

El alemán cumplió con su parte.

—El señor Anton Glück, secretario de la embajada, y el señor Günther Mainz, agregado cultural. Puedo decir que entre los tres representamos a Alemania en Madrid.

Cuando Günther Mainz, inclinando su metro y noventa centímetros, besó la mano a Lucie, ésta agradeció estar sentada, pues pese a haberlo imaginado en veinte situaciones diferentes, llegado el momento creyó que de haber estado en pie tal vez se habría desmayado.

Lucie, en tanto en la lejanía oía la voz de la baronesa Mayendorff cubriendo su silencio, se recompuso, tomó conciencia del momento que estaba viviendo, recordó todo lo aprendido en Colombier y se dispuso a representar el papel que le habían asignado, con el esfuerzo de tanta gente, poniendo de su parte todo lo necesario para no fallar a la primera ocasión.

El embajador alemán y el secretario de la embajada se habían sentado en el extremo del grupo, con José, Melquíades Calviño, Úrsula, la esposa del director del banco, y la baronesa Mayendorff a la derecha de Lucie y a su izquierda el agregado cultural, Günther Mainz.

Un tropel de recuerdos acudió a su mente. Aquel hombre era el hermano de Gerhard, miembro de una de las sagas más importantes de Alemania dueña de minas en el Ruhr, de fábricas de acero en Essen, de una relevancia capital para el resultado de la contienda y a quien ella debía utilizar en beneficio de Francia. Y ella se encontraba allí viviendo otra vida a la que se había comprometido y que estaba a punto de complicarse por su hijo Félix, que para más paradoja era el sobrino de aquel hombre.

La voz del alemán era grave y armoniosa. Después de ofrecerle un cigarrillo, que Lucie rehusó, extrajo del bolsillo superior de su frac una pequeña pipa de espuma, llenó la cazoleta de tabaco inglés, lo apretó con parsimonia con un atacador y, luego de prender la mezcla y dar una larga calada, expulsó el humo y se volvió hacia ella.

—En lo único que Inglaterra nos supera es en el tabaco de pipa.

Lucie se oyó responder:

—Y tal vez en el whisky, ¿o no?

—Es posible, pero con esos ingredientes no se gana una guerra. ¿Me permite que la llame Lucie?

—¡Cómo no, señor Mainz!

Lucie temió que el temblor que invadía su cuerpo la delatara.

—Llámeme Günther... Si gusta.

La orquesta sonaba a lo lejos.

—Usted es francesa... —más que preguntar, afirmó.

—He sido francesa a ratos, y a ratos alemana... Soy de origen alsaciano.

—Entonces sin duda es alemana.

—Eso es cuestión de sentimientos, cada uno es de donde siente que pertenece.

—Y usted, Lucie, ¿de dónde siente que es?

—En estos momentos me siento española. Las gentes de España son alegres y listas; fíjese que son los únicos europeos que no andan dándose garrotazos. ¡Odio la guerra con toda mi alma!

—Pues, si no estoy mal informado, su marido saca un buen rendimiento de ella.

—Si va a juzgar a cada español que saca beneficio del conflicto, del rey hacia abajo todos lo obtienen. Pero no se equivoque, antes de que esto comenzara mi marido vendió a Francia una licencia para hacer motores de aviación, y si Alemania no la compró porque pensaba que lo que fabricaba era mejor, no fue su problema; él sólo manda en España.

Günther Mainz la miró fijamente.

—Me encanta hablar con usted... Es la primera mujer con la que, en vez de hablar de modas y de fiestas, uno puede conversar con criterio de política.

—El ser humano tiene dos temas de conversación: los que odia y los que ama. Eso nos incardina a uno u otro, y a mí en estos momentos me interesa la guerra porque la odio con todas mis fuerzas.

—Por lo general, todas las mujeres.

—Unas más que otras... Según si la guerra les ha arrebatado algo o no.

Ante la mirada inquisidora del alemán, Lucie se vio obligada a responder:

—Tengo un hijo desaparecido en esta maldita guerra... Era piloto y nadie sabe darme razón de qué ha sido de él.

Günther Mainz intuyó una fisura en las defensas de aquella mujer y tal vez la excusa para volver a verla.

—Si me otorga su confianza y me explica dónde se supone que cayó, tal vez pueda hacer algo.

—Es inútil, señor Mainz. La Oficina Pro Cautivos de nuestro rey nada ha podido hacer al respecto.

—No es que tenga que justificar a mi país, pero un piloto de guerra no es un soldado de infantería. Su formación es tan lenta y costosa que cada país intenta retener a los que caen. Eso sí, se los trata a cuerpo de rey pero se los incomunica.

Lucie, sin pensar, se oyó decir:

—Cayó en Verdún, la pasada primavera.

Günther Mainz sacó una libretita del bolsillo y una pluma estilográfica.

—Deme su nombre

—Félix Cervera Lacroze.

El alemán tomó nota, luego guardó de nuevo la libreta y la pluma.

—Con el permiso de su marido, en cuanto tenga novedades me pondré en contacto con usted.

—Hágalo, aunque sea para darme una mala noticia. Nada hay peor que este vacío en el alma.

El alemán dio una larga calada a su pipa.

—Lucie, no me malinterprete, no pretendo sacar ventaja de esta situación, pero si desde la neutralidad de su esposo y desde su independencia comercial pudiera proporcionar a mi país un motor como el que monta el SPAD, tal vez mi gobierno sería proclive a hacer una excepción con su hijo.

La mente de Lucie iba como una turbina. Si tras consultar con sus superiores éstos vieran la posibilidad de sacar alguna ventaja de aquel intercambio, tal vez podría hallarse otro camino para encontrar a Félix o, al menos, tener noticia de él.

—Como usted comprenderá, tal decisión escapa a mis atribuciones como madre y como esposa... Lo que sí tengo claro es que mi marido no querrá comprometer la neutralidad de España, por lo que la forma de hacerlo no debe traspasar los límites de lo legal.

—Eso téngalo por seguro, Lucie. Ya imaginará que no es el primer paquete ni será el último que mi país saca de España... A su debido tiempo se la informará del mecanismo que eximirá de cualquier responsabilidad a su marido.

—Siento haberte metido en todo esto, querido.

—Félix también es hijo mío, no lo olvides, Lucie... Y yo te autoricé a entrar en este juego, de modo que, si en algo puedo ayudar, no permitiré que mi mujer haga todo el trabajo.

El diálogo se desarrollaba en la galería de la casa de los Cervera en la calle Velázquez.

—Y además me limité a seguir las instrucciones que pacté con el alemán.

El matrimonio había coincidido ya tres veces con la plana mayor de la embajada alemana en Madrid; Günther Mainz había prometido a Lucie hacer lo imposible para descubrir el paradero de Félix a cambio de que convenciera a su marido para que le proporcionara un motor Hispano-Suiza, el mismo que montaba el SPAD francés, aunque no de un modo oficial, por supuesto. Lucie había consultado la posibilidad a través de Candelaria Aguado con la dirección en París del servicio de espionaje, y éste dio la autorización y las pautas a seguir. En cuanto se supiera el *modus operandi*, debía transmitirse a la central y entonces su tarea habría terminado.

La orden fue que el 9 de enero se llevara al puerto de Cartagena un motor perfectamente embalado en su caja de madera con los marbetes en su parte exterior correspondientes a un viejo modelo de motor de avión. El paquete debía embarcarse en un pesquero de nombre *San Bartolomé*, cuyo contramaestre era un viejo marino noruego que hablaba correctamente español, quien, luego de comprobar la carga, la admitió a bordo.

Todo se llevó a cabo según las instrucciones, y Lucie nada más supo del asunto hasta que al cabo de dos semanas salió un suelto en *El Heraldo* y el *ABC*.

El pasado día 13, a veintidós millas frente a la costa de Cartagena, una embarcación de pesca se topó con una inmensa mancha de petróleo y en sus redes de arrastre enganchó los restos de lo que podría ser la barandilla de la torreta de un submarino. Tras subir el pecio a bordo y entregarlo a las autoridades, nada cabe colegirse, por lo que no podremos informar a nuestros lectores hasta no tener una explicación de una fuente fidedigna.

José, al leer la noticia, se alarmó.

—Imagino que un U-Boot alemán salió al encuentro del pesquero por la noche y nuestro motor fue el cebo. El servicio de contraespionaje debió de descubrir el punto de la cita y atacarían el submarino...

103

La huida de Félix

A las cuatro y media de la madrugada el raquítico trenecillo se detenía en la estación anunciada por Lily. Félix se deshizo de la lona que lo cubría y oteó el horizonte; al nivel de la máquina se veía trajinar a un par de hombres, uno de ellos moviendo sacos de carbón y el otro intentando encajar la gruesa manguera del depósito de agua de la estación en la del ténder, operación que, a juicio de Félix, tendría entretenidos a los ferroviarios el tiempo suficiente para que él saliera de su escondrijo y bajara del tren.

Se puso en pie con gran esfuerzo y lanzó el macuto al andén. Luego, ayudado por su rústica muleta y agarrándose a los salientes de la pared del vagón, bajó a tierra. Nadie a la vista... Tenía que encontrar un lugar escondido para planear sus próximos pasos; no estaba dispuesto, tras tanto esfuerzo, a equivocarse ahora que tenía la libertad al alcance de la mano; se negaba a acabar en una cárcel alemana.

A lo lejos se veía un cobertizo y al fondo una montaña de sacos, supuso que de carbón, esperando que el correspondiente transporte se lo llevara de la estación en cuanto saliera el sol. Félix se echó el macuto al hombro y, tomando la muleta, se deslizó pegado a los vagones hasta el fondo del andén, donde se hizo un hueco entre los sacos, dispuesto a descansar un poco, a comer y a beber algo del paquete que Lily le había dado en tanto que, con cierta calma, decidía su futuro. En ocasiones una coyuntura insospechada indicaba el camino a seguir, se dijo.

En la lejanía el sonido de una campanilla agitó su duermevela y sus cinco sentidos se pusieron en alerta. Al final del camino divisó un grupo de hombres precedidos por un cura y un monaguillo que seguían el carro de un difunto, supuso Félix que para acompañarlo hasta su última morada.

Rápidamente se puso en pie, cogió el macuto y, apoyado en la muleta, aguardó a que la comitiva pasara por delante de él para agregarse a ella con disimulo y salir de la estación sin llamar la atención.

El plan salió tal como lo había concebido. Al paso se sumó al grupo y se dispuso a caminar junto a ellos al ritmo que le convenía, pues en aquella circunstancia el desplazamiento era lento. Al cabo de poco comprendió por qué nadie se había extrañado de su incorporación: pasando por el medio de un pequeño pueblo algún que otro hombre salía de su casa y se unía al séquito sin que nadie se dignara volver la cabeza para ver quién era el nuevo cofrade.

Félix comenzó a creer en su buena estrella. El cortejo llegó frente a la puerta de un pequeño templo en cuyo frontis se veía en letra gótica el nombre del recinto religioso: ÉGLISE DE SAINT MICHEL. Su cabeza comenzó a funcionar como una dinamo: sin duda el párroco que presidía el cortejo debía de ser el padre Damien, el primo del doctor Lemonnier, la persona de la que dependía que él regresara de nuevo a su amada Francia. La comitiva rodeó la iglesia y se dirigió al pequeño camposanto que había detrás de la misma. Allí, mientras un grupo de hombres descargaba del carro la caja del difunto y la conducía a hombros hasta una tumba abierta en el suelo, al lado de la cual se veía el montón de tierra y los aperos para moverla, el cura, el monaguillo y el resto de la gente, con las cabezas descubiertas, iban colocándose delante y alrededor del agujero, preparándose para despedir al difunto. Félix, con la gorra calada hasta los ojos, se ubicó disimuladamente al final del grupo de los deudos y amigos del extinto. Sobre el agujero colocaron cuatro listones de madera y encima de éstos depositaron el ataúd, después pasaron por debajo tres cinchas y, depositando los extremos en el suelo, aguardaron a que el cura dirigiera los rezos. El monaguillo entregó un pequeño misal al oficiante y éste, tras dar con la página correspondiente, comenzó a leer el texto del oficio de difuntos. Finalizado el rezo, tomó el hisopo y el pocillo de metal que el monaguillo le ofrecía, y roció primero la caja de pino y luego, dando media vuelta, hizo lo mismo con los presentes. Después, a un gesto suyo, seis hombres levantaron la caja alzando a una los extremos de las cinchas y aguardaron a que otros dos retiraran los listones que cubrían el hueco. Poco a poco fueron descendiendo la caja hasta depositarla en el fondo del agujero, y entonces, tomando las palas que reposaban sobre el montón de tierra, fueron rellenando el hueco hasta cubrirlo por completo. Cuando todo ya estuvo consumado, el monaguillo clavó una cruz de madera que estaba preparada a la cabecera de la tumba y a un gesto del cura la comitiva fue disgregándose en pequeños grupos en tanto que el clérigo, seguido de unos cuantos hombres, se dirigía al interior de la pequeña iglesia.

Félix, apoyado en su muleta, echó a caminar el último para no llamar la atención, pues su paso era más lento. Al entrar en la capilla se sentó al fondo y aguardó a que el sacerdote acabara de despedirse de los hombres que, tras consultarle sus cuitas, iban saliendo en pequeños grupos. Cuando ya se quedó solo, Félix se hizo presente poniéndose en pie. El cura lo divisó al instante y, al no reconocerlo, le preguntó:

—¿Puedo servirle en algo?

—¿Es usted el padre Damien?

—El mismo.

El sacerdote se percató de que Félix miraba a uno y otro lado y enseguida se dio cuenta de qué palo iba el juego. Volviéndose hacia el monaguillo, le dijo:

—Paul, ve adentro y ordena la sacristía. Y procura que todo quede en su sitio, que luego no encuentras las cosas.

Partió el niño hacia el interior con el libro, el pocillo y el hisopo, y cuando el eco de sus pasos se perdía al fondo de la pequeña nave, Félix se adelantó y entregó al cura la nota escrita por Lily.

El hombre rebuscó en el fondo de su bolsillo unas pequeñas antiparras y tras colocárselas se acercó a la luz de un cirio encendido colocado sobre un gran ambleo y leyó atentamente. Después alzó la mirada y examinó a Félix de arriba abajo.

—Sígame. Conversaremos mejor en la rectoría. Además, tiene usted aspecto de no haber comido caliente desde hace mucho.

Partió el padre Damien sin que Félix tuviera tiempo de responder, y éste, tomando su macuto y su muleta, lo siguió.

La rectoría estaba situada detrás del ábside circular de la iglesia y se accedía a ella a través de la sacristía. El cura se quitó el cíngulo que todavía llevaba colgado al cuello y se lo entregó al monaguillo, que aún estaba ordenando las cosas.

—Cuando hayas terminado, Paul, cierra la puerta de la iglesia, deja la llave donde siempre y vete a casa. Mañana te espero aquí a las ocho y media. —Acto seguido se volvió hacia Félix y, para dar a entender al muchacho que aquel hombre estaba allí en busca de un dato parroquial, añadió—: Ahora miraremos el libro de bautizos... Algo me ronda la memoria.

A través de una puerta que se abría al fondo del ábside Félix siguió al cura y entraron en la rectoría. Lo primero que encontró fue un recibidor circular en el que se abrían tres puertas; la primera estaba cerrada, y Félix supuso que correspondería al dormitorio del cura; la segunda era una sala con el suelo de ladrillo cocido y vigas de madera en el techo, con una gran chimenea al fondo y sobre el fuego una olla de la que emanaba el olor de un apetitoso guiso que una anciana removía; mesas, sillas y un sofá completaban el mobiliario de esa estancia que, a juicio de Félix, debía de ser el comedor y la cocina.

El padre Damien colgó su sobretodo en el perchero de la entrada y a la vez que hablaba con la mujer indicó con un gesto a Félix que lo siguiera.

—Marie, lo de siempre... Ya sabes: demos de comer al hambriento. Pon un par de buenos tazones de esa sopa con tropiezos que haces y que es como la que Nuestro Señor dio a Lázaro para resucitarlo. Tenemos un invitado. —Luego se dirigió a Félix, y abriendo la puerta de su dormitorio le señaló la tercera puerta al fondo—. Si quiere adecentarse un poco, hágalo.

Félix agradeció la invitación. Cuando ya aseado regresó a la cocina, el padre Damien lo esperaba sentado a la mesa. Sobre ésta, además de agua, pan y vino, humeaba un gran cuenco de aquella sopa que, por lo visto, era capaz de devolver la vida a un difunto.

Tras bendecir los alimentos, el cura aclaró:

—Aquí podemos hablar tranquilamente. —Señaló a la mujer—. Marie me ayuda en todo lo que hago. Su hijo era guerrillero y cayó en manos del enemigo... Me consta que la gente del pueblo murmura, y puedo asegurarle que sin motivo, pero si así no fuera y yo hubiera de juzgar a otro sacerdote que estuviera en mis condiciones, le diría a usted que aquí hace mucho frío en invierno, que la carne es débil y la soledad mucha... Pero centrémonos en lo suyo, joven. Cuénteme todo desde el principio, pues cuanto más sepa de su circunstancia, su manera de ser y sus capacidades, mejor podremos planear su regreso a casa.

La explicación duró la comida y la sobremesa. Sentados a la luz de la lumbre en el tresillo que estaba en la cocina, Félix explicó su vida al padre Damien. Desde quién era hasta su afición por los aviones y su graduación en la escuela de pilotos, pasando por lo que su familia representaba en Francia y su urgencia por volver a su país para ayudarlo a ganar la guerra.

—El doctor Lemonnier es mi primo, como usted sabe, y desde

que fuimos invadidos al inicio de esta maldita guerra hemos colaborado juntos intentando poner, desde nuestras respectivas posiciones, nuestro granito de arena para contribuir en lo que es justo... Posiblemente sea usted, muchacho, el décimo soldado que he intentado devolver a Francia. Sé que todos ellos partieron de aquí, lo que ignoro es cuántos consiguieron llegar. En esta ocasión, caso de lograrlo, será el primer piloto que pongo de nuevo en el aire.

—Habla usted, padre, como si se tratara de hacer una tortilla.

—Evidentemente, sencillo no es, y en cada caso hemos ingeniado un sistema diferente porque, como comprenderá, ni los hombres, ni las condiciones, ni la disposición y las habilidades de cada cual han sido las mismas, por lo que hemos tenido que adaptarnos a las circunstancias.

—Y en mi caso, ¿qué se le ocurre?

El padre Damien le sonrió. Luego se volvió hacia Marie y le indicó:

—Hazme el favor, Marie, de ir a buscar a Bon-Copin. —Luego se dirigió a Félix—: Como bien ha dicho, no se trata de hacer una tortilla. Bon-Copin es tal vez la persona que mejor conoce el territorio y quien dirige todas las acciones de la guerrilla. Sin su ayuda nada conseguiríamos. Ahora no nos toca otra que esperar. —Señaló la botella de kirsch que estaba sobre la mesa—. Aumenta la paciencia y aclara las ideas. —Y tras decir esto escanció una ración del blanco licor en la copa vacía de Félix.

La espera fue breve. A los veinte minutos la puerta de la sacristía chirriaba anunciando al visitante. Marie lo precedía. Entró la anciana secándose las manos en el mandil y enseguida se hizo a un lado para dar paso al recién llegado.

Era éste un hombre de unos cuarenta años, de constitución robusta y con el pelo canoso, como la barba, y manos de leñador. Pero lo que más destacaba en su conjunto era una mirada inquieta, negra y profunda, que parecía abarcar todo el entorno sin necesidad de mover los ojos.

Luego de saludar al sacerdote y después de que éste presentara a Félix, le oprimió la mano al punto de que este último tuvo la sensación de que la había metido en una prensa hidráulica.

El hombre se sentó y, después de servirse una generosa ración de licor blanco, se dispuso a escuchar toda la historia, esta vez expuesta por el padre Damián: desde que Félix saltó en paracaídas del avión, pasando por sus salvadores y los días que estuvo recuperándose en casa de éstos asistido por el doctor Lemonnier, las visitas del destacamento alemán y de cómo hubo de hacer de espantapájaros, hasta su huida en el trenecillo de carbón que lo había depositado en la estación de Saint Michel.

El conciliábulo duró hasta las nueve de la noche. Félix se limitó a escuchar, pues era consciente de que aquellos dos hombres sabían mucho más del tema que los ocupaba que él. Entrambos comentaron situaciones que se habían dado en otras ocasiones y comenzaron a pergeñar un plan que, a tenor de las condiciones físicas de Félix, era el más viable.

La cosa quedó de la siguiente manera: Bon-Copin prepararía a sus hombres, y Félix se montaría en una especie de cesto de juncos, como un moderno Moisés, y navegaría en una noche sin luna por el río Alzette, un afluente de setenta y tres kilómetros del Sauer que recorría Francia y Luxemburgo, hasta Villerupt, donde lo aguardaría gente amiga que lo ayudaría a pasar las líneas alemanas. El estado de su pierna no aconsejaba otra cosa.

El teléfono sonó en la galería. La segunda camarera, que en ese momento limpiaba las pequeñas figuras de porcelana con un delicado plumero, se dirigió hacia él justo cuando entraban en la estancia José y Lucie, que venían de dejar a Nico y a Pablo en casa de los abuelos pues, junto con su amigo Paquito Fresneda, iban a pasar el fin de semana en la finca de Aranjuez.

—Ya lo cojo yo.

Lucie se dirigió hacia el aparato y, tras dejar el sombrero y el bolso en la mecedora, descolgó el auricular y se acercó la boquilla a los labios.

—¿Dígame? Sí, aquí la casa de los señores Cervera.

La voz metálica de la telefonista sonó en el auricular.

Hubo una pausa y José interrogó con el gesto a Lucie. Ésta se retiró el aparato de los labios y le aclaró:

—Conferencia desde París. Debe de ser mi madre. O quizá Suzette...

La voz de la operadora sonó de nuevo:

—Hablen.

—Sí.

Una palidez cadavérica invadió el rostro de Lucie, que de no haber tenido tras de sí el mullido sofá, se habría caído al suelo.

Casi sin voz, en tanto pasaba el aparato a su marido y se desmadejaba pálida, exclamó:

—¡Es Félix!

José dejó el hongo y los guantes sobre el escritorio y se precipitó a tomar el teléfono de manos de su mujer.

—¡Sí!

—Soy Félix, padre.

—¡Bendito sea Dios! ¿Cómo estás?

La conversación transcurría con mil interrupciones. La camarera llevó Agua del Carmen a Lucie para que se rehiciera. Finalmente, el matrimonio fue asimilando la buena nueva: Félix había vuelto. Las preguntas y las respuestas se sucedían sin pausa ni respiro. Supieron del derribo de su avión, de cómo tuvo la suerte de caer en manos amigas, de la doble fractura de su pierna, de cómo había atravesado las líneas enemigas a través del río y, tras mil azarosas circunstancias, había llegado a París después del verano de 1917. A pesar de las ganas de verlos, la guerra no había terminado aún y, aunque su cojera lo inutilizaba para volar, estaba decidido a seguir colaborando con el ejército lejos del frente.

Luego, cuando ya se vio con fuerzas, Lucie se puso al aparato. El diálogo estuvo trufado de lágrimas y emociones, y acordaron que a partir de aquel momento se llamarían todos los días hasta tener la fortuna de encontrarse y darse aquel añorado abrazo pospuesto durante tanto tiempo. Alborozada, Lucie llamó a continuación a su madre y a Suzette, quienes recibieron la excelente noticia con la alegría del que es testigo de un milagro.

104

1918

La guerra parecía haberse estancado y Lucie empezaba a pensar que duraría para siempre. La tranquilidad que le reportó el retorno de Félix no impedía que siguiera echándole de menos. No soportaba la idea de no haber podido abrazarlo aún, pero su hijo, entregado a la causa, no había tenido permiso ni siquiera por Navidades. José no había consentido en dejarla viajar a Francia durante ese tiempo y el reencuentro con Félix se había ido postergando hasta rayar lo insoportable, al menos para ella. Sabía que estaba bien, que no se hallaba en peligro, pero eso no era suficiente y había insistido a José hasta casi convencerlo de acompañarlo en su próximo viaje, que él ya no podía retrasar más debido a sus negocios.

Como hacía regularmente, esa mañana Lucie llamó a su madre y a su amiga Suzette. La voz aterrada de su amiga le relató el nuevo tormento que representaba la caída de un inmenso obús justamente cada hora en los diferentes distritos de París. No era un bombardeo convencional ni nada parecido, en el cielo no se divisaba rastro de avión o zepelín alguno que pudiera transportar aquel artefacto, aquello era una amenaza latente que obligaba a los parisinos a seguir con su vida mirando al cielo hora tras hora, y todo el mundo hacía cábalas sobre dónde caería la siguiente bomba; el caso era que aquella amenaza tenía aterrorizada a la capital de Francia. Por los restos encontrados y analizados en el laboratorio de Artillería y Balística, se había llegado a la conclusión de que debía de ser un inmenso cañón lo que lanzaba aquellos proyectiles. Sin embargo, nadie ignoraba que un arma de tal calibre tenía que transportarse en un tren, fijarse en el suelo sobre una plataforma de cemento y ser manejada por artilleros experimentados, no sólo por haber de controlar el problemático retroceso de cada disparo, sino también por saber dirigir su tiro en parábola desde una distancia de más de cien kilómetros, ya que la cuestión de su precisión sería compleja. Suzette añadió que, por el momento, fuera por el camuflaje, fuera porque estaba oculto en algún lugar, el caso era que pese a los esfuerzos no daban con él.

Cuando Lucie consultó a su amiga la conveniencia de acudir a París a ver a Félix, el consejo de Suzette fue inmediato:

—Lucie, éste es el peor momento para regresar. Mejor será que Félix pida permiso, y que él acuda a Madrid.

A los tres días de la conversación con Suzette sonó el teléfono en casa de los Cervera.

Lucie estaba preparándose para salir.

—Señora, un caballero con acento extranjero pregunta por usted al teléfono.

—¿Por mí o por el señor?

—Por usted, señora. Ha dicho: «Doña Lucie Cervera».

—Está bien, ahora mismo bajo.

Se retiró la camarera y un minuto después Lucie estaba al teléfono.

—¿Dígame?

—Perdone que la llame a hora tan temprana, pero tengo una gran noticia que darle.

Lucie reconoció al instante la voz de Günther Mainz, y se puso en guardia.

—Después de arduas gestiones, he conseguido tener noticias de su hijo Félix.

Lucie recordó al punto la nota personal de Georges Clemenceau felicitándola por el éxito habido por el hundimiento del submarino alemán que había subido a la superficie frente a Cartagena para recoger un motor Hispano-Suiza, que nunca habría de llegar, y temió que la llamada tuviera algo que ver con aquel asunto. Así pues, se dispuso a representar su comedia. Al cabo de una significativa pausa, que el otro entendería motivada por la angustia y el alivio de una madre al recibir tamaña noticia, respondió:

—Si tal es verdad, mi gratitud será infinita y de por vida... Siempre estaré en deuda con usted. ¿Está bien mi hijo? ¿Dónde se encuentra? ¿Cuándo podré hablar con él?

—Tal como le expliqué, los pilotos enemigos caídos están incomunicados, pero en residencias de categoría semejantes a un hotel de primera clase... Únicamente le diré que nuestros hombres viven en las mismas residencias. Por el momento no puedo explicarle nada más, pero si usted me da una carta o cualquier cosa que quiera hacerle llegar, pondré los medios.

—Pero ¿cómo puedo saber que lo que me dice es cierto?

—Tiene usted mi palabra. Además, espero poder corroborárselo en breve... Pero eso no depende de mí y tendríamos que hablarlo más despacio, por lo que le propongo acudir a la fiesta que tendrá lugar en nuestra embajada en compañía de su esposo... Será para mí un honor recibirlos, y sin duda podremos hablar discretamente del asunto. Tenga en cuenta que por usted voy a traicionar un poco a mi patria.

—Insisto, Günther: si lo que me ha dicho es cierto, como madre, jamás podré agradecerle lo que pueda hacer por mi hijo... Cuente con nosotros para su recepción y transmita al embajador nuestras más expresivas gracias.

Tras estas palabras Lucie colgó el auricular. La cuestión era palmaria: Günther Mainz pretendía engañarla; más aún, intuía que sólo le interesaba algo que ella podía proporcionarle.

Entendió que tal vez había llegado el momento de poner en práctica aquello para lo que había sido entrenada, por lo que, tras consultarlo con su marido, decidió pedir instrucciones a «la casa» en París y que le dijeran lo que debía hacer.

Al día siguiente se puso en contacto con Candelaria Aguado, y ésta se presentó en su casa enseguida con un paquete envuelto con el característico papel de las modistas Marinette.

—Hágala pasar a mi dormitorio, por favor.

La camarera obedeció, y al cabo de unos minutos Lucie y la modista estaban encerradas en el vestidor del dormitorio, donde podían charlar libremente sin que nadie oyera lo que allí se decía.

—Me parece tan importante lo que me cuenta que debo consultarlo con París. Es patente que Alemania está perdiendo la guerra, y en situaciones desesperadas las naciones buscan cualquier medio para pactar una paz honrosa. Mañana, pasado a lo más, tendrá noticias mías. La excusa, como siempre, será que está haciéndose pruebas para un nuevo traje.

Tras estas palabras Candelaria Aguado abandonó la estancia.

Todavía no habían pasado veinticuatro horas cuando la voz de Candelaria Aguado sonaba al otro lado del teléfono:

—Doña Lucie, debe estar en la embajada de Francia mañana por la mañana a las diez en punto. El primer ministro en persona hablará con usted desde un teléfono encriptado.

Como de costumbre, se sirvió la comida en la galería. Los miembros del servicio habían adquirido el hábito de dejar solo al matrimonio y acudir únicamente cuando el señor o la señora requerían su presencia mediante una campanilla, ya fuera para llevar el siguiente plato, ya para retirar el anterior. Desde que Lucie había contraído el compromiso de aquel peligroso trabajo el tema de conversación principal con su esposo se refería a su actividad.

—Lucie, cuando ese hombre te ha mentido al respecto de Félix y te ha dado esperanzas para que pienses que de ellos depende que volvamos a verlo, no dudes que algo pretende.

»Tú cumpliste con lo pactado. Tu actuación consistió en convencerme a mí para que entregara un motor de aviación... Y lo que le ocurrió al submarino jamás podrán atribuírtelo. Es un lance más de la guerra que, nos guste o no, se desarrolla en nuestras costas. Nuestras aguas territoriales son profanadas un día sí y otro también porque no tenemos con qué defenderlas; nuestra marina se compone de un crucero, dos destructores y cuatro barcos viejos... Luego del desastre de Trafalgar, el resto de nuestra honra se hundió en Cuba. Querida, te buscan porque algo pretenden de ti y utilizan el único cebo que puede mover tus estructuras, que no es otra cosa que recuperar a tu hijo. Por eso simulan que lo tienen. E ignoran si ha regresado porque nunca lo han tenido ellos... Lucie, es muy importante que sigan sin saber nada al respecto de la reaparición de Félix.

Al día siguiente a las diez menos cuarto en punto Lucie se apeaba de un taxi frente al edificio neobarroco del número 9 de la calle Salustiano Olózaga que había sido el palacio del duque de la Fuente Nueva de la Arenzana. Vestía un traje azul con el canesú y la cintura de encaje de color azul marino, calzaba chapines con hebilla de charol negro, y cubría el conjunto un sobretodo gris de pelo de camello y en la cabeza un casquete con velo que le ocultaba el rostro.

Lucie traspasó la reja del parque que rodeaba el edificio y subió por la amplia escalinata que desembocaba bajo el pórtico de columnas dóricas que protegía la cancela de la entrada. En cuanto pulsó el timbre un criado vestido a la antigua usanza de la corte de Luis XVI abrió la puerta acristalada. A la derecha había un conserje tras una mesa que se puso en pie al instante.

—Soy doña Lucie Cervera. El señor embajador, monsieur Léon Geoffray, me ha citado.

Cuando el hombre le pedía que aguardara un instante, una voz femenina, que sonó al fondo, junto a la amplia escalera que daba acceso al primer piso, lo interrumpió:

—Yo me ocupo de esto, Gaston. —Acto seguido se llegó hasta Lucie—: Soy Suzanne Escoffier. El señor embajador la espera en su despacho. Si es tan amable de acompañarme...

Lucie ascendió la inmensa escalera de balaústres de mármol protegida por una alfombra azul moteada de flores de lis plateadas siguiendo a la secretaria. Se detuvieron al llegar frente a una puerta de doble batiente, cautelada por otro conserje al que Suzanne, con voz autoritaria, ordenó:

—Comunique al señor embajador que doña Lucie Cervera ha llegado.

Por el singular recibimiento de la entrada y por las palabras que su introductora dirigió al conserje, Lucie dedujo que el embajador estaba al tanto de su visita.

No tuvo tiempo de preparar la actitud que debía mostrar a su entrada, pues el conserje regresó de inmediato y, abriendo completamente la puerta, anunció a Suzanne Escoffier:

—Su Excelencia aguarda a la señora.

La secretaria indicó con el gesto a Lucie el siguiente movimiento.

Lucie se adentró en la estancia y en tanto avanzaba hacia el embajador, que la esperaba en pie al lado de su mesa, tuvo un instante para dar una breve mirada a la estancia. Por el tamaño dedujo que anteriormente, en tiempos del duque de la Fuente Nueva de la Arenzana, debía de haber sido un salón de baile o algo parecido. Llamaron su atención las paredes adornadas con tapices de Gobelinos, la regia alfombra a juego con éstos, la mesa napoleónica del embajador rematada con palmas doradas en los costados y, por supuesto, la bandera de Francia. Lucie oyó que la puerta se cerraba a su espalda.

Léon Geoffray, impecable en su terno de buen paño inglés gris con finas rayas blancas, levita negra y cuello de celuloide, leontina de oro en el chaleco cruzando su abdomen, rostro amable, cabello escaso y canoso, como las patillas, el bigote y la barba, se adelantó hacia ella tendiéndole ambas manos.

—¡Señora Cervera! Qué gran honor para Francia recibirla en esta su casa.

—El honor es mío, señor embajador.

A la vez que el hombre le besaba la mano, se expresó:

—Llámeme Léon, por favor.

Después de este prólogo se sentaron en los sillones que había frente al escritorio.

El embajador, tras una pausa en la que Lucie se sintió muy observada, se arrancó a hablar:

—Créame, señora Cervera, que tenía muchas ganas de verla.

—¿Y eso...?

—Cuando por diversos motivos y en diversos ámbitos se habla mucho de una persona, sientes algo así como que ya la conoces y haces cábalas de cómo será.

—¿Y el resultado?

El embajador, galante y gentil como todos los franceses de su edad, le palmeó la mano y respondió:

—El original mejora mucho lo imaginado.

—Me abruma usted, Léon... ¿Y de dónde procedían sus informes?

—Georges Clemenceau, nuestro primer ministro, me honra con su amistad desde su época de periodista. Y él no alaba únicamente su presencia exterior, querida señora, pues opina que su valía interior y su amor por Francia la superan en mucho... Pero vayamos al asunto que la ha traído aquí.

—Soy toda oídos.

—El caso es que Francia tiene un gran problema, el gobierno está desorientado y la ciudadanía de París sumamente alarmada.

—Como usted ya sabrá, tengo residencia en París. Además, viven allí mi madre y grandes amigos míos. Imagino por dónde van los tiros.

—Eso me facilita las cosas. Pero tengo órdenes directas del gobierno de ponerla en contacto con alguien que desea hablar con usted.

Lucie se quitó el sombrerito y lo dejó junto a su bolso en una mesa auxiliar.

—Concretamente, me han ordenado conducirla a la sala de seguridad de la embajada y llamar a París por el teléfono encriptado para que el primer ministro hable con usted.

—Pues cuando usted diga. Estoy dispuesta.

Léon Geoffray se puso en pie y, al tiempo que se alisaba el faldón de la levita, le indicó:

—Si es tan amable de acompañarme...

Lucie, tomando su bolso y su sombrerito, siguió al embajador.

Salieron los tres del despacho del embajador y al llegar a la planta baja Lucie se sorprendió. Suzanne Escoffier, que los precedía, dio la vuelta completa a la base de la escalera y se detuvo cuando ya enfocaban un gran pasillo en el que se abrían las puertas de los diversos departamentos de la embajada. La secretaria presionó el centro de una flor del bajorrelieve y al instante se abrió una puerta corredera que daba paso a una estrecha escalera metálica de caracol con pasamanos de tubo de hierro, cuyos peldaños descendían hasta los sótanos. Lucie dirigió una mirada inquisitiva al embajador.

—Las circunstancias nos obligan a tomar precauciones. —Luego Geoffray ordenó a Suzanne—: Será mejor que vaya usted delante. —Y como dando una explicación a Lucie, añadió—: Cuando se conoce esta escalera, bajarla no tiene misterio, pero la primera vez resulta peligrosa.

Siguiendo a la secretaria, Lucie fue descendiendo peldaño a peldaño con sumo cuidado acompañada por el tintineo de sus tacones.

El trío completó el descenso, y Lucie se dio cuenta de que el lujo de la entrada y del despacho del embajador daban paso en aquellos sótanos a una decoración funcional en la que todo tenía un porqué: extintores de fuego en los pasillos, bombillas protegidas por pequeñas jaulas de acero, instrucciones en las paredes en carteles metálicos en caso de incendio, el suelo de cemento pulido sin alfombrar...

Se dirigieron hasta el fondo de un estrecho pasillo en cuyo final se hallaba una puerta de seguridad y a su derecha un banco, metálico también, de rejilla trenzada.

—Aguarde aquí, Suzanne.

El embajador presionó un timbre y se descorrió una mirilla por la que se asomó el ojo vigilante, agrandado por un grueso vidrio, del miope encargado de aquel sagrado recinto.

—Abra, Corbie.

Ruido de pestillos y cerrojos, y la pequeña puerta se abrió lentamente.

—Tenga cuidado con el alzapiés, Lucie. —Después aclaró—: Es por si algún día hay una inundación. —Lucie observó que a la puerta le faltaba un palmo para llegar al suelo—. Permita que pase yo delante.

Se introdujo el embajador en la estancia y tras él entró Lucie. Lo primero que llamó su atención fue el grosor de la portezuela, que era semejante al de una caja fuerte de banco. Acto seguido, tras serle presentado el tal Corbie, examinó la instalación. Era un recinto hexagonal con el techo cruzado por cientos de cables; en cada lado del hexágono se hallaba un pupitre, y en cada uno de ellos, entre botones, interruptores y pequeñas lucecitas, se veían relojes con funciones diversas, desde amperímetros y voltímetros hasta marcadores de frecuencia; también había esferas que señalaban la hora de varias capitales europeas, y un largo etcétera de instrumentos.

A instancias del embajador, el tal Corbie los condujo a uno de los pupitres, que se diferenciaba de los demás porque sobre él descansaban dos teléfonos y dos pares de cascos con boquilla. Lucie y el embajador se sentaron frente a él.

—Corbie, póngame con el primer ministro por el número encriptado. Y esté atento para que el sistema funcione perfectamente y sin interferencias.

El tal Corbie se puso unos cascos y se apresuró a manejar interruptores y ruedas de baquelita, y a conectar y desconectar clavijas. Al cabo de unos minutos una voz desde un sótano de París daba noticia de que Georges Clemenceau se pondría al aparato.

Sin poder remediarlo, Lucie se inquietó. Pero la voz de Corbie tranquilizó su ánimo:

—Señora, hable despacio y sin alterar la frecuencia de sus palabras. Si el sistema detecta alguna anomalía, se interrumpirá de inmediato. —Dicho esto, le colocó en la cabeza el casco con los auriculares de manera que la boquilla le quedó frente a la boca.

Léon Geoffray hizo lo propio con el otro casco.

Súbitamente la voz del primer ministro, entre toses y carraspeos, llegó hasta ella.

—¡Lucie! ¿Está ahí?

—Sí, excelencia.

—Deje el protocolo a un lado, querida. Todo es demasiado urgente e importante para perder el tiempo en tonterías.

Tras una pausa la voz de Clemenceau sonó de nuevo:

—Tenemos un gran problema, Lucie. Todos los días y cada hora cae puntualmente sobre París un obús de proporciones gigantescas capaz de destruir una manzana de casas y matar a cientos de personas. Los parisinos miran al cielo con temor y continúan con sus vidas rogando que esa lotería no les toque.

Aquí hubo una nueva pausa.

—No sé qué puedo hacer yo, señor.

—Déjeme seguir, Lucie. Hemos analizado restos de esas bombas y se ha llegado a la conclusión que no hay avión capaz de transportarlas... En cualquier caso, con el tamaño que tendría lo habríamos visto sobre el cielo de París, y no ha sido así. Esos obuses los lanza un cañón colosal con tiro curvo de mortero que alcanza el cénit de su altura a cincuenta kilómetros de la capital y va descendiendo, por lo que deducimos que debe de estar a unos ciento veinte kilómetros de París. Y ahora viene lo que a usted atañe... Hemos analizado los restos de esos proyectiles y hemos llegado a la conclusión de que son de la firma Krupp y que el cañón sale de sus fábricas, y con esa intuición que caracteriza al pueblo llano la gente lo ha bautizado como «la Grosse Bertha», que es el nombre de la hija mayor del fabricante. Pues bien, Lucie, como usted sabe, el socio principal de Krupp es Heinrich Mainz, cuyo único hijo está en Madrid como agregado cultural de la embajada, si bien lo que hace es tratar de comprar carbón y wolframio, indispensable para endurecer el acero, pues sin él en la aleación al tercer o cuarto disparo el calibre de los proyectiles variaría y quedaría inservible. Lucie, es importantísimo que establezca contacto con Günther Mainz y que procure descubrir dónde está instalado ese monstruo. Si consigue tal información, nos encargaremos de intentar anularlo... Y Francia habrá adquirido una deuda impagable con usted.

105

La embajada alemana

No, Lucie, no voy a ceder. ¡En París están cayendo bombas! Sé de tus ansias por abrazar a Félix desde hace tiempo, y te prometo que te lo traeré a Madrid, pero no es necesario tentar al destino. Además, después de lo que hemos pasado, no vendrá de una semana.

—Correré el mismo peligro que tú, José. Me muero por abrazar a mi hijo, y si tú te arriesgas yo también lo haré.

—Lucie, por una vez no voy a complacerte... Tenemos dos hijos más, y no quiero que queden huérfanos. Mi presencia en París es inexcusable, pero la tuya no. Por otra parte, si no recuerdo mal, tienes algo que hacer en la embajada de Alemania.

—No voy a acudir sin ti.

—Telefonea unos días antes y di que tu marido se ha roto la pierna, por lo que te acompañará un matrimonio amigo, Perico y Gloria, quienes, por cierto, estarán encantados de acudir al evento ya que no todo el mundo tiene ocasión de conocer por dentro ese edificio.

A regañadientes y contra su voluntad, Lucie tuvo que ceder. En esa ocasión José consideró innegociable el hecho de que su mujer lo acompañara a una ciudad en la que cada hora caía una bomba que destruía una manzana de casas.

El martes por la mañana Lucie, junto con don Eloy y doña Rita, acompañaba a José a tomar el tren de la Compagnie Internationale des Wagons-Lits et des Grands Express Européens que todavía circulaba a pesar del conflicto bélico y hacía el trayecto Lisboa-Madrid-París-Calais.

Cuando el tren partió lo hizo con José lleno de encargos de su mujer para su madre, Monique, a la que rogaba por enésima vez que dejara París y acudiera a Madrid hasta el final de la contienda, a lo que ésta se negaba por no dejar abandonada su residencia de huéspedes ya que corría el rumor de que gentes del hampa aprovechaban la ausencia de los propietarios que habían huido al campo para asaltar sus hogares y dejarlos con las paredes limpias. Lucie también le había pedido que contactara con Suzette y Pierre y que les insistiera con el mismo recado, pues tampoco ellos querían dejar París; Suzette, porque trabajaba en la retaguardia asistiendo a un asilo de huérfanos de guerra y no deseaba abandonarlos, y su marido porque seguía al frente de su negocio y en aquellas circunstancias era inexcusable su presencia. El tercer encargo que Lucie hizo a José fue que telefoneara a la hermana Rosignol, por la que siempre guardó un cariño especial, y se enterara de cómo la había afectado la guerra. En cuanto al personal de su casa de Longchamp, al frente del cual había quedado Sibylle, Lucie pidió a su esposo que les transmitiera sus afectos y que les comunicara que cualquier cosa que necesitaran se la pidieran a él.

Lo primero que Lucie hizo al regresar a su casa fue telefonear a la embajada de Alemania y preguntar por la secretaria del señor Günther Mainz. Cuando ésta se puso al teléfono y tuvo conocimiento de la petición de Lucie al respecto del cambio de un invitado por otros, le respondió que ella no podía decidir y que aguardara un momento. No habían pasado dos minutos cuando la voz de Günther Mainz sonó en el auricular:

—¡Mi querida señora! Qué inesperada llamada...

Lucie le dio la noticia del percance de su marido, y añadió que ella acudiría de todos modos para ver si tenía alguna noticia de su hijo. El alemán respondió:

—Lamento el incidente y deseo la pronta recuperación de su esposo... Por otro lado, no obstante, me encantará ser su caballero sirviente por una noche. En cuanto a su hijo, sepa que estoy haciendo todo cuanto está en mi mano, y espero poder darle buenas noticias muy pronto.

Después, por cuestión de protocolo, Günther Mainz le pidió los nombres de los nuevos invitados para que constaran en la lista de recepción y, finalmente, tras decirle que esperaba ansiosamente la noche de la fiesta, aguardó a que Lucie colgara el auricular para hacer lo mismo.

Situada en el paseo de la Castellana esquina con la calle Hermosilla, la embajada del entonces Imperio alemán, construida por el arquitecto alemán Klaus Rausenvergen, era uno de los edificios más elegantes y bellos de Madrid. Se trataba de un magnífico palacete de dos plantas rodeado de un amplio jardín cuya lujosa arquitectura simbolizaba el poder económico e industrial de la Alemania guillermina. Entre 1907 y 1909 el arquitecto Oskar Jürgens enriqueció aún más el recinto con la construcción de una capilla de piedra de inspiración bizantina dedicada al culto evangélico.

Lucie había quedado con Perico y Gloria, encantados de acompañarla, por cierto, en que la recogerían a las siete y media en punto de la tarde para estar a las ocho en la embajada, conscientes de la rigidez del protocolo alemán.

Escogió con sumo cuidado su conjunto: un traje de manga larga de seda gris perla ceñido al cuerpo y ligeramente más largo por detrás que por delante, con un escote cuadrado y la espalda descubierta hasta la cintura, y adornado con encajes continuos de un gris más oscuro y que remataba ambas aberturas. Se había puesto el precioso collar de rubíes y brillantes regalo de su marido y en la cabeza un pequeño sombrerito con una pluma gris que dejaba al descubierto su cabello peinado en ondas en forma de casquete; en la mano izquierda lucía su brillante de casada y en la derecha el anillo con el escudo de los Urbina. Cuando ya estuvo vestida, escogió el bolso que más le cuadraba para la ocasión donde le cupiera, además de la polvera y la barra de labios, todos los adminículos que Candelaria Aguado le había entregado.

A la hora prevista el coche de Perico y Gloria se detenía frente al portal de la calle Velázquez. Lucie, que aguardaba tras la cristalera, salió al encuentro de sus amigos a la vez que Perico descendía del Hotchkis. Mientras éste le abría la puerta trasera comentó a Lucie:

—Eres tan puntual que me agobia quedar contigo porque, aunque llegue cinco minutos antes, siempre llego tarde.

Lucie subió en el coche y, luego de dar un par de besos a Gloria, respondió:

—Prefiero esperar a que me esperen. Odio la impuntualidad.

Perico se puso al volante.

—¿Nuestro hombre ya se ha ido?

—Sí, lo he acompañado a la estación este mediodía, y me he quedado con la duda de si se ha ido por el ansia de ver a nuestro hijo o porque realmente era urgente que regresara a París y con esa excusa ha evitado que yo lo acompañara.

—Pues estate tranquila, porque o él o yo debíamos estar en la fábrica de París con urgencia... De todos modos, habrá preferido ir él, en mi lugar, porque, como es natural, está deseando ver a Félix y, tal como están las cosas allí, no quiere meterte en la boca del lobo.

—Creo que en toda la vida no recuerdo ocasión que se opusiera con tanta vehemencia a algún deseo mío.

Ahora intervino Gloria:

—Eso es que te quiere mucho. Eres una mujer afortunada... Si esto me ocurre a mí, estoy convencida —dijo tocando el hombro de Perico— de que éste me envía a donde sea más probable que caiga una bomba.

—¡Qué bruta que eres!

¡Qué poco pensaban sus amigos que a ella se debería en parte si conseguía que acabaran los bombardeos!, pensó Lucie.

—Eso es la desventaja de tantos años de novios y después de casados... ¿Sabes que ese ganapán se mira cualquier escoba con faldas que pase por su lado? A la vejez viruelas.

Perico sonreía orgulloso al ver los celos de su mujer.

—¡Qué le voy a hacer si nací cariñoso!

Gloria se puso de medio lado y observó detenidamente el traje de su amiga.

—¡Estás preciosa!

—Pues a fe que poco me apetecía esta fiesta sin José. Y desde luego, si no me acompañáis, sola no voy.

—A Gloria le hacía mucha ilusión —apuntó Perico.

—La verdad es que sí. ¡Qué quieres que te diga! Ese edificio rodeado de misterio siempre despertó mi curiosidad y, además, como siempre acuden gentes de embajadas y autoridades, poder epatar mañana a mis amigas explicándoles que he asistido a la fiesta para que se mueran de envidia me divierte mucho.

—¡Qué mala estás volviéndote, Gloria!

A menos diez estaban aguardando turno detrás de tres coches que los precedían en la rampa que conducía al templete que protegía de la lluvia la puerta principal. Llegados a ella, unos mecánicos con bata blanca y cuello azul cubriendo su impecable uniforme acudían veloces, con eficacia germánica, a hacerse cargo de los vehículos a fin de que sus ocupantes pudieran descender y, cómodamente, fueran entrando en la embajada.

Lucie dio una mirada a quienes la precedían... Uniformes de diplomáticos de diversos países ellos, impecables en sus trajes de noche ellas, chaqués y algún que otro frac del personal que constituía la flor y nata de Madrid.

Cuando ya atravesando la puerta entraron en el amplio vestíbulo, la memoria de Lucie se retrotrajo a Colombier y se dio cuenta de que, punto por punto, reconocía la estancia como si hubiera estado ya allí en otras ocasiones. La fila iba avanzando hasta llegar a un ujier de librea vestido a la federica que, asistido por un joven criado de porte atlético y con el pelo tan rubio que parecía cano, lo ayudaba en la tarea con un listado en el que comprobaba la identidad de los invitados.

Gloria susurró al oído de Lucie:

—Estoy emocionada. No sabes cuánto agradezco a tu marido que haya tenido que irse a París...

Cuando luego de dar sus nombres entraron en la sala se sumaron a otra fila que se dirigía a una tarima donde el embajador Eberhard von Stohrer, entre dos de sus ayudantes, iba saludando a los presentes. A Lucie el corazón se le vino a la boca cuando vio que el de la izquierda era Günther Mainz, impecable con su esmoquin.

Después del saludo, los invitados iban repartiéndose por todo el espacio, y se formaban grupos según afinidades o según el dominio de los idiomas. El personal de la embajada iba de uno a otro atendiéndolos y acompañándolos a los bufetes donde se ofrecían los aperitivos aguardando a que todo el mundo hubiera entrado en los salones.

La cena, muy al estilo alemán, se sirvió desde dos grandes mostradores, y cada cual, luego de escoger de las abundantes bandejas los manjares que deseaba probar, se iba hacia unas mesas repartidas por todo el espacio que estaban señaladas mediante una cartulina con el rostro y el nombre de uno de los grandes músicos alemanes y ocupaba una de las sillas tapizadas que las rodeaban y se sentaba con quien quería.

Tras la cena pasaron todos al gran salón, que habían montado como un pequeño anfiteatro en cuyo extremo había un piano de cola y a su lado un atril con partituras. Los invitados ocuparon el espacio, y el embajador, sentado en el centro de la primera fila, autorizó con un gesto que empezara el espectáculo. La banqueta del piano la ocupó el maestro. Después de ajustarla a su altura y de echarse hacia atrás las colas de su levita y hacer un acorde, aguardó inmóvil a que apareciera la auténtica sorpresa de la noche, que era la eximia cantante de *lieder* polaca Maria Wazincaya, embutidos sus casi ochenta kilos en un traje fucsia cuyo escote, desbordado por unos pechos inmensos, se veía difícilmente capaz de contener aquel volumen descomunal de carne. La diva llevaba un pañuelito en la mano izquierda, y apoyando la diestra en el piano de cola se dispuso a ofrecer su repertorio a la distinguida concurrencia.

Cuando las luces fueron apagándose y la penumbra ganó el salón, un ligero escalofrío recorrió la espalda de Lucie. A su lado apareció súbitamente la figura del agregado cultural de la embajada, Günther Mainz.

El concierto duró aproximadamente una hora. Los aplausos fueron jalonando el final de cada uno de los *lieder* y los asistentes tuvieron que reconocer que la voz de la cantante era proporcionada a su volumen pectoral. Al finalizar, el público fue repartiéndose por los salones, sobre todo en el situado al fondo, que se había visto ampliado al dejar abiertas las puertas que lo unían a la biblioteca, del que salía la música de una formación de doce maestros que había comenzado a tocar los ritmos de moda. En la periferia del espacio abierto habían colocado sillones, sofás y banquetas, dejando el espacio central abierto para el baile.

Mientras Perico y el alemán se adelantaban, Lucie y Gloria se dirigieron al aseo de las damas, que estaba muy concurrido.

Lucie tiró de su amiga.

—Ven, hay otro junto al ropero y dos en la primera planta.

Gloria la observó extrañada.

—¿Y tú cómo sabes todo eso?

Lucie se sintió sorprendida e improvisó enseguida.

—Lo he preguntado antes de la cena. Para ciertas cosas me pone muy nerviosa hacer cola.

Aquel aseo estaba prácticamente vacío, y ambas se sentaron en la larga banqueta situada frente al espejo rosa. Se maravillaron de lo original y bello del lugar. El mármol del suelo copiaba exactamente el dibujo del techo, las tres pilas del lavabo eran de metal dorado y cada una de ellas estaba ornada con tres cisnes de esmalte azul, verde y rojo flotando sobre un fondo de flores de loto, pero lo más curioso eran los grifos, pues cada uno era un cuello de cisne, asimismo dorado, de cuyo pico manaba agua en cuanto se ponían las manos debajo. No se sintieron como dos palurdas, porque el artilugio era también el comentario común de las pocas mujeres que acudieron a aquel aseo.

—Te agradeceré toda mi vida esta invitación. Me lo estoy pasando mejor que en el teatro.

—El favor ha sido mutuo, Gloria. Si no llegáis a acompañarme, ya te lo he dicho antes, no habría venido.

Una vez acicaladas y repasado el maquillaje, las dos amigas se dispusieron a salir, no sin antes intentar dar una propina a la mujer que cuidaba de ellos, que se negó a aceptarla.

Lucie justificó:

—Es alemana… Aquí la gente vuela por un duro.

Por todas partes había invitados. En un salón adyacente en el que Lucie recordaba una gran mesa de billar habían montado una ruleta con un crupier lanzando la bolita, y al fondo del salón había una taquilla donde se despachaban fichas de colores. Lucie se percató de que alrededor de la mesa había tantos hombres como mujeres.

—Te mueves por aquí como pez en el agua.

Lucie, de nuevo, se sintió en falso.

—José estuvo un par de veces aquí por negocios.

—Pues a mí el soso de Perico no me ha contado nada, y seguro que lo sabía.

Fueron avanzando entre el personal y Lucie se asombró al ver que iba recordando lo que había detrás de cada puerta a medida que pasaba por delante de ellas.

Gloria intervino de nuevo:

—Esta noche pienso vengarme. Si no te importa, voy a bailar como una loca porque la música es estupenda.

Perico y Günther Mainz se habían sentado en un largo sofá y hablaban de la carrera de ciclismo en pista de los Seis Días de Berlín que, siendo la más veterana, lamentablemente no se disputaba desde el comienzo de la guerra. La llegada de las mujeres hizo que ambos se pusieran en pie.

Gloria entregó su bolso a Lucie y cogió a su marido de la mano.

—Vamos a bailar toda la noche. Salimos poco y hoy he de amortizarte. Si no te importa, Lucie…

—Por favor… Puedes bailar hasta que te duelan los pies, Gloria. Y si cuando paréis no estoy por aquí, es que me he ido a casa. Ya sabes que he hecho un esfuerzo por venir sin José, y con lo que estoy pasando no tengo ánimos para mucha fiesta.

El alemán intervino:

—Disfruten de la velada. Yo me ocupo de la señora Cervera.

La pareja fue a bailar y Günther Mainz se sentó al lado de Lucie con otra copa en la mano casi vacía.

—¿Le apetece tomar algo?

—Tal vez, pero no sé qué.

—Déjeme a mí.

Partió el alemán y Lucie consideró que podría ser la ocasión de intentar algo al respecto del encargo de Clemenceau.

Günther Mainz regresó con dos copas, una de balón con una generosa ración de coñac y otra en forma de tulipa invertida que ofreció a Lucie.

—¿Qué me trae?

—Un Alexander, bebida para una dama. Lleva un poco de brandy, nata líquida y cacao. Es tan suave que puede servirse hasta de postre.

Lucie se lo llevó a los labios a la vez que Günther Mainz volvía a sentarse a su lado.

—Está rico.

—Como ve, no miento. Nunca. El alemán es un pueblo de palabra que no engaña jamás.

Hubo una tensa pausa.

—Comprendo que no pueda contarme nada al respecto de dónde está mi hijo, pero le agradecería que le hiciera llegar esta carta.

Al decir esto Lucie extrajo de su bolso un sobre, que entregó al alemán. Éste miró su anverso: únicamente ponía «Para Félix». Luego de guardarlo en el bolsillo exterior de su esmoquin, miró a Lucie fijamente.

—No dude que haré lo imposible para que llegue a sus manos.

—Mi marido y yo no lo olvidaremos nunca.

—A pesar de que lamento que su esposo no haya podido asistir, en el fondo me alegro de que haya venido sola.

Lucie lo miró con extrañeza.

—Me alegro de la oportunidad de hablar a solas con usted, Lucie. Los alemanes somos gente noble. Aunque muchos lo nieguen, mi pueblo es organizado… y a la vez sensible.

—Eso no queda muy patente en la situación actual. Si no recuerdo mal, la guerra la empezaron ustedes.

—Nos vimos obligados. Cuando no se atiende a la fuerza de la razón hay que tener la razón de la fuerza.

—¿Y para ese fin vale todo?

—Todo aquello que ayude a finalizar la guerra cuanto antes.

—Como dejar caer obuses sobre la población civil de París.

Pasó un camarero y Günther Mainz, visiblemente nervioso, aprovechó la coyuntura para poner su copa vacía sobre la bandeja y coger otra.

—La solución es fácil... Con pedir un armisticio, su señor Clemenceau está al cabo de la calle.

—Ustedes empiezan a perder la guerra, lo sabe... He leído en la prensa que han encontrado barcos en puertos españoles cargados de dinamita, sin respetar nuestra neutralidad. ¿Puede explicarme por qué Alemania traiciona los tratados internacionales? Sólo hay una respuesta: las cosas les van mal.

Günther se incorporó en su asiento.

—La respuesta es otra: esa dinamita estaba destinada a barcos alemanes en puertos sudamericanos para volarlos *in situ*, antes de entregarlos.

—Eso es derrotismo... Usted, Günther, también piensa en el fondo que van a perder la guerra.

El alemán dio un largo trago a su nueva bebida y se removió en su asiento, arrogante.

—Le diré más... Mientras Alemania tenga un solo artillero y le quede un dedo para apretar el mecanismo de un cañón puedo jurarle que Alemania ganará la guerra.

—Eso no se lo cree nadie.

Günther dejó la copa en una mesa lateral y se volvió hacia Lucie. Con los ojos enrojecidos y una vena notablemente abultada en la frente, le espetó:

—Si me acompaña a mi despacho, aunque no debo, le mostraré algo que avala cuanto le he dicho.

Acompañando la palabra con la acción, se puso en pie, y al hacerlo trastabilló ligeramente, al punto que a la vez que ofrecía su mano a Lucie tuvo que apoyarse en la columna que había junto al sofá.

—Si me permite...

—Mejor será que se ocupe de usted, yo puedo ponerme en pie sola.

El alemán encajó la sutileza con elegancia.

—Me encantan las mujeres con orgullo. Si España pudiera presumir de industria igual que de arrogancia sería una de las naciones más poderosas de la tierra.

Günther la condujo hasta un ascensor ubicado detrás del ropero, y Lucie observó que el atlético muchacho que manejaba el mecanismo era el mismo rubio que horas antes ayudaba en la entrada al jefe de protocolo.

El ascensor se detuvo en la primera planta, y Lucie al salir de la cabina tuvo que hacer un esfuerzo para no dirigirse directamente al despacho del agregado cultural, pues recordaba a la perfección su ubicación en el plano.

El alemán la precedió.

—Si me sigue, Lucie...

Günther fue avanzando por el pasillo hasta la tercera puerta, la cual correspondía a su despacho, que, como Lucie recordaba también, disponía de un ventanal que daba al parque posterior de la embajada.

El alemán extrajo una carterita con varios llaveros, separó una llave y la introdujo en la cerradura. Abrió media hoja de la puerta. En cuanto Lucie entró en el despacho reconoció su distribución. A la vez que oía cerrarse la pesada puerta, a su espalda resonó la voz del alemán, algo pastosa y lenta.

—Mi querida señora, mi tiempo está repartido entre esta estancia y el resto de Madrid. Para mi desgracia, aquí dentro transcurre mi aburrida y monótona vida.

Lucie dio una mirada a su alrededor y confirmó que la habitación era exactamente como la recordaba, el único añadido era un archivero metálico de dos cajones ubicado al lado del escritorio.

—Vamos a ver... ese maravilloso ingenio que tiene que decantar el resultado de la guerra, aunque Alemania tenga un solo soldado.

—Tiempo habrá para ello, Lucie... Permítame gozar de su presencia en mi despacho, que es la imagen que a partir de ahora me dará fuerzas para trabajar todos los días porque, créame, el cargo de agregado cultural de una embajada es lo más estúpido y aburrido que conozco... Pero deje que le ofrezca algo de beber para solemnizar este momento.

Lucie se sintió incómoda. Tenía los nervios a flor de piel y en su interior luchaban dos fuerzas opuestas: la primera era cumplir con su deber e intentar sacar provecho de aquella situación; la segunda, echar a correr y no detenerse hasta llegar a su casa.

—Déjese de banalidades, he venido aquí para que me demuestre algo.

El alemán se dirigió al mueble bar y en el trayecto señaló el archivero metálico.

—No tenga prisa. Lo que está a buen recaudo no desaparece.

—Y dando la espalda a Lucie, sentenció—: El momento es para champán francés. En la guerra son nuestros enemigos, pero he de reconocer que su champán, sus mujeres y sus perfumes nos superan.

Günther se agachó frente a un pequeño mueble nevera y abriendo la portezuela sacó de él una botella de champán y dos copas. Acto seguido la cerró con el tacón de la bota y se dirigió al sofá en el que Lucie se había sentado, donde se acomodó a su lado, no sin antes depositar su mercancía en la mesita situada frente a ellos.

—¿Con ruido o sin ruido?

—Como quiera, me es indiferente.

Günther retiró la jaula de alambre del gollete. Luego, dando media vuelta al corcho lo empujó hacia fuera con el pulgar, y agitando la botella obligó a éste a salir disparado con el consiguiente ruido hasta caer al pie de la gruesa cortina que cubría el ventanal que daba al parque.

—De no estar la cortina echada, podría haber roto el cristal.

Por un momento, Günther cambió la expresión de su rostro. Ya había llenado la copa de Lucie y detuvo la botella en el aire.

—¿Cómo sabe usted que detrás de la cortina hay una ventana?

Lucie notó que la angustia subía hasta su garganta.

—¿Me toma usted por tonta? Todas las cortinas del mundo están para tamizar la luz y para evitar las corrientes de aire que acostumbran a entrar por ventanas y balcones.

—O cubren una puerta.

—Raramente. En todo caso, ha sido una suposición mía... Puedo estar equivocada. Pero ¿hay o no hay ventana detrás de esa cortina?

La cantidad de alcohol que el alemán había libado hizo que se desentendiera del asunto y se dedicara a llenar su copa de flauta que había dejado sobre la mesa.

Lucie agradeció que la típica ligereza del borrachín hubiera hecho que Günther abandonara el tema.

El alemán se sentó a su lado, cogió las dos copas y, después de entregar una a Lucie, alzó la suya y brindó.

—Prost! Por nuestra amistad.

Lucie se vio obligada a alzar su copa.

—Mejor por la amistad de nuestras dos naciones.

—Que se reforzaría en gran medida si usted consiguiera, a través de su influyente esposo, que su país nos vendiera wolframio. Alemania sabría pagar generosamente el favor.

—Eso escapa a mis posibilidades. Una cosa es que mi marido le proporcione un motor de aviación de su fábrica y otra que mi país pierda su neutralidad con una venta que sería imposible de ocultar. —Y luego de dar un sorbo a su copa, Lucie añadió—: Bebe usted mucho, señor Mainz.

—En lo que yo he bebido a lo largo de mi vida flotaría la escuadra alemana.

Bebió un sorbo, y tal como dejó la copa sobre la mesa pasó el brazo izquierdo por los hombros de Lucie e intentó atraerla bruscamente hacia él, haciendo que el burbujeante líquido se derramara sobre su falda.

Lucie estaba temblando.

—Así no es, señor Mainz, por lo menos en mi país... Cada cosa a su tiempo. —Y en tanto dejaba la bebida sobre la mesa con la mano izquierda se sacudía la falda.

El alemán reaccionó deduciendo que al final tendría premio.

—Excúseme, Lucie, mi ansiedad me ha traicionado.

—Haga dos cosas: tráigame una toalla y ponga algo de música.

—Ahora mismo.

Günther Mainz se incorporó, y a Lucie le pareció mucho menos vacilante que antes. Se dirigió al fondo de la estancia y abrió una puertecilla, que Lucie sabía que correspondía a un aseo, y desapareció de su vista.

La gran prueba había llegado... Recordó lo aprendido en Colombier y rápidamente apretó la celada del guerrero de su anillo y volcó su contenido en la copa de Günther, luego palpó con los dedos el fondo de su bolso buscando aquel lápiz que tenía doble función y que pensó que jamás tendría que utilizar. A todas éstas regresaba Günther con una toalla inmaculadamente blanca que entregó a Lucie.

—Perdone otra vez mi torpeza.

Para alivio de Lucie, la voz de Günther volvía a ser estropajosa, por lo que procedió sin prisas a limpiarse la falda.

—¿Qué música es su preferida?

—¿Tiene *La canción de la tierra* de Gustav Mahler?

—Es una de mis sinfonías predilectas.

Günther se dirigió a un mueble situado debajo de un retrato al óleo del emperador Guillermo II, abrió la tapa y, agachándose, extrajo de la cubierta de cartón un disco y lo colocó en el plato giratorio del gramófono, cuya gran trompa estaba enfocada hacia el sofá.

Tomando la manivela le dio cuerda, y al poco la música de Mahler resonaba en la estancia.

Günther regresó junto a ella. Lucie temía que su temblor al coger su copa fuera tan notorio que la delatara y el alemán se diera cuenta. Pero no...

—Ahora sí. Déjeme escuchar a Mahler, cuya música me transporta, y brindemos por el futuro de nuestra amistad.

Lucie alzó su copa temblando. En ese momento recordó a Gerhard, el hombre a quien había amado y que había terminado enterrado en un cementerio de París lejos de una familia que nunca lo comprendió. Günther la miró fijamente a los ojos y de un trago agotó su bebida, luego le puso una mano en el hombro. Pero el rictus de su boca cambió de súbito, el tiempo se detuvo y, lentamente, puso sus ojos en blanco y cayó hacia atrás.

En aquel momento Lucie volvió a tomar conciencia de lo que había ido a hacer y que tan caro había estado a punto de costarle.

Se puso en pie y, bolso en mano, se fue directa al archivador, prendió la luz del despacho y, después de dejar el bolso sobre la mesa, abrió el primer cajón de los dos que tenía el mueble. En su interior había varias carpetas amarillas colgadas con una letra en la parte superior izquierda. Las manos cada vez le temblaban más, pero su mente trabajaba febril. Buscó la C, y cuando la encontró extrajo la carpeta y la colocó bajo la lámpara del escritorio en busca de la palabra «cañón». Intento inútil. Entonces cayó en la cuenta... «Cañón» en alemán era *Kanone*. Rápidamente metió la carpeta de la C en su sitio y buscó la K. Cuando la tuvo bajo la luz, realizó la misma maniobra. Al segundo intento dio con la bestia. Allí estaba el monstruo montado en una plataforma giratoria sobre unos carriles de tren y a cuyo lado los artilleros que servían la pieza se veían talmente como enanos. Lucie extendió las láminas sobre la mesa y sacó de su bolso el papel rugoso que Candelaria le había entregado, lo desplegó y fue colocándolo sobre todo lo que intuyó que correspondía al inmenso cañón cuya designación oficial era L/12 (cañón calibre 12 en longitud) 42 centímetros tipo M-Gerät 14 Kurze Marine-Kanone. El fabricante de aquella bestia era la casa Krupp, cuyo socio principal en Alemania eran las acererías Mainz. El inmenso mortero disparaba piezas de 420 milímetros que en el punto de apogeo alcanzaban los cincuenta kilómetros, cayendo sobre París cada hora con una puntualidad germana. Y lo hacía desde tres puntos diferentes: Crépy-en-Laonnois, a ciento veintiún kilómetros de París; Beaumont-en-

Beine, a ciento diez kilómetros, y Bruyères, a noventa y un kilómetros. Descubrir esto último fue lo que más satisfacción le produjo.

De vez en cuando levantaba la mirada hacia Günther, que seguía medio echado en el sofá. Sin perder un segundo comenzó a seguir las instrucciones dadas por Candelaria, y cuando ya había colocado el último papel sobre la última lámina el corazón le dio un vuelco: en el pasillo una voz preguntaba a alguien si habían visto a Günther Mainz.

Lucie obró silenciosa y rápida, recogió las láminas, las metió en las carpetas, las metió en el archivador y cerró el cajón. Luego recogió sus papeles y los guardó en su bolso. El picaporte de la puerta comenzaba a abatirse... Apagó la luz, miró a un lado y a otro y, no hallando escapatoria, se ocultó detrás de la espesa cortina de terciopelo adamascado que cubría la ventana.

La puerta se abrió y en el quicio apareció la imagen del secretario de la embajada, Anton Glück.

Lucie lo observaba todo por una rendija de la cortina. El secretario paseó la mirada por la estancia y cuando descubrió a Günther en el sofá no hizo un solo gesto de extrañeza. Por lo visto, eso había ocurrido ya otras veces. Entonces volvió los ojos hacia el despacho y sonrió, había descubierto la punta de los chapines de Lucie, que sobresalían bajo el cortinón. Eso también había sucedido ya otras veces.

Anton Glück avanzó hacia la cortina. Lucie llenó de aire los pulmones, y cuando el hombre ya iba a apartarla lanzó a sus pies una de las canicas de cristal que Candelaria le había proporcionado. El ruido hizo que el secretario volviera la cabeza hacia donde había caído. Abrió los ojos desmesuradamente y se llevó la mano derecha el cuello. Al instante se desplomó. Lucie, conteniendo aún la respiración, salió de su escondrijo como alma que llevara el diablo y se lanzó hacia la puerta de salida, la abrió y se encontró con alguien que la miraba sin sorpresa, casi como si estuviera esperándola.

El atlético criado del cabello rubio que había asistido al protocolo de acceso y subido en el ascensor estaba frente a ella. Sus miradas se encontraron.

—¡Deprisa! ¡No pierda tiempo! Soy un hombre de la baronesa Mayendorff. Tiene un coche esperando en la puerta. Recoja su abrigo y márchese... Comunicaré a sus amigos que se ha mareado y se ha ido.

Lucie se oyó decir:

—¿Cómo conoceré el coche?

—El chófer la conocerá a usted... Y ahora váyase, que debo arreglar esto para que parezca otra cosa —dijo señalando hacia el interior del despacho.

—¡No entre! Hay un gas irrespirable.

—Todos estamos al corriente de esos artefactos. ¡Váyase!

Lucie comenzó a bajar los peldaños de la escalera en tanto que el criado entraba en la habitación.

Étienne Levasseur era uno de los hombres mejor entrenados que tenía el servicio francés de contraespionaje, y sabía que un escándalo a nivel diplomático podía hacer mucho más daño que una bomba en el frente.

Entró en la habitación con un pañuelo sobre la boca, descorrió la cortina y la abrió un palmo la ventana para que la corriente de aire limpiara el ambiente. Después se dirigió a donde estaba Günther Mainz y, aflojándole el cinturón, le bajó los pantalones y los calzoncillos hasta los pies. Luego, tomando por debajo de las axilas a Anton Glück, lo colocó boca abajo con el rostro entre las piernas del agregado cultural. Finalmente, derramó sobre ambos el champán que quedaba en la botella. Parecía la escena de un encuentro homosexual entre dos beodos que habían hecho un aparte en la fiesta para cultivar su vicio. Levasseur contempló su obra. Hecho esto, salió del despacho a toda prisa y cerró la puerta.

A los cinco días en *El Sol* y en el *ABC*, en la sección correspondiente a personalidades, figuraba un suelto que decía:

> Ayer por la mañana abandonaron nuestra ciudad el agregado cultural y el secretario de la embajada alemana en Madrid, señores Günther Mainz y Anton Glück, respectivamente, que regresan a Berlín reclamados por su gobierno para ocupar cargos de mayor responsabilidad.

106

Reencuentro

Pese a que el motivo que lo llevaba a París en esa ocasión no podía ser más gozoso, ya al descender del tren José encontró la ciudad triste y sucia. Decidió hacer su trayecto a pie, pues quería ver los muchos destrozos que habían causado los obuses que habían caído sobre la ciudad y que habían ocasionado más de doscientos muertos y centenares de heridos.

Había quedado con su hijo en casa de su suegra, en la rue de Chabrol, ya que Félix, que a su regreso decidió vivir allí, pues, según dijo, estando solo la gran casa de Longchamp se le caía encima, tenía a las diez y media una entrevista inaplazable en el Ministerio del Aire, por lo que pensaba que por lo menos hasta la una no estaría de regreso. Las gentes con las que José se cruzaba por la calle caminaban desconfiadas y daban la sensación de tener una prisa injustificada, como queriendo regresar a sus hogares lo antes posible por si la desgracia se cebaba en ellos y eran un número más de los que, habiendo muerto en la calle destrozados por las bombas e irreconocibles, acababan enterrados en fosas improvisadas con la única seña de identidad consistente en una pequeña placa metálica colgada al cuello, correspondiente al lugar donde el cadáver había sido encontrado y la razón del lugar donde quienes lo buscaran encontrarían sus pertenencias, restos de ropa y objetos personales, supuesto que los hubiere.

Tenía unas ganas enormes de abrazar a su hijo y, en tanto caminaba, cayó en la cuenta de que su inmensa alegría se debía al mero reencuentro, porque la ausencia de Félix había sido para él la de un larguísimo viaje, pues en el fondo no creyó jamás que hubiera muerto. Sin embargo, su deseo era que le explicara toda su odisea dado que por teléfono había sido difícil compartir esas mil y una circunstancias que conversando largo y tendido sí surgían, ya que, como un puñado de cerezas, una tiraba de la otra.

La hermosa capital de Francia estaba salpicada de ruinas y cascotes, y al analizar la situación de los escombros fue consciente de la malignidad del plan. Estaban repartidos metódicamente en distintos distritos de modo que no pudiera preverse el impacto del siguiente obús. De esa manera, el pánico se apoderaba de la buena gente a la que únicamente cabía la esperanza de que el siguiente no cayera sobre ellos.

Cuando ya enfocaba la bocacalle de la rue de Chabrol un frenazo hizo que se detuviera. Un taxi se paró a su lado a la vez que alguien desde su interior lo llamaba por su nombre.

Suzette se apeó del vehículo y, en tanto le daba un gran abrazo y pagaba la carrera al chófer, aún de perfil comenzaba a preguntarlo todo, interesada por saber el cuándo, el cómo y el porqué de su viaje, durante cuánto tiempo se quedaría, si había venido solo o lo acompañaba Lucie y si había visto a Félix o todavía no.

José puso al corriente a la íntima amiga de su mujer de todas sus interpelaciones, y al cabo le preguntó por Pierre y por las novedades de París que pudiera darle.

Los dos llegaron juntos a la cancela de hierro de la casa que antes de la guerra acogía estudiantes y que en la actualidad era únicamente el hogar de su suegra y de las dos criadas que con ella convivían, las fieles Gabrielle y madame Villar.

No hizo falta pulsar el timbre. Apenas llegados al tercer escalón, la puerta se abrió y apareció en el marco Monique Lacroze, la madre de Lucie a la que ni el tiempo ni las circunstancias parecían afectar.

Después del gran abrazo y los dos besos de rigor a Suzette, comenzó de nuevo la sesión de preguntas que José acababa de contestar. Pasaron al interior, donde descubrió que el tiempo se había detenido; ni una figurita, ni un mantelito ni un cenicero estaban fuera de su lugar.

Gabrielle y madame Villar acudieron prestas a saludarlo, y cuando quedaron solos en el comedor y ocuparon la mesa central comenzaron a intercambiar noticias. José tuvo que inventar una excusa para justificar la ausencia de Lucie, ya que evidentemente eran pocas las explicaciones que disculparan, tras tan largo tiempo, la ausencia de una madre. Compromisos ineludibles en Madrid, la educación de Nico y de Pablo y la peligrosísima situación por la que pasaba París fueron tal vez suficientes para Monique Lacroze, pero no para Suzette, quien, conociendo a Lucie de tantas circunstancias y tantos años, consideró que algo más de lo que José aducía retenía a su amiga en Madrid.

El breve sonido de un timbrazo y el taconeo irregular de alguien en el pasillo anunció la llegada de Félix.

Monique y Suzette se pusieron en pie.

—Goza de la entrevista con tu hijo, José. Nosotras ya lo hemos tenido para nosotras durante varios meses. Ahora te toca a ti.

Las dos mujeres se hicieron a un lado cuando Félix apareció bajo el quicio de la puerta. De no haberlo visto en aquellas circunstancias, a José le habría costado reconocerlo. La cara de niño había desaparecido. Ante él estaba el rostro de un hombre hecho y derecho con un fondo de amargura en la mirada, mucho más delgado y fibroso de lo que lo recordaba, que lo observaba desde la puerta del comedor apoyado en un bastón de caña de bambú y con empuñadura marfileña curva.

La duda duró un instante. Félix, lanzando el bastón sobre un sillón, se abalanzó hacia los brazos de su padre en tanto que las dos mujeres se retiraban silenciosamente.

El abrazo se hizo eterno. Al cabo de un tiempo, José apartó de sí a su hijo para colocarlo a la distancia exacta que sus ojos pudieran observarlo con detalle. Luego se abrazaron otra vez, y ya colmada su ansia de afecto y de ausencia se separaron para sentarse uno frente al otro.

—¿Cómo están? ¿Por qué no ha venido mamá? ¿Cómo están mis hermanos? —Las preguntas de Félix se sucedían sin interrupción.

Ya calmada su curiosidad, fue José quien comenzó a preguntar.

—¿Cómo va esa pierna?

Por el tono de las respuestas de su hijo, supo con certeza que aquel chico idealista y soñador, que queriendo ir a la guerra tildaba a los alemanes de estúpidos e incompetentes, había muerto. Ante él se hallaba un hombre amargado y un punto resentido y hostil, que habiendo colocado todo en el rojo de la ruleta de la vida había perdido su capital porque había salido el negro.

—En mi opinión, que es la única válida porque a quien le duele es a mí, funciona perfectamente. Sin embargo, un capitán médico, administrativo, que lo más cerca que ha estado de la línea de combate es a cien kilómetros, opina que no estoy capacitado para volar. Así las cosas, no me ha quedado más remedio que resignarme a colaborar en la retaguardia.

—Hijo, es un médico y los médicos jamás se quitan la razón

unos a otros. Tal vez tú creas que puedes, y quizá para pilotar un avión de combate hayas perdido reflejos, pero no para incorporarte a la aviación civil cuando todo esto acabe.

Félix se desabrochó el cinturón y se retiró las perneras de los pantalones. La pierna derecha se veía considerablemente más delgada que la izquierda, pero él la flexionó hasta cierto punto como queriendo demostrar que le era útil.

—Para pilotar es suficiente. No pretendo practicar ese deporte tan en boga que es el *football*.

—Estoy convencido, hijo. Al terminar esta locura de guerra, todo volverá a su sitio. He decidido fundar una compañía aérea en España con aviones equipados con nuestros motores… Ahí, y no en otro lugar está tu sitio. Tendremos tiempo de hablar de muchas cosas, pero ahora vuelve a explicarme, por favor, toda tu aventura. Comenzando por cómo te derribaron.

Félix se incorporó como picado por un áspid.

—A mí no me derribó nadie, padre. Sobre la línea de frente, tras un combate aéreo que duró demasiado, porque primeramente tuve que proteger la retirada del avión de mi amigo Rigoulot, me quedé sin combustible. Tuve que lanzarme en paracaídas, caí en una arboleda, me quedé colgando de la rama de un árbol con la pierna rota y un tremendo golpe a la cabeza, allí un alma de Dios y su hermano me recogieron, estuve sin conocimiento días y días y… —La explicación fue prolija y detallada, y finalizó con su huida desde Luxemburgo a través del río como un nuevo Moisés.

Las seis daban en el reloj del comedor cuando entró Suzette a despedirse.

—He de ir todavía al nuevo despacho a recoger unos papeles… —Y dirigiéndose a José, añadió—: Te llamaré mañana y, si te parece bien, comemos juntos.

José se puso en pie para darle un beso.

—¿Te han cambiado de despacho?

—Sí, ahora estoy junto a la iglesia de Saint Gervais et Saint Protais. Me cae un poco más lejos de casa, pero es mucho más cómodo.

Luego dio un beso a Félix y partió.

107

La Legión de Honor

Aquel lunes de comienzos de abril, a las cuarenta y ocho horas de su aventura con Günther Mainz, Lucie, a través de su correo ordinario, Candelaria Aguado, era convocada por el embajador Léon Geoffray con carácter urgente para que se reuniera con él en la embajada francesa a las doce horas del día siguiente.

El mismo día a las diez y media había quedado para desayunar con Gloria en la pastelería de los Hijos de Ripoll en la Puerta del Sol.

Lucie traía el guion muy bien preparado.

—La verdad, Gloria, algo debió de sentarme mal, y como me habías dicho que tenías tantas ganas de bailar y que tanta ilusión te hacía la embajada, opté por marcharme discretamente en un taxi por no sentirme una aguafiestas… Me he pasado unos días en cama. Ayer comí únicamente un poco de caldo vegetal, y aun así se me revolvió el estómago. Ya sé que me llamaste, pero había dado orden al servicio de que no me molestaran si la llamada no era de José o de Félix, desde París, y si eras tú, que te dijeran que estaba indispuesta y que te llamaría yo cuando pudiera.

—Eres tonta, Lucie. Perico se preocupó cuando vino a buscarnos aquel criado que ayudaba en el protocolo de acceso a la recepción y nos dijo que te habías ido. A partir de ese momento la fiesta no fue lo mismo; bailamos dos o tres piezas más y decidimos irnos a casa. Ahora bien, he de decirte que ese tan cacareado carácter alemán aquí en España se transforma: ¡no he visto tipos más animados ni con más ganas de divertirse!, y eso que están perdiendo la guerra.

—A veces la gente prefiere no pensar. Además, cada cual tiene su manera de evadirse de los problemas.

Las dos amigas hicieron una pausa, sorbiendo Gloria una copa de leche merengada y probando Lucie su tarta Tatin.

Lucie pensó cambiar el tercio de la conversación. Su cita con el embajador francés era al cabo de una hora y tenía mucho tema atrasado con su amiga.

—¿Qué sabes de tu hija, mi ahijada? ¿Tienes noticias de Londres?

Lucie había adoptado como ahijada a Gloria Rosario, ya que los viajes y el trabajo de su marido, el auténtico padrino de la hija de Perico y Gloria, hacían que frecuentemente se le pasaran las fechas.

—Menos mal que yo tomé la responsabilidad, porque si no la pobre no habría tenido padrino.

—¿Quién mejor que tú sabe lo que es José? Puede que se le olviden las fechas, pero el primer Berliet descapotable que circuló por Madrid fue el de Gloria.

—Eso sí, compensa con exceso sus faltas... Desde que lo conozco, siempre fue así.

—Mi hija está encantada en Londres, allí la guerra queda muy lejos... Ventajas de ser una isla. Por otra parte, considero fundamental para la educación de una muchacha haber conocido mundo antes de casarse.

—¿Y cómo anda de pretendientes?

—¡Imagínate, con diecinueve años! Y ya sabes cómo es de guapa y de simpática. En Madrid procuro que conozca en el club a los hijos de las familias mejores de la capital... Pero pongo velas a todos los santos. ¡A esa edad son tan vulnerables a las lisonjas de cualquier pisaverde!

—El último verano en San Sebastián prácticamente había cola a la puerta de casa.

Gloria, sabiendo el delicadísimo terreno que pisaba, entró en el tema con cuidado:

—¿Y qué hay de los gemelos?

Lucie hizo una pausa.

—Contigo no valen subterfugios. Pablo es mi cruz... No sé qué tiene ese chico. Pensé que con el tiempo esa inquina que siente hacia su hermano desaparecería, pero va a más. El único que parece entenderlo es su abuelo Eloy. José no tiene tiempo, y aun así lo ha intentado todo por activa y por pasiva: la paciencia, la severidad, el internado... Puedo decirte que en ese tema hemos fracasado. ¿Sabes qué ha sido lo último?

El silencio de Gloria incentivó la respuesta de Lucie:

—Quiere irse a vivir a casa de los abuelos. Eloy ha dicho que se lo dejemos a él. Y por no decir que no lo hemos intentado todo y teniendo en cuenta lo complicado que se presenta este invierno con el tema de la guerra y de París, José ha decidido aceptar la ayuda de su padre. El lunes Pablo se instalará con mis suegros. Nico se quedará en nuestra casa.

—¿Hasta ese punto habéis llegado?

Lucie tomó un pañuelo del bolso y se enjugó una lágrima. Su amiga le acarició el brazo.

—Me veo incapaz, Gloria. He sufrido mucho con lo de Félix. La guerra no ha terminado, José quiere que esté a su lado, mi madre está muy mayor en París y las peleas de los gemelos no son como cuando tenían siete años. El otro día tuve que llamar a un criado... Son ya dos hombres, y el odio que reflejan los ojos de Pablo da miedo.

—Anda, empólvate la nariz, que así no puedes ir a ningún lado.

En aquel instante Lucie fue consciente de que al cabo de veinte minutos debía reunirse con el embajador de Francia en Madrid, Léon Geoffray.

—Tengo órdenes concretas para usted, Lucie.

—Lo escucho, excelencia.

—He hablado con el primer ministro... No puedo entrar en detalles ni adelantar acontecimientos; mi única misión es ponerla en contacto hoy con el señor Clemenceau. Por lo que debo acompañarla al cuarto de claves que tan bien conoce.

Al cabo de treinta minutos, entre ruidos del éter y carraspeos, la voz del Tigre Clemenceau llegaba hasta sus oídos.

—Querida Lucie, ¡no puede imaginar lo orgulloso que estoy de mí mismo por haber atinado en escogerla! Supe desde el primer día que usted valía para esto. La información que nos ha enviado será de capital importancia para acabar esta guerra como el inmenso sacrificio que Francia merece. Por fin tenemos medios para anular a esos monstruos... Ya conocemos la localización exacta: Crépy-en-Laonnois, a ciento veintiún kilómetros de París; Beaumont-en-Beine, a ciento diez, y Bruyères a noventa y un kilómetros; así como su manera de actuar. Nos resultará muy difícil atacarlos porque están muy bien defendidos, pero lo conseguiremos, y gran parte del mérito se le deberá a usted.

Lucie estaba aturdida.

—Yo... Excelencia, únicamente he puesto en práctica lo que me enseñaron en Colombier, cumpliendo con el compromiso adquirido.

—Y muy bien, por cierto. Su premio, Lucie, es un viaje a París para abrazar a su hijo. Saldrá usted mañana por la mañana en el vagón reservado a la diplomacia francesa. Y estoy seguro de que, cuando todo esto termine, podré recibirla en mi despacho para entregarle, y sin que nadie lo sepa, porque ésa es la servidumbre de ese tipo de servicios, la Gran Cruz de la Legión de Honor en pago a sus méritos y con el reconocimiento eterno de su patria que, como madre, le agradece el inmenso ahorro de vidas que con su decisión y arrojo habrá salvado.

108

Una muerte inesperada

Los nervios impidieron descansar a Lucie. Pese a la comodidad y el lujo que representaba el vagón diplomático que el embajador francés en Madrid puso a su disposición por orden de París, el sueño le llegó intermitente y agitado. Los sucesos acaecidos los últimos días, la necesidad vital de abrazar a Félix y a su marido, el hecho de ver a su madre en tan duras circunstancias, reencontrarse con Suzette y darse cuenta *in situ* de que con toda probabilidad su colaboración contribuiría a detener aquella agonía de hierro y de sangre que representaban los bombardeos de París, todas esas circunstancias se unieron para impedir su descanso, amén de las interrupciones por los impedimentos del tráfico ferroviario que, además del cambio del ancho de vía, venía pautado por las detenciones inesperadas para dar paso a otros convoyes con servicios más urgentes que el mero transporte de viajeros.

Al llegar a la Gare de l'Est, el vagón fue desenganchado y conducido a una vía muerta de un ramal apartado con el fin de que las personalidades que en él viajaban pudieran salir de la estación sin tener que soportar los problemas que ocasionaba el trasiego humano.

Cuando Lucie descendió del vagón vio venir hacia ella a su marido acompañado de su amiga Suzette, de Pierre y de un joven alto y extremadamente delgado que, apoyado en un bastón, caminaba hacia ella sonriente y premioso, y cojeando visiblemente...

¡Dios santo, cómo había cambiado Félix! Lucie se agachó, dejó en el suelo su equipaje de mano y, en un abrazo apretado y tanto tiempo demorado, se colgó del cuello de su hijo. El grupo se detuvo a su lado y respetó su momento mientras ella murmuraba: «¡Gracias, Dios mío, por habérmelo salvado!». Luego se apartó de Félix para verlo en perspectiva: de aquel muchacho ardoroso y lleno de ilusión que pensaba que la guerra era una aventura nada quedaba.

Ante ella tenía un hombre hecho y derecho que había pagado un precio muy alto por sus ilusiones y que la miraba desde su altura con la expresión del hombre que se sabe más fuerte porque las circunstancias lo han obligado a tomar el timón de su vida.

Después de los abrazos y los besos para todos, el grupo partió hacia el coche que aguardaba delante de la puerta de salida reservada a las autoridades.

Desde allí se desplazaron hasta la casa de la rue de Chabrol, donde el encuentro de Lucie con Monique también fue entrañable. La explicación de lo sucedido a unos y otros en aquellos terribles días de la guerra ocuparon toda la tarde, pero lo que todos quisieron saber punto por punto fue la aventura de Félix, y las preguntas al hilo del relato se sucedían interminables. ¿Qué había sido de sus salvadores? ¿Cuál era el trato del invasor alemán hacia las gentes del lugar? ¿Quién era el cura que organizaba al grupo que lo había ayudado? ¿Cuánto duró su travesía por el río? Y un largo etcétera que hizo que la tarde fuera cayendo y que las sombras de la noche se vieran interrumpidas únicamente por el ulular de una sirena que ordenaba que se apagaran las luces para evitar dar referencias de blancos a los posibles bombardeos.

Luego de cenar, cuando ya Pierre y Suzette se fueron y Félix había ido al encuentro de su amigo Rigoulot, Lucie quiso ir a la casa de Neuilly. José y ella se desplazaron hasta allí con los faros del coche cubiertos con fundas de cuero negras que dejaban pasar únicamente un rayo de luz. El palacete estaba a oscuras, la reja cerrada y las ventanas protegidas por sacos terreros y alguna que otra cegada con ladrillos. El ruido del motor a aquella hora hizo que alguien se asomara a la puerta. En alguna iglesia cercana las campanas daban las nueve de la noche. Una persona avanzaba hacia ellos con una luz en la mano. La voz de Sibylle le salió al paso.

Embutida en una bata de negro terciopelo, el ama de llaves salía de la protección del templete de la entrada y avanzaba por el caminal.

—¿Cómo no me han avisado de su llegada? La casa está en orden, como siempre, pero de haber sabido que vendrían les habríamos preparado cena.

—No se preocupe, Sibylle. La señora tenía ilusión por volver a casa después de una ausencia tan prolongada.

—Pero, señor... ¡Sólo tengo encendida la calefacción de la parte que usamos los miembros del servicio...!

—No se preocupe. Cenaremos cualquier cosa en la cocina en tanto ponen estufas en el dormitorio. Y mañana será otro día.

Luego de saludar al resto de los miembros del servicio y de tomar un tentempié de lo mismo que éstos habían cenado, que, por cierto, en aquellas circunstancias les pareció maravilloso, Lucie y José ocuparon su dormitorio, que mientras tanto se había caldeado mediante dos estufas de petróleo.

Ya acostados en la gran cama, Lucie explicó a su marido su aventura en la embajada de Alemania y lo puso al corriente de su conferencia con Clemenceau y de la promesa de la concesión de la Gran Cruz de la Legión de Honor.

José observó a su mujer con admiración.

—Lo que has hecho tal vez no llegue a conocerse jamás, pero quiero que sepas que me siento orgulloso de ti y de tu acción, y que seas consciente de que muchos franceses te deberán la vida y la vida de sus hijos, que, de no ser por tu valentía, quizá no habrían nacido... Por cierto, ¿cuál es el tratamiento que debo darte a partir de ahora?

—¡No digas tonterías! José, me siento tan feliz... A pesar de la guerra, nuestro hijo está bien, los gemelos a salvo en España, mi madre sigue gozando de una salud de hierro ¡y tú estás conmigo! Es como si nada pudiera salir mal.

Sin embargo, Lucie se equivocaba. Su optimismo se truncó al día siguiente, cuando supo que una de esas terribles bombas, quizá la última, había caído en las cercanías de Saint Gervais et Saint Protais. Suzette, su amiga desde la juventud, con quien había compartido penas y alegrías, fue una de las víctimas de ese bombardeo brutal. La noticia sepultó toda la alegría que Lucie había sentido en los últimos tiempos. Era como si el destino quisiera recordarle que el peligro y el dolor la acechaban siempre. Consternados, ella y José acompañaron a Pierre en el funeral y se quedaron unas semanas a su lado, hasta que José insistió, una vez más, en que Lucie regresara a Madrid. En esa ocasión ella no tuvo fuerzas para negarse y pasó los últimos meses de la guerra en la casa de la calle Velázquez deprimida por la muerte de quien había sido para ella, más que una amiga, la hermana que nunca tuvo.

Tras una gran ofensiva alemana a principios de 1918 a lo largo de todo el Frente Occidental, los Aliados hicieron retroceder a los alemanes en una serie de exitosos ataques. Alemania, en plena revolución interna, solicitó un armisticio el 11 de noviembre de 1918, poniendo fin a la guerra con la victoria aliada. Ambos bandos estaban en bancarrota, pero la ayuda estadounidense a los Aliados fue decisiva. Alemania estaba arruinada.

El armisticio se firmó en un vagón de tren instalado en el bosque de Compiègne. Dos meses después, y en absoluto secreto, Lucie recibió la prometida Legión de Honor, la medalla que demostraba su valor y su aportación a la victoria de Francia, si bien para ella significaba también la futilidad de sus esfuerzos pues, a pesar de todo, no había conseguido salvar la vida de su mejor amiga.

TERCERA PARTE

TRAGEDIA
EN
ÁFRICA

109

La llamada a quintas

Como casi siempre, la familia Cervera estaba repartida entre París y Madrid. Nico y Paco Fresneda se encontraban en la habitación del primero, en la casa de la calle Velázquez, intentando poner orden al destino que compartían por edad y por la profunda amistad que los unía desde niños. Aquel día habían recibido una noticia que marcaría sus vidas. Cumplidos los dieciocho años, habían recibido la notificación de su entrada en caja, por lo que a la semana siguiente debían acudir al cuartel de la Montaña, situado en la Montaña de Príncipe Pío, donde se efectuaría la operación de la talla de quintos, el procedimiento que definía la aptitud de unos y otros para incorporarse al ejército al año siguiente.

—¿Qué ha dicho tu madre?

—Desde que ocurrió lo de Félix odia las guerras, ya lo sabes. Así que en cuanto le he enseñado la carta del ministerio ha empezado a mover hilos para intentar que Pablo y yo sirvamos a la patria desde un cuartel de Madrid. Ha llamado al tío Perico para que solicite audiencia en palacio. Pero le he dicho que no estoy dispuesto a pasar por un cobarde ante los ojos de Herminia, que es mi vida y que quiero servir a la patria. Eso le he dicho… Pero no atiende a razones. Mi padre regresa de París hoy. Con él me entenderé mejor.

—Tú naciste casado con Herminia, Nico.

—No concibo la felicidad al lado de otra mujer.

—Reconozco que tienes mucha suerte. Es una chica fantástica.

—Lo he pensado mucho… La mili en España no es como la de otros países. Nosotros estamos en guerra desde hace más de diez años. Iremos a África, y con esa excusa quiero pedir la mano de Herminia al señor Segura. Es mi gran ocasión… Si no fuera por la circunstancia de la guerra, seguro que me dirían que soy demasiado joven; pero dados los imponderables, estoy seguro de que me harán caso.

—Tendrás que ir a Barcelona.

—Desde luego.

Paco aguardó un segundo antes de añadir:

—Me resulta tan extraño...

—¿Qué es lo que te resulta extraño?

—Es que no hablamos del próximo verano, ¡estamos hablando de que quieres casarte y de que a lo mejor nos toca ir a la guerra!

—¿Qué pretendes? ¿Que el tiempo se detenga y aún juguemos a soldaditos?

—Contigo he de ser franco... Me da miedo no estar a la altura de las circunstancias.

—Pues yo me alegro de tener la ocasión de demostrar que me visto por los pies y que soy capaz de enfrentarme al peligro, como mi hermano Félix. Comprenderás que ante los ojos de Herminia quiero quedar como un hombre. Me avergonzaría que pensara que me asusta ir a la guerra.

—¿Te das cuenta, Nico, de que en este trance de la vida también vamos a estar juntos?

—Me doy cuenta, Paco, de que para mí eres más mi hermano que Pablo.

—Igual él se libra... No me negarás que a Pablo le falta un cuarto de hora. Y me han dicho que las revisiones son exhaustivas. Por cierto, ¿sigue viviendo en casa de tu abuelo?

—Sigue allí, y lo entiendo, porque el abuelo Eloy, con la excusa de que él lo comprende, le deja hacer lo que le da la gana.

José llegó desde París vía Hendaya a las nueve y media de la noche, y Lucie fue a recibirlo a la estación. Después de despachar el trámite de las maletas y cuando ya se dirigían en el coche hacia la casa, Lucie tocó el tema:

—José, es preciso que vayas a ver al rey.

—Lo tengo en mi agenda. Don Alfonso ha vuelto a comprar acciones de Hispano-Suiza.

—No es por eso... Ha llegado la carta del Ministerio de la Guerra para que Nico y Pablo se incorporen a filas, y si puedo evitarlo no estoy dispuesta a pasar otro calvario como el de Félix.

José miró a su mujer con ternura.

—Me temo que en las circunstancias actuales va a ser muy difícil hacer algo...

—¿Y si pidiéramos la nacionalidad francesa para nuestros hijos? Yo hablaría con Clemenceau... ¡Para algo tiene que servir mi Gran Cruz de la Legión de Honor!

—Me temo que no para esta ocasión, Lucie. Además, hay que contar con la voluntad de nuestros hijos. A su edad, todo es una aventura.

—Sí, como lo fue la de Félix... ¡Y mira lo que nos tocó pasar! Por cierto, ¿Félix vendrá a Madrid?

—Tu hijo es un ciudadano del mundo, querida. Después de lo que ese chico pasó en la Gran Guerra, todo le viene pequeño. El otro día me dijo que los únicos ratos que se siente feliz son cuando los domingos se va a Villacoublay con Rigoulot y salen a volar con un Breguet.

—¿Qué tendrá el riesgo que tanto le gusta?

—Imagino que después de sentir la adrenalina de un combate aéreo, todo lo demás le resultará insulso.

El coche llegaba a Velázquez.

—¿Irás a ver al rey?

—Iré a ver a Romanones, en primer lugar. Después, según cómo pinten las cosas, intentaré ver a don Alfonso.

—Si me quieres, José, consigue que mis hijos sirvan a la patria aquí, en Madrid.

Al anochecer cenaban los tres en el comedor de verano que daba a la calle Velázquez. Pese al espacio que ocupaba la terraza, los ruidos amortiguados de la noche llegaban hasta ellos. Lucie había repartido a los miembros del servicio entre París y Madrid, más por no coger gente nueva que por otra cosa.

—Mañana quiero a Pablo en casa. Bien me pareció que, estando ausentes y por evitar problemas, y en las situaciones tan extraordinarias que hemos vivido, residiera con mis padres... Pero ahora ya no tiene sentido que siga allí. —Luego se dirigió a Nico—: Y tú procura entenderme: me hablas de que quieres pedir la mano de Herminia, de que no haga ninguna gestión al respecto de intentar que no vayáis a África, y yo debo recordarte que no te pelees con tu hermano.

Nico, que había sostenido una larga conversación con su padre antes de la cena, se defendió de lo que consideraba un injusto ataque:

—Usted sabe, padre, que yo nunca comienzo las disputas. Pablo está contra el mundo, y si no tiene una bronca, la busca. Con el abuelo Eloy no choca porque a todo le dice que sí.

—Nico, tengo muchos problemas. He lidiado desde que tenéis uso de razón con esa inquina que ha habido siempre entre vosotros. Mañana hablaré con tu hermano, pero procura poner de tu parte.

Lucie intervino conciliadora. A lo largo de la vida, habían repetido esa escena mil veces.

—Hace mucho que estáis separados, Nico. Por favor, ayúdanos un poco con Pablo.

—De acuerdo, madre. Pero no quiero que hagan gestión alguna para evitarme ir a África.

—Lo siento, Nico, pero no puedo prometértelo. Debes saber que tu padre irá a ver al rey, y si puedo evitar que tu hermano y tú vayáis a la guerra, lo haré. No sabes lo que es eso… Deja aparte lo del romanticismo, sé de lo que hablo. La guerra es muerte, trincheras, barro y enfermedades, y eres afortunado si sales de ella entero.

Nico se encendió, y alzando la voz se enfrentó a su madre:

—¡Estoy harto que decidan por mí! Félix hizo lo que le vino en gana y mi padre y usted respetaron su deseo. Quiero cumplir con mi deber de patriota y voy a hacerlo.

—¡Y yo voy a cumplir con mi deber de madre y también voy a hacerlo! Sé que ahora no lo entiendes, Nico, pero ¡me da igual!

José intervino conciliador:

—Te propongo un trato, hijo. Aunque eres muy joven, pediré en tu nombre la mano de Herminia a Higinio Segura, pero a cambio haré una gestión ante el rey para que gocéis en África de algún beneficio.

—Padre, con todo respeto, deseo ir a donde me corresponda.

—¡Por el amor de Dios! Quiero que vuelvas entero, no con una medalla… ¡y mucho menos envuelto en una bandera! Tu madre ya ha pasado mucho dolor. Respeta nuestra decisión.

Nico se puso en pie, lanzó la servilleta sobre la mesa y, con un gesto árido, anunció:

—¡Por lo visto en esta casa hay dos categorías de hijos: ¡los que consiguen lo que quieren, incluso ser piloto de guerra, como Félix, y los que tienen que ir a la guerra con el tutor! Deduzco que yo soy de esos últimos. ¿Por qué no llama al señor Naval-Potro, padre? A lo mejor convendría que me acompañara.

José telefoneó al don Álvaro Figueroa y Torres, conde de Romanones, y le expuso su necesidad de ver al rey.

—Cervera, puedes venir esta mañana, que Su Majestad tiene audiencias. A las doce y media hay un hueco… Lo tenía reservado para el general Silvestre, que ya sabes que goza de sus preferencias, pero no ha podido venir.

—Me haces un inmenso favor, Álvaro.

Siguiendo su costumbre, y una hora antes, José Cervera estaba en el Mesón del Alabardero frente a una copa de Pernod, cuyo sabor amargo le encantaba. Había preparado la entrevista con don Alfonso XIII y, conociendo su punto flaco, traía en la cartera los planos del último Hispano-Suiza.

José, buen conocedor ya del protocolo, se dirigió a la puerta de visitantes con media hora de antelación para presentar su documentación y confirmar su cita.

La gestión de don Álvaro Figueroa había surtido efecto y el teniente de guardia ya lo esperaba.

—Su Majestad lo recibirá en el salón de montaje de películas. —Después, como justificando, añadió—: Es su última afición.

Un ujier condujo a José a través de los pasillos de palacio hacia una estancia de la segunda planta ubicada en lo que anteriormente había sido una de las covachuelas con trampilla desde donde Felipe IV vigilaba a sus ministros.

Tras ser anunciado, José accedió a la estancia. Halló al monarca en mangas de camisa junto a Álvaro Figueroa y a dos hombres que manipulaban sobre una gran mesa retazos de cintas de celuloide y las montaban en sendos carretes.

—¡Pasa, José! Vas a presenciar uno de los milagros de esta época. ¿Recuerdas a Ricardo Baños? Seguro que sí. Lo conociste aquí, hace un tiempo, ¿verdad? —Ante la pregunta de Su Majestad, José lo confirmó—. Bien, pues éste es su hermano Ramón. Los Baños son los magos del cine, la industria que dentro de poco enviará al teatro al cajón de los recuerdos. ¡Esto cambiará el mundo! Sentado en una cómoda butaca verás la pesca del tiburón en Australia… ¿No es milagroso?

José, luego de corresponder a la presentación, se dirigió al rey:

—Admiro su capacidad y su curiosidad por tanta cosa nueva, majestad. Es increíble cómo se interesa por todos los nuevos inventos… Yo le traigo algo que también le interesará.

—Tus visitas siempre me encantan. Tienes el don de entretenerme. Y con la que hemos pasado y seguimos pasando con la Oficina Pro Cautivos, que al acabar la guerra está dando más trabajo que nunca, bien creo que tu rey merece un descanso. —Luego, dirigiéndose a los cineastas, se excusó—: Me perdonarán, pero debo repartir mi tiempo… Nos veremos la semana que viene. ¡Y tráiganme esa película de la que me han hablado!

Los dos hombres se retiraron, quedando el monarca con el conde de Romanones y con José Cervera.

—Tú me dirás, Pepe… ¿A qué debo el honor de tu visita?

El rey era diáfano en sus actitudes, y el buen cortesano debía adivinar el talante que en cada momento presentaba el monarca. Alfonso, ante un juguete nuevo o un incentivo novedoso podía estar eufórico hasta que, al cabo de un cuarto de hora, por una de aquellas noticias que lo preocupaban o que meramente no lo complacían, cambiaba el tono de su humor y entonces el momento se tornaba desfavorable para petición alguna. El indicador por el que José se guio fue que, de entrada, el monarca lo llamara Pepe.

El rey se había sentado en el banco que hasta ese momento habían ocupado los hermanos Baños e invitaba a José a hacerlo frente a él, junto a Romanones.

—¿Me traes novedades buenas o malas? Si alguna es mala, dímela en primer lugar para que el gusto que quede al final sea el bueno.

—Nada es malo, señor. Le traigo algo que lo complacerá… Y después lo importunaré con una petición particular.

—Veamos pues eso que va a alegrarme las pajaritas de la mañana.

José puso sobre la mesa la cartera que había sujetado encima de las rodillas y, después de soltar el cierre, extendió los planos del nuevo Hispano-Suiza diseñado por Marc Birkigt que incluía mejoras respecto del modelo anterior del rey. Alfonso XIII, gran aficionado a los coches, entendía de motores también, de modo que José le explicó rápidamente sobre los planos en qué consistían las mejoras.

—Se ha balanceado mucho mejor el cigüeñal, el motor tiene muchas menos vibraciones y la aleación de los pistones es mucho más dura y con menor dilatación. En el banco de pruebas ha dado sesenta caballos. ¡Ese coche va a volar, majestad!

El rey estaba eufórico, y José, luego de comentar más detalles al respecto del nuevo diseño, guardó silencio a la espera de que el monarca se interesara por su petición. Sus cálculos no fallaron.

Al poco, el soberano, con aquella bonhomía que le había granjeado la simpatía de sus súbditos, dio una palmada a José en el antebrazo y se interesó por su problema.

—Soy consciente de que tus visitas siempre me complacen, como he dicho. Las acciones de la fábrica que adquirí gracias a tu mediación y, por qué no decirlo, por la influencia de mi primo don Alfonso de Orleans han sido el mejor negocio que he hecho en mi vida. Justo es que te compense de alguna manera, si puedo. A ver, Pepe, cuéntame tus cuitas.

José se dispuso a plantear su situación trayendo el asunto desde el principio y presentándose inerme ante su mujer, que era la que le había suplicado que viera al rey.

—Verá, señor, como usted sabe, mi mujer ha pasado un calvario durante el conflicto europeo. Nuestro hijo Félix, piloto de guerra, estuvo desaparecido durante más de un año, y su Oficina Pro Cautivos bien lo sabe, con el consiguiente sufrimiento que eso supuso para nosotros. Tengo otros dos hijos y, por más complicación, gemelos, y ayer llegó el documento para que ingresen en caja y cumplan con el requisito de la talla... Mi esposa está aterrorizada, majestad. Me ha pedido que le ruegue a Su Majestad que, si está en su mano, haga algo por evitar que vayan a África, ya que de lo contrario creo que hasta mi matrimonio peligraría.

El rey cruzó una mirada con Álvaro Figueroa y con los dedos de la mano derecha tableteó sobre la mesa. Después, con una voz que parecía auténtica, se dirigió a José:

—Parece que hayas adivinado el tema principal que ayer se trató en el Consejo de Ministros... Mal momento, Pepe, para esa petición. Sin duda estarás al corriente de los incidentes ocurridos en toda España al respecto de la resistencia de muchos jóvenes para ser reclutados. Los disturbios pueden extenderse como un incendio por todo el país, y entonces sí que nos encontraríamos ante un problema sin solución. Pídeme cualquier otra cosa y cuenta con ello, y de igual manera te digo que cuando tus hijos lleven en África un año o un año y medio haré lo posible para que regresen a la península. Pero hoy por hoy es imposible. Si me atreviera a tal, mañana por la mañana tendría colas de cortesanos pidiéndome lo mismo. Lo comprendes, ¿verdad?

—Yo sí, majestad, la que no va a comprenderlo es mi mujer.

Alfonso quedó pensativo unos segundos.

—Voy a proporcionarte una baza… Hoy has ocupado la hora que tenía para la entrevista con el general Manuel Fernández Silvestre, gran amigo mío y gran militar. Te adelantaré algo: voy a otorgarle autoridad por encima del alto comisario de Marruecos, el general Dámaso Berenguer. Silvestre es un hombre mucho más decidido, eso sin juzgar su valor, y me ha prometido que para el día de mi onomástica habrá llegado a Alhucemas. Le recomendaré a tus hijos para que pasen ese trago de la mejor manera posible, y ya verás que un año pasa pronto y los tenemos de vuelta en Madrid sin mayor novedad y sin darnos cuenta. —Luego se dirigió a Romanones—: Ocúpate de eso, Álvaro. El rey tiene el mayor interés en complacer a este súbdito. Hazme quedar bien.

Y tras estas palabras Alfonso XIII dio por finalizada la entrevista.

110

Barcelona

Queridísima Herminia, amor mío:

Siempre me pareció que ese día no iba a llegar nunca y hoy al despertarme he tenido que pellizcarme para convencerme de que no estoy soñando: ¡el sábado por la noche seremos oficialmente novios y tu padre me habrá aceptado como yerno!

Recuerdo como si fuera hoy mismo el día de la gruta, mejor dicho, la noche. El sábado serás mi prometida a ojos de todos, pero para mí, nuestro auténtico primer día fue aquél.

Todo el alboroto que se había montado acerca de si soy demasiado joven ha quedado silenciado ante la evidencia de que la patria me considera mayor de edad para defenderla en la guerra del Rif y, evidentemente, si un hombre es mayor para coger un arma también lo es para casarse. Ése ha sido el argumento de peso que mi padre no ha tenido otro remedio que aceptar.

Iré a África, pero ¡qué distinta manera de entrar en combate sabiendo que tú me esperarás en Barcelona!

Quiero darte las gracias por tu paciencia y por creer en mí desde que casi éramos unos niños. Y te prometo que, a partir del mismo instante que me licencien habiendo cumplido con mi deber, dedicaré mis días a cuidarte, a amarte y acompañarte.

No voy a tener más remedio que seguir nuestra relación epistolar, pero te aseguro que las cartas que te escriba desde África serán las últimas, porque mi deseo es levantarme todas las mañanas viendo tu carita dormida a mi lado.

Y con tu nombre en el pensamiento, en el corazón y en los labios, cierro con devoción esta carta.

Hasta el sábado por la noche, Herminia, que voy a ser el hombre más feliz del mundo.

Un millón de besos,

NICO

—José, ¿has hablado con Higinio?

—Esta mañana…

El matrimonio, como de costumbre, dialogaba durante el desayuno, con la prensa del día, el *ABC* y *El Imparcial*, invariablemente doblados a un lado junto a las cotizaciones de la Bolsa; José, huevos pasados por agua con picatostes y un café fuerte; Lucie, té y tostadas con mantequilla y mermelada de arándanos.

—¿Y qué opina de esta locura?

—Lo mismo que nosotros, que los chicos son muy jóvenes y que pueden esperar, sin que eso signifique que no acepte a nuestro hijo de mil amores. Los Segura conocen a Nico desde que era un crío y saben quiénes somos nosotros tan bien como nosotros sabemos quiénes son ellos.

—Evidentemente, yo puedo opinar que Herminia es una cría todavía, aunque en igualdad de edad las mujeres somos más maduras que los hombres, pero lo que es indiscutible es que es una delicia de muchacha, y si yo pudiera escoger un conjunto de cualidades para mi futura nuera, no escogería otras que las que ella posee.

—Te acepto lo que dices de que maduráis antes que nosotros, pero en el caso de Nico te aseguro, y no es pasión de padre, que es ya un hombre hecho y derecho. Si fuera Pablo, no me atrevería a afirmar esto, pero esta maldita guerra le ha dado unos argumentos que son irrebatibles… Si un hombre es apto para ir a la guerra, ¿cómo no va a serlo para adquirir el compromiso del matrimonio?

Lucie preguntó:

—¿Cuándo quieres salir para Barcelona?

—El viernes a las seis de la mañana iremos los cuatro en el Hispano. Me llevaré a Hipólito, por si me canso de conducir. Haremos parada en Zaragoza, y calculo que por la noche ya estaremos en Barcelona.

El pensamiento de Lucie quedó un instante detenido en el aire, entre paréntesis.

—¿Sabes qué te digo, José?

—Lo mismo que yo pienso, que te alegras de que Pablo no venga.

—Exactamente. Es mi hijo y lo quiero, pero siempre que está presente me siento inquieta por temor a que diga o haga algo inconveniente que nos ponga en evidencia.

—En esta ocasión mi padre lo ha justificado: tiene un examen de Contabilidad Aplicada a la Empresa.

—Tu padre lo excusa siempre... Sin embargo, debo reconocer que es una bendición que a Pablo le gusten tanto los números.

—Cuando acabe esta pesadilla de la guerra, si es tan bueno como dicen sus profesores, lo meteré en la empresa para que vaya formándose.

—¿Has hablado con Félix?

—Vendrá en tren desde París. ¿Sabes lo que quería hacer el loco de tu hijo?

—Cualquier cosa que me digas de Félix me parecerá normal... Ese chico tiene una medida diferente de las cosas. ¿Qué es lo que pretendía?

—Venirse en avión... Hacer una parada en Niza o en Marsella para repostar y aterrizar en El Prat.

—¡Madre del amor hermoso! ¿No es en el Remolar de Viladecans donde está el campo de aviación?

—Lo trasladaron hace un mes... Han ganado unos cientos de metros. Ahora está más cerca del mar y los dirigibles tienen mejor amarre.

—No sé de quién ha heredado ese chico semejante osadía y amor por el peligro...

José miró a su mujer con ternura.

—Yo sí lo sé.

Lucie quedó ausente unos instantes.

—¿Qué estás pensando?

—La vida de Félix siempre transitó por caminos diferentes... Su niñez fue distinta, presenció muchas escenas que aún me duelen. Luego su pasión por volar. Después la experiencia de una guerra desde el aire a una edad a la que los chicos juegan con un balón, y sobrevivir en circunstancias terribles... Cualquier cosa menos casarse, fundar una familia y sentar la cabeza.

Lucie recordó lo que Félix le había contado al acabar la guerra. El joven se había preocupado por saber qué había sido de quienes lo ayudaron en Bélgica y ella tuvo la impresión de que existía un sentimiento por parte de él. Pero las noticias fueron devastadoras: tras varios meses de averiguaciones, un tal doctor Lemonnier escribió a Félix diciéndole que tanto Cyril como Lily habían sido descubiertos por los alemanes, acusados de traición y fusilados. Él había adoptado a Lilette, la niña de Lily. Cuando Félix se lo contó, Lucie creyó ver una lágrima en los ojos de su hijo, pero fue en cualquier caso una tristeza fugaz. Nunca había vuelto a mencionar a esa mujer. Ni a ninguna otra.

—Cada uno es como es… Félix aún no ha encontrado a la mujer adecuada.

—¿Cómo has quedado con él, José?

—Llega mañana por la mañana temprano y ya sabe que nos alojamos en el hotel Colón. Y ahora, si no te importa, ¿podemos dejar de hablar de Félix? Hay algo que quiero proponerte…

Lucie lo miró sorprendida.

—¿De qué se trata?

Y José, acercándose a su mujer, le susurró al oído algo que, a pesar de los años que llevaban juntos, la hizo ruborizar.

Higinio Segura hablaba con su mujer. María Antonia, que conocía bien a su marido, lo escuchaba paciente y resignada.

—No puedo negar que me ha sorprendido.

—Mira, Higinio, dime otra cosa, pero eso no… Esos chicos se enamoraron cuando aún eran unas criaturas, y tú sabes bien que lo hemos hablado mil veces. Dime cualquier cosa menos que no lo esperabas.

—Pero son muy jóvenes… Herminia antes de ayer llevaba calcetines.

—¡Cómo sois los padres! ¿No te acuerdas de nuestro noviazgo, Higinio? Y eso que eran otros tiempos; reconozco que mejor nos habría venido un par de años más… Pero las circunstancias obligan, y las razones que José te ha dado son totalmente válidas.

—No… Si Nico me encanta para nuestra hija, pero pueden pasar mil cosas.

—En eso llevas razón. —María Antonia pensó unos instantes—. La guerra del Rif, que es la que justifica ese adelanto de fechas, puede servirte asimismo para justificar una demora.

—¿Qué quieres decir?

—Responde a José que estás encantado de conceder la mano de tu hija a Nico, pero pon como condición única que todo se aplace hasta que el chico regrese de África. De esta manera ganas un tiempo con un motivo justificado.

—Me parece, María Antonia, que has dado en el clavo.

Los Cervera llegaron a Barcelona a las ocho de la noche y se alojaron en el hotel Colón del paseo de Gracia, reformado por el arquitecto Enric Sagnier. El matrimonio ocupó la suite del primer piso, y José tomó una habitación doble para Félix y para Nico.

Mientras Lucie deshacía las maletas el teléfono sonó en la suite. Interrogó a su marido con la mirada y, en tanto José se llegaba al aparato, preguntó:

—¿Quién sabe que ya estamos aquí?

—Tal vez sea Hipólito, que ha tenido algún problema con el coche.

José descolgó el auricular.

—¿Sí?

La voz metálica de la telefonista sonó en el auricular:

—Señor Cervera, tiene una llamada de su hijo Félix.

—Pásemela. —Y volviéndose hacia Lucie comentó extrañado—: Es Félix. Debe de haber habido un problema en el ferrocarril.

La voz risueña de su hijo sonó en su oído.

—Buenas noches, padre, ¿qué tal el viaje?

—Nosotros muy bien. ¿Desde dónde llamas?

—Estoy en El Prat. He aterrizado hace una hora, pero hasta hace un momento no he finalizado los trámites para alojar el Breguet en un hangar.

José se sentó en la cama y, tapando la boquilla con la mano, aclaró a su mujer:

—Tu hijo ha venido en avión.

Lucie se precipitó a arrebatar el teléfono de la mano a su marido.

—Félix.

—Hola, madre...

—Algún día vas a matarme de un susto... ¿Cómo se te ocurre venirte en avión desde París?

—En primer lugar, porque es mucho menos peligroso y cansado que venir en coche desde Madrid, que ahí arriba hay menos locos, madre. Y en segundo lugar, porque le he traído *éclairs* de crema de Fauchon, que tanto le gustan, y me han dicho que la crema se pasa.

Lo primero que José hizo después de comentar con su mujer la llegada de Félix fue telefonear a los Segura.

El teléfono sonó en el cuarto piso del número 30 del paseo de Gracia, y José oyó la voz de una camarera resabiada y pizpireta a través del aparato:

—Casa de los señores Segura, ¿dígame?

—¿Está don Higinio?

—¿Quién lo llama?

—Don José Cervera.

—Un momento, por favor.

Ruido del aparato al dejarlo sobre una superficie y unos momentos de espera.

—Querido José, ¡bienvenido a Barcelona! ¿Qué tal viaje habéis tenido?

—Estamos un poco cansados, pero el viaje sin novedad…

Tras los saludos de rigor, después de preguntar por las respectivas familias, ambos amigos comenzaron a planificar el encuentro que había motivado el desplazamiento a Barcelona de los Cervera.

—Querido José, te propongo un plan.

—Soy todo oídos.

—¿Recuerdas que hace años quería venderme la casa de San Sebastián?

—Llevas diciéndolo desde hace no sé cuántos veranos.

—Finalmente lo decidimos con María Antonia… Nos encantaba y nos encanta Donostia, sobre todo el ambiente, pero van pasando los años y el viaje nos pesa un poco. Con la guerra, dos pueblos de la costa catalana se pusieron de moda, Sitges al sur y Caldes d'Estrac al norte, y en este último unos buenos amigos de Sant Sadurní d'Anoia se hicieron casa. El lugar se puso muy de moda porque se inauguró el casino Colón; fue entonces cuando decidimos comprar en el paseo de los Ingleses, copiado del de Niza, una casa de alguien que tuvo problemas con el juego y la dejaba a muy buen precio… Mis amigos me avisaron y me di prisa porque era una ocasión, y la verdad es que ha sido un acierto. ¿Sabes que el tren de Mataró llega ya hasta allí? Pues sí, y se llama Flecha de Oro. ¡Incluso han abierto un pequeño campo de aviación! No puedes imaginar el ambiente que hay… Mi propuesta es la siguiente: nosotros saldremos hacia Caldes al mediodía para que María Antonia tenga tiempo de prepararlo todo y vosotros os venís por la tarde, pasamos juntos el fin de semana y hablamos de nuestras cosas, ¿qué te parece?

—Me parece estupendo y nos hará una gran ilusión ver vuestra nueva casa.

—Entonces toma nota: está en el número 18 del paseo de los Ingleses. Es inconfundible, porque es la única que tiene un torreón con el tejado de ladrillo verde.

—Perfecto. Reservaré en algún hotel…

—¡Qué dices! Os alojaréis todos en casa, ¡faltaría más!

—Ni hablar. Además de Lucie, Nico y yo está Félix.

—Es criterio cerrado. Si permito tal cosa, María Antonia me hará dormir en el sofá del salón durante una semana.

—Bueno, tú mandas... ¿A qué hora quieres que estemos allí?

—Sobre las seis y media o las siete.

—Pues allí estaremos.

—Os va a encantar, aquello es precioso... Apel·les Mestres, Joan Maragall y Jacint Verdaguer pasaron temporadas allí. Iremos al casino y, si queréis, también visitaremos dos torreones árabes y las termas. ¡Pasaremos tres días estupendos...! Oh, y el pescado que os comáis a mediodía por la mañana estaba en el mar, ¡piensa en eso!

—Todo será maravilloso, sin duda. Pero lo mejor será estar con vosotros.

—¿Tienes por ahí a Lucie? María Antonia quiere hablar con ella.

—Ahora te la paso.

Félix llegó a las nueve y cenaron los cuatro en el restaurante del hotel. Apenas terminada la cena, Nico se excusó y se fue a la habitación para hablar por teléfono con Herminia, pues antes no le había sido posible. La sobremesa fue larga dado que las aventuras de Félix siempre eran singulares. Después, cuando sus padres se fueron a dormir, Félix se dispuso a dar una vuelta por Barcelona de noche porque sabía que su hermano quería estar solo.

Nico llamó a Herminia. El timbre del teléfono sonó una sola vez y la voz de la joven le llegó a través del auricular.

—¿Dígame?

—Herminia, soy yo.

Unos segundos de silencio.

—¡Cuánto has tardado, amor, creí que ya no me querías!

Cuando a las dos horas llegó Félix apenas hacía cinco minutos que Nico había colgado el teléfono.

A las siete de la tarde el poderoso Hispano-Suiza enfocaba la entrada del paseo de los Ingleses de Caldes d'Estrac. El ambiente era animadísimo; a la derecha, casas de diferentes estilos rodeadas de cuidados jardines limitaban el perfil del paseo de la parte de la montaña; a la izquierda, un muro de piedra de un metro de altura separaba la arena de la playa de la acera por la que paseaba la gente: jovencitas con vaporosos trajes e inmensas pamelas en alegres grupos que charlaban, unas frente a las otras, caminando de espaldas y riendo como sólo se ríe a los quince años; amas de voluminosas faldas con inmaculados delantales blancos, el moño recogido en una cofia e inmensos zarcillos en las orejas, empujando cochecitos de niños pequeños; en la arena, hombres fornidos con las piernas combadas, pantalones de dril azul, recogidas las perneras hasta media pantorrilla, trajinando nansas o rellenando de petróleo los depósitos que alimentaban las inmensas lámparas ubicadas en la proa de las barcas para salir a pescar de noche; y al fondo el mar, quieto, azul y luminoso con esa luz mediterránea que ha alumbrado a generaciones de griegos, fenicios, romanos, hispánicos, bereberes y que se ha tragado trirremes, urcas o galeras llenando su fondo de pecios gobernados por capitanes que le perdieron el respeto.

—Sin restar méritos a San Sebastián, Lucie, entiendo la decisión de Higinio. Esto es precioso y está a menos de una hora de Barcelona. Además, se nota en el ambiente que está destinado a crecer.

—Estoy de acuerdo. Pero ¿sabes lo que más me impresiona? La luz. En eso sí que gana a San Sebastián. Aquí tienes garantizados los tres meses de verano; allí un día sí y otro también te la juegas con la lluvia.

La voz de Nico interrumpió el diálogo de sus padres:

—¡Mire, padre, ésta es la casa!

José detuvo el coche frente a la reja del jardín. Era una magnífica construcción, ubicada en una parcela de más de una hectárea, de cuerpo cuadrado construido en altura en medio de un porche que la circunvalaba y en cuyo ángulo derecho más cercano al mar se alzaba un torreón cubierto por un tejadillo a cuatro aguas de teja verde y negra realmente hermoso.

Higinio, que estaba al fondo del jardín cubierta la cabeza con un sombrero de paja y regando con una manguera un grupo de arriates, la dejó en el suelo y, tras cerrar el grifo, se dirigió rápidamente a la cancela a la vez que María Antonia y Herminia salían de la casa al encuentro de los visitantes.

Saludos, parabienes y la alegría del reencuentro de aquellas dos familias que habían decidido unir la vida de sus hijos.

Higinio abrió la cancela.

—Entra el coche hasta el fondo, José, y déjalo debajo de los pinos, porque por la mañana el sol pega fuerte y allí estará mejor.

Un acelerón y con una hábil maniobra José condujo el Hispano hasta el lugar indicado, donde todos descendieron del vehículo. Besos, abrazos... Nico y Herminia estaban un poco cohibidos, y Félix, al que aquellas situaciones divertían mucho, dijo a su hermano:

—Nico, o besas tú a Herminia o la beso yo. Al fin y al cabo, voy a ser el cuñado mayor.

Lucie intervino:

—Eres incorregible, Félix, ¡deja a tu hermano en paz! —Después, volviéndose hacia María Antonia, aclaró—: A este hijo mío la guerra lo ha cambiado.

Higinio intervino conciliador:

—Un hombre que derriba en combate a un enemigo, cae de un avión, se rompe una pierna y se escapa de los alemanes bajando un río después de permanecer escondido durante meses y pasa por la peripecia vital por la que tu hijo ha pasado, tiene la venia para decir lo que le venga en gana. —Luego miró a Félix y agregó—: Los héroes tienen licencia para todo... Pero pasemos adentro.

Una vez en el interior y después de que el criado entrara las maletas del coche, María Antonia mostró a Lucie las habitaciones donde se alojarían durante el fin de semana. El matrimonio dormiría en el primer piso, en una suite con una inmensa terraza frente al mar; Félix lo haría en otra que daba a la parte de atrás, con vistas al bosque; y Nico ocuparía un dormitorio del segundo piso con una pequeña terraza y una escalera de acceso individual que daba al jardín y en la que se veían los alambres para tender la ropa.

Cuando todo estuvo colocado en los respectivos armarios, se reunieron en el porche, donde había un banco-columpio, tumbonas y sillones, y en el centro una gran mesa redonda que simulaba un timón de barco. María Antonia hizo servir una merienda de campo muy del país con embutidos típicos de Cataluña, pan con tomate y vino en porrón. Félix, que era una fuente inacabable de historias, los prendió a todos contando anécdotas de la guerra. Herminia pidió permiso para mostrar el pueblo a Nico.

—Está bien, hija —autorizó María Antonia—. Pero Carlitos irá con vosotros.

—¡Mamá! Está jugando al fútbol con los Garriga.

—Pues que lo deje y os acompañe. —Se volvió hacia Lucie y le aclaró—: Ya sabes lo que es la gente de los pueblos, no sólo aquí, sino en todas partes. —Y de nuevo a Herminia—: Le compráis un helado y asunto concluido. Si protesta, me lo traes y yo se lo explico.

Herminia conocía bien a su madre y sabía que era perder el tiempo discutir con ella. Dirigió a Nico una mirada cómplice y se fue a buscar a su hermano. Éste, con el gesto torcido, subió a su cuarto para adecentarse y cambiarse de ropa, y se dispuso a hacer de carabina a su hermana contando mentalmente la gabela que le haría pagar para dejarla sola con Nico.

El trío salió al paseo, con Carlitos un par de metros por delante. Nico deseaba ardientemente quedarse a solas con Herminia, pues hacía ya casi un año que su única comunicación había sido epistolar.

—¿Adónde podemos ir para poder hablar tranquilos?

—Vamos a la terraza del casino. En la explanada han puesto las atracciones de la feria de la fiesta mayor y allí podré soltar a mi hermano.

La gente paseaba por el lado del mar y ellos avanzaron por el de las casas para ganar tiempo. En la explanada del final y antes del casino estaban instalados los feriantes: caballitos, tiro al blanco, una pequeña noria, las sillas giratorias colgadas de cadenas, todo ello aderezado con las músicas correspondientes, los pitos y las voces que anunciaban las tómbolas.

—¡Oiga, para el niño o para la niña! Un pito o una pelota... ¡Siempre toca, oiga! Es nuestro día generoso, ¡por el mismo precio tres tiros de regalo!

Nico llamó a Carlitos.

—Carlos, voy a hablarte de hombre a hombre... —Esa entrada halagó al chico, que se dispuso a escuchar a Nico con atención—. Quiero conversar con tu hermana porque dentro de poco me iré a África. Como comprendo que te resultará muy aburrido esperar por ahí sin hacer nada, te invito a una vuelta en cada una de las atracciones de la feria, y dentro de una hora y media nos encontramos en la terraza del Colón, ¿te parece bien?

—Me gusta que me hayas dicho la verdad, Nico... De acuerdo.

—Nico sacó de su bolsillo un duro de plata y se lo entregó.

La cara de Carlitos era un poema. Aquello era para él una fortuna, teniendo en cuenta que el tiro al blanco, su gran afición, costaba una peseta tirar diez veces.

—¡Gracias, Nico! Me encantará ser tu cuñado. Aunque, de hombre a hombre, he de decirte que mi hermana es muy pesada.

Herminia estuvo a punto de entrar al trapo, pero se contuvo. Lo que quería era estar a solas con Nico.

Carlitos salió disparado hacia el tiro al blanco y la pareja se disponía a subir la escalera del casino, que a esa hora del final de la tarde se encontraba llena de gente que iba a jugar antes de la cena, cuando Herminia detuvo a Nico tomándolo del brazo. A la derecha se veían las barcas sobre sus maderos y desde la orilla subía el rumor que hacían las pequeñas olas cuando besaban la húmeda arena.

Herminia tomó a Nico de la mano.

—Ven, vamos a sentarnos entre aquellas dos barcas —dijo señalando dos embarcaciones panzudas cuyas redes reposaban entre ambas formando una toldilla, luego de haber sido reparados sus desgarros con la paciente ayuda de la aguja de las mujeres.

Nico dudó.

—Alguien podría vernos... No me gustaría que fueran con el cuento a tus padres.

—Me da igual.

Herminia tiró de Nico y al cabo de nada estaban ocultos de miradas curiosas entre el *Virgen del Carmen* y el *12 apóstoles*.

El sol de la tarde, asomándose entre un peine de nubes deshilachadas, fue el mudo testigo del hambriento primer beso de los amantes.

La sobremesa que coronó la magnífica cena fue larga. Habían acudido la hermana de María Antonia, Nieves, con su marido, Víctor, y con sus hijos, chico y chica, que también veraneaban en Caldetes; la chica tenía la misma edad que Herminia y el muchacho era un año menor. Un criado, que hacía las veces de chófer, y dos camareras se ocupaban del servicio. A la hora del postre se había hablado de todo, aunque Félix volvió a ser el centro de atención. Lo obligaron a repetir otra vez su historia y, por más que la oyeran, siempre salían nuevos matices que originaban mil preguntas: ¿qué se sentía allá arriba cuando se entraba en combate? ¿Por qué todos los pilotos llevaban un pañuelo anudado al cuello? ¿Allí arriba hacía mucho frío? Y finalmente: ¿qué sensación se experimentaba al saltar al vacío en paracaídas? Carlitos tenía los ojos como platos. Higinio estaba admirado, y fue el remate cuando Lucie le explicó, no sin una brizna de orgullo, la última hazaña de su hijo, que no era otra que el viaje que había realizado desde París en el biplano Breguet hasta el aeródromo del Prat para llevarle unos *éclairs* de Fauchon. Esa última «travesura» fue origen de nuevas preguntas, y esta vez fue Víctor, el cuñado de Higinio, quien las formuló: ¿cuánto había tardado? ¿Dónde había reposado? ¿Qué tipo de avión había pilotado? Así las cosas, el postre se alargó una hora.

—María Antonia, ¿de dónde has sacado esta coca? ¡Está buenísima!

—Es típica de Llavaneres, el pueblo de al lado. Los guisantes que habéis comido de primer plato también son de allí.

Félix intervino:

—¡No me dirás que las langostas, por cierto exquisitas, también son de la montaña...!

—No, son de la cofradía de pescadores de Arenys de Mar.

—¿Qué os parece si pasamos al porche a tomar una copa? —apuntó María Antonia.

—Nos parece estupendo, esposa mía.

Poco después estaba el grupo cómodamente instalado en el porche exterior, en los muebles de mimbre alrededor de la gran mesa de timón de barco, con los cafés y las copas servidos. Herminia y Nico se hallaban sentados en un banco-columpio naranja debajo de un toldillo del mismo color rematado por un fleco blanco.

El rumor de las olas rompiendo en la playa y el eco de las conversaciones de la gente que pasaba junto a la verja era el fondo musical de la reunión, y las luces de las barcas que pescaban el calamar constituían el gran ciclorama de aquel escenario único.

José, tomando una cucharilla, golpeó ligeramente su copa de coñac para reclamar la atención de todos. Cuando las conversaciones se hubieron apagado, se puso en pie.

—Queridos amigos, hoy nos hemos reunido aquí con un fin que creo que colma de alegría a estas dos familias. —Se volvió hacia Higinio y hacia María Antonia—. Lucie y yo tenemos el honor de pedir la mano de vuestra hija Herminia para nuestro hijo Nico. —Un aplauso entusiasta subrayó sus palabras. Luego de rogar silencio con un gesto, añadió—: Y creo que tal cosa no puede sorprender a nadie, pues hemos visto crecer el amor de estos chicos desde que tenían diez años.

En aquel instante todos se habían puestos serios, José prosiguió:

—El tiempo pasa muy deprisa, los padres a veces no nos damos cuenta hasta que la circunstancia te abre los ojos y entonces eres consciente de que aquellos niños son ya hombres y mujeres... El argumento que Nico me ha dado ha sido irrefutable. Me dijo: «Padre, si España me llama para ir a la guerra de África es que me considera un hombre hecho y derecho, y si soy capaz para ello también lo soy para escoger a la mujer con quien quiero casarme». Como veis, su razonamiento es incuestionable… Éste es el gozoso motivo por el que una estupenda amistad de muchos años fusionará a dos familias en una sola. Y ahora cedo la palabra al padre de la novia.

Higinio Segura se puso en pie y, tras pedir al criado que llevara copas de champán para todos y dos botellas del más precioso caldo de sus bodegas, se dispuso a hablar.

—Queridos consuegros, es un honor para mí que pidáis para vuestro hijo Nico la mano de mi Herminia. —Entonces se dirigió a José—: Has dicho que los hijos crecen muy deprisa casi sin darnos cuenta. Gran verdad. Vosotros tenéis tres hijos, pero no sabéis lo que es para un padre que se lleven a su niña. Sin embargo, ese momento llega como todo en la vida, y entonces lo que buscas es entregarla a alguien que sabes que la protegerá y la cuidará como una flor de estufa y como has hecho tú mismo hasta ese momento. No puede ser más de mi agrado vuestro hijo Nico para mi Herminia, y desde este momento os entrego su mano. No obstante, por las circunstancias que pasa el país, me veo obligado a hacer una reflexión. —Entonces miró hacia el banco-columpio donde estaban sentados Nico y Herminia—. Sois muy jóvenes y tenéis toda la vida por delante. Dentro de un tiempo, tú, Nico, te irás a África… Nos gustaría mucho a María Antonia y a mí que la boda de nuestra única hija tuviera la preparación y el boato que merece un acontecimiento tan importante para nosotros. Hay muchas cosas que preparar para un enlace de esta categoría, en el que por mi parte tendré que cumplir por lo menos con trescientos o cuatrocientos invitados… Para día tan señalado, me consta que el traje de Herminia será motivo de mil dudas, luego está el banquete, el viaje de novios… Todo son un sinfín de decisiones que requieren su tiempo. Sé que los jóvenes tienen mucha prisa, que son los años y las canas los que dan la pausa y la templanza. Amigos míos, desde este instante la mano de Herminia es de vuestro hijo, pero, por favor, dadnos ese tiempo para preparar el acontecimiento como se merece. Espero de todo corazón, José, que tal como el rey te ha sugerido, la estancia de Nico en África sea lo más breve posible y que el pensamiento de mi hija, que estará esperándolo en Barcelona, le haga ese tiempo más soportable.

El criado había llenado las copas de champán, e Higinio levantó la suya e invitó a todos:

—¡Levanto mi copa por esta maravillosa pareja y por el futuro de nuestras familias!

Todos se pusieron en pie y alzaron sus copas.

Félix alzó la suya mirando a la parejita y brindó:

—¡Por mi primer sobrino! Del que me gustaría ser el padrino.

Herminia se puso roja como la grana.

Bebieron y, al finalizar, Nico pidió la palabra.

—Queridos suegros —comenzó su discurso—, mi más ferviente deseo en este mundo desde que tengo uso de razón es casarme con Herminia. Pero entiendo su postura como padre, Higinio, y la respeto... Ir a África es una prueba que espero pasar tan brillantemente como mi hermano Félix pasó la suya. La infantería española no tiene la aureola de los aviadores, pero cumpliré con mi deber y le demostraré que deja usted a su hija en buenas manos.

Todos se disponían a aplaudir cuando un extraño silencio acogió el aleteo zigzagueante de un murciélago que atravesó el porche como el anuncio de un mal augurio.

La voz de Félix, jocosa y oportuna, resolvió el momento de tensión.

—Creo, Nico, que deberías, con el permiso de Higinio y de María Antonia, besar a la novia. Y luego, con el tuyo, lo haré yo.

—Eres incorregible, Félix —apuntó Lucie, quien, tras una pausa, se dirigió a Herminia—: Y tú, mi niña, que eres la reina de la fiesta y la que ha de aceptar a mi hijo y darme unos nietos preciosos, ¿qué dices?

Herminia se puso en pie, y con un aplomo que nadie habría sospechado, habló:

—He querido a Nico desde que tengo uso de razón y lo esperaré el tiempo que haga falta porque para mí todo empieza y acaba en él.

Entonces, como asombrada de su osadía, se cubrió la cara con las manos y se sentó de nuevo para refugiarse en el hombro de Nico.

Cuando el grupo daba ya por terminados los discursos y se disponían a felicitar a la pareja, José reclamó silencio golpeando otra vez la copa con la cucharilla. Todos volvieron a sentarse.

—Como es lógico, mi familia quería solemnizar este momento. Y como al fin y al cabo la idea fue suya, cedo la palabra a mi mujer.

Lucie, en tanto rebuscaba en su bolso, comenzó a hablar:

—Quiero deciros que esto es una sorpresa para todos... Mi hijo Nico nada sabe. Sólo José está en el secreto.

A la vez que decía estas palabras aparecía en su mano un pequeño paquete envuelto en papel de seda.

—Herminia, éste es nuestro regalo para sellar vuestro compromiso... Acércate.

La muchacha se puso en pie y se llegó hasta donde estaba Lucie. Ésta le entregó el paquete.

A la vez que la muchacha retiraba el envoltorio, Lucie se dirigió a María Antonia:

—¿Recuerdas aquella noche en San Sebastián que al día siguiente fuimos al *Hispania* a la regata del rey?

Herminia había retirado el papel y en sus manos tenía un estuche de terciopelo negro. Miró a Lucie como pidiéndole permiso.

—¡Ábrelo!

La chica, como si dentro de la cajita hubiera un grillo que pudiera escaparse, apretó el botón que liberaba el resorte y abrió un poco la tapa con mucho cuidado.

—¡No puede ser!

La voz de María Antonia resonó al otro lado de la mesa.

—Pero, hija, ¡déjanoslo ver a todos!

Herminia se volvió hacia ellos y, abriendo la tapa, les mostró el estuche.

En su cama de terciopelo negro e iluminados por la luz del porche, dos imponentes rubíes rodeados de brillantes dejaban escapar una miríada de reflejos.

—¡Pero ¿esto qué es?! —exclamó Higinio.

—El testimonio del compromiso que Nico ha adquirido esta noche —aclaró José.

Herminia se había acercado a su madre y ésta tenía los rubíes en la mano.

—¿Recuerdas, María Antonia, lo que dije en aquella ocasión?

El estuche iba pasando de mano en mano y los comentarios acerca de la belleza y la categoría de las joyas eran unánimes.

—Como si fuera hoy mismo… Pero lo tomé como un halago referido a la belleza de mi hija.

—Pues para mí fue como un presentimiento, y conste que su valor no es el material sino el que yo le di, ya que para mí era el recuerdo de una fecha muy importante.

Herminia, que había recuperado el estuche, dio un beso a José y un abrazo inmenso a Lucie.

—Son las joyas más bonitas que he visto en mi vida.

—¡Pero póntelos!

—Póngamelos usted, que no tengo espejo aquí.

Lucie colocó los pendientes en las orejas de la muchacha.

—¡Estás impresionante! Date la vuelta, que te vean todos.

Realmente la muchacha estaba deslumbrante.

Higinio, que se había retirado discretamente, compareció de nuevo.

—¡Menos mal que soy previsor! No pensaba que fuera la pedida oficial... Acércate, Nico.

El muchacho se llegó hasta él.

—Espero que te guste. Lo escogieron María Antonia y Herminia...

Y con estas palabras entregó a su vez un estuche cuadrado mucho más grande a Nico.

—Ya sé que en África no te hará ningún servicio. Es para cuando vuelvas.

Nico abrió la caja... Un hermoso Vacheron-Constantin de oro con su correspondiente leontina lucía en su lecho de terciopelo blanco.

—Tiene dos tapas. Ábrelas.

Nico procedió. La primera, trabajada con dibujos de orfebre, cubría la segunda, y en ésta se veía el perfil de Herminia con una frase que orlaba todo el derredor: «Desde siempre y para siempre, tuya. Herminia».

—Y hay algo más que José y yo deseamos comunicaros a todos —dijo Lucie—. Hace ya años que celebramos una fiesta para anunciar nuestra boda religiosa, pero la guerra nos obligó a aplazarla. La verdad es que esta petición de mano ha hecho renacer en nosotros las ganas de un enlace...

José se acercó a ella, sonriente. Quería ser él quien hiciera el anuncio oficial.

—Así que nos casaremos en Madrid antes de que los gemelos partan hacia África, seguramente después del verano.

Sonaban las dos de la madrugada en el campanario de la torre de la iglesia de la villa vieja, y Nico daba vueltas en la cama sin poder dormir. La noche había tenido demasiadas emociones. Comprobó si el fósforo de las agujas de su reloj de la mesilla de noche coincidía con las campanadas. El viento moviendo la ropa tendida en los alambres de la terraza de su cuarto proporcionaba un baile de luces y sombras. Súbitamente, el ruido sutil de unos pies descalzos puso en alerta sus sentidos y unos ligeros golpes en los cristales lo convencieron de que aquello no era un sueño.

Nico saltó de la cama y se dispuso a abrir la acristalada puerta.

Ante su más absoluto asombro, cubierta únicamente con un camisón de encaje, vio delante de él a Herminia iluminada por la lechosa luz de la luna.

Nico se quedó sin habla. La chica se introdujo en el cuarto y cerró tras ella los postigones.

—¡¿Estás loca, Herminia?!

Su voz era un susurro.

—Estoy loca por ti y entiendo a mi padre. Pero vas a irte a la guerra y yo quiero vivir del recuerdo de esta noche... ¡Ven! —Y tomándolo de la mano lo llevó hasta la cama.

Nico estaba hipnotizado. La muchacha se quitó lentamente el camisón y retirando la sábana se acostó. Nico, en un rápido movimiento, se deshizo de su pijama y se acostó a su lado. De inmediato su mente se retrotrajo a la noche de la gruta y supo que el recuerdo de aquel día presidiría el último instante de su vida. Sus manos hambrientas comenzaron a recorrer los vericuetos de aquel cuerpo tan amado. Herminia gemía, sus pequeños pechos respondían orgullosos a las caricias de Nico. Así pasó media hora.

—¡¿Puedes venir?! —La voz de Herminia sonó en los oídos de Nico como un acorde de arpa.

Nico buscó su centro y recorrió por primera vez aquel camino carne adentro. Luego el río de la vida se desbordó.

111

La boda

El diálogo entre doña Rita Muruzábal y fray Gerundio Azpíroz se llevaba a cabo en el refectorio de la iglesia de San Fermín de los Navarros, del que doña Rita era gran devota.

—Si no recuerdo mal, me dijo usted que su nuera profesaba la religión católica.

—Exacto, pero también le dije que no era practicante... Resumiendo: Lucie está bautizada, pero es francesa y divorciada. Eso indica más o menos su nivel religioso.

—Entonces, hasta ahora ha vivido en pecado.

El genio de doña Rita salió a relucir.

—¡Me lo dice a mí! ¡Por Dios, fray Gerundio! ¿Por qué cree que he venido? Si fuera por ella y si viviera en París, creo yo que ni se le hubiera pasado por las mientes la boda católica. Pero aquí, en Madrid, esas cosas pesan mucho.

El fraile se rascó ligeramente su tonsurada cabeza.

—Si hemos de hacer bien las cosas, tendría que realizar un cursillo prematrimonial para recordar ciertas normas del cristianismo y confesarse.

—Ya se lo insinué, pero ¿sabe lo que me dijo? Que en las bodas el ministro del Señor es un mero testigo, que la responsabilidad corresponde a los contrayentes y que, de contar las miserias de su vida a un hombre, ¡ni hablar!

—En lo primero lleva razón. Por lo que se ve no está mal informada.

—No he dicho yo que fuera tonta. Su carácter, la boda con mi hijo, los viajes y París le han dado una experiencia de la que muchas mujeres adolecen, y su peripecia vital ha hecho de ella una mujer de mundo... No creo que se avenga a acudir aquí a recibir clases de catecismo y mucho menos a confesarse.

—Pues se nos presenta un problema... Como usted comprenderá, doña Rita, yo no puedo saltarme ciertas normas.

—¡No me venga con prejuicios del tiempo de la Inquisición! Fray Gerundio, ni usted ni yo sabemos el nivel de catecismo de mi nuera, y tal vez unas meras charlas en mi casa en un par de comidas, ya sabe usted que en mi casa se come muy bien, y puede que una ayuda a la Iglesia que traduciríamos en una generosa limosna para la bolsa de los pobres, ayudara a facilitar las cosas.

El fraile porfió.

—¿Su nuera está confirmada?

—Obviamente no se lo he preguntado.

—Debe aportar el documento, así como también el certificado de deceso de su primer marido si éste murió o su certificado de divorcio caso que se hubiera casado por lo civil.

La paciencia de doña Rita se agotaba.

—Si está muerto, poco importa cómo se casara Lucie con él. Y además tengo entendido que la Iglesia no da validez al matrimonio civil, por tanto ¡¿para qué quiere un certificado de divorcio?!

El fraile meditó unos instantes.

—¿Y lo de la confesión?

—Cuando usted da la comunión ignora si los que acuden a ella están en pecado mortal, ¿no? Pues hágase cargo de que tal es el caso de mi nuera.

—Pero sabiéndolo no puedo hacerme cómplice de sacrilegio.

—A ver, fray Gerundio, si no recuerdo mal, para pecar mortalmente hace falta un consentimiento deliberado para ofender a Dios... Yo puedo asegurarle que mi nuera no ha hecho cosa alguna con esa intención.

El fraile pareció dudar, pero guardó su posición.

—No me parece mal, doña Rita, pero si no tiene el nivel requerido, o le doy unas clases a domicilio y examino su conciencia, o desde luego tendrá que buscarse usted otra iglesia. A mi edad no estoy dispuesto a presidir una pantomima.

La condesa de Urbina se puso en pie.

—Lo espero el martes. Ya verá, fray Gerundio, como todo se arregla.

El clérigo hizo lo propio.

—Pondré en ello toda mi paciencia y el deseo de complacerla, como siempre.

—Sea. Insisto: lo espero el martes...

—Permítame consultar mi agenda.

El religioso buscó en su hondo bolsillo y de él extrajo una librerita con tapas de hule. Luego de consultarla brevemente, asintió.

—¿A qué hora quiere que esté en su casa?

—Las doce y media sería una buena hora. De esta manera tendremos tiempo durante el aperitivo, la comida y el café de mantener una buena charla.

A la vez el fraile y la condesa, hijos de la rutina, alzaron el dorso de su mano derecha para que el otro la besara, y viendo ambos que su costumbre los había llevado a representar su habitual papel, y con una sonrisa cómplice en los labios, se dieron la mano afectuosamente. Tras aguardar el fraile en la cancela de la portería a que la dama alcanzara la portezuela abierta de su coche le dedicó un gesto amigable con la mano y se retiró a su habitación, pensando en cómo compatibilizar las normas de su sagrado ministerio con la conveniencia de recibir para sus pobres una generosa limosna que habría de remediar mucha miseria.

José y Lucie habían decidido celebrar su boda religiosa en octubre de 1920, año muy significado para ellos.

Diversas circunstancias habían marcado la conveniencia del acontecimiento.

En primer lugar, Madrid no era París, y a su estatus convenía que estuvieran casados por la Iglesia, pues en la morigerada capital de España de entonces esas cosas todavía se miraban con recelo. Y en segundo lugar, Lucie sentía en su interior la necesidad de celebrar el enlace con todos sus hijos: Félix había regresado de la matanza de la Gran Guerra que había asolado a media Europa y los gemelos iban a partir para el conflicto de África. Tal vez no volvieran a estar todos juntos hasta al cabo de muchos meses...

A ella la habían cristianado en la iglesia de Saint Germain des Prés, si bien había recibido por parte de su madre, viuda, una religión laxa que la llevaba a acudir a la iglesia cuando quería hablar con Dios pero sin seguir una norma fija, por lo que tomaba la ceremonia religiosa como un acto religioso-social, cuya primera parte se desarrollaría en la iglesia de San Fermín de los Navarros, inaugurada el 6 de julio de 1890 con la asistencia de la infanta Isabel, y la segunda, en el hotel Ritz, construido a instancias de don Alfonso XIII. El Ritz era el hotel más lujoso de Madrid: sus alfombras se tejieron en la Real Fábrica de Tapices de Santa Bárbara; el mobiliario, los espejos, la vajilla de Limoges y la cubertería, una de mil quinientas piezas de plata inglesa y otra de seiscientas de oro puro, todo de primerísima calidad, se importaron del extranjero. Se inauguró el 2 de octubre de 1910, y pronto se convirtió en uno de los referentes de la vida social y cultural de la capital de España. Especialmente famosas se hicieron las tardes del Ritz, donde se bailaban los bailes de moda de Europa, el foxtrot en particular, y a la vez se servía chocolate caliente en jícaras que hacía las delicias de los madrileños de las clases altas.

El padre Gerundio Azpíroz había acudido en dos ocasiones a casa de los marqueses de Urbina, en Diego de León. La comida, que preparó doña Rita sabiendo que el clérigo tenía buen diente, fue opípara, y ella misma se ocupó de que Lucie se quedara a solas con él a la hora del café y hasta las cinco de la tarde, teniendo que arrastrar a don Eloy, que no estaba al corriente de la componenda y se extrañó de la actitud de su esposa.

La conclusión del clérigo fue que Lucie era una cristiana nata a quien Dios había implantado en su corazón una religión natural, quizá más amplia que la oficial pero no por ello menos valiosa, y que por lo tanto no tendría inconveniente en presidir la ceremonia.

Salvada esa dificultad, cada uno se dedicó a su cometido. José se ocupó de seleccionar, de entre sus amigos y conocidos, a los más allegados y, pese a que Lucie no quería una boda multitudinaria, de cualquier manera los invitados iban a ser más de trescientos, ya que hubo que convocar a amigos de París, de Venezuela, de Barcelona, de San Sebastián y de Madrid. Del menú se ocupó Lucie, aconsejada por doña Rita, pues la futura suegra, además de preocuparse de todo lo relativo a la iglesia y a su ornato, metió baza en lo relativo al banquete. El traje de novia fue encargado a las Marinette, que estaban totalmente al día de la moda de París. La única condición que puso la novia fue que no quería un traje blanco. Optó, pues, por un camisero de lino crudo con caída hasta el tobillo, manga tres cuartos, doble puño con gemelos de perlas, cuello redondo y un fajín rosa palo en la cintura. Los zapatos serían del mismo tono, y luciría un tocado de tul adornado con una flor silvestre del mismo color que el ancho cinturón.

Lucie sabía que en día tan señalado iba a tener una única espina clavada: aquella maldita bomba que había lanzado la Grosse Bertha en los estertores de la guerra y que había caído en la iglesia de Saint

Gervais et Saint Protais matando a noventa personas, entre ellas a quien había sido para ella como una hermana, Suzette... Su querida amiga no estaría presente en uno de los días más felices de su vida. Quien sí acudiría era Pierre, su viudo, acompañando a la madre de Lucie, Monique. Entre los invitados estaban Herminia y sus padres, Higinio y María Antonia; los Fresneda y su hijo Paco, que, como los gemelos, obtuvo permiso campamentario para acudir a la boda; Perico Torrente y Gloria; el conde de Romanones en representación de la casa real; el banquero Melquíades Calviño, Roger Rigoulot, el piloto amigo de Félix; Pompeya Muruzábal con su marido e hijos; Catherine Dorniel, baronesa Mayendorff, además de una nutrida representación de la familia de Venezuela, así como los componentes de la embajada de Francia en Madrid.

Nico y Pablo tuvieron problemas, pues estaban en plena instrucción en el campamento de Carabanchel con toda la compañía de reclutas que muy pronto partiría hacia África y, siendo el tiempo tan escaso y tantas las cosas que debían aprender, los mandos eran muy reacios y estrictos en cuanto a los permisos de salida. José tuvo que emplear su influencia para que permitieran a los gemelos faltar a la lista de retreta durante tres noches.

Pablo había encajado con muy mal espíritu aquella guerra que lo apartaría de Madrid durante no sabía cuánto tiempo, y una bronca con un compañero todavía complicó más las cosas dado que el permiso solicitado lo pilló en la tienda de prevención cumpliendo un arresto. En las noches de los fuegos del campamento, cuando aquella inconsciente juventud reía y cantaba al compás de los acordes de una guitarra ignorando el amargo destino que la aguardaba, Pablo se quedaba en su tienda sin comunicarse con nadie. A una semana del permiso, un compañero que buscaba algo en su petate cogió el farol de acetileno que iluminaba la tienda e interrumpió durante un momento la lectura de Pablo, éste armó una bronca fenomenal y, porque el otro se rebotó, tomó la bayoneta que estaba sobre la maleta que le hacía de cabezal y, sacándola de la funda de cuero, lo amenazó de muerte. Ése había sido el motivo de su arresto. Su hermano Nico, por el contrario, era feliz: pasarías tres días con Herminia, y esa circunstancia, aunque no podía decirlo, lo ilusionaba más que la boda de sus padres.

El día amaneció esplendoroso, y el rubicundo Helios lucía de un modo más propio del verano que de aquel octubre. José entró estallante de alegría del brazo de su madre, doña Rita, que vestía un modelo largo hasta los pies de discreto color violáceo con un escote rematado con un bonito encaje cerrado por un gran broche de brillantes, y sobre la cabeza llevaba una mantilla azul marino que siempre perteneció a su familia, y lo hizo saludando a uno y otro lado con el gesto triunfante del general que ha ganado una batalla. Lucie vestía el magnífico traje que le habían confeccionado las Marinette, cubría su cabeza un gracioso casquete de un tono apenas más oscuro que el vestido y llevaba en su mano derecha un pequeño y redondeado ramo de flores hecho de jazmines y siemprevivas. Ella entró del brazo de su hijo Félix, impecable en su nuevo chaqué, cojeando ligeramente apoyado en un elegante bastón con la empuñadura de plata. Lucie había pasado su última noche de «soltera» en su casa de Velázquez acompañada de su madre y de Gloria, quien ocupaba el lugar que le habría correspondido a Suzette. José había dormido en casa de sus padres a instancias de doña Rita, que alegó que el novio no debía ver a la novia hasta que ésta entrara en la iglesia. Cuando los acordes de la «Marcha nupcial» de Mendelssohn sonaron en el órgano de tubos y Lucie entró por la historiada puerta de la iglesia de San Fermín de los Navarros, José, desde el altar, no pudo menos que emocionarse. Aquella muchacha parisina que despertó en él de nuevo el amor, cuando había creído que ya ese sentimiento le estaba vetado, y que había traído al mundo a tres hijos, ya hombres, seguía hermosa, delgada y sonriente como si tuviera veinte años y ésa fuera realmente su primera boda. Llegó hasta el altar, Félix se retiró y José la hizo pasar por delante de él para que ocupara el asiento de la derecha al tiempo que él se situaba a la izquierda, ambos frente a los reclinatorios.

Cesó la música, y entre un murmullo de comentarios los asistentes fueron sentándose. Al cabo de unos segundos fray Gerundio Azpíroz, precedido por tres monaguillos, salió por la puerta de la sacristía que estaba detrás del altar y, ocupando su sitio, dio comienzo a la ceremonia.

Nico estaba exultante, ubicado en el segundo banco junto a Herminia, dando así oficialidad a su noviazgo. Pablo, si bien tenía el lugar reservado junto a ellos, se había colocado en el extremo del primer banco al lado de su abuelo Eloy, que era la persona de su familia que desde siempre mejor lo había comprendido. Tras la homilía que hizo fray Gerundio luciendo una sorna navarra que hizo sonreír a los asistentes, llegó el momento emocionante del «sí quiero». La música se detuvo y un silencio expectante se hizo entre el auditorio para oír la palabra de los novios y presenciar la ceremonia de los anillos, que debían entregar Nico y Pablo, si bien, al poner este último inconvenientes, el encargado de acompañar a Nico en tal misión acabó siendo Félix. Después sonó el «Adagio de Albinoni», la celebración siguió hasta el final y los novios, ya marido y mujer ante la iglesia Católica, salieron de San Fermín de los Navarros al compás del «Aleluya» de Haendel. Los invitados abandonaron el templo, los coches fueron pasando frente a la iglesia y la elegante comitiva se dirigió a la explanada que se abría frente al hotel Ritz.

El lujoso establecimiento vestía sus mejores galas. Aquella boda era un acontecimiento más de los que iban a desarrollarse aquel día. El comandante de Infantería José Millán-Astray, que acababa de fundar el Tercio de Extranjeros, iba a dar una conferencia cuya presentación corría a cargo del general Joaquín Milans del Bosch, hasta hacía poco capitán general de Cataluña, y en otro salón iba a homenajearse al genial pianista y compositor Manuel de Falla, que venía expresamente de Granada para el evento.

El salón del banquete estaba profusamente adornado. El centro de la alargada mesa de presidencia lo ocuparon José y Lucie, ya marido y mujer, y se sentaron junto a ellos madame Monique, al lado de José, y don Eloy, al lado de Lucie, y a continuación los invitados de más categoría y compromiso. Las mesas de los demás eran redondas, y cada una alojaba a diez comensales. En el centro de cada una de ellas había una flor diferente que, dibujada también en el panel de entrada, marcaba el número de la mesa y los nombres de los ocupantes. Sobre cada una de las servilletas de hilo de Holanda había una cartulina doblada de color marfil que anunciaba el menú:

Consomé doble de buey con caviar de sevruga iraní
Medallones de langosta *parisienne* al aroma de tartufo y
patatas violetas
Sorbete de piña al Armagnac
Carré de cordero de *pré-salé* con verduritas de temporada
y humo de tomillo limonero
Chalota *soufflé* al estilo moscovita sobre *coulis* de frutos del bosque
Tarta nupcial
Vinos Vega Sicilia reserva de 1912
Châteauneuf-du-Pape 1918
Champagne gran reserva de Veuve Clicquot

Herminia y Nico estaban con Paco Fresneda y su pareja, una muchacha de la alta sociedad de Madrid, en la mesa del Crisantemo, en la que también en un principio estaba Pablo. Sin embargo, éste, al ver que el lugar y la compañía no le cuadraban tomó el cartoncillo con su nombre y, después de examinar las demás mesas, se colocó al lado de una muchacha que conocía de sus veranos en Aranjuez y puso a su acompañante en la mesa de su hermano.

El banquete transcurrió sin novedad. Al finalizar, y luego de que los novios procedieran con un sable a hacer el primer corte del pastel, José se hizo traer una campanilla y convocó el silencio de los presentes con ella. Después se puso en pie y sin ningún reparo explicó la historia de su noviazgo, bendiciendo a Dios por haber llevado a su vida a esa mujer maravillosa que lo había sacado de su amarga viudedad. Tras un sonoro silencio, los invitados, que casi todos conocían su desgraciada historia, se arrancaron en un caluroso aplauso que duró varios minutos. Lucie, roja de emoción como una colegiala, se encontró de pie al lado de su marido saludando con la mano a todos los presentes. Luego vinieron otros discursos de amigos que quisieron dar sus parabienes a los recién casados, y finalmente los comensales intercambiaron sus sitios para charlar con los de otras mesas mientras los camareros servían el café, las copas y los puros, y la orquesta se preparaba para a atacar los primeros compases del baile.

Nico tenía un plan para cuando sus padres hubieran partido hacia su breve viaje. A la entrada del hotel, en dos paneles de terciopelo negro, se anunciaban en letras doradas las visitas que salían del *hall* cada media hora con un guía al frente y en grupos de treinta personas. El gran atractivo para captar al público era la habitación 612, en la que se había alojado la famosa doble espía holandesa Margaretha Geertruida Zelle, más conocida por el nombre artístico de Mata Hari, que cautivó Europa con sus eróticos bailes orientales y que fue fusilada por los franceses en 1917 durante la Gran Guerra.

Cuando todavía no había comenzado el banquete, Nico se dirigió al mostrador de los conserjes y pidió una habitación de matrimonio alegando que era uno de los invitados a la boda y que su esposa y su madre querían cambiarse de ropa después del banquete. Lógicamente no se puso ningún inconveniente, y Nico, tras pagar la habitación, a la que tenía derecho hasta el día siguiente, y comprobar el número y el piso, se guardó la llave en el bolsillo de los pantalones. Acto seguido se apuntó en la visita guiada de las seis de la tarde y se dirigió al salón del banquete.

El baile estaba en todo su esplendor. La orquesta atacaba los ritmos de moda en Europa, y parejas jóvenes y no tan jóvenes pugnaban por ocupar un lugar en la pista. Nico se acercó por detrás a Herminia y, tomándola por los hombros, le habló al oído.

—Tengo una sorpresa para ti.

Herminia se volvió, curiosa.

—Nico, que te conozco… ¿Qué locura has hecho?

—Mejor di que voy a hacer.

Herminia lo observó interrogante.

—Cuando se vayan mis padres, que será sobre las cinco y media, nos iremos a hacer la visita guiada del hotel. Creo que hay tanto que ver que dura casi dos horas.

Herminia saltó gozosa.

—¡Me hace muchísima ilusión! Todo es tan impresionante…

Nico añadió:

—Y dentro de la sorpresa hay otra sorpresa.

—¡Dímela, Nico!

—No, ya lo verás… Si no, no sería una sorpresa.

Llegó la hora, y Lucie y José, luego de despedirse de sus íntimos, se retiraron discretamente como era costumbre y partieron en su breve viaje de novios por las rías de Galicia, pues Lucie no las conocía.

—Vamos, Herminia.

—¿Aviso a mis padres?

—Mejor no… Ya se lo explicarás a la vuelta. En todo caso, Paco ya lo sabe.

En medio del barullo y de la música, esquivando a unos y a otros, Nico tomó a Herminia de la mano y, saliendo del salón, se dirigieron al *hall* del hotel. Allí estaba congregándose el grupo de las seis, al frente del cual se encontraba un criado elegantemente uniformado con un pequeño megáfono en una mano y una lista en la otra.

Tras contar las treinta personas que le correspondían, partió el hombre con el ademán de un capitán general con mando en plaza conduciendo la pequeña tropa a través de las estancias del hotel. Alzó el megáfono y, vuelto hacia a su grupo, anunció:

—Van ustedes a visitar los compartimentos de este trasatlántico, mejor dicho, parte de ellos, ya que de ser todos dentro de tres días todavía estaríamos de visita. Comenzaremos por las tripas: los compartimentos que hacen funcionar toda la maquinaria. Empezaremos por los sótanos, las lavanderías, las bodegas, la sección de planchado y el resto de los compartimentos, y luego iremos subiendo piso por piso hasta llegar a la joya de la corona en cuanto a curiosidad se refiere, que no es otra que la habitación 612, en la que se alojó durante su visita a Madrid la famosa bailarina Mata Hari, fusilada por espía por los franceses en 1917... Trágico final para tan hermosa mujer.

El grupo, siguiendo a su guía, fue desplazándose a través de todas las dependencias; para ir de piso a piso, cogían los ascensores, y el primer grupo esperaba al segundo. Habían ya sobrepasado la suite real y los ojos de Herminia lo observaban todo con curiosidad desmedida.

—¡Qué sorpresa, Nico! Jamás habría imaginado que algo así existiera.

—Ésta no es la sorpresa.

—Entonces ¿cuál es?

—Enseguida la verás.

Partió el grupo hacia el tercer piso, y Nico procuró quedarse el último con Herminia. Cuando pasaban frente a la habitación 202 aguardó a que los demás doblaran la esquina y tirando a Herminia de la mano la condujo hasta la puerta. Rápidamente se sacó del bolsillo la llave y con un rápido movimiento abrió. Herminia lo seguía transida de emoción. Nico cerró la puerta tras ellos.

—¡Estás loco!

Nico se puso serio.

—Tienes razón, estoy loco por ti... Y voy a irme a la guerra. Mi pensamiento está anclado en la noche de Caldetes, y quiero irme a África con un recuerdo igual.

—Pero nos buscarán...

—Paco ya lo sabe, como te he dicho, y explicará a tus padres que nos hemos apuntado a esta visita guiada, que dura dos horas. A las ocho estaremos de nuevo en la fiesta. Tenemos dos horas para amarnos, Herminia. Después, si me matan en África, mi vida habrá valido la pena.

—¡No digas eso ni en broma!

Nico avanzó un paso en dirección a ella, la atrajo hacia él y comenzó a besar aquellos labios tan soñados en las noches del campamento. Se desnudaron... La inmensa cama acogió sus hambrientos cuerpos, y Nico se ocupó de fijar en su mente todos los detalles de aquel instante. Aquello iba a alimentar su espíritu, sin que entonces lo sospechara, en las noches amargas que lo esperaban.

Cuando todo acabó, Herminia lloraba.

—¿Por qué lloras? ¡Si es lo más hermoso que nos ha pasado en la vida!

—Lloro de felicidad, Nico.

Herminia se volvió hacia él de repente y lo abrazó de nuevo con desesperación.

—Si te pasa algo, me mataré.

—Esa bala aún no se ha fabricado.

Unos golpes sonaron en la puerta.

—¿Quién es?

—Soy yo, Paco… Los padres de Herminia están buscándola.

—Entretenlos un instante, que bajamos enseguida.

112

Gemelos en África

El vapor *Capitán Segarra*, de 4.700 toneladas de desplazamiento, 85 metros de eslora, 11 de manga y tres puentes corridos, echaba el hierro en la rada del puerto de Melilla. Durante la travesía, el mar estuvo revuelto y en el paso del estrecho desde Algeciras muchos de los que habían embarcado alegremente estaban arrumbados en los rincones en un estado lamentable mientras el olor a vómito y a heces invadía la pituitaria de los que todavía permanecían en pie.

El capitán, don Jesús María de Rotaeche, luego de comunicar con las autoridades portuarias, ordenaba el desembarco de la tropa que ocupaba la totalidad del buque.

Por primera vez la milicia de reemplazo que acudía a defender los intereses de la península en suelo africano se componía de un grupo heterogéneo de muchachos, ya que los más pudientes, que no habían conseguido ser relevados del servicio mediante el pago de una cuota, se veían obligados a mezclarse con los de más humilde condición, los cuales hasta aquel momento habían sido la carne de cañón que año tras año había regado con su sangre aquellos riscos.

Alfonso XIII era uno de los principales accionistas de la Compañía Española de Minas del Rif junto con los hermanos Álvaro y Rodrigo Figueroa y Torres, conde de Romanones el primero y duque de Tovar el segundo, y miembros de otras distinguidas familias como los Comillas, los García-Alix o los Güell.

La guerra, que duraba ya más de diez años, había estado motivada en su origen por la muerte a manos de rifeños de unos obreros que estaban trabajando en la construcción de un puente para un pequeño ferrocarril que debía facilitar en gran manera el transporte del mineral. La razón de que el conflicto se prolongara tanto eran las grandes capacidades del enemigo de España, el jeque Muhammad Ibn 'Abd el-Krim el-Jattabi, de la tribu de los Beni Urriaguel, líder carismático que tuvo la virtud de unir, bajo su férrea autoridad, todas las cabilas del norte de África. Había nacido en Axdir, recibió educación en Túnez y en Fez, estuvo en Salamanca perfeccionando el castellano e inclusive trabajó para la administración española en Marruecos como intérprete y como profesor de árabe, llegando a dominar francés, castellano, inglés, árabe y bereber; y, casualidades del destino, tuvo entre sus alumnos al general Manuel Fernández Silvestre, quien había de ser posteriormente su némesis.

Su odio hacia España estaba motivado por su reclusión en el penal de Cabrerizas acusado de mantener tratos con agentes turcos proclives a Alemania durante la Gran Guerra europea, ya que su esperanza de independencia se basaba en la debilidad de Francia. El 23 de diciembre de 1915, ampliando el ventanuco de su celda, Abd el-Krim logró deslizarse mediante una cuerda por el exterior del torreón, con la mala suerte de que ésta se rompió mientras se descolgaba por ella y cayó al foso, quedando malherido con una fractura abierta en la pierna que impidió su huida y que, además, le ocasionó una cojera de por vida.

Alfonso XIII nombró comandante general de Ceuta y Melilla al general Manuel Fernández Silvestre, íntimo amigo suyo nacido en Cuba y, según se decía por Madrid, compañero de francachelas del rey. El general era un hombre de complexión robusta, acorde con los inmensos bigotes que adornaban su rostro, excesivo en todas sus facetas pero de valor incuestionable, que demostraban sus más de veinte heridas en todo el cuerpo. Fernández Silvestre era un tipo fanfarrón y chulesco dedicado en cuerpo y alma a la milicia, ya que su esposa, doña Elvira Duarte y Oteiza, mujer de extraordinaria belleza, tras darle dos hijos había muerto en Melilla de forma súbita de una hemorragia cerebral que la privó del sentido, dejándolo viudo a los ocho años de matrimonio. Su contrapunto era el general Dámaso Berenguer, militar totalmente opuesto a él, con fama de hombre prudente y equilibrado, nacido asimismo en Cuba, gran jinete, compañero suyo en la academia militar si bien obtuvo en ella calificaciones muy inferiores, y, aun así, fue nombrado alto comisario de Marruecos.

La defensa del protectorado estaba principalmente confiada a los regulares, soldados marroquíes partidarios de España, mandados por el teniente coronel Morales y por oficialidad española, y formados en unidades que recibían el nombre de tabores, compuesto cada uno de ellos por cuatro compañías de Infantería, una de ametralladoras y un escuadrón de Caballería, y también por harkas, unidades de policía indígena. Ésa era la auténtica columna vertebral de la tropa que defendía los intereses de España en Marruecos, ya que los soldados de reemplazo que llegaban desde la península lo hacían mal equipados, algunos de ellos con alpargatas, manejando antiguos máuseres, reliquias de las guerras de Cuba y Filipinas, que en muchas ocasiones acababan vendidos al enemigo. Éste, por el contrario, contaba con fusiles Remington de mucho más alcance y precisión que los sublevados manejaban con gran habilidad, al punto de alcanzar un blanco a ochocientos metros calculando el abatimiento del proyectil y la deriva a causa del viento. España se había metido en un mal paso. El enemigo era valiente hasta la temeridad y defendía con ahínco aquel suelo de polvo y secarrales que más parecía una inmensa fortaleza que un territorio. Conocía al límite cada rincón, cada hoya, cada montículo y desfiladero como el bolsillo de su chilaba; era capaz de aguantar con tenacidad asombrosa una posición los días que hiciera falta, con un trozo de pan seco y casi sin agua, con tal de cobrar una pieza y, sobre todo, para aterrorizar a aquellos bisoños soldados españoles, mostraban en sus ataques, además de una ferocidad terrible, una crueldad infinita. ¿Qué cabía esperar de unas gentes que, además de defender sus tierras y su modo de vida, eran capaces de matarse entre sí hasta el último hombre por cualquier fútil motivo, como la muerte de un perro, hecho que había ocurrido con dos cabilas que no dejaron de acuchillarse hasta que únicamente quedaron viejos, mujeres y niños?

Nico, Pablo y Paco Fresneda fueron destinados al Regimiento de Infantería Ceriñola 42, que junto con los de Soria, Arapiles y Alcántara formaban el grueso de la tropa expedicionaria.

El campamento se instaló a la salida de Melilla, en el camino de Nador junto a la Mar Chica, desde donde se divisaba a lo lejos el monte Gurugú. El comandante del regimiento era don Julio Benítez y Benítez, un malagueño natural de El Burgo, hombre meticuloso y carismático enamorado de su profesión. El mando de su compañía correspondía al teniente Ricardo Soria de la Encina, irónico y socarrón que, pese a ser llano y condescendiente con la tropa, no toleraba faltas de disciplina.

Las cónicas tiendas de campaña, capaces para dieciocho hombres, se montaron, luego de retirar una montaña de guijarros, en un espacio de dos hectáreas limitado por una cerca de piedras pintadas con cal. El calor era espantoso. A mediodía el sol no caía, se tiraba de pleno y era imposible entrar en las tiendas, pese a tener los vientos levantados, porque la lona abrasaba.

La instrucción en campo abierto iba a durar treinta días, para completar la recibida en Madrid. Por la mañana acudían al campo de tiro con máuseres —diez cartuchos por hombre—; luego practicaban con bombas de mano, y sobre todo corrían y corrían, como cabras montesas, por aquellos riscos en pelotones acolados o sucesivos, en avanzadilla o guardando el grueso de la compañía por los bordes de un pequeño desfiladero que se abría junto al campamento, y todo ello a toque de corneta para aprender a interpretar las órdenes. Al anochecer los hombres caían derrengados en las colchonetas, colocadas cada una sobre tres charnaques de madera, y lo único que se quitaban era las polainas, las alpargatas y las cartucheras, estas últimas porque se les clavaban en la baja espalda.

Un avezado comerciante malagueño instalado en Melilla, y cuñado de un comandante que sabía que entre la tropa había gente con posibles, instaló en el margen derecho del campamento, en connivencia con su pariente, una cantina a la que acudían a las horas de comer y cenar los soldados que pudiéndose pagar una comida decente se abstenían de ir a los comedores a ingerir aquel rancho que era una auténtica bazofia. Los gemelos y Paco almorzaban y cenaban allí todos los días. Había que pagar el plato por anticipado en un mostrador frente al que se aglomeraba la tropa y la elección era muy sencilla: huevos fritos con patatas o salchichas con cuscús, y de postre dátiles o queso de cabra. El agua, que era un bien escaso, tenía que llevársela cada cual en su cantimplora y el vino era un tinto de bajísima calidad que servían a granel de una gran barrica. La mecánica entre los tres era siempre la misma: uno guardaba la mesa luchando a brazo partido con los que pretendían sentarse a ella, y los otros dos iban a por los platos, contando por lo general con alguna bronca que se armaba entre los que defendían su turno fieramente y los que pretendían colarse.

Aquélla era una noche especial. «Radio macuto», que era el rumor que corría entre la gente y que casi nunca se equivocaba, anunciaba que al día siguiente el regimiento saldría para un destino desconocido. Pablo había guardado la mesa, y Nico y Paco venían ya con la comida. Este último puso frente a Pablo el plato con las salchichas, y los dos se sentaron delante de él, cada uno con su plato, y en el centro el del postre de los tres y un vaso de vino.

—Yo había pedido huevo.

—Se había acabado —respondió Paco.

—¡Qué asco de comida! No sé cómo esperan que ganemos ninguna batalla.

—Creo que tenemos cosas peores a la vista que la comida —replicó Nico.

—¡Siempre eres tan bueno…! —se burló su gemelo—. ¿Aquí también intentarás engañarlos a todos con esos aires de chico obediente?

Pablo observaba a su hermano con aquella mirada que tan bien conocía Nico.

Paco, que estaba harto del carácter destemplado de Pablo, defendió a su amigo:

—¡Eres un cretino, Pablo!

Nico se interpuso:

—Déjalo… Estamos en una guerra y no sabemos qué será de nosotros mañana. No quiero discutir por niñerías.

Comieron en silencio.

—Y hablando de mañana, ¿qué opináis de lo que dice «radio macuto»? —terció Paco.

—En la retreta nos enteraremos. Pero imagino que salimos para algún lado. Y según los comentarios, creo que iremos a Alhucemas. Por lo visto, hasta ahora los moros están dándonos para el pelo. Y es de suponer que nos han traído aquí para algo.

Pablo, que estaba comiendo unos dátiles, aportó su opinión:

—Ésta es una guerra perdida. Siempre ganan los que viven en el sitio, por dos motivos: en primer lugar, porque lo defienden, y en segundo lugar, porque los que venimos queremos irnos… Mi cara la verán asomarse poco por el parapeto.

—¡Hemos venido a defender España, hermano!

—A eso habrás venido tú… Yo tengo otros planes.

113

Embarazada

Herminia vivía en una nube. Desde la noche que descubrió el amor, su mente quedó prendida en aquel instante mágico y su vida cobró sentido. Ella había nacido para amar a Nico, lo demás era aleatorio. Recordaba palabra por palabra su última conversación telefónica antes de que el muchacho partiera para África, y desde aquel día todo se circunscribía a dos instantes: al levantarse por la mañana mandaba a su camarera que bajara a la portería para preguntar a Evaristo, el conserje, si había llegado algo para ella; y después de comer se encerraba en su dormitorio y comenzaba a escribir una carta que ni tan siquiera sabía si llegaría a su destino. «Soldado Nicolás Cervera Lacroze, Regimiento de Infantería Ceriñola, Segundo Batallón, Compañía Octava, Melilla», ésa era la dirección.

La raya de luz que se distinguía debajo de los postigos del balcón de su habitación indicó a Herminia que ya era hora de levantarse. Se sentó en la cama y con los pies descalzos tanteó el suelo buscando sus zapatillas. Ante su extrañeza, como el día anterior, todo empezó a girar a su alrededor, de modo que se vio obligada a acostarse de nuevo. Al cabo de cinco minutos lo intentó otra vez; vano empeño, pues la habitación seguía girando como un tiovivo. Alargó la mano y a tientas buscó la pera del timbre. Pulsó el botón y al cabo de un instante unos golpes discretos en la puerta la avisaron de la presencia de Marieta, la primera camarera de su casa.

—Pasa, Marieta.

Se abatió el picaporte y la muchacha entró. La chica sería apenas un año o dos mayor que Herminia y, fuera por la cercanía de edad, fuera por su carácter alegre y risueño, el caso era que entendía que, de haber sido de la misma condición, a buen seguro habrían sido amigas.

—Buenos días, señorita

Herminia, con la voz todavía preñada de sueño, le respondió:

—Hola, Marieta.

La muchacha se dirigió al balcón, apartó la tupida cortina y, después de retirar las baldas, abrió los postigos. Como de costumbre, luego se dirigió hacia el armario de Herminia, de donde sacó su bata, y regresó junto a la cama.

Tercer intento de Herminia. En esa ocasión se quedó sentada en el borde de la cama intentando controlar aquella angustiosa sensación de mareo.

La camarera intuyó algo y preguntó solícita:

—¿Le ocurre algo, señorita?

—No me siento capaz de ponerme en pie, Marieta.

La chica dejó la bata precipitadamente a los pies de la cama.

—Quédese ahí. Voy a buscar a la señora.

Partió la muchacha y Herminia volvió a recostarse. Al instante las voces de Marieta y de María Antonia sonaban en el pasillo:

—… Pues cuando ya iba a levantarse ha tenido que echarse de nuevo.

—Eso es que algo le sentó mal ayer noche. —La voz de María Antonia sonó preocupada.

Las dos mujeres entraron en la habitación. La madre acudió intranquila.

—¿Qué te ocurre, Herminia?

—No lo sé, mamá… He ido a levantarme y me ha dado un mareo.

La mujer se agachó y le dio un beso en la frente.

—Fiebre no tienes. ¿Qué cenaste ayer? Tu padre y yo cenamos en el club.

Marieta aclaró:

—No quiso primer plato… Únicamente tomó una pescadilla con ensalada y de postre una pieza de fruta.

—¡No puede ser! No comes nada y eso no es bueno. Ahora mismo voy a telefonear al doctor Cuevas para que te eche una mirada y te recete un reconstituyente.

Partió María Antonia hacia el teléfono del pasillo en tanto Marieta arreglaba un poco la cama de Herminia y ésta la interrogaba:

—¿Has bajado a por el correo?

—No tiene carta, señorita… Es que eso está muy lejos.

Herminia quedó pensativa y concluyó que la chica tenía razón. A partir de aquel día se informaría de la frecuencia del barco del correo, porque una cosa era que ella desde Barcelona echara casi cada día una carta en una boca de buzón y otra que Nico la recibiera con igual asiduidad.

El taconeo de su madre ya sonaba en el pasillo.

—Te quedas en la cama hasta que llegue Eusebio, que vendrá en cuanto acabe la visita, seguramente antes de comer. No voy a llamar a tu padre al despacho porque no tienes fiebre. ¡Y a partir de hoy vas a comer más! ¿Te has pesado últimamente?

—Sí, madre, el sábado. Peso cincuenta y dos kilos. Como últimamente.

—¡Pues es poco! ¡Ay... esa manía de la cintura de avispa y de parecer una sílfide! Esto se ha acabado. Tu hermano Carlos por mucho, porque es un saco sin fondo, y tú por poco, el caso es que yo me preocupe... ¡Señor, qué cruz son los hijos! Ya lo decía tu abuela: «Los hijos son un embarazo de nueve meses y una convalecencia de toda la vida». —Luego se dirigió a Marieta—: Tráele el desayuno, pero el que yo te digo: tostadas, mantequilla y mermelada, jamón dulce y un cruasán, café con leche y un zumo de naranja.

—¡Por Dios, mamá! A mí todo eso no me entra.

—¡Pues te va a entrar... como que me llamo María Antonia! Porque pienso quedarme aquí hasta que termines.

Antes de salir, Marieta cruzó una mirada cómplice con Herminia, que venía a decirle: «Ya sabe cómo es su madre, señorita. Mejor no discutir con ella».

Cumplido el trámite, aunque no totalmente porque Herminia volvió a tener arcadas, su madre ordenó a Marieta que cerrara los postigos de nuevo para que descansara, pues el vómito la asustó. Quedó el dormitorio en penumbra y en silencio. Únicamente se oían, lejanos, los ruidos de la calle Diputación y alguna campana dando las horas. Lo último que escuchó antes de caer en un espeso duermevela fue a Marieta en el teléfono del pasillo diciendo: «Entonces el señor no vendrá a comer». Su padre, como en tantas ocasiones, comería fuera de casa.

Las voces que se acercaban por el pasillo despejaron el ligero sueño de Herminia. Su madre venía explicando al doctor Cuevas su percance de la mañana y lo que le había ocurrido al intentar tomar el desayuno.

—Estoy muy preocupada, Eusebio. No es que Herminia haya tenido nunca el apetito de Carlos, pero es que ahora no prueba bocado.

—No te preocupes, María Antonia, que son cosas de la edad. Todas las muchachas quieren estar delgadas, es la moda que viene en las revistas de París. ¡Si vieras la cantidad de problemas que veo en mi consulta...!

—¡Esta juventud nos matará a disgustos, Eusebio!

La puerta del dormitorio se abrió y, a la luz que entraba desde el pasillo, Herminia vio a Marieta dirigiéndose a abrir los postigos y al doctor Cuevas y a su madre acercándose hasta el borde de la cama.

Eusebio Cuevas era un excelente internista, prestigiado en toda Barcelona. Tendría unos sesenta y cinco años o poco más, y era el médico de su familia desde que ella tenía uso de razón.

—Vamos a ver qué le ocurre a nuestra dama de las camelias.

—Marieta, acerca una silla al doctor.

Cuevas dejó su maletín en el suelo y tomó el pulso a Herminia en la muñeca. A continuación, pidió una cuchara.

Marieta fue a por ella y, en tanto regresaba, Eusebio Cuevas sometió a la convaleciente a un interrogatorio: ¿cuándo habían comenzado los vómitos? ¿Siempre a la misma hora? ¿En ayunas o después de haber comido algo? Luego le hizo abrir la boca y, con la cuchara que había traído Marieta, aplastándole la lengua y provisto de una pequeña linterna, le miró el fondo de la garganta. Finalmente extrajo del maletín el estetoscopio y, colocándose los auriculares en las orejas, aplicó, sobre la fina tela del camisón, primero en la espalda y luego en el pecho, el otro extremo de la goma del aparato. Al cabo, se volvió hacia María Antonia y anunció:

—Por aquí todo está bien.

—¿Entonces...?

—Entonces, María Antonia, he de hablar a solas con tu hija, que ya es una mujer y hay cosas que delante de terceros cuestan de explicar.

—¡Yo no soy «terceros», soy su madre!

—Con más motivo todavía. Confía en mí. Hablaré contigo en cuanto acabemos.

—¡Vamos, Marieta, nos echan!

María Antonia y la camarera salieron del dormitorio cerrando la puerta.

El doctor Cuevas y Herminia quedaron frente a frente.

—¿Cuándo has tenido la última regla?

Herminia se puso roja como la grana.

—Este mes será la segunda vez que se me retrasa.

—Pero ¿te vino o no te vino?

—No, Eusebio… No me vino.

—¿Te ha aumentado el volumen de los pechos?

Instintivamente Herminia se palpó.

—Creo que sí.

—¿Has tenido relaciones sexuales?

Herminia tenía los ojos llorosos, y el doctor Cuevas le palmeó la mano cariñosamente.

—Sólo dos veces…

Herminia aguardaba una regañina. No obstante, Eusebio Cuevas, que conocía a la joven desde su nacimiento y sabía de sus cualidades, se limitó a decirle:

—Estás esperando un hijo.

Herminia se tapó el rostro con las manos.

—Debió de ser muy bonito, ¿verdad, hija?

La muchacha entre hipidos, se abrazó a él.

—Aunque únicamente sea por esas dos noches, creo que mi vida ha valido la pena.

El médico y María Antonia hablaban en el recibidor. Eusebio había sido el valedor de Herminia y, conociendo el carácter de la madre, había ayudado a la muchacha en el trance de anunciarle aquella inesperada nueva.

—Lo entiendo, Eusebio, y sabes que conocemos a Nico y a su familia y que estamos encantados con ese enlace, pero en ese momento, con una guerra por delante y siendo tan jóvenes, creo que han puesto el carro delante de los bueyes… Además, ¡ya veremos cómo se lo toma Higinio! La sociedad barcelonesa es muy cerrada y, aun esperando que todo acabe bien, la niña quedará marcada. De haberlo sabido, mejor habría sido que consintiéramos una boda precipitada antes de que Nico se fuera a África.

—La cosa es como es. Y en cuanto a Higinio, si consideras que debo estar presente para echarte una mano, me lo dices… ¡Ya me gustaría que todos los dramas que tengo en la consulta al respecto de embarazos inesperados fueran como éste! —El médico consultó en su reloj de pulsera—. Se me hace tarde, María Antonia. Dispón de mí para lo que quieras.

Higinio llegó a las nueve y cuarto, y María Antonia, siguiendo el consejo del doctor Cuevas, decidió coger el toro por los cuernos.

Él se extrañó de que lo recibiera a medio pasillo en vez de esperarlo, como acostumbraba, en la salita de la chimenea.

—¿Todo bien en el despacho, Higinio?

—Como siempre. Pero la diferencia de recibir a los clientes en las cavas de Sant Sadurní a hacerlo aquí, aunque de esta manera sea más cómodo para mí, le resta empaque. A la gente, sobre todo a los extranjeros, le gusta ver las instalaciones y el proceso de la fabricación del champán. En Barcelona únicamente ven un recibidor, una sala de espera y unos despachos, todo lo lujosos que quieras, pero nada más.

La pareja iba avanzando por el pasillo.

—¿Y qué tal vosotros en casa?

La pausa que sin querer hizo María Antonia puso en guardia a su marido, al punto que se detuvo en medio del pasillo.

—¿Qué ha ocurrido?

María Antonia lo cogió de la mano y lo arrastró hasta el salón de la chimenea.

Era éste una pieza cuadrada y amplia, separada del comedor por dos columnas jónicas, a la que se accedía a través de una puerta acristalada desde el pasillo; delante había otra puerta de doble hoja que daba al dormitorio del matrimonio y frente a ella la chimenea, encuadrada entre un cajón cerrado para la leña y una librería baja a juego, conjunto éste situado entre dos columnas de madera unidas por un estante cubierto de objetos; del otro lado había un gran ventanal con una tercera librería debajo y los sillones orejeros, y entre ambos una mesa alargada con un cenicero, el teléfono y una lámpara de pie de pantalla graduable; en el centro de la estancia había otra mesa, ésta cuadrada y de mármol negro con las cuatro cortas patas en forma de garras de león, y al otro lado un gran sofá encajado en un grueso ángulo de madera barnizada de oscuro.

El matrimonio se sentó en los orejeros, María Antonia como acostumbraba, con una pierna doblada debajo de ella, e Higinio al borde del sillón con la mirada inquisitiva clavada en su mujer.

—¿Qué es lo que ha pasado? Y no me vengas con circunloquios.

—Por un lado, una inmensa alegría… Pero por el otro, sin duda un problema que habrá que resolver.

—¿Me haces el favor de ir al grano?

—Herminia va a tener un niño.

A lo primero Higinio no encajó la noticia.

—¿Qué quieres decir?

—¡Por Dios, Higinio! Lo que has oído, que nuestra hija va a ser madre.

Al momento, reacción de padre. Higinio supuso que una tremenda desgracia se había abatido sobre su familia y que cualquier animal había violado a su hija.

—¡¿Y a eso lo llamas una inmensa alegría?! ¡Mataré a ese hijo de puta, aunque sea lo último que haga en esta vida! ¿Cuándo y dónde ha sido?

—Lo llamo «una inmensa alegría» porque el padre es Nico.

La noticia pareció entrarle a Higinio en la cabeza, si bien a rastras.

—Pero cómo...

—Ella te lo contará, Higinio. Esta mañana se ha mareado y he llamado a Eusebio. Es entonces cuando me he enterado... y sospecho que ella también.

Tras un momento de silencio, la sensación de padre ofendido se hizo presente.

—Y yo que creí que ese muchacho era un caballero.

—Y es un caballero, un caballero enamorado que se iba a la guerra. Los veinte años son veinte años, Higinio, ¿o no te acuerdas ya de la cara de los dos cuando salieron de la gruta de Cestona, según me contaste, y eso que eran dos críos? ¿Y tampoco recuerdas cuando venías a verme a Camprodón de novios y nos escondíamos en las cuadras?

—¡Pero yo te respeté y no hicimos el amor hasta luego de casarnos!

—Eran otros tiempos y no había guerra. Además, excepto el amor lo hicimos todo... Hoy día la juventud va mucho más deprisa.

Higinio estaba transpirando. Luego de secarse con un pañuelo las minúsculas gotas que perlaban su frente y de pasarse el dedo índice entre el cuello de celuloide de la camisa y la piel se puso en pie.

—Voy a ver a Herminia. Quiero oír la historia de sus labios.

María Antonia hizo lo propio.

—Vamos. Creo que te habrá oído llegar y estará hecha un manojo de nervios.

—No he visto a Carlos.

—Lo han invitado los Pellicer. Es sábado, y el lunes es fiesta.

El matrimonio se dirigió al dormitorio de su hija. Herminia estaba sentada en la cama con una mesa de enfermo sobre las piernas, escribiendo una carta que, al ver a sus padres en el quicio de la puerta, cubrió con su antebrazo sin saber por qué.

Higinio se adelantó y se sentó en el borde de la cama. María Antonia quedó en pie.

La muchacha se cubrió el rostro con las manos y empezó a llorar, su padre se ablandó y, retirando la mesa que los separaba, abrazó a su hija contra su pecho.

—¡No llores, Herminia, no conduce a nada!

En aquella postura permanecieron unos instantes hasta que los hípidos de la muchacha se calmaron y pudo hablar.

—¡Lo quiero tanto, papa…!

—Pero ¡cada cosa a su tiempo, hija! Sois muy jóvenes y hay una guerra de por medio.

—Por eso mismo.

Higinio, que adoraba a su hija, le abrió una vía de escape.

—Nico debería haber esperado… Por respeto a mi techo y a las consecuencias de su acto.

—No fue él, papa. Fui yo… y precisamente porque hay una guerra de por medio.

—Pero ¡hija, y Dios no lo quiera, imagínate que ocurre lo peor!

—¡Entonces ya nada importaría! En primer lugar, porque me moriría, y en segundo, cosa que no pensé en ningún momento, porque al menos tendría algo de él que sería este hijo que llevo en mis entrañas.

María Antonia se había sentado al otro lado de la cama de Herminia.

—Nosotros lo entendemos, hija… Pero la sociedad de Barcelona es muy cerrada y las malas lenguas os destrozarían. Tu padre y yo hemos escuchado comentarios en el palco del Liceo de alguna señora que si se muerde la lengua se envenena. Ahora que ya hemos digerido la noticia, quiero que sepas que estamos encantados con ser abuelos, pero hemos de cuidar de tu honra hasta que os hayáis casado, al punto que no tienen que saber nada ni nuestros consuegros ni Nico, y eso has de prometérnoslo.

—Pero, ¡mamá…!

—No, Herminia. Un secreto de más de dos ya no es secreto. Ahora no lo entiendes, pero a ese muchacho con algo tan serio en la cabeza como es ser padre, y en circunstancia tan peligrosa como es una guerra, puedes acarrearle una desgracia y sé que no te lo perdonarías jamás.

Higinio miró extrañado a su mujer.

—Tú acabas de saberlo, pero yo ando pensando en ello desde

que Eusebio me lo ha dicho esta mañana. —Entonces María Antonia se dirigió a Herminia—: Te irás con el ama Enriqueta, que te adora porque te dio el pecho, al Sabinar. La casa es preciosa y el lugar solitario. Yo iré a verte cada dos semanas, y cuando pueda me quedaré unos días. Tu padre irá siempre que pueda... Allí pasarás tu embarazo. Diremos a la gente que te hemos enviado a Londres a aprender inglés, y cuando llegue el momento Eusebio acudirá con nosotros y en la clínica de Ciudad Real nacerá tu hijo. Y luego... ¡ya veremos cómo lo presentamos en sociedad!

114

Trujillo

Enero de 1921

El viaje hasta El Sabinar se les hizo pesado, pues había tramos de la carretera todavía sin asfaltar y el coche de los Segura saltaba y brincaba a pesar de la experta mano de Honorato, el nuevo chófer, que hacía todo lo posible por evitar los baches y los agujeros. A su lado en el asiento delantero, separado del posterior por un cristal, iba Enriqueta, la vieja ama que había cuidado de Herminia de pequeña y que estaba al tanto de la situación. Detrás, acomodadas en el mullido asiento corrido, María Antonia y Herminia.

El Sabinar era una de las dehesas importantes de la región. Sus doscientas sesenta hectáreas alojaban una cabaña de mil quinientas ovejas merinas y quinientos cerdos; asimismo, se extraía corcho de sus alcornoques y sus encinas daban abundantes bellotas que contribuían a la calidad de los jamones de sus gorrinos. Estaba situada en un meandro del río Almonte a veinte kilómetros de Trujillo, y en su perímetro alojaba tres construcciones muy diferentes. La principal era un palacete construido en el siglo XVII por la mujer de un ministro de Carlos III en estilo napolitano, que era el que privaba en la época debido al gusto importado desde aquel territorio en el que, durante un cuatrienio, reinó aquel a quien llamarían posteriormente «el mejor alcalde de Madrid». Era una construcción que nada tenía que ver con los sobrios palacetes de Cáceres y Badajoz, y tan distinta que a quince o veinte kilómetros a la redonda todo el mundo la conocía como «el Pastel». Sus características principales eran las líneas curvas y tortuosas con motivos muy complejos, y la exuberancia decorativa, que combinaba la pintura, el mármol y el estuco, la distinguía radicalmente de la arquitectura de las otras dos construcciones, éstas siguiendo los cánones del sobrio estilo castellano que imperaba en las casas típicas de piedra con vigas de madera de la región y con el escudo nobiliario cincelado sobre el portón de cuarterones. Un anexo de la primera vivienda lo ocupaba el mayoral Cosme, con su mujer, Adelina, y dos hijos, Manuel, de veinticinco años, que ayudaba a su padre en las labores de la dehesa, y Victoria, bautizada así en honor a la patrona de Trujillo, y que aquel verano cumpliría la veintena. En la casa vivían también dos mozos y un arriero. Las dos construcciones que había en la dehesa las ocupaban los pastores que cuidaban de las ovejas y de los cerdos, con sus respectivas familias.

Hasta que Herminia cumplió diez años, la familia se instalaba allí todo el mes de julio antes de ir a San Sebastián; después ampliaron su estancia en Donostia en detrimento de Trujillo. En aquella ocasión para evitar murmuraciones habían acordado una estrategia: dirían a todo el mundo que Herminia se había casado en Madrid con un joven que había sido llamado a filas y que, dado que estaba embarazada, el médico le había recomendado el aire sano y seco de Extremadura, razón por la que iba a instalarse en El Sabinar con su madre.

Herminia estaba desolada. Desde que habían trasladado a Nico a Marruecos tan sólo había recibido de él cuatro cartas, que de tanto releerlas casi se rasgaban por los dobleces, pero desde que había entrado en campaña aún era peor, pues no había recibido ni una siquiera. La joven se conformaba con seguir las peripecias de la guerra a través de los periódicos, que, por cierto, ofrecían información imprecisa y sesgada ya que lo que realmente pasaba en África sólo lo sabían los que allí estaban. El gobierno de Madrid filtraba todo lo que a su juicio podía desmoralizar al personal, y el buen pueblo español, desde la pérdida de Cuba y Filipinas, muy poco se creía de las noticias relativas a las guerras coloniales que a través de la prensa llegaban hasta él. Con todo, lo que había colmado el vaso de la angustia de Herminia fue recibir por correo un paquete de cartas de las que ella había enviado a Nico, devueltas al remitente por no haber encontrado al destinatario.

María Antonia, luego de comprobar que el cristal de separación estaba bien ajustado, se dirigió a su hija:

—Herminia, así no vamos a ninguna parte... Se supone que para las gentes que aquí encontremos eres una recién casada feliz que viene a cumplir su embarazo por indicación médica, ya que la humedad de Barcelona te resulta perjudicial, y que tu marido está en África, como el cincuenta por ciento de los jóvenes de este país, y que no te queda otra que aguardar. Pero haz el favor de cambiar de cara porque parece que en vez de ser una feliz recién casada estás yendo a un entierro... ¡Ah! Otra cosa se me ocurre: ya sé que de niña jugabas mucho con Victoria, la hija de los guardeses, y que de vez en cuando ibas con ella y con Manuel, su hermano, a bañaros a la poza del Ángel, pero ahora ya eres mayor y debes mantener las distancias con ellos. Y no hables demasiado... Ésa es la manera de no equivocarse. ¿Me has entendido?

—Ni soy una niña ni soy tonta, madre... Va a costarme una enfermedad estar aquí recluida. Le ruego que deje de darme consejos sobre cómo he de comportarme y con quién debo hablar o no hablar. Aunque imagino que en estos meses tendré tiempo de leerme toda la biblioteca de papá, porque visitas... pocas voy a tener.

María Antonia, que la comprendía, aflojó el discurso:

—Herminia, voy a pasarme aquí la mayor parte del tiempo... Tu padre y Carlos vendrán un par de veces, por lo menos. O sea, que entre todos procuraremos hacerte compañía.

—¡Menuda compañía!

María Antonia, a quien aquella situación la había obligado a renunciar a la boda que había soñado para su hija, no pudo remediar hacer un comentario cargado de acritud:

—Pese a que estamos muy contentos con Nico, has de reconocer que esto lo provocaste tú y que nada te costaba haber tenido un poco de paciencia, como toda mujer que se precia.

Herminia, sumamente sensible, saltó de nuevo:

—¡Estoy enamorada de Nico desde que tenía diez años! Se me lo llevan a la guerra, tal vez me lo maten... y me negaba a perderlo sin haberlo tenido una sola vez. Lo que ignoraba es que fuera tan fácil quedarse embarazada. Pero no me arrepiento; si pasa lo peor, por lo menos habré conocido al amor.

María Antonia observó a su hija intentando comprenderla.

—Hoy día los jóvenes sois como sois. En mi tiempo jamás me habría atrevido a hablar así a mi madre.

El coche, con Honorato al volante, enfiló la última curva. Al fondo apareció el edificio principal de la dehesa, que desde aquella altura parecía tal que un pastel de nata y chocolate.

115

El destierro

Cuando el coche traspasó la cancela de la finca un montón de recuerdos acudió a la mente de Herminia. En aquellos pagos había pasado los veranos más salvajes de su niñez con sus compañeros de juego de entonces, Manuel y Victoria. Las excursiones, las galopadas a caballo al atardecer y las escapadas para meterse en las aguas heladas de la poza del Ángel constituían estampas imborrables en la pizarra de su memoria. Cuando el vehículo detuvo su marcha en la plazoleta que se abría frente a la entrada de la casa y Herminia vio alineados a todos los componentes del servicio le costó trabajo reconocer a Manuel en aquel joven fuerte y moreno y a Victoria en aquella muchacha con el pelo recogido en una cola, la cara pecosa y una sonrisa tímida y forzada que, sin duda, había sido dictada por la conveniencia de tratar a su vieja amiga como la joven señora de la casa. En tanto el chófer bajaba las maletas y su madre y Enriqueta saludaban a Adelina y a Cosme, ella aprovechó para acercarse a sus amigos.

—¡Cuánto me alegro de veros, Victoria! La única alegría de esta obligada estancia en El Sabinar, porque mi médico se ha empeñado en que el clima de Barcelona no es bueno para mí, ha sido pensar que tú y Manuel seríais mi compañía en estos meses de forzado reposo.

Al principio Victoria y Manuel respondieron a su saludo circunspectos y cohibidos, con cierta timidez, como obedeciendo a un guion aprendido. Pero luego de que Herminia saludara a los guardeses y a los mozos, cuando los tres se encontraron en el salón central del primer piso, donde habían pasado un sinfín de tardes de lluvia compartiendo mil juegos, el protocolo se esfumó como por encanto y volvieron a ser los amigos que habían sido siempre.

La voz de Cosme resonó en la galería recabando la presencia de

Manuel para mover maletas a las habitaciones correspondientes y las dos muchachas quedaron a solas.

—Cuando me dijeron, Herminia, que te habías casado, no podía creerlo... Se lo dije a Manuel. Cuando dejas de ver a una persona el tiempo se detiene y la persona no crece en tu memoria. Para mí seguías siendo la Herminia del último año, cuando te caíste de la yegua preñada.

—A mí me ha pasado algo parecido. ¡Te dejé con trenzas y te encuentro casi más alta que tu madre!

—¿Te has casado, Herminia?

—Sí, deprisa y corriendo porque Nico, Nicolás, tenía que irse a África a la guerra y los dos decidimos casarnos antes de que marchara.

—¿Dónde lo conociste?

—En San Sebastián. Teníamos diez años... Y ha sido mi primer y único amor de toda la vida.

—¡Qué suerte has tenido! Yo veo aquí todos los días a las mismas personas. No tendré oportunidad de conocer a nadie.

—No digas eso, Victoria. El amor se esconde detrás de cualquier esquina. A veces es alguien nuevo y a veces alguien que conoces de toda la vida, que se transforma y lo ves con ojos diferentes...

—¡Qué bien que hayas venido! Voy a aprovechar todo el tiempo que estés aquí.

—Siete meses, hasta que nazca mi hijo.

La muchacha dirigió sin querer su mirada al vientre de Herminia.

—¿Qué sientes?

Herminia se llevó la mano bajo el pecho y se acarició dulcemente.

—No podrás creerlo, pero, aunque es pequeño como una alubia, siento que lo quiero como a nada en el mundo.

—Me das envidia, Herminia. Y bendita sea esta criatura que ha hecho que durante siete meses goce de tu compañía. ¡No desaprovecharé ni un minuto!

—Yo también voy a aprovecharme de ti... Piensa que ha sido el peso de la balanza que me ha decidido a venir. Si no llegas a estar tú, me habría negado en redondo.

Desde abajo llegó la voz de María Antonia:

—¡Herminia, baja, que vamos a comer!

A las dos semanas de estar en El Sabinar, María Antonia, con todo el dolor de su corazón, se dispuso a regresar. Haría el viaje durante aquellos meses las veces que hiciera falta, pero debía repartirse entre Trujillo y Barcelona ya que conocía bien a Higinio y tenía claro que su marido no sabía estar sin ella. Ni siquiera queriendo como quería a su hija, le parecía suficiente motivo aquella extraordinaria circunstancia para instalarse por más tiempo en El Sabinar dejando a Higinio solo con Carlos, con quien no se entendía demasiado bien, ya que Higinio se negaba a comprender que la adolescencia de su tiempo y la del chico eran muy diferentes.

Era consciente de que Herminia pasaría unos meses duros; la soledad era pesada y más en su estado, y si el correo de África llegaba tarde y mal a Barcelona, eso cuando llegaba, imaginó cuál no sería la dificultad de que llegara a Trujillo. Por más vueltas que le dio, no encontró solución. Le habría encantado dejar a Herminia en compañía, por ejemplo, de una de sus primas por parte de la familia de su padre, pero era muy complicado ya que entonces habría sido inútil pretender evitar lo evidente y todo el andamiaje tan arduamente planificado habría sido un fiasco.

Las amistades que se forjan en la niñez duran siempre, y María Antonia pensó que tal vez el reencuentro de su hija con Victoria, la hija de los guardeses, quizá no fuera un inconveniente, como en un principio había creído, sino que puede que resultara positivo para su hija, pues siendo las dos de la misma edad, al fin y a la postre, Herminia iba a tener compañía.

—Cuídemela mucho, Enriqueta. Si sucede cualquier cosa, me llama. A principio de mes estaré de nuevo aquí con mi marido... Y no la deje hacer imprudencias. Ya la conoce.

116

Igueriben

Las órdenes que el general Manuel Fernández Silvestre impartió, contraviniendo las de su superior, el general Dámaso Berenguer, fueron muy concretas. Las posiciones de Afrau y Sidi-Dris debían ser tomadas sin dilación ya que eran las vías de entrada por las que los rebeldes recibían armas y repuestos, por lo que Silvestre planteó una operación anfibia. De una parte, la columna del coronel Gabriel Morales y Mendigutia, formada por dos mil hombres transportados en los mercantes *Reina Victoria* y *Gandía* con el apoyo del cañonero *Lauria* y una escuadrilla de aviones, debía desembarcar en Sidi-Dris en tanto que el Regimiento Ceriñola 42, al mando del comandante Julio Benítez, debía romper el cerco de los moros por tierra desde el lado del río Amekrán, acercándose a Alhucemas, y una vez tomado el puesto avanzado de Sidi-Dris en la costa mediterránea debía partir para Annual, dejar allí una guarnición y hacerse fuerte en Igueriben. De esa manera, además de cortar el suministro de armas que por vía marítima surtía a las cabilas rebeldes, cumplía una chulesca promesa hecha al rey de celebrar el día de Santiago (25 de julio) o su onomástica (1 de agosto) con champán en Alhucemas.

Los gemelos y Paco Fresneda aprendieron más en aquella campaña de dos meses y medio que en todo el tiempo transcurrido desde su llegada a África. Las condiciones de las marchas fueron extremas, pero no se dieron cuenta de lo que representaba la guerra hasta que entraron en fuego. Los moros disparaban como demonios desde las alturas y aprovechaban cualquier coyuntura para desmoralizar a la tropa; el modo más eficaz era impedirles el descanso, de manera que nadie se sintiera seguro. Los «pacos» no descansaban ni de día ni de noche. El nombre se lo asignaron los veteranos, ya que el sonido de sus máuseres rebotaba por aquellos riscos y el eco convertía las detonaciones en una especie de pac-cooom que cuando uno lo oía podía darse por muerto.

Cayó Sidi-Dris, y cuando el regimiento pensaba que habría un descanso, el mando ordenó partir hacia Igueriben, posición situada detrás de Annual donde Silvestre había instalado su puesto de mando.

Finalmente, el 7 de junio de 1921 la columna de Julio Benítez compuesta por trescientos cincuenta y cinco hombres llegó a Igueriben, después de dejar una guarnición en Annual.

La fortificación en sí era deficiente. Estaba compuesta por sacos terreros y sólo dos hileras de alambre de espino constituían la débil alambrada que, además, estaba situada muy cerca de los parapetos debido a que casi toda la posición se hallaba rodeada de acusadas pendientes. Por otra parte, carecía de una vía de acceso adecuada, pues sólo contaban con una senda para animales muy tortuosa con abundantes barrancos, y la aguada se hallaba a más de cuatro kilómetros.

Esa posición representaba el extremo de máxima penetración de una línea irregular y quebrada de unos cincuenta y cinco kilómetros que por su extremo sur terminaba en Zoco el-Telatza. Desde Melilla hasta allí transcurría una carretera que pasaba por las poblaciones y los campamentos de Nador, Zeluán, Monte Arruit, El Batel y Dar-Drius, finalizando en Annual; unos ciento cuarenta kilómetros en total. El recorrido era de tierra sin afirmar y cruzaba un terreno abrupto con fuertes pendientes y numerosas curvas que en parte discurrían encajonadas entre profundos barrancos que se abrían a sus pies fácilmente batidos desde las lomas.

Llegados a la posición y luego de colocar junto al parapeto que circunvalaba el campamento la correspondiente guardia, los capitanes de las diferentes compañías distribuyeron a la tropa para que cada pelotón levantara su tienda, hasta que la corneta de órdenes sonó mandando formar a la tropa en la parte central.

Cuando los trescientos hombres estuvieron formados, los restantes estaban en el parapeto, el comandante Julio Benítez acompañado por el capitán Federico de la Paz Orduña se dirigió a la tropa:

—Soldados, la patria nos ha encomendado la defensa de este territorio de capital importancia para la seguridad de la carretera que une los diversos campamentos con la ciudad de Melilla. Voy a recordarles lo que dice la ordenanza de Carlos III al respecto de la responsabilidad del centinela al que han encomendado una misión. Dice exactamente así: «El centinela que tuviere encomendada la guardia de un puesto la hará». Nosotros ahora somos ese centinela, y con la ayuda de Dios cumpliremos con nuestro deber y en ello hallaremos la máxima satisfacción pues, como dice asimismo la real ordenanza, «el mejor premio es el deber cumplido». Cumplid pues con vuestro deber como españoles y sabed que vuestros oficiales cumplirán con el suyo dando ejemplo. Estamos rodeados de un tropel de tribus, pero no estamos solos… Aguantaremos firmes hasta que se nos ordene la retirada y saldremos de aquí con honor o moriremos como soldados españoles… ¡Viva España! Y ¡viva el rey! Capitán, ordene romper filas.

En el mismo instante que el capitán Orduña daba la orden uno de los centinelas del parapeto caía muerto. A partir de aquel momento se desencadenó el infierno. Los ataques contra Igueriben empezaron a intensificarse, y ya el día 10 se agotó el agua, por lo que se vieron obligados a machacar patatas y chuparlas. El líquido de los botes de tomate y pimiento lo reservaban para los heridos. Al acabarse todo, recurrieron sucesivamente a la colonia, la tinta y, por fin, a los propios orines mezclados con azúcar.

La situación era desesperada. El 1 de julio el regimiento había perdido más de cien unidades entre muertos y heridos. Los capitanes médicos se exasperaban porque no tenían remedio alguno para los enfermos ni quinina para los que habían contraído la malaria. En cuanto al cirujano, tenía que sajar miembros sin anestesia, y cuando el éter se acabó el único paliativo era dar a mascar al herido una especie de puro de goma hasta que el infeliz, entre horribles gritos, se desmayaba de dolor.

Evidentemente, en esas condiciones la moral de la tropa se resentía y, pese a los esfuerzos de los oficiales, los comentarios negativos iban de boca en boca.

Nico y Paco Fresneda estaban en el lienzo del parapeto que daba al este. El sol era fuego, y el pañuelo colocado en el cogote sujeto por el salacot se calentaba de tal forma que casi era mejor quitárselo. Las cabilas no cejaban en su empeño. Habían olido sangre y sabían que Igueriben era fruta madura que, tarde o temprano, debía caer, por lo que su táctica de desgaste era siempre la misma: durante el día sus habilísimos tiradores machacaban las cabezas que asomaban tras del parapeto y por la noche aflojaban en su empeño por no perder munición en la oscuridad.

—Pintan bastos, hermano. Si no nos matan antes, moriremos de sed. ¿Qué estás pensando?

Nico, al que habían ascendido a cabo, tenía el entrecejo contraído y por una rendija que había entre los sacos terreros observaba la pendiente de la montaña.

—La aguada está a cuatro kilómetros. Es impensable acceder a ella y los moros lo saben. Los hombres se ven obligados a beber marranadas y luego lo pasarán mucho peor.

—¿Y adónde quieres ir con esa reflexión?

—Aquí arriba no, pero si yo pudiera bajar de noche con mis varillas hasta el valle, estoy casi seguro de que encontraría alguna veta de agua subterránea que va al río.

Paco lo observó con incredulidad.

—¿Estás seguro de lo que dices?

—Es una posibilidad... Tendría que bajar con un mulo llevando en el baste palas, picos, cuerdas y algún cubo. Y desde luego ir con dos hombres más.

—Yo soy testigo de que eres capaz. Te lo he visto hacer otras veces. Y peor que estamos no podemos estar... ¿Por qué no hablamos con el teniente Soria?

—¡Permiso, mi comandante!

—Pase, Soria.

El centinela retiró la lona que cubría la entrada de la tienda del comandante Benítez y el teniente Soria de la Encina entró seguido por dos soldados.

—¿Qué se le ofrece, teniente?

—Mi comandante, dadas las circunstancias en que nos encontramos, creo que la desesperada idea que han tenido esos muchachos —señaló a Nico y a Paco— no es tan desesperada.

—¡Hábleme claro, teniente! No hay tiempo para adivinanzas.

Soria se dirigió a Nico.

—Explíquese, cabo.

—Mi comandante, desde que era joven descubrí que tenía cualidades de zahorí, el soldado Fresneda es testigo de ello. Con las varillas adecuadas puedo descubrir metales, minerales y por supuesto agua, si es que la hay... Si consigo bajar de noche al valle llevando el correspondiente equipo creo que, en cierta dirección dirigida a la aguada que está a cuatro kilómetros y que a su vez busca el río, soy capaz de encontrar agua.

El comandante lo miró con recelo.

—¿Y de dónde quiere que saquemos unas varillas adecuadas?

—Siempre llevo conmigo unas, mi comandante.

Julio Benítez dirigió una mirada inquisitiva al teniente Soria de la Encina.

—¿Usted qué cree, Soria?

—Por probar nada se pierde, señor. Cualquier cosa antes que ver que el avión nos lanza barras de hielo envueltas en sacos, como esta mañana, y caen fuera de la posición.

El comandante se dirigió a Nico:

—¿Qué le haría falta?

—Tres hombres y un mulo con el baste preparado para colocar palas, picos, alguna azada, cuerdas y un par de cubos. Si el agua está a menos de tres o cuatro metros, tendremos suerte. Si está más honda, habremos perdido el tiempo. Aun así, creo que vale la pena intentarlo.

Julio Benítez dirigió su mirada al teniente.

—¿Qué piensa usted, Soria?

—No hay alternativa, mi comandante. Debemos decidir entre lo malo y lo peor... Si tenemos suerte y en un par de noches o tres encontramos agua, habrá valido la pena. En caso contrario, peor de lo que estamos no estaremos.

El comandante se puso en pie y acariciándose la barba mal afeitada comenzó a dar breves paseos por la tienda. Súbitamente se detuvo.

—Está bien, sea. La noche de hoy es propicia. No hay luna... Soria, tome las medidas pertinentes, busque los voluntarios que el cabo le indique y que Dios reparta suerte.

—Perdone que interrumpa, mi comandante. Mi hermano y el soldado Fresneda, aquí presente, me han ayudado en otras ocasiones, podrían acompañarme.

—Y si usted me lo permite, yo iré con ellos tres.

—Está bien, Soria. Tome el mando de las operaciones.

Luego de salir de la tienda del comandante se repartieron el trabajo. Nico y el teniente Soria se dirigieron al cobertizo donde estaban las mulas y escogieron a la Faraona, un animal más ágil que fuerte, y sobre todo manso, que no se asustaba. Luego, ayudados por el guarnicionero, prepararon un baste con las correas dispuestas para sujetar todos los pertrechos necesarios. Después se dedicaron a cubrir con lonas cualquier parte metálica que pudiera emitir un reflejo y finalmente colocaron al animal una especie de botas del mismo material para que el choque de los cascos contra la piedra fuera sordo y difícilmente audible. Paco regresó con Pablo de la enfermería. La idea había inspirado a éste un sinfín de iniciativas para escapar de aquel infierno y había aceptado enseguida la propuesta. Más tarde, en la tienda del teniente, acabaron de perfilar el plan: saldrían por la puerta que daba a Izumar, que por lo escarpado del terreno era la menos vigilada por las harkas, y lo harían a la hora del Salat al-Isha, la oración de la noche, momento en que la morería estaría en el rezo, bajarían la montaña hasta el valle poniendo los pies sobre la huella de la mula, ella no se equivocaría, y una vez llegados marcarían el terreno con un cordel y Nico comenzaría su trabajo; después, según fuera el resultado obrarían en consecuencia.

El sol llegó al ocaso y, tal como el comandante Benítez había previsto, una luna triste y desvaída como una raja de melón ascendió en el cielo entre nubes deshilachadas y lánguidas. El cortejo de aguadores, acompañado del comandante y de la plana mayor del regimiento, se acercó a la puerta de Izumar y allí se despidieron.

—¡Mucha suerte, teniente! Si salimos de ésta con bien, será por su idea, cabo. —Esto último lo dijo dirigiéndose a Nico.

—Es una posibilidad, mi comandante, y no estamos en condiciones de escoger.

Tras estas palabras, estimulados por las palmadas y los parabienes de los oficiales que los habían acompañado hasta la salida, partió la comitiva siguiendo a Faraona, que, consciente de la importancia de su misión, había iniciado ya el descenso luego de traspasar el pasillo de alambrada abatida a tal efecto, moviendo las orejas a un lado y a otro, y tentando el terreno a cada paso como midiendo su resistencia y no levantando una pata hasta que tenía las otras tres afirmadas.

El grupo se perdió en la noche. Paco sujetaba a la mula por el cabezal, Nico y Pablo caminaban a ambos lados cogidos a la albarda, y cerraba el grupo el teniente Soria. La oscuridad y lo accidentado del terreno hacían que fueran con sumo cuidado; ponían los pies donde la mula había pisado, asegurándose de que aquel punto era firme. Tras casi una hora de descenso advirtieron que la pendiente era menos pronunciada y que la orografía y la vegetación cambiaban notablemente. El peñascal iba quedando atrás y la tierra, que hasta aquel instante había sido un pedregal, allí iba poblándose de matojos, grupos de cactus y arbustos de tamarisco. Finalmente, el grupo llegó junto a una chumbera seca y Nico, tras mirar en derredor, ordenó parar allí.

A lo lejos sonaba de cuando en cuando el disparo de algún «paco» que tiraba al albur en la oscuridad más por recordar a la guarnición de Igueriben que estaban allí que por hacer algún blanco.

Nico midió el terreno con la mirada. Acto seguido, con pasos cortos y en círculo recorrió cierto perímetro tocando de vez en cuando la tierra con la palma de la mano. Después observó cuidadosamente una mata sobre la que se veía un enjambre de mosquitos. Entonces, con la voz que era un susurro, se dirigió en particular al teniente:

—Tal vez haya algo aquí. —Luego se dirigió a Paco—: Dame la varilla de cerezo y prepara dos L metálicas.

Paco se dirigió a la mula, abrió una de las cartucheras laterales del baste y extrajo las varillas que su amigo le había demandado. Nico cogió con delicadeza la de madera de cerezo que tenía forma de Y, y tomando los dos extremos con suavidad, comenzó a dar pasos cortos y circulares en una imaginaria circunferencia partiendo desde el exterior hacia el centro. Al cabo de unos diez minutos, y en cierto lugar, el extremo de la varilla se inclinó hacia el suelo violentamente. Nico alzó la vista hacia los demás.

—Aquí hay agua, teniente.

—¿Estás seguro?

—En un noventa por ciento.

—Alabado sea Dios. ¿A qué profundidad y en qué cantidad?

—Ésa es otra historia… Paco, dame las varillas metálicas.

Fresneda extrajo de la bolsa del baste dos varillas en forma de L y se las entregó a la vez que recuperaba la de cerezo.

Nico repitió la operación. Esa vez cogió las dos L por el palo más corto y se dirigió al mismo lugar. Las varillas, como si tuvieran vida propia, fueron juntándose por el extremo del palo largo, y cuando Nico estuvo sobre el sitio las dos puntas se tocaron. El teniente lo observaba con la angustia reflejada en la mirada.

—Por aquí pasa una veta de un caudal aproximado de veinte litros por segundo.

—¿Y eso es mucho, cabo?

—De poder acceder a ella, y si encontramos la manera de subirla al campamento y almacenarla en el aljibe, sería suficiente para los hombres que hay ahora.

—¿Y de qué depende?

—De la profundidad en que se encuentre.

—¿Y eso cómo lo sabremos?

Nico no respondió. Se colocó sobre el punto donde las varillas se cruzaban sin rozarse y entonces, lentamente, comenzó a dar patadas en el suelo contando en voz alta… Al llegar al número treinta y ocho los extremos de las varillas se tocaron. Nico prosiguió, y al cabo de nueve patadas más las varillas se separaron.

—Mi teniente, el agua se encuentra entre 3'80 y 4'70 metros de profundidad.

—¿Estás seguro?

—De que haya agua estoy seguro. El caudal y la profundidad pueden variar algo. Habrá que hacer un pozo.

Súbitamente cuando rompía la madrugada aquel silencio ominoso saltó por los aires y, como siguiendo una orden, las crestas de las montañas de alrededor de Igueriben comenzaron a escupir fuego.

—¡Regresemos al campamento! Volveremos con más gente y mejor preparados. Lo importante es que hemos encontrado agua.

Entre aquel fuego graneado surgió la voz de Pablo:

—¡Nos van a freír, teniente! ¡Y ahora vamos cuesta arriba!

—¡Déjeme marcar el terreno con el cordel, si no cuando volvamos no lo encontraré!

—¡Proceda, cabo!

Nico, con la ayuda de Paco en tanto Pablo sujetaba a la mula, cercó en un momento el terreno marcado con un cordel atado a los arbustos y a los cactus. Cuando todo estuvo terminado comenzaron a subir la pendiente del cerro donde estaba ubicado el campamento. La mula ascendía trabajosamente y sujetos al baste iban los cuatro.

Los moros habían aprendido todos los métodos para causar el máximo daño al enemigo. Una estrategia consistía en limar la punta de las balas de modo que al penetrar en un cuerpo estallaban dentro y la salida de los fragmentos ocasionaba un destrozo inimaginable; su nombre era balas dum-dum. Súbitamente la mula se paró en seco. Una de esas balas se había alojado en su pecho, y cuando se dieron cuenta de que el animal estaba muerto Nico sintió que le estallaba el bajo vientre. Al principio ni siquiera sintió dolor. Vio que una gran mancha de sangre le calaba los destrozados pantalones e instintivamente, soltando el baste, intentó cubrirse con las manos… Y arrastrado por la mula comenzó a rodar ladera abajo.

Paco se percató al instante de la gravedad de la situación. Todos habían soltado a la mula, que descendía rodando el perfil de la montaña.

—¡Teniente, vamos a buscar al cabo!

La voz de Paco era un grito desesperado.

—¡Nos liquidarán, teniente, si no alcanzamos cuanto antes el resguardo del parapeto! —bramó Pablo con un chillido histérico.

La voz del teniente Soria sonó a través del estruendo del tiroteo:

—¡Arriba, soldado, vamos arriba o moriremos todos!

Los tres continuaron trepando la montaña a la vez que desde el parapeto los disparos de sus compañeros, que los habían visto ascender, cubrían su retirada.

Paco se dirigió a Pablo:

—¡Yo voy a bajar a por Nico!

El teniente Soria fue tajante:

—¡Usted va a continuar subiendo, soldado! ¡Hacemos falta a los vivos, no a los muertos!

Paco notó que una lágrima preñada de rencor acudía a sus ojos.

—¡Eres un cabrón, Pablo!

—¡Prefiero ser un cabrón vivo que un héroe muerto! ¡Y además cumplo órdenes! ¿No has oído al teniente?

Tras un esfuerzo inhumano, los tres coronaron la ascensión y, arrastrándose por el suelo, traspasaron el pasillo abierto en la alambrada frente a la puerta de Izumar. Llegados al parapeto de sacos terreros se lanzaron a su interior entre un furibundo tiroteo de los moros apenas contestado por los defensores del campamento, cuya munición era limitadísima.

—¡Novedad, teniente! —La voz del comandante Benítez carecía de inflexiones.

—Malas noticias, comandante. Hemos hallado agua, pero hemos perdido al hombre capaz de encontrarla.

—¡Explíquese, Soria!

En un par de minutos el teniente puso al corriente al comandante de toda la aventura habida.

—Mala suerte, comandante. De haberlo sabido, el primer día habríamos resuelto el tema del agua sin otro inconveniente.

—De haber sabido todo a tiempo, no estaríamos como estamos aquí y ahora. Habríamos tomado el alto de la arboleda protegiendo la aguada. Pero estamos donde estamos y tenemos lo que tenemos. ¿El cabo Cervera ha muerto?

—Afirmativo, mi comandante. Lo hemos visto caer rodando por la montaña con la mula, ya que a ambos los ha alcanzado el fuego enemigo.

—Maldita suerte... Otra vida joven y española perdida en estos riscos. Incorpórese a su compañía, Soria. Nos queda poco tiempo para estar aquí.

El día 21 se intentó socorrer la posición con una columna de tres mil hombres, pero el convoy de ayuda quedó estancado muy cerca de la misma, con ciento cincuenta y dos bajas en dos horas. A las cuatro de la tarde de ese día se repartieron los últimos veinte cartuchos que quedaban para cada hombre, se incendiaron las tiendas y se inutilizó el material artillero. A las cinco y media el comandante Benítez envió por medio del heliógrafo su último y heroico mensaje: «Tengo doce disparos de cañón, cuéntenlos, y cuando oigan el último hagan fuego sobre la posición, pues estaremos revueltos con los moros».

Después se inició la salida, que fue masacrada ante la misma puerta. De los defensores sólo lograron sobrevivir un oficial, el teniente Luis Casado Escudero, herido en la defensa y capturado *in situ* junto a cuatro soldados que fueron hechos prisioneros durante casi un año y medio, y once que pudieron atravesar las líneas moras, de los cuales cuatro murieron al llegar a Annual al atracarse de agua y por agotamiento; entre los primeros estaba el soldado Pablo Cervera; entre los segundos y herido en un brazo, el soldado Francisco Fresneda.

Nico bajó rodando la montaña y al llegar a la base, en el último giro del cuerpo de la mula, la manta enrollada del baste le cayó sobre la entrepierna. Su último pensamiento fue para Herminia, en la ya lejana noche de la cueva de Cestona.

117
Salvación

El ataque al campamento de Igueriben por la puerta de Izumar fue confiado a la cabila de los Ben-Juriel, aliada de Abd el-Krim más por temor que por conveniencia. A las cinco de la madrugada del día 21 de julio un destacamento de seis rifeños armados con fusiles Remington merodeaba por la base del montículo avanzando muy despacio y observando los detalles del territorio para escoger mejor la zona de ascenso. A la cabeza del grupo iba un moro muy alto y delgado de tez clara y mirada intensa.

Súbitamente una voz queda dio el alto desde la avanzadilla alzando a la vez un brazo para subrayar la prevención.

El moro alto se abrió la chilaba a rayas marrones y blancas para tener más libertad de movimientos en el brazo que sujetaba el fusil y avanzó lentamente hasta el hombre de la vanguardia que había dado el aviso.

—¿Qué ocurre, Amín?

El llamado Amín señaló en el suelo un cordel tensado que iba desde una mata de tamarisco hasta una chumbera para perderse por el fondo.

—Por aquí ha andado gente.

El moro de tez clara observó atentamente la indicación del otro y, terciando el fusil, ordenó al grupo:

—Dos por cada lado, seguid el cordel. Usad la gumía, en todo caso, que no quiero tiros si no es necesario. Los otros dos venid conmigo.

Tras dar esta orden y constatar que sus hombres se alejaban siguiendo la torzal, mandó a los dos que había retenido junto a él que se separaran veinte metros y que se dirigieran hacia la falda del montículo con los ojos bien abiertos. El trío comenzó a caminar.

Aún no habían pasado quince minutos cuando el hombre que caminaba a la derecha llamó en un tono quedo pero conminatorio:

—¡Aquí hay algo, sidi!

Hacia allí convergieron.

El que se había adelantado añadió:

—Un hombre pillado bajo el peso de una mula, y nadie alrededor.

A la luz vacilante de la madrugada el moro alto que llevaba la voz cantante se aproximó y, agachándose, observó con detenimiento el bulto que formaban la mula y el soldado. Entregó el fusil al hombre que tenía al lado. Acto seguido apartó con cuidado la solapa de la guerrera que ocultaba el rostro del caído y acercó el suyo a un palmo de distancia. En sus ojos apareció una expresión de incredulidad.

—¡Por las barbas del Profeta!

Luego, con una actitud que nada tenía que ver con su fiero aspecto, tentó la frente del caído y después, con el dedo corazón de la mano derecha, le buscó el pulso en el cuello. La respuesta era muy débil. Ahora en su rostro apareció una expresión de incredulidad.

—¡Encended una antorcha!

Uno de los acompañantes buscó en el bolsillo de su chilaba yesca y pedernal, con los que encendió una débil llama que arrimó a una antorcha y la prendió. Un círculo de luz iluminó la escena. La mula había caído sobre las piernas abiertas del hombre y la manta del baste había taponado la herida de la que había manado una buena cantidad de sangre, ahora reseca.

El más bajo de los hombres del grupo comentó:

—Debería estar muerto ya.

—¡Pues no lo está porque Alá no lo ha dispuesto así! Y no lo estará porque el que ahora lo dispone soy yo.

Los otros dos lo miraron con extrañeza. El que había hablado el primero se defendió:

—Lo he dicho, sidi, porque lleva el uniforme del enemigo usurpador de nuestra tierra.

El moro alto se puso en pie.

—Si tu padre fuera de una cabila que estuviera en guerra con la tuya no por eso dejaría de ser tu padre. Id al campamento vosotros dos —señaló al que había hablado y al otro— y traed una mula con artolas colocadas en el baste. Y decid a Jared que busque a Julaya, la sanadora, y que nos encontraremos en la jaima de Los Árboles, que Alá ha traído hasta mí a mi hermano Nico, el de la balsa, que está malherido, y que recuerde mi juramento. Y tú, Amín —señaló al otro—, quédate aquí conmigo.

El puesto de mando de la cabila de los Ben-Juriel estaba instalado en el altozano de Los Árboles, desde donde se diseñaban las operaciones y se tomaban las decisiones más importantes. Destacaba en él una jaima grande, en cuya estancia principal se celebraban las reuniones que convocaba el caíd Jared y en cuya parte posterior, separada por una cortina, se hallaba el dormitorio de los dos hermanos, tapizado éste con gruesas alfombras y con dos sobrios catres a lado y lado, así como con una mesilla entre ambos que sostenía un candil. Además de la jaima grande, había dos tiendas de campaña cónicas que servían para el descanso de los mandos de los hombres. El grueso de la gente de la cabila dormía en tierra arrebujado con su chilaba y con el fusil al alcance de la mano.

Los dos hombres llegaron al lugar a matacaballo y, con el sudor perlando su frente, se dirigieron a la jaima principal. El campamento a aquella temprana hora era un hervidero de actividad, pues los hombres sabían que iban a entrar en combate y cada cual se preparaba a su manera. El centinela que guardaba la puerta les dio el alto.

—Están reunidos. ¿Qué queréis con tanta urgencia?

—Traemos un mensaje urgente del caíd Omar para su hermano, el caíd Jared.

El centinela tenía la orden de no interrumpir la reunión de los jefes hasta que se le ordenara lo contrario, pero el nombre del caíd Omar lo invitó a obviarla.

—Aguardad aquí. —Y colgándose el fusil del hombro se dispuso a entrar en la tienda.

La reunión estaba en su apogeo, las diferentes opiniones acerca de cómo atacar el blocao de Igueriben se disponían sobre la mesa y cada uno daba su punto de vista.

Hasta aquel instante la peregrina decisión del general Silvestre al respecto de cómo defender aquel extenso territorio había sido una verdadera ganga para los nativos del Rif. Las débiles defensas conocidas como blocaos, organizadas con una alambrada que circunvalaba la posición y la protección de un parapeto de sacos terreros que se encontraban, por demás, demasiado alejados unos de otros, se habían mostrado insuficientes y fácilmente abatibles, por más que se había ignorado la proximidad de los puntos de aguada de manera que, con paciencia y a la espera, podía cobrarse cualquier pieza. Con todo, las cabilas habían olido sangre y tenían prisa.

El caíd Jared, viendo que el centinela había desobedecido su orden, supuso que un suceso urgente era el motivo.

—¿Qué ocurre, Maimón?

El centinela respondió de forma atropellada:

—El caíd Omar envía recado a través de Ismael, que pide audiencia.

Jared levantó la sesión e invitó a los jefes a ponerse al frente de sus hombres en tanto que ordenaba al centinela que el llamado Ismael y su compañero comparecieran en su presencia.

El centinela, todavía acongojado por haberse saltado la orden, salió de la jaima para transmitir la venia de su jefe a los recién llegados.

—Pasa, Ismael, y pídele a Alá que tu cometido sea importante. El caíd Jared se pone sumamente nervioso cuando se le hace perder el tiempo.

El tal Ismael dejó su fusil y su gumía en manos del centinela y, después de pedir la venia, entró en la tienda.

Si la altura de Omar era notable, la de su hermano Jared la sobrepasaba ampliamente. Su aspecto era impactante. Ismael se notó empequeñecido en su presencia e hincando una rodilla, como mandaba la costumbre, aguardó a que el caíd le dirigiera la palabra.

—¿Qué misión tan importante te trae aquí y te hace interrumpir una reunión de jefes?

Ismael, visiblemente nervioso, comenzó a hablar:

—Me envía vuestro hermano Omar y me dice que os diga que ha encontrado a su hermano Nico, el de la balsa, herido de gravedad y lleno de sangre... Ha añadido que baje una mula con artolas para recogerlo y que aviséis a Julaya, la sanadora, para que acuda aquí. También me ha pedido que os diga, caíd, que la entrada de Igueriben por el lado de Izumar es factible, aunque dificultosa.

Jared frunció el entrecejo.

—Medita bien lo que estás contándome si no quieres que te despelleje. ¿Me dices que ha encontrado a su hermano Nico, malherido?

El hombre repitió:

—Sí, el de la balsa. Y que aviséis, caíd, a Julaya, la sanadora, y que bajemos con una mula provista de artolas para recoger a ese hombre. Y también que el asalto a Igueriben por la puerta de Izumar es dificultoso pero factible.

Jared asimiló poco a poco la increíble noticia y después obró en consecuencia.

—Toma cuatro hombres, equipa la mula y vete a por mi hermano. Di al centinela que mande a un mensajero a buscar a Julaya y que la traigan aquí. Y dile, por último, que avise al jefe de la cabila de Tesaman y le diga que acudan a mi jaima.

118

Julaya

as órdenes dadas por Jared fueron cumpliéndose de inmediato. La cabila de los Tesaman partió hacia Igueriben para atacar el blocao desde el lado de Izumar. Entretanto, habían descendido del acuartelamiento cuatro hombres con una mula, equipada con artolas para transportar heridos, siguiendo a Ismael hasta donde se hallaba el grupo de Omar. Una vez allí, siguiendo sus directrices, se procedió con sumo cuidado a sacar el cuerpo de Nico de debajo de la mula muerta, teniendo la precaución de cortar el trozo de manta que le había taponado la hemorragia pegado a su entrepierna. Llevada a cabo esta operación, comenzaron la lenta ascensión hasta el montículo donde estaba instalado el campamento de los Ben-Juriel.

La respiración del herido era jadeante e irregular, tanto que uno de los que habían bajado con la mula de las artolas comentó:

—Este hombre no llegará a la noche.

La respuesta de Omar extrañó al grupo, ya que no veían otra cosa que a un soldado enemigo herido de muerte.

—Pues procurad que tal no ocurra si queréis volver a acostaros con vuestras mujeres. —Y luego, como dando una explicación por no despertar recelos, añadió—: Hace ya muchos años que de no ser por este hombre yo no estaría en este mundo. Es mi hermano de sangre, y todos sabéis lo que eso significa.

El grupo, que conocía perfectamente lo que representaba ese título entre los moros, ya no hizo comentario alguno. Ayudaron a la mula todo lo posible empujándola y tirando de ella y comprendieron el interés del caíd Omar por salvar aquella vida.

La fama como sanadora de la vieja Julaya de la cabila de los Ketama se había difundido por todo el Rif como un eco rebotado por aquellos riscos, y raro era el día que alguna de las tribus no la reclamara para remediar alguna desgracia, ayudar a nacer a un niño que no quería venir a este perro mundo o tratar la picada de un escorpión que había visto interrumpido su descanso debajo de una piedra por la pisada de un imprudente o de un insensato que desconocía las peculiaridades de la zona.

La cabila de los Ketama radicada en Tistutin distaba unos quince kilómetros del campamento de los Beni-Juriel y, a diferencia de este, se hallaba en un entorno cuya naturaleza evitaba tener que plantar tiendas ya que las paredes estaban horadadas por un sinfín de grutas, algunas de ellas comunicadas entre sí por el interior. En aquellos días en los que todo el Rif estaba alzado en armas, los hombres de las cabilas que no habían sido convocadas por Abd el-Krim reponían fuerzas y se dedicaban a reparar sus fusiles y a cuidar del ganado, eso sí, sin jamás descuidar la vigilancia de la cabila y poniendo siempre en los lugares oportunos los centinelas precisos.

El hombre que vigilaba el valle encaramado en una roca bajo un sombrajo hecho con hojas de palmera que lo protegía de las inclemencias del sol dio el aviso. De inmediato comparecieron a su lado dos cabileños armados con sus Remington, que otearon el valle y comprobaron que los dos jinetes que subían por el tortuoso camino que conducía a la cumbre, llevando con ellos una mula con una montura para mujer, era gente amiga.

Los dos mensajeros llegaron a su altura.

—Salam aleikum.

—Aleikum salam.

—La paz sea contigo, hermano... Somos de la cabila de los Beni-Juriel. El caíd Jared nos envía en busca de Julaya, la sanadora. Tenemos un problema con un hombre muy querido tanto para el caíd Jared como para el caíd Omar, y piensan que únicamente ella puede hacer algo por su vida.

—La sanadora es uno de los tesoros de los Ketama y tenemos a bien compartirla con todos nuestros hermanos. Tenéis suerte, pues hoy no ha salido... ¡Y raro es el día que no la reclama alguna tribu! ¿Queréis entrar y descansar en una de las grutas?

—Gracias, hermano, pero no tenemos tiempo. Nuestro campamento está instalado en la loma de Los Árboles, y hasta allí, con buen paso, hay una hora y media.

—Entonces se lo comunico al caíd y voy a buscar a Julaya. Debido a su edad, será mejor que la devolváis mañana.

Partió el más joven de los dos en tanto el otro ofreció a los recién llegados agua de su cantimplora y un trozo de cecina de cabrón que extrajo del bolsillo de su chilaba.

Los enviados de Jared aceptaron la ofrenda, más por no ofender que por otra cosa, y aguardaron a que llegara la anciana.

Al cabo de un rato en el extremo del camino compareció el hombre que había ido a buscar a la sanadora acompañando a una vieja arrugada como un sarmiento envuelta en una chilaba azul y negra, los colores de los Ketama. La mujer, en cuyo rostro destacaban dos puntos negros que brillaban como azabaches, se cubría la cabeza con una especie de capucha que apenas permitía ver su cabello blanco. El hombre que la acompañaba entregó a Ismael un hatillo hecho con un pañuelo y cerrado con un nudo. En tanto, luego de saludar a la anciana y mientras su compañero la montaba en la tercera mula, aclaró:

—Ahí van sus cosas. No toquéis nada. Ella conoce cada bolsita de todo lo que lleva en el interior... Que Alá os acompañe y os proteja en el camino.

—Quedad con Él.

Tras estas palabras Ismael se encaramó en su montura, y tomando su brida en una mano y el ronzal del mulo de la de la mujer en la otra iniciaron el camino de regreso.

El cálculo de Ismael fue casi exacto: a la hora y media el grupo alcanzaba la cuesta que conducía a la loma de Los Árboles. En el ínterin, Omar y sus hombres habían transportado el cuerpo de Nico en una de las artolas amarrada con correas al baste de la mula. En cuanto Jared divisó el grupo en la cuesta fue a su encuentro y, mientras Omar le explicaba la aventura completa, apartó el lienzo que cubría el cuerpo de Nico y observó al herido con detenimiento.

Jared, que pese a las explicaciones recibidas seguía considerando casi imposible aquella situación, pudo cerciorarse por sí mismo de que aquel hombre que yacía inerte, pálido y barbudo bajo aquella costra de sangre reseca que a medias cubría un trozo de manta era el mismo Nico con quien había compartido juegos y travesuras en aquella otra vida lejana de su infancia en San Sebastián. Murmuró:

—¡Por Alá, el Grande, el Misericordioso! Si no lo veo no lo creo... Es Nico, uno de los veinte o treinta mil españoles que se mueven por estas tierras del Rif. Y has ido a encontrarlo tú, Omar, que eres su hermano de sangre y con quien estás obligado por un pacto que es de por vida.

—Así es, hermano... Alá en su grandeza me brinda la oportunidad de pagar mi deuda de vida. Si logro salvar la suya habré pagado la mía. ¿Has enviado a por Julaya?

—A Ismael con un hombre. Deben de estar de vuelta ya... Y he hecho preparar un camastro en nuestra tienda.

—Pues vamos.

Partió de nuevo el grupo hasta la puerta de la jaima de los hermanos y allí, con sumo cuidado, los hombres soltaron la artola del baste de la mula y, usándola como camilla, llevaron a Nico hasta la parte posterior, donde Jared, en previsión, había hecho levantar los faldones y mojado con agua el techo de la tienda a fin de refrescar el ambiente y bajar la temperatura.

Luego de recostar a Nico en el catre preparado, de quitarle la ropa, de lavarlo con agua limpia y de cubrir con una ligera sábana su cuerpo, que estaba ardiendo, Jared y Omar se quedaron solos.

—Suponiendo que sobreviva, que es mucho suponer, hemos de obrar con tiento, hermano. Únicamente yo puedo entender que debas cuidarlo... Los demás verán en Nico a un soldado enemigo, y si bien podemos sofocar los comentarios de las gentes de nuestra cabila, las otras no serán comprensivas si se corre la voz de que tenemos en nuestro poder a un soldado español. Lo menos grave que puede pasarnos es que Abd el-Krim quiera utilizarlo para beneficiarse de un rescate y lo aparte de nuestros cuidados. Si conseguimos salvarlo, nuestra misión será sacarlo del Rif para que pueda, por sus medios, regresar a España.

El diálogo de los hermanos fue interrumpido por una algarabía de voces que venía del exterior. Salieron a su encuentro. En aquel momento el grupo que venía de la cabila de los Ketama desmontaba a la puerta de la jaima. Jared se adelantó y tomando a la anciana Julaya en brazos la bajó de la mula.

Luego de los saludos de rigor y después de que la vieja sanadora recogiera el hatillo con sus cosas, en tanto entraban en la jaima fueron poniéndola al corriente de lo acaecido y de lo grave de la situación. La mujer entró en la última estancia y se acercó al catre del herido. La respiración de éste era entrecortada, por no decir casi agónica, y la sanadora retiró la sabanilla y de un golpe de vista calibró el estado del postrado. El rictus de su rostro fue la premonición de sus palabras:

—Me habéis dicho que venía a curar a un herido, no a resucitar a un muerto... Este hombre está a punto de entrar en el valle de las sombras.

Omar dio un paso al frente.

—Haz lo que esté en tu mano, Julaya. Los Ben-Juriel sabrán agradecértelo.

La mujer se arremangó y pidió que le llevaran una mesilla baja, que colocaron a su lado, y dos baldes de agua, el uno frío y el otro caliente. Acto seguido, procedió a rebuscar en su hatillo una serie de cosas. En primer lugar, extrajo un hornillo y lo puso en el suelo de la jaima después de pedir que retiraran la alfombra. Sacó luego una bolsa de cuero y de su interior varios hierros con el mango de hueso y las puntas terminadas de diversas formas; unas eran planas, otras redondeadas tal que moneda y otras en forma de pincho. Por último, extrajo frascos con diferentes ungüentos y dos botellas, una con un líquido oscuro y la otra con una especie de leche espesa y blanquecina.

Su voz era cortante y rota, sonaba tal que si hablara desde dentro de un caldero de cobre.

—Haced un fuego, colocad sobre él una parrilla donde pueda calentar mis hierros, que dejaremos ahí hasta que estén al rojo vivo. Después coged paños limpios y con ellos mantened húmedos el cuerpo y la cara de este hombre.

Tras estas palabras procedió a comprobar cuán adherido estaba el trozo de manta al bajo vientre del herido.

A lo lejos sonaban disparos y explosiones.

—Los nuestros, Omar, están tomando Igueriben.

—Y Nico ha sido abatido mientras buscaba agua. En el macuto que llevaba sujeto al cuerpo están sus varillas.

—Pues si no muere ésa habrá sido su suerte.

La anciana había conseguido despegar el trozo de manta de la piel de Nico, luego de echarle encima media botella de líquido oscuro. La herida era espantosa, a tal punto que aquellos hombres acostumbrados a ver barbaridades apartaron la vista.

La mujer maniobraba. En primer lugar, con un trapo limpio humedecido en agua caliente fue retirando pacientemente la sangre reseca adherida a la herida. Cuando tuvo todo limpio, comentó:

—El trozo de manta ha impedido que se desangrara. Eso ha sido la consecuencia de una bala dum-dum. El destrozo a la salida es impresionante... La bala le ha arrancado el escroto y el pene.

»Suponiendo que viva, este pobre hombre no podrá ser padre. Lo único que me queda por hacer es procurar que la infección no progrese... Para arreglar este destrozo e intentar recomponerlo habrá que sajar la carne donde no llegue la sangre y cauterizar los bordes; de esta manera, quizá le evite la gangrena.

Julaya continuó maniobrando. A continuación, tras retirar el tapón de la botella que contenía el espeso líquido blanquecino, indicó a Omar:

—Ve escanciando poco a poco el brebaje en su boca.

—¿Qué es eso?

—Harshasha, una variedad de amapola real. Su flor es roja y morada… En la zona del Rif está muy extendida. La cultivo yo misma y la obtengo de la savia haciendo incisiones en su fruto. Los españoles la llaman adormidera. Es la única manera de que el dolor no lo mate. —Señaló a Nico—. Comienza ya. Cuando haya tragado diez o quince gotas, seguiré yo.

Omar procedió. La mujer, cuando lo creyó oportuno, estudió la herida. Luego cogió los hierros al rojo vivo y comenzó a cauterizar los bordes. El olor a carne quemada era insoportable. De vez en cuando la respiración de Nico se mezclaba con gemidos de dolor, y a cada nada Julaya alzaba la vista y miraba el rostro del herido. Después proseguía. Finalmente, cuando consideró que ya no salía sangre por ningún vaso, desenroscó la tapa de un pequeño frasco y, con la punta de los dedos, aplicó por toda la zona un ungüento amarillento con un olor peculiar. En tanto obraba, se explicó:

—Es pasta de áloe. Está hecha con la carne macerada de uno de nuestros cactus, y es un poderoso desinfectante que Alá regaló a los hijos de esta tierra. Si esto no detiene la infección, este hombre no verá la luz del día. Si se llega a despertar, los dolores que sentirá serán horribles… Entonces suminístrale adormidera.

Omar tomó la botella entre sus manos e indagó:

—¿Lo aliviará?

—Lo dormirá. Y tal vez consiga aguantar… Si tiene fiebre, mantenedle la frente húmeda toda la noche. Y cambiadle a diario las vendas y embadurnadle la herida con el ungüento de áloe que os dejaré aquí. Es cuanto puede hacerse en estas circunstancias. Es muy joven y fuerte… Lo que más temo es cuando despierte, si despierta, y se dé cuenta de que le han arrancado la vida… Dentro de tres días volveré a verlo.

—Y si resiste, para alimentarlo ¿qué debemos hacer?

—Por ahora administradle agua azucarada y caldo de pollo con una cucharilla. Si no ha muerto cuando yo regrese, ya os diré.

La vieja se incorporó y, estirando sus cansados miembros, se dirigió a los hermanos:

—Que este hombre no sea de nuestra raza no es de mi incumbencia. Yo misma tengo un hijo al que salvó de la muerte un misionero cristiano... No todos los enemigos son malos. Ni todos los malos son enemigos. No quiero que me paguéis nada. Así yo también habré pagado mi deuda... Y ahora, si no os causo demasiado embarazo, devolvedme a mi cabila. Hoy va a ser día de mucho trabajo.

119

El parto

A finales del mes de julio los campos del Sabinar soportaban el sol del verano. Por el camino del fondo se aproximaba el sedán de los Segura conducido por Honorato, que había ido a Olivenza a buscar Técula Mécula, la famosa torta extremeña, para complacer un antojo de Herminia cumpliendo una orden de María Antonia, que había acudido con Higinio y con Carlos para no perderse el parto de su hija; al pasar por Trujillo compró *El Imparcial* para el señor y la revista *Blanco y Negro* tal como le habían encargado.

En el salón del primer piso el matrimonio hablaba a resguardo de oídos indiscretos.

—He estado dando vueltas a tu conversación con José... Me dices que ha hablado con Romanones y que la prensa no cuenta toda la verdad de lo que está pasando en Marruecos.

—Y que ha pedido audiencia con don Alfonso porque nada sabe de sus dos hijos, eso es lo que me ha dicho.

—¡Pero eso es horroroso! Y mi pobre niña en este estado...

—Aquello es un descalabro. A Melilla van llegando soldados de todos los destacamentos medio enloquecidos de espanto. Jamás debimos meternos en ese avispero.

—¿Sabes qué te digo, Higinio? Que España no se resigna a ser un pequeño país, a reconocer que el tiempo del imperio pasó y que vivimos de recuerdos.

—No únicamente es eso, María Antonia, tenemos un ejército del siglo XVIII que dudo que tenga suficiente moral para mantener el orden dentro de España. Y roguemos que no se desmande alguna provincia, porque si no tendremos lío.

—Y el rey jugando a soldaditos, y venga a estrenar coches y barcos... Esto acabará como el rosario de la aurora...

—Bueno, mujer... Hemos venido a lo que hemos venido. Pasemos los días en paz, que sólo faltan dos meses para que esté en el mundo esa criatura. Y lo que ocurra no está en nuestras manos... Sea lo que sea, cuando llegue lo afrontaremos.

El matrimonio quedó unos momentos en silencio.

—¿Quieres salir a tomar un poco el aire?

María Antonia miró su reloj de pulsera.

—Pero si ya son las dos... Mejor bajamos a comer y después damos una vuelta.

Tenían por costumbre comer en el salón. Abrir el inmenso comedor únicamente para cuatro comensales era un inconveniente, además de que se veían perdidos sentados a aquella mesa.

El ama Enriqueta salió solícita a su encuentro.

—¿Hago servir la comida ya, señora?

—Sí, Enriqueta. Avise a Carlos y a Herminia para que bajen.

—Su hijo Carlos me ha dicho que comerá en casa de los Becerril.

—Ese chico nunca para quieto.

—Es la edad, señor. Los muchachos han de estar siempre haciendo cosas.

—Está bien, Enriqueta. Entonces avise a Herminia.

Partió la vieja ama a avisar a su niña en tanto el matrimonio ocupaba su lugar a la mesa. Al cabo de unos minutos regresó el ama.

—Dice la señorita que no va a comer. Que tiene mucho sueño y que se echa un rato. Que comerá más tarde.

—Eso se lo consiento porque está como está. ¡Qué bonito enviar a Honorato a Olivenza a buscar la Técula Mécula para luego no sentarse a comer!

—Déjala, mujer. ¿O acaso ya no te acuerdas de cuando recorrí Barcelona en agosto buscando turrón de Jijona?

Herminia estaba desolada. Aquel pasar el tiempo sin una noticia de Nico con la única compañía de Victoria era un sinvivir. Pese a que la hija de los guardeses era un encanto de muchacha que se esforzaba organizándole planes divertidos continuamente recordando los años de su niñez, algunos días se le caían encima como una losa, las noches sobre todo, cuando las horas iban pasando una a una mientras imaginaba mil peligros para su amado sin pegar ojo.

Enriqueta la avisó para que bajara a comer. Pero no tenía ganas. Menos aún que su madre le preguntara y la llenara de consejos. Prefería estar sola y pensar. Pensar era lo único que podía hacer, e imaginar que tal vez en aquel mismo instante Nico pensara en ella. ¡Cómo podía llegarse a querer tanto a una persona! El mundo sin Nico no tenía sentido. Intentaba recordar cuándo empezó a amarlo, y se convenció de que lo amaba desde el primer día que lo vio en San Sebastián. Se echaría un rato, comería más tarde y de esa manera habría ganado un par de horas al día.

Al pasar por el salón principal vio *El Imparcial* y *Blanco y Negro* en la mesa camilla. Se los llevaría a la cama y leería un poco.

En cuanto estuvo en su dormitorio ajustó los postigos, encendió la lamparita de la mesilla de noche y se acostó, dispuesta a hojear la prensa mientras no le entrara sueño. Pasó lentamente las páginas de *El Imparcial* deteniéndose en alguna que otra fotografía y en algún que otro artículo que le parecieron interesantes. De pronto, su mirada se detuvo en un título que hablaba de la guerra de Marruecos. En él, el periodista Luis de Oteyza explicaba el desastre del blocao de Igueriben, cuyos trescientos cincuenta componentes habían caído bajo las balas del enemigo o habían sido hechos prisioneros. El regimiento que defendía esa posición era el Ceriñola 42. Herminia notó que una laxitud tremenda invadía sus miembros y que la vista se le nublaba. Se sintió incapaz de sostener el periódico en las manos y lo dejó caer a su lado, a la vez que un terrible grito que rompió en lamento salía de su garganta y rebotaba por las paredes de la vieja casona mientras una humedad pegajosa invadía su bajo vientre.

—¿Has oído eso, Higinio? —preguntó María Antonia, que soltó la cuchara sobre el plato de sopa y se puso en pie.

Higinio, demudado, se levantó de la silla, y con la servilleta todavía colgando del cuello, costumbre que había adquirido pues últimamente se manchaba las camisas, se precipitó hacia la puerta.

El matrimonio se encontró con el ama Enriqueta, que acudía a su encuentro precipitadamente.

—¡Señor, me parece que la niña…!

Higinio la apartó a un lado.

—¡Quite de en medio, ama!

Llegados al primer piso se abalanzaron hacia la puerta del dormitorio de Herminia.

Un gemido entremezclado de llanto salía de la adoselada cama. Cada uno accedió por un lado. En aquella penumbra poco se veía. Higinio acarició la frente de su hija, y le notó el pelo húmedo y pegado a las sienes. El ama le retiró el cobertor.

—La niña se ha puesto de parto, señora.

—¡Madre del amor hermoso!

Higinio recogió *El Imparcial*, que estaba sobre la cama, y leyó. Al finalizar se sentó al borde del lecho y tomó la mano de su hija.

—Ya verás, cariño, como Dios lo ha protegido. Desde aquí lo único que podemos hacer es rezar...

La voz de Herminia era un susurro.

—Papá, haga que José hable con el rey.

—Lo que tú quieras, hija.

María Antonia, que había salido para pedir a Victoria que fuera en busca de la comadrona, volvió a la habitación. Echó a su marido de la cama y trató de consolar a Herminia, que se debatía entre las contracciones y un desánimo absoluto. La madre temió que las noticias hubieran robado a su niña las fuerzas necesarias para dar a luz.

Finalmente, con ayuda de la comadrona, que no quiso ni oír hablar de desgracias militares, Rafael, el hijo de Herminia y de Nicolás Cervera, nació tres horas después, dejando a su madre exhausta y presa de emociones contradictorias que no le permitieron descansar. Y que, al ver el rostro de su hijo, se compadeció pensando que tal vez la pobre criatura no llegara a conocer nunca jamás a su padre.

120

La convalecencia

El 23 de julio fue el día del desastre; la caída de Igueriben fue el principio del fin. El grueso de las tropas estaba en el campamento de Annual y tras múltiples consultas y cavilaciones el general Silvestre ordenó la retirada. Su plan de cubrir los ciento cincuenta kilómetros que mediaban entre Melilla y Sidi-Dris, junto a Alhucemas, con pequeños blocaos en las alturas desprovistos de agua y mal comunicados entre sí se había convertido en un inmenso fracaso.

La retirada comenzó a las once. Había dos convoyes, uno para retirar los mulos con la impedimenta y el otro para el grueso de la tropa, los heridos y el armamento pesado. Pero para entonces las alturas del norte, que dominaban los caminos de huida, ya habían sido tomadas por los rifeños. La gran mayoría de los policías indígenas que las defendían se pasaron al enemigo, matando a sus oficiales españoles. De modo que cuando las tropas españolas abandonaron el campamento empezaron a recibir disparos. En ese momento comenzó el caos, y la retirada ordenada no tardó en convertirse en una desbandada general bajo el fuego de los rifeños. Los dos convoyes de evacuación se mezclaron sin ningún tipo de orden y, en medio de la confusión, los oficiales perdieron el control de la situación. Sin nadie que cubriera su retirada, los hombres trataron de ponerse a cubierto de las balas en una huida hacia delante en la que abandonaron los carros, el material y hasta a los heridos. Incluso muchos oficiales escaparon ajenos a su deber lanzando al camino guerreras y condecoraciones para ocultar su grado.

El coronel Fernando Primo de Rivera y Orbaneja, jefe del Regimiento Alcántara 14, recibió la orden de proteger el paso del río Igan e imponer orden en la retirada de las tropas por el desfiladero de Izumar, ratonera batida desde las alturas por las cabilas de Abd el-Krim. El regimiento cargó en sucesivas ocasiones hasta perder el ochenta por ciento de sus efectivos cubriéndose de gloria. A pesar de que hubo diferentes versiones, corrió la voz de que el general Silvestre se había pegado un tiro en su tienda.

Annual fue tal descalabro que, en la ofuscación de la victoria, las cabilas no tuvieron tiempo para otra cosa que no fuera el reparto de aquel material de guerra abandonado por los españoles y de sentar las bases de su futura colaboración.

Si hubo un momento para ocultar algo y para que una situación particular pasara desapercibida fue durante aquellos días.

Por un auténtico milagro, Nico pasó cuarenta días delirando. Jared y Omar, sobre todo este último, no se apartaron de su lado. Alrededor de la jaima pusieron tres centinelas y era imposible acceder a ella sin una orden concreta de uno de los dos hermanos. Los primeros días fueron terribles, y ni aun a costa de tenerlo ebrio de adormidera conseguían que pasara dos horas descansando. A diario retiraban los apósitos que Julaya le había puesto, lo lavaban con agua y jabón, lo cubrían con pasta de áloe y volvían a vendarlo, procediendo después a emborracharlo con orujo o a dormirlo con el extracto de amapola real.

Julaya acudió tres veces, la última de las cuales comentó con voz incrédula:

—Ya no regresaré. Mi harka retorna a casa, aunque la cabila se queda en las grutas. Por lo visto Alá ha querido hacer un milagro con este hombre, y creo que se salvará... Lo que no sé es si cuando tome conciencia de lo que le ha ocurrido preferiría haberse muerto.

—La vida siempre es un don de Alá, y si ha querido preservar la suya será por algo.

—Mejor habría sido que la bala hubiera acabado con él. No poder poseer mujer porque la bala lo ha castrado es el peor de los tormentos.

—Ha salvado la vida. Cuando despierte, él verá qué quiere hacer con ella. Yo he cumplido.

—No entiendo a qué te refieres.

—Este hombre, Julaya, es mi hermano de sangre desde que éramos niños, y de no ser por él yo no estaría aquí.

La mujer quedó pensativa un instante.

—Debí sospechar algo así... Nadie se esfuerza como tú has hecho para salvar la vida de un enemigo. Me gusta la gente como tú.

Si me necesitas de nuevo hazme llamar. La gangrena gaseosa está detenida, ahora el único que puede hacer algo por este hombre es el tiempo.

Tras estas palabras y luego de despedirse de los hermanos, la vieja Julaya montó en su pequeña mula torda y partió para reunirse con su gente.

Abd el-Krim estaba dispuesto a aprovechar la ventaja adquirida en Annual y, tras una reunión con los jefes de las cabilas, decidió marchar sobre Melilla, ciudad desprotegida y desmoralizada. Colocó los cañones en las alturas del Gurugú y desde allí comenzó a bombardear la ciudad. Por otra parte, el general Navarro se refugió con los restos de Annual en el fuerte de Monte Arruit. Aquello fue otra escabechina, pues tras pactar la salida de la tropa para regresar a Melilla y entregar las armas, los infelices fueron masacrados sin compasión con una crueldad inusitada. Fue entonces cuando la Legión Extranjera, recién fundada, fue requerida para acudir en defensa de Melilla. El general Millán-Astray ordenó al comandante Paquito Franco, al que llamaban el Comandantín, acudir a Ceuta y desde allí embarcar la tropa hasta la ciudad sitiada. La marcha de cien kilómetros se hizo en treinta y seis horas y la Legión salvó Melilla.

Serían las cuatro de la tarde cuando Omar tuvo la rara sensación de que Nico intentaba zafarse de las vendas con las que todos los días lo sujetaban para que no intentara arrancarse los apósitos. Rápidamente se levantó del taburete que estaba al pie del catre y se acercó al herido. ¡Por Alá que se había obrado el milagro! Con los ojos turbios y la mirada perdida, Nico observaba el techo de la jaima. Enseguida bajó la vista hasta él y, no reconociendo el entorno, frunció el entrecejo y trató de tocarse los vendajes.

Con una voz ronca y susurrante, habló:

—¿Dónde estoy?

—Estás entre amigos, Nico. Aquí nadie puede hacerte daño.

Una larga pausa.

—¿Quién eres?

—Soy Omar, tu hermano de sangre.

Nico lo miraba sin comprender.

—Estás en Marruecos, ¿recuerdas? Los españoles habéis venido

708

a nuestra tierra a hacer la guerra. Te hirieron. Pero Alá es grande y quiso que yo te encontrara. De no ser así, estarías muerto. Ahora estás a salvo… Jared es el jefe de esta cabila. Y yo he pagado mi deuda. ¿Te acuerdas de la balsa?

Nico cerró los ojos, y en las comisuras de sus párpados amanecieron dos gruesos lagrimones que desbordaron y comenzaron a descender lentamente por el bosque enmarañado de su barba.

121

Nico y su destino

Omar y Jared estaban reunidos en conciliábulo. Al caer la noche, los hermanos acostumbraban a encontrarse en un rincón del campamento junto a la muralla levantada con sacos, y allí, a la luz de un farol y lejos de oídos indiscretos, tomaban un té y fumaban una pipa en tanto despachaban los temas que únicamente ellos dos debían conocer.

El que hablaba era Jared, el mayor:

—Creo que es el momento oportuno... En el trajín de estos días a nadie extrañará que una harka cambie de localización, ni le preocupará con cuántos hombres lo hace ni adónde va. La caída de Melilla es inminente, y en el ínterin, si la ciudad resiste, Abd el-Krim estará suficientemente ocupado manejando a diez mil hombres para fijarse en si un pequeño grupo de los Beni-Juriel regresa a casa a reponer fuerzas o acude directamente al monte Gurugú a ocupar el sitio que les asignen. Ahora o nunca, hermano, si tú crees que Nico está en condiciones de soportar el traslado. El premio del rescate es demasiado goloso para Abd el-Krim si averigua quién es el soldado herido.

Omar meditaba las palabras de Jared.

—Y si nos encuentran en el traslado, ¿qué argumentamos?

—Julaya no se irá de la lengua, su cabila es más amiga de la nuestra que de la de Abd el-Krim, los Beni Urriaguel. Por otro lado, si tal ocurriera siempre podemos argumentar que estaba muy mal, por no decir casi moribundo, y que lo hemos curado para posibilitar su rescate.

—Bien me parece, si a ti te lo parece.

Jared dio una larga calada a su pipa.

—¿Crees que aguantará el viaje?

—Si aguardamos una semana, e industriamos los medios oportunos, creo que sí... Julaya sostiene que es un milagro de Alá.

—¿Has pensado cómo transportarlo? Porque con las heridas que tiene, es imposible que pueda montar a caballo.

—Tienes razón. Deberemos montar unas artolas en una mula, tal como hicimos cuando lo subimos al campamento.

—Cuando he llegado ya dormía... Me dices que le has administrado adormidera porque intentaba arrancarse el vendaje.

—Cierto, así ha sido.

—Entonces él no ha visto la carnicería.

—Tiempo habrá para que se haga a la idea.

Jared volvió a mostrarse pensativo.

—Si tal me ocurriera a mí, preferiría haberme muerto.

—Ésos son designios de Alá, el Grande, el Misericordioso, y creo que un hombre no debe intentar torcer su voluntad cuando, en su sabiduría, así lo ha designado. Así debe ser.

De nuevo hubo una pausa, que Omar aprovechó para sorber su té y Jared para fumar su pipa.

—Me has dicho que mañana piensas retirarle los apósitos para que vea su herida.

—Eso pensaba hacer, sí.

—Quiero estar presente... Un hombre desesperado puede intentar cualquier cosa.

—Descuida, hermano, así se hará.

Por vez primera desde que cayó herido, Nico se despertó y tomó conciencia de que estaba en una jaima. A sus pies, como cada vez que había abierto los ojos en la penumbra de su inconsciencia, estaba aquel hombre, quieto como una estatua de sal, que ya había visto allí en otras ocasiones. Su mente comenzó a razonar engarzando frases sueltas que creía haber oído de la boca de él en un tiempo pasado, no sabía si hacía una hora, si un día entero o un mes...

El dolor de la entrepierna, aun siendo insoportable, no le anulaba la conciencia, y en aquel duermevela su voz ronca salió de su garganta ajena a él y extraña, como si fuera la de un desconocido, y musitó:

—Omar...

La sombra, envuelta en una chilaba, se alzó del escabel situado a sus pies y se llegó solícita hasta su lado. Entonces, quitándose la capucha y poniendo su mano sobre las de Nico, preguntó:

—¿Cómo estás?

Una larga pausa.

—No sé si vivo o soñando… Porque tú eres Omar.

—Yo soy Omar, para tu suerte, y tú eres Nico, mi hermano de sangre de San Sebastián.

La mirada de Nico vagaba peregrina por el entorno. Después se centró en el rostro de su salvador y quiso saber:

—¿Qué hago aquí?

Omar dudó.

—Los españoles habéis venido a traer la guerra a suelo marroquí… Estabas en Igueriben y caíste herido, entiendo que mientras buscabas agua… Por fortuna te encontré yo.

Nico pareció recordar vagamente.

—¿Dónde estoy ahora?

—En el campamento de los Beni-Juriel. Mi hermano, Jared, es el caíd… De haber caído en manos de otra cabila, ya estarías muerto. Aquí te traje herido, muy malherido, pero milagrosamente has salvado la vida.

Una pausa preñada de incertidumbres se cernió sobre ellos y Omar, temiendo la pregunta, anunció:

—Voy a buscar a Jared. Ayer me dijo que lo avisara si despertabas.

Omar, tras estas palabras, requirió a Ismael, que estaba de guardia en el exterior de la jaima, que cuidara del herido en tanto regresaba.

Al poco se retiró la alfombrilla que cubría la entrada de la jaima y aparecieron los dos hermanos. Nico, que estaba sentado en el catre, apoyada la espalda en dos almohadones, entornó los ojos para enfocar las dos sombras que se recortaban a contraluz. Ambos se llegaron junto a él.

—Salam aleikum, Nico. Que Él, que te ha traído hasta aquí, esté contigo.

En aquel instante, como por ensalmo, se hizo la luz en la mente de Nico. Y recordó la balsa… Vio a Herminia con una claridad dolorosa, vio gritando asustado a don Julián Naval-Potro, vio a Paco y a Pablo, y oyó el grito doloroso de Jared diciendo: «¡No sabe nadar, mi hermano no sabe nadar!». La claridad del recuerdo lo obligó a cerrar los ojos.

Jared se sentó a su lado en el borde del catre.

—Es un milagro que estés aquí, también lo es que te hayas salvado y también lo fue que Omar te encontrara… Todo ello hace que la voluntad de Alá se muestre claramente, y si has llegado hasta aquí

712

justo es que hagamos lo imposible para que puedas seguir adelante con tu vida. Ésta y no otra es la misión que se nos ha encomendado.

Nico volvió a abrir los ojos.

—¿Cuánto hace que estoy aquí?

Jared miró a su hermano, y éste respondió:

—Mañana hará sesenta y seis días.

—Estoy muy malherido, ¿no es así?

—Malherido es poco. Has regresado del valle de las sombras.

Nico, tras oír la respuesta de Omar, dirigió la mirada a su vendaje.

—Quiero ver lo que tengo.

—Tiempo habrá para ello. Ahora descansa, has de recuperarte. Has perdido muchos kilos y estás muy débil.

—No, Jared, me habéis salvado la vida, pero para seguir adelante con ella he de conocer cuáles serán mis condiciones.

Omar consideró que era mejor prevenirlo y, antes de hablar, se sentó al otro lado del catre y le tomó las manos.

—Una bala dum-dum te destrozó el muslo derecho y te arrancó parte del sexo.

El rostro de Nico palideció aún más, si ello era posible, y adquirió un tono cerúleo. Después se deshizo de la mano de Omar e intentó arrancarse los vendajes, pero entre los dos hermanos lo impidieron.

—Nosotros lo haremos, Nico. Lo hacemos cada día. Hay que ir con mucho cuidado, pues podrías comenzar a sangrar otra vez y ha costado mucho detener la hemorragia.

Tras estas palabras Omar ordenó a Ismael que le llevara la olla de agua caliente, paños limpios y la botella con el desinfectante que Julaya les había suministrado.

Omar habló:

—Voy a quitarte los apósitos, pero quiero que sepas a lo que te enfrentas… Jared, acerca el candil…

Entonces Omar clavó la mirada en Nico.

—La bala te arrancó el miembro y parte de la pierna.

El rostro de Nico era un cuadro.

—Quítame las vendas.

Nico se había incorporado en el catre.

Omar procedió. Finalmente sólo quedaba un apósito, y con mucho cuidado y humedeciéndolo por completo con agua caliente, retiró el paño.

La bala lo había destruido todo; el miembro era apenas un colgajo y el muslo derecho estaba gravemente afectado por su parte interior. El escroto, perdido.

Ante la visión terrorífica de sus partes destrozadas, Nico se dejó caer hacia atrás y un grito estentóreo que se desflecó en un lamento de animal herido rebotó peñas arriba como queriendo reclamar a Dios aquella cruel injusticia que sesgaba de raíz su juventud.

122

Tres diálogos

José, como de costumbre, frente a sus huevos pasados por agua con picatostes y su café negro, tenía abierto por su página central el rotativo *La Libertad* y plegados a su lado, sobre la mesa, el *ABC* y *El Imparcial*. Tal ceremonia constituía uno de sus mejores placeres diarios. A pesar del clima patrio, que no era precisamente el más favorable, los negocios iban bien. Tras el desgarro de la Gran Guerra, Europa mostraba unas ganas de vivir, de restañar heridas y de olvidarse de aquel conflicto realmente admirables, y él había delegado gran parte de sus responsabilidades en su amigo y socio Perico Torrente, a quien consideraba su *alter ego* y que había resultado ser, además de un gran abogado, un gestor notable. Eso le permitía viajar frecuentemente a París y a Barcelona y ocuparse de la parte del negocio que le era mucho más grata, los motores y los adelantos de la aeronáutica. Todo contribuía a tener su mente ocupada.

Ciertamente era tiempo de tener los ojos bien abiertos y de contar con el empuje y el capital necesarios para pescar en aquel río revuelto de oportunidades que se presentaba ante quien tuviera capacidad para detectarlas, un sinfín de ocasiones que venían de la mano de los nuevos inventos que, como el teléfono, acercaban los países y evitaban pérdidas de tiempo. El mercado le había demostrado que no iba errado. Había invertido en las diversas compañías telefónicas que proliferaban en el país; el automóvil ya no era un invento, era un progreso, pues los coches de caballos habían pasado a mejor época, era un lujo tenerlos y un gusto mostrarlos, pero empezaba a ser un capricho de millonarios usarlos todos los días; las novedades en aeronáutica eran continuas y ya comenzaba a hablarse de barcos que podían navegar bajo el agua. Realmente el trabajo era lo único que ayudaba a José a apartar de su mente la tremenda desgracia habida. Aun así, pese al desánimo general del país, pese a que su mente racional le decía que con toda probabilidad había perdido a sus hijos, la fe inquebrantable de su mujer, que se negaba a admitir lo que casi era inevitable, era el único asidero al que se aferraba con desesperación. De todas maneras, cuando hablaba con Higinio Segura, siempre a escondidas de Lucie, trataba de ser realista por no dar falsas esperanzas que él no se hacía, pero procuraba simularlas para ayudar en la recuperación de la hija de su amigo, aquella muchacha en la flor de la vida enamorada de su hijo a la que aquel desastre había causado una enfermedad, haciéndola caer en una sima de depresión y desánimo.

Un discreto carraspeo bajo el quicio de la puerta que daba al pasillo lo rescató de sus ensoñaciones. Era Étienne, el mayordomo que ahora ejercía su oficio en Madrid. José le dirigió una mirada interrogante.

—Señor, Armand me ha dicho que en la entrada hay un sargento con el uniforme de los Monteros de Espinosa que tiene que entregarle en mano una carta de palacio.

José se puso en pie como si un muelle lo hubiera expulsado del sillón y, ajustándose el abotonado chaleco, apartó a Étienne y se dirigió hacia la puerta a grandes zancadas.

Pascual, el portero, considerando la importancia de aquel uniforme, había acompañado al sargento hasta la puerta principal. Cuando don José apareció, motivó su presencia:

—He creído un deber acompañar al sargento hasta aquí cuando me ha dicho que traía un mensaje que debía entregarle en mano, señor.

—Muy bien, Pascual. Puede retirarse.

El hombre, que vio ocasión de quedarse, se justificó dado que José era el amo de todo el edificio.

—Usted sabe, señor, que jamás dejo la portería si no es en circunstancias excepcionales.

—Lo sé, Pascual. Pero, por favor, siga a lo suyo.

El portero se retiró. La presencia del sargento de Monteros era impactante. El uniforme de paseo daba un realce y una prestancia a los soldados que salían de palacio que era el orgullo del cuerpo.

El sargento permanecía firmes sin mover una ceja, como si estuviera en posición de revista. José se dirigió a él.

—Buenos días, sargento. Creo que me trae un mensaje de palacio.

El militar, en vez de responder, precisó:

—Traigo un mensaje para don José Cervera Muruzábal y debo entregárselo en mano.

—Ése soy yo, sargento.

—Con todo el respeto, señor, debo cerciorarme. El protocolo de las cartas personales de Su Majestad así lo exige. Si fuera una misiva corriente, se habría enviado por otros medios. Pero se ha enviado por mensajero del cuerpo de los Monteros, y eso es lo que exige la ordenanza.

José estaba asombrado. Pero al instante se hizo cargo de la importancia del mensaje y del mensajero.

Nervioso, se volvió hacia Étienne, que estaba en la puerta a su lado y tan asombrado como el propio José.

—Vaya a mi cuarto y tráigame la cartera de documentos que está en la mesilla de noche.

Partió el mayordomo y quedó José frente a frente con el teniente, que seguía firmes en posición de revista.

La situación, de no haber sido tan peculiar habría resultado jocosa.

Étienne regresó con la cartera.

José rebuscó entre los documentos y, sacando su cédula de identidad, se la ofreció al militar.

—¿Es suficiente?

El sargento se movió como un autómata y, estirando la enguantada mano, tomó el documento y lo comprobó atentamente dirigiendo su mirada alternativa de José al cartoncillo, y viceversa.

—Todo está en orden, señor. Perdone los inconvenientes, pero éstas eran las órdenes.

Y, tras estas palabras, de la cartera de charol que llevaba en bandolera extrajo un sobre de hilo con el escudo de la casa real en la solapa y una libretilla.

—Excúseme, señor, debe firmar aquí. —Y presentó a José la libretilla abierta en una página donde se veían otras firmas.

José no perdió el tiempo. Se sacó la Waterman del bolsillo superior de la chaqueta y se apresuró a estampar su firma en el documento. El sargento, tras comprobar el garabato, entregó la carta real a su destinatario dando un taconazo que resonó en la escalera y, tras un correcto saludo y demandar si se solicitaba alguna cosa, partió hacia palacio.

José quedó con el sobre en la mano, consciente de la importancia que había tenido ese gesto. Lo primero que se le ocurrió fue hablar con su mujer.

—Étienne, ¿está la señora en casa?

—No, señor. Ha mandado a Hipólito preparar el coche pequeño y ha salido hace una hora. —Luego, como justificándose, añadió—: Usted todavía no había bajado a desayunar.

—De acuerdo. Estaré en la biblioteca. Cuando mi esposa regrese dígale que venga a verme, que no vuelva a irse sin hablar conmigo.

Tras estas palabras partió José con la carta hacia el despacho de la biblioteca.

La carta le quemaba en la mano. La forma de hacérsela llegar y el rigor del protocolo le hacían pensar que la misiva contenía noticias importantes y que dichas novedades eran únicamente para él. El tiempo transcurrido entre su visita a don Alfonso y la llegada de la carta real le indicaba que el rey había tenido muy en cuenta su angustia y la de su mujer y que había obrado en consecuencia.

José se encerró en aquel espacio cuyas paredes estaban cubiertas de armarios acristalados repletos de anaqueles llenos de libros, se sentó en el sillón orejero junto a la mesa escritorio que presidía la estancia y a la que coloquialmente se referían como «el despacho pequeño», colocó la real misiva sobre la mesa y cogió de la bandeja un abrecartas, dispuesto a rasgar la solapa.

Las manos le temblaban… Las palabras que sin duda estaban escritas en la cuartilla que contenía el sobre iban a revelarle la suerte que habían corrido sus hijos. Desdobló la cuartilla. Arriba a la izquierda vio el escudo real y después el texto manuscrito del rey, con su característica letra picuda.

Madrid,
22 de agosto de 1921

A don José Cervera Muruzábal (Personal)

Mi muy querido amigo:

Como podrás comprobar por la fecha de esta carta, he puesto en marcha todos los recursos de palacio para cumplir el compromiso adquirido contigo teniendo muy en cuenta el drama que estáis pasando Lucie y tú por desconocer el destino de vuestros hijos Nicolás y Pablo. Esta maldita guerra ha vestido de luto miles de familias españolas y yo, como rey, siento en el alma el dolor de mis súbditos.

Por una vez parece que los hados nos han sido favorables. Lo que voy a revelarte es secreto que conocen muy pocas personas. Por el bien de tus hijos, sé discreto y habla de ello únicamente con tu mujer.

Sin duda conoces a Luis de Oteyza, director del rotativo *La Libertad*, hombre de inmensa cultura y periodista de raza que busca la noticia en el sitio donde ésta se encuentre a pesar de los riesgos que ello conlleve. Pues bien, al poco de tu visita vino a palacio para hablarme de su próximo proyecto, que no era otro que acudir a Axdir a entrevistarse con Abd el-Krim, jefe de la cabila de los Beni Urriaguel, para conocer las pretensiones que albergaba el maligno personaje al respecto de España y ponerse a mi disposición para transmitir cualquier cosa de mi interés por un canal extraoficial. Haber conseguido localizar a ese individuo fue de por sí una tarea meritoria. Como imaginarás, tengo en el Rif gentes destacadas intentando dar con su escondrijo, pues sé que hasta que ese personaje sea anulado en España no habrá paz; es demasiado el daño que nos ha hecho.

No tengo que decirte que el viaje de Oteyza fue secreto. Lo acompañaron en la aventura los fotógrafos Alfonsito Sánchez Portela, hijo de su amigo Alfonso, y Pepe Díaz, de Prensa Gráfica. Pues bien, hace cinco días regresó y me explicó que, tras complicadas y peligrosas peripecias, consiguió entrevistarse con el jefe rifeño y también con los prisioneros, entre ellos el general Navarro, y ha regresado a España no sólo con notas del viaje, sino también con un firme criterio sobre la posición que debe tomar el gobierno español para atenuar el desastre que representó Annual, y añadió que no publicará nada del asunto hasta que yo lo autorice. Y ahora viene la noticia que a ti concierne.

Tu hijo Pablo vive y está bien de salud. Lo hicieron prisionero en Igueriben, junto con el teniente Casado. A tu otro hijo, Nicolás, se lo da como desaparecido en combate, cosa muy difícil de comprobar. No obstante, lo que es evidente es que no se lo da por muerto. Igual que se ha producido un milagro con Pablo, puede producirse otro con Nicolás. Ahora viene la segunda parte: ese desalmado de Abd el-Krim ha pedido la desorbitada cifra de cinco millones de pesetas y únicamente quiere negociar con el industrial bilbaíno Horacio Echevarrieta, a quien su hermano conoció en Madrid. Huelga decir que ésa es una gestión que tiene que ser aprobada por el gobierno, y tal vez por las Cortes, y te adelanto, porque sé que me lo insinuarías, que no quiere hacer trato alguno con un prisionero en particular, sino canjear los trescientos cincuenta por la cantidad que te he indicado. Las cosas son como son, y no cabe otra que tener paciencia. Tu hijo Pablo seguirá la suerte de los demás. Creo que mucho es saber que está vivo... Al respecto de Nicolás, sólo cabe rezar y esperar. El ejército no da por muerto a ningún soldado desaparecido hasta al cabo de diez años, y espero de corazón que éste no sea el caso.

Ten por cierto, José, que el rey no ha podido hacer más de lo que ha hecho. Palacio está siempre abierto para ti y para tu mujer. En cuanto sepa algo más te lo comunicaré por el mismo conducto urgente que hoy he empleado. Ruego a Dios que sea pronto... Cuando vuelva a Madrid, me gustaría verte en palacio. Pide a Álvaro que te busque un hueco.

Ponme a los pies de tu mujer y tú recibe un cordial abrazo de tu amigo,

Alfonso R.

Queridísimo José:

Deseo que al recibo de ésta estéis todos bien dentro de las dificultades que conocemos y sabemos que estáis pasando.

Me decido en esta ocasión a escribirte, pues son un cúmulo la cantidad de cosas que quiero explicarte despacio, y ya sea porque nuestros encuentros son presurosos, ya porque tengo tanto que decir que siempre me dejo algo en el tintero, en esta ocasión prefiero hacerlo despacio y con orden para poneros al día a ti y a Lucie de cuanto ocurre en nuestra casa.

En primer lugar, nos alegramos infinitamente de la buena noticia de saber que Pablo está bien y volverá, aunque tarde un tiempo. En cuanto a Nico, me aferro a la esperanza de que esté vivo, pues mi razón y mi corazón se niegan a creer lo contrario. Y si así ayudo de alguna manera a que Herminia recupere la sonrisa, por el momento no pido más. José, sigue asombrándome esa amistad que te brinda el rey, de la que gozan muy pocas personas. La ventaja de estar cerca de los poderosos es notoria, hasta yo desde Barcelona presumo de ello.

Me parece mentira lo que estamos viviendo. Hace prácticamente nada las personas teníamos la facultad de organizar nuestras vidas en la creencia de que, más o menos, todo sería como siempre había sido. ¡Vana pretensión! Los acontecimientos son tantos y tan diversos que te das cuenta de que lo que ayer te parecía inamovible hoy no te sirve para nada porque han llegado a tu vida o a la vida de los que amas nuevas circunstancias que todo lo moderan de tal manera que has de adecuar tu vida a ellas, ya que, de lo contrario, quedas descabalgado. Te digo esto en la certeza de que tú me entiendes. Esta maldita guerra ha hecho que todo se desmorone a nuestro alrededor como un castillo de naipes, y se comprende, ya que la muerte de diez mil españoles debe afectar, de un modo u otro, a diez mil familias, entre ellas, como bien sabemos tú y yo, a las nuestras.

Paso a hablarte de la inmensa preocupación que representa para

María Antonia y para mí la situación por la que atraviesa nuestra querida hija. Desde lo acontecido a Nico, Herminia se ha refugiado en un mundo irreal. Lo que antes era una risa cantarina que invadía todos los rincones de nuestra casa se ha tornado ahora en un torvo silencio, por demás impenetrable, que hace que nuestra hija no se integre nunca en nuestra familia, y ni siquiera su hermano, Carlos, que siempre conseguía hacerla reír, logra ahora romper aunque sea un poco la muralla de su intimidad.

El doctor Cuevas nos ha dicho que lo que le sucede es bastante común en las personas que sufren un accidente traumático tan grande. Herminia se niega a aceptar la realidad y ni de lejos es capaz de pensar en lo peor. Me explico: ella cree que en cualquier momento sonará el timbre de la puerta y aparecerá tu hijo Nicolás.

Cuevas nos ha recomendado un profesional de la medicina de su promoción especializado en las extrañas reacciones del cerebro que, al acabar la carrera, estudió en París en el afamado hospital de la Salpêtrière, pero por ahora Herminia se niega a acudir a él.

He de hablarte de una decisión que he tomado tras consultar con Cuevas. Resulta ser que en estas circunstancias conviene dar a estos enfermos cualquier satisfacción que ayude a derribar la muralla de su obsesión. Me explico: según me dice Cuevas, si se intuye alguna cosa que los distraiga y aparte de su mente ese torturante pensamiento, bueno es complacer ese deseo para ver si a lo largo de los días esa muralla se resquebraja y se consigue que su cabeza se dedique a otras cosas que no a pensar continuamente en su desgracia.

Una hija de los guardeses de El Sabinar de la misma edad que Herminia y amiga desde que era muy pequeña perdió a su marido en esa maldita guerra estando embarazada de su tercer hijo. Herminia se encariñó con la criatura desde el primer momento y, viendo que era como una medicina para ella, me atreví a pedir a la madre que nos dejara adoptarlo. Le dije que lo cuidaríamos como propio y que haríamos de él un hombre, y que ella podría verlo siempre que quisiera, amén de pagarle los estudios de los otros cuatro. Eso sí, le puse una condición: jamás explicaría al niño que era su madre. La muchacha, que nos conoce bien y adora a Herminia, viendo el inmenso beneficio que eso reportaría para el resto de sus hijos, aceptó mi propuesta, que en estos tiempos no es tan anómala, pues, según me dijo el párroco de Trujillo, nunca ha habido tantas adopciones como ahora debido a que tampoco nunca como en 1898 en Cuba y ahora han faltado a la vez tantos jóvenes padres. Parece ser que mi decisión ha sido acertada, pues debo decirte que hace dos días vi por vez primera sonreír a mi hija, y eso me ha compensado cualquier dificultad. Son situaciones de la guerra a las que en tiempos normales jamás habríamos accedido, pero el consuelo de una hija es demasiado importante. Ese niño será criado en mi casa como si fuera mi verdadero nieto y, si no otra cosa, espero que sea una auténtica medicina para Herminia.

Tenme al corriente de cualquier novedad que recibáis, ya sea buena o mala. Y en caso de lo peor, suponiendo que nuestro común proyecto de unir tu familia y la mía no pueda llevarse a cabo, te ruego que Lucie y tú nos consideréis vuestros consuegros, como habría sido nuestro deseo.

Recibid un gran abrazo de parte de María Antonia y de

HIGINIO

123

Los tuaregs

El tiempo transcurría denso y lento como baba del caracol, y a mediados de noviembre de 1922 las operaciones en la zona del Rif continuaban. Después del Desastre de Annual, como se lo llamó, el pueblo español quedó totalmente conmocionado. El presidente del gobierno, José Sánchez Guerra, tendría que dimitir ante la presión pública cuando los españoles se enteraron del desastre por el Expediente Picasso, siendo sustituido en sus funciones por Melquíades Álvarez como presidente del Congreso de los Diputados. Como presidente del Senado se nombraría a don Álvaro Figueroa y Torres, conde de Romanones, hasta que en septiembre de 1923, y con la aquiescencia de Alfonso XIII, Primo de Rivera se hiciera con el poder.

Tras muchas cavilaciones y atendiendo a los deseos de Nico, los hermanos Omar y Jared tomaron la decisión que creyeron más oportuna. De una parte, Nico se negaba a volver a la civilización. Argumentaba, y Omar y Jared comprendían su decisión, que su vida había terminado, que los planes hasta aquel momento tan acariciados carecían de sentido y que, dado que no creía que su desgracia fuera temporal, no arrastraría hacia un fracaso seguro a la mujer que amaba. Su negativa de regresar a la civilización fue tajante, pues. Entonces las propuestas de los hermanos por complacer sus deseos tomaron cuerpo. El peligro venía de Abd el-Krim: si el jefe de la cabila de los Beni Urriaguel tenía conocimiento de que un soldado español de familia adinerada estaba en poder de otra cabila, al instante exigiría su entrega para cobrar un sustancioso rescate. Y eso era lo único que Nico rechazaba.

Hamed ben Gosará, primo de los hermanos, era jefe de una caravana de tuaregs que transportaba hombres y mercancías a través del desierto. En sus tiempos de descanso, para recobrar fuerzas tanto ellos como sus camellos, habitaban un oasis a cien kilómetros de la zona de influencia francesa. El plan que Jared y Omar trazaron tenía visos, si la suerte no les era adversa, de poder llevarse a cabo, suponiendo que las condiciones físicas de Nico lo permitieran. El territorio que debían atravesar estaba poblado por las cabilas de los Beni Ammart, Beni Tuzín, Gueznaya y Tarquist, y la única amiga era la de los Ketama.

El puesto avanzado de Zoco el-Telatza había caído en poder de esta última, y más de la mitad de los mil doscientos hombres que habían partido para la zona francesa habían muerto o eran prisioneros. Si conseguían llegar hasta allí con Nico convenientemente vestido como uno de ellos y partir de noche hacia Hassi Uenzga, que era el primer fuerte francés defendido por la Legión Extranjera, desde allí y en compañía de camelleros amigos, y por descontado en varias jornadas, podrían llegar al desierto y entregar a Nico a su primo Hamed ben Gosará, quien lo incorporaría a su caravana de camelleros. De esta manera, Nico uniría su suerte a la de la tribu de tuaregs; allí escondería su vida, y difícil sería que alguien diera con él.

El plan se puso en marcha con extremo cuidado, procurando progresar de noche para aprovechar la oscuridad y descansando durante el día para evitar el calor y encuentros inoportunos. Jared y Omar, acompañados por cinco de sus mejores hombres, avanzaron una media de cuarenta kilómetros diarios, acoplando sus caballos al paso de la mula que llevaba sujeto al baste las artolas donde Nico yacía, y al noveno día divisaron Zoco el-Telatza.

—Mejor será, Omar, que te adelantes. Y lleva contigo un par de hombres. Cuando llegues al zoco, busca a Ismael, que ha contactado con gente de los Ketama y nos espera en lo que era la enfermería de los españoles... Si no hay novedad, envía de vuelta un jinete que me dé el parte y mi grupo continuará el viaje hasta ahí. Si hubiera problemas, házmelo saber, y en tal caso plantaría la tienda en el sitio apropiado y, a través del mismo hombre, te enviaría mensaje para reencontrarnos y entonces veríamos qué hacíamos.

El plan trazado se desarrolló según lo previsto. El jinete mensajero regresó al encuentro de Jared y su grupo, trasmitiendo el parte que Omar le enviaba. No únicamente no había problemas, sino que Julaya, la sanadora que había atendido a Nico, estaba en el puesto de la enfermería cuidando enfermos de su cabila y deseosa de comprobar que era cierto el milagro obrado en aquel español, pues decía que la suya era la herida más difícil de curar de cuantas había afrontado en su vida.

Como era de esperar, en la puerta Zoco el-Telatza no hubo ningún problema y la caravana se introdujo por lo que había sido la avenida principal de la posición española. Siguiendo los pasos del mensajero, al llegar al fondo torcieron a la izquierda pegados al muro de la que otrora fue la cantina y finalmente desembocaron frente al edificio que hasta hacía poco había sido la enfermería de los españoles.

Con cuidado extremo bajaron la camilla de Nico de las artolas y la condujeron al interior. Al fondo de la edificación, Jared había preparado un espacio rectangular separado del resto por unas cortinas improvisadas con unas sábanas junto a lo que había sido el lavabo del médico de la enfermería. Habían alfombrado el suelo para que los hombres se echaran a dormir a la espera de que llegara el emisario de Hamed ben Gosará, con quien habían contactado enviando un mensajero en cuanto decidieron el futuro de Nico.

La anciana Julaya se dirigió al lugar nada más saber que su paciente había llegado, y luego de saludar a Omar y a Jared se acercó a la alfombra donde descansaba Nico, quien reconoció aquel rostro apergaminado como visto en un sueño.

La voz de Jared sonó tras ella:

—Nico, ésta es la mujer a quien debes la vida.

Nico la observó con detenimiento.

La voz rota de la sanadora llegó hasta él:

—Jamás vi mayor estropicio en el cuerpo de alguien como el que vi en el tuyo... Siempre fui consciente de mis cualidades de sanadora, pero a partir del día en que te conocí considero que los milagros están a mi alcance.

Nico miró fijamente a la mujer.

—Creo que es el único milagro que mejor habría sido no hacer.

Julaya lo observó con despacio.

—No voy a tener en cuenta lo que acabas de decir. Eres muy joven. El regalo de la vida es tan importante que día llegará en el que bendecirás mi recuerdo. Y ahora permite que inspeccione tus heridas.

La vieja se agachó sobre el cuerpo de Nico y procedió a retirar las vendas y paños que lo cubrían.

—¡Por la esclava Agar, por Ismael y por el Profeta! Nadie que vio lo que yo vi puede creer que aquel destrozo haya cicatrizado de esta manera. Con una almohadilla cubriendo tus partes, dentro de poco podrás montar a caballo y llevar una vida normal.

Nico la observó con una mirada que mezclaba la ira con la sorna.

—¡No sé a qué llamarás tú una vida normal!

—¡Joven insensato...! Respiras, abres los ojos y ves el sol, puedes oír el murmullo del viento entre los árboles y el trino de los pájaros... ¡No tientes a Alá!

A los cinco días llegaron los hombres de Hamed ben Gosará. Los hermanos les dieron de comer y de beber, así como espacio y alfombras para descansar. La última noche Nico se despidió de Jared y Omar.

—Jamás olvidaré lo que habéis hecho por mí. Para todo el mundo habré muerto, menos para vosotros.

Omar le dio un gran abrazo y le besó ambas mejillas.

—Nico, te he devuelto la vida que te debía... Estamos en paz.

A la una de la madrugada, bajo una bóveda de estrellas africanas, Nico, flanqueado por los hombres de Hamed ben Gosará, avanzaba hacia su voluntario destierro bamboleándose a lomos de un dromedario igual que una ligera barquichuela lo haría sobre el espejo líquido del lago de Genesaret.

El viaje duró cuarenta días. El paso lo marcaba el dromedario que llevaba las artolas de Nico. Al inicio los dolores le resultaban insoportables, pues cada movimiento del animal le repercutía en la entrepierna y tenía que morderse el labio inferior para que no se le escapara un grito. Las jornadas eran de treinta a cuarenta kilómetros, y los tuaregs respetaban en lo posible y siguiendo las costumbres ancestrales de su pueblo el bienestar de aquel huésped honorable que había salvado la vida de uno de los primos de su jefe y que quería huir de la civilización para compartir la vida nómada que ellos practicaban. En los altos del camino buscaban el mejor lugar al respecto sobre todo del agua y de los posibles enemigos, con cuatro palos marcaban un espacio para los camellos, que quedaban al cuidado de un vigilante armado hasta los dientes y de dos grandes perros, y a pocos metros y con una presteza increíble montaban sus tiendas de cuero para pasar la noche.

Hamed ben Gosará conversaba con él todas las noches al tiempo que uno de los hombres le servía en un cuenco un guiso hecho con una especie de harina y en el que se encontraban trozos de algo que parecía cecina o tasajo hecho con carne de camello. Así fue como Nico fue informándose de la estructura política y familiar de aquel pueblo, de sus extrañas costumbres y de su peculiar interpretación del islam.

Los tuaregs, que en la antigüedad habían sido un pueblo guerrero, actualmente vivían del comercio de sus caravanas, que consistía en el transporte de cosas pequeñas, valiosas y fáciles de mercar, de sal, en especial, o bien hacían de guías de grupos que querían atravesar el desierto en cualquier dirección desde Argelia hasta el Alto Volta Francés.

Los hombres se cubrían el rostro con un turbante azul que únicamente dejaba al descubierto sus ojos. Las mujeres, tanto de solteras como de casadas, podían gozar del sexo con varios hombres siempre que éstos abandonaran la tienda antes de salir el sol, y además llevaban el rostro siempre descubierto. A la pregunta de Nico de por qué aquello era así, Hamed respondió: «El rostro de la mujer es demasiado hermoso para cubrirlo». En caso de divorcio, ella se quedaba con la tienda y con el ganado, y el hombre se refugiaba en el hogar de su familia. Éstos y otros muchos temas ampliaron los conocimientos de Nico al respecto de la vida que iba a comenzar, y él, a su vez, satisfizo la curiosidad de Hamed de cosas que ni en sueños habían pasado por su cabeza.

Un gran alivio para Nico fue la bombacha que su anfitrión le regaló, unos pantalones amplios que evitaban roces y molestias y que, además, ofrecían grandes ventajas en el desierto que habían comenzado a pisar.

Fue entonces cuando entendió el porqué de muchas cosas, principalmente la utilidad, en aquel mar de arena, del camello y el dromedario, animales que podían estar varios días sin comer ni beber, ya que almacenaban grasa en su joroba. Estaban tan adaptados al desierto que incluso tenían callosidades en algunas partes de su cuerpo, como las patas, para no quemarse con la arena, eran capaces de comer hasta cactus sin dañarse los labios, y su triple línea de pestañas y los pelos de sus pequeñas orejas impedían que la arena les entrara por aquellos orificios.

Podría decirse que cuando finalmente llegaron al oasis donde estaba instalado el campamento, Nico, muy mejorado de su dolor, era un tuareg más, si bien de un color de piel un poco más claro. Inclusive sabía algunas palabras de su complejo idioma.

La llegada de algún huésped siempre era un acontecimiento notable en el oasis habitado por la tribu bereber de Hamed ben Gosará, y en esa ocasión todavía más al conocerse que aquel forastero había salvado la vida a uno de los primos de su jefe. Ése era un acto que comprometía a toda la familia, ya que de no ser así la relación de sus descendientes sería otra y por tanto otra sería la tribu. Para los tuaregs acoger un huésped era una cuestión de honor.

Tras los primeros días en los que se acomodó a Nico en una tienda de cuero especial más grande y mejor ventilada, todos los componentes de la tribu que allí quedaban se dedicaron a sus trabajos. Muchos de los hombres habían salido en una caravana para comprar sal en la costa y venderla en el interior, por lo que los habitantes del oasis eran menos de los de costumbre. Nico fue conociendo a la gente y se admiró tanto de la belleza de sus mujeres como de lo original de sus costumbres, que poco tenían que ver con el islam.

La persona que le asignaron para sus cuidados era un esclavo sudanés de nombre Tanac que tenía allí familia y que junto con otros constituían la tercera rama social de los tuaregs. Tanac era uno de los hombres que se ocupaban de las labores de campo y de cuidar de los animales.

Un hecho fortuito hizo posible que Nico adquiriera, no únicamente en la cabila de los Gosará sino entre todas las tribus bereberes, un ascendente y un prestigio que hizo que su nombre corriera de boca en boca a través de los cinco desiertos.

Cuando la caravana que había partido en busca de aquel producto indispensable que para ellos era la sal trajo a su regreso también una noticia que alarmó a toda la tribu por las nefastas consecuencias que podría tener si se repetía en más ocasiones, todo fueron reuniones de los principales y un sinfín de discusiones junto a las hogueras, a las que los tuaregs eran muy aficionados. Se ignoraba el origen del mal, si bien se sospechaba que fuera la venganza de algún enemigo ajeno al desierto que quería ocupar las rutas de las caravanas. La cuestión era que algunos de los pozos de varios de los oasis que habitaban las diferentes tribus habían amanecido envenenados; alguien había arrojado en ellos animales enfermos que habían contaminado las aguas. Tal circunstancia era, para aquel pueblo nómada, de una gravedad vital.

Tanac se lo comentó a Nico, y éste, al punto, tomando las primitivas muletas que le habían fabricado para desplazarse mejor, se dirigió a la tienda de Hamed ben Gosará. Estaba éste reunido con los viejos de la tribu debatiendo las posibles vertientes del problema, y a su llegada ampliaron el círculo que habían formado y le hicieron un sitio. Entonces fue cuando Nico tomó conciencia de la gravedad de lo ocurrido.

El hecho era que aquellos pozos quedaban inutilizados durante mucho tiempo, hasta que el agua se depuraba por sí misma y volvía a ser potable. El motivo de su envenenamiento, le explicaron, era que alguien interesado en los mismos negocios en los que ellos traficaban había decidido eliminar su competencia. Las caravanas no podrían viajar en tanto que los pozos no se limpiaran, y eso llevaría un tiempo considerable y la consiguiente ruina de la tribu.

Todo eran consideraciones, opiniones diversas y discusiones.

Súbitamente, tras demandar a mano alzada permiso para intervenir, la voz de Nico se dejó oír:

—Tal vez mejor fuera, en tanto que se purgan esos pozos, hacer otros.

Los componentes del círculo se miraron unos a otros como diciendo: «Pero ¿qué dice este hombre?».

Hamed tomó la palabra:

—¿Sabes de lo que estás hablando, Nico? Esos pozos son el fruto de la experiencia de muchos hombres a través del tiempo. Cuando se encontraron se marcaron convenientemente para que todas las tribus pudieran usarlos y son vitales para todos los tuaregs. Quien ha cometido esa tropelía no es un hombre del desierto.

—Pero si tan complicado es purgarlos, habría que tratar de encontrar agua en algún otro lugar.

—Decir eso es muy fácil, lo difícil es lograrlo.

—Con toda humildad, Hamed, si me das los medios oportunos, puedo intentarlo.

Y así fue como se realizó el milagro. Nico obtuvo la ayuda de hombres y transporte necesarios y fue desplazándose con sus varillas por los oasis envenenados. Poco a poco y con mucho trabajo, encontró nuevas vetas de agua, y se hicieron pozos nuevos en los que se colocaron centinelas de todas las tribus para cuidar de aquel bien común.

Aquel hecho milagroso se supo por todo el desierto, y al cabo Nico fue bautizado por sus gentes como Sidiyq-Alma, «el amigo del agua».

124

Paco Fresneda

De aquellos muchachos que dos años antes habían partido de Madrid hacia Algeciras en un tren que entre canciones y guitarras llevaba a la mejor juventud de España hacia el matadero poco quedaba. Aquellos rostros ilusionados y felices que por vez primera salían del terruño se habían transformado en hombres amargados y distantes que apenas intercambiaban una palabra, aunque cada uno podría haber contado una historia a cuál más lastimosa.

Paco Fresneda iba entre ellos en el privilegiado asiento de ventanilla de un vagón de tercera, apoyada la cabeza en el macuto y guardando sus pertenencias a sus pies debajo del banco de madera, porque entre aquella atormentada tropa ya habían proliferado los rateros, amigos de lo ajeno que intentaban procurarse un porvenir antes de llegar a Madrid despojando de sus pocas propiedades a los que no cuidaban de lo suyo.

De no mediar su conciencia, y sin salir de la estación, habría cambiado de tren y seguido viaje hasta Barcelona para ver a sus padres, pero algo en su interior le exigía hacer parada y fonda en Madrid a fin de entrevistarse con José y Lucie para darles ánimo y explicarles los últimos instantes de los que él fue testigo al respecto de sus hijos Nico y Pablo, ya que la versión oficial de los hechos en algunas ocasiones distaba mucho de la verdad.

El tiempo pasado en África era para él mucho más largo que el vivido hasta aquel momento. Los dramas habidos, los miembros cercenados, los cadáveres al sol llenos de moscas, la muerte en sí, tan frecuente a su alrededor que ya casi les era indiferente, había conformado, hasta hacía pocos días, el panorama natural de aquellos pagos. Con todo, su máxima amargura la constituía el conocimiento y la certeza de que esa bisoña tropa habría dado mucho mejor resultado de haberla comandado militares responsables y competentes, y aquella inútil carnicería podría haberse evitado.

El choque de la civilización en cuanto Paco salió de la estación del tren fue brutal. Las gentes iban y venían a lo suyo como si nada hubiera ocurrido. La publicidad en las vallas y en los muros de los artículos más en boga importados del extranjero, los carteles medio rotos y despegados de la última corrida de toros, los gritos de los barquilleros buscando clientela entre las amas de cría que arrastraban sus historiados carritos por el paseo del Retiro, la campanilla de los tranvías y las voces de los vendedores ambulantes de periódicos, todo ello llenaba el espacio en el que ni podía imaginarse el silbido de una bala dum-dum, el toque a diana de una corneta o el tableteo de una ráfaga de ametralladora. ¡Y por aquel mundo de banalidades, aquella feria de quincalla, habían entregado su joven vida más de doce mil españolitos!

Paco Fresneda cruzó la calle y se dirigió a la bodega de Dimas, punto de encuentro de Nico y de él alguna de aquellas lejanas noches que iban a escuchar flamenco a Los Gabrieles o a Villa Rosa. Las veces que Nico lo invitaba a su casa de Velázquez y Paco venía desde Barcelona, la clientela era escasa a esas horas en la bodega de Dimas. Había cambiado desde la última vez: al fondo habían instalado dos inmensas botas de vino y el personal se sentaba en un banco pegado a la pared con una mesa corrida imitando la contrabarrera de una plaza de toros.

Paco se dirigió hacia la barra y pidió una copa de coñac, un café y un bocadillo de jamón, pues a las ocho de la mañana se le había acabado ya el último resto de la ración escasa del último rancho que les había suministrado el ejército, y en su estado actual se veía incapaz de cumplir la misión que se había impuesto. Quería darse ánimos y repasar una vez más la manera de trasmitir a José y a Lucie lo vivido en África; imaginaba que los habrían puesto al corriente de lo sucedido de un modo oficial, pero quien realmente sabía lo ocurrido era él. Tras pagar la cuenta, ganó la calle. Prefería ir hasta Velázquez caminando. Además de pisar Madrid, se daría tiempo para seguir puliendo la entrevista. Una decisión sí había tomado ya: no se apartaría del guion. Explicaría hasta donde él sabía, y si de esa manera quedaba un rayo de esperanza sin faltar a la verdad, mejor.

Casi sin darse cuenta se encontró frente a la portería de Velázquez esquina con Jorge Juan, y un regusto amargo le subió a la boca. Su amigo del alma había sido Nico, pero comprendía que para unos padres ignorar la suerte de dos hijos era tal vez peor que saberlos muertos, y además ni José ni Lucie eran tontos y, aun desconociendo toda la verdad, podían deducir, únicamente dilucidándolo por las estadísticas, el final más que probable de Nico y de Pablo.

La soberbia portería de mármol era mucho más impactante de lo que recordaba. El portero, como de costumbre, estaba en su garita, y por el momento no reconoció a aquel soldado que parecía no atreverse a subir porque tal vez desconocía el piso al que deseaba ir.

El hombre salió de la cabina.

—¿Busca a alguien?

—Voy a casa de los señores Cervera, ¿no me recuerda usted, Pascual?

El conserje se aproximó.

—Madre de Dios... Pero ¡si es el señor Fresneda! ¿De dónde sale usted? ¿Y los señoritos Nico y Pablo han llegado también?

Paco se excusó de dar explicaciones.

—Traigo noticias de ellos para sus padres.

El hombre entendió.

—Ya sabe usted: piso principal.

Paco se dirigió a la escalera de mármol que conducía exclusivamente al piso de los Cervera. Recordaba que la primera vez le extrañó aquel detalle, al igual que el jardín que Lucie había hecho construir sobre lo que era el gran patio interior de manzana. Al llegar frente a la puerta respiró hondo, se alisó la guerrera y guardó el gorro cuartelero en el macuto. Luego pulsó el timbre.

La puerta de roble con los brillantes adornos de latón se abrió, y Paco reconoció al punto a Aurore, la segunda camarera. En los ojos de la muchacha en primer lugar se reflejó la sorpresa al ver una imagen que no esperaba. Después lo reconoció y llevándose la enguantada mano a la boca casi contuvo un grito. Luego miró hacia atrás como esperando que alguien le dijera lo que debía hacer, y al ver que nadie venía en su auxilio tomó la iniciativa.

—¡Señora, señora, está aquí el señor Fresneda! —Acto seguido se hizo a un lado—: Pase usted, por favor.

A la vez que Aurore cerraba la puerta de la calle, por el fondo del pasillo llegaba Lucie, que al verlo aceleró el paso. En cuanto estuvo a su lado, sin mediar una palabra lo abrazó contra su pecho conteniendo un sollozo, que rompió en un llanto sordo e incontenible. Luego, sin retirar los brazos de los hombros de Paco, se apartó de él para observarlo.

Por el pasillo asomaron dos cabezas más que, vistas a contraluz, Paco no acertó a distinguir. Al poco reconoció la primera: era José, que acudía apresurado al oír el llanto de su mujer. A la segunda le costó más reconocerla porque la había visto con mucha menos frecuencia, pero finalmente adivinó quién era: Félix, el hermano aviador de los gemelos. Padre e hijo se llegaron hasta donde estaban Lucie y Paco, pues la camarera se había retirado discretamente. José apartó con delicadeza a su mujer y tomando a Paco por los hombros lo apretó contra su pecho. Luego fue Félix el que lo saludó dándole la bienvenida.

¡Había tanto que decir y tanta ansia por saber...! El grupo se dirigió al salón casi en silencio, atrapados, el uno y los otros, por la emoción del momento. Cuando llegaron a la galería y apenas sentados, comenzaron las preguntas. Fue Lucie quien inició la conversación:

—¿Sabes algo más de lo que nos han comunicado de Nico y Pablo?

José intervino poniendo suavemente su mano derecha sobre la de su mujer.

—Lucie, deja que nos cuente primero cuándo ha llegado y que se explique luego, ya que seguro que podrá contarnos cosas que ignoramos.

—Padre, es natural que mi madre quiera saber.

—Yo también, Félix, pero vayamos por orden. ¿Cuándo has llegado, Paco?

—Acabo de llegar. Lo primero que he querido hacer, incluso antes de ir a mi casa, es verlos a ustedes.

Lucie reaccionó.

—¿Quieres tomar algo?

—Después tal vez.

—Te escuchamos, hijo, empieza por el principio.

Paco comenzó su relato suavizando el final por no quemar la última esperanza.

—... Y cuando ya llegamos a la alambrada una bala mató a la mula y ésta arrastró a Nico en su caída por la montaña. Fue la última vez que lo vi, y de cualquier manera fue mejor suerte que quedarse en Igueriben porque lo de arriba fue espantoso... Aquello fue una locura. A última hora y cuando todo estaba perdido el comandante Julio Benítez ordenó que cada uno escogiera su suerte y cada cual tomó su decisión particular: tuvimos que escoger entre permanecer en el blocao o intentar salir abriéndonos paso entre las líneas enemi-

733

gas con la bayoneta. Yo escogí esto último, y tuve suerte. Una suerte infinita... Fui de los doce que llegaron a Annual. Fue terrible... Tres o cuatro murieron al beber agua. Y al día siguiente... la gran desbandada. No era mi hora. Me hirieron en un brazo, pero logré llegar a Melilla... En cuanto a Pablo, escogió quedarse con el teniente Luis Casado Escudero, y no puedo decirles de él nada más, pero sí añadir que los moros procuran seleccionar a los prisioneros y escogen a aquellos cuya familia tiene medios para rescatarlos... —Luego se dirigió a José—: Si tiene manera para que la casa real contacte con el cabecilla de la insurrección, me consta que los Beni Urriaguel pactan rescates.

A la hora de comer Paco todavía seguía explicándose. La curiosidad de los tres era infinita, pues la última carta recibida fue anterior a la salida del campamento y todo lo que sabían era lo que José había sacado de su visita a Romanones, que no era otra cosa que lo que el rey ya le había explicado por carta: sus hijos habían desaparecido en combate y la corona haría las gestiones pertinentes para intentar averiguar algo, cosa muy difícil pues lo de Marruecos era un caos inenarrable.

Los cuatro se sentaron a comer y la conversación sobre lo mismo seguía imparable.

Félix opinó:

—La única esperanza que tiene España, que indiscutiblemente ya no es la nación que era, es que Francia entre en el conflicto. Mi país acabó su guerra en 1918 y tened por cierto que en este momento, cuatro años después, su ejército está mejor preparado y más entrenado que el español. Éste y no otro es el miedo de Abd el-Krim. Y no hablemos ya de la aviación... Lo único que no han conseguido es un motor como el nuestro.

José se sintió obligado a aclarar:

—Un muy buen amigo mío, José Ortiz de Echagüe, está a punto de fundar la empresa aeronáutica C.A.S.A. en Getafe. Yo invierto en ella un gran capital y aporto los motores, y Félix y su amigo Rigoulot trabajan ya con nosotros. Vamos a poner a España a nivel de Europa.

—Y hasta que no machaquemos Marruecos desde el aire y acabemos con ese avispero no habrá paz en el norte de África —apostilló Félix.

El corazón de madre de Lucie se había agarrado a lo último aportado por Paco como última esperanza.

—José, has de ir a ver al rey en persona. Don Alfonso siempre tuvo debilidad por los prisioneros de guerra, y si tanto hizo con su Oficina Pro Cautivos en el conflicto bélico europeo, más hará todavía, si le damos una referencia, por nuestros hijos en nuestra guerra del Rif.

—Tienes razón, Lucie... Mañana pediré audiencia.

Después se tocaron otros temas, y Paco preguntó por Herminia.

—Sabe lo mismo que sabemos nosotros. Era imposible ocultarlo... —respondió Lucie.

—De estar en Barcelona, a mi regreso iría a verla.

—Hablé con Higinio luego de ver a Romanones y me dijo que se la han llevado, creo que a una finca que tienen cerca de Ciudad Real.

Eran las seis de la tarde y todavía estaban sentados a la mesa del comedor. Lucie se percató de que a Paco se le cerraban los ojos.

—¿Por qué no duermes aquí, hijo, y te vas mañana?

Paco no lo pensó dos veces.

—Puede que sea lo mejor porque la verdad es que estoy derrengado.

Lucie pulsó de inmediato el timbre que había sobre la mesa, y Aurora compareció bajo el quicio de la puerta.

—Prepare el cuarto del señorito Nico, que el señor Fresneda dormirá aquí.

—Si no le importa me acostaré ahora, que mañana quiero salir para Barcelona en el tren de las siete y media.

—Desayunaré contigo.

—Pero me levantaré a las seis...

Lucie pasó su mano sobre la mesa y tomó la de Paco.

—Quiero que sigas hablándome de mis hijos... A través de tus palabras los veo a ellos.

La inveterada costumbre de tomar un picón en el Mesón del Alabardero antes de entrevistarse con el rey obligó a José a hacer un alto en el camino. Su cita, propiciada por Romanones, era a las doce, justo después del cambio de guardia, y había llegado una hora antes. El mesón estaba en penumbra y su mente divagó un instante recordando la afortunada circunstancia de haberse encontrado allí con Pepín Calatrava, al que por caridad contrató para su despacho y que había resultado ser un contable magnífico. El hombre estaba siempre preocupado por su hija, Blanca, una joven de salud delicada aunque, según Pepín, con unas manos prodigiosas para la repostería.

Atravesó el patio y se dirigió al cuerpo de guardia, donde un sargento del Regimiento de los Monteros de Espinosa le tomó el nombre y le indicó que aguardara en la antesala en tanto evacuaba consultas.

José empleó su tiempo en observar los cuadros que adornaba la pared, una sucesión de los uniformes de los Monteros, cada uno con el historial de aquel ilustre regimiento. En su origen ejercían durante la noche la vigilancia del descanso de los reyes y, a la hora que marcaba la ordenanza, echaban de palacio a todos los visitantes. Iban armados con espada corta y con rodela, preparados para la lucha en distancia corta, si bien con el tiempo todo fue cambiando y aquello quedó como un mero simbolismo. Los Monteros de Espinosa eran en la actualidad uno de los cuerpos del ejército dedicados a la custodia del rey.

En esa distracción estaba José cuando el oficial de guardia recabó su atención indicándole que don Álvaro Figueroa y Torres lo recibiría al instante y que uno de los soldados de servicio lo acompañaría hasta el despacho del ilustre prócer.

José siguió el camino de siempre a través de los pasillos de palacio y al poco se encontró en el primer piso frente a la puerta del despacho del secretario e íntimo amigo del rey. Tras el consabido protocolo y la venia del conde, José Cervera fue introducido en su presencia. Don Álvaro Figueroa salió de detrás de su escritorio y fue al encuentro de José y a la vez que le daba la mano derecha le apretaba el antebrazo con la izquierda de un modo peculiar y afectuoso.

—Esta maldita guerra es la culpable de que no tengamos ni un rato para los buenos amigos.

José tuvo buen cuidado del comentario que estuvo a punto de hacer, pues en el origen de la misma estaban intereses espurios de minas y puentes para el ferrocarril que afectaban al propio conde de Romanones.

Ocuparon ambos los sillones destinados a los visitantes, y Figueroa quiso adelantarse, conocedor de la angustiosa situación de su amigo.

—No tengo novedades, José, pero en breve voy a tenerlas.

—Yo sí las tengo, Álvaro.

—¿Qué me dices?

—Ayer llegó a Madrid una expedición de soldados procedentes de Melilla, entre ellos un íntimo amigo de mis hijos, superviviente, ¡imagínate!, de Igueriben y de Annual, ¡un milagro! Pues bien, lo único que pretendo, y sé que lo que te pediré ahora es muy complicado, es que me certifiquéis el destino exacto de Nico y de Pablo. Sea el que sea, lo prefiero a «desaparecidos en combate», porque según Francisco Fresneda, que es el nombre del muchacho, Nico cayó montaña abajo con una mula poco antes del sitio de Igueriben y, por lo que nos contó ese joven, Pablo escogió quedarse con el comandante Julio Benítez cuando éste dio libertad para que cada cual eligiera su destino. Me consta, por Su Majestad, que Pablo está prisionero, pero no sé dónde... Necesitamos saberlo. Como también saber qué ha sido de Nico. Y esto, Álvaro, te lo pido más por Lucie que por mí, porque mi mujer va a morirse.

El conde de Romanones se acarició la perilla con parsimonia.

—Créeme, José, que la casa real está haciendo lo imposible por canjear prisioneros y salvar los restos del naufragio, pero son tierras habitadas por gentes de muy difícil trato.

—Pero la Oficina Pro Cautivos funcionó de maravilla y se rescató gente de diversos países y enemigos enconados... En teoría, la guerra del Rif, según se comunicó a la ciudadanía, iba a ser un paseo militar ¡y fíjate en lo que ha acabado!

—Los moros son una raza difícil, repito, en la guerra y en la paz. Sus códigos son diferentes de los europeos, y lo que aquí es un «sí» allí es un «tal vez» y un «tal vez» puede ser un «no», y lo que aquí se despacha en una hora allí son días y días de negociaciones, pues cuando crees que ya has tratado con el hombre indicado, has de enfrentarte al día siguiente a otro jefe de cabila y tienes que plantear nuevamente todo el trato.

—Me pintas un panorama desalentador. No fue lo que dijisteis a la prensa... Afirmaste que lo de Fernández Silvestre iba a ser un paseo militar hasta Alhucemas.

El conde de Romanones se retrepó en su sillón y en un tono serio y admonitorio previno a José.

—Voy a introducirte ante don Alfonso... Ni se te ocurra nombrarle a Silvestre. Al rey no le gusta que nadie le recuerde sus equivocaciones. Anteponer a Silvestre a Dámaso Berenguer fue un gran desatino, pero si se te escapa que yo te lo he dicho, lo negaré... Vivir en palacio es muy complicado y si he durado lo que he durado es porque sé nadar y guardar la ropa.

—Descuida, Álvaro. Sé por dónde me muevo y me consta que el paño de palacio es muy delicado.

Romanones hizo una pausa.

—No te adelanto nada porque querrá decírtelo él... pero en palacio hay novedades al respecto del canje de prisioneros.

Álvaro Figueroa se puso en pie y José hizo lo mismo.

—¡Me das la vida!

—Pues vamos a ver a don Alfonso. Me atrevo a decir que eres de las pocas personas que el rey se alegra de ver.

Partieron ambos hombres tras informarse Romanones de dónde estaba el monarca y, como solía suceder últimamente, estaba en la sala de proyecciones y montaje de películas, su gran y última afición.

Descendieron al primer sótano y consultaron al oficial que estaba de guardia si podían entrar, pues en ocasiones y durante el revelado de las películas la estancia debía estar a oscuras, iluminada únicamente por dos bombillas rojas.

Una vez introducidos y en presencia ya de Alfonso XIII, éste, como siempre afable e imbatible en la corta distancia, se dirigió hacia José con el talante de un amigo que recibiera a otro de igual categoría. Le dio la mano y exclamó:

—¡Querido amigo, qué grata circunstancia...! Hoy he pensado en ti.

—¿Y a qué debo ese honor, majestad?

—Hoy hace un año que me proporcionaste uno de los días más felices de mi vida.

—No atino, señor.

—Hoy hace un año que gané la carrera de la Cuesta de las Perdices con el Hispano que tan generosa y gentilmente pusisteis a mí disposición.

El rey era un niño. Le encantaban los uniformes y el ejército, la historia de Federico de Prusia, el llamado Rey Sargento, y le entusiasmaban los juguetes caros como los coches de carreras y los barcos de regatas, y últimamente, aunque *sottovoce*, el cine pornográfico.

—Con tanto suceso acaecido en el país, no he atinado, majestad, a recordar esa efeméride... Pero en verdad fue una jornada gloriosa y usted demostró, una vez más, que es un gran *sportman*.

Alfonso XIII, mimado desde su niñez por su madre, María Cristina de Habsburgo y Lorena, ante el halago de cualquiera de sus virtudes deportivas se deshacía, y en esa circunstancia era muy fácil que concediera el favor a quien se lo solicitara.

738

El rey tomó a José familiarmente por el brazo y lo condujo hasta el tresillo que había frente a la gran pantalla instalada al fondo del salón.

—Perdona, amigo, que te hable de mis cosas sabiendo el trance por el que estás pasando, y espero que este ganapán —señaló a Romanones— no se haya adelantado a las noticias que quiero darte yo.

—Nada he dicho, señor —apuntó Romanones.

—Te tengo un gran aprecio y una gran envidia, José, pues tienes por esposa a una de las mujeres más bellas de Madrid... Comprendo el sufrimiento de una madre, y más sabiendo la situación de vuestros hijos. Pues bien, debes saber que ayer inicié una maniobra para intercambiar rehenes con Abd el-Krim.

—Soy todo oídos, señor.

—Luis de Oteyza, gran amigo mío y periodista, se entrevistó con Abd el-Krim. Eso te lo expliqué en su día. Ya lo sabes... Como sabes también que averiguó que tu hijo Nicolás está desaparecido y que el otro, Pablo, es prisionero de ese malnacido. Ahora hay que ver si España puede pagar el rescate que pide por los prisioneros...

—Señor, mi agradecimiento será eterno sólo con saber que mis dos hijos siguen vivos, más aún si regresaran, y ya no digo el de mi mujer... Ella ha agotado su cupo de sufrimiento.

—Lo siento infinito, José... Dentro de dos semanas tendrás noticias mías, pero te adelanto que la gestión será muy complicada. Además, teniendo en cuenta cómo está la hacienda del país, llegar a un acuerdo con ese personaje va a ser tarea sobrehumana. La ambición de Abd el-Krim es infinita, y temo que pretenda llevarse las reservas de oro del Banco de España.

125

El regreso de Pablo

Madrid, enero de 1923

L a cuestión de los cautivos se resolvió en enero de 1923 gracias a la mediación del industrial vasco Horacio Echevarrieta, amigo del hermano de Abd el-Krim, al que había conocido en Madrid. El precio del rescate fue fijado en Axdir en cinco millones de pesetas, una importante cantidad que suscitó una gran controversia en la península y en el propio protectorado, pues si bien había una opinión pública que presionaba para su pago, no es menos cierto que todo el mundo sospechaba que ese dinero sería empleado contra España sufragando la acción de Abd el-Krim en el Rif.

Un Pablo Cervera amargado, flaco y rebelado contra su suerte llegaba a Madrid en un vagón militar ubicado a la cola de un tren mixto de pasaje y mercancías, integrado en un grupo de treinta y un individuos que podían considerarse afortunados por haber salvado la vida en medio de aquel desastre, tras casi un año y medio de cautiverio.

En aquellas noches en las áridas montañas del Rif había tenido tiempo de pensar, y estaba convencido de que, si aún no lo habían matado, ya no lo matarían, porque muerto no valía nada, y vivo, en cambio, podrían canjearlo por un rescate cuantioso que sin duda su padre pagaría. Durante ese tiempo tuvo ocasión de repasar una y mil veces las circunstancias de su vida, y una y mil veces atribuyó el rigor de sus desdichas a las diferencias que sus padres habían hecho al respecto de él y de Nico desde que eran muy pequeños. Por fortuna, se dijo, Nico ya no sería una competencia a tener en cuenta.

En aquel desvencijado vagón su mente galopaba desenfrenada. Había apuntado en el «debe» de su vida los muchos meses perdidos en aquel rincón del mundo apto únicamente para cabras y escorpiones, y había decidido que cuando saliera de aquel mal paso se cobraría la deuda que con él habían contraído. Ahora era hijo único. Félix era sólo su medio hermano, y todo lo que hubiera pertenecido a Nicolás ahora le pertenecería a él... Herminia incluida.

Las noches perdidas mirando los desconchados del techo de aquel barracón, que llegó a saberse de memoria, gracias a la luz que entraba a través de los barrotes del ventanuco que se abría en la pared frente a la puerta trabada desde el exterior con una barra de hierro, respirando el hedor a miseria y a sudor que emanaban aquellos cuerpos vestidos de harapos, y acunado por un concierto de ronquidos sincopados, le habían proporcionado mucho tiempo para rumiar su desconsuelo y masticar su venganza.

Málaga, Córdoba, Ciudad Real, Toledo y finalmente Madrid. Entre un chirriar de frenos, silbidos del vapor que soltaban las válvulas de escape de la Schneider, un entrechocar de topes y los gritos del personal que ocupaba los andenes del embarcadero de Atocha, el tren se detuvo y los pasajeros del convoy fueron descendiendo cargados con sus maletas y sus bultos. Pablo se asomó por la ventanilla, y al fondo del pasillo central pudo divisar las siluetas de sus padres, de Félix, su medio hermano, de sus abuelos, Eloy y Rita, y de Perico Torrente y de Gloria, que intentaban localizarlo en medio del gentío. Ellos buscaban a un Pablo vestido de soldado, porque ignoraban que el ejército, en un gesto generoso e inusual, antes de que aquellos hombres partieran de Algeciras y obtuvieran la licencia definitiva, les había entregado monos de obrero y una especie de sobretodo para evitarles la llegada a Madrid vestidos de uniforme, ya que la presencia de militares provenientes de África desataba entre el personal extrañas reacciones, que iban desde la conmiseración de las mujeres hasta los gritos que profería algún hombre tildando a los soldados de cobardes, traidores, miserables y otras lindezas.

Pablo aguardó que sus compañeros descendieran, y cuando vio que ya era el último en el vagón tomó su petate de la redecilla del portamaletas y se apeó saltando a la vía por otro lado. No tenía ganas de escenas de estación y de comenzar a responder esas preguntas que había intuido mil veces y cuya respuesta había preparado cuidadosamente. Quería ser el rey de la fiesta en esa ocasión, no deseaba que, tras los abrazos y los besos de rigor, todo el mundo empezara a preguntarle por Nico y que la sombra de su hermano le robara el protagonismo de aquella jornada, una vez más.

El desencanto del grupo que esperaba fue total. A lo primero todos buscaban uniformes militares, luego se dieron cuenta de que el tren era mixto y finalmente observaron que del penúltimo vagón descendía un grupo de hombres que vestían el mismo tipo de ropa. Félix se dirigió hacia ellos y, acercándose a un trío que parecía no tener prisa, indagó:

—Perdón, ¿podéis decirme si en este tren viajaba un grupo de militares?

El trío lo observó con desconfianza, y al cabo de una ligera pausa, el que parecía llevar la voz cantante respondió:

—Verá, señor… A Dios gracias, somos soldados licenciados que hemos cumplido con la patria.

—Eso nadie lo duda. —Félix consideró que debía explicarse—. Estamos esperando a un hermano mío que estaba cautivo y al que han liberado recientemente.

—Nosotros somos de ese grupo.

Félix se animó.

—¿Conocéis a Pablo Cervera?

El más bajito del trío se adelantó:

—Yo lo conozco. Venía con nosotros… Cuando he bajado estaba recogiendo sus cosas. A lo mejor no los ha visto.

Félix señaló el fondo del andén.

—Está allí toda su familia, y no lo hemos visto pasar.

—Quizá se haya asustado. El hermano de usted es un poco raro y habla poco, y créame que el carácter de las personas cambia tras casi un año y medio de estar cautivos en aquel infierno.

Félix agradeció a aquellos muchachos la información y regresó junto a la familia.

—Parece ser que ha llegado con ese grupo. Puede que no nos haya visto y haya salido por otra puerta.

Lucie, de negro riguroso, se dirigió a su hijo:

—Quizá no ha querido vernos, que no es lo mismo.

—Pero ¡¿cómo no va a querer ver a sus padres, mujer?!

Perico Torrente intervino conciliador:

—Tras un año y medio de su cautiverio en el Rif, imagino que, en condiciones muy duras, el carácter le debe de cambiar a uno y ha de resultar difícil integrarse en la civilización…

—Soy su madre, y las madres tenemos una intuición especial. Si nos ha visto y ha preferido no vernos, es que su carácter no ha cambiado mucho.

Gloria, la mujer de Perico, tomó cariñosamente a Lucie del brazo.

—No digas eso. Tal vez se ha asustado al toparse aquí de pronto con tanta gente... Lo encontraremos en casa.

El taxi Berliet se detuvo en la portería de Velázquez. Pablo puso pie en tierra y con un gesto autoritario indicó a Pascual, quien estaba limpiando con un plumero los faroles de la entrada, que acudiera junto a él. En un principio el portero no lo reconoció. Al poco, sin embargo, acudió deprisa y corriendo a su encuentro con el plumero debajo del brazo.

—¡Por Dios, señorito Pablo...! Sus padres y sus abuelos han ido a buscarlo a la estación... ¿No los ha visto?

—Había un gentío enorme. Nos habremos cruzado... Pague el taxi, Pascual, que no llevo dinero encima. Luego se lo daré.

—Cómo no, señorito. —Se dirigió al chófer—: ¿Qué se le debe?

La carrera subía una peseta y noventa céntimos. Pascual se arremangó la rayada bata y sacando un duro de plata del bolsillo se lo entregó al taxista. Esto tras devolverle el cambio.

Partió de inmediato.

—¿Le llevo los bultos, señorito?

—No es necesario, Pascual, hace tiempo que cargo con mis cosas yo solo.

El portero, que había oído campanas, se atrevió a preguntar:

—¿Y el señorito Nico? ¿Es cierto lo que se dice de él?

Pablo se detuvo en seco.

—¿Y qué se dice de él?

Pascual se azoró y casi no se atrevió a aclarar su pregunta.

—Bueno... Según Hipólito, parece ser que ha desaparecido en combate.

Pablo dejó en el suelo de la portería el macuto y miró fijamente al portero.

—Eso es porque el gobierno no se atreve a contar a las familias lo que ha ocurrido con sus hijos.

—¿Quiere eso decir que el señorito Nico...?

—Que no sepa nada mi madre. Yo no te he contado nada.

Pablo se precipitó escalera arriba.

El grupo llegó a la casa de Velázquez repartido entre dos coches. Pascual, el portero, se dirigió enseguida a abrir la portezuela posterior del Hispano a la vez que Hipólito, el chófer, hacía lo mismo con la delantera para que bajara José.

—Se han cruzado, sin duda… El señorito Pablo ha llegado hace un cuarto de hora. Le he dicho que habían ido a buscarlo, pero parece ser que no los ha visto.

Mientras del otro coche, que conducía Félix, descendían Perico y Gloria, y Rita y Eloy, José cortó el monólogo del portero.

—Eso debe de haber pasado.

El grupo se precipitó hacia la portería y de allí a la escalera que conducía al principal. Étienne, que había estado vigilando desde la tribuna del primer piso la llegada de los señores, se adelantó a su encuentro.

—¡Ha llegado hace poco! Está en el cuarto de baño.

José y Lucie fueron enseguida a la habitación que habían compartido los gemelos y el resto del grupo se dirigió al salón de la galería. El ruido de la ducha se oía a través de la puerta del dormitorio. Lucie golpeó con los nudillos la madera del marco en tanto con la voz rota, venciendo el ruido del agua, casi chillaba:

—¡Pablo, hijo mío! ¡Sal, por favor!

La puerta del aseo se abrió y apareció un hombre desconocido, flaco, con los ojos hundidos en el rostro, los pómulos salientes y el torso marcado por la silueta de una camiseta de tirantes que, con una toalla a la cintura, el pelo mojado y la mirada triste los observaba como lo habría hecho un extraño. Con el alma erizada de angustia, Lucie se fue hacia su hijo y lo abrazó contra su corazón. José se llegó hasta ellos y se abrazó a los dos.

Un llanto convulso sacudió a Lucie, y José, que no atinaba a decir palabra y temiendo que a su mujer le diera un síncope, la obligó a sentarse en una de las dos camas. Pablo se sentó junto a ella y le pasó el brazo derecho por los hombros mientras su padre se sentaba en la otra cama.

A lo primero el silencio, luego la explicación del por qué no se habían encontrado en la estación y finalmente la terrible pregunta: «¿Qué sabes de tu hermano?».

La respuesta de ésta y de tantas otras fue dándolas en la galería, donde todos esperaban. Una vez vestido y acicalado Pablo, él y sus padres se reunieron con los demás allí, y uno a uno, Félix, sus abuelos y Perico y Gloria lo abrazaron y lo besaron como si fuera una aparición, y lo que su abuelo Eloy le dijo acto seguido le llegó al alma. El anciano, luego de retirarse los lentes, se enjugó la lágrima que asomaba en sus ojos y, con un susurro de voz, dijo una frase que por vez primera ese día pareció emocionar a Pablo: «Ahora ya puedo morirme en paz». Después se sentaron en corro en derredor del hijo y nieto recuperado, y entre interrupciones y atropellos Pablo, que se sintió de verdad el centro de atención, fue explicando su epopeya desde el principio.

La tarde fue cayendo y al oscurecerse el jardín, Étienne, al tiempo que Aurore y Anne entraban con bandejas de bebidas y de medianoches rellenas de jamón y queso, encendió las luces y la velada prosiguió.

La voz de Félix sonó interrogante:

—Pablo, el ejército ha dado a nuestro hermano Nico como desaparecido en combate. Tú que estabas allí... ¿puedes añadir algo que confirme o desmienta esa información?

Pablo pareció dudar. Miró alternativamente a todos los presentes y, deteniendo los ojos en su madre, se dirigió a ella:

—El gobierno responde de un modo oficial a las preguntas que le son incómodas, pero el gobierno no estaba allí y yo sí. Hacía tres días que el líquido de las latas de conserva se había agotado y algunos se bebían los orines echando un poco de azúcar. Nico se ofreció para buscar agua con sus varillas de zahorí, y un destacamento bajamos hasta el llano, el desnivel sería de unos doscientos o trescientos metros... Marcamos el territorio y regresamos. Cuando ya llegábamos, la mula y Nico fueron alcanzados por los tiros de los «pacos», que no cesaban de acosarnos. Vi caer a Nico amarrado a su mula hasta abajo del todo. Quise ir a por él, pero no me dejaron. Lo que sí puedo afirmar es que cuando sucedió el ataque final de los moros a Igueriben, afortunadamente para mi hermano, Nico no estaba allí... Lo que habrá sido de él sólo Dios lo sabe. Lo demás son especulaciones.

Cayó la noche y se retiraron todos, excepto Pablo y José, que quedaron sentados a la mesa del comedor frente a frente.

—Lo primero es ir a ver al rey para agradecerle todo el interés que se ha tomado con nuestra familia. Luego descansa un mes o lo que necesites, hijo, y después, si tú quieres, te incorporarás a mi despacho como jefe de contabilidad. Pepín Calatrava, viejo amigo nuestro que ha llevado las cuentas hasta ahora, te pondrá al día y estará a tus órdenes.

Pablo pareció meditar la propuesta.

—De acuerdo, padre… Pero antes quiero hacer algo.

—Tú dirás.

—Iré a Barcelona a ver a Herminia. Debo explicarle de primera mano todo lo ocurrido y decirle cuánto la quiso Nico. Por favor, padre, no avise a Higinio. Quiero dar una sorpresa a Herminia.

—Me parece bien, Pablo. Es un noble gesto por tu parte.

126

El encargo

L a escena se desarrollaba en el despacho del conde de Romanones adonde José había acudido acompañado de su hijo Pablo con el propósito de ver al rey. Quería agradecerle todos los esfuerzos hechos por enterarse de la situación de sus hijos Nico y Pablo y por haber traído a este último de regreso a España. Pablo, que nunca se había movido en aquellos ambientes, se mostraba cohibido y nervioso, pero algo en su interior le decía que el auténtico poder residía entre aquellas tapizadas paredes y que, por encima de banqueros y nobles, conseguir entrar en el círculo de influencia que se movía alrededor de Alfonso XIII era la finalidad que perseguían todos aquellos que realmente manejaban los hilos de la historia.

La puerta se abrió y bajo el quicio apareció la figura de Álvaro Figueroa. Cojeando visiblemente, se dirigió hacia José, quien se había puesto en pie de inmediato como lo hace un niño en presencia del director del colegio. A Pablo aquella actitud de su padre lo sorprendió, pues José Cervera acostumbraba a intimidar a sus interlocutores; lo contrario no procedía.

—¡Por favor, Cervera! —El ministro le apretó la mano afectuosamente—. Excusa mi tardanza, pero hoy todo anda revuelto... Hay mar de fondo. Cuando los asuntos de familia se mezclan con los temas de Estado, cosa bastante frecuente en palacio últimamente, todos los horarios se desajustan... Éste debe de ser tu hijo.

—Pablo, sí. Ya sabes su condición de cautivo durante casi un año y medio. ¡Por fin lo hemos recuperado! Nico es el otro, a quien el ejército da por desaparecido.

—Encantado pues, Pablo Cervera. —Romanones le tendió la mano desde el otro lado del imponente escritorio.

Pablo se precipitó a apretar la mano tendida.

El ministro se sentó, y dirigiéndose a José, aclaró:

—Seguiremos haciendo gestiones acerca de tu hijo Nicolás. Ahora vamos sabiendo más cosas de aquel desastre: el Expediente Picasso está aclarando muchas situaciones, y las culpas se repartirán entre aquellos que pudiendo hacer no hicieron o hicieron mal... El rey, desde su torre de marfil, actúa según se le informa, por lo que los datos han de ser exactos y verídicos, es muy difícil acertar si te informan mal... Y conste que no quiero señalar a nadie.

—Me consta, Álvaro, que estáis haciendo lo imposible y nuestra gratitud es infinita, cosa que hoy quería transmitir al rey en nombre mío, de mi mujer y de mi hijo, que ha venido personalmente.

En aquel instante Pablo fue consciente de que su padre tuteaba, confianzudamente, al poderoso personaje.

—Hoy va a ser imposible que veáis a don Alfonso. Las cosas andan muy revueltas en palacio. Cada cual debe cuidar su quiosco... La reina, y lo digo con todo respeto, está cargando contra el círculo íntimo de su marido, y eso puede acarrear consecuencias.

El amigo íntimo de Alfonso XIII cayó en la cuenta de pronto de que además de José Cervera, al que conocía bien, estaba presente aquel joven que tal vez no fuera tan discreto como su padre. Puede que se hubiera excedido hablando, se dijo.

—Imagino que cuento con la discreción de tu hijo...

En aquel momento Pablo intuyó que había llegado a una encrucijada en su camino y que de la frase que dijera a continuación podían depender muchas cosas.

Cuando ya su padre iba a responder, él se adelantó:

—Excelencia, si quiere me retiro y aguardo fuera. No obstante, tenga la certeza de que nada de lo que usted ha dicho o pueda decir saldrá de mi boca.

Don Álvaro miró alternativamente a uno y a otro.

—Me gusta tu hijo, José. Me parece un joven discreto y dispuesto, dos cualidades que aquí, en palacio, son muy cotizadas y que pueden avalar una carrera.

José, al que su larga experiencia a lo largo del mundo le había enseñado a distinguir las situaciones favorables, apuntó:

—He procurado inculcar a mis hijos algo que me enseñó mi padre: un hombre es más importante por lo que calla que por lo que dice.

Figueroa se dirigió a Pablo:

—Voy a hablar a tu padre en confianza, ¿cuento con tu discreción?

—Téngalo por seguro, excelencia.

—Te he dicho, José, que era mal día para hablar con Alfonso y voy a explicarte el motivo. El rey por encima de rey es hombre, y como todo hombre selecciona a sus amigos, en los que deposita toda su confianza... Cuando está con nosotros, quiero decir, con los íntimos, habla un lenguaje que no es el de la corte. Puede conversar de polo, de veleros, de coches, de jornadas cinegéticas en los cazaderos reales del Pardo, Valsaín, Boca del Asno, la Encomienda de Mudela, Doñana... y también, como supondrás, de mujeres. La reina tiene su corte de acólitos y chivatos, y el otro día en una conversación de hombres salió una frase que es un tópico: «La carne de teatro es cara y mala». El que lo dijo, y no digo quién, no estuvo afortunado, pero fue únicamente eso, una frase entre amigos. Alguien la oyó y fue con el cuento a la reina, que desde hace unos días se ha empecinado en que el grupo de los íntimos de su real esposo, que no alcanzamos la decena, lo lleva por mal camino. Y eso es un peligro inminente, Cervera. El grupo lo formamos, en primer lugar, Pepín Viana y, después, el marqués de la Vega Inclán, Enrique Careaga, el doctor Aguilar, el duque de Alba, José Quiñones de León, el duque del Infantado y yo mismo. Pero la fijación de doña Victoria Eugenia es Pepín Viana, porque cree que es él quien ejerce mayor influencia sobre su marido y, desde luego, es el que goza de mayor intimidad con él, precisamente por los cargos que ocupa ya que es gentilhombre grande de España con ejercicio y servidumbre, caballerizo mayor y montero mayor. En tal condición, organiza los desplazamientos del rey fuera de palacio en las cacerías que realiza en fincas particulares de España como El Rincón Alto en Moratalla, de su propiedad, Malpica, del duque de Arión, o Ventosilla, propiedad del duque de Santoña. Además, tuvo la mala suerte de organizar un viaje a las carreras de caballos de Deauville en agosto de 1922, al poco del desastre de Annual, que fue un mal paso para el rey ya que el momento era de gran inestabilidad política, y eso la reina no lo perdona.

Pablo estaba obnubilado al pensar que en la corte sucedía lo mismo que en cualquier hogar de Madrid, y que el rey tuviera las mismas debilidades que un mortal cualquiera le hacía sentir próximo y capaz de desempeñar cualquier papel cerca de la monarquía. Romanones proseguía:

—Y ahora se presenta un problema, porque, si antes cualquiera del grupo se encargaba de hacer cualquier recado que Don Alfonso nos pidiera, ahora la gente está asustada, y ya conoces, José, cuál es la afición que el rey siente por... el cine. Hace unos meses puso dinero en acciones de la productora cinematográfica Royal Films, propiedad de los hermanos Ricardo y Ramón Baños, a quienes ya conoces, ubicada en Barcelona, en el número 7 de la calle del Príncipe de Asturias, y para sorprender a sus amigos, de acuerdo conmigo y con Pepín, encargó tres películas, *El confesor*, *Consultorio de señoras* y *El ministro*, digamos... de tono elevado, para ver las caras de asombro de sus íntimos la tarde que las proyectara. Ésa y no otra fue la intención, un puro divertimento para pasar la tarde entre amigos fuera de las obligaciones que cada uno tiene en palacio. Ramón Baños llamó el miércoles, y resulta que ya ha acabado *Consultorio de señoras* y esta semana finalizará las otras dos, y me dijo que envíe emisario para recogerlas, ya que material así no puede ir por correo ordinario. Únicamente lo sabemos Pepín y yo, y no puedo enviar a nadie del grupo por no desvelar nuestro secreto... Hace dos días que voy dando vueltas al asunto, y no encuentro a la persona indicada para tan delicado cometido.

La voz de Pablo sonó inmediatamente:

—Excelencia, yo he de ir a Barcelona la semana que viene... Si me da su confianza, puedo ser su hombre.

Romanones lo observó con curiosidad. Y su padre también.

—¿Me harías ese favor personal?

—Sin dudarlo un momento, excelencia.

—Ven a palacio el lunes y te daré un despacho de presentación para que te entreguen el material... En cuanto regreses, me lo traes a palacio en persona.

—Sin falta, excelencia.

Álvaro Figueroa dirigió una mirada pícara a José.

—¡Este hijo tuyo hará carrera! Aquí, en palacio, conviene en ocasiones contar con un mensajero que sea discreto y sepa moverse en según qué ambientes. La reina nos tiene marcados a todos, y alguien desconocido que pueda llevar los mensajes del rey será muy útil.

José aprovechó el viento favorable:

—Este hijo mío ha pasado un trance muy duro, y quiero que descanse un mes y que se centre. A su regreso de Barcelona va a trabajar conmigo. Estoy montando una nueva empresa de aviación que estará muy unida a la Hispano-Suiza.

—En ocasión más propicia te presentaré al marqués de Viana, pues creo que te convendrá. Pep quiere impulsar el Real Aero Club de España, y como el rey, está loco por los automóviles.

127

Siempre la quise

Pablo estaba inmensamente satisfecho. Por vez primera en su vida creía haber tenido un golpe de suerte. La entrevista con el conde de Romanones había sido una auténtica lotería, y en su mano estaba ahora jugar bien las cartas que el destino había puesto a su alcance. Su padre, siempre tan auténtico y pragmático, había reconocido que su ofrecimiento para llevar a cabo aquella delicada misión que consistía en ser el mensajero portador del problemático paquete había sido un acierto.

«Has estado oportuno —le dijo José al salir—, aunque cuando te has ofrecido he pensado que te metías en un asunto muy delicado, te reconozco ahora que el mérito de entrar en la corte ha sido únicamente tuyo... Quizá te haya ayudado el hecho de ignorar el funcionamiento de palacio. El rey es como el sol: hay que estar lo suficientemente cerca de él para que te llegue el calor y lo suficientemente lejos para que no te queme. Hijo, sea cual sea el trabajo al que finalmente te dediques, no he de señalarte que el paso franco en el palacio, y concretamente en el despacho de don Álvaro Figueroa, no deja de ser un privilegio.»

Estos pensamientos brujuleaban en la mente de Pablo cuando el ferrocarril de la Compañía de los Ferrocarriles de Madrid a Zaragoza y Alicante, la MZA, que llegaba desde la capital aragonesa se detenía puntual a las nueve y media de la mañana en Barcelona, en el apeadero de la calle Aragón esquina con el paseo de Gracia. Pablo tomó su elegante maleta de piel de cocodrilo y, abandonando su compartimento del coche cama, descendió del vagón y avanzó hasta la escalera que conducía a la superficie. Allí tomó el coche de punto que ocupaba el primer puesto de la cola y, antes de subir en él, indicó al cochero que aguardaba encaramado en su pescante la dirección del hotel Oriente, donde tenía realizada su reserva. A la vez que cargaba su peso en el estribo, el viejo jamelgo enderezó las orejas como reconociendo que el momento de comenzar a trabajar había llegado y, sin que el auriga lo incentivara con el látigo, inició un trote cochinero y se incorporó al tráfico del paseo de Gracia.

Pablo se acomodó en el raído terciopelo del asiento y se dedicó a repasar mentalmente los horarios de su agenda barcelonesa. El día anterior, a pesar de que Pablo era reticente, su padre había hablado con Higinio para anunciarle su próxima visita y el deseo de su hijo de entrevistarse con él, a ser posible lejos del domicilio particular y en lugar discreto, que igual podía ser su club del Círculo del Liceo o su despacho en la calle de Caspe esquina con Roger de Lauria. Higinio prefirió citarlo en su despacho, y lo convocó a las once del día siguiente, que caía en martes. Pablo se palpó con mucho cuidado el bolsillo interior de la chaqueta y el tacto del sobre que le había sido entregado en palacio tranquilizó su ánimo. Antes de salir de Madrid había hablado por teléfono con Ricardo Baños. Éste, al saber de parte de quién hablaba, le dio todas las facilidades y, atendiendo a la curiosidad que Pablo mostró, lo citó en el estudio, en el número 7 de la avenida del Príncipe de Asturias, donde su hermano estaba trabajando en la finalización de las otras dos películas. «Tenemos un rodaje —le dijo—, y si no ha visto nunca cómo se hace un filme y le interesa verlo, le sorprenderá... Aunque deberá tener paciencia porque lo que en la pantalla dura quince segundos hacerlo puede llevar dos horas o más.» Pablo le respondió que estaba muy interesado y que nada lo complacería más que ver el rodaje de una película. Así pues, quedaron para el mismo martes a las seis de la tarde, y Ricardo Baños lo invitó a cenar, si no tenía otra cosa mejor que hacer, el mismo martes luego de la filmación.

Lo último que Pablo repasó fue el tema que más le importaba: su entrevista con Herminia. Aun así, eso lo había dejado para el final ya que dependía en gran manera de la charla que tuviera con el padre de ella. Había que manejarse con tiento por los finos hilos de la tela de araña que había urdido... Nada había dicho a José, su padre, al respecto de sus verdaderas intenciones, y según saliera su intento así procedería. A Higinio le contaría una historia de un amor contrariado y mantenido en secreto desde siempre por no interferirse en la vida de su hermano, de modo que ahora, llegado el momento adecuado, recababa su permiso para cortejar a su hija. Al corazón de Herminia debía llegar explicándole una historia sobre el final de Nico que tenía muy hilvanada y que, contada como tenía previsto, le garantizaría varias sesiones a compartir con la muchacha... Y si tal situación se daba, seguro estaba de que su proyecto llegaría a buen puerto.

El cochero, tascando el freno y tirando de las riendas, detuvo al ruano a las puertas del afamado hotel Oriente, donde, al instante, un portero y un botones se precipitaron hacia el coche, el primero a abrir la portezuela del vehículo y el segundo a coger la maleta de Pablo y a colocarla en un carrito, que condujo presto hasta el interior del establecimiento.

Pablo despachó con el conserje lo relativo a su estancia en aquel hotel tan afamado por ser el preferido de los toreros que lidiaban en uno de los dos cosos barceloneses: Las Arenas o La Monumental, el más reciente. El hombre le entregó la llave de su suite y otro empleado del hotel lo condujo hasta la puerta. Ambos entraron en la habitación, ricamente equipada, donde ya lo aguardaba su maleta, junto al armario de doble luna. Pablo despidió al hombre dándole una peseta de propina y, acto seguido, instintivamente, se miró en el espejo. La imagen que el azogado cristal le devolvió lo complació en grado sumo. Había recuperado kilos y buen color. Era un hombre de un metro setenta de estatura embutido en un terno gris de impecable corte, con el pelo moreno, liso y engominado, partido en dos por una recta crencha, los ojos marrones algo burlones, un bigotillo bajo la perfilada nariz, los labios carnosos y la pose altiva, taimada y peligrosa que mejor cuadraría en un tahúr del Mississippi.

Pablo durmió mal y despertó muy temprano. Un cúmulo de pensamientos invadió su mente al amanecer y, sin darse cuenta, comenzó a hacer un repaso mental de su vida, que transitaba desde sus primeros recuerdos, los veranos en San Sebastián, la cueva de Cestona, la injusticia que representó para él su internado en Bilbao, aquel imbécil de tutor de Naval-Potro que siempre daba la razón a Nico, los veranos en la finca de Aranjuez de los abuelos y, finalmente, el terrible recuerdo de la guerra de África, ¡el espanto de ver caer a tantos hombres en el ataque de Igueriben y luego el tiempo que estuvo cautivo, privado de cuanto un ser humano precisa para sobrevivir! Pensaba resarcirse de todo aquello el resto de su vida... ¡Por Dios que se cobraría la deuda de cuanto la vida le debía!

Se sentó en la cama y, tanteando el suelo con los pies, se calzó las zapatillas y se dirigió hacia el cuarto de baño. El chorro de agua de la ducha despejó sus ideas. Luego de acicalarse y vestirse bajó a la barbería a que lo afeitaran, pues particularmente ese día quería estar impecable. Además, aprovecharía el rato del afeitado para acabar de perfilar sus planes.

El local tenía dos sillones, y Pablo ocupó el de la derecha. En tanto el barbero le colocaba la sabanilla en el cuello, ya le espetó:

—Aféiteme cuanto antes y no me dé conversación. —Luego indagó—: ¿No hay aquí servicio de manicura y de limpiabotas?

—Desde luego, señor.

—¿Y dónde están? ¿En la sala de lecturas...? ¿Quizá en el comedor?

El hombre captó el mensaje. Aquel cliente era un tipo extraño. Estaba claro que le agradaba humillar a los de abajo.

La joven de la manicura estaba haciendo un servicio de habitaciones, y Basilio, el limpiabotas, trabajaba también en el bar del primer piso.

—Los avisaré para que vengan enseguida.

El hombre se dirigió al pequeño mostrador que había al fondo y, descolgando el telefonillo interior, habló con el conserje y le reclamó la presencia de los dos empleados. Antes de que Pablo tuviera enjabonada la cara ambos habían acudido. El limpiabotas, provisto de su peculiar caja, se arrodilló a sus pies y luego de colocarle el derecho sobre la caja con un gran cepillo, que cambió hábilmente de mano un par de veces antes de comenzar su tarea. Pablo lo observó con detenimiento. Tenía talmente el rostro de un picador de toros: la piel cetrina y con marcas de viruela, las cejas muy juntas sobre unos ojillos que arrastraban la miseria de una vida de fracasos. Cuando la muchacha de la manicura entró, apenas si la vio de refilón en el espejo, pero en cuanto se sentó a su derecha en un taburete y se colocó sobre la falda los trebejos de su trabajo sí tuvo ocasión de mirarla con detenimiento. Era preciosa... Aún no habría cumplido los veinte años, tenía el cabello trigueño, los ojos grandes y rasgados como de gacela, los labios carnosos y bien perfilados... y los breves pechos se le marcaban bajo la blusa rosa.

—Me gustaría ser un botones para llevarle los bultos —comentó Pablo, pedante e impertinente.

La muchacha se sonrojó, pese a que ya estaba acostumbrada al acoso grosero de algún que otro cliente. Aun así, le tomó la mano y comenzó su trabajo. Pablo se vio en el espejo atendido por tres personas a la vez y pensó cuán fútil era la vida. Hacía cuatro meses estaba hecho un despojo humano en el suelo de una barraca mientras lo devoraban los chinches y los piojos, y en ese momento lo atendían como si se tratara de un marajá y era portador de un mensaje del rey. Llegó a la conclusión de que la vida era una partida de cartas en la que triunfaban únicamente los que tenían la fortuna de sacar los ases.

Los tres finalizaron casi a la vez su trabajo. Pablo se puso en pie y, tras pagar el servicio, repartió una generosa propina; la más elevada, la de la muchacha.

—Creo que también haces habitaciones.

—También, señor.

—Igual te llamo un día de éstos.

La muchacha inclinó servilmente la cabeza.

Pablo consultó su reloj. El tiempo había pasado deprisa y sólo faltaba media hora para su cita con Higinio. Se volvió y, en un gesto entre paternal y displicente, rozó con el envés de la mano la mejilla de la muchacha. Luego salió dispuesto a cumplir con su importante entrevista.

Pablo no se orientaba bien en Barcelona, ya que apenas conocía la Ciudad Condal, pero tras pedir indicaciones al conserje del hotel decidió ir paseando desde el hotel Oriente hasta el despacho de Higinio Segura. Salió a la calle y se asombró ante aquel paseo burbujeante de vida en el que competía el colorido de los puestos de flores con los mil trinos que surgían de los quioscos de pájaros que se orillaban a ambos lados de aquella calzada central que ascendía desde el mar hasta la plaza de Cataluña, ubicada como frontera entre la nueva ciudad y la vieja, que el Plan Cerdá, derribadas las murallas, había cuadriculado y donde las familias nobles o las de la boyante burguesía iban poco a poco estableciendo sus nuevos domicilios.

Antes de las once estaba frente al portal de la calle de Caspe, en cuyo flanco derecho podían leerse las placas de los diversos inquilinos. Pablo observó que muchos de ellos eran despachos profesionales; la correspondiente a las industrias Segura indicaba que ocupaban ambos principales. El portal era noble y de la garita de la derecha salió el conserje, que abriendo la puerta del ascensor le preguntó a qué piso iba.

—Bodegas Segura.

—La dirección y administración están en la primera puerta. Asuntos comerciales, en la segunda.

El hombre cerró la puerta de la jaula, y la cabina de madera y cristal comenzó a ascender lentamente. Al poco, Pablo se encontró frente a la historiada puerta de madera de fresno con apliques de latón. Pulsó el timbre y aguardó.

La espera fue breve, a los pocos segundos un conserje de elegante uniforme azul marino con doble botonadura en la pechera abrió la puerta.

—Buenos días, señor, ¿en qué puedo servirle?

—Don Higinio Segura me espera.

Pablo entró en el elegante recibidor y el hombre, tras cerrar la puerta, indagó:

—¿A quién anuncio?

—Diga a don Higinio que ha llegado Pablo Cervera.

—Aguarde un instante, por favor.

Desapareció el conserje tras un cortinón de terciopelo y Pablo se entretuvo en contemplar las láminas de la pared, que representaban el proceso de la fabricación del champán. No había pasado un minuto cuando la imagen de Higinio Segura, apartando la pesada cortina, apareció bajo el dintel y, sin decir una palabra, se llegó hasta él y lo abrazó. Pablo correspondió a su abrazo hasta que Higinio lo apartó suavemente por los hombros, y tomando distancia, lo observó con atención. Aquel muchacho al que había conocido con pantalones cortos era ahora un hombre al que la vida había tratado duramente. Su mirada y su talante así lo denunciaban.

—¡Bendito sea Dios, que ha permitido este milagro! Hemos estado al corriente de todo, como ya te habrá contado tu padre, durante todo ese tiempo. Y nos alegramos muchísimo cuando llegó la noticia de que, por un milagro divino, te habías salvado y, luego, que iban a liberarte. Lástima que aún sigamos todos con la amargura de no saber nada de tu hermano Nico.

—Así ha sido, don Higinio. Nico quedó allí... Pero yo he podido regresar del infierno.

Higinio Segura extrajo de su bolsillo un pañuelo y se enjugó una lágrima que pugnaba por salir de sus ojos. Hubo una larga pausa.

—Ven, pasemos a mi despacho...

Abrió el paso y Pablo lo siguió pasillo adelante. Después de cruzar una salita de espera llegaron a la antesala del despacho, donde una secretaria de mediana edad tecleaba en una máquina de escribir.

—Valentina, le presento a don Pablo Cervera.

La mujer, falda negra, blusa blanca con un corbatín anudado al cuello y con el pelo recogido en un moño, se puso en pie.

—Mucho gusto, don Pablo. En esta casa se lo conoce, de oídas, desde hace mucho tiempo. Sea usted bienvenido.

Pablo tendió la mano a la mujer.

—El gusto es mío.

—Valentina, no me pase ninguna llamada hasta nueva orden… Vamos, Pablo.

—Lo que usted mande, señor.

Higinio Segura y Pablo entraron en el despacho, una pieza de grandes dimensiones cuyo mobiliario denotaba riqueza y sobriedad. Ambos hombres se dirigieron hacia un tresillo de madera de caoba y rejilla de estilo Chippendale con los mullidos almohadones tapizados de terciopelo granate. Luego de que Higinio ofreciera una copa a Pablo, que éste aceptó, se sentaron, Higinio en el sillón de la derecha y Pablo en el extremo del sofá.

—Explícame todo desde el principio.

Pablo había preparado cuidadosamente toda la historia, pues se había propuesto conducir el relato de tal forma que el sorpresivo final fuera coherente.

—… Y fue entonces cuando Nico, herido y arrastrado por su mula, cayó rodando hasta la base del montículo donde habíamos marcado con cordeles la situación del agua.

—Eso nos contó Paco Fresneda, sí… Y ya nada más supisteis, ¿no?

Pablo quedó unos instantes en silencio meneando la cabeza a un lado y a otro como dudando de lo que iba a decir.

—¿Es que no fue así?

—Me duele tener que decir que no exactamente.

—¿Entonces…?

—En esas circunstancias los hombres se comportan sin pensar, de formas muy distintas… Y comprendo que Paco tomara una decisión de la que posteriormente ha podido arrepentirse.

—No te entiendo, Pablo.

—Cuando vi caer a mi querido hermano comenté a los demás que debíamos ir a por él. «¡Estás loco! ¡Nos matarán a todos, yo voy al campamento, allí por lo menos estaremos protegidos por el muro de sacos y por la alambrada!», exclamó Paco. «Iré yo solo», dije. Y cada uno obró según su conciencia. Paco, como más tarde se demostró, pudo huir y escaparse hasta Annual y luego tuvo la suerte de llegar hasta Melilla. Yo, por el contrario, después de recoger las últimas palabras de Nico, y cuando ya exhaló el último suspiro y nada podía hacerse por él, regresé al campamento y lo defendí hasta el último instante junto con el teniente Casado y otros compañeros... Finalmente, atacados por un enjambre de moros, caímos prisioneros. Lo demás ya lo conoce usted.

—Así pues, Nico murió.

—En mis brazos.

—Pero entonces tus padres...

—Nada saben. Cuando llegué a Madrid tenía mis dudas, pero se me disiparon en cuanto vi a mi madre. Prefiero dejarla en la entelequia y que crea que su hijo quizá vive, que no certificar su muerte.

Higinio Segura se acarició la barbilla.

—Eres un buen hijo y una buena persona.

—Quise mucho a mi hermano... De pequeños discutíamos con frecuencia, aunque, en el fondo, nadie ha sabido nunca el porqué.

Higinio interrogó con la mirada a Pablo.

—Los dos estábamos enamorados de Herminia... Y él fue el elegido. Ése fue el motivo por el que no fui a la petición de mano.

Hubo una larga pausa en la que los ojos de Higinio iban de la interrogación al asombro.

—¿Qué me dices?

—Siempre estuve enamorado de su hija, y todas las perrerías que hacía eran para llamar su atención.

Higinio tuvo que ponerse en pie y, llegándose al mueble bar, se sirvió una ración generosa de coñac.

—¿Puedo saber cuáles fueron las últimas palabras de Nico?

—Si me lo permite, creo que esa explicación se la debo a Herminia.

—Desde luego, lo entiendo perfectamente.

Ahora la pausa la provocó Pablo.

—He venido a Barcelona y he solicitado entrevistarme con usted para recabar su permiso, don Higinio.

—Tú dirás.

—Pasado un tiempo, cuando todo se serene, y desde luego si su hija me acepta, querría casarme con ella... Vengo a pedirle la mano de Herminia, señor.

Si bien al principio Higinio no reaccionó, al cabo su mente comenzó a asimilar aquel caudal de información. Pablo, al igual que Nico, era hijo de aquella familia, los Cervera, a la que tanto apreciaban él y María Antonia. Nico había muerto. Herminia, a pesar de que siempre llevaría en el alma el luto de su pérdida, un día u otro saldría de él, porque era joven y tenía que rehacer su vida. Pablo, casi un héroe, podía ser la persona con la que su hija volviera a vivir. Y, además, estaba el niño, Rafael… Al menos compartía la sangre de Pablo.

—Por mí, Pablo, no sólo no hay inconveniente, sino que me llenaría de alegría aceptarte en mi casa como esposo de mi hija, tal como hice con tu hermano. Las circunstancias son las que son, y tengo lo que tengo aquí y ahora. Nosotros no mandamos en el destino, somos hojas al viento… Consultaré con María Antonia, pero puedes estar seguro de que estaremos encantados en tenerte como yerno… siempre y cuando Herminia te acepte. —Higinio se puso en pie—. Dame un abrazo.

Ambos se pusieron en pie y se abrazaron.

—Vente a cenar… Dame tiempo para hablar con mi mujer.

—Esta noche no puedo. Tengo una cena de trabajo.

—Pues ven mañana a comer. Así luego podrás hablar con Herminia.

—Encantadísimo. ¿A qué hora comen?

—¿Te parece bien a las dos?

—Perfecto.

—Toma nota de la dirección de nuestra casa: está en el número 30 del paseo de Gracia, cuarto piso, puerta primera.

Higinio, luego de despedir a Pablo, llamó a María Antonia por teléfono.

—¡He de verte con urgencia!

—¿Qué mosca te ha picado? Todos los días me ves a la hora de comer.

—Hoy no comeremos en casa, María Antonia. Te espero a las dos en El Canario de la Garriga.

—Es que Manuela te ha hecho la tortilla de varios pisos que tanto te gusta…

Higinio quiso dar a entender a su mujer que el tema era importante.

—María Antonia, no tengo por costumbre invitarte a comer a media semana sin un motivo justificado, lo sabes, ¿verdad? Ha ocurrido algo muy importante y no deseo hablarlo en casa. Conque no discutas, por favor, y estate a las dos donde te he dicho.

El Canario de la Garriga estaba en la confluencia de la avenida de las Cortes Catalanas con Roger de Lauria. Era un complejo de restaurante y centro de reunión de intelectuales, y el ambiente era distinguido. María Antonia e Higinio ocuparon un velador junto a una columna y protegido por dos biombos, para poder hablar sin interrupción y lejos de oídos indiscretos.

Luego de encargar la comida y cuidando la entrada y la salida de los camareros y del personal adjunto, Higinio, urgido por su mujer, fue relatando con pequeñas pausas todo lo ocurrido aquella mañana, comenzando por la muerte de Nico.

—Siempre sospeché que Nico había muerto... Si Pablo ha decidido guardar silencio al respecto me parece una sabia decisión. No sé si Lucie aguantaría un golpe así. Nico siempre fue para ella especial. Ahora la que me preocupa es nuestra hija.

—Deja que te cuente, que eso no es todo.

—¿Qué más puede haber?

—Vas a quedarte de piedra, como me ha ocurrido a mí.

—Por favor, Higinio, no me hagas la novela por entregas.

—Ahora entenderás por qué no he querido comer en casa.

A la hora del postre Higinio había relatado ya toda su entrevista con Pablo. Luego de que explicara a su mujer el capítulo de su enamoramiento desde niño y la justificación de su conducta, María Antonia tomó el abanico que estaba sobre la mesa y comenzó a abanicarse enérgicamente.

—¿Estás diciéndome que Pablo ha estado enamorado de nuestra hija desde que era un chiquillo y que todas las barrabasadas de cada verano eran para llamar su atención?

—Eso me explicó, y lo creo. Los amores contrariados de un muchacho producen raras reacciones, y lo de Pablo no era normal... Ten en cuenta que su última hazaña le costó el internado, que a esas edades es un precio a pagar muy caro. ¿Cómo lo ves?

—Estoy hecha un auténtico lío.

—Te sorprenderá el cambio que ha dado... La experiencia pasada ha sido muy dura y esas circunstancias cambian a cualquier persona. Lo he invitado a comer en casa mañana. El recuerdo que tengas de él bórralo, pues el Pablo que conociste no existe. Te encontrarás a un hombre hecho y derecho que a lo mejor ayuda a nuestra hija a salir del marasmo en el que está sumida.

—No te entiendo.

—Es muy fácil. Herminia, tras la visita de Paco Fresneda, se ha agarrado a un clavo ardiendo y no quiere ver la realidad. Para que esa muchacha siga con su vida ha de enfrentarse al hecho de que Nico ha muerto… Si asimila eso y le entra en la cabeza lo ocurrido, tal vez sea capaz de reaccionar.

—¿Y eso cómo puede conseguirse?

—Pablo quiere hablar con ella… A mí me contó el hecho, es decir, lo ocurrido, pero guardó para nuestra hija los últimos momentos de Nico… Tal vez ese shock la obligue a regresar al mundo real.

María Antonia quedó unos instantes pensativa.

—Querido —dijo—, te conozco como si te hubiera parido… ¿Qué tienes en la cabeza?

Higinio tomó la mano de su mujer que descansaba sobre la mesa.

—María Antonia, si se obrara un milagro y nuestra hija, con el tiempo, se enamorara, aunque en ello hubiera implícito un componente de gratitud, sería la solución perfecta de nuestras cuitas, pues nuestro nieto tendría un padre y nuestra hija un marido, que sería hijo, igualmente, de nuestros amigos. Puedo afirmar, sin temor a equivocarme, que José y Lucie estarían encantados. Y yo podría irme de este mundo con la tranquilidad de haber hecho los deberes.

María Antonia miró a su marido fijamente.

Higinio insistió.

—¿Qué te parece?

—Deja que lo asimile… Así de pronto y de una sentada, me cuesta encajar todas las piezas en su sitio.

128

El cinematógrafo

A las seis de la tarde, luego de haber despedido el coche, Pablo estaba plantado frente al número 7 de la avenida del Príncipe de Asturias. La singularidad del edificio y sus proporciones lo sorprendieron; en medio de una explanada que mediría por lo menos dos hectáreas, circunvalada por un muro bajo de piedra, se levantaba una especie de hangar de paredes blancas con cubierta de tejas a dos aguas. Le chocó que no hubiera ventana alguna y sí, en cambio, descubrir cuatro en una especie de torreón que asomaba en un extremo y que parecía ser un añadido posterior.

Se adelantó hasta la reja y, viendo que no había timbre ni cadena para llamar, empujó la cancela y siguió el caminito que conducía a la entrada del hangar. Llegado a la puerta pudo leer grabado en el cristal ROYAL FILMS, y en letras más pequeñas ESTUDIO HERMANOS BAÑOS. Pablo pulsó el timbre que estaba a la derecha y aguardó. No tuvo que esperar demasiado, pues al poco vio acercarse por el pasillo a un hombrecillo con cara ratonesca, cabello escaso y ojos vivarachos vestido con un mono azul de tirantes en cuyo peto constaba, en letras blancas, la misma leyenda que en la puerta: ROYAL FILMS. El tipo se llegó hasta él y, dando dos vueltas de llave, procedió a abrirle.

—Buenas tardes, ¿qué se le ofrece?

—Estoy citado con don Ricardo Baños.

El hombrecillo, a la vez que se pasaba la mano por el escaso cabello, anunció:

—Es usted don Pablo Cervera, sin duda.

—El mismo.

—Pase, por favor... Don Ricardo lo espera en el torreón.

El hombre le indicó que lo siguiera y cerró la puerta.

Avanzaron por un pasillo en cuyo final se divisaba una gran puerta, pero antes de llegar hasta ella giraron a la derecha y ascendieron por una escalera que, supuso Pablo, conducía al torreón. Cuando coronaron los dieciocho escalones llegaron a un descansillo en el que se abrían dos puertas. El hombrecillo tocó con los nudillos en el vano de la puerta de la derecha y desde dentro de la estancia sonó una voz:

—¡Pasa, Nicanor!

El aludido abrió una cuarta y asomó la cabeza.

—Está aquí don Pablo Cervera.

La voz se acercaba, y Pablo oyó que decía:

—¡Por Dios...! ¿En qué estás pensando? Hazlo pasar.

La puerta se abrió completamente y Pablo vio a un individuo que avanzaba hacia él vestido de un modo estrafalario, con pantalones de golf, jersey verde de punto y una gorra de cuadros escoceses. Sonriente, le tendió la mano y Pablo se la estrechó.

—Es un honor para Royal Films recibirle... Ha tomado usted, don Pablo, posesión de su casa. Hágame el favor.

Ricardo Baños indicó a Pablo con un gesto que pasara y el joven lo hizo al punto. Luego ordenó retirarse al llamado Nicanor.

La estancia y el decorado de la misma cautivaron a Pablo desde el primer momento. Era un recinto rectangular, y, si bien la mesa y los sillones del fondo eran los de un despacho convencional, las paredes estaban llenas de cuadros referidos al cine, desde una panorámica de Hollywood hasta rostros de artistas conocidos, pasando por encuadres de películas tomadas por los hermanos Baños y, al fondo, una cámara de filmar con un maniquí vestido de camarógrafo con la gorra del revés dándole a la manivela.

Ricardo Baños, al observar el arrobo que mostraba el rostro de Pablo, se atrevió a explicarse:

—Esta industria es el futuro y no dude que, con el tiempo, será la muerte del teatro... Piense que la misma obra podrá verse a la vez en muchos sitios, vendrá a ser algo así como si los actores de teatro tuvieran el don de la ubicuidad... Podrá usted viajar por paisajes lejanos y desconocidos sin tener la incomodidad de haber de desplazarse hasta ellos.

Pablo estaba admirado.

—Me habían hablado mucho de todo esto del cine, pero no había tenido ocasión de verlo tan de cerca.

—Esto no es nada, don Pablo. Luego bajaremos al plató y verá filmar a mi hermano, que está terminando la escena de una película... curiosa. —Al decir esto último el cineasta guiñó un ojo cómplice a Pablo—. Pero primeramente despachemos el tema que lo ha traído hasta aquí. Siéntese delante de mi escritorio, por favor.

Pablo así lo hizo, y Baños se sentó tras la mesa.

—Es un honor para mi hermano Ramón y para mí recibirlo en nuestro humilde estudio. La casa real nos honra con su confianza. Don Alfonso, además, es nuestro principal protector, y le aseguro que, de no haber sido rey, habría sido un gran hombre de cine. Y el hecho de que don Álvaro confíe en usted para tan delicada tarea, cosa que no ha hecho antes, indica el aprecio y la confianza que tiene en su persona.

Pablo, al que encantaba saberse protagonista, se sintió halagado por las palabras de aquel hombre.

—He de decir, modestia aparte, que me honro con la amistad de don Álvaro e indirectamente con la confianza de Su Majestad. Por lo que parece, el paquete que me entregarán aquí requiere de una gran discreción y, por tanto, de un mensajero de confianza.

—Don Alfonso nos encargó tres películas, la primera de las cuales, cuyo título es *Consultorio de señoras*, se la entregaré después. Mi hermano Ramón está terminando *El ministro*. Más tarde, si le apetece, bajaremos a ver cómo se rueda una escena.

—Nada podría complacerme más.

—Y finalmente pasaremos a la sala de proyección y podrá decir a sus amistades que ha bajado el Amazonas en canoa.

Pablo y Ricardo Baños continuaron hablando de mil temas. El primero le explicó su peripecia en África y el cineasta lamentó la ocasión perdida de filmar el conflicto en directo, insistiendo sobre las crueldades desempeñadas por ambos bandos y señalándolas como una ocasión magnífica para realizar un gran documental. Después Ricardo Baños le preguntó qué planes tenía para cenar y si conocía el casino de La Rabassada, y ante la negativa de Pablo, añadió:

—No puede irse de Barcelona sin conocer tan magna obra... Si me permite, le invito a cenar y luego nos jugamos unas perrillas en la ruleta del casino.

Pablo se mostró encantado ante la idea.

Un rato después bajaron al plató para que Pablo viera una escena de la filmación. El joven, siguiendo a su anfitrión, descendió la escalerilla del torreón y se encontró frente a la gran puerta que había visto al entrar. Baños lo introdujo en el espacio.

—Vaya con cuidado —le susurró—, que esto está lleno de cables.

Varios hombres se movían por allí como fantasmas colocando focos y cambiando otros de sitio en tanto el hombre que parecía dirigir todo aquello impartía órdenes desde un sillón de lona plegable y se hacía oír mediante una especie de megáfono de latón. Sobre una tarima de madera se veía montado un lujoso despacho, al fondo una librería y al otro lado una amplia *chaise longue*. A un costado, sentados en un sofá, dos actores, hombre y mujer, él de mediana edad y vistiendo un esmoquin con una banda azul cruzándole el pecho, y ella rubia, de unos veinticinco años, con un seno exuberante embutido en un traje de noche de escote bañera. Los dos charlaban animadamente, aguardando a que les diera las órdenes pertinentes el director, que en aquel instante parecía discutir con el camarógrafo sobre la posición donde debía colocarse el trípode que soportaba la cámara. Ricardo, con un ligero gesto, hizo notar su presencia a su hermano, y Ramón dejó en suspenso su diálogo con el cámara y avanzó hacia él en medio de aquella penumbra, sorteando cables y obstáculos.

—Ramón, el señor es don Pablo Cervera. Ya sabes a lo que ha venido y de parte de quién.

El otro se quitó rápidamente la gorra de béisbol.

—Es un honor, señor, recibirlo en nuestro modesto estudio. Estamos acabando el rodaje de un plano delicado de otra película que filmamos para Su Majestad. Es una suerte que don Alfonso apueste por nuestra industria, y aunque esto el gran público lo ignora por lo delicado del tema, sus más allegados lo conocerán a través de él y poco a poco iremos ganando más adeptos.

—Cuénteme, desde hoy mismo, entre ellos.

Ricardo Baños intervino:

—Don Pablo va a quedarse para ver el rodaje de este plano.

Su hermano apuntó:

—Tal vez se decepcione un poco. A veces, por una cuestión u otra, puede hacerse reiterativo y monótono. En ocasiones incluso hay que repetir la escena, ya sea por la luz, por el ángulo de cámara, por la gente que pulula alrededor sin ser necesaria o por los actores, si se equivocan con el texto, aunque este tema ya lo hemos solucionado…

—Me encantará verlos trabajar. Así, si me preguntan, podré hablar con mejor conocimiento de causa.

—Entonces, permítame.

Tras estas palabras, Ramón llamó a un ayudante.

—Andrés, coloca otro sillón de lona al lado del mío.

El asistente afirmó con la cabeza y fue a cumplir el encargo.

Cuando todo el mundo estuvo ubicado en su sitio, Ramón Baños tomó el megáfono de latón y comenzó a dar órdenes:

—Quedaos únicamente los imprescindibles. —Y para informar mejor a Pablo, además de dar el nombre de cada uno, refirió la tarea que desarrollaban. Al primero que nombró fue a su ayudante, y de paso se lo presentó a Pablo—. Éste es Valentín, mi mano derecha. —Luego siguió con los demás—: Rogelio, que maneja la cámara; Pedro y Sebastián, que se ocupan de la iluminación; Atilano, que aguanta el cartel de referencia; y Simón y Bernabé, que mueven el attrezzo. ¡Los demás aguardad fuera hasta que yo os reclame!

La gente fue retirándose hasta que quedaron sólo los nombrados. Entonces Ramón Baños se dirigió a los actores, que observaban la escena como si la cosa no fuera con ellos.

—¡Por favor, Mariana y Bernardo! Listos para rodar.

Ricardo, que estaba de pie junto al sillón de Pablo, le apuntó al oído:

—No le presento a los actores porque son personas que no tienen nivel. Nuestro género todavía es mirado con recelo por los actores de fuste.

La voz de Ramón Baños sonó autoritaria a través del megáfono de latón.

—¡Mariana y Bernardo, en posición de rodaje!

Los llamados se colocaron en el gran sofá dejando entre ambos un palmo de distancia.

—¡Pedro y Sebastián, iluminación!

Los nombrados comenzaron a encender focos y a colocar luces.

—¡Atilano, colócate bien para la referencia!

El aludido, que tenía en una mesa lateral un montón de cartulinas, se situó frente a los actores levantando la que llevaba en la derecha y sujetando abajo la de la izquierda.

Pablo observó que en grandes letras rojas sobre blanco podía leerse el texto del diálogo que iban a desarrollar los actores.

Ricardo se inclinó sobre Pablo y le explicó en un susurro:

—Al no ser gente de teatro olvidan el guion y se equivocan, y en primer plano el movimiento de los labios es importante.

Tras una pausa, la voz de Ramón sonó rotunda:

—¡Lista, cámara…! ¡Acción!

Pablo alcanzó a leer en el cartel: «Es usted muy atrevido, Nicolás… ¿No sabe usted que soy una mujer casada?».

La chica recitó el texto a la vez que golpeaba con el abanico el hombro del actor.

El encargado de los carteles cambió de mano al tiempo que soltaba el de la derecha y cogía otro.

El actor rodeó por la cintura a la muchacha y la atrajo hacia él, y dijo, leyendo en el cartel: «No tiene importancia, no soy celoso».

Lo que sucedió a continuación rondó la cabeza de Pablo durante mucho tiempo. Los actores desarrollaron el acto sexual cambiando de postura con frecuencia, corregidos por las indicaciones de Ramón, quien iba exigiéndoles lo que necesitaba la película. Pablo, que no era novato en esas lides por haber recorrido los burdeles de Madrid y de Melilla muchas veces, quedó asombrado de la fuerza de las escenas y pensó que, en efecto, aquélla era una gran industria.

Al finalizar la sesión y luego de despedirse de Ramón Baños, Ricardo sugirió:

—Si hemos de recorrer la noche barcelonesa, mejor será que dejemos en su hotel la mercancía.

—Me parece una prudente medida. Y ya que estamos allí, le invito a cenar. Las referencias de la cocina del Oriente son excelentes.

—¡En modo alguno! Hoy es usted mi huésped, don Pablo. Dejaremos el film a buen recaudo e iremos a cenar al restaurante del casino de La Rabassada. Aguárdeme aquí, que voy a por el asunto. —Y luego, dirigiéndose al tal Nicanor, ordenó—: Saca el Deloné del garaje y déjamelo en la puerta.

Partieron ambos hombres a su avío y Pablo quedó en el recibidor de Royal Films. La tarde había sido un compendio de novedades y pensó que la vida era una sorpresa continua... Había salido de África con bien tras casi un año y medio de cautiverio, lo cual de por sí era ya un milagro, y de ser un desecho humano se veía ahora en Barcelona de emisario del conde de Romanones. La tarde había sido fastuosa, y si la noche tenía el mismo color, ¡las sorpresas podían ser infinitas!

Ricardo se dirigía hacia él con un paquete en la mano envuelto en una loneta negra. Al llegar a su altura comentó:

—Es para protegerla mejor... El celuloide es muy frágil y altamente inflamable... Las películas arden al menor descuido.

Atravesaron el jardín de la propiedad y, traspasando la cancela, se encontraron en la avenida del Príncipe de Asturias. Nicanor estaba junto a un precioso automóvil gris descapotable con las ruedas rojas, llave en mano.

Pablo, a quien el buen gusto con los coches le venía de familia, comentó:

—Hermoso capricho, Ricardo.

—¿Le gusta?

—Es una preciosidad...

—¿Quiere conducirlo?

—Tal vez más tarde. Ahora llévelo usted, que conoce mejor Barcelona. Además, el hotel Oriente está en las Ramblas y el tráfico allí es muy complicado.

Ambos hombres se montaron en el coche y tras tomar la calle Craywinckel, pasaron a la calle Balmes y descendieron por ésta hasta Pelayo, de allí a la cabeza de las Ramblas y por Canaletas al hotel.

—Aguárdeme aquí, Ricardo, que pongo el paquete a buen recaudo en la caja fuerte y salgo al instante.

Baños, arrimado a la acera, aguantó los denuestos de los chóferes de los coches, los reniegos de los aurigas por haber de contener sus caballerías y los campanillazos de los conductores de tranvía. Afortunadamente la espera fue breve, y Pablo, al ver la escena cuando se subía al Deloné, comentó:

—Creí que los catalanes eran más templados que mis conciudadanos, pero por lo visto en todos lados cuecen habas.

Ricardo Baños puso el coche en marcha y, sacando el brazo izquierdo por la ventanilla, señaló que giraba. Al poco enfocó Ramblas arriba y, dando la vuelta a plaza Cataluña, subió por el paseo de Gracia, cuyo tramo final estaba en obras. Al cabo, y luego de girar en el Cinco de Oros, ascendió por Balmes.

—Tómeselo con calma, don Pablo, que el viaje es un poco largo. Pero le aseguro que vale la pena.

Al tomar las primeras curvas de La Rabassada el motor del cochecillo carraspeaba como un viejo asmático y, ante la mirada inquisitiva de Pablo, Baños aclaró:

—Tiene la chispa de la magneto un poco retrasada, pero no se preocupe, que llegaremos.

Efectivamente, tras más de media hora de viaje, Ricardo Baños detenía el coche en la puerta del casino. La muchedumbre que se aglomeraba frente a las dos taquillas era notable. Pablo estaba asombrado ante el espectáculo que representaba la entrada a aquel emporio.

—Debo decirle, Ricardo, que he de reconocer que cuando los

catalanes hacen algo lo hacen muy bien… En Madrid, a su lado, somos unos chapuzas.

A la media hora y luego de reconocer parte del recinto estaban ambos sentados en el Belvedere, la terraza mirador, viendo cómo el personal se repartía entre las atracciones, pues desde allí se dominaba todo el parque. La cena fue opípara y estuvo regada con abundantes vinos, y ya en el postre Ricardo Baños ordenó que les sirvieran champán para brindar por su mutuo conocimiento y por futuros negocios. Finalmente y para rematar la velada, después de pasearse por las atracciones interiores, entraron en el salón de juegos del casino. Allí los jugadores se movían atropelladamente, unos a buscar fichas, otros dirigiéndose al *blackjack*, otros a la mesa de los dados americanos. No obstante, sin duda lo más concurrido era la ruleta. Hicieron la correspondiente cola frente a la taquilla de las fichas, donde Baños se adelantó, llegado su turno, a cambiar dos mil pesetas, de las que entregó la mitad a Pablo.

—¡De ninguna manera! No puedo permitirlo.

—¡Hágame el favor, don Pablo! Presiento que esta noche tendrá la suerte del novato. Hagamos un trato: si usted gana, cosa que estoy seguro de que va a suceder, me paga las fichas. En caso contrario, lo anotaremos en pérdidas.

Pablo no tuvo otro remedio que ceder.

El perímetro de la ruleta parecía la plataforma de un tranvía, pero al final, entre codazos y no pocos «Perdone usted», se encontraron en primera fila. El juego proseguía imparable. Un crupier francés, listo y entregado a la tarea, fomentaba las apuestas con el clásico «¡Hagan juego, señores!» y luego las cerraba diciendo «¡No va más!». Pablo y su anfitrión dejaron pasar cuatro o cinco turnos al rojo y al negro, al par y al impar, y haciendo pequeñas apuestas a números concretos. Finalmente, Pablo se atrevió en una jugada, y un segundo antes de que se cerraran las apuestas colocó quinientas pesetas en el nueve. El crupier puso en marcha el cilindro a la vez que la bolita giraba en sentido contrario. Como en cada ocasión, la mesa contuvo el aliento… La caprichosa bola comenzó a botar y rebotar en las separaciones de las casillas con los números y, tras un azaroso final, cayó en el nueve.

El abrazo efusivo de Ricardo Baños confirmó a Pablo, quien no se creía lo que estaban viendo sus ojos, que había hecho un pleno.

—Don Pablo, ¡va a cobrar usted treinta y cinco veces la apuesta! ¡Eso hay que celebrarlo! ¡Es un augurio de grandes negocios!

Pablo recogió las fichas que le acercaba el crupier con su rastrillo y, después de dejar una generosa propina, se volvió hacia su anfitrión.

—Le devuelvo el importe de las fichas, tal como hemos acordado.

—Se lo voy a aceptar porque los tratos son los tratos.

Pablo estaba entusiasmado.

—Vayamos al *blackjack*.

—¡Eso es lo que no hay que hacer cuando se gana, don Pablo! Al igual que se da por segura la suerte del principiante, también hay que hacer caso de que el que sigue jugando acaba por perderlo todo... Si usted quiere, podemos continuar la noche en otro lugar.

—Y al decir esto Ricardo Baños guiñó significativamente el ojo izquierdo a su joven amigo.

—Nada me complacería más.

El visionado de la película había alterado la libido de Pablo y desde que habían salido de los estudios le rondaba la cabeza la idea de acabar la noche en un burdel. La fama de los de Barcelona había llegado hasta Madrid.

El cineasta consultó su reloj.

—Son las doce y media... A la una estaremos abajo. ¿Conoce usted el Madame Petit?

—Únicamente de oídas... En Madrid, cuando se cuenta un chiste que ocurre en un lupanar, siempre se nombra el mismo sitio.

La pareja estaba ya en el Deloné descendiendo la carretera de la montaña.

Minutos después, Ricardo Baños detenía el Deloné delante del número 6 del Arco del Teatro. El rótulo del local era humilde; sobre una discreta entrada, en un pequeño cartel luminoso, se anunciaba: LE PETIT. En la puerta coincidían a la vez grupos de hombres más bien serios y circunspectos; no se veían, por el contrario, grupos de borrachos jaraneros y ruidosos como en la mayoría de los locales que se dedicaban al género.

—Como constatará, el sitio tiene una nota que lo hace diferente de los demás.

—La verdad es que no pensaba que fuera así de discreto.

—La clase de las pupilas y lo selecto de la clientela es lo que distingue a este local.

Dejaron el coche aparcado junto a otros vehículos custodiados por un manco con cara de malas pulgas que manejaba con arte un garrote, el cual sujetaba entre las rodillas cuando tenía que tomar la propina que le dejaban los clientes.

Ricardo Baños fue generoso.

—Cuídemelo bien. No quiero tener sorpresas a la salida.

—¡Descuide usted, señorito! Lo que se confía a ésta —sopesó la tranca con la mano— queda a buen recaudo.

Partieron ambos hacia el interior del local. Nada más traspasar la cancela, Pablo fue consciente de que aquello era muy diferente a cuanto había conocido hasta aquel momento. El salón principal del local era luminoso, el techo estaba decorado con pinturas que representaban escenas sicalípticas y todo el espacio estaba rodeado de columnas con figuras femeninas. Desde allí, los clientes podían escoger la pupila que más les gustara para satisfacer sus deseos. El prostíbulo disponía también de servicio de restaurante y contaba con un salón privado, reservado a los clientes más selectos, donde se representaban escenas pornográficas y toda clase de perversiones para satisfacer los más lúbricos deseos del selecto personal. Otro rincón curioso era una habitación oscura para amantes de las fantasías necrofílicas, en la que tan sólo había un ataúd con cuatro cirios encendido, uno en cada esquina. También había varias habitaciones decoradas de diferente manera, que los clientes elegían según sus gustos. Unas cincuenta prostitutas trabajaban al mismo tiempo en el Madame Petit, muchas de las cuales eran extranjeras, y más o menos cada treinta días muchas de ellas eran sustituidas por otras nuevas.

Ricardo Baños observaba el efecto que aquel entorno causaba en su joven amigo.

—¿Qué le parece el lugar?

—Ha superado con creces cualquier opinión que me hubiera formado. Esto es un templo de la lujuria, en Madrid no existe cosa igual... ¡Cómo se nota que esta provincia limita con Francia! Tanto la moda como cualquier otra novedad, para llegar a Madrid ha de atravesar el carpetovetónico suelo de media España.

—Me alegra infinito no haberlo decepcionado... Y lo que está viendo es únicamente el principio.

—¿Es que hay mucho más?

—No para todo el mundo, pero nosotros, los hermanos Baños —presumió—, tenemos trato especial. —Sonrió pícaro—. En cantidad de ocasiones les contratamos personal extra, lo que representa para la empresa un bonito ingreso. ¿Qué es lo que le apetece, don Pablo? Pida por esa boca sin reparo, porque aquí pueden cumplirse hasta los más elucubrantes sueños: dos y tres chicas a la vez, y de diversas nacionalidades y colores de piel, si lo desea… Y si le gusta algo especial.

Pablo estaba asombrado.

—Esta situación me desborda.

—Déjeme aconsejarlo. Voy a recomendarle un ganado que conozco bien: dos hermanas libanesas que han trabajado para nosotros. Oiga, don Pablo, ¡canela fina son! Lo dejaré bien acompañado y me retiraré, que mañana debo madrugar mucho porque tengo exteriores. Si le parece, lo recogeré en su hotel a mediodía para ir a comer.

—Voy a seguir su consejo al respecto de las libanesas, Ricardo. Pero lo de comer mañana me será imposible porque tengo un compromiso inaplazable.

—Entonces, si le parece, cenaremos juntos.

—Estaré encantado… Lo esperaré en mi hotel a las nueve, si le viene bien.

—Allí me tendrá.

Baños llamó a las libanesas y les pidió encarecidamente que lo hicieran quedar bien ante su amigo. Luego, tras desearle suerte, se retiró.

Pablo se ocupó con las dos hermanas en una suite decorada al estilo de un harén oriental y al finalizar la noche un coche encargado por Baños lo esperaba a la puerta de Madame Petit para llevarlo al hotel. Pablo se instaló en su interior con una importante ración de alcohol almacenada en el cuerpo y pensó que, desde luego, valía la pena gozar de la vida, tomando al paso lo que ésta le ofreciera.

129

La conversación con Herminia

El coche se detuvo en el chaflán del paseo de Gracia con la calle Diputación, y Pablo, tras pagar la carrera, descendió del vehículo y observó con mirada crítica el edificio que se alzaba frente a él. Derribadas las murallas, Barcelona crecía imparable y lo hacía formando manzanas de una hectárea cada una que se llenaban de casas de los más diversos estilos, compitiendo tanto los dueños como los arquitectos que firmaban los proyectos, para ver quién hacía el edificio más importante, original y avanzado.

La casa de los Segura se veía sólida y señorial, y Pablo se dijo que, dada la ubicación, su construcción no debía de haber sido precisamente económica. Con paso elástico y con el sombrero y los guantes en una mano y en la otra un ramo de flores, alcanzó la pesada cancela de hierro y, empujándola, se introdujo en el portal.

Higinio y María Antonia habían hablado de lo peculiar de la situación y, por más vueltas que daban al tema, no le encontraban más que beneficios. Si conseguían que Herminia se ilusionara, que viera las ventajas de aquel enlace y tomara a Pablo por marido, una serie de situaciones se resolverían de una vez por sí solas. La imagen de Nico desaparecería de su mente, Rafaelito tendría un padre, los consuegros serían los mismos que tanto les complacía y con quienes habían establecido tan gran amistad, y finalmente dejaban a su hija bien casada a efectos de cualquier circunstancia de futuro.

Cuando María Antonia dijo a Herminia que Pablo iría a comer, la muchacha se sintió feliz, pues sabía de las penurias que Pablo había pasado durante el tiempo que fue prisionero de Abd el-Krim. Había hablado con Paco Fresneda y, después de lo que éste le había relatado al respecto de Nico, en su pecho todavía había un rescoldo de esperanza... Pero ya que Pablo había estado allí bastante más tiempo, Herminia pensaba, aunque no sabía bien por qué, que tal vez éste podría contarle algo que todavía ignoraba al respecto de Nico.

Cuando se abrió la puerta de la salita y el criado anunció que Pablo había llegado, el matrimonio, sin ponerse de acuerdo anteriormente, observó con atención la mirada de su hija. Herminia se puso en pie ilusionada. Recordó en un momento los veranos pasados en San Sebastián junto a los Cervera, con los jardines comunicados, y pese a las barrabasadas de Pablo y a su carácter, la joven, adornando sus recuerdos por la presencia de Nico, reconoció sentir entonces cierto afecto por su gemelo. En esa ocasión lo recibía con curiosidad dado que era el último emisario del que podía tener una noticia desconocida de Nico. También pesaban en su consideración los largos meses que Pablo había pasado en cautividad, una circunstancia, se dijo Herminia, que sin duda era capaz de modular incluso el carácter más arisco.

Tras los saludos de rigor y las preguntas sobre la familia, el grupo se dirigió al salón de la chimenea, donde María Antonia había preparado el aperitivo, que al punto sirvieron el mayordomo y una camarera. El matrimonio Segura tenía muy preparado el encuentro para llevar el agua a su molino; no querían quemar temas que deberían salir a la hora de comer para dar ocasión a que la pareja, tras servir el café, se quedara a solas.

—¿Y a qué debemos tu visita a Barcelona?

—Además del placer de veros, vengo en comisión de servicio de la casa real.

Pablo sabía muy bien la tecla que tocaba y conocía el impacto que causaba en la gente saber que alguien, por la circunstancia que fuera, se relacionaba con el rey.

—Pero si he de ser sincero, veros a vosotros es para mí mucho más importante que el encargo de Romanones.

Al decir esto último sus ojos se dirigieron a Herminia, a la que encontraba mucho más hermosa y más mujer que la muchacha que evocaba su recuerdo. Finalizaron el aperitivo y se dirigieron al comedor, donde Higinio comentó la visita que los Cervera habían hecho a Caldetes, años ha, con motivo de la petición de Herminia por parte de Nico, y sugirió que, como en aquella ocasión Pablo no había podido acudir, tal vez podrían planear una comida en la casa de veraneo, siempre que su estancia se prolongara y pudiera dedicar un día a estar con ellos.

—Me encantaría, aunque ahora nada puedo deciros. Luego de

contactar con las gentes que he de ver en Barcelona y hablar con Madrid, estaré en condiciones de daros una respuesta.

La comida fue magnífica y muy casera, y la crema catalana que se sirvió de postre encantó a Pablo.

El café lo tomaron en la biblioteca, y María Antonia aprovechó la ocasión.

—Higinio, me dijiste que tenías que ver al notario, ¿no? Además, creo que la gente joven debe hablar de sus cosas. Retirémonos, pues, y dejemos a los chicos solos. Seguro que querrán hablar de los viejos tiempos en San Sebastián, y tú y yo sobramos. —Entonces se dirigió a su hija—: Si necesitáis algo, estaré en el cuarto de costura. ¡Es la ventaja de tener la modista en casa!

El matrimonio se puso en pie.

—Pablo, ya me dirás si podemos contar contigo para una comida en el campo —se despidió Higinio.

—En cuanto hable con Madrid, le respondo.

Pablo se quedó solo con Herminia y de inmediato se trasladó desde el sillón, donde se había sentado con la taza de café en la mano, hasta el gran sofá, al lado de ella.

Los jóvenes se observaron mutuamente.

—Este momento no me parece real... —apuntó Herminia—. ¡Han pasado tantas cosas!

—¡Y tan malas!

—Todo ha sido terrible, pero por lo menos tú estás aquí para contarlo. Nico no ha tenido tanta suerte... Es como si se lo hubiera tragado la tierra.

Pablo miró fijamente a Herminia y lanzó un profundo suspiro, guardando a continuación un raro silencio preñado de misterio.

Herminia, que se había negado reiteradamente a aceptar lo evidente y se había agarrado a lo que Paco Fresneda le había contado, como el náufrago lo hace con un tablón, colocó su mano sobre la de Pablo, que descansaba sobre el sofá.

—Mi instinto me dice que sabes algo de Nico que yo ignoro, a pesar de que Paco me explicó lo ocurrido.

Pablo preguntó enseguida:

—¿Qué te dijo ése?

Lo de «ése» sonó despectivo.

—Vino a verme a mi regreso de Trujillo. Estuvo conmigo toda la tarde, y me explicó que habíais ido a buscar agua a los pies del campamento, que tu hermano la encontró pero que los moros comenzaron a disparar y que, cuando coronabais el montículo, la mula cayó muerta y arrastró con ella a Nico herido, que él quiso bajar a socorrerlo, pero que el teniente ordenó proseguir y hubo que obedecer, que nadie puede saber con certeza lo que le pasó a Nico, que al amanecer atacaron los moros y el comandante dejó que cada uno obrara según su conciencia al respecto de irse o quedarse, que un grupo se abrió paso hasta Annual a punta de bayoneta, que es lo que él hizo, y que otros se quedaron allí y cayeron prisioneros... Entre ellos, tú.

Pablo fue asimilando lentamente la explicación. Luego, tras una pausa, urgido por una palmada de Herminia en su mano y como si regresara de muy lejos, habló:

—Ya me lo imaginaba... Te preguntarás por qué me he referido a él como «ése»... Pues voy a explicártelo: el teniente Soria dio la orden de proseguir cuando Nico, arrastrado por la mula cayó loma abajo, pero el que se puso como un histérico diciendo que iban a freírnos fue él, Paco. Yo, pese a la orden, bajé solo a buscar a mi hermano. Estaba en el suelo con la pierna aprisionada por el peso de la mula y empapado en sangre. Nada pude hacer, únicamente recoger sus últimas palabras.

Herminia estaba en trance, las dos manos recogidas sobre el pecho y la mirada clavada en Pablo.

—¡Prosigue, por favor!

—¿De verdad quieres que siga?

—Te lo ruego, Pablo.

—Nico se moría... La sangre manaba de su pecho. Con mis manos intenté contener la hemorragia, él me agarró con las suyas y me atrajo hacia sus labios. Su voz era un estertor... —Pablo vio que los ojos de Herminia eran dos lagos—. Los tiros sonaban a lo lejos cuando oía nítidamente sus palabras...

Pablo hizo una pausa teatral.

—¡Continúa, por Dios!

Ahora fue Pablo quien tomó la mano de Herminia.

—Me dijo: «Me muero, Pablo. Cuida de Herminia... Quédate siempre junto a ella y protégela como lo habría hecho yo». Ésas fueron sus últimas palabras. Después pude rescatarlo de debajo de la pata de la mula que lo aprisionaba y lo oculté debajo de una chumbera. Subí al campamento, y cuando el comandante nos dio a escoger, yo opté por quedarme con mis jefes y Paco salió huyendo como un cobarde... Ésta y no otra fue la historia.

Herminia se recostó sobre el pecho de Pablo y él le pasó el brazo por los hombros. El llanto de la muchacha fue largo e incontenible. Después se serenó.

—¿Lo saben tus padres, Pablo?

—No he sido capaz de confirmar en casa la muerte de Nico... Mi madre sólo vive en espera de su regreso... Prefiero que mantengan la esperanza.

Al cabo de siete meses, el 18 de septiembre de 1923, a los pocos días del golpe de Estado de Primo de Rivera, en la iglesia de la Concepción de Barcelona, Herminia Segura daba el «sí quiero» a Pablo Cervera ante un numeroso grupo de invitados entre los que, por expresa prohibición del novio, no figuraba Paco Fresneda.

María Antonia había preparado la casa de Caldes d'Estrac con todos los detalles para que la noche de bodas de su hija fuera perfecta. La pareja llegó en el coche de los Segura conducido por Pablo, que había libado durante el banquete de bodas una cantidad considerable de alcohol. En tanto descendía del vehículo para abrir la reja, antes de aparcar el coche junto al pinar, Herminia se preguntó si había llegado hasta allí agradecida o más bien porque Pablo le recordaba a Nico y pensaba que había cambiado mucho, tras confesarle que siempre estuvo enamorado de ella y que sus fechorías tenían el único objeto de llamar su atención.

Herminia se había cambiado en el hotel y lucía un elegante traje de chaqueta de corte inglés con el cuello ribeteado de cuero. Pablo vestía pantalones grises, chaqueta blazer azul marino con botones plateados y un pañuelo anudado sobre el cuello abierto de la camisa.

En cuanto Pablo abrió la puerta de la casa con la llave que Higinio le había entregado divisaron al fondo, en el comedor, una mesa para dos iluminada por dos grandes velones y al lado, en un mueble de precioso perfil, una serie de viandas preparadas para ser servidas y una botella de champán francés puesta a enfriar en un cubo de plata sobre un pie del mismo metal.

La voz de Pablo sonó jocosa a los oídos de Herminia:

—¡Hombre, qué agradable está esto! Mira por dónde, hoy no voy a salir.

130

Vida de casados

Tras ocho meses de matrimonio Herminia era consciente de que el suyo había sido un fracaso desde su noche de bodas. La recordaba con terror. Pablo estaba borracho y tras poner perdida de vómito la habitación se quedó dormido... Pero el drama vino a medianoche, cuando Herminia notó que le daba la vuelta, le arrancaba el precioso camisón que su madre le había dejado preparado y asaltaban su cuerpo como si fuera una de las prostitutas de Cal Manco, uno de los burdeles de peor fama de Barcelona. A partir de aquel día todo fue de mal en peor. Esperó que la cosa mejorara al instalarse en Madrid, y su esperanza consistía únicamente en que Pablo la dejara en paz y que, al regresar de sus bacanales o de sus timbas de póquer, se acostara en la cama sin molestarla. Se tragó solita el fracaso de su matrimonio. Nada explicó a sus padres por no cargar en ellos la culpa de su fiasco y hacer que se sintieran desgraciados, y además porque tenía con ella a Rafaelito, su hijo, sangre de la sangre de Nico, que era su consuelo y que Pablo había admitido sin más preguntas aceptando la historia de la adopción.

Su suegro le compró un piso en la calle Zurbano, donde intentó crear su hogar... Pero el pensamiento se le iba continuamente hacia Nico, y cada día aumentaba el volumen de su añoranza, a tal punto que en muchas ocasiones se encontraba hablando sola con él.

Desde que llegaron a Madrid, Pablo salía todas las noches y su itinerario poco variaba. Solía comenzar la velada en Casa Julio, donde se encontraba con su amiguita Coqui Lacalle, una treintañera de busto voluminoso que, por lo visto, lo hacía feliz en la cama. De allí se iba a una casa de la calle Alcalá, donde las partidas clandestinas de póquer se prorrogaban hasta la madrugada. Un golpe de fortuna en una casa similar de Barcelona lo encorajinó y supuso que todo el monte iba a ser orégano. Pero los adelantos a cuenta de la herencia que su padre iba a dejarles por testamento a él y a Félix se fundían rápidamente. Jugar con gentes de más potencia económica era un mal negocio. Cualquier farol que intentara lanzar se lo cazaban al vuelo, y las pérdidas, al igual que las deudas, se le acumulaban. El momento de máxima humillación llegó una noche de sábado cuando el imbécil de Facundo Montesinos, uno de los habituales de la partida, no le admitió como pago de sus pérdidas un talón, y ante toda la mesa le dijo:

—¡No, bonito! Aquí se juega con billetes del Banco de España, y si no puedes pagar no te sientes a la mesa.

Pablo encajó la afrenta intentando mantener la dignidad.

—El lunes por la noche, antes de que empecemos la partida, habrás cobrado.

Y lanzando dignamente las cartas sobre la mesa se retiró.

Dos hechos marcaron aquella circunstancia y ambos eran concomitantes. La urgencia de cumplir su palabra era extrema ya que, de no hacerlo, quedaría marcado ante todos los jugadores. Esa emergencia sabía cómo cubrirla, pero sería únicamente como poner un parche que después, si no quería quedar mal ante toda su familia, debería solventar.

Pablo sabía dónde guardaba Herminia los pendientes de rubíes y brillantes que Lucie le había regalado el día de la pedida en Caldetes. Como primera providencia se haría con ellos y en el Monte de Piedad le reportarían el suficiente metálico para cubrir la deuda con Facundo Montesinos. A continuación, contando con la colaboración de Pepín Calatrava, elaboraría un sistema de contabilidad para retirar de los pagos de los clientes del despacho la cifra que le conviniera para reponerla posteriormente con pagos de futuros clientes que asimismo retrasaría. Corría el riesgo de que Pedro Torrente, que en la actualidad era director ejecutivo de las empresas de su padre, se diera cuenta, pero si tal ocurría colgaría el muerto a la espalda de aquel infeliz. La cuestión no tendría mayor problema, pues Pepín era un ser débil de carácter, espantadizo y manejable, perpetuamente agobiado por la situación de su hija, que al parecer no gozaba de buena salud.

Félix desarrollaba una actividad impresionante. La vida y la coyuntura habían hecho de él una pieza importantísima en los futuros negocios de su padre, pues su título de piloto aviador era un aval para cualquier trato y ante cualquier rival comercial, su conocimiento de los motores de aviación era muy amplio y el dominio de tres idiomas resultaba fundamental para llevar a cabo las gestiones en aquel nuevo negocio, todavía en ciernes pero ya en marcha. C.A.S.A., Construcciones Aeronáuticas S. A., era la niña de los ojos de su padre y de su tío postizo, Perico Torrente, que habían depositado en él grandes esperanzas. El único inconveniente es que a Félix lo absorbía y no le dejaba un minuto de respiro. Al despertar no sabía si se encontraba en París, en Madrid, en Pau o en el aeródromo de Aix en Provence.

Félix tenía su despacho en el edificio de las Cuatro Calles esquina con la del Príncipe, donde las empresas de José Cervera y Asociados, que en un principio ocuparon dos plantas, en la actualidad las ocupaban todas. En cada planta se ubicaba una de las sociedades del grupo; en la última se encontraba el departamento de contabilidad y la dirección general. Una única norma regía para todas ellas: José Cervera y su socio, Perico Torrente, exigían llevar contabilidades separadas, de modo que nadie estaba autorizado a cubrir el déficit de una empresa aportando dinero de otra ya que, en tal caso, no podría saberse cuál era la empresa que estaba en pérdidas.

Desde que la conoció, Félix sentía un aprecio especial por Herminia. Respetaba la entereza con la que afrontó la muerte de Nico y todavía más el hecho de que, por el aprecio que tenía a su familia, hubiera accedido a casarse con Pablo. Félix conocía bien a su hermano, y precisamente por ello sabía que su cuñada no podía ser feliz a su lado. Pablo ignoraba lo que era amar y su única preocupación en la vida era Pablo Cervera y todo lo que a él concerniera. Herminia, no obstante, llevaba su desventura con una dignidad absoluta y jamás culpó a nadie de su funesta decisión.

En el campanario de las Trinitarias dieron las doce. Félix tomó su sombrero y su gabán, y al pasar frente al escritorio de la recepcionista anunció:

—Si mi padre o tío Pedro preguntan por mí, diga que como en Casa Alberto. Esta tarde tengo una reunión de negocios en el Casino de Madrid, por lo que no volveré al despacho.

—Sí, don Félix, así se lo comunicaré.

Félix pisó la calle. Hacía una mañana preciosa y le apeteció ir paseando hasta Zurbano. Su cojera lo atormentaba, pero aquél era un buen ejercicio que procuraba hacer frecuentemente. Madrid bullía como siempre y la alegría de la ciudad era contagiosa. Félix había recorrido mucho mundo y siempre mantenía que cada ciudad tenía su encanto, pero lo indiscutible al respecto era que la más bullanguera del mundo era Madrid.

Consultó su reloj. Había recorrido el trayecto en algo más de media hora. Llegado a la portería de Zurbano enfiló la escalera hasta el segundo piso. Se había propuesto, asimismo, no tomar ascensores. El trabajo y las reuniones habían hecho que abandonara su costumbre de hacer gimnasia, y en el sistema de subir escaleras y caminar había encontrado otra manera de mantenerse en forma.

Pulsó el timbre, y una camarera a la que no conocía, joven e impecablemente vestida, le abrió la puerta. Ante su mirada interrogante, Félix se presentó:

—Soy el cuñado de la señora. Si es usted tan amable, diga a doña Herminia que está aquí Félix.

La muchacha lo precedió hasta la salita.

—Aguarde un instante, que aviso a la señora.

Partió la criada y, al poco, los pasos de Herminia resonaban acercándose por el pasillo.

Desde el lejano día que Nico pidió su mano en Caldetes, Herminia siempre pensó que Félix cumplía con creces como hombre las expectativas de cualquier mujer. Por más que su físico ayudaba en ello, pues era alto, guapo y atractivo, lo mejor de él era su personalidad y su carácter. El hecho de ser piloto de guerra, su historial y, por qué no admitirlo, su cojera eran otros encantos añadidos, y en cualquier reunión, fueran quienes fuesen sus componentes, al cabo de media hora había un círculo de muchachas en derredor de Félix, inclusive sentadas en el suelo. Pero lo más singular era que él no se daba cuenta. Herminia aún recordaba cómo se le subieron los colores cuando, la noche de su petición, después de cenar pidió permiso a Nico para besar a su prometida.

Herminia entró en la salita. Vestía un traje de punto azul marino largo hasta media pantorrilla y que apenas marcaba sus formas, siguiendo el estilo que Coco Chanel puso de moda durante los aciagos días de la guerra, y rodeaba su cuello un echarpe de punto gris de confección casera. Félix se puso en pie y le tendió los brazos. Quizá fue una sensación suya, pensó, pero habría jurado que el abrazo duró tres o cuatro segundos más de lo esperado.

Félix la apartó y la miró fijamente.

—Estás preciosa, Herminia. Madrid te sienta de maravilla... Aunque muy abrigada me pareces.

La muchacha, a la par que se sentaba y lo invitaba a hacer lo propio, comentó:

—Creo que ayer me resfrié. Y lo de «preciosa» te lo agradecería si fuera verdad.

La pareja se sentó en dos silloncitos junto a la ventana.

Félix paseó la mirada por la estancia.

—¡Menuda suerte la de ese mangante de Pablo! Tienes la casa que es un primor. Yo, desde que cometí el error de independizarme, malvivo servido por tres mujeres... Eso no es un hogar, es como estar en un hotel de lujo.

—Entonces ¿por qué vives solo?

Félix la miró con pillería, con ganas de escandalizarla.

—Como comprenderás, un hombre soltero tiene sus... necesidades.

—Eres incorregible, Félix.

—Ser el soltero de oro de Madrid tiene sus inconvenientes, y los asumo. Pero también tiene sus ventajas. ¿Sabes cuál es la diferencia entre un soltero y un casado?

—¿Cuál es? Dímelo tú.

—Pues que el soltero puede hacer feliz a muchas y el casado hace desgraciada a una sola.

A Herminia le cambió el rostro levemente.

—En eso tienes razón.

Félix se puso serio y, más que preguntar, afirmó:

—No eres feliz con Pablo.

—Me equivoqué y lo asumo... La única persona que puede ser feliz con Pablo es Pablo.

—¡Ese estúpido...! No se da cuenta de lo que tiene en casa.

Los ojos de Herminia se humedecieron.

Félix le acarició la mejilla instintivamente y, al descender la mano, le apartó el echarpe que le cubría el cuello. El rápido gesto de Herminia al intentar cubrirse la delató: un surco cárdeno apareció bajo su oreja. Félix le sujetó el brazo con una mano en tanto que con la otra acababa de retirarle el pañuelo. Un gran moratón le ocupaba la parte baja de la mejilla hasta el cuello, donde claramente se divisaba la marca de tres dedos.

Félix se encrespó.

—¡Maldito imbécil! ¿Cuándo te ha hecho esto?

Herminia, a la vez que volvía a cubrirse el cuello con el echarpe, respondió:

—Esto es de anteayer… Pero acostumbra a ocurrir las noches que llega borracho, que son casi todas. ¿El motivo? Cualquiera… Si ha perdido en el juego, si le apetece comer algo e intento disuadirlo porque el servicio está durmiendo, si cree que su amiguita le ha puesto los cuernos, si ha discutido con Facundo Montesinos… Ese hombre, por cierto, es el objeto de su último odio, no sé si por el juego o por una mujer, pero el caso es que algunas noches hasta sueña en voz alta con él. En fin, Félix, que cualquier excusa es buena.

—¿Tiene una amiga?

—Fija, creo que una… Sé que se llama Coqui Lacalle. Encontré una nota de ella en el bolsillo de una chaqueta de Pablo que tenía que enviar a limpiar y planchar, citándolo en su casa, y bendigo cada día su nombre ya que siempre que está con esa pelandusca me deja en paz… Pero aparte se encama con cuantas se le ponen a tiro, y eso, en los círculos en los que él se mueve, son casi todas. Tablaos flamencos, cabarets teatros… ¡Qué te voy a contar!

—Hablaré con él.

—¡No, por Dios! Sería peor… Me engañó como a una boba. Creí que había cambiado y quise ver en él un reflejo de Nico… Pero mejor habría hecho cortándome las venas.

—Lo que me dices es increíble.

—Pues me quedo corta. Cuando algo no le ha funcionado a su gusto al acabar la noche, me despierta para hacer que yo pague todas sus frustraciones, sean las que sean… Y te confieso que casi prefiero que me pegue a que intente estar conmigo.

Al decir esto último los colores habían acudido al rostro de Herminia.

Félix meditó unos instantes.

—Esto no puede seguir así, Herminia… Prométeme que la próxima vez que te ponga la mano encima me lo dirás.

—Si tú me prometes no hablar de esto con Pablo, porque sin querer no harías más que empeorar las cosas.

131

Los apuros de Pablo y proyectos de vuelo

Pablo estaba desesperado; se diría que una maldición dominaba todos los proyectos que iniciaba. Una obsesión presidía sus actos: fuera como fuese, quería triunfar y demostrar a su padre que el bueno de los gemelos, y que siempre había sido postergado, era él; no permitiría que el recuerdo de Nico revoloteara, cual pájaro de mal agüero, sobre sus iniciativas como lo había hecho de niño en sus juegos y aventuras.

Unos días después de su incidente con Facundo Montesinos hizo ver que buscaba un documento en el despacho de su casa y aguardó a que Herminia se fuera al parque con Rafaelito. Entonces se dirigió a la caja fuerte empotrada en la pared del dormitorio, buscó en el tocador de su mujer la llave y, tras ajustar la combinación y dar media vuelta al cerrojo, oyó que los pasadores se deslizaban, abrió la puerta de acero y rebuscó en el fondo. Un tacto de terciopelo en las yemas de los dedos le indicó que había dado en el clavo. Sacó el estuche y, antes de cerrar la caja fuerte, lo abrió para asegurarse de que el objeto de su deseo estaba allí, como así fue. Herminia no solía, de no ser en fechas muy señaladas, ponerse aquellos pendientes. A la luz de la lámpara del tocador, una miríada de reflejos salpicó el espejo. Esas joyas iban a sacarlo de apuros, y a la par que restablecería su maltrecho honor ante los socios del casino daría una lección al imbécil de Facundo Montesinos.

Un ramalazo de vanidad asaltó su ego y decidió que esa noche, antes de llevar las joyas el lunes al Monte de Piedad, mostraría aquellas maravillas a Coqui Lacalle. Tenía ganas de ver la cara que pondría su amiguita cuando le dijera que era un regalo para su esposa. Le convenía apuntarse aquel tanto con Coqui, pues quería dejarle claro que, por mucha cama que hubiera de por medio, su mujer era su mujer y ella meramente una entretenida, sin ningún derecho adquirido, por lo que podía largarla cuando le viniera en gana... si no se portaba bien con él. A Pablo le encantaba marcar los territorios.

Con el estuche de los pendientes en el bolsillo salió a la calle. Faltaban dos meses para el cumpleaños de Lucie, que era la siguiente ocasión, según sus cálculos, en la que su mujer querría lucir los pendientes. Para esa fecha ya habría salido de su apuro. Quedar bien con Herminia le convenía, por otra parte, pues su suegro era muy rico y su herencia sin duda se repartiría entre ella y su hermano Carlos. Además no descartaba, si la ocasión apretaba, acudir a él para pedirle un préstamo.

El lunes, pues, resolvería el tema llevando los aretes al Monte de Piedad, en cuanto abrieran. Y esa noche, en tanto, se divertiría.

Félix estaba reunido con su padre y con su tío Perico. Una vieja idea había ido tomando cuerpo en su mente y, aunque para llevarla a cabo faltaba mucho tiempo, teniendo en cuenta lo dificultoso del proyecto y lo costoso de los preparativos, pensó que lo mejor era ponerse en marcha ya que de lo potencial a lo cinético mediaba un trecho considerable, que traducido en tiempo tal vez fuera un año, si no más.

Su padre, que desde la desaparición de Nico ya no acudía al despacho con la frecuencia de antes, en esa ocasión había ido ya que cualquier idea que partiera de Félix siempre le interesaba. En cuanto a su tío Perico, era él el director ejecutivo del que finalmente dependería la ejecución del proyecto.

La reunión se llevó a efecto en el despacho de este último y ante la pregunta de Félix acerca de si deberían convocar a Pablo, la respuesta por parte de Perico fue concluyente: «No, deja a tu hermano, que trabajo tiene con llevar la contabilidad al día. Exponnos la idea a tu padre y a mí, que al fin y a la postre somos los que hemos de decidir».

Félix comenzó:

—Ya sé que os parecerá prematuro, pero esas cosas llevan mucho tiempo porque hay que tocar muchas teclas, y una de las principales es encontrar patrocinadores que, a cambio de la publicidad, aporten capital. Como veréis cuando os lo explique, cualquier marca de cualquier cosa que pueda apuntar su nombre en el proyecto saldrá muy beneficiada.

José intervino:

—Está bien, hijo. Cuéntanos de qué se trata.

Félix, con los ojos brillantes del entusiasmo que la idea le proporcionaba, comenzó su relato:

—C.A.S.A. está prácticamente a punto de nacer, y si conseguimos unir este hecho a algo que capte el interés del público general, nos apuntaremos un tanto muy importante al respecto del aporte de capital y del logro de beneficios para la nueva compañía.

Perico y José escuchaban con suma atención.

—Nosotros vamos a dedicarnos a la venta de aviones, que no es precisamente vender caramelos. A los accionistas que quieran invertir capital hay que saber entusiasmarlos.

—Ve al grano, Félix —apuntó Perico Torrente.

—Voy a ello. En el aeródromo de Aix en Provence se guarda retirado un Breguet 14 de la Primera Guerra Mundial, una pieza de museo. Mi amigo Rigoulot vuela en él de vez en cuando. Bien, mi idea es la siguiente: traemos el avión a Madrid desmontado, lo metemos en fábrica y le acoplamos el motor Hispano-Suiza de última generación que será el que montaremos en nuestros aviones, y cuando todo esté a punto anunciaremos a bombo y platillo un raid aéreo Madrid-Fernando Poo, colonia nuestra, que se hará de noche en cuatro o cinco escalas, eso habrá que verlo... Atravesaremos el desierto volando con mapas y con brújula, como en los viejos tiempos, y conseguiremos que todos los días aparezcan en la prensa noticias del raid. Eso se hace contratando periodistas que aguardarán la llegada del avión en las pistas de aterrizaje. De esa manera, lograremos que la gente siga la historia con gran interés... Que un viejo avión realice este vuelo nocturno con un motor español de reciente factura que mostrará su calidad al mundo entero tiene un enganche absoluto. A las personas les encanta todo lo que sean aventuras aéreas, y este país, que ha tenido tantos fracasos, se entusiasmará con algo así.

José y Perico intercambiaron una mirada inteligente.

—El tema de la propaganda es capital, Félix. ¿Has pensado quién puede ser la persona que se ocupe de contratar periodistas y de que la hazaña tenga la correspondiente repercusión en los papeles?

—Sí, padre. Se me ha ocurrido alguien que usted conoce... He seguido la campaña de publicidad de los fabricantes de champán catalán en España, que la ha hecho él, y la he encontrado brillante.

Perico Torrente indagó:

—¿Y quién es el personaje?

—Usted, padre, recordará sin duda a Paco Fresneda, el amigo de Nico que regresó de África.

—Claro que lo recuerdo. Todo lo que rodeó la vida de tu hermano está siempre presente en mi memoria.

—Pues él ha creado una agencia de propaganda dedicada especialmente al mundo del champán. La campaña es imaginativa y muy osada, y su repercusión ha sido absoluta, pues este año las ventas han aumentado un quince por ciento, y su eslogan «En cada burbuja un sueño» lo conoce todo el mundo.

—Está bien. Si tú crees que ésa es la persona, habla con él —apuntó Perico.

—¿Y quién pilotaría el aparato?

—Desde luego yo, padre. ¡No querría perderme algo así! Con mi amigo Rigoulot. Ya lo he hablado con él, y se ha entusiasmado con la idea... Padre, sería un reclamo fantástico y una publicidad maravillosa para atraer capital hacia C.A.S.A.

—Y en los sitios donde no haya pista de aterrizaje, ¿qué hacemos, hijo?

—Pues pistas de aterrizaje provisionales que después, si vale la pena y si son en territorio español, ya verá que Primo de Rivera las convierte en definitivas.

—Para poner en marcha ese proyecto se necesitan un sinfín de cosas: contratar a esa agencia para que empiece a pensar en el lanzamiento, acoplar uno de nuestros motores al viejo Breguet 14, hacer los correspondientes ajustes y pruebas, y un largo etcétera. En resumen, un montón de dinero.

—No he dicho, padre, que fuera empresa fácil. Sin embargo, la rentabilidad de la misma está garantizada... En cualquier caso, no quiero obviar la parte técnica, ya que atravesar el desierto comportará riesgos añadidos; el primero, dónde repostar, cosa que ya he pensado; el segundo, volar de noche; el tercero, el simún, el viento del desierto que levanta remolinos de arena; y el cuarto, los correspondientes permisos de los países que atravesaremos.

—¿Cuánto tiempo calculas que puede llevarnos lograr todo eso?

—En un año hemos de estar en el aire.

132

Llegaron dos cartas

Paco Fresneda llegó al despacho de Barcelona que, desde siempre, su padre tenía abierto en el chaflán de la calle Aragón con Rambla de Cataluña para gerenciar su industria del corcho. Desde hacía ya un año, Paco tenía allí la sede de su agencia de propaganda. En un principio le costó convencer a su progenitor, ya que Francisco Fresneda era de la vieja escuela y reacio a cambios y novedades. Pero en cuanto Paco pudo poner en marcha su idea y su padre apreció las ventajas de la misma, el hombre le dio carta blanca pensando que sin duda el mayor beneficiario sería él, dado que si el mundo del champán se desarrollaba, la venta del corcho iría pareja a su expansión. Fue así como Paco, copiando a los pioneros Roldós y Compañía, montó su pequeña agencia en el despacho de Rambla de Cataluña. El éxito sorprendió a la propia empresa: las ventas se multiplicaron y pronto clientes de otras especialidades acudieron al reclamo de su prestigio.

El señor Ruiz, el portero, le entregó un paquete de cartas que habían llegado durante el fin de semana, y Paco, en tanto subía en el ascensor, dio una mirada rápida a los sobres. Casi todo eran informes comerciales y cartas de proveedores. Dos llamaron su atención. En la cara anterior del primero de ambos sobres se distinguía claramente un texto escrito con lo que se diría un pincel: «Para entregar a Francisco Fresneda». No constaba remitente, y en su lugar había un extraño dibujo que le recordó la peculiar forma del estanque de San Sebastián. Llegó a su planta y, tras decir a Marita, la recepcionista, que no le pasara ninguna llamada hasta que él la avisara, entró en su despacho, donde cogió de inmediato un espadín abrecartas y rasgó la solapa del sobre, dispuesto a leer la carta que contenía.

Querido Paco:

Ignoro si estás vivo. Y, en caso de que lo estés, no sé si esta carta llegará algún día a tus manos. La lanzo al aire cual paloma mensajera, y si recibo respuesta sabré que te ha encontrado.

En primer lugar, querido amigo, leyendo esto ya sabes que he sobrevivido. Mi último recuerdo es que ascendimos juntos el montículo que conducía al campamento de Igueriben, y después de eso todo escapa de mi memoria... hasta que me desperté, al cabo de muchos días, en la tienda principal de una cabila cuyos jefes eran Jared y Omar. ¿Los recuerdas, verdad? Junto con Agar, eran los hijos de Jalufi y Naima, ella bereber. Y debes recordar que, de pequeños, Omar y yo hicimos un pacto de sangre que entonces no creí que tendría la importancia que finalmente ha tenido en mi vida. Él y Jared se ocuparon de mí. Fueron en busca de gentes que aliviaran mis males, cosa milagrosa y casi imposible en estos pagos, pues mis heridas eran mortales. No sé si fue santa Rita, de la que tan devota era mi madre, o fue cualquiera de los santones a quienes ellos me encomendaron, el caso es que sobreviví. La circunstancia no te la voy a explicar ahora porque sería demasiado prolija para una carta que ni siquiera tengo la certeza de que te llegue, pero el caso es que vivo en el desierto, en ese océano de arena más grande que toda Europa. Aquí, ponerme en contacto contigo, si es que lo consigo, será un auténtico milagro.

Mi condición de zahorí volvió a salvarme la vida y me ha dado un inmenso prestigio entre estas buenas gentes, a las que procuro ayudar para agradecerles todo lo que han hecho por mí. Me llaman, te lo traduzco al castellano, «el amigo del agua» y mi tarea principal es ir de tribu en tribu mejorando los pozos habidos e intentando abrir otros nuevos. Ésta es mi vida. Te preguntarás por qué no he regresado a la civilización. Mi respuesta es que es imposible; no quiero que lo que más he amado y amo en el mundo, Herminia, sufra más por mí; prefiero que me piense muerto y que yo sea para ella tan sólo un bello recuerdo para que pueda rehacer su vida, cosa que imagino habrá hecho.

Tengo necesidad de verte, querido amigo. Tú eres el último lazo que me ata a la civilización europea. Nuestro encuentro será muy complicado, ya que mis distancias no son las tuyas y mis medios para recorrerlas tampoco. Yo acudiré a Marrakech en camello y tú lo harás en avión y en automóvil. Voy a concertar una cita sin contar con tu respuesta.

Nada digas de todo esto a nadie. Obra como te dicte tu conciencia y el recuerdo de nuestra vieja amistad. Eres mi única atadura con la civilización entendida como la entendemos nosotros, y que me des noticias de mis padres y hermanos, y sobre todo saber de Herminia, es lo que hace que te ruegue que vengas a mi encuentro.

Te esperaré en Marrakech a partir del 30 de octubre, ya que anteriormente el calor del desierto que debo atravesar haría incierta mi llegada. El lugar de nuestro posible encuentro será la fuente de la mezquita Kutubía. Allí, todos los días a partir del 30 de octubre y durante un mes, aguardaré tu llegada. Si no acudes, entenderé que mi carta se ha perdido o que se ha perdido nuestra amistad.

Verte es una de las pocas cosas importantes que me quedan por hacer en esta vida, Paco. No tengo que decirte que esto es un pacto entre tú y yo. Vuelvo a pedirte que, antes de nuestro encuentro, nada digas a nadie.

Con un inmenso abrazo, demorado desde que nos separamos, me despido de ti,

NICO

Al finalizar, pálido como un muerto, Paco Fresneda llamó por el telefonillo a la recepcionista y la urgió a entrar en el despacho. La muchacha compareció al instante y, al ver su estado, se asustó.

—¿Le ocurre algo, don Paco?

—Estoy bien, gracias... Tráeme por favor un coñac del mueble bar de mi padre.

Marita partió como quien va a apagar un fuego.

Paco respiró hondo y, cerrando los ojos, aguardó la llegada de la muchacha, quien enseguida regresó con la botella del ambarino líquido y una copa en la mano. Paco se hizo poner una ración generosa.

—No me pases ningún recado hasta que yo te avise.

—Como mande, don Paco.

Cuando ya se sintió con fuerzas, cogió el otro sobre que le interesaba. El remitente lo sorprendió: la carta venía de Madrid y era de Félix, el hermanastro de Nico y de Pablo. Por lo visto, ese día los astros se habían alineado en una rara confluencia...

Rasgó el sobre y se dispuso a leer.

Apreciado Paco:

Soy Félix Cervera, el aviador, el hermano de Nico, y conociendo tus éxitos como publicista y teniendo entre manos una empresa que no es para explicar por carta, te ruego te pongas en contacto conmigo, en la dirección que te anoto al final de ésta, para que concertemos una cita de trabajo que puede ser muy interesante para ambos.

Mi padre y mi tío Perico te envían sus recuerdos. En cuanto puedas, contacta conmigo, pues el tema es urgente. Un fuerte abrazo de

FÉLIX CERVERA
Edificio Hispano, calle del Príncipe número 9
T. 7359

Paco Fresneda volvió a leer la carta de arriba abajo sin sospechar que aquellas letras iban a cambiar la vida de muchas personas.

133

El chantaje

Tal como tenía previsto, Pablo empeñó los pendientes, aunque le costó arrancárselos de las manos a su amiguita Coqui Lacalle, quien al verlos creyó que eran un regalo para ella. Lo hizo y se dio el gusto de dar a Facundo Montesinos una buena lección delante de los demás. Llegó a medianoche, y las mesas de póquer estaban completas. Facundo jugaba en una de ellas, al fondo. Lo acompañaban tres jugadores más: Laureano Bru, rico industrial del norte que fabricaba cocinas; Juan Colomer, que había desembarcado en Madrid, procedente de Barcelona, para extender su red de peluquerías y de productos para la belleza de la mujer, y en ese momento barajaba a la derecha de Montesinos; y Narciso Mainar, aragonés de pro y fabricante de las galletas que llevaban su nombre. Al poco de llegar Pablo, Mainar se levantó y, recordando a sus compañeros de mesa que antes de sentarse a jugar ya había anunciado que a media noche se retiraría, brindó su sitio a Pablo desde lejos, pues en otras ocasiones había jugado con ellos. La voz ronca de Montesinos fue lo suficientemente fuerte para que las mesas de alrededor se enteraran:

—No, mejor que Pablito no se siente a jugar... ¡a no ser que aceptéis como pago fichas de parchís!

Pablo se acercó a la mesa con los ojos inyectados en sangre, cosa que le ocurría cuando la ira lo desbordaba. Buscó en el bolsillo interior de su chaqueta y lanzó sobre la mesa el fajo de billetes sujeto con una gomita, fruto del empeño de los pendientes de rubíes de Herminia en el Monte de Piedad y que constituía el montante total de su deuda con Montesinos.

—¡Cobra, estúpido, que crees que todo el mundo es un zafio como tú!

El otro ni se inmutó. Recogió su dinero y lo contó lentamente. Al cabo, socarrón y un punto extrañado, comentó:

—Vaya, vaya, vaya… ¿De dónde has sacado tú tanto dinero?

Pablo observó el rostro de los jugadores de alrededor y se dio cuenta de que el momento de hacer carne había llegado. Entonces, displicente, como quien no quiere la cosa y da una explicación superflua, respondió:

—Es lo que me ha sobrado de comprar las bragas que le rompí la otra noche a tu mujer.

Tras esta frase una pausa de silencio se abatió sobre los presentes. Facundo Montesinos, que iba un tanto bebido, apartó la mesa de un manotazo y se abalanzó hacia Pablo. Éste lo esquivó, no obstante, dejando la pierna extendida, de modo que, al tropezar con ella, Montesinos, que era grande pero torpe, cayó sobre el parquet con toda su voluminosa humanidad de un modo ridículo e hilarante.

La voz de Pablo sonó por encima de las carcajadas de los demás:

—¡Casa…! ¡A mí la casa!

Tres conserjes entraron precipitadamente en el salón de juegos y se llevaron afuera a Montesinos sujetándolo por los sobacos.

La voz de Pablo volvió a oírse, esta vez calmada y jocosa:

—Si les parece, ahora que se han llevado al cerdo a la pocilga y que esto vuelve a ser un salón de juegos, podemos proseguir.

Y prosiguieron hasta la madrugada. Pablo, llevado por la euforia de su humillación a Montesinos, bebió y jugó sin freno… y, para su desgracia, perdió más que nunca. Cuando salió del casino no llevaba ni un duro encima y había vuelto a endeudarse, aunque en esa ocasión el deudor no puso en duda que cobraría pronto. Rabioso, contó los días que necesitaba para recuperar ese dinero y desempeñar los pendientes antes de que Herminia los echara en falta.

Había pasado un mes desde el empeño de la joya y Herminia querría lucirla sin duda el día de la comida del cumpleaños de su madre. Pablo tenía apenas quince días para regularizar la situación. Decidió que había llegado el momento de jugar esa carta que guardaba bajo la manga: recurrir a Pepín Calatrava. Riguroso y de toda confianza, supervisaba las operaciones de las cinco empresas que allí tenían su sede social y lo hacía de un modo puntual de manera que alguna noche salía del trabajo luego de que sonaran las diez en el campanario de las Clarisas.

Era sábado, y Pablo, protegido por un paraguas, caminaba por la acera de la calle del Príncipe hasta el chaflán con las Cuatro Calles, donde se refugió en el arco de la entrada de la pastelería Del Pozo, donde a veces había entrado para tomarse un café y una medianoche, plegó el paraguas y sacudió las gotas, después alzó la mirada hasta el último piso del edificio de enfrente, la sede social de los negocios de su padre. Tal como suponía y pese a ser sábado, la luz del despacho de Pepín Calatrava estaba encendida.

La lluvia había cesado. Cruzó la calzada después de mirar a ambos lados y, empujando con el hombro la pesada reja, se introdujo en el portal. Valeriano, el portero, libraba los sábados por la tarde y su hija Leonor, que debía hacer la suplencia y estaba en la edad del pavo, procuraba eximirse de aquella obligación que la humillaba frente a sus amigos del barrio. Pablo entró rápidamente en el ascensor, cerró las puertas y, una vez pulsado el botón del quinto piso, repasó mentalmente una vez más toda la argumentación que iba a exponer ante Pepín Calatrava para poder llevar a cabo su proyecto.

La cabina se detuvo. Pablo tenía la llave del despacho. En la lujosa puerta de madera de roble figuraban en placas separadas los nombres de las industrias que allí tenían su sede social; tal como suponía apenas entrado en el recibidor, sonó al fondo del pasillo la voz de Calatrava.

—¿Quién va?

—Soy yo, Pepín... Tengo que despachar unos temas urgentes y he pensado que hoy es mejor día. A veces el trasiego de las visitas no lo deja a uno concentrarse.

—Tiene usted razón, don Pablo. Cuando tengo que pasar el cierre de los libros a los bancos, también procuro hacerlo en sábado...

—Pues ¡qué bien! Me viene al pelo que estés aquí... Tengo que consultarte una cosa.

—¿Ocurre algo, don Pablo?

—Nada importante. Acaba lo que estés haciendo y ven a mi despacho cuando termines.

—Como usted mande, don Pablo.

A Pablo siempre le sorprendía que aquel hombre tuteara a su padre y a Perico, y a él, en cambio, lo tratara con tanta prosopopeya.

Los dos hombres se separaron. Pablo se dirigió a su despacho, que estaba al fondo del pasillo. En tanto entraba, colocaba su gabardina en el perchero y se alisaba el cabello, pensó que la preocupante situación que lo acuciaba era una nadería comparada con el nivel de negocios que se gerenciaba en aquel despacho, y que si su relación con su padre fuera la que se suponía que debía ser la paternofilial, podría dirigirse a él para pedirle un préstamo. ¡Maldita fuera!

Se sentó tras el escritorio y de la carterita del llavero que guardaba en su bolsillo buscó el llavín oportuno, que introdujo acto seguido en la cerradura del cajón de la derecha. Extrajo de él una abultada carpeta que contenía todos los documentos y recibos correspondientes a sus deudas y cotejó la cifra final. Para salir de todos sus apuros, necesitaba la cantidad de trescientas mil pesetas... Cerró el cajón con violencia, retiró el llavín y, por el teléfono interior, reclamó la presencia de Calatrava.

Pepín acudió al punto. Su cabeza asomó por la puerta apenas entreabierta. Se había retirado la visera verde y sobre el chaleco se había puesto la chaqueta.

—¿Da usted su permiso, don Pablo?

—Pasa y siéntate... ¿Tienes prisa para llegar a casa?

—Ninguna, don Pablo. Puedo quedarme todo el tiempo que me necesite.

—Está bien.

Calatrava se sentó frente a Pablo y aguardó a que éste hablara.

—Tú sabes que mi padre te hizo un gran favor.

—Por supuesto, don Pablo. Y todos saben cuánto se lo agradezco. Mi hija y yo siempre recordaremos la bondad del señor Cer... de su padre. Por cierto, ¿le gustó la última tarta que mi hija le preparó?

Blanca hacía de vez en cuando algún postre que Pepín llevaba puntualmente a la oficina, y Pablo, muy goloso desde niño, era siempre el primero, cuando no el único, que lo cataba. Pero ese día Pablo no estaba para coberturas de chocolate ni para bizcochos de almendra.

—Pues si le estás tan agradecido, seguro que no te importará hacerme un favor. De hecho, al ayudarme estás ayudando de alguna manera también a mi padre, ¿no crees?

Pepín Calatrava asintió, aunque un poco inquieto.

—Sabes que voy a tener mucho dinero... Por parte de mi familia somos dos herederos, mi hermanastro Félix y yo, y por su parte mi mujer, cuyo padre es millonario, heredará el cincuenta por ciento, pues tiene un hermano... Y con todo este porvenir, en estos momentos tengo una necesidad de liquidez y no quiero recurrir a nadie.

—Pero ¿qué puedo hacer yo, pobre de mí? —se extrañó el contable—. Yo no tengo cantidad alguna.

—Tienes el capital más importante del mundo, que es el tiempo. Darme tiempo… Únicamente necesito tiempo, y tú eres la persona que puede proporcionármelo.

—Dígame la manera, don Pablo, y si está en mi mano…

—Es muy fácil. Nosotros vendemos motores y lo hacemos tan bien que hay lista de espera por más de un año… La forma de pago tú la conoces, un tercio a la firma del contrato, otro tercio cuando ya podemos dar fecha de entrega y el resto cuando entregamos el motor. Pues bien, se trata de que me entregues a mí el primer tercio pero que no pases la factura al libro hasta la fecha del segundo tercio con el que pagaremos el primero. Cuando llegue la entrega habré devuelto el adelanto y todo quedará en el asiento de papel que tú hayas hecho.

Calatrava se secó el sudor que le perlaba la frente y meditó un largo minuto.

—Pero, don Pablo, el asiento mensual que enviamos al banco no será correcto.

—Por eso te hablaba de un «favor». Con el tiempo podré contar a mi padre lo mucho que me has ayudado en un momento difícil, sin especificar el qué ni el cómo. O bien lo contrario: si no me ayudas, me veré obligado a decirle que no pude contar contigo cuando te necesité.

134

Marrakech

Paco, después de hablar con su padre y poner orden en todos los asuntos, tras una semana enloquecida para preparar su viaje de Madrid a Marrakech, y luego de acordar con Félix por teléfono día y hora, partió hacia la capital. Su cita era aquel miércoles en cuanto llegara a Madrid y el lugar el despacho de Félix, en el edificio Hispano en el número 9 de la calle del Príncipe.

El tren, como de costumbre, llegó con retraso, por lo que Paco, antes de buscar hotel, partió en un taxi a la dirección acordada. Cuando llegó a la confluencia de las Cuatro Calles con la del Príncipe pagó la carrera y descendió del coche.

Paco estaba acostumbrado por su oficio a visitar despachos de corporaciones importantes, pero ante la vista del edificio Hispano comprendió la importancia que podía tener aquel proyecto. Se introdujo en el portal y luego de pedir información al conserje, se metió en la cabina del ascensor y en unos instantes se encontró en la quinta planta. Nada más empujar la puerta vio detrás de un mostrador a dos muchachas, una dedicada a una centralita de teléfonos y la otra, por cierto muy bonita, que lo observaba sonriente.

—¿Puedo servirle en algo?

—Estoy citado con don Félix Cervera.

La chica, a la vez que descolgaba ya un teléfono, preguntó:

—¿De parte de quién?

—De don Francisco Fresneda. —Y añadió—: Dígale que acabo de llegar de Barcelona.

La muchacha pulsó un botón del teléfono.

—Don Félix, está aquí don Francisco Fresneda, de Barcelona. —A la vez que colgaba el telefonillo, aclaró a Paco—: Ahora sale.

Apareció Félix por el fondo del pasillo en mangas de camisa luciendo aquella sonrisa encantadora que causaba estragos entre el género femenino y avanzó hacia él.

Paco, cuando ya llegaba a su altura, extendió la mano derecha, pero Félix, como si no lo viera, lo apretó en un fuerte abrazo mientras decía:

—Hay demasiado entre nuestras familias para que nos saludemos como dos extraños recién presentados.

Paco correspondió al abrazo y entendió el porqué del carisma de aquel hombre a quien las mujeres adoraban y los hombres envidiaban.

Luego de una charla que duró unos minutos en los que ambos se interesaron por las respectivas familias, habló Félix.

—Pasemos al despacho de mi tío Perico, al que recordarás de algún verano en San Sebastián, él es el director general de las empresas de mi padre... Por cierto, él no acudirá. Hace tiempo que está algo pachucho. Mi madre dice que son manías, pero él se queja del corazón y se cuida mucho. Es un poco aprensivo.

—Salúdale en mi nombre, Félix. Y vamos a donde quieras. En cuanto a tu tío Perico, lo recuerdo perfectamente, en ocasiones venía a jugar con nosotros.

Precedido por Félix, Paco avanzó pasillo adelante hasta una puerta de madera torneada en cuyo centro, a la altura de los ojos, se veía una placa dorada donde se leía: DIRECTOR GENERAL. Félix entreabrió un palmo la puerta casi a la vez que llamaba con los nudillos.

—¿Se puede, tío?

—Pasa, Félix.

—¡Mira a quién te traigo!

Félix terminó de abrir la puerta y dio paso a Paco.

A lo primero Perico Torrente no distinguió quién era el acompañante. Luego se retiró las pequeñas gafas de leer y volvió a dirigir la mirada hacia la puerta, ahora con más atención. En cuanto reconoció a Paco se puso en pie y salió de detrás de su escritorio con el gesto franco.

A Paco le sorprendió el aspecto juvenil de aquel hombre que, pese a sus canas, mantenía el perfil de un hombre joven y activo.

—¡Querido muchacho, cuántos recuerdos de los buenos tiempos me vienen a la memoria y cuánta agua ha pasado bajo los puentes!

Los dos hombres se dieron un fuerte apretón de manos.

—Tuve un gran disgusto cuando supe que habías regresado y

que estuviste un día en Madrid... Me lo dijeron a mi regreso de París y, aunque me pusieron al corriente de todo, me habría gustado oír de tu boca todo lo que pasaste en África con mis sobrinos.

Los tres hombres se sentaron y, después de recordar alguna que otra anécdota de los veraneos en San Sebastián, Félix comenzó a explicar con pelos y señales su ambicioso proyecto:

—Un vuelo nocturno con un avión de la Gran Guerra equipado con uno de nuestros motores que, en cuatro o cinco saltos, eso hay que verlo, vuela desde Madrid hasta Fernando Poo es una noticia que interesará a todos los rotativos del mundo.

—Y que vendrá muy bien a Primo de Rivera para desviar la atención de la ciudadanía de temas mucho más espinosos —apuntó Perico.

—Me parece un proyecto fantástico... Pero hay que calcular muy bien los tiempos porque para que la propaganda dé fruto ha de entrar en la cabeza de la gente, y si se trata de captar capital para empresa tan particular, todavía más. Mi experiencia me dice que tarda en recogerse el fruto de la publicidad.

Pasaron toda la tarde reunidos. A las ocho y media se hicieron subir bocadillos y bebidas del restaurante de enfrente y siguieron la reunión hasta las doce de la noche. Se habló de la ruta a seguir, de la manera que las crónicas del vuelo deberían llegar a Madrid, de los aeródromos que habría que iluminar para que estuvieran dispuestos de noche para acoger un avión, del repostaje en el desierto, durante el último salto, que ofrecía muchas dificultades ya que había que preparar un terreno, marcarlo con antorchas y transportar bidones de combustible... por lo que Félix señaló en una carta del desierto el lugar donde debería hacerse el último repostaje...

Cuando se retiraron, luego de pactar la reunión para el día siguiente, la cabeza de Paco estallaba de ideas y de entusiasmo por aquel proyecto que culminaba su ambición de publicista.

El trayecto desde Madrid hasta Sevilla lo hizo por carretera en un Hispano-Suiza que le proporcionó Félix, sin explicar a éste cuál era su auténtico proyecto. De Sevilla a Larache voló en un avión de transporte de correo de Havilland DH9 de CETA, Compañía Española de Tráfico Aéreo que en 1921 había bendecido el arzobispo Ilundáin en una ceremonia celebrada en el aeródromo de Sevilla cuajada de personalidades. El DH9 era la transformación de un bombardero inglés de la Gran Guerra en el que se había sustituido el puesto del ametrallador por una especie de cabina para dos personas que se sentaban frente a frente en sillas de mimbre, con la saca de correos a sus pies. Se esperaba para dar la salida un telegrama de Larache en el que se indicaba si el cielo estaba completamente despejado, después se apartaban los toros de la dehesa de Tablada para que el avión pudiera despegar. La ruta con buen tiempo era desde Tablada hasta Barbate y en línea recta hasta Larache para después recorrer los quince kilómetros que faltaban desde Larache hasta el aeródromo Bu Hamara; una vez allí, y usando su buena relación con los productores de champán francés, Paco voló a Casablanca en un avión militar y de allí se trasladó a Marrakech en un convoy que se dirigía a esa ciudad.

Tras su pequeña odisea se alojó en el hotel París, consultó su agenda y comprobó que había llegado a la cita con su amigo con el tiempo justo para encontrarse con él. A Paco Fresneda le costó conciliar el sueño; volvía a estar en tierra africana y sus recuerdos no eran precisamente gratos. Como contrapartida, iba a ver al hombre que era para él como un hermano… Tenía en mente mil cosas para preguntarle y esperaba no dejarse ninguna en el tintero. ¿Cómo estaría Nico? ¿Cómo se había producido el milagro de su salvación? ¿Qué pensaba hacer con su vida? ¿Seguía sintiendo lo mismo por Herminia? Y si eso era así, ¿cómo iba a encajar que se hubiera casado con Pablo? Finalmente, tras dos horas de dar vueltas en la cama, lo venció el sueño… Fue éste agitado e intermitente, interrumpido durante la noche por los cantos del almuecín desde el minarete de la mezquita más cercana y en el que aparecía un avión intentando aterrizar en el desierto en medio de una tormenta de arena.

La mezquita Kutubía era un edificio para el culto de la religión islámica erigido en el siglo XII en Marrakech, representativo del arte almohade. Situada en el oeste de la Medina y al sudoeste de la plaza Jamaa el Fna, destacaba por su alminar de sesenta y seis metros de altura, que era el símbolo y punto de referencia de la ciudad y, sin duda, el monumento más representativo de la misma. Su nombre podía traducirse como «la de los libreros» y hacía referencia a la presencia del zoco de vendedores de libros que desarrollaba su comercio alrededor en más de cien puestos.

Paco Fresneda se llegó hasta allí y, desde la distancia, buscó la fuente. La gente trajinaba de un lugar a otro ruidosa y alborotada entre los gritos de los mercaderes que desde sus puestos ofrecían su mercancía. Súbitamente lo distinguió entre una multitud de chilabas blancas, sentado en el pretil del estanque cubierto por una túnica azul índigo que le envolvía el cuerpo hasta la bombacha y ceñida su cabeza por un turbante que únicamente tenía una abertura para los ojos. Al instante tuvo la certeza de que era Nico...

El hombre de azul se puso en pie y comenzó a caminar hacia él.

Paco se quedó clavado donde estaba respirando agitadamente, pues el aire le entraba en los pulmones con dificultad. Cuando faltaban unos pocos pasos, el hombre de azul se detuvo y sosegadamente se retiró el turbante-antifaz de la cabeza. Ante él apareció un Nico barbudo con una larga melena recogida en un moño cuajado en un hombre muy distinto al que evocaba su recuerdo, pues, además, su expresión reflejaba un inmenso sufrimiento. Paco notó que las lágrimas acudían a sus ojos y, sin poder remediarlo, como un autómata, dio el paso que lo separaba de su amigo. Nico abrió los brazos y Paco se alojó en ellos fundiéndose ambos como dos gotas de mercurio.

Así permanecieron sin hablar un largo rato. Después, lentamente, como quien cumple un rito, se separaron y se observaron con inmensa curiosidad, como queriendo rehacer la imagen del querido amigo perdido y reencontrado.

La voz de Nico sonó en sus oídos, venciendo la algarabía de la plaza, más ronca de lo que Paco recordaba:

—¿Te ha costado mucho encontrarme?

—Más de tres años, Nico, tres largos años en los que pudiste ponerte en contacto conmigo y no lo hiciste.

Los dos amigos quedaron frente a frente.

—Otro, en mis circunstancias, no te habría buscado nunca más.

—Yo te habría buscado siempre, Nico.

—No me juzgues sin conocer mi historia...

—He venido desde Barcelona... Dos mil kilómetros. He cogido trenes, coches, aviones y finalmente una caravana desde Casablanca. Creo que merezco la explicación que he esperado desde hace tanto tiempo. Vayamos a donde quieras y comienza a hablar. Yo, aunque modestamente, también tengo una historia que explicar. ¿Adónde vamos? Si quieres, estoy en el hotel París, allí podríamos...

—No, Paco, yo vivo de otro modo y no estaría cómodo. Mejor vayamos a mi jaima. Viviremos unos días a mi manera, y eso te ayudará a entender muchas cosas.

—Llévame a donde quieras. He venido desde muy lejos para escucharte y estoy dispuesto a hacerlo hasta que te entienda o te maldiga.

Nico se volvió y con un ligero gesto llamó a dos hombres que, disimulados entre aquel hormiguero humano, no hacían otra cosa que observarlos. Paco los descubrió a la vez... Llevaban chilabas negras y ambos ocultaban la mano diestra entre sus pliegues.

Nico quiso dar una explicación:

—Soy muy valioso para ellos. Darían su vida por mí, y ahora que te he abrazado, también por ti. Tengo para ellos un valor incalculable, pues soy «el amigo del agua», y las tribus de los tuaregs viven mejor desde que me uní a ellos. Por esa razón me protegen como su mejor tesoro.

—No entiendo nada, Nico.

—Luego de esta noche entenderás muchas cosas.

Los dos amigos comenzaron a caminar. Uno de los hombres iba delante de ellos y el otro cerraba el grupo.

—¿Adónde me llevas?

—Los hombres del desierto únicamente saben vivir en el desierto. Han plantado mi jaima en las afueras de la ciudad, donde empieza la arena. Es el único lugar donde estás al resguardo de cualquier sorpresa... En noches de luna puedes ver a lo lejos hasta el infinito.

Paco se dejó llevar, caminaron por calles y callejas que se retorcían como culebras en celo, y poco a poco las casuchas fueron espaciándose más entre una y la siguiente. Súbitamente comenzó la arena y allá, a lo lejos, Paco divisó una tienda cuadrada de color verde de un tamaño mayor que cualquiera de las chozas dejadas atrás. Unas luciérnagas que se movían a su alrededor delataban la presencia de gente. Uno de los hombres que los acompañaba se llevó los dedos a la boca y emitió dos silbidos cortos y uno largo. Las luciérnagas se reunieron y fueron a su encuentro.

—Son mis hombres. Se quedan siempre junto a mi tienda y montan el corral para los camellos y las jaulas para los halcones y las palomas mensajeras.

Paco estaba obnubilado.

—¿Ésta es tu vida, Nico?

—Ésta es mi vida desde hace tres años. Quédate conmigo cuatro o cinco noches... Espero que así entiendas muchas cosas.

—Eso es lo que también yo espero... Y lo deseo de todo corazón.

Al poco habían llegado al campamento. La jaima de Nico estaba rodeada por cuatro pequeñas tiendas para el descanso de los hombres que no estaban de guardia y un pequeño refugio montado con cuatro palos y un toldo en la corrala de los camellos, donde se ubicaban sendas jaulas de halcones y de palomas mensajeras. Paco observó que nadie hablaba. Parecía que todo el mundo sabía cuál era su obligación y que los dos hombres que los habían acompañado aguardasen órdenes directas de Nico.

—Montad otra litera en mi tienda y traed algo de comida y de bebida para mi huésped. —Nico se volvió hacia Paco—. Sígueme, que voy a enseñarte mi casa.

Nico apartó la cortina de cuero que cubría la puerta de la jaima e invitó a Paco a entrar en ella. El suelo estaba cubierto por una gran alfombra hecha con pieles de animales cosidas; a un costado se veía el jergón para dormir y a su lado una tabla de madera que hacía de soporte para un quinqué de mecha y para una jarra de pico retorcido; al fondo se veía una cortinilla que separaba dos ambientes. Al percatarse de la mirada interrogante de Paco, Nico aclaró:

—Eso es un lujo que me consienten. Es mi excusado… Hay ciertas cosas de la civilización a las que no he podido renunciar.

Nico avanzó un paso y, retirando la cortina, le mostró una especie de retrete consistente en un cubo cubierto por una tabla de madera agujereada y, al lado, una jofaina, con una jarra de pico de pato y una palangana.

—Todo eso aquí, en el desierto, donde tan cara es el agua, puede considerarse un tesoro. Ahora montarán un jergón al lado del mío donde podrás descansar sin tener que dejar de hablar hasta que nos rinda el sueño… No te permitiré regresar hasta que me hayas respondido al montón de interrogantes que me atormentan desde hace tanto tiempo.

—Es mutuo el interés, Nico. Si tú tienes muchas preguntas, imagínate lo que yo quiero saber de ti… Pasado y futuro. Quiero conocer todas las circunstancias que han hecho que te quedaras aquí y también saber los planes que puedas tener y que digas si yo tengo algo que ver en el panorama de tu vida.

—Espero que luego de que te explique todas mis penurias sepas comprender mi decisión.

Paco miró largamente a su amigo.

—¿Sigues amando a Herminia?

—Ella es la causa de que me haya quedado en el desierto.

—No te entiendo, Nico.

—Ya me entenderás.

Nico ordenó a sus hombres que encendieran una hoguera y que colocaran fuera de la jaima dos esteras con almohadones, y entre ellas una mesa baja de cobre con dátiles, tasajo, una especie de puré caliente hecho con garbanzos y, para beber, hidromiel y agua de coco. Los dos amigos se echaron al raso y se dieron un tiempo antes de empezar a hablar.

—Cuéntame todo, Paco. Quiero saber de los míos, qué ha sido de su vida, si piensan que he muerto y, sobre todo, háblame de Herminia.

Paco se explayó. Le habló de su padre, que estaba más delicado; de que en casa lo daban como desaparecido porque su madre se negaba a darlo como muerto; de que Pablo, luego de caer prisionero, había sido rescatado; de Félix, al que acababa de ver... Finalmente, le habló de Herminia largo y tendido.

—Herminia se casó con Pablo.

Nico se apoyó sobre el codo derecho y miró intensamente a su amigo.

Paco prosiguió sin que Nico preguntara nada. Le contó que Herminia adoptó un niño de una amiga suya de la niñez, sin posibles, viuda de un soldadito...

—... Estaba muy sola y creo que sus padres la empujaron. Tu hermano le contó una historia, le dijo que habías muerto y yo no me atreví a desmentirlo. Pablo jugó sus cartas hábilmente y Herminia, buscando un padre para el niño adoptado, accedió a casarse con él.

Hubo una pausa. Nico había encendido una pipa larga y en ella quemaba una hierba que emanaba un olor dulzón.

—¿Es feliz?

—Lo ignoro. No la veo casi nunca. Ella vive en Madrid y yo en Barcelona... Siempre que voy a la capital la busco, pero mi agencia de publicidad me da mucho trabajo. En cualquier caso, ¿tú crees que alguien puede ser feliz con Pablo? Tu hermano no ha cambiado: es el ser más egoísta que he conocido en mi vida.

—¿Alguna vez Herminia me ha nombrado?

—Las pocas veces que la he visto el tema central siempre has sido tú. Pero pese a que el ejército te dio como desaparecido ella no es tonta y piensa que, de estar vivo, o habrías regresado o por lo menos te habrías puesto en contacto con ella... Tu padre le compró una buena casa. Adora a ese niño.

Un largo silencio se estableció entre los dos hombres.

—No entiendo, Nico, cómo no te pusiste en contacto conmigo antes... Y tampoco comprendo, si tanto quieres a Herminia, cómo no has regresado.

—No he regresado porque la amo demasiado, ya te lo he dicho. No quiero que su vida sea un infierno.

—Sigo sin entenderte, Nico...

—Aquí he podido devolver algo de mi deuda y ayudar a la gente que me salvó la vida, y de regresar únicamente habría conseguido hacer desgraciada a Herminia, que se habría casado conmigo por pura conmiseración.

Hubo una nueva pausa.

—Lo siento, Nico, pero no sé ver ese problema que te impidió regresar en cuanto te recuperaste para casarte con Herminia y seguir con tu vida.

Nico se puso en pie, se acercó a la hoguera y comenzó a soltarse el cordón que sujetaba su bombacha. El fuego lanzaba sobre él una luz rojiza y vacilante. Lentamente fue desprendiéndose de sus amplios pantalones.

Paco, ante la horrible visión de la terrible cicatriz de su amigo, quedó sin habla.

—Éste es el problema, Paco: soy un castrado... Herminia es una mujer joven, y sé que habría accedido a casarse conmigo sacrificando todo aquello que hace que una mujer se realice. El matrimonio está establecido para otras cosas... Entre ellas, tener hijos y propagar la especie. Y yo no sirvo para eso, ¿lo entiendes?

Después Paco reaccionó.

—Deberías haberme buscado antes... Habría entendido muchas cosas y te habría justificado.

—De regresar, habría hecho infeliz a una mujer maravillosa. Aquí, en cambio, pago una deuda de gratitud de los que me salvaron, soy un hombre útil y respetado, y siento que mi vida sirve para algo. Tiene sentido.

Nico se echó de nuevo en el jergón. Ambos guardaron silencio.

Una cúpula azul de miríadas de estrellas brillaba en el cielo y la luz lechosa de una luna cómplice y burlona iluminaba la noche.

—¡Te juro por Dios, Nico, que no volveré a juzgarte nunca más! Y quiero que sepas que te entiendo y que te admiro, y que guardaré tu secreto... pero que no me resigno a no volver a verte.

—Gocemos del hoy, Paco. El ayer, con todas las penurias que vivimos, ya pasó, y el mañana es una incógnita... Nos hemos reencontrado y estamos juntos, disfrutemos de este momento.

Fueron seis días inolvidables para los dos amigos. Nico y Paco tenían tanto de que hablar que se les iba en ello el día y la noche. Los detalles de la vida de Nico fueron saliendo y Paco, obviando su terrible mutilación, entendió que esa vida nómada y en ese marco incomparable tenía un atractivo único y que, sin la compensación del amor de Herminia, la vida de su amigo en España carecía de sentido.

Luego salió a colación el ambicioso plan de Félix, que en el momento apasionante que vivía la aviación pondría a España en el mapa del mundo justo cuando tanto interesaba al gobierno cualquier cosa que distrajera al personal de las difíciles circunstancias por las que atravesaba el país. El proyecto de Primo de Rivera se había venido abajo, el prestigio de la monarquía estaba bajo mínimos y de un día para otro podía pasar cualquier cosa.

—Desde muy pequeño recuerdo que admiré profundamente a mi hermano. Félix es un tipo increíble... Nada ni nadie lo apartó de su pasión por volar.

Paco meditó unos instantes.

—¿Te gustaría verlo?

—Y a mis padres, y a mis amigos... Pero ya hemos hablado de ello. Lo que no es posible es imposible.

—Aun así, se me ha ocurrido algo... A Félix sí que podrías verlo. Si es que quieres verlo...

—¿Cómo?

—Ya te he explicado lo del raid aéreo Madrid-Fernando Poo. Pues bien, el último repostaje tendrá que hacerse en un punto del desierto todavía por designar. Se me ocurre que podrías ser tú la persona que preparara todo, Nico. Yo te proporcionaría las coordenadas del punto exacto. Hay que aplanar un terreno de cuatrocientos metros de largo por ciento cincuenta de ancho y rodearlo de antorchas encendidas para que se vea bien desde el aire. Estoy seguro que a Félix le encantará la idea. Aunque le veo un inconveniente... ¿Cómo me pongo en contacto contigo para que tengas tiempo de prepararlo todo, si yo he tardado lo que he tardado para encontrarte?

A Nico le brillaban los ojos ante la posibilidad de ver a aquel hermano que había sido su ídolo de pequeño.

—Tengo la manera, y es mucho más segura que el telégrafo y el teléfono.

Paco lo observó con expresión interrogante.

—Acompáñame.

Nico, seguido de su amigo, se dirigió al corral de los camellos.

En llegando, el hombre que los vigilaba salió del cobertizo y se puso en pie. En un extremo del cuadrilátero estaban las jaulas de sus pájaros, que se agitaron al oírlos al tiempo que el zureo de las palomas aumentaba de intensidad.

—Éstas son mis campeonas... Llevarás contigo las dos mejores, Paco. Te enseñaré cómo se coloca el mensaje en sus patas y cómo se cuidan. Cuando tengas todo preparado, sueltas dos con el mensaje repetido para asegurar. Aunque no haría falta, porque son capaces de volar mil kilómetros en un día, y su resistencia y su sentido de la orientación son extraordinarios.

Nico abrió la puertecilla de la jaula y tomó uno de sus pájaros en la mano.

El ave era magnífica. Tenía la cabeza pequeña, el cuello de plumas grisáceo y verde bien implantado, la quilla poderosa y en los ojos un brillo inteligente.

Paco estaba asombrado.

—¿Estás seguro de que te encontrará?

—Tan seguro como que en este momento te veo.

Luego de recomendarle una vez más que nada dijera a Herminia, aunque sí a sus padres y a Félix, sólo para que supieran que estaba vivo y que a su manera era feliz, los dos amigos se dieron un sentido abrazo, conscientes ambos de que tal vez era el último que se dieran.

Partió Paco al día siguiente hacia Casablanca escoltado por dos tuaregs que debían cuidar de él hasta dejarlo en las inmediaciones del aeródromo de esa ciudad.

Paco se entrevistó con Félix en cuanto regresó y lo puso al corriente de su aventura, excusándose de no haberlo hecho antes por expreso deseo de Nico. A partir de ese momento se aceleraron los acontecimientos.

Finalmente decidieron carrozar el Breguet 14 con una pequeña cabina colocada detrás del puesto del ametrallador, en este caso copiloto, que serviría en ocasiones para llevar recambios o bien para transportar a un periodista que hiciera una etapa del vuelo y pudiera escribir una crónica de primera mano para su periódico. Félix ya había hablado con su amigo Rigoulot, y éste se había adherido a la idea desde el primer momento, pero los detalles a cuidar eran muchos y el tiempo transcurría con rapidez.

Al regreso de Paco se reunieron en el edificio Hispano, y cuando Félix supo que Nico estaba vivo y conoció el alcance de su desgracia comprendió la decisión de su hermano de no querer regresar a la civilización por el bien de Herminia, máxime al saber que se había casado con Pablo. «Yo hubiera hecho lo mismo», dijo a Paco. Después lo obligó a explicarle con pelos y señales todos los detalles de su viaje, y decidieron guardar aquel secreto entre los dos, en lo referente a Herminia por no perjudicar el frágil equilibrio de su matrimonio, y contar todo lo sucedido a sus padres para que comprendieran la actitud de Nico, por expreso deseo de éste. De cualquier manera, Pablo no debía saber nada de todo aquello.

A Félix le pareció perfecta la idea de repostar, acomodando el aterrizaje, lo más cerca posible del campamento de los tuaregs de Nico. El hecho de ver a su hermano y que éste se ocupara de alisar un terreno en el desierto y se encargara del transporte de los bidones con los dos mil litros de combustible para cubrir la última etapa del vuelo todavía cuadraba mejor su viaje y lo motivaba mucho más.

Rigoulot se incorporaba al proyecto el lunes siguiente, y en la prensa ya habían comenzado a aparecer noticias sobre aquel arriesgado vuelo cuyo principal mérito era realizarlo de noche. Francia, a través de Jean Mermoz, de Saint-Exupéry y de Guillaume, había prestigiado la Aéropostale, y era inconcebible, sostenía Félix ante su padre y su tío Perico, que los franceses tomaran ventaja cuando los motores que llevaban sus aparatos eran Hispano-Suiza. «Si conseguimos ese salto en vuelo nocturno, el prestigio de la aviación española subirá hasta las nubes, y nunca mejor dicho», había apostillado Félix.

La única preocupación de Paco era su duda acerca de las palomas mensajeras que cuidaba con esmero.

—¿Y si se pierden y no llegan? —preguntó a Félix.

—Intentaré aterrizar como pueda, Paco. Además, en el avión habrá paracaídas, y en el desierto no hay árboles. Y para señalar nuestra posición llevaremos cohetes de señales y alguien acudirá a nuestro rescate. Aun así, si Nico te ha asegurado que las palomas regresarán es que está seguro de lo que dice porque ya lo ha comprobado… No llamemos al mal tiempo. Todo aquel que intenta algo que no ha hecho nadie, corre un riesgo… Sin este tipo de personas la humanidad no progresaría.

135

El desfalco

Unos débiles golpes en la puerta y la voz de Calatrava:

—¿Da usted su permiso, don Pablo?

—Pasa, Pepín.

Entró el hombre vestido como acostumbraba en el despacho. Se había quitado la chaqueta y sobre las mangas de la camisa se había colocado unos negros manguitos para protegerse los puños. A la vez que se acercaba a la mesa se retiró la visera verde que llevaba sobre la frente.

—Pasa y siéntate… Te veo alterado.

El sudor perlaba el rostro de Pepín, que se sentó ante Pablo en el borde de la silla.

—Tenemos un problema, don Pablo.

—¡Si sólo fuera uno! —comentó Pablo jocoso.

—Éste es gordo, don Pablo, y presumo que traerá consecuencias.

La mirada de Pablo se tornó turbia.

—¿Para ti o para mí?

Pepín meditó un instante la respuesta.

—Para mí, desde luego.

Los dedos de Pablo juguetearon con un lápiz bicolor.

—Explícate, que no tengo tiempo para adivinanzas.

Pepín comenzó dudoso:

—Verá, don Pablo, don Pedro me ha llamado a su despacho y me ha ordenado que le lleve el libro de asentamientos bancarios.

Los ojos de Pablo parecían dos rendijas. Se inclinó hacia delante y cogió el vaso que tenía frente a él, con mucho más coñac que café, su bebida habitual. Se lo llevó a los labios y dio un largo sorbo sin decir nada.

—Don Pedro no es precisamente un indocumentado en contabilidad. Si únicamente tiene como referencia los libros que he preparado, no habrá problema… Pero si ha contactado con la banca García-Calamarte, por cualquier circunstancia, estaremos metidos en un lío.

Pablo matizó:

—En el lío estarás metido tú, que eres quien lleva esa cuenta.

Pepín, en un gesto nervioso, se retiró las gafas.

—Yo he seguido sus órdenes.

—Pero eso únicamente lo sabemos tú y yo.

Pepín Calatrava sudaba.

—Pero usted no me pondrá a los pies de los caballos… Hace unos meses me dijo que repondría el dinero antes de que alguien se diera cuenta, y lo mismo me repitió más adelante.

Pablo intentó que su rostro no delatara la menor emoción. Con el primer dinero había desempeñado los pendientes a tiempo, pero no había podido resistirse a seguir jugando. Una buena racha que le duró un par de días le dio esperanzas y creyó que podría devolver la suma y cumplir su palabra. Sin embargo, la racha no duró mucho, y su mala suerte cada vez se prolongaba más. Así que necesitó otro «préstamo» sin haber devuelto del todo el anterior, y luego otro más…

—¡Qué más querría yo que poder hacerlo! —exclamó Pablo por fin—. ¿Qué sacamos de hacer dos mártires? Si yo quedo fuera, podré ayudarte, pero si caemos los dos, difícil será que pueda mover un dedo en tu favor y en el de tu hija… Y, además, estoy seguro de que puedes inventarte una buena excusa, algo que conmueva a Torrente. Al fin y al cabo, sois amigos desde hace años, ¿no? Pero no adelantemos acontecimientos… Entra a verlo y a la salida me pones al corriente de lo que ha ocurrido. Ahora, mi recomendación es que no te equivoques. Y que abras la boca lo justo.

Pepín se puso en pie y, tras alisarse las perneras de los pantalones, se dirigió al despacho de Perico Torrente.

Tras la consiguiente llamada y el plácet correspondiente, Calatrava entró en la magnífica estancia. Aquel despacho era el buque insignia de los negocios que allí se gestionaban. De las paredes forradas de nobles maderas pendían carísimas pinturas; al fondo destacaba un tresillo de piel y, en medio, una mesa para las visitas que merecían un trato especial; al otro lado, junto al ventanal, se encontraba el impresionante escritorio estilo Chippendale de torneadas patas de Perico, y tras él y frente a él, los sillones correspondientes, más grande e importante el que estaba tras la mesa y un poco más pequeños los de los visitantes; a los lados del escritorio había dos gavetas llenas de papeles y en medio un historiado tintero con su correspondiente pluma de oro, que representaba una ninfa y un fauno, y a su izquierda dos teléfonos y un marco de plata con una fotografía en tono sepia de Gloria y de su hija. A la derecha y formando una L se encontraba la mesa de Margarita, la secretaria particular de Perico, con dos carpetas llenas de papeles, y frente ella la máquina Underwood y a un lado un teléfono mucho más pequeño.

Apenas Calatrava abrió la puerta, la voz de Perico Torrente sonó grave y autoritaria:

—Margarita, déjenos ahora. Ya la llamaré cuando la necesite.

La muchacha, de facciones inteligentes, ojos claros, rostro sin maquillaje alguno, blusa blanca con un lazo en el cuello y falda gris, se puso en pie al instante y, alisándose la falda y con una ligera inclinación de cabeza, abandonó la estancia.

—Siéntate, Pepín.

En el tono de voz de aquel hombre que siempre le había demostrado su afecto sintió el aludido un aura de duda entreverada de pena.

Calatrava se sentó frente a Perico, y éste, tomando un libro mayor, buscó un punto señalado mediante una cinta, lo abrió y, con las manos cruzadas sobre él, miró a Pepín a los ojos durante un tiempo que al contable se le hizo eterno.

—Me ha llamado don Melquíades Calviño de la banca García-Calamarte... Parece ser que hay alguna anomalía en nuestros libros.

—¿Qué quiere decir, don Pedro?

—¿Estás seguro de que no lo sabes?

Calatrava se removió en su asiento.

—Puede haber algún desacuerdo contable... A veces hay dos opiniones al respecto de asentar una cantidad.

—Pepín, te ruego que no ofendas mi inteligencia... Un desajuste contable, periódico y que se repite todos los meses no es posible que sea una equivocación.

Perico se caló las gafas y buscó en el libro.

—El que ha ideado esto no es un lego en la materia... Si nuestros pedidos no se interrumpieran nunca, habría sido muy difícil detectar este desajuste, que no es otro que con los pagos de los nuevos clientes se cubren las cantidades que hay que pagar a la mitad del contrato de los que vencen. El banco ha detectado que nuestro cumplimiento con la correspondiente orden de pago cada vez se demoraba más y por lo que parece algún cliente se ha quejado. Y eso no es todo, pues en alguna situación, algo que en esta casa está absolutamente prohibido, se ha tomado dinero de otra sociedad y se ha empleado para solventar ese retraso. Explícame, si puedes, esa anomalía... Pero, en nombre de nuestra vieja amistad, te ruego que no me mientas.

Pepín se dio cuenta de que no podía mentir y asimismo recordó la burda amenaza de Pablo Cervera, a quien tanto temía.

—He tenido un problema, pero lo solventaré.

—¿Un problema de más de trescientas mil pesetas?

La mente de Pepín funcionaba como una dinamo.

—Mi hija ha estado enferma. Ha necesitado tratamiento... Y medicinas muy caras.

—¿Y no podías pedírmelo a mí?

—Pensé que conseguiría reponerlo.

—¿Pablo sabe algo de todo esto?

—¡Desde luego que no, don Pedro!

Hubo una larga pausa.

—Si no me dices toda la verdad, no podré ayudarte.

—Ésa es la verdad... Venderé mi pisito de Malasaña y pagaré mi deuda.

—Tú sabes que tu buhardilla no vale ni veinte mil pesetas... Y, además, ¿dónde vas a vivir?

—Ya alquilaré algo...

Hubo otra pausa.

—Lo que ha ocurrido es muy grave... Que el jefe de contabilidad de la casa falsee los libros es lo peor que puede ocurrir.

Pepín argumentó débilmente:

—Iré pagando poco a poco. No tiene por qué enterarse nadie.

—No seas cándido, Pepín. Con lo que le gusta a la gente cargarse el buen nombre de los demás... ¿Tú crees que los de contabilidad del banco no harán correr la noticia de boca en boca? ¿Acaso ignoras que la envidia en este país es el caldo de cultivo de la maledicencia?

—Tengo una hija, don Pedro...

—¿No crees que debías haberlo pensado antes? Me pones entre la espada y la pared... Si se sabe que he permitido que mi jefe de contabilidad robe en mis narices, mi prestigio caerá por los suelos y cualquiera se sentirá capaz de meter la mano en la caja pensando que no le ocurrirá nada.

La voz de Pepín Calatrava sonó trémula y angustiada.

—¿Entonces...?

—Entonces, con todo el dolor de mi alma, tengo que despedirte.

—Pero Pedro... —En esta ocasión se saltó el «don»—. Se sabrá y no encontraré trabajo en ningún lado.

—Eso ya no es asunto mío.

Una lágrima asomó en los cansados ojos de Pepín Calatrava... Lentamente se puso en pie.

—¿Es tu última palabra?

—No querría, pero tú me has obligado... Recoge tus cosas y vete. Me has dado el disgusto de mi vida.

—Pero, padre, ¿cómo ha sido capaz de hacer una cosa así?

Pepín Calatrava estaba sentado en el viejo sofá de la pieza principal de su pequeña azotea en el número 7 de la calle de Malasaña. El hombre estaba derrotado. Abierta a sus pies había una vieja maleta de cuero llena de papeles, y en el suelo, a su costado, una bata, sus mangas verdes de contable, la visera y una bufanda vieja.

—No me quedó más remedio, hija mía. Tú no sabes cómo habla don Pablo y el tono que emplea, medio de aviso y medio de amenaza. Me obligó a manipular los números, y cuando le dije que don Pedro me había llamado me aconsejó que no dijera nada y sutilmente me avisó de las consecuencias.

—¿Qué consecuencias, padre?

Calatrava no respondió. La verdad era que llevaba toda la vida sacrificándose por aquella hija que ahora lo miraba ojerosa y avergonzada.

—¡Blanca, por Dios, dejémoslo como está! Encontraré otro trabajo y saldremos de ésta.

Blanca siempre había sido una muchacha dócil que aceptaba las órdenes paternas sin rechistar. Pero ese día la vergüenza la hizo responder:

—¡Antes muerta que permitir este atropello! Si no va usted a hablar con don Pablo, iré yo.

—No te alteres, hija mía... Ya sabes que eso no te beneficia.

—Estoy enferma, sí, pero no soy una inválida ni una inútil.

—¡Blanca, te prohíbo que hables con don Pablo!

—¡Si no lo hago me dará un síncope!

Y, dando un portazo, la joven se dirigió a su dormitorio, dejando a su padre compungido y aterrorizado.

136

La paloma

Sahib, esta noche han llegado los dos pichones que usted dio al extranjero.

Quien daba el parte a Nico era Rashid, uno de aquellos guardaespaldas que no le dejaban ni a sol ni a sombra.

Nico, que estaba ya despierto en su tienda a la salida del sol, se levantó del catre y, sin siquiera lavarse la cara, se puso la bombacha, la camisa y la chilaba, y se precipitó hacia el cobertizo de los camellos, donde se encontraban las jaulas de los halcones y de las palomas mensajeras. Colorado y Darki, los palomos entregados a Paco, habían regresado. Tenían mal aspecto. Habían perdido peso durante el largo vuelo y en sus pequeñas cabezas Nico apreció lo agotador del esfuerzo.

Metió la mano en la jaula y sujetó con cuidado a Colorado. El ave, que lo reconoció, se dejó tomar mansamente. Nico buscó en su pata el cilindro de aluminio y lo desprendió con delicadeza, para enseguida depositar de nuevo a la mensajera en el palomar.

Abrió el cartucho, que contenía dos pequeños rollos de papel cebolla, y extrajo de él el primero. A la luz del sol matutino comenzó a leer.

Nico:

Las noches del 21 al 22 o del 22 al 23 del próximo octubre, dentro de casi dos meses, tu hermano Félix tomará tierra en el campo que habilitarás rodeado de antorchas encendidas, bastante cerca de tu oasis, latitud norte 28° 0' 0,098", este 2° 59' 59,37". Las dimensiones deberán ser las que te indiqué y tendrás que transportar allí dos mil litros de combustible, pues el gran mérito del vuelo es su nocturnidad.

Tus padres, que ya conocen tu decisión y tu modo de vida, están felices por saberte vivo y te comprenden. Este mensaje está repetido en la otra. Confío en que una de las dos llegará a su destino.

Un fortísimo abrazo,

PACO

Nico se guardó la cuartilla de papel cebolla en el bolsillo de la chilaba y a continuación desdobló el otro rollo.

Querido hijo Nico:

Por fin ha terminado el suplicio de no saber qué había sido de ti. Paco nos ha comunicado que donde vives eres feliz porque has seguido el destino que la vida te marcó. Aun así, aunque comprendemos tu decisión, nos duele tu inmensa pérdida pues lo que te ha ocurrido es lo más duro que puede pasarle a un hombre. Como madre también comprendo que, amando a Herminia como la has amado, no quieras hacerle daño. Tu hermano no ha sabido hacerla feliz, pero está casada y eso es incuestionable. Su hijo adoptado, Rafaelito, en cambio, llena sus horas. Herminia es un ángel de Dios con nosotros; nos cuida y viene a vernos casi todos los días como una auténtica hija.

No te preocupes por tu padre y por mí, que ya somos viejos y estamos de vuelta de este mundo. Sé todo lo feliz que puedas y ayuda a esas buenas gentes que tanto hicieron por ti.

Es mejor que Herminia nunca sepa nada de todo esto… Creo que no lo soportaría.

Adiós, Nico. Si al otro lado todo es como yo creo firmemente, allí nos encontraremos.

Tus padres que te adoran,

LUCIE y JOSÉ

Nico sacó de la jaula al otro palomo y le quitó el cilindro. Echó un vistazo al contenido y constató que era el mismo. La precaución de Paco lo había obligado a repetirlo por si, como decía en su nota, alguna de las mensajeras tenía un percance durante el largo viaje.

Después de depositar a Darki en el palomar, con los ojos arrasados en lágrimas, dio media vuelta y se dirigió a su jaima.

137

La cortina

Herminia había ido a ver a sus suegros con Rafaelito, que era la alegría de Lucie. En cuanto tenía ocasión acudía a visitarla y tomaban el té mientras el niño jugaba en la terraza-jardín del primer piso. José no se encontraba bien desde hacía un tiempo, ni siquiera acudía al despacho últimamente, y su médico particular le había recomendado Hipofosfitos-Salud un reconstituyente que le levantara el ánimo.

En esa ocasión, Herminia había ido a comer con sus suegros, y a la hora del café habían acudido a la casa Félix y Paco Fresneda, precisamente para visitar a José. Lucie había hecho que lo sirvieran junto con los licores en la biblioteca en tanto ella recibía a la modista para hacer la segunda prueba de su nuevo traje que, como de costumbre, era negro. Aquel día Herminia sintió darle un disgusto, pero ya no podía disimular más. Su suegra le preguntó por los pendientes de rubíes y brillantes por segunda vez, tal vez sospechando algo, ya que el día de su cumpleaños no los había lucido, y Herminia no tuvo más remedio que decirle la verdad: Pablo se los había cogido y no sabía lo que había hecho con ellos. Sin embargo, rogó a Lucie que nada dijera ya que los ataques de cólera de su hijo repercutían frecuentemente en el pequeño Rafael, y eso era lo único que Herminia no toleraba.

En la biblioteca se oía un murmullo de voces, y Herminia se acercó a la estancia para coger una revista parisina donde lucía en todo su esplendor la moda de Coco Chanel. El alfombrado pasillo apagó el ruido de sus pasos y cuando ya llegaba un escalofrío le recorrió la espalda... Félix había nombrado a Nico como si éste estuviera presente. Herminia se ocultó detrás del tupido cortinaje de la entrada y afinó el oído.

—... Hemos dado la longitud y latitud, pero la ubicación del campo puede variar. —El que así hablaba era Paco Fresneda.

—De hacerlo de día, tal vez sería un gran problema, pero veremos las luces cuando estemos encima. Además, dado que Nico es consciente de la importancia del aterrizaje, cuidará que todo lo necesario esté a punto y preparado impecablemente. Más problemático le resultará el transporte del combustible... No sé cuántas millas tendrá que recorrer Nico con sus camellos.

Herminia sintió que se le iba la cabeza y se agarró fuertemente a la cortina, pero se desplomó, arrastrándola en su caída junto con la barra dorada que la sujetaba.

Al oír el estrépito Félix y Paco saltaron de sus sillones y se dirigieron hacia la puerta, a la vez que Lucie, alarmada por el ruido, bajaba ya por la escalera desde el primer piso.

Herminia, pálida como un cadáver, estaba en el suelo medio cubierta por la cortina verde como si fuera una mortaja. Un hilillo de sangre le manaba desde la sien.

En tanto los hombres, con mucho tiento, la cogían entre los dos y la llevaban hasta el sofá de la biblioteca, Lucie llamaba como a gritos al servicio. Aurore, Étienne y Armand acudieron al punto, y cada cual se dispuso a cumplir el mandato de la señora. La primera fue a por el botiquín, Étienne se dirigió a telefonear al doctor Robles, vecino y amigo del segundo piso, y Armand fue a buscar hielo trinchado en la cocina y paños limpios.

Cuando el doctor Robles llegó, Lucie había colocado sobre la frente de su nuera un paño con hielo picado en su interior, había limpiado la sangre que le manaba de un pequeño corte con una gasa empapada en alcohol y debajo de la nariz estaba acercándole un frasco que olía fuertemente a alcanfor.

El doctor Robles era un buen médico internista con años de experiencia que visitaba a domicilio. Su físico inspiraba confianza. Era bajito y regordete, usaba monóculo y disimulaba su calva peinándose el pelo de un lado hacia el otro. El tiempo, en cuanto a vestimenta, no pasaba para él, pues, en vez de la convencional chaqueta que usaba casi todo el mundo, todavía llevaba levita, prenda totalmente en desuso.

—Por favor, doña Lucie, permítame. —Y al decir esto obligó a Lucie con gesto amable a apartarse de Herminia.

El médico dejó su maletín en el suelo junto al sofá y, arrodillado, tomó el pulso en la muñeca a Herminia con el pulgar y el índice de la mano derecha. Mientras tanto con la izquierda le levantó un párpado y le observó la pupila. En ese preciso instante la muchacha regresó al mundo dando un profundo suspiro e intentó incorporarse, pero el doctor Robles la obligó a recostarse de nuevo y la tranquilizó respondiendo a la pregunta común de cuantos volvían en sí tras un desmayo:

—¿Qué me ha pasado?

—Pues que está usted muy débil, Herminia... —El médico le tenía cierta confianza pues la conocía de otras visitas anteriores—. Y que por seguir la moda no se puede estar tan delgada.

Acto seguido, el médico sacó el fonendoscopio de su maletín y, después de pedir silencio a los presentes, se dedicó a auscultarla.

Herminia súbitamente descubrió a Félix y a Paco detrás de Lucie.

El doctor Robles se puso en pie.

—Ha sido una lipotimia. Es común, sobre todo en las damas si no se alimentan lo suficiente o una impresión fuerte las ha afectado. Lo del hielo y el alcanfor, como primera medida, ha estado muy bien. Pero voy a recetarle algo que la fortalezca para que esto no vuelva a ocurrir.

El médico se sacó del bolsillo interior de la levita una pequeña libreta de cuero negro y consultó unas notas. Después, tomando su bloc de recetas, con letra ilegible apuntó el nombre de un medicamento y debajo escribió otra línea.

Se dirigió a Lucie.

—Por la mañana, doña Lucie, y tras el desayuno, denle una cucharada de este reconstituyente que lleva hierro y es de probados efectos, y después de comer, todos los días una pastilla de vitaminas, que le harán efecto a más largo plazo. —Finalmente, viendo el rostro de Herminia, añadió—: Y cuídese, señora, repose... La salud es muy importante y le recomiendo que no permita que nada que no esté en su mano arreglar la turbe... Con frecuencia, las cosas que nos preocupan se arreglan solas.

Tras estas palabras el doctor Robles dio a Herminia una afectuosa palmada en la mejilla y, acompañado por Lucie, se dispuso a salir.

El servicio se había retirado ya, y Herminia miró a los dos hombres alternativamente. Después se incorporó en el sofá y, con un hilo de voz transido de emoción, preguntó:

—¿Por qué no me habíais dicho que Nico está vivo?

Félix y Paco se sentaron lentamente frente a ella.

La voz de Lucie se oyó desde el arco de la puerta:

—Mi hijo está muerto, Herminia.

Herminia se aferró a lo que había oído poco antes de desmayarse.

—No podéis engañarme... Lo que he oído lo he oído. Ni estoy loca, ni estoy débil, ni he de tomar vitaminas.

Lucie avanzó lentamente hacia ella y se sentó a su lado en el sofá. Acariciándole el pelo, musitó:

—Puedo asegurarte que mi hijo preferiría estar muerto a estar como está.

Herminia observó a su suegra y luego a los dos hombres.

—No es justo que me ocultéis algo así. Quiero saberlo todo... Tengo derecho. Nico fue el hombre de mi vida, aún lo es, y he oído claramente vuestra conversación, Félix y Paco. —Los miró a la cara—. Lo siento, Lucie, pero o me decís la verdad, o no vuelvo a hablaros el resto de mi vida.

Entonces comenzó el relato... Con las consiguientes paradas y repreguntas, Félix y Paco fueron desgranando el terrible secreto mientras Lucie se secaba las lágrimas con un pequeño pañuelo. Herminia estaba pálida, pero entera.

Cuando ya había oscurecido y en el salón seguían hablando con la luz apagada, se oyeron unos golpes discretos en la puerta. Era Étienne, quien preguntó si daba la cena al niño.

Herminia respondió:

—Si te parece, Lucie, que Rafaelito cene y lo acuesten. Dormiremos los dos aquí... Hemos de continuar hablando hasta que me lo expliquéis todo, y va a ser ésta una larga noche.

Lucie argumentó:

—Pablo te estará esperando en casa.

—Eso si viene a dormir, que no es lo común... Luego telefonearé para avisar que estoy aquí. Además...

Herminia se calló: no quería decir a todos que Pablo le había asegurado que Nico estaba muerto, y no por no criticar a su marido, sino porque sabía que, si empezaba a hacerlo, no podría parar y contaría la gran mentira que era su matrimonio desde la noche de bodas.

Se retiró el mayordomo y Lucie se puso en pie.

—Voy a dar la cena al niño y luego lo acostaré... No quiero que se extrañe.

Lucie dejó a Herminia a solas con Félix y Paco.

Félix se puso en pie y encendió la lámpara que había encima de la chimenea.

—Y ahora explicadme... Evidentemente, ya os había oído hablar

819

de vuestro proyecto de vuelo a Fernando Poo en muchas ocasiones, pero nunca me explicasteis que ibais a aterrizar en el desierto.

Paco se justificó:

—Nico me prohibió contarte que está vivo. Y lo hizo empujado por el inmenso amor que te tiene. No desea volver por no hacerte daño. Sabe que estás casada con Pablo... Y también sabe que no puede hacer feliz a ninguna mujer.

Hubo una pausa lenta y espesa que rasgó la voz de Herminia:

—Quiero ir contigo y Rigoulot, Félix.

Los dos hombres se miraron asombrados.

—¿Qué estás diciendo, Herminia?

—Lo que habéis oído.

Félix se adelantó:

—Eso es imposible y lo sabes.

—Olvidas, Félix, que me has hablado de tu proyecto hasta la saciedad. Así que sé que habéis reformado el Breguet 14 y le habéis añadido una pequeña cabina donde llevaréis recambios y, en alguna etapa, a un periodista.

—¿Qué insinúas?

—Que, aunque sea lo último que haga en esta vida, quiero oír a Nico decirme a la cara que no desea volver a verme... Porque si el motivo es su impotencia y mi matrimonio, ni una ni otra cosa me importan.

El tira y afloja duró hasta la madrugada. Finalmente, Herminia no tuvo más remedio que ceder.

—Está bien... Le llevaréis una carta mía, de la que esperaré respuesta, donde le haré saber que, si él me lo pide, estoy dispuesta a vivir su vida en el desierto.

—No dudes, Herminia, que le entregaré tu carta —afirmó Félix.

138

El vuelo nocturno

Cuando a las siete de la tarde los mecánicos abrieron las puertas del hangar número 11 del aeropuerto de Getafe y apareció el morro plateado del *Cruz de San Andrés*, el Breguet pilotado por Félix Cervera y llevando como copiloto y radiotelegrafista a Roger Rigoulot, la tribuna de espectadores que presidía el campo rodeando al alcalde de Madrid y al conde de Romanones, quien había acudido en representación de la casa real, rompió en un caluroso aplauso.

El entusiasmo que despertaba toda hazaña aérea en aquellos años era notable, y la presencia de los reporteros del *ABC*, *El Globo*, *El Imparcial* y el *Heraldo de Madrid* subrayaba la importancia del acontecimiento. Las guerras de Cuba y Filipinas antes y luego la del Rif habían acomplejado al pueblo español de tal manera que cuando una gesta deportiva ensalzaba «los valores de la raza» las gentes, sin distinción de clases, se lanzaban a las calles, identificándose con sus héroes. Así, se celebraban como propias, por ejemplo, las victorias de Paulino Uzcudun como campeón de los pesos pesados, y que un avión español con un motor español fuera a hacer el primer vuelo nocturno en un raid aéreo desde Madrid hasta Fernando Poo en cuatro etapas y atravesando el desierto se consideraba un hito sin precedentes.

En segunda fila, detrás de las autoridades, se sentaban José y Lucie, y Herminia con Rafael y con sus padres, Higinio y María Antonia, venidos desde Barcelona. Pablo se había excusado alegando una reunión urgente e inaplazable. También estaban doña Rita Muruzábal y don Eloy, Perico Torrente y Gloria, su mujer, así como un grupo de amigos de todos ellos.

Cuando el aparato, arrastrado por un tractor, fue a colocarse a la cabeza de la pista, y en tanto la banda de música situada a un costado comenzaba a tocar la Marcha Real y el público estallaba en una ovación interminable, Félix se palpó el bolsillo interior de su cazadora de cuero para asegurarse una vez más de que, envuelta en un trozo de hule y sujeta por unas gomas cruzadas, estaba la carta que Herminia le había entregado para Nico.

Situado ya el aparato, un mecánico obligó a dar el primer giro a la hélice impulsándola con las manos y el rugido estentóreo del motor apagó los últimos compases de la banda de música. Entre la alegría y el entusiasmo de los asistentes, el *Cruz de San Andrés* se elevó majestuoso, horadando el crepúsculo, y luego de sobrevolar sus cabezas para tomar rumbo, se dirigió al aeródromo de Tablada, en Sevilla, meta de la primera etapa de aquel periplo.

La segunda etapa cubría la distancia entre Sevilla y Sidi Bel Abbes, aeródromo francés al norte de África que había autorizado el repostaje en atención a la buena relación que existía entre España y Francia y al interés de esta última en aquel vuelo, ya que el Breguet 14 era un avión francés y el motor Hispano-Suiza lo montaban muchos de los aparatos galos. Por todo ello, se procedió a preparar el aterrizaje nocturno y se atendió a los pilotos, una vez en el aeródromo, de un modo impecable dado que, además, uno de ellos era francés.

A las cinco de la tarde del siguiente día el Breguet partió para cubrir la distancia más larga del raid, que era la que mediaba entre Sidi Bel Abbes y In-Salah, punto localizado hacia el sur en medio del desierto argelino donde de madrugada debían llegar a la pista de aterrizaje preparada por los tuaregs de Nico, cercada de antorchas para su localización. Allí tomarían tierra y repostarían, pues habrían llegado con el combustible justo.

El avión volaba ya sobre el desierto... El horizonte estaba desdibujado y un enjambre de nubes deshilachadas les dificultaba la visión.

Félix, acercando su boca a la trompetilla de comunicación, habló con Rigoulot.

—Como nos faltan más de tres horas voy a tomar altura e intentaré volar por encima de las nubes.

—Abrígate, que tan arriba va a hacer un frío del demonio.

—Sí, papá —se mofó su amigo—, ¡no vaya a ser que nos acatarremos!

El morro del Breguet picó hacia arriba y al poco rato había atravesado las nubes y seguía elevándose, hasta que el altímetro marcó tres mil quinientos metros de altitud. En esa tesitura volaron durante tres horas. El aparato traqueteaba, y cuando Félix miró el cuadro de mandos constató que casi no tenían ya combustible.

—Si no me equivoco, estamos muy cerca… Voy a descender.

—Las nubes no nos dejan ver la tierra, pero me temo que abajo debe de soplar fuerte el viento.

—Da igual… No hay otra.

Moviendo la palanca, Félix obligó al aparato a descender. A setecientos metros el viento arreciaba ya.

—¿Ves algo?

—Lo mismo que tú, todo negro.

—Comprueba la carta de vuelo.

—Lo he hecho hace un momento. En teoría, hemos de estar encima.

—No veo nada, Roger. Tenemos una tormenta de arena.

—Vuela ampliando el círculo.

—Poco rato, que vamos muy justos de combustible y si hemos de bajar planeando lo tendremos mal.

—El viento debe de haber apagado las antorchas… Vuela a ras de suelo, Félix.

—Desciendo. No tenemos más remedio.

El Breguet, bajando el timón de cola, fue perdiendo altitud. La tormenta levantada por el simún alzaba torbellinos de arena que alcanzaban al aparato. Súbitamente el motor comenzó a ratear; estaban ya demasiado cerca del suelo para pensar en lanzarse en paracaídas.

La voz de Félix sonó estridente por la trompetilla:

—¡Aprieta los pies, amigo!

—¡Que Dios reparta suerte!

Las ruedas del Breguet golpearon la cresta de una duna rompiendo el tren de aterrizaje. El trompazo fue brutal. La cabeza de Félix golpeó contra el cuadro de instrumentos y las piernas de Roger Rigoulot se partieron como dos palillos.

El aparato quedó vuelto sobre el lado izquierdo mientras el viento levantaba tolvaneras a su alrededor. Al cabo de media hora el *Cruz de San Andrés* había desaparecido, engullido en las fauces insaciables de aquel dragón de arena.

El último pensamiento de Félix fue para Herminia… Su carta nunca llegaría a manos de Nico.

139

La viga de Malasaña

A Blanca se le revolvían las tripas con sólo pensar en la empresa donde había trabajado su padre y se maldecía porque a instancias de él, en más de una ocasión había enviado a don Pablo, que era muy goloso, una de las tartas que tan bien le salían.

Deseaba ardientemente ayudar a su padre, a pesar de que la enfermedad que tenía en los pulmones la limitaba a la hora de encontrar trabajo. Debía dar con una ocupación que los sacara de la miseria, pensaba, pues la situación era ya acuciante. Un anuncio en *El Imparcial* había llamado su atención. En el número 74 de la calle Carretas vendían a plazos máquinas de coser Singer y, junto con la compra de una, ofrecían unos cursillos que duraban tres meses y que enseñaban a manejarla. Blanca se dijo que podría trabajar en casa con una de esas máquinas y a la vez estar cerca de su padre, al que veía muy deprimido sentado en su viejo sillón mirando sin ver por la ventana de su pisito de la buhardilla.

—Padre, tiene usted que salir a la calle e ir al café de Emiliano a ver a sus amigos. Y además le vendrá bien caminar.

Ante esos requerimientos su padre se excusaba:

—Hija, los días laborables la gente trabaja y los festivos cada cual sale con su familia y va a la Pradera de San Isidro o al Manzanares. Y si voy a donde Emiliano y me siento a una mesa, los amigos me saludan y huyen... Saben que estoy sin trabajo y temen que les pida dinero. Además, como comprenderás, en estas circunstancias no soy el colmo del entretenimiento y a nadie le apetece sentarse conmigo.

Blanca recordaba todo esto en tanto se acercaba caminando a la calle Carretas para ver si podía poner en marcha su proyecto. En el amplio escaparate del número 74 vio a tres muchachas, una de frente y dos de perfil, manejando las máquinas y moviendo el pedal, cada una de ellas trabajando en una pieza distinta... ¡Adónde iba a llegar el progreso! Uno de aquellos artilugios despachaba más trabajo en una hora que cinco mujeres dándole al hilo y a la aguja. Blanca empujó la puerta y entró en el local. Apenas entró, una mujer de buen ver vestida con una bata negra con el cuello blanco salió a su encuentro.

—Buenas tardes. ¿Puedo servirla en algo?

Blanca la puso al corriente de sus deseos, y la mujer se mostró encantada y colaboradora.

—Muchas jóvenes vienen preguntando con la misma intención que usted... La mujer quiere independizarse y esta máquina le ofrece un camino para lograrlo.

Blanca asintió.

—Aquí damos clases a diversas horas para adaptarnos a la conveniencia de las jóvenes, ya que casi todas tienen otro empleo por el momento, si bien confían en dejarlo para dedicarse sólo a coser desde casa.

—Ése es mi deseo.

—Pues ha llegado usted al sitio adecuado.

La mujer le explicó las condiciones de la compra de la Singer y los horarios de las clases, y la llenó de folletos explicativos de la máquina y sus posibilidades.

Blanca salió de allí convencida de invertir sus últimos ahorros en labrarse un futuro y, además, ahorrar a su padre la carga de tener que encontrar un trabajo a su edad. Miró el reloj. Era casi la hora de comer y había quedado con una amiga de las monjas, María Emilia, dependienta en una carnicería. Blanca había dejado preparada la comida a su padre y le había advertido que no llegaría hasta las cinco y media o las seis.

Desde que eran muy pequeñas María Emilia siempre había hecho reír a Blanca, quien recordó, mientras se dirigía a su encuentro, que cuando eran unas crías había sido la causante de más de una regañina por parte de las monjas. Después de recogerla a la puerta de la carnicería, fueron a comer a la Tasca de Blas, lugar que conocían bien de otras veces, ya que el producto era de calidad y el precio muy ajustado, aunque María Emilia siempre insistía en invitarla. A su llegada el local comenzaba a estar lleno, pues el personal tenía un fino instinto para encontrar los lugares donde se comía bien y barato. Como siempre, el ambiente era acogedor y limpio, y se sentaron a una de sus mesas con manteles a cuadros blancos y rojos. Leyeron, acto seguido, el menú del día escrito en un cartoncito que había sobre ella.

Las dos amigas tomaron finalmente potaje de primero, de segundo, Blanca pidió pollo al horno con patatas fritas y María Emilia pescadilla con ensalada; de postre, flan y fruta respectivamente. Las muchachas hablaron de sus cosas y sobre la situación del padre de Blanca, quien se explicó con su amiga y le explicó, con pelos y señales, la circunstancia provocada por Pablo y su propia necesidad de encontrar una ocupación. Cuando le refirió su idea de comprar a plazos una máquina de coser, María Emilia le dijo:

—Haces muy bien, Blanca... ¡A lo mejor también yo me apunto al invento y lo hacemos juntas!

—Sería estupendo.

Cuando salieron a la calle amenazaba lluvia, de modo que, en lugar de pasear como otras veces, decidieron ir al cine, al Salón Maravillas. Cuando acabó la sesión daban las seis.

—¿Por qué no vienes a mi casa, María Emilia, y estudiamos un poco las condiciones de la Singer?

La joven consultó su reloj.

—Está bien. Pero antes de las ocho me iré. A esa hora debo recoger una falda de mi madre, que la dejó en un tintorero cercano para que se la tiñeran.

En tanto las dos amigas subían la maltratada escalera de la casa de Blanca ésta comentó:

—Nos instalaremos en mi cuarto. Desde que dejó el trabajo, mi padre no sale casi nunca.

Llegaron al rellano del último piso, y Blanca introdujo la llave en la cerradura. Al abrir la puerta, la corriente de aire le vino al rostro y la muchacha se volvió hacia María Emilia.

—Seguro que mi padre se ha dejado la ventana de la cocina abierta.

Blanca se adelantó mientras su amiga colgaba su abrigo en el perchero.

Un grito aterrador sonó en la única estancia, y María Emilia, asustada, se precipitó hacia el interior.

Colgado de una viga del techo con una silla volcada a sus pies se balanceaba, como un péndulo de carne y hueso, el cuerpo sin vida de Pepín Calatrava. En tanto que María Emilia salía volando en busca de auxilio, Blanca, llorando como una Magdalena, se precipitó sobre la mesa del fondo en la que se veía una hoja de papel. La leyó:

Perdona, hija mía, el mal que te hago, pero no puedo vivir con este baldón sobre mi nombre. Te juro, a ti, que eres lo que más quiero en este mundo, que yo no he robado nada a nadie en toda mi vida. Te quiero con toda el alma,

Tu PADRE

En la puerta ya sonaban los pasos de María Emilia acompañada de un municipal que comentaba en alta voz:

—Habrá que avisar al señor juez.

140

El funeral

Gracias a los buenos oficios de Pedro Torrente se consiguió que el cuerpo de Pepín Calatrava, a pesar de ser un suicida, descansara en tierra consagrada en el cementerio de la Almudena. José Cervera le compró el nicho 321, en el camino 7 de la zona Oeste, y en una mañana nublada se llevó a cabo la ceremonia, a la que asistieron amigos de Blanca, toda la peña del mus del bar de Emiliano y sus antiguos compañeros de despacho en la calle del Príncipe, presididos por los patronos, José Cervera y Perico.

En la despedida del duelo todos fueron pasando ante Blanca, que se apoyaba en su amiga María Emilia y en su tía Eugenia, única hermana de su madre, que quería mucho a su sobrina aunque la viera poco porque residía en la otra punta de Madrid y tenía una gran familia de la que cuidar.

Blanca tuvo que contenerse cuando vio que Pablo se llegaba hasta ella y, con una sonrisa falsa y forzada, le daba un abrazo y le decía lo bastante alto para que lo oyera su tía Eugenia:

—Te acompaño en el sentimiento, Blanca. ¡Bien sabes cuánto quería yo a tu padre! Si se te ocurre algo que pueda hacer, sólo tienes que pedírmelo.

Cuando Pablo se alejaba con el paraguas abierto bajo la lluvia, Blanca fue consciente de cuánto odiaba a aquel hombre.

Eugenia la acompañó hasta Malasaña en un coche de punto al que también subió María Emilia, y cuando el viejo jamelgo detuvo su lento trote delante de la humilde portería de su sobrina la mujer le pasó cariñosamente el brazo por los hombros.

—Vente el sábado a comer. Tu tío quería venir hoy, pero el trabajo se lo ha impedido. Y tu primo Antolín llega esta semana de Zaragoza… La maldita mili ya se acaba.

Blanca y María Emilia bajaron del coche. Su amiga la miró, intentando infundirle ánimos.

—¿Subo contigo?

—Mejor no... Voy a ver si duermo un rato.

Las dos muchachas se besaron, y luego Blanca miró a su amiga hasta que ésta se perdió entre la gente bajo una lluvia fina y engañosa.

Blanca subió hasta la buhardilla, introdujo la llave en la cerradura de su piso, entró y cerró la puerta tras de sí. Dejó el abrigo en el perchero y, sin poder remediarlo, dirigió la mirada hacia la viga desde donde había visto colgar el cuerpo inerte de su padre. El infausto recuerdo hizo que se le erizara el vello de la nuca.

Lo imaginado tantas veces en su mente iba tomando cuerpo cada vez con más firmeza. Se dirigió a la alacena, abrió la puertecilla de madera y rebuscó en el fondo tanteando con los dedos hasta topar con el saquito marrón del matarratas. Lo sacó y lo colocó encima del desgastado mármol de la cocina. Allí, bajo la ventana, leyó en el cartón.

NOGAT

El mejor producto para matar ratas y ratones.

Lea las instrucciones de uso en el reverso.

Blanca dio la vuelta al saquito y se empapó de cuáles eran los componentes de aquel veneno y los cuidados que había que tener para manejarlo. Al final y entre paréntesis leíanse las instrucciones:

(Lávese las manos con jabón después de manejar el producto.

Contiene estricnina y es altamente venenoso.)

Blanca no quería cometer ni un solo fallo, por lo que se dirigió al armario de los enseres de cocina y sacó los moldes que usaba para la repostería. Dedicó un rato a preparar una tarta especial, un bizcocho de almendra, el preferido de don Pablo, según su padre. Sin embargo, en la mezcla de harina y huevos añadió esa vez un ingrediente muy especial. Nunca imaginó ser capaz de hacer algo así, pero el inmenso odio que sentía hacia aquel hombre guiaba todos sus actos.

Una sonrisa amarga amaneció en los labios de Blanca... Se ocuparía de que alguien llevara esa tarta a don Pablo. Sólo para él.

141

La venganza

El día después del entierro, Pablo fue a hablar con Mariana, su secretaria, en cuanto llegó al despacho. Aún no había noticias de Félix y José lo había parado a la puerta de la calle, alterado. Se preocupaba antes de tiempo, pensó Pablo, y sonrió para sus adentros al decirse que su padre se hacía viejo.

Nada más entrar se dirigió a la telefonista.

—Hoy por la tarde, a las cuatro, tengo una visita. Antes de irte súbeme de Del Pozo un bocadillo de jamón... Y déjame el café y el coñac al lado en la mesa auxiliar.

La joven señaló un paquete que había llegado a primera hora. Conocía ese olor, ya que había visto los obsequios como aquél que el pobre Pepín le llevaba de parte de su hija en más de una ocasión.

—¿Quiere que deje también esta tarta en la mesa auxiliar?

Pablo sonrió, un tanto extrañado. Lo único que podía echar de menos de Pepín Calatrava eran los postres que su hija le enviaba a través de él, y ahora resultaba que la muy tonta seguía preparándoselos. Seguramente para agradecer la amabilidad de la familia en el tema del nicho y el funeral, pensó.

—Claro. Súbemelo todo a las tres... Y cuando te vayas no eches los pasadores de la puerta. ¡Ah!, y di a mi padre que estaré ocupado todo el día. No quiero que nadie me interrumpa para nada.

—De acuerdo, don Pablo.

—Cuando te ordeno algo, me importa un pito que estés de acuerdo. Contesta «Sí, señor» y punto. ¿Me has entendido, Mariana?

—Sí, don Pablo.

A las cuatro de la tarde Facundo Montesinos, el socio del casino enemigo íntimo de Pablo, llamaba a la puerta del despacho.

Montesinos había ido urdiendo su particular venganza; la humillación recibida la noche en la que aquel imbécil lo puso en evidencia ante los socios de la institución no se le había olvidado.

Los pasos que sonaban en el interior anunciaron a Pablo que alguien se acercaba. Y un Pablo jovial en mangas de camisa y chaleco, seguro de sí mismo, porque además jugaba en su casa, le abrió la puerta.

—¡Querido Facundo, qué ilusión me hace recibirte en mi despacho…! Pero adelante, por favor, no te quedes ahí.

Entró el otro en silencio sin que Pablo le tendiera la mano, pues este último se limitó a indicarle el pasillo que conducía a su despacho para invitarlo a pasar.

—Adelante, insisto. No has querido explicarme el motivo de tu visita, pero sea cual sea lo celebro… He cumplido tus instrucciones.

La recia humanidad de Facundo Montesinos avanzó por el pasillo delante de Pablo y, tras entrar en el despacho, éste cerró la puerta. El recién llegado miró en derredor.

—¡Conque éste es tu chamizo!

Pablo respondió con falsa modestia.

—Ya ves… Aquí dejo las pestañas para poder pasar un rato amable en el casino.

Montesinos, sin aguardar a que se lo ofreciera, se sentó en uno de los sillones frente al escritorio.

Pablo se sentó en el otro.

—Me pillas sin haber tomado café todavía… Por cierto, ¿quieres uno? ¿Y un trozo de tarta?

La inquina que el tipo le profesaba se translucía en la voz cuando respondió:

—Gracias, pero he venido por negocios. Además, únicamente acostumbro a tomar algo con mis amigos y, desengáñate, Pablo, tú y yo no lo somos.

A Pablo le sorprendió aquella tesitura. Sin embargo, no le desagradó.

—Está bien, sea como gustes… Pero entonces ten la amabilidad de decirme por qué has venido.

—Esperaba que pasaras por el casino una de estas noches porque así me habría ahorrado tener que buscarte, pero como no has aparecido por allí, no he tenido más remedio que procurar verte en otro sitio.

—¿Y puede saberse a qué debo el honor de tu visita?

—Cuando alguien te debe dinero, debes ir en su busca para intentar cobrarlo.

—Si no recuerdo mal, liquidé mi deuda contigo hace un tiempo y, si no vuelvo a recordar mal, me vi obligado a hacerte expulsar del casino.

—Ni lo has olvidado tú ni lo he olvidado yo.

Pablo se puso tenso.

—Si no tienes nada más que decirme, tengo mucho trabajo.

—Insisto: he venido a cobrar.

—Nada te debo, y pondré buen cuidado en no volver a sentarme jamás contigo a una mesa de póquer.

Facundo Montesinos extrajo una pequeña libreta del bolsillo interior de su chaqueta.

—¿Lo quieres por partidas o te digo la cantidad toda junta?

Pablo empezó a ponerse nervioso.

—¡¿De qué me estás hablando, imbécil?!

—Me debes aproximadamente unas seiscientas mil pesetas.

—¡Estás loco! No te debo ni un céntimo.

—Créeme que no ha sido fácil, pero algunos caballeros han estado encantados de poder cobrar, e incluso te diré que más de uno de ellos me ha hecho descuento... Me he dedicado a comprar todos los pagarés que con tanta frivolidad firmaste para cubrir tus deudas de juego y que aquellos incautos aceptaron creyendo que alguna vez los pagarías... Pero yo no soy como ellos. Si mañana por la tarde no tengo en mi poder un cheque avalado por el banco, pasado mañana estoy en el juzgado en cuanto abran... Pienso hundirte, Pablo Cervera... Vas a enterarte de quién es Facundo Montesinos.

Pablo no podía creer lo que estaba oyendo. Aquel hijo de perra había comprado toda su deuda para arruinarlo. Súbitamente sintió que un golpe de sangre le subía a la cabeza. Si dejaba salir de allí al tipejo estaba perdido. Se puso en pie y avanzó hasta la parte trasera de su escritorio, como si fuera a buscar algo, y en el tono más conciliador que halló en su repertorio de comediante, dijo:

—Facundo, no seremos amigos, pero los dos sabemos lo que es un pacto entre caballeros. Así que voy a proponerte algo que te convendrá, estoy seguro.

El otro lo miraba sorprendido y en un momento dado se palpó el bolsillo interior de su chaqueta para guardar la libretita. Ése fue el instante que Pablo intentó aprovechar. A la vez que con la mano derecha agarraba el abrecartas que estaba sobre la mesa, dando un salto felino se abalanzaba sobre el desprevenido Montesinos para clavárselo en el cuello. Pese a lo brutal del ataque, este último lo aguantó, y abrazándose a Pablo y forcejeando con él se puso en pie. El factor sorpresa había perdido su efecto... Montesinos, que era mucho más voluminoso que Pablo, consiguió tumbarlo de espaldas sobre el escritorio, pese a todo, mientras éste seguía golpeando a su enemigo con la desesperación del que sabe que está jugando su última carta. El cuello de Montesinos sangraba abundantemente, y aun así tanteó la mesa con el brazo libre, hasta que súbitamente halló algo que intuyó que lo salvaría. Era el pisapapeles de hierro. Al tiempo que lo alzaba con la mano derecha, Pablo lo sujetó por el puño intentando evitar el golpe. Pero no lo consiguió. El pesado objeto se estampó contra su sien, una y otra vez.

Antes de perder el conocimiento, Pablo Cervera, que por tantas situaciones críticas había pasado, sintió que iba a morir a destiempo y de una forma estúpida e imprevista.

142

El inspector Hidalgo

El teléfono de sobremesa del inspector Hidalgo comenzó a sonar insistentemente.

—Cornejo, ¡coja ese chisme!

La voz autoritaria del inspector, que en aquel momento despachaba con el comisario jefe, hizo que el tal Cornejo se pusiera rápidamente en marcha.

—Comisaría de Leganitos. Al habla el subinspector Cornejo.

Hidalgo observó de lejos como su ayudante, tras unos momentos, revolvía entre los papeles de la mesa en busca de un lápiz y comenzaba a escribir precipitadamente en una libreta.

—No toquen nada en absoluto ni dejen que entre nadie en la habitación. Vamos hacia ahí enseguida.

Hidalgo, que había oído el final de la conversación, interrumpió su charla con el jefe y se dirigió de inmediato a su mesa.

—¿Qué ocurre, Cornejo?

—Intuyo que algo gordo, inspector. Llaman de la sede de Construcciones Aeronáuticas, en la calle del Príncipe, y me comunican que esta mañana las mujeres que se ocupan de limpiar el edificio han encontrado en el suelo al llegar el cadáver del hijo de uno de los propietarios.

A la vez que tomaba del perchero su chaqueta y colocaba en la funda de cuero bajo el brazo su 38, Hidalgo comentó a su segundo:

—Vamos, Cornejo. Los muertos de primera clase acostumbran a traer complicaciones. Avise que nos acompañen dos municipales.

Al poco rato Hidalgo y Cornejo se reunían en la acera de enfrente de la comisaría con dos municipales y subían todos a un Berliet equipado con sirena y luz roja intermitente, y con un chófer al volante.

—¡Paco, vamos deprisa a la calle del Príncipe esquina con las Cuatro Calles, al edificio Hispano-Suiza!

—¿Pongo la sirena, inspector?

—¡Si le parece, ulule con la boca!

La respuesta del jefe indicó a Cornejo que esa mañana no convenía hacer broma alguna.

Partió el Berliet con todas las señales acústicas y ópticas disparadas, ululando la sirena y destellando el farolito en blanco y rojo. Apenas llegado el coche a la dirección, saltaron de él los cuatro hombres y se precipitaron hacia la portería del edificio, donde los recibió el conserje con el rostro descompuesto, blanco como la cera, que al ver a los agentes comentó:

—¡Qué terrible desgracia, señores!

Hidalgo ordenó a uno de los municipales:

—Quédese aquí y que nadie entre ni salga del edificio sin una orden mía escrita. ¡Ah! No quiero periodistas husmeando por los alrededores... Y usted —se dirigió el conserje—, no comente a nadie nada de lo que ocurra aquí esta mañana. —Luego se volvió hacia Cornejo—: ¿En qué piso tenemos al occiso?

Cornejo consultó la libretita.

—En el quinto, inspector.

—Pues vamos para allá —dijo mientras ya se encaminaba hacia el ascensor.

La cabina se detuvo en la planta quinta y allí descendieron los tres hombres; desde el rellano hasta el interior estaba lleno de personas de los otros pisos que habían acudido al humo de la terrible noticia y que en grupos comentaban el suceso.

—¡Abran paso, señores, y vayan cada cual a lo suyo! Soy el inspector Hidalgo y no quiero gente por aquí.

La reunión se disolvió mientras comentaban entre ellos lo macabro del suceso y su opinión sobre lo que había acontecido.

Los agentes se dirigieron al interior de la quinta planta. En el recibidor se hallaba Mariana, la secretaria de Pablo, el subdirector de contabilidad y Perico Torrente, que era quien había llamado a la comisaría.

Apenas llegado el grupo, Perico se presentó:

—Soy Pedro Torrente, director comercial y socio de esta empresa.

—Inspector Hidalgo. —Y señalando a su segundo, añadió—: Subinspector Cornejo.

—Si le parece, inspector, pasemos a mi despacho y allí podré explicárselo mejor.

En cualquier otra circunstancia, Hidalgo habría querido primeramente ver el lugar del posible crimen, pero, dada la categoría de su interlocutor, le pareció oportuno seguir sus indicaciones, aunque no sin tomar antes sus cautelas.

—Como usted disponga. No obstante, voy a dejar una vigilancia a la puerta donde está el occiso. Si me indica el lugar, por favor...

Perico condujo a los agentes al despacho de Pablo.

Hidalgo ordenó al municipal:

—Quédese aquí y no permita el paso a nadie.

—Estoy a su disposición.

El inspector y Cornejo siguieron a Perico hasta su despacho y se acomodaron en el tresillo del ventanal. Perico les ofreció si les apetecía tomar algo y, ante la respuesta negativa, comenzó su explicación, a instancias de Hidalgo:

—Verá, inspector, en primer lugar quiero decirle que el difunto era el hijo de mi socio y amigo don José Cervera, quien no está aquí porque aguarda noticias de otro de sus hijos, Félix, que partió hace unos días de viaje y del que nada se sabe. Es piloto y usted sabrá, porque ha hablado toda la prensa del raid aéreo nocturno Madrid Fernando Poo. Como es obvio, si usted considera que debe estar presente, le pediré que venga.

—Por el momento, no es necesario... Y ahora cuente con pelos y señales la idea que tenga usted de lo sucedido.

Pedro Torrente comenzó una explicación prolija y detallada desde la tarde anterior hasta que aquella mañana, a las ocho y media, el jefe de la brigada de limpieza lo había telefoneado para notificarle el triste suceso.

—Por lo visto, inspector, Pablo tenía una visita ayer por la tarde, eso dijo a Mariana, su secretaria, según ella me ha explicado. Luego de ordenarle que al irse no echara los pasadores de la puerta se quedó solo y, tal como le he explicado, esta mañana a las ocho y media me han llamado para comunicarme lo ocurrido.

El inspector, en un gesto habitual, se acarició la barba, a la vez que se ponía en pie.

—Por favor, señor Torrente, condúzcame al lugar de los hechos.

Partieron los tres hasta la habitación donde se hallaba el cuerpo del finado. Hidalgo se dirigió a Cornejo:

—Llame a comisaría y que envíen a un detective de la científica provisto de sus cachivaches. —Después, volviéndose a Perico—: Nuestra profesión ha cambiado mucho. Ahora hay manera de descubrir cosas que el ojo más poderoso no percibe... Aparte del jefe del equipo de limpieza y de usted, ¿alguien más ha entrado en esta habitación?

—Sólo Mariana.

—Después querría hablar con ella.

—Cuando usted disponga, inspector.

Hidalgo se dirigió al municipal que había dejado apostado en la puerta.

—Mientras estemos dentro, que no pase nadie, insisto... Excepto si son los de la brigada científica. A ésos hágalos pasar. —Luego se dirigió a Torrente—: Por favor, no toque absolutamente nada del interior.

—Descuide.

Cornejo abatió el picaporte y abrió la puerta.

El olor era denso y el cuadro apocalíptico. La sangre coagulada se veía desde el despacho hasta la alfombra, y en medio de un charco había un hombre relativamente joven con la ropa descompuesta, deslavazado como un muñeco roto. A su lado, un pisapapeles de hierro manchado de sangre. Hidalgo se arrodilló junto a él y lo estudió a fondo; luego le alzó la cabeza y, arrodillado tal como estaba, paseó la mirada por la habitación. Se puso en pie y se acercó a la mesa auxiliar que había al lado del escritorio, donde observó con detenimiento un vaso lleno de café con coñac. Acto seguido se inclinó sobre él y, sin tocarlo, olisqueó profundamente el contenido. Su rostro era un signo de interrogación.

El subinspector Cornejo indagó:

—¿Algo especial, jefe?

—No, nada.

Al lado del café había un bizcocho medio aplastado.

—Dejemos que los de la científica hagan su trabajo. —Todavía dirigiéndose a Cornejo, añadió—: Que avisen al juez. Hay que levantar este cadáver.

—Si es tan amable, inspector, dígame cuáles son los trámites a partir de ahora.

—Señor Torrente, el juez confirmará que el sujeto sin duda está muerto, luego tomará sus notas. En este caso es evidente que la víctima falleció a causa de los golpes dados con ese pisapapeles. No creo que sea necesario buscar otras pruebas.

—¿Después la familia podrá hacerse cargo de él?

—En ocasiones su señoría tiene mucho trabajo y ocurre que el difunto se pasa un día en las neveras del depósito... Luego, evidentemente, se lo entrega a la familia.

Perico se lamentó:

—Eso va a ser un drama para los Cervera. Tienen a un hijo viviendo en el desierto del Sáhara con los tuaregs, pues las heridas que recibió en Igueriben le impidieron regresar; del mayor, Félix, el piloto, no saben nada, como le he dicho. Y ahora... Pablo está muerto.

Ambos hombres quedaron frente a frente.

Cornejo, luego de haber llamado al juzgado, regresó para informar a su superior:

—Me han dicho que su señoría viene enseguida... Me parece que alguien se nos ha adelantado dando la noticia.

Los de la científica llegaron antes. Componía el grupo un forense, un especialista en huellas dactilares y un fotógrafo con un ayudante.

Después de los saludos de rigor el grupo comenzó a hacer su trabajo.

Mientras el ayudante aguantaba un foco, el fotógrafo comenzó a disparar su cámara tomando al occiso placas desde todos los perfiles, luego se dedicó a fotografiar la estancia desde todos los ángulos. Mientras tanto el inspector encargado de las huellas dactilares esparció por diversas superficies unos polvos blancos que, a continuación, fue retirando con un pincel y tomando impresión de los lugares donde por un motivo u otro el polvo había permanecido. Finalmente, el médico se empleó a fondo con el cadáver de Pablo, y su dictamen fue definitivo:

—Por el *rigor mortis* que presenta, este hombre lleva muerto algo más de dieciséis horas. El motivo de la muerte ha sido, sin duda, la herida producida en la sien por un objeto contundente. De todas maneras, y a falta de comprobación en el laboratorio, aquí hay sangre de dos individuos, ya que el tiempo de coagulación de los restos no es el mismo...

En aquel momento el juez Miranda entraba en el despacho acompañado de su oficial. Saludó a los presentes y se dispuso a realizar su trabajo.

En cuanto Hidalgo lo puso al corriente de todos los pormenores del asunto, el juez examinó el cadáver para, posteriormente, sentarse al escritorio y tomar unas notas. A continuación, entregó al inspector el oficio que le permitiría mover, registrar y levantar el cuerpo, dando por concluida su misión.

—Creo, don Pedro, que estaremos listos en muy poco tiempo.

La voz de Cornejo sonó desde la puerta:

—Inspector, ha llegado el furgón, preguntan si pueden llevarse ya al difunto.

—En diez minutos. —Luego ordenó al del laboratorio—: Llévense este líquido y díganme de que está compuesto... Mañana por la mañana quiero en mi despacho las copias de todas las fotos. —Se volvió hacia Perico—. Don Pedro, diga a la señorita que vio por última vez al difunto que deseo hablar con ella.

Cada uno fue a su avío y el inspector Hidalgo quedó solo en la estancia. Su instinto de viejo policía le decía que se dejaba algo y que cuando hay un muerto en una pelea hay que revisar a fondo las manos, ya que siendo el instrumento de ataque y defensa de un hombre desarmado siempre puede quedar un resto de algo. Así pues, se inclinó sobre el cadáver de Pablo. El *rigor mortis* había hecho su trabajo. Le costó mucho conseguir abrirle las manos, pero cuando por fin lo logró, ¡sorpresa! Sus sospechas no eran infundadas. En el puño de la mano izquierda apareció un gemelo de zafiros tallado en forma de un barquito de vela.

Hidalgo y su ayudante, el subinspector Cornejo, se dedicaron a recorrer todas las joyerías de Madrid, comenzando por las del centro para desplazarse luego hacia la periferia.

Aquella tarde iban ya por la novena cuando Cornejo detuvo el coche frente a una joyería pequeña pero de gran prestigio ubicada en el número 80 de la calle Almagro.

—Espera aquí y no pares el coche, que vamos a quedarnos sin batería.

Cuando ya Hidalgo ponía el pie en el suelo su ayudante apuntó:

—¡Que haya suerte, jefe! Si da con la pareja le invito a un café con leche y unos bollos dulces para merendar. Y si no la hay, me invita usted a mí.

Hidalgo se dirigió hacia la puerta del establecimiento donde, en un rótulo dorado, figuraba el nombre: RUPER E HIJO. El inspector la empujó y al instante sonó una campanilla. En el interior de la joyería los mostradores estaban dispuestos en forma de U, y detrás de éstos había varias vitrinas de cristal con joyas colocadas sobre terciopelo con un gusto exquisito.

Hidalgo se llegó hasta el hombre que figuraba tras el primer mostrador, muy cerca de la puerta.

—Muy buenas tardes. ¿En qué puedo servirlo?

Hidalgo extrajo trabajosamente del bolsillito de su chaleco un envoltorio muy pequeño de papel de seda blanco, que fue abriendo ante la mirada expectante del hombre.

—Me gustaría saber si tienen unos gemelos parecidos a éste y, en caso de que se hubieran vendido aquí, querría saber quién los compró.

—Lo primero puedo aclarárselo, caballero. Pero nada puedo decirle respecto de lo segundo, lo lamento, pues la discreción es la norma de esta casa. Como usted comprenderá, la particularidad de nuestro oficio nos obliga a ello.

—Perdone, es culpa mía, debería haber comenzado por el principio... Soy el inspector Hidalgo de la comisaría de Leganitos y este gemelo tal vez nos ayude a descubrir un crimen. Por lo tanto, le ruego, mejor, lo conmino a que responda a mi pregunta.

El hombre se puso visiblemente nervioso.

—Esto rebasa mis atribuciones. Si no le importa, voy a llamar al propietario.

Desapareció el hombre tras una cortina y al paso de pocos minutos apareció el dueño, un hombre de más edad pulcramente vestido a quien el otro ya había puesto al corriente de la situación.

—Disculpe, inspector. Soy Francisco Ruper, el dueño de esta joyería, y desde luego que colaboraremos en todo cuanto pueda ayudar a la policía. Muéstreme la joya, si es tan amable... —A la vez que decía esto, extendió sobre el mostrador de cristal un paño de terciopelo negro.

Hidalgo depositó sobre él el gemelo.

El joyero se colocó sobre el ojo derecho una especie de lupa cónica y tomando el objeto lo observó atentamente.

—Es uno de nuestros modelos exclusivos. Lo hacemos bien con brillante en medio, o bien únicamente con zafiros. —Se quitó la lupa del ojo—. Si me permite ir a buscar el libro...

—Cómo no.

Se retiró el joyero y al poco compareció con un libro grueso de tapas rojas.

—El último juego que se vendió fue hace cinco meses y lo compró para su marido doña Rosario Gil de la Rada, quien nos hizo poner sus iniciales en uno de los dos... Como en éste no están, deduzco que estarán en el otro.

—¿Y cuáles eran esas iniciales?

—Puedo facilitarle el nombre completo, si lo desea, inspector. Lo tengo anotado en el libro de encargos.

—Me ahorra usted mucho trabajo... Le quedaré muy agradecido.

Desapareció el hombre tras la cortina y al cabo de un minuto apareció de nuevo, esta vez con una libreta grande de tapas verdes en sus manos. Recorrió con el índice derecho una columna de nombres de arriba abajo.

—Aquí está... Facundo Montesinos es su nombre. Y su dirección: el número 21 de la calle Claudio Coello, en Madrid.

—Me ha hecho usted el favor del año. Si puedo servirle en cualquier cosa, hágame llamar.

Y acompañando la palabra con el gesto, el inspector Hidalgo entregó una tarjeta con su nombre y su cargo al joyero.

—Huelga decirle que nada de esto debe saber el sujeto en cuestión...

—Señor inspector, como le decía, la discreción es la norma de esta casa.

Hidalgo abrió la puerta y sonó de nuevo la campanilla. El inspector se llegó hasta el coche.

—¡¿Hemos tenido suerte, jefe?!

—Yo sí. Usted no, Cornejo... Me debe un café con leche y unos bollos dulces.

143

Éste es su nieto

Habían pasado tres meses desde las muertes de Pablo y de Félix, que dejaron a la familia Cervera sumida en el luto y la tristeza. El mazazo del asesinato de uno se unió a la tragedia de aquel vuelo que se estrelló en las arenas del desierto. Ni siquiera habían logrado recuperar el cadáver, y Lucie rezaba por aquel hijo suyo, deseando que estuviera en ese cielo donde había sido más feliz que en la tierra.

Lucie, cuyo espíritu indomable había prevalecido siempre en cualquier circunstancia, estuvo a punto de desfallecer, pero se mantuvo en pie para sostener a José. Su marido pasaba las horas en la penumbra de la biblioteca repasando su vida y sintiéndose culpable de la muerte de aquel hijo de cuya educación se sentía responsable, y triste por el trágico fallecimiento de ese otro al que había querido como si fuera propio. Maldecía su mala suerte y nada parecía inspirarle el menor consuelo. Lucie temía por él, y era ese temor el que la fortalecía y la obligaba a no sucumbir.

En aquellos días los amigos y allegados de la pareja se dejaban caer por la mansión de la calle Velázquez por creer que su presencia les aliviaba la pena y que la compañía y los diálogos ayudaban a que aquellas fechas les pasaran sin tanto dolor.

Incluso Pierre, el viudo de Suzette, había venido desde París con una larga carta de madame Lacroze para su hija en la que le rogaba que acudiera a verla ya que a ella le era muy difícil desplazarse. Perico y Gloria iban a casa de Lucie y José todas las tardes a última hora, el primero para dar cuenta a su socio y amigo de las novedades de los negocios cada vez más importantes y más internacionales… Inútil tarea, pues José lo escuchaba sin oírlo y ni siquiera se molestaba en disimular su falta de atención.

—Seguro que todo está bien, Pedro. Créeme si te digo que las riquezas de este mundo por las que tanto luché nada me importan. El árbol de mi vida no tiene ramas ni por tanto frutos, todo lo que gané se perderá y nadie pondrá un ramo de flores sobre mi epitafio.

—¡Por Dios, José, me pones enfermo! El trabajo siempre fue tu vida, y si salieras de este rincón oscuro y acudieras todos los días al despacho el tiempo se te pasaría más fácilmente y abandonarías esta ciénaga de pesimismo.

En cuanto a Gloria, llegaba a la casa de la calle Velázquez con intención de animar a Lucie, y al final de la tarde se encontraba con que era ésta quien la había animado a ella al respecto de su hija Gloria Rosario, que se había divorciado en Londres y no se dejaba ayudar ni quería vivir en Madrid. La fortaleza de Lucie era increíble.

La que podía afirmarse que había trasladado su domicilio a Velázquez era Herminia. En primer lugar, el piso que en su día le regaló José y que fue su hogar hasta la muerte de Pablo se le caía encima, por lo que raro era el día que no visitaba a sus suegros, a los que adoraba, a mediodía o al caer la tarde. Se asomaba a la biblioteca para ver a José y, si éste lo deseaba y se lo pedía, abría los postigos y se quedaba charlando con él del monotema que para él representaba la pérdida de sus hijos. En caso de que José no tuviera ganas de conversar, lo dejaba tranquilo en aquella semioscuridad que tanto amaba y se iba en busca de Lucie, a la que encontraba siempre haciendo algo.

Aquella tarde Madrid se había vestido con sus mejores galas. Herminia vigilaba a Rafael, que jugaba con la bicicleta por la terraza-jardín.

—Dice madame Lucie que baja enseguida —le comentó la doncella.

—Dígale que no hay prisa, que he estado con don José, pero que prefiere estar solo.

—¿Quiere tomar algo, doña Herminia?

—Gracias. En todo caso, esperaré a la señora.

La camarera se retiró y quedó Herminia sola en la salita verde, cuyo ventanal daba al jardín donde Rafaelito seguía dando vueltas con su bicicleta.

Los pasos de Lucie anunciaron su llegada, y Herminia se volvió hacia la puerta de la salita. Cuando la imagen de su suegra apareció bajo el quicio, la joven volvió a admirar la presencia y prestancia de aquella mujer de hierro. Su vida aventurera había forjado su carácter. Ella había perdido a Nico y lamentado la muerte de Pablo como ser humano, aunque nunca lo amó y cuando murió más bien sintió una liberación, pero para su suegra Félix, Nico y Pablo fueron sus tres hijos, y los había perdido... Y allí estaba, impecable en su porte y con una sonrisa en los labios para darle la bienvenida.

Lucie la tomó por los hombros y le besó las dos mejillas.

—¡Cuánto me alegra verte, Herminia! Eres mi gran consuelo. Desde siempre supe que para mí serías una hija... Tus visitas me alegran tanto que las prefiero a cualquier otra cosa... —Luego cambió el tercio rápidamente—. ¿Te apetece tomar algo?

—Ya lo sabe... El té con usted es algo que no puedo saltarme.

—Pues ahora mismo lo pedimos, nos instalamos junto al ventanal, como dos inglesas, y tomamos nuestro té con unas galletitas.

Lucie se fue hacia el rincón y tiró de una ancha cinta de brocado de seda que hizo sonar una campanilla en la lejanía.

Comparecieron Étienne, el mayordomo, y Aurore, la primera camarera, y en un periquete montaron la mesa del té para dos junto a la ventana y a su lado el carrito auxiliar con todos los aditamentos.

El mayordomo, a pesar de que conocía la costumbre de su señora, preguntó:

—¿Les sirvo yo, doña Lucie?

—Gracias, Étienne, puede retirarse. Nosotras nos arreglamos.

Se retiró el mayordomo y quedaron ambas mujeres frente a frente.

—¿Quieres creer, Herminia, que sueño con tus visitas? Me encanta que vengas a verme. Me recuerdas otros lugares y otros tiempos. Y como los recuerdos son como las cerezas, que tiras de una y vienen unidas a ella unas cuantas, otras presencias amadas y perdidas vienen a mi memoria cuando te veo.

—¿Y qué cree que me ocurre a mí? Luego de nuestras charlas, vuelvo a casa con mis recuerdos y eso me alimenta para las largas horas de la noche. Empiezo a pensar lo que pudo ser y no fue... y lo cruel del destino, que nos dejó a todos lisiados, a medio camino entre la añoranza y el recuerdo, y sin darme cuenta, estoy llorando.

—Has de procurar afilar la memoria y hacer un alto en todo aquello que te complace... Ése es el método que he empleado yo para sobrevivir. ¿O crees que soy de hielo?

Herminia miró a su suegra con una admiración profunda.

—De hielo no, de hierro, Lucie, ¡es usted de hierro!

—No creas. Para los demás tal vez sí, pero contigo me permito el lujo de ser como soy.

Una pausa se estableció entre las dos mujeres, y tras un sorbo de su taza de té, Herminia afirmó, más que preguntó:

—José no sale del pozo...

—Ésa es mi lucha y el único motivo que me obliga en la vida... Tengo que devolverle, en los años que le queden, todos los esfuerzos y las luchas que sostuvo para hacerme feliz. Los tiempos han cambiado, ¡gracias a Dios!, pero entonces casarse con una divorciada francesa y con un hijo, siendo de una familia española de noble abolengo, eso hay que vivirlo para entender lo que representó para él. Y ahora, para acabar de rematarlo todo, se culpa de la educación que dimos a Pablo. ¡Como si alguien pudiera alterar el destino! Pablo fue así desde que era un niño. Y como remate su triste final... Todos los trabajos de José, sus luchas y sus retos, los vivió y los hizo por y para sus hijos, y ahora se encuentra con que todo se ha malogrado. Y no se resigna.

La luz de la tarde había menguado y tamizaba el ambiente.

—No todo el mundo tiene su fortaleza, Lucie.

—No puedo permitirme el lujo de ser débil. Mi recurso es considerar, si la hay, la parte buena de las cosas... Mis tres hijos están muertos, dos físicamente. Félix murió haciendo lo que le gustaba hacer, que era volar... En cuanto al pobre Pablo, y fíjate que digo «el pobre», escogió una vida que raramente acaba bien, pero la carnaza que hizo la prensa con su muerte fue injusta e indigna y dañó a tu suegro. Si alguien podía quejarse ésa eras tú, aunque nunca lo hiciste, no soy tonta... Y qué decir de Nico: perdido en un continente, sufriendo el peor tormento que puede sufrir un hombre, que es saberse incapaz de procrear con la mujer amada. Esta familia se acaba aquí, Herminia, y de nada habrán servido los esfuerzos de José.

Herminia miró a su suegra de un modo especial, y Lucie, que captaba cualquier señal por débil que fuera, la interrogó primeramente con la mirada y después comentó, mirando a su hijo en el jardín:

—Quiero mucho al chico, pero entiendo a José... No es carne de nuestra carne.

Herminia, sin quererlo, se encontró diciendo:

—¿Está segura de eso?

Lucie la observó sorprendida.

—Herminia, ¿qué pretendes decirme...?

Hubo una pausa lentísima, densa y espesa que reflejaba las dudas que Herminia tenía acerca de si debía hablar o callar para siempre.

Finalmente se oyó afirmando, con una voz que se le antojó la de una extraña:

—Rafaelito es su nieto, Lucie, suyo y de José. Lo concebí el día que celebraron su boda… Nico iba a irse a la guerra, yo tenía apenas diecinueve años y lo amaba hasta la extenuación, y me dije que quizá, como así ha sido, no volvería a verlo nunca más… Nico pidió una habitación en el hotel y nos amamos; aunque anteriormente, la noche que pidieron mi mano, ya subí al cuarto de la torre e hicimos el amor toda la noche. Eso es, Lucie, de lo único que no me he arrepentido en toda mi vida.

No hubo palabras. Lucie se puso en pie y se acercó al ventanal para mirar al niño, que había dejado la bicicleta y estaba junto al estanque. Su mente, en un raro pajareo, recordó la noche clara en Caldetes cuando fue a buscar los pendientes de rubíes y brillantes y se los puso en las orejas a Herminia. Se volvió hacia ella y las dos mujeres se fundieron en un abrazo largo y sentido que solidificaba para siempre el rescoldo de sus vidas.

Epílogo

Sidiyq, ¿puedo pasar?

Nico, que estaba descansando en la jaima, dedujo por la luz que entraba por el ventanuco que debían de ser alrededor de las cuatro de la tarde.

—Entra, Hamed.

El hombre apartó con la mano la cortinilla y, agachándose, entró.

—¿Qué ocurre?

—Ha llegado un adelantado de la caravana que viene de la costa trayendo sal. Parece ser que a la altura de In-Salah el viento ha movido la arena y en la cresta de una duna ha aparecido el ala de uno de esos pájaros donde vuelan los hombres.

Nico se puso en pie de un salto.

—Prepara los camellos. Y da comida al mensajero y dile que partimos hacia allí.

En menos de media hora, Nico, Hamed y el mensajero montados en los tres mejores camellos de los que disponía la tribu salían disparados hacia la dirección donde, según decía el hombre, había aparecido el avión.

Nico entendió que sin duda aquel aparato era el que había esperado aquella maldita noche hacía tres meses. Debió de estrellarse mientras buscaba la pista que él había preparado pero que le resultó imposible señalizar porque el simún no permitió encender las antorchas.

A las nueve de la noche llegaron junto a la caravana. Los hombres habían acampado y el jefe de la misma había ordenado desenterrar el aparato. Ante los ojos de Nico apareció el *Cruz de San Andrés* recostado sobre el costado de babor, sin el tren de aterrizaje y con un ala rota, y en el suelo, a su lado, los restos de dos hombres a los que los tuaregs habían cubierto con sendas mantas.

Una voz sonó al lado de Nico. Era la de Alef, el jefe de la expedición.

—Sidiyq, es el avión que esperabas... La arena caliente del desierto ha impedido que la humedad lo pudriera todo.

Nico se acercó a los bultos y, con sumo cuidado, retiró la manta que cubría al primero de los dos. Con la piel tirante y pegada al hueso, apareció el rostro desconocido de un hombre.

La voz de Alef sonó a su espalda:

—Éste iba en el agujero de atrás... Tiene las piernas rotas. El que iba delante está más entero.

Nico notó que un nudo se le formaba en la garganta. Caminando lentamente se dirigió hacia el otro bulto y casi con devoción retiró el cobertor. A pesar de los meses transcurridos, reconoció el rostro de su medio hermano, Félix.

Nico se volvió hacia Alef.

—Preparad aquí mismo dos tumbas como haríamos con dos hombres de una caravana que murieran en una travesía del desierto. Quiero que descansen aquí, desde donde partieron para el gran viaje. Que los hombres se pongan a trabajar.

Los deseos de Sidiyq eran órdenes para los hombres azules del desierto. Rápidamente prepararon las tiendas porque supusieron que pasarían allí la noche. Transportaron a los dos hombres a una de ellas y se dispusieron a amortajar a los cadáveres según sus costumbres: los desnudaron, los ungieron con el aceite de la lámpara que llevó Alef y los envolvieron en un lienzo de lino blanco. Después abrieron dos tumbas mirando a la Meca y en ellas depositaron los dos cuerpos. Luego el santón de la caravana entonó sus largas y dolientes lamentaciones, y cuando terminó cubrieron de tierra los dos cuerpos y colocaron sobre ellos gruesas piedras para impedir que los chacales o las hienas los desenterraran.

Finalizado todo, Nico se retiró a la tienda que le habían preparado, roto por la pena y agotado por el precipitado viaje. En un rincón del suelo y sobre la mesilla estaba la ropa de los dos hombres recién enterrados.

Sin saber por qué, tomó entre sus brazos la cazadora de piloto de cuero que había pertenecido a su hermano y la acarició casi con devoción. Sus dedos toparon con algo escondido en el bolsillo interior de la misma. Desabotonó la tapa y buscó en su interior. A la pálida luz del farol de petróleo apareció algo envuelto en un trozo de hule negro y sujeto por gomas. Nico no perdió un segundo en retirar la cobertura. En sus manos apareció un sobre con la letra inconfundible de Herminia… «Para Nico», decía.

Tuvo que sentarse en el redondo almohadón de cuero, pues el corazón le latía como un tambor de guerra y sus torpes dedos no daban con el borde de la solapa. Finalmente logró abrirlo y, extrayendo de su interior una carta, se dispuso a leer.

Amado mío:

Ignoro si alguna vez tus ojos se posarán sobre estas letras y, si lo hacen, no sé si todavía me mirarían si me vieran como me miraron aquel amanecer en la gruta de Cestona. Una casualidad ha hecho que sepa que estás vivo y es ésta la única manera de que oigas mis palabras.

Te he amado, te amo y te amaré mientras aliente. Has sido el único hombre de mi vida. Estoy casada con tu hermano como si no lo estuviera, pues una circunstancia muy especial hizo que consintiera en ello.

He llorado lágrimas de sangre lamentando lo que debes de haber sufrido, y comprendo que como hombre argumentes lo que sostienes al respecto de hacer feliz a una mujer. Siento en mis carnes tu desgracia, pero egoístamente quiero decirte que nada me importa al respecto de mí, porque te amo por dentro y eso es lo que vale. Me iría contigo, si tú quisieras, al último rincón del mundo, y únicamente me llevaría al regalo más hermoso que me hiciste: nuestro hijo Rafael… Sí, Nico, en uno de los dos únicos momentos que he gozado el amor en mi vida, que fueron los nuestros, concebí un hijo que fue la causa de que me casara con tu hermano Pablo. Él creyó y todo el mundo cree que fue adoptado, pero es nuestro hijo, Nico. Tu función como padre está cumplida.

Aquí me tienes y me tendrás esperando que vuelvas algún día. Esa esperanza me mantendrá con vida. Si regresas a Madrid, compartiré contigo hasta mi último aliento. Y si tu felicidad consiste en seguir en África, continuando la hermosa labor que por gratitud comenzaste, yo también seré feliz por ello.

Te esperaré siempre mientras aliente, Nico. Mi amor por ti no tiene edad.

Y con tu imagen en el pensamiento, en el corazón y en los labios te envío mi último beso.

Sea cual sea la decisión que adoptes, te amaré siempre.

Tuya,

HERMINIA

Cuando la voz de Alef interrumpió su lectura, los ojos de Nico eran un mar de lágrimas.

—¿Estás bien, Sidiyq?

Nico suspiró. Hasta ese momento se había negado a volver la vista hacia un pasado para no condenar a un futuro sin esperanzas a la mujer que amaba. Pero ahora, por primera vez, sintió que debía regresar. Aunque fuera sólo para conocer a su hijo. Aunque fuera sólo por un tiempo. Aunque ver a Herminia casada con su hermano Pablo lo hiriera en lo más profundo del alma.

—Creo que ha llegado el momento de emprender un viaje, Alef.

Un silencio sonoro, más significativo que mil palabras, se estableció entre ambos hombres. Ya puestos en pie, se dieron un fuerte abrazo, y luego Nico dio media vuelta para dirigirse hacia donde estaba su camello. Con un brinco ágil se encaramó sobre la voluminosa joroba; dio un golpe de tacones y aquella inmensa mole de carne y huesos desdobló sus patas y se puso en pie. Nico le indicó el camino con la brida y el camello, abriendo sus pezuñas para acoplarlas a la arena, se puso en marcha.

Ante la mirada de Alef, la imagen de Nico a lomos del camello se fue haciendo pequeña en la distancia. Sidiyq-Alma, «el amigo del agua», se alejaba lentamente en pos de su destino.

Nota del autor

Amigo lector:

Tienes entre tus manos el esfuerzo de mis últimos tres años. Siempre fui un escritor lento por lo concienzudo y jamás escribo sin que el tema, en un principio, me apasione, por lo que en cada una de sus páginas he puesto todo mi esfuerzo e interés para transmitirte esa curiosidad interior que nos proporciona la lectura de un buen libro que nos coge por las solapas, nos zarandea y nos obliga a seguir leyendo.

Tenía una deuda con mi familia materna, ya que mi anterior novela, *La ley de los justos*, recogía en muchas de sus páginas fragmentos de la vida de antepasados de la familia de mi padre. Si, buceando en documentos antiguos, no me hubiera encontrado con personajes que superan en mucho la ficción, no habría emprendido la tarea. Por citar a dos de ellos, Nachita —primera esposa de mi abuelo—, en cuya historia real se basa el personaje que lleva su mismo nombre. Y mi tío Francisco, que luchó en el Rif y al que una bala destrozó la ingle. Primero lo dieron por muerto y lo echaron al depósito de cadáveres para luego terminar amputándole la pierna, sin anestesia, dándole a mascar un puro de goma. Sin duda, el hecho de descubrir situaciones y gentes que, enlazadas, manejadas y colocadas de cierta manera, forman una trama que creo verdaderamente interesante me ha obligado a escribir esta novela.

En ella, en medio de un carrusel de momentos y acontecimientos apasionantes, se muestra cómo el ser humano puede alcanzar niveles que van desde el más eximio sacrificio hasta la más abyecta de las depravaciones.

Por último, me gustaría dejar constancia de mi más profundo agradecimiento a la familia de Penguin Random House: Núria Cabutí, Núria Tey, Patxi Beascoa y Ana Liarás, en representación de todas cuantas personas y departamentos han colaborado para que este libro vea la luz.

Bibliografía

AUDIOVISUALES

Tuareg: los guerreros de las dunas, guion y dirección de José Manuel Novoa, Alcobendas, Explora Films, 2013.

HEMEROTECA

Hemeroteca de *ABC*
Hemeroteca de *Diario de Madrid*
Hemeroteca de *La Vanguardia*

LIBROS

Altabella, José, *Lhardy. Panorama histórico de un restaurante romántico. 1839-1978*, Madrid, Imprenta Ideal, 1978.
Caamaño, J. Eduardo, *Manfred von Richthofen, el Barón Rojo*, Córdoba, Editorial Almuzara, 2014.
Cortés Cavanillas, Julián, *Alfonso XIII. Vida, confesiones y muerte*, Barcelona, Editorial Juventud, 1982.
De la Cierva, Ricardo, *Alfonso y Victoria. Las tramas íntimas, secretas y europeas de un reinado desconocido*, Madrid, Editorial Fénix, 2001.
De Madariaga, María Rosa, *En el barranco del Lobo. Las guerras de Marruecos*, Barcelona, Alianza Editorial, 2005.
Errazkin, Iñaki, *Hasta la coronilla. Autopsia de los borbones*, Bilbao, Txalaparta, 2009.

Ferrer Hortet, Eusebio, y Puga García, María Teresa, *Un reinado paradójico: Alfonso XIII*, autoedición, 2015.

Francisco, Luis Miguel, *Morir en África. La epopeya de los soldados españoles en el desastre de Annual*, Barcelona, Editorial Crítica, 2014.

García-López, Susana, *Vivir en el Sahara. Adaptación del hombre a la adversidad de un cambio climático*, Oviedo, Ediciones de la Universidad de Oviedo, 2006.

Gunston, Bill, *Historia de los aviones de guerra*, Barcelona, Editorial Andrés Bello, 2000.

Hernández Martínez, Jesús, *Todo lo que debes saber sobre la Primera Guerra Mundial, 1914-1918. Las campañas, personajes y hechos clave del conflicto bélico que cambió la Historia del siglo xx*, Madrid, Editorial Nowtilus, 2010.

Julivert, Manuel, *El Sahara. Tierras, pueblos y culturas*, Valencia, Universitat de València, 2003.

Lage, Manuel; Sánchez Renedo, S. J., y Viejo, M., *Hispano Suiza, 1904-1972: hombres, empresas, motores y aviones*, Madrid, LID, 2003.

Matricardi, Paolo, *El gran libro de los aviones de combate*, Barcelona, RBA Libros, 2006.

Moga Romero, Vicente, *El Rif de Emilio Blanco Izaga*, Barcelona, Edicions Bellaterra, 2009.

Molero Colina, Carlos, *Españoles en el Rif*, Valladolid, Galland Books, 2014.

Montoliú Camps, Pedro, *Madrid 1900*, Madrid, Sílex Ediciones, 1994.

Nerín, Gustau, *La guerra que vino de África*, Barcelona, Editorial Crítica, 2005.

Osorio, Alfonso, y Cardona, Gabriel, *Alfonso XIII*, Barcelona, Ediciones B, 2003.

Puga García, María Teresa, y Ferrer Hortet, Eusebio, *Victoria Eugenia. Esposa de Alfonso XIII*, Barcelona, Editorial Juventud, 1999.

Ruiz de Aguirre, Alfonso, y Francisco, Luis Miguel, *Atlas ilustrado de la Legión*, Madrid, Tikal-Susaeta, 2010.

Serrano, Felipe, *Hotel Ritz: un siglo en la historia de Madrid*, Madrid, Ediciones La Librería, 2010.

Tusell, Javier, y García Queipo de Llano, Genoveva, *Alfonso XIII. El rey polémico*, Barcelona, Taurus, 2012.

VV AA, *Crónica de España*, Barcelona, Plaza & Janés, 1994.
VV AA, *Crónica de la aviación*, Barcelona, Plaza & Janés, 1992.
Zavala, José María, *El patrimonio de los Borbones*, Madrid, La Esfera de los Libros, 2010.

ARTÍCULOS

Revista de Crédito, 15 de enero de 1934, p. 5.
«La subida a la Cuesta de las Perdices», *Madrid Automóvil*, número 14, febrero de 1926.
«El ferrocarril como elemento estructurador de la morfología urbana. El caso de Barcelona, 1848-1900», *Scripta Nova: Revista electrónica de geografía y ciencias sociales*, Universidad de Barcelona, vol. IX, número 194 (65), 1 de agosto de 1965.
«En 1921, los rifeños abrían a los soldados españoles en canal y les quemaban vivos», *ABC Historia*, en: <https://www.abc.es/historia/abci-desastre-annual-1921-rifenos-abrian-soldados-espanoles-canal-y-quemaban-vivos-201608120201_noticia.html>.
«Regimiento Alcántara, la historia de los jinetes españoles que sacrificaron la vida por sus compañeros en Annual», *ABC Historia*, en: <https://www.abc.es/20120920/archivo/abci-regimiento-alcantara-heroes-201209201639.html>.
«La enseñanza de las Damas Enfermeras de la Cruz Roja (1917-1920)», *HIADES, Revista de Historia de la Enfermería*, número 3-4, septiembre de 1996-abril de 1997.

WEBGRAFÍA

«Mapa de los ferrocarriles de España y Portugal en 1920», en: <http://www.ferropedia.es/mediawiki/index.php/Mapas_de_ferrocarriles_de_Espa%C3%B1a_y_Portugal#Mapas_de_antes_de_1942>.
«Hispano-Suiza: los primeros años», en: <http://hispanosuiza.webcindario.com/inicio.htm>.
«El siglo XIX en Venezuela por "El Lápiz"», Biblioteca virtual Miguel de Cervantes, en: <http://www.cervantesvirtual.com/obra-visor/el-siglo-xix-en-venezuela-por-el-lapiz--0/html/ff5afba8-82b1-11df-acc7-002185ce6064.html>.

Real Congregación San Fermín de los Navarros, en: <https://www.sanfermindelosnavarros.org>.

«La pasión de Alfonso XII por los automóviles», *ABC Foto*, en: <https://www.abc.es/abcfoto/galerias/20160811/abci-automoviles-familia-real-201608081755.html>.

Casino de Madrid, en: <http://www.casinodemadrid.es/casinoa/instit.asp#>.

«El Gran Casino de La Rabassada», *Fotos de Barcelona*, en: <http://www.fotosdebarcelona.com/docs/CasinoRabassada-ESP.pdf>.

«Aranjuez a comienzos del siglo xx», en: <https://vivearanjuez.com/cronista-de-aranjuez/aranjuez-a-comienzos-del-siglo-xx.html>.

«Georges Guynemer o el héroe clásico», por Silvio Fernández Panadero, *Hispaviación: aviación, drones y espacio por y para profesionales*, en: <http://www.hispaviacion.es/georges-guynemer-o-el-heroe-clasico/>.

«¿Quién fue Roland Garros?», *MUY Historia*, en: <https://www.muyhistoria.es/curiosidades/preguntas-respuestas/quien-fue-roland-garros-221370872844>.

«La Grosse Bertha», en: <https://es.wikipedia.org/wiki/Gran_Berta>.

CARTOGRAFÍA

«Plano de Madrid», compuesto por Emilio Valverde, grabado por Ramón Álvarez, escala 1:10.000, Madrid, 1883, Librería, Imprenta y Biblioteca Militar, Madrid.

«Plano de Madrid y pueblos colindantes al empezar el siglo xx», compuesto por Facundo Cañada López, comandante de la Guardia Civil; dibujado y grabado por Andrés Bonilla, escala: 1:7.500, datado en 1900, Lit. Mateu, Madrid.

Descubre tu próxima lectura

Si quieres formar parte de nuestra comunidad,
regístrate en **www.megustaleer.club**
y recibirás recomendaciones personalizadas

Penguin
Random House
Grupo Editorial

megustaleer